KB088917

일상어 문식성

일상어 문식성

글쓰기에 스며드는
말하기의 힘

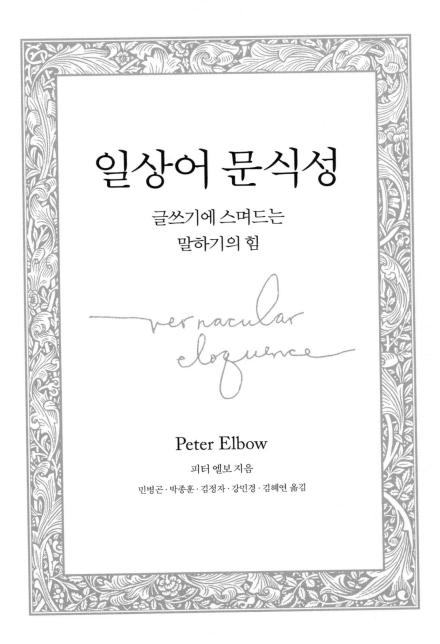

Peter Elbow

피터 엘보 지음

민병곤 · 박종훈 · 김정자 · 강민경 · 김혜연 옮김

사회평론아카데미

일상어 문식성

글쓰기에 스며드는 말하기의 힘

2021년 11월 29일 초판 1쇄 찍음
2021년 12월 10일 초판 1쇄 펴냄

지은이 피터 엘보
옮긴이 민병곤·박종훈·김정자·강민경·김혜연

펴낸이 윤철호·고하영
책임편집 이소영
편집 최세정·정세민·정용준
디자인 김진운
본문조판 민들레
마케팅 최민규

펴낸곳 ㈜사회평론아카데미
등록번호 2013-000247(2013년 8월 23일)
전화 02-326-1545
팩스 02-326-1626
주소 03993 서울특별시 마포구 월드컵북로6길 56
이메일 academy@sapyoung.com
홈페이지 www.sapyoung.com

ISBN 979-11-6707-025-8 93800

사랑하는 아내 카미Cami에게

진심으로 사랑하고 감사합니다.

당신에게는 "두 사람을 위한 문법과 철자법이 있습니다". (W. S. 길버트Gilbert)

구어와 문어의 어휘, 문법, 그리고 더 상위의 구조는 유사해서 말하기와 글쓰기를 구별하기 어렵다는 것이 일반적인 견해이다.

- Horowitz & Samuels, 1987: 1

나는 앞으로 문어가 좀 더 과정 중심으로 회귀할 것이라고 본다. 어쩌면 이는 회귀가 아닌 진보일 수도 있는데 … 전통적으로 객체 중심인 문어 담화의 성질이 스스로 변화하고 있기 때문이다….

- Halliday, 1987: 79

저자가 말하는 방식으로 텍스트를 컴퓨터에 입력할 때, 예기치 않은 말실수가 글에 나타날 수 있다. 그러나 또 다른 면을 생각해 볼 수도 있다. 일부 언어학자와 컴퓨터 전문가의 견해와 같이, 글쓰기는 말하기와 유사한 형식으로 바뀌고, 어쩌면 우리가 지금 아는 것보다 더 텍스트를 말하는 것처럼 될 것이다. 그렇다고 '말하기 전사본' 같은 정도는 아닐 것이다. 어쩌면 펜으로 쓰거나 타자 기로 칠 수 있는 '좀 더 친근한' 텍스트가 출현할 가능성도 없지는 않다.

- Horowitz & Samuels, 1987: 26

나는 학생들이 소리를 듣지 못하도록 교육받았다는 사실에 비애를 느낀다. … 앞으로도 책은 보는 것일 뿐 더 이상 듣는 것이 아닐 것이다.

- Illich, 1980: 46, 36

의사 선생님,
제 안에 책이 있어요!

대부분의 사람들은 마음속에
책을 품고 있죠.
출판사를 소개해 드릴까요?

아니요! 출판은 싫어요
수술로 제거하든지 약물 치료든
뭐든 받아서 녹여 버리고 싶어요.
그걸 없애 버리고 싶다고요! 제발요!

혹시 안에 있는 책이
<u>부끄러운가요?</u>

전혀요 단지 저는 음···
그게 되고 싶지 않아요.
음···

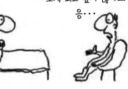

···저는
··· <u>작가</u>가 되고 싶지 않아요!

괜찮아요 괜찮아요 작가는 나쁜 게
아니에요 우리는 누구나 언젠가는 작가가
돼야 해요 받아들일 수 있어야 해요
사람은 태어나서 살아가다가,
슬픈 일이지만,
글을 써야 해요

부당한 것 같아요
삶은 너무 잔인해요
피할 수 있다고
생각했는데···

* 마이클 루닉Michael Leunig의 『염소 선생, 그리고 다른 이야기들Goatperson and Other Tales』 중에서

옮긴이 서문

이 책은 자유작문freewriting으로 잘 알려진 피터 엘보Peter Elbow 교수가 글쓰기의 이론을 충실하게 담은 *Vernacular Eloquence: What Speech Can Bring to Writing*(Oxford and New York: Oxford University Press, 2012)를 완역한 것이다. 그가 이전에 쓴 『교사 없는 글쓰기Writing Without Teachers』(1973)와 『힘 있는 글쓰기Writing With Power』(1981)가 글쓰기를 위한 일종의 지침서라면, 이 책은 글쓰기의 과정에 관여하는 말하기의 역할에 초점을 맞춘 글쓰기 이론서라 할 수 있다. 그러나 딱딱한 이론서라기보다는 글쓰기에 관심 있는 사람, 특히 글쓰기와 말하기의 관련성에 주목하는 사람이라면 누구나 빠져들어 읽고 깊은 깨달음을 얻을 수 있는 책이다.

원제인 'Vernacular Eloquence'는 르네상스 시대 이탈리아의 위대한 사상가였던 단테의 저작 *De Vulgari Eloquentia*를 영어로 번역하여 쓴 것으로, 직역하자면 '민중 언어'이다. 흔히 '토착어에 대하여', '속어론俗語論'으로 번역되기도 한다. 단테는 이 책에서 라틴어보다 민중들이 일상에서 쓰는 토착어의 고귀함을 강조했는데, 엘보 교수가 글쓰기에서 일상적인 말의 가치를 강조했다는 점을 고려하여 우리는 번역서 제목을 '일상어 문식성'으로 하였다. 그리고 부제 'What Speech Can Bring to Writing'은 '글쓰기에 스며드는 말하기의 힘'이라고 옮겨 보았다. 오랜 고민과 논의 끝에 얻은 제목인데 우리가 생각한 것 중에는 가장 마음에 들었다. 독자들에게도 사랑받는 제목이 되기를 바란다.

이 책은 전체적으로 네 부분으로 구성되어 있다. 1부에서는 글쓰기에 기여하는 말하기의 장점을 개략적으로 논의하였다. 2부와 3부는 말하기를 글쓰기에 활용하는 방법을 두 가지에 초점을 맞추어 설명하는데, 2부에서는 글쓰기의 초기 단계에서 내용을 생성할 때 자유작문, 즉 비계획적인 말하듯이 쓰기에 관한 내용을 구체적으로 다루었고, 3부에서는 글쓰기의 후반부에 글을 다듬을 때 소리 내어 읽기를 어떻게 활용할지를 자세하게 논의하였다. 글쓰기의 중간 단계는 간단하게 다루었는데, 이는 저자가 서론에서 밝힌 바와 같이 내용 수정하기 단계에서 말하기의 역할을 크게 보지 않았기 때문이다. 4부는 문식성 문화의 변화 양상을 진단하고 전망하는 내용으로서, 필자는 현재의 엄격한 문식성 문화가 이미 일상어 문식성 문화로 급격하게 변화하고 있고 이러한 경향은 확대될 것이라고 진단한다. 이러한 진단의 배경과 전망은 부록에도 소개하였다. 그리고 각 장의 말미에는 문자 체계의 성립과 변화 과정에 대한 흥미로운 이야기들이 '문식성 이야기'라는 제목으로 소개되어 있다. 이 부분들만 따로 읽어도 세계 여러 나라의 문자 체계를 이해하는 데 도움이 된다. 여기에는 물론 세종대왕의 한글 창제와 우리나라의 어문정책에 관한 이야기도 포함되어 있다(9장).

이 책의 번역을 시작한 것은 2014년인데 생각보다 시간이 많이 지났다. '자유작문'의 옹호자인 저자의 자유분방한 문체에 적응하면서 생경한 용어에 적합한 번역어를 탐색하고 다양한 인용문의 맥락과 행간을 읽어 내는 데 적지 않은 품이 들었다. 교정하는 과정에서 '소리 내어 읽기'를 다 하지는 못했지만 가급적 뜻이 잘 통하고 편하게 읽을 수 있도록 다듬고 여러 차례 교차 검토를 하였다. 어색한 문장들을 윤문하여 이만하게 만든 것은 전적으로 편집진의 노력 덕분이다. 수고한 모든 분에게 이 자리를 빌려 감사드린다. 출판사 살림에 큰 도움이 되지는 못할 것 같은 두꺼운 책의 번역 출판을 허락해 준 (주)사회평론아카데미 고하영 대표님께도 진심으로 감사드린다.

2021년 10월

민병곤·박종훈·김정자·강민경·김혜연

감사의 말

여기서 이름을 말할 수 있는 사람보다 훨씬 더 많은 사람들에게 나는 빚을 지고 있다. 지난 8년 동안 학회나 파티나 기차에서 누군가와 대화를 나눌 때마다 나는 늘 말하기와 글쓰기를 화제로 떠올린 것 같다. 나는 찾을 수 있는 모든 지혜를 빌렸다. 여기서 몇 사람의 이름을 말할 것인데, 특별히 큰 도움을 준 사람들을 빠뜨리지 않기 바란다.

나에게 가장 중요한 분들은 돈 존스Done Jones와 아이린 파폴리스Irene Papoulis, 나의 소중한 글쓰기 그룹 회원들이다.

특히 헬렌 폭스Helen Fox, 팻 슈나이더Pat Schneider, 존 트림버John Trimbur, 크레이그 행콕Craig Hancock에게서 풍성하고 유용하면서 열정적인 응답을 많이 받았다.

다음은 말하기와 글쓰기를 생각하는 데 도움을 주거나 다양한 단계에서 원고를 읽고 나에게 유용한 응답을 해 준 분들이다. 재닛 빈Janet Bean, 팻 벨라노프Pat Belanoff, 셰리던 블라우Sheridan Blau, 마리아 호세 보텔로Maria Jose Botelho, 캐시 캐시티Kathy Cassity, 월리스 체이프Wallace Chafe, 제인 대니얼위츠Jane Danielewicz, 존 도킨스John Dawkins, 크리스티안 도나휴Christiane Donahue, 로잘리아 두트라Rosalia Dutra, 로버트 에디Robert Eddy, 에드 피네간Ed Finegan, 데이비드 플레밍David Fleming, 리사 그린Lisa Green, A. R. 거니 2세A. R. Gurney, Jr., 짐 하틀리Jim Hartley, 앤 헤링턴Anne Herrington, 로절린드 호로위츠Rosalind Horowitz, 아사오 이노우에Asao Inoue, 수지 제이콥스와 리키 제이콥스Suzie and Ricky Jacobs, 딕 존슨Dick Johnson, 스티브 카츠Steve Katz, 아일린 케네디Eileen Kennedy, 스테파니 커시봄Stephanie Kerschbaum, 카먼 키너드Carmen Kynard, 캐서린 매드슨

Catherine Madsen, 폴 마츠다Paul Matsuda, 리베카 드 윈드 매팅리Rebecca de Wind Mattingly, 찰리 모란Charlie Moran, 톰 뉴커크Tom Newkirk, 아서 팔라카스Arthur Palacas, 토니 파피리오Tony Papirio, 에드워드 펠즈Edward J. Pelz, 브라이언 스트리트Brian Street, 토머스 로퍼Tom Roeper, 헵시바 로스켈리Hephzibah Roskelly, 하지 로스Haj Ross, 데브 로슨킬Deb Rossenkill, 에리카 슈러Erika Scheurer, 메리 스코트Mary Scott, 페기 스피스Peggy Speas, BJ 톰린슨BJ Tomlinson, 카밀라 바스케스Camilla Vasquez, 루스 와인레브와 로이드 와인레브Ruth and Lloyd Weinreb, 위니 우드Wini Wood, 존 라이트John Wright. 초기의 도움과 지원에 대해 DGG에게도 많은 감사를 드린다.

말과 글쓰기를 주제로 대학원생 세미나를 두 개 지도할 수 있었는데, 그 대학원생들로부터 배웠던 것에 대해 고마움을 느낀다.

글쓰기와 글쓰기 교육에 대한 연구를 위해 매사추세츠 대학 심포지엄에서는 수년 동안 말하기와 글쓰기의 쟁점들을 주제로 다루어 왔다. 이 심포지엄에 참가했던 교수들로부터 배움을 얻었기에 감사드린다.

특히 운좋게 옥스퍼드 대학 출판사의 패터슨 램Patterson Lamb, 섀넌 매클라클런Shannon McLachlan, 브렌던 오닐Brendan O'Neill로부터 후한 도움을 받았다.

이런 많은 도움이 있었으니 이 책이 완벽해야 할 텐데! 유감스럽게도 내가 명민하지 못하여 사람들이 준 훌륭한 것들을 모두 잘 이용하지는 못해 아쉬울 따름이다.

차례

2부 말하듯이 쓰기 글쓰기 초기 단계에서 말하기의 역할

3부 소리 내어 읽기를 통한 글 수정하기 글쓰기 후반기 단계에서 말하기의 역할

4부 일상어 문식성

일러두기

* 본문의 각주는 모두 옮긴이가 단 것이다.
* 영어와 한국어의 언어적 차이 및 어순 차이로 인해, 원문과 번역문 사이에 억양 단위, 휴지, 악센트, 표기 오류 등이 일대일로 대응하지 않는 경우가 많다. 따라서 번역문에서는 의미만 취했으므로, 자세한 내용은 원문을 참조하기 바란다.
* 원문의 세미콜론(;), 줄표(—)는 문맥에 따라 쉼표나 괄호로 바꾸어 번역하였다.

서론

이 책을 쓰던 8년 동안 나는 분노와 흥분에 사로잡혀 있었는데, 이로 인해 동력을 얻을 수 있었다. 나는 '엄격한 문식성proper literacy'이라는 우리의 현재 문화에 오랫동안 화가 나 있었다. 이에 따르면 진지한 글쓰기는 우리가 가장 잘 알고 뼛속에 새겨진 모어가 아니라, 고급스럽고 정확하게 편집된 표준 영어 형태나 내가 종종 '정확한 글쓰기correct writing'라고 부르는 것으로만 하게 되어 있다. 이는 우리가 알고 있는 세상의 진지한 글쓰기를 설명하는 데 많은 도움이 된다. 많은 사람들은 '정확한 언어'를 적절하게 운용하거나 다루는 법을 배운다. 그러나 그렇게 하면서 사람들은 대화할 때 사용할 수 있는 언어보다 훨씬 명확하지도 재미있지도 않은 언어 속에 자신의 생각을 위축시키거나 가두어 버린다. 사람들은 멋지고 흥미로운 것들을 유창하게 말하면서도 글쓰기가 자신의 선택지라고는 결코 생각하지 않으며, 자신은 글쓰기에서 배제되었다고 느낀다. 그래서 결국 잘 쓸 수 있는 사람들조차 종종 글쓰기를 꺼리게 되고, 계속되는 비판의 목소리 때문에 글을 쓸 때 꾸준히 집중할 수 없게 된다.

(마지막 두 장에서 사람들이 생각하는 것보다 더 빨리 다가오는 글쓰기의 급진적 변화에 대해 다루겠지만) 진지한 문식적 글쓰기의 언어와 관련된 우리 문화의 단일한 표준을 내가 바꾸는 것은 불가능하다. 그러나 다양한 유형의 화자들이 진지한 글쓰기에 자신의 모어, 즉 마음과 입에서 가장 쉽게 나오는 언어를 어떻게 **사용할** 수 있는지, 그리고 그렇게 함으로써 자신의 진지한 글쓰기를 실제로 어떻게 개선할 수 있는지를 보여 줄 수는 있다.

최근에는 분노보다는 흥분을 느낀다. 경력을 쌓은 대부분의 시간 동안 나는 올바른 글쓰기의 길에 **잘못된** 글쓰기를 끌어들이는 것이 유용하다고 여겨 왔다. 나는 자유작문freewriting의 옹호자였다. 다른 많은 사람들처럼 나는 자유롭게 쓰인 글의 언어가 (때로는 그것이 가져오는 결과가 유용하지 않더라도) 생생하고 훨씬 명료하다고 여겨 왔다. 나에게 새롭게 느껴지는 것은 계획되지 않은 구어가 지닌 수많은 언어적 장점과 수사적 장점인데, 이 장점들은 대부분의 사람들이 진지한 글쓰기를 할 때 발견하지 못하는 것들이다.

글쓰기의 두 세계

글쓰기의 새로운 세계가 있는데, 그곳에서는 많은 사람이 밤낮으로 이메일을 쓰고, 트위터를 하고, 블로그를 하느라 바쁘다. 학생들은 페이스북에서 친구들에게나 쓸 법한 속어로 격의 없는 이메일을 써 보내 교수들을 경악하게 만든다. 이러한 세계에서 글쓰기는 거의 대부분 '화면상에서 말하는' 유형의 것들이며, 많은 사람들, 특히 '문식성 있는 사람들'은 이러한 글쓰기를 글쓰기라고 여기지 않는다. "이메일? 그게 무슨 글쓰기야!" 실제로 사람들은 수 세기 동안 일기, 격식에 얽매이지 않는 개인 편지, 식료품 목록, 자신의 감정이나 생각을 파악하기 위한 탐구적인 사색을 일상의 구어체로 써 왔다. (여기서 중심 용어인 '말하기'와 '글쓰기'의 개념을 규정하기는 힘들다. 1부와 2부의 '도입'에서 용어 정의를 자세히 하도록 하겠다.)

그러나 온라인에서 글을 쓰는 것이나 일기를 쓰는 것이 '문식적' 글쓰기라는 두 번째 세계, 즉 '실제의' 글쓰기를 파괴하지는 않는다. 이는 모든 종류의 에세이, 기사, 보고서, 연구, 내부 공문 등과 같이 학교나 대학, 직장, '문식적 매체'에서 해야 하는 진지한 글쓰기를 망가뜨리지는 않는다는 뜻이다. 취업지원서나 대입지원서에서 언어가 얼마나 중요한지 생각해 보라. 대부분의 잡지와 책의 글쓰기는 문식적이어야 한다. 대부분의 신문기사는 물론이고 편집자에게 쓰는 편지도 마찬가지다. 나는 이 책에서 문식적인 글쓰기 또는 정확한 글쓰기에 대해 쓰려고 한다. '문식적'이라는 것은 편집된 문어체 영어edited written english: EWE라는 의미이며, 여기서 '편집된'이란 '정확하다'는 의미이다. 편집된 문어체 영어는 표준화된 영어('표준' 영어 혹은 고급 영어)를 의미한다. 요컨대 '실수가 없다'는 것이다. 학생들은 일상의 말하기와 '진지한' 글쓰기를 혼동하지 말라고 끊임없이 주의를 받는다. EWE 혹은 표준화된 문어체 영어는 문법과 언어 사용역register 면에서 일상의 말과는 다른 언어, 즉 방언이다. 일상의 말하기와 문식적 글쓰기 사이의 거리감은 사람들이 종종 '나쁜' 말이라고 하는 것들, 즉 흑인 영어나 라틴계 영어, 노동계급이 사용하는 영어와 같이 특권을 갖지 못한 유형의 영어에서 명백하게 나타난다. 그러나 백인 성인이자 안정적인 중산층이며 대서양 연안 중부 지역 출신으로 소위 '표준' 영어와 '좋은' 영어를 쓰며 자란 나조차도 일상 대화에서 쓰는 통제되지 않은 구어talk-language를 진지한 글쓰기에 사용해서는 안 된다. 요컨대 **'정확한 글쓰기'는 그 누구의 모어로도 수행되지 않는다.**

결국 사람들은 글쓰기의 한쪽 세계에서는 거리낌 없이 화면이나 종이에 말하듯이 쓰면서도, 다른 쪽 세계에서는 말하듯이 쓰는 것을 피해야 한다는 압박감을 느낀다. 나는 이메일이나 웹의 세계에서 이루어지는 나쁜 글쓰기를 통탄하는 문식성 있는 논평가들의 합창에는 가담하지 않을 것이다. 나는 **양쪽** 세계의 글쓰기에 다 문제가 있다고 본다. 나는 문식적 글쓰기든 '전자 글쓰기e-writing'든 간에, 쓴 사람이 학생이든 아마추어든 잘 교육받은 사람이든 학자이든 간에 **대부분의 글쓰기가 그렇게까지 좋지는 않다고 말할 것이다.** 작성된 글이나 출판된 글을 전부 살펴보아도, 정말 멋지거나 재미있거나 읽을 만한 가치가 있는 것은 그리 많지 않으며, 호라티우스Horatius의 표현을 빌리자면 '즐거움과 가르침'을 주는 글은 그리 많지 않다. 이 책의 목표는 **주의 깊은 문식적 글쓰기**를 개선하는 법을 보여 주는 것이다. 물론 이 책은 트윗을 더 잘하는 데도 도움이 될 것이다.

여기 내가 하지 **않을** 주장이 두 가지 있다. 첫째, "이메일이나 채팅뿐만 아니라 모든 글쓰기에서 계획되지 않은 일상적인 말을 사용하자." 둘째, "우리가 좋은 글쓰기를 원한다면, 계획되지 않은 말을 **피하자**." 나는 제삼의 접근을 제안한다.

주의 깊은 글쓰기를 할 때일지라도 계획되지 않은 말하기가 지닌 풍부한 자원을 **받아들이자**. 그러나 그럼에도 불구하고 가치 있는 것을 유지하는 방법과 변화가 필요한 것을 변화시키는 방법을 배우자.

이것은 말하기와 글쓰기를 관련짓는 방법으로, 정말 훌륭한 작가들이 오랫동안 사용해 온 것이다. 나는 훨씬 더 많은 사람들이 주의 깊은 글쓰기를 위해 말하기의 이점을 활용하는 법을 배우게 할 수 있다. 그리고 말하기에 대한 이러한 접근법으로 많은 사람이 더 편안하게, 더 잘 쓰게 도울 수 있으며, 교사들이 더 잘 가르치도록 도울 수 있다. 요컨대 나는, 부주의한 말하기로부터 다양한 자원을 받아들인다면 역설적으로 진지하고 격식을 갖춘 '문식적' 글쓰기가 더 주의 깊고 나은 것이 될 수 있다는 것을 보여 줄 것이다. 우리는 생각하거나 통제할 필요가 없는 종류의 말하기, 불쑥 내뱉는 종류의 언어에서 이러한 자원을 찾을 수 있다. 훌륭하고 주의 깊은 글쓰기에 반드시 필요하다고 밝혀진 일상적 말하기의 주목받지 못한 특질에 대해 이 책의 많은 곳에서 폭넓게 분석할 것이다. 이 책에는 말하기에 대한 나의 사랑뿐만 아니라, 말하기와 글쓰기가 함께할 수 있다는 나의 확신이 표현되어 있다고 말할 수 있겠다.

실제적 목적과 이론적 목적

실제적인 관점에서는 글쓰기에 말하기를 끌어들이는 구체적인 방법 두 가지를 제안할 것이다. 하나는 글쓰기의 초기 단계에서 말하듯이 쓰기인데, 이것은 2부의 주제이다. 다른 하나는 마지막 단계에서 수정하기 위해 소리 내어 읽기인데, 이것은 3부의 주제이다. 말하기의 이러한 두 가지 사용은 학교 에세이, 직장 보고서, 공문, 잡지 기사, 뉴스 기사, 시, 회고록 등 어떤 글이든 더 잘 쓰고 더 즐겁게 쓰는 데 도움을 줄 수 있다. (나는 이 책에서 내용 수정하기라는 거대하고 필수적인 중간 단계를 매우 간단하게만 다루고 있다. 이 단계는 사고와 글의 구성을 똑바로 하려는 주의 깊고 의식적인 과정인데도 말이다. 나는 10장에서 내용 수정하기를 위한 두 가지 실제적인 제안을 하기는 하나, 다른 사람들과 내용에 대해 이야기를 나누는 것을 제외하고는 내용 수정하기에서 말하기의 역할을 크게 보지 않는다.)

그러나 실제적인 조언이 유일한 목표였다면 이 책은 훨씬 더 얇아졌을 것이다. 더 큰 목표는 말하기와 글쓰기의 본질과 그것들이 연결된 방식에 대해 다시 생각해 보도록 하는 것이다. 무엇보다도 우리의 문화가 **문식성**에 부여하는 의미에 대해 다시 생각했으면 한다. 여기서 노골적으로 나의 근본적인 주장을 진술하는 것이 좋겠다.

> 모어로서 특정한 형태의 영어를 사용하는 모든 사람은, 비록 고급스럽지 않은 영어를 말하고 그리 많이 읽지는 않더라도, 영어로 훌륭한 글을 쓰고 구두점을 적절하게 찍을 수 있을 만큼 **이미** 충분히 알고 있다.

이후에 등장할 다음과 같은 몇몇 단서 조건을 설명함으로써, 나는 이러한 거시적인 주장에 더 많은 힘을 실어 줄 수 있다.

- 주의 깊은 내용 수정하기에는 주의 깊은 사고가 요구된다. 아무나 그렇

게 할 수 있는 것은 아니다. 그러나 새로운 지식이 필요한 것은 아니고, 연습이 필요하다.

- 많은 진지한 글쓰기는 '정확한 영어'로 쓰인 최종 원고를 필요로 한다. 도움 없이 이것을 만들어 내기 위해서, 즉 소위 실수나 나쁜 영어 혹은 잘못된 영어로 불리는 것들을 제거하기 위해서는 전문적인 지식이 필요한데, 이것은 토박이 구어로 거저 얻을 수 있는 것은 아니다.

- 정치나 기후 변화, 신과 같은 실질적인 주제에 대해 특정 장르의 글을 쓰려고 할 때, 대부분 사람들은 주제에 어울리는 실질적인 정보와 어휘, 장르 지식 없이는 훌륭한 글을 쓸 수 없다. 하지만 개인적 에세이, 창의적인 논픽션, 시와 같은 특정 장르에서는 특별한 전문 지식이 없더라도 정치, 기후 변화, 신에 대해 뛰어난 글을 쓸 수도 있다.

좋은 글쓰기가 쉽다고 주장하는 것이 아니다. 무언가에 대해 충분히 잘 아는 것만으로 쉽게 글을 쓰지는 못한다. 항상 힘든 작업을 거치고, 때로는 분투를 해야만 좋은 글이 나온다. 존 듀이John Dewey가 주장한 바처럼 지식이나 경험의 단순한 소유만으로는 충분하지 않다. 우리는 그것에 대해 **심사숙고해야** 하고, 내가 이 책에서 탐구하는 방식으로 그것을 가지고 작업하고 활용해야 한다. 예를 들어, 3부에서는 토박이말을 통해 거저 얻게 된 구어를 멈춰서 듣고 심사숙고해야 할 필요가 있다고 강조한다.

그러나 나는 여전히 앞에 제시한 주장이 이 책의 요지를 잘 보여 준다고 생각한다. 토박이말을 사용하는 모든 사람은 글을 잘 쓰고 구두점을 적절하게 찍는 데 필요한 자질을 가지고 있다.

여기서 제안하는 것은 입과 귀로 더 많은 일을 해야 한다는 것이다. 자신의 토박이말에 대한 우리의 지식은 대개 암묵적이다. 그것은 마치 몸 안에 있는 것처럼 운동감각적이다. 우리는 매우 복잡한 구어체 일상어를 말하려고 할 때 의식적으로 생각할 필요가 없다. 언어학자 톰 로퍼Tom Roeper는 인간(특히 어린이들)이 어떻게 자신의 토박이말을 익혀서 말하는지를 관찰하면서 "몸은 단지 마음의 확장이다."(Roeper, 2007: 20)라고 말한 바 있다. (이와 관련해 마크 존슨Mark Johnson의 『마음속의 몸: 의미, 상상력, 이성의 육체적 기초The Body in the Mind: The Bodily Basis of Meaning, Imagination, and Reason』(1987)도 참조하기 바란다.) 하지만 좋은 글을 쓰기 위해 자신의 입과 귀로 암묵적 지식을 사용하려면 의식적인 성찰과 사고를 많이 해야 한다.

나는 '모어mother tongue', '가정 언어home language', '일상어vernacular', '마음과 입에서 가장 쉽게 나오는 언어' 등이 동일하게 보이도록 느슨하게 말하곤 했다. 내가 처음으로 진짜 차이점을 알게 된 것은 성인 대학생을 위한 워크숍을 열고 그들에게 자신의 모어로 개인적인 글을 쓰게 했을 때였다. 워크숍 후반의 토의 시간에 카리브해 지역에서 성장한 한 청년이 다음과 같이 말했다. "감사합니다. 저는 워크숍을 즐겼고, 흥미로웠습니다. 하지만 힘들었습니다. 저는 수년 동안 그러한 언어를 사용하지 않았습니다. 저는 학교 논문과 보조금 지원서에 사용해야 하는 언어로 글을 쓰는 것이 더 쉽습니다." 그의 반응을 통해 나는 실용적인 우선순위를 분명히 하게 되었다. 나의 주된 목표는 글쓰기를 위해 어떤 언어든지 마음과 입에 가장 빨리 쉽게 다가오는 언어를 활용하는 것이다. 그 청년을 통해서 나는 이 언어가 '모어'나 집에서 사용하는 언어가 아닐 수도 있다는 것을 깨달았다. 카리브해 출신의 그 청년이 이용할 수 있는 언어적·인지적 재산은 마음과 입에 아주 빨리 다가오지 않는 바로 그 언어 속에 있을 수도 있는 것이다.

그래서 나는 정밀하지 못한 채로 내가 그러한 모든 용어들을 함께 묶을까 봐 걱정이 된다. 가장 쉽게 나오는 언어, 즉 '배우지 않고 터득한 일상어'는 대개 '토박이말'이자 '집에서 쓰는 말'인 경향이 있다. 그렇지 않은 경우라면 나는 이렇게 말할 것이다. 빠르고 쉬운 것을 택하라. 그렇지만 자신이 등한시했을지도 모르는 '일상어'의 이점에 귀를 기울이라. 나의 주된 주장은 거의 모든 사람들이 네 살 이전에 본능적으로 소유하기 시작하는 언어적 힘과 정교함에 대한 것이다. 내가 하는 말의 불확실성을 알아챌 정도로 충분히 주의 깊은 독자라면 이러한 단서 조항을 기억하고서 읽을 때 이를 명심하리라고 믿는다. (키스 길야드Keith Gilyard는 이미 예전에 글을 통해 이러한 불명확함에 대해 나를 강하게 비판했다.)

또한 나는 기탄 없이 나의 주장을 부정적인 형태로 제시하고자 한다. 우리의 문식성 문화는 마치 음성, 인간의 몸, 일상어, 그리고 특권 없는 사람들을 표적으로 삼은 음모처럼 작용한다. 즉, 말하기, 글쓰기, 문식성 등과 관련하여 널리 퍼져 있는 문화적 가정은 마치 사람들이 편안하고 강력한 문식성을 성취하는 것을 더 어렵게 만들도록 설계되어 있는 것처럼 보인다(특히 그러한 가정이 학교 교육을 통해 전달될 때 더욱 그러하다). 이 책의 씨앗은 글쓰기에 대한 나의 첫 번째 책인 『교사 없는 글쓰기Writing Without Teachers』(1973)에서 잠자고 있었다. 나는 이제 글을 잘 쓰는 데는 교사가 필요 없다는 내 주장의 논리를 강화하고자 한다. 사실, 제도적 교육은 가끔 방해가 되기도 한다.

이는 이반 일리치Ivan Illich가 『일상어의 가치Vernacular Values』(1980)에서 주장한 것과 크게 다르지 않다. 그는 훨씬 더 넓게 스며든 경제적·정치적 '일상어의 가치'에 관심을 두었으며, 특히 그 가치의 상실에 관심을 두었다. 그는 다음과 같이 언급했다.

> 일상어vernacular라는 단어는 '뿌리박음rootedness'과 '거주지abode'를 의미하는 인도-게르만어 어근에서 왔다. 라틴어 단어인 'vernaculum'은 공식적인 교환을 통하여 얻은 것과 반대되는 것으로서 제집에서 난 것, 집에서 손으로 짠 것, 집에서 성장한 것, 집에서 만든 것을 가리키는 데 사용되었다. … 바로Varro는 … 언어에서 똑같은 구별을 하기 위하여 이 용어를 선택했다. 그에게 일상어는 어디에선가 생산된 후 [공식적인 교환을 통해] 옮겨 온 것과 반대되는 것으로서, 화자 자신의 땅에서 성장한 단어와 패턴으로 구성된 것이다. 바로의 권위가 널리 인정된 이후 그의 정의가 굳어졌다. (Illich, 1980: 41)

이 책의 마지막 4부에서 나는 우리가 다른 문식성 문화, 즉 '일상어 문식성vernacular literacy'의 문화를 향해 놀라운 속도로 이동하고 있다는 것을 보여 주려고 한다. 우리는 이미 정확한 글쓰기에 구어를 끌어들이는 문화에 속해 있다. 물론 이때의 구어는 백인 주류 계층의 것이며 여전히 '문법적 실수'를 배제하기는 하지만 말이다. 나는 우리가 영어의 모든 구어체 일상어가 진지한 글쓰기에 유효하다고 여기는 문식성 문화를 향해 나아가고 있다고 본다. 글쓰기는 더 이상 정확함과 질이라는 두 가지 기준으로 판정받지 않을 것이다. 필자와 독자를 위한 유일한 기준은 '글이 좋은가?'라는 근원적인 것이 될 것이다.

단테Dante는 이러한 발전 양상에 대해 모델을 제시한 바 있다. 『민중 언어De Vulgari Eloquentia』라는 작은 책에서 단테는 자신의 고향 피렌체에서는 어린이와 유모의 일상어가 라틴어보다 더 고귀한 언어라고 주장했다. 그때는 라틴어가 진지한 글쓰기에 쓰일 수 있는 유일한 언어라고 여겨졌던 14세기였다. 나는 평소에 쓰는 구어체 영어의 다양한 일상어 형태들이 편집된 문어체 영어보다 더 고귀한 언어라고 주장하고 있는 것은 아니다. 단지 가장 주의 깊고 격식을 갖춘 문어체 영어조차도 필요로 하는 효과적인 언어 자원의 보고가 일상어에 있다고 주장할 뿐이다.

나는 단테의 책에서 책의 제목을 빌려 왔다. 그러나 그가 쓴 라틴어 단어 'vulgar'는 영어의 'vulgar(저속한)'와 의미가 다르기 때문에, 'Vulgar Eloquence'라는 제목을 붙이지 않았다. 라틴어 'vulgar'는 '보편적인 말 혹은 사람들의 일상적인 말'을 의미한다. 그래서 이 책의 원제 'Vernacular Eloquence'는 'De Vulgari Eloquentia'를 가장 정확히 번역한 말이다. 그런데 단순히 '일상적인', '서민들의'라는 뜻으로 사용되던 단어가 어쩌다가 '거친', '더러운', '음란한' 이라는 의미로 추락해 버렸는지도 알아보기 바란다. 그러한 언어적 변화도 이 책에서 다루는 주제 중 하나이다.

이 책은 어떤 유형의 책인가

이 책은 확실히 단계별 설명서나 실천적인 지침서는 아니다. 나의 주된 목표는 사람들이 글쓰기나 문식성에 대해 **생각하는** 방식을 변화시키는 것, 즉 말하기와 글쓰기의 차이점을 강조하는 광범위한 경향을 변화시키는 것이다. 나는 모든 종류의 유용한 유사성, 중첩, 혼종을 보여 줄 것이다. 이는 책을 이론적으로 만든다. 그러나 여기서의 이론은 실천적인데, 그 이유는 사람들이 글을 더 만족스럽게 잘 쓰도록 도울 두 가지 구체적이고 실천적인 활동을 기술하고 있기 때문이다.

이 책은 대중을 위한 책인가, 아니면 교사나 학자를 위한 책인가? 1973년에 『교사 없는 글쓰기』를 쓸 당시에는 교사나 학자에 대해 고려하지 않았다. 나는 글을 쓰기 원하는 모든 사람들을 향해 언덕 꼭대기에 서서 외치고자 하였다. 그런데 결국 교사들과 학자들이 나의 책을 읽게 되었고, 그들이 글쓰기에 대해 생각하고 가르치는 방법이 그 책의 영향을 받게 되었다. 지금 나는 더 다양한 독자를 대상으로 설정함으로써 내 작업을 더 어렵게 만들고 있다. 즉 나는 필자나 잠재적 필자뿐만 아니라 교사, 학자, 연구자도 독자로 고려하고 있는 것이다. 나는 이 책과 관계가 있는 학문들을 완전히 숙달했다고 여기지는 않는다. 그러나 그 학문 영역 내에서 내가 공부한 것들이 없지 않으므로 그 내용을 간단히 기술할 때도 있을 것이다.

훨씬 까다로운 일이 되겠지만, 나는 글쓰기나 문식성에 대해 생각은 하지만 그 학문에 대해 관심은 없는 일반적인 지식 공동체 사람들도 독자로 고려하고자 한다. 나는 루이스 메넌드Louis Menand나 애덤 고프닉Adam Gopnik 같은 필자들이 글쓰기와 관련하여 『뉴요커The New Yorker』나 『뉴욕 타임스New York Times』에 기고한 글이나, 스벤 버커츠Sven Birkerts의 『구텐베르크 비가The Gutenberg Elegies』, 린 트러스Lynne Truss의 『먹고, 쏘고, 튄다Eats, Shoots & Leaves』, 리처드 래넘Richard Lanham의 『전자 단어: 민주주의, 기술, 예술』, 로버트 단턴Robert Darnton의 『책의 사례: 과거, 현재, 미래The Case for Books: Past, Present, and Future』와 같은 문식성에 대한 책이나, 스티븐 핑커Steven Pinker, 올리버 색스Oliver Sacks, 말콤 글래드웰Malcolm Gladwell 같은 필자들이 쓴 언어와 사고에 대한 책을 읽은 사람들을 염두에 두고 있다.

그런데 일반 독자를 위한 텍스트를 포기하지 않으면서도 학자들에게 말하려면 어떻게 해야 할까? 나는 주석을 사용하지 않겠지만, 해당 쪽의 글상자 안에 학술적인 참고 자료나 논의를 약간이나마 제시할 것이다. 글상자를 만나면 간단히 훑어보고 그것을 읽을지, 요점만 읽을지, 건너뛸지를 빨리 결정할 수 있다. 따라서 미주가 있는 장이나 책의 끝부분, 또는 각주가 있는 쪽 하단으로 눈을 돌릴 필요가 없을 것이다.* 나는 글상자 안의 정보, 아이디어, 문제 등을 사랑하지만, 많은 독자들이 그저 사고의 주요 흐름을 따라가고 싶어 하며 느리게 읽기를 원하지 않는다는 사실을 잘 알고 있다. 그러나 글상자 안의 자료들은 보통 아주 전문적인 내용은 아니며, 일반 독자에게도 흥미 있는 내용이다.

이 책은 이전의 두 저서인 『교사 없는 글쓰기』와 『힘 있는 글쓰기Writing With Power』와는 어떻게 다른가? 이전의 두 책에서 주로 실천적인 내용을 다루고자 했다면, 이 책에서는 큰 이론을 만들려고 한다. 이 책에서는 이전의 책들에서 분명하게 조언했던 것과 동일한 글쓰기 과정, 즉 한편으로는 쉬운 자유작문과 초고 쓰기, 다른 한편으로는 주의 깊고 의식적인 수정하기와 교정하기 간의 변증법적 교대를 제시한다. 그러나 개념적으로 이전의 책들은 전적으로 글쓰기의 측면에서 구성된 것이었다. 이 책은 말하기라는 렌즈를 통하여 글쓰기를 바라본다. 이전까지 나는 글쓰기에서, 심지어 자유작문에서조차 말하기와 구어의 역할을 이해하지 못했었다.

각 부 개관

1부 최고의 말하기와 글쓰기
여기서 나는 인간이 언어를 사용하는 방법인 말하기와 글쓰기의 다양한 이

---

*   원서에는 각주가 없다. 한국어판의 각주는 독자의 이해를 돕기 위해 옮긴이가 단 것이다.

점을 탐구하는데, 특히 말하기의 이점에 대해 훨씬 더 많이 탐구한다. 이것은 글쓰기 교사나 이론가 들에게는 새로운 영역이다. 1부를 통해 계획적이지 않고 부주의하며 즉흥적인 구어에는 많은 장점이 있다는 사실을 알게 될 것이다. 그러한 구어가 진지하고 주의 깊은 글쓰기에서는 대체로 만족스럽게 사용되지 못했기 때문에 구어의 장점은 주목받지 못했다. 이 책의 목표는 말하기의 모든 장점을 취해서 글쓰기의 모든 장점과 결합하는 것이다. 이것은 힘든 일이기는 하지만, 그러한 이상에 최대한 가까이 다가가려는 시도는 유용한 것이다.

2부 말하듯이 쓰기: 글쓰기 초기 단계에서 말하기 역할

우리는 글쓰기의 초기 단계에서 탐구하고 초고를 작성할 때 비계획적인 말하기와 구어의 많은 장점을 끌어올 수 있다. 이는 '말하듯이 쓰기'에 의해, 즉 일상의 말하기에서 우리가 별 노력 없이 사용하는 심리적 과정을 글을 쓰는 손이 그대로 따라가게 함으로써 이루어진다. 자유작문은 말하듯이 쓰기의 과정을 배우기 위한 가장 쉽고 명확한 방법이다. 주의를 기울여 수정할 때, '정확'하고 말과는 거리가 먼 글을 지향하는 경우라 하더라도, 쉬운 말하기의 장점들을 취하고 적절하지 않은 것을 제거할 수 있다.

3부 소리 내어 읽기를 통한 글 수정하기: 글쓰기 후반기 단계에서 말하기의 역할

주의를 기울여 소리 내어 읽는 것은 주의를 기울이지 않은 말하기와 꽤 다르기는 하지만, 자연적으로 습득된 말을 글쓰기에 사용하는 강력한 방법이다. 내용을 수정한 이후, 수정의 최종 단계에서 주의 깊은 음독 과정을 이용할 수 있다. 주의를 기울여 모든 문장을 크게 읽은 다음 우리의 표현이 입에 붙게 느껴지고 귀에 적절하게 들릴 때까지 만지고 다듬는다면, 그 결과로 힘 있고 명료한 문장이 만들어질 것이다. 소리 내어 읽기는 표준화된 영어에 맞지 않을지도 모르고, 그 언어 사용역이 지나치게 구어적이어서 우리가 이용하고 있는 장르와 맞지 않을지도 모른다. 그러나 소리 내어 읽기는 글쓰기에서 가장 소중하고 얻기 힘든 명료함과 힘을 얻게 할 것이다. 정확함과 언어 사용역의 문제는 최종 수정 단계에서 해결될 수 있다. 소리 내어 읽기는 문장뿐만 아니라 더 긴 단락과 글 전체 구성의 약점을 개선하는 데도 도움이 된다.

말하듯이 쓰기가 쉬운 생성 과정인 것과 달리, 주의 깊게 소리 내어 읽기는 비판적이고 자기 의식적인 검토가 포함된 교정 또는 평가의 과정이다. 말하듯이 쓰기가 입에서 나오는 모든 것을 받아들이는 반면, 소리 내어 읽기는 그중 많은 부분을 폐기한다. 소리 내어 읽기는 불명확하고 어색한 것을 고친다. 말하기와 소리 내어 읽기는 자연적으로 습득된 말, 즉 몸에 전적으로 의존한다. 달리 말해 우리가 유아기 이래로 내면화하고 암묵적으로 만든 언어적 지식에 의존하는 것이다.

4부 일상어 문식성

현재의 엄격한 문식성 문화는 진지한 문식적 글쓰기에 쓰이는 편집된 문어체 영어에 대한 단일한 문법적·수사적 표준을 요구한다. 나는 이러한 표준을 옹호하지 않지만, 그것이 당분간 우리와 함께할 것 같다. 물론 이 책에서 확인할 수 있듯이, 단일한 표준의 지배가 어떤 제한된 방법으로 느슨해지고 있기는 하지만 말이다. 이러한 제약은 글쓰기를 더 어렵게 만드는데, 그 언어가 사람들의 토박이 구어와는 다르기 때문이다. '정확한' 글을 쓰지 않는 학생이나 전문가는 성공하기 어렵다. 따라서 이 책의 대부분에서는 실용적인 단기 목표를 제시하고 있다. 그것은 자연적으로 습득된 말, 즉 우리의 다양한 구어체 일상어들을 활용하여 고급 문어체 언어의 단일한 표준을 충족하는 글을 좀 더 쉽게 쓰는 방법을 찾는 것이다.

이 마지막 부분에서는 먼저 단일한 표준으로 인한 어려움을 살펴볼 것이다. 그런 다음 다양한 형태의 구어들이 마침내 진지하고 중요한 글쓰기에 적합하고 타당한 것으로 받아들여지게 될 새로운 문식성 문화에 대해 다룰 것이다. 이와 같은 발전은 믿기 어려운 말처럼 들릴 수도 있겠지만, 나는 우리의 현 문식성 문화가 이러한 발전을 배태하고 있다는 것을 뒷받침할 만한 많은 근거를 탐구할 것이다. 단테의 고향에서 쓰던 구어체 일상어가 이탈리아에서 진지한 글쓰기의 표준으로 받아들여지는 데는 400, 500년이 걸렸지만, 나는 우리가 새로운 일상어 문식성 문화를 만나기까지 단 몇 년밖에 걸리지 않을 것이라고 본다.

사람들은 새로운 일상어 문식성 문화에 대해 심사숙고하기를 꺼릴 수도 있다. 어쩌면 처음에는 문식성의 무정부 상태처럼 보일지도 모른다. 그러나 웹상의 무정부 상태는 글쓰기 유형의 급진적인 변화를 가져오고 있는데, 많은 사람들이 이를 기꺼이 받아들이고 즐긴다. 나는 미국 문화가 영어의 다양한 문어체 형태를 어떻게 당연한 것으로 받아들이기 시작할 것인지, 그리고 이러한 변화가 진정한 의미에서 문식성을 실제로 어떻게 **발전시킬** 것인지에 대해 탐구할 것이다. 더 많은 사람이 더 다양한 방식으로 더 훌륭하게 글을 쓰는 방법을 배울 것이고, 더 많은 사람이 더할 나위 없이 좋은 읽을거리들을 발견하게 될 것이다. 현재의 상황에서는 잠재적인 필자들이 다음과 같은 메시지를 따르지만, 이러한 상황은 더 이상 존재하지 않게 될 것이다.

우선 당신이 정확하게 쓸 수 있는지를 보여 달라. 당신이 훌륭한 글을 쓸 수 있을지 없을지는 그다음에 볼 것이다.

새로운 일상어 문식성 문화에서 필자와 독자를 위한 유일한 표준은 '그 글이 좋은가?'라는 근원적인 표준일 것이다. 독자들은 자신이 이미 배우기 시작한 것을 더 잘 배울 수 있을 것이다. 즉 좋은 글을 쓰기 원한다면 영어의 구어체 형태에서 그것을 찾아야 한다는 것이다. 그것이 자신의 말과는 다른 형태일지라도 말이다.

문식성 이야기
대부분의 장과 장 사이에 나는 '문식성 이야기'라는 짧은 글을 끼워 넣었다.

'문식성 이야기'는 역사상 서로 다른 시기에 서로 다른 장소에서 이루어진 글쓰기와 문식성의 역사적 순간들을 간단히 보여 준다. 인간이 사용해 온 아주 다양한 문자 언어 사용 방식들 중 일부는 무척 흥미로울 것이다.

또한 '문식성 이야기'를 통해 막간의 즐거움을 제공하거나 길고 산만한 장의 분위기를 전환하려고 한다. ('막간interludes'은 주요 행사 사이에 들어가는 소극이나 오락으로, 하프타임 쇼 같은 것이다. 'inter'는 '사이에', 'ludus'는 '극' 혹은 '놀이'를 뜻한다.) 누적된 '문식성 이야기'는 이 책의 더 큰 목표를 이루는 데 도움이 될 것이다. 나는 최상의 글쓰기 형식 또는 이상적인 글쓰기 형식 같은 것이 있다거나 글쓰기의 변화는 항상 특정한 자연스러운 진화 과정을 따른다고 하는 통념을 흔들어 놓고자 한다. 특히 나는 글쓰기나 문식성에 대한 표준의 변화가 종종 갑자기 닥칠 수 있으며, 이러한 변화가 강력한 문화적·정치적 힘에서 비롯되기도 한다는 것을 보여 주려고 한다.

'문식성 이야기'는 이 책의 다른 부분보다 내가 직접 연구하지 않은 분야의 지식을 더 많이 요구한다. 따라서 나는 다른 자료들에 많이 의지하고 폭넓게 인용할 것이다.

1부

최고의 말하기와 글쓰기

도입: '말하기'와 '글쓰기'

이 책은 최고의 말하기에 어떤 특성이 있는지 파악하여 글쓰기에 적용하고자 한다. 1부의 과제는 말하기와 글쓰기에 어떤 장점이 있는지 살펴보는 것이다. 이를 위하여 먼저 용어의 의미에 주목하고자 한다.

성 아우구스티누스St. Augustinus는 '시간'의 의미를 알고 나서야 더 이상 의심하지 않게 되었다고 말한 바 있다. '말하기'와 '글쓰기'도 마찬가지이다. '말하기'와 '글쓰기'는 정확하게 이해하기 전까지는 단순한 단어처럼 보인다. 이 책에서는 다소 엄밀하게 이 말들을 사용하고자 한다. 결국 나는 말하기와 글쓰기의 결합체 또는 혼합체라고 할 만한 것을 예찬하게 되지만, 이 결합체에 대해 명확하게 기술하려면 먼저 혼합되는 두 가지 구성 요소를 명확하게 이해해야 한다.

말하기와 글쓰기에 대한 잘못된 이해는 다양한 영역이나 차원에서 이 말들이 어떻게 사용되는지를 잘 알지 못하는 데서 비롯한다. 다음과 같은 세 가지 차원을 구별할 필요가 있다.

1. 서로 다른 신체활동으로서의 말하기와 글쓰기

우리는 대체로 무언가를 표현할 때 자신이 입을 사용하는지 혹은 손을 사용하는지 헷갈려 하지 않는다. 그러나 그 경계를 넘나들 때, 예를 들어 다른 누군가를 시켜 말을 받아 적게 하거나 음성 인식 소프트웨어를 활용하여 텍스트를 산출할 때처럼 경계가 불분명할 때가 있다. 나는 서론에서부터 2부까지 그러한 활동들에 대한 불분명함을 해소하고자 한다. 상식적 수준에서는 신체활동으로서 말하기와 글쓰기가 명확히 구분되니 지금은 일단 넘어가기로 하자.

2. 서로 다른 물리적 양태 또는 매체로서의 말과 글

말을 하면 소리가 나고, 소리는 공기 분자가 보통의 경우보다 더 응축되어 있는 것에 불과하기 때문에 말은 듣는 순간 사라지고 만다.

여: 어떻게 나한테 그런 말을 할 수 있어?
남: 난 그런 말을 한 적이 없어.

이들은 남자가 그런 말을 했는지 안 했는지 결코 알지 못할 것이다. 녹음해 두지 않는 한 말은 이내 사라져 버리기 때문이다.

소리가 존재하는 데에는 **시간**이라는 매개체가 필요하다. 시간은 우리를 현재에 가두어 두기도 하고 미래로 내몰기도 하는 매개체이다. 우리가 경험할 수 있는 것은 과거나 미래 자체가 아니라 과거나 미래에 대한 생각이나 관념일 뿐이다.

반면에 글쓰기는 지면이나 스크린, 게시판 등에 시간이 지나도 지속되는 가시적 표시를 만들어 내고, 우리가 지속되기를 바라는 한 계속 존재한다. 작성된 글은 원하는 시간에 원하는 속도로 살펴볼 수 있다. 예를 들자면, 탐정 소설에서 누가 그랬는지 미리 살펴본다든가 『안나 카레니나』 같은 소설에서 스테판 아르카디이치 오블론스키Stepan Arkadyich Oblonsky라는 인물이 도대체 누구인가 알아보려고 앞으로 되돌아간다든가 하는 경우가 그러하다. 미리 훑어보거나 다시 읽어 볼 수 있는 것이다.

그리고 눈으로 볼 수 있는 단어는 **공간** 속에 존재한다. 공간은 자유의 매개체가 된다는 점에서 주목할 만하다. 우리가 떠나온 곳과 우리가 향하는 곳 좌우로, 위아래로, 때로는 멀리 떨어진 곳까지도 볼 수 있게 하기 때문이다. 시각적 텍스트는 동시에 두세 개의 버전을 비교할 수 있지만, 여러 구두 담화는 서로 비교하는 것이 매우 어렵다. (이제는 들리는 말을 **녹음**해서 '들리는 기록'을 점검하는 것이 가능하긴 하지만, 녹음된 텍스트를 비교하는 것은 매우 어려운 일일 뿐만 아니라 한 번에 몇

개 이상의 단어는 들을 수가 없다.)

간단하게 말하면, 말과 글이라는 물리적·감각적 양태는 말하기와 글쓰기라는 신체적 과정만큼이나 분명하게 차이가 난다. 여기에는 또 아주 흥미로우면서 경계에 걸쳐 있는 사례가 있다. 그것은 바로 수어sign language이다. 수어는 일종의 '말'이라고 할 수 있는데, 시각적·공간적이라는 점에서 글과 같지만 일시적이라는 점에서는 말과 같다.

3. 서로 다른 언어적 산물로서의 말과 글

이것은 아주 복잡하다. 사람들은 대개 손으로 쓰는 언어가 입으로 말하는 언어와 같지 않다고 생각한다. 그렇지만 언어학자들은 엄밀히 말해서 둘 사이에 실질적인 차이가 없다고 본다. 즉, 어떤 언어든 상황에 따라 말로 표현하기도 하고 글로 표현하기도 한다는 것이다. 수백만의 문자열로 이루어져 있는 구어 및 문어의 대규모 '말뭉치corpora'를 수집해 보면 서로 중복되는 부분이 많다는 것을 알 수 있다. 모든 문자열을 뒤섞으면 무엇이 구어이고 무엇이 문어인지 확인할 수 없다. 즉, 인간의 모든 의사소통 맥락과 목적에 따라 산출된 구어와 문어를 살펴보면 이 둘 간의 경계선이 거의 완전히 사라져 버리는 것이다. 이 주제에 대해 다른 누구보다도 경험이 많고 권위가 있는 언어학자로 더글러스 비버Douglas Biber를 들 수 있는데, 그는 2007년 카밀라 바스케스Camilla Vásquez와 공동으로 구어와 문어에 대한 모든 연구를 조사해 보고 다음과 같은 결론을 내렸다. "문어와 구어 양식으로 산출된 언어 간에는 절대적인 차이가 거의 없다."(Biber & Vásquez, 2007: 537; Biber, 1988)

사람들은 글이 말보다 더 형식적이라고 생각하는 경향이 있지만 항상 그런 것은 아니다. 어떤 글은 대부분의 말보다 더 비형식적이고 '구어적'이다(사람들이 일기나 이메일로 글을 쓰는 경우를 생각해 보라). 또 어떤 말은 대부분의 글보다 더 형식적이고 '문어적'이다(특정한 강연, 발표, 인터뷰 등을 생각해 보라). "온갖 종류의 말(구어)과 글(문어)을 일관되게 구별할 수 있는 방법은 존재하지 않는다."(Chafe, 1994: 48)

그러나 언어학자들은 구어와 문어 간의 차이가 없다고 한 이후 다시 양자 간의 차이에 주목하는데, 이번에는 좀 더 신중하게 접근한다. 언어학자들은 '전형적인 말'과 '전형적인 글'을 구별하는 것이 유용하다는 점을 인정한다. 즉 언어학자들은 언어에서 두 가지의 공통적인 종류kind, 장르genre, 언어 사용역register을 구별하는데, 하나는 일상 대화에 사용되는 구어이고 다른 하나는 주의 깊게 특정 정보를 전달하거나 설명하는 산문 또는 '문필가'의 문어이다.

그래서 나는 비버와 바스케스가 구어 양식과 문어 양식 간에는 전혀 차이가 없다고 한 말을 액면 그대로 받아들이지 않는다. 이들은 마지막 문장을 다음과 같이 쓰고 있다. "[그러나] 대화의 사용역과 정보 전달 목적의 산문 문어 간에는 강력하고 체계적인 언어학적 차이가 존재하는데, 이는 영어뿐만이 아니라 다른 언어에서도 마찬가지이다."(Biber & Vásquez, 2007: 15) 그래서 흥미롭게도 최근에 이루어진 심층적인 연구에 따르면 ('전형적'이라는 단어를 덧붙일 경우) 당연히 말하기가 글쓰기보다 더 비형식적이라는 일반적이고 소박한 가정이 지지되는 경향이 있다.

전형적인 글. 이를 정의하기 위하여 비버와 바스케스는 '주의 깊게 쓰인 정보 전달 중심의 산문'이라는 다소 모호한 표현을 사용한다. 이는 서로 다른 교육 수준의 서로 다른 분야나 학교 이외의 환경에서 요구되는 다양한 종류의 글을 망라하지만, 대부분의 사람들은 전형적인 글쓰기가 무엇인지 알고 있다. 데이비드 올슨David Olson의 논문 「발화에서 텍스트로: 말하기와 글쓰기의 언어에 대한 편견From Utterance to Text: The Bias of Language in Speech and Writing」(1977)을 보면 '문필가의 산문'이라는 용어는 일종의 논증이나 주장을 함의하는 경향이 있기 때문에 다소 협소하다.

전형적인 말. 이는 언어학자들이 '구어'라는 간단한 용어를 사용할 때 의미하는 것이다. 말을 하면서 유아기부터 내면화하기 시작하는 것이 바로 이 언어이다. 이 언어에는 복잡하고 정교한 문법적 규칙이 있는데, 우리는 네 살 무렵에 이 규칙을 숙달해 평상시에는 거의 의식하지 않고 따르게 된다. 이런 언어는 우리가 말하고자 하는 생각이나 느낌이 있을 때 계획하지 않아도 입에서 나온다는 복잡한 특성이 있다. (그러나 우리가 편안함과 안전함을 느끼지 않으면, 느리고 신중하게 할 말을 계획하고 언어학자들이 '비전형적인 말'이라고 부르는 언어를 산출할 것이다.) 우리가 머릿속에서 스스로에게 말할 때 사용하는 것도 이 언어라 할 수 있다. 이는 바로 이 책에서 '말'과 '구어'에 대하여 서술할 때 내가 가리키는 언어이다. 나는 종종 '쉬운' 또는 '계획되지 않은' 또는 '부주의한'과 같은 용어를 사용하여 이 언어가 우연적이고 일상적인 말임을 강조하고자 한다. 그래서 나는 전형적인 일상의 비계획적인 말과, 말로 표현될 수 있는 더 넓은 범위의 언어를 구별하고자 한다.

전형적typical이라는 것은 판단의 문제이다. 더글러스 비버는 대화conversation란 전형적인 말 또는 '정형화된 말stereotypical speech'이며, 정보 전달을 위한 설명적 산문은 '정형화된 글'이라고 주장한다.

대화의 본질이 정형화된 말이라고 보는 것은 논쟁의 여지가 없다. 모든 언어와 문화에는 대화를 통한 상호작용이 있으며, 그것은 일반적으로 구두 의사소통이라는 수단의 기본형에 해당한다고 할 수 있다. (Biber & Vásquez, 2007: 3)

비버는 정보 전달을 위한 설명적 산문을 '정형화된 글'(Biber & Vásquez, 2007: 3)이라고 부르지만, 이러한 용어법은 대화의 경우와는 달리 논쟁의 여지가 있음을 인정한다. 그는 브라이언 스트리트Brian Street가 자신에게 동의하지 않음에 주목한다. 브라이언 스트리트는 정보를 전달하는 산문이 단지 자신에게 가치 있는 글의 일종이라는 이유만으로 정형화된 글로 보는 비버와 같은 학자들에게 문제를 제기한다. 그러나 비버는 자신의 입장을 고수하면서 다음과 같이 주장한다.

[정보 전달을 위한 설명적 산문은 정형화된 글쓰기이다.] 왜냐하면 그것은 문어 양식의 자원을 최대한 이용하면서 대화와는 정반대의 상황적 · 의사소통적 특성

을 보이기 때문이다. 즉, 설명과 대화는 각각의 [물리적·사회적] 양식이 제공하는 의사소통적 자원을 최대한 이용한다. (Biber & Vásquez, 2007: 4)

이와는 반대로 나는 시나 회고록을 포함하는 **상상적 글** 또는 **문학적 글**을 정형화된 글로 간주하고 싶다. 이것들은 우리의 문화에서 확실히 가장 영예로운 형태의 글이며, 글쓰기에서 가장 높은 수준에서 이루어지는 인간의 수행을 보여 준다. 게다가 흥미롭게도 이것들은 사람들이 글쓰기 능력을 갖추었다고 느낄 때 대부분 쓰고 싶어 하는 것으로 보이는 글쓰기 유형이다. 훌륭한 글쓰기에서의 말하기의 역할에 대해 골몰하다가 나는 데버라 태넌Deborah Tannen이 한 말에 대해 흡족한 마음이 들었다. "독창적인 문학은 즉흥적인 대화와 마찬가지로, 전형적인 문어체 장르인 설명적 산문 이상의 것이 있다."(Tannen, 1985: 137) 문학적이고 상상적인 글쓰기에서는 표현되지 않은 것이 표현된 것만큼이나 중요하며, 개인적인 요소나 존재감이 드러나는 경우가 많다.

학자들을 위한 글쓰기 워크숍을 진행할 때 나는 **그들도** 회고록, 이야기, 시 따위를 쓰고 싶어 한다는 사실을 발견했다. 사실 이러한 글쓰기는 그들의 연구 경력에는 별 도움이 되지 않는다. 20세기의 영문학과는 그들이 아마추어의 감상적인 시라고 부르는 것을 근절하는 임무를 떠맡았다고 할 수 있지 않을까? 그리고 그것은 비참하게 실패했다고 할 수 있지 않을까? 사람들은 여전히 시를 쓰고 **싶어** 하며 멈추려고 하지 않는다.

언어학자들은 평상시의 대화와 주의 깊게 쓴 설명문 간의 차이를 발견했다. 주의 깊게 쓴 글에는 대개 다음과 같은 특징이 있다.

1. 말에 비해 구조적으로 더 복잡하고 정교하다. 이는 더 긴 문장과 같은 특징으로 나타난다.
2. 말보다 명시적이다. 즉 완결된 생각 단위 등을 가지고 있다.
3. 말보다 탈맥락적, 즉 자율적이다. 그래서 공유된 상황이나 배경 지식 등에 대한 의존도가 더 낮다.

4. 말에 비해 개인적 관여도가 낮고, 더 객관적이고 추상적이며, 거리를 두려고 하는 편이다.

5. 말에 비해 새로운 정보에 대한 집중도가 더 높다.

6. 말에 비해 더 신중하게 조직되고 계획된다. (이상은 비버(Biber, 1988: 47)를 요약한 것이다. 비버는 각 항목의 말미에 이러한 일반화의 근거로 다양한 연구를 인용한다.)

명심할 것은 이러한 차이가 인간이 말하거나 쓰는 언어의 전 범위를 고려하는 순간 사라지고 만다는 것이다.

이러한 언어학적 쟁점들에 관심이 없다면 이 긴 글상자의 내용을 건너뛰어도 좋다. 그러나 이 내용에 관심을 갖는 독자도 많을 것이다.

구어와 문어의 완벽한 중첩

모든 구어와 문어를 살펴보고 그것들이 입에서 나오는지 손에서 나오는지 구별할 수 없음을 안다면, 우리는 무엇을 얻을 수 있는가? 그저 구분되지 않는 스튜 같은 것일까? 아니다. 우리는 구어와 문어의 차이를 뛰어넘는 다른 차이를 얻게 된다. 말하기와 글쓰기의 차이는 언어라는 거대한 그릇에 들어 있는 모든 항목이 의미 있게 구별될 수 있는 다른 중요한 범주들에 의해 축소된다. 즉, 어떤 언어적 차원은 구어와 문어 간의 차이를 무시하거나 뛰어넘는다. 비버는 다음과 같은 여섯 가지 차원을 지적한다. 그에게 '차원'이라는 말은 단일한 자질이 아니라 자질들의 스펙트럼 또는 연속체를 의미한다. (예를 들면 나무 블록 더미를 볼 때 우리는 흑백이라는 색깔, 무거움과 가벼움이라는 무게, 매끄러움과 들쭉날쭉함이라는 모양과 같은 차원이나 스펙트럼을 생각할 수 있다.)

차원 1: 관여 대 비관여. 화자/필자 자신이 언어에 스스로를 관여시키거나 거리를 두는 정도는 얼마나 되는가? 우리는 입이나 손을 통하여 언어에 스스로를 관여시키기도 하고 거리를 두기도 한다. 예를 들면 학자들은 종종 **문어**로 이루어진 사적인 편지에 자신을 밀어넣기도 하고 **구어**로 이루어진 강의에서 자신을 분리하기도 한다. 마찬가지로 우리는 구어체의 대화와 문어체의 사적인 편지 모두에서 **관여적인** 언어를 발견할 수 있고, 구어체의 언론 보도와 문어체의 공식 문서 모두에서 **관여적이지 않은** 언어를 발견할 수 있다.

데버라 태넌은 구어와 문어에 대한 폭넓은 학문 연구에서 가장 주목할 만한 인물인데, 점차적으로 말하기와 글쓰기 간에 존재하는 차이 자체는 언어의 관여 특성과 비관여 특성 간에 존재하는 차이에 비해 중요성이 훨씬 덜하고 생산성이 낮다는 주장을 하기에 이르렀다. (Tannen, 1982: 126; Tannen, 1980; Tannen, 1985)

차원 2: 서사적 관심 대 비서사적 관심. 매우 서사적인 이야기는 구어로도, 문어로도 이루어질 수 있다. 반면, 전화 대화와 공식 문서는 모두 비서사적이다.

차원 3: 명시성 대 암시성. 언어가 모든 것을 설명하거나 암시적인 상태로 많은 것을 남겨 놓는 정도는 어떠한가? 구어로 이루어진 강의는 종종 많은 것을 자세히 설명하지만, 문어로 이루어진 문학은 놀라울 정도로 많은 것을 암시적으로 남겨 놓는다.

차원 4: 설득 표현의 명백성 대 비명백성. "문어체의 직무 관련 편지와 신문 사설은 모두 명백한 설득 표현이 있지만, 구어체의 방송과 언론 비평은 그렇지 않다. 이는 비평에 주관이 뚜렷이 드러나는 경우라도 마찬가지이다."

차원 5: 추상적 정보 대 비추상적 정보. "학술적 산문과 공식 문서는 매우 추상적이지만, 소설과 대화는 확실히 추상적이지 않다."

차원 6: 지속적 언어 산출 방식 대 단속적 언어 산출 방식. '온라인'에서 언어를 사용하면 멈추지 않고 계속할 수 있다. 단속적 방식으로 언어를 산출하면 멈춰서 계획하거나 준비하는 데 시간이 필요하다. 많은 말은 멈추지 않고 하지만, 어떤 말은 짧더라도 계획하는 데 시간을 들이는 경우가 있다. 글쓰기도 멈추지 않고 하거나 신중하게 계획되는 경우가 있다. (이상은 비버(Biber, 1988: 199-200)를 인용하여 설명한 것이다.)

간단하게 말해서 이러한 차원들은 문어와 구어의 차이를 뛰어넘거나 가로지른다. 이러한 분석이 보여 주는 바는 **맥락**, 즉 상황, 목적, 청중, 장르 등이 우리가 손을 쓰느냐 입을 쓰느냐보다 우리가 사용하는 언어에 대해 더 많은 것을 말해 준다는 사실이다.

예외: 구어와 문어 간의 사소한 차이

그러나 비버와 바스케스는 매우 사소하지만 흥미로운 통계적 경향을 찾아냈다. 그것은 글쓰기가 말하기에 비해 서로 다른 종류의 언어에서 더 넓은 영역을 보여 준다는 점이다. 구어는 '지속적 방식으로 산출된다는 조건' 때문에 제약을 받는데, 이러한 조건에서는 누군가가 화자의 말을 들으면서 화자가 문장을 마칠 때를 기다리고 있기 때문에 화자가 계획할 시간을 충분히 가질 수 없다. 어떤 거대한 문법적 복합체를 그때그때 상황에 따라 만들어 내는 것은 더 어려우며, 통계적으로 더 희박하게 벌어지는 일이다. (생각하고 고칠 시간이 있는) 필자에게 글을 쓸 때 '산출 조건'이 유연하다는 것은, 필자가 자신이 원하는 어떤 언어든, 가령 말이라고 오해하도록 의도된 언어까지도 사용할 수 있다는 것을 의미한다.

이 책에서는 언어학자들이 발견한 것, 즉 **어떤 의미에서는** 말하기와 글쓰기가 완전히 겹친다는 것, 그리고 또 **다른 의미에서는** 두 개가 완전히 다르다는 것을 공정하게 보여 주고자 한다. 다시 말해 나는 한편으로는 난봉꾼의 신조liber-tine's credo*를 가정할 것이다. 즉, 언어 영역에서 입으로 할 수 없는 것은 아무것도 없으며 손으로 할 수 없는 것도 아무것도 없다는 것이다. 만약 우리가 인간이 생산하는 언어의 전모를 살펴본다면 구어와 문어는 서로 차이가 없다. 이는 글쓰기를 위한 말하기에 아주 많은 관심을 갖고 있는 나에게는 아주 중요하다.

그러나 다른 한편으로 나는 '일상적이고 편안한 비계획적 말하기 대對 정보 전달을 위한 글쓰기 또는 문필가적인 글쓰기'와 같은 전형적인 형식 안에서 말

....
* 도덕적 제약에 얽매이지 않는 신념.

하기와 글쓰기 간의 차이에 초점을 맞추면서 많은 시간을 할애할 것이다. 나는 일상적 말하기가 매우 쉽기 때문에 관심을 가지고 있다. 그리고 나는 글쓰기에 사람들이 알아차리지 못하는 장점이 많다는 점을 보여 줄 것이다. 또 나는 설명적인 글이나 에세이 쓰기에 관심을 가지고 있는데, 왜냐하면 그러한 글쓰기는 대부분의 사람들이 가장 어려워하고 우리가 학교와 직장에서 또 다른 많은 목적으로 수행해야 하는 것이기 때문이다. 그것은 특히 말하기라는 자원을 활용해서 이익을 얻을 수 있는 글쓰기 유형이다. (시와 소설을 창작하는 사람들은 보통 말하기가 자신들의 친구라는 사실을 이해한다.)

그래서 주의 깊게 설명하며 정보를 전달하는 글쓰기를 하려는 사람들에게 나는 자신의 혀가 알고 있는 것을 활용해 보라고 권한다. 물론 이것은 현대 문화에서 사람들이 하는 글쓰기의 작은 부분에 불과하다. ((이메일, 편지, 신문, 문학, 일기, 블로그 등을 생각해 보라. 또 내가 쓴 '공간성spaciousness('에 관한 논문(Elbow, 2003)(도 참조하기 바란다.)) 사람들은 아마도 주의 깊게 에세이를 쓰는 것이 전형적인 글쓰기라고 착각할 것이다. 왜냐하면 그러한 종류의 글쓰기가 학교에서 글쓰기를 배우고 대학에서 글을 쓰면서 깊이 각인되었기 때문이다. 우리 문화에서는 주의 깊게 쓴 에세이가 성인 문식성 교육으로 들어가는 거의 유일한 길이라고 생각되어 왔다. 새로운 과학기술은 **글쓰기**로 들어가는 새로운 문을 열었지만 사람들이 '진정한 문식성'이라고 느끼는 문은 별로 열지 못했다. (이에 대해서는 17장에서 자세히 논의할 것이다)

*　*　*

논의를 요약하면 다음과 같다.

- **신체적 과정**이라는 측면에서 말과 글 간에는 분명한 차이가 존재한다. 각각 입과 손을 사용한다는 것이다.

- 물리적 매체 또는 감각적 양태라는 측면에서 말과 글 간에는 분명한 차이가 존재한다. 시간 속에서 존재하며 들을 수 있는 구어와 공간 속에서 존재하며 볼 수 있는 문어라는 점에서 그러하다.
- 그러나 언어 또는 산물이라는 측면에서 말과 글을 볼 때 그 차이는 그렇게 단순하지 않다. 만일 우리가 상황과 맥락의 모든 범위에서 생산된 구어와 문어의 전 범위를 본다면 둘은 서로 다르지 않다. 그러나 만일 우리가 쉽고 관습적이며 일상적인 대화 대 문필가적 글쓰기로 범위를 제한한다면 둘은 매우 다르다. 이것은 사람들이 말하기와 글쓰기에 대하여 말할 때 염두에 두는 것이고, 내가 특별히 언급하지 않는다면 이 책에서 이 용어를 사용할 때 내가 의도하는 바이기도 하다.

이 세 가지 특징 중 앞의 두 가지는 신체적 영역, 즉 인간의 몸과 신체적 전달 매개체에 초점을 맞춘다. 세 번째 특징은 더 파악하기 어려운 구어와 문어 간의 차이이다. 그것을 파악하기 어려운 이유는 그 차이가 신체적인 영역보다는 사회적·문화적 힘에 더 의존하기 때문이다. 우리가 말하고 적는 단어는 대개 우리가 어떻게 훈련받는지 또는 어떤 조건에 놓여 있는지에 따라 형성되지만, 전적으로 그런 것은 아니다. 말하기와 글쓰기에 대한 다음의 네 장에서 나는 완전히 사회적으로 구성되어 있지는 않고 어느 정도 신체적 차원에 근거를 둔 구어와 문어의 특징을 탐구할 것이다.

* * *

2부의 '도입'에서 나는 말하기와 글쓰기를 대조하는 네 번째 방식, 즉 정신적 과정으로서의 둘의 차이를 살펴볼 것이다.

구술 사회oral society와 문식적 사회literate society 그리고 그러한 사회가 생산한다고 여겨지는 정신세계·사고방식·정체성을 비교하는 글은 상당히 많이 존재한다. 여기서는 이러한 주제를 피하고자 한다. 나는 '구술성/문식성 전쟁'이라고 불리는 것에 끼어들 필요를 느끼지 않는다. 다만 이 책의 끝부분에서 나는 현재의 '문식성 문화'의 중요한 특징에 대하여 언급할 것이다.

말하기와 글쓰기의 방식

문화의 역할

말하기는 인간 생명 활동의 한 부분인 것처럼 보인다. 모든 인간 문화에는 말하기가 있다. 하지만 생명 활동에 기반을 둔 말하기가 생명 활동 그 자체는 아니다. 말하기는 특별한 문화 안에서만 존재한다. 말하자면 말하기는 문화를 필요로 한다. 로마의 건국 시조인 전설 속의 쌍둥이 로물루스와 레무스는 사람들에게서 버려진 후 늑대의 젖을 먹고 자랐다. 그들은 사람들이 말하는 것을 듣기 전까지는 인간의 언어를 배우지 못했을 것이다. 로빈슨 크루소는 무인도에서 언어를 가지고 있었지만, 그 언어는 그 시대의 가치관과 사고방식이 반영된 18세기 영어였다.

요컨대 언어라는 생물학적 재능은 매우 유동적인 것으로, 특수한 문화적 환경에서 특수한 방식으로 형성되고 사용된다. 이 장의 전반부에서는 서로 다른 문화에서 말하기가 사용되는 방식의 차이를 간단하게 살펴볼 것이다. 후반부에서는 글쓰기에 대해 비슷한 식으로 살펴볼 것이다.

문화는 애매하고 논란이 많은 용어이다. 하지만 여기서 정확한 정의가 필요하지는 않다. 내가 말하기와 글쓰기는 문화 안에서 사용된다고 할 때, 나는 다소 모호하게 정의된 문화를 염두에 두고 있는 것으로, 아메리카 원주민 문화나 초기 앵글로색슨 문화와 대조되는 의미로 '현대' '서구' 영미 문화를 말하는 경우를 뜻한다. 하지만 식별이 가능한 언어 관습을 가진 더 작은 '문화들'도 존재하는데, 자전거 동호회, 과학자, 조류 애호가의 문화와 같은 것들이 있다.

여기서는 언어에 대한 문화의 역할을 강조하고자 하는데, 그 이유는 내가 문화의 역할을 무시한 채 고립되고 제한받지 않는 개인의 활동만 강조한다는 비판을 받아 왔기 때문이다. 내가 처음 펴낸 글쓰기 관련 책인 『교사 없는 글쓰기』는 주로 사회적이고 문화적인 언어 모형에 기반을 둔 것이었다. 그 책에서 나는 모든 언어 사용과 언어에 사용된 모든 의미는 대집단, 소집단, 개인 간 주도권 다툼에서 비롯된다는 입장을 피력한 바 있다(7장의 세 번째 절 '연습으로 생산된 자유작문의 양상은 어떠한가' 참조).

말하기: 문화의 역할

이 책의 독자는 대부분 본질적으로 말하기가 글쓰기보다 더 쉽다고 생각할 것이다. 대부분의 말하기 상황에서 우리는 별다른 노력 없이 입을 벌려 단어를 말한다. 또한 우리는 흔히 구어가 격식이 덜한 데 비해 진지하게 작성된 글은 더 격식이 있다고 생각한다. 말하기는 보통 글쓰기보다는 언어의 장벽이 낮다고 여겨진다.

그러나 모든 사람이 이렇게 생각하는 것은 아니다. 말하기가 글쓰기보다 더 쉽다는 공통된 느낌은 우리 문화에서 이 두 매체를 사용하는 관습적인 방식에 따른 우연적 결과에 불과하다. 우리는 요람에서부터 말하는 법을 배우며, 많은 부모들, 특히 중류층의 학식 있는 부모들은 자기 아이가 내는 모든 말소리를 기꺼워하며 그것을 언어라고 여기고 싶어 한다.

므우아우므우아

"엄마"라고 말했어. 우리 아기, 정말 똑똑하구나!

그리고 우리가 말을 하는 맥락의 범위는 운동장에서 버스, 회의실, 침실까지 이를 정도로 무척 넓다.

이와는 대조적으로 글쓰기를 배우는 곳은 주로 학교이다. 서너 살 무렵부터 집에서 글쓰기를 시작하는 아이들이 있기는 하지만, 글쓰기 공책에 도장을 찍어 주는 곳은 거의 변함없이 학교이다. 이러한 이유로 글쓰기 학습은 '올바르게 하려는' 지속적인 과정으로 경험하게 되는 경우가 많다. 이메일과 인터넷은 이러한 경향을 빠르게 바꾸고 있지만, 인터넷과 함께 성장하지 않은 많은 사람들은 학업이나 직무를 위해 모든 것을 쓰고 권위 있는 누군가에게 평가를 받았던 경험을 가지고 있다. 교사들은 무척 바빠서 실질적인 피드백을 줄 수 없을 때조차 최소한 오탈자는 체크해 주고 점수를 부여해야 한다는 의무감을 느낀다. 단지 체크를 하거나 플러스 체크를 해 주는 정도라 할지라도 말이다. 또 주의를 기울여 생각을 발전시키고자 할 때 우리는 글쓰기를 활용한다. 올바르게 할 필요가 없다면 왜 글쓰기를 해야 한단 말인가? 그것은 그저 적어 놓는 것에 불과할 뿐이다. 물론 많은 사람들이 이메일, 트위터, 페이스북에서 '올바르게 하는 것'에 대해 걱정을 하지는 않는데, 이러한 환경에서는 자신이 실제로 글을 쓰고 있다고 생각하지 않는 경우가 많다. 이는 마치 "주의를 기울이지 않는 이런 걸 글쓰기라고 할 수 없어."라고 여기는 것과 같다.

그러나 거의 모든 사람이 '대중 연설'에 대해서는 공포감을 느낀다. 설문조사 결과에 따르면 많은 사람들은 연설을 하는 것보다 스카이다이빙을 더 선호한다. 그러나 대부분의 사람들은 연설할 가능성이 있음을 고려하지 않음으로써 이러한 공포감을 망각한다. 그래서 '말하기는 쉽다'라는 말을 계속 하는 것이다.

또한 많은 사람들이 영어가 아닌 언어를 사용하면서 영어 문화권으로 오거나 아프리카계 미국인 영어처럼 낙인찍힌 영어를 사용하면서 성장한다. 그들은

'표준' 영어를 기대하는 청중 앞에서 말할 때 몹시 신경 쓰일 것이다. 사실은 자기 자신을 매우 '학식 있거나' '교양 있는' 가족 또는 하위 집단에 속한다고 여기는 '주류' 사회 사람들 중에서도 말을 잘하지 못하는 것에 대해 신경을 쓰는 이들이 많다. 말을 잘하는 것을 매우 중요하게 여기는 영국의 '교양' 계층에서도 말을 더듬는 경우를 어렵지 않게 볼 수 있다.

그럼에도 불구하고 주류 문화에서는, 적어도 서로 신뢰할 수 있는 가족이나 친구 사이에서는 평소 격의 없이 생각나는 대로 무질서하게 말을 주고받는 것이 사실이다. 그리고 가족, 친구, 지인과 대화를 나누는 시간이 부담이 큰 연설을 하거나 취업 인터뷰를 하거나 신중한 협상에 참여하는 시간보다 많은 것도 일반적이다. 우리는 말할 때의 부정확성을 문화적으로 용인하는 경향이 있고, 만일 상대가 하는 말이 명료하지 않다면 즉시 지적해서 명료하게 할 수 있다. 사람들은 종종 문장을 말하다가 중간에 곁가지 생각을 끼워 넣곤 하는데, 여러 차례 그러기도 하며, 심지어는 애초에 '문장으로 말하고 싶었던 것'을 미처 다 표현하지 못할 때도 있다. 마음에 있는 말을 하려 할 때, 많은 사람들은 "무슨 말인지 알지 (Y'know what I mean)?"라고 하고 대강 비슷하다는 의미를 드러내기 위하여 '같다(likes)'라는 표현을 자주 사용한다. 흔히 비공식적 상황에서는 의미하는 바를 대충 말해 대략적인 요점을 전달하는 것이 허용된다고 여긴다.

그러나 모든 문화에서 말하기가 그렇게 가볍게 다루어지지는 않는다. 어떤 문화에서는 격식 없는 말하기가 경멸과 조롱을 받으며 심지어는 도덕적 잘못으로 간주되기도 한다. 이와 마찬가지로 요즘은 부주의한 이메일 편지를 일종의 도덕적 잘못으로 보는 경향도 있다. 다음은 스콧 모머데이Scott Momaday*가 아메리카 원주민의 전통에 대해 쓴 글이다.

....

* 　아메리칸 인디언 출신의 미국 작가. 대표작 『새벽으로 만든 집House Made of Dawn』(1968)으로 퓰리처 상을 받았다.

구어만 전통적으로 써 온 사람이 언어에 대해 가지는 생각은 다음과 같다. '내 말은 목소리로 존재한다. 만일 내가 주의를 기울이지 않고 말한다면 내 말은 쓸모없이 버려질 것이다. 만일 내가 주의 깊게 듣지 않는다면 말을 잃어 버리게 될 것이다. 만일 내가 주의를 기울여 기억하지 않는다면 말의 목적은 실현되지 않을 것이다.' 말에 대한 이러한 존중은 인간이 언어를 이해하고 사용하는 데 고유한 도덕성이 필요하다는 것을 암시한다. 그러한 도덕적 이해는 아메리칸 인디언이 하는 말의 모든 곳에서 분명하게 존재한다. 반면에 문어적 전통은 언어에 대한 무관심을 조장하는 경향이 있다. 말하자면 글쓰기는 거짓 안도감을 만들어 내는데, 여기에는 언어에 대한 우리의 태도가 관련되어 있다. 우리는 말을 자유롭게 사용하면서도 말이 가지고 있는 신성한 측면은 보지 못한다. (Momaday, 1984: 160)

나는 이러한 구어 전통을 접하고 깜짝 놀란 적이 있다. 1970년에 나는 하버드 대학 교육대학원에 석사학위를 받으러 온 아메리카 원주민 학교 관리자들을 위해 글쓰기 수업을 하였다. 쉽지 않은 일이었다. 나의 기량이 부족한 탓만은 아니었다. 친절한 학생들은 내가 전혀 몰랐던 사실을 알려 주었는데, 그것은 그들이 글쓰기 자체를 신뢰하지 않는다는 것이었다. 그들은 글쓰기를 구차한 것으로 여겼고, 믿지 못할 매체라고 생각했으며, 거짓과 기만의 수단이라고 생각했다. 이러한 생각을 갖게 된 까닭은 아메리카 원주민이 백인 정부와 선의로 맺은 모든 엄숙한 조약이 지속적으로 파기되어 왔기 때문만은 아니었다. 그들은 오직 말하기만이 진정한 인간의 존재감을 전달하는 믿을 만한 언어 매체가 될 수 있다는 생각을 강하게 가지고 있었다.

신약성서의 「야고보서」는 혀의 힘과 이 힘에 대한 두려움에 대하여 다음과 같이 말한다.

> 우리가 다 실수가 많으니 만일 말에 실수가 없는 자라면 곧 온전한 사람이라 능히 온몸도 굴레 씌우리라. 우리가 말들의 입에 재갈 물리는 것은 우리에게 순종하게 하려고 그 온몸을 제어하는 것이라. … 이와 같이 혀도 작은 지체로되 큰 것을 자랑하도다. 보라, 얼마나 작은 불이 얼마나 많은 나무를 태우는가. 혀는 곧 불이요 불의의 불이라. 혀는 우리 지체 중에서 온몸을 더럽히고 삶의 수레바퀴를 불사르나니 그 사르는 것이 지옥 불에서 나느니라. 여러 종류의 짐승과 새와 벌레와 바다의 생물은 다 사람이 길들일 수 있고 길들여 왔으나 혀는 능히 길들일 사람이 없나니 쉬지 아니하는 악이요 죽이는 독이 가득한 것이라. (3장 2-11절)

'베어울프'*를 통해 본 서사시에 나오는 앵글로색슨족 문화에서는 격식을 갖추지 않은 비계획적인 말하기를 경멸했다. 덕망 있는 남성이 되려면 말을 삼가고 충분히 생각해 최소한으로만 말해야 했다. 즉, 입을 열기 전에 할 말을 숙고해야 했던 것이다. 길을 잃은 고독한 화자인 '방랑자'는 "자신의 영혼을 품은 가슴[자신의 마음]과 자신의 보물방[자신의 사고], 즉 그가 하고자 하는 생각을 단단히 결합하는 것은 고결한 관습"이라고 말한다. 훌륭한 여성은 자신의 혀를 억제함으로써 더욱 크게 칭찬을 받았다.

말이 적고 사려 깊음을 의미하는 '과묵한laconic'이라는 형용사는 라코니아 지역의 호전적인 그리스 부족의 다른 문화를 보여 준다. 이 부족은 어머니의 젖을 먹으면서부터 강인함과 침묵의 가치를 내면화했다. 가벼운 입으로 떠벌리는 것에 대해서는 두 문화에서 모두 조롱거리인 반면, 진정한 장담은 찬사를 받았다. 베어울프는 자신이 그렌델Grendel**의 어미를 죽일 것이라고 호언장담했는데, 그러한 장담으로 인하여 그는 대부분의 전사가 포기할 수밖에 없는 상황에서도 죽음을 각오하고 끝까지 싸울 수 있었다. 진정한 장담은 자신의 말을 목숨보

....

* 8세기 초의 고대 영어로 쓰인 총 3,182행의 서사시, 또는 그 주인공.

** 서사시 『베어울프』에 나오는 반은 짐승, 반은 인간인 괴물. 밤마다 왕궁을 덮쳐 잠자는 사람을 잡아먹었으나 베어울프에 의해 퇴치된다.

다 더 소중히 여기는 것임을 보여 준다. (우리의 최근 문화에서는 '성공을 상상하라'와 같이 많은 육상 코치들이 가르치는 기법에서 전사의 장담 흔적을 발견할 수 있다. 자신의 손이 어떻게 앞으로 또 위로 나아가는지, 자신의 어깨가 뒤따라오는지, 공이 휙 소리를 내며 깔끔하게 그물망을 빠져 나가는지 마음의 눈으로 보려고 해 보라!)

폴리네시아의 경우를 보자.

> 투발루인들은 대화에서 상대방에 대한 감정이나 자신에 대한 감정을 표현하는 경우가 거의 없다. 이와는 대조적으로 투발루에서 사적인 편지를 쓸 때에는 친밀한 감정을 표현하는 경우가 많고 수신자에 대한 감정을 표시하기도 한다. (Biber, 1988: 205)

셜리 브라이스 히스Shirley Brice Heath는 21세기 미국에서도 시골인 남피드몬트Southern Piedmont 지역의 아프리카계 미국인들이 근처 도시에 사는 백인 중류층의 부모들과는 달리 자신의 아이들에게 말을 많이 하지도 않았고 영유아들에게 말을 하라고 지속적으로 장려하지도 않았다고 지적한다.

과묵함은 주류 백인 문화의 남성에게는 여전히 살아 있는 이상이다. 클린트 이스트우드는 말을 아끼고, 말보로 맨은 말없이 담배를 입에 문다. 나는 이러한 과묵함이라는 '남성적 이상'이 남성성, 전쟁, 경쟁 간의 문화적 연관성을 반영한다고 생각하지 않을 수가 없다. 영국에서는 그것이 절제된 표현과 통합된다. 나는 최근 BBC에서 재방송한 〈포일의 전쟁Foyle's War〉*을 시청하였는데, 포일은 미술에 대하여 거의 말을 하지 않고 절제된 표현을 사용한다. 존 업다이크John Updike**는 또 다른 남성적 장소로 우리를 안내하는데 그곳은 바로 '뉴저지의 뒤편'이다. "뉴저지의 뒤편에서 거물들, 강도들, 경찰서장들, 콜럼버스 기사단원들은 차분한 목

....
* 영국의 텔레비전 탐정 드라마 시리즈.
** 미국의 시인이자 소설가(1932~2009).

소리로 다른 사람들에게 듣기를 강요했다."(Updike, 1987: 31)

미국 문화로 본 구어의 몇 가지 사례

글쓰기는 보기가 쉽다. 당신은 지금 일종의 글쓰기를 보고 있다. 그러나 말하기는 볼 수가 없다. 단지 들을 수 있을 뿐이다. 사실, 말하기에 대한 깊이 있는 이해를 위해서는 언어학자들이 모든 일상의 말을 실제로 녹음해서 그 전사본뿐만 아니라 모든 음성학적 세부 사항을 도식화하는 '성문voice prints'까지 볼 수 있을 때까지 기다려야 한다. 여기 제시하는 것은 미국의 중서부에 있는 은퇴자 모임에서 오간 말을 전사한 간단한 사례이다. 언어학자인 전사자는 각각의 '억양 단위intonation unit'로 행을 나누었다(자세한 내용은 5장 참조).

NEAL 닐

the last time we talked 지난번에 얘기하기를

you said you were a world traveler. 세계를 여행한다고 했죠.

you've been all over the [place] [overlapping speech in brackets] 온갖 [곳]을 가 보았겠네요 [대괄호로 표시한 부분은 발화가 겹친 부분임]

ALBERTINE 앨버틴

[oh yes] yes yes [아 그래] 그래 그래요

that was after I married. 결혼 후의 일이죠.

and we decided- 그리고 우리는 결정했어요-

I wanted to know 나는 알고 싶었어요

the great question that was on my mind- 내 마음속에 있는 큰 의문을요-

I'll never forget- 나는 절대 잊지 못할 거예요-

that's folk curiosity. 그건 인간에 대한 호기심이에요.

I wanted to know 나는 알고 싶었어요

what makes people tick. 무엇이 사람들을 살아가게 하는지를요.

and so ah.. 그러니까 음⋯

my husband loved to travel. 남편은 여행을 좋아했어요.

so ah... 그러니까 음⋯

the same I 나도 마찬가지였고요

so we went out to find- 그래서 우리는 찾으러 갔지요-

what makes people tick. {chuckles} 무엇이 사람들을 살아가게 하는지를요.
{웃음}

and of all our travles 그리고 여행을 모두 마치니까

we all came back home after many many years. 아주 오랜 시간이 흘렀
고 그제야 우리는 집으로 돌아왔어요.

that there was just one answer 답은 하나더라고요

everybody ticks alike. {chuckling} 사는 게 다 비슷하다는 것. {웃음}

There's no difference. 차이가 없어요. (Saarbrücken Corpus)

이 대화는 주로 독백이고 전사한 사람이 모든 휴지와 악센트를 기록하지 않았기 때문에 아주 통상적인 것처럼 보인다. 반면 저녁 식탁에서 이루어진 다음의 대화는 화자들이 서로 끼어들기 때문에 더 격식이 없어 보인다. 그뿐만 아니라 전사자는 들을 수 있는 세부 사항을 더 기록하고 있다. 전사자는 두 개의 점을 사용하여 짧은 휴지를 표시하고, 세 개의 점을 사용하여 '전형적인 휴지'라고 부르는 것을 표시하며, 휴지 지속 시간은 소괄호 안에 초로 표시한다. 전사자는 말의 주 강세를 표시할 때에는 [ˊ]를 사용하고, 부 강세를 표시할 때는 [ˋ]를 사용한다.

화자 1:

… (0.4) Have the .. ánimals 동물들이

… (0.1) ever attacked anyone ín a car? 차에 있는 누군가를 공격한 적 있어?

화자 2:

… (1.2) Well I 음 나도

well Í hèard of an élephant, 음 나도 어떤 코끼리에 대해 들은 얘긴데,

… that sát dówn on a V̀Ẃ one time. 폭스바겐에 주저앉은 코끼리 이야기야.

… (0.9) There's a gìr 어떤 아가씨가 있었어

… Did you éver hear thát? 그 얘기 들은 적 있어?

화자 3:

… (0.1) No, 아니,

화자 2 다시:

… (0.3) Some élephants and these 몇몇 코끼리들하고 이들

… (0.1) they 그들

… (0.7) there 거기에

these gáls were in a Vólkswagen, 이 아가씨들은 폭스바겐 안에 있었는데,

… (0.4) and uh, 근데 어,

… (0.3) they uh kept hónkin' the hórn, 아가씨들은 경적을 계속 울려 댔고,

… (0.2) hóotin' the hóoter, 빵빵 울려 댔고,

… (0.6) and uh, 그리고 어,

… (0.4) and the .. élephant was in frónt of em, 코끼리가 아가씨들 앞에서,

so he jùst procèeded to sìt dòwn on the V̀Ẃ. 결국 막 다가와 폭스바겐 위에 앉아 버렸어. (Chafe, 1994: 61-62)

실제의 대화를 전사해 보면 말은 절망스러울 정도로 내적 응집성이 없는 것

처럼 보인다. 화자는 서로를 방해하고 지속적으로 통사 구조를 깨뜨리면서 새로운 말을 시작한다. 닉슨 테이프Nixon tape*는 파편적인 구어의 특성을 보여 주는 고전적인 예이다. 구어는 억양 선율intonational melody과 리듬이라는 음성적 요소를 제거하고 나면 이상해 보일 수도 있다. 그리고 우리가 만일 언어학자들이 말의 음악적 요소를 표기하기 위하여 사용하는 규약에 익숙하지 않다면 전혀 다른 차원에서 이상해 보일 것이다.

다양한 분야에서 수많은 언론인과 연구자가 사람들을 면담하고 그 사람들의 말을 녹음하지만, 녹음한 것을 전사할 때 그들은 휴지나 억양 선율에 관심을 두지 않는다. 그들은 구어의 정확한 의미만을 취하려고 한다. 다음은 작문 강좌에서 일기 쓰기의 경험이 어떠했는지에 대해 말하는 한 대학생과의 조사 인터뷰에서 가져온 전사본의 일부이다.

> 저는 쓰고 쓰고 쓰고 또 썼어요. 일기가 크게 신경 쓸 필요가 없어서 숙제보다 좋았죠. 마음에 떠오르는 건 뭐든 썼고, 내가 쓰고 있다는 걸 믿을 수 없는 것까지 썼어요. … 저는 그걸 누가 읽게 될 거라는 것은 신경 쓰지 않았어요. 하지만 가끔 사람들의 말을 종이에 쓸 때는 그런 행동이 말에 목소리를 부여하는 것처럼 느껴지곤 해요. 사람들의 말들은 거기 바깥 어딘가에 있고 누군가는 그 말들이 있다는 걸 아니까 저는 하던 걸 여러 번 멈춰야 했죠. 그래도 저는 계속 썼어요. (Paranto, 2005: 236)

이 전사본에서는 휴지와 헛기침이 보이지 않는다. 신중하게 녹음한 실제 말처럼 혼란스러워 보이지도 않는다. 그러나 연구자는 몇몇 '구어 문법'을 그대로 남겨 두었다. "but sometimes putting your words on paper I almost feel that ....

* 워터게이트 사건으로 드러난 닉슨 대통령, 그 가족, 참모진의 음성이 녹음된 테이프로, 닉슨이 대통령직에서 물러나는 결정적 계기가 되었다.

it gives them a voice(하지만 가끔 사람들의 말을 종이에 쓸 때는 그런 행동이 말에 목소리를 부여하는 것처럼 느껴지곤 해요)."와 같은 경우가 그러하다. 우리는 대개 언론인과 연구자가 자신의 문어written speech를 좀 더 응집성 있게 만들기 위해서 하는 '말 없는 편집silent editing'을 눈치채지 못한다. 응집성 없는 것처럼 들리거나 '형편없는 문법'을 사용하는 누군가의 말을 그대로 인용하는 신문을 보면, 우리는 기자나 편집자가 인용되고 있는 인물에 대해 적대적이라는 추정을 할 수 있다.

나는 세 가지 작은 사례만 제시하였다. 아주 인상적인 것은 없었지만, 살아 있는 그대로의 말은 대체로 그렇지 않다. 상당히 즉흥적이고 텍스트를 사용하지 않거나 문자화된 개요를 따르지 않으면서도 훌륭한 강사의 강의 전사본이 있다고 해 보자. 만일 그 강사가 훌륭하다면 전사본은 매우 응집성이 있을 것이다. 노벨상 수상자이자 유명한 과학 저술가인 리처드 파인만Richard Feynman은 글쓰기를 매우 힘들어했다. 그의 저서 대부분은 그의 수업과 강의 전사본에서 만들어진 것이었다.

국제 영어 말뭉치International Corpus of English: ICE에는 각각 100만 단어로 이루어진 구어와 문어 텍스트가 있다. 이는 서로 다른 나라에 있는 18개 연구 집단에서 가져온 것이다. ICE 말뭉치 활용 프로그램ICE Corpus Utility Programme: ICECUP을 통하여 이 말뭉치를 사용하고 검색할 수 있다. COCA, 즉 현대 미국 영어 말뭉치COR-PUS OF CONTEMPORARY AMERICAN ENGLISH도 있다.

이 책의 주요 메시지는 글쓰기에 말하기 자원을 활용할 수 있다는 것이기 때문에, 나는 인간이 말하기 안에서 온갖 종류의 언어를 산출할 수 있다는 사실을 강조하고 싶다. 언어학자들은 거대 구어 '말뭉치'를 많이 구축해 왔으며 온라인으로 이용할 수 있는 것들도 많다. 이는 여러 다른 말하기 상황에서 벌어지는 수많은 사례를 살펴볼 수 있다는 뜻이다.

* * *

글쓰기: 문화의 역할

글쓰기는 우리의 기본 생명 활동에 속하지 않으므로, 문화라고 보는 것이 합리적이다. 문화는 글쓰기의 유일한 원천이다. 대부분의 기존 문화는 결코 글쓰기를 알지 못했다. 이 장의 나머지 부분에서 나는 서로 다른 문화에서 글쓰기를 이용하는 방식이 어떻게 차이 나는지 살펴볼 것이다.

> 몸짓, 그리기, 낙서는 기본적인 인간 활동의 일부인 것처럼 보인다. 수전 셰리던 Susan Sheridan은 낙서의 자기 수정 행위가 글 쓰는 법을 배우기 위한 핵심적인 요소이며 그리기와 글쓰기는 서로 연결되어 있다고 주장한다. 그리기와 글쓰기가 몸짓에서 발달한다는 것을 보여 주는 확실한 사례가 있다.

미국 문화에서는 다른 많은 문화에서와 같이 구어에 비해 문어가 더 많은 특권과 힘을 발휘하는 경향이 있다. 우리가 누군가에게 "그것을 글로 쓰실 의향이 있으신가요?"라고 물을 때 이 말이 의미하는 바는 "그저 이야기만 하시오."가 아니라, "자신의 말을 보증하고 그것에 대해 전적으로 책임을 지겠습니까?"라는 것이다. 글쓰기는 말을 볼모로 잡는 것처럼 보일 수도 있다. 마치 글로 쓸 수 없다면 그 말을 사람들이 진지하게 받아들이지 않을 것처럼 말이다. 데이비드 올슨은 놀라운 주장을 하면서 믿을 만한 연구를 인용하여 이를 뒷받침하는데, 미국 문화에서 아동이 처음으로 낱말을 낱말로 이해하는 것은 낱말의 구어 형식이 아니라 문어 형식과 관련이 있다는 것이다(Olson, 1994: 77).

'권위authority'라는 말은 필자author라는 말에서 나왔으며, 미국 문화에서 권위는 글쓰기를 요구하는 것처럼 보인다. '정확한 말하기'의 모델은 '정확한 글쓰기'의 규칙에 따라 만들어지는 경향이 있다(이에 대해서는 이 책 3부의 '도입'과 17장에서 좀 더 자세히 다룰 것이다). 대부분의 사람들은 잘 인식하지 못하지만 우리는 발음에 부합하도록 철자를 바꾸기보다는 철자에 부합하도록 발음을 바꾸는 일이 더 많다(Ehri, 1985: 336). 자신이 원하는 대로 자신의 이름을 발음할 수 있지만 철자를 바꾸기 위해서는 법률적인 조치가 필요하다.

문식성 학자들은 "자기 자신의 역사를 형성하는 사람으로서 자신에 대한 감각은 쉽게 측정될 수 있는 것은 아니지만, 많은 성인 교육자들은 성년의 문식성 학습이 가장 중요하다고 느낀다."(Gillespie, 2007: 281)라고 지적한다. "우리 문화에서 읽기와 쓰기를 하지 못한다는 것은 말하기를 못한다는 것과 결합되어 있다. 문식성을 부정하는 것은 목소리를 부정하는 것이다."(Rosenberg, 2006: 282)

다른 많은 문식성 문화에서와 마찬가지로, 미국 문화에서는 글쓰기가 어렵다고 생각하기 때문에 글쓰기 능력은 곧 권력으로 연결된다. 글쓰기는 말하기에 비해 훨씬 더 많은 의식적인 학습을 필요로 한다. 그래서 글쓰기 능력은 대개 더 유리한 조건에 있는 사람, 더 여유 있는 사람, 공부를 더 많이 한 사람이 가질 수 있다. 그러나 이러한 글쓰기의 '어려움'은 대체로 문화적 산물이고, 글쓰기 자체의 고유한 것이 아니다. 즉, 자모식이나 음절식 표기 체계가 주어지면 나중에 자기 자신이나 다른 사람이 읽을 수 있도록 언어를 글로 적는 것 자체는 아주 쉽다는 것이다. 이는 4, 5세 아이들도 곧잘 할 수 있는 일이다. 비록 자모를 특이한 방식으로 사용하기도 하지만 말이다. (내 아들은 'sh'와 'ch' 소리를 나타내는 데 모두 'h'를 사용했다. 그래서 아들의 글쓰기가 처음에는 기이하게 보였다.) 그러나 아이들이 7, 8세가 되면 그들 대부분은 순례자들 또는 루이스와 클라크*만큼이나 철자를 잘 쓸 수 있다. 그들의 일기에서 뽑은 예문을 보자.

The Day was ushered in by the Discharge of two Cannon, we Suffered 16 men [1] with their musick to visit the 1st Village for the

....
* 메리웨더 루이스Meriwether Lewis와 윌리엄 클라크William Clark.

purpose of Danceing, by as they Said the perticular request of the Chiefs of that village, about 11 <u>oClock</u> I with an <u>inturpeter</u> & two men walked up to the Village (my views were to <u>alay</u> Some little <u>miss</u> <u>understanding</u> which had taken place <u>thro</u> jelloucy and mortifi catiion as to our treatment towards them. 날이 밝자 두 대의 대포가 발사되었고 열여섯 명의 피해자가 발생하였는데, 이들은 춤을 출 목적으로 첫 번째 마을을 방문하기 위해 음악을 즐기고 있었으며, 그들은 그 마을의 촌장에게 특별한 요청을 하였다. 11시경 나는 통역관 외 두 사람과 함께 그 마을로 갔다. (내 생각은 그들에 대한 우리의 대처에 대해 불신과 굴욕감 때문에 발생한 사소한 오해를 풀려는 것이었다.)*

(1805년 1월 1일, Lewis and Clark)

클라크의 철자법은 그가 장차 미국의 장관으로 지명되는 데 아무런 장애가 되지 않았다. 철자법과 관련해 불과 한 세기 만에 미국의 문식성 문화에서는 거대한 문화적 변화가 일어났다.

'어려움'은 철자법만의 문제가 아니다. 글쓰기에 어려움을 더하는 것은 우리의 문화이다. 다른 많은 문화도 마찬가지겠지만, 미국 문화는 정확한 글쓰기를 위해 그 누구의 모어도 아닌 특정한 방언을 사용하도록 강요해 왔다. 그래서 어려운 것은 글을 '정확하게' 쓰는 것이다. 물론 글을 잘 쓰는 것이 어렵다는 것은 더 말할 나위가 없다. 그래서 글쓰기는 정확하게 쓰는 것 또는 잘 쓰는 것과 같은 말이 될 수는 없다. 앞의 클라크의 경우에서 본 바와 같이 미국 문화에서조차도 정확성에 대한 요구가 글쓰기를 방해하지는 않았다. 중세, 르네상스, 그리고 17세기까지 서양에서는 정확한 글쓰기의 통일된 양식이 존재하지 않았다. 7세 아동에게서 볼 수 있는 정도의 문법과 철자법을 사용하는 것도 문제가 되지 않았다. 셰익스피어는 열한 가지의 다른 철자법으로 서명하기도 했다.

....

* 밑줄은 옮긴이.

에릭 해블록Erik Havelock과 잭 구디Jack Goody는 글쓰기의 과학기술 그 자체를 통하여 좀 더 논리적이고 객관적으로 생각할 수 있게 되었다고 주장한다. 그러나 스트리트와 제임스 지James Gee 같은 학자들은 여기에 동의하지 않는데, 그들은 관련 연구를 인용하여 흔히 주장되는 글쓰기의 인지적 효과가 읽고 쓰는 능력 그 자체에서 오는 것이 아니라 읽기와 쓰기가 사회적·문화적 맥락 속에서 어떻게 가르쳐지고 사용되느냐에 달려 있다는 사실을 보여 준다. 실비아 스크라이브너Sylvia Scribner와 마이클 콜Michael Cole은 세 가지 형태의 문식성, 즉 영어로 이루어지는 서양식 학교 교육, 많은 사람들이 학교 밖에서 배우고 편지와 업무용으로 사용하는 고유의 음절문자, 쿠란을 읽고 낭독하는 데 쓰는 아랍 문자가 존재하는 아프리카 바이Vai족을 대상으로 문식성을 연구하였다. 연구자들은 문식성보다는 학교 교육이 추상적 사고를 습득하는 원천임을 보여 주는 증거들이 있다고 주장한다. "논리, 추상화, 기억, 의사소통 등의 어떤 과제에서도 문식성이 없는 사람의 수행이 문식성이 있는 사람의 수행보다 더 낮은 수준인 경우를 전혀 볼 수 없었다."(Gee, 2001: 251에서 재인용) 스크라이브너는 "전혀 다른 문화와 문화 권역에서 수집한 사례들을 두루 살펴보았을 때, 학교 교육을 받은 문식성 있는 집단이 학교 교육을 받지 않은 문식성 없는 집단보다 더 동질적이었다. 그뿐만 아니라 전혀 다른 사회에서 학교 교육을 받은 문식성 있는 두 사람은 동일한 사회의 다른 구성원들이 유사한 것보다 다양한 측면에서 인지적으로 더 유사하였다."라고 말한다(Scribner, 1979: 79; Akinnaso, 1991).

미국 문화에서 글쓰기는 법률이나 협정과 깊이 관련되어 있다. 12세기까지 법정에서는 흙 한 덩이 같은 물질적 징표나 구두 선서 등에 의존하였다.

M. T. 클랜시M. T. Clancy는 … 12세기 잉글랜드에서 만들어진 약정서charter가 3만 개를 넘지 않았으리라 추정한다. 이와는 대조적으로 1250년에서 1350년 사이에는 잉글랜드에서만 수백만 개가 만들어졌는데, 이는 기술할 수 있는 자산 항목당 다섯 개씩의 약정서에 달하는 양이다. 이러한 변화와 함께 이

시기에는 문서 자료가 10배 내지 20배 증가하였다. 잉글랜드의 공문서 보관청에서 문서 봉인용 밀랍의 소비가 1226년 주당 3파운드에서 1256년에는 13파운드까지 늘었고, 불과 10년 후인 1266년에는 30파운드에 달하였다. 왕립재판소 심리가 있는 동안에는 문서 작업을 하는 데 사용될 양피지를 제공하기 위해 더 많은 양가죽을 제공해야 했다. 13세기 초에는 수십 건에 불과했으나, 1283년 서퍽Suffolk에서는 아주 일상적인 회의에 쓰려고 500마리 이상의 양의 가죽을 벗겨야 했다. (Illich & Sanders, 1989)

하지만 12세기 이전 문서인 쿠란에는 다음과 같이 적혀 있다. "믿는 자들이여, 일정 기간 채무를 계약할 때에는 서식으로 기록하되 양자 사이에 서기로 하여금 공정하게 쓰게 하라."(2장 282절) 초기 유대인의 역사에서는 신이 대부분의 인물에게 직접 말하였으나, 십계명에 관해서는 말하는 것만으로 만족하지 않았다. "그들을 가르치려고 내가 율법과 계명을 친히 기록한 돌판을 네게 주리라."(출애굽기 24장 12절)

여기서 우리는 글쓰기 문화가 그 문화의 과학기술과 연관된다는 것을 알 수 있다. 글쓰기의 어려움에 대해 말할 때 사람들은 글 쓰는 일이 과거에 비해 오늘날 얼마나 쉬워졌는지를 잊어버린다. 우리는 파피루스를 준비하거나, 양피지를 얻기 위하여 양을 잡거나, 깃펜의 촉을 예리하게 만들 필요가 없다. 그리고 우리에게는 이메일이 있지 않은가!

말하기와 글쓰기의 마법

20세기 언어학의 아버지라 불리는 페르디낭 드 소쉬르Ferdinand de Saussure 이후로 말과 사물의 관계는 전적으로 임의적이라는 데 대해서는 이론의 여지가 없다. 구어든 문어든 '고양이cat'라는 단어는 털로 덮여 가르랑거리는 대상 그 자체와 어떤 식으로든 닮지는 않았다. 언어 기호와 물질적 사물 간에는 본질적으로 존재론적 관계 또는 실존적 관계가 존재하지 않는다. 고양이에 해당하는 문자 기호를 'chat(샤)'라고 하든 'katze(카처)'라고 하든 (중국어 제1성조로 발음된) 'mao(마오)'라고 하든 문제가 되지 않는다. 프랑스어에서와 마찬가지로 우리는 영어로 고양이를 'chat'라고 부를 수도 있었을 것이다. 그러나 몇 가지 이유 때문에 우리는 'chat'를 친밀한 대화를 의미하는 것으로 생각한다. 단어는 표상하는 사물을 담고 있지 않으며 그 사물에 담겨 있지도 않다. 소크라테스는 키 큰 사람들이 '높음'이라는 자질을 더 많이 갖고 있다고 말했으나, 우리는 그가 실수한 것이라고 말하고 싶다.

고양이의 히브리어

고양이의 중국어

언어가 종종 마법을 발휘하는 진정한 이유는 인간이 언어에 특별한 힘을 부여하기 때문이다. 언어로 인해 아주 많은 일들이 발생한다. 특정한 방식으로 글을 쓰거나 말을 함으로써, 우리는 사람들이 존재하지 않는 것을 보게 하고 느낄 수 없는 것을 느끼게 할 수 있다. 이러한 일이 입에서 나오는 소리나 종이 위의 표시만으로 일어난다. 언어를 통해 우리는 감지하기 어렵고 존재하지 않는 것처럼 보이는 추상적인 개념을 삶에 끌어올 수 있다. 가령 '공정성', 혹은 침대(기표 signifier)와 침대에 대한 관념(기의 signified) 사이의 차이 같은 것 말이다. 따라서 그토록 많은 문화에서 언어를 마법적이라고 느끼는 것도 놀라운 일은 아니다. 성직자가 "두 사람이 남편과 아내가 됨을 선언합니다."라고 말할 때, 그 두 사람이 그 말을 옳게 여긴다면 그들의 결혼은 성사되는 것이다. 성직자가 어떤 사람에게 "당신의 죄는 사해졌습니다."라고 말할 때, 또는 남편이 "나는 당신과 이혼할 거요."라고 말할 때, 그 말은 효력이 있다. 찰스 디킨스Charles Dickens의 책을 읽다가 많은 사람들이 졸도했고, 여성이 그리스 비극을 보는 동안 출산했다는 말도 있다.

「요한복음」(킹 제임스 번역본)은 "태초에 말씀이 있었다."라는 유명한 말로 시작한다. 이는 마치 온 우주와 하느님까지 모두 언어에서 유래했다고 요한이 말하고 있는 것처럼 들린다. 물론 그가 의미했던 것은 훨씬 더 플라톤적인 것이다. 다시 말해 태초에는 순수한 의미, 논리, 합리성, 즉 로고스가 있었으며 이는 비천한 사물이나 험담과는 거리가 멀다는 것이다. 천사들은 선형적이고 산만한 언어가 아니라 즉각적이고 총체적인 언어로 의미를 앞뒤로 움직임으로써 의사소통을 한다고 알려져 있다. 그럼에도 불구하고 「요한복음」의 영어 번역본은 말이 사물의 중심에 있다는 개념을 우리 문화에 스며들게 하는 데 지대한 영향을 끼쳤다.

많은 문화권에서는 말로 주문을 건다. 『헬레네에 대한 찬사Encomium on Helen』의 끝부분에서 고르기아스Gorgias는 약이 신체에 영향을 미치는 것처럼 말이 영혼에 영향을 미친다고 주장한다. 알키비아데스Alcibiades는 소크라테스를 언어의 마법사라고 불렀다(플라톤, 『향연Symposium』, 215: c-d). T. S. 엘리엇T. S. Eliot은 시를 작동하게 하는 것은 일반적인 시의 소리 또는 특히 문자로 된 시의 소리라고 주장했다. 그는 좋은 시가 가진 의미는 절도범들이 주택을 터는 동안 경비견을 유인하기 위해 사용하는 쇠고기 덩어리에 불과하다고 썼다. 다시 말해, 시의 의미는 단순하지만, 그 소리는 마음을 매우 분주하게 함으로써 시의 진정한 효력을 발휘할 수 있다는 것이다. 만약 마음이 의미에 의해 산만해지지 않는다면, 마음은 불쑥 쳐들어오는 말소리의 무법적 힘에 의해 자신이 변화되도록 허락하지 않는다(Eliot, 1933).

데이비드 올슨은 다음과 같이 말하고 있다.

뮤리얼 해리스Muriel Harris의 의견에 따르면 말word과 명칭name을 구별하지 못하기 때문에 표상적 상징emblematic symbolism이 형성되는데, 이는 다양한 신적 존재와 혼령들에게까지 연결될 수 있고 "다양한 방식으로 말의 마법이나 명명

행위와 결합되기도 한다. 이것은 근본적으로 현실이 자연적인 것과 초자연적인 것으로 나뉘거나 도덕적인 것과 실용적인 것으로 나뉘지 않는 것처럼 언어와 비언어로 명확하게 나뉘지 않는다는 사고방식을 반영한다." 그러한 말의 마법이 부분적으로 우리 모두에게 존재한다는 점은 부인할 수 없다. (Olson, 1994: 71. 해리스(Harris, 1986: 131-132)를 인용하고 있다.)

스티븐 카츠Steven Katz는 많은 유대인, 특히 초기 유대인에게 문자의 **형상**은 신비한 힘을 가지고 있었는데 이는 "태초에 **기록된** 말씀이 있었다."라는 의미를 함축하고 있다고 주장하고 있다.

프랑스 학자 실비 플란Sylvie Plane은 시각 기호의 마법에 관하여 다음과 같이 말하고 있다.

언어적 활동과 '선line'(즉, 필자가 신체적 동작으로 남긴 표식이나 궤적)의 결합이 글쓰기와 동격이 되는 문화적 맥락도 있다. 이는 동양의 시 창작, 특히 아랍 이슬람 세계에서 발달한 서예calligraphic art에서 찾아볼 수 있다. 여기서 그려진 선의 형식은 비유적 기능을 지니는데, 그것은 종교가 금지하는 표상을 회피하는 반면 단어의 의미가 전달하는 정보를 드러낸다. 이는 일본 시의 경우도 마찬가지이다. 일본 시가 추구하는 핵심 목표는, 세계가 포함하고 있지만 언어의 도움이 없이는 알아낼 엄두도 낼 수 없는 것을 표상하여 볼 수 있도록 우리에게 길을 제공하는 것이다. 프랑스의 시인이자 비평가인 이브 본푸아Yves Bonnefoy는 하이쿠가 의미를 담는 방식을 살펴본 후, 소쉬르적 전통이 강요하는 기표의 자의성에 대해 의문을 제기하였다. 특히 그는 정신적 이미지를 환기하는 데 도움이 된다고 알려진 기표의 울림sonority에 따라 만들어진 인상impression에 대한 토의를 계속하고 있고, 그것을 확장하여 회화적 기표graphic signifier까지 다룬다. 그는 하이쿠를 통해 표의문자의 수사학적 기원에 대한 흔적을 추적한다. 하이쿠는 일본어로 쓰인 다른 어떤 텍스트보다 더 많이 그런 흔적을 가지고 있는데, 이는 그런 흔적을 만들어 내는 몸짓 자체가 의미의 구성에 참여하고, "성찰을 한 후에 붓을 한 획만 그어도 기표들의 흔적이 남기"(Plane, 2009: 1) 때문이다.

누군가 다음과 같이 말할 때 말의 마법이 살짝 드러난다.

이 비행기가 추락하지 않기를 바랍니다.

누군가는 언제나 이렇게 답변한다.

그런 말씀은 하지도 마세요!

나는 "그런 말은 하지 마세요(Don't say that)."라고 말하지 않는 나 자신을 발견했는데, 나는 마법을 믿지 않기 때문이다.

구어의 마법은 저주나 명명을 할 때 가장 명확하게 드러난다. 금기시되는 신성모독에 대해 말하는 것, 또는 자신의 이름이나 신의 이름을 말하는 것에 대한 사람들의 반응을 생각해 보자. 이는 마치 그 말의 소리가 사물 자체의 핵심 요소를 운반하는 것과 같다. '고양이' 같은 단어의 정신적 의미는 우리가 사물 그 자체에 대해 가지고 있는 자잘한 반응으로 이루어져 있다는, 언어에 대한 B. F. 스키너B. F. Skinner의 행동주의적 설명은 이제 더 이상 주목을 받지 못한다. 그러나 그의 행동주의 이론은 우리가 저주의 말과 이름, 때로는 다른 단어들에 어떻게 반응하는지에 대해 많은 것을 설명해 준다. 그것은 또 왜 어린이들이 단어 마술word magic에 몰입하는지, 그리고 왜 기숙사 학생들과 군인들이 's***'와 'f***' 같은 낱말의 소리에 대한 단편적인 반응을 점점 더 하지 않게 되는지를 설명해 준다. 가장 강력한 언어적 '마법'은 신의 이름을 부르는 소리와 함께 나타난다.

마법과 연관될 수는 없어도 주문을 걸기 위해 말이 기능하는 상황은 많다. 개성이 강하거나 권위가 높은 사람은 추종자의 정신에 힘을 행사할 수 있다. 히틀러가 떠오르지만, 더 사소한 예도 있다. 전화로 기부금을 모집하는 사람은 내가 다음과 같이 말하면 싸우려 든다. "메일로 나에게 무언가를 보내 주세요. 저는 전화로는 아무것도 약속하지 않겠습니다." 그들은 목소리를 이용하고자 하고,

나는 그들이 나에게 힘을 행사하는 것을 원하지 않는다.

＊　　＊　　＊

그러나 말하기가 단독으로 마법을 형성하는 것은 아니다. 글쓰기 또한 주문을 거는 데 사용될 수 있는데, 이는 글쓰기 초기 단계였던 수천 년 전에 이미 시작되었다. 그리스의 사례 두 가지를 살펴보자.

> 만일 한밤중 꿈속에서 누군가에게 나타나고 싶다면 날마다 사용하는 램프에다 이렇게 말하라. '케아이몹세이 에르페 봇CHEAIMOPSEI ERPE BOT, 아무개(NN)가 낳은 그녀의 아무개(NN)로 하여금 그녀의 꿈속에서 즉각, 즉각, 빨리빨리 나를 보게 하라.' (그리고 늘 하던 대로 여러분이 바라는 것을 덧붙이면 된다.) (Betz, 1993: 407-410)

> 누군가가 여러분에게 분노하는 것을 그치게 하려면, 몰약으로 [리넨 위에] 분노의 이름인 '크네옴CHNEÔM'을 쓰라. 그것을 왼손에 들고 다음과 같이 말하라. "나는 모든 사람의 분노, 특히 크네옴이라는 이름을 가진 그의 분노를 억제하고 있다." (Betz, 1993: 179-181)

'문법grammar'이라는 단어는 '매력glamour'과 같은 말이다. 비문자 문화권의 사람에 얽힌 흔한 일화 중 하나는 그가 책을 낭독하는 사람을 보더니 나중에 자기도 책을 들어 귀에다 대고 책이 말하는 소리를 듣고자 했다는 것이다. 문자를 '핵심'으로 생각하는 유대인의 신비주의 전통 또는 신비주의 문화도 있다.

> 문자로 구성되는 현실의 모든 국면과 차원이라는 관점에서 보면, 유대인의 신비주의 수사학은 총체적인 언어 현실을 상정하는 것 같다. …

성서와 [문자화된] 말들, 그리고 그 결과로서 문자 자체도 필자가 신이기 때문에 신성화된다. (Katz, 2003: 147, 149)

그러나 오늘날 소쉬르의 주문spell하에 있는 '우리'는 글쓰기에 어떤 마법도 없다고 말한다.

고대 그리스 수사학자들이 의식적인 '기술art'이자 과학인 기법techné으로서의 수사학을 발전시켰을 때, 그들은 마법의 근원으로부터 거리를 두기 시작하였다. 예를 들면 수많은 고대 텍스트에 나오는 마법 치료사를 이용하는 것과 거리를 둔 것이 그러하다. 재클린 드로미이Jacqueline DeRomilly는 자신의 책 『고대 그리스의 마법과 수사학Magic and Rhetoric in Ancient Greece』(1975)에서 고르기아스가 연설에서 '마법'이라는 개념을 수정하고자 했다고 주장한다.

신성한 마법은 신비로웠으나 고르기아스의 마법은 과학기술적이다. 그는 언어와 언어의 영향에 대한 과학적 분석을 통하여 마법사의 힘을 모방하고 싶어 한다. 그는 언어의 마법을 연구하는 이론가이다. 이는 주목할 만한 주장이며 비이성적 모형에서 이성적 가르침으로의 놀라운 전환이다. (DeRomilly, 1975: 16. 고대 마법 및 그리스 마법에 대해서는 그린(Greene, 2005) 및 와그너(Wagner, 2002)를 참조하기 바란다.)

글쓰기 마법은 일종의 금기로 남아 있다. (몇 단락 앞에서 내가 그렇게 한 것처럼) 문식성을 갖춘 많은 사람들은 무례하거나 위험한 말을 자세히 설명하기를 피한다. 매우 현명한 사람들도 글로 쓴 기도문을 통곡의 벽 틈새에 끼워 넣는다. 가장 학식 있고 학력이 높은 사람들인 작가들 사이에서도 글쓰기 마법에 대한 수많은 증거를 볼 수 있다. 예를 들어 많은 작가들이 자신의 글쓰기 과정에 끼워 넣는 다양하고 깊이 있어 보이는 관례적 실천이 있다. 그들은 특정한 펜, 컴퓨터, 종이, 장소, 쓰기 전의 의례 같은 것이 없으면 쓸 수 없다고 생각한다. 만일 내가 레인 댄스*를 똑바로 추지 않는다면, 비가 오지 않을 것이다. 즉 글의 흐름도, 단어도, 생각도 없을 것이다.

> 문어의 마법과 문화에 대해 말하자면, 미국보다는 영국의 뉴스와 잡지에서 f***와 c*** 같은 저속한 말을 좀 더 자유롭게 사용하는 것 같다. 1965년에 있었던 『채털리 부인의 사랑Lady Chatterley's Lover』에 대한 판결은 적어도 그곳의 교양 계층에는 큰 충격을 준 것 같다. "드라마 비평가 케네스 타이넌Kenneth Tynan은 1965년 11월 13일 BBC 방송에서 말을 더듬으면서 'f-f-f-UCK'이라고 말했다. 비슷한 시간에 『가디언Guardian』은 네 글자로 된 욕설을 허용했다." 펭귄사는 『채털리 부인의 사랑』을 즉각 페이퍼백으로 출판했는데, 이는 『롤리타Lolita』가 한동안 양장본으로 발행된 것과는 대조적인 일이었다. (Sutherland, 2010)

소쉬르의 이론을 복음처럼 받아들이는 학식 있는 사람일지라도 시와 소설을 높은 수준에서 즐기는 사람이라면 일종의 마법이 특정한 언어, 즉 시와 소설이라는 강력한 언어로 뒤엉켜 존재한다는 점을 인정하는 데 주저하지 않을 것이다. 나는 소리의 힘에 대한 엘리엇의 주장을 좋아하지만, 문자로 표현된 단어의 모습 안에도 마법은 존재한다. (더 정확히 말하자면 우리 문화에서 마법은 기꺼이 그 마법이 발휘되도록 허용할 사람들을 위해 그곳에 존재한다.)

다음의 긴 인용문은 존 업다이크의 소설에서 가져온 것이다. 그는 글쓰기와 기도가 관련이 있다는 주장을 하는데, 이는 글로 쓰인 말이, 존재하지 않는 것에 생기를 불어넣는 신의 일을 할 수 있다는 믿음을 보여 준다.

> 지난밤 나는 어두운 계단에서 발을 헛디뎌 반쯤 미끄러지다가 아내의 반짇

---

*   아메리카 원주민들이 기우제 때 추던 춤 'rain dance'에서 비롯된 용어로, 어떤 문제를 해결하거나 목표를 달성하기 위해 일종의 의식처럼 하는 임의적인 행동을 뜻한다.

고리를 발로 차고 말았다. 바늘, 실패, 단추, 천 조각 등이 흩어졌다. 그것들을 주워 담다가 할머니의 골무를 보게 되었다. 나는 그게 무엇인지 금방 알지 못했다. 아주 가벼우면서 굽이 없는 은 성배가 내 손가락에 끼워졌다. 그때 나는 깨달았다. 시간의 밸브가 열리고 할머니가 몇 년의 시간을 지나 나를 다시 찾아왔다. 나는 이제 더 이상 존재하지 않는 한 여성이 한때 어떻게 존재했는지를, 그리고 그녀가 이제는 사라진 세계에서 그녀의 일생이 어떠했는지를 말해야 한다는 불가피하고도 신성한 의무감이 들었다. 비록 그것이 불러일으키는 기억은 모두 우리에 대한 것이었지만 말이다. 그녀의 골무는 어떻게 만들어졌을까? 시간의 검은 산에 있는 마법의 동굴에서, 난쟁이가 된 노동자에 의해 원격으로, 이제는 골무 그 자체의 크기만 한 사라진 작업장에서, 그리고 그처럼 곧 불행한 결말을 맞이하여, 마치 지질의 압력에 의한 것처럼 모양이 깨지게 된 것은 아니었을까? 오 신이시여, 이 형편없는 글에 복을 내리시어 사악한 무지로부터 당신의 부활을 이루소서. (Updike, 1962: 157)

마지막으로 마법적인 글쓰기의 사례를 한 가지 더 제시하고자 한다. 이는 글쓰기 그 자체에 관한 것이다.

글쓰기는 진술을 정확하게 옮겨 유포와 보존을 가능하게 한다. 글쓰기 덕분에 독자는 시간이 있을 때 텍스트의 여기저기를 살피면서 연구하고 비교하고 해석할 수 있다. 필자는 글쓰기를 통해 단어 선택을 고민할 수도 있고, 목록, 표, 조리법, 색인을 만들 수도 있다. 글쓰기는 객관화된 시간의 의미, 즉 공간의 선형적 개념을 만들어 낸다. 글쓰기는 작가 및 맥락에서 메시지를 분리해 냄으로써 언어의 '탈맥락화' 또는 의미의 보편화를 가능하게 한다. 글쓰기는 삼단논법과 같은 언어적 구조, 구구단과 같은 수학적 구조에 대한 새로운 형태를 만들어 낸다. 역사가 신화를 대체하고 회의론과 과학이 마술을 대체하는 데 기여함으로써 글쓰기는 제도적인 기록 방식으로 두드러지게 자리 잡앗다. 글쓰기는 명시적인 규칙과 절차에 기반을 두고 조직된 대규모 관료제, 회계학, 법률 체계의 발전을 불러왔다. 글쓰기는 면대면 행정을 문자화된 법률과 비개인화된 행정 절차로 대체하는 데도 기여했다. 또 다른 한편으로 글쓰기는 필자의 지위를 필경사에서 작가로 전환시켰고 개인의 생각이 중요하다는 점을 인식시키는 데 기여함으로써 결과적으로 개인주의를 발달시켰다.

이것이 마법처럼 보이지는 않는다. 그렇지 않은가? 그러나 나는 이것이 하나의 마법이라고 주장하고 싶다. 이것은 브리태니커 백과사전에서 가져온 말들이기 때문이다. 영미 문화는 매우 유명한 백과사전에 쓰인 내용에 대해 마법적 신뢰를 보내는 경향이 있다. 이 말들은 탈육화된 '진실' 그 자체인 것처럼, 즉 스스로 권한을 부여받아 타당한 것처럼 우리에게 제시된다. 마치 신에게서 오거나 실재에서 오는 것처럼 말이다. 우리 문화에서 종종 가장 특별한 신뢰를 받곤 하는 것이 이 의례적 언어 유형이다. (이 인용문은 신뢰가 없고 모든 것을 아는 체하는 비작가가 기술한 내용을 어떻게 볼 것인지에 대한 것이기 때문에 특히 흥미롭다.)

영미 문화가 글쓰기에 부여하는 특권의 일부는 여전히 남아 있는 마법으로부터 오는 것임에 틀림없다. 그러나 말하기는 청각을 사용하므로 매우 설득력 있는 개성과 음악과 리듬을 전달할 수 있고, 감정이 고조되는 의사소통 채널을 보유하고 있다. 그런 점에서 나는 말하기가 글쓰기에 비해 우리에게 더 잘 도달하고, 더 잘 감동시키며, 더 잘 설득시킨다고 확신한다. 어떤 경우든 말하기와 글쓰기에서 마법을 느끼지 않도록 하기 위해서는 상당한 양의 문화적 훈련이 필요하다. (이에 대해서는 나의 저서 『힘 있는 글쓰기』(1981)의 「글쓰기와 마법Writing and Magic」부분을 참조하기 바란다.)

*　*　*

이 장의 주제는 말하기와 글쓰기가 항상 문화의 영향을 받는다는 것이다. 시간과 공간에 따라 사람들은 매우 다른 방식으로 말하기와 글쓰기를 한다. 다음 두 장에서는 문화에 초점을 두지는 않을 것이다. 어떤 문화가 말하기와 글쓰기를 이용해 왔든 그렇지 않았든 상관없이 내가 가장 가치 있고 소중하게 여기는 말하기와 글쓰기의 사용 방법을 강조할 것이다. 나는 말하기와 글쓰기를 더 이상 문화를 배경으로 해서 존재하는 것으로 기술하지 않고 말하기와 글쓰기에서 특히 가치가 있는 잠재적인 사용 방법에 대해 논하고자 한다. 이것은 이 책의 더 큰 목표를 위한 기초 작업으로, 말하기에서 가장 좋은 것을 취하여 글쓰기에서 가장 좋은 것에 그것을 덧붙이는 일이다.

문자 언어의 세 가지 기본 체계

문식성 이야기 개관

대부분의 장에 나는 아주 짧은 '문식성 이야기'를 끼워 넣었다. 이를 통하여 역사의 서로 다른 시기와 지구촌의 서로 다른 장소에서 이루어진 글쓰기와 문식성의 역사적 순간들을 간단히 개관한다. 나는 인간이 문자 언어를 사용해 온 아주 다양한 방식 중 몇 가지에 독자들이 빠져들길 바란다.

나는 또한 이 '문식성 이야기'를 통해 막간을 즐기거나 아주 길고 산만한 장의 분위기를 전환하려고 한다. ('막간interlude'은 주요 행사 사이에 들어가는 소극이나 오락으로, 하프타임 쇼 같은 것이다. 라틴어에서 'inter'는 '사이에', 'ludus'는 '극' 혹은 '놀이'를 뜻한다.) 그러나 물론 나는 누적된 '문식성 이야기'가 이 책의 더 큰 기획을 강화할 수 있기를 바란다. 나는 최상의 글쓰기 형식 또는 이상적인 글쓰기 형식 같은 것이 있다거나 글쓰기의 변화는 항상 어떤 자연스러운 진화 과정을 따른다는 널리 퍼져 있는 가정을 흔들어 놓고자 한다. 특히 나는 글쓰기와 문식성 표준의 변화가 종종 갑자기 닥칠 수 있으며, 이것은 강력한 문화적·정치적 힘에서 비롯될 수도 있다는 것을 보여 주려고 한다.

이들 '문식성 이야기'는 이 책의 다른 부분보다 내가 직접 공부하지 않은 지식의 영역을 더 많이 요구한다. 따라서 나는 다른 출처들에 많이 기대어 폭넓게 인용할 것이다.

*　*　*

말하기는 생명 활동에 뿌리를 두고 있기 때문에 인간이 말하는 매우 다른 언어들 간에도 유사한 특질이 있다. 이를 '언어적 보편성linguistic universals'이라고 부른다. (놈 촘스키Noam Chomsky는 다른 언어학자들이 생각하는 것보다 더 많은 보편성이 존재한다고 주장하면서 '보편 문법'에 대하여 말한다.) 그러나 **글쓰기**는 생명 활동에 뿌리를 두지 않은 고안된 인공물이기 때문에 전적으로 문화의 산물이다. 서로 다른 문화는 매우 다른 글쓰기 형식을 만들어 냈다. 그것은 말하기와 가까울 수도 있고 아주 멀 수도 있다.

인간이 문자 언어를 발명할 만큼 충분히 뛰어나면서 창조적이었던 때는 분명하게 단 세 번뿐이었다. 기원전 약 3500년경 중동 지역의 가나안족이나 셈족은 영어 자모의 근원이 되는 일종의 문자 체계를 고안해 냈다. 기원전 약 1200년경 중국에서는 자모 체계가 아닌 '문자 기반character-based' 체계를 발전시켰다. 그리고 기원후 200년경 중앙아메리카의 마야인들은 상형문자hieroglyph 체계를 고안해 냈다. (전통적으로는 이집트인들이 상형문자 체계를 창안한 것으로 알려져 있지만, 데니스 슈만트-베세라트Denis Schmandt-Besserat는 최근의 학문적 성과를 검토하면서 이집트의 문자 체계는 메소포타미아에서 차용된 것이 명확하다고 말한다. 어떤 학자들은 인도의 인더스강 유역 같은 곳에서 몇몇 다른 독자적인 문자의 발명이 있었을 것이라고 추정한다.)

전 세계적으로 이 세 가지 원천으로부터 수 세기에 걸쳐 글쓰기가 확산되고 발전되면서 우리는 글쓰기에 사용되는 세 가지 **종류**의 다른 기호를 가지게 되었다.

- **자모** 기호alphabetical symbol는 여러분이 지금 보고 있는 것이다. 다른 두 체계와 비교하여 볼 때, 자모 기호, 즉 낱자letter는 의미의 **최소** 변별 단위인 음소phoneme를 나타낸다. 가령 'b'라는 문자는 '브(buh)'라는 소리(음소)를 나타내는 데에만 사용되고 그 자체로는 아무 의미도 가지지 않는다. 그것은 'bat'이나 'bet'에서와 같이 낱자/음소와 결합할 때에만 의미를 갖는다.

- **표어** 기호logographic symbol는 중국의 한자, 또는 이집트나 마야의 상형문자와 같은 것으로 반대쪽 극단에 있다. 표어 기호는 **가장 많은** 의미를 전달한다. 그리고 표어 기호는 전체 개념을 나타내며, 하나의 단일한 문자/개념이 서로 다른 구어로 말해질 수 있다. 따라서 문자는 구어의 소리에 대한 어떤 단서도 포함하지 않는다. 많은 사람들은 서양 사람들도 표어

기호를 일부 사용한다는 것, 말하자면 '로마자' 기호 안에 그것을 감추고 있다는 사실을 모르고 있다. 예를 들어 '&'라는 기호와 모든 아라비아 숫자는 사실상 표어 기호이다. 이것은 전체 개념을 표상하고 소리와는 어떤 관계도 가지지 않는다. 따라서 '2'는 영어 단어 'two'의 소리와 아무런 관계가 없다. 이러한 사실은 '2'가 'zwei'(독일어)와 'deux'(프랑스어)에서도 같은 개념을 나타내고 있는 데에서 알 수 있다.

- **음절** 체계syllabic system는 그 중간에 놓여 있다. 음절문자나 기호는 자모 문자보다 더 많은 의미를 전달하지만 중국 한자나 이집트 상형문자보다는 더 적은 의미를 전달한다. '음절'이기 때문에 그것은 분명히 구어의 소리와 관련이 있다. 영어 자모 체계에서조차도 음절 체계의 흔적이 있는데, 가령 'amoral(도덕관념이 없는)'과 'asymptomatic(증상이 없는)', 그리고 다른 많은 단어들에서 'a'라는 문자는 'not'의 의미로 사용된다. 만일 영어 'bipolar(양극의)'에서처럼 음절 'bi'를 나타내는 하나의 기호가 있다면 그것은 '둘twoishness'을 의미할 것이다.

음성으로 표현된 말을 나타내는 문자 기호를 **표음식**phonographic이라고 한다. 따라서 자모 기호와 음절 기호는 표음식이다. 이는 음성 언어의 소리에 대한 시각적 단서를 제공한다. 중국의 한자처럼 소리와 무관하게 의미를 전달하는 문자 기호는 **표어식**logographic이라고 한다. (이 세 가지 체계에 대해서는 다음 쪽의 설명을 참조하기 바란다.)

전체 표기 **체계**를 자모식, 표어식, 음절식이라고 명명하는 것은 일반적이면서 편리하다. 예를 들면, 미국에서는 자모식 표기 체계를 사용하고, 중국에서는 표어식 표기 체계를 사용하며, 일본에서는 (자신들의 체계 중 하나로) 음절식 표기 체계를 사용한다. 그러나 어떤 실제적인 표기 체계도 이러한 세 종류의 기호 중 하나만을 순수하게 사용하거나 일관되게 사용하지는 않는다는 점을 기억해야 한다. 나는 이 책을 집필하기 위해 연구하는 과정에서 중국의 한자와 이집트의 상형문자가 전부 표어식인 것은 아니며, 어떤 문자 언어도 순수한 표음식이거나 표어식이 아니라는, 즉 소리만을 나타내거나 의미만을 나타내는 것이 아니라는 사실을 알고 놀랐다.

[모든] 표기 체계는 표음phonetic 기호와 표의semantic 기호를 혼합하여 사용한다. [하나의 문자 언어를 다른 문자 언어와] 구별하는 것은 … 표의 기호에 대한 표음 기호의 비율이다. [표음 기호의] 비율이 높을수록 단어의 발음을 추측하기가 더 쉬워진다. 영어는 그 비율이 높고 중국어는 낮다. 그래서 영어 철자법은 중국 문자가 표준 중국어의 구어 음성을 나타내는 것보다 더 정확하게 영어의 구어 음성을 나타낼 수 있다. 그러나 핀란드어 철자법은 핀란드어의 구어 음성을 이 두 언어의 철자법보다 더 잘 나타낸다. (Robinson, 1995: 14)

플로리안 쿨마스Florian Coulmas의 정밀한 분석에 따르면, 실제로 사용되는 많은 표기 체계는 매우 혼합적이고 표기의 기본 단위를 해석하는 지배적 원리가 존재하지 않는다. 그는 고대 이집트어, 아카드어, 일본어를 이 범주에 포함하고 있는데, 영어는 더 말할 나위도 없다!

앤드루 로빈슨Andrew Robinson은 다음과 같이 가장 표음적인 기호에서 가장 표어적인 기호까지 흥미로운 언어의 연속체를 제시하고 있다.

세 가지 기본 표기 체계 예시: 자모식, 표어식, 음절식

자모식

분명히 자모식 표기는 우리들이 대부분 흔히 읽는 표기 형태이다.

표어식

다음은 중국어 한자의 두 가지 예시이다

狗　追　猫

Gŏu　　zhuī　　māo
개　　　쫓다　　고양이

이 경우 의미하는 내용이 무엇인지를 결정하는 데에는 맥락이 필요하다. 맥락에 따라 "개가 고양이를 쫓는다.", "개들이 고양이들을 쫓는다.", "개가 고양이를 쫓았다[쫓을 것이다]."로 해석될 수 있다.

活 也 讓 別 人 活

Huó　yě　ràng　bié　rén　huó
살다　그리고　시키다　다른　사람들　살다

살고 살게 하다

마야의 세 가지 상형문자

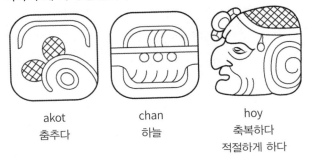

akot
춤추다

chan
하늘

hoy
축복하다
적절하게 하다

음절식

다음은 일본어 히라가나의 두 가지 예시이다.

いぬ は と に います

Inu　wa　to　ni　imasu

개가 문 앞에 있다

しんじつ は わかりにくい です

Shinjitsu　wa　wakarinikui　desu

진실은 알기 어렵다

'완전한
표음문자'

예: 국제 음성
기호IPA

핀란드어　프랑스어　영어　한국어　일본어　중국어

'완전한
표어문자'

예: 수학 기호와
암호

(Robinson, 1995)

로빈슨은 표음문자와 표어문자에는 도표와 같이 정도의 차이가 있지만, **모든 표기 체계는 말하기와 연결되어 있다는 점을 인식해야 한다고 주장한다.**

> 쓰기와 읽기는 우리가 입술을 움직이든 움직이지 않든 간에 말하기와 밀접하면서도 불가분하게 연결되어 있다. 중국인들과 서양의 학자들이 정반대의 주장을 수 세기 동안 해 왔음에도 불구하고, 한자는 소리가 매개하지 않으면 직접 머릿속에 떠오르지 않는다. 이집트 상형문자 역시 기호가 아름답고 우리가 그 안에 묘사된 사람, 동물, 사물, 자연세계를 인식할 수 있다는 사실에도 불구하고 이와 다르지 않다. (Robinson, 1995: 17)

(로빈슨은 어떻게 동일한 기호가 한편으로는 의미를 시각적으로 나타내는 어표logogram로 사용되고, 다른 한편으로는 소리를 나타내는 음표phonogram로 사용되는지 보여 주고 있다(Robinson, 1995: 98, 102, 104). 이것에 대한 좀 더 자세한 내용은 3장 뒷부분에 나오는 그림-글자 조합체에 대한 '문식성 이야기'를 참조하기 바란다.)

완전한 표음문자로는 국제 음성 기호International Phonetic Alphabet: IPA가 대표적이다. 이 기호는 주로 로마자로 이루어져 있고, 모든 언어에 있는 모든 소리를 표시하기 위하여 다른 여러 기호를 고안하여 추가했다. 자음이나 모음을 나타내는 글자가 총 107개 있으며, 약 50개 이상의 기호는 이러한 소리들이 어떻게 만들어지는지를 보여 주는 기호이다(강세나 장음 표시 기호). 몇몇 사전에서는 단순화된 형태의 IPA를 사용하여 발음 안내를 한다.

완전한 표어문자로는 수학 기호와 암호가 대표적이다. 2+2=4는 완전한 표어식 '문장'이다.

---

*   *   *

이 세 가지 표기 체계에는 각각 장단점이 있다. 서양 문화에서는 사람들이 알파벳 체계가 얼마나 쉽게 문자 해독을 할 수 있게 하는지를 자랑하고 싶어 한다. 자모로 쓰인 단어는 구어의 소리에서 온 것이기 때문에 결과적으로 독자는 종이에 쓰인 대로 단어를 소리 내어 읽을 수 있고 화자는 소리 내어 말하는 대로 종이에 그대로 옮겨 적을 수 있다. 자모의 원리는 특히 핀란드어와 스페인어에 잘 적용되어 있는데, 이는 두 언어의 철자가 말과 일관되게 대응하기 때문이다. 이러한 관점에서 보면 영어 화자는 불규칙한 철자법 때문에 어려움을 겪는다. 그럼에도 불구하고 자모 사용자는 언어에 따라 단지 25개에서 40개 정도의 기호만 배워서 사용하면 해당 언어의 모든 단어를 읽고 쓸 수 있다.

그러므로 자모 표기와 음절 표기는 내포된 소리를 전달하는 경향이 있다는 점에 주목할 필요가 있다. 자모와 음절로 쓰인 표기 형태 자체가 귀를 건드린다. 이러한 표기 체계는 말과 글을 연결짓는데, 이것이 바로 이 책의 주제이다.

이와는 대조적으로, 중국어 한자에서 볼 수 있는 표어식 표기는 대부분 구어의 소리와 직접 연관되지 않는다. 중국어의 경우, 독자가 글에서 소리를 바로 꺼내어 말로 만들 수도 없고, 화자가 말의 소리를 바로 글로 만들 수도 없다. 중국어에서의 문식성은 수천 개의 기호 또는 문자를 기계적으로 외워서 배워야 하는 것이기 때문에 기억에 많은 부담이 간다.

그러나 중국어 문어 표기는 어떤 구어와도 독립적이기 때문에 서로의 말을 이해할 수 없는 사람도 읽을 수 있다. 이는 서로 이해할 수 없는 네댓 가지 형태의 중국어 구어를 쓰는 화자들에게 큰 도움이 된다. 그리고 중국이 아닌 곳에서 다른 언어를 쓰는 화자들에게도 마찬가지이다. 학식이 높은 중국인들은 대부분 아주 오래되고 아름다운 한자에 큰 자부심을 느끼고 많은 마음을 쏟아붓는다. (중국어에 대한 더 자세한 내용은 16장의 '문식성 이야기'를 참조하기 바란다.)

서양인과 중국인이 자신의 표기 체계에 대해 서로 다른 자부심을 느끼고 있음에도 불구하고, 아마 가장 실용적인 것은 음절 표기 체계일 것이다. 영어 사용자는 자모 표기 체계로 누구나 자신이 말하는 것을 모두 쓸 수 있다고 자랑하고 싶겠지만 읽기와 쓰기는 음절 표기 체계가 훨씬 쉽다. 음절 표기 체계는 자모보다 약간 더 많은, 아마 몇백 개의 기호를 배워야 할 것이다. 그러나 일단 배우고 나면 읽기와 쓰기는 훨씬 더 빨라진다. 규칙화된 철자법이 있는 스페인어나 핀란드어는 편의성과 효율성에서 영어보다 훨씬 낮지만 음절식 표기를 사용하는 언어보다는 못하다. 1820년 아칸소주에서 체로키 아메리카 원주민 학자 시쿼야Sequoya는 체로키 인디언의 구어를 표기하기 위한 음절 표기 체계를 독자적으로 발명하였는데, 이를 통해 문식성의 습득이 놀랄 만큼 빠르고 광범위하게 이루어졌다. (이에 대해서는 11장의 '문식성 이야기'를 참조하기 바란다.)

문식성 학자인 러셀 버나드Russel Bernard의 주장에 따르면 한 국가의 문자 해독률은 국민이 사용하는 표기 체계의 유형에 달려 있는 것이 아니다. "일본어가 이를 분명하게 보여 주는데 … 문자 해독률은 표음식 표기 체계 대 표어-음절식 표기 체계의 특성에 달려 있는 것이 아니라 오히려 … 일본식 한자 간지와 일본 문자 가나로 이루어지는 12학년 동안의 보편적 학교 교육에 달려 있다."(Bernard, 1999: 24-25) 그러나 그는 다음의 내용도 인정한다. "다른 한편으로 베트남의 경우가 확실하게 보여 주는 것은 … 경제적 자원이 매우 부족한 나라에서는 학교 교육 12년보다 더 짧은 기간에 문해력을 빠르게 신장시키는 데에는 중국 한자보다 로마자를 사용하는 것이 훨씬 더 쉽다는 것이다."(Bernard, 1999: 25. 베트남에 대한 좀 더 자세한 내용은 11장의 '문식성 이야기'를 참조하기 바란다.)

02

글쓰기의 좋은 점

1장의 주제는 문화였다. 문화는 서로 다르며 또 진화한다. 이 책에서 나의 더 큰 목적은 우리 문화에서 사람들이 글쓰기를 바라보고 참여하는 방식을 **바꾸는** 것이다. 이를 위하여 이 장에서 나는 글쓰기의 몇 가지 잠재력을 예찬하고자 한다. 우리의 문화가 그러한 잠재력을 이용해 왔든 이용해 오지 않았든 상관없다. 사실 나의 더 큰 목표는 우리가 활용하지 못한 글쓰기의 중요한 잠재력들을 보여주는 것이다. 결국 대부분의 인간 문화에서 글쓰기는 오직 잠재력에 **불과할 뿐**이었다. 수만 개의 언어가 사용되어 왔지만 글로 쓰인 언어는 100개도 되지 않았다.

어떤 문화가 활용하지 못한 잠재력에 대하여 말한다는 것은 무엇을 의미하는가? 여기 음악 분야에서 가져온 흥미로운 사례가 있다.

음악의 사회사가 음악 언어의 독립성이 제한적이라는 것을 인정하지 않는다면 제대로 된 것이라 할 수 없다. 음악가의 사회경제적 세계와 무관한 상상에 추상적 가능성을 부여할 수 있는 매혹적인 방법을 거부한다는 것이 힘들 때가 많지만 말이다. … 바흐의 〈미사곡 B단조〉는 바흐가 살아 있는 동안에는 공연되지 못했다. 가톨릭 미사곡이기 때문에 개신교 교회에서는 연주될 수 없었고, 그가 살아 있는 동안 가톨릭 교회에서는 오케스트라의 사용이 금지되어 있었다. 비록 바흐는 언젠가는 가능할 것이라는 희망을 갖고 있었지만 말이다. 〈골드베르크 변주곡〉은 오늘날 콘서트 공연에서 바흐의 작품 중 가장 성공을 거두는 작품이지만 19세기에 콘서트에서 이 작품은 연주되지 않았다. (Rosen, 2006: 43)

나는 다음 세 가지 관점에서 글쓰기의 가치와 잠재력을 살펴볼 것이다.

1. 글쓰기는 공간적이면서 시각적인데, 이러한 특성은 일시적으로만 들을 수 있는 말하기로는 하기 어렵거나 할 수 없는 것을 하는 데 도움을 준다.
2. 글쓰기는 사람들이 언어 밖으로 발을 내디뎌 언어를 하나의 외적 대상으로 바라볼 수 있도록 도와준다.
3. 글쓰기는 언어를 가시적인 외적 공간에 드러내기도 하지만 사생활을 향상시키는 매개체도 된다.

1. 글쓰기는 공간적이고 시각적이어서 일시적으로 듣고 마는 말하기로는 하기 어렵거나 할 수 없는 것을 할 수 있다

글쓰기는 시간과 공간을 넘어 언어를 보존하고 전달하는 데에 뛰어나다

이것이 오랫동안 글쓰기를 예찬해 온 이유인데, 사실 글쓰기를 발명한 이유이기도 하다. 영속적인 글쓰기가 없다면, 이웃집이나 다른 지역의 누군가에게 내일이나 100년 뒤에 우리의 생각을 전달하는 데 사용할 수 있는 것이 기억뿐일 것이다. 글쓰기의 **영속성**은 우리의 문식성 문화에서 대부분의 사람들 마음에 내재하는 특이한 가정을 설명하는 데 도움이 된다. 그것은 문자화된 말이 말의 '구어 형태'보다 더 **실재적**이거나 **진실**하다는 것이다. 미국의 현대 문화에서 발음에 따라 철자법을 바꾸기보다는 철자법에 따라 발음을 바꾸는 일이 더 흔히 일어나는 이유가 바로 여기에 있다. (영어 철자법의 특이성 때문에 사람들은 가끔 'often'의 't'나, 'calm'의 'l'을 발음한다.)

　누군가가 나에게 자신의 집으로 가는 방향을 알려 줄 때, 그 사람은 "아주 쉬워, 길을 잃어버릴 염려는 없어."와 같이 말하곤 하지만, 나는 메모하지 않으면 늘 길을 잃는다. 플라톤은 이 문제를 다르게 바라본다. 즉, 그는 쓰기 **때문에** 길을 잃는다고 말한다(『파이드로스Phaidros』). 물론 최신 글쓰기 기술이 우리의 모든 기억을 파괴했다는 점에서 그의 말은 옳다. 그러나 우리는 일종의 장애 상태에 빠져 있기 때문에 글쓰기가 필요하다. 그리고 우리는 당연히 더 많이, 폭넓게 언어에 접근하기를 원한다. 우리는 『오디세이아』 전체를 기억해 재현할 수 있는 배우가 공연하기를 기다리기보다는 그것을 구입하거나 내려받을 수 있기를 바란다.

　물론, 우리는 아이들이 원시적이라고 생각하는 바로 그 기술, 즉 전화와 녹음기로 시간과 공간을 넘어서 말을 전달할 수도 있다. 그러나 다소 긴 내용의 전달에는 일반적으로 글쓰기가 음성 메시지보다 더 편리하다. 흔히들 컴퓨터 때문에 종이가 사라질 것이라고 말했으나 지금 우리는 종이에 빠져 익사할 지경이다.

　글쓰기는 시간과 함께 사라질 말을 보존할 수 있기 때문에 무언가를 **보존**하는 힘으로 기능하는 경향이 있는데, '보존하다'라는 말의 여러 의미에서 그러하다. 텍스트를 보존함으로써 글쓰기는 일반적으로 문화를 보존하는 힘, 즉 안정성을 유지하는 힘으로 종종 작용한다. 오래되고 잘 사용되지 않는 것은 귀하게 여겨지는 경향이 있다. 시계나 왕의 칭호에는 여전히 로마 숫자가 사용된다. 일본에서는 오래된 중국 문자가 유지되고 있다. 대부분의 글쓰기 문화권에서 식자층은 글쓰기의 핵심이 언어적 변화뿐만 아니라 문화적 변화에도 저항하는 데 있다고 생각하는데, 구어가 문어보다 더 **빠르게** 변화하기 때문이다. 그런데 역설적이게도 글쓰기는 전통에 **저항하는** 사람들에게 도움이 된다. "문식성 문화에서는 과거의 비응집성이 설명되어야 하는데, 그것은 회의주의를 촉진하고 역사가 신화에서 벗어나도록 하는 과정이다."(Crain, 2007: 138; Goody & Watt, 1968)

글쓰기는 시간을 절약해 준다

말하기는 자유로운 대화를 나누는 데 매우 유익하기 때문에 회의나 세미나에 '토의 시간'을 넣는 경우가 많다. 그러나 토의에서는 한 번에 한 사람만 말할 수 있고 몇 사람의 목소리가 우세해지곤 한다. 토의를 하는 목적은 최대한 모두의 정보와 생각을 공유하고자 하는 것인데, 모든 사람이 듣고 서로 참여를 격려할 때조차도 그 목적은 실현되기가 어렵다.

글쓰기는 많은 사람들의 생각과 반응을 훨씬 더 빠르게 공유할 수 있게 해준다. 많은 집단과 조직은 구성원들이 사무실에서 매우 가까이 앉아 있더라도 이메일과 토론 사이트를 활용하여 시간을 절약하는 법을 배워 왔다. 사람들은 이메일에 나타나는 부주의함과 그것이 유발하는 문제에 대해 불만을 제기한다. 사람들은 만나서 나누는 대화보다 나은 이메일의 여러 장점을 쉽게 잊어버린다. 허니컷*은 마이크로소프트사의 지침을 기록하고 있는데, 그 지침은 이메일이 시간을 절약해 주고 더 많은 성찰을 가능하게 하기 때문에 사내 의사소통에서 전화보다 이메일을 더 장려한다는 것이다(Crain, 2007: 320). (생각을 공유하는 데 더욱 효과적인 회의를 만들기 위한 '잉크셰딩'에 대해서는 7장의 해당 절을 참조하기 바란다.)

호메로스Homeros가 서사시를 읊는 장면을 보았다면 정말 경이로웠을 것이다. 그렇지만 텍스트를 읽을 때에는 느긋하면서도 사려 깊은 묵독이 훨씬 더 빠르다. 오디오북은 멋지지만 묵독이 훨씬 더 속도가 빠르며 읽다가 중단하는 것도 가능하다. 학생들이 배운 것을 확인하고 싶다면 학생들 각자와 마주 앉아 대화를 하는 것이 좋겠지만, 나에게는 그럴 시간이 없다. 그 대신 나는 보고서나 시험을 통하여 학생들의 생각을 글로 쓰게 한다. 나는 이 글들을 빨리 읽을 수 있다. 그리고

·········
* 『더 할리우드 리포터Hollywood Reporter』의 영화 평론부장인 커크 허니컷Kirk Honeycutt을 가리킨다.

만일 내가 그들을 평가하려 하지 않고 단지 그들의 생각을 들으려고만 한다면(상상해 보라! 그렇게 하는 교사는 거의 없다), 평가와 관계없이 글 또는 편지라도 보내 달라고 요청하여 훨씬 더 많은 것을 '들을' 수 있을 것이다.

글쓰기는 수학 및 다른 계산에도 유용하다

우리는 "삼천칠백사십팔"이라고 말할 수 있지만, 다른 공간적인 표상으로서의 숫자 '3748'로 무엇을 할 수 있는지 인간이 알아낼 수 있었던 것은 말하기를 창조적으로 뛰어넘었기 때문이다.

> 수학자들은 글을 쓰면서 글쓰기의 엄청난 가능성을 깨달은 최초의 사상가들이다. … 음악에서와 마찬가지로 수학에서 알파벳 그 자체는 소용이 없는 것이었다. 그리스와 로마의 수학에서 알파벳에 기반을 둔 수 체계는 도움이 되기보다는 방해가 되었다. 이는 그들이 숫자 기호를 단어의 축약형에 불과한 것으로 보았기 때문이다. (Harris, 1986: 135-137)

> 만약 수학이 인지적 양식으로서 의존해야 하는 것이 말하기였다면, 우리는 여전히 원시 농업사회에 살고 있을 것이다. (Harris, 1986: 144)

> [수메르인들이 '플레이스 홀더place-holder'*로서 영zero을 창안한 것은] 단순한 발전이 아니라 문자화된 기호가 구어의 구조와 일치하거나 그것을 반영해야 한다는 관념에서 완전히 벗어난 것이다. (Harris, 1986: 136)
> 그리스의 두 가지 수 표기 체계, 즉 헤로디아누스 체계와 알파벳 체계는 모두 시대에 역행하는 것이었는데, 이렇게 된 이유는 그들이 문자화된 숫자 기호를 단어의 축약형에 불과한 것으로 다루었기 때문이다. (Harris, 1986: 137)

....

*   빠진 것을 대신하는 기호나 텍스트의 일부를 뜻한다.

글쓰기의 핵심적 특성인 시공간성을 강조한 로이 해리스Roy Harris의 주장을 인용한 것이다. 그는 글을 단순히 기록된 말이라고 생각하는 사람들을 맹렬히 비난한다. 해리스는 공간이 시간적으로 일어난 일을 나타내기에 그리 좋은 매체가 아니라는 점을 우리가 자주 간과하고 있다고 지적한다. 예를 들어 종이 위에 음악의 풍부함을 정확히 나타내기는 어렵다. 이것은 리듬의 경우 특히 분명한데, 우리의 몸이 쉽게 듣고 따라 움직일 수 있는 단순하고 명확한 재즈풍의 당김음을 종이 위에 기록하는 것은 어려우며 읽기는 더더욱 어렵다. 간단히 말해 우리가 듣는 것을 우리가 보는 무언가로 옮기는 일은 어렵다.

해리스가 글쓰기에 대해 예찬하고 있는 것은, 들을 수 있는 일시적인 말이 아닌 **정보**를 글쓰기가 잘 나타낸다는 점이다. 공간은 다이어그램을 위한 이상적인 매개체이다. 해리스는 공간이 전자회로, 뜨개질 도안, 복잡한 논리적 다이어그램 관계도를 얼마나 잘 표상할 수 있는지 보여 준다. 그는 이러한 것이 글쓰기의 전형이라고 함으로써 말을 받아 적는 것이 글쓰기의 전형이라고 보는 우리의 습관적인 사고에 충격을 준다. 로버트 프로스트Robert Frost가 시란 번역의 과정에서 잃어버린 그 무엇이라고 말했듯이, 해리스가 결국 말하고자 하는 바는, 진정한 글쓰기란 우리가 그것을 시간의 제약에서 해방하고 글쓰기가 말하기의 번역이라는 생각을 멈춤으로써 얻게 되는 무엇이라는 것이다. (수학자들은 나에게 수학 분야의 글은 주로 기호에 의존하면서 언어는 가능한 한 최소한으로 사용하는 미묘한 특권 의식 또는 속물주의를 동반한다고 말했다.)

수학과 다이어그램은 글쓰기가 시간 밖으로 벗어남으로써 말하기를 능가하게 된 유일한 예는 아니다. 사람들은 길이가 긴 언어를 분석하고 비교하려고 할 때 자연스럽게 시각적인 언어에 의존한다. 우리는 한 마디의 언어가 어떻게 작용하는지를 보기 위해, 또는 여러 버전의 이야기 중에서 동의하는 것과 동의하지 않는 것을 구별하기 위해 공간적 다이어그램과 시각적 설계도를 한꺼번에 필요로 한다. 예를 들면 법정에서 이루어지는 증언이나 (고전적으로는) 그리스도의 삶에 대한 4대 복음서가 그러하다.

글쓰기가 공간적 차원을 활용하면서 시간을 초월한다면, 담화의 논리를 검증하는 데 강력한 도구가 될 수 있다. 생각을 펼쳐 말할 때, 또는 구어를 선형으로 펼쳐 기록하는 데 글쓰기를 이용할 때 우리는 하나의 생각에서 다음 생각으로 또 그다음 생각으로 확신을 가지고 미끄러져 나가다 의식하지 못하는 사이 어느새 우리 자신의 생각에 반하는 쪽으로 빗나가곤 한다. 법률가들은 구어의 미끄러움을 의식적으로 활용하는 법을 배운다. 그러나 주의 깊은 글쓰기와 다이어그램을 통해 우리는 유혹적인 언어 연쇄의 배후에 있는 논리나 논리의 결여를 볼 수 있다. 논리학자들이 복잡한 추론을 분석하기 위해 고안한 형식적 언어는 여전히 매우 효과적이다. 그리고 이러한 언어는 말하기와 매우 다르다.

그러나 논리학은 시간을 회피하는 데 따르는 대가를 지불한다. 논리적으로 말하면 '예'와 '아니요'를 모두 말할 수는 없다. 그러나 우리는 시간의 영역에서 살고 있기 때문에 월요일에는 '예'를 말하고 화요일에는 '아니요'를 말하는 것이 통용되는 상황이 꽤 많이 존재한다. 예를 들면 월요일에는 주제에 대하여 떠올릴 수 있는 모든 단어와 생각을 적어 보는 것이 유용하다. 그 결과 모든 것에 '예'라고만 하게 된다. 하지만 그러고 나서 화요일에는 자신이 할 수 있는 한 최대한 반대의 경우를 따져 보고 의심하는 것이 유용하다. 그 결과 모든 것에 '아니요'라고 말하게 된다. 마찬가지로 교사나 부모가 어떤 때에 어떤 활동에 대해서는 느슨하고 허용적이면서 그 밖의 것에 대해서는 엄격한 것이 유익할 수 있다. (이에 대한 더 자세한 내용을 알려면 나의 저서 『힘 있는 글쓰기』(1981)의 1장, 『반대되는 것 껴안기Embracing Contraries』(1986), 「양가적 사고의 사용The Uses of Binary Thinking」(1993)과 내가 쓴 믿음 게임believing game*에 대한 글들을 참조하기 바란다.)

나는 순차적인 말하기가 시간의 덫에 갇히게 되는 반면 시각적이고 공간적

....
*   잘못되게 들리거나 터무니없이 들리거나 거짓이라고 널리 간주되는 아이디어에서 숨겨진 장점이나 강점을 발견하는 것.

인 글쓰기가 시간을 피해 가는 방식에 대해 예찬해 왔다. 그러나 그렇다고 하여 대부분의 글쓰기가 선형적인 구어의 표상이라는 명백한 사실이 약화되는 것은 아니다. 이것이 바로 해리스가 글을 말의 표상으로 정의해서는 안 된다는 점을 그토록 강조해야 했던 이유이다.

2. 글쓰기는 언어에서 벗어나 언어를 외적 대상으로 보게 한다

글쓰기는 복잡하거나 어려운 사고를 계획하고 다듬어 결국 풀어내도록 돕는다

까다로운 업무 편지, 중요한 연애편지, 복잡한 에세이, 시 중 어느 것에서든 간에 글쓰기가 우리에게 제공하는 수많은 기법들을 살펴보자. 우리는 메모를 작성하고, 생각을 자유롭게 기술하고, 초고를 작성하고, 개요를 활용하고, 고치고, 다른 사람의 피드백을 받고, 표면적인 요소들을 편집하고, 다른 사람에게 교열을 맡길 수 있다. 그리고 이러한 과정을 통하여 우리는 반복적으로 자신의 언어와 사고 밖으로 나갈 수 있다. 그것에서 빠져나오거나, 다른 사람들에게 말하거나, 잠시 제쳐 두는 것이다. 나는 하루, 일주일, 또는 1년 동안 그것을 잊어버리는 것이 매우 효과적이라는 사실을 알게 되었다. 새로운 안목을 가지게 되고 종종 이전과 다른 기분으로 돌아올 수 있기 때문이다. 대부분의 진지한 필자들은 글쓰기 기법을 충분히 활용한다. 나도 이 책을 집필하면서 분명히 그것들을 사용하고 있다. 글 수정하기는 실질적으로 자신과의 대화이며, 가끔은 타인과의 대화이기도 하다. 이는 글쓰기를 통하여 우리가 어떻게 이전에는 가져 보지 못한 새로운 통찰력을 가지게 되었는지를 설명해 준다. 실제로 글 수정하기는 우리가 지금 생각하고 있는 것으로부터 우리를 자유롭게 한다. 간단히 말해 글쓰기는 중요한 말, 즉 고부담의 언어와 사고를 위한 이상적인 매개체이다.

오늘날 우리는 기록 장치를 통하여 자신의 말 밖으로 나가 그것을 들을 수 있게 되었지만, 복잡한 편집 및 더빙 장비로 구어를 수정하거나 재작업을 하고자 하는 사람이라면 누구나 재빨리 글쓰기에 의존할 것이다.

말하기에서 복잡한 사고를 명료하게 하기는 어렵다. 내가 마음을 쓰고 있는 중요한 생각을 사람들에게 설명하거나 주장하기 위해 말하기를 이용했을 때, 사람들이 나를 믿게 하거나 심지어 나를 이해하도록 하는 것조차 아무런 진전이 없었던 경험이 많다. 그래서 나는 누군가에게 내 말을 듣게 하기 전에 일단 물러나 글쓰기를 해야 했다.

물론 고부담의 목적을 달성하기 위해 응집성 있게, 훨씬 더 정교하게 말하는 법을 배우는 것이 가능하다. 어떤 사람은 자신의 생각을 내적으로 다루는 법, 즉 마음속으로 자기 말의 초고를 작성하고, 고치고, 연습하는 법을 배운다. 그래서 그 말이 '처음' 밖으로 나올 때부터 잘 다듬어진 상태가 된다. 호메로스나 시애틀 추장과 같이 비문식적 사회의 사람들은 문식적 사회의 사람들이 배울 수 없었던 방식으로 말하기 기술을 활용하는 법을 배웠다.

우리의 글쓰기 문화에서도 재즈 음악가들은 즉흥적으로 최상의 창조적 연주를 하기 위해 스스로 훈련한다. 불과 100년에서 200년 전의 고전 음악가도 대부분 그랬다. 이러한 전통은 믿을 수 없을 정도로 풍부하고 세련된 수많은 악곡을 마음속에서 만들어 냈던 모차르트의 천재적인 능력에 조금이나마 기여하여 그가 수많은 교향곡, 사중주, 협주곡 등의 최초이자 최종본인 악보를 써 내도록 했을지도 모른다.

그럼에도 불구하고 아프리카계 미국인 문화를 연구하는 학자인 마이클 에릭 다이슨Michael Eric Dyson은 말하기와 구어 전통을 찬양하면서도 곧이어 의미를 더 잘 통제하고 재구성하기 위해서는 글쓰기가 중요하다는 점을 다음과 같이 강조한다.

구어 형식은 부족, 집단, 도시국가의 문화적·인종적 정체성에 중요하며 공동체의 존재에 기반이 되는 정치적·민족적 상상력을 보존한다. 반면에 문어 형식은 구어 형식의 특정한 제약에 이의를 제기하는데, 이는 문어 형식이 모순적인 기억을 표현하도록 권장하는 비판적 담화의 단계에 필자와 독자가 위치하게 하기 때문이다. …

내 생각에 글쓰기 그 자체는 사람들이 자신의 경험을 비판적으로 성찰한 다음

구성된 텍스트의 렌즈를 통하여 그 경험을 여과하는 능력으로, 분명히 구어 표현과는 다른 방식으로 자기 표현을 만들어 낸다. 다시 말해, 아프리카 언어 학자 알리 마즈루이Ali Mazrui가 말한 바와 같이, 구어 형식은 매우 보수적이고 엄격한 말하기를 수반하는데, 그 이유는 구어 형식이 사람들이 기억하는 것, 더 중요하게는 집합적 기억을 형성하기 위하여 사람들이 선택한 것을 보존하기만 하기 때문이다. …

호소하는 글을 쓰거나 자아 이해, 자아 표출, 자아 구성을 돋보이게 하는 글을 쓰는 것은 큰 차이를 만들어 낸다. 우리를 화나게 하는 말, 영감을 주는 말, 의사소통되고 있는 내용에 대해 동의하게 하거나 논쟁하게 하는 말과 관련해 우리의 생각을 고찰하는 것은 커다란 차이를 만들어 낸다. 이것은 엘리슨Ellison의 글이든, 푸코Foucault의 글이든, 볼드윈Baldwin의 글이든, 허스턴Hurston의 글이든 상관없다. 글쓰기에서는 텍스트의 가능성이 말하기orality와는 다른데(더 뛰어나다는 것은 아니다), 그 이유는 작성된 내용이 그 테두리 안에서 다양하게 읽히고 대안적으로 해석할 수 있는 가능성을 열어 주기 때문이다. (Dyson, 2003: 26)

글쓰기는 명료성, 정교성, 수사적 인식을 장려한다

글쓰기는 우리가 복잡한 의미를 만들어 낼 수 있도록 도움을 주거나 그것을 가능하게 하는 것에만 머무르지 않는다. 신체적 수단과 과정으로서의 글쓰기는 우리가 실제로 그렇게 하도록 권장한다. 즉, 글쓰기라는 수단은 (물론 우리에게 강제로 시키는 것은 아니지만) 우리에게 압력을 가하여 눈앞에 있는 청자에게 말하고 있는 상황이라면 설명할 필요가 없는 것들을 설명하도록 이끈다. 이러한 압력은 지금 여기에 있지 않은 사람들, 심지어 우리가 모르는 사람들에 의해서도 글이 읽힐 수 있다는 사실에서 비롯한다. 부재하는 독자는 우리가 말을 할 때의 맥락, 즉 현재의 상황뿐만 아니라 우리와 함께 있는 사람들의 마음속에 있는 것들을 공유하지 않으며, 플라톤이 지적한 바와 같이 부재하는 독자는 명료하지 않은 글을 명료하게 만들어 달라고 요청할 수도 없다.

대화에서 암시적으로 남겨 놓은 것을 자세히 설명해야 할 때는 자신의 생각을 좀 더 명료하게 이해해야 한다. 우리의 말은 실제 청자들에게 명료하고 확신을 심어 주는 것처럼 보일 수도 있지만, 우리의 생각을 글로 써 내는 과정은 종종 우리가 말할 때는 몰랐던 큰 공백이나 모순을 보여 준다. 만일 우리의 설명이나 논증이 영향력을 발휘하기를 원한다면, 우리의 가정assumption을 분명하게 설명해야 한다. 그 과정에서 이 가정이 의심스러운 것으로 드러나는 경우가 가끔 있다. 만약 우리가 유죄인 의뢰인을 변호하는 변호사처럼 취약한 입장을 주장하려 한다면, 감추어야 하는 문제에 대한 시각을 주의 깊게 수정함으로써 그 일을 더 잘할 수 있다. 사람들이 문식성 그 자체가 사고를 도와준다고 주장하는 이유가 바로 여기에 있다(예를 들면 Havelock, 1963; Goody & Watt, 1968).

글쓰기는 독자에게 복잡성을 불러일으킨다

글쓰기는 언어로 복잡한 의미를 만들어 낼 시간을 필자에게 주듯, 다시 읽고 복잡한 의미를 이해하고 생각하는 데 필요한 시간을 독자에게 준다. 실제로 글쓰기는 독자가 복잡한 게임에서 필자를 능가하도록 도움을 준다. 말하기의 가치는 소리 없는 텍스트보다 더 많은 의미를 억양으로 전달하는 '발성vocality'에 있는 반면, 글쓰기의 가치는 다성성polyvocality에 있다. 즉 텍스트를 읽는 독자는 다수의 갈등하는 목소리나 의미를 그 하나의 텍스트에 투영할 수 있다. 단어의 의미를 멋지고 풍부하게 하기 위해 말하기에서는 억양을 통해 작은 뉘앙스와 큰 함축성을 덧붙이는 반면, 글쓰기에서는 하나의 의도된 의미를 제시한다. 그래서 말하기에서는 다음 중 어떤 것을 말한 것인지 들을 수 있다.

나는 <u>그가</u> 돈을 훔쳤다고 생각하지 않았다.
나는 그가 <u>돈을</u> 훔쳤다고 생각하지 않았다.
나는 그가 돈을 <u>훔쳤다고</u> 생각하지 않았다.

또한 시 한 편에 대한 훌륭한 낭독을 듣거나 셰익스피어의 훌륭한 연극 작품을 볼 때, 우리는 그것에 대한 한 가지 해석을 듣는 것이다. 그러나 소리 없이 『햄릿』을 읽으면서 우리가 독서의 기술을 활용할 줄 안다면, 같은 말에 대해 서로 다르고 모순된 해석을 무수히 많이 찾을 수 있다.

> 나는 구어의 억양이 항상 모든 청자에게 동일한 해석을 하게 한다고 가정하는 것은 아니다. 셰익스피어의 연극 작품을 본 사람들은 서로 다른 해석을 들었다고 생각할 수도 있다. 우리는 자신의 관점으로 자신이 듣는 것을 여과한다.
>
> "그녀가 그렇게 말했을 때, 그녀는 나의 남성성을 모욕했어."
> "진정해, 그녀는 반어적인 농담을 가볍게 했을 뿐이야."
>
> 그런데 두 명의 청자가 서로 의미를 다르게 파악했다면, 그 이유는 보통 억양이 너무 적기 때문이다. 억양이 더 있었더라면 모호성은 해소되었을 것이다.

그러므로 말 없는 **문자화된** 텍스트의 놀라운 생산성으로 독자들은 필자가 의도하거나 심지어 상상했던 것보다도 더 많은 것을 볼 수 있다. 독자는 반복적으로 동일한 문자화된 텍스트로 돌아와 그때그때 다른 마음 상태를 적용할 수 있다. D. H. 로런스D. H. Lawrence는 "이야기꾼이 이야기를 믿는다고 믿지 말라."라고 말한 바 있다. 대부분의 문학 비평가들은 해석이 작가의 의도에 의해 제한받아서는 안 된다고 주장해 왔다.

글쓰기가 다수의 해석에 열려 있을 수 있듯이 텍스트로 통하는 길도 여러 갈래일 수 있다. 하이퍼텍스트hypertext가 발명되기 수 세기 전에 이미 독자들은 그 것을 발명해 냈다. 가령 학술 논문의 독자들은 읽거나 탐색하거나 내용의 목록이나 색인을 점검하면서 여기저기를 살펴 읽는 법, 또는 바로 '논의'로 건너뛰어 읽는 법을 배웠다. (두루마리에 글이 쓰여 있었을 때에는 이것이 아주 어려웠다.) 글쓰기를 통해 우리는 페이지를 훑어보면서 다수의 텍스트를 만들어 낼 수 있고, 독자가 동시에 두 개의 텍스트를 어느 정도 읽게 할 수도 있다. 사람들이 동시에 말하는 것을 듣기는 어렵다. 물론 어머니들은 간혹 그렇게 하지만 말이다.

글쓰기는 우리가 바라는 대로 우리 자신을 보여 주도록 돕는다

사람들은 말에 대해 가장 가차없이 무자비하게 평가한다. 나는 우리가 '엉성한 문법'을 사용할 때 눈썹을 추켜올리는 정도를 말하는 게 아니다. 여기에는 그 이상의 무언가가 있다. 말은 사람들이 찬성하는 쪽과 찬성하지 않는 쪽을 매우 신속하고 단호하게 판단하게 하는 가장 강력한 단서 중 하나다. 금기시되는 견해에 대해서는 전적으로 관대한 사람들이 '잘못된 언어'를 사용하는 사람들에 대해서는 부정적 편견을 심하게 가지곤 한다. 사실, 사람들이 어떤 말을 '잘못되었다'거나 '나쁘다'고 들을 때, 그것은 일반적으로 문법 이상의 더 깊은 무언가를 듣는 것이고, 그 반응은 종종 아주 감정적이다. 그들이 듣는 것은 "이상하다!", "우리 종족이 아니다!"라는 것이다.

이 문제는 인종 문제와 매우 깊이 얽혀 있다(이에 대해서는 16장을 참조하기 바란다). 글쓰기는 말하기에서 얻을 수 없는 목소리를 우리에게 제공한다. 성별은 아마도 사람들이 텍스트를 읽는 방법에 가장 큰 영향을 미치는 정체성 표지일 것이다. 그래서 여성 필자는 편견을 가진 독자가 자동적으로 보일 반응을 피하기 위하여 익명 또는 가명을 가장 자주 이용해 온 쪽일 것이다.

자기 자신을 익명화하는 것은 글쓰기를 이용하는 사람의 오래되고 고상한 전통이다. 이러한 필자들은 누가 썼는지가 아니라 무엇을 말했는지 그리고 어떻게 잘 말했는지에 초점을 맞추기를 원한다. 글쓰기는 특권의 언어 또는 지배의 언어에 모든 사람이 접근할 수 있게 해 준다. 『뉴요커』 만화에서 어떤 개가 다른 개에게 말하듯, "인터넷에서 그들은 네가 개라는 것을 모른다." (여러 세대에 걸친 익명의 글쓰기에 대한 연구에 대해서는 존 뮬런(John Mullan, 2008)을 참조하기 바란다.)

필자의 성별을 감추지 않더라도 글쓰기라는 매개체는 그 자체로 성차별에 저항하는 데 도움이 된다. 남아프리카 여성 이본 베라Yvonne Vera가 말한 다음의 인상적인 증언에 주목해 보자. "글쓰기는 대부분의 여성에게 자유로운 공간을 만들어 주었습니다. 말보다는 훨씬 더 자유롭지요. 방해받는 일도 더 적고 즉각적이고 충격적인 반응도 거의 없습니다. … 책은 제본되고 배포되고 읽힙니다. 그것은 구어 상황에서 여성에게 허용되는 것보다 훨씬 더 많은 자율성을 보유하고 있습니다. 글쓰기는 개입할 순간을 제공합니다."(Mantel, 2005: 29에서 재인용)

여성 학자에 대한 연구 보고서는 "말로 표현하는 것보다 글로 쓰는 것을 더 선호하는" 여성에 대해 언급한다. "여성들이 반응의 적절성이라는 혼란스러운 문제를 유발하는 대립적 상황에 휘말리지 않고 권위와 영향력을 나타낼 수 있는 방법이 글쓰기이기 때문"(Aisenberg & Harrington, 1988: 74)이라는 것이다.

'잘못된 말하기'의 문제를 지닌 남성의 사례로 시인 제임스 메릴James Merrill은 뜻밖의 흥미로운 사례이다. 그는 메릴린치Merill Lynch 증권회사와 관련이 있는 코네티컷주 상류층 가문 출신인데, 언젠가 그리스 같은 외국에서 시를 읽어 주는 것을 더 좋아한다고 말했었다. 그 이유인즉슨 그곳의 청자들은 턱을 단단히 조이는 자신의 '귀족' 악센트에 대해서 짜증스러운 반응을 많이 보이지 않는다는 것이었다.

글쓰기는 언어를 '언어로' 볼 수 있게 돕는다

데이비드 올슨은 이 점을 상세히 논증하고 있다. 우리는 일반적으로 말을 들을 때보다 텍스트를 읽을 때 단어를 (단어로) 더 잘 인식한다. 그 차이는 물론 우리가 읽는 법을 배울 때 특히 확연하게 드러나는데, 단어를 한 번에 하나씩 말하고자 할 때 그러하고, 단어를 한 글자씩 발음할 때에는 더더욱 그러하다. 올슨의 주장에 따르면 그러한 인식에서 완전히 벗어나기는 어려운데, 이는 우리가 능숙하고 자동적인 독자가 되어서 자신이 '단어를 보고 있지 않다'고 여길 때조차도 그러하다. 텍스트를 읽다가 작은 어려움만 있어도 우리는 단어를 보고 있다는 인식으로 되돌아간다.

올슨은 단어를 사물로 볼 수 있다고 주장한다.

> '단어'의 마법, 좀 더 정확하게는 '이름'의 마법은 사라지게 되었다. 단어는
> 더 이상 상징emblem이 아니다. 단어는 이제 사물과도, 사물의 이름과도 구별
> 된다. 단어 그 자체가 하나의 독립체entity라는 의식이 생겨났다. 단어가 지시
> 하는 사물과는 별도로 단어의 의미를 생각하는 것이 실현 가능해졌다. … 마
> 법을 거는 행위로서 이름을 부여하는 행위는 명명된 대상에 영향을 미치지
> 않는다. 왜냐하면 단어는 이름과 달리 사물의 일부가 아니기 때문이다. 말하
> 자면 그것은 하나의 단어일 뿐이다. (Olson, 1994: 75-76)

할리데이M. A. K. Halliday가 말하는 바와 같이, "기의signified가 더 이상 사물
이 아니라 단어가 되었을 때, 글쓰기라고 불리는 새로운 기호학적 양상이 발현하
였다."(Halliday, 2008: 140)

올슨은 읽기에 대한 열정적인 지지자이다. 그는 텍스트가 "'문장의 의미'와
'의도된 의미' 또는 '해석' 사이의 차이를 허용한다."(Olson, 1994: 37)고 주장한
다. 그의 주장에 따르면 청자 또한 어떤 사람이 말한 것의 의미가 무엇인지에 대
해 논쟁할 수 있긴 하지만, 독자의 경우 "이 텍스트가 말하는 바는 무엇인가?",
"필자가 의미하는 바는 무엇인가?", "이것이 우리에게 의미하는 바는 무엇인가?"
간의 균열을 찾을 가능성이 아주 높다.

> 필자는 시공간의 단절 때문에, 즉 어떤 표현의 의미와 화자 또는 필자가 의도
> 했던 의미, 청자가 구성하는 의미 사이에 열려 있는 개념적 간극 때문에, 자
> 신의 표현에 대한 해석을 통제하지 못한다. (Olson, 2006: 138)

나는 읽기에 대한 올슨의 열정에 반대하지 않지만 그가 쓰는 것을 거의 완전
히 무시한 데 대해서는 저항감을 느낀다. 이러한 맹점 때문에 그는 텍스트에 대

한 전반적인 주장을 더 잘 뒷받침하는 증거를 무시한다. 독자는 청자에 비해 언어를 언어로 더 잘 인식하지만 언어를 언어로 더 잘 인식하는 이는 확실히 **필자**이다. 올슨의 주장은 읽기의 도움으로 인간은 언어를 언어로 인식한다는 것이지만, 내 생각에 그가 옹호하는 언어에 대한 정교함을 발전시키는 데에는 아마 **글쓰기** 활동이 더 효과적일 것 같다. 필자는 독자에 비해 언어에 더욱 강한 책임감을 가질 수밖에 없는 것이다. (독서광은 종종 작문을 소홀히 하는 경향이 있다. 이에 대해서는 나의 글 「읽기와 쓰기 간의 전쟁The War between Reading and Writing」(1993)을 참조하기 바란다.)

올슨의 주장에는 역사적 태도가 강하게 투영되어 있다. 그의 주장은 역설적이다. 즉, 그는 시각적인 글쓰기는 말로 전달되는 풍부한 억양과 운율을 다 전달할 수 없기 때문에 **빈약하다**고 인정하면서 논의를 시작한다. 그러나 이어서 그는 이것이 영광스러운 실패라고 예찬한다.

> 일반적 견해와는 반대로 문자의 역사는 시행착오 끝에 얻은 부분적 성공으로서 알파벳을 발명한 역사가 아니라, 잘 맞지 않는 언어를 위해 문자를 사용한 다양한 시도의 부산물이다. (Olson, 1994: 89)

올슨에 따르면 글쓰기는 섬세한 억양을 통해 말의 의미를 나타낼 수 있는 장치가 매우 미흡하기 때문에, 서양에서 문식성이 발달함에 따라 언어가 **어떻게** 소리 나는지를 표현한 일군의 새로운 단어들이 출현하게 되었다. 이 새로운 단어들은 양태manner와 의도intention, 즉 언표 내적 화행illocutionary speech act을 표현함으로써 억양의 **결여**를 보완한다. 올슨은 이 과정을 설명하는 흥미로운 역사적 증거를 제시한다. 그는 고대 그리스 텍스트에서 출발하여 중세 영어를 거쳐 르네상스로 이동하면서 긴 단어 목록을 제시하고 그 단어들이 처음 출현한 문헌 기록을 밝힌다. 여기에는 '단언하다assert', '추정하다assume', '반박하다contradict', '부인하다deny', '의심하다doubt', '가정하다hypothesize', '예측하다predict', '제안하다suggest' 등이 있다(Olson, 1994: 108-110). 그의 주장에 따르면, 글쓰기의 매개체가 빈약하기 때문에 언어 그 자체는 점점 풍부해진다. 즉, 사람들은 말하기에서는 꼭 필요하지 않은 해석적 단어들을 글쓰기를 할 때에는 필요로 한다.

아주 특이한 생각이지만 나는 그가 옳다고 생각한다. 사실 나는 구약성서나 고대 시 같은 구어 텍스트에서 인용을 할 때 직접 화법을 적나라하게 사용하는 경우가 많다는 점에 늘 깊은 인상을 받았다. "그는 그들이 나무의 과실을 먹어서는 안 된다고 말했다."와 같은 간접화법을 사용하지 않고 어떤 해석적 단어도 사용하지 않는다. 필자는 '말하다'라는 간결한 말을 반복해서 사용하는 데 만족하면서 단어들이 말해지는 **방식**, 즉 서법mood, 어조tone, 양태manner 등에 대해서는 명확한 지시를 하지 않는 것처럼 보인다. 예를 들면 다음과 같다.

> 여호와 하나님이 지으신 들짐승 중에서 뱀이 가장 간교하더라. 뱀이 여자에게 물어 이르되 "하나님이 참으로 너희에게 동산 모든 나무의 열매를 먹지 말라 하시더냐?" 여자가 뱀에게 말하되 "동산 나무의 열매를 우리가 먹을 수 있으나 동산 중앙에 있는 나무의 열매는 하나님의 말씀에 너희는 먹지도 말고 만지지도 말라 너희가 죽을까 하노라." 하셨느니라. 뱀이 여자에게 이르되 "너희가 결코 죽지 아니하리라. 너희가 그것을 먹는 날에는 너희 눈이 밝아져 하나님과 같이 되어 선악을 알 줄을 하나님이 아심이니라." (「창세기」 3장 1-5절)

그래서 올슨은 이렇게 말한다.

> 달리 말하면 문식성의 역사는 [구어의] 단순한 전사transcription에서 상실되었던 것을 회복하기 위한 투쟁이다. 해결책은 강세와 억양 같은 구어의 비어휘적 속성을 어휘적인 것으로 바꾸는 것이다. 표현된 명제는 하나의 가정이나 추론으로 받아들여지며, 그것이 비유적으로 받아들여지든 문자 그대로 받아들여지든 상관은 없다. (Olson, 1994: 111)

그런데 나는 독자에게만 초점을 맞추는 올슨의 방식에 대해 의구심을 떨쳐 버릴 수가 없다. 확실히 이런 식으로 언어를 풍부하게 하는 법을 배운 쪽은 독자가 아니라 필자였다. 필자는 자신에게 이렇게 말해야만 했다. "어디 보자. 독자들은 내가 이 단어들을 낭독하는 소리를 듣지 못해. 그래서 나는 '그녀가 그에게 "…"라고 말했다'와 같이 쓰는 대신에 '그녀는 그에게 "…"라고 **문제를 제기했다**'처럼 쓸 수 있어." 독자는 더 확장된 언어의 **수혜자**였지만 필자는 큰 부담을 지게 되었다.

올슨의 견해를 **기술결정론**technological determinism이라고 비난하는 사람을 상상해 볼 수 있다. 기술결정론은 문식성 기술이 저절로 인간의 의식과 사고를 변화시킨다는 생각이다. 해블록, 구디, 와트Watt, 옹Ong 등이 기술결정론이라고 비판받기 쉬운 주장을 한 이후, 그들의 저작은 결국 폭풍처럼 번지는 저항의 불길에 직면하였다. 브라이언 스트리트는 다음과 같이 쓰고 있다.

우리의 삶에서 의사소통 기술이 하는 역할이 커지는 것에 대한 하나의 반응은 그것이 우리의 사회적·문화적 활동을 결정하는 힘을 실제보다 더 중요한 것처럼 과장하는 것이다. 이러한 전통은 문식성에 대한 초기의 접근 방식에서도 뚜렷하게 드러나는데, 그것은 문식성 '기술'에 대한 과도한 강조(Goody, 1977)를 통해 문식성 그 자체가 인지적 능력을 향상시키고, 사회적·경제적 발전을 이루어 내며, 현대적인 것으로 전환하게 하는 것과 같은 영향력이 있는 자율적인 힘이라는 가정을 만들어 냈다. 이러한 자율적 모델의 특징은 모두 기술결정론의 가정에 뿌리를 두고 있으며, 이념적 모델과 문식성으로 나아가는 새로운 사회적 실천의 접근법은 여기에 대해 문제를 제기하고 불신한다. 그러나 인터넷 및 디지털 통신 방식과 특히 결합되어 있는 현 '신기술' 세대의 성과가 무엇인지 우리가 질문할 때, 우리 역시 굴절된 시각을 가지고 있는 것은 마찬가지이다. 이러한 방식은 군터 크레스(Gunther Kress, 2003)가 말한 의미에서 행동유도성 affordance을 분명히 가지고 있지만, 그러한 기술에 의미를 부여하는 사회적 매개 요인을 먼저 사실로 받아들이지 않고 기술에서 결과를 읽어 내는 것은 오해의 소지도 있고 도움도 되지 않을 것이다. 그렇다면 어떻게 그러한 결정론에 빠지지 않으면서 새로운 문식성의 과학기술적 차원을 충분히 고려할 수 있을까? 지적 전통이 다른 다양한 문헌들에서 우리는 새로운 문식성을 더 완전하고 더 포괄적으로 '볼' 수 있게 도와줄지도 모르는 대답을 제공받기 시작하였다. 만일 신문식성 연구New Literacy Studies 및 복합양식성Multimodality이 제공하는 틀과 연결되었다면 그렇다. (Street, 2006: 30-31)

사람들이 '기술결정론'에 빠지는지 여부는 문식성의 형태에 달려 있다. 즉, 특정 문식성 형태가 특정 유형의 사고를 유발하는가라는 것이다. 그것이 특정 유형의 사고를 발전시키는가? 그것이 특정 유형의 사고를 이용 가능하게 하는가? 나는 글쓰기를 지지하는 사람이지만 내가 지지하고 있는 것은 물질적 형태로서의 글쓰기의 잠재력이다. 나는 글쓰기가 그 자체로 모든 좋은 잠재력을 유발하거나 심지어 그것을 반드시 가져온다고 말하고 있는 것은 아니다. 크레스 등은 글쓰기가 그것을 가능하게 하지만 반드시 그것을 가져오지 않는다는 사실을 가리키기 위하여 '행동유도성'이라는 용어를 사용한다. 크레스는 『글쓰기 전에Before Writing』(1997)라는 책에서 글쓰기 도구들을 모으고 사용하는 어린이의 활동이 어떻게 실제로 그 어린이의 의식을 바꾸는 방향으로 나아가는지에 대해 강조한다. 말을 배우는 것 또한 아동의 활동을 많이 요구하지만, 글쓰기의 복합적인 물질성materiality과 저항성resistance은 의식을 새롭게 바꿔 놓는다.

3. 글쓰기는 언어를 가시적인 외적 공간에 드러내지만 사생활 보호에도 유용하다

글쓰기는 사생활 보호에는 최악의 수단인 것처럼 보인다. 일단 말을 종이 위에 쓰면 누가 그것을 읽을지 통제할 수 없기 때문이다. 부모나 형제가 자신의 일기를 엿본 어린이와 청소년을 생각해 보라. 현명한 첩보원은 결코 말을 종이 위에 적지 않는다. 말을 드러나지 않게 하려면 **생각하기**가 유일한 정답이다. 말하거나 쓰지 말고 안전하게 머릿속에 보관해야 한다. 만일 글로 쓴다면 종이를 삼켜야 한다.

그러나 말은 위험하기도 한데, 글쓰기는 그 위험으로부터 안도감을 느끼게 한다. 누군가가 듣고 있을 때에는 어떤 말도 돌이키거나 바꾸거나 '삭제할' 수 없다. 법관이 "기록에서 삭제하세요."라고 말할 때, 그는 **쓰인** 말을 지울 수는 있지만 **입에서 나온** 말을 배심원의 귀와 기억에서 지울 수는 없다. 가장 믿을 만하고 사랑스러운 사람들과 친한 친구들은 우리가 말한 좋은 것들을 많이 잊어버리지만, 우리가 말한 정말 나쁘거나 상처를 주는 것들은 결코 잊어버리지 않는다. 아주 오랫동안 관계를 지속해 온 사람들은 양쪽 모두 잊고 싶지만 결코 잊을 수 없는 말들을 견뎌 온 내력을 가지고 있다. 혼잣말은 그렇게 위험하지 않으며, 우리는 스트레스 상황에 처하거나 정신 질환으로 극심한 고통 속에 있을 때 혼자 말하는 경향이 있다. 인간은 현명하기 때문에 생존을 위하여 자연스럽게 언어를 사용하는 방법을 찾는다.

만일 글쓰기의 과학기술적 잠재력을 활용하는 법을 알고 있다면 글쓰기가 안전한 사적 언어를 위해서는 완벽하다는 것을 발견할 수 있다. 우리는 글쓰기에 도움이 되는 것은 무엇이든 적을 수 있고, 혼자서만 보기 위해 그 말을 간직할 수도 있으며 위험성이 아주 높다면 그 말을 쓴 종이를 찢어 버릴 수도 있다. 혼란스럽거나 속상해서 자신을 괴롭히는 것을 머릿속으로 생각할 때에는 생각과 느낌이 빙글빙글 돌고 대개는 안도감을 갖지 못하면서 아무 성과도 얻지 못한다. 그러나 생각과 느낌을 그저 떠오르는 대로 직접 적을 때에는 대개 안도감과 새로운 통찰력을 얻는다. 우리는 누군가를 사랑하거나 필요로 함에도 불구하고 그들에게 지옥으로 가라고 말할 수 있고, 자살 유서를 써 볼 수도 있는데, 이 모든 것들은 대부분 지면에서 하게 된다. 물론 글쓰기가 딜레마를 해결하지 못할 수도 있지만, 글쓰기는 대부분 사태를 명확하게 하고 통찰을 얻게 한다. 적어도 글쓰기는 내가 고통스러운 감정에서 벗어나 약간의 잠을 잘 수 있게 해 주는데, 이는 그 문제가 머릿속에서 빙빙 돌 때에는 가능하지 않은 것이다. 물론 자신의 감정을 믿을 만한 사람에게 말한다면 더욱 도움이 될 수 있겠지만, 그런 사람이 늘 곁에 있지는 않다. 그리고 우리는 어떤 특별한 생각이나 감정에 대해서는 누구도 신뢰할 수 없다고 생각한다.

가끔 우리는 특정한 사람에게 무언가를 말해야 하지만 그렇게 할 수 없는 때가 있다. 우리는 너무 겁이 많거나, 그렇게 하는 것이 현명하지 않다고 생각하거나, 어떻게 말해야 할지 모를 수 있다. 말하고 싶은 것을 사적으로 써 봄으로써, 우리는 말을 할지 말지 또는 어떻게 말해야 할지를 알게 된다. 글쓰기를 통해서 용기를 얻을 수도 있다. 투표자들이 자신의 진짜 의견을 다른 사람들 앞에서 드러내지 않으려 하거나 드러낼 수 없을 때에는 투표용지를 사용한다.

> 데버라 브랜트Deborah Brandt의 방대한 조사에는 다음과 같은 내용이 나온다.
>
> 내가 면담한 많은 사람들은 주로 분노나 슬픔 같은 나쁜 감정을 없애기 위하여 사적 글쓰기를 이용한다고 보고하였다. 이러한 글쓰기는 대부분 결코 누구에게도 공개되지 않았으며 사실상 폐기되었다. … 흔히 쓰이는 표현처럼 '정화' 또는 '환기'의 과정으로 글쓰기를 이용하는 것은 내가 면담한 사람 중에서는 백인 여성 및 흑인 여성, 흑인 남성에게서 보편적으로 나타났다. 이러한 글쓰기는 죽음, 이혼, 실연, 투옥, 전쟁과 같은 위기의 시기에 나타나는 경향이 있었다. (Brandt, 2001: 162)
>
> 그녀는 한 남성의 말을 인용하는데, 그에게 글쓰기는 '사람들을 때리는 것에 대한 대안'이었다.

컴퓨터상에서 탐색적으로 글을 쓰는 과정에서 나는 흥미로운 것을 알게 되었다. 나는 인쇄하거나 종이에 쓰는 단어들보다 나 자신을 덜 드러내는 단어를 화면에서 발견하곤 한다. 가끔 별나고 이상한 단어들이 반은 내 안에 반은 내 밖에 있는 것처럼 느껴진다. 이것은 마치 컴퓨터 화면이 '제2의 마음'으로 기능하는 것 같아서 그것과 대화를 하게 된다. 나는 두 개의 마음이 모두 도움이 된다고 느낀다.

그러나 이러한 현상은 우리가 어떤 과학기술을 사용하는지에 관계없이 사적인 글쓰기가 지닌 일반적인 특징을 강조한다. 우리가 다른 누군가에게 말을 전하지 않는 한 그 말은 어쩌면 반은 내부에 반은 외부에 있으며, 사실상 제2의 마음으로 기능한다.

내 생각에 이는 일기가 항상 누군가에게 노출될 위험이 있고 CIA가 우리가 삭제해 버린 컴퓨터 파일을 읽을 수 있는데도 불구하고 모든 연령층의 사람들이 지속적으로 사적인 일기나 일지를 써 왔고 지금도 여전히 쓰는 이유를 이해하는 데 도움이 된다. 일기는 대체로 친한 친구나 2인칭 같은 기능을 한다. 일기를 쓰는 사람은 종종 자신의 일기에 이름을 달곤 하는데, 가령 안네 프랑크는 항상 "사랑하는 키티에게."라는 말로 일기를 시작했다. (시대별 일지의 발췌는 아이린 테일러의 저서(Irene Taylor, 2002)를 참조하라. 이론적 근거에 대한 의문이 제기되기도 하지만 '사적 글쓰기'라는 개념 자체에 대해서는 나의 글 「사적 글쓰기에 대한 옹호In Defence of Private Writing」(1999)를 참조하기 바란다.)

교사들을 대상으로 쓰기 워크숍을 진행할 때, 나는 사적인 글쓰기를 많이 하고 있다면 손을 들어 달라고 요청한다. 나는 "손 안 드신 분들은 대부분 거짓말쟁이입니다."라고 하면서 웃음을 유발하곤 한다. 그들이 어떤 '진지한 글쓰기'를 한다면, 특히 그것이 출판을 위한 것이라면, 그러한 글쓰기는 **대부분** 사적 글쓰기라는 점을 간단히 지적할 수 있기 때문이다. 즉, 그들의 탐색적 글쓰기와 초고는 대부분 그들 자신 외에는 아무도 보지 않는다. 그들이 '거짓말한' 이유는 글쓰기를 사적이라고 여기지 않기 때문이다. 대신 그들은 경찰이나 자기 동료 들이 문을 부수고 들어와 이 불완전한 말들을 읽기라도 할 것처럼 글을 쓴다. 사람들이 수정하지 않은 원고(그렇다고 초고인 경우는 드물다)를 친구나 동료와 공유할 때조차도, 그 수정하지 않은 원고는 사실 본래 사적이었다. 즉, 그 원고를 공유하기 전에 그들은 아마 먼저 원고를 쭉 훑어보고 공유해도 좋겠다는 결정을 했을 것이다. 결국 그들은 한 편의 사적인 글을 공적인 글이 되도록 의식적으로 의사결정을 했던 것이다. 그들은 거기에 들어 있는 사생활을 의식적으로 **포기**한 것이다.

비록 목적은 공적인 텍스트를 쓰는 것이지만 '출판을 위하여 진지하게 쓴 글'이 대부분 실상은 사적인 것이라는 점을 마침내 이해하자 나의 글은 크게 달라졌다. 내 원고의 대부분에 있었던 이러한 특별한 말은 나 외에는 아무도 보지 않을 것들이었다. 이는 부담이 많이 되는 글쓰기를 더욱 쉽게, 더욱 모험적으로 만들었다. 나는 의심스러운 생각을 시도할 수도 있고, 자신에 대한 언급을 거의 하지 않을 수도 있고, 단어들을 써 내려가는 과정에서 불안감이 스며들지 않도록 할 수도 있다는 것을 알게 되었다. 이 책에서와 같이 특정 독자를 위하여 글을 쓰고 있을 때 불안감이 생기는 것은 피할 수 없다. 그러나 생각을 종이 위에 펼쳐 놓는 대부분의 과정 동안 나는 불안감을 미루어 둘 수 있고, 수정을 할 때까지 그 불안감을 미루어 둘 수도 있다. 비록 알고 있는 것을 쓰는 것이 받아들여질 수 없다 하더라도 그러하다.

그래서 여기에 역설이 존재한다. 매우 위험할 정도로 영속적이면서 공적인 형태의 언어, 즉 생각이나 구어가 아닌 문어로서의 언어가 사생활 면에서 도움이 된다는 점이다.

결국 글쓰기는 고부담 언어 사용뿐 아니라 저부담 언어 사용에도 이상적이다

이제까지 나는 고부담의 공적 문서를 작성하는 과정에서 우리가 하는 사적인 글쓰기에 대해 말하였다. 그런데 목표가 글쓰기가 아닌, 즉 학습과 이해를 목표로 하는 또 다른 유형의 사적 글쓰기가 존재한다. 쉬운 예로 프랑스어 동사를 배우는 데 단어의 철자를 쓰거나 활용하는 것이 도움이 되는 경우가 있다. 그러나 좀 더 일반적인 형태의 저부담 글쓰기는 모든 교과의 교사들이 이용하는 것으로 '학습을 위한 글쓰기'로 알려져 있다. 이는 학습 결과를 보여 주거나 좋은 텍스트를 생성하기 위한 글쓰기와는 다르다. 나는 오랜 시간 동안 여러 분야의 교사들에게 어떻게 저부담 글쓰기를 수업과 숙제에 많이 이용할 수 있는지 알려 주었다. 우리는 학생들에게 독서나 강의 또는 교실 토의에서 아이디어를 탐구하기 위하여 가볍고 쉬운 글쓰기를 이용해 보라고 권한다. 그렇게 쓴 글은 거두지 않으며, 거두더라도 전혀 평가하지 않는다. 이는 학생들이 개념을 배우고 아이디어를 탐구하는 데 도움이 된다. 목적은 한 편의 글을 쓰는 것이 아니라 두뇌의 신경 변화이다.

나를 비롯한 글쓰기 연구자들은 학교에서 학생이 쓴 글을 항상 교사가 읽고 평가해야 한다는 널리 퍼져 있는 가정과 싸워 왔다. 교사들은 평상시의 수업, 탐구적이고 평가를 하지 않는 수업에서 저부담의 학습 대화나 토의가 많은 것이 좋다고 여기지만, 글쓰기는 고부담이어야만 하고 평가와 논평을 해야 한다고 여기는 경향이 있다. 이것은 참 흥미로운 모순이다. (내가 어떤 발표를 하고 있을 때 한 교수가 다음과 같이 문제를 제기하였다. "그러나 학생들이 **잘못된** 무언가를 썼는데 내가 그것을 보지도 않고 고쳐 주지도 않는다면 어떻게 되겠습니까?" 나는 즉각 대답할 말을 찾지 못하였으나 잠시 후 이렇게 대답하였다. "그러나 그들은 항상 잘못된 것을 **생각하고** 친구들에게 잘못된 것을 말합니다. 그래서 교사가 그것들을 고쳐 주기 위해 늘 거기에 있을 수 없습니다.")

저부담의 글쓰기를 통하여 학생들은 배우고 기억하며 자신의 생각을 탐구하는 데 도움을 받는다. 그리고 심지어 고부담의 글쓰기가 향상되기도 한다. 그것이 글쓰기를 준비시키고 유창하게 쓸 수 있도록 해 주기 때문이다. 그리고 이러한 저부담 글쓰기에 대화적인 말이나 이메일이 지닌 부주의함이 있다 할지라도, 그러한 활동은 주의 깊게 수정된 글을 쓸 때 명료성과 생동감의 기준을 실제로 더 **높게** 설정해 준다. 가령 완전히 헝클어졌거나 절망적으로 딱딱하고 경직된 고부담 논문 원고를 받게 된다면 나는 이렇게 말할 것이다. "글을 고칠 때 단순히 생각을 펼치거나 실수를 없애려고만 하지 마세요. 부담 없이 쓸 때 보여 줬던 생생하고 직접적인 표현들이 드러나게 해 보세요." 이러한 저부담의 글쓰기는 시간이 많이 들지도 않고 교사에게 힘이 들지도 않는다. 나의 모토는 고부담의 글쓰기는 저부담의 글쓰기의 깊고 넓은 바다 위를 부유해야 한다는 것이다.

그리고 많은 저부담 글쓰기는 느슨한 의미에서 '사적'이다. 즉 '나만을 위해서'가 아니라 '너와 나를 위해서', 즉 '개인적인 글쓰기personal writing'이다. 그래서 우리는 학생들에게 짝이나 모둠원들이 기꺼이 읽을 수 있는 저부담의 글쓰기를 하라고 요구하곤 한다. 또는 글을 나에게 제출할 것을 요구할 수도 있다. 그러나 나는 평가하려고 하는 것이 아니어서 "방금 읽은 것이나 수업에서 방금 토의한 것에 대한 생각을 말해 주렴."이라고 말한다. 그것들은 매우 빨리 읽을 수 있고 평가하거나 반응할 필요가 없으며, 학생들의 생각을 듣는 것은 가르치는 데 큰 도움이 된다. 이러한 저부담 글쓰기의 또 다른 장점은 섬세하면서도 강력하다는 것이다. 즉 저부담의 글쓰기는 학생들이 글쓰기를 사람 간의 실제적 의사소통으로 경험할 수 있게 한다. 상상해 보라! 이러한 글쓰기는 주제에 대하여 더 많은 것을 알고 있는 권위자에게 읽히고 평가받기 위해 혼자서 하는 연습 이상의 것이다.

다는 아니지만 우리가 쓰는 많은 개인적 편지는 실제로 저부담의 사적 글쓰기이다. 사적 글쓰기라는 용어의 의미를 넓게 해석하자면 그렇다. 즉 그것은 '너와 나 사이에만' 있으며 잘 쓰려 하거나 오래 지속하려고 하는 것이 아니다. 어떤 이들은 곤욕을 치른 후에야 이메일과 페이스북 글쓰기가 사적이지 않다는 것을 깨닫는다.

글쓰기는 경험을 되돌아보게 함으로써 스트레스에 저항하도록 돕는다

글쓰기는 우리가 자신의 경험이나 사고를 붙잡도록, 즉 우리 자신을 붙잡도록 도울 수 있다. 이는 우리 자신의 경험이나 사고를 포기하라는 권위 있는 사람들의 압박이나 문화적 강요가 있을 때에도 그러하다. 만일 내가 어떤 사람이 가지고 있는 권위나 힘 때문에 그 사람에게 무언가를 말하는 것을 두려워한다 해도, 나는 집에 가서 감히 말할 수 없는 것을 글로 써 볼 수 있다. 심지어 그 사람'에게' 직접 글을 쓸 수도 있다. 그렇게 하는 이유는 대면할 때는 충분히 명확하게 생각할 수 없는 경우도 종종 있고, 머릿속이 하얗게 되는 경우도 가끔 있으며, 목소리가 떨려서 완전히 우물우물하는 것처럼 들릴 수도 있기 때문이다. 하지만 편지에서는 분명하고 강력하며 방어적이지 않은 목소리로 글을 쓸 수 있다.

글쓰기를 통해 편지를 보내지 말아야겠다는 확신이 들 수도 있다. 또는 아마도 나 자신이 편지를 보내지 않으리라는 것을 내내 알고 있었을 수도 있다. 그러나 말하려던 것을 씀으로써 나는 사람들이 말했던 것이나 나를 대했던 방식에 대한 나의 경험을 분명하게 인지하게 되고 따라서 나의 관점을 형성되게 된다. 글쓰기는 우리에게 경험이나 권위의 무게에 대처할 여지를 주고, 만일 대처하지 못한다면 그것을 우회할 길을 찾게 해 주는 것으로 보인다. 게다가 글쓰기는 내가 말해야 하는 것을 지면상에서 또는 직접적으로 말해야 한다고 진심으로 주장할 수 있는 마음의 명료함과 용기를 줄 수도 있다.

물론 많은 사람들은 말하는 것보다 글 쓰는 것을 더 불안해한다. (그리고 불안해하는 필자 중 일부는 내가 말할 때 가지는 것보다 더 많은 용기를 가지고 있다.) 그러나 여기에서 초점은 글쓰기의 **잠재력**이다. 말하기의 잠재력 중 하나는 불안할 때 말대꾸를 하는 것이다. 나는 그 기술을 계발하고 싶다. 그런데 그러는 동안에 나를 비롯한 다른 많은 사람들은 글쓰기의 잠재력 중 하나를 사용할 수 있다. 그것은 바로 사적인 말을 지면에 적어 놓음으로써 사람들이나 상황이 우리가 경험하는 방식에 대한 주체성과 소유권을 뺏어가지 못하게 하는 것이다.

문화가 변화에 저항하는 것을 글쓰기가 어떻게 도울 수 있는지 앞에서 언급하였다. 마찬가지로 글쓰기는 개인이 문화에 저항하는 것도 도울 수 있다. 물론 문화가 우리 마음속에 침투한 이상, 사적인 글쓰기는 저항하는 데 아무런 기여도 할 수 없다. 그러나 개인에 대한 문화의 침투는 결코 완벽하지 않다. 개인의 경험은 대부분 문화적 가정cultural assumption에 대한 잠재적인 불협화음을 보인다. (어린 시절 나는 여성은 '약한 성sex'이고 남성은 '진지한' 일을 해야 하며 지위가 낮은 유색인은 복종해야 한다고 가정하는 문화에서 자라났다. 그러나 어린 시절 경험했던 많은 것들은 이러한 가정을 깨뜨렸다.) 그래서 사적 글쓰기는 우리가 자신의 경험을 진지하게 받아들일 수 있게 하고, 생각하고 느끼는 것과 생각하고 느낄 것으로 예상되는 것 사이의 불협화음을 인지할 수 있게 한다. 문화에 대한 저항은 우리가 자신의 개별적인 경험을 얼마나 잘 알고 처리하느냐에 달려 있다. 간단히 말해서 말하기와 글쓰기는 모두 사회적 행위이지만 그 정도는 서로 다르다는 것이다. 두 매체의 본질적인 잠재력 때문에 말하기는 사회적인 차원을 더 많이 끌어들이고, 글쓰기는 사적이고 개인적인 차원을 좀 더 많이 끌어들이는 경향이 있다.

문화에 저항하는 이러한 잠재력은 문학에서 분명하게 드러난다. 월트 휘트먼 Walt Whitman, 에밀리 디킨슨Emily Dickinson, 이 이 커밍스e e cummings,* 버지니아 울프Virginia Woolf, 제임스 조이스James Joice, 스테판 말라르메Stéphane Mallarmé, '시각 시인들concrete poets', 『랭귀지L=A=N=G=U=A=G=E』의 시인들 같은 이들을 상상해 보기 바란다. (구어에서는 가능하지 않은 글쓰기의 공간적 가능성을 이용한 프랑스 작가들에 대해서는 로이 해리스의 『글쓰기의 기호들Signs of Writing』(1995)을 참조하기 바란다.) 그들은 모두 자신의 문화에 흠뻑 빠져 있었으나 글쓰기를 이용해 기대와 언어적 관습에 저항했다. 글쓰기의 이러한 '독창성 추종cult of originality'은 우리 문화에서는 이상해 보이기도 하는데, 어떤 이들은 심지어 그것을 타락 또는 절망이라고 부르기도 한다. 그럼에도 불구하고 그것은 활용될 수 있는 글쓰기의 잠재력을 보여 준다. (파괴하는 힘으로서의 문학에 대해서는 조르주 바타유(George Bataille, 2001)를 참조하기 바란다.)

*　　*　　*

글쓰기에 잠재된 미덕에 대하여 쓴 이 장에 이어 다음 세 장에서는 말하기에 잠재된 미덕을 탐구할 것이다. 1 대 3 정도일까? 글쓰기가 이 책의 주된 목적이기는 하나 이 책의 **추동력**은 말하기를 탐구하는 것이다. 우리는 이미 글쓰기의 미덕에 대해서 많은 것을 알고 있다. 나는 말하기의 미덕을 보여 주는 이야깃거리를 많이 알고 있다.

....
*　　미국의 시인인 에드워드 에슬린 커밍스Edward Estlin Cummings(1894~1962)를 뜻한다.

중동의 알파벳 표기 개발

먼저 인간이 문자를 생각해 내는 데 얼마나 오랜 시간이 걸렸는지 알아야 한다. 우리 조상들은 의미를 시각화한 지 2만 5,000년이라는 시간이 지나서야 쓰기를 할 수 있었다. 다시 말해 시각예술은 일찌감치 시작되어 모든 문화에서 나타난 반면, 문자는 2만 5,000년 동안 없었다가 매우 소수의 문화에서만 출현했다. 슈만트-베세라트와 마이클 에라드Michael Erard는 초기 시각예술과 초기 문자 간의 차이에 대한 흥미로운 관찰을 하였다(Schmandt-Besserat & Erard, 2007: 8). 시각예술은 처음부터 신비하고 신령한 것을 표상하는 데 특히 유용했고, 그러한 유용성은 이후에도 지속되었다. 글쓰기가 마침내 출현하였을 때, 글쓰기는 실물 토큰physical token에서 진화하여 양, 포도주 통, 밀의 무게 등에 대한 기록같이 정신적이거나 신비한 것과는 거리가 먼 상업적인 목적을 위해 사용되었다.

> 토큰 체계는 동물과 곡물이 처음 사육되기 시작한 신석기 혁명과 동시에 나타났다. 대략 기원전 7500년경 시리아의 한 마을에서 농부들은 알아보기 쉽고, 기억하기 쉬우며, 복제하기 쉬운 다양하면서 독특하고 인상적인 모양으로 점토를 빚어 패counter 같은 것을 만들었다. 모양에 따라 나타내는 의미가 달랐다. 원뿔 토큰은 적은 양의 곡식을 나타냈고 둥근 토큰은 많은 양의 곡식을 나타냈다. … 이러한 발명은 단순했지만 위대한 것이었다. 그것은 최초의 시각적 약호code로서 정보를 전달하기 위한 목적으로만 만들어진 최초의 인위적 체계였다. (Schmandt-Besserat & Erard, 2007: 8-9. '쓰기의 기원과 형태'에 대한 현재까지의 연구 성과를 종합적으로 살펴보는 데 도움이 된다.)

토큰 체계는 4,000년 동안 지속되었다. 그러나 기원전 3500년경 길가메시의 땅 우루크Uruk 지역에서 사원의 관리자들이 쓰기의 여정에서 또 하나의 돌파구를 마련하였다. 그들은 이러한 점토 토큰을 커다란 라비올리ravioli* 같은 점토 봉투 안에 넣어 누구도 토큰을 변형할 수 없게 했다. 그러나 토큰을 보존하기 위해 점토 봉투를 굽기 전, 그들은 토큰을 부드러운 점토 봉투 안에서 눌러 봉투 바깥에 자국이 찍히게 했다. 이것은 쓰기인가? 아마도 그들이 토큰을 볼 필요 없이 봉투 바깥에 찍힌 '기호sign'를 읽어 낼 수 있다는 것을 깨달았을 때 쓰기가 시작되었을 것이다.

나는 이런 순간에 미적대기를 좋아한다. 우리는 미적거리면서 읽기에 대한 이해를 괴롭히는 핵심 문제에 대한 비유를 얻는다. 한 텍스트는 그 의미를 '함유하고' 있는가? 의미가 '내부에' 존재하는가, 아니면 의미를 만든 자가 의미를 생략하고 속이는가? 이 이야기는 다소 공상 같은 답변을 제시하지만 나를 즐겁게 하는 게 하나 있다. 그것은 의미는 언어 안에 존재했었지만 필자는 의미를 포함하기를 멈추었다는 것이다. 그래서 이제 우리의 기록된 단어는 텅 비어 있고, 포함하기로 했던 것을 포함하지 않는다. 필자는 의미가 거기에 있는 체하고, 어떤 독자들은 속임수에 넘어가며, 다른 독자들은 알아채지만 게임을 존중하는 데 동의하고, 또 다른 이들은 부재에 초점을 맞출 것을 요구한다. 그럼에도 불구하고 정말 훌륭한 필자들은 토큰을 봉투 안으로 다시 회수할 수 있고, 그 결과 진정한 존재를 창조해 내거나 창조하는 것처럼 보이게 한다.

이 중동 사람들이 둥근 점토 봉투의 표면을 평평한 점토판으로, 즉 3차원에서 2차원으로 바꾸었을 때 쓰기와 좀 더 유사한 무언가가 생겨났다.

그러나 다른 사람들은 쓰기가 더 후대에 이루어진 두 가지 발전이 이루어진 때에 시작했다고 추정한다. 첫째, 사람들은 숫자를 추상화하는 법을 배웠다. 그때까지 원뿔은 적은 양의 곡식을, 둥근 토큰은 많은 양의 곡식을 나타냈다. 그러나 나중에 그들은 둥근 토큰은 정확하게 '10개'의 적은 양을 나타내는 데, 원뿔 토큰은 '1개'의 적은 양을 나타내는 데 쓰기로 결정했다. 갑자기 그들은 1에서 10까지의 수를 가

....

*   고기, 치즈, 야채 등으로 속을 채운 작은 사각형 모양의 파스타.

지게 된 것이다(Schmandt-Besserat & Erard, 2007: 9). 이것에 비견할 만한 움직임으로는 그들이 **구문**syntax을 창안해 냈다는 점을 들 수 있다. 우리는 항상 이 막연한 '그들'에 대해 말하는데, 이들은 최초로 무언가를 생각해 낸 개인 또는 작은 집단이었을 것이다. 그들은 단어가 다른 단어를 **변형**할 수 있다는 일련의 새로운 규약을 이해하였다. 이러한 돌파구가 있기 전에는 세 마리의 양에 대한 개념은 '양, 양, 양'과 같은 세 개의 기호를 필요로 하였다. 일단 우리가 변형이나 구문을 얻은 다음에는 동일한 의미가 '셋', '양'과 같이 두 개의 상징symbol으로 표현되었다. 이는 순수한 토큰 체계로부터의 이행을 나타낸다.

> 해리스(Harris, 1986)는 토큰에서 문자로 이행하는 결정적인 단계는 상징이 '양, 양, 양'과 같은 **토큰 주고받기** 체계에서 '세 양'과 같은 **상징 끼워넣기** 체계 또는 내가 **구문의 획득**이라고 여기는 것으로 전환될 때 나타난다고 주장하였다. 그의 제안에 따르면, 양의 상징 세 개로 세 마리 양을 나타내는 체계는 … 하나는 양을 나타내고 다른 하나는 수를 나타내는 두 개의 토큰으로 동일한 세 마리 양을 나타내는 체계와는 범주적으로 다르다. (Olson, 1994: 72-73)

해리스는 날이 갈린 흥미로운 도끼를 가지고 있는 기호학자이다. 그는 쓰기가 말이 아닌 **정보**를 기록하기 시작했다는 주장을 애를 써서 하고자 한다. 아무도 "양, 양, 양"이라고 말하지 않는다. 쓰기는 말을 글로 옮긴 것이고 쓰기의 발전은 알파벳으로 이어지는 승리의 역사라고 하는 보편적인 가정을 우리가 만일 받아들인다면, 그는 우리가 글쓰기의 본질을 오해한 것이라고 주장한다.

해리스는 아메리카 원주민이 피부에 '써 놓은' 텍스트를 생생한 사례로 제시한다. 그것이 일종의 **텍스트**인 것은 분명하다. 그것은 오대호를 가로지르는 탐험의 기록이다. 또한 그것은 서명과 같은 상징, 즉 그림에 준하는 것semi picture이면서 추상적 기호이기도 하다. 그리고 그것은 수와 장소를 나타냄으로써 무슨 일이 일어났는지에 대해 매우 정확하게 기록하고 있다. 그러나 그것은 단어로 읽히지는 않는다. 그것은 의미의 **어떤 언어적 실행**에 대한 연쇄적인 단서로 읽힌다. 글쓰기는 어떤 말을 할지 또는 어떤 말을 들을지 독자들에게 알려 주는 것을 단지 점차적으로만 시작할 뿐이다.

쓰기가 실행을 강요하기 시작하면, 음악과 드라마에서와 같은 과정이 재현된다. 중세와 초기 르네상스 음악은 작곡가와의 協力을 요구한다는 실질적인 의미에서 공연자에게 엄청나게 많은 선택권을 주었다. 그 후 수 세기에 걸쳐 작곡가들은 음악이 어떻게 들려야 하는지, 즉 얼마나 빠르게 할지, 무엇을 강조할지, 어디를 강하게 하고 어디를 부드럽게 할지 등에 대하여 점점 더 많은 결정권을 가지게 되었다. 드라마의 경우에서도 마찬가지이다. 셰익스피어가 연기자들에게 협력을 요구한 반면, 조지 버나드 쇼George Bernard Shaw는 연기자들에게 재량권을 거의 주지 않았고 심지어 한 인물이 침묵하면서 생각할 것까지 자세히 설명했다.

그런데 해리스는 쓰기와 말하기 사이의 필연적인 연결을 끊고자 하는 욕망으로 인해 불리한 상황에 놓여 있다. 적어도 그는 서양의 알파벳에 스며 있는 오래되고 뿌리 깊은 전통과 싸우고 있다. 아리스토텔레스는 이렇게 말한다. "말해진 단어는 감정의 상징 또는 기호이거나 영혼의 인상이며, 기록된 단어는 말해진 단어의 기호이다."(『해석론De Interpretatione』 I: 4-6) "쓰기가 존재해야 할 유일한 이유는 말을 표상하는 것이다. 언어적 대상은 기록된 단어와 말해진 단어의 조합에 의해서 정의되지 않는다. 대상은 구어 형식으로만 구성된다."(Saussure, 1916: 83) 이 인용문은 올슨의 책(Olson, 1994: 66)에서 가져온 것으로, 올슨은 여기서 21세기 언어학을 발전시킨 영향력 있는 인물 블룸필드Bloomfield도 언급하고 있다. 그는 말을 언어 자체와 동일시하였고 쓰기를 '언어를 기록하는 방식'으로 보았다.

알파벳으로 가는 길

만일 우리가 쓰기를 기록된 말하기라고 정의하고 싶다면, 쓰기가 시작된 때를 훨씬 더 늦추어 잡아야 한다. 수많은 단계가 있었는데, 그중에서도 중요한 단계는 음성을 나타내는 시각 기호인 표음문자phonogram의 발명이었다. (이에 대해서는 3장 뒷부분에 나오는 그림-글자 조합체에 대한 '문식성 이야기'에서 좀 더 자세히 다룰 것이다.) 표음문자는 상업적 거래 이외의 목적을 위하여 쓰기를 사용한 문화적 발전과 궤를 같이한다. 쓰기는 작은 조각상과 결합되어 사후 세계의 삶을 보장하고자 무덤에 들어가기 시작한다. 신에게 말하기 위해 쓰인 글은 예배할 때 사용되었는데, 그들은 "주어, 동사, 보어가 있는 문장을 사용하고 구어의 구문을 채택함으로써 쓰기가 그 자체로 말하기를 모방하도록 이끌었다."(Schmandt-Besserat & Erard, 2007: 13) 이러한 쓰기를 위해서 수메르인들은 알파벳이 아니라 갈대 펜으로 점토에 새긴 쐐기 모양의 기호로 글을 쓰는 설형문자cuneiform를 개발했다. 이제 쓰기는 역사, 종교, 법률, 학문에서뿐만 아니라 시를 포함하는 문학 텍스트에도 사용되기 시작한다. 비록 설형문자는 소리를 표상하지 못하는 문자였지만 말이다(Schmandt-Besserat & Erard, 2007: 13).

마침내 기원전 1700년경 현재의 레바논에서 구어의 음성을 나타내는 일련의 기호인 알파벳이 발명되었다.

> 알파벳은 단 한번 발명되었다. 이는 현재의 모든 알파벳이 라틴어, 아랍어, 키릴어, 히브리어, 에티오피아어, 타밀어부터 나바호어에 이르기까지 동일한 첫 번째 알파벳에서 유래하였음을 의미한다. … 음절문자도 표어문자도 아닌 알파벳은 설형문자에 빚진 것이 전혀 없다. 알파벳은 한 언어의 변별적 소리를 구별하여 각각을 하나의 기호에 대응시키는 것을 기반으로 한 완전히 새로운 체계였다. 최초의 알파벳은 22자였는데 각각은 하나의 음운, 즉 하나의 말소리를 나타낸다. 알파벳의 성공은 문자를 간소하게 만든 데 있었다. 600개의 설형문자 기호와 비교해 볼 때 22개의 글자는 배우기 쉬웠고 문해력이 더 광범위하게 확산되게 하였다. (Schmandt-Besserat & Erard, 2007: 15)

이 최초의 알파벳에는 모음이 없었다. 그러나 유대인들은 발음하기에 힘이 덜 드는 세 개의 자음(aleph, yod, hay)을 취하여 그것을 모음 표시에 활용함으로써 말소리를 나타내는 방향으로 알파벳을 한 단계 발전시켰다. 그리스인들이 나중에 이 셈어의 알파벳을 채택할 때, 그들은 다음 단계로 나아가 다른 어떤 작업을 하지 않아도 되는 진정한 독립적 모음을 지정하였다. 이 모음들로 인해,

> 필자는 자기 자신의 말하기 방식을 상당한 정도로 재생할 수 있게 되었고 독자

는 필자의 발음을 결정할 수 있게 되었다. … 그뿐만 아니라 알파벳 문자는 그 이전의 표기 체계보다 배우기가 더 쉬웠다. 그러한 이유로 아주 소규모의 전문 필경사 집단보다 훨씬 더 많은 사람들이 문자 언어를 사용할 수 있게 되었다. (Jansen, 2002: 72)

해블록은 그리스인들의 업적을 전심을 다해 찬양하고 분석하는 데 자신의 생애 대부분을 보냈다. "그리스인들은 경제적이어서 다루기 쉬울 뿐만 아니라 현생 인류 역사상 최초이자 정확하기까지 한 언어학적 음성 요소 목록을 단번에 제공하였다."(Olson, 1994: 66에서 재인용)

히브리 알파벳을 그리스에 가져온 사람들은 페니키아인이었고, 페니키아인을 알파벳의 발명자 혹은 적어도 전파자라고 말하는 것은 19세기 독일 철학에서는 어느 정도 공통된 것이었다. "이것은 오해의 소지가 있다. 청동기 시대에는 페니키아인이 없었기에 페니키아인은 알파벳을 '발명하지' 않았다."(카츠(Katz, 2003: 152)에서 인용한 오코너의 말). 스티븐 카츠Steven Katz와 패트리셔 오코너Patricia O'Connor에 따르면, 이야기에서 유대인에 관한 것을 찾아 읽는 것처럼 보이는 독일 철학자 중에는 학문적으로 반유대주의 성향을 가지고 있는 경우를 어렵지 않게 찾을 수 있다. 사실 "가장 초기의 그리스 텍스트 중 어떤 것들은 오른쪽에서 왼쪽으로 쓰여 있다. 이는 셈어를 말하는 사람들과 접촉한 결과임을 보여 준다. 왼쪽에서 오른쪽을 쓰는 것은 기원전 500년경에야 확립되었다."(Bernard, 1999: 23)

03

과정으로서의 말하기

과정으로서의 말하기는 글쓰기에 어떻게 기여하는가

이 장과 다음 두 장에서는 말하기와 구어의 장점들을 살펴보고자 한다. 물론 이들 장점 중 일부는 모든 집단이나 문화에서 활용되지는 않는다. 예를 들면 말하기의 뛰어난 장점 중 하나는 쉽다는 것이지만, 화자가 속해 있는 문화, 가족, 상황에 따라서 말하기가 그리 쉽지만은 않은 경우도 있다. 그러나 말하기의 잠재력을 알게 되면 그 잠재력을 활용하는 법을 배울 수 있다.

"너무 많이 말하지 마라." 또는 "잘못 말하면 큰 문제에 부딪힐 거야." 또는 "네가 말해야 하는 것은 중요하지 않아."라는 말을 지속적으로 듣는 문화나 가정에 소속된 사람에게 말하기는 쉬운 일이 아니다. 이러한 메시지들은 몸에 깊숙이 새겨진다. 학대받는 아이들 또한 말하기를 주저한다. 심한 학대를 받은 이들은 말을 전혀 하지 않는다. 그리고 1장에서 기술한 것처럼 문화 전반에서 가볍게 말하는 것을 위험하게 여기고 무슨 수를 써서라도 조심하도록 가르친다면, 말의 잠재력을 활용할 수 없게 된다.

말하기와 글쓰기에서의 문화의 역할을 잠재적인 것과 비교할 때, 우리는 선천적인 것과 후천적인 것 간의 케케묵은 구별을 피할 수 없게 된다. 선천적인 것과 후천적인 것에 대한 흑백 논리 또는 양자택일적 사고를 피하고 싶다면, 특히 말하기를 조사할 필요가 있다. 우리는 선천적으로 말을 할 수 있는 유전인자를 가지고 있다. 그러나 말을 해야 하는지 말아야 하는지, 무엇을 어떻게 말해야 하는지는 전적으로 교육이나 문화에 의해 결정된다. 언어의 보편성 혹은 보편문법을 강조하는 촘스키 같은 사람도 말의 핵심 특징 중 상당수가 문화에 의존한다는 점을 인정한다. 보편문법으로부터 중국어도, 영어도, 이누피아트Inupiat어도 나오니 말이다.

선천적인 것과 후천적인 것의 상호작용을 잘 보여 주는 최근의 재미있는 실험이 있다. 일반적으로 원숭이는 뱀을 두려워한다. 연구자들은 뱀을 두려워하지 않아도 되는 환경을 조성하여 실험용 원숭이들을 길렀다. 그런데 영화에서 평범한 원숭이가 뱀을 두려워하는 것을 보자 이 원숭이들도 뱀을 두려워하게 되었다. 연구자들은 거기에서 멈추지 않고 다음에는 그 원숭이들에게 다른 원숭이들이 꽃에 대해 두려움을 드러내는 장면을 같은 방식으로 보여 주었다. 실험실의 원숭이들은 이 영화를 보았지만 꽃에 대해서는 두려움을 느끼지 않았다. 요컨대 원숭이들은 뱀을 두려워하는 유전적 기질을 지니고 있는 것이 분명하지만, 사회적 경험에 의해 그러한 기질이 활성화되지 않는다면 이러한 반응을 진전시키지 않는다. (National Geographic, 2005: 20-21)

이 장에서는 말하기의 과정에 초점을 두고 글쓰기에 차용되거나 받아들여질 수 있는 네 가지 이점을 탐색할 것이다. 그리고 4, 5장에서는 말하기의 결과, 즉 구어의 장점에 초점을 둘 것이다.

1. 말하기는 쉽다

인간이 말을 한다는 것은 기적과 같은 일이다. 4세 또는 그 이전까지, 뇌에 손상을 입었거나 숲속에 버려져 늑대에 의해 양육되지 않은 모든 어린이는 반드시 복잡한 구조를 지닌 토박이 언어native language를 한두 가지, 심지어 세 가지까지도 말할 수 있게 된다.

인간의 말하기 능력은 유창하고 자동적인 언어의 잠재력, 즉 쉽게 일상적인 의사소통을 할 수 있고 생각을 탐구할 수 있다는 잠재력을 지니고 있다. 편안한 상황에서 대부분의 사람들은 시도나 노력이나 계획 없이 단어를 찾아내는 놀라운 능력을 동원한다. 입만 열면 단어들이 쏟아져 나온다. 실제로 우리는 우리 자신이 무엇을 말하고 있는지를 다 알기도 전에 입을 열어 단어들을 입 밖으로 내기도 한다. 인간에게 말을 툭 내뱉는 성향이 없다면, 그렇게 많은 문화들에서 비계획적이고 경솔한 말에 대해 수없이 많이 강력한 경고를 하는 일도 없을 것이다. 우리는 모두 그러한 성향 때문에 상처를 받은 적이 있다. 미국의 일부 주에서는 말을 함부로 내뱉지 말라는, 달리 말해 소위 말대꾸를 하지 말라는 지시를 거부하는 아이들을 법적으로 '선도 불가'라고 규정해 교화 시설에 보낼 수도 있다.

계획되지 않은 말은 무질서해 보이기도 한다. 자신의 생각을 계획해서 잘 짜인 구조로 만들 시간이 없을 때, 우리는 1장에서 앨버틴이 은퇴자 모임에서 한 말처럼 불완전한 통사 구조의 말을 하기도 한다.

and we decided- 그리고 우리는 결정했어요-

I wanted to know 나는 알고 싶었어요

the great question that was on my mind- 내 마음속에 있는 큰 의문을요-

I'll never forget- 나는 절대 잊지 못할 거예요-

that's folk curiosity. 그건 인간에 대한 호기심이에요.

I wanted to know 나는 알고 싶었어요

what makes people tick. 무엇이 사람들을 살아가게 하는지를요.

그러나 앨버틴의 말은 대부분 유창했고 연결되어 있었다. 대부분의 사람들은 남을 의식하지 않고 열띠게 말할 때 말이 유창해지고 연결된다. 언어학자 윌리엄 라보프William Labov는 일상적인 말에, 심지어 종종 자신의 말이 폄하당하는 사람들의 일상적인 말에도 **응집성**이 있음을 주목하라고 요구한다.

> 일상적인 말의 문법성에 대한 … 우리의 연구는 모든 상황에서 발화된 말의 상당 부분이 완전한 문장이며, 나머지 대부분도 조금만 수정하면 문법에 맞는 형식으로 바꿀 수 있다는 사실을 보여 준다. 문법에 맞는 문장의 비율은 계급적 배경과 문체에 따라 다르다. 잘 구성된 문장은 격식을 갖추지 않은 말에서 가장 높은 비율로 나타나며, 노동계급 화자들이 중산층 화자보다 잘 구성된 문장을 더 많이 사용한다. 말이 대부분 비문법적이라는 널리 퍼진 신화는, 고치기 힘들 정도로 비문법적인 말들을 엄청나게 쏟아 내는 학술대회를 녹음한 테이프를 근거로 만들어진 것이 분명하다. (Labov, 1972: 222; Shaughnessy, 1977: 17에서 재인용)

할리데이는 이 마지막 문장을 다음과 같이 상세히 설명한다.

> 분석할 목적으로 기록된 구어의 가장 오래된 사례는 대부분 지적 담화의 표본인 학술 세미나 및 그와 유사한 담화였다. 여기서 화자들은 말을 하는 동안 말할 내용을 생각해야 하고 말하는 내내 자신이 말하는 것을 듣고 있기 때문에, 이러한 담화는 망설임과 방향 전환으로 가득 찬 아주 혼란스러운 말인 경우가 많다. ['**점검하기**monitoring'는 할리데이가 좋아하는 단어인데, 사람들은 안전하고 편안하게 이야기할 때가 아닌 글을 쓸 때 점검하기를 수행하는 경향이 있다는 것이다.] (Halliday, 2008: 132)

말을 자유롭게 하기 위해서는 대개 어느 정도의 안전성이 보장되어야 한다. 하지만 (몇몇 '말대꾸'에서처럼) 때때로 사람들은 겁을 먹거나 위협적인 상황에서 주의 깊게 말을 고르거나 계획해서 말하지 않고 임기응변으로 해야 하거나, 하고 싶은 말을 하기도 한다. 유명한 예로 1964년 민주당 전당대회에 결정적인 영향을 미친 패니 루 해머Fannie Lou Hamer*의 즉흥적인 말을 들 수 있다.

> 이 모든 것은 우리가 등록하고자 하는 명부에 관한 것이고, 일류 시민이 되고자 하는 것입니다. 자유민주당이 이제 의석을 얻지 못한다면, 나는 미국에 묻겠습니다. 이런 곳이 미국입니까? 품위 있는 인간으로 살아가기를 원한다는 이유로 매일 목숨을 위협받아서 수화기를 내려놓고 잠들어야만 하는 이곳이 자유인의 나라, 용감한 자들의 고향 미국이 맞습니까?

휴버트 험프리Hubert Humphrey** 상원의원은 타협적인 입장을 제시했다. 이때 그는 월터 먼데일Walter Mondale, 월터 로이터Walter Reuther, 존 에드거 후버John Edgar Hoover와 함께 일하고 있었는데, 후보가 되기 위한 자신의 입장이 위태롭다고 주장했다. 해머는 이렇게 대답했다.

> 당신은 나에게 자신의 입장이 40만 흑인의 삶보다 더 중요하다고 말하고 있는 겁니까? 험프리 상원의원, 나는 미시시피에서 유권자 등록을 하려다가 직업을 잃은 많은 사람들을 알고 있습니다. 나는 내가 일했던 선플라워 카운티의 농장을 떠나야만 했습니다. 당신이 옳은 일을 한다면, 미시시피 자유민주당을 돕느라 부통령이라는 일자리를 잃게 된다 해도, 다 잘될 겁니다. 신께서 당신을 보살펴 주실 것입니다. 그러나 당신이 이런 식으로 부통령 후보로 지명된다면, 당신은 결코 시민의 권리, 가난한 사람들, 평화, 당신이 이야기하는

....
* 여성 참정권 및 흑인 인권 운동가(1917~77).
** 휴버트 호레이쇼 험프리 2세Hubert Horatio Humphrey, Jr.(1911~78). 미국의 정치인으로 1965~69년에 제38대 부통령을 역임했다.

모든 것들에 유익한 일은 아무것도 할 수 없게 될 겁니다. 험프리 상원의원, 당신을 위해 예수님께 기도하겠습니다. (Hamer, 2010)

그녀가 자유롭게 말하게 한 것은 안전이 아니었다. 헌신 또는 열정이 위험을 이겨 내게 했고, 그녀가 계획 없이도 유창한 연설을 할 수 있도록 이끌었다.

말이 지닌 기적의 일부분은 **복잡성**이다. 유아기부터 언어를 배우는 모든 인간은 풍부하고 복잡하면서 완벽한 모어를 구사한다. 어린이가 계획 없이 이야기를 할 때에도 그 이야기는 복잡한 규칙을 따르는데, 그 규칙은 다른 인간 언어의 규칙과 똑같지는 않지만 그것에 견줄 만큼 일련의 복잡한 문법적 부가기능을 갖추고 있다. 스티븐 핑커는 이에 대해 이렇게 설명한다.

미취학 아동의 문법에 대한 암묵적 지식은 가장 두꺼운 편집 지침서나 가장 최첨단의 컴퓨터 언어 시스템보다 더 복잡하다. … 과학자의 관점으로 보면, 언어의 복잡성은 우리가 지닌 생물학적 생득권의 일부이다. 그것은 부모가 자녀에게 가르치거나 학교에서 정교화되는 것이 아니다. (Pinker, 2000: 6)

아이들은 성장하면서 더 복잡한 통사 구조와 어휘를 획득하게 되지만, 본질적인 기적은 일찍 발생한다.

갓난아이가 말을 배우는 것이 쉬운 일은 아니다. 모든 갓난아이는 말을 배우는 과정에서 굉장한 힘을 쏟아붓는다. 그러나 갓난아이는 빈번한 좌절을 당연한 일로 여기며 더 많은 것을 찾는 듯하다. 실제로 갓난아이와 유아는 자신의 모어를 힘들게 배우는 과정에서 즐거움을 느끼는 것 같다.

빌 브라이슨Bill Bryson은 어린이들이 이른 시기에 자연스럽게 배우게 되는 언어의 복잡성에 대한 사례를 다음과 같이 제시하고 있다.

… 어떤 동사 유형의 경우, "I am going for a walk(나는 산책하러 가는 중이야)."에서처럼 현재분사를 사용한다. 그러나 특정 동사들의 경우, 현재분사를 만들지 않고, (영어 초보자들이 가끔 사용하는 표현인) "I am liking you(나는 너를 좋아하는 중이야)."가 아니라 "I like you(나는 너를 좋아해)."라고 말한다. 여러분은 분명히 전에는 이에 대해 결코 생각해 보지 않았을 것이다. 그 이유는 이러한 언어 사용이 거의 본능적으로 이루어지기 때문일 것이다. 대부분의 어린이들은 두 살쯤이면 상태 동사와 비상태 동사를 구분하게 되고 다시는 그 문제로 어려움을 겪지 않는다. (Bryson, 1991: 3)

그런데 아이들이 오직 제한적이고 불완전한 언어에만 노출되는 일이 일어나기도 한다. 초기 미국의 노예 소유주들은 노예들 간의 의사소통을 방해하기 위해 같은 아프리카 부족에서 온 노예들을 분리시키곤 했다. 노예들은 서로 말을 하거나 백인 상사에게 말을 하기 위해 '피진pidgin'을 만들어 내야 했다. 이 언어는 의사소통이 필요하지만 서로의 언어를 이해하지 못하는 상황에서 사람들이 만들어 낸 불완전한 언어이다. 피진은 "그것을 파생시킨 언어보다 제한된 어휘, 축소된 문법 구조, 훨씬 좁은 범위의 기능을 가지고 있다."(Crystal, 1987: 334) 따라서 많은 노예 아이들은 유창한 제1언어를 많이 들을 수 없었다. 하와이에서도 마찬가지로 다양한 나라에서 온 플랜테이션 노동자들은 서로 다른 언어를 사용했고, 종종 피진을 만들어 사용했다. 중국어에서 파생된 피진의 예를 보자. "Tailor, my have got one piece plenty hansome silk my want you make one nice evening dress(재단사, 나에게 멋진 비단 한 필이 있으니 멋진 이브닝드레스를 한 벌 만들어 줘)."(Yun & Jia, 2003: 42)

그런데 여기에 인간 언어의 기적이 나타난다. 갓난아이가 불완전한 피진만 들으면서 성장하더라도 그들은 인간 뇌의 언어적 탁월성 덕분에 '크리올creole',* 즉 충분히 발전되고 세련된 다른 모든 인간 언어의 문법적 · 통사적 복잡성을 지닌 완전한 언어를 절반은 습득하고 절반은 만들어 낸다. 이처럼 눈에 띄는 능력은 단순한 공식으로 요약될 수 있다. 갓난아이와 유아는 단지 피진만 들고도 크리올을 만들어 낸다.

하와이에서 대개 '피진'이라고 불리는 언어는 피진이 아니라 크리올이다. 카리

....
* 피진이 정착되어 모어로 사용되면 그 언어를 크리올이라고 부른다.

브해 지역에서 종종 '파도아어patois'라 불리는 언어도 마찬가지이다. 이 언어들을 포함하여 모든 크리올은 충분히 발전한 세련된 언어이다. 아프리카계 미국인 언어 AAL(또는 아프리카계 미국인 영어)는 그냥 언어라고 불릴 수 있을 정도로 잘 정교화 되었지만, 크리올이라고 할 수 있다. (피진의 역사와 특성에 대한 짧으면서도 상세하고 탁월한 연구에 대해서는 Sakoda & Siegel, 2003에서 특히 1장을 참조하기 바란다.)

영어가 여러 다른 언어로부터 성장해 온 것이라면 영어도 크리올이라고 부를 수 있을 것이다. 존 매쿼터(John McWhorter, 2003)와 아그니호트리(R. K. Agnihotri, 2008)는 피진 및 크리올과 관련하여 내가 논의의 토대로 삼고 있는 일반적인 견해에 대해 몇 가지 문제를 제기한 언어학자이다. 미셸 드그라프Michel DeGraff는 몇 가지 복잡한 문제에 대해 논의하고 있고, 수전 로메인Susan Romaine은 피진과 크리올의 생활 주기에 대해 기술하고 있다.

아서 팔라카스Arther Palacas는 에보닉스Ebonics* 혹은 아프리카계 미국인 언어의 세밀하고 복잡한 특성을 보여 주는 흥미로운 예를 다음과 같이 제시하고 있다.

> 에보닉스에서 '변하지 않는 be'를 사용하는 것은 잘 알려져 있는데, 이는 지속적이고 특징적이며 반복되는 사건이나 상태, 즉 '언제나' 일어나는 사건을 표현한다. 그리고 'be'가 없는 것은 '바로 지금'을 의미한다. 표준 영어에서는 항상 이와 같이 구별을 하지는 않는다. 따라서 표준 영어 문장인 "The office is closed."는 뜻이 모호해서 '사무실이 지금 막 닫혔는지' 아니면 '사무실이 내내 닫혀 있는지'에 따라 "The office closed."나 "The office be closed."로 바꿔 적을 수 있을 것이다. (Palacas, 2001: 348)

아프리카계 미국인 언어나 에보닉스나 아프리카계 미국인 영어에 대해서는 16장에 좀 더 자세한 내용이 제시될 것이다.

그런데 글을 쓸 때 말하기의 용이함을 빌릴 수 있을까

그렇다. 글쓰기를 힘들어하는 많은 사람들에게 이 주장은 틀린 말처럼 들릴

* 미국 흑인들이 사용하는 영어로, 일부 사람들은 이것을 별개의 언어로 본다.

것이다. 그러나 글쓰기가 힘든 것은 우리 문화가 다른 문화와 마찬가지로 글을 쓸 때 내용과 형식 둘 다에 **주의를 기울여야** 한다고 보는 데서 비롯한다. 사람들은 철자를 정확하게 써야 하는 것은 말할 것도 없고, 자신의 글이 항상 훌륭한 의미가 있어야 하고 명확해야 하며 쉽게 말할 때와는 다른 언어와 문법을 사용해야 한다고 여긴다. 만약 우리가 과거의 문화에서 그랬던 것처럼 철자법을 걱정하지 않고 마음이나 입에서 쉽게 나오는 대로 쓸 수 있다면, 글쓰기는 매우 쉬울 것이다.

어떤 사람들은 이메일을 쓸 때 글쓰기가 쉬울 수도 있다는 것을 알게 된다. 어떤 이들은 편안하게 개인적인 일기를 쓰면서 점차 이것을 깨닫게 된다. 글쓰기가 쉬울 수 있다는 것을 깨닫는 가장 빠른 길은 개인적이면서 논리를 따지지 않아도 되는 자유작문이나 멈춤 없이 쓰기를 연습해 보는 것이다. 사람들은 말하는 것처럼 쉽게 글을 쓸 수 있고 좀 더 안전하게 글을 쓸 수 있다는 것을 배우게 된다. 자유작문은 쓰레기 같은 글을 낳을 수도 있지만, 가치 있는 글을 만들어 내기도 한다. (자유작문에 대해서는 7장을 참조하기 바란다.)

유치원생들과 1학년 학생들은 '글쓰기'와 '정확한 언어 쓰기'의 차이점을 생생하게 보여 준다. 다음은 1학년 학생이 쓴 짧은 글이다.

1 DAY VVAL IF THAR WAS A DAY. THAR WASSAND AND DAST AND ROK SSTONS AND SUM ATHR TYGS AND IT WAS A TUNDR CLAPS! AND APLANIT BEGAN TO RIS AN THA COD IT EARTH AND DO YOU NOW WAT IT RAND AND RAND AND RAND FOR THRITY DAYS ON THE BIG HOLS

그 아이는 이 글을 여러분에게 읽어 줄 수도 있고 선생님과 부모님에게 읽어 줄 수도 있다. 아마도 다음과 같이 읽어 줄 것이다.

One day, well if there was a day, there was sand and dust and rocks and stones and some other things. And it was a thunderclaps! And a planet began to rise. And they called it Earth. And do you know what? It rained and rained and rained for thirty days in the big holes. 어느 날, 만약에 날이란 게 있었다면, 모래와 먼지와 바위와 돌과 또 다른 것들이 있었어요. 그리고 천둥소리가 있었어요! 그리고 행성이 떠오르기 시작했어요. 그리고 그들은 그것을 지구라고 불렀어요. 그리고 그거 알아요? 큰 구멍에서는 30일 동안 비가 내렸고 또 내렸고 또 내렸어요.

다른 문화에서와 같이 우리 문화에서는 "누구나 말은 할 수 있지만, 누구나 쓸 수 있는 것은 아니다."라고 생각하는 경향이 있다. 아니다. 우리가 말하듯이 쓸 수 있다는 사실에 주목하고 철자법이나 문법에 대해 걱정하지 않는다면, "누구나 말할 수 있고, 따라서 누구나 쓸 수 있다."라는 더 강력한 진실이 드러날 것이다. (이 행복한 이야기에서 중국인과 소수의 다른 민족들은 제외해야 한다. 그들은 자신들의 말소리와 전혀 연관이 없는 시각적 상징을 가지고 글을 쓰기 때문이다. 이에 대한 좀 더 자세한 내용은 1장과 16장에 딸린 '문식성 이야기'를 참조하기 바란다.)

우리가 쉽게 말하는 언어는 주의 깊은 글쓰기에는 적합하지 않을 수도 있지만, 다음과 같은 점을 고려해 보기 바란다. 말하듯이 쓰는 것은 나쁜 글을 쓸 수 있는 용이한 방법이다. 이것은 농담이 아닌데, 대부분의 사람들은 매우 힘들게 작업하고도 결과적으로 나쁜 글을 쓰기 때문이다. 언어학자 체이프는 이에 대해 이렇게 비판한다. "글쓰기는 교육되어야만 하는데, 평범한 사람은 이것을 아주 잘하는 법을 실제로는 결코 배우지 못한다."(Chafe, 1994: 44) 구어를 산출할 때의 용이함은 정치적으로나 심리적으로나 대단한 것이다. 용이함은 진지한 글쓰기에 맞지 않는 구어의 많은 특징을 벌충하는 데 크게 도움이 된다.

내가 글쓰기의 용이함에 대해 다시 배워야만 하는 때가 있는데, 필연적으로 느리고 고통스러울 수밖에 없는 글 수정 과정 속에 엉켜 있을 때 특히 그러하다. 내가 어렵사리 썼던 중요한 부분을 수정해야 할 때가 있다. 갑자기 그것이 꼬여 있고 심지어 틀린 내용임을 알게 된다. 나는 다시 쓰기 시작한다. 문장을 수정하고 단어를 바꾼다. 불확실함을 느끼고 점점 속도를 늦추기 시작한다. 나는 걸쭉한 당밀로 내 생각을 쓰려고 노력하고 있는 것 같다. 이것은 나에 대한 회의와 불안감을 키우고, 마침내 마감일이 다가오면 공황 상태가 된다. 무엇인가가 단어와 생각을 헝클어뜨리고 있다. 마치 나의 단어는 오른나사를 가지고 있고 나의 생각은 왼나사를 가지고 있는 듯하다. 생각에 단어를 고정할 수가 없다. 아니면 단어에 생각을 고정시킬 수 없는 걸까? 좌절과 불안의 수렁 속에 빠져 있는 한 고통은 커지고 나는 아무런 성과를 얻을 수 없다.

그러나 몇 년에 걸쳐 나는 마침내 나 자신을 '깨어나게' 하고 기억하게 하는 법을 배웠다. "말하기! 자유작문을 하는 거야." 나는 '쓰려고' 하는 자신을 강제로 **멈출** 수 있고, 강압적으로 나 자신으로 하여금 철저히 **말하듯이** 쓰게 할 수도 있다. 즉 나 자신을 중단 없이 쓰게 하고 단어에 대해 너무 많이 생각하지 않으면서 그냥 입을 열어 말을 내뱉는다는 것이다. 불안한 상태에서 이 작업을 수행하면 그 결과로 나타난 언어가 이도 저도 아닌 이상한 상태일 때가 많이 있다. 일반적인 말하기보다 더 어수선하면서 볼품없기는 하지만, 불쑥 내뱉은 말과 같은 단순명쾌함이 있다. 마치 누군가가 내 어깨를 쥐고 나를 흔들며 "그런데 **도대체** 무슨 말을 하려는 거야?"라고 말하는 것처럼 말이다. 이러한 방법은 종종 꼼짝달싹할 수 없는 상태에서 나를 꺼내 준다. 나는 이 가르침을 마음에 새기고 또 새겨야 한다. 만약 내가 불안감을 느끼고 공황 상태에 빠진다면, 이는 마치 나쁜 꿈(글쓰기!)을 꾸는 것과 같아서, 내가 깨어나서 (말하기로) 통제할 수 있는 선택권이 있다는 사실을 깨닫지 못하는 것이다.

요컨대 여기에 일거양득, 즉 말하기의 용이함과 초기 단계 글쓰기의 안전함이 모두 가능한 지점이 있다. 그리고 그 이후에는 글쓰기가 우리에게 제공하는 느리고 신중한 성찰의 가능성을 이용할 수 있다.

말의 오직 한 가지 형태만이 쉬운가? 극단적인 예로 조지 슈타이너George Steiner는 확신에 차서 자신은 세 가지의 토박이 구어를 가지고 있다고 주장한다. 이 말이 이상하게 들린다면 지구상의 모든 사람들 중에서 단일 언어 사용자보다 이중 언어 사용자가 더 일반적이라는 여러 학자의 주장을 살펴보기 바란다(Pratt, 1987; Illich, 1980).

그리고 사람들마다 유창하게 말할 수 있는 실제 언어의 수가 다르듯이, 사람들마다 다른 청중들과 대화하면서 편안하게 사용할 수 있는 구어의 **사용역**이나 어조 또한 다르다. 그리고 이렇게 편안하게 말하는 행위는 점검하거나 계획하기 없이, 또는 '자신의 말을 조심하는' 일 없이 이루어진다. 종종 사람들은 '가정'에서의 언어 사용역이나 버전뿐만 아니라 친구와 함께하는 '길거리' 버전에서도 모어의 유창성을 발전시킨다. 때때로 좀 더 격식 있는 언어 사용역을 내면화할 수 있었던 사람도 있다. 예를 들면 힐러리 클린턴Hillary Clinton은 준비된 연설이 아닌 자유롭게 주고받는 대화에서 "내가 가장 깊이 관심을 가지는 문제들"에 대해 유창하게 말한 바 있다. 이때 그녀가 편안하고 격식 없는 개인적 상황에서 그녀의 마음과 입에 가장 자유로우면서 자연스럽게 나타나는 문법을 사용한 것은 아닐 것이다. 아마도 그녀는 특정 상황에서 그것이 쉬우면서도 심지어 자연스러울 정도로 이러한 지적인 언어 사용역을 내면화한 것 같다.

이와 마찬가지로, 어떤 필자는 자신의 언어를 인식하거나 생각하거나 점검하는 일 없이 즉시 글쓰기에 사용할 수 있는 하나 이상의 언어 사용역이나 문체나 목소리를 개발한다. 실제로 어떤 필자는 정확한 문어체 영어를 생산하는 데 편안하고 자동적인 상태가 되어 가는 법을 점차 배운다. 즉 자신이 '정확한 글쓰기의 토박이 화자'가 된 것처럼 글 쓰는 법을 배우는 것이다.

언어 사용역에 대해 더 알고자 한다면 주스(Joos, 1961)를 참조하기 바란다.

2. 말하기 과정은 불쑥 내뱉기, 요점 간추리기, 진솔하게 털어놓기에 알맞다

대부분의 글쓰기 교사들은 말하기의 이런 잠재력을 이용하는 법을 깨달은 적이 있다. 심하게 얽혀 있거나 알기 힘든 단락이나 글 전체를 읽고 난 뒤 교사는 학생을 붙잡고 단지 "너는 여기서 무슨 말을 하고 있는 거니? 나는 하나도 모르겠어."라고 묻는다. 대체로 학생들은 자신이 쓰고자 했던 요점만 간단히 불쑥 말한다. 그것은 종종 간결하고 때때로 설득력이 있다. 때로는 "나는 여전히 이해하지 못하겠는걸."이라고 하며 한 번 더 묻는 경우도 있지만, 요점은 거의 변함없이 학생들 입에서 나온다. 교사는 "잠깐! 그걸 적어 봐! 네 글에 바로 그 단어들이 필요해."라고 말한다. 교사가 그 단어들을 적는 것은 큰 실수이다. 이 과정의 유효성은 학생들로 하여금 학생 자신이 말한 단어들을 적도록 하는 것에서 나온다.

즉, 일상적으로 이야기할 때 변죽만 울리는 경우가 많다고 하더라도 결국 자신이 무얼 말하려는지 모르면서도 입을 열어 말하고, 이해되지 않은 생각을 반복해서 말하려고 하는 경우가 많다고 하더라도 그렇게 횡설수설한 뒤에 말하기가 덤불 같은 언어를 헤치고 요점에 도달하게 하는 상당히 강력한 양식임을 알게 된다. 누군가 잠시 후에 "피터, 무엇을 말하려는 거야?"라고 물으면, 놀랍게도 요점을 바르게 말할 수 있을 때가 상당히 많다.

불쑥 내뱉기를 이용하여 글쓰기

말하기와 마찬가지로 자유작문은 곁가지로 귀결될 때가 많다. 하지만 말하기와 마찬가지로 자유작문은 요점을 말하고 요약하는 데 유용하게 활용할 수 있다. 만약 우리가 과제를 성취하는 데 필요하다면 그렇다는 말이다. 다시 말해, 우리는 잠시 동안 주제에 대해 자유롭게 쓰면서 주제의 종잡을 수 없는 길을 따라가다가, 잠시 멈춘 채 사지를 펴고 깊은 숨을 쉬고 나서 스스로에게 "그래서 이것은 모두 무엇에 대한 거야?" 또는 "내가 정말로 말하고 싶은 것은 무엇일까?"

라고 물을 수 있다. 이러한 과정을 통해 자유작문은 중대한 정보를 담거나 요점을 설명함으로써 우리의 생각을 요약할 수 있게 한다. 더 정확히 말하면 자유작문은 일반적으로 서로 조금씩 다른 복수의 요약을 제공하여 다양한 잠재적 요점 중 적절한 것을 선정할 수 있도록 돕는다. 이는 추가적인 이점이다.

일찍이 내가 이 장의 한 부분을 수정하려고 할 때, 나는 내가 정말 말하고자 하는 바가 무엇인지 혼란스러웠다. 그래서 나는 내가 자주 하던 일을 했다. 나는 멈춰서 '실제' 글쓰기의 중단을 표시하기 위해 캡스록Caps Lock 키를 친 뒤 당혹감에 대한 나의 반응을 내뱉듯이 자유롭게 써 내려갔다.

> TIME OUT. IN A WAY I'M JUST INTERESTED IN EASINESS. DOESN'T HAVE TO BE SPEECH. BUT SPEECH IS THE EASIEST LANGUAGE WE HAVE. BUT ACTUALLY I AM INTERESTED IN SPEECH. CAUSE SPEECH HAS VIRTUES I WANT TO HARNESS. 타임아웃. 어떤 면에서 나는 용이함에 관심이 있을 뿐이야. 꼭 말하기일 필요는 없어. 그러나 말은 우리에게 가장 쉬운 언어지. 그러나 실제로 나는 말하기에 관심이 있어. 내가 활용하고 싶은 장점을 말하기가 지니고 있기 때문이지.

이러한 빠른 내뱉음은 서로 다른 두 가지 주요 주제인 말하기와 용이함 사이에서 내가 뒤엉켜 있다는 것을 깨닫도록 도와주었다. 불쑥 내뱉기는 그것들이 얼마나 겹쳐지고 얼마나 다른지, 또 그것들이 서로 얼마나 관련되어 있는지 이해할 수 있도록 도와주었다. 내 생각에 사람들은 '트윗'이 지닌 한계 안에서 작업해야 할 때 생각을 압축하기 위해서 말하기를, 즉 말을 하기 위한 언어적인 근육을 요구한다. 나는 트위터를 하는 것이 이용자들로 하여금 다른 글쓰기를 할 때에도 더 많은 구어를 쓰도록 이끄는지 궁금하다. (실제 요점을 찾는 일은 또한 '감각적 의미 felt sense를 활용하는' 데에도 도움이 된다. 이것은 풍성하고 복잡한 주제로, 이 책의 중심 내용은 아니지만 나는 글을 쓰는 모든 사람들이 이에 대해 알기를 바란다. 이에 대해 좀 더 많이 알려면, 샌드라 펄의 책(Sandra Perl, 2004)과 그 책에 실린 나의 서문, 그리고 나의 글 「글쓰기의 심장에 있는 세 가지 수수께끼Three Mysteries at the Heart of Writing」(2003)를 참조하기 바란다. 또한 '포커싱Focusing'이라는 제목으로 웹사이트에 존재하는 많은 문헌들도 참조하기 바란다.)

요약하면, 우리는 말하기로부터의 선물, 즉 변죽을 울리지 않고 정곡을 찔러 말하는 것을 글쓰기에 빌려 올 수 있다.

＊　　＊　　＊

불쑥 내뱉는 정직성

특정 유형의 불쑥 내뱉기나 요점 간추리기는 단순명쾌함뿐만 아니라 정직함 까지 수반하는데, 심지어 그것이 불편할 때조차도 그렇다. 대부분의 사람들은 청 자와 이야기할 때 거짓말을 하는 것이 어렵다고 여긴다. 사람들은 진실을 매끄럽 게 얼버무리는 것을 계획할 시간이 없다. 어린아이들은 자신의 거짓말을 숨기지 못하기로 유명하지만, 어떤 사람들은 그것에 능하다. 공판 변호사와 대통령 대변 인은 거짓말 훈련을 받는다. 이야기할 때 우리가 거짓말을 하거나 진실을 회피하 려고 시도한다면, 이런 점이 보이거나 들리곤 한다.

링컨은 사람들이 자신의 의미를 숨기기 위해 글쓰기를 이용했던 방식에 주 의를 환기시켰다.

> 이 노예 제도 문제를 제외한 모든 문제에서 헌법을 만든 사람들은 정말 가장 깨끗하고, 가장 짧고, 가장 직접적인 언어를 사용했습니다. 그러나 헌법은 노 예 제도에 대해서는 한 번도 언급하지 않고 세 번에 걸쳐 암시만 합니다! 사 용된 언어는 모호하고 우회적이며 불분명합니다. 그들이 말하는 '개인들의 이민'은 노예의 수입을 의미하지만 그렇게 말하지 않습니다. 대의권의 기초 를 확립할 때 그들은 노예를 '모든 다른 사람들'이라고 말합니다. 왜 그들은 가장 짧은 표현을 사용하지 않았을까요? 탈주자들을 반환할 때 그들은 '서비

스나 노동을 제공하는 사람들'에 대해 말합니다. ⋯ 왜 그들은 노예 제도를 직접 언급하지 않을까요? (1860년 3월 6일 연설)

헌법의 필자들이 회의실이나 응접실에 있고 누군가가 헌법에서 말하는 시민이 누구인가에 대해 그들에게 질문한다고 생각해 보라. 그들은 '개인들의 이민', '모든 다른 사람들', 그리고 '서비스나 노동을 제공하는 사람들'과 같은 표현 이면에 존재하는 실제 의미를 숨기기가 힘들었을 것이다. 일상의 대화에서 그런 종류의 회피적인 언어는 눈에 잘 띌 뿐만 아니라, 그것이 말하고 있는 내용을 그것이 어떻게 말하고 있지 않은지에 대해 주의를 환기시킨다.

에릭 해블록은 자신의 대표적인 에세이에서 수많은 사람들이 TV에서 들은 적이 있는 언어 회피의 대표적인 사례를 언급한다. 1986년 1월 18일 아침 우주왕복선 챌린저호가 이륙하자마자 폭발해 버렸다. 해블록은 텔레비전에서 들리는 소리를 다음과 같이 묘사하고 있다.

폭발의 구름이 하늘에 퍼지는 동안 짧은 휴지가 있었다. 어쩌면 대변인이 마른침을 삼키느라 그랬는지도 모른다. 그런 다음 "중대한 기계 고장이 발생했습니다."라는 공표가 나왔다. (Havelock, 1986: 129)

나사NASA 미디어 대변인은 마른침만 삼키고 있진 않았다. 그는 재빨리 어떤 말도 내뱉지 않도록 억제하면서 폭넓은 훈련을 통해 길러진 능력을 끌어내 "중대한 기계 고장이 발생했습니다."라는 놀라운 말을 했다. 그 구문은 전혀 일상적인 말의 특성을 가지고 있지 않았다. '대변인'이 되기 위해 그는 말하기를 피하는 훈련을 받았던 것이다.

대변인이 그날 아파서 집에 머물러 있다가 거실 소파에서 TV에 나온 폭발을 봤다고 상상해 보자. 챌린저호가 폭발했을 때 그가 헐떡거리며 냈을 숨소리를 상상해 보자. 그의 아내가 부엌에서 "여보, 무슨 일이야?" 하고 묻는 말에, 그는

"어떡해, 저게 폭발했어. 사람들이 다 죽었어!"라고 말했을 것이다.

해블록은 또 다른 예도 언급한다. 위원회의 한 위원이 나사 대변인들에게 "그 상황에서 이륙이 위험하다는 걸 생각했었나요?"라고 물었다. 대변인 중 한 사람이 "우리는 관심사의 영역 안에 있던 모든 비행 안정성 관련 시사점을 고려했습니다."라고 대답했다. 그러한 말이 재빠르고 유창하게 혀에서 굴러 나오는 것은 가능하다. 이 사람들은 좋은 훈련을 받았다. 그러나 그들은 그 문장을 내뱉었다기보다는 구성했을 것이고 그러기 위해 분명히 잠시 멈추었을 것이다.

말하기 자원의 활용

해블록은 그리스에서 기원전 5, 6세기에 비계획적인 말하기로부터 글쓰기와 문식성이 분리된 방식을 예찬해 왔다. 하지만 그는 "글을 쓸 때 이러한 유형의 잘못[회피적 얼버무림]은 구어의 관용구를 가능한 한 계속 고수함으로써 교정될 수 있다."(Havelock, 1986: 129)라고 하며, 글쓰기가 말하기의 자원을 활용할 필요가 있음을 역설한다.

3. 말하기 과정은 대화에 알맞다—타인과 관계 맺기, 타인에게 말 맞추기

말하기 과정은 우리가 언어를 청중에게 맞추는 연습을 끊임없이 하게 한다. 우리는 평생 그러한 연습을 해 왔다. 말하는 과정에서 우리는 보통 즉각적인 피드백을 받아서 우리의 말이 불명확한 때나 청자가 지루해하거나 기분이 상하는 때가 언제인지 듣게 된다. 그리고 우리는 분명하게 말하거나 사과할 기회를 얻는다. 심지어 우리는 연속적인 독백을 할 때조차도, 또는 긴 설명을 하거나 지시를 하거나 심지어 형식을 갖춘 연설을 할 때에도, 시각적 피드백을 받는다. 청자가 우리에게 열중하는지 아니면 무관심한지는 청자의 얼굴과 몸을 보면 알 수 있기 때문이다. 전화 메시지를 남기거나 라디오에서 대화할 때는 이런 것을 알 수가 없다. 데버라 태넌이 말하기와 글쓰기의 전형적인 특징을 살펴보았을 때 그녀가 본 구어의 가장 큰 특징은 **관여 전략**involvement strategy이었다. 이는 화자와 청자를 연결하는 언어적인 특징을 활용하는 것이다.

두 사람 이상이 함께 어떤 생각을 산출해 내고자 할 때, 말하기보다 나은 것이 있을까? 사람들은 아이디어를 말하면서 새로운 아이디어를 촉발해 낼 수 있다. 그 과정은 빠르고 쉬우며, 사람들 간의 관계와 지적인 에너지를 형성한다. 이는 사람들이 각자에게 필요한 사고를 산출하려고 할 때에도 도움이 된다. 내가 가르치는 한 학생이 자신과 친구가 대학원 입학지원서를 쓰던 때의 일화를 말해 주었다. 둘은 한 글자도 쓰지 못하다가, 마침내 이렇게 이야기했다. "아이홉 I-Hop*에 가서 우리의 아이디어를 서로 **말해** 보자. 듣는 사람은 다른 사람이 말하는 것을 메모해야 해." 그 방법은 두 사람에게 다 효과가 있었다. 그들은 글쓰기를 멈추고 이야기를 시작하고 나서야 무엇이라도 쓸 수 있었다.

말하기는 또한 사람들이 단순히 함께이길 원할 때, 즉 더 가까워지고자 하거나 의사소통을 더 잘하고 서로 접촉하고자 할 때 이상적이다. 물론 말하기만이 유일한 방법은 아니다. 산책하기, 조용히 같이 앉아 있기, 키스하기 등도 서로 가까워지기에 좋은 방법이다. 그러나 그러한 방법들이 늘 이용 가능하지는 않다. 말하기는 확실히 거리감을 친밀감으로 바꾸는 가장 일반적이면서 믿을 수 있는 방법이다.

말을 분석하는 데 철학적 관점을 도입한 체이프는 우리가 대체로 간과하고 있는 중요한 사실이 있다고 주장한다. 말하기는 자신의 생각에 갇힌 사람들이, 역시 자신의 머릿속에 갇혀 있는 다른 사람들이 전하려는 의미를 이해하려는 지속적인 시도이다. 우리가 이 어려운 일을 어떻게 해내는지 신기할 따름인데, 사실 결코 완전하게 하지는 못한다. 화자가 말하는 것과 청자가 이해하는 것 사이

....
* 미국의 유명한 팬케이크 전문점.

에는 항상 어떤 간극이 있다. 그럼에도 불구하고 흥미로운 것은 우리가 때때로 얼마나 가까이 다가가는가이다. 체이프는 말하기에서 목소리의 몇 가지 특정한 변화와 조정을 보여 주는 세부 특징에 주목한다. 그러한 변화와 조정은 청자로부터 오랫동안 피드백을 받은 모든 사람이 자연스럽게 만들어 내는 것이다. (더 자세한 내용에 대해서는 5장 '억양' 부분을 읽어 보기 바란다.)

더 나아가, 말하기는 외면할 수 없는 **현존성**을 전달한다. 우리는 사람들을 그들의 목소리로 즉시 인식한다. 종종 전화 연결 상태가 좋지 않아도, 혹은 감기에 걸려 있는 사람일지라도, 심지어는 오랜 시간이 흐른 후에도 목소리를 인식한다. 성문은 지문만큼이나 사람을 식별하는 수단으로서 신뢰도가 높다. 그리고 말하기는 우리가 느끼는 것을 드러낼 때가 많다. 내가 전화에서 단지 "여보세요."라고 했을 뿐인데, 누군가가 "피터, 너 우울한 것 같아."라고 말한 적이 있다. 요컨대 우리는 대개 글보다는 말하는 목소리 '안'에서 좀 더 많이 드러난다. (여기서는 '우리'나 '안'을 정의하지 않기로 한다.) 플라톤은 글쓰기가 현존성이 없는 언어로 창조되기 때문에 나쁜 발명품이라고 『파이드로스』에서 불평했다. 그는 문자 텍스트를 부모 없이 떠돌아다니는 '고아'라고 했다. 그리고 언어는 항상 살아 있는 대화를 생산해야 하기 때문에 늘 작가와 동반해야 한다고 주장했다. 나는 신이 십계명을 위해 어떻게 글쓰기를 사용했는지 말한 바 있다. 그러나 신은 인간에게, 말하기를 더 자주 사용했다. 의심할 여지 없이, 이는 의사소통의 과정에서 인간들과 더 함께할 수 있는 방법이었다.

글쓰기가 완전히 '무색무취하다'는 것은 아니다. 적어도 '목소리'를 읽는 데 능한 독자에게 글은 대부분 그 안에 작가의 한 부분을 포함하고 있다. 그러나 글쓰기의 한 가지 이점은 글쓰기가 현존성을 **피하도록** 도와준다는 것이다. 글쓰기는 우리가 어떻게 느끼는지, 심지어 우리가 어떤 사람인지를 숨길 수 있게 해 준다. 교육받은 사람 중에서도 부끄러움을 많이 타는 사람은 때때로 말하기보다 글쓰기에서 더 많이 자신을 보여 주기도 하지만, 그래도 글쓰기는 익명성을 확보하는 데 이상적이다.

우리는 이러한 대화의 장점을 글쓰기에 가져올 수 있을까

글을 쓰는 과정에서 이렇듯 대화적이고 청중과 관련된 작업을 하는 것은 본질적으로 어려운 일인 것처럼 보인다. 글을 쓸 때 우리는 대체로 혼자이고 독자와 분리되어 있다. 문자나 이메일이나 실시간 채팅을 하지 않는 한, 우리가 쓰는 것은 독자에게 즉각적으로 전달되지 않는다. 진지한 글쓰기일수록 더 많이 기다려야 독자들은 글을 접할 수 있다. 때로는 몇 년씩 걸리기도 한다. 필자는 자주 "자신의 청중을 기억하라!"라는 말을 듣지만, 보통 홀로 의미와 표현을 두고 고군분투하다가 그 말을 잊곤 한다. 게다가 우리는 독자들을 알지 못하며 심지어 독자들이 대체로 어떤 유형의 사람인지도 알지 못한다. (물론 과정으로서의 글쓰기가 가진 장점 중 하나는 글쓰기가 청중에 대한 의식에서 벗어나도록 해 준다는 것이다. 이는 큰 도움이 될 수 있다. 우리는 평화로움 속에서 사색을 할 수 있게 된다. 이에 대해서는 나의 글 「말하는 동안 눈 감기Closing My Eyes as I Speak」(1987)를 참조하기 바란다.)

독자를 잊는 것은 아마도 학생들의 에세이에 드러나는 약점(독자와 밀접하게 관련된 사고와 언어를 창출하는 데 실패하는 것)의 주요 원인일 수 있다. 그러나 학생들은 대개 독자와 관련하여 어려운 상황에 빠지곤 한다. 실제의 독자는 점수를 매기는 교사이지만, 학생들은 대개 교사가 아니라 다른 독자, 예를 들면 유명한 사람이나 '일반 독자'를 대상으로 글을 쓰도록 요구받는다.

여기서 문제의 일부는 독자로부터 필자를 분리하는 불가피한 물리적 실상에서 비롯한다. 그러나 문제의 많은 부분은 내재적이 아니라 문화적인데, '진지한 글쓰기', 특히 학교 글쓰기와 학술적 글쓰기가 공정하면서 비개인적일 것을 요구받는 우리 문화의 의미에서는 특히 그러하다.

다음 장에서 나는 언어적 관여 전략을 탐색하면서 진지한 글쓰기가 어떻게 현존감이나 심지어 친밀함까지 제공할 수 있는지 보여 줄 것이다. 사람들은 필자가 개인적 요소를 추가할 때 이를 가장 잘 알아차리게 된다. 그러나 어떤 분명한 개인의

> 신상명세가 없더라도, 심지어 '나'라는 말을 반드시 사용하지 않더라도, 미묘하고도 효과적인 현존감을 전달하는 일은 가능하다. 이는 현존감을 독자들에게 전달하는 구어의 매끄러운 통사적 자질을 얼마나 사용하는지의 문제이다.

최근의 기술은 모든 사람이 컴퓨터로 연결된 이메일, 채팅방, 문자 메시지, 교실이나 회의실 등 수많은 글쓰기 공간에 강한 대화적 특징을 부여하고 있다. 블로그 역시 사람들이 글쓰기를 부재와 고립이 아니라 거의 즉각적인 대화와 반응을 하는 과정으로 만들도록 돕고 있다. 이런 종류의 글쓰기는 자연스럽게 언어적 '관여 전략'으로 나아간다.

또한 말하기로부터 기본적인 것을 빌려 오는 새로운 문화적 행위 같은 것이 흥미롭다. 그것은 **문자 그대로의 현존성**과 관련된다. 다시 말해, 점점 더 많은 사람들이 '고립적인' 글쓰기 과정에서 서로의 현존성을 느끼고자 하는 것이다. 사람들은 거실, 식당, 야외에 모인다. 제이 파리니Jay Parini는 자신이 쓴 시인들과 작가들에 대한 학술적 전기 중 상당수를 맥도날드나 버거킹 같은 곳에서 집필했다고 말한다. 그는 자신이 혼자 글을 쓰는 동안 주위에 다른 사람이 있기를 원했다는 말도 했다. 체온을 느끼기를 원했다는 의미일 것이다. 노트북만 있으면 우리는 모든 메모와 원고, 읽을거리를 불러내는 한편, 인터넷을 누비면서 새로운 자료를 찾을 수 있다. 사람들이 모여서 함께 글을 쓰는 것은 언제나 가능했지만, 최근까지 나는 이런 일에 대해 많이 들어 보지 못했다. 야도Yaddo*는 글쓰기 칩거 장소로 상당히 오랜 전통이 있는데, 그곳 사람들은 글쓰기를 위해 **고독한 공간**을 제공한 것에 스스로 자부심을 느끼고 있다. 여기 매사추세츠 대학의 교육 센터는 19년 전부터 하루 종일 있을 수 있는 인기 있는 칩거 장소를 마련했는데, 교수들은 점심과 커피가 제공되는 큰 방 한두 군데에서 함께 글을 쓸 수 있다. 다

....

* 미국 뉴욕주 새러토가스프링스Saratoga Springs에 위치한 예술가 공동체로, 예술가들에게 중단 없이 작업할 환경과 기회를 제공하기 위해 만들어졌다.

른 대학들도 이와 비슷한 것을 제공하고 있다(Elbow & Sorcinelli, 2006).

전통적으로 학생들은 시험을 보는 홀이나 교실에서 다른 사람들이 보는 가운데 글을 쓰도록 요구받아 왔는데, 대개 이것은 평가를 위한 것이었다. 그렇지 않으면 "수업 시간에 떠들지 않겠습니다. 수업 시간에 떠들지 않겠습니다."를 반복적으로 쓰는 것처럼 옛날 식의 벌을 받는 것이거나, 교사들이 어떤 일에 매달려 있어서 빠져나오지 못할 때 학생들에게 시키는 것이었다. 다른 사람과 함께 쓰는 것이 긍정적이고, 생산적이며, 실제로 즐거운 활동이라는 점을 많은 교사들이 깨닫게 된 것은 이 분야에서 과정 중심 운동process movement이 출현한 이후이다.

이러한 새로운 기술적·문화적 행위를 통해서 학생들, 학자들, 그리고 여타의 시민들이 고부담의 중요한 글을 쓸 때 자신의 표현을 독자들에게 맞추는 일에 더 능숙해졌을까? 아마도 도움이 되었을 것이다. 그러나 나는 학생이 썼든 혹은 학자가 썼든 간에 출판된 진지한 내용의 글은 대부분 여전히 독자에게 귀를 기울이지 않았다고 생각한다.

우리는 자신의 글을 독자에게 맞추지 못하는 경우가 흔한데, 말할 때 상대방과 연결되기 위해 잘 사용하는 숙련된 언어 사용 기술을 글쓰기에서는 사용하지 않기 때문이다. 우리는 수년 동안의 연습을 통해 이 기술을 자연스럽고 쉽게 획득했다. 따라서 어떻게 그 기술을 각성하고 글쓰기 과정에 가져올 수 있는지가 문제이다.

그 기술을 각성하는 데 가장 자연스럽고 전통적인 방법은 편지를 쓰는 것이다. 편지의 내용이 과학기술이나 복잡한 문제를 다루고 있더라도, 편지를 쓸 때 우리는 필자와 독자 사이의 관련성을 깊게 하기 위한 언어적 관여 전략을 많이 사용하는 편이다. 어떤 교사는 글을 쓰거나 명료하게 쓰는 데 어려움을 겪는 학생에게 "네 생각을 나에게 **편지**로 써 보렴. 'ㅇㅇ 선생님께'로 시작하면 돼."라고 함으로써 이 자연스러운 기술을 알아 내서 활용하였다. 존 맥피John McPhee*

....

* 퓰리처상을 네 차례 수상한 유명한 논픽션 작가.

는 자신이 글쓰기를 해야 할 때 항상 '사랑하는 어머니에게'로 시작했다고 한다. 이런 평범한 문화적 실천을 할 때 우리는 독자와 아주 밀접한 관련성이 있는 말과 생각을 쓰게 된다. 경험 많은 필자들은 '당신you'이라는 말과 여타의 표현들이 장르나 언어 사용역에 부적절할 때 그것들을 삭제하면서도 표현 속의 소중한 '말을 건네는 느낌'을 유지하는 법을 안다. 게다가 모든 장르가 '당신'이라는 단어와 여타의 사소한 개인적 요소를 금하는 것은 아니다. 교사들과 학생들이 개인적 관련성이 드러나는 모든 요소를 진지한 글쓰기에서 삭제해야 한다고 극단적으로 생각하는 우를 범하는 모습을 심심찮게 볼 수 있다.

2부에서 탐구할 '말하듯이 쓰기' 방법을 배운다면, 우리는 독자와 가장 자연스럽게 관계를 맺는 언어 양식을 글쓰기에 가져올 수 있을 것이다. 대부분의 사람들은 소리 내어 말할 때 청중이 있는 것처럼 느껴지는 상황에 처하게 된다. 혼자 있을 때 큰 소리로 말해 보라. 아마도 단어들이 누군가에게 가려고 한다는 느낌을 받을 것이다.

따라서 이 책에서 내가 제안하고 있는 말하기에서 파생된 활동, 즉 2부의 주제인 글쓰기 초기 단계에서 하는 '말하듯이 쓰기'와 3부의 주제인 글쓰기 마지막 단계에서 하는 '수정을 위한 소리 내어 읽기'는 글을 쓸 때 청중에게 말을 건네는 유용한 감각을 우리에게 제공해 줄 것이다. 그리고 이는 독자들과 더 밀접한 관계를 맺는 언어와 사고를 창출하는 데 도움을 줄 것이다.

4. 말하기는 스스로에게 도움이 되며 어린이의 언어 숙달을 돕는다

요람에서 옹알이를 하는 아기를, 또는 보이지 않는 청자에게 끊임없이 이야기하며 돌아다니는 유아를 생각해 보라. 언어학자들은 그 아이들이 말하기 연습을 하고 있는 것이라고 말하는데, 의심할 여지없이 그 아이들은 말하기 연습을 하고 있으며 그러한 행위에서 감각적인 즐거움이나 재미를 느낀다. 말하기의 물질성에는 즐거움이라는 근본적인 잠재력이 있다. 어린이들은 조용한 교회에서 자기 자신이 내지르는 소리를 듣길 좋아한다. '지나치게 문명화되지' 않은 사람들은 가끔 넓은 동굴 같은 홀이나 그랜드캐니언에서 소리를 내지른다. 우리는 자신의 몸이나 입으로 내는 큰 소리를 느끼고 귀로 되돌아오는 소리를 듣기를 원한다. 우리는 대부분 특별히 좋아하는 문장을 말하거나 쓰는데, 가끔 훗날 어느 순간 그것을 입으로 중얼거리고 있는 자신의 모습을 발견하곤 한다.

교수와 정치인, 그리고 자신의 목소리를 사랑해 이야기를 멈출 수 없는 사람들을 생각해 보자. 청소년들은 랩을 끊임없이 계속 연습하는데, 랩의 운율 cadence은 어떤 계획도 없이 '그냥 나오기' 시작한다. 같은 현상은 약강 5보격 iambic pentameter*을 하려는 사람들에게도 나타난다. 그 사람들은 기본적인 약강의 비트가 깔려 있는 10음절의 행에서 모든 것을 말하기 위한 기어gear를 개발한다. 이러한 사람들은 당면한 다른 목적에서가 아니라 단지 말하기 기어를 사용하고 그것이 잘 돌아가도록 유지하는 것에서 즐거움을 느낀다. 리듬은 우리에게서 언어를 끌어낸다. 이론적 근거에서 이 점에 의심이 든다면, 보편적으로 자기강화의 즐거움이 있다고 인정되는 소리 매체, 즉 노래를 생각해 보기 바란다. 거기에는 입과 폐를 움직여 만든 소리의 상호작용에서 얻는 분명한 즐거움이 존재하고, 귀뿐만 아니라 얼굴과 몸에까지 이르는 내적인 피드백이 존재한다. 가수들, 악기 연주자들, 이야기꾼들은 모두 '입이 술술 풀리고' 그것이 계속 이어지는 경험을 한 적이 있다.

이러한 즐거움과 자기강화의 일부를 글쓰기에 가져올 수 있을까? 대부분의 사람들은 글을 쓸 때 즐거움을 느끼지 못한다. 글쓰기는 어려운 작업이고, 노력 끝에 뭔가를 썼다고 하더라도 보상을 받을 수 있는지 없는지 알려면 몇 달이나 몇 년을 기다려야 하는 경우가 대부분이다. 그럼에도 불구하고 글쓰기 과정은 그 자체를 강화할 수 있다. 최근 나에게 편지를 보낸 한 친구가 "내 글이 길어졌어."

....
* 10음절로 구성된 시의 한 행에서 두 개의 음절이 짝을 이루어 다섯 번의 약강의 운율을 가지는 것.

라며 사과했다. 나는 많은 사람들이 그런 말을 하는 것을 들었고, 물론 나도 그런 적이 있다. 로런스 스턴Laurence Sterne은 『트리스트럼 섄디Tristram Shandy』에서 이러한 현상에 주의를 기울일 것을 요구했다.

> 그러나 이것은 여기에도 저기에도 없다. 왜 나는 그것을 언급하는가? 내 펜에게 물어보라. 펜이 나를 지배하지 내가 펜을 지배하지는 않는다. (Farnsworth, 2009: 100에서 재인용)

왜 글쓰기는 가끔 '길어질' 수밖에 없고 혼자 힘으로 진행되는 것 같을까? 그리고 왜 즐거운가? 적어도 그 즐거움의 일부는 실제적인 어려움에서 생겨난다. 나는 길어짐과 즐거움이 **저항을 극복**한 경험에서 온다고 생각한다. 대개 힘으로 문을 밀지 않는 한, 글쓰기의 문은 열리지 않는다. 그 힘은 말하기에는 필요하지 않은 힘이다. 그러나 문을 열기 위해 그 힘을 가지면, 미하이 칙센트미하이 Mihaly Csikszentmihalyi가 '몰입flow'이라고 부르는 현상을 떠올리게 할 만한 경험, 즉 **저항이 무저항으로 바뀌는** 흥미로운 경험을 하게 된다. 이러한 경험은 쉬움과 어려움이 결합해야 만들어지는 것이다.

예로부터 필자들은 특히 일기나 일지를 기록할 때, 사건을 진술하거나 생각을 설명하거나 느낌을 표현하려고 글쓰기를 시작했다가 그 과정이 길어졌던 경험을 증언한다. 글쓰기가 진행되면서 에너지가 형성되고, 필자들은 종종 표현적·창의적 충동과 자기 자신을 소진할 때까지 글쓰기를 계속한다. 칙센트미하이와 그의 동료들은 이러한 일이 종종 모든 표현적인 예술, 즉 회화·조각·무용·음악 등을 하는 예술가들에게 일어난다고 말한다.

톰린슨Tomlinson은 다른 방식으로 글이 길어진 소설가 12명의 진술을 분석했다. 그들 대부분은 소설을 길게 만든 **인물**에 대한 경험을 공유했다. 그 작가들은 "나는 그 인물이 자살하길 **원치** 않았지만 그를 멈추게 할 수 없었어요."와 같은 말들을 한다. (그러나 모든 작가에게 그런 일이 일어나는 것은 아니다. 자신의 인물에게 어떤 터무니없는 일도 일어나지 않게 하려는 작가를 변호하며 소설가 뮤리얼 스파크Muriel Spark는 다음과 같이 말한다. "나는 완벽히 통제하고 있어요. … 내가 쓴 책에서는 어떤 인물도 내가 시키지 않는 한 그 길을 건널 수 없었어요."(Mallon, 2010: 66))

아마도 '표현하다express'라는 단어에서는 '짜내다press out'라는 의미가 핵심적일 것이다. 왜냐하면 글쓰기는 내적인 것을 외적으로 드러내는 데 이상적이기 때문이다. 많은 사람들은 글쓰기가 속마음을 털어놓는 데, 즉 안에 숨겨진 것, 많은 경우 자기 자신으로부터도 숨겨진 것을 드러내는 데 이상적이라는 사실을 발견한다. 물론 말하기도 같은 목적을 이루는 데 뛰어나지만, 그것은 정말 믿을 만하고 지지해 주는 청자가 있을 때에만 그러하다. 그런 청자는 만나기 어렵다. 가까운 친구들과도 쉽사리 나눌 수 없는 금기시되는 감정이나 두려운 생각에 시달릴 때, 글쓰기는 특히 소중하다.

요컨대 많은 사람들이 글쓰기에 겁먹고 글쓰기를 부담스러워하며 글쓰기로부터 달아난다면, 이것은 그들이 글쓰기에 내재하는 안전함, 힘, 더 나아가 용이함이라는 이점을 어떻게 사용하는지 배우지 못했기 때문이다. 결국 글쓰기는 과학기술이다. 과학기술에 대한 '최신 과학기술 전문가'의 상투적인 말은 플라톤이 2,000년 전에 비판했던 과학기술에나 적용되는 것이다. 과학기술의 잠재력을 이용하는 법을 배우지 않으면 그것의 혜택을 누릴 수 없다. '정확한 글쓰기'를 제쳐 둔다면 구어를 적어 내려가는 것은 쉬운 일이며, 대부분의 사람들은 그 과정에서 힘과 즐거움을 발견하게 된다.

포스트모더니즘이나 해체주의 성향이 강한 사람들 때문에 나는 때때로 우리의 안과 밖에 존재하는 언어와 사고에 대해 말하기가 어렵다. "우리는 사회적으로 구성되고 상호텍스트적인 존재이다. 우리 안의 모든 것은 실제로 이 문화 속에서 우리의 바깥에 존재한다." 내가 이야기하는 방식과 그들이 이야기하는 방식 간의 갈등이 함축하는 것은, 내가 상충하는 '렌즈 주장lens claim'이라고 말하는 것들 사이의 논쟁이고, 케네스 버크Kenneth Burke가 '명목적 화면terministic screen'이라고 부르는 것들 사이의 논쟁이며, 아리스토텔레스가 "어떤 의미에서는…"이라고 말하며 지적했던 논쟁이다. 즉 어떤 의미에서는 우리 머리 바깥의 문화에 존재하지 않거나 적어도 그 문화로부터 비롯하지 않았는데도 우리 머릿속에 있는 것은 아무것도 없다. 그러나 또 다른 의미에서는 우리 머릿속의 모든 것이 우리 머리 바깥의 문화로부터 비롯된 것과 실제로는 다르다고 볼 수도 있다. 우리가 갖고 있는 것은 우리만의 융합물amalgamation이고 거기에는 항상 어느 정도의 독특함이 존재한다. 주어진 상황에서 어떤 렌즈가 가장 유용할 것인가 하는 것이 늘 문제가 된다. 나는 포스트모더니즘의 사회구성주의 렌즈의 타당성을 인정한다. 그러나 나는 다른 쪽 렌즈를 사용하는 것이 유용하다는 점과, 내가 내재적인 것으로 경험하는 언어 및 아이디어와 외재적인 언어 및 아이디어(혹은 내가 외화할 수 있거나 기꺼이 외화하고 싶은 사고) 사이의 차이에 주목하는 것이 유용하다는 점을 자주 발견한다. 이론적인 요점은 렌즈 주장이 도움이 되기는 하지만 순수하게 이론적이라는 것이다. 주어진 렌즈 주장 중 어떤 것도 상충하는 다른 렌즈 주장을 논박할 아무런 힘을 가지고 있지 않다. 그것이 할 수 있는 것은 다른 렌즈가 강조하는 데 실패한 것에 우리의 주의를 돌리는 것이 전부다. 상충하는 렌즈 주장들은 '항상 이미 참'인 것이다. (특수한 응용의 맥락에서 이에 대해 더 자세히 알려면 나의 「사적 글쓰기에 대한 옹호」(1999)를 참조하기 바란다.)

이 장에서 나는 말하기 과정의 장점을 기술했다. 다음 4장과 5장에서는 말하기의 **결과**인 **구어**, 달리 말해 일상의 즉흥적인 말하기에서 쉽게 사용되는 경향이 있는 표현과 문법의 장점을 기술할 것이다.

그림-글자 조합체

우리가 기원전 3500년경 혹은 그 이전에 살고 있으며, 표기, 더 정확하게는 구어를 전달해 줄 표기 형태를 창안하기로 했다고 가정해 보자. 우리의 기본적인 문제는 쉽지 않을 것이다. 들리는 소리에 대한 시각적 표시를 어떻게 할 수 있을까? 그 소리를 독자에게 알려 줄 시각적 기호는?

우리는 다음과 같이 말할지도 모른다.

> 아, 참 쉽네. 사람들은 아주 오래전에 그것을 해냈어. 우리는 해나 나무에 대한 작은 그림을 그리기만 하면 되고, 그 작은 그림들은 전하고 싶은 말소리, 즉 구어 단어의 소리인 '해'와 '나무'를 그걸 보는 사람들에게 전달해 줄 거야. 기원전 7500년경에 우리 조상은 맥주, 곡식, 기름 등의 물품을 나타내는 보드게임 말처럼 생긴 작은 점토 토큰을 만들어 냈어. 이러한 토큰은 맥주, 곡식, 기름 등과 전혀 닮지 않았지만 기억하기 쉬워. 그래서 시각적인 단서일 뿐이지만 그것을 본 사람들은 입술로 정확한 소리를 냈어.

그런데 시각적이지 않거나 기억하기 쉽지 않은 단어의 소리를 나타내려고 한다면 어떻게 해야 되는가? '내일'이나 '그러나' 혹은 '때때로'를 어떻게 시각적으로 표현할 것인가? 이것들의 의미는 작은 그림으로 나타내기가 쉽지 않다. 그리고 우리는 이미 기억할 것이 너무 많기 때문에 그것을 위한 토큰을 만들 수도 없다.

수메르 도시국가의 행정관은 기원전 3000년경에 바로 이런 문제에 봉착했다. 그들은 상업적인 거래와 관련된 개인들의 이름을 위한 시각적 기호를 만들려고 했다. 그것은 큰 문제였는데, 시각적 토큰으로 기억해야 할 이름이 너무 많았던 것이다.

이 문제를 처음 푼 사람은 누구든 천재로 불려야 한다. 브레인스토밍 집단이나 단지 한 명의 여성일 수도 있었던 그 사람은 인류 역사에서 가장 큰 개념적 돌파구를 찾아냈다. 그것은 어린이들의 단순한 게임인 '그림-글자 조합 수수께끼rebus'와 연관되는 것으로 이루어져 있기 때문에 우리가 그 천재성을 알아보기는 쉽지 않다. 그림-글자 조합체는 벌(bee)과 잎(leaf)을 그려서 'belief(신념)'라는 단어를 '쓸 수 있도록' 한다.

> 새로운 기호는 미학에 대한 아무런 관심도 없는, 단순히 새긴 스케치였다. 그들은 자신이 환기시키는 단어의 소리를 나타내는 그림을 그리기에 쉬운 것들을 선정했다. [예를 들면] 남자의 몸 그림은 '루(lu)' 소리를, 입 그림은 '카(ka)' 소리를 표시한 것이었는데, 그것은 수메르어에서 '남자'와 '입'이라는 단어의 말소리였다. (Schmandt-Besserat & Erard, 2007: 12)

요컨대 남자와 입의 그림을 단순하게 그림으로써 그들은 한 남자의 이름인 '루카(Luca)'를 쓸 수 있다는 것을 발견했다. (뒤에 나오는 삽화를 참조하기 바란다.)

여기에 흥미로운 아이러니 또는 역설이 있다. 당시 원시 문자proto-writing의 기법은 그림이나 유사성에서 추상으로 이동하고 있었다. 예를 들면 맥주나 밀 같은 것을 나타내기 위해 비표상적인 기하학적 형상을 사용하고, '곡물 낟알'의 '작음'과 '큼', 그리고 결국에는 숫자 '1'과 '10', 즉 어떤 것의 하나와 열을 표현하기 위해 작은 원뿔과 큰 공을 사용한 것이다(Schmandt-Besserat & Erard, 2007: 11-12). 그러나 그림-글자 조합체를 발명해 냄으로써 글쓰기 방법은 방향을 바꿔 그림 그리기로 되돌아가게 되었다. 심지어 그릴 수 없는 것을 나타내는 것이 목표일 때도 그러했다.

> 쓰기의 기법이 시각 예술에 가장 가까운 형태로 이루어졌던 그림 문자pictography의 단계, 즉 그림으로 표기를 하는 단계는, 글쓰기가 표음문자[즉 그림-글자 조합체]의 비범한 발명에 의해 표어문자[이미지로서의 단어]의 구체적인 세계에서 제거되어 말소리와 명백하게 연결된 때였다. (Schmandt-Besserat & Erard, 2007: 12)

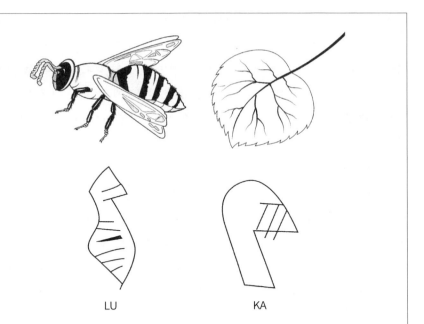

LU   KA

두 개의 그림-글자 조합체 또는 '표음문자': 소리를 나타내는 기호. 첫 번째는 대부분의 사람들이 고전적
인 어린이 게임을 통해 알고 있는 것이다. 'belief(신념)'를 '쓰기' 위해서 '벌(bee)'과 '잎(leaf)'의 그림을 이용
한다. 두 번째 그림-글자 조합체는 가장 이른 시기(기원전 약 3000년경)에 사용된 것이라고 알려져 있으며,
수메르 도시국가에서 누군가가 만들어 낸 것이다. 첫 번째 상징은 사람을 대충 그린 관습적인 그림으로 '사
람'을 의미하는 소리 '루(lu)'를 나타낸다. 두 번째 상징은 입을 대충 그린 관습적인 그림으로 '입'을 의미하
는 소리 '카(ka)'를 나타낸다. 재정 상황을 기록하려면 무엇인가를 사거나 받은 특정 개인의 이름을 적어야
했다. 그의 이름은 '루카(Luka)'였다. 그런데 개별적 이름이나 개인은 간단한 그림으로 나타낼 수 없다는 것
이 문제였다. 기원전 3000년경 천재적인 누군가가 그림-글자 조합체를 발명해 냈다. 그 사람은 시각과
청각 사이의 관문, 즉 시각적인 표시를 사용하여 청각적인 소리를 나타내는 방법을 처음으로 알아냈다. 실
제로 모든 표기 체계의 근원에는 그림-글자 조합체가 있다. (Schmandt-Besserat & Erard(2007: 12-13)에
근거하여 설명하였다.)

글쓰기에서 그림-글자 조합체의 핵심 역할은 자모문자 이전의 문자체계에서
가장 명백한데, 특히 중국의 한자, 이집트와 마야의 상형문자에서 그러하다. 중국에
서 상商 왕조 시기의 초기 글자는 대략적으로 그림, 즉 일종의 원시 문자이거나 그림
문자였다. 이러한 문자는 말소리나 구어를 전달하기보다는 **사물**의 의미를 전달한다.
중국에서 이런 초기 문자는 훨씬 뒤의 한漢 왕조에서 현재의 한자와 매우 유사한 문

자로 점차 체계화될 때까지는 구어와 잘 연결되지 않았다. 발전을 위해서는 다른 누군가가 그림-글자 조합체를 발명해야만 했다. 다시 말해, 중국의 문자와 이집트와 마야의 상형문자는 (때때로 어렴풋하게 또는 매우 양식화된 방식으로) **사물을 그리곤 했**지만, 가끔 그러한 상징은 그 문자가 그린 것을 의미하지 **않았다**. "이 작은 창 그림은 창을 나타내지 않고, '창spear의 첫 소리', 즉 'sp' 소리를 의미하는 거야."라고 독자에게 알려 주는 추가 표시가 때때로 존재하기도 했다.

대부분의 사람들은 중국의 한자와 이집트의 상형문자에서 이러한 그림-글자 조합체의 기법이 어떻게 널리 사용되었는지를 알지 못한다. 슈만트-베세라트와 에라드는 "문자의 90퍼센트는 발음을 나타내는 그래픽 요소로 이루어지며, 이 시각적 요소는 의미를 표시하는 또 다른 요소[즉, 표어문자의 요소]와 결합한다."(Schmandt-Besserat & Erard, 2007: 16)라고 주장한다. 로빈슨은 **모든 표기가 소리를 사용하며 심지어 중국어도 그렇다고 주장한다**. 그는 로제타석을 해독한 열쇠는 1,400개의 기호 또는 상징으로 이루어진 텍스트에서 서로 다른 기호는 단지 66개에 불과하다는 사실을 인식한 것에서 나왔다고 지적한다. 이것은 그 기호들이 개념이 아닌 소리와 결부되어야 한다는 것을 의미했다(Schmandt-Besserat & Erard, 2007: 33).

그러나 현재의 알파벳에서 그림-글자 조합체나 표음문자의 역할은 그리 분명하지 않다. 현재의 알파벳에서는 꿀벌, 잎, 남자, 입 등을 그린 그림을 찾을 수가 없다. 영어의 문자는 상당히 추상적이고 비표상적이다. 그러나 표기에 대한 권위자인 이그너스 겔브Ignace Gelb는 모든 표기 형식이 그림에서 유래한다고 주장한다(DeFrancis, 1984: 78). 가장 초기 형태인 셈어 문자는 각 글자마다 표상적인 의미를 지니고 있었다. '알레프aleph'는 '황소'를 의미하는데, 시각적 글자 'aleph'는 황소의 머리를 아주 작게 그린 그림에서 유래한 것이다. 그러나 그 글자는 소리를 나타내기 위해 사용하게 되었는데, 이 경우에 'aleph'를 말하기 위해서는 성문 폐쇄음이 사용되었다. '베타beta'는 집을 의미하는 단어로 집을 아주 작게 그린 그림에서 유래한 글자인데, 집을 의미하는 단어인 'beta'의 소리, 즉 'buh'를 나타내는 데 사용되었다. 그리스인은 글자의 이름과 이와 결부된 소리는 보존했지만, 그것의 표상적인 의미는 잃어버렸다. 그런데 흥미롭게도 그리스인은 표상적인 의미가 있는 글자를 몇 가지 추가했다. '오미크론o mikron'과 '오메가o mega'는 각각 '작은 o'와 '큰 o'를 의미한다. 마찬가지로 '엡실론e psilon'과 '웁실론u psilon'은 '단순한 e'와 '단순한 u'를 의미한다. (이상의 설명이 주류적 관점에 해당하는 것으로 보이지만, "글자 이름이 그림 문자를 기반으로 했는지 여부에 대해서는 의견이 엇갈린다."(Firmage, 1993: 13))

그렇게 그리스인이 알파벳 자체에서 의미를 벗겨 낸 탓에, 우리는 그림-글자 조합체가 글자의 소리를 우리에게 어떻게 **제공해 주었는지** 보지 못한다. 그리고 우리는 단서로서의 그림을 잃어버렸기 때문에, 보이는 것과 들리는 것, 즉 형상과 소리 사이를 가로지르기 위해 기억을 사용해야 한다. 이와 마찬가지로 대부분의 중국인들도 고도로 양식화된 그들의 문자에서 그림을 볼 수 없기 때문에 훨씬 더 강한 기억을 필요로 한다. 하나의 체계로서 알파벳의 강점은 우리가 기억해야 하는 글자가 단지 26개뿐이라는 점이다. (중국의 한자는 약 8만 자가 있지만 글쓰기의 90퍼센트 정도는 그중 1,000자로 충분하며, 글쓰기의 98퍼센트 정도는 약 1만 자를 사용한다.)

내가 그림-글자 조합체를 사랑하는 것은 그것이 우리를 **시간**에서 **공간**으로 갈 수 있도록 해 주는 통로이기 때문이다. 즉, 놀랍게도 그림-글자 조합체의 기발하고 기만적이고 우회적인 속임수를 통하지 **않으면** 시각적인 기호를 가지고 청각적인 사건을 나타내는 것은 실제로 **불가능하기** 때문이다.

04

결과로서의 말

주의 깊은 글쓰기를 대폭 개선할 수 있는
주의를 기울이지 않은 비계획적 말하기의 아홉 가지 장점

우리의 문식성 문화에는 구어에 대한 일반적인 편견이 존재하는 것 같다. 나는 이러한 편견을 반박하기 위해 할리데이를 인용하고자 한다.

> 문어는 부유한 이들의 특징인 반면 구어는 가난한 이들의 누더기 집합이라는 것이 일반적인 인식이다. (Halliday, 1987: 67)

> 사람들은 '구어'를 비표준 방언이나 속어와 혼동하거나, 가족이나 또래집단의 매우 비격식적인 말하기 상황과 혼동한다. 그리고 어떤 언어학자들은 구어를 체계화되지 않은 단편들의 무질서한 엉킴으로 묘사함으로써 이러한 혼동을 가중시켰다. 그들은 구어가 주저함, 잘못된 시작, 끝맺지 않은 절들과 오류로 가득하다고 말한다. 또 구어는 기본적으로 담화의 단순한 형태로서 문어체 언어보다 더 단순하다고 주장한다. 이는 말도 안 되는 주장으로, 특히 언어 교육 분야에 엄청난 해를 끼치는 통념일 뿐이다. (Halliday, 2008: 132)
> 문법 연구는 글쓰기에서 발전해 왔고, 언어가 연구의 대상이 된 것은 언어로

글을 쓰기 시작하면서부터이기 때문에, 우리의 문법은 문어의 문법이다. …
우리는 글쓰기를 위해 고안된 문법이라는 렌즈를 통해 구어를 보고 있다. 그
래서 구어 담화는 문어 담화의 비틀어진 변이형처럼 보이며, 자연스레 무엇
인가 부족해 보이는 것이다. (Halliday, 1987: 66-67)

이것은 마치 할리데이가 말하기와 글쓰기의 특성에 대해 지나치게 일반화하고
있는 것처럼 들린다. 1부의 '도입'에서 나는 말하기와 글쓰기가 그렇게 깔끔하게
구분될 수 없다는 점을 보여 주었다. 할리데이는 특별한 방식으로 두 용어를 다룬
다. 말로 하든 글로 쓰든 간에 그에게 '문어'는 주의 깊게 의식적으로 통제된 언어
를 의미하고, '구어'는 자연스럽게 생산되고 통제되지 않은 언어를 의미한다. 2부
의 '도입'에서 나는 이 흥미로우면서도 유용한 단어 정의 방법을 살펴볼 것이다.

그리고 할리데이가 글쓰기를 희생시키면서까지 말하기를 옹호하지는 않는다는
점에 주목해야 한다. 그는 구어와 문어의 상호보완적 장점을 보여 주기 위해 두 유
형의 언어를 훌륭하게 비교한다. 예를 들어 다음과 같다.

[말하기든 글쓰기든] 어떤 것도 상대보다 더 잘 구성되어 있지는 않다. 그것들은
서로 다른 방식으로 구성된다. … 구어는 절을 구성하는 어휘가 더 적지만 많은
절을 통사적 연속체syntagm 안에 축적해 '문법적 복잡성'이 더 커지는 경향이
있다. 문어는 더 적은 절이 통사적 연속체 안에 있지만 절 안에 어휘가 많아 '어
휘 밀도'가 높아지는 경향이 있다(Halliday, 1987: 71). … 따라서 구어체 영어
는 절들의 연결이 복잡하고, 문어체 영어는 명사구나 명사절의 내부 구성이 복
잡하다는 특징이 있다. (Halliday, 1987: 73)

이 책에서 내가 주장하는 바는, 언어적이고 수사적인 장점이 주의를 기울이
지 않은 말하기에서 잡초처럼 거칠게 성장한다는 것이다. 다시 말해, 주의를 기
울이지 않은 말하기는 주의 깊은 글쓰기에 맞는 언어를 제공하지는 않지만, 그
럼에도 불구하고 매우 주의를 기울인 격식 있는 글쓰기에 필요한 **가치 있는 언어
적 자원**으로 가득 차 있다. 만약 우리가 글쓰기를 개선하기 위해 이러한 장점을

이용하기를 원한다면, 우리는 그 장점을 인식하고 가져올 필요가 있다. 많은 사람들은 자유작문의 방법이나 편안하게 쓰는 방법을 배워 큰 불안이나 고통 없이 초고를 쓰지만, 그 후 글을 수정할 때 나쁜 잡초와 함께 좋은 잡초도 뽑아 버린다. 다시 말해, 잘못된 것을 제거하는 과정에서 거친 글 속에 있던 좋은 언어까지 모두 제거하는 것이다.

1. 구어는 청자와 더 밀접한 관계를 맺게 한다

앞 장에서 나는 과정으로서의 말하기에 초점을 맞추면서, 바로 그 말하기 활동이 우리가 독자를 계속 의식하도록 만든다고 말했다. 청자는 항상 거기에, 예컨대 우리의 앞이나 전화 반대편에 있다. 혼자 있을 때이든 스타벅스에 있을 때이든 글을 쓰면서 우리는 독자를 잊어버릴 때가 많다. 그러나 말하듯이 글을 쓴다면, 그 과정은 본능적으로 우리가 자신의 표현을 독자와 관련시키도록 만든다.

데버라 태넌은 1970년대와 1980년대의 말하기와 글쓰기를 비교하는 데 주력한 일군의 언어학자 중에서도 뛰어난 학자였다. 그 언어학자들은 모두 즉흥적인 대화, 즉 '전형적인 구어체 양식'이 언어의 '관여 전략' 면에서 상대적으로 얼마나 풍부한지에 주목했다. 화자는 모든 방법을 동원하여 자신이 청자와 관계가 있고, 또한 자신이 말하고 있는 것과 관계가 있음을 전해 줄 표현들을 사용한다. 반대로 설명적인 글, 즉 전형적인 문어체 양식은 독자 지향적 언어를 덜 사용하고 내용에 초점을 더 두는 경향이 있다. 언어학자 엘리너 옥스Elinor Ochs는 같은 사람이 말로 한 이야기와 이틀 후에 그것을 글로 쓴 이야기를 비교했다. 그녀는 "사회적 행위의 표현은 구어 형태에서 더 많은 담화 '공간'을 가지는 경향이 있다는 것"(Ochs, 1979: 72)을 발견했다.

그러나 오래지 않아 데버라 태넌은 구어와 문어 사이의 구별 혹은 담화의 '구어적' 방식과 '문어적' 방식 사이의 구별은 사람을 헷갈리게 한다는 판단을 하게 되었다. 실제적 구별은 '대인관계에 상대적인 초점'을 두는 언어와 '전달되는 정보에 더 많은 초점'을 두는 언어에 있다고 그녀는 강력히 주장하기에 이르렀다(Tannen, 1985: 124). 이러한 두 가지 다른 종류의 언어는 음성으로 표현되든 문자로 표현되든 **상관없이** 나타나는 것으로 밝혀졌기 때문이다.

이에 따라 태넌은 **어떤** 화자는 많은 관여를 사용하는 반면에 다른 화자들은 그렇게 하지 않는다는 점을 보여 주는 연구를 수행하여 널리 주목을 받았다(Tannen, 1985: 132 이하). 그리고 이와 마찬가지로, 어떤 필자는 많은 관여를 사용하여 독자와 관계를 맺는 반면, 다른 필자들은 그렇게 하지 않는다. 또한 개인적 편지 쓰기, 이메일 쓰기, 자유작문 등 특정 유형의 글쓰기는 더 많은 관여 전략으로 이끈다. 특히 "상상력이 풍부한 문학은 전형적 글쓰기 장르인 설명적 산문보다 즉흥적인 대화와 공통점이 더 많다"(Tannen, 1985: 137)는 사실은 태넌이 처음으로 지적했다고 나는 생각한다.

주목해야 할 중요한 점은, 설명적인 산문이 일반적으로 관여 전략이 부족하다고 하더라도 그중 일부는 독자와의 관련성을 전달하는 특질이 풍부하다는 것이다. 따라서 그것은 양자택일의 문제가 아니다. 다시 말해, 설명적인 글을 쓸 때, 의미를 분명하고 명확하게 기술함으로써 독자와 공유된 맥락의 부재라는 문제를 보완할 수 있다. 그렇다고 해서 이것이 독자와 관계를 형성하는 데 도움이 되는 특질을 배제해야 한다는 것을 의미하지는 않는다.

예컨대 나는 이 장의 초고를 쓸 때 한 단락을 다음과 같이 시작했다.

> 두 가지 종류의 언어가 음성으로 표현되든 문자로 표현되든 상관없이 나타난다.

그런데 또 나는 다음 문장처럼 시작 부분에 짧은 절을 더하고 싶었다.

> 여기서 중요한 점은 두 가지 종류의 언어가 음성으로 표현되든 문자로 표현

되든 상관없이 나타난다는 사실이다.

다시 말하자면, 소리 내어 읽을 때 나는 첫 번째 문장이 누구에게서 나온 주장인지 알 수 없는 것처럼 느껴졌다. 그런데 나는 독자들에게 이 의견의 중요성에 대한 나의 관점과 감정을 약간이나마 전달하고 싶었다. 나는 이러한 종류의 '불필요한 구절'을 더하는 것으로 인해 때로는 글이 어지럽게 될 수도 있다는 것을 깨닫게 되었다. 글을 '더 깔끔하게' 만들기 위해 수정을 하는 과정에서 때로는 그것의 일부를 제거해야 한다. 그런데 나의 충동이 어디에서 왔는지 주목해 보라. 나는 정보에 대한 태도나 감정을 전달하고 싶었다. 즉 말을 하고 있었다면 자연스럽게 말 속에 표현되었을 감정을 '어휘로 표현하고' 싶었던 것이다. 나는 내가 단지 정보만 전달하고 싶지 않았다는 사실을 깨달았다.

보라, 특별한 의식 없이 나는 똑같은 일을 반복했다. 다음 문장을 보자.

> 나의 충동이 어디에서 왔는지 주목해 보라. Notice where my impulse came from.

사실 '어디에서'와 '주목해 보라'가 필요하지는 않다. 다음과 같이 썼다면 '더 깔끔하게' 되었을 것이다.

> 나의 충동은 어휘로 표현하려는 욕구에서 나왔다…. My impulse came from a desire to lexicalize…

나의 무의식적인 결정은 글에서 나 자신을 더 많이 보여 주고자 하는 충동에서 비롯한 것이다.

'어디에서', '주목해 보라'와 같은 어구는 다소 눈에 띄지 않는 '관여 전략', 즉 어느 정도 필자의 현존성을 전달하는 그리 개인적이지 않은 방법이다. 말할 필요도 없이, 나는 이 책에서 내 경험담을 말하거나 감정을 이야기하는 것에서 좀 더 나아가기로 결심했다. 어떤 동료들은 나의 몇몇 학술적 글쓰기가 가진 이런 특질에 대해 불평을 했다. 그렇지만 최소한 나는 제인 톰킨스Jane Tompkins가 학술적인 글에서 했던 유명한 일처럼, 오줌을 누기 위해 일어나야 하는 때를 글에서 언급하는 일은 지금까지 삼가고 있다.

다른 예를 들어 보겠다. 이 절은 처음에 이렇게 시작했다.

앞 장은 …에 초점을 맞추었다.

이것은 '필자나 독자에 대해서가 아니라 메시지에 대해 강조하는' 것으로, 학교에서 쓰는 글과 학술적 산문의 고전적인 관용구이다. 그러나 나는 이렇게 수정했다.

앞 장에서 나는 …에 초점을 맞추었다.

"앞 장은 …에 초점을 맞추었다."라는 고전적이고 학술적인 어구에 대해 잠시 생각해 보자. '이 앞의 장이 초점을 맞추었다'라는 허구적 아이디어로 자신을 이끌기 위해서는 몰개인화depersonalization라는 특별한 훈련(그러한 훈련은 초중등 학교나 대학에서 일반적이다)이 필요하다.

태넌은 학생들이 학교에서 글을 쓸 때 얼마나 자주 청중과의 관계를 창출하는 언어적 특질을 제거하라는 요구를 받는지에 대해 기술하고 있다. (저학년 과정에서의 이에 대한 강력한 증거는 마이클스와 콜린스(Michaels & Collins, 1984)의 글을 참조하기 바란다.) 태넌은 탈맥락화된 언어, 즉 순전히 메시지에만 초점을 둔 언어가 글을 읽으려는 독자를 얼마나 어렵게 하는지 보여 준다. '순진한' 학생들은 때때로 학술적인 글에서 이인칭 표현인 '여러분'이라는 말을 사용하지만, 그들은 대체로 "글을 쓸 때 우리는 독자에게 말하지 않는다."라는 가르침을 받는다. (말하지 않는다고?)

그러나 우리는 글을 쓸 때 '관여 전략'과 '현존성'을 분석하지 않아도 된다. 내가 2부에서 제안하는 방식대로 말하듯이 글을 쓴다면, 그리고 3부에서 제안하는 방식대로 소리 내어 읽기를 통해 글을 수정한다면, 관여와 현존성은 자연스럽게 나타날 것이다. 관여 전략과 존재성은 이른바 '비인격적인' 주제에 대해 글을 쓸 때에도 나타날 것이다. 태넌은 다음과 같이 요약하고 있다. "관여에 상대적인 초점을 맞추는 여러 특질은 구어적 양식과 문어적 양식 모두의 담화를 더 성공적으로 산출하고 이해하는 기초가 되는 것으로 보인다."(Tannen, 1985: 125) 아이러니하게도 여기서 그녀의 언어는 놀라울 정도로 몰개인화되어 있다. 그러나 이는 비교적 이른 1985년의 논문에서 나온 것이고, 그 이후 그녀는 이러한 유형의 언어에서 벗어난다. (나는 해야 할 필요가 있는 것을 개념적으로 파악한 순간과 드디어 그것을 행할 수 있게 된 순간 사이의 의미 있는 시간의 지체에 늘 주목해 왔다. 나는 『교사 없는 글쓰기』를 출판했을 당시에는 자유작문에 능숙하지 않았다.)

2. 말하기는 유연한 구문을 촉진한다

그래, 맞아. '유연한 구문'. 왜 그것을 나쁜 문법이라고 딱 부러지게 말하지 않을까!

말하기는 정확한 글쓰기의 측면에서 나쁜 문법을 정말 많이 촉진한다. 구어 문법은 "그의 말은 문법이 엉망이다."와 같은 말에서 볼 수 있듯이 심지어 말하기에서도 나쁘게 여겨질 때가 많다. 그러나 이는 말하기와 글쓰기에 관련된 문법에 대한 온전한 설명이 아니다. 할리데이는 구어에 대한 편견에서 벗어나 있는 더 복잡한 분석을 내놓았다.

말은 단순한 단어들로 이루어진 복잡한 문장으로 되어 있다. 반면 글은 복잡

한 단어들로 이루어진 단순한 문장으로 되어 있다. (Halliday, 1987: 79)

즉흥적인 말은 … 구성되지 않고, 수정될 수 없다. 문장, 더 정확히 말하자면 절 복합체('문장'은 문어의 현상이므로)가 시작될 때, 화자는 그것이 어디서 언제 끝날 것인지, 또는 심지어 끝날지 안 끝날지조차 모른다. 이러한 특성은 구어가 비형식적이라는 근거 없는 믿음 이면에 있는 이유들 중 하나이다. 즉흥적인 말이 계속될 때 말은 이 지점에서 저 지점으로 움직인다. 그러나 이는 그것이 비구조화되어 있음을 의미하는 것은 아니다. 오히려 화자들은 계획적이지 않은 즉흥적인 말을 길게 하는 동안 응집성 있는 문법 구조를 유지할 수 있고 일반적으로 그렇게 한다. (Halliday, 2008: 149)

따라서 나는 말하기의 문법적 복잡성이 문어 문법의 관점에서 '나쁘다'라고 할 만한 것으로 이어질 수 있다 할지라도, 그 결과로 도출된 문법은 주의 깊은 글쓰기를 도울 수 있다고 주장한다.

예를 들면 계획되지 않은 말을 할 때 우리는 문장 중간에서 말을 덧붙이거나 앞말에 단서를 달려는 충동을 자주 느낀다. 우리는 그 순간 멈추고 새로운 구문을 시작한다. 흥미로운 것은 이러한 통사적 습관이 글쓰기에 매우 효과적일 수 있다는 점이다. 이 장의 시작 부분에 내가 인용한 단락에서 할리데이가 이러한 구어의 유연성을 얼마나 잘 활용하고 있는지 보라.

But since the study of grammar grew out of writing — it is when language comes to be written down that it becomes an object of study, not before — our grammars are grammars of the written language. 문법 연구는 글쓰기에서 발전해 왔는데, 언어가 연구의 대상이 된 것은 언어로 글을 쓰기 시작하면서부터이기 때문에, 우리의 문법은 문어의 문법이다.

그는 자신이 쓰고 있는 문장의 중간에 완전히 새로운 문장을 퐁당 떨어뜨려서 자신의 글을 방해한다. 그럼에도 불구하고 그의 글은 글로서 잘 작동한다. 우리는 말로부터 이러한 통사적 유연성을 배운다. 내가 바로 앞에서 인용한 단락에서 그는 이중 어구double-phrase를 삽입한다.

> … and when a sentence begins ─ or rather, a clause complex; "sentence" is a written language phenomenon ─ the speaker has no idea where … 문장, 더 정확히 말하자면 절 복합체('문장'은 문어의 현상이므로)가 시작될 때, 화자는…

어쩌면 이는 통사적 유연성을 밀어붙이고 있는 것일 수도 있다. 세미콜론은 처음에 나를 혼란스럽게 했다. 그러나 할리데이는 글쓰기를 위해 유연한 말하기의 선율을 고수하고 있는 것이다.

폴 크루그먼Paul Krugman을 예로 들어 보자.

> And over time Friedman's presentations of the story grew cruder, not subtler, and eventually began to seem ─ there's no other way to say this ─ intellectually dishonest. 그리고 시간이 흐르면서 프리드먼의 이야기는 더 엉성해졌고, 더 섬세해지지 않았으며, 결국에는 ─ 이것을 달리 말할 방법이 없는데 ─ 지적으로 정직하지 않은 것처럼 보이기 시작했다. (Krugman, 2007: 28)

아직 능숙하지 않은 필자들은 대체로 자신이 이렇게 할 수 있다는 것을 알지 못한다. 그것은 거의 가르칠 수 없는 것이지만, 일상의 말하기에서는 자연스럽게 성장한다. 우리는 그것을 주의 깊은 글쓰기를 위해 가져올 수 있다.

또 다른 예로 훌륭한 시인인 윌리엄 스태퍼드William Stafford를 들어 보자.

Writers are persons who write; swimmers are (and from teaching a child I know how hard it is to persuade a reasonable person of this), swimmers are persons who relax in the water, let their heads go down, and reach out with ease and confidence. 필자는 글을 쓰는 사람이고, 수영하는 사람은(그리고 아이들을 가르쳐 보았기에 나는 이와 관련하여 합리적인 사람을 설득하는 것이 얼마나 어려운지 안다), 수영하는 사람은 물에서 휴식을 취하고 자신의 머리를 아래로 향하면서 쉽게 그리고 자신감을 가지고 나아가는 사람이다. (Stafford, 1978: 22-23).

'swimmers are … swimmers are'라는 구절의 반복에 주목하기 바란다. 이것은 말의 특성이다. 우리는 주제에서 벗어난 이야기를 한두 번 한 후에는 되돌아가고자 하는 통사적 가닥을 반복하는 것이 필요하다고 본능적으로 느낀다. 이것은 종종 헨리 제임스Henry James가 주제에서 벗어난 이야기를 삽입하고 나서, 우리가 말을 할 때 자주 그렇게 하는 것처럼, 독자들에게 원래 이야기를 상기시켜야 할 필요를 본능적으로 인식하면서 사용했던 방식이다.

학생들이나 자신감 없는 필자들은 교사가 빨간색 펜으로 표시한 오류를 많이 저질렀을 때, 방어적으로 글을 쓰면서 읽기 교본에 나올 법한 딱딱한 문장들로 안전책을 강구하는 경우가 많다. 학생들은 자신들이 자연스러운 정신적 유연성을 지닌 말을 하면서 재미있고 복잡한 문장을 만들 수 있다는 사실을 깨닫지 못한다. 내가 하고 싶은 말은 우리가 쓴 글의 구문이 유연하기를 원한다면 자유 작문을 할 때처럼 말하듯이 쓰는 것을 더 많이 할 필요가 있다는 것이다. 말하듯이 쓰기는 너무나도 거친 문장을 많이 생산할 것이다. 그러나 글을 수정할 때 우리는 귀를 이용하는 법을 배울 수 있고, 인간의 혀가 자유롭게 뛰놀 때 나타나는 최고의 용감함과 대담함을 확보할 수 있다.

훌륭한 필자와 안내서는 문장의 길이를 다양하게 하는 것이 좋으며, 특히 긴 문장보다는 짧은 문장이 좋다고 말한다. 이는 일상적인 말에서는 흔히 발견되는 특징이다. 말하듯이 쓰는 법을 연습하게 되면 더 빨리 통사적 유연성을 활용할 수 있을 것이다.

계획되지 않은 말에서 흔히 보이는 유연한 구문의 예를 들면 다음과 같다. 화자는 처음에는 관계사절을 사용하려고 했지만, 그다음에는 본능적으로 방향을 바꾸어 문법적 연결이 전혀 없는 두 개의 독립된 절로 마무리했다.

they stuck us in this crazy building—that they j—they're not even finished with it. 그들은 이 말도 안 되는 빌딩 안에 우리를 집어넣었다—그들이—그들은 심지어 그것으로 끝내지 않았다. (Ochs, 1979: 69)

이 예문이 보여 주는 것은 말에는 (삽입절이 없는) 단순한 절이 아주 많이 있는 편이지만 이러한 단순한 절들 간의 관계는 더 복잡하다는 것이다. 전통적인 문법의 테두리 내에 포함되지는 않지만, 화자가 습관적으로 사용하고 청자가 습관적으로 이해하는 절들 간의 관계에 대하여 할리데이는 '복잡하다'라는 용어를 사용하자고 주장한다. 이와 반대로 글은 더 많은 복잡한 삽입절로 구성되는 편이지만 문법적 관계는 더 분명하다. 앞의 예문은 계획되지 않은 담화에 관한 엘리너 옥스의 영향력 있는 글에서 인용한 것이다.

대부분의 사람들이 지나치게 유연하다고 생각하는 다음의 문장을 살펴보자.

These are the houses that we don't know what they were like inside. 이 집들은 그 안이 어땠는지 우리가 알지 못하는 집들입니다. (Milroy, 2000: 12-13)

이 문장은 짐 밀로이Jim Milroy가 현대에 이루어진 벨파스트 연설에서 가져온 것이다. 그는 영문법 학자들이 이 문장을 '절망적으로 비문법적인 말'로 보고 있음을 진술하는 한편, 그럼에도 이 문장이 노르웨이어나 네덜란드어에서는 절대적으로 정확하다는 점을 지적한다. 그리고 미국의 대통령 후보도 이 문장을 사용했다! 내가 이 문장의 유연한 복잡성을 사랑한다고 해서 나의 공신력이 폄훼되는 일은 없기를 바란다.

3. 계획적이지 않은 구어는 명사화의 수렁에 빠지는 것을 막아 준다

사람들은 에세이를 쓸 때 대개 다음과 같이 언어를 구성하고는 한다. "피라미드의 건축은 이집트인들의 시도를 표현했다(The construction of the pyramids represented the Egyptians' attempt...)." 글에서는 이렇게 썼더라도, 계획적이지 않은 말을 할 때는 심지어 학술적인 상황이라 할지라도 결코 이렇게 말하지 않을 것이다. 그 사람은 "이집트인들이 피라미드를 건설했을 때, 그들은 …을 시도했다(When the Egyptians built the pyramids, they were trying...)."와 같이 더 생생하고 명사가 덜 무거워지는 말을 하는 경향이 있을 것이다. 어쩐 일인지 설명적인 글이나 문필가의 글은 명사화를 촉진시켜 왔다.

할리데이는 훌륭한 과학적인 글에서도 꽤 일반적으로 나타나는 가벼운 명사화의 예를 제시하고 있다.

> The conversion of hydrogen to helium in the interiors of stars is the source of energy for their immense output of light and heat. 별들의 내부에서 이루어지는 수소원자의 헬륨으로의 전환은 빛과 열의 엄청난 방출을 위한 에너지원이다. (Halliday, 1987: 79)

이 문장이 그렇게까지 끔찍하지는 않다. 만약 이 문장이 우리가 읽어야 하는 교과서나 학술적 글에서 가장 나쁜 것이라면 우리는 운 좋은 사람일 것이다. 그러나 우리는 말할 때 지나치게 많은 명사화를 피하는 경향이 있다. 말하기에서 흔히 볼 수 있는 언어를 사용하면 위 문장의 의미가 얼마나 더 명확하고 효과적으로 표현되는지 다음 두 문장의 예에서 살펴보자.

> Stars convert hydrogen into helium in their cores, and that's how they get so much energy for light and heat. 별들은 자신의 핵에서 수소

를 헬륨으로 전환하는데, 이는 별들이 빛과 열을 위한 아주 많은 에너지를 얻는 방식이다.

또는

Stars need energy for putting out so much light and heat, and they get it by converting hydrogen into helium in their cores. 별들은 아주 많은 빛과 열을 내뿜기 위해 에너지가 필요하고, 자신의 핵에서 수소를 헬륨으로 전환해 그것을 얻는다.

명사화된 처음의 문장에서 주목할 것은 **행동**을 어떻게 말하고 있는지이다. 그런데 동사는 무엇인가? 'is(이다)'이다. 그 문장은 수소, 헬륨, 별, 빛, 열과 같이 **구체적인 것**과 관련이 있다. 그런데 주어는 무엇인가? 'conversion(전환)'이다. 그 문장의 주장은 대상이나 행동과 아무런 관계가 없다. 그 문장의 주장은 전적으로 추상적인데, "전환은 에너지원이다(A conversion is a source)."라는 것이다.

사람들은 문장을 간결하게 만들기 위해 명사화가 필요하다고 말한다. 그러나 명사화된 문장을 더 명확하고 강력한 구어로 변환하자 문장이 더욱 간결하게 바뀌었다! 이러한 일은 일반적이다. 사람들은 또한 '이야기'에서 '주장'으로 옮겨가기 위해서 명사화가 필요하다고 주장하지만, 이야기도 주장일 수 있는 것이고 (내가 제시하는 '이야기'는 일종의 주장이다), 추상적으로 명사화된 구절에 이야기가 들어 있는 경우도 종종 있다.

학술적인 필자들과 전문적인 필자들은 자신의 글에서 명사화가 모두 사라진다면 정확한 글이 될 수 없을 것이라고 말하지만, 그것은 사실이 아니다. 할리데이는 명사화가 본질적인 의미를 종종 어떻게 **빠뜨리는지** 말하고 있는데, 의미가 동결 건조되어 추상화되어 버릴 때 아주 중요한 어떤 사실이 종종 사라지곤 한다는 것이다. 그는 출판물에 나온 "Youth protest mounted."라는 표현을 예로 사용하면서 그 모호함에 주의를 기울일 것을 요구한다. 이 문장은 "점점 더 많은 젊은이들이 저항했다."를 의미하는가, 아니면 "젊은이들이 저항을 점점 더 많이 했다."를 의미하는가(Halliday, 1987: 77). "문어적 담화는 이런 종류의 세부적인 모호함을 많이 숨긴다. 이런 모호함은 말을 더욱 '구어적'으로 바꾸면 명확해진다…"(Halliday, 1987: 76)

그렇다. 명사화는 수많은 언어의 보편적 특징이다. 일상적인 말 속에도 가벼운 명사화는 많이 존재한다. 그러나 학술적인 글과 에세이에는 무거운 명사화가 널리 퍼져 있다. 학자들은 긴 학술 논문에 대한 짧은 초록을 작성해야 할 때, 대개 명사화, 삽입절, 어휘 밀도의 폭발에 이르게 된다. 그러한 초록은 종종 그 논문이 실제로 말하고 있는 바를 명확하게 보여 주지 못한다. 맥주를 한잔하면서 "당신의 논문이 실제로 말하고 있는 바는 무엇입니까?"라는 질문에 내뱉듯이 대답하여 나온 초록이라면 대부분 더 명확하고 더 유용하면서도 일반적인 초록만큼 짧을 것이다. 술집에서의 구어적 표현은 더 쉽게 편집될 수 있으며, 그 결과로 나온 초록은 정확한 문식적 글이면서 명확하고 간결할 것이다.

> 데이비드 맥닐은 'system that will propel an escape(탈출을 추진하는 시스템)' 대신에 'escape propulsion system(탈출 추진 시스템)'과 같은 명사적 합성 어구가 과학기술적 전문성의 문어적 효과를 얻기 위해 우주산업에서 사용된다고 주장한다. 우주 관련 학술지는 심지어 과학기술 문헌보다 200~300퍼센트 더 많은 명사적 합성 어구를 사용한다. 맥닐의 보고서에는 "liquid oxygen liquid hydrogen rocket powered single state to orbit reversible boost system(궤도 가역성 부양 시스템에 대한 액체 산소 액체 수소 로켓 동력 방식 단일 상태)"라고 기록되어 있다. (Scollon, 1985: 420)

우리의 일상적인 말은 종종 단편적이지만, 일상적 말 속의 동사는 보통 '이집트인들이 피라미드를 건설했을 때'와 '별들은 헬륨을 수소로 전환한다'에서와 같이 더 많은 에너지를 제공한다. 우리가 수년간 청자에게 말하면서 알게 된 것은, 구체적인 용어를 사용하고 추상적 명사화를 가급적 피할 때 청자의 멍한 표정과 분명하게 말하라는 요청이 줄어든다는 점이다. 우리는 단순명쾌함이 입과 귀에서 어떻게 느껴지는지를 알고 있다. 할리데이는 명사화되지 않은 구어가 과정으로서의 의미를 만들어 내는 경향이 있고, 그러한 언어가 인간의 경험을 더 정확하게 하는 경향이 있다고 말한다.

그러나 주목하기 바란다. 나는 우리가 항상 간명하고 산뜻한 문장을 말해야 한다고 주장하는 건 아니다. 별과 수소에 대한 구어적 번역이 내 입에서 쉽게 술술 잘 나왔다고 말하고 있는 것도 아니다. 구어적 번역을 위해서는 열심히 노력해야 한다는 것이 내 주장의 핵심이다. 적절하면서도 덜 명사화된 방식을 찾기 위하여 나는 적어도 여섯 개의 가능성을 시험해 보아야 했다. 나는 시행착오를 범하지 않기 위해 의식적인 계획도 많이 짜야 했다. 다시 말해, 나는 **말하기의 장점**을 얻기 위해 주의를 기울여야 했고 숙고해야 했으며 의식적인 선택을 해야 했다는 것이다. 그러나 나는 내 입과 귀를 통해 느껴지는 감각이 있었기 때문에 내가 얻으려고 애쓰는 것이 무엇인지 알 수 있었다.

슬프게도, 현재의 문식성 문화에서 '제대로' 쓰기를 원하는 사람들은 자주 (때로는 무의식적으로) 특정 단어와 어구를 찾기 위해 애쓴다. 왜냐하면 그것들이 입에서 자연스럽게 나오지 않기 **때문**이다. 그래서 사람들은 'get(얻다)' 대신에 'obtain(획득하다)'를, 'that is how(그렇게 해서)' 대신에 'in this way(이러한 방식으로)'를 쓴다. 자신이 '훌륭한 글쓰기 감각'을 가지고 있다고 믿는 사람들은 글쓰기와 말하기를 구별하기 위하여 'get(얻다)'와 'that is how(그렇게 해서)'와 같은 표현을 본능적으로 피하려고 할 때가 많다.

우리의 문식성 문화가 젊은이들의 사고를 어떻게 오염시키고 있는지를 보여 주는 다음의 예를 살펴보자. 내가 지도한 한 학생은 거칠지만 아주 명료하고 에너지가 넘치는 초고를 작성했는데, 그것은 그 학생의 말하기와 자유작문에서 자연스럽게 나온 것이었다. 그런데 글을 수정할 때 그는 무거운 명사화를 시도했다. 명백히 그는 원고의 최종본을 '진짜 글'처럼 보이도록 만들어야 한다는 분위기 속에서 압박을 느끼고 그것에 의해 추동되었던 것이다.

초고

In the United States there is supposed to be freedom of expres-
sion, and yet there are laws against obscenity. No one can say what
obscenity really is. And is obscene material really harmful? Maybe
some forms of censorship are neccesary, but this is just another in-
stance of our country being called free when it is not. 미국에서는 표
현의 자유가 있는 것처럼 여겨지지만, 아직 음란에 대한 법률은 남아 있다. 음란이
실제로 무엇인지를 말할 수 있는 사람은 아무도 없다. 그리고 음란물이 정말로 해
로운가? 아마 어떤 형태의 검열이 필요할 수도 있겠지만, 이는 우리 나라가 자유롭
지 않은데도 자유 국가로 불리는 또 다른 사례일 뿐이다.

수정본

We should admit that freedom of expression is not truly realized in
the United States, since the censoring of materials which are consid-
ered obscene constitute a definite limitation of this freedom. 우리는 표
현의 자유가 미국에서 진정으로 실현된 것이 아니라는 사실을 인정해야만 한다.
왜냐하면 음란한 것으로 간주되는 자료들에 대한 검열이 이러한 자유에 대한 뚜렷
한 제한이 되기 때문이다. (Elbow, 1981: 289)

모든 사람이 어찌할 도리가 없다는 듯이 극단적인 명사화를 수용하고 있는
것 같다. 그러나 우리는 저항할 수 있다. 나는 자신의 말을 더 잘 듣는 법을 배웠
고, 11장과 12장에서 제시될 소리 내어 읽는 기법을 사용하는 법도 배웠다. 따라
서 나는, 치명적이지는 않지만 의미를 약화시키고 아이디어의 처리를 더 어렵게
만드는 명사화를 바꾸어 나가고 있다. 나는 처음에 다음과 같이 썼다.

This invitation to invented spelling destroys any hope that kids will
learn to spell right. 지어낸 철자법에 대한 권유는 아이들이 바르게 철자 쓰는

법을 배울 것이라는 희망을 완전히 파괴한다.

그러나 나의 혀와 귀는 다음과 같은 간명한 개선안으로 나를 이끌었다.

If we invite kids to use invented spelling they'll never learn to spell right. 만약 우리가 아이들에게 지어낸 철자법을 사용하도록 권한다면, 아이들은 철자를 바르게 쓰는 법을 결코 배우지 못할 것이다.

보다 광범위한 식자층 독자를 위해 출판된 명료하고 진지한 과학적 글(그중의 일부는 전문적인 것이다)이 많이 존재한다. 그것들 중 상당수가 높은 수준의 권위 있는 과학자들이 쓴 글이지만, 그 과학자들은 성문이 새겨진 언어에서 도망치지 않는다.

할리데이는 이분법적 사고나 흑백논리를 능숙하게 피하는 달인이다. 『언어의 상호보완성Complementarities in Language』(2008)은 말하기와 글쓰기에 관한 그의 최근 저서이다. 할리데이는 명사화를 설득력 있고 흥미롭게 옹호한다. 간단히 말해서 그는 명사화가 '사고하기에 유용한 것', 특히 과학 분야의 글쓰기 발전에 유용한 것으로 증명되었다고 한다. 그는 다음과 같은 생생한 예를 보여 준다.

만일 남자가 여자보다 많아지거나, 여자가 남자보다 많아진다면, 사람들은 분명히 다르게 행동할 것이다. If there start to be more boys than girls, or more girls than boys, then people will certainly behave differently.

명사화를 사용함으로써 할리데이는 이 문장을 다음과 같은 문장으로 바꾼다.

인간의 행동은 성별 균형의 변화에 의해 분명히 영향을 받는다. Human behavior is certainly influenced by a change in the balance of the sexes.

이렇게 명사화된 문장은 우리가 이미 살펴본 짜증스러운 문제, 특히 경험된 현실에서 순수한 추상으로의 후퇴라는 문제를 가지고 있다. 할리데이는 "문법은 이러한 과정과 특성을 길이, 동작, 속도, 거리, 비율 등과 같은 유사의 사물, 즉 가상의 객체로 바꾸어 놓는다."(Halliday, 2008: 153)라고 말하고 있는데, 위 예문의 경우 문법은 과정과 특성을 행동, 변화, 균형, 성별 등으로 바꾸어 놓는다. 과학적 사고의 발달에서 명사화의 증가는 "의미가, 예컨대 'move(움직이다)'에서 'motion(움직임)'으로 이동한 이야기"(Halliday, 2008: 154)라고 할리데이는 말한다. 유사 객체에는 그 용도가 있다. 이야기의 구어 버전은 다수의 절로 구성되어 있는 반면, 명사화는 이 이야기를 하나의 절로 줄여 준다.

> 일단 당신이 그 과정과 특성을 사물로 바꾸고, 접속 관계 'if... then'을 하나의 과정으로 바꾸면, 그것은 단지 '인간의 행동'과 '성별 균형의 변화'라는 두 개의 관여자, 그리고 하나를 다른 것과 연결하는 과정으로 이루어진 아주 단순한 하나의 절로 압축될 수 있다. …
> [그것을 말하는 이런 명사화된 방식은] '수정처럼 응축된', 즉 문어적 존재 양식에 적합하다. 특히 … 명사화는 사고하는 데 유용하기 때문에 구성된 지식을 정교하게 풀어 내는 담화에 적합하고, 질서 정연한 개념적 체계를 구축해 논리적 사고의 얽힌 실타래를 푸는 것을 가능하게 한다. 높은 어휘 밀도는 지불해야 하는 비용이다. (Halliday, 2008: 162-163)

> 문어의 문법은 실체나 사물을 중심으로 의미를 구성하는 경향이 있는 반면, 구어의 문법은 과정, 즉 행동과 사건을 중심으로 의미를 구성한다. … (Halliday, 2008: 165-166)

그러나 명사화의 장점에 대한 이런 흥미롭고 설득력 있는 주장에도 불구하고, 할리데이는 우리가 쓰는 대부분의 글에서 명사화를 과도하게 사용해서 독자를 방해해서는 안 된다는 점을 인식하고 있다. 구어의 아홉 번째 장점에 익숙해지면, 우리는 할리데이가 과정을 더 정적이고 '수정처럼 응축된' '문어적 존재 양식'으로 바꾸는 언어를 사용하는 것의 가치에 대해 의구심을 갖게 되었다는 사실을 알게 될 것이다.

4. 말하기는 우분지 구문을 촉진한다—이것은 처리하기가 더 쉽다

프랜시스 크리스텐슨Francis Christensen은 '왼쪽'보다는 '오른쪽'으로 가지를 뻗는 구문을 찬양한 것으로 유명했다. 우분지right-branching 문장들은 주절로 시작하고 나서 그 뒤에 구나 절을 추가한다. 그러한 문장을 도표로 나타내면 추가된 부분들은 오른쪽에 있을 것이다. 이와 반대로 좌분지left-branching 문장은 구나 절을 '미리 추가'한다. 즉 이 구나 절은 주절 앞에 온다. 따라서 문장을 도표로 나타내면 추가된 구와 절은 왼쪽에 있게 된다. 차이점을 살펴보자.

우분지

The cumulative sentence serves the needs of both the writer and the reader, the writer by compelling him to examine his thought, the reader by letting him into the writer's thought. 누적형 문장은 필자와 독자 모두의 요구에 부응하는데, 필자는 독자로 하여금 필자 자신의 사고를 검토하게 하고, 독자는 독자 자신을 필자의 사고 속에 들여놓게 한다는 점에서 그러하다. (Christensen, 1967: 6)

좌분지

Compelling the writer to examine his thought and letting the reader into his thought, the cumulative sentence serves the needs of both parties in the transaction. 필자가 자신의 사고를 검토하게 하고 자신의 사고 속으로 독자를 끌어들이게 한다는 점에서, 누적형 문장은 상호 교섭에 참여하는 양자의 요구에 부응한다.

내가 좌분지 문장으로 수정한 크리스텐슨의 문장은 이해하기가 더 어렵다. 왜냐하면 이해하기에 앞서 문장의 도입 부분을 머릿속에 저장해 놓아야 하기 때문이다. 우리는 이 도입 부분이 무엇에 관한 내용인지 알기까지 기다려야 한다.

물론 앞절이 처리하기가 아주 쉬운 경우, 예를 들어 "차이점에도 불구하고, 말하기와 쓰기는…" 혹은 "쓰기와 비교하면, 말하기는…"과 같은 문장의 경우, 이는 문제가 되지 않는다.

"아프가니스탄에서 3개월 만에 막 돌아와서, 필 애플비는 …라고 보고한다." 와 같은 좌분지 문장은 언론계의 글쓰기에서 일종의 통사적 클리셰cliché가 되었다. "필 애플비는 아프카니스탄에서 3개월 만에 막 돌아와 …라고 보고한다."라고 쓰는 것에 대해 어떤 종류의 암묵적인 두려움이 존재한다. 좌분지에 대한 집착은 좋은 글은 말처럼 들리는 것을 피해야 한다는 가정을 반영한다.

크리스텐슨은 우분지 구문이 그가 '누적형 문장cumulative sentence'이라고 부르는 것을 어떻게 만들어 내는지 주목했다. 그는 우분지 문장이 '더 느슨한' 문장이라고 말하는데, 이는 비난의 의미가 아니다. 그는 출판된 좋은 글에서는 우분지 구문이 일반적이지만 교실에서는 이를 충분히 인정하거나 가르치지 않는다는 사실을 보여 준다. 언어학자인 호로비츠Horowitz와 새뮤얼스Samuels는 다음과 같이 말한다.

> 글의 가장 읽기 쉬운 형태는 … 우분지를 사용해 독자가 일정한 속도와 리듬을 가지고 왼쪽에서 오른쪽으로 움직이도록 하는 것이다. 이는 역방향 진행과 상향식 읽기를 요구하는 격식적 산문의 특징인 좌분지와는 반대된다.
> (Horowitz & Samuels, 1987: 32)

우분지 구문은 생각으로 언어를 떠올리는 메커니즘에 적합하기 때문에 말하기에서 흔히 볼 수 있다. 말할 때 입을 열기 전에 왼쪽 가지를 계획하는 것은 어렵다. 더 알기 쉽고 일반적인 설명은 이러하다. 우리는 생각이나 생각의 싹을 가진 상태로 그것을 말하려 한다. 마음에 떠오르는 첫 번째 핵심 구나 핵심 절로 시작하는데, 그것은 아마도 전체적인 생각을 표현하지 못할 것이다. 심지어 우리는 아직 전체적인 생각이 무엇인지 아예 모를 수도 있다. 그러나 우리는 말하면서 계속 조금씩 덧붙여 간다. 이렇게 구조는 사고를 **창출**해 낸다. 크리스텐슨은 우분지 구문을 '생성적 수사generative rhetoric'라고 부른다. 이런 유형의 구문은 처음의 생각을 풍성하게 하거나, 세련되게 하거나, 검토하거나, 되돌리는 것을 가능하게 한다. 그리고 청자와 독자는 문장의 핵심이 나타나기를 기다리면서 좌분지 구문을 머릿속에 저장할 필요도 없다.

우분지 구문의 요소들에 아주 논리적이거나 일관된 순서가 있는 것은 아니기 때문에 일상적인 말하기에서 보이는 우분지 구문이 독자들에게는 나쁜 것이라고 주장하는 사람이 있을지도 모르겠다. 이는 그러한 임의성이 극단적일 때에는 분명히 사실이겠지만, 말의 순서는 살아 있는 의식이 그 요소들을 만들어 낸 순서이고, 흥미롭게도 종종 살아 있는 의식이 기꺼이 따라갈 수 있는 순서이다.

> 누적형 문장은 도미문periodic sentence*과 반대이다. 그것은 [도미문처럼] 계획되고, 숙고되고, 다듬어지고, 포장되고, 차갑게 전달되는 식으로 생각을 나타내지는 않는다. 그것은 마음의 생각을 정적이기보다는 동적으로 나타낸다.
> (Christensen, 1967: 6)

나는 다음과 같은 또 다른 회의적인 반응을 듣기도 한다. "당신과 크리스텐슨은 우분지 구문을 사용하면 느긋할 수 있고, 주의를 기울이지 않아도 되고, 말하려는 것을 미리 생각하지 않아도 되기 때문에 좋아하는 것이다." 그렇다. 말하기는 느긋하고 느슨하며 비계획적인 발화에 적합한 것이다. 그러나 나는 주의를 기울이지 않는 것 자체를 예찬하고 있는 것은 아니다. 나는 주의를 기울이지 않음으로써 만들어지는 **열매** 중 하나인 우분지 구문을 예찬하고 있는 것이다. 그런데 좋은 열매를 얻으려면 신중하게 수정하고 수정이 제대로 되었는지 확인해야

....
* 주절이 종속절 뒤에 있어 문장을 끝까지 읽어야만 비로소 의미를 알 수 있는 문장. 종속절 뒤에 쉼표를 찍어서 주절과 구분한다.

한다. (이에 대해서는 10장 '주의 기울이기의 필요성: 쉽게 말하듯이 쓰는 것만으로는 결코 충분치 않다'를 참조하기 바란다.) 주의를 기울이지 않는 말하기의 특성이 잡초 같은 우분지 문장을 제시하면, 우리는 진지한 글쓰기에서 주의를 기울여 가며 활용할 수 있는 귀중한 통사 **패턴** 하나를 알게 되는 것이다. 그것은 언어를 더 쉽게 처리할 수 있게 해 주는 패턴이다.

> 놀라운 사실처럼 보일 수도 있지만, 주의를 기울이지 않는(?) 작가 헨리 제임스는 우분지 구문을 많이 사용한다. 소설 『황금 술잔The Golden Bowl』에 있는 문장의 일부를 살펴보자.
>
> > 그러나 그녀는 늦지 않게 자신을 구했는데, 이는 무엇보다도 그녀가 지금껏 감내했던 두려움보다 훨씬 더 심각한 것들에 직면해 있다는 사실을 의식한 덕분이었고, 그녀가 표명했던 모든 인정보다 '더 많은 것이 그 안에' 있다는 사실을 의식한 덕분이었으며, 그리고 그녀가 인정하는 것에 익숙한 상태가 되도록 가만히 있었던 덕분이었다. (James, 1959: 184)
>
> 그런데 제임스는 좌분지 구문도 좋아했다. 앞에서 내가 인용한 것은 충분히 온전한 하나의 문장인 것 같지만, 실제로는 문장의 전반부이다. 문장의 후반부는 다음과 같은데, 이것은 좌분지로 되어 있다.
>
> > 그리하여 자신이 받아들일 수 없는 부분을 이해하는 것처럼 보이지 않도록, 그리고 그녀가 인정할 수 없는 부분을 받아들이는 것처럼 보이지 않도록, 더더구나 충고를 경솔하게 수용하는 것처럼 보이지 않도록, 그녀는 젊은 친구들의 일관성이라는 저울에 올리는 것이라면 무엇이든 무게를 전혀 더하지 않는 단순한 모습을 언급했다. (James, 1959: 184)
>
> 나는 제임스의 복잡한 통사 구조가 고도로 생산적인 '멋진' 정신의 작업을 재현하는 방식이어서 무척 좋아하지만, 그의 좌분지 문장은 이해하기 훨씬 더 어렵고, 즐기기 위해서는 노력이 많이 필요할 때가 있다.

나는 제임스의 구문을 분석하는 데 시간이 많이 들지는 않았다. 그러나 그의 복잡한 문장을 일부 훑어보면 그의 구문 습관, 즉 "그들에게 우분지를 주라. 하지만 그다음에 좌분지를 가지고 그들을 쳐라."를 발견할 수 있을 것이다. '우분지 뒤 좌분지' 패턴의 또 다른 사례는 다음과 같다. 그는 작가에게 기회를 제공하는 미국이라는 나라와 그 언어에 대해 예찬하고 있다.

> [우분지] 나는 거대한 미국 대중이 균질하다고 여기는데, 그들은 균질성을 구축하기 위해 점점 더 많은 도움이 되고 있는 다양한 인종과 관용구에 대한 적절한 감각을 가지고 있으며, [좌분지] 그 이유는 그들이 지배적이고 의기양양한 영어라는 거대한 언어의 방앗간에 있기 때문으로, 그 언어가 너무 많은 것을 필요로 하고, 그 과정에서 어쩌면 너무 많은 고통을 받지만, 전체적으로는 그들이 참아내야 하는 것보다 더 많은 것을 제공함으로써 구성원들을 하나로 통합시키기 때문이다. (James, 1959: 198)

> '나는 거대한 미국 대중이 균질하다고 여기는데'라는 표현은 우리가 생각에 잠겨 말을 할 때 불쑥 내뱉을 것 같은 이상하고 충동적인 구절의 일종일 뿐이다. (이는 '화제 기반' 구문의 한 예이다.)

여러분은 아마도 '더 느슨한' 우분지 구문이 '창의적인' 또는 비공식적이고 개인적인 글쓰기에만 적합하다고 말할 것이다. 어니스트 헤밍웨이Ernest Hemingway의 문장을 보자.

> 조지는 전신 기계의 위치로 내려와, 무릎을 꿇고, 한쪽 다리는 구부리고, 다른 쪽 다리는 질질 끌며, 지팡이를 곤충의 두꺼운 다리처럼 매달고, 두둑한 눈덩이를 발로 차고, 마침내 완전히 무릎을 꿇고 기어가는 모습으로 아름다운 오른쪽 곡선을 돌며 여기저기 돌아다니다가, 웅크리고, 다리를 앞뒤로 뻗고, 몸을 그네에 기댈 때, 지팡이는 빛의 포인트 같은 곡선을 강조하는데, 이 모두는 거친 눈구름 속에서 이루어졌다. (Christensen, 1967: 8에서 재인용)

그런데 크리스텐슨은 우분지 구문이 논픽션과 학술적 글쓰기에 널리 퍼져 있으며 기능적이라는 사실을 보여 주려고 노력한다. 조지프 윌리엄스Joseph Williams 또한 이런 종류의 구문이 지닌 가치를 긍정적으로 본다. "도입부를 긴 절이나 구로 시작하는 것을 피하라."(Williams, 2003: 86) 다음은 언어학자인 월리스 체이프의 저서에 나오는 우분지 구문의 한 예이다.

> 문제적 사례가 있기는 하지만, 억양 단위는 영어뿐만 아니라 내가 관찰할 수 있었던 모든 언어에서 말의 흐름에 매우 일관되게 나타나고, 실제로 대화, 스토리텔링, 연설, 예식의 수행, 혹은 심지어 소리 내어 읽기까지 모든 형식의 말하기에서 일관되게 나타난다. (Chafe, 1994: 62)

5. 계획적이지 않은 구어는 '종속 구문'이 아니라 '병렬 구문'이 되는 경향이 있다

비록 전문적인 그리스 용어를 배우는 데 어려움이 있기는 했지만, 그 용어는 흥미롭고 중요한 차이를 보여 준다.

병렬 구문 Parataxis

God said: Let there be light, and there was light. 하나님께서 빛이 있으라고 말씀하셨고, 그러자 빛이 있었다.

종속 구문 Hypotaxis

Because God said Let there be light, therefore there was light. 하나님께서 빛이 있으라 하시니, 빛이 있었다.

다음은 좀 더 현실적인 예문이다.

병렬 구문

운전자가 액셀러레이터를 밟았다. 차가 앞으로 나아갔다.

종속 구문

운전자가 액셀러레이터를 밟아서 차가 앞으로 나아갔다. (혹은 '그가 액셀러레이터를 밟은 후에 차가 앞으로 나아갔다.')

병렬 구문에서 요소들은 단지 '나란히para' 놓여 있을 뿐이다. 그러나 종속 구문에서 요소들은 위계적이어서 하나는 위에 있고 다른 하나는 '아래hypo'에 있어야 한다. 그래서 종속 구문은 두 요소들 사이의 **관계를 명확히 할 것**을 요구하는데, 보통 한 요소는 지배적이고 다른 요소는 포함될 것을 요구한다. 병렬적 형태는 더 단순해서 관계를 표현하거나 암시하지 않는다. 즉, 한 요소를 위에 두기보다는 요소들을 민주적으로 나란히 두는 것이다.

언어학자들이 주목하듯이, 나란한 병렬적 구조는 위계적인 종속적 구조보다 일상의 말에서 더 보편적이다. 우리는 우분지 구문에서처럼 하나를 말하고 난 다음에 다른 것을 말한다. 대화할 때 우리는 입을 열기 전에 요소들 간의 위계적 관계나 종속적 관계를 생각할 만한 계획 시간을 가지지 못한다. 그러나 우리가 글을 쓸 때에는 더 많은 계획 시간을 가질 수 있다. 아이들이 나이를 먹을수록, 종속 구문은 그들의 글쓰기에서 더 자주 나타난다.

종속 구문과 내포적 문장이 일반적으로 '통사적 성숙'을 나타내는 것으로 받아들여지게 된 것은 놀라운 일이 아닐 것이다. 그래서 1970년대에는 교사와 작문 이론가들 사이에 거의 산업처럼 **문장 결합** 연습을 옹호하는 거대한 운동이 일어났다. 이러한 연습은 학생들에게 서로 '평면적인' 병렬 관계에 있는 두세 개의 문장을 내준 뒤 위계적으로 내포되면서 종속되는 하나의 문장으로 변형시켜 보게 하는 것이다. 엄밀히 말해서 문장 결합은 긴 **병렬적** 문장을 산출할 수도 있지만, 연습은 대부분 종속 구문과 내포적 문장을 만드는 것으로 설정된다.

문장 결합을 옹호하는 사람들이 강조했던 중요한 주장이 적지 않다. 연습은 학생들로 하여금 문장의 다양한 요소들 사이의 논리적인 관계를 **분명히 하도록** 요구한다. "요소들을 거기에 두면서 그것들이 어떻게 관련되어 있는지를 '성의 없이' 전하지 마라. 그것들이 실제로 어떻게 관련되어 있는지 이해하고 그것이 독자에게 명확히 전달되게 해야 한다." 일리가 있는 말이다. 종속 구문은 더 명시적인 사고를 요구한다.

그러나 여기에는 그다지 공정하지 않은 주장이 숨겨져 있다. 그들은 단지 '통사적 성숙'이라는 핵심 어구를 사용한다. (성숙이란 말에 반대할 사람이 있겠는가?) 현재의 문식성 문화에서는 문필가적 글쓰기와 학술적 글쓰기에 종속 구문을 많이 사용해야 한다는 견고한 공감대가 있는 것 같다. 나는 이것이 아이들이 나이를 먹을수록 그들의 글에 더 많은 종속 구문을 사용하는 이유를 설명하는 데 도움이 된다고 본다.

나 같은 사람이 종속적인 내포적 문장은 문장을 읽기 더 어렵게 만든다고 불평하면, 옹호자들은 이렇게 반박한다. "맞아요. 종속 구문은 필자와 독자 모두에게 더 어렵지요. 하지만 복잡한 의미를 전달하고 싶다면 필자는 통사적 복잡성을 잘 드러내야 해요. 이건 필자와 독자가 감내해야 할 문제예요." 그러나 종속 구문이 항상 정확성을 더해 주는 것은 아니며, 가끔 그냥 진흙만 더하기도 한다. 문장 결합을 옹호하는, 미국영어교사협의회의 팸플릿은 학생에게 두 개의 절을 주고서 하나의 문장으로 결합하도록 요구한다. 모범 답안을 보자. "James Watt's discovery that steam is a powerful source of energy led to Britain's establishing an industrial society(증기가 강력한 에너지원이라는 제임스 와트의 발견은 영국의 산업사회 확립을 이끌었다)."(O'Hare, 1971: 86) 나는 일상의 말하기에서 사람들이 하는 말과 더 유사한 구문이야말로 독자를 더 잘 도울 수 있다고 주장하고 싶다. 그러한 통사 구조는 더 자연스러운 병렬 구조를 취하고 명사화를 사용하지 않는다. 어쩌면 다음과 같은 문장일 것이다. "James Watt discovered that steam is a powerful source of energy and this discovery led Britain to establish an industrial society(제임스 와트는 증기가 강력한 에너지원이라는 사실을 발견했고, 이 발견은 영국이 산업 사회를 확립하도록 이끌었다)." 여기서 정확성은 전혀 손상되지 않는다.

게다가 모든 관계를 설명하는 것이 항상 더 나은가? 일부는 뻔한 내용이어서 그것을 설명하는 일이 젠체하는 것일 수 있다. "운전자가 액셀러레이터를 밟아서 차가 앞으로 나아갔다."는 종속 구문이다. "운전사가 액셀러레이터를 밟았다. 차가 앞으로 나아갔다."라는 병렬 구문이 확실히 더 낫다. "그녀는 사회복지 사업에 종사하며 다른 사람들을 돕기 위해서 사회복지 석사학위를 딸 계획이다."는 종속 구문이다. "그녀는 사회복지 석사학위를 딸 계획이다. 그녀는 다른 사람들을 돕고 싶어 한다."는 병렬 구문이다. 병렬 구문은 에너지를 만들고 종속 구문은 에너지를 줄인다. 특히 문장 결합이 행동('와트는 증기가 에너지원이라는 사실을 발견했다.')을 추상적이고 정적인 명사('증기가 에너지원이라는 와트의 발견')로 바꿀 때, 그리고 둔해 보이는 명사화 결과물 전체('영국의 산업사회 확립')를 빈약한 작은 동사 '이끌었다'의 대상으로 만들 때, 종속 구문은 필자에게 방해가 된다.

그리고 종속 구문과 내포적 문장을 사용하는 것이 정말 더 '성숙된' 모습일까? 물론 그것이 **일종의** 성숙함이나 세련됨을 나타낼 수는 있지만, 그것이 유일한 것은 아니다. 다음의 질문에 대해 생각해 보자. "현재의 문화에서 진지하고 전문적인 글쓰기 중에 가장 현명하고 성숙한 것은 무엇인가?" 나는 그 답이 **좋은 문학**이라고 주장하고 싶다. 좋은 이야기, 좋은 시, 창의적인 논픽션은 무언가를 암시함으로써 상당한 힘을 얻는다. 어떤 것을 암시하면 독자는 관심을 가지고 의미에 더 깊이 **참여하며**, 단지 의미를 이해하는 것이 아니라 의미를 **경험하게** 된다(Tannen, 1985). 그리고 설명적인 글과 학술적인 글을 주로 쓰는 훌륭한 필자들은 대개 종속 구문, 내포적 문장, 좌분지 구문 등에 호의적인 작문 이론가들의 통사적 편견에 굴복하지 **않는다.** 또한 일상의 말하기에서 아주 일반적으로 보이는 병렬 구문과 우분지 구문의 수사적 장점을 사용하는 방법을 아는 필자는 독자에게 더 잘 다가가게 된다.

나는 종속 구문을 활용하여 학생의 글에 대해 기계 채점을 실시하는 것이 우려스럽다. 그 소프트웨어는 읽지 못한다. 그것이 할 수 있는 것이라고는 관찰 가능한 특성을 헤아리는 것뿐이다. ("읽지 못하기 때문에, 헤아리는 것이 할 수 있는 모든 것이다."라고 써야 했을까?) 그 소프트웨어가 헤아리는 것 중 하나는 '예를 들면', '따라서', '왜냐하면', '결과적으로', '게다가', '그럼에도 불구하고'와 같은 종속 구문을 표시하는 단어와 구절이라는 것에 내기를 걸어도 좋다.

다음은 에리히 아우어바흐Erich Auerbach의 고전적 연구서인 『미메시스Mimesis』에 나오는 종속과 병렬에 대한 현명한 고찰의 일부이다.

> 우리는 성서의 어떤 구절을 떠올리게 되는데, 이 구절은 새 라틴어 성서Vulgate에서는 다음과 같이 되어 있다. "Dixitque Deus: fiat lux, et facta est lux(하나님이 말씀하셨다. 빛이 있으라. 그리고 빛이 생겼다)."(「창세기」1장 3절) … 다음은 다른 예이다. "aperuit Dominus os asinae, et locuta est(여호와께서 나귀 입을 여셨다. 그리고 나귀가 말하였다)."(「민수기」22장 28절) 이 모든 예들에는 우리가 고전 라틴어 문법에서 예상하는 탈격 독립어구ablative absoulte나 분사 구문participal construction인 'cum(…와 함께)'이나 'postquam(…후에)'을 사용한 인과적 또는 시간적 종속 구문 대신에, 'et(그리고)'를 사용한 병렬 구문이 나타나 있다. 이 방법은 두 사건의 상호의존성을 약화시키기보다는 최대로 강조한다. 이는 마치 영어에서 "When he opened his eyes/Upon opening his eyes, he was struck(그는 눈을 떴을 때/눈을 뜨면서, 구타당했다)…"라고 말하는 것보다 "He opened his eyes and was struck(그는 눈을 떴고 구타당했다)…"라고 말하는 것이 더 극적인 효과를 나타내는 것과 같다. (Auerbach, 1957: 61-62)

6. 계획적이지 않은 구어는 핵심·요지·요약에 알맞다

앞 장에서 나는 학생의 에세이가 엉망일 때 대부분의 글쓰기 교사가 학생들에게 "여기서 실제로 말하고자 하는 게 뭐니?"라는 질문을 어떻게 하는지에 대해 이야기했다. 학생들은 보통 요점을 명료한 언어로 무심결에 내뱉는다. 그러나 앞 장은 말하기 과정에 대한 내용이었다. 이제 나는 결과에 초점을 두고자 한다. 요점을 말할 때 응축된 명료함을 만들어 내는 언어적 특성은 무엇인가?

분명히 일상에서 하는 즉흥적인 말들은 산만하다. 즉 횡설수설하면서 옆길로 샌다. 우리는 어떤 단어나 구절이 정확한지를 판단하는 데 시간을 들이는 대신에 그냥 단어나 구절을 세 개쯤 말하는 경우가 많다. 청자가 문장이 끝나기를 기다리고 있기 때문에, 우리는 자신이 정말로 의도하고 있는 것이 무엇인지를 판단할 시간이 없다. 게다가 청자는 부정확함에 대해 '도움을 주는 사람'이다. 청자는 우리의 말이 명확하지 않을 때 우리에게 말해 줄 수 있고, 우리가 도달하고자 하는 것에 대해 물을 수 있으며, 우리가 정말로 의도하고 있는 것 또는 의도했지만 표현하지 못했던 것을 끌어낼 수 있다.

그럼에도 불구하고 우리를 간결한 단순명쾌함으로 이끄는 무언가가 일상의 구어에 있는 것 같다. '할 말은 해라.', '정곡을 찔러라.'와 같은 '속담'을 생각해 보라. 속담saying은 말해진다said. 속담에는 간결성이 있다. 속담은 많은 경험과 의미를 포함하고, 그 경험과 의미를 단단하고 활기 있는 탄력 속에 감싸고 있다. 속담은 누군가의 입에서 나왔고 입에서 살아간다. '사람이 착하면 꼴찌를 면치 못한다.' '이기는 것은 중요한 것이 아니라 유일한 것이어야 한다.' '폐부를 찔러라.' 나는 최근에 다음과 같은 이라크 속담을 들었다. '토끼를 원하면 토끼를 잡고, 가젤을 원하면 토끼를 잡아라.'

우리는 말하는 과정에서 리듬과 억양을 구사하는 습관을 갖게 되는데, 이는 우리가 이해한 통찰을 포장하는 데 필요한 수사적 구조를 제공한다. 말하기에는 이상적인 표현을 만들어 낼 수 있는 잠재력이 있다. 즉 우리는 말하기를 통하여 핵심을 멋지게 포장할 수 있다. 그것은 일부 트위터 메시지에서도 볼 수 있다. 최근에 본 다음의 두 가지 예는 인터넷에 대한 성찰 내용을 적은 것이다. "슬프게도 나는 더 적게 생각하고 더 많이 검색해요.""나는 더 짧은 시간 동안에 더 많은 것에 대해 생각해요."

벤저민 프랭클린Benjamin Franklin은 구어의 이런 면을 활용해 금언을 만들어 냈다. 『가난한 리처드의 연감Poor Richard's Almanac』*이라는 책에서 프랭클린은 내가 이 책에서 주장하고 있는 것을 실행했다. 즉 그는 글을 썼지만, 더 나은 표현을 위해 말의 자연스러운 리듬을 이용했던 것이다. 질 레포리Jill Lepore가 그 예를 보여 준다. 프랭클린은 "열정적인 남자는 자신과 함께 달아나는 말을 탄다(A Man in Passion rides a horse that runs away with him.)."라고 했다가 "열정적인 남자는 미친 말을 탄다(A Man in a Passion rides a mad Horse.)."로 바꾸었다. 충분히 꽤 좋은 표현인 "많은 것을 바라는 사람에게는 부족한 것이 많다(Many things are wanting to them that desire many things.)."를 빌려 와 그는 다음과 같이 더 좋게 만들었다. "많은 것을 바라면 많은 것도 적어 보인다(If you desire many things, many things will seem but a few.)."(Lepore, 2008: 80)

그래서 사실 우리는 많은 말이 수다스럽게 빙빙 돌아갈 때에도 일상 구어에서 말의 명쾌함을 발견할 수 있다. 『앵커리지 데일리 뉴스Anchorage Daily News』의 예를 살펴보자. 제이슨 랭Jason Lange은 앞이 보이지 않는 눈보라 속에서 밤늦게 제설차를 운전하고 있었다. 전조등 앞으로 갑자기 사슴 한 마리가 새끼와 함께 나타났다. 그는 브레이크를 꽉 밟았지만 미끄러지는 것을 막을 수 없었다. 사슴들도 멈출 수 없었다. 기자는 제이슨의 말을 인용하고 있다. "그것들의 발은 시속 160킬로미터로 움직이고 있었지만, 그것들은 어디에도 가지 못한 거죠(Their feet were moving 100 miles an hour but they weren't going anywhere.)."(2004년 12월 28일 일요일, B 섹션, 1쪽)

이 한 문장의 상황을 상상해 보자. 어떤 기자가 지난밤에 있었던 사슴의 죽음에 대해 듣고 제이슨을 인터뷰한다. 어쩌면 그가 잠이 덜 깬 다음 날 아침이었을 수도 있다. 기자가 녹음기를 켜고 질문한다. 그 기자가 괜찮은 사람이었다면,

....
* 벤저민 프랭클린이 리처드 손더스Richard Saunders라는 이름으로 엮은 연감으로 곳곳에 금언·경구가 들어 있다.

제이슨이 장황하게 횡설수설하도록 놔뒀을 것이다. 즉 제이슨이 스스로 말을 중단하고, 시간 순서에 맞지 않게 말하고, 사건과 감정과 의견 사이에서 왔다 갔다 하고, 심지어 흥분하도록 놓아두었을 것이다. 기자는 다른 유창한 부분과 함께 이 문장을 기민하게 포착하여 기사의 첫 번째 단락에 사용했다. 이는 초점이 없이 횡설수설하는 상황에서 어떻게 우리의 혀가 힘·정확성·압축성을 위한 기관이 될 수 있는지를 보여 주는 완벽한 사례이다.

제이슨 랭이 저녁시간의 제설에 대해 에세이를 썼다고 생각해 보자. 어쩌면 정말 그랬을 수도 있다. 그는 대학에 다니며, 야간 아르바이트로 제설차를 운전하고 있을지도 모른다. 제이슨 같은 학생을 가르쳐 본 나의 경험에서 볼 때, 그가 에세이를 썼다면, 그렇게까지 간결하고 함축적인 표현을 생각해 내지는 못했을 것이다. 나는 좋은 글을 많이 본다. 그러나 제이슨의 입에서 나온 것만큼 힘 있고 압축된 표현은 많지 않다. 가장 좋은 말하기가 지닌 특성은 바로 압축성이다. 이런 '금언'을 산출하기 위해서는 자유롭게 흘러가는 대화가 필요했다.

어쩌면 여러분은 내가 서투르고 교육도 받지 않은 노동자인 알래스카 제설차 운전수가 오직 말을 할 때에만 유창할 것이라고 가정하는 고정관념에 빠져 있다고 말할지도 모르겠다. 전혀 그렇지 않다. 제이슨이 실제로 박사일 가능성도 충분하다. 그는 학계에서 좋은 직업을 찾지 못했거나 학계의 지나친 경쟁에 지쳐 미국 본토를 떠났을 수도 있다. 알래스카는 그런 사람들로 가득하고, 그들은 종종 야간 제설차 운전과 같은 일을 한다. (때때로 그들은 예전의 삶과 아주 다른 삶을 즐기기도 한다!) 공부를 아주 많이 한 학자, 자신의 학문 분야에서 영향력 있는 책과 논문을 쓴 뛰어난 지도자를 살펴보자. 나는 그들의 글을 많이 읽었는데, 그들은 대체로 정곡을 찌르는 글쓰기를 내가 가르치는 대학 신입생들보다 잘하지 못한다. 실제로 많은 신입생들은 글쓰기에서 여전히 혀를 사용하기 때문에, 더 자주 정곡을 찌르는 글쓰기를 해낸다.

경제학자나 물리학자는 자신의 사고가 복잡하기 때문에 방해를 받는 것이 아니다. 그들이 술집에서 우호적인 청자와 더불어 자신의 아이디어에 대해 말하는 것을 들으면, 그들에게는 정곡을 찌를 수 있는 **능력**이 있다. 그들은 복잡한 생각을 명료하면서 압축된 간결한 말로 표현할 수 있다. 맥주를 홀짝이며 하는 이러한 말의 일부는 속어이지만, 그들이 하는 말의 많은 부분은 자신이 가장 많이 배운 책이나 논문과 완벽하게 어울릴 것이다. 이런 학자들은 아마도 탁자에 녹음기를 올려 둔 기자에게도 말을 꽤 잘할 것이다. 그러나 이런 학식 있고 권위 있는 필자들은 단어들에 대한 지식과 기능을 갖추었음에도 불구하고 글을 쓸 때 종종 간결한 요약을 하지 못한다. 그들에게 핵심이 결여된 것처럼 보이는 이유는 '글을 써야' 한다고 느끼기 때문이다. 제이슨 랭이 소프트웨어 엔지니어나 월스트리트 주식 거래인이나 비즈니스 임원으로 알래스카에 있었다고 해도, 동일한 이야기가 되었을 것이다. 그에게는 말하기가 필요했을 것이다.

제이슨 랭 같은 이들에 대해 말하고 있는 이 모든 이야기에 중요한 예외가 하나 있다. 그는 제설차를 운전하는 소설가이거나 시인일 수도 있다. 알래스카에서는 이런 직업을 가진 사람들이 밤에 제설차를 운전하는 것과 같은 일을 하는 경우가 잦다. (그 기자에게도 이야기로 가득 찬 서랍과 마무리하고 있는 소설이 있을지도 모른다.) 시인들과 소설가들은 입으로뿐만 아니라 손으로도 정곡을 찌르는 법을 **정말** 배운다. 그러나 그들이 배운 것은 책의 요점을 전달하기 위해 손가락으로 자신의 입의 힘을 활용하는 법이다.

그러나 여기서 내가 주장하는 바는 논픽션 필자, 즉 공문, 위원회 보고서, 그리고 학술 논문을 쓰는 사람도 같은 일을 할 수 있다는 것이다. 여기 구어의 에너지를 주의 깊은 산문 안에 감싸서 넣는 방법을 아는 한 역사학자가 있다. 그는 리처드 호프스태터Richard Hofstadter로, 『미국의 정치적 전통The American Political Tradition』이라는 저서에서 테디 루스벨트Teddy Roosevelt에 대해 다음과 같이 썼다.

찬반을 분명히 하지 않는 태도는 그의 사고 속에 기능적인 가구처럼 형성되었다. 그는 솔직히 대기업의 권력 남용에 반대했지만, 무차별적인 독점 방지에 대해서도 단호하게 반대했다. 개혁에는 찬성했지만, 호전적인 개혁론자들은 싫어했다. 그는 깨끗한 정부와 정직한 기업을 원했지만, 부패한 정부와 부정직한 기업을 폭로한 사람들을 '폭로자'로 여겨 부끄러워했다. … 그런 애매한 태도는 현실 정치의 생리지만, … 루스벨트에게는 그들에게 타격을 줄 수 있는 방법이 있었다. (Benfey, 2010: 24에서 재인용)

(물론 호프스태터는 그의 입과 귀로 배운 것의 결실을 거두기 위해 주의 깊게 수정과 교정을 해야 했다. 주의에 대해서는 이 책의 10장을, 입과 귀를 통한 수정하기에 대해서는 11장과 12장을 참조하기 바란다.)

왜 어떤 사람들은 금언처럼 간결한 말을 더 자주 하는 것처럼 보일까? 단순히 연습했기 때문이라고는 말하기 어려운데, 왜냐하면 너무나 많은 화자와 필자가 장황하고 수다스럽기 때문이다. 그 답을 찾기는 어렵다. 하지만 시는 '교육받지 않은 시골 사람들'의 '실제' 언어를 필요로 한다는, 워즈워스Wordsworth의 『서정가요집 Lyrical Ballads』 서문에 나오는 악명 높은 감상적 일반화에 대해 생각해 볼 수밖에 없다. 그런 거친 일반화에 반대하는 것은 쉽지만, 고독과 침묵이 신랄한 말을 끌어내는 데에 도움이 되는 것은 아닌지 궁금하기는 하다. 뉴햄프셔주의 농부들과 메인주의 어부들은 촌철살인으로 유명하다. 우리가 많은 시간을 자신의 머릿속에서 홀로 보내야 할 때, 즉 자기 자신에게 이야기할 때, 어떤 유용한 일이 우리의 사고와 언어에 일어나는 것 같다. 한때 나는 필라델피아 근처 펜들힐의 퀘이커 피정 센터에서 침묵과 목소리에 대한 주말 워크숍을 공동으로 이끌어 달라는 초청을 받은 적이 있다. 주최자는 나에게 "당신은 **목소리**를 가져오고, 우리는 **침묵**을 제공할 겁니다."라고 했다. 주말 내내 우리는 글쓰기와 침묵을 가지고 모든 방식의 실험을 해 보았고, 얼마 후 침묵의 기간에 의해 유창성이 강화된다는 점이 분명해 보였다. 신에게 드리는 아름다운 앵글로 색슨의 기도인 「캐드먼의 찬송가Caedmon's Himn」를 생각해 보자. 신은 가난하고 소박한 목동이었던 캐드먼에게 말을 하라고 명령했다. 그는 간결하면서 심오한 말로 신을 찬양한다. 그는 이 찬양이 자신이 돌보는 소처럼 침묵 속에서 '되새김질'하며 나온 것이라고 말한다. (이에 대해서는 나의 글 「침묵: 하나의 콜라주Silence: A Collage」(1993)를 참조하기 바란다.)

7. 구어는 문어보다 더 응집성이 있다

뭐라고? 이게 정말일까? 구어는 매우 혼란스러워 보인다. 그렇다. 그러나 또한 어떤 면에서는 **응결성**이 있다. 구어는 대부분의 즉흥적인 말하기에 적용되는 것으로 언어학자들이 '구정보-신정보 배열'이라고 부르는 형식을 취하고 있다. 즉 화자가 하나의 구나 절을 말하고 나서 새로운 구나 절을 말할 때, 이미 이전의 구나 절에서 말한 것에 새로운 내용을 더하여 말하는 특징이 있다는 것이다. "정보 단위 구조의 일반적인 형식은 '(구정보+) 신정보'이다."(Halliday & Greaves, 2008: 56) 말하듯이 글을 쓸 때 내 손으로 써지는 단어들에서 매우 분명한 사례를 볼 수 있다.

> But that's not really the main thing. The main thing is that... 그러나 그것은 진짜 주된 것이 아니다. 주된 것은…

광범위한 말 표본을 살펴본 후, 체이프는 구정보-신정보 구조에 대해 다음과 같이 말한다.

> 우리가 발견하지 **못하는** 것은 억양 단위인데, 주어와 서술어는 억양 단위 안에서 새로운 정보를 표현한다. … 만약 이것이 화자가 할 수 있는 것에 대한 제한이라면, 그것은 또한 청자에게도 제한이 될 것이다. 화자뿐만 아니라 청자도 한 번에 두 가지 이상의 새로운 아이디어를 처리할 수 없다. (Chafe, 1994: 108-109)

따라서 화자인 우리는 실시간 속에서 꼼짝 못 하는 청자들을 고려하는 법을 배운다. 그들은 되돌아가서 화자가 말한 것을 다시 들을 여유가 없다. 우리는 너무 빨리 말했을 때 "뭐라고요? 천천히 말해 주세요."라고 말하는 청자를 통해 일생에 걸쳐 언어 습관을 형성한다. 해빌랜드Haviland와 클라크Clark는 "화자는 자신의 능력을 최대한 발휘해서 청자의 정신세계에 대한 자신의 지식과 일치하는 발화 구조를 만들려고 시도해야 한다."(Chafe, 1994: 169에서 재인용)라고 말하고 있다. 그래서 화자는 일반적으로 일종의 연결 구조를 사용한다. 화자는 이전의 구절에 있는 오래된 것, 즉 구정보(혹은 대화에서 쉽게 접근할 수 있거나 되돌릴 수 있거나 이미 두드러진 것)를 언급하며 시작함으로써 새로운 것을 말하기 위한 준비를 한다.

체이프는 다음과 같이 쓰고 있다.

> 담화에서 이미 활성화된 것을 출발점으로 삼는 것은 타당한 일이다. 그리고 실제로 대화의 언어에서 주어[혹은 출발점]의 가장 눈에 띄는 특성 중 하나는 그것들이 대부분 주어진 구정보를 표현한다는 사실이다. (Chafe, 1994: 85)

물론 내가 "하지만 그것은 주된 것이 아니다. 주된 것은…"이라고 쓴 것만큼 화자들의 구정보-신정보가 항상 뻔하지는 않다. 젊은 여성이 자신이 참석했던 파티에 대해 말하는 확장된 예를 살펴보자. 나는 구어를 연구하기 전에는 이 예시 담화의 구정보-신정보 구조를 알아차리지 못했다. 뒤에서 나는 이에 대해 설명할 것이다. (연속하는 말을 옮겨 적을 때 체이프는 각각의 억양 단위마다 한 행씩을 부여했다. 억양 단위에 대한 자세한 내용은 다음 장을 참조하기 바란다.)

1. I started talking to another guy, 나는 다른 남자와 말하기 시작했어,
2. when Bill walked off. 빌이 가 버렸을 때지.
3. And all of a sudden I'm realizing, 그리고 갑자기 깨달았어,
4. this guy is stringing complicated sentences together, 이 남자는 복잡한 문장을 사용하고,
5. and he's dropping literary terms, 문학적인 용어를 쓰는 것 같았어,
6. and names, 이름들도,
7. and I'm kind of going, 난 계속 말했지,
8. where are you from? 넌 어디서 왔니?

9. He's an army brat. 그는 군인 자녀야.

10. He speaks fluent German. 독일어를 유창하게 구사해.

11. He's lived in about thirty places. 살았던 곳이 서른 군데쯤 된대.

12. And I said, 그리고 난 말했지,

13. you must have an easy time making new friends, 새로운 친구를 사귈 시간을 가져 보라고,

14. it's easy for you, 그게 좋을 거라고,

15. and he said oh yeah. 그리고 그는 아 그래라고 했어.

16. But also what it had done, 그런데 역시 그래서 무슨 일이 있었냐면,

17. it caused him to be introverted, 그는 내성적으로 바뀌었고,

18. so he read a lot, 그래서 책을 많이 읽었대,

19. when he was a kid. 어렸을 때 말이야.

20. So he's really self taught. 그는 스스로를 가르친 거지.

(체이프의 5월 10일 이메일에서 가져온 예문)

이 억양 단위들은 대부분 이름이 밝혀지지 않은 '다른 남자'를 언급하는 것으로 시작한다. 1번 행은 그렇지 않은데, 여기서 출발점은 '나'이고, 대화에서 구정보에 해당한다. 그러나 1번 행 이후로는 '이 남자'가 의식에 쉽게 접근 가능한 '구정보'로 기능한다. 체이프가 구어 문장의 많은 표본을 살펴보았을 때, "이러한 구정보 주어의 98퍼센트는 대명사였다."(Chafe, 1994: 85) 대명사는 그 정의부터 이미 언급된 것을 다시 지시하는 것이다.

이 예시 담화에서 우리는 구정보-신정보 구조와 관련 있는 비계획적 말하기의 또 다른 놀라운 특성을 알 수 있다. 새로운 요소는 항상 강세를 갖는데, 청자에게 사실상 "들어 봐, 이것은 새로운 거야."라고 말하고 있는 것이다. 그래서 심지어 독자인 여러분조차도 이 모든 억양 단위가 실제로 강세가 없는 것에서 시작해 새로운 것에 강세를 두게 되는 것을 눈치챌 수 있을 것이다. 묵독할 경우, 우리는 2번 행을 예외로 하여 'Bill(빌)'에 강세를 두고 싶어 한다. 그런데 체이프는 실제의 말을 녹음한 걸 들으니 사실 'Bill'에 강세가 없었다고 말한다. 2번 행의 강세는 신정보인 'walked off(가 버렸을)'에 있다. 물론 '빌'은 예시 담화에 제시된 장면 전에 화자가

이미 말했던 '구정보'이다.

때때로 수사적 목적이나 다른 이유로 구정보-신정보 유형에서 벗어나려고 할 때, 화자는 "잘 들어 봐. 내가 뭔가 새로운 것을 말할 거야."라고 말하는 듯이 예상치 않은 강세로 말을 시작하여 청자의 주의를 환기시킨다. 할리데이는 말하기에서 이러한 구정보-신정보 구조를 중요시하며, 특히 억양의 역할에 관심을 가진다.

내가 인간의 말하기가 지닌 특성인 이런 결 고운 응집성의 요소를 강조했기 때문에, 말할 때에는 항상 모든 것이 분명한 것처럼 내가 독자를 속이고 있는 것 같아 보일지도 모르겠다. 물론 잘 알려진 대로 그렇지는 않다. 그러나 방금 살펴본 예시 담화에는 즉흥적으로 말할 때 화자가 청자를 어떻게 혼란시키는지에 대한 좋은 사례가 보인다. 젊은 여성 화자는 14번 행, 16번 행, 17번 행에서 'it'을 빠르고 느슨하게 말한다. 14번 행의 'it'은 'easy time making friends(친구 사귈 시간)'을, 16번 행과 17번 행의 'it'은 앞으로 더 거슬러 올라가 'lived in thirty places(서른 군데에서 산 것)'을 가리킨다. 'it'의 의미들은 모두 대화에서 활성화되었고, 따라서 그녀에게는 쉽게 이해될 수 있는 것들이지만, 그녀는 청자에게 자신이 여러 'it' 사이를 왔다 갔다 하고 있음을 알려 주는 것을 잊어버렸다. 사실 신호로서의 강세가 있기 때문에 현장에 있던 그녀의 청자는 혼란스럽지 않았을 수도 있다. 그럼에도 불구하고 'it'이나 '그'와 같은 대명사를 빠르거나 느슨하게 말함으로써 우리가 자주 청자를 혼란스럽게 한다는 것은 부정할 수 없는 사실이다.

구어에서 이 '구정보-신정보' 구조는 폴 그라이스Paul Grice가 담화에서의 '협력의 원리cooperative principle'라고 불렀던 것과 잘 들어맞는다. 그라이스는 성공적인 의사소통의 가능성을 높이는 폭넓고 다양한 대화 구조를 언급한다.

* * *

나는 말하기에서의 구정보-신정보 습관에 대해 설명했다. 글쓰기에서는 어떨까? 화자는 말하면서 무의식적으로 그 습관을 사용하지만, 우리의 의식적인 결정은 무의식적인 습관과는 다르다. 그래서 작가들이 단어를 선택하고 계획할 때 종종 구정보-신정보 연결을 만들지 못하는 것은 놀라운 일이 아니다. 생각을 올바르게 표현하기 위해 의식적으로 단어를 추가하고 삭제하고 재배열하는 수정 단계에서는 특히 그러하다. 그러나 우리가 이러한 방식으로 자신이 쓴 절과 문장을 연결하지 못한다면, 즉흥적인 말하기에 자연스럽게 존재하는 응집성이나 흐름을 깨뜨려 독자들이 우리의 언어를 이해하기 더 어렵게 만든다.

조지프 윌리엄스는 글쓰기에서의 구정보-신정보 구조의 필요성을 명쾌하게 설명하고 있는데, 그는 그것을 응결성의 개념과 연결한다.

> 우리는 앞 문장의 마지막 부분에 나타나 있는 정보를 뒤 문장의 시작 부분에서 보면 두 문장 사이에 응결성이 있다고 느낀다. 이것을 통해 우리는 말의 '흐름flow'을 창조한다. (Williams, 2003: 80)

이 의견에 대한 예를 들기 위해 그는 세 개의 문장으로 된 문제 단락을 제시한다. 두 번째와 세 번째 문장은 **신정보**로 시작하기 때문에 머릿속에서 처리하기가 더 어렵다.

> 우주의 본질에 대한 몇몇 놀라운 질문은 블랙홀을 연구하는 과학자들에 의해 제기되었다. 죽은 별이 구슬보다도 작은 한 지점 속으로 붕괴하면서 블랙홀을 만든다. 우주의 구조는 아주 큰 물질이 아주 작은 부피로 압축될 때 수수께끼 같은 방식으로 변화된다. (Williams, 2003: 80)

다음은 윌리엄스의 수정본인데, 두 번째와 세 번째 문장은 이미 주어져서 독자의 마음속에 활성화되어 있는 의미와 함께 시작되기 때문에 흐름이 더 자연스럽다.

> 우주의 본질에 대한 몇몇 놀라운 질문은 블랙홀을 연구하는 과학자들에 의해 제기되었다. 블랙홀은 죽은 별이 구슬보다도 작을 한 지점 속으로 붕괴하

면서 만들어진다. 아주 큰 물질이 아주 작은 부피로 압축되면서 우주의 구조를 수수께끼 같은 방식으로 변화시킨다.

가운데 문장의 피동 구성('블랙홀은 … 만들어진다')에 주목하기 바란다. 윌리엄스는 필자들이 모든 피동문을 능동문으로 바꾸라는 널리 퍼진 조언에 지나치게 사로잡혀 자주 글의 응집성을 훼손하고 이해하기 어렵게 만든다고 말한다. 모든 문장을 능동문으로 만드는 과정에서 필자들은 종종 '구정보-신정보 배열'에서 벗어나게 되어 독자들이 해당 언어를 이해하기 더 어렵게 만든다. 사실, 피동문은 새로운 문장의 시작 부분에서 '짐을 가볍게' 해 줌으로써 문장들 간에 구정보-신정보 연결을 생성해 준다는 점에서 우리에게 필요하다.

다음은 내가 자유롭게 쓴 초고에서 찾은 두 문장이다.

We lose touch with mouth and ear. This leads to writing without flow. 우리는 입과 귀와의 연락을 상실하고 있다. 이것은 흐름이 끊긴 글쓰기로 이어진다.

내가 쓴 'this(이것)'이라는 단어가 어떻게 구정보-신정보 연결의 유용한 사례가 되는지, 그리고 이것이 어떻게 구어체 대화가 지닌 특성을 보여 주는 유용한 사례가 되는지 주목하기 바란다(결국 나는 '말하듯이' 글을 쓰고 있는 것이다). 까다로운 사람들은 정확한 선행사 없이 대명사를 사용한 죄로 나를 비난할지도 모른다. 내가 쓴 'This'는 특정 단어가 아니라 전체적인 생각을 일반적으로 가리킨다. 그러나 그것은 주어진 구정보를 분명하게 가리키고, '흐름이 끊긴 글쓰기'라는 내가 소개하고 있는 신정보를 '가벼운 주어'나 '출발점'으로 만든다. 나는 자유롭게 쓰고 있었기 때문에 이러한 연결의 응집성이나 흐름의 패턴을 의식적으로 계획할 필요가 없었다. 나는 단지 그것을 인식하고 가치를 평가해야만 했을 뿐이다. 물론 이 과정은 구어의 용법 중에서 효과가 없는 것을 거부하거나 바꾸는 것을 포함한다. 그리고 모호한 대명사의 사용은 말하기에서는 정말 흔히 벌어지는 일이다.

우리는 조지프 윌리엄스와 같은 사람에게서 "앞 문장에서 가져온 요소로 새 문장을 시작하라."라는 **규칙**을 배워 의식적으로 따를 수 있다. 그러나 우리는 자신의 말하기에서 공짜로 나오는 이 독자 친화적인, 구정보–신정보 유형에 대한 **감각**을 익힐 수도 있다. 우리는 말하듯이 쓰면서 그것을 발견할 수 있다. 또 11장과 12장에서 설명하는 대로 소리 내어 읽으며 글을 수정할 때에도 그것을 발견할 수 있다.

8. 구어는 또 다른 측면에서 문어보다 더 응집성이 높다는 사실이 명확하다

자신이 쓴 초고를 수정하기 전에 **실제로 쓴** 표현을 살펴보면, 우리는 그것이 구어 담화보다 훨씬 응집성이 떨어진다는 사실을 자주 발견하게 된다. 다시 말해, 글쓰기 과정은 종종 말하기보다 더 **많은** 잘못된 출발, 중단, 삭제, 방향 전환을 보인다. 미숙한 필자들의 경우, 때로는 **최종 원고**조차도 말보다 응집성이 떨어진다. (물론 머릿속에서 완전히 정리될 때까지 문장을 하나도 쓰지 않는 필자들도 있다. 이에 대해서는 10장의 이언 매큐언Ian McEwan의 경우를 참조하기 바란다.) 할리데이는 글쓰기에 대해 다음과 같이 설명한다.

> 글쓰기는 망설임, 수정, 방향 전환과 같은 특성들을 지닌다. 이러한 것들은 텍스트 생산 과정에 주의를 기울일 때 발생하곤 한다. 일반적으로 고도로 점검된 담화가 글로 작성되는 것이기 때문에, 이러한 특성들은 실제로 말하기의 특성이라기보다는 글쓰기의 특성이다. 그러나 대부분의 문어 텍스트는 최종 교정을 한 형태로만 공개되기 때문에, 망설임과 삭제는 없어지고, 독자는 작업 과정을 보지 못하도록 차단된다. (Halliday, 1987: 70-71)

할리데이가 강조한 것은 응집성의 부족이 말하기라는 양식에서 나오는 것이 아니라 자기 점검이라는 정신적 과정에서 나온다는 점이다. 이 정신이라는 변수는 말하기와 글쓰기의 차이에 영향을 미친다.

우리가 자주 접하는 말하기의 특징은 망설임, 잘못된 출발, 파격 구문, 말실수, 그리고 엄청난 실행 오류 등으로 나타난다. … 비록 이러한 것들이 우리가 생각하는 것보다 훨씬 덜 일어나기는 하지만 실제로 발생한다는 사실에는 이의를 제기할 수 없다. 그런 것들은 예컨대 학술 세미나 등에 수반되는 다소 자의식이 강하고 자기 점검을 면밀히 하는 말하기의 특징이다. 나는 학술 세미나에서 관찰과 녹음이 많이 있었던 게 아닌가 추정하고 있다. 만약 당신이 의식적으로 말을 계속 계획하고 그 결과를 확인하기 위해 계속 듣는다면, 당신은 자연스럽게 길을 잃게 될 것이다. 즉 망설이고, 뒤로 물러나고, 건너뛰고, 단어에 걸려 넘어질 것이다. 그러나 이러한 것들은 자연스럽고 즉흥적인 담화의 특징이 아니다. 일반적인 자연스러운 담화는 유창하고, 고도로 체계적이며, 문법적으로 잘 형성되는 경향이 있다. 만약 당신이 즉흥적으로 자의식 없이 소통한다면, 절 복합체clause complex는 넘어지거나 중간에 방향을 전환하는 일 없이 유창하게 술술 나올 것이다. (Halliday, 1987: 68)

계획적이고 신중한 언어가 비계획적이고 자의식이 없는 언어보다 어떻게 더 자주 고장이 나는지 생각해 보면, 나는 학생들의 글쓰기에 대해 항상 호기심을 자아내던 부분을 이해하게 된다. 학생들의 자유작문이 아무리 난잡하고 엉성하게 보일지라도, 나는 실제로 그것을 늘 이해할 수 있다. 반면에 주의 깊게 수정된 그들의 텍스트는 이해할 수 없을 때가 많다. 할리데이는 비계획적인 언어의 이러한 특성에 대해 다음과 같이 역설한다.

이 점은 … 말하기에 대한 우리의 일반적인 태도와는 반대된다. … 말은 상당한 정도의 복잡성이 허용된다. 화자가 이러한 잠재력을 활용하면 허둥대거나 길을 잃는 경우는 거의 없을 것이다. 대부분의 경우 기대가 충족되고, 의존성이 해결되며, 허술하게 끝나지 않는다. 구어의 복잡성은 구어 담화의 질서정연함과 일치한다. (Halliday, 1987: 67)

무심코 하는 말에 존재하는 응집성을 주의 깊은 글쓰기에 어떻게 활용할 수 있을까? 나는 중요한 것을 수정하는 일에 깊이 몰두하고, 점점 더 많이 수정하며, 점점 더 늪에 빠지는 나 자신을 자주 발견하곤 한다. 나는 대화에서 이러한 일련의 생각을 진즉 **말했었다**는 사실을, 심지어 반 학생이나 학회 청중들에게 더욱 완벽하게 말했었다는 사실을 갑자기 기억해 냈다. 수정하기의 늪에 빠져 있었을 때 나는 내가 말로 이야기한 것이 내 앞의 종이 위에서 버둥대는 단어들보다 실제로 더 **명확하다**는 사실을 깨달았다. 그 말은 난잡했을 수도 있고, 글쓰기가 제공할 수 있는 정확함, 발전, 주의 깊은 자질이 부족했을 수도 있다. 그러나 만약 내가 손을 통해 내 생각을 '이야기'했더라면, 혹은 나의 이야기를 옮겨 적기라도 했더라면, 그런 다음에 더 느린 글쓰기 기어의 이점인 더 자세한 내용, 더 풍부한 발전, 더 효과적인 구성을 얻기 위해서 수정했더라면, 내 삶은 더 쉬워졌을지도 모른다.

9. 구어는 현상을 과정으로 표현하는 데 이점이 있다

할리데이는 여느 때처럼 공평한 비교를 제시한다.

구어는 현상을 마치 과정인 것처럼 표현하는 반면에 문어는 현상을 마치 결과물인 것처럼 표현한다. (Halliday, 1987: 74)

(그가 **모든** 구어와 문어에 대해 이야기하는 것은 아니라는 사실을 기억하기 바란다. 할

리데이에게 '구어'란 자의식적이지 않고 점검되지 않는 언어를 의미한다. '문어'는 자의식적이고 점검되는 언어를 의미한다. 더 자세한 내용은 2부의 '도입'을 참조하기 바란다.)

한편으로 그는 문어가 세계를 기술하는 방식, 특히 명사화를 통해 기술하는 방식에서 생겨난 문어의 장점을 강조한다.

> 그래서 문어는 늘 세계를 실질적이고 복잡한 구조를 가진 인식 가능한 덩어리이자 안정적이며, 견고하고, 밀도가 높은 대상으로 보이게 만드는 경향이 있다. 이는 실험과학의 탄생 때 매우 실용적이었는데, 실험과학에서 세계는 관찰되고 측정되며 추론될 수 있도록 정적이어야 했다. (Halliday, 2008: 167)

그러나 다른 한편으로 그는 반대편의 선물로서 구어의 장점을 강조하며, 실제로 이러한 구어의 특질이 세계를 표현하는 데 더 가치 있다고 말한다.

> 나는 앞으로 문어가 좀 더 과정 중심으로 회귀할 것이라고 본다. 어쩌면 이는 회귀가 아닌 진보일 수도 있다. 왜냐하면 문어 담화의 전통적인 객체 중심의 성질이 스스로 변화하고 있을 뿐만 아니라, 아인슈타인이 공간과 시간을 시공간으로 대신한 이후로 물질세계에 대한 우리의 이해가 그 방향으로 움직이고 있기 때문이다. (Halliday, 1987: 79)

두 주장이 과도하게 일반화된 것이어서 단지 추상적이고 이론적인 것으로만 들린다면, 앞에서 명사화를 다루며 탐구했던 별에 대한 문장의 문어 버전과 구어 버전을 다시 보기 바란다. 문어 버전이 어떻게 응축된 **정지 상태**를 창조하는지, 반면에 구어 버전은 그것을 어떻게 **행동**이나 **움직임**으로 바꾸는지 주목하기 바란다.

문어

The conversion of hydrogen to helium in the interiors of stars is the source of energy for their immense output of light and heat. 별들의 내부에서 이루어지는 수소원자의 헬륨으로의 전환은 빛과 열의 엄청난 방출을 위한 에너지원이다.

구어

When stars convert hydrogen into helium in their cores, they get the energy they need for putting out so much light and heat. 별들은 자신의 핵에서 수소를 헬륨으로 전환시킬 때, 아주 많은 빛과 열을 방출하는 데 필요한 에너지원을 얻는다.

(또는) Stars convert hydrogen into helium at their centers. That's how they get so much energy to put out light and heat. 별들은 자신의 핵에서 수소를 헬륨으로 전환한다. 이는 별들이 빛과 열을 위한 아주 많은 에너지를 얻는 방법이다.

문어 문장에서는 두 독립체가 동등함을 나타내는 기호인 'is(이다)'로 연결된다. 구어 문장에는 행동과 에너지에 대한 이야기가 있다. 동일한 내용이 문어와 구어로 다르게 표현된 예문을 비교하면서 할리데이는 "문어 문장은 명사, 즉 '방문', '감지', '위험', '시도', '행동' 등을 통해 이야기를 제시하는 반면, 구어 문장은 동사, 즉 '방문했다', '감정을 느꼈다', '다쳤을 수도 있다', '하려고 했다' 등을 통해 이야기를 제시한다."라고 결론 내린다.

할리데이가 구어의 과정 지향적인 경향을 찬양할 때, 그의 관심은 이론적이고 인식론적이다. 그는 현대 물리학이 우리에게 보여 주고 있는 것처럼 현실이 물체보다 사건에 더 가깝다고 주장한다. 이 말에 동의하긴 하지만, 나의 관심은 이론적인 것보다는 효과적인 글쓰기에 있다. 언어는 일반적으로 시간 속의 움직임이나 변화를 포함할 때 비로소 청자나 독자의 마음에 의미를 전달한다. 거칠게 말하자면, 우리는 순전히 개념적인 언어보다 이야기를 통해 의미를, 심지어 개념적인 의미조차 더 잘 이해할 수 있다는 것이다.

할리데이가 보여 준 정지 상태와 움직임 간의 대조는 크리스텐슨이 보여 준 좌분지 구문과 우분지 구문 간의 대조와 잘 들어맞는다. 좌분지 구문은 정적인 도미문을 통해, "계획되고, 숙고되고, 다듬어지고, 포장되어"(Christensen, 1967: 6) "마치 결과인 것처럼 현상을 표현"(Halliday, 1987: 74)한다. 우분지 구문은 누적형 문장을 통해, "마음의 생각을 정적이라기보다는 동적으로"(Christensen, 1967: 6) "마치 과정인 것처럼 현상을 표현"(Halliday, 1987: 74)하곤 한다.

글을 쓸 때 우리는 말하고 싶은 것을 먼저 파악하여("개요 만들기로 시작하라.") 완성된 사고의 결실을 글쓰기가 나타내도록 하라는 말을 듣는다. 반면에 말을 할 때 우리는 계속 생각을 하게 된다. 즉 우리의 말은 진행 중인 사고를 나타낸다. 자신이 의도하는 내용을 파악하는 동시에 말로 표현하려는 시도가 종종 혼란된 언어를 산출하기 때문에 필자에게 충고하는 것은 이해할 만하다. 그러나 언어는 진행 중인 사고를 나타낼 때 더 활기차고 에너지가 넘친다. 이런 종류의 언어는 독자들이 필자가 의도하는 의미를 경험할 수 있게 한다. 이를 통해 우리는 글쓰기와 말하기라는 두 세계에서 최상의 것을 얻을 수 있다. 즉 초기 단계에서는 말하듯이 글을 쓸 수 있고, 그런 다음 글을 수정할 때에는 진행 중인 사고를 통해 만들어진 최상의 결실을 보존하면서도 응집성을 높이기 위해 그것을 다듬고 엮을 수 있는 것이다. (15장에서는 이론적, 실용적 측면에서 이 문제에 초점을 맞출 것이다.)

할리데이는 다음과 같이 더 나아간다.

나는 구조structure 대 움직임movement이라는 비유에 늘 의존해 왔다. 예를 들어 구어는 무용과 같다. 구어의 복잡성은 그것의 흐름에, 즉 각 인물이 다음 인물을 위해 맥락을 제공하는 역동적인 이동성에 있다. 그것은 출발점을 정할 뿐만 아니라 해석에 참조할 수 있는 규약도 정한다.

문어로 구성된 문장에는 각 부분이 다른 부분을 붙잡는 동시에 다른 부분에 의해 붙잡히는 것과 같이 부분들의 결속이 있다. 그것은 구조이고, [동시적인, 즉 시간과는 상관없이] 하나의 구조적 단위로서, 간략화되어 제시된다고 하더라도 본질이 훼손되지는 않는다. 구어의 절 복합체에는 모든 부분들에서 그러한 결속이나 상호 결착이 없다. 그것의 존재 방식은 결과가 아니라 과정이다. … 우리는 아직 무용의 문법을 기술하는 법을 배우지 못했다. 그래서 우리는 글쓰기를 위해 고안된 문법이라는 렌즈를 통해 구어를 본다. (Halliday, 1987: 66-67. 고딕 글씨는 인용자의 강조)

할리데이는 더 정적이고 명사화된 문법의 문체를 17세기 과학 분야의 글쓰기까지 거슬러 올라가 추적하는데, 이런 글쓰기는 "문어 문법을 통해 '객관화된' 세계를 건설"(Halliday, 1990: 16)하는 데 크게 기여했다. 문체의 이러한 역사적 발전에 대해서 아돌프(Adolf, 1968)와 올슨(Olson, 1977)도 참조하기 바란다.

말하기와 글쓰기의 상보성

일반적인 구어가 지닌 장점을 이렇게 모두 옹호하고 나서 나는 말하기와 글쓰기 둘 다의 장점을 다시 강조하면서 이 장을 마무리하고자 한다. 할리데이는 말하기와 글쓰기가 가지고 있는 많은 '상보성'을 설득력 있게 설명한다. 실제로 '상보성'은 그가 쓴 새 저서의 제목을 이루는 핵심 단어이다.

말하기와 글쓰기의 상보성은 호혜성의 한 사례가 아니다. 말하기와 글쓰기는 다른 두 가지 일을 하는 것이지, 다른 두 가지 방식으로 같은 일을 하는 것은 아니다. (Halliday, 2008: 168)

구어는 유동적이고, … 일시적이다. 문어는 견고하고 영구적이다. 수은 같은 것과 수정 같은 것, 강과 빙하, 무용과 조각 등 비유로 사용할 수 있는 많은 다른 쌍이 존재한다. 그러한 용어의 쌍이 암시할 수밖에 없는 것은 두 존재의 상태가 똑같이 풍부하고 복잡하다는 사실이다. …

따라서 글쓰기는 말하기보다 더 제약이 많은 동시에 더 많은 것을 할 수 있다. 그리고 우리가 물려받은 인간 두뇌의 가장 온전한 기호학적 잠재성은 둘 다를 요구한다. (Halliday, 2008: 168)

이 마지막 요점이 이 책의 주제이다. 즉 최고의 글쓰기를 하려면 말하기와 글쓰기의 이점이 모두 필요하다는 것이다.

교사와 필자에게 던지는 시사점

따라서 단지 말하듯이 쓰거나 말을 옮겨 적는 것만으로는 좋은 글을 얻을 수 없다. 우리에게 필요한 것은 내가 여기서 설명한 말하기의 자원, 즉 청중이 더 잘 관여하도록 하기 위한 단어 사용, 유연한 동적 구문, 꽉 막힌 명사화가 아닌 직접적이고 구체적인 언어, 우분지 구문, 병렬 구문, 더 강한 응집성, 현상을 결과가 아닌 과정으로서 표현하는 것 등이다.

나는 학생들을 가르칠 때 자유작문이나 말하듯이 쓰기를 활용해 왔다. 나는 그것이 학생들의 주의 깊은 글쓰기를 점차 더 나아지도록 했다고 생각한다. 그것을 접한 학생들은 자신의 말하기와 자유작문 안에 자연스럽게 존재하는 활기찬 에너지, 단순명쾌함, 명료함, 목소리 등을 자신의 주의 깊은 글쓰기에 더 많이 끌어들이는 것처럼 보인다. 자유작문이나 말하듯이 쓰기는 또한 학생들의 귀에 살며시 들어가서, (그들이 자신의 귀를 신뢰한다면) 자신의 글을 수정하기 위한 토대를 제공한다. 많은 다른 교사들도 똑같은 것을 보았다. (이와 관련해 자유작문을 연습한 학생들이 다른 방식으로 글쓰기를 연습한 학생들보다 더 나은 평가를 받았다는 사실을 보여 주는 힐거스(Hilgers, 1980)의 빼어나고 세심한 실증적 연구를 참조하기 바란다.)

이 자원들의 이점을 주의 깊은 글쓰기에 어떻게 활용할 수 있을까? 이에 대한 나의 대답은 소리 내어 읽기를 통한 글 수정하기를 다룬 3부에 나온다. 3부에서 우리는 주의 깊은 글쓰기를 위한 말하기 자원을 얻는 법을 배울 것이다.

3부에서 그 기법은 대부분 입과 귀에 의존한다. 그러나 여기에서는 말하듯이 쓰기의 자원을 얻게 할 수 있는 인지적인 분석적 연습을 몇 가지 언급하고자 한다.

- (설령 음성 변환 소프트웨어에 의해 산출된 것이라 할지라도) 주의를 기울이지 않고 빠르게 말하듯이 쓴 원문 텍스트를 읽어 보고 언어적 장점을 찾아보라. "어디 보자. 병렬 구문과 우분지 구문은 어디에 있지? 명사화는 어디에 있는 거야?"와 같이 전문 용어를 쓸 필요는 없다. 그저 강하고 생생하고 명백한 느낌을 주는 구절을 찾아보라. 이 방법을 처음 써 보는 사람들이 자신의 자유작문을 볼 때, 때때로 그들은 혼란스러움, 산만함, 장황함 등 엉망인 상태의 것만 보게 된다. 그러나 자유작문 속의 언어적 장점을 계속해서 찾아본다면, 그것들을 찾아낼 수 있을 것이다.
- 주의를 기울이지 않고 빠르게 쓴 글을 이미 마무리한 주의 깊은 글이나 출판된 글과 비교해 보라. 우리가 알고 있는 강점과 약점은 무엇인가? 강하거나 약한 구절에 대한 다른 생각이 무엇일지 다른 사람들과 토론해 보는 것은 유익하다.
- 그냥 강한 구절을 찾아보고 10장에서 설명한 대로 콜라주를 만들어 보라.

*　　*　　*

구어에는 더 두드러진 강력한 장점이 있는데, 나는 이것에 대해 다음의 5장 '억양'에서 다룰 것이다.

우리는 단어 사이의 여백을 어떻게 얻었는가

알파벳을 발명한 초기의 가나안 사람과 셈족은 모음을 사용하지 않았다. 폴 생어Paul Saenger의 주장에 따르면 이는 표기된 단어 사이에 여백을 두게 된 큰 이유 중 하나라고 한다. 모음 없이 자음으로만 된 단어의 연속으로 구성된 텍스트는 판독하기가 너무나 어려웠을 것이다. 이런 식으로 앞 문장*을 한번 표기해 보자.

atxtcnsstngfcntnswrdswrttnnlwthcnsnntswthtvwlswldbthrdtdcphr.

그러나 그리스인들이 셈어 알파벳에 모음을 도입했을 때, 단어 사이에 여백을 두지 않고 쓰기는 했지만 읽는 것이 훨씬 쉬워졌다. 바로 앞의 문장에 모음을 더해 표기해 보자.

Atextconsistingofcontinuouswordswrittenonlywithconsonantswithout-
vowelswouldbetoohardtodecipher.

여백 없이 쓰는 일은 여전히 우리에게는 기이하고 어렵게 느껴진다. 그리스나 로마에서 '읽기'는 우리가 생각하는 것과는 다른 일이었다는 점을 기억할 필요가 있다.

현대의 텍스트 읽기와 달리 고대의 읽기는, 그것이 개인적으로 수행되었을 때 조차도 입으로 하는 행위였다. 혀와 입술의 움직임이 없는 완벽한 묵독은 그리스·로마 시대에는 아주 드물게 행해졌다. 숙련된 독자는 청중들에게 더듬지 않

....

* 앞 문장의 원문은 다음과 같다. "A text consisting of continuous words written only with conso-
nants — without vowels — would be too hard to decipher."

고 큰 소리로 낭독할 수 있도록 미리 부드러운 목소리로 텍스트를 입으로 읽으며 준비를 했다. 부유한 사람들은 교육받은 노예에게 책을 읽어 달라고 했다. …

입으로 읽는 것은 또한 운율이 있도록 우아하게 작성된 산문과 운문의 음악적 특성에 큰 가치를 두었던 고대 그리스·로마의 미학을 반영한 것이었다. 이런 미학은 텍스트를 조용히 훑는 것에서는 찾을 수 없었다. 따라서 읽기는 공연과 유사한 것으로서, 단순히 그림 기호에서 의미를 시각적으로 추출하는 것만은 아니었다. (Saenger, 1999: 11-12)

아우구스티누스Augustinus가 서기 400년경에 쓴 『고백록Confessiones』에는 원고를 조용히 읽는 밀라노 주교 암브로시우스Ambrosius를 우연히 보고는 깜짝 놀랐다고 말하는 유명한 이야기가 있다. "그의 눈은 페이지를 가로질러 여행했고 그의 심장은 의미를 찾고 있었지만, 그의 목소리와 혀는 고요한 상태로 남아 있었다."(6권 3장) 그럼에도 불구하고 필경사들은 책을 읽어 줄 노예를 둘 여유가 없어서 스스로 독서해야 하는 중하류 계층의 사람들을 위해 **때때로** 단어 사이에 여백을 두기도 했다. 그래서 신약성서의 초기 사본 일부와 무덤의 비문 중 일부는 단어 사이에 여백이 있었다. (Saenger, 1999: 12)

그러나 아일랜드에서는 상황이 달랐다. 7세기 초 아일랜드의 수도사들은 필사한 단어 사이에 여백을 두기 시작했고, 의미 단위의 경계를 표시하는 몇몇 구문상의 구두점도 추가했다. 아마 그들이 그렇게 한 이유는, 다른 유럽인들과 달리 라틴어가 그들의 모어가 아니어서, 라틴어를 필사해 읽느라 훨씬 더 힘든 시간을 보냈기 때문일 것이다. 유럽인들에게 라틴어 텍스트는 그들이 사용하고 있는 뼛속 구어의 발음을 나타내는 글이었고, 따라서 종이 위에 쓰인 그것을 판독하는 일이 상대적으로 익숙해 보였다. 단어가 구분된 텍스트는 또 아일랜드의 필경사들과 독자들이 텍스트를 읽을 때 입으로 낭독하지 않아도 되도록 했다. 그들은 이 단어 구분 기술을 이용하여 개인의 묵상 기도를 위한 새로운 장르의 기도서를 개발하기도 했다. 특이하게 아일랜드인이 단어 사이에 여백을 두게 된 또 다른 이유는 중동의 시리아 성서를 베꼈기 때문인데, 그 성서는 단어 사이에 여백을 두었다.

이러한 아일랜드인의 관행은 아일랜드 필경사들이 앵글로색슨 필경사들을 훈련시키게 되었을 때 잉글랜드에까지 퍼졌다. 그러나 단어 사이의 여백이 영국 해협을 건너는 것은 아이리시해를 건너는 것보다 더 어려웠다.

> 단어가 구분된 텍스트는 10세기까지 영국 제도British Isles에만 있는 유일한 현상이었다. 브르타뉴 지역, 그리고 고립되어 있던 켈트족과 앵글로색슨족 수도자들의 거주지를 제외한다면 이러한 구성 방식은 유럽 대륙에 알려져 있지 않았다. (Saenger, 1999: 12)

완전히 단어가 구분된 텍스트가 유럽으로 확산되기까지는 훨씬 더 오랜 시간이 걸렸다. (말할 필요도 없이 나는 여기에서 폴 셍어의 「독서의 역사The History of Reading」(1999)에 의지하고 있다. 그는 『단어 사이의 여백: 묵독의 기원Space between Words: The Origins of Silent Reading』(1997)을 집필하기도 했다.)

05

억양

글쓰기에 적용할 수 있는 일상적 말의 근본적 장점

억양은 앞 장에서 언급한 말하기의 아홉 가지 장점 중 무엇보다 더 많은 도움을 글쓰기에 제공한다. 말하기를 노래하기라고 한다면, 억양은 거의 모든 노래하기 상황에서 사용되는 풍성한 음악이다. 나는 워크숍에서 학생들에게 억양에 대해 설명하길 좋아한다. 그때 나는 학생들에게 '안녕(Hello)'이라는 말을 하되 말할 때마다 미묘하게 다른 메시지를 보낼 수 있게 해 보라고 시킨다. 각각의 '수행'이 끝난 뒤 우리는 청자들이 무엇을 들었는지 확인해 본다. 여러 가지 흥미로운 방식의 '안녕'이 있는데, "여기에 재미있는 사실이 있다."라는 뜻으로 들리는 셜록 홈스의 '안녕(hellll-o)'도 있고, "일어나, 이 잠꾸러기 멍청아."라는 뜻으로 들리는 '안녕(hellooooo)'도 있다. 이 미니 워크숍에서는 '아뇨', '아마도', '예' 등 다른 단어들도 효과적으로 사용될 수 있다. 그저 한 단어의 소리로 수많은 메시지를 전달할 수 있다는 것은 참으로 놀라운 일이다. 반면 종이 위에 쓰인 단어는 소리를 내지 않는다.

사실 사람은 누구나 억양을 훌륭하게 구사한다. 그러나 무의식적으로 연주되는 이 음악적 도구는 매우 복잡하다. 여기에는 음의 고저(높음, 낮음), 음량(작음,

큼), 속도(느림, 빠름), 강세(강조 있음, 강조 없음), 긴장도(이완, 긴장), 음색(헐떡거림, 날카로움, 콧소리 등등), 휴지(긺, 짧음) 등이 있다. 주의할 점은 이것들이 이분법적인 항목으로서가 아니라 양 극단 사이, 예컨대 낮음과 높음, 느림과 빠름, 작음과 큼 사이의 연속체로서 존재한다는 것이다. 또 완만한 변화와 급격한 변화도 있고, 패턴화된 연쇄적 현상도 있다. 예컨대 선율은 음의 높낮이의 **패턴**이다. 리듬은 속도와 강세의 **패턴**이다. 이 모든 요소들의 조합은 섬세한 의미(또는 그다지 섬세하지 않은 의미)를 전달하는 풍성한 음악을 만들어 낸다.

말을 배우는 유아들은 억양에 몰두해 있는 것처럼 보인다. 그들은 말에 수반되는 목소리의 음악을 끊임없이 연습하고 때로는 과장되게 표현한다. 나는 아주 작은 한 아이가 "난 **진짜** 지금 자기 **싫어**."라고 말한 것이 기억나는데, 그 아이는 화가 나지도 않았고 반항적이지도 않았으며 단지 단호할 뿐이었다. 그 아이의 문장 전체는 풍성한 음악적 공연를 만들어 냈는데, 특히 '진짜'와 '싫어'가 그러했다. 그 말은 그 아이의 부모가 했던 어떠한 말들보다도 훨씬 극적이고 표현력이 뛰어났다. 아이들이 구문을 익히는 수단으로 억양을 선호한다고 추정할 만한 이유가 있다. "어린아이들이 발화의 정확한 언어적 형태보다 어조와 맥락에 더 민감하다는 것은 잘 알려져 있다."(Olson, 1994: 92)

사람들이 억양 없이 말하는 경우는 거의 없다. 심지어 **무억양**이나 단조로운 어조도 일종의 억양으로, 대개 특유의 메시지를 전달한다. 교수 회의에서는 말에 담긴 음악을 모조리 배제한 채 단조로운 어조로 말할 때가 많은데, 그것은 사람들이 경계하고 있음을 나타내는 신호이다.("누구도 네가 실제로 어떻게 느끼고 있는지를 알게 하지 마라. 여기는 위험한 장소이다.") 억양에 큰 관심을 가졌던 바흐친Bakhtin은 청자들로부터 '합창과 같은 지지'를 받지 못했을 때 어떻게 화자가 억양을 잃는지에 대해 설명한다. 완고한 어른의 '완고함'은 제한된 억양을 낳기도 한다. 앨고어Al Gore와 존 케리John Kerry처럼 목석 같은 정치인들은 자신의 억양 표현력을 다섯 살짜리 아이의 절반 수준쯤은 되도록 하기 위해 코치에게 긴 시간 지도를 받는다. 우리는 다른 언어나 방언으로 말하는 사람들을 이해할 수 없을 때에도 그들의 억양만큼은 잘 이해한다. 억양을 폭넓은 관점에서 매우 명쾌하게 설명한 드와이트 볼린저Dwight Bolinger는 중국어와 같은 성조 언어tonal language의 화자조차도 부가적 억양을 많이 사용한다는 점에 주목한다.

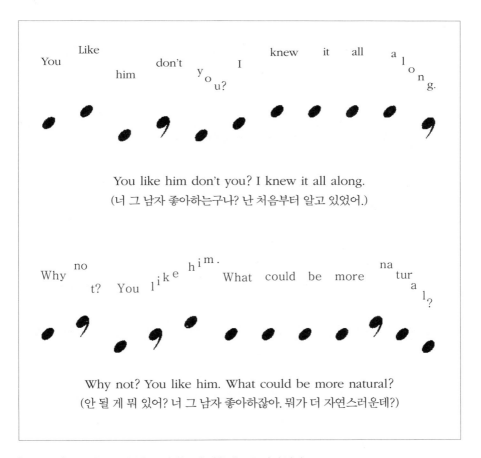

[그림 5-1] 언어학자가 억양을 표기하는 데 사용하는 두 가지 방법

첫 번째 방법은 볼린저(Bolinger, 1989: 117)에서 가져온 것으로, '뱃멀미 타자기seasick typewriter' 기법이다. 다른 방법은 종종 '올챙이tadpole' 기법으로 불린다.

억양과 의미

대부분의 사람들은 흔히 억양이라고 하면 무언가 표현적이거나 대인관계와 관련되거나 정서적인 것을 떠올린다. 예컨대 화자가 행복한지 또는 외로운지, 또는 그 사람이 활기찬지 또는 우울한지를 억양이 드러낸다고 본다. 그러나 억양은 우리의 실제 감정이나 성격을 배신할 때가 많다는 점에 주의해야 한다. 심지어 그것과 다르게 소리 내려고 할 때조차도 그러하다.

용어에 대하여. 언어학자들은 때때로 '억양'이라는 용어를 엄격하고 좁은 의미로 사용한다. 즉 음의 높낮이pitch나 선율melody만을 의미하는 것으로 억양을 제한한다. 그러한 의미에서 억양은 보다 넓은 개념인 '운율prosody'의 하위 범주라고 할 수 있다. 여기서 운율은 화자가 말을 할 때 사용하는 모든 청각적 특성, 예컨대 속도 변화, 음절의 길이, 강세, 휴지 등 다양한 것을 포괄하는 개념이다. 나는 '운율'이 아니라 '억양'이라는 용어를 선택했는데, 이는 억양이 좀 더 익숙하면서 덜 전문적인 용어이기 때문이다. 게다가 문학 이론에서 '운율'은 박자와 리듬 같은 시작법의 특징을 기술하는 다른 의미를 지니므로 혼란을 불러일으킬 수 있다. 볼린저와 체이프처럼 사람들은 '억양'을 광범위한 청각적 효과를 포괄하는 용어로 사용하기도 한다. 바흐친도 이 용어를 선호해서 그의 주요 논문 「삶의 담화와 예술의 담화Discourse in Life and Discourse in Art」(1976)는 'well'이라는 공허한 단어 하나가 전송하는 풍부하고 복잡한 메시지를 탐구하는 데서 출발한다. (여기서는 협소하게 정의된 억양과 운율의 차이에 대해 전문적인 설명을 할 필요가 없다고 본다.)

단조로운 어조 또는 억양의 회피에 대하여. 나는 T. S. 엘리엇이 자신의 시를 평탄하게 읽는 것을 항상 좋아했다. 다음은 앨런 베닛Alan Bennet의 말이다.

겨울 오후에 엘리 성당이나 링컨 성당에 앉아 저녁 기도를 하는 차분하고 침착하며 꾸밈없는 목소리가 소위 확성기라는 것으로부터 흘러나오는 것을 듣고 있었다. 어떤 이는 그 목소리에 감정이 없는 것을 반겼다. 그것은 기차의 출발 시간을 알리는 안내원의 목소리에 있는 감정 이상은 아니었다. 기도의 표현 자체가 매우 강력하므로, 시에 감정을 집어넣을 때보다 더 많은 감정을 그 안에 집어넣을 필요는 없는 것이다. 그러한 전달 스타일을 지녔던 T. S. 엘리엇은 "단어를 말하라, 단어만을 말하라."라고 말한 바 있다. (Bennet, 1994: 544)

엘리엇의 '전례용liturgical' 읽기 방식은 자신의 실제 말과 청자 사이에서 특정한 개인의 감각, 심지어는 특정 해석까지도 모두 제거하려는 것이었다. 그는 시의 '비인격성impersonality'을 옹호했다.

캐서린 매드슨Catherine Madsen은 전례를 위해 쓴 글의 언어에 대해 흥미로운 연구를 남겼다. 그녀는 자신의 목표가 수십 년 이상 되풀이하여 듣게 되는 언어, 즉 심오하고 지속적인 의미를 끊임없이 만들어 내는 언어를 발견하는 것이라고 말한다. "단조로운 전례용 어조의 사용은 어떠한 독법에도 우위를 부여하지 않고 주석 없이 여러 번 읽는 것을 가능하게 한다. … 전례에서 심오한 비밀은 말해짐과 동시에 감춰지는 것이 가능하다."(Madsen, 2005: 157)

그러나 이 책에서 나의 관심은 억양을 감정이 아니라 문법적·통사적·의미론적·내포적 의미와 연관시키는 데 있다. 하나의 예를 들면 다음 문장은 단지 무엇을 강조하느냐에 따라 다른 의미를 가진다.

총리는 선정되지 **않았다.** [그가 선정될 것이라는 기대와 반대로]
총리는 선정되지 않았다. [선정된 다른 누군가와 반대로]
총리는 **선정되지** 않았다. [그를 선택한 다른 과정과 반대로]

즉, 억양을 통해 이루어지는 강세는 (종종 진술되지 않은) 의미를 청자의 마음 속에 명확히 떠올리게 한다. 억양이 달라짐에 따라 의미도 달라진다. 반어적이거나 빈정대는 말의 소리는 특별히 강력한 변환을 낳는데, 긍정적인 의미를 부정적인 의미로 변환시킨다. 우리는 자연스러운 말하기의 모든 순간마다 소리 없는 미묘한 의미를 소리 안에 담는다.

총리에 관한 문장에서 강세의 차이는 억양이 만들어 낼 수 있는 의미의 섬세함 전체와 비교해 보면 사소한 것에 불과하다. 따라서 자연스럽고 적절한 억양을 들을 때는 의미를 구성할 필요 없이 그저 의미를 듣기만 하면 된다. 억양이라는 음악은 의미의 리듬과 멜로디를 연주한다. 청자로서 우리는 화자와 언어가 우리 머릿속에 의미를 넣어 주고 있는 것처럼 느낄 때가 많다.

반면에 독자로서 소리 없는 텍스트를 읽을 때 우리는 종종 의미를 끌어 내는 일을 우리 자신이 해야 한다고 느낀다. 이 때문에 사람들은 자연스럽게 소리 없는 글보다는 구어를 더 쉽게 여기곤 한다. 이 책에서 두 번 읽어야 했던 문장 하나를 생각해 보라. 만약 나나 다른 누군가가 그 문장을 제대로 크게 읽어 주었다면, 한 번만 듣고도 의미를 곧바로 파악할 수 있었을 것이다. 셰익스피어의 작품은 책으로 읽을 때에는 이해하기 어려운 경우가 많지만, 잘 구연된 것을 들으면 명확히 이해되곤 한다.

가엾고 슬픈 글쓰기. 고양이도 소리를 낼 줄 알건만. 종이 위에 쓴 소리 없는 텍스트는 어떻게 하면 의미를 효과적으로 전달하는 데 도움이 되는 이 풍부하고 청각적인 억양을 조금이나마 실을 수 있을까? 물론 우리는 자신이 쓴 모든 텍스트를 녹음하여 전달할 수도 있다. 그러면 독자들은 청각 도구를 통해 이해하게 될 수 있고 즐거움도 누릴 수 있게 된다. 이것이 바로 많은 사람들이 오디오북을 좋아하는 이유이다. 그러나 이 책에서 나의 목적은 말하기와 글쓰기 모두의 장점을 취하는 것이다. 독자들이 녹음된 것을 듣는다면 글쓰기의 두 가지 중요한 장점인 속도와 융통성을 잃게 된다. 즉 소리 없는 텍스트를 읽는 사람은 빨리 읽을 수 있고, 단락을 건너뛸 수도 있으며, 임의의 순서대로 읽을 수도 있다. 나는 우리가 소리 없는 지면에서도 억양의 이점 몇 가지를 얻을 수 있다고 뒤에서 주장할 것이다.

억양과 목소리

억양은 의미의 소리만이 아니라 **사람들**의 소리도 전해 준다. 우리는 대화할 때 일종의 개인에 대해 듣곤 한다. 그는 열렬한가? 빈정대고 있는가? 주저하고 있는가? 조심스러워하는가? 우리는 정직, 불신, 오만, 열린 마음 등 개인적 특성을 듣곤 한다. 많은 이들이 유도라 웰티Eudora Welty가 자신의 회고록을 시작하는 방식에 깊은 감명을 받았다.

> 처음에는 누군가가 나에게 읽어 주었고, 그다음에는 내가 스스로에게 읽어 주기 시작한 이래 내가 **듣지** 않고 읽은 부분은 단 한 줄도 없다. 내 눈이 문장을 따라갈 때면 어떤 목소리가 나에게 문장을 조용히 말해 준다. 그것은 어머니의 목소리도 아니고, 내가 식별할 수 있는 그 누구의 목소리도 아니며, 나 자신의 목소리도 분명히 아니다. 사람의 목소리이되 내면적인 것이어서 나는 그것을 마음속으로 듣는다. 그것은 이야기나 시 그 자체의 목소리이다. 억양이 당신에게 믿으라고 요구하는 것이 무엇이든 간에, 그것은 인쇄된 단어 안에 있는 느낌으로서 독자의 목소리를 통해 나에게 이른다.

몇몇 비판적인 학자들은 우리가 그러한 방식으로 듣는 것, 즉 그러한 방식으로 읽는 것을 그만두라고 한다.

> 아니다. 우리는 목소리나 태도나 개성을 듣는 것이 아니라 추론하는 것이다. 우리는 그렇게 하는 것을 멈춰야 한다. 오판하는 경우가 많기 때문이다. 오로지 의미에만 주의를 집중하라.

맞는 말이다. 엄밀히 말하면 우리는 단어에서 태도나 개성을 듣지 **않는다**. 그러나 그런 식으로 따진다면 우리는 단어에서 **의미조차** 듣지 않는다고 해야 한다.

우리는 의미 역시 추론해야 한다. 즉 읽어 내야 하는 것이다. 우리는 '디어(dear)'라는 소리를 듣지만 소리 자체는 그것이 '친애하는(dear)'을 뜻하는지 아니면 '사슴(deer)'을 뜻하는지를 알려 주지 못한다. 우리는 의미를 읽어 내는 것이다. 독일 사람이라면 똑같은 소리에서 '너(dir)'라는 말을 듣는다. 의미는 단어 속에 있지 않고 사람들 속에 있다.

그러므로 사람들에게 종이에서 태도나 특징을 '듣는' 것을 멈추라고 말하는 것은 소용없는 일이다. 차라리 사람들이 더 잘 들을 수 있도록 돕는 것, 즉 사람들이 그러한 언어 표현으로부터 읽어 내고 싶어 하는 태도나 개성 또는 목소리의 음색을 더 잘 인식하도록 돕는 것, 또한 말 속에 진정으로 함축되어 있는 바가 무엇이고 자신이 무엇을 듣고 싶어 하는 경향이 있는지에 대해 스스로 질문하도록 돕는 것이 유일하게 합리적인 목표이다. 순수주의자들은 의미에만 관심을 기울이느라 정작 자신이 '듣고 있지 않은' 목소리에 의해 얼마나 큰 영향을 받는지를 알아차리지 못한다. 예컨대 교사는 학생의 글에 담긴 목소리에 의해 자신도 모르게 짜증이 나거나 지루해질 때 그 글에서 더 많은 오류와 약점을 찾아낸다. 교사들이 공정해질 수 있는 유일한 방법은 어떻게 자신도 모르게 목소리에 반응했는지를 알아차리는 것이다.

목소리는 복잡하고 논란이 되는 주제이다. (논란 중인 쟁점과 의견들을 나는 최근에 「글쓰기 안의 목소리 재론: 반대되는 것 껴안기Voice in Writing Again: Embracing Contraries」(2007)에서 정리한 바 있다.) 그러나 필자를 위한 요점은 꽤 명백하다. 독자들은 글에서 목소리나 인물을 발견했을 때 더 즐겁게, 더 오래 읽는 경향이 있다. 그 목소리가 글에 부적절한 목소리가 아닌 한 말이다. 효과적인 목소리는 독자들이 어렵거나 달갑지 않은 아이디어를 뚫고 나아갈 수 있게 한다. 목소리는 바로 억양이 소리 없는 글쓰기에 가져올 수 있는 그 모든 '소리 없는 소리'이다.

그런데 나는 목소리를 열정적으로 지지하지만, 목소리가 중심이라고 생각하는 이들에게 중요한 경고를 해야겠다. 억양을 이용한 표현, 소리, 목소리가 글쓰기에 크게 보탬이 되긴 하지만, 그것들은 글쓰기를 **좋게** 만드는 데 그 자체로 충분하지는 않다. 가장 공허하고, 가장 잘못되었으며, 가장 위험한 글쓰기 중 일부는 억양을 이용한 표현, 소리, 목소리로 가득 차 있다.

> 샐리 매코널-지넷Sally McConnell-Ginet은 억양과 성별에 대한 언어학적 연구를 검토한 결과 남성에 비해 여성이 말할 때 억양을 좀 더 많이 사용한다는 증거를 발견했다. 그 차이가 심한 것은 아니지만, 여성의 경우 높낮이의 변화 폭이 더 큰 것으로 나타났다. 그녀는 이 사실을, 여성은 스스로를 드러낼 때 지위를 더 많이 의식한다는 자신의 가설과 연관시켰다. 그녀는 사람들이 억양을 어떻게 인식하는지와 관련된 또 다른 흥미로운 관찰 결과 내지는 주장을 제시했다. "여성적 말투를 사용하는 것처럼 들리는 집단은 높낮이의 폭이 유의미하게 더 컸고, 더 자주 높낮이를 변화시켰다." 단음절에 한두 방향의 높낮이 변화가 있는 말투는 남성적이지 않다고 인식되는 경향이 있다. 흥미로운 것은, "판정단에 의해 남성적이지 않은 말투를 쓰는 것으로 인식된 성인 남성들은 약간 남성적인 말투를 쓰는 것으로 인식된 남성들에 비해 조금 더 낮은 목소리를 사용하는 것으로 나타났다."(McConnell-Ginet, 1978: 549)는 것이다. 성별에 따른 억양의 차이에 대해서는 울프럼·애드거·크리스천(Wolfram, Adger & Christian, 1999: 49)도 참조하기 바란다.

억양 단위

우리가 글쓰기에 관심을 가지고 있다면 억양을 관찰하는 가장 유용한 방법은 억양이 담겨 있는 작은 꾸러미(단위)를 관찰하는 것이다. 사람은 무심코 말할 때나 주의를 기울여 말할 때는 물론이고 무엇인가를 소리 내어 읽을 때조차도 소리가 뿜어져 나오는 작은 음악 단위로 말을 덩어리 짓는 경향이 있기 때문이다. 일반적으로 이러한 단위를 억양 단위라고 한다. 데이비드 크리스털David Crystal은 이를 '어조tone 단위'라 하고, 할리데이는 '어조 단위' 또는 '정보 단위'라고 한다.

즉흥적인 말의 일부 구절을 살펴보자. 이는 1장에 제시되었던 것으로, 한 은퇴자 모임에서 오간 말에서 가져온 것이다. 언어학자의 일반적인 전사 방식과 마찬가지로 각각의 억양 단위가 한 행씩을 차지하도록 되어 있다.

NEAL 닐

the last time we talked 지난번에 얘기하기를

you said you were a world traveler. 세계를 여행한다고 했죠.

you've been all over the [place] [overlapping speech in brackets] 온갖 [곳]을 가 보았겠네요 [대괄호로 표시한 부분은 발화가 겹친 부분임]

ALBERTINE 앨버틴

[oh yes] yes yes [아 그래] 그래 그래요

that was after I married. 결혼 후의 일이죠.

and we decided- 그리고 우리는 결정했어요-

I wanted to know 나는 알고 싶었어요

the great question that was on my mind- 내 마음속에 있는 큰 의문을요-

I'll never forget- 나는 절대 잊지 못할 거예요-

that's folk curiosity. 그건 인간에 대한 호기심이에요.

I wanted to know 나는 알고 싶었어요

what makes people tick. 무엇이 사람들을 살아가게 하는지를요.

and so ah… 그러니까 음…

my husband loved to travel. 남편은 여행을 좋아했어요.

so ah… 그러니까 음…

the same I 나도 마찬가지였고요

so we went out to find- 그래서 우리는 찾으러 갔지요-

what makes people tick. {chuckles} 무엇이 사람들을 살아가게 하는지를요. {웃음}

and of all our travles 그리고 여행을 모두 마치니까

we all came back home after many many years. 아주 오랜 시간이 흘렀고 그제야 우리는 집으로 돌아왔어요.

that there was just one answer 답은 하나더라고요

everybody ticks alike. {chuckling} 사는 게 다 비슷하다는 것. {웃음}

There's no difference. 차이가 없어요.

체이프는 억양 단위에 대해 다음과 같이 쓰고 있다.

> 억양 단위는 음성의 분출로서 생겨나는데, 일반적으로 억양의 최고점을 하나 이상 포함하고, 다양한 종결부 음높낮이 곡선terminal pitch contour 중 하나로 끝난다. 다른 단위와는 대개 휴지를 통해 구분되나 항상 그런 것은 아니다. (Chafe, 1988: 397)

체이프는 특히 이러한 언어적 특성이 얼마나 광범위하게 존재하는지에 관심을 가지고 있다.

> 문제적 사례가 있기는 하지만, 억양 단위는 영어뿐만 아니라 내가 관찰할 수 있었던 모든 언어에서 말의 흐름에 매우 일관되게 나타나고, 실제로 대화, 스토리텔링, 연설, 예식의 수행, 혹은 심지어 소리 내어 읽기까지 모든 형식의 말하기에서 일관되게 나타난다. (Chafe, 1994: 62)

다음에 인용한 또 다른 예문은 체이프의 글에서 가져온 것이다. 이는 학회에서 이루어진 학술 발표자의 말을 기록한 것인데, 발표자는 키가 작아서 처음에는 강연대 옆에 서서 원고를 보지 않고 일상적인 말투로 말한다. 그런 뒤 그녀는 강연대로 돌아가서 원고를 읽기 시작한다. 억양 단위를 구분하는 휴지는 이 두 가

지의 말하기 형태에 모두 지속적으로 나타난다. (예문에서 각 행의 첫 부분에 나타나는 점은 하나당 10분의 1초의 휴지를 나타낸다.)

… I'm standing over here to talk to you, 제가 바로 여기 서 있는 건 여러분에게 말씀드리기 위해서인데,

because, 왜냐하면,

(laugh) I'm too short to be seen, (웃음) 제가 키가 작아서,

(laugh) you know over the podium. (웃음) 강연대에 서 있으면 안 보이실 것 같아서요.

… (laugh) (웃음)

… You- 여러분은-

most people have, 대부분의 사람들은,

… uh, … 음,

… an image of me, 저에 대한 이미지를 가지고 계실 텐데,

… mainly cowlick and eyebrows, 주로 뻣뻣한 머리카락과 눈썹을 떠올리실 거고,

… and, 그리고,

… so this, 그래서 이게,

… this is a good compromise. 이게 제 나름대로 생각한 최선책이었습니다.

[then moving behind the podium, she starts to read] [그리고 그녀는 강연대 뒤로 이동하여 원고를 읽기 시작한다]

…. Now most students, 대부분의 학생들은,

.. of human development, 인간 발달을 전공하면서,

.. seek to discover. 발견하고자 합니다.

.. what is universal, 보편적으로,

… in the developmental process. 발달 과정에서 일어나는 것을요.

... no matter what aspect of human development, 인간 발달의 어떤 국면이든 상관없이,

.. they happen to be investigating. 그들은 이를 조사하고 있습니다.

... They assume that the course of development, 그들이 가정하는 것은 그러한 발달의 과정이,

... to one extent or another, 다소간에,

... is largely shaped. 형성되는 것은 대개

... by biological dis- predispositions. 생물학적 반대 소인에 의해서라는 것입니다.

이 예문에서 "말하는 부분과 소리 내어 읽는 부분 모두에서 억양 단위는 각각 평균 1.9초로, 거의 길이가 같다. 이 수치는 구어체 영어가 생산되는 방식과는 상관없이 구어체 영어에서 일반적인 것이다."(Chafe, 2006: 9) 말이 응집성과 유창한 흐름을 갖추었을 때에도 억양 단위의 길이는 이와 비슷하다.

체이프는 이러한 억양 관습이 화자와 청자의 인지적 한계를 반영한 것이라고 주장한다. 억양 단위를 구분하는 휴지는 "활동 중인 의식의 용량에 대한 강력한 제한을 총체적으로" 반영한다(Chafe, 1994: 65). 따라서 화자는 말할 때 의미 덩어리 하나에 자신의 모든 주의 또는 활동 중인 의식을 집중시키지만, 곧 주의의 초점을 다른 의미 덩어리로 옮겨서 또 다른 단위를 만들어 낸다. 이는 대개 단위들 간에 미세한 휴지나 틈을 두면서 이루어지지만 항상 그런 것은 아니다. 때때로 억양을 활용한 '표현'은 '어(uhhh)'나 '음(well)' 같은 소리에 그치는 경우도 있는데, 다음에 말할 것을 생각하는 과제에 한정해 주의를 기울일 때 화자는 이와 같이 '자리를 채우는' 억양 단위를 만들어 낸다.

억양 단위는 사람이 한순간에 자신의 핵심적 주의를 기울일 수 있는 정보의 양을 나타낸다. (Chafe, 1987: 180)

체이프는 억양 단위를 광범위하게 연구했다. 명확하고 폭넓은 설명을 보려면 체이프의 저서 5장을 보기 바란다. 체이프는 억양 단위의 시작과 끝을 확정하는 데에는 때때로 약간의 애매함이 있을 수 있다고 말한다. 일부는 조각이 나 있기도 하다. 그러나 억양 단위를 일반적으로 특징짓는 다양한 요인들을 고려하며 주의 깊게 듣는 청자에게는 억양 단위가 명확하게 구분된다는 것이 체이프의 주장이다. 첫째, 억양 단위는 대부분 종결 지점에 짧은 휴지가 있다. 둘째, 거의 언제나 일종의 종결 '선율tune' 즉 '종결부 음높낮이 곡선'이 있다. 셋째, 강세나 음의 높낮이가 두드러지는 부분을 대체로 지니는데 이 지점은 한 군데보다 많을 때도 있다. 넷째, 시작할 때 속도가 약간 빨라졌다가 점진적으로 느려질 때가 많다. 다섯째, 비교적 높은 음에서 시작하여 낮아지는 경우가 많다. 여섯째, 아주 작은 삐걱거리는 소리로 끝날 때처럼 목소리의 특징이 변화하면서 끝나는 경우가 많다. 체이프가 많은 자료에서 살펴본 억양 단위의 60퍼센트 정도는 하나의 절을 나타낸다. 그가 가설로 내세운 것은, 사람은 하나의 절을 억양 단위로 만들려는 의도를 가지고 말을 시작하지만 매우 자주 그것에 실패한다는 것이다. 그는 억양 단위에는 실질적인 것("근데 그 여자 건강하지 않아?but isn't she healthy?"), 규제적인 것("음well"), 단편적인 것("내 말은 그녀가I mean she")이 있다고 말하고 있다.

(체이프가 억양 단위를 확정하는 것이 애매할 수 있다고 말할 때 암시하고 있는 바처럼) 억양 단위, 또는 '어조 단위'에 대한 언어학 이론은 여전히 복잡하다. 할리데이와 윌리엄 그리브스William Greaves는 체이프보다 훨씬 더 정밀한 과학기술적 세부 사항의 측면에서 억양을 연구했는데 휴지에 대한 체이프의 설명에 동의하지 않는다. "일반적으로 어조 단위들 간에는 휴지가 없다. 구어체 담화의 멜로디 곡선은 연속적이며, 휴지는 어조 단위가 끝나는 지점이 아니라 낯선 단어나 예상치 못한 단어의 앞과 같이 어조 단위의 중간에서 일어날 가능성이 훨씬 크다."(Halliday & Greaves, 2008: 58) 이 전문적인 언어학자들 중 누구의 말이 타당한지 판단하기는 어렵다. 다만 나는 이해하기 좀 더 쉽다는 점에서 체이프의 이론에 기대고자 한다.

화자가 말하면서 주의의 초점을 한 의미 덩어리에서 그다음 의미 덩어리로 옮길 때 항상 부드럽게 옮기는 것은 아니다. 이를 설명하기 위해 체이프의 저서에서 가져온 저녁 식사 대화의 일부를 1장에 이어 한 번 더 인용하기로 한다. 체이프는 1초보다 짧은 휴지를 표시했을 뿐만 아니라 강한 강세와 약한 강세도 표시하였다.

> ... (0.3) Some élephants and these 몇몇 코끼리들하고 이들
>
> ... (0.1) they 그들
>
> ... (0.7) there 거기에
>
> these gáls were in a Vólkswagen, 이 아가씨들은 폭스바겐 안에 있었는데,
>
> ... (0.4) and uh, 근데 어,
>
> ... (0.3) they uh kept hónkin' the hórn, 아가씨들은 경적을 계속 울려 댔고,
>
> ... (0.2) hóotin' the hóoter, 빵빵 울려 댔고,
>
> ... (0.6) and uh, 그리고 어,
>
> ... (0.4) and the. élephant was in frónt of em, 코끼리가 아가씨들 앞에서,
>
> so he jùst procèeded to sìt dòwn on the V̀Ẁ. 결국 막 다가와 폭스바겐 위에 앉아 버렸어.

이러한 한계는 일상에서 사람들에게 전화번호를 물을 때 쉽게 경험할 수 있다. 전화번호를 억양 단위로 쪼개지 않고 말하거나 듣거나 기억하기란 참으로 어려운 일이다. 심지어 번호가 일곱 자리밖에 되지 않더라도 두 개의 억양 단위로 분리할 필요가 있어 보인다. 유럽의 전화번호는 종종 분리되지 않은 채 한 줄로 펼쳐지는 경우가 있는데 그것은 받아들이는 것조차 힘들다.

주의 집중의 한계를 지닌 사람은 화자만이 아니다. 청자도 **자신이** 어느 한 순간 얼마나 많은 양의 정보에 주의를 온전히 집중할 수 있는지와 관련하여 한계를 가지고 있다. 따라서 2초가 넘도록 중단 없이 줄줄 말할 수 있을 만큼 큰 덩어리의 의미와 언어를 화자가 용케 이해하고 있다고 하더라도(또는 한 쪽의 단어를 죽 읽어 낼 수 있다고 하더라도), 그들이 중단 없이 줄줄 말하는 경우는 거의 없다. 어떠한 휴지도 없이, 또는 음높낮이나 강세의 변화 없이 너무 오래 말하면 청자는 듣기를 멈추거나 이해하지 못한다는 것을 화자들은 경험에 의해 거의 무의식적으로 알고 있다. 억양의 구성이 전혀 없는 언어의 연쇄는 이해하기 어렵고 효과도 떨어진다. 앞 장에 제시되었던 천문학 예문을 살펴보자.

The conversion of hydrogen to helium in the interiors of stars is the source of energy for their immense output of light and heat. 별들의 내부에서 이루어지는 수소원자의 헬륨으로의 전환은 빛과 열의 엄청난 방출을 위한 에너지원이다.

이 문장은 글로서는 나쁘지 않다. 그러나 사람들은 일상 대화에서 이와 같은 문장을 말하지는 않는다. 그리고 이 문장은 묵독하는 독자들에게 도움이 될 만한 함축적인 억양 단위를 많이 구획하고 있지도 않다. 만약 어떤 학자가 학회에서 이 문장을 소리 내어 읽는다고 치자. 그는 '세심하게 표현하며 읽기'를 수행함으로써 이 문장을 명확하게 이해시킬 수 있는데, 그것은 아마도 다음과 같이 내가 사선을 삽입한 부분에서 짧은 휴지를 두는 방식일 것이다.

The conversion of hydrogen to helium / in the interiors of stars / is the source of energy for their immense output of light and heat.

그러나 이렇게 읽는 것은 좀 투박하다. 이러한 독법은 소리 없는 문장에 실제로 내재되어 있는 것과는 다른 억양의 음악을 낳는다. (인문학과 사회과학 분야의 많은 학자들은 학회에서 자신의 뼛속에 있는 억양의 지혜를 버린 채 원고를 쉬지 않고 소리 내어 읽는 경우가 많다. 흥미롭게도 오히려 자연과학자들이 학회에서 논문을 읽는 대신 슬라이드와 노트를 바탕으로 말하는 경우가 많아 더 '인문적'인 언어 양상을 보인다. 그들은 타 분야의 학회에서 그처럼 비인문적인 언어 실천이 이루어지고 있는 것에 대해 듣고는 깜짝 놀랄 때가 많다.)

인간은 진화함에 따라 억양 단위의 구획을 선호하게 되었다는 체이프의 야심 찬 가설이 옳든 그르든 간에, 그에게는 기댈 만한 심리적·철학적 기반이 있다. 그리고 그는 그러한 기반을 바탕으로, 화자가 순간적으로 자신의 마음에서 한 덩어리의 의미를 끄집어내어 그것이 존재하지 않는 타인의 마음에 넣어 주는 일은 사실상 기적이라는 점을 알아차렸다. 억양 단위의 구획은 이러한 기적의 가능성을 높여 준다.

체이프는 이러한 주제를 다루고 있는 책을 집필한 바 있다. 『담화, 의식, 시간: 말하기와 글쓰기에서 의식적 경험의 흐름과 이동Discourse, Consciousness, and Time: The Flow and Displacement of Conscious Experience in Speaking and Writing』(1994)이라는 책의 제목에서 시간에 대한 그의 관심을 엿볼 수 있다. 그는 말하기가 시간 속에서 말 그대로 '지속적으로online' 일어난다는 명백한 사실을 지적한다. 시간은 우리가 말하고 듣는 동안 멈추지 않는다. 따라서 우리는 자신과 청자들이 매 순간 처리할 수 있는 정보량의 한계를 감안하여, 잠시 휴지를 두고 억양의 음악이 이루어지도록 자신의 언어를 단위에 따라 구획해 주어야 한다.

의식은 체이프의 책 제목에 있는 또 다른 핵심어이다. 화자의 생각이 지닌 인지적 제약에 주목한 그는 관찰 불가능한 것, 즉 화자의 머릿속에 존재하는 것에 대한 이론을 당연히 세우고 있다. 그는 이런 식의 가설 설정이 지닌 위험성을 이해하지만, 그럼에도 불구하고 대부분의 언어학자와 사회학자 들이 실증주의의 굴레에 갇혀 관찰 가능한 언어에만 집중하는 소심함을 점잖게 비판한다. 그는 화자의 의식에 대한 가설을 세우지 않고서는 말하기에 대한 이론을 제대로 수립할 수 없다고 주장한다. (방법론에 대해 쓴 그의 웅변적인 도입부를 참조하기 바란다.)

그의 가설에 따르면 인간은 서로에게 말할 때 세 가지 제약에 직면한다. (a) 새로운 아이디어를 의식 속에서 떠올리는 데에는 정신적인 노력이 필요하다. 이를 활성화 비용activation cost이라 부른다. (b) 따라서 이미 마음속에서 생각한 것 없이 억양 단위를 시작하기란 힘들다. 이를 가벼운 주제의 제약light subject constraint이라 부른다. (c) 그리고 한순간에 집중할 수 있는 정보의 양은 제한되어 있다. 이를 하나의-새로운 아이디어one-new idea 제약이라 부른다. 그는 이 세 가지 제약이 "주제 대상을 활성화하는 과정에서 정신적 노력을 최소로 기울이는 것을 포함한다."(Chafe, 1994: 289)라고 말한다.

억양 단위와 글쓰기

그러나 말에서 글로 넘어오면 이야기가 달라진다고 체이프는 말한다. 필자와 독자는 '단속적으로offline' 글을 다루므로 언어를 단위로 구획하는 것이 불필요하다. 필자는 의미를 절과 문장 안에 집어넣는 데 자신이 원하는 만큼 충분한 시간을 사용할 수 있고, 독자는 단위로 구획되지 않은, 풍부한 언어의 포장을 풀고 삼키고 소화하는 데 자신이 필요한 만큼 충분한 시간을 사용할 수 있다. 여기서 체이프의 관점은 보편적이고 일반적인데, 이를 뒷받침할 만한 두 가지 분명한 논리가 있다. 첫째, 필자와 독자는 자신이 원하는 만큼의 시간을 쓸 수 있다. 둘째, 대부분의 글, 최소한 대부분의 전문적 필자들이 쓴 설명적인 글에는 말에서 볼 수 있는 것보다 더 길고 더 복잡한 문장과 절이 **실제로** 존재한다.

언어학자, 교사, 교열 담당자 등은 말과 설명적인 글 사이의 이러한 차이에 대해 온화하게 미소 짓는 경향이 있다. 그러나 나는 그렇지 않다. 그들은 말하기와 글쓰기 사이에 일종의 벽이 있다고 단언하지만 나는 그것을 무너뜨리고 싶다. 일생 동안 시간의 압박과 청자의 존재로 인해 체득한, 억양 단위로 말을 구획하는 능력을 필자는 **활용**해야 한다. 읽기는 시간과 무관하지 **않기** 때문이다. 글은 공간 위에 펼쳐지지만 독자는 시간의 제약을 전면적으로 받는다. 읽을 때 한 번에 몇 개의 단어만 지각할 수 있다는 점에서 읽기 과정은 시간적인 과정이다. 실제로 읽기는 사람들의 통념 속에 존재하는 '읽기'보다는 오히려 말을 듣는 것에 더 가깝다. 미술 관람보다는 음악 청취에 더 가깝다는 것이다. (이에 대한 더 자세한 내용은 이 책의 15장과 나의 논문 「형식의 음악Music of Form」(2006)을 참조하기 바란다.) 정말로 독자들은 세상의 모든 시간을 소유하고 있을까? 독자들은 일반적으로 서두른다. 독자들은 의미를 파악하기 위해 문장을 다시 읽어야 하는 상황에서 읽기를 멈춰 버릴 때가 아주 많다. 그들은 한 번에 이해할 수 있는 언어를 선호하는데, 이는 억양 단위로 다듬어진 언어를 뜻한다. 대부분의 필자는 독자가 멈추지 않고 읽기를 바랄 것이다.

게다가 필자들이 **모든** 설명적인 글의 **평균**을 모방해야 한다고 말하는 것은 바람직하지 않다. 우리의 목표는 **좋은** 설명적인 글을 쓰는 것이다. 생각해 보면, **능숙한** 필자들은 말하기를 통해 억양과 관련된 본능을 체득하고 이를 활용하여 자신의 글을 더 명확하게 만드는 것을 볼 수 있다. 글쓰기라고 해서 인간의 의식이 부과하는 '강력한 제약'에 왜 주의를 기울이면 안 되겠는가? 물론 글의 억양 단위는 말에 요구되는 2초보다 더 길어질 수 있다. 그러나 좋은 글이라면 독자가 의미를 추출하느라 추가로 시간을 들일 필요가 없을 정도로 억양 단위가 짧아야 한다.

이 말은 단순하고 평이한 글이 좋다는 주장으로 들린다. 그렇다. 단순할수록 좋은 것이고, 이는 학술적인 글에서도 예외는 아니다. 바로 앞에 있는 세 문장의 짧은 억양 단위에 주목하기 바란다. 나는 글을 쓸 때 비교적 긴 문장들을 대체로 허용한다. 하지만 억양을 활용한 표현을 통해 글이 더 이해하기 쉬워진다는 내 생각이 옳기를 바란다.

그러나 우리 뼛속에 있는 억양에 관련한 지혜가 필요하다는 말이 곧 단순한 산문을 써야 함을 뜻하지는 않는다. **고도로** 복잡한 산문이라도 효과적인 글이라면 억양을 활용한 구성과 의식의 제약을 이용하기 마련이다. 복잡한 산문에서 휴지는 작가가 스스로 끼어드는 것으로 인해 늘어날 수도 있는데, 이는 연설에서 나타나는 특징이기도 하다. 작고한 헨리 제임스의 소설 『황금 술잔』에서 가져온 상당히 긴 문장(이 문장을 나는 이 책의 4장에서 좌분지 구문과 우분지 구문을 설명하기 위해 인용했다)을 다시 한번 억양과 관련된 휴지 전부와 함께 살펴보자. 나는 분리된 억양 단위에 밑줄을 그었고, 휴지가 있다고 강하게 암시된 지점에는 사선을 넣었다.

But she saved herself in time, / conscious above all that she was in the presence of still deeper things than she had yet dared to fear, / that there was "more in it" than any admission she had made represented ─ / and she had held herself familiar with admissions: / so that, not to seem to understand where she couldn't accept, / and not to seem to accept where she couldn't approve, / and could still less / with precipitation, advise, / she invoked the mere appearance of casting no weight whatever into the scales of her young friend's consistency. 그러나 그녀는 늦지 않게 자신을 구했는데, 이는 무엇보다도 그녀가 지금껏 감내했던 두려움보다 훨씬 더 심각한 것들에 직면해 있다는 사실을 의식한 덕분이었고, 그녀가 표명했던 모든 인정보다 '더 많은 것이 그 안에' 있다는 사실을 의식한 덕분이었으며, 그리고 그녀가 인정하는 것에 익숙한 상태가 되도록 가만히 있었던 덕분이었다. 그리하여 자신이 받아들일 수 없는 부분을 이해하는 것처럼 보이지 않도록, 그리고 그녀가 인정할 수 없는 부분을 받아들이는 것처럼 보이지 않도록, 더더구나 충고를 경솔하게 수용하는 것처럼 보이지 않도록, 그녀는 젊은 친구들의 일관성이라는 저울에 올리는 것이라면 무엇이든 무게를 전혀 더하지 않는 단순한 모습을 언급했다. (James, 1959: 184)

제임스는 억양과 관련된 휴지와 억양 단위의 구획이라는 매우 **구어적인** 관습으로부터 믿기 어려울 정도의 복잡성을 구성해 낸다. 17세기와 18세기의 많은 산문, 예컨대 데이비드 흄David Hume이나 기번Gibbon의 글에서도 우리는 억양 단위로 구획되는 말의 특성을 기반으로 우아하게 구축된 구문의 유사한 복잡성을 볼 수 있다. 그리고 이와 마찬가지로 매우 유연한 구문을 선호하는 현대의 훌륭한 필자들에게서도 이러한 것을 볼 수 있다. 다음은 클리퍼드 기어츠Clifford Geertz의 문장이다.

The recent tsunami in southern Asia, in which perhaps a quarter-million people of all ages and conditions were swept indifferently away by a blind cataclysm, has, at least for the moment ─ perhaps only for the moment—concentrated our minds. 최근 남아시아를 덮친 쓰나미에서, 나이나 환경을 가릴 것 없는 대략 25만 명의 사람이 걷잡을 수 없는 대재앙에 의해 무심코 휩쓸려 갔는데, 이는 적어도 그 순간에는—아마도 그 순간만큼은—우리의 정신을 집중시켰다. (Geertz, 2005: 5)

요컨대 필자의 목표는 화자가 그러하듯이 언어를 억양 단위로 구획하는 것이다.

글의 억양 단위는 중단 없는 리듬의 덩어리 안에서 편안하게 말할 수 있는 구절이라고 할 수 있다. 하나의 구절은 작은 음악적 형상, 즉 억양에 의한 리듬을 지니고 있고, 최소한 하나의 아주 짧고 자연스러운 휴지로 마무리될 가능성이 크다. 억양 단위는 제임스의 예문에 나온 'still less(더더구나 … 않도록)'처럼 짧을 수도 있고, 기어츠의 예문에 나온 'perhaps a quarter-million people of all ages and conditions(나이나 환경을 가릴 것 없는 대략 25만 명의 사람)'처럼 길 수도 있다. 물론 독자는 문장을 어떻게 읽거나 들어야 하는지를 전적으로 선택할 수 있다. 따라서 기어츠의 구절 'perhaps a quarter-million people [/] of all ages and conditions'에 두 개의 억양 단위가 있다고 판단할 수도 있다. 'swept indifferently away [/] by a blind cataclysm(걷잡을 수 없는 대재앙에 의해 무심코 휩쓸려 갔는데)'도 마찬가지이다. 엄밀히 말하면 억양은 순전히 **청각적인 것으로**, 글에는 소리가 없으므로 억양은 글에 존재하지 않는다. 혹은 큰 소리든 귓속말이든 글을 말로 전달하는 경우에만 존재한다고 할 수도 있다.

그래서 억양이 글쓰기에서는 가설이나 추측의 문제라고 하더라도, 필자들에게는 실용적 이득이 크다. 통사 구조는 그것이 어떻게 구현되어야 하는지를 강력하게 **제시한다**. 즉 글은 별도의 문장 부호가 없다고 하더라도 독자의 귀에 도움이 될 만한 억양 관련 형상과 휴지를 **불러오도록** 모양이 만들어질 수 있다. 이런 억양 관련 형상이 결여된 글은 독자들이 비교적 어렵게 느낀다. 즉 거칠고, 말로 전달하기에 불편하며, 읽기를 진행하는 것이 힘들다.

억양 단위와 통사적 접착

앨버틴이 왜 자신이 여행을 좋아하는지를 말했던 예문을 다시 한번 살펴보기 바란다. 이 예문은 왜 사람들이 말하기를 부정적으로 볼 때가 그토록 많은지를 보여 준다. 구문이 뒤틀려 있고 부서져 있기 때문이다.

> that was after I married. 결혼 후의 일이죠.
> and we decided- 우리는 결정했어요-
> I wanted to know 나는 알고 싶었어요
> the great question that was on my mind- 내 마음속에 있는 큰 의문을요-
> I'll never forget- 나는 절대 잊지 못할 거예요-
> that's folk curiosity. 그건 인간에 대한 호기심이에요.
> I wanted to know 나는 알고 싶었어요

실제로 사람들은 이런 식으로 말할 때가 정말로 많다. 그러나 세간에서 비난하는 만큼 구어가 통사적으로 그리 엉망이지 않다는 것을 보여 준 연구(Labov, 1972: 60; Halliday, 1987: 77)를 잊지 말기 바란다. 이 엉망인 대목은 앨버틴의 독백 중 작은 부분일 뿐이다. 나는 말할 때 확실히 이처럼 엉망인 구문을 많이 만들어 낸다. 무엇인가를 막 말하기 시작한 직후에 우리는 새로운 생각이나 단서 또는 이야기가 떠올라 하던 말을 중단하고 새로운 것을 말하는 경우가 많다. 그때 구절 사이의 연결은 약하거나 잘못되어 있기 일쑤이다.

그런데 중요한 것은 화자가 한 의미 덩어리에서 다른 의미 덩어리로 주의를 돌릴 때 이런 나쁜 연결의 대다수는 휴지를 포함하고 있는 억양 단위 **사이**에서 일어나며, 그 지점에는 휴지가 있는 경우가 많다는 것이다. 약한 접착은 문법적인 죄이다.

그러나 각 억양 단위의 **내부**를 들여다보면 강력한 접착, 강력한 연결이 이루어져 있음을 알 수 있다. 즉 억양 단위 내부의 단어들은 매끄럽고 자연스러운 구문을 이루며 서로 호응하고 있다. 그러면 이제 은퇴자 모임의 앨버틴이 한 '불완전하고 교양 없는 말'을 다시 한번 살펴보자. 이번에는 연결이 각각의 억양 단위 내부에서 어떻게 **끊어지지 않은** 채로 있는지에 주목하기 바란다.

> that was after I married. 결혼 후의 일이죠.
> and we decided- 우리는 결정했어요-
> I wanted to know 나는 알고 싶었어요
> the great question that was on my mind- 내 마음속에 있는 큰 의문을요-
> I'll never forget- 나는 절대 잊지 못할 거예요-
> that's folk curiosity. 그건 인간에 대한 호기심이에요.
> I wanted to know 나는 알고 싶었어요

시의 행은 억양 단위에 의한 분할을 따르는 경우가 많다. 존 애시버리John Ashbery는 일견 구어의 억양 단위를 무작위로 나열한 것 같은 효과를 주는 시들을 써서 전 세계의 모든 문학상을 휩쓴 바 있다. 다음은 「처녀 왕The Virgin King」이라는 작품의 1연이다.

> They know so much more, and so much less 그들은 훨씬 더 많이, 그리고 훨씬 더 적게 안다네
> "innocent details" and other. It was time to '무고한 디테일'과 그 나머지를. 시간이 되었다네
> put up or shut up. Claymation is so over, 실천하거나 입을 닥쳐야 할 시간. 클레이메이션은 다 끝났다고
> the king thought. The watercolor virus 왕은 생각했다네. 그림물감 바이러스는

sidetracked tens. 열 가지 병을 일으켰다네.

왜 억양 단위에 해당하는 구절의 내부에 있는 단어들은 통사적으로 아주 강력히 접착되어 있을까? 이에 대한 대답은 일견 의외일 수 있는데, 그것은 비계획성 덕분이다. 체이프의 말을 빌리자면, 그 단어들은 한 번의 '분출'에서 나온 것이다. 우리는 구절 전체를 하나의 단위로 만들어 내고, 고르는 데 별로 신경을 쓰지 않고 단어를 말한다. 물론 새로운 의미나 한두 개의 핵심어는 의식적으로 선택할 수도 있다. 그러나 일단 우리가 자신의 생각을 하나의 억양 단위 안으로 투사하면 단어들은 자동적으로 펼쳐지는 경향이 있다. 단어를 선택하는 일에 특별히 집중하지 않는다면, 어떤 단어를 사용했는지조차 의식하지 못하는 경우가 허다하다. 우리가 한 단어를 말할 때 노력이나 준비를 하지 않더라도 다음 단어가 저절로 따라 나오거나 그저 튀어나오곤 한다. 하나의 억양 단위에 해당하는 구절 내부의 비계획적인 단어들은 일반적으로 계획되거나 점검되거나 '잘 구성된' 언어에서 볼 수 있는 것보다 더 훌륭하게 통사적 의미와 의미론적 의미를 혼합한다. 이 과정이 자연스럽고 비계획적으로 느껴지는 것은 실제로 자연스럽고 비계획적이었기 때문이다. 그러한 통사적 접착이 매우 강력한 것은 우리가 힘을 별로 들이지 않고 그것을 만들어 내기 때문이다.

> 일부 단어들은 'paying attention(주의를 기울이기)'이나 'as we speak(바로 지금)'와 같이 이미 만들어진 어구 안에 존재하기 때문에 훨씬 단단하게 접착된다. 최근 들어 언어학자들은 한 언어의 기본적 조립 단위로서 이러한 '어휘 다발'이나 '친숙한 연어連語'에 대해 점점 더 많은 관심을 보인다. 그러나 이러한 덩어리들은 억양 단위 내부에서의 접착에 대해 극히 일부만을 설명할 뿐이다.

달리 말하면, 억양 단위들이 독자들에게 도움이 되는 것은 앞 절에서 강조했던 휴지, 즉 청자와 독자로 하여금 그들의 통사적 · 의미론적 호흡을 파악하도록 하는 휴지 때문만은 아니다. 게다가 억양 단위의 구획은 억양 단위 내부에 있는 단어들 간의 강력한 접착을 만들어 낸다. 따라서 계획적이지 않은 구어에서의 통사적 응집성에 대해 말하고자 한다면, 우리는 구절들 간의 약하고 '비문법적인' 접착에 대해 불평만 늘어놓을 수는 없다. 우리는 각 구절들 내부의 강력한 접착에 주목할 필요가 있다.

억양 단위 내부에서 단어들이 덜 접착되면 어떤 점에서 좋은가? 거칠게 답하자면 이렇다. 단어들이 한데 어우러져 쉽게 한 사람의 마음에서 **나온다면** 다른 사람의 마음으로 **들어가는** 것도 쉬워진다. 최소한 화자와 청자가 같은 언어나 방언 또는 언어 공동체를 공유하고 있는 경우라면 즉 청자의 마음과 화자의 마음이 동일한 구문에 의해 구성되는 경우라면 그러할 것이다. 예컨대 컴퓨터광의 비계획적이고 억양 단위로 구획된 언어는 컴퓨터 공포증이 있는 사람에게는 자연스럽고 쉽게 들리지는 않을 것이다. 설령 두 사람이 형제나 자매 사이라 하더라도 말이다.

할리데이는 매우 전문적인 언어학자이기 때문에 거친 답에 안주하지 않는다. 그는 많은 억양 패턴들이 실제로 **문법**, 즉 **통사론**을 반영함을 보여 주고 있다. 그는 강세와 음높낮이 곡선의 서로 다른 패턴을 서로 다른 구문과 연결하는 방법을 통해 매우 상세하게 이 작업을 수행하고 있다.

> 억양은 실제의 어휘문법적lexicogrammatical 케이크 위에 얹은 음성학적 얼음이 아닙니다. 그런 얼음이 있다면 그건 예컨대 분노나 슬픔 등을 표현하는 목소리의 특징 같은 것입니다. 그러나 억양은 그런 식으로 작용하는 것이 아닙니다. 그것은 사람이 말할 때마다 선택할 수 있고 또 선택해야 하는 어떤 [어휘문법적] 선택 체계입니다. (『영문법에서의 억양Intonation in the Grammar of English』(2008)을 할리데이와 공저한 윌리엄 그리브즈스가 10월 1일 나에게 보낸 이메일.)

(할리데이의 억양 모델은 매력적이기는 하지만 매우 복잡하다. 편안하게 섭렵할 수 있

는 수준보다는 더 전문적이고 상세하다. 공동 집필된 책(Halliday & Greaves, 2008)에서 길이 분석에 대한 부분을 읽어 보라. 또한 할리데이와 매티슨(Halliday & Matthiessen, 1985: 87-94)도 읽어 보라. 그런데 크리스털은 할리데이가 억양과 문법을 다소 지나치다 싶을 정도로 심하게 연결한다고 주장한다.)

요컨대 **억양 단위들 간의 문법적 연결은 문제가 꽤 많지만, 억양 단위 내부의 문법적 연결은 강력할 뿐만 아니라 언어의 통사 구조에 기본이 된다.** 이 강력한 접착은 문자 언어가 아리스토텔레스 이후 몇몇 필자들이 상정했던 이상ideal에 도달할 수 있도록 돕는다. 그 이상은 바로 주의 깊게 계획한 것 같지 않으면서도 글이 자연스럽게 들리는 것이다.

스폰택스

단어들을 독자로 하여금 가장 명확하고 쉽게 이해하도록 하고 싶다면, 여기 억양 단위 구획의 또 다른 장점에 주목하기 바란다. 억양 단위 내부에 있는 단어 A와 단어 B 사이에 비계획적인 연결, 즉 거의 나눌 수 없는 자연스러운 연결이 있을 때 글은 더 명확하고 강력해진다. 헨리 제임스의 'still deeper things than she had yet dared to fear(지금껏 감내했던 두려움보다 훨씬 더 심각한 것들)'이라는 구절이나 기어츠의 'perhaps only for the moment(아마도 그 순간만큼은)' 같은 구절을 생각해 보자. 그들이 구체적인 표현에 노력을 기울였을 수도 있었겠지만, 그랬다 하더라도 그 노력은 자연스럽게 억양 단위로 구획된 구절의 언어적 장점을 활용하는 데 기울인 것일 터이다. 여기서 장점이라 함은 명확성과 이해의 용이성을 말한다.

내가 여기서 관심을 두고 있는 통사적 특성은 사람이 우아하게 걸을 때나 개가 멋지게 달릴 때 또는 고양이가 예쁘게 누웠을 때 볼 수 있는 무엇인가와 같다. 각각의 하위 동작은 앞선 동작을 **효율적으로** 따른다. 계획된 것도 아니고 리허설이나 조정이 있는 것도 아니다. 이와 마찬가지로 비계획적인 단어들이 억양 단위에서 연속되는 것은 인간의 언어 **생산**과 **수용**을 위한 '통사적 효율성'을 지닌다.

그러므로 글쓰기에 크게 도움이 되는 이러한 특성은 **자연발생적 통사 구조** spontaneous syntax라고 할 수 있다. 비계획적인 말을 하는 상황에서 개별 단어들을 연결하는 이 강력한 접착제는 필자와 독자 모두에게 도움이 된다. 이것을 병에 담아 두자!

스폰택스SponTax

자연발생적인 통사적 접착제로서 말에서 추출되며, 물약이나 알약 형태로 이용 가능합니다. 스폰택스의 효능을 알고 싶다면 의사와 상담하세요. 부작용으로는 진부한 표현, 말이 지나치게 많아지는 증상, 청중의 지루함 유발 등이 있을 수 있습니다. 글을 쓰는 데 36시간보다 더 많은 시간이 걸린다면 의사와 상담하세요.

적당한 뇌물만으로도 우리는 '언어와 약' 당국으로부터 허가를 받을 수 있을 것이다. 이용자에 대한 전망은 밝다. 남녀노소 누구나 이용 가능하다. 우리는 부자가 될 수도 있다!

그러나 아뿔싸! 문제가 있다. 스폰택스는 공짜이기 때문이다. 3, 4세 이상의 모든 인간은 이미 그들의 혈관 속을 흐르는 스폰택스를 무한히 공급받고 있다. 절대 고갈될 일이 없다. 사실, 관료들은 다른 방식을 밀어붙여 왔다. 오래전에 일부 집단은 '언어와 약' 당국에 뇌물을 주어 스폰택스를 말의 오점이라고 하면서 모든 '진지한 글쓰기'에 그것을 사용하는 것을 **억제하도록** 했다. 공짜로 얻을 수 있는 강력하고 명백하면서 효과적인 통사 구조를 사람들이 두려워하도록 만들기 위해 엄청나게 많은 돈이 사용되었다. "글쓰기는 의식적이고 주의 깊은 활동입니다. 계획되지 않고 선별되지 않은 단어는 절대 사용하지 마세요. 단어들이 곧바로 떠오르면 안 됩니다."라고 말하는 캠페인에 모든 사람이 굴복하였다.

자연발생적 통사 구조를 반대하는 문화적 편견은 뿌리가 깊다. 내가 직접 경험한 일을 사례로 들어 보겠다. 내 글에 사용된 두 개의 구절을 출판사의 편집자가 수정하는 바람에 스폰택스가 파괴된 적이 있다. 나는 "always comes with(항상 …와 함께 나타난다)"라고 썼는데 그것이 "is always accompanied by(항상 …에 의해 수반된다)"로 바뀌었다. 또 "who has a strong sense of(…을 강하게 느끼고 있는)"라고 썼는데 그것이 "who retains a deep conviction that(…에 대해 깊은 확신을 보유하고 있는)"으로 바뀌었다. 편집자들이 내 글을 수정해 주는 것이 고맙기는 하지만, 내 글에서 그들이 제거해야 할 **오류**는 없었다. 편집자들은 스폰택스, 또는 '구어의 **오점**'(내가 미간을 찌푸리면서 말하는 최선의 구절이다)이라는 것을 제거하고 있었던 것이다. 학술 서적 편집자들은 자신들이 '지나치게 많은 비격식적 표현'이나 '저급한 언어 사용역low register'과 일전을 벌이고 있다고 말한다. 또 스폰택스는 평상시의 저속한 말에서 두드러지게 나타나는 경우가 많다. 그러나 자연스러운 **모든** 말을 '저급하다'고 정의해야 하는 것이 아니라면, 앞에서 살펴본 내가 쓴 문제의 두 구절은 저급하지도 저속하지도 않은 것이었다. 실제로 격식을 차린 언어나 저속하지 않은 언어를 사용하더라도 스폰택스를 많이 이용할 수 있다. (이 책을 담당하고 있는 옥스퍼드의 편집자 패터슨 램Patterson Lamb은 앞의 사례와 같은 경우에 해당되지 않음을 재빨리 밝혀 두는 바이다. 그녀는 명민하고 능숙하다.)

수제 스폰택스

일부 독자들은 내가 자연발생성을 찬양하는 것에 대해 낭만적 감상이라고 비판할 것이다. 나는 그 비판 내용을 부인하지는 못한다. 그러나 나는 이에 대하여 의식적이고 정교한 작업도 똑같이 사랑한다고 주장할 수 있다. 나의 두 가지 사랑은 서로 충돌하지 않는다. 훌륭한 필자들은 어릴 때부터 줄곧 자택의 작업실에서 주의 깊고 의식적인 공정을 통해 스폰택스를 **통합**해 온 것이 사실이다. 3장에서 나는 열심히 의식적으로 작업해 진정으로 자연발생적이면서도 자연스럽게 들리는 언어를 창출할 목적으로 아리스토텔레스의 말까지 인용한 바 있다.

훌륭한 필자들은 스폰택스를 흥미롭고 색다른 방식으로 사용하기도 한다. 그들이 사용하려고 하는 것은 명백히 자연발생적이거나 비계획적이지 않은 언어이다. 그러면서도 그들은 비계획적인 통사 구조의 느낌을 창출한다. 로버트 하스Robert Hass의 시를 살펴보자.

Mouth Slightly Open 입이 살짝 열린

The body a yellow brilliance and a head 몸은 노란색이고 머리 하나는

Some orange color from a Chinese painting 중국화풍의 오렌지색

Dipped in sunset by the summer gods 여름 신이 자아낸 일몰에 잠겨 있었지

Who are also producing that twitchy shiver 그처럼 들뜬 떨림도 만들어낸 신들

In the cottonwoods, less wind than river, 강보다 바람이 없는, 미루나무 숲에서,

Where the bird you thought you saw 당신은 새를 보았다고 생각했지

Was, whether you believe what you thought 당신의 생각을 스스로 믿든 말든

You saw or not, and then was not, had 보았든 안 보았든, 하여 그게 있었든, 없었든

Absconded, leaving behind the emptiness 사라져 버렸지, 공허를 뒤로 남기고

That hums a little in you now, and is not bad 지금 당신 안에서 작게 흥얼거리는 공허를, 나쁠 건 없어

Or sad, and only just resembles awe or fear. 혹은 슬플 것도 없어, 위압감이나 두려움과 비슷할 뿐이지.

The bird is elsewhere now, and you are here. 새는 지금 어딘가 다른 곳에 있고, 당신은 여기 있고.

이 시는 대부분 잘 다듬어진 억양 단위로 이루어져 있고, 각 단위 내부의 단어들도 잘 접착되어 있다. 그러나 'dipped in sunset(일몰에 잠겨 있었지)', 'twitchy shiver(들뜬 떨림)', 'less wind than river(강보다 바람이 없는)', 'the emptiness that hums a little in you now(지금 당신 안에서 작게 흥얼거리는 공허)' 등의 구절을 보라. 이것들은 '자연스러움'뿐 아니라 자연발생성, 즉 일종의 리듬과 청각적 구성도 느끼게 해 준다. 그런데 이것들은 기대하지 않았던 또 다른 즐거움도 선사해 준다. 그것은 의식적이고 우아한 솜씨로 빚어낸 즐거움이다. 이것들은 클리셰를 만들 때 사용하는 것과 똑같은 접착제를 사용하지만 클리셰로부터 얻을 수 있는 것과는 거리가 멀다. 하스의 언어가 말하기인 것은 아니지만, 그는 일상적인 말의 **자원**이나 **특징**을 활용하여 자신의 글을 우아하게 빚어낸다. 자연발생적 통사 구조는 평소의 리듬을 그대로 따른다. 그러나 필자들은 진부하지 않은 단어를 의식적으로 선택하여 평소의 통사적 리듬에 얹어 놓는다.

클리셰는 스폰택스로부터 만들어지지만, 그 점이 문제가 되지는 않는다. 클리셰의 문제는 그것이 종합적인 단어 패키지로서 남용되는 데 있다. 클리셰의 실제 통사 구조는 글쓰기에서 중요하다. (많은 문화, 심지어 대부분의 다른 문화에서조차 사람들은 진지한 글쓰기에 클리셰나 말하기가 들어오는 것을 환영한다. 이에 대해서는 폭스(Fox, 1994)의 저서를 참조하기 바란다.)

시인으로서 하스는 화자들이 억양 단위들 간의 연결을 위해 매우 빈번하게 사용하는 거칠고 **약한** 접착제까지 사용한다. 이 약한 접착제는 부주의한 말에서 잡초처럼 자라나는 '나쁜 문법'을 만들어 낸다.

Where the bird you thought you saw 당신은 새를 보았다고 생각했지
Was, whether you believe what you thought 당신의 생각을 스스로 믿

든 말든

You saw or not, and then was not, had 보았든 안 보았든, 하여 그게 있었
든, 없었든

Absconded 사라져 버렸지

    당연하게도 예외적인 목적이 아니라면 이러한 유형의 문법을 글쓰기에 사용하는 것은 용납되지 않고, 나는 이 책을 쓸 때 그러한 문법을 피하려고 했다. 하스는 의도적으로 우리를 혼란스럽게 하여 작품을 처음 읽을 때 독해 실패나 오해로 몰아넣는다. 그리고 그는 이러한 방법으로 우리를 되돌아가게 하여 단어를 말하고 듣게 만든다. 왜냐하면 말하기와 듣기만이 작품의 통사 구조를 이해할 수 있는 유일한 방법이기 때문이다. 만약 누군가가 모든 억양 단위에 따른 강세, 리듬, 멜로디를 실어서 이 작품을 멋지게 낭독해 주었더라면 우리는 그다지 혼란스럽지 않았을 것이다. 나는 하스가 부주의한 말의 리듬과 어법에서 벗어난 통사 구조를 고도로 정교한 시 작품에 사용하는 방식을 참 좋아한다. 그는 억양의 음악성을 부각하는 문법인, 격식을 갖추지 않은 구어 문법의 **복잡성**을 활용한다. 그리고 그의 더 큰 전략은 우리가 그의 시를 개념적으로만 받아들이는 것이 아니라 **듣도록** 만든다는 것이다. 이러한 방식으로 그는 구어의 리듬과 행갈이를 대위법적으로 활용해 즐거움을 만들어 낸다.

산문을 쓸 때의 목표는 무엇인가

    앞에서도 언급했지만 억양 단위를 창출하라. 이제 좀 더 구체적으로 말하겠다. 우선 구절 내부에서는 강력한 접착제를 사용하라. 그 접착제는 계획적이지 않은 구어에서 발견되는 것과 같은 것이어야 한다. 그러나 구절들 사이에서는 비계획적인 말하기에서 흔히 보이는 것보다 더 좋고 강력한 접착제를 사용하라. 이

말은 쉽게 말해 '좋은 문법을 사용하라'는 것이다. 그런데 내가 억양 단위에 대한 분석을 통해 알려 주고 싶은 것은 글쓰기를 두려워하거나 경험이 부족한 필자들이 올바른 문법을 사용하면서도 지극히 단순하고 '딱딱한' 문법과는 거리를 둘 수 있다는 사실이다.

요컨대 스폰택스는 말할 때 무상으로 제공되지만, 글쓰기에서 일련의 어려운 생각을 처리하기 위해 고심할 때에는 보이지 않는다. 예컨대 X도 참인 것 같고 Y도 참인 것 같은데 X와 Y가 서로 모순되는 이유가 무엇인지를 알아내려고 하는 경우처럼 초고에서 희미하거나 엉켜 있는 아이디어를 명확히 하려고 하는 경우, 나는 단어들을 하나씩 순차적으로 천천히 고심해서 고를 때가 많다. 그렇게 고른 두 단어 사이에 또 다른 단어를 끼워 넣어야 하는 때가 있다. 나는 단어를 교체해야 하고, 단어의 순서를 바꾸어야 하며, 내가 이해하려고 애쓰는 아이디어나 특징을 표현할 수 있도록 단어에 살을 붙여야 한다. 이러한 과정은 매번 스폰택스를 파괴한다. 다음 문장의 필자에게도 그런 과정이 일어났음이 틀림없다.

My own research shows that in a model simultaneously accounting for both House and presidential on-year voting in terms of voters' issue preferences, partisanship, economic evaluations, assessments of the presidential candidates' personal qualities, and demographic characteristics, the electoral value of being an incumbent rather than an open-seat candidate fell to 16 percent, on average, from 1980-88 to 1992-2000. 나의 연구는 유권자의 이슈 선호, 당파성, 경제적 평가, 대통령 후보의 개인적 자질에 대한 평가, 그리고 인구통계적 특징 등의 견지에서, 그해 하원 의원 선거와 대통령 선거 모두를 동시에 설명하는 모형을 통해 선거에서 현직 프리미엄이 갖는 가치가 1980~88년에 비해 1992~2000년에 평균적으로 16퍼센트 하락했음을 보여 준다.

그러므로 나는 의식적인 선택과 결정을 반대하는 입장에서 논증하고 있는 것이 아니다. 결국 글을 수정하고 보완할 때 우리는 다름 아닌 의식적인 결정을 내리게 되는 것이다. (주의 기울이기에 대해서는 10장을 참조하기 바란다.) 내가 반대하는 것은 필자들에게 비계획적인 통사 구조를 사용하면 결코 안 된다고 말하는 강력한 힘이다. 사실, 숙련된 필자들이 주의 깊은 수정하기에 능한 이유는 그들이 자신의 입과 귀를 통해 비계획적인 통사 구조의 느낌을 이미 배웠기 때문이다.

그러므로 우리는 글 수정하기라는 후반부의 단계가 필요하다. 그 단계에서는 사람이 말할 때처럼 언어를 자연스럽고 쉽게 입에 붙도록 하기 위해 다른 의식적 계획을 활용한다. 비록 그 언어로 인해 우리가 다른 생각이나 특징의 일부를 풀어내기가 어려워지더라도 말이다. 이 책의 3부에서 나는 글쓰기의 후반부라는 중요한 단계에 대해 탐구할 것이다.

스폰택스 병의 라벨에 인쇄되어야 할 마지막 경고가 있다. 구어의 억양 단위 내에서 발견된 강력한 통사적 접착제는 글에 명확성과 에너지를 부여하지만, 그것이 좋은 글쓰기를 보장하는 것은 아니다. 명확하고 에너지가 넘치지만 무의미한 글이 될 수도 있다는 말이다.

말하기의 장점에 대한 요약적 설명

이번 장과 앞의 장에서 기술한 말하기의 장점을 보여 주기 위해 체이프의 책에서 가져온 문장을 변형하여 제시하고자 한다. 그는 훌륭한 학술 필자로, 내가 그를 존경하는 이유는 그의 통찰력과 연구뿐만 아니라 그의 글쓰기 때문이기도 하다. 그의 글은 독자에게 고통과 좌절을 주지 않는다. 그러나 나는 말하기의 장점에 기대어 그의 몇몇 문장을 더 명확하고 강력하게 만들고자 한다.

체이프

[E]ach intonation unit verbalizes the information active in the speak-
er's mind at its onset. Let us hypothesize that an intonation unit ver-
balizes the speaker's focus of consciousness at that moment. (각각의
억양 단위들은 발화할 때 화자의 마음속에서 활성화된 정보를 언어화한다. 하나
의 억양 단위가 그 순간의 의식에 대한 화자의 초점을 언어화한다는 가설을 세워
보자.

말하기 기어를 이용한 수정본

When speakers create intonation units, they are finding words for
the meanings that are active in their minds at that moment. 화자가 억
양 단위를 창출할 때, 그들은 그 순간 자신의 마음속에서 활성화된 의미에 적합한
단어들을 찾고 있는 것이다.

체이프

At the completion of an intonation unit the speaker must intend that
a reasonable facsimile of his or her focus of consciousness will have
become active in one or more other minds. 한 억양 단위의 완성 시점에
화자는 자신의 의식 초점에 대한 합당한 복제가 한 명 이상의 다른 사람의 마음에
활성화되기를 의도해야 한다.

말하기 기어를 이용한 수정본

At the end of an intonation unit, the speaker hopes to have gotten
his or her focus of consciousness into the active consciousness of a
listener. 하나의 억양 단위가 끝나는 시점에서 화자는 자신의 의식 초점을 청자의
활성화된 의식 안으로 들여보내기를 바란다.

체이프

It is through this dynamics process of successive activations, first for the speaker and then, through the utterance of an intonation unit, for the listener, that language is able to provide an imperfect bridge between one mind and another. 언어가 한 사람의 마음과 다른 사람의 마음 사이에 불완전하나마 가교를 제공할 수 있는 것은, 우선 화자의 측면에서는 그러한 연속적 활성화라는 역동적 과정을 통해서이고, 그다음 청자 측면에서는 억양 단위의 발화를 통해서이다.

말하기 기어를 이용한 수정본

When speakers shape their words into intonation units, each unit represents a speaker's focus of attention, and each does what it can to help the listener to create the same focus of attention. This dynamic way of structuring speech increases the chances that one mind will understand another. 화자가 단어들로 억양 단위를 만들 때, 각 단위는 화자가 주의를 기울이고 있는 초점을 드러내고, 청자가 동일한 초점을 생성하도록 하기 위해 할 수 있는 것을 다 한다. 이처럼 역동적인 방식으로 말이 체계화됨으로써 한 사람의 마음이 다른 사람의 마음을 이해할 기회가 늘어난다.

내가 이 수정 문장들을 태평스럽게 말하듯이 쓰기만 해서 얻어 낸 것은 결코 아니다. 또한 앞의 장에서 천문학 관련 문장도 의식적 노력과 숙고 없이 수정한 것이 아니다. 두 경우 모두 마음의 귀에 거듭 표현해 보거나 소리 내어 읽어 보아야 했다. 그것은 의식적인 작업을 필요로 했다. 빨리 되지 않을 때도 많았다. 이 작업에서 나의 목표는 통사적 특성을 재생산하는 것이었다. 나는 일상적인 대화에서 자유롭게 나타나는 것이 무엇인가에 대한 관심을 가진 끝에 통사적 특성이 가치가 있다는 것을 알게 되었다. 만약 우리가 비계획적인 말하기라는 기어를 사용해서 말하듯이 쓰기를 한다면, 많은 억양 단위가 있는 언어를 얻게 될 것이다.

그러나 이러한 비계획적인 언어는 그 자체로 주의 깊은 글쓰기에 적합하지 않기 마련이다. 나는 11장과 12장에서 억양을 비롯하여 앞의 장에서 다루었던 말하기의 장점들을 좀 더 구체적이고 실용적인 측면에서 주의 깊고 효과적인 글쓰기에 어떻게 활용할지를 탐구할 것이다.

체이프의 문장을 고친 나의 수정 문장으로 메타수업을 할 수도 있을 것이다. 이 책을 수정하는 단계에서 뒤늦게 체이프의 세 번째 문장은 내가 단순하게 고친 문장보다 더 낫다는 생각이 갑자기 떠올랐다. 그의 문장은 효과적이면서도 우아하고, 통사 구조가 의미를 잘 전달한다. 반면에 내가 수정한 문장은 다소 거칠고 잘 전달이 되지 않는다. 12장에서 나는 문장가가 이론에 지나치게 집착하고 귀를 충분히 활용하지 않을 때 생기는 위험에 대해 다룰 예정이다.

*   *   *

소리 내어 읽기에 대해 논의하는 11~14장에서 억양은 다시 중요하게 다루어질 것이다.

샤를마뉴와 앨퀸은 어떻게 라틴어의 명칭을 빼앗았는가

800년경 샤를마뉴Charlemagne는 유럽 전역을 사실상 정복했다. 교황은 그에게 '신성로마 황제'라는 호칭을 부여했고, 그의 영토는 카롤링거 제국이라고 불리게 되었다. 그는 개혁과 규칙화를 좋아했던 것으로 보인다. 그는 제국의 교육 시스템, 특히 교회의 교육 시스템을 개혁했다. 정복자이자 통치자로서 그는 너무 혼란스러운 것을 좋아하지 않았다. 그는 자신의 제국이 언어적 측면에서 혼란스럽다는 것을 알게 되자 이를 해결하고 싶어 했다.

라틴어는 15세기까지 로마 제국이 지속되는 동안에는 방언적 변형을 많이 보여주지 않았다. 그러나 그 후 로마에는 강력한 행정적 중심이 없어서 라틴어는 우리가 이탈리아, 스페인, 독일로 부르는 지역, 혹은 동부 지역 등과 같이 어떤 지역에서 말해지는가에 따라 다양한 '라틴어들'로 분화되기 시작했다. 샤를마뉴는 자신의 '유럽연합' 전역에서 사용되고 있던 이 모든 서로 다른 라틴어들을 골칫거리로 여겼다. 그는 더 정돈된 것, 언어적으로 더 통합된 것을 원했다. (그는 자신의 좋았던 때를 알지 못했다. 약 20개의 공식 언어가 있는 현재의 EU에 대해 그는 어떻게 생각했을까?) 그래서 그는 누구라도 인정할 만한 최고의 라틴어 전문가를 찾았다. 그 사람이 바로 제국의 가장 먼 구석인 잉글랜드에 있던 앨퀸Alcuin이라는 수도사였다.

유럽의 모든 사람들이 자신의 토박이 구어로서의 라틴어를 배우면서 자란 반면, 대부분의 잉글랜드 사람들은 고대 영어나 켈트어로 말하거나 라틴어가 아닌 다른 언어를 사용했다. 따라서 앨퀸과 극소수의 잉글랜드 최고 지식인들이 알고 있던 라틴어는 로마의 문서에 보존되어 있던 옛 로마식 라틴어였다. 의심할 바 없이 그들의 라틴어가 추앙받았던 이유는 바로 그 때문이었다. 그들의 라틴어는 '좋은' 언어의 특징을 모두 지니고 있었다. 즉 오래되고 책에서 사용되었던 언어인 데다, 가끔 수도원 내부에서 특수한 목적으로 사용될 때처럼 예외적인 경우를 제외하면 그 누구도 그 언어를 말하는 일이 없었던 것이다.

그리하여 앨퀸은 자신의 오래된 '진짜 라틴어'를 잉글랜드에서 가져왔고, 샤를마뉴는 이것이 이제 제국 전체에서 사용될 라틴어로 간주되어야 한다고 공표하였다.

> 이처럼 교회 라틴어와 교육 라틴어를 그러한 복고풍 모델을 기반으로 하여 표준화하기로 한 결정은 카롤링거 제국의 영토에서부터 점차 확산되어 나중에는 유럽 전역에 걸쳐 12세기 르네상스라 불리는 것의 기초가 되었고, 이는 당대의 로망어(진화된 라틴어)가 아닌 복고풍의 라틴어가 '국제적인' 교육 언어가 된 계기가 되었다. … 이처럼 복고풍화한 라틴어는 음성 언어로 사용될 때, 앵글로색슨(잉글랜드) 교회에서 오랫동안 규범으로 지켜 왔던 독일식 철자의 발음 방식을 수반하였다. 로망어 시대에 복고풍화한 라틴어는 혁신이었다. (Wright, 2004: 4)

> 12세기까지 라틴어는 유럽 전역에 걸쳐 글쓰기에 폭넓게 사용되었다. 이는 로마 제국에 속하지 않았던 오늘날의 독일, 폴란드, 덴마크 등의 몇몇 국가들에서도 마찬가지였다. 라틴어는 어디에서나 지배적인 글쓰기 언어였다. 많은 국가에서 다른 언어는 아예 글쓰기에 사용되지도 않았다. 그 당시 라틴어는 누구의 모어도 아니었지만 구어로 많이 사용되었고, 특히 교회 안의 말하기에서 많이 사용되었다. 학교에서는 라틴어를 말하기와 글쓰기 언어로서 가르쳤다. (Janson, 2002: 101-102)

앨퀸의 도움으로 샤를마뉴가 이루어 낸 것은 흩어져 있던 언어를 표준화하는 대규모 사업이다. 그 언어는 놀라운 수명을 지닌 글쓰기 언어가 되기에 이르렀다. 그러나 샤를마뉴의 원래 목표를 고려해 보면 전체적인 사업은 완벽한 실패였다. 수많은 행정부와 관료들처럼 그들도 사람들의 언어를 제어하는 것이 불가능하다는 사실을 발견하였다. 새로운 라틴어든, 오래된 라틴어든, 더 좋은 라틴어든 간에 샤를마뉴의 EU에서 라틴어로 말하는 사람은 거의 없었던 것이다. 일부 사제들은 라틴어로 강론을 했다. 하지만 교구민들은 그것을 이해하는 일이 어렵거나 아예 불가능했다.

샤를마뉴와 앨퀸이 사람들의 구어와 관련하여 확실하게 한 일은 단 한 가지로, 언어의 명칭을 빼앗은 일이었다. 서기 800년까지 최소한 이전의 10세기 동안 사람들은 자신의 구어를 '라틴어'라고 불렀다. 새로운 복고풍의 문어가 이 명칭을 가져간 대신, 구어는 명칭이 없는 채로 남겨졌다. 사람들이 자신의 라틴어를 더 이상 '라틴어'로 부르지 않으려고 고투하는 동안 이러한 명칭상의 변화는 혼란 속에서 점진적으로 이루어졌다. 그러나 얼마 후 혼란이 끝나고 새로운 명칭이 정착되었으니, 이전의 다양한 라틴어들 즉 각각의 자국어들은 결국 '스페인어', '포르투갈어', '프랑스어', '이탈리아어', '루마니아어', '카탈루냐어', '갈리시아어' 등의 다른 이름을 갖게 되었다. 이름을 빼앗겼던 과도기의 언어에 대해 훗날의 학자들은 '로망어'라는 용어를 사용하게 되었다.

로저 라이트Roger Wright는 라틴어를 '사어死語'라 부르는 것은 잘못이라고 지적한다.

정말로 중요한 진실은 스페인어, 포르투갈어, 프랑스어 등 현재 실제로 서로 다른 언어라고 생각되는 이 모든 언어가 구어 라틴어의 직접적인 후손이라는 것이다. 이는 마치 현대 그리스어가 고대 구어 그리스어의 직접적인 후손인 것과 마찬가지이고, … 현대 영어가 옛 영어의 직접적인 후손인 것과 마찬가지이다. [15장의 뒷부분에 있는 그리스어에 대한 '문식성 이야기'를 참조하기 바란다.] 그리스어와 영어는 변화했을 뿐 죽지 않았다. 이름도 바뀌지 않았다. … 차이가 있다면 영어와 그리스어는 분화되지 않은 반면 라틴어는 정치적인 이유로 인해 분화되었다는 것이다. … 만약 이러한 명칭 변화가 없었고, 서기 9세기 이후 '라틴어'라는 명칭이 고풍스러운 언어, 즉 영국 식자층들이 사용했지만 토착어가 아닌 언어를 일컫게 되지 않았다면, 로망스 언어들은 개념적으로 분화되지 않았을지도 모르고 그것들의 다양성은 언어 내적인 다양성에만 머물렀을지도 모른다. 이는 중국인들이 모두 동일한 문자 체계를 사용하기 때문에 대부분의 중국어 화자들의 마음속에 중국어가 여전히 남아 있는 것과 마찬가지이다. …

(Wright, 2004: 4-5)

'고전적인' 라틴어는 상대적으로 짧은 기간 동안 매우 적은 사람들이 글쓰기에 사용했다. … 반면 '통속 라틴어'는 수많은 사람들이 수백 년 동안 사용한 말을 가리킨다. (Wright, 2004: 8)

살아 있고 진화하는 언어로서 전 세계 땅덩어리의 4분의 1이 넘는 지역에서 사람들이 사용해 온 언어를 죽었다고 말하는 것은 적절하지 않다. (Wright, 2004: 6)

이상은 그 언어를 사용하는 거대한 왕국의 토착어 사용자들에게 그 언어의 고서풍의 형태를 정치적으로 강요한 이야기이다. 이러한 강요 행위로 말미암아 같은 언어의 모든 토착어의 구어 형태는 문제가 있는 것으로 판단되기에 이르렀다. 내 관점에서 중요한 것은 그들의 토착어가 글쓰기에 부적합한 것이라는 결정이 내려졌다는 사실이다. "학교 법령의 규정에 의해 라틴어는 식자층의 라틴어, 즉 글쓰기에 의해 완벽하게 통제된 언어가 되었다."(Ong, 1982: 113)

06

우리는 정말 두 세계의
최고 장점을 가질 수 있는가

앞의 다섯 장에서 글쓰기와 말하기가 지닌 최고의 장점들을 기술하였다. 2장에서 다룬 최고의 장점(수정하기, 다시 작업하기, 복잡한 것을 전달하기, 위신, 안전, 사생활 보호 등)을 지닌 글쓰기를 할 수 있을까? 그러면서 동시에 말하기처럼 쉽고, 3, 4, 5장에서 언급했던 생동감, 청자와의 자연스러운 연결, 매혹적으로 의미를 전달하는 억양 등 말하기의 장점을 지닌 글을 쓸 수 있을까? 말하기를 받아들인 뒤에도 오랫동안 사랑해 온 글쓰기와 공존시키는 것이 과연 가능할까?

그렇지 않다.

이 책의 목표를 이루는 것이 불가능하다는 것을 처음부터 인정할 필요가 있다. 그것은 유토피아적이고 불가능한 꿈이다. 이를 인정함으로써 나는 이상주의자이기는 하지만 이상주의자이기만 한 것은 아니라는 점을, 몽상가이기는 하지만 현실주의자이기도 하다는 점을 분명하게 밝히려고 한다.

이상주의: 유토피아적인 꿈을 향해 나아가기

너무나 자주 경시되는 한 가지 전제에서부터 시작해 보자. 즉, 목표의 성취가 불가능하다는 것이 곧 그것을 목표로 삼을 수 없고 그것을 향하여 나아갈 수 없음을 의미하는 것은 아니라는 점이다. 그 목표에 실제로 도달하는 것이 불가능하다고 해도 그 목표가 바람직하다면, 우리는 어떻게 해야 그것에 조금 더 가까이 갈 수 있을지에 대해 생각해 볼 수 있다.

이는 많은 자연과학자들의 길잡이가 되어 주는 전제이다. 그들은 절대적 증명과 객관적 확실성을 얻는 것이 불가능하다는 것을 알지만 손을 놓아 버린 채 "그렇다면 그것은 의견이나 느낌의 문제일 뿐이야. 어떤 이론도 다른 이론보다 나을 것이 없어."라고 말하지 않는다. 그들은 객관성과 증명을 **목표**로 삼고, 어떤 이론이 목표에 더 가까워 보이는지를 알기 위해서 경쟁하는 이론들에 대한 증거를 수집한다. 증거가 언제나 논란의 소지가 있고 절대로 확실한 것은 아니라고 하더라도 말이다.

나는 학생들을 가르칠 때, 그들이 두 가지 점에서 안전함을 느낄 수 있는 유토피아적 공간을 만들려고 한다. 즉 자신이 필요한 것은 무엇이든 말하고 쓸 수 있어야 한다는 점에서 안전해야 하고, 존중받지 못하는 일이 절대로 있어서는 안 된다는 점에서도 안전해야 한다는 것이다. 이 두 가지 안전은 상호 모순되므로 성취가 불가능하다. 나는 **자유로운** 말하기를 원할 수도 있지만, **존중받지 못하는** 말하기를 금지하려면 자유로운 말하기를 억제해야 한다. 그러나 성취가 불가능하다고 해서 유토피아적인 상황으로 나아가기 위해 분투하면 안 된다는 법은 없다.

분명 많은 수업은 '비현실적인' 교실을 설정하려고 한다는 점에서 유토피아적이다. 비현실적인 교실은 보호받지 못하는 '실제' 조건에서라면 유지되지 못할 취약한 능력을 학생들이 발전시킬 수 있는 곳이다. 다음 장에서 살펴볼 자유작문은 글쓰기이지만 '비현실적인' 보호가 이루어지는 공간이다. 자유작문은 물과 비슷하다. 신체적으로 장애가 있거나 재활 중인 사람에게 물은 유토피아적인 공간이다. 물의 부력으로 인해 그 사람은 완전한 중력으로부터 비현실적으로 자유로운 조건에서 팔다리를 움직이게 된다.

우리 대부분은 유토피아적인 충동을 지니고 있다. 그것을 포기할 필요는 없다. 나는 이 책에서 나 자신이 유토피아적인 동시에 현실적인 사람이 될 수 있다고 주장하고 있다. 도처에서 내가 주장하는 것은 말하기의 최고 장점을 글쓰기의 최고 장점과 결합한다는 성취 불가능한 목표를 향해 먼 길을 떠날 수 있다는 것이다. 링컨은 대통령직을 맡기 전에 필라델피아에서 뛰어난 연설을 한 적이 있다. 그는 미국 독립선언서에 서명한 사람들이 "모든 사람은 **모든 점**에서 평등하다는 선언을 하려는 의도가 있었던 것은 아니었"으며, 사람은 권리와 기회 면에서 평등하다는 "뻔한 거짓말을 주장하려는 의도가 있었던 것도 아니었."라고 했다. 그리고 다음과 같이 말했다.

오히려 그들이 의도했던 것은 자유로운 사회를 위한 보편적 원칙을 세우는 것이었습니다. 자유로운 사회는 … 우리가 끊임없이 돌봐야 하고, 끊임없이 노력해야 하며, 완벽한 성취는 불가능하더라도 끊임없이 다가가야 하는 것입니다. 그리하여 그 영향력을 끊임없이 확산하고 심화하며, 장소와 피부색에 상관없이 모든 사람에게 행복과 삶의 가치를 분명히 보여 주어야 합니다.

'유토피아Utopia'는 의미심장한 개념이다. 토머스 모어Thomas More는 이 명칭을 자신이 생각하는 이상적 사회의 (부분적으로는 풍자적인) 모습에 사용했다. 이 단어는 '장소 없음'과 '좋은 장소'라는 의미를 모두 지니도록 만들어졌다. 그의 'U'에 숨어 있는 그리스어 단어는 '좋다'와 '아니다'를 모두 의미하는 것이다. 데이비드 바르톨로메David Bartholomae는 내가 "제도의 억압으로부터 자유로운 제도적 공간, 문화의 영향으로부터 자유로운 문화 과정, 역사 밖의 역사적 순간, 학술적 글쓰기에서 자유로운 학술적 맥락"을 추구한다고 비판한다(Bartholomae, 1995: 64). 그럴지도 모르겠다. 게다가 나는 내가 추구하는 것들이 성취 불가능하다는 것을 아마 충분히 인정하지 않았던 것 같다. 그러나 좌파식 유토피아적 사고에서 나온 옹호에 대해서는 프레드릭 제임슨Fredric Jameson의 『마르크스주의와 형식Marxism and Form』(1974)을 읽어 보기 바란다. 예술은 지배적 가치를 반영하는 때가 많지만 현실이 어떻게 될 수 있는가를 암시하기도 한다. 놀이 없이는 혁명이 불가능하다는 것에 대해서는 허버트 마르쿠제Herbert Marcuse의 논의를 살펴보기 바란다. 또한 러셀 저코비Russell Jacoby의 『불완전한 그림: 반反유토피아 세대를 위한 유토피아적 사고Picture Imperfect: Utopian Thought for an Anti-Utopian Age』(2005)도 읽어 보기 바란다.

현실주의: 사실을 직면하기

성취 불가능한 것을 추구하면서 나는 또한 현실을 직면하기도 한다. 이 절에서 나는 이상주의자로서 바라보는 것과 현실주의자로서 바라보는 것 사이를 탁구공처럼 넘나들 것이다.

이상주의자로서, 나는 글쓰기가 사실상 말하기만큼 쉬울 수 있다고 본다. 자유작문이 널리 사용됨에 따라 수많은 사람들이 내가 배우려고 분투했던 것, 즉 마치 손가락을 통해 쉽게 말하는 것처럼 부담 없이 빠르게 글 쓰는 법을 배우게 되었다. 물론 글쓰기는 음성을 자동으로 전사해 주는 컴퓨터 소프트웨어를 사용하지 않는다면 말하기보다 좀 더 많은 육체적 노력이 필요하다. 그러나 글을 쓰기 위해 정확한 글쓰기의 관습을 배워야 하는 것은 아니다. 아주 어린 아이들도 많은 글을 쓸 수 있다. 전국 곳곳의 유치원생들과 초등학교 1학년 학생들 중에는 그런 아이들이 많다. 3장에서 나는 한 유치원생이 지구의 탄생에 대해 깜찍한 이야기를 쓴 예문을 제시한 바 있다. 그 이야기는 다음과 같이 시작한다. "1 DAY VVAL IF THAR WAS A DAY. THAR WASSAND AND DAST AND ROK SSTONS AND SUM ATHR TYGS AND IT WAS A TUNDR CLAPS! AND

APLANIT BEGAN TO RIS AN THA COD IT EARTH.(어느 날, 만약에 날이란 게 있었다면, 모래와 먼지와 돌과 또 다른 것들이 있었어요. 그리고 천둥소리가 있었어요! 그리고 행성이 떠오르기 시작했어요. 그리고 그들은 그것을 지구라고 불렀어요.)"

현실주의자로서, 나는 모든 어린이가 네 살 정도면 모어의 핵심적인 언어 복잡성을 숙달한다는 사실을 인정할 수도 있다. 그러나 나는 진지한 글이나 위신 있는 글을 쓸 때 자신의 모어를 사용해서는 안 된다는 관습이 미국 문화를 비롯하여 많은 문화에서 어느 정도 통용되고 있다는 사실을 기억하지 않을 수 없다. 나의 모어, 이른바 뉴저지에 사는 평균적인 백인 중상류층의 구어체 영어조차도 편집된 문어체 영어에서는 잘못된 것이다. 모어는 '정확한 글'이 될 수 없다. 따라서 우리가 다루고 있는 대부분의 진지한 글쓰기 과제, 즉 학교 및 직장에서 이루어지는 대부분의 글쓰기와 더 넓은 세상에서 이루어지는 많은 글쓰기를 위해서는 자신의 생각을 '정확한' 언어로 옮겨야 하는 일을 피할 수 없다.

따라서 '쉬운 글쓰기'나 '단순한 글쓰기' 혹은 일상어 글쓰기vernacular writing는 2장에서 언급했던 글쓰기의 중요한 장점 두 가지, 즉 위신과 권위를 우리에게 가져다주지는 않을 것이다. 우리가 위원회의 공문이나 학교에서 쓴 에세이가 다섯 살짜리 어린이가 할머니에게 보낸 감사 편지처럼 보인다면 우리는 위신을 그다지 많이 얻지 못할 것이다. 나는 학술지의 글을 쓸 때뿐만 아니라 논문의 초고나 이 책의 초고를 쓸 때에도 쉽고 단순하게 글을 쓰는 경우가 많다. 그러나 독자는 쉽게 쓴 나의 글을 읽으려 하지 않을 것이며, 읽는다 하더라도 글이 끔찍하다고 생각할 것이다. 나의 쉬운 글은 대부분 훌륭하지도 않고 '정확하지도' 않다. 게다가 나 스스로도 산만하고 체계가 없는 글을 읽는 것을 좋아하지 않는다. 심지어는 형식을 잘 갖춘 글도 불규칙적이고 혼란스러운 철자나 문법을 포함하고 있으면 읽기가 싫어진다.

그러나 이상주의자로서, 나는 일상어 글쓰기가 **글쓰기**라고 주장한다. 이는 궤변적인 말 술수가 아니다. 진짜 말 술수는 '정확하다'의 개념이 은밀하게 '글쓰기'에 스며들었을 때 생긴다. 앞에서 본 유치원생의 글쓰기는 글쓰기가 아닌가?

존 스미스John Smith 선장이 일찍이 버지니아를 탐험하면서 포와탄Powhatan 인디언과의 만남에 대하여 다음과 같이 비문을 쓴 것은 글쓰기가 아닌가?

> Arriving at Weramocomoco, their Emperour proudly lying uppon a Bedstead a foote high, upon tenne or twelves Mattes, richly hung with Manie Chahynes of great Pearles about his necke, and covered with a great Covering of Rahaughcums[racoons]. 웨라모코모코에 도착했을 때 그들의 황제는 1피트 높이의 침대틀 위에 쌓아 놓은 10~12개의 매트 위에 자랑스럽게 누워 있었고, 큰 진주를 엮은 사슬을 목에 많이 걸고 있었으며, 큰 너구리 가죽을 덮고 있었다. (Crystal, 2004: 301에서 재인용)

앞에서 소개한 유치원생과 존 스미스는 **글쓰기**를 했다. 그들은 자신의 마음속 단어 또는 청각적 단어에 해당하는 시각적 단어를 발견했고, 사람들이 그 단어를 읽을 수 있도록 종이 또는 다른 물체의 표면에 갖다 놓았다. 비록 그 유치원생의 글은 그를 돌보는 사람만 읽을 수 있겠지만 그래도 읽히도록 쓴 것은 사실이다. 셰익스피어나 그의 희곡을 책으로 펴낸 출판사는 **글쓰기**에서 철자와 문법이 일관적이지 못했다. '글쓰기'가 반드시 '정확한 글쓰기'를 뜻하는 것은 아니다. 이를 깨달았다면 자신이 말로 표현할 수 있는 생각이나 느낌은 **무엇이든** 글로 쓸 수 있다는 점을 알게 될 것이다. 자신의 글쓰기가 좋은 글쓰기인지, '정확한 글쓰기'의 표준에 적합한지에 대해서는 걱정할 필요가 없다.

글쓰기가 곧 **정확한 글쓰기**를 의미하는 것은 아니라는 사실을 깨닫는다면, 우리는 일상어 글쓰기가 2장에 제시한 글쓰기의 **나머지** 주요 장점 중 많은 것을 실제로 가지고 있다는 사실을 알 수 있을 것이다. 일상어 글쓰기는 일기, 일부의 편지, 이메일, 블로그, 심지어 의견을 주고받는 많은 온라인 사이트에도 잘 들어맞는다. 일상어 글쓰기는 자기강화를 통해 사람들이 글쓰기를 즐기는 법을 배울 수 있게 해 준다. 일상어 글쓰기는 사생활 보호에도 좋다. 교사들은 배우고 있는 개념에 대해 학생들이 학습과 사고를 촉진할 수 있도록 부담이 적은 글쓰기를 시킬 때 이 일상어 글쓰기를 십분 활용할 수 있다. 그리고 일상어 글쓰기는 사람들을 통제하려 하는 문화적·제도적 힘을 직시하고 그것에 저항할 수 있도록 하는 데 특히 효과적이다.

현실주의자로서, 나는 이러한 장점들을 환영하기는 하지만 그러한 글쓰기가 얼마나 주의 **없이** 이루어지는지 알아야 한다고 주장한다. 그 글을 쓴 사람 외에는 아무도 그 글을 읽지 않을 것이다.

이상주의자로서, 나는 그러한 주장에 반대한다. 즉 일상어 글쓰기라고 해서 반드시 빠르게 또는 주의 없이 **해야** 하는 것은 아니다. 우리는 천천히 글을 쓰고 수정할 수 있으며, 주의 깊은 사고와 효과적인 구성을 할 수 있다. 우리는 심지어 동료 독자들로부터 피드백을 받아 글을 수정할 수 있고, 여전히 우리의 일상적 구어만 계속 사용할 수도 있다. 이렇게 주의 깊은 일상어 글쓰기를 수행하게 되면, 빠름과 쉬움이라는 장점은 더 이상 가질 수 없게 된다. 빠르고 쉽게 쓴 초고를 기반으로 한다고 하더라도 마찬가지이다. 그러나 그 대신에 일상어 글쓰기는 독자들이 우호적으로 글을 읽도록 유도할 수 있다는 큰 장점을 가지게 될 것이다. 물론 이는 필자가 의도치 않게 만들어 낸 '부정확함'이나 '실수'에 대해 독자가 관대해야 하지만 말이다. (일상어 글쓰기를 천천히 수행하는 일부 사람들은 부정확함이나 실수를 많이 보이지 않을 것이다.)

결론적으로, 주의 깊지 않은 일상어 글쓰기도 글쓰기이고, 주의 깊은 일상어 글쓰기는 더 널리 인정될 만한 글쓰기이다. "나는 필자이다. 내 생각을 빠르고 쉽게 펼칠 수 있고, 더 시간을 들여서 주의 깊게 그것을 다듬을 수 있기 때문이다." 라고 스스로에게 말할 수 있는 사람은 거대한 권한을 갖게 될 것이다. 심지어 그 사람은 '문식성'과 '정확성' 간의 은밀한 연결을 거부하면서 자신이 **문식성**의 세계에 진입했다고 주장할 수도 있을 것이다.

게다가 일상어 말하기를 통해 여기까지 도달했다면, 그 사람은 또 다른 일을 추가로 수행하는 데 주저하지 않을 것이고 그것을 표준화하거나 '정확하게' 만들 것이다. 이 과정에 도움이 될 만한 방법은 많다. 많은 교사들이 그러한 방법들을 언급하기를 좋아하지 않지만, 그것들은 널리 사용되고 있다. 필자가 이미 의미가 명확해지고 강해지도록 공을 들였다면, 다른 사람이 철자와 문법을 교정하는 일은 매우 빠르게 이루어질 수 있다. (컴퓨터의 철자 점검 프로그램도 도움이 될 수 있지만 동음이의어를 제대로 처리하지 못하는 경우가 많다. 문체 및 문법 점검 프로그램은 혼란스럽고, 잘못된 결과를 알려 주며, 믿을 만하지 못한 경우가 많다.)

- 타이피스트의 업무에는 대개 문법과 철자의 교정이 포함되어 있다. 어쨌든 권위 있는 이들에게는 때때로 이런 일을 할 비서가 있다. 여러분이 훌륭해서 사람들이 여러분의 글을 출판하기를 원한다면 출판사에서 담당 편집자를 붙여 줄 것이다. 나를 포함한 수많은 전문 필자들은 자신의 '실수'를 모두 없애지는 못한다. (그러나 '실수'로 가득 찬 필사본을 제출한다면 대부분의 출판사들은 그것을 거절할 것이다.)
- 여러분은 호의로 또는 계약에 의해 교정을 해 줄 친구나 지인을 찾을 수 있을 것이다.
- 여러분의 원고를 집에서 사용하는 형태의 영어, 예컨대 아프리카계 미국인 영어 또는 라틴계 영어로 작성된 상태 **그대로 두더라도** 많은 사람들은 실제로 그것을 즐겁게 읽을 것이다. 그 원고는 같은 언어 공동체 구성원들뿐만 아니라 많은 주류 독자들에게 인정받을 수 있다. (비주류 영어로 출판된 글의 사례에 대해서는 부록 2를 참조하기 바란다.)

그러나 **현실주의자로서**, 나는 주의 깊은 수정하기와 정확한 언어가 언제나 충분한 것은 아니라는 점을 지적해야 한다. 글쓰기는 언제나 장르와 청중의 맥락 속에 있다. 많은 장르에는 배워야 할 실질적 관습이 존재한다. 이는 철자와 문법이라는 관습보다 더 미묘하고 복잡할 수 있다. 여러분은 내부 공문, 위원회 보고서, 보조금 신청서, 에세이 중 무엇을 쓰고 있는가? 이 장르들은 각기 관습이 다르다. 이것들은 어떻게 구성되거나 체계화되어야 하는가? 무엇이 효과적인 논증으로 받아들여지고 심지어 '사실'로까지 받아들여지는가? 어조는 어떠해야 하고 격식의 정도는 어떠해야 하는가? 이러한 유형의 글을 쓸 때는 장르뿐만 아니라 확고한 기대를 가진 독자 공동체도 고려해야 한다. (다양한 장르의 글쓰기에 대한 흥미롭고 밀도 있는 탐구를 원한다면 존 트림버John Trimbur의 『글쓰기의 유혹The Call to Write』(1999)을 참조하기 바란다.)

하나의 장르 예시로서 학술적 에세이를 살펴보자. 이 장르의 표준과 관습은 심리학, 간호학, 영어학, 물리학 등 학문 분야와 영역에 따라 다르다. 좀 더 좁은 범위의 장르 사례로, 폭넓게 유통되는 잡지의 에세이를 살펴보자. 『하퍼스Harper's』, 『코스모폴리탄Cosmopolitan』, 『슬레이트Slate』, 『아웃도어 라이프Outdoor Life』 등 잡지에 따라 관습은 다르다. 현실주의자로서 나는 이 다양한 독자 공동체가 흔쾌히 한 편의 글로 간주하기 위해 요구하는 것을 배우거나 알아 낼 방법이 달리 없다는 것을 인정할 수밖에 없다. 이러한 유형의 작업을 타이피스트나 가까운 친구에게 부탁할 수는 없다. 우리는 모어mother tongue가 우리에게 제공하지 못하는 것을 더 배워야 한다. (학술적 글쓰기의 60가지 유형 또는 장르에 대해서는 크렘과 리의 저서(Creme & Lea, 1997)를 참조하기 바란다.)

이상주의자로서 말하면, 그렇긴 하지만, 많은 이들이 쓰기 원하는 비교적 쉬운 장르들, 즉 회고록, 이야기, 창의적 논픽션, 시, 심지어 신문의 외부 칼럼과 같은 것들을 잊어서는 안 된다. 문식성 연구자들은 이런 장르의 미묘한 관습을 분석하기를 좋아하지만, 출판된 사례에서는 이 관습들이 잘 지켜지지 않는 것이 사실이다. 이 장르들은 본질적으로 **자유로운** 형식이거나 무정부적이다.

그러나 **현실주의자로서**, 나는 대부분의 경험 없는 필자들이 이런 장르들에서 자신이 거의 완전한 자유를 가지고 있다는 사실을 깨닫지 못한다는 점을 인정할 수밖에 없다. 실제적인 한계나 제약이 없다는 것을 깨닫고 확신하려면 어느 정도의 학습과 경험이 필요하다. 게다가 그 밖의 장르들은 모두 모어로는 획득되지 않는 지식을 많이 요구하는 것이 **사실이다.**

이상주의자로서, 나는 나 자신이 상자에 담겨진 채 아마 일과 반대될 귀퉁이에 던져지도록 놔두지는 않을 것이다. 글쓰기를 위해 일상어 말하기를 사용하는 것은 일과 상충하지 않는다. 일단 자신의 단어와 생각을 별다른 어려움 없이 모두 종이 위에 옮겨 놓는 경험을 하고 나면, 사람들은 자신이 말하고 있는 것의 일부를 천천히 그리고 주의 깊게 수정하는 데 많은 노력을 기울이고 싶어질 가능성이 더 높아진다. 그리고 단어와 생각을 일부 수정해 독자들을 불러들일 수 있는 법을 알게 되면, 일부 특정한 장르에 요구되는 관습을 배우는 데 노력을 기울이고 싶어질 가능성이 더 높아진다. 만약 사람들이 하나의 장르를 이해하고 나서야 글쓰기를 시작할 수 있다고 여긴다면, 절대로 글쓰기를 시작하지 못할 것이다.

현실주의자로서, 나는 미국 문화에 존재하는 정확성이라는 단일 표준에 대해 지적하고자 한다. 이 표준은 모든 진지한 글쓰기에서 사람들이 자신의 일상어와는 다른 언어를 사용해야 한다고 요구한다. 현실주의자로서 나는 이 표준을 좋아하지 않는다. 그것은 모든 사람에게 억압이 되며, 특히 특권이 없는 계층이나 인종의 사람들에게는 아주 불공평한 일이다. 필자들과 잠재적 필자들이 이 불공평한 표준에 굴복하도록 하는 데 내 책의 꽤 많은 부분이 할애되어야 한다고 생각하니 슬퍼진다. 나의 항복은 나를 슬프게 하는 데에만 그치지 않는다. 항복을 톰 아저씨*의 태도 같은 것으로 보는 일부 사람들에게 항복은 억압적인 것으로, 심지어 인종차별적인 것처럼 보인다. 그들은 내가 사람들을 불공평한 현 상태에 **봉사하게 하는 것**이 곧 불공평한 현 상태가 유지되도록 돕는 것이라고 본다. 내가 표준에 굴복하는데 표준을 바꾸는 것이 어떻게 가능하단 말인가?

그러나 **이상주의자로서,** 나는 흔들림이 없으며 사실fact이 바뀔 것이라고 주장한다. 즉 나는 표준에 완전히 굴복한 것이 **아니다.** 이 책을 통해 나는 사실을 바꾸기 위해 노력하고 있다. 즉 미국 문화의 문식성 관습을 바꿈으로써 글쓰기의

....

* 소설 『톰 아저씨의 오두막집Uncle Tom's Cabin』의 주인공.

유일한 표준이 정확성이 아니라 좋음이 되게 하려고 한다. 이러한 변화가 하룻밤에 일어나지는 않겠지만, 이 책의 마지막 부분인 4부에서도 알 수 있듯이 대다수 사람들의 생각보다는 빨리 진행되고 있다. 나는 단테의 원대한 수사적 전략에 대해 생각해 본다. 그는 일상어 말하기를 찬양하는 글을 라틴어로 썼다. 그는 실용적인 관점에서 지배적인 표준을 받아들여 독자에게 다가갔다. 그렇지만 그가 자신의 지역에서 사용하는 일상어로 『신곡La Divina Commedia』을 썼을 때, 그는 문화적 변화를 위해 완강하고 유토피아적이며 이상주의적인 싸움을 고집했고, 결국 그 문화적 변화는 이루어지게 되었다.

현실주의적 이상주의. 나의 이상주의와 현실주의는 갈수록 서로 더 많이 얽힐 것이다. 무능한 이상주의자는 "단일 표준이 왜 불공평하고 해로운지 타당한 이유가 여기에 일곱 가지나 있다."라며 훌륭한 논증에 안주할지도 모른다. 그러나 현실주의자로서 나는 훌륭한 논증이 한 문화의 가치를 약화시키는 경우는 거의 없다는 것을 안다. 무능한 이상주의자는 깃발을 들고 "현재의 문화의 가치는 지옥으로! 우리 모두 단테처럼 훌륭하게 글을 써서 변화를 이루어 냅시다!"라며 강력하게 외칠지도 모른다. 그러나 현실주의자로서 나는 "단테처럼 훌륭하게 글을 써라."라는 말을 하는 것이 아무런 소용도 없다는 사실을 잘 안다. 글쓰기가 저 멀리 손에 닿지 않는 곳에 있다고 생각하는 사람들에게는 더욱더 그러하다.

이 책에서 나의 기능적 입장은 일종의 현실주의적 이상주의이다. 다시 말해, 내가 여기서 하려고 하는 것은 변화를 실질적으로 이끌어 낼 조건을 창출하는 것이다. 나는 사람들에게 글쓰기의 초기 단계와 후반기 단계 모두에 쉬운 말하기라는 그들의 재능을 사용하는 법을 보여 줄 수 있다. 일상어 말하기는 단어를 지면에 펼칠 수 있도록, 그리고 뒤이어 언어를 힘 있고 명확하게 만들 수 있도록 도울 것이다. (이에 대해서는 각각 2부와 3부를 참조하기 바란다.) 글을 '바르게' 만들고 독자들의 관습에 맞추는 **최종** 단계에 들어가기 이전에 일상어 말하기는 글이 좋아질 수 있도록 도울 것이다.

내가 제안하고 있는 이러한 과정들은 이미 글을 쓰고 있는 사람들과 그렇지 않은 사람들 모두에게 글을 더 쉽고 훌륭하게 쓸 수 있도록 해 준다. 그러한 사람들이 글쓰기가 실제로 이용 가능하다는 것을 알게 되고 자신의 글이 주류 독자의 검열을 통과하는 데 필요한 추가 작업을 하는 법에 대해 배우게 되면, 그들은 좋은 글의 요건이 '정확한' 문식성이라는 협소한 표준에 순응하는 것과는 아무런 관련이 없고, 심지어 장르의 관습에 순응하는 것과도 무관할 때가 많다는 사실을 깨닫게 될 것이다. 그들은 자신의 일상 구어나 모어로 **좋은** 글을 쓰는 데 성공하면 더 용감하게 순응을 멈출 것이다. 또 그러한 글을 읽을 독자층이 있다는 사실을 알게 될 것이다. 그리고 그러한 글 중에서 매우 좋은 글이 나와서 주류 독자들을 확보할 것이다. 내 책의 목표는 더 많은 사람이 좋은 화젯거리를 더 많은 형태의 영어로 출판하는 세상을 만드는 것이다.

이 말만 하더라도 충분히 야심만만하게 들릴 수 있겠지만 나는 그것으로 만족하지 않는다. 나는 눈을 더 높은 곳에 두고 있다. 평생 동안 학자로 살아온 나는 **학술적** 글이 평범한 인간의 목소리를 더 많이 담도록 만드는 것이 결국 현실적인 목표가 되었다고 생각한다. 더 많은 학자들이 더 나은 글쓰기 시간을 갖고 자신의 글에 일상어의 목소리를 더 많이 가져오는 방법을 배운다면, 학문에 실질적으로 이익이 되지 않는 몇 가지 의례적인 관습들을 없애는 데 도움이 될 것이다.

퉁명스러운 현실주의자의 마지막 기록. 만일 우리가 진지하고 정확한 글쓰기를 판별하는 단일 표준을 없앤다 할지라도, 심지어 나중에 모든 사람이 집에서 사용하는 모어를 가지고 진지한 글을 쓸 수 있게 된다 할지라도, 그리고 모든 독자가 정당하고 진지하며 적합한 것으로 인식하는 영어 형태를 가지게 된다 할지라도 여전히 큰 문제가 하나 남는다. 우리 모두에게 남아 있는 가장 어려운 글쓰기 과제는 바로 글을 잘 쓰는 것이다. 즉 좋은 생각이나 좋은 줄거리, 효과적인 구성과 증거를 만들어 내야 하며, 특별한 장르의 관습에 대해 알아야 한다. **정확함**이라는 기준이 사라지더라도 우리는 여전히 **좋음**을 상대로 분투해야 할 것이다.

두 세계의 최고 장점 요약하기. 나는 "말하기의 장점 모두를 글쓰기로 가지고 오면서도 글쓰기의 장점 모두를 그대로 유지할 수 있을까?"라는 질문으로 글을 시작했다. 나는 "아니요."라고 답하지만, 우리가 그러한 목표를 향해 나아간다면 글을 쓰는 사람들이나 글을 쓰고 싶은 사람들을 위해 상황을 훨씬 더 좋게 만들수 있을 것이다. 당분간은 모든 사람이 쓰는 토박이 일상어에 대한 규제 조치를 제거할 수 없으므로, 이 책의 대부분에서 나는 '정확한 글쓰기'를 창출하는 과정에서 일상어 말하기를 이용하는 방법을 보여 줄 것이다. 좋은 글쓰기를 쉽게 할수 있는 방법은 결코 없겠지만, 그것을 위해 노력하는 것은 우리 자신의 언어에 익숙해질 때 더욱 매력적인 일이 될 것이다.

*　*　*

반론. 나는 존 매쿼터John McWhorter 같은 사람이 경멸적인 반응을 보이며 끼어들 기회를 엿보고 있다는 것을 감지하고 있다.

> 성취할 수 없는 목표를 위해 용감하게 투쟁하는 극적인 영웅 노릇을 그만두라. 바람직하지 않은 당신의 목표는 이미 성취되었다. 문식성은 이미 말하기를 받아들였다. 말하기는 이미 글쓰기를 타락시켰다.

매쿼터는 『우리 자신의 것을 하기: 언어와 음악의 타락 그리고 왜 우리는 돌보기를, 좋아해야, 하는가Doing Our Own Thing: The Degradation of Language and Music and Why We Should, Like, Care』(2003)라는 책에서 "국가적 차원에서 글쓰기 문화가 말하기 문화로 이동하는 것"(McWhorter, 2003: xxii)에 대해 비판한다. 그는 자신이 "고차원적 언어"(McWhorter, 2003: xx), 심지어는 "글쓰기식 언어"(McWhorter, 2003: xxiv)라고 부르는 것을 열정적으로 옹호한다. 그는 우리가 "정제된 언어"(McWhorter, 2003: xxi)에 대한 자긍심 또는 애정을 잃었다고 생각한다. 매쿼터는 미국 문화의 글쓰기에서 일어난 "문어에서 구어로의 이동"을 사람들이 어떤 관점으로 바라보는지에 대한 흥미롭고 재미있는 증거를 제시한다 (McWhorter, 2003: xxiii). 그의 말은 옳으며, 나 역시 동의한다. '수다스러움'의 많은 요소와 가벼운 비격식성은 온라인상에만 있는 것이 아니라 진지한 책, 신문, 잡지, 심지어 일부 학술적인 글에도 존재한다. 그러한 '수다스러움'은 50년이나 100년 전이었다면 부적절한 것처럼 보였을 것이다. 나는 "표준이 하락하고 있다."라고 한탄하는 사람들의 대열에 합류할 생각은 없지만, 지금까지 정확한 글쓰기와 '좋은 글쓰기'를 위한 '단일 표준'이 불안정했던 것은 분명한 사실이다. 내가 마지막 절에서 탐구하려는 것은 바로 이러한 변화이다.

그래서 지금까지 일어난 일에 대한 매퀴터의 설명에 맞서고 싶은 생각은 별로 없다. 또 그의 목표에도 맞서지 않을 것이다. 그는 구어체나 격식을 갖추지 않은 문체 혹은 저급한 문체를 **증오하는** 골수 순수주의자는 아니다. 언어학자로서 그는 구어의 가치를 깎아내리는 까탈스러운 사람에 맞서 구어를 **옹호한다.** 더 나아가 그는 화자가 뇌가 손상되었거나 혹은 아주 어린 아이이거나 모어 사용자가 아니라면 구어는 **절대** 비문법적일 수 없다는 말까지 하고 있다. 실제로 그는 상당히 구어적인 문체로 책을 집필한다. '우리 자신의 것을 하기: 언어와 음악의 타락 그리고 왜 우리는 돌보기를, 좋아해야, 하는가'라는 제목 자체가 순전히 속어적 표현이다. 그는 글쓰기에서 거의 **독점적** 지위를 갖는 것으로 보이는 저급한 문체에 반대하고 있는 것이다. 이러한 그의 생각은 아마 옳을 것이다. 그리고 그는 글쓰기나 말하기에서 대부분의 사람들이 더 이상 설득력을 사랑하거나 그것을 위해 노력하지 않는다고 생각하는데, 이 역시 아마 옳을 것이다. 그는 또 다른 면에서 흥미로운 개탄을 하는데, 나는 그가 옳다고 생각한다. 즉 미국인들은 많은 타 언어 사용자들이 자신의 언어를 열렬히 사랑하는 것과 달리 영어를 그렇게 **사랑하지** 않는다는 것이다. 그런데 놀라운 것은 그 자신이 그러하다는 점을 인정한다는 점이다. "나는 주변 사람들이 언어적 자기애가 결여되어 있다고 기록해 왔는데 나 역시 그러한 결여로 뒤덮여 있음을 느낀다."라고 그는 진술한다 (McWhorter, 2003: 235). (나는 이 책이 내가 영어를 얼마나 깊이 사랑하고 있는가를 드러내 주기를 바란다.)

매쿼터는 고도로 정제된 문체의 글쓰기와 말하기가 더욱 많아지기를 바란다. 즉 '가장 좋은 옷'을 입고 있는 글쓰기를 원하는 것이다. 내가 원하는 것도 같다. 나는 격식을 갖추지 않은 문체를 환영하면서도, 글쓰기가 겉치레가 아니라 실제로 좋은 것인 한, 가장 좋은 옷을 입은 고도로 우아하고 정제된 글쓰기 역시 사랑한다. 그와 내가 다른 점은 글쓰기에서 말이 수행하는 역할에 대한 것이다. 그는 말을 글쓰기의 수준을 떨어뜨리는 힘으로 본다. 나는 말을 글쓰기를 향상시킬 수 있는 힘으로 본다. 나는 글쓰기에 말을 활용한다면 단지 일상적인 말이 더 많이 지면에 들어올 뿐만 아니라 고도로 정제된 언어도 더 많이 들어오게 될 것이라고 주장한다. 3부에서 나는 그가 불평하는 글쓰기에서의 예술성 결여와 설득력 결여가 말에 지나치게 의존해서 일어나는 것이 아니라 오히려 말을 소홀히 여겨서 일어난다는 점을 보여 줄 수 있으리라고 생각한다.

*　　*　　*

두 세계의 최고 장점으로 가는 길을 제시하는 네 가지 혼종 형태

이미 글쓰기에 말하기가 들어 있는 네 가지 보편적 글쓰기 형태를 알아 두면 유용하다.

1. **이메일.** 이것은 대개 마음속 말하기가 추동한 물질적 글쓰기를 나타낸다(자세한 내용은 2부의 '도입' 참조). 어떤 이들은 이메일이 말과 매우 많이 유사해서 글쓰기로 여기지 않는다. 그러나 이메일은 말하기가 지닌 '용이함'이라는 속성을 글쓰기 활동에 들여오는 것이 어떻게 가능한지 잘 보여 주는 예이다. 많은 이들이 이메일, 대화방 글쓰기, 블로그, 그리고 여타의 신속한 온라인 글쓰기 형태들

이 우리 문화의 품격을 떨어뜨린다고 생각한다. 나는 이러한 글쓰기가 독자와 상황에 맞다면 전혀 문제될 것이 없다고 본다. 이러한 글쓰기는 부주의하거나 불명확할 수 있고 때로는 오해를 불러일으킬 수도 있지만 사람들은 대개 이러한 유형의 글쓰기에서 정밀함을 기대하지는 않는다.

2. 인용. 모든 장르의 필자들이 말을 글쓰기에 가져올 수 있는 간단하고 유용한 방법이 있다. 단순히 말을 인용만 하면 된다. 인터뷰나 인물 소개 기사profile는 인용된 말을 많이 포함하고 있기에 생생하다는 특징이 있는 장르이다. 나는 1학년 글쓰기 수업에서 다음과 같이 인터뷰 글을 과제로 내곤 한다.

> 글쓰기를 좋아하고 글쓰기에 관심이 있으며 글쓰기를 매우 많이 하는 사람을 캠퍼스나 집에서 찾으세요. 그들을 인터뷰해서 무엇을 어떻게 쓰는지, 그리고 글쓰기에 대해 어떻게 생각하는지 알아 보세요. 반드시 그들의 말을 많이 인용하세요.

말에서 가장 재미있고 생기 있는 부분을 따와서 그것을 문자로 옮기고, 가져온 말과 자신의 글이 잘 어우러지도록 쓰는 것만으로도 학생들의 글이 좀 더 풍성해지고 유연해지는 것을 볼 수 있다. (이 과제에 대한 자세한 내용은 엘보와 벨라노프(Elbow & Belanoff, 2003)를 참조하라.) 많은 신문기사에서는 인용이 핵심적 역할을 한다.

인용된 말은 낙인찍힌 언어가 '엄격한 출판 문식성'으로 들어갈 길을 만드는 수단이다. 우선 낙인찍힌 일상어를 사용하는 인물의 말을 인용하는 조라 닐 허스턴Zora Neale Hurston과 같은 작가가 있다. 다음으로 일상어 방언을 사용하는 인물의 목소리를 통해 책 전체를 말하는 작가도 있다. 예컨대 마크 트웨인Mark Twain의 『허클베리 핀Huckleberry Finn』과 사파이어Sapphire의 『푸시Push』는 낙인찍힌 영어를 사용하는 청소년 화자가 말하는 형식이다. 또 제임스 켈먼James

Kelman의 『얼마나 늦은 것인지, 얼마나How Late It Was, How Late』는 글래스고의 노숙자가 말하는 형식이다. 끝으로 글로리아 안살두아Gloria Anzaldúa의 『경계 지대/경계선Borderlands/La Frontera』과 같은 책이 있는데, 작가 자신이 비주류의 일상적인 목소리로 글을 쓰는 형식이다. 로버트 번스Robert Burns의 시는 한때 방언이 사용되었다는 이유로 폄하되기도 했지만 세월이 흐른 뒤에는 정전canon이 되었다. 헨리 루이스 게이츠Henry Louis Gates는 조라 닐 허스턴의 『그들의 눈은 신을 보고 있었다Their Eyes Were Watching God』부터 앨리스 워커Alice Walker의 『컬러 퍼플The Color Purple』에 이르기까지의 흥미로운 진보에 대해 언급한다. 그의 말에 따르면 허스턴의 화자는 **말하기를 통해** "스스로 개인적 자유를 성취하고 방언의 목소리로 상당한 수준의 표현을 할 수 있는" 상태로 나아가는 반면, 앨리스 워커의 화자는 이러한 자유에 이르는 "자신의 길을 **글쓰기를 통해**" 만들어 간다.

3. **녹음된 인터뷰와 구술 이야기.** 2장에서 인용한 긴 글에서 마이클 에릭 다이슨이 일반적인 문화, 특히 흑인 문화를 위한 글쓰기와 문식성의 주요 이점에 대해 반추했던 것을 생각해 보자. 거기에 인쇄된 것은 그의 말일까, 글일까? 그는 인터뷰에서 말로 자신의 의사를 표현했지만, 그 청각적인 언어는 녹음된 후 전사되어 글이 되었다. 이 글은 대부분이 인터뷰로 이루어진 책에서 한 챕터를 차지했다. 우리는 결국 어떤 혼종 형태와 만나게 될 텐데, 이 책에서 추구하는 또 하나의 사례이기도 하다. 다이슨은 그의 책 '서문'에서 이러한 혼종성hybridity에 대해 직접 말하고 있다.

> 나는 인터뷰를 특히 좋아한다. 왜냐하면 … 그것은 문어와 구어의 장점을 혼합하고 있기 때문이다. 이러한 형태를 통해 우리는 아이디어를 자유롭게 펼칠 수 있다. … 그것은 수사적 즉흥성을 가장 순수한 모습으로 선보인다.
> (Dyson, 2003: xix-xx)

이러한 혼합 형태를 산출하기 위해 그는 **글쓰기**의 분명하고 강력한 장점을 활용하였다. 즉 그는 전사본을 보며 반추와 숙고의 시간을 가질 수 있었고, 심지어 글로 개작하기 위한 피드백을 받을 수도 있었다.

한편 그는 당연히 **말하기**의 장점도 얻었다. 그의 말하기 상황은 고부담 언어 사용과 저부담 언어 사용 사이에서 얻을 수 있는 모호함이나 중복성 덕분에 매우 이상적이었다. 그는 학술지의 편집자가 인터뷰하는 동안 출판을 염두에 두고 마이크와 녹음기 앞에서 말했기 때문에 부담이 컸다. 그러나 한편 그는 흔히 격식을 갖추지 않은 대화에서 사용되는 일종의 즉흥적인 시도를 할 수 있었기 때문에 부담이 적었다. 전사본을 검토한 뒤 자신이 원하는 것은 무엇이든 고칠 수 있다는 것을 그는 알았던 것이다. 수정뿐만 아니라 첨삭도 가능했다. 그는 아마 녹음된 말의 절반 이상을 삭제했을 것이다. 좋은 인터뷰 진행자는 대개 인터뷰 대상자가 편안하도록 하는 데 힘을 쏟는데, 이로 인해 전체 인터뷰를 읽으면 진행자가 대상자를 지지하고 격려하는 것처럼 보인다. 다이슨은 말하기가 불러오는 생생한 즉흥성과 직접성을 즐긴 것이 분명하다. 그는 이를 '수사적 즉흥 표현'이라고 지칭한다. 그의 긴 문장들 중 하나를 주목해 보자.

> 우리를 화나게 하는 말, 우리에게 영감을 주는 말, 의사소통되고 있는 내용에 대해 동의하게 하거나 논쟁하게 하는 말과 관련해 우리의 생각을 고찰하는 것은 커다란 차이를 만들어 낸다. 이것은 엘리슨의 글이든, 푸코의 글이든, 볼드윈의 글이든, 허스턴의 글이든 상관없다. (Dyson, 2003: 26)

다이슨은 빠르게 진행하는 생생한 말하기 특유의 율동적인 에너지와 통사 구조를 창출해 낸다. 그가 어떻게 작가들의 이름을 마치 귀에 들려주듯이 반복적으로 언급하는지 주목하기 바란다. 그 통사 구조는 뚜렷한 우분지 형태를 취하고 있다.

다이슨은 자신의 편안한 말하기로부터 글쓰기를 창출하는 작업을 했는데,

다이슨 외에도 꽤 많은 사람들이 그러한 작업을 수행했다. 스터즈 터클Studs Ter-kel은 구술사oral history를 담은 자신의 많은 책에서 이러한 형태를 능숙하게 사용하고 있다. 그는 사람들의 두서 없는 말에서 격식 없는 훌륭한 산문을 만들어 낸다. 그는 다시 쓸 필요도 없이 그저 잘라 내고 재배열할 뿐이다. 이 점이 바로 거기서 발견할 수 있는 좋은 점이다.

물론 터클은 사람들을 진지하게 생각하고 그들의 말을 잘 들어 줌으로써 좋은 말하기를 유도해 내는 재능이 있다. 그러나 터클의 재능은 누구나 배워 스스로 내면화할 수 있는 것이다. 누구나 자신의 말과 생각을 진지하게 여기고, 호의적이고 세심한 태도로 스스로의 말을 듣는 방법을 배울 수 있다. 사람들이 글쓰기를 시작할 때 자신에 대해 혹평하곤 하지만, 굳이 그럴 필요는 없다. 필자들은 글 쓸 준비를 할 때 터클과 비슷한 기술을 지닌 친구를 찾는 법을 배운다. 이와 관련해『파리 리뷰The Paris Review』는 유명 작가들이 자신의 실천을 돌아보는 유용한 인터뷰를 시리즈 도서로 출간한 바 있다. 다이슨은 글쓰기라는 목적을 달성하기 위해 말의 힘을 활용하는 법을 알고 있었다.

그런데 말하기의 매력적인 조건에서도 다이슨이 피할 수 없었던 말하기의 결점 하나가 존재한다. 그는 더 넓은 독자층을 위해 자신이 원한다면 모든 것을 삭제하고 수정할 수 있었지만, 그때 면전에서 살아 숨 쉬고 있는 인터뷰 진행자가 보기에 어리석거나 공격적인 말을 무심코 내뱉는 것을 막을 수는 없었다. 그는 "그 말을 기록에서 뺍시다."라고 말할 수는 있었지만, 그 말을 인터뷰 진행자의 기억에서 삭제할 수는 없었다. 그가 진행자에게 질문지를 요청해서 아무도 없는 곳에서 자신의 말을 혼자 녹음했더라면 훨씬 더 안전했을 것이다. 그렇게 하는 사람들도 있다. 그러나 모든 혼종hybrid이 그러하듯이 얻는 것이 있으면 잃는 것도 있는 법이다. 그가 그렇게 했다면, 얼굴을 마주한 대화에서 나오는 에너지와 직접성을 잃었을 것이다.

4. **글을 향상시키기 위한 구두 발표 활용.** 최근 나는 글쓰기 교사 학회에 참석

해 서로 다른 대학 소속인 브리터니 보이킨Brittany Boykin, 셰이 브론Shay Brawn, 리베카 드 윈드 매팅리Rebecca de Wind Mattingly로부터 말하기를 통해 글쓰기 능력을 향상시키는 또 다른 방법을 들었다. 그들은 과제를 부과할 때 학생들이 다음과 같은 절차를 따르도록 했다. 먼저 초고를 작성한다. 다음으로 구두 발표를 위해 초고를 메모로 재구성하고 반 학생들을 대상으로 발표한다. 끝으로 그 메모를 글로 고쳐 쓴다.

학생의 구두 발표는 대화가 아니라 말로 이루어진 독백으로서 상당히 격식 없는 편이지만 그래도 학생들은 이를 부담스러워할 때가 많았다. 그러나 이 과정은 말하기의 몇 가지 강력한 장점을 활용하여 학생들이 최종적으로 쓴 글이 향상되도록 했다. 그 이유는 다음과 같다.

- 학생들은 글을 쓸 때보다는 말을 계획하거나 수행할 때, 그리고 동료 학생들의 말을 들을 때 청중에 대한 훨씬 더 뚜렷한 감각을 키웠다. 대개 헛된 충고로 돌아가곤 하는 "청중에게 주의를 기울이세요!"라는 수사학 교사들의 충고가 그들에게는 불필요했다. 그들은 말 그대로 청중의 얼굴에 주의를 기울이지 않을 수 없었다. 그들은 청중이 언제 흥미로워하고, 언제 안 듣는지를 보고 느낄 수 있었다. 그들은 어떻게 해야 청중이 문장을 한 번만 듣고도 이해하게 되는지 직감할 수 있었는데, 이것이야말로 글이 필수적으로 갖추어야 할 표준이었다. 한 학생은 "한번 청중의 주의를 잃으면 되돌릴 수 없어요."라고 말했다. 학생들은 글쓰기로 되돌아왔을 때 살아 있는 사람들에게 아이디어를 직접 말하려고 애썼던 최근의 이 기억을 꽉 붙잡는 경우가 많았다.
- 말은 보고서보다 훨씬 더 짧아야 했다. 학생들에게는 단지 5~8분의 시간만 있을 뿐이었다. 그들은 초고의 많은 부분을 덜어 내야 했다. 덕분에 그들은 자신의 요점이나 논거를 발견하게 되었고, 종종 그것들에 대해 더 많이 알게 되었다. 그들은 사고를 단순화하고 명료화하여 사고의 핵

심 뼈대를 도출해야만 했다. 그 과정에서 그들은 **덜 중요한** 것을 판단할 방법을 알아 내야 했는데, 짧은 말에 너무 많은 '주요 생각'을 담을 수는 없기 때문이다. 그리고 그들은 동료의 구두 발표를 들을 때, 말에 일반적인 진술만 있고 사례가 전혀 없으면, 혹은 이야기와 사례만 있고 개념적 뼈대가 전혀 없으면 청중이 듣지 않는다는 사실을 알게 되었다. 그래서 더 긴 글의 형태로 최종 수정을 할 때에도 구두 발표를 통해서 얻었던 명료성을 유지할 수 있게 되었다. 많은 학생들은 삭제했던 내용 중 일부를 끝까지 되돌리지 않았는데, 이는 더 적은 요점을 바탕으로 더 풍부한 전개를 이루어내기 위한 것이었다.

- 글을 쓸 때에는 **숨을** 수 있지만, 청중에게 직접 말할 때에는 그럴 수 없다. 구두 발표는 학생들을 더 주체적으로 사고하게 만들었다. 일부 학생들은 글을 쓸 때 무의미한 말을 적는 것, 그리고 생각에 집중하지 않은 채 하품하며 시간을 헛되이 보내는 것이 발표를 할 때보다 더 쉬웠다고 이야기했다.

이러한 교수법을 통해 말하기와 글쓰기는 양자택일의 문제가 아니라는 점이 명백해졌다. 구두 발표는 글쓰기를 도왔지만 그 자체로 가치 있는 것이었다. 학생들은 훗날 자주 사용할 수밖에 없는 수사적 형태에 대해 연습할 수 있었던 것에 대해 고마워했다.

이 세 교사의 설명을 듣고 나는 그들의 창의성에 깊은 인상을 받았다. 그들은 내가 사용할 생각도 전혀 하지 못했던 좋은 교수 기법을 개발했던 것이다. 그러나 이 장을 최종적으로 수정하는 지금 이 순간 나는 문득 그들이 한 일을 새로운 시각으로 바라보게 된다. 그들의 독창성을 부정하는 것은 아니지만, 그들은 대부분의 학자들이나 전문가들이 글쓰기에 도움을 받기 위해 말하기를 활용하고 있는 방식을 수업에 도입한 것이라는 점에 주목하게 되었다. 즉 학자들이나 전문가들은 글로 쓰고 싶은 아이디어가 있을 때 그것을 학회 발표용으로 짧게 써 보는 경우가 흔히 있다. 그렇게 함으로써 얻을 수 있는 장점은 앞에서 설명한 바와 같다. 그런데 학자들이나 전문가들은 가끔 글쓰기에 2년 이상을 소요하는 바람에 그러한 장점을 약화시키기도 하고, 그때쯤이면 현장의 청중에게 하는 생생한 말하기의 장점을 때때로 잃어버리기도 한다.

세 교사의 발표는 2009년 3월 샌프란시스코에서 열린 '대학 작문과 의사소통에 대한 연례 학술대회Annual Conference of College Composition and Communication'에서 이루어졌다.

또 다른 혼종 형태로 오디오북이 있다. 이 또한 말하기의 장점을 글쓰기에 적용한 것이지만, 오디오북을 통해 말하기의 혜택을 받는 사람은 필자가 아니라 독자이다. 오디오북은 말해진 것이기는 하지만 국회 청문회, 대중 연설, 텔레비전과 라디오 프로그램 등과 같은 생생한 말하기를 녹음한 것은 아니다. 그러나 오디오북은 말하기의 에너지와 억양을 일부나마 텍스트에 가져온 것이기 때문에 의미를 명료하게 해서 이해를 도울 때가 많다. 많은 사람들이 글 읽어 주는 소리를 듣기 좋아하는 것은 놀라운 일이 아니다.

*   *   *

이 장에 대한 요약: 지금까지 의미 있는 네 가지 혼종 형태에 대해 설명했다. 그것들은 '말하기의 최고 장점을 글쓰기에 가져오기'라는 이 책의 유토피아적 목표에 이르는 방법을 시사한다. 그 목표는 성취 불가능한 목표이지만, 유토피아적인 충동으로 인해 나는 그 목표를 추구하였다. 이는 성취 가능한 두 가지 목표를 명료화할 수 있게 했다. 단기 목표는 받아들여질 수 있는 정확한 글쓰기에 대한 기존 표준을 충족하면서도 더 쉽고 더 만족스럽게 글을 쓰는 것이다. 그리고 장기 목표는 받아들여질 수 있는 글쓰기에 대한 우리 문화의 표준을 변화시키는 것이다.

초기 표준 영어가 어떻게 탄생했는가에 관한 두 개의 이야기

　가장 널리 회자되는 이야기는 이러하다. 우리는 모두 런던식 영어를 '표준 영어'로서 물려받았다. 런던이 14세기 말에 영국의 경제적·정치적 중심지가 되었기 때문이다. 그러나 이 말이 전적으로 옳지는 않다는 것이 밝혀졌다. 말하기에서도 표준으로 등장한 언어는 런던의 말과 많이 다른 것으로, 누구의 말과도 일치하지 않는 인위적인 혼종 혼합물이었다. 그것은 이상화된 결과물로서, 서로 다른 지역의 방언으로부터 구어의 특징을 가져왔고 어느 곳의 말에도 존재하지 않는 문어의 특징도 가져왔다. 이에 대해 언어역사학자 조너선 호프Jonathan Hope는 다음과 같이 말한다.

> 언어학적 자료는 표준 영어가 하나의 단일한 방언에서 진화한 것이라는 생각을 뒷받침하지 않으며, 이는 언어역사학자들 대부분이 인정하는 바이다. 표준 영어의 특징은 불편하게도 광범위한 방언들로 거슬러 올라간다. (Hope, 2000: 50)

　호프는 계속해서 두 명의 존경받는 언어학자 파일스Pyles와 알지오Algeo를 인용한다. 이들이 전통적인 '단일 조어單一祖語: single-ancestor'를 말했기 때문이다. 호프가 인용한 부분은 다음과 같다.

> 런던 말이라는 말의 한 유형, 근본적으로 이스트미들랜드 말의 특징이 강한 그 말이 결국 잉글랜드 전체의 표준이 되었다는 것은 놀라운 일이 아니다. 비록 북부 지방 말의 영향도 있었고, 남부 지방 말의 영향도 조금은 있었지만 말이다. (Hope, 2000: 50에서 재인용)

　그러나 호프가 이 학자들을 인용한 것은 다음과 같이 풍자적으로 비판하기 위한 것이었다.

이 런던 말–이스트미들랜드 말–북부 지방 말–남부 지방 말의 '단일' 조어 안에 존재하지 않는 방언이 어떤 것인지 묻고 싶다. (Hope, 2000: 50)

호프는 이 시기에 형성된 표준 영어 형태가 **모든 사람의 말을 잘못된 것으로 만드는** 효과가 있었다는 점을 보여 준다.

표준화의 '선택' 과정은 단일 방언을 선택하는 것이 아니라 다양한 방언들로부터 단일한 언어적 특징을 선택하는 것이다. 그리고 이 특징은 재조합되어, 공통 조상이 없는 새로운 방언이 된다. … **선택이** 아니라 **선택들**이라고 하는 것이 관찰에 의해 밝혀진 표준 영어의 특성, 예컨대 북부 지방 말과 남부 지방 말의 형태가 혼합되어 있는 표준 영어의 특성과 훨씬 더 밀접히 부합한다. (Hope, 2000: 51)

호프는 더 나아가 표준 영어가 된 형태들은 거의 별다른 의식 없이 선택된 것이라는 주장을 하기에 이른다. 이 형태들이 공통되거나 편안하거나 자연스러운 것이 아니었기 **때문이다.** "결국 표준 영어가 된 많은 변이형들은 (만약 '자연스러움'이나 빈도성이 기준이었다면) 선택될 가능성이 변이형의 후보군들 중에서 **가장 낮은** 것이었다는 특징이 있다."(Hope, 2000: 52)

호프는 대부분의 사람들이 말하는 방식과는 확실히 달랐음에도 불구하고 선택된 특징들의 예로 다음과 같은 것을 제시한다.

- 이중 부정은 "말과 방언에서 자주 등장함에도 불구하고" 웬일인지 잘못되거나 비표준적인 것으로 규정되었다(Hope, 2000: 53). 즉 대부분의 런던 사람들은 대부분의 잉글랜드 사람들처럼 이중 부정을 당연한 것으로 여겼다. 실제로 나는 모든 구어가 이중 부정을 사용한다고 알고 있다. 안 그런가(n'est pas)?*

....

* 프랑스어 n'est pas에서 n'est는 ne est의 축약형이고 ne와 pas는 모두 부정의 뜻을 나타내

내가 지금까지 보아 온 어린이들은 모두 자연스럽게 이중 부정을 사용했다.

- 관계를 맺어 주는 'What'의 용법이 축소되었다. 이에 따라 사람들은 "I gave him what he asked me for(나는 그가 나에게 요구하는 것을 그에게 주었다)." 라고 말하는 것은 괜찮지만, "I gave him the money what he asked me for(나는 그가 나에게 요구하는 돈을 그에게 주었다)."라고 말하지는 말아야 했다. 이 표현은 "대부분의 (어쩌면 모든) 비표준어 방언에서" 사용되었음에도 불구하고 선택에서 탈락했다(Hope, 2000: 52). 이중 부정과 마찬가지로 이 표현은 '나쁜' 방언에서 계속 번창하고 있다. 이는 이 표현이 언어적으로 자연스럽기 때문이다.

- 모든 동사 어미는 3인칭 단수에 필수적으로 붙는 's'(I run, you run, he runs)만 남기고 없어졌다. 호프는 3인칭 단수 형태만 나머지 다른 형태들과 구별하는 것이 흔치 않다고, 즉 "유형학적으로 있음직하지 않다."라고 말한다.

- 다음과 같은 다섯 가지 인칭 대명사 체계가 선택되었다.

단수	I	she/he/it
단수/복수	you	[없음]
복수	we	they

호프의 주장에 따르면 빈 구멍을 놓아둔 것은 이상한 일이다. 특히 선행 방언들(중부 지방 영어와 근대 초기 영어)과 현대의 대부분의 방언에서는 그것이 채워져 있기 때문에 더욱 그러하다. 그는 그 예로 'thou/you', 'you/

....

기 때문에 n'est pas는 이중 부정의 예로 제시될 수 있다. 본래 '안 그런가?'의 의미를 갖는 프랑스어 표현은 'n'est-ce pas?'이지만 필자는 'n'est pas?'를 그러한 뜻으로 사용한 것으로 보인다.

youse', 'you/you-all'을 제시했다(Hope, 2000: 52).

- 왜 표준 영어는 과거 시제 어미의 철자 형태로 가능한 선택지 "-ed, -d, -'d, -t, -'t" 중에서 '-ed'를 선택했는가? 특히 '-ed'가 음성학적으로 가장 덜 보편적으로 나타났던 형태와 조응했음을 고려한다면 말이다(Hope, 2000: 54-55).

또 다른 역사언어학자 짐 밀로이는 동일한 요점을 좀 더 일반적이고 보편적인 형태로 제시한다.

> 표준 '변이형들'은 고도의 추상적 관념에 존재하는 이상화된 형태로서 나타난다. … 그것들은 모든 특정 화자의 사용법과 정확히 일치하지는 않는다. 실제로 표준이 가장 뚜렷하게 나타나는 것은 언어 공동체 내에서가 아니라 표기 체계에서이다. (Milroy, 2000: 11)

심지어 지금도 '정확한 말하기'를 위한 규정은 주로 글쓰기를 안내하는 책에서 발견되는 경향이 있다.

모든 사람의 말하기를 잘못된 것으로 만들어 버린 표준 영어를 제정하기로 **결정**한 사람은 누구인가? 이 단순한 질문을 피해 가기는 어렵다. 13세기 말과 14세기의 런던에서 노르만 프랑스어가 완전히 죽은 것은 아니었지만 규정을 만드는 '아카데미 앙글레즈Academie Anglaise'는 그곳에 없었다.* 우리는 절대로 알 수 없겠지만, 이들 역사언어학자들은 상상하기에 그리 어렵지 않은 과정을 암시하고 있다. 즉 '더 나은

....
* 필자인 엘보는 표준 프랑스어 사전을 편찬하는 기관인 아카데미 프랑세즈Académie Française의 존재에 착안하여 당시 영국에는 표준 언어와 관련된 기관이 없었다는 사실을 나타내기 위해 '아카데미 앙글레즈Academie Anglaise'라는 프랑스어식 표현을 사용한 것으로 보인다.

종류의 인간들'은 형태들 중에서 무엇인가를 선택해야 하는 상황에 직면할 때 대중의 말과는 다른 표현을 선호하는 경향이 있다는 것이다. 비록 이것이 그들 자신이 사용하는 말하기 습관을 약간 조정해야 함을 의미하더라도 말이다.

> 언어 공동체 내에 'you were'와 'you was', 'I saw'와 'I seen'과 같은 이항 등가 구조가 뚜렷하게 존재할 때 하나는 수용되고 다른 하나는 배척된다. 이러한 현상의 기반은 언어학적으로는 자의적이지만, 사회학적으로는 자의적이지 않다. 따라서 표준 언어는 고도로 이상화된 결과물이다. 그 안에서는 균일함과 불변성이 모든 가치의 위에 있다. 그렇기 때문에 실제로는 아무도 표준 언어로 말하지 않는 결과가 초래된다. (Milroy, 2000: 13)

밀로이는 최근의 새로운 표준에 대해 다음과 같이 언급한다.

> 최근의 새로운 표준은 공공연하게 취사선택gatekeeping의 용도로, 즉 사회적·직업적 신분 상승을 하지 못하게 대다수 민중을 배제할 목적으로 사용되었다. 그 정도가 너무 심하여 애버크롬비(Abercrombie, 1963)는 1951년에 처음 출판된 완벽하고도 통찰력 있는 글에서 '인종 장벽'에 상응하는 '언어 장벽'에 대해 언급할 수 있었다. (Milroy, 2000: 20)

이 '문식성 이야기'는 로라 라이트Laura Wright가 편찬한 매력적인 책 『표준 영어의 발전 1300~1800: 이론, 기술, 갈등The Development of Standard English 1300-1800: Theories, Descriptions, Conflicts』(2000)에서 자료를 끌어왔다.

2부

말하듯이 쓰기

글쓰기 초기 단계에서 말하기의 역할

도입: 정신활동으로서의 말하기와 글쓰기

이 책의 주장은 간단하다. 우리는 대부분의 사람들이 가장 어렵다고 생각하는 언어 활동인 글쓰기를 할 때, 가장 쉽다고 생각하는 언어 활동인 말하기의 도움을 받을 수 있다는 것이다. 1부에서는 언어를 사용하는 두 가지 방식의 잠재력을 탐구하였다. 글쓰기의 장점에 대해서는 그다지 새로운 내용이 없기 때문에 한 장만 할애하였다. 반면 말하기의 장점은 거의 인식되지 않고 있기 때문에 세 장에 걸쳐 탐구하였다.

이제부터 말하기의 이러한 장점들을 글쓰기에 활용하는 방법을 알아보고자 한다. 2부에서는 글쓰기의 초기 단계에 주목할 것이다. 이 단계에서는 내가 '비계획적인 말하듯이 쓰기'라고 부르는 행위, 즉 글쓰기에 '말하기 기어speaking gear'를 사용하는 것이 가능하다. 마치 자유작문에서 하는 것처럼 말이다. 그런 다음 3부에서는 글쓰기 후반부의 수정 단계에 초점을 맞추어, 소리 내어 글을 읽으며 말하기 자원을 글쓰기에 활용하는 법을 알아볼 것이다.

그 밖의 정의

1부의 '도입'에서 나는 말하기와 글쓰기의 차이점을 세 가지 차원에서 살펴보았다.

- 서로 다른 신체활동으로서의 말하기와 글쓰기. 입을 움직이는 것 대對 손을 움직이는 것.
- 서로 다른 물리적 양태 또는 매체로서의 말과 글. 시간 속에 존재하며 들을 수 있는 소리 대 공간 속에 존재하며 볼 수 있는 기호.
- 서로 다른 언어적 산물로서의 말과 글. 입에서 발화된 언어적 산출물 대 손

으로 작성한 언어적 산출물. 여기에서의 차이는 그다지 명확하지 않다. 인류가 생산하는 모든 범위의 언어를 살펴본다면, 말로 된 것과 글로 쓰인 것은 거의 완벽하게 겹친다. 그러나 말하기와 글쓰기의 두 가지 전형적인 유형인 격식 없는 대화와 주의 깊게 쓴 설명문에만 주목해 본다면, 말하기와 글쓰기 사이에는 다양하고 흥미로운 차이점들이 있다.

어떤 독자들은, 말하기는 대체로 눈앞에 있는 청자와의 사회적 대화이고 글쓰기는 대체로 눈앞에 없는 독자 또는 불특정 독자에게 의미를 전달하는 고립된 활동이라는 점을 언급하면서, 내가 **사회적 과정** 또는 **맥락적 과정**으로서의 말하기와 글쓰기를 서로 대조해야 한다고 말할 것이다. 이러한 상황이 미국 문화를 비롯한 여러 문화에서 공통적이고, 말하기와 글쓰기에 대한 대다수 사람들의 경험과 개념에 깊이 영향을 미쳐 온 것은 사실이다. 그러나 이러한 상황은 인간의 말하기와 글쓰기에서 발생할 수 있는 여러 다양한 모습을 제한한다. 더구나 내가 궁극적으로 주장하고자 하는 핵심은 우리가 말하기와 글쓰기의 사회적 사용 양상을 근본적으로 바꿀 수도 있다는 것이다. 나는 1985년에 쓴 「말하기와 글쓰기의 변화하는 관계The Shifting Relationships between Speech and Writing」라는 글에서 이러한 방향으로 생각하기 시작했다.

이제 말하기와 글쓰기의 네 번째 차이점, 즉 '신체'활동이 아니라 '정신'활동으로서의 말하기와 글쓰기의 차이에 대해 살펴볼 필요가 있다. 이 차이점은 나의 주장에서 매우 중요하다. 그리고 이것은 "우리가 다른 사람에게 말을 **받아쓰게 한다면 이것은 말하기인가, 글쓰기인가?**"라는 앞에서 언급한 의문을 해소할 수 있게 해 준다. 좀 더 자세히 살펴보자.

유명한 작가들을 몇 명 살펴보자. 이소크라테스Isocrates는 서양에서 산문written prose에 대한 최초의 인식이 형성되는 데 기여한 사람이다. 그는 많은 고대 '작가들'이 그랬듯, 글을 쓸 때 거의 신체를 사용하지 않고 대체로 노예에게 구술한 말을 받아쓰게 했다. (받아쓰기는 고대 시기 전체에 걸쳐 있었던 일반적인 관습이었지만, 학자들은 이소크라테스가 때때로 파피루스에 펜으로 직접 글을 썼다고 생각한다. 이에 대해서는 W. V. 해리스(Harris, 1989)를 참조하기 바란다.) 존 밀턴John Milton은 『실낙원Paradise Lost』을 집필하던 당시 눈이 멀어서 딸에게 말을 받아쓰게 했다. 현대의 사무실에서도 사람들은 통상적으로 비서에게 편지 내용을 말하고 그걸 타이핑하도록 시킨다. 그리고 오늘날에는 음성 인식 소프트웨어를 구입하여 말하기만 하면 컴퓨터가 글로 변환하여 보여 준다.

사람들은 편지, 에세이, 시 등의 텍스트를 받아쓰게 할 때 입으로 소리를 내면서도 머릿속으로는 글쓰기를 경험하는 경우가 많다. 사람들은 말을 내뱉을 때 머릿속으로는 문자로 표기된 문장이나 시의 행을 창작하고 있는 것이다. 또 문장을 어디에서 시작하고 끝낼지에 대해서도 생각해야 하기 때문에, 때때로 구두점을 소리 내어 말하기도 한다(이것은 음성 인식 소프트웨어의 옵션 중 하나이다). 존 밀턴에게 "솔직히 말해서, 존, 당신은 『실낙원』을 쓴 것이 아니죠? 말한 것이죠?"라고 말할 수 있을까? 밀턴이 어디에서 행을 끝내고 어떻게 구두점을 찍어야 하는지를 그의 딸에게 결정하도록 했다고 생각할 수 있을까? 이러한 고찰은 나의 경험에도 적용된다. 나는 가끔 비서에게 녹음기나 컴퓨터를 이용해 녹음한 것을 받아쓰게 하거나, 방금 말한 음성 인식 소프트웨어를 사용하여 글을 쓴 적이 있다. 이 과정에서 나는 내 말을 글로 된 문장이라고 느끼고, 때로는 머릿속으로 문장을 보기도 하며, 구두점을 말하기까지 했다. 나는 머릿속으로 글을 쓰고 있었던 것이다.

그러나 이것이 전부는 아니다. 주의 깊은 글쓰기라는 이러한 정신적 과정에 참여하고 있을 때, 나는 가끔 '문장'(말하자면 정확한 문장)을 말하기 위해, 글로 된 단어를 말하려고 하면서 좌절하고 혼란에 빠진다. 때때로 나는 결국 포기하고 "이런 것들은 집어치우고 그냥 말해야겠어."라고 스스로에게 말한다. 결국 나는 '말이 나오는 대로 그냥 내버려 두고', '쓰려는' 노력을 멈춘다. 나는 내가 하는 말을 문장의 일부로 생각하는 것을 그만둔다. 이렇게 함으로써 나는 언어 사용에서 완전히 다른 정신적인 경험을 하게 된다. 나는 다른 사람에게 받아쓰게 할 때 종종 멈춰서 정확한 단어를 결정해야 했다. 그러나 내가 그냥 편안히 말한 것을 받아쓰게 하고 일을 진행했을 때에는, 더 이상 멈출 필요가 없었고 무슨 단어를 쓸지 생각조차 하지 않은 적이 많았다. 단어들은 내가 말하고 싶은 어떤 것이 있다는 마음속 느낌에서 그저 떠올랐다. 사실 나는 내 입에서 나오는 것이 단어들이라고 느껴지지도 않았고, 단지 내가 생각이나 의도를 발화하고 있다고 느꼈다. 이처럼 과정이 달라지자 현저히 다른 결과물, 다른 언어가 산출되었다. 이 결과물은 격식 없는 말에 훨씬 더 가까워 보였다.

　그래서 사람들이 언어를 사용할 때 자신의 입과 손을 어떻게 사용하는지를 적절히 이해하고자 한다면, 그리고 받아쓰기와 같이 경계가 모호한 경우를 이해하고자 한다면, 내적인 정신 과정과 외적인 신체 과정을 구별할 필요가 있다. 이러한 구별은 저명한 언어학자 M. A. K. 할리데이가 한 것이다. 그가 격식 없는 대화와 주의 깊은 글쓰기 사이의 명백한 차이에 대해 논의할 때 그의 관심을 끈 것은 대체로 그것들에 수반되는 내적인 정신 과정의 차이였다. 멈춤이나 고민 없이 실시간으로 이루어지는 격식 없는 안전한 대화에서 사용되는 정신 과정을 설명하기 위해, 그는 '자연스러운', '자기 점검이 없는', '물 흐르는 듯한', '즉흥적인' 등의 용어를 사용한다. 그리고 주의 깊은 글쓰기에서 사용되는 좀 더 주의 깊고 섬세하며 '선택을 고민하는' 정신 과정을 설명하기 위해, 그는 '자기 점검이 있는', '통제적인', '자의식적인' 등의 용어를 사용한다. 글을 쓸 때 우리는 한 단어나 한 구절 또는 전체 구조에 대한 결정을 내리기 전에 원하는 만큼 오래 멈출 수 있고, 숙고하여 생각을 바꿀 수 있다(Halliday, 1987: 66, 79).

　할리데이는 사람들이 언어를 생산하는 정신적 차원에 특별한 관심을 두고 연구한 결과, 정신적 차원과 신체적 차원이 꼭 상호 대응할 필요가 없다는 것을 보여 주었다. 다시 말해, 입으로 말할 때 우리는 멈춤이나 선택 없이 항상 수다만 떠는 것은 아니다. 가끔 우리는 취업 인터뷰나 중대한 논쟁에서처럼 말을 구상하거나 미리 연습하거나 점검하기도 한다. 마찬가지로 손으로 글을 쓸 때 우리가 항상 단어를 주의 깊게 선택하는 것은 아니다. 가끔은 이메일 쓰기, 일기 쓰기, 자유작문에서와 같이 계획적이지 않거나 자기 점검이 없거나 즉흥적인 방식으로 언어를 생산하기도 한다.

> 할리데이는 용어를 사용할 때 정신적 차원을 신체적 차원보다 우선시하는데, 이는 우리를 다소 혼란스럽게 한다. 그는 즉흥적으로 언어를 생산하는 정신 과정을 통해 만들어 내는 **모든** 언어에 대해 '구어'라는 용어를 사용하는데, 심지어는 손으로 글을 쓸 때의 언어라도 그러하다. 마찬가지로 그는 자의식적으로 자기 점검을 하며 언어를 생산하는 정신 과정을 통해 만들어 내는 **모든** 언어에 대해 '문어'라는 용어를 사용하는데, 그것이 입으로 말을 할 때의 언어라도 그러하다.
>
> > 담화 형식으로서의 말하기와 글쓰기는 가장 즉흥적인 언어에서부터 가장 자기 점검적인 언어까지 이어지는 연속선상의 양태 지점과 연관되는 것이 보통이다. 즉흥적인 담화는 일반적으로 말을 사용하는 반면, 자기 점검적인 담화는 일반적으로 글을 사용한다. 그러므로 우리는 두 담화 양식을 편의상 '구어'와 '문어'로 명명할 수 있다. (Halliday, 1987: 69. 강조는 인용자)
>
> 그러나 이렇듯 정신적 **특성**mentality을 가지고 구어와 문어를 구별하고 난 뒤, 그는 담화의 신체적 차원이 정신적 차원과 다를 수 있다는 점을 조심스럽게 인정한다.
>
> > 좀 더 자연스럽고 자기 점검이 없는 담화일수록 문법 유형은 더 복잡할 수 있다. 이런 종류의 담화는 일반적으로 말로 수행되는데, 그 이유는 글쓰기가 말하기보다 본질적으로 더 의식적인 과정이기 때문이다. 그러나 말하기에도 자의식적인 유형이 있으며, 그 산출물은 우리가 문어라고 생각하는 것과 유사하다. 마찬가지로 글쓰기에도 상대적으로 즉흥적인 유형이 있다. 구어 담화와 문어 담화는 **외적 형태**이고, 그 외적 형태는 보통 **내적 의식**이라는 결정적 변인과 연관되어 있는 것이다. … 구어의 복잡성은 그것의 흐름, 즉 역동적인 유동성에 있다. 이 유동성 속에서 각각의 정보는 이어지는 다른 정보를 이해하기 위한 맥락이 된다. (Halliday, 1987: 66. 강조는 인용자)
>
> 외스터라이허Oesterreicher 역시 언어의 신체적 차원과 정신적 차원 사이의 결정

적인 차이를 밝히는 데 많은 시간을 보냈으며 "언어의 개념적[정신적] 측면은 언어의 매체적 측면과는 엄격히 구별되어야 한다."(Oesterreicher, 1997: 191)라고 하였다. 그는 "담화의 개념적 측면은 원칙적으로 담화의 매체와는 무관하다."(Oesterreicher, 1997: 191. 강조는 인용자)라고 주장한 여타 다양한 언어학자들의 견해를 인용하고 있다.

> 할리데이, 월리스 체이프, 엘리너 옥스, 데버라 태넌, 그리고 다른 학자들의 구분법도 이와 유사하다. 그들은 비교적 체계적으로 용어를 사용하고 있다. 그들은 매체에 따른 구별을 나타내기 위해 말하기 대 글쓰기라는 용어를 사용하고, 언어적 · 정신적 개념의 양상을 나타내기 위해서는 구술성 대 문식성, 비격식 대 격식, 비계획 대 계획과 같은 용어를 사용한다. 또한 제한된 어법과 정교한 어법에 대한 바실 번스타인Basil Bernstein의 구별도 언어의 개념적 차이를 반영하고 있다. (Oesterreicher, 1997: 191-192)

프랑스의 언어학자들은 언어의 정신적 차원과 신체적 차원을 구분하는 용어를 따로 사용한다. 즉, 그들은 구어langue parlée 대 문어langue écrite와 음성 부호code phonique 대 문자 부호code graphique라는 두 가지 이분법을 사용한다.

신체적 언어 사용과는 다른 정신적 언어 사용에 대해 논의하는 것이 이상하거나 비현실적으로 보일지도 모른다. 그러나 사실 우리는 '머릿속으로 말하기'를 통해 매일같이 이걸 겪고 있다. 대부분의 사람들은 신체적으로 아무 말도 하지 않더라도 머릿속에서 정신적으로 말할 수 있다는 것을 쉽사리 인정한다.

어떤 사람들은 내적 말하기가 대화라기보다는 독백이기 때문에 '정상적인' 말하기가 아니라고 주장할 수도 있다. 그러나 독백을 소리 내어 말한다면 친구들에게 이야기 들려주기, 지시 내리기, 복잡한 절차 설명하기, 수업하기, 강의하기, 인터뷰에 응하기와 같은 인간의 보편적인 언어 활동이 된다. 그런 독백에서는 대체로 얼굴을 맞대거나 전화기 너머에 존재하는 청자가 있다. 그런데 음성 메시지와 같이 청자가 현장에 없는 흥미로운 독백 형식이 있고, 우리 문화에서 점점 더 보편화되고 있다. 음성 메시지는 언어 사용이 시대와 문화에 따라 어떻게 변화하는지를 보여 주는 좋은 예이다. 처음에 우리는 음성 메시지와 같은 장르를 접해 본 적이 없었기에 음성 메시지를 남겨야 할 때 대부분 당황스러워했다. "내가 뭘 하고 있는 거지? 이건 메모를 남기는 건가, 말을 하고 있는 건가?" (나는 마치 편지의 맨 마지막에 서명하듯이 "잘 지내, 피터가."라고 말하면서 음성 메시지를 끝내곤 한다.) 그러나 이제 사람들은 음성 메시지에 익숙해져 있으며, 하나의 장르로, 심지어 예술 형식으로까지 여기고 있다.

게다가 내적 말하기는 실제 청자 또는 상상 속의 청자를 상정하고 직접 말하는 것이기 때문에 대화적인 성격이 강한 경우가 많다. 나는 프랑스어 관용구인 '계단에서야 재치 있는 대꾸가 생각난다(l'esprit de l'escalier)'라는 말을 좋아하는데, 이 말은 파티나 모임을 마치고 계단(l'escalier)을 내려오면서 아까 **말했어야 했는**데 하지 못한 멋지고 재치(l'esprit) 있는 말이 갑자기 떠오르는 일상적인 경험을 의미한다. 머릿속으로 말할 때 우리는 풀 죽은 청자를 당황하게 하거나 말문이 막히게 할 정도로 멋진 자신의 모습을 상상한다. 이와 유사하게 누군가의 면전에서 어렵거나 곤란한 것을 말해야 할 때, 우리는 머릿속으로 미리 말을 연습하기도 하는데, 이때 상대방의 말까지를 포함하여 전체 대화를 상상하는 경우가 많다. 소리를 내지는 않지만, 우리는 머릿속으로 소리를 듣는다. 내적 말하기를 진행하는 동안 사람들은 심지어 소리 없이 입 모양만으로 말을 하기도 한다. (나는 종종 내 입술이 그렇게 하는 것을 발견하고 깜짝 놀란다.)

물론 대부분의 내적 말하기는 순전히 혼잣말이다. 우리는 다음에 무엇을 해야 할지 알아내거나 무슨 일이 일어났는지 스스로에게 설명해야 할 때 혼잣말을 한다. 우리는 때때로 골치 아픈 사건에 대해 자기 자신에게 반복해서 말하기도 한다. 이런 종류의 말하기는 내적인 사고와 통합되거나 내적인 사고로 변형될 수 있다. 비고츠키Vygotsky는 외적 말하기에서 사고를 위한 내적 말하기로 나아가는 아동의 발달 경로를 기록한 바 있다(Vygotsky, 1962). 그를 비롯한 연구자들은 아동이 문제를 해결하고자 할 때 혼잣말을 하는 좋은 예들을 보여 준다.

몇몇 언어-낙관주의language-happy 이론가들은 모든 사고가 말로 이루어진다고 주장한다. 대부분의 사람들은 그렇게 생각하지 않으며, 예술가들과 음악가들의 공통된 경험(그리고 동물들의 행동!)은 그런 개연성 없는 견해에 대한 충분한 반박이 될 것이다. 그보다는 상식적인 관점, 즉 때로는 내적인 말하기로 사고하고 때로는 언어를 전혀 사용하지 않고 사고한다는 관점을 믿는 편이 낫다. (모든 사고가 말로 이루어진다는 편협한 견해에 반대하는 강력한 주장에 대해서는 핑커(Pinker, 2007)를 참조하기 바란다.)

나는 앞으로 언어를 생산하는 이 두 가지 정신 과정을 언급할 때, 아주 정확하지는 않더라도 유용한 몇 가지 비유를 자주 사용할 것이다. 우리 마음속에는 '마음속 말하기 기어mental speaking gear'와 '마음속 글쓰기 기어mental writing gear'라는 두 개의 기어가 있어서, 우리가 실제로 말을 할 때든 글을 쓸 때든 상관없이 둘 중 하나를 선택해서 사용할 수 있다. 취업 면접을 예로 들면, 처음에는 말하기 기어를 사용하여 가벼운 이야기로 편안하게 시작할 수 있다. 그러나 면접관이 "지원자께서 이 직업에 자질을 갖추었다고 생각하는 이유를 말해 보세요."라고 요구하면, 우리는 급히 글쓰기 기어로 바꾸어 말을 계획하고, 선택하고, 점검하는 일에 주의를 기울이게 된다.

이와 반대로 주의 깊게 단어를 선택하고 때때로 멈추면서 손으로 글을 쓰다가도, 우리는 도중에 말하기 기어로 바꾸어 단어들이 비계획적으로 자기 점검 없이 나오도록, 때로는 단어가 거의 저절로 나오게 하도록 결정할 수 있다. 우리는 편안한 대화에서 즉흥적이고 주의를 기울이지 않은 채 말을 하듯이 글을 쓸 수 있다. 다음 장에서는 자유작문에 대해 다루면서 이러한 과정의 유창성에 초점을 둘 것이다. 특히 자유작문은 글을 쓸 때 마음속 말하기 기어를 만나도록 하기 위해 고안된 글쓰기 연습 방법이다. 자유작문이 반드시 말하기의 언어를 생산하는 것은 아니다. 그러나 자유작문은 말하기의 본질적인 **자원**인 계획되지 않은 말을 활용하는데, 이것이 여기에서 나의 관심사이다.

또 다른 비유를 통한 대조가 있는데, 내가 아주 유용하다고 생각하는 것이다. 그것은 바로 말하기 기어를 사용한 언어 **발화하기**uttering 대 글쓰기 기어를 사용한 언어 구성하기constructing이다. '발화utter'라는 단어는 우리가 편안한 말하기에서 자주 사용하는, 입에 기반한mouth-based 비계획적이고 즉흥적인 과정을 나타내는 데 유용하다. '구성construct'과 '작성compose'이라는 단어는 우리가 의식적으로 단어나 문구를 선택할 때 사용하는, 좀 더 주의 깊고 손에 기반한hand-based 정신 과정을 나타낸다. 나는 학생의 작문에 대한 의견을 적을 때 이러한 비유를 자주 사용한다. 특히 얽혀 있거나 의미 전달이 안 되는 문장을 지적할 때 다음과 같이 말한다.

> 나는 이 문장이 읽기에 어렵고 불친절하다고 생각합니다. 어떻게 잘 **구성되었**는지 잘 보세요. 당신은 결코 이와 같은 문장을 **발화**하지 않을 겁니다. 이것을 쓰면서 어떤 단어나 문구를 사용할지 고민하느라, 또는 문법에 맞는지 여부를 고민하느라 자주 멈추었으리라 생각합니다. 당신은 단어를 **선택했습니다**. 그러나 그런 다음 입에 자연스러워지도록 편안하고 명확한 문장으로 다듬지는 않았습니다. 문법 규칙을 어기지는 않았으나, 당신이 선택한 단어는 서로 어울리지 않습니다. 자신의 생각을 **발화하고자** 노력하세요. 그러면 문장은 더욱 명확해지고 독자들의 마음을 더 잘 끌 수 있게 될 것입니다.

구성하기와 발화하기에 대한 나의 구분은 자의식적이고 자기 점검이 이루어지는 언어와 비계획적이고 즉흥적인 언어에 대한 할리데이의 구별을 **정확하게** 따르고 있지는 않다. 왜냐하면 어떤 사람은 모든 단어를 의식하면서 느리고, 심사숙고하고, 계획을 세우는 방식으로 발화하거나 말하듯이 쓸 수 있기 때문이다. 예를 들면 까다로운 편지를 쓰는 일은 때때로 시간이 걸린다. 대부분의 사람들은 절교 편지나 청혼 편지를 쓸 때, 혹은 단지 저녁식사 초대장을 쓸 때일지라도, 여러 번 멈추고, 몰두하고, 선택하고, 줄을 그어 지우고, 자신의 생각을 바꾼다. 그렇다 하더라도 이 편지들은 발화의 통사 구조에 따라 작성되거나 말하듯이 쓰이는 경향이 있다.

말하기 기어와 글쓰기 기어 사이의 연속성

말하기 기어 대 글쓰기 기어, 또는 발화하기 대 구성하기라는 나의 비유는 양자택일을 함의한다. 신체적 측면에서 우리는 입을 사용할 것인가 손을 사용할 것인가라는 양자택일 상황에 꽤 많이 처하게 된다. 기어가 있는 오토바이나 차를 탈 때 우리는 이 기어 아니면 저 기어를 사용한다. 그러나 정신적 측면에서는 내적 글쓰기 기어와 내적 말하기 기어 사이, 발화하기와 구성하기 사이, 완전히 즉흥적인 것과 완전히 계획적인 것 사이에 스펙트럼, 다시 말해 연속성이 존재한다. 말을 하든 글을 쓰든 우리는 중간 지점에서 많은 시간을 보내며, 어떤 때에는 계획을 세우고, 어떤 때에는 생각나는 대로 불쑥 내뱉는다. 마음속 '기어들'에 대한 우리의 선택은 디지털적이지 않고 아날로그적이다. 앞의 글상자에서 할리데이가 말한 바처럼, '[마음속] 말하기'와 '[마음속] 글쓰기'는 '연속선상의 양태 지점'이다. 우리는 때때로 일련의 점검을 하거나 '자신의 언어를 살펴보지만' 여전히 멈추거나 계획을 세우는 일 없이 빨리 진행하기도 하고, 이와 반대로 하기도 한다.

그럼에도 불구하고 연속선상에서의 활동이 양쪽 끝에 있는 종착 지점의 실재를 부인하는 것은 아니다. 다른 사람에게 말을 받아쓰게 한 나의 경험을 예로 들면, 정신적으로 '쓰려는' 노력을 멈추었을 때, 나는 마음속 기어가 구성하기에서 발화하기로 갑작스럽게 변환되는 것을 느꼈다. 나는 갑자기 단어 선택에 대해 고심하는 일을 멈추고 의미에 집중하였는데, 그러자 단어는 자연히 해결되었다. 나는 어디에서 시작하고 끝낼까, 구두점은 어떻게 찍을까 하면서 기존의 문장을 의식하는 일을 그만두게 되었다. 그 결과 나는 어려움 없이 더 많은 단어를 찾을 수 있었다. 아마도 내가 말하기 기어를 **사용하기로** 했다기보다는 글쓰기 기어를 **사용하지 않기로** 했다는 것이 좀 더 정확한 표현일 것이다. 나의 주의를 흩뜨리고, 언어를 방해하고, 심지어 사고까지 방해했던 것은 바로 글쓰기 기어였다. 글을 쓸 때도 똑같은 일이 벌어지는데, 내가 의도한 바를 어떻게 말할지 생각해 내고 단어를 선택하느라 고심하면 할수록, 나는 더 느려지고 끈적한 당밀 속에 갇히게 된다. 그러다가 문득 나는 쉽게 자유작문을 할 수 있다는 걸 깨닫고서 편하게 내려놓은 채 단어들이 굴러 나오도록 한다. '발화'함으로써, 당혹스러움을 헤쳐 나갈 길을 만들어 낼 수 있는 것 같다. 이 과정은 정확한 사고를 산출하지 않을 수도 있지만, 정확함으로 인도할 단어들을 제공한다. 그리고 정말 놀랍게도 가끔 정확성은 계획하지 않는 것에서 바로 얻어지기도 한다.

용어 정의 요약

1부의 '도입'에서 나는 언어학자들이 인간 담화의 거대한 말뭉치를 고찰할 때, 말로 한 표현과 글로 쓴 표현 간의 명확한 경계선을 찾을 수 없다는 점을 지적하였다. 인간은 융통성이 있다. 말을 하든 글을 쓰든 간에 계획되지 않은 말을 불쑥 내뱉을 수 있으며, 두 양식 중 하나로 '자신의 말에 주의를 기울일' 수 있다.

2부의 '도입'에서 나는 이러한 융통성이 어디에서 기인하는지 설명하였다. 그것은 바로 정신적 영역에서 나온 것이다. 우리는 입을 사용하든 손을 사용하든 '마음속 말하기'를 통해 미리 계획하지 않은 언어를 산출할 수 있다. 그리고 우리는 입을 사용하든 손을 사용하든 '마음속 글쓰기'를 통해 주의 깊고 자기 점검이 이루어진 언어를 산출할 수 있다. 우리는 언어를 산출하는 신체적 양식에 구애받지 않고 머릿속에서 언어 선택을 한다.

이 책의 주제는 선택이다. 우리가 손, 입, 정신을 가지고 할 수 없는 일은 거의 없다. 나는 과도한 물질결정론에 반대한다. 그리고 과도한 문화결정론에 대해서도 반대하는데, 특히 글쓰기에 대해서 그러하다. 미국 문화를 비롯한 그 어떤 문화에 의해서도 우리가 글쓰기를 사용하는 방식이 제한되어서는 안 된다.

07

말하듯이 쓰기란 무엇이며
자유작문으로 어떻게 배우는가

'말하듯이 쓰기speaking onto the page'. 이 특이한 비유가 이 책을 싹틔우는 씨앗이 되었다. 나는 서로 얽혀 있는 혼란스러운 생각에서 벗어나는 방법에 대한 자유작문을 하다가, '나는 단지 **쓰고** 있는 것이 아니라, 종이에 대고 … **말하고** 있다'라는 새로운 생각이 들어 깜짝 놀랐다. 나는 평소 말하기에 사용하던 언어적 기어를 글쓰기에 사용하고 있다는 사실을 깨달았다. 그것은 우리가 일상적인 대화에서 당연하다고 여기는 경이로운 능력으로, 노력하지도 찾지도 계획하지도 않고 단어들을 찾아내는 재능이다. 이러한 나의 깨달음은 자유작문을 보는, 아니, 자유작문을 듣는 새로운 길을 열어 주었으며, 동시에 말하기와 글쓰기의 본질에 대해 사고하는 새로운 길도 열어 주었다.

말하듯이 글을 쓸 때 우리는 종이나 화면에 단어를 적기 위해 손을 사용하지만, 계획이나 의식적인 선택 없이도 단어들을 능숙하게, 멈춤 없이 떠올린다. 할리데이는 그가 '말하기'라고 부르는, '자기 점검이 없는' 정신적 과정을 통해 우리가 글을 쓸 수 있다고 명백히 밝히고 있다(Halliday, 1987: 66).

계획적이지 않은 말하기가 때로는 혼란스러운 언어로 인도하고 때로는 유창하고 응집성 있는 언어로 인도하듯이, 말하듯이 쓰기도 마찬가지이다. 사실 나는 사람들이 실제로 말할 때보다는 자유작문을 할 때 더 자주 언어를 유창하게 연결해 구절로 확장한다는 사실을 알게 되었다. 자유작문은 아무도 듣고 있지 않은 편안한 독백이기 때문이다. 많은 사람들은 일기, 이메일, 인터넷 채팅방, 편지에서 글을 쓸 때 쉽게 종이에다 대고 말한다. 그러나 많은 생각을 요구하는 진지한 내용을 쓰려고 할 때 계획적이지 않은 말하기에서의 편안함을 이용하기는 어렵다고 생각한다. 사람들은 진지한 주제에 대해 질문을 받으면 대체로 많은 생각과 표현을 **말할** 수 있지만, 그렇다고 자신이 종이에 쓸 때 동일한 일을 할 수 있다고는 생각하지 않는다. 그들은 자신의 생각을 올바르게 정립하고 적절한 단어로 표현해야 한다고 생각한다. "주의를 기울여야 할 주제에 대해 숙고하지 않고 부정확한 단어로 부주의하게 써 버린다면, 내 생각을 제대로 담지 못할 것이고 내가 필요로 하는 정확성을 달성하지 못할 것이다." 충분히 이해할 수 있는 감정이다. 그러나 훈련받은 필자들은 수십 년 동안 자유작문을 활용해 왔고, 여전히 훈련받은 대로 글을 수정하고 있다.

우리는 글쓰기의 세계 전체, 심지어 아주 진지한 글에서도 말하듯이 쓰인 계획되지 않은 표현을 많이 발견할 수 있다. 그러나 무엇이 계획되지 않은 표현인지는 사실상 **식별해** 낼 수 없다. 다른 사람이 쓴 글을 볼 때, 우리는 어떤 구절이 실제로 어떻게 생산되었는지를 전혀 알지 못한다. 많은 구절은 주의 깊게 쓴 것이고, 가장 잘 쓴 구절은 진지하게 주의를 기울여 수정하거나 교정한 것이다. 그러나 어떤 구절은 많은 주의를 기울이거나 계획을 세우지 않고 유창하게 말하듯이 썼을 수도 있으며, 그런 구절이 아주 많을지도 모른다. 단지 계획적이지 않은 자유작문이 그렇게 훌륭한 글을 생산할 수 있다는 불편한 사실을 말할 수 없을 뿐이다.

다음 장에서는 글쓰기의 세계에서 계획되지 않은 언어를 발견할 수 있는 경우들을 살펴볼 것이다. 그러나 이 장에서는 오직 자유작문에만 집중할 것이다. 왜냐하면 우리가 계획 없이 산출된 것으로 **알고 있는** 표현에 좀 더 직접적으로 초점을 맞추고자 하기 때문이다. 자유작문은 우리가 비계획적인 말하기 기어를 글쓰기 과정에서 전략적으로 활용할 수 있는 법을 알려 준다. 어려운 주제여도 상관없다. 자유작문은 글쓰기에 대해 걱정하지 말고, 기준이나 원칙을 잊으라고 권한다. 자유작문을 소개할 때 나는 때때로 나의 의도를 전달하기 위해 "쓰레기 같은 것이라도 가져와 글을 쓰세요."라는 말까지 한다. 바로 그 자유로움 덕분에 좋은 글을 쓰게 되는 경우가 많다. 심지어 문법에 맞지 않고 통사적으로 엉망일지라도, 자유작문은 4장과 5장에서 설명한 언어의 장점을 활용하도록 해 준다.

먼저 나는 순수한 연습으로서의 자유작문에 대해 살펴볼 것이다. 이 자유작문을 통해서는 안전하고 편안한 말하기 상황에서 자연스럽게 나타나는 비계획적인 유창성을 글쓰기에 활용하는 독특한 능력을 배울 수 있다. 그런 다음 나는 많은 능숙한 필자들이 중요한 글쓰기를 수행하기 위해 사용하는 자유작문, 즉 진지한 결과물을 위한 자유작문에 대해 살펴볼 것이다.

연습으로서의 자유작문

자유작문은 단순하고 인위적인 글쓰기 연습으로, 약 10분 정도 진행한다. 목표는 언제나 더 생생하고 자연스러운 언어를 생산하면서 글쓰기 과정을 더 쉽고 편안하게 만드는 것이다. 뒤이어 계획적이지 않은 언어가 연습 상황에서 어떠한 양상을 보이는지 설명하기 위해 몇 가지 예를 제시할 테지만, 먼저 연습 과정에 대해 좀 더 말하고자 한다. 할 말은 간단하다.

- 멈추지 말고 쓰라. 마음에 **아무것도** 떠오르지 않거나 떠오르는 것에 대해 쓰고 싶지 않다면, 신발이라도 묘사하거나, ("아무것도 아무것도 아무것도" 혹은 "싫다 싫다" 또는 "제기랄 제기랄 제기랄"이라도 좋으니) 아무거나 반복해서 쓰라. '멈추지 말라'라는 말은 '서두르라'라는 뜻이 아니다. 깊이 숨을 쉬고, 근육의 긴장을 풀고, 가끔 잠시 쉬면서 감정의 심연에 들어가 보는

것도 좋다. 목표는 일종의 순수한 정신적 무방비 상태 또는 완전한 정신 의학적 자유 연상이 아니라, 언어에 대한 계획이 없는 편안한 상태에서 점차적으로 사고를 쉽게 진전시키는 것이다.

- 이 과정을 비공식적인 것이라고 생각하라. 오늘 쓴 것을 내일이나 다음 주에 발표할 수도 있지만, 지금은 발표하지 않는다고 생각하고 쓰라.
- 글쓰기에 대한 어떠한 기준에 대해서도 걱정하지 말라. 부주의함, 무의미함, 쓰레기라도 자유롭게 받아들이라.

다음은 일반적인 자유작문에서 파생된 두 가지 유용한 변이형이다.

- **집중적인 자유작문.** 하나의 주제를 유지하기 위해 노력하라. 중간에 주제에서 벗어날 수도 있겠지만, 알아차렸을 때 바로 원래의 주제로 되돌아가라. 이러한 과정은 특별한 글쓰기 프로젝트를 수행할 때 유용하다. 이 방법은 특정 주제로 시작하여 그 주제에 대한 표현과 생각을 많이 생산하는 데 좋다. 많은 교사들은 토의를 시작하기 전에 학생들에게 각자 주제나 질문에 대해 5분간 집중적인 자유작문을 하게 한다. 학생들이 처음에 떠올린 생각을 그대로 종이에 적고 나면, 예외 없이 할 말이 훨씬 더 많아지고 이는 토의가 잘 진행되는 데 도움을 준다.
- **공개적인 자유작문.** 발표할 것을 예상하고 쓰라. 이러한 예상은 자유작문을 덜 안전하게 만든다. 여러분은 종종 멈추고 쓴 부분에 줄을 그어 지우면서 조금 더 의식적으로 글을 계획하게 될지도 모른다. 공개적인 자유작문은 그룹 내에 어느 정도의 신뢰가 쌓여 있거나 상당한 용기가 있을 때 가장 효과적이다. 그리고 발표 차례가 왔을 때, 원하지 않는다면 패스하면 된다. 'M.E.'* 모임에서는 공개적인 자유작문과 유사한 방법을 사용

....

* 대화로 부부 관계를 개선하고 결혼 생활의 의미를 되찾게 해 주는 프로그램의 일종.

한다. 부부들은 자유작문과 유사한 것을 하고 나서 결과물을 공유한다. 이러한 활동에서 요구되는 것은 '성장은 신중하게 나선 모험의 결과일 때가 많다'라는 아웃워드 바운드Outward Bound*의 핵심 원리이다. 그러나 이렇게 모험을 하는 것은 약간의 위험을 수반하므로 효과적인 지침이나 관리가 필요하다.

자유작문은 멈추지 않고 언어를 생산하도록 하기 때문에, 우리는 단어를 계획하거나 시연하지 않는 마음속 말하기 기어를 사용하게 된다. 요컨대 자유작문은 글쓰기라는 신체적 행위와 계획하기 및 단어 선택을 위한 정신적 습관 사이의 긴밀한 결합을 강력하게 방해한다. 어떤 사람은 정신적으로 빠르고 민첩해 빨리 말하거나 빨리 글을 쓰면서 약간의 계획을 세울 수 있기도 하지만, 어느 정도 자유작문을 한 대부분의 사람들은 빠르고 민첩한 계획 세우기나 자기 점검과는 완전히 다른 언어 생성 방식을 어느 순간 경험하게 된다.

자유작문 계보 훑어보기

켄 매크로리Ken Macrorie는 그가 '자유작문'이라 부른 것에 대해 작문 분야에서 관심을 갖게 한 최초의 학자이다(Macrorie, 1968). 그는 학생들이 자신이 '엥피시Engfish'라고 이름 붙인 진부하고 과장된 죽은 언어로 글을 쓰지 않게 도와주고자 하였다. 그는 훌륭하거나 정확한 글을 쓰려고 노력하지 않고, 떠오르는 표현을 10분 동안 죽 써 내려가기만 하는 논스톱 글쓰기 연습을 제안하였다. 그는 말하듯이 글을 쓰는 것에 대해, 즉 글쓰기를 위해 말하기 기어를 사용하는 것까지는 생각해 내지 못했다. 그리고 나 역시 자유작문을 알리고 그것의 가능성을

....

* 청소년에게 도전적 모험을 통해 사회성과 리더십 및 강인한 정신력을 기르도록 가르치는 국제기구.

탐색했던 30년 동안 말하기 기어에 대해서는 생각해 내지 못했다.

매크로리는 1960년대에 새로운 작문 분야에서 첫 번째로 꼽히는 인물이 되었고, 우리의 주요 저널인 『대학 작문과 의사소통College Composition and Communication』의 초창기 편집자였다. 그러나 그는 늘 자신이 자유작문을 발명하지는 않았다고 열심히 주장했다. 그는 비록 인정받지는 못했지만 '과정 중심 쓰기'라 불리는 것의 주창자로 평가될 수 있는 1930년대의 두 여성 도러시아 브랜디Dorothea Brande와 브렌다 유랜드Brenda Ueland에게 그 공을 돌리고 있다. 다만 그는 윌리엄 카를로스 윌리엄스William Carlos Williams가 1936년에 쓴 글인 「글쓰기 방법How to Write」을 특별히 언급한다. 다음은 그 글의 핵심 부분이다.

> 종이, 널빤지, 석판, 마분지 등 뭐라도 준비하고, 목적에 맞는 것이면 어떤 것이라도 선택하여 마음속에서 원하는 표현에 따라 단어들을 적기 시작한다. 이것은 무질서한 글쓰기 단계이다. … 글을 쓰라, 어떤 것이든 쓰라. 가치 없는 내용일 가능성이 아주 높지만, 어쨌든 문어적 특성을 없애는 데는 효과적이다. 그러나 가치 있는 것을 쓸 때는 마음을 유연하게 가지면서 과제에 대해 자유롭게 생각하는 것이 아주 중요하다.
>
> 모든 규정을 잊고, 모든 제한을 잊으라. 취향이나 말해야 하는 것에 관해서 천천히 쓰든 빨리 쓰든 기쁨을 위해 쓰라. 완전한 해방을 위해서는 어떤 형태의 방해도 사라져야 한다. …
>
> 대학을 비롯한 모든 형태의 수업에서는 단어에 대해 비판적·의식적으로 주의를 기울이도록 가르친다. 그러나 어떤 가르침이나 배움도 자아 깊은 곳에서부터 기원한 것이 아니라면 의미 있는 결과를 낼 수 없다는 사실을 아무도 인식하지 못하는 것 같다. … 나는 시인과 비평가를 나누어 각각에 대해 이야기하고 있는 것이 아니라, 필자라는 동일한 대상에 대해 이야기하고 있는 것이다. 필자는 온 마음을 다해 글을 쓰고, 눈앞에 있는 목표에 대해 가장 생생한 생각을, 전두엽을, 기억 중추와 추리력을, 지성이라 불리는 모든 것을 동원하

여 달려든다. (Belanoff, Elbow & Fontaine, 1990: 171-172; Williams, 1936 참조)

그런 다음 매크로리는 S. I. 하야카와S. I. Hayakawa가 쓴 훌륭한 글을 언급한다. 미국 캘리포니아에서 공화당 상원의원을 한 적도 있는 그는, 언어와 일반 의미론에 관심을 가지고 『사고와 행동에서의 언어Language in Thought and Action』(1941)를 집필하기도 했다. 이 책은 내가 연구를 시작했을 때 흥미롭게 읽은 책이기도 하다. 하야카와는 1962년 『대학 작문과 의사소통』에 실린 글에서 다음과 같은 놀라운 말을 했다.

> 그러면 글쓰기는 어떻게 가르쳐야 하는가? 나는 글쓰기를 전혀 가르치지 말아야 한다는 결론에 도달했다. 문법, 철자, 문장 구조, 단락 나누기 등에 대한 교육이 대학 교양 글쓰기 수업에서 중단되어야 한다. 학생들은 제약이 없다는 말, 어떤 엉터리 방법으로든 하고 싶은 대로 글을 쓰고 철자를 적을 수 있으며 구두점을 찍을 수 있다는 말, 단 매일 풍부하게 써야 한다는 말을 들어야 한다.
> 내가 좋아하는 활동 중 하나는 학생들에게 한정된 시간, 예를 들면 15분에서 20분을 주고, 그 시간 동안 멈추거나 숙고하거나 글을 수정하는 일 없이 펜을 종이에서 떼지 않고 신속하게 연속적으로 글을 쓰게 하는 것이다. 이 아이디어는 폴 엘뤼아르Paul Éluard를 비롯한 초현실주의 시인들에게서 나온 것이다. 학생들은 쓸 내용이 바닥나면, 다른 내용을 찾을 때까지 마지막으로 쓴 단어를 반복해서 계속 계속 써야 한다. (Hayakawa, 1962: 8; Macrorie, 1990: 177에서 재인용)

이러한 선행 연구자들 중 어느 누구도 그것을 자유작문이라고 부르지도 않았고, 글쓰기를 위해 말하기를 활용하는 방법으로 여기지도 않았다. 그러나 하야카와는 "처음에 아주 부자연스럽고 자의식으로 가득하던 학생의 작문이 몇 주만에 유창해지면서 표현력을 갖추게 되고, 구어체 미국 영어의 리듬과 어울리게 되었다."(Macrorie, 1986: 8에서 재인용)라고 했다. 그리고 매크로리는 자유작문으로 쓴 글 한 편을 칭찬하면서 "여자아이의 말투가 고스란히 살아 있다.", "한 개인이 말을 하고 있는 것 같다."(Macrorie, 1986: 10)라고 했다.

하야카와가 지적했듯이, 그들 모두는 초현실주의자와 다다이스트의 '자동 기술법automatic writing' 일부를 차용했다. 예이츠Yeats는 그의 아내에게 최면을 건 상태에서 자동기술법으로 글쓰기를 시킨 것으로 유명하다(Boice & Meyers, 1986).

관심 있는 독자는 부록 1 '작문과 수사학 공동체에서 자유작문의 위상 변화: 위험한 글쓰기에서 대수롭지 않은 글쓰기로'를 참고하기 바란다.

연습으로 생산된 자유작문의 양상은 어떠한가

여기에서는 대학교 1학년 학생이 수업 시간에 쓴 두 편의 자유작문을 인용할 것이다. 글쓰기 경험이 적은 필자가 쓴 글을 살펴보면, 말하기의 장점이 자유작문을 통해 어떻게 글에 반영되는지를 훨씬 더 잘 알 수 있다. 첫 번째는 주제를 지정하지 않은 평범한 자유작문 사례이다. 인용한 글을 이끌어 낸 교사는 매 수업을 10분 동안의 자유작문으로 시작하며 "뭐든 마음에 떠오르는 것이나 오늘 써야 할 것을 쓰세요. 멈추지 말고요."라고 안내했다. 리처드 하스웰Richard Haswell과 팻 벨라노프Pat Belanoff가 모두 언급한 바 있듯이, 자유작문을 처음 접한 학생들은 점차 잠재적인 자유를 활용할 수 있을 때까지는 평범한 글쓰기 방식과 흡사한 상태에 머무르는 경우가 많다(Haswell, 1990; Belanoff, 1990).*

....
* 다음에 제시할 두 편의 글 원문에는 자유작문의 특성상 철자나 문법 오류, 불완전한 문장이 포함되어 있다. 이러한 불완전성을 옮기는 데에는 한계가 있으므로 번역문에서는 의미만 취하기 바란다.

마크는 오늘 아침 8시에 내게 전화를 했다. 믿을 수 없었다. 샬린이 와서 문을 두드리고 그게 나를 위한 일이라고 했을 때 그건 그였어야 했다. 그는 어젯밤 11시에 내게 전화했지만, 나는 집에 없었다. 그때 나는 공교롭게도 그에 대한 글을 쓰면서 열람실에 있었다. 나는 11시 25분에 집으로 돌아왔다. 우리는 학교와 여러 가지에 대해 이야기했지만, 뭔가 이상했다. 테리와 같이 마크와 나에 대해 이야기한 후 내가 느끼고 있는 미친 생각은 내가 정말 마크를 사랑하나? 사랑하지 않는 걸까? 사랑해, 그래, 그런데 진짤까. 젠장, 정상적인 일이겠지만, 이런 식으로 생각조차 하고 싶지 않다. 어쩌면 그와 가깝지 않아서 이런 생각들이 마음을 어지럽히고 있는지도. 모르겠다, 너무 어렵다, 가끔은 그냥 걔가 나한테 잘해 주니까 같이 있는 게 아닌가 생각한다. 이기적인 걸까 아니면 당연히 그렇게 느낄 수 있는 걸까? (Fontaine, 1990: 8)

우리가 어떻게 사적인 글을 게재할 수 있었는지 궁금할지도 모르겠다. 연구자는 교사인 셰릴 폰테인Sheryl Fontaine이었는데, 그녀는 동일한 그룹을 두 학기 동안 지도하는 동안 연구 주제에 대해 학생들에게 밝히지 않았다.

학기가 모두 끝나고 학생들과 두터운 신뢰를 형성한 뒤, 그녀는 자유작문으로 쓴 글을 자신에게 줄 수 있느냐고 학생들에게 물었고, 많은 학생이 글을 주었다. 폰테인이 쓴 글 및 연구 주제에 대한 흥미로운 탐색 결과를 알고 싶다면 벨라노프, 엘보, 폰테인이 자유작문에 대해 저술한 책(Belanoff, Elbow & Fontaine, 1990)을 참조하기 바란다.

다음은 집중적인 자유작문 사례이다. 학생들은 일반적인 에세이 주제를 받았고, 아이디어를 생성하기 위해 자유작문을 사용하라는 안내를 받았다.

자, 도대체 왜 나는 정부가 텔레비전 방송에서 내보내는 폭력물의 양을 제한해야 한다고 생각할까? 이유는 명백하다. 텔레비전을 켜면 무시무시하고, 폭력적이며, 병적인 내용이 나온다. 날뛰는 미치광이가 쇼핑몰에서 어린아이를 잡고서 끔찍한 일을 저지르겠다고 위협하거나, 스토커가 여성을 성폭행하겠다고 위협한다. 어디에나 경찰이 있고, 총기가 난사되고, 말도 안 되는 상황이 벌어진다. 이게 일상적인 일이라고는 생각하지 않는다. 물론 어딘가에서는 이와 같은 일들이 발생하겠지만, 나는 추격전을 본 적도 없고 사냥에서밖에 총이 발사되는 것을 본 적이 없다. TV가 폭력을 미화하고 있는 것 같다. 마치 악취 나는 소똥에 얼굴을 문지르는 것 같다. 자, 계속 쓰자 계속 쓰자. 나는 누가 이런 것들을 시청하는지 모르겠다. 알겠다. 나도 시청하고 아버지도 시청한다. 액션과 긴장감이 우리를 끌어당긴다. 자석 같다. 쇼가 폭력적이고 괴상하고 소름 끼치는 걸 보여 주는데도 마치 조종당하는 것처럼 보게 된다. 하지만 우리에게 미치는 영향은 어떨까? 어른인 우리에게는 쓸데없이 안 좋은 걸 보게 한다. 아이들이 피해를 많이 본다. 내가 말하고 싶은 포인트다. 아이들은 외부의 영향을 쉽게 받기 때문에 옳고 그른 것을 분간하지 못한다. 나는 아이들이 〈닌자 거북이〉를 시청한 후 밖으로 나와서 아무렇지도 않게 서로 발로 차며 싸우는 것을 본 적이 있다. 정의로운 폭력. 으윽. 그 그 그 또한 아이들은 판타지와 현실의 차이를 구별할 수 없다. bvis에서 집이 불타는 것을 본 후 자기 집에 불을 지른 아이처럼 말이다. 맙소사, 틀림없이 그의 부모는 화가 머리 끝까지 났을 것이다. 십 대들의 폭력이 이미 유행병처럼 번지고 있음은 분명하다. 그것은 어디에서 기인한 것인가? 나는 텔레비전이 그렇게 만든 요인이라고 생각한다. (The Write Place, 2010)

그런데 이러한 글쓰기에서 장점은 어디에 있는가

나와 동료들은 자유작문의 장점을 칭찬할 때 '활기찬', '에너지가 넘치는', '목소리를 지니는'과 같은 표현에 의지하고는 했다. 그리고 우리는 그 장점을 학생들과 전문가들을 비롯한 사람들 사이에서 흔히 나타나는, 경직되고 때로는 불명확한 영어와 여러 면에서 대비해 보고는 했다. 그러나 이제 3장, 4장, 5장에서의 언어학적 분석에 근거하여 나는 자유작문의 '활기'가 어디에서 오며, 계획되지 않은 구어의 소중한 장점 중 일부를 어떻게 종이 위에 손쉽게 나타낼 수 있는지 좀 더 명확하게 보여 줄 수 있게 되었다. 지금부터 나는 4장과 5장에서 언급했던 장점의 관점에서 자유작문에 대한 확장된 분석을 수행할 것이다. 분석 내용은 억양 단위, 응집성, 병렬 구문, 구문의 유연성, 좌분지 구문과 과다한 명사화 피하기, 청자와 관계 맺는 언어, 요점 말하기 또는 '솔직하게 말하기, 현상을 과정으로 묘사하기'이다. 나는 이것들이 매우 흥미롭고, 말하기의 장점에 또 다른 유용한 창을 제공하리라고 생각한다. 그러나 내 말을 그대로 받아들이고 다음 논의로 넘어가고 싶은 독자를 위해, 이 내용을 긴 글상자에 넣고자 한다.

자유작문을 옹호하는 한 가지 흥미롭고 사소한 주장을 하자면, 내가 이해하

- **억양 단위.** 자유작문에 사용되는 언어는 말하기에서와 같이 비계획적이기 때문에, 자연스럽게 강력하고 명료하면서 억양이 있는 구절이 된다. ("하하. 해방 단체 같은 건 없다. 그러나 그래야 한다고 믿는다.", "내가 정말 마크를 사랑하나? 사랑하지 않는 걸까? 사랑해, 그래, 그런데 진짤까. 젠장, 정상적인 일이겠지만, 이런 식으로 생각 조차 하고 싶지 않다.", "어디에나 경찰이 있고, 총기가 난사되고, 말도 안 되는 상황이 벌어진다. 이게 일상적인 일이라고는 생각하지 않는다.") 그렇기 때문에 자유작문에서는 억양을 자주 '들을' 수 있다. 이러한 억양은 단어들 속에 얽혀 있는 음성을 전달하며 힘들이지 않고 내용을 이해하도록 돕는다.

- **응집성. 덜 혼란스러운 것.** 말하기가 대부분의 글쓰기보다 더 응집성이 강하다고 한 할리데이의 놀라운 주장은 자유작문에서 사실로 드러난다. 말하기에서처럼 자유작문은, 일시적으로 글쓰기를 멈추거나 생각을 바꾸거나 글을 수정할 시간이 있었던 필자의 텍스트와 비교해 볼 때, 줄을 그어 지운 부분과 잘못 시작한 문장이 훨씬 적다. 그리고 동일한 이유로 인해 자유작문을 하는 사람들은 한 문장

에서 다음 문장으로의 전환을 본능적으로 쉽게 하는 경향이 있다. "누가 이런 것들을 시청하는지 모르겠다. 알겠다."에서와 같이 한 문장이 그와 반대되는 내용의 다른 문장에 뒤따라 나올 때에도, 이러한 '논리적 계획하기의 실패'는 '응집성 있는' 전환을 이끌어 내고, 통사 구조와 논리적 흐름 둘 다 명료해진다.

- **병렬 구문.** 이것은 언어에서 에너지가 나오는 강력한 원천으로, 연결 없이, 즉 절과 생각이 어떻게 관련되는지 자세히 설명하는 일 없이 절과 생각을 '연결하는 것'이다. "누가 이런 것들을 시청하는지 모르겠다. 알겠다."와 '올바르게 작성된' 문장인 "누가 이런 것들을 시청하는지 모르겠지만, 나는 아버지께서 시청하시고 나 또한 가끔 시청한다는 점을 인정해야 한다." 간의 상대적 유연성을 비교해 보자. 사실 구문의 삽입절이나 종속 구문, 위계 체계 등 병렬 구문과 반대되는 형식은 종종 에너지를 약화시킨다. 또 다른 예로는 "아이들이 피해를 많이 본다. 내가 말하고 싶은 포인트다. 아이들은 외부의 영향을 쉽게 받기 때문에…."가 있다. 그리고 첫 번째 예문에서 마크에 대해 글을 쓰는 젊은 여성은 자신의 모순적인 감정에 대해 체계적인 논리를 부여할 시간이 없어서 접속사 없이 상호 모순된 말들을 나열하고 있다.

> 내가 정말 마크를 사랑하나? 사랑하지 않는 걸까? 사랑해, 그래, 그런데 진짤까. 젠장, 정상적인 일이겠지만, 이런 식으로 생각조차 하고 싶지 않다. … 모르겠다, 너무 어렵다, 가끔은 그냥 걔가 나한테 잘해 주니까 같이 있는 게 아닌가 생각한다. 이기적인 걸까 아니면 당연히 그렇게 느낄 수 있는 걸까?

- 이 인용문에서 내가 생략한 문장인 "어쩌면 그와 가깝지 않아서 이런 생각들이 마음을 어지럽히고 있는지도(Maybe since I'm not close to him these thoughts run around my mind)."는 종속 구문이지만, 이 문장은 말하기에서 흔히 나타나는 간단명료한 다양성의 일종이며 에너지를 약화시키지는 않는다.

- **구문의 유연성.** 첫 번째 예문보다 두 번째 예문이 일반적인 말하기가 지닌 유연성, 즉 중단과 갑작스러운 방향 전환이 더 많이 나타난다. 그러나 첫 번째 예문 역시 일견 단순해 보여도 학생들이 소심하게 글을 쓰고 실수를 두려워할 때 흔

히 사용하는 딱딱하고 단순하며 반복적인 구문과는 거리가 멀다. 그 예문은 편안한 구어적 유연성으로 가득 차 있다.

- **좌분지 구문과 과도한 명사화로 인한 방해 효과 피하기** 이는 계획을 세우기 위한 시간이 부족할 때 자연스럽게 발휘되는 장점이다. 자유작문은 우분지 구문을 사용하고 명사보다는 동사를 사용하기 때문에 대체로 이해하기 쉽다. (사실, 학술적인 글을 주로 쓰는 필자나 교수 들은 고도로 명사화된 요약과 전문 용어로 사고하는 데 익숙해서 자유작문을 하더라도 이러한 특성이 글에 반영된다. 그렇더라도 방해 효과는 다른 글에 비해 적은 편이다.)

- **청자와 관계 맺는 언어.** 개인적인 자유작문이 그다지 청자 지향적이지는 않다고 느낄 수도 있지만, 두 번째 예문의 필자는 습관적으로 '당신(you)'이라는 표현을 사용한다. 그저 언어 습관으로 치부할 수도 있겠지만, 그렇더라도 이는 언어를 청자 지향적으로 사용하고자 하는 습관이다.

- **요점 말하기 또는 솔직하게 말하기.** 자유작문은 주제에서 벗어날 수도 있다. 내키지 않아 하는 학생들에게 글쓰기를 강요할 경우 나는 때때로 그것을 '의무적인 글쓰기'라고 부른다. 그들 중 몇몇은 개를 산책시키듯 글을 쓴다. 나는 그들을 나무라지 않는데, 그 이유는 학생들이 편안하게 글을 쓰게 하는 자유작문의 역할이 여전히 수행되고 있기 때문이다. 그러나 대부분의 자유작문은 예문에서처럼 직설적으로 요점을 보여 주는 경향이 있다. 첫 번째 예문의 필자는 "내가 정말 마크를 사랑하나?"라고 묻고 나서 직설적으로 대답한다. 필자의 모순된 대답이 서로 충돌한다는 사실이 오히려 그 대답들에 요점과 정확성을 부여한다. '좋은 글쓰기'는 응집성이 있어야 하고 '논지를 가져야' 하는데, 역설적이지만 이로 인해 내용이 약간 왜곡되거나 주제가 모호해지기도 한다. 두 번째 예문의 필자는 주제에서 벗어나 맴돌다가도 금세 돌아와 "내가 말하고 싶은 포인트다."라고 한 번에 정리했다.

- **현상을 과정으로 묘사하기.** 나는 말하기가 현상을 과정으로 표현함으로써 진실을 더 잘 파악한다는 할리데이의 흥미로운 철학적 주장을 약간 변형하고자 한다. 나

는 좋은 글을 만드는 가장 가치 있고 유용한 자유작문의 특징 중 하나를 언급하고 싶다. 그것은 자유작문이 **진행 중인 사고**를 써 내려가는 경향이 있다는 것이다. 우리는 '좋은 글'을 위해서는 '자신의 생각 정하기', '자신의 요점 파악하기', '논지 명확하게 하기'부터 시작하라는 조언을 듣는다. 맞는 말이기는 하지만 이는 많은 글이 통사 구조나 사고의 측면에서 생기를 잃게 되는 주요 원인 중 하나이다. 자유작문은 우리에게 생각을 정리할 시간을 주지 않지만, 우리의 양면성을 인정할 수 있는 사적 공간을 제공한다. "혀는 아픈 치아를 탐색한다."라는 초서 Chaucer의 말처럼 말이다. 자유작문에 대한 전통적인 반론은 자유작문이 부주의함thoughtlessness을 강화한다는 것이지만, 셰리던 블라우Sheridan Blau는 자유작문이 실제로는 적극적이고 생산적인 생각을 유도한다고 주장한다. 자유작문을 할 때는 자신이 좋아하는 방식을 반대하는 모든 생각, 감정, 경험으로부터 도망칠 시간이 없다. (말하기 기어는 진행 중인 사고를 낳고, 글쓰기 기어는 깊이 숙고된 사고를 낳는다.)

지 못했던 자유작문은 거의 없었다. 아무리 '비문법적인' 언어와 예상치 못한 전환과 비약이 많은 경우라 하더라도 말이다. 오히려 주의 깊게 작성하고 수정했으나 너무나 응집성이 없어서 이해하기 어려운 글을 많이 보았다. 이것은 글쓰기와 언어에 대한 심오한 사실을 말해 준다. 즉 계획하지 않기에서 비롯한 응집성은 주의 깊은 계획에서 비롯한 응집성에 비하면 미미하다는 것이다. 아주 숙련된 필자가 아니라면 말이다. (자유작문의 응집성에 대해서는 벨라노프(Belánoff, 1990)와 하스웰(Haswell, 1990)을 참조하기 바란다.) 숙련된 필자일수록 자유작문에 존재하는 생산적인 혼돈의 잠재력을 더 잘 활용하는 것 같다. 나는 자유작문에 매료되어 있어서인지 자유작문에 대한 탐구가 너무나 부족하다고 생각한다. 그러나 독자들이 빠르게 이동할 수 있도록 자유작문에 대한 추가적인 고찰과 나의 자유작문 사례를 글상자 안에 넣도록 하겠다.

- 연습은 목표와 흥미롭고 역설적인 관계에 있다. 연습은 '실용적'이고 '유용'하지만 그 자체에는 목표가 없는 것처럼 느껴질 때가 많다. 왜냐하면 연습의 목표는 과정 속에 있기 때문이다. 우리가 스케일 연습을 하거나 단거리 달리기를 연습할 때, 목표는 곡을 완성하거나 경기장 반대편 끝에 도달하는 것이 아니다. 목표는 곡을 완성하는 능력을 향상시키고 달리기 속도와 폐활량을 향상시키는 것이다. 그리고 때때로 연습의 목표는 간접적이다. 시몬 베유Simone Weil에 따르면, **주의를 기울여 수학 숙제를 풀려고 애쓰는 것은 신에게 다가서는 좋은 방법이다**(Weil, 1951). 한 불교 현자가 깨달음을 얻기 위한 방법으로 사미승에게 당근을 써는 데 모든 주의를 집중하도록 요구했다는 것은 널리 알려진 일화이다. 알렉산더 테크닉Alexander Technique*에 관심이 있는 사람이라면 자유작문이 **노력하지 않는**('목적 달성'을 피하는) 연습, 즉 목적이나 목표를 지향하지 않으면서 움직이거나 행동하는 연습을 하는 것이라고 말할 것이다. 연습의 목표는 동작을 해 보는 것이다.

따라서 예전부터 사상가들과 신비주의자들은 더 깊은 통찰력을 얻기 위한 선택하지 않기 또는 계획하지 않기의 힘을 지적해 왔다. 데생을 가르치는 교사들은 오랫동안 자유작문의 시각적 변형이라고 할 만한 것을 사용해 왔다. 그것은 연필이나 목탄을 종이에서 떼지 않고 계속 움직이는 60초 스케치이다. 같은 원리가 시 창작에 적용된 사례도 있다. 가브리엘 리코Gabriel Rico는 학회에서 우리에게 좋은 시를 두 번 읽어 주었다. 첫 번째에는 시를 들려주기만 했다. 두 번째에는 기분이 좋아지거나 인상 깊게 느껴진 시어를 적으라고 했다. 그런 다음 우리에게 단 3분만 주고서 시를 창작하라고 하였다. 우리가 적은 모든 시어를 사용할 수 있었고 주제는 제한하지 않았다. 결과물은 놀라울 정도로 성공적이었다. 심지어 시를 쓸 엄두조차 내지 못했던 사람에게도 말이다. 리코는 역설적인 주장을 했는데, 시 쓰기에서 문제가 되는 것은 시간이 너무 많이 주어진다는 점이라는 것이다. (리코의 흥미롭고 중요한 연구에 대해서는 참고문헌의 두 저서(Rico, 2000; 2002)를

---

* 프레더릭 마티아 알렉산더Frederick Matthias Alexander가 처음 만든 것으로, 몸의 자세를 바르게 함으로써 심신의 건강을 회복하는 방법.

참조하기 바란다.)

- 교사가 학생들에게 자유작문을 시킬 때, 교사 본인이 참여하는 것도 아주 중요하다. 교사가 참여하지 않는다면 학생들은 자유작문이 전문가는 할 필요가 없는 '걸음마' 수준의 연습이라고 생각하거나, 미숙한 교사가 학생들을 놀리지 않으려고 시키는 일일 뿐이라고 생각할 것이다. 사실 자유작문은 일반적으로 능숙한 필자에게 가장 좋은 결실을 맺게 한다. 수업이나 워크숍을 진행하거나 말하면서 내가 다소 긴장할 때, 또는 내가 다른 사람들에게 자유작문을 시킬 때, 나도 같이 자유작문을 하지만 그 결과는 응집성이 부족한 경우가 많다. 나는 내 생각을 이용할 수가 없다. 아니, 그런 안전한 작은 피난처가 내가 내 생각을 이용하지 못하게 한다. 다음은 이러한 상황에서 내가 쓴 자유작문의 짧은 부분이다.

> 무슨 일이지 무슨 일이지 무슨 일이지 무슨 일이지 내가 뭘 하고 있지 안녕 안녕 안녕 내가 어떻게 하고 있지 모르겠다 모르겠다 모르겠다 아무것도 아무것도 아무것도

- 나는 사람들이 글쓰기에서 독자를 의식하는 것이 미치는 효과에 대해 생각해 보게 하고 싶으면, 사적인 자유작문을 시키고 나서 공개적인 자유작문을 시킨다. 그 차이는 대부분의 사람으로 하여금 독자를 의식하는 것(그리고 불안감)이 얼마나 자주 자신의 평범한 글쓰기에 영향을 미치는지 알게 한다. 사람들은 대비되는 경험을 통해 초벌 원고에서 누릴 수 있는 사적 공간을 충분히 활용하지 않고 있다는 사실을 깨닫게 된다.

- 몇몇 사람들의 자유작문은 말하기와 그다지 관련되어 있지 않은 것처럼 보인다. 그들은 멈춤 없이 또는 계획 없이 글을 쓰지만, 말하기 기어보다는 개념적인 기어, 어쩌면 시각적인 기어를 더 많이 사용하는 것처럼 보인다. 그들은 단지 단어나 문구를 열거만 할 뿐 통사 구조를 사용해 단어와 문구를 연결하지 않는다. 그들은 일종의 단어 생성 목록을 작성한다. 그들이 산출한 언어에서는 목소리는 물론이고 어떤 소리도 느껴지지 않는다. 일부 사람들은 **단어 그물 펼치기**wordwebbing나 **개념 지도 그리기**conceptual mapping와 같이 매우 시각적이고 유익한 연

습을 통해 이러한 종류의 자유작문을 배운다. 여러분이 탐구하기 원하는 단어나 문구를 종이의 중간에 써 보라. 그러고 나서 깊이 생각하지 말고 마음속에 떠오르는 많은 단어와 문구를 빠르게 적어 내려가라. 중심 생각에 가까운 것으로 보이는 단어와 문구는 중앙에 가깝게 쓰고, 중심 생각과 거리가 있는 것으로 보이는 단어와 문구는 먼 곳에 쓴다.

• 자유작문은 이제 주류가 되었다. TV 시리즈 〈NCIS(해군범죄수사대)〉에는 자유작문을 효과적으로 보여 주는 에피소드가 등장한다. 한 작가가 집필을 하다가 막히자 자유작문을 아주 많이 했다. 범인은 그 타자기의 테이프를 훔쳐 가서 아무에게도 공개되지 않은 대본에 따라 살인을 저지르고 작가를 사건에 연루시켰다. 등장인물이 컴퓨터가 아닌 타자기를 사용한다는 것과 작가의 글을 타자기 테이프에서 읽을 수 있다는 것은 다소 놀랄 만한 일이다. 나는 이 방송 대본을 쓴 사람이 자유작문을 TV 프로그램에 도입하기 위해 열심히 노력하고 있었다는 사실에 놀랐다. (이에 대해서는 〈NCIS〉 시즌 4의 제20화 '커버스토리'를 참조하기 바란다.)

진지한 결과물을 위한 자유작문

자유작문은 단지 연습에 국한되지는 않는다. 말하듯이 쓰기는 많은 숙련된 필자들이 수준 높은 초고를 생산하는 방법이다. 그들은 여러 가지 이유에서 자유작문을 한다.

• 자유작문은 초고를 얻는 빠르고 쉬운 방법이다. 대부분의 경우 좋은 방법이고, 때로는 이것보다 더 좋은 방법을 찾기도 어렵다.

• 자유작문은 꺼리거나 미루는 태도를 피하는 좋은 방법이다. 그런 태도는 어떤 것을 쓰기 시작하기도 전에 너무나 자주 우리를 그만두게 만든다. 차가운 물가에서 몸이 떨리는 것을 참기보다 그냥 물속으로 뛰어들어 팔

과 다리를 부지런히 움직여 보라.

- 자유작문은 내면의 편집자가 하는 끊임없는 잔소리로부터 우리를 자유롭게 한다. 그 잔소리는 우리를 그만두게 하고 방금 썼던 단어를 정정하거나 바꾸도록 만들며 때로는 어떤 단어도 적지 못하게 막기도 한다. 그러한 목소리를 잠시 끄는 법을 배우기는 어렵지만, 적어도 자유작문은 우리가 그 목소리에 복종하지 않고 당당하게 거부할 수 있게 해 준다.

- 자유작문은 우리가 무의식에 접근하도록 만든다. 의식적인 과정에 따라 글을 쓸 때, 즉 쓰려는 내용과 그것을 어떻게 적을지에 대해 신중하게 생각하고서 단어를 선택할 때, 우리는 무의식으로 통하는 문을 대부분 닫아 둔다. 그러나 종이 위에 단어를 마음대로 써 내려가면서 우리는 종종 쓰려고 예상하지 않았던 단어와 생각, 우리를 놀라게 하는 생각과 기억과 느낌으로 인도된다. 자유작문 연습을 처음 해 보는 사람들을 안내할 때, 나는 항상 자신이 쓸 것이라고 기대하지 않았거나 자신을 놀라게 한 내용을 쓴 사람들의 수를 파악해 본다. 일반적으로 최소 절반 정도가 그런 경험을 하며, 자유작문 경험이 풍부해짐에 따라 그 수는 늘어난다.

- 자유작문은 "나는 중요한 에세이(또는 공문, 챕터, 책, 시)를 쓰기 위해 앉아 있다."라는 생각 때문에 지나치게 방해받거나 최면에 걸리지 않게 한다. 그러한 것들 중 하나를 쓰는 것이 명백한 목표라 하더라도, 자유작문은 단순히 '한 편의 글', '다소 많은 양의 단어'를 생산하기 위해 노력하는 눈앞의 일을 재정의하게 한다. 자유작문을 사용한다면, 처음의 '재료'에서 시작해 최종적으로 쓰고 싶은 더 잘 정의되고 체계화된 작품으로 나아가는 일이 어렵지 않다는 사실을 알게 될 것이다. 물론 자신이 쓴 내용을 뒤늦게 특정한 목적이나 독자에 맞는 장르로 고쳐 쓰는 것이 어려울지도 모른다. 그러나 처음부터 특정한 장르에 맞게 글을 쓰기 시작하는 것보다 어렵지는 않을 것이다. 그리고 자유작문은 최종 결과물을 더 좋아지게 할 것이다.

숙련된 필자가 진지한 결과물을 산출하기 위해 자유작문을 어떻게 사용하는지에 대한 사례로, 재닛 빈Janet Bean이 프로젝트에 대한 일련의 생각을 발전시키기 위해 쓴 글을 살펴보자. 이 글의 독자는 그녀 자신이지만, 뒤에서 밝혔듯이 부분적으로는 나를 염두에 둔 공개적인 자유작문이기도 하다. 이 글은 우리가 협업으로 시작해 공동으로 발표한 글로 나아갔다(Bean & Elbow, 2010).

… 왜 나는 자유 발언/자유작문이라는 아이디어에 이토록 끌릴까? 그 이유는 자유 발언이 널리 신봉되는 개념으로서 실제로 **효과적**이라는 느낌이 들기 때문일 것이다. 그러나 사람들은 자유작문은 좀처럼 믿지 않는다. 교실에서 어설프게나마 자유작문을 하기도 하지만, 나중에 가서는 결국 표준화된 언어를 쓰게 된다. 그것이 학교의 목적이다.

자유작문이 '자유로운' 환경을 조성하리라고 기대하면서 교실 앞에서 "자유작문을 하세요."라고 말하는 것만으로는 충분하지 않다는 점을 인정해야 한다. 나는 우리가 표준화의 정치학, 방언과 가치, 상대적인 정확성에 대해 말해야 한다고 생각한다. (당신은 이 점에 있어 동의하지 않을지도 모른다. 어쩌면 이러한 논의를 덜 분명하게 제시하면서 원하는 바를 이룰 수 있을지도 모른다. 학생들에게 다양하고 혼성적인 텍스트를 읽도록 함으로써, 교실에서 학생들의 언어를 가치 있게 다룸으로써 말이다. 그렇게 하는 것도 분명 정치적인 활동이다. 그러나 아프리카계 미국인 학생들과의 수업에서 효과적이었던 방식은 명료한 논의를 수반한 행동이었다.)

자유작문은 본질적으로 관습을 거스르는 것이다.

'만델라를 풀어 주라.', '고래를 풀어 주라.'와 같은 포스터의 주장처럼, 우리는 글쓰기를 교육기관의 인종주의와 계급주의의 관행에서 풀어 주어야 한다. 하하. 해방 단체 같은 건 없다. 그러나 그래야 한다고 믿는다. 우리는 순수한 표준 영어를 더 이상 믿지 말아야 한다. 단일 문화의 언어 관습 말이다. 아프리카계 미국인 학생들로 구성된 학습 공동체의 교사로서 나의 주요 목표는 그들이 흑인 집단의 수사적 전통과 지적 전통에 의지할 수 있다는 것을 학생들에게 보여 주는 것이라고 생각한다. 글을 쓰고 생각한다는 것은 곧 아프리카계 미국인으로서의 정체성을 받아들이는 일이라는 걸 말이다.

자유작문은 여러 면에서 '교육받은' 글쓰기와 대립된다. 그럼에도 자유작문은 훌륭한 학술적 글쓰기가 가능하도록 하는데, 내 생각에는 자유작문이 연결 고리를 만들어 내는 데 좋기 때문이다. 나는 자유작문을 혼종으로 간주하는 쪽으로 마음이 기울고 있고, 그것이 나의 목표이다. 당신이 여기에 동의하지 않을지도 모른다고 생각한다. 아마 당신은 종이에다 가능한 한 많은 말을 해야 한다는 아이디어를 더 선호하지 않을까?

글 쓰는 사람은 그녀가 오랫동안 숙고해 왔던 학술적 탐구 주제이다. 여러분은 자유작문이 어떻게 그녀의 탐구를 도왔는지, 그리고 그녀의 언어에 내가 학생의 자유작문을 가지고 탐구했던 수많은 말하기의 장점이 어떻게 포함되어 있는지를 알 수 있을 것이다.

> 다음 인용문은 내가 나중에 이 글을 어떻게 썼는지 물어봤을 때 그녀가 이메일로 답해 준 내용이다.
>
> 저는 컴퓨터에 바로 써 나갔어요. 생각하기 위해 멈추기도 했지만, 음, 첫 단락으로 다시 돌아가지 않고, 뭔가 추가하거나 삭제하지도 않고요. 저는 분명히 당신을 향해 쓰고 있었어요. 그러나 방식이 독특했죠. 저는 자유롭게 글을 쓸 때 대화가 가진 친밀한 의사소통 방식을 사용하는 것 같아요. 그래서 청자에 대한 생각이 우정의 맥락만큼이나 중요해요. 제가 "당신은 여기에 동의하지 않을지도 모른다"고 쓸 때 저는 당신의 반응을 생각하고 있는 거예요. 그건 제가 청각적인 느낌을 받는다는 뜻이지만, '말하듯이 쓰기'라기보다는 '당신에게 말하듯이 쓰기'예요. 하지만 지금 이렇게 말하고 있으면서도, 제가 문장을 조직하는 방식 중 일부는 제 자신에게 글을 쓰는 것과 같다는 걸 알 수 있어요.

지금까지 **형식** 또는 **구조**를 산출하는 자유작문의 역할에 대해서는 다루지 않았다. 내가 여태껏 말한 것은 자유작문이 비형식적이거나 혼란스러운 것으로 단지 내용만 제공한다는 것이다. 물론 보통은 그렇지만, 때때로 자유작문은 형식, 구조, 기교를 만들어 내는 풍부한 자원이다. 예를 들면 나는 쓰려고 하는 내용에 대한 좋은 구조나 개요를 생각해 냈다고 느낀 적이 꽤 여러 번 있다. (그것이 프로젝트가 막 시작할 때가 아닐 때도 많다. 이에 대해서는 10장 '주의 기울이기의 필요성'을 참조하기 바란다.) 나는 자유작문이 어떻게 내가 그동안 의식적으로 생각해 낼 수 있었던 것보다 더 정교하고 더 큰 사고 구조나 서술 구조 또는 상상 구조로 이끌었는지를 안다.

나는 무의식적인 것이 나에게 오랫동안 제공해 온 기교라는 작은 선물을 최근에야 인식하게 되었다. 아주 작은 아이디어를 어떻게 표현하면 좋을지 생각해 내기 위해 앉아서 애쓸 때, 나는 의식적으로 여러 가지 표현을 떠올려 보지만 대체로 마음에 들지 않는 경우가 많다. 그러나 말하려고 하는 내용을 느낌대로 빠르게 쓰는 순간, 그 내용을 보다 정확하게 전달하는 좋은 언어, 비유나 훌륭한 대체 표현이 떠오른다. 왜인지 열심히 생각해서는 그런 훌륭한 표현을 찾아낼 수가 없다.

무의식인 것이 내용뿐만이 아니라 정교하게 내용을 구성하는 구조와 기교를 어떻게 제공하는지 설명하기 위해 다음 예문을 살펴보자.

일광욕실

할아버지와 같이 일광욕실 바닥에 앉아 있다. 왜 항상 날 여기에 먼저 데려오시는 걸까? 항상 물어보신다. "아침은 뭘로 해 줄까?" 엄마는 일하러 나가셨다. 아빠는 또 시내에 나가 계신다.

크리스틴과 같이 있다. 크리스틴은 내 고통을 덜어 준다. 이런, 아침을 먹고 나서 산책을 가고 싶어, 일광욕실에 돌아오고 싶지 않아. 블라인드는 내려져 있고 보이는 거라곤 바닥에 끌려진 흔들의자 담요뿐이다. 다시 돌아올 순 없어. 블라인드 사이로 비치는 어두운 햇빛만이 보인다. 또 들어올 순 없다. 크리스틴에게 가게 할 거다. 크리스틴은 항상 날 도와주니까.

할아버지가 말씀하신다. "여기 내 옆에 앉으렴, 날 좀 잡아 주렴, 내 위에 좀 놓아 주렴." 끝은 항상 엉망진창이다. 엄마가 집에 돌아오기 전에 크리스틴에게 샤워를 하라고 해야겠다. 젠장, 엄마가 오셨잖아. 빨리빨리, 크리스틴이 욕실에 들어갔다. 엄마가 우리를 찾는다. 제발, 서둘러, 씻어. 엄마가 샤워 커튼을 젖히고 크리스틴에게 말한다. "코리나, 내가 집에 올 때까지 준비해 두라고 했잖아. 약속이 있는데…"

다른 사람이 있을 때 크리스틴은 옆에 없다. 크리스틴은 내 또 다른 자아다.

코리나 스페나드Corinna Spenard

이것은 코리나 스페나드가 『플라잉 호스Flying Horse』지에 발표한 글의 일부이자, 팻 슈나이더Pat Schneider가 임대주택에 살고 있는 저소득 여성들을 대상으로 진행한 워크숍에서 스페나드가 자유작문을 한 것을 글자 그대로 옮겨 놓은 것이다. (글을 쓸 당시 스페나드는 세 명의 자녀를 둔 미혼모였고 10학년을 마치지 않은 상태였다. 이후 그녀는 고졸학력인증서GED를 획득했고 지금은 대학을 잘 다니고 있다. 글쓰기 워크숍은 그녀를 글쓰기에 입문하도록 했고, 그녀의 인생을 바꾸어 놓았다.)

다음은 그녀가 그날 저녁에 썼던 실제 텍스트이다.

당신이 자랐던 집의 방 하나를 선택하시오. [페이지 맨 위에 적힌 지시문]
일광욕실 [동그라미를 침]
유리창
어두운 태양
흔들의자
[페이지의 오른쪽 상단에는 오각형 모양의 별이 그려져 있고, 그 안에 물음표가 있다. 별 위에 "원한다. 원한다."라고 써 있다]
[그다음 네 줄 정도의 여백이 있고, 그 아래에 다음의 텍스트가 있다]*

Sitting on the floor next to my grandfather in the sunroom. Why did he always bring me there first? he would always want to no well what can I cook you for breakfast? mom's off to work, dad's out of town again. Christine stays with me. she's the one who always takes my pain. oh no after breakfast I hope we go for a walk first not the back to the sunroom by now the blinds where down and alls I could see is the rockchair blanket on the floor I see no again. I can see only the dark sun shine through the blinds.

This time I can't enter this room. I'll let Christine go for me. She always helps me out.

Grandpa say's come sit here with me ─ hold me, lay on top of me ─ always ending up in a gooy messy. I have to tell Christine go take a shower before my mom comes home ─ oh shit here she is now go faster ─ Christine is in the bathroom Mom's looking for us god hurry up, clean up ─ Mom pulls open the shower curtain to see Christine and says Corinna I told you to be ready when I got home ─ You have an appt ... Christine is never around when anyone else is ─ ─

(Christine is my other self)

삽입된 부분과 줄을 그어 지운 부분은 원래 자유작문의 일부분으로 나중에 삽입된 것이 아닌 것으로 보이나, 확실하지는 않다.

슈나이더는 8주에서 10주 동안 글쓰기 워크숍이나 수업을 진행한다. 슈나이더는 자신을 비롯한 사람들이 글쓰기를 지속하고, 비판에 대한 모든 생각을 떨쳐 버리며, 무의식적인 것에 주의를 기울이는 데 자유작문이 어떻게 도움을 주고

---

* 다음은 앞의 인용문과 같은 내용이나 단락 나누기와 철자법 및 문법 오류를 수정하지 않은 채 원문을 제시한다.

있는지에 대해 말한다. 그녀는 그 과정이 우리를 때때로 '단어들이 활활 타오르는' 곳으로 이르게 한다고 말한다.

슈나이더는 자유작문을 활용해서 좋은 초고를 쓰는 데 특히 효과적인 몇 가지 조건을 발전시켜 왔다. 다수의 세션에서 사람들은 함께 글을 쓴다. 그녀는 일부 참가자가 다른 참가자보다 숙련되어 있더라도 서로가 동료로서 지지하는 분위기를 조성하는 리더십, 자유작문을 통해 얻은 결과물을 신뢰하는 정신, 참가자가 원할 경우 마지막에 모든 사람 앞에서 글을 발표할 기회 등을 제공한다. 발표의 목표는 그저 듣고 가치를 인정해 주거나, 강한 인상을 남긴 구절이나 감동을 준 부분을 언급하는 것이다. (모든 사람이 글을 쓰도록 하기 위해 그룹을 구성하는 방법에 대한 자세한 내용은 슈나이더가 2003년에 저술한 『혼자서 그리고 타인과 함께 글쓰기 Writing Alone and With Others』를 참조하기 바란다. 슈나이더는 '애머스트 문예인 Amherst Writers and Artists'이라는 단체를 설립하기도 했다.)

나는 국내외적으로 작가 단체가 많이 생겨나고 있는 것이 놀랍고 기쁘다. 그러나 많은 사람들이 작가 단체의 유일한 목적이 서로의 글에 대해 비평하는 것이라고 여기는 것은 안타깝다. **모든 사람**이 함께 글을 쓰고 쓴 것의 일부라도 공유할 기회가 주어진다면 글쓰기 단체들은 더 큰 효과를 볼 수 있다. 비평만을 목적으로 하는 단체라도 말이다. 이러한 활동은 사람들이 글쓰기의 취약성을 계속 접하게 하고 동료 관계를 유지하게 한다. 글쓰기 활동 자체가 그렇지만 특히 자유작문은 숙련된 필자와 숙련되지 않은 필자를 동일한 심리적 기반 위에 놓는 **평등화** 활동이다.

팻 슈나이더의 시는 책을 출판한 경험이 있는 숙련된 시인이 어떻게 자유작문을 활용하여 기교와 아이디어를 결합하는지 보여 주는 예시이다. 그녀는 자유작문 세션에서 논스톱으로 쓴 자유작문을 단 한 군데도 수정하지 않고 원문 그대로 출판했다. (그것은 그녀가 성장하면서 맺은 종교적 전통과의 관계에 대한 내용으로, 그녀의 저서 『영적 수행으로서의 글쓰기 Writing as a Spiritual Practice』(2013)에 실려 있다.)

쉿

쉿. 천천히. 이름들을 말해요.

타고 있는 당신의 촛불이 향하고 있는 그들의 이름을.

주의를 기울이는 기억의 또는 하나님의

귀에다 대고 그것들을 말해요.

이상하게도, 이제는, 어느 쪽이든 상관없어요.

당신은 더 이상 믿음을 요구받지 않아요.

들을 수 있는 선물을 받아요.

믿음은 호두처럼 단단해요.

그것은, 갈라져 있고, 많은 안식처가 있어요.

당신이 사랑하는 얼굴들은 성배예요.

쉿. 천천히. 성배를 기울여요,

와인을 살짝 음미하고 말해요.

내가 지금 기억하는 모든 것은 내 것이라고.

자유작문의 두 사촌: 잉크셰딩과 비가시적 글쓰기

잉크셰딩: 말하기에 초점을 맞춘 자유작문 응용 형태

나는 자유작문과 말하기의 연관성을 이해하는 데 여러 해가 걸렸지만, 그것을 즉시 이해한 유능한 두 명의 캐나다인 교사가 있었다. 짐 라이더Jim Reither와 러스 헌트Russ Hunt는 과감한 실험을 했는데, 그 실험의 명확한 목적은 글쓰기에 말하기의 장점 일부를 가져오는 것이었다. 그들은 첫날부터 마지막 날까지 글쓰기 강좌 전체를 지도하면서, 그 과정에서 모든 사람에게 한 마디 말도 하지 않도록 했다. 모든 의사소통은 글로 이루어져야 했다. "책을 펴서 57쪽을 보세요."라는 말도 전혀 하거나 들을 수 없었으며, 그런 말은 칠판에 적혀 있거나 복사기 앞에 있는 프린트물에 적혀 있었다. 학생들은 "어느 책 말씀인가요?", "저는 아파서 지난 수업에 결석했어요."와 같은 말을 하고 싶으면, 청각 장애인처럼 그것을 작은 공책에 써서 보여 주어야 했다. 라이더와 헌트는 의식적으로 글쓰기의 사회적·대화적 차원을 강화하려고 하였다. 두 교사는 학생들이 새로운 글쓰기 개념을 접할 수 있도록 했다. 글쓰기는 학생에게서 출발하여 점수를 매기는 교사에게 도착하는 일방적인 언어 작품이 아니다. 글쓰기의 온전한 목적은 평가를 받기 위한 것이 아니다. 컴퓨터가 사용되기 전부터도 글쓰기는 이메일과 온라인 대화에서와 같은 효과를 가지고 있었다. 그 효과란 글쓰기의 장애물을 없애고 의사소통을 위한 아주 손쉬운 매개체로 기능하는 것이다.

두 교사는 이러한 글쓰기를 17세기 속어에서 용어를 차용하여 '잉크셰딩 inkshedding'이라고 불렀다(그러나 관대하게도 자유작문에 진 빚도 같이 언급했다). 잉크셰딩은 학술 목적을 위한 공개적이고 집중적인 자유작문이다. 헌트는 다음과 같이 쓰고 있다.

> 간단히 말해서 잉크셰딩은 즉시 읽히고, 사용되며, 다른 사람들이 반응을 보이고, 나중에는 폐기되는 비형식적인 글쓰기 또는 즉흥적인 글쓰기를 수반한다. 일반적인 잉크셰딩은 학회 발표문에 대해 반응하는 상황에서 나타난다. 청중은 즉시 몇 분에 걸쳐 글을 쓴다. 그런 다음 다른 여섯 명의 참가자들이 쓴 글을 읽고, 읽은 것에 기초하여 토론을 한다. 그 글은 나중에 폐기된다.
> (Hunt, 1994: 249)

두 교사는 말하기와 글쓰기의 혼종적 발전, 즉 말하듯이 쓰는 능력의 발전을 의식적으로 명백하게 이루어 냈다. 그들은 '말하듯이 쓰기'라는 표현을 사용하지 않았지만 말이다. 라이더와 헌트는 말하기가 특히 교실에서 벌어지는 글쓰기의 많은 문제들, 즉 글쓰기의 영속성과 문화적 영향력에서 비롯된 문제들을 어떻게 피해 가는지를 밝혀냈다. 말할 때 우리는 청자를 위해 언어와 사고를 생성하지만, 말하기를 다 끝내면 그 말들을 폐기한다. 음파는 말을 저장하지 않고 사라진다. '스스로 소멸하는 담화'로서의 말하기. 헌트와 라이더는 글쓰기에 '대수롭지 않은' 언어의 장점을 담으려고 했다.

그러나 그들은 글쓰기의 장점도 유지하고자 했다. 그들은 말하기가 가지지 못한, 글쓰기의 실용적인 효율성을 발견하였다. 여러분이 수업이나 회의를 주도하고 있고, 목표는 우리가 종종 공언하는 명백한 것, 즉 모든 사람이 다른 사람의 생각으로부터 되도록 많은 것을 배우게 하는 것이라고 가정해 보자. 말하기는 이와 같은 일에는 그다지 적절하지 않다. 발언권을 독차지하려는 사람이 없다 하더라도 회의나 토의에서는 한 번에 한 사람만 말할 수 있을 뿐이다. 잉크셰딩을 한다면, 모든 사람이 동시에 빨리 쓴 다음 쓴 것을 회의실 전체에 죽 돌려 모든 사람이 일제히 읽게 된다. 그 과정은 놀랍도록 빠르고 효율적이다. 또 그것은 최소시간에 최대의 의견 교환을 가능하게 한다. 잉크셰딩은 토의를 못하도록 하려고 고안된 것이 아니다. 그것은 이상적인 토의의 장을 열 수 있다.

잉크셰딩은 일부 사람들이 자유작문에 대해 가지고 있는 두 가지 어려움에 초점을 맞춘다. 첫째, 일부 사람들은 자유작문에서 요구하는 기대치가 너무 낮다고 생각한다. 그것은 단순한 연습에 불과한 것으로, 시간 낭비처럼 느껴진다. 이런 식으로 생각하는 사람들은 노력이나 집중을 하는 데 어려움을 겪으며, 마음의 문이 열리지 않는다. 둘째, 아주 흥미롭게도, 몇몇 사람들은 자유작문에서 요구하는 기대치가 너무 높다고 느낀다. 그들은 자신이 모든 독자 중에서 가장 비판적인 독자는 자기 자신이라고 생각하기 때문에, 사적인 글쓰기가 발표되는 글쓰기보다 더 위협적이라고 생각한다. 그들은 자신만을 위해 글을 쓰는 것보다는, 독자가 비판적이라 하더라도, 독자를 대상으로 글을 쓰는 것이 더 쉽다고 느낀다.

오늘날 네트워크로 연결된 컴퓨터나 인터넷 채팅방에서도 동일한 효과를 얻을 수 있다. 그러나 이러한 과학기술을 회의나 학회가 진행되는 공간에서 사용하는 것이 그렇게 일반적이지는 않다. (그리고 라이더와 헌트가 잉크셰딩을 개발한 것은 그런 기술이 등장하기 이전이다.) 1984년 이래로 캐나다 글쓰기 교사 모임인 언어학습연구협회Association for Study of Language and Learning: ASLL의 연례 학술대회 제목은 '잉크셰딩Inkshed'이다. 나는 2001년 봄에 있었던 제18차 학술대회에 참석했고, 각각의 세션에서 나온 잉크셰딩 결과물을 보았다. 다른 세션에 참석하기 위해 떠난 사람들이 읽을 수 있도록 다음 날 아침까지 타이핑되어 게시판에 올려져 있었다.

비가시적 글쓰기: 주의의 역할에 초점을 맞춘 자유작문 응용 형태

자연스럽고 필연적인 것처럼 보이는 많은 것들은 인위적이다. 글쓰기도 어떤 면에서는 그렇다. 그러나 이제 글쓰기는 자연스럽고 필연적으로 느껴진다. 그리고 우리가 쓰는 내용을 볼 수 있다는 사실 역시 그렇게 느껴진다. 1975년에 제임스 브리튼James Britton과 동료들은 그들의 자연스러운 가설이 사실임을 보여주는 몇 가지 실험을 했다. 그 가설은 쓰고 있는 내용을 볼 수 있는 능력이 "인지적으로 아주 단순한 글쓰기를 제외한 모든 글쓰기 조직 과정에서 필수 불가결한 요소"(Blau, 1990: 284)라는 것이다. 그들은 이 실험을 하는 데 1970년대의 기술을 사용했다. 백지 두 장 사이에 먹지를 넣고 다 쓴 볼펜으로 글을 쓴 것이다. 그들은 자신이 무엇을 썼는지 볼 수 없지만 먹지에 의해 기록이 되었다. 브리튼은 그것이 철저히 방해받는 경험이었다고 썼다. "쓴 것을 훑어보는 것이 불가능했기 때문에 머릿속에 있는 주장의 맥락을 잡을 수도, 시의 형태를 그려 낼 수도 없었다."(Blau, 1990: 284)

브리튼이 포함된 연구진은 영국인이었다. 아마 그 점이 캘리포니아에 있던 셰리던 블라우가 비가시적 글쓰기invisible writing에 대해 완전히 다른 경험을 하도록 촉진했을 것이다. 그는 브리튼의 실험을 여러 번 반복했다.

처음에는 당혹스럽고 이후에는 놀랍게도, 학생들은 다 쓴 볼펜과 먹지를 사용해 능숙하게 점점 더 열성적으로 글을 썼다. 그들은 점점 어려워지는 일련의 정교한 과제도 점차 능숙해졌다. (Blau, 1990: 284)

어째서 이런 특이한 조건이 그들을 도운 걸까?

학생들 중 몇 명은 비가시적 글쓰기의 제약 조건이 실제로는 유창함을 향상시키고 창의력을 자극했다고 말했다. 일상적으로 글을 쓸 때보다 텍스트를 볼 수 없을 때 그들은 떠오르는 생각에 좀 더 집중하고 지속적으로 주의를 기울일 수 있었던 것으로 보인다. (Blau, 1990: 284-285)

컴퓨터를 사용하면 비가시적 글쓰기 환경을 쉽게 만들 수 있는데, 그저 화면을 내리기만 하면 된다.

비가시적 글쓰기에서 밝혀진 흥미로운 사실은 글쓰기가 단순히 글쓰기가 아니라는 것이다. 글쓰기는 일반적으로 쓰기이자 읽기이다. 비가시적 글쓰기는 읽기를 차단하며, 오직 쓰기에만 열중하게 만든다(올리버 색스에 따르면 이것은 병으로서, '필기불능증 없는 독서불능증alexia sine agraphia'이라고 한다). 비가시적 글쓰기는 우리의 집중력과 정신력을 향상시키는 것으로 밝혀지고 있다. 나는 업무적인 편지 쓰기와 같은 실용적이고 덜 방대한 글쓰기에 지칠 때, 즉 피곤하거나 그런 글을 쓰고 싶지 않을 때, 가끔 비가시적 글쓰기를 사용한다. 컴퓨터 화면을 끄면, 글쓰기를 **멈출 수 없기** 때문에, 생각을 재빨리 써 내려가야만 한다. 생각의 얼개가 얼마나 형편없는지는 상관없다. 이를 통해 거칠기 그지없는 초고를 아주 빨리 완성하게 되는데, 그것을 다듬는 것은 그리 어렵지 않다. 지나치게 까다로운 성격 때문에 글쓰기를 진행하지 못하는 사람들에게 비가시적 글쓰기는 특히 중요한 연습이다. 까다로운 사람들은 글의 한 부분에 지나치게 오래 머무르고, 판단을 내리거나 줄을 그어 단어를 지우거나 이미 쓴 것을 다시 읽는 데 너무 많은 시간을 보낸다. 쓰지 않는 것은 미숙하고 자신감 없는 필자들에게 강력한 덫으로 작용한다.

> 피앙코Pianko의 연구에 따르면 숙련된 필자는 30개에서 40개의 단어를 쓸
> 때마다 다시 읽어 보는 데 비해, 슈나이더의 연구를 보면 미숙한 필자는 평균
> 적으로 네다섯 개의 단어를 쓸 때마다 다시 읽어 보는 경향이 있다. 이는 서
> 투른 필자가 자신이 어디를 향하고 있는지에 대한 충분한 의식 없이, 그리고
> 더 숙련된 필자의 글쓰기를 추동하는 것으로 보이는, 아이디어에 대한 일종
> 의 암묵적 느낌이나 감각적 의미 없이 글을 쓴다는 점을 말해 준다. 그 대신
> 에 미숙한 필자는 자신이 다음에 말할 내용의 토대로 삼기 위해 방금 말한 내
> 용을 끊임없이 들추면서 글을 쓰는 것처럼 보인다. (Blau, 1990: 294)

비가시적 글쓰기가 어떻게 왕성한 생산력에 도움이 되는지는 쉽게 알 수 있
다. 망설일 수 없다. 망설이면 우리가 말하고 있는 흐름을 놓치게 된다. 그러나
블라우는 여기에 더해 비가시적 글쓰기가 **사고**를 돕는다는 놀라운 주장을 한다.
이는 틀린 말처럼 들린다. 물론 비가시적 글쓰기가 정확하고 신중한 사고를 돕
지는 않는다. 그러한 사고는 천천히 심사숙고하기를 요구한다. 그러나 비가시적
글쓰기는 **생산적인** 사고에 도움이 된다. 이 사고는 많은 아이디어를 생각해 내고
창의적이고 유용한 방식으로 탐구하는 능력이다. 그는 사고에서 **주의**attention의
역할을 언급하고 주의가 한정된 자원이라는 사실을 언급함으로써 이것을 설명
한다. 체이프가 동일한 주장을 어떻게 했는지 떠올려 보기 바란다. 체이프는 우
리가 말을 할 때 잠시 멈추는 이유가 한 번에 한 가지 이상의 의미에 충분한 주의
를 기울일 수 없기 때문이라고 하였다. 블라우는 만약 우리가 써 **놓은** 단어에 더
이상 주의를 기울이지 않고, 특히 정확성 문제에 대해 더 이상 걱정하지 않는다
면, 사고, 즉 언어로 표현하고자 하는 애초의 **의미**에 좀 더 주의를 기울일 수 있을
것이라고 주장한다.

(비록 그렇다 하더라도) 글쓰기가 얼마나 사고를 발전시키는 데 유용한 도구인지에 대한 교육 선전을 멍하니 받아들여서는 안 된다. 그 선전은 글쓰기라는 행위가 그 자체로 초보자든 경험자든 많은 필자들을 집중적이고, 지속적이며, 통찰력 있는 사고를 하지 못하도록 방해하는 주된 장애물 중 하나라는 아이러니한 사실을 잊게 만든다. 비가시적 글쓰기와 자유작문은 사고의 장애물을 극복하는 기법을 제공한다. 사고의 장애물은 초보 필자에게 아주 강력하게 부과되지만, 대중 독자를 위해 확장된 서면 담화를 생산하는 과제에 직면한 우리 대부분에게도 문제가 된다. (Blau, 1990: 289)

이 분야에서 많은 연구 실적을 자랑하는 두 명의 헌신적인 실증적 연구자 말린 스카다말리아Marlene Scardamalia와 칼 베라이터Carl Bereiter로부터 유사한 견해를 들을 것이라고는 전혀 예상하지 못했다. 왜냐하면 그들은 글쓰기에 대한 지칠 줄 모르는 옹호자이기 때문이다.

대부분의 사람들에게 글쓰기가 사고에 도움이 되기보다는 오히려 장애물이 될 가능성에 대해 깊이 심사숙고해 보아야 한다. 우리는 이에 대한 직접적인 증거를 가지고 있지 않지만, 그 가능성은 학생들이 글쓰기에서 산출하는 것과 그들이 인터뷰나 토의에서 내놓는 것을 서로 비교해 본 경험을 통해 지속적으로 우리에게 제기되어 왔다. 학생들은 말로 의견 교환을 할 때 글쓰기에서는 드러내지 않는 상당한 양의 지식을 드러낸다.
사고에 기여하는 글쓰기의 역할은 높은 문식성을 갖춘 소수의 필자만이(심지어 숙련된 필자 중에서도 소수만이) 즐길 수 있다. (Scardamalia & Bereiter, 1985: 309)

(단어를 제쳐 두고 의미에 주의를 기울이는 중대하고도 미묘한 경험에 대해서는 나의 글 「감각적 의미와 잘못된 표현Felt Sense and the Wrong Word」(2004)을 참조하기 바란다.)

나는 글쓰기에 도움이 되는 것을 알아내는 데 경력의 대부분을 보냈지만, 켄 매크로리의 단순하고 거친 자유작문 연습만큼 유용한 것은 생각해 내지 못했다.

나는 여기까지 읽은 여러분에게 확고한 어조로 다음과 같이 밝힌다.

실제로 자유작문을 시도할 때까지는 더 이상 읽거나 쓰지 말기 바란다. 너무 많은 사람들, 특히 교사들은 "아, 그래, 자유작문. 글쓰기를 잘하지 못하고 두려워하는 학생들에게 소개해 봐야지. 학기가 시작하는 첫날이나 둘째 날 자유작문을 설명해 주고 한번 해 보도록 할 거야. 그것으로 충분해. 그러나 자유작문이 내게는 적절하지 않아."라고 생각한다.

여러분은 교육받은 대로 일관되게 적어도 여섯 번은 자유작문을 시험해 보아야 한다. 순수한 연습으로도 해 보고 표현, 아이디어, 심지어 진지한 프로젝트를 위한 초안을 마련하기 위한 방법으로도 해 보아야 한다.

내가 여러분에게 **자유작문만 해야** 한다고 말하는 것이 아니라는 사실을 분명히 밝히는데, 이를 통해 **자유작문을 해 보라**는 내 조언에 무게가 더 실리기를 바란다. 이 책의 어떤 부분에서도 나는 모든 표현에 대해 끊임없이 의식적으로 경계하면서 글을 쓰는 것에 반대한다고 주장하지 않는다. 10장에서 나는 의식적인 주의 기울이기가 좋은 글을 위한 필수적인 요소 중 하나라고 주장한다. 만일 **오직** 끊임없는 경계를 통해서만 좋은 글을 쓸 수 있다면, 그렇게 해도 좋다. 다만 내가 반대하는 것은 끊임없는 경계만이 글쓰기의 **옳은** 방법 또는 **유일한** 방법이라고 주장하는 것이다. 학생들에게 "절대 경계를 늦추지 말라."라고 말하고 싶은 유혹을 느끼는 교사라면 특히 그렇다.

내가 자유작문이 항상 **좋은** 글을 낳는다고 주장하지 않으려고 최선을 다하고 있다는 사실을 알아차렸을 것이다. 특히 내가 "즉흥적인 것은 무조건 좋다."라고 말하고 있다는 오해는 받고 싶지 않다. 그럼에도 불구하고 자유작문을 사용하는 거의 모든 사람들은 제법 만족스러우면서도 수정이 거의 필요 없는 글을 얻는다. (이에 대해서는 다음 장에 나오는 다윈Darwin의 말을 참조하기 바란다.) 그리고 장황한 자유작문이 유용한 **구조**나 구성을 이끌어 내는 경우도 있는데, 이러한 구조나 구성은 최선을 다해 '주의 깊게 개요를 작성해야 한다'라는 정신에서는 발견할 수 없는 것이다.

＊　　＊　　＊

　이제 글쓰기를 위해 계획적이지 않은 언어를 사용하는 것이 의미하는 바와 그 결과에 대해 더 잘 알게 되었으므로, 다음 장에서는 문어이면서도 계획적이지 않은 언어가 자주 발견되는 우리 주변의 다른 공간을 탐구할 것이다.

　내가 자유작문에 대해 쓴 저작물의 목록은 다음과 같다. 이들의 출처는 참고문헌에서 확인할 수 있다. 『교사 없는 글쓰기』, 『힘 있는 글쓰기』, 「자유작문과 피드백 그룹에 대한 저항에 대하여About Resistance to Freewriting and Feedback Groups」(1982), 「자유작문의 현상학을 향하여Toward a Phenomenology of Freewriting」(1989), 『Nothing은 N으로 시작한다: 자유작문에 대한 새로운 탐구Nothing Begins with N: New Investigations of Freewriting』(팻 벨라노프 및 세릴 폰테인과 공저, 1990), 「자유작문 그리고 밀과 가라지의 문제Freewriting and the Problem of the Wheat and the Tares」(1992), 『영어 연구와 영문학에 대한 백과사전Encyclopedia of English Studies and Language Arts』(1994)의 '자유작문' 항목, 『매체에 대한 글쓰기: 글쓰기 교육, 매체 교육Writing about Media: Teaching Writing, Teaching Media』(재닛 빈과 공저, 2008), 「자유작문과 자유 발언: 화용론적 관점Freewriting and Free Speech: A Pragmatic Perspective」(2010).

이른바 암흑시대의 언어학적 광명

　여기에서의 설명은 (뒤에서 인용한) 마리아 로사 메노칼Maria Rosa Menocal이 쓴 저명한 책 두 권에 기반하고 있다. 그녀는 두 권의 책에서 우리 대부분이 '암흑시대'로 부르도록 교육받은 시대에도 빛나고 놀라운 문명화가 진행되고 있었음을 보여 준다. 그녀는 남유럽과 북아프리카의 광대한 지역에서 번성했던 문화, 실질적인 다문화multi-culture에 대해 설명한다. 이 문화는 북아프리카에서 스페인을 거쳐 지중해 북쪽을 지나 이탈리아까지 퍼져 나갔다. 이 지역은 아직 스페인이나 프랑스 같은 민족국가들에 의해 분할되지 않았기 때문에 거대하고 유동적인 영토였는데, 그 중심지는 알안달루스Al-Andalus 또는 안달루시아, 즉 이슬람화된 스페인이었다. 그녀는 전체 지역을 '로마니아Romania'라고 부른다. (5장 '문식성 이야기'에서 샤를마뉴와 앨퀸이 일상적으로 쓰이는 구어였던 '라틴어'의 이름을 빼앗아 영국에서 수입된 복고풍의 문어체 문자에 어떻게 그 이름을 부여했는지 떠올려 보라. 그 결과 사람들이 실제 사용하는 언어는 '로망어'로 불리게 되었다. '로마니아'는 스페인어, 프랑스어, 포르투갈어, 이탈리아어로 완전히 분리되기 전에 '로망어'가 번성했던 지역이다.)

　메노칼의 책들은 뚜렷한 다문화주의와 관용의 시공간에 대한 박식한 찬가이다. 이슬람교, 유대교, 기독교 교인들은 놀라울 정도의 관용과 상호 존중의 관계 속에서 광대한 전 지역에 걸쳐 함께 살았다. 그곳에는 아랍 문화, 히브리 문화, 라틴 문화의 눈부신 전성기가 있었으며, 서로 가깝게 접해 있는 모든 종교가 번성했고 존중받았다. 이 세 종류의 위대한 종교는 단지 종교적인 차이만을 인정한 것이 아니었다. 동성애자들과 북아프리카 출신 흑인 이슬람교도들도 다른 이슬람교, 유대교, 기독교 교인들과 자유롭게 어울려 생활했다. 세 종류의 주요 문화가 번영함에 따라 사람들은 국경도 없고 국가도 없는 지역을 자유롭게 다녔다.

　이러한 북아프리카·남유럽 문화는 1492년의 어느 날에 이르기까지 약 500년 동안 번영했다. 다시 말해, 메노칼은 우리가 르네상스('재생')라고 부르도록 배운 시기의 바로 전 시기에 초점을 맞추고 있다. 이전의 시대가 '어두웠다'는 이야기를 듣게 된 것은 르네상스 시대부터였다. 메노칼은 이렇듯 인식되지 않은 르네상스 이전 시기와 지역에서는 광명이 비치고 있었으며, 르네상스 시대의 '여명'이 짙은 어둠을 가져왔다고 주장한다.

　　메노칼은 특히 언어와 문학에 관심을 가진다. 그녀가 발견한 것은 예전의 학자들이나 역사학자들이 대부분 무시했던 것들이다. 가장 놀라운 점은 세 종의 국제어인 아랍어, 히브리어, 라틴어가 어떻게 이 광대한 지역에 확산되었는가 하는 것이다. 그 지역 전체에서 통용되는 언어는 아랍어였지만, 학식 있는 사람이라면 대체로 세 언어를 모두 알고 있었다. 콜럼버스가 스페인에서 '인도'로 항해했을 때, 그는 아랍어가 유창하고 박식한 유대인과 동행했는데, 이는 특별히 그가 만나려고 계획했던 '인도인'과 대화하기 위해서였다. 그는 인도인이 문명화된 사람처럼 아랍어를 할 줄 알 것이라고 추정했다.

> 신대륙에서 최초의 공식적 외교 대화는 루이스 데 토레스Luis de Torres와 쿠바 내륙 지방의 타이노 족장 사이에 이루어졌다. 루이스 데 토레스는 당시 개종한 유대인이었고, 매력적인 로망어 억양으로 아랍어를 구사했는데, 그의 언어에서는 수준 높은 문화와 아주 멋진 노스탤지어가 느껴졌다. (Menocal, 1994: 11)

　　그러나 특히 메노칼을 흥미롭게 한 것은 로마니아 지역에서 번성한 일련의 **토착 언어들**, 예컨대 프로방스어, 카탈루냐어, 프로방스어, 랑그도크어로, 셋 다 풍부한 양의 구비 문학과 기록 문학을 보유하고 있다. (단테는 랑그도크어와 프로방스어로 된 작품들과 아르노 다니엘Arnaut Daniel과 같은 작가들을 예찬하면서 자신이 그들에 진 빚에 대한 고마움을 표시했다.) 스페인과 프랑스의 국어는 아직까지는 토착어를 억압하면서 다수의 화자들을 학살하지 않았다.

　　메노칼은 이 문화권의 작가들과 가수들이 언어적 혼종, 즉 '다른 것을 포함하는' '뒤섞인' 형식과 '잡종' 형식의 '혼종 시mongrel poetry'를 많이 창작했다는 점에 경탄

한다. 이 시들은 세계사 전체에 걸친 언어 접촉 상황에서 발생했던 일종의 코드 엮어 쓰기code meshing와 코드 전환code switching에 연관되어 있다. (히스패닉 화자들과 라틴계 화자들 사이에서 일어난 코드 이동과 코드 혼합의 전통이 서반구에서 계승되고 있는 것 같다.) 그녀는 '차이의 미학'을 예찬하며 이러한 글쓰기를 모두 연가love song나 토착어와 관련지었다.

　　그녀가 찾아낸 많은 텍스트를 우리가 연구하지 않았던 이유 중 하나는 그 텍스트들이 시라기보다는 대중 가요처럼 보였기 때문이다. 다시 말해, 그 텍스트들은 시간을 초월하여 보존될 의도로 창작되지는 않았던 것이다. 그녀는 이러한 종류의 작품을 '노래로 탄생된 시'라고 일컬은 아랍 시사詩史 연구자의 말을 인용한다.

> 그것은 듣되 읽지 않고, 노래로 불리되 글로 표현되지 않는 형식으로 발전하였다. 이 시의 목소리는 생명의 숨결, 즉 '신체 음악body music'이었다. … 그것은 말을 전달했고, 특히 문자화된 말이 전달할 수 없는 것을 전달했다. 이는 목소리와 말 사이, 그리고 시인과 그의 목소리 사이에 존재하는 관계의 풍성함과 복잡성을 나타낸다. 그것은 시인의 개성과 육체적 목소리의 실제성 간의 관계인데, 이 개성과 실제성은 둘 다 정의하기 힘들다. 우리가 노래라는 형식으로 말을 듣게 되면, 개별적인 단어들을 듣는 것이 아니라 그것들이 발화되는 것을 듣는다. (Menocal, 1994: 260)

　　이 언어학적이고 미학적인 용광로를 설명하기 위해 그녀는 그 시대와 해당 지역의 주요 언어 중 하나인 프로방스어로 창작된 시/노래를 인용한다. 프로방스어는 나중에 '프랑스'를 국가로 세우는 과정에서 발생한 유혈 사태 속에서 사라졌으나 현재 그 언어의 고향에서 부활하였다. 시의 후렴구는 중세 시대의 '헤이 노니 노니hey nonny nonny'와 같이 무의미한 음절로 줄곧 이해되어 왔다. 유럽의 중세 연구자들이 중세 히브리어에 대해 연구하기 시작한 것은 최근의 일로, 연구자들은 그 후렴구가 사실 히브리어로 쓴 것이라는 사실을 발견했다. 메노칼을 비롯한 학자들은 이러한 구술 시를 더 많이 찾아내기 위해 노력하고 있다.

암흑화

그렇다면 우리는 이와 같이 풍성한 관용의 문화를 언제, 어떻게 잃었을까? 아주 많은 '교육받은 사람들'은 그런 것이 존재했는지조차 모르기 때문에 대체로 이 질문을 하지 않는다.

메노칼은 1492년에 주목하는데, 이때는 이사벨 여왕, 정부, 교회가 모든 유대인에게 스페인을 떠나라고 명한 최종기한이었다. 콜럼버스는 스페인의 가장 좋은 항구에서 출항할 수 없었고, 가장 좋은 배와 선원도 구하지 못했다. 쫓겨나는 유대인 수천 명이 그 대부분을 사용했기 때문이었다. 스페인은 또한 당시 유력한 정치·문화 집단이었던 아랍인들도 추방하였다.

분위기는 **정통** 편으로 돌아섰고 종교적 다원주의는 청산되어야 했다. 스페인에서의 종교재판은 개종한 유대인들의 믿음의 '순도'를 시험하기 위해 1480년 이전부터 시작되었다. 그러나 종교재판은 1492년의 추방 조치 이후에는 끔찍한 강도를 띠게 되었다.

이때는 또한 한 토착어가 새로운 민족국가의 언어가 되는 과정에서 그 언어의 최초 문법이 규정된 때이기도 했다. 새 언어는 카스티야어였고 이를 주도한 문법학자는 네브리하Nebrija였다. 다음 장의 '문식성 이야기'에서 나는 그가 어떻게 이사벨 여왕으로 하여금 자신의 생각을 받아들이도록 했는지에 초점을 맞출 것이다. 네브리하의 목표는 이 언어의 '**나쁘고**' 혼합된 형태를 제거하고 번성하고 있는 다른 토착어들을 모두 억제하는 것이었다. 사람들은 언어를 올바르게 사용하는 법을 배우기 위해 학교에 가야 했다. 콜럼버스는 토착어를 가지고 유명한 항해 일지를 썼지만, 그가 돌아온 직후 그 일지는 문법학자에 의해 문법에 맞게 고쳐졌고, 일지 원본은 보관하기에 적당하지 않은 것으로 여겨졌다. '수정된' 판본이 바로 우리가 가지고 있는 것이다. 정통에 대한 선호는 확산되었다. 이때는 바로 민족국가들이 생겨나던 시기였고, '국어'가 거대 집단에 강요되면서 다른 토착어는 사라지던 시기였다. 그래서 국어는 '정확하고' 응집성이 있어야 했으며, 너무 뒤섞이거나 가변적이지 않아야 했다.

정통과 순수를 가치 있게 여기는 사람들은 **언어**에 집착하는 경우가 많다. 왜냐하면 언어는 본래 불순물이 섞이고, 다원적이며, 끊임없이 변화하는 것이기 때문이다. 이 시기에 들어 '좋은 언어'와 문법 그리고 단일 언어라는 특권이 생기기 시작했다. 그리고 알안달루스와 로마니아 지역의 언어적인 풍요로움을 역사 기록에서 배제하고자 하는 욕망이 최종적으로 승리를 거두었다. '혼란스럽고, 귀에 거슬리며, 극도로 파괴적인' 구어 문법, 구어, 구술 시를 허용할 여지는 더 이상 없었다.

그래서 메노칼은 르네상스 시기의 정통 역사 이야기를 역사의 '잘못을 가리는 허울'이라고 하면서 부정적으로 본다. 이슬람교도와 유대교도는 '우리 서양'의 역사 기록에서 배제되었으며, 이것이 '의미 없는' 후렴구가 실제로는 히브리어임을 전혀 알아차리지 못했던 이유이다. "살아남은 것은 원래의 글을 지우고 다시 쓴 고대 문서, 사투리가 없는 이야기이며, … 오염되지 않은 카스티야어나 순수한 이탈리아어나 완전한 프랑스어를 의식적으로 지향하며 가차없이 전진하는 이야기이다."(Menocal, 1994: 13-14) 그녀는 자신이 "르네상스 패러다임" 또는 "스스로 '르네상스'라고 명명한 강력한 이데올로기"라고 부르는 것의 항구적인 힘에 대해 말한다(Menocal, 1994: 13).

중요한 것은 그녀가 묘사한 새로운 르네상스 시대의 가치가 바로 대부분의 문화와 모든 지역의 교육기관에서 소중히 여기던 것들, 즉 정확성과 순수임을 인식하는 것이다. 텍스트에서 자기 자신과의 거리 두기 및 현장감의 결여는 르네상스 시대의 또 다른 가치였고, 반면에 언어에서 현장감은 로마니아와 알안달루스의 말과 글의 특징이었다.

메노칼은 르네상스 시대 초기의 중심 인물이자 상징적 인물로서 페트라르카Petrarca를 언급한다. 1492년은 페트라르카가 영향력 있는 학자이자 시인으로 정상에 있던 해이기도 했다. 그는 새로 발견된 그리스와 로마의 고전 텍스트들과 고대 문학 언어에 찬사를 보냈고, 그 자신이 몇몇 고대 문서들을 발굴하기도 하였다. 그는 자신을 둘러싸고 있던 문화와 언어의 혼돈, 구술 시와 토착어의 혼종 상태mongrelism를 아주 불만스러워했다.

고급 문화 표준의 중재자로서의 역할을 수행한 페트라르카와 … 그를 따라 우리 교실로 들어온 전통은 오늘날 사람들을 공포에 빠뜨리는 것과 동일한 것, 즉 다원성의 만연함 때문에 공포에 빠져든다. 구체적으로는 위대한 전통을 배양하기를 거부하는 것, 위대한 문학의 언어 대신 세련되지 못한 방언으로 문학 작품을 쓰는 것, 한때는 유식한 사람만 참여할 수 있었던 배타적인 모임에 인기 있고 문법을 모르는 사람들을 받아들이는 것, 이후 유럽에서 두드러지게 나타난 인종적·종교적 다양성 등이 있다. (Menocal, 1994: 37)

그러나 페트라르카는 "한밤중에 방에 혼자 있을 때에는 상스러움과 산만함을 매우 사랑한 사람"(Menocal, 1994: 37)이었다.

밤은 길었고, 그는 일상어로 사랑을 노래한 훌륭한 소네트를 쓰면서 새벽까지 깨어 있었다. 그런 다음 그는 아침에 일어나, 일상어로 쓴 소네트와 시 창작이 그의 문화, 그의 시대에 변화를 초래했다며 자아 분열을 한탄했다. [이 한탄 때문에] 그의 서사 언어와 이상화된 그의 과거는 깔끔하고 질서정연했다. (Menocal, 1994: 49)

페트라르카는 대부분의 작품을 라틴어로 썼지만, 『칸초니에레Canzoniere』에 실린 시들로 가장 잘 알려져 있고 존경받는다. 그 시들은 그가 라틴어보다 열등하고 시 쓰기에 적합하지 않다고 생각했던 일상어로 쓴 것이다. 사랑을 노래한 이 시들은 소네트 형식의 창안에 중요한 역할을 했다

메노칼은 초기 르네상스 시대의 정신이 불길하게도 현재의 시대 정신과 얼마나 유사한지를 보여 준다. 유럽인들은 '고정된 문법'을 원했고, 이전 시대를 나쁜 언어와 나쁜 문법이 난무하는 '어두운' 시대라고 생각했다. "분명한 구별, 자아에 대한 충실함, 타인에 대한 혐오, 그리고 무엇보다도 단일 언어와 단일 국가의 공적이고 합법적인 담화에 대한 믿음을 요구하는"(Menocal, 1994: 89) 분위기 속에는 폭력이 존재했다.

메노칼은 이 지역과 해당 시기에 대한 두 권의 저서, 『사랑의 파편들: 추방 그리

고 서정시의 기원Shards of Love: Exile and the Origins of the Lyric』(1994)과 『세계의 장식품: 어떻게 이슬람교도, 유대교도, 기독교도는 중세 스페인에서 관용의 문화를 만들었는가The Ornament of the World: How Muslims, Jews and Christians Created a Culture of Tolerance in Medieval Spain』(2002)를 저술했다. 첫 번째 책은 서정시와 노래에 초점을 맞춘 다소 학술적인 저서로, 이러한 초점을 통해 그녀는 자신이 '로마니아'라고 부른 광대한 지역의 주목할 만한 역사에 대한 풍성한 그림을 그려 낸다. 두 번째 책은 더 많은 일반 독자들을 염두에 둔 것으로, 특히 알안달루스에 초점을 맞추고 있다. 이 책은 핵심 인물들의 실제 사례를 통해 더 넓은 다문화에 대한 풍요로운 감각을 제공한다. 그녀의 저서에 대한 나의 열광 때문에 내가 너무 엉성하게 저서를 소개했을 위험이 다소 있다. 이 글을 읽은 독자들이 그녀의 책을 읽어 보고 싶은 마음이 들면 좋겠다.

08

비계획적인 말하듯이 쓰기를
볼 수 있는 또 다른 곳은 어디인가

앞의 장에서는 자유작문, 특히 연습으로서의 자유작문에 초점을 맞추었다. 이것이 혹시 주의를 기울이지 않고 말하듯이 글을 쓰는 일이 최근에 대두된 평범하지 않은 활동이라는 인상을 주었을지도 모르겠다. 그러나 그렇지는 않다. 만일 보고 있거나 본 적이 있는 글을 모두 살펴보면, 상당히 많은 글이 계획 없이 말하듯이 쓰였음을 알게 될 것이다. 이에 주목한다면 글쓰기에서 말하기의 역할에 대해 더 깊이 이해할 수 있다.

문제는 글쓰기가 주의 깊게 이루어졌는지 아니면 비계획적으로 말하듯이 쓰는 방식으로 이루어졌는지를 글만 봐서는 쉽게 '알아차릴' 수 없다는 점이다. 극작가나 소설가가 대사를 즉흥적으로 내뱉은 것처럼 **보이게** 만들기 위해서 열심히 고치고 만지는 모습을 생각 해 보기 바란다. 제임스 우드James Wood는 대화가 진짜 말하는 것처럼 보인다 하더라도 그것이 실제의 말은 아니라고 주장한다. 그는 리처드 프라이스Richard Price가 쓴 대화에 대하여 다음과 같이 말한다.

그가 쓴 대화는 우리가 말하는 방식과 다르기 때문에 빈틈이 없어 보인다. …

실제 말하기는 물방울이 떨어지듯 반복적인 것으로, 그다지 비유적이지도 회화적이지도 않다. 이와 반대로 프라이스는 자신의 인물들에게 대단한 비유의 힘을 부여하여 누구나 쓰는 상투어를 번뜩이고 참신한 것으로 바꾸는 능력을 발휘하게 한다. ··· 프라이스는 위대한 희극에는 문어와 구어가 뒤섞여 있다는 점을 우리에게 상기시킨다. (Wood, 2008: 79, 81)

(구어를 폄훼하는 그의 일반화는 다소 과장된 것으로, 구어의 언어적 응집성에 대한 우리의 문화적 무지에 의해 강화된 것이다.)

다른 한편으로 글의 어떤 구절은 유창하면서 복잡성을 띠지만 고심한 흔적이 보이지는 않는다. 즉 이 필자는 준비가 된 후 일이 순조롭게 진행되어 계획을 세우거나 점검을 하거나 공들여 꾸미지 않았는데도 그런 탁월한 문장을 '말했던' 것이다. 뛰어난 필자는 이러한 행복한 경험을 증언하고, 숙련되지 않은 필자도 자유작문을 통해 때때로 글쓰기에서 가장 어려운 작업을 아무렇지 않게 건너뛰는 경험을 한다. 찰스 다윈Charles Darwin은 『자서전』에서 이렇게 말한다.

나의 진술이나 명제를 잘못되거나 부자연스러운 형태로 처음에 제기하도록 이끄는 마음속의 숙명 같은 게 있는 것 같다. 예전에는 문장을 쓰기 전에 먼저 생각하곤 했다. 그러나 여러 해 동안 내가 발견한 것은 내가 할 수 있는 한 빠르게 모든 쪽을 되는대로 마구 갈겨쓰는 것이 시간을 절약하게 해 준다는 사실이다. 이렇게 하면 단어가 절반으로 줄어들며, 그다음에는 정교하게 고치기만 하면 된다. 그렇게 갈겨쓴 문장이 신중하게 썼던 것보다 더 나은 경우가 종종 있다. (Darwin, 1969: 159)

그는 말을 불쑥 내뱉음으로써, 즉 언어에 대한 계획을 세우지 않거나 통제를 하지 않는 자신의 정신적 능력을 사용함으로써 좋은 글을 쓸 수 있다는 사실에 경탄한다. 그렇지만 그가 불쑥 내뱉은 말이 그렇게 명료하거나 우아하지 않다면 망설이지 않고 수정할 것이라는 점도 분명해 보인다. 일반적인 원칙은 종이에 쓰인 단어를 보는 것만으로는 실제로 단어들이 어떻게 생성되었는지 알 수 없으며, 결과를 보고 과정을 말할 수도 없다는 것이다. 다시 말하자면, 말들이 전체적으로 불쑥 내뱉어졌다거나 전체적으로 계획되었다는 식의 단순한 대비를 할 수는 없다. 분명한 것은 여기에 스펙트럼이 존재한다는 사실이다. 많은 글이 한편으로는 자유롭고 다른 한편으로는 계획적이라든지, 여기에서 계획되고 저기에서 불쑥 내뱉어졌다든지 하는 식으로 스펙트럼의 중간에서 이루어지는 정신적 과정에 의해 생산된다.

이제부터 사람들이 그다지 주의 깊은 계획 없이 말하듯이 써 내려가는 경우가 빈번하다는 사실을 꽤 확신할 수 있게 해 주는, 우리 주변의 글쓰기 유형 몇 가지를 제시하고자 한다.

이메일. 누가 봐도 명백하다. 덧붙이자면 수많은 사람이 채팅방을 비롯한 인터넷 공간e-location에 참여하면서 글을 쓴다기보다는 말을 하고 있다고 느낀다.

편지. 편지는 대부분 손으로 계획 없이 쉽게 말하듯이 쓴다고 말해도 무방할 것이다. 1부의 '도입'에서 살펴본 바와 같이, 구어와 문어를 모두 조사한 비버에 따르면, 편지는 언어가 '교차하는', 즉 말하기보다 더 '말하기 같은' 글쓰기의 가장 뚜렷한 사례 중 하나이다(Biber, 1988).

일기와 일지. 말하듯이 쓰기를 쉽게 할 수 있는 전통적인 공간이다. 일기와 일지는 '즉흥적'이라는 단어를 매우 적극적으로 받아들인다. 꽤 많은 사람들이 일기를 천천히 주의 깊게 쓰기는 하지만(때로는 출판을 생각하면서 매우 신중하게 계획하는 경우도 있기는 하지만), 이 책을 읽는 여러분 대다수는 비록 분통을 터뜨리는 때뿐이라 할지라도 일기장에 쉬지 않고 말하듯이 써 본 경험이 있을 것이다.

버지니아 울프는 자신의 일기에 즉흥적으로 단어를 쓰는 경우가 많았다고 했는데, 이에 대해 의문을 가질 이유는 없는 것 같다. (자신의 일기장을 즉흥적으로 썼다고 거짓말하는 작가들이 있긴 하지만, 울프는 상황을 꾸밀 시간이 없는 차단된 삶 속에서 글만큼이나 많은 일기를 썼다.)

나는 이 일기를 작성한 뒤, 자신의 글을 읽는 사람이 누구나 그렇듯 일종의 죄책감을 가지고 읽었어. 고백하건대 내 일기는 거칠고 막 쓰는 식이어서 문법에 맞지 않고 단어 교체가 필요한 경우가 많았는데, 이것 때문에 마음이 좀 괴로웠어.* 이후로 어떤 나 자신이 이것을 읽든 간에 나는 이렇게 말하고 싶어. 나는 훨씬 더 잘 쓸 수 있어. 그리고 여기에 쏟을 시간이 없어. 또 남자의 눈으로 그것을 보는 것을 나에게 금지할 거야. … 하지만 더 중요한 것은 나 자신의 안목을 위해 이렇게 글을 쓰는 습관은 좋은 실천이라는 믿음이야. 그것은 인대를 느슨하게 만들어. 실수와 잘못에 마음을 쓰지 마. 가장 직접적이고 즉흥적으로 나의 목표를 어림잡고, 그러고 나서 단어들을 붙잡아 선택하며, 펜에 잉크를 묻힐 때 외에는 쉬지 않으면서 목표를 향해 내가 정한 속도로 나아가야 해. 지난 1년 동안 차를 마신 후 별 생각 없이 보낸 30분 덕분에 내 직업인 글쓰기를 할 때 훨씬 더 편안한 마음을 갖게 된 것 같아. (Bell, 1977; 버지니아 울프의 일기 「4월 20일 일요일(부활절)」)

일기 작가는 때때로 타인에게 말을 하거나 일기 속의 자신에게 말을 건넨다. 안네 프랑크는 "키티에게."로 시작한다. (수 세기 동안의 일기와 일지 선집을 보려면 맬런(Mallon, 1984)를 보라.)

나는 규칙적으로 일기를 기록하지는 않지만 글쓰기나 가르치는 일 또는 삶이 힘들거나 당혹스러울 때에는 주기적으로 일기를 쓴다. 그리고 가끔씩 뭔가를 알아냈

....

* 원문에는 'I can write very much better; & and take no time over this; & and…'와 같이 기호 '&'가 자주 나타난다.

다고 느낄 때 일기에 그것을 써 넣는다. 그것들은 보통 말하듯이 자유롭게 써진다. 다음의 인용문은 내가 가르치는 일에서 좌절감을 느꼈을 때 썼던 아주 전형적인 기록이다. 나는 어떤 결론에 도달하기 위해서뿐만 아니라 당혹스러움의 이유를 탐색하기 위해서도, 즉 경험에서의 단절을 제대로 다루어 보기 위해서도 글을 쓴다.

이제 [즉 마침내] 마음이 편안해지고 글쓰기에 자신감이 생긴다. 나는 글쓰기를 신뢰한다. 나는 가르치는 일이 늘 불편하고 자신감이 없었다. 그러나 그럼에도 불구하고, 어떻게 설명해야 할지 모르겠지만, 여전히 가르치는 것이 나의 일이라고 생각한다. 나는 가르치는 일에 정말 정신을 집중한다. 가르치는 일을 떠날 수 없다. 만일 가르치는 일을 그만두고 글만 써서 작가로 큰 성공을 거두어 존경받는 사람이 되고, 부유하고 유명해지더라도, 가르치는 법을 모른다면 여전히 실패한 것처럼 느낄 것이다.

아마 이것이 『교사 없는 글쓰기』를 저술하게 된 단초일 것이다. 나는 그저 가르치는 일에 과민 반응이 있을 뿐이다. 적어도 어떤 의미에서는 이것이 사실이라고 본다. 확실히 나는 사람들에게 무언가 시키는 것을 몹시 싫어한다. 그렇게 하려고 하면 꼼짝할 수가 없고 불안해진다. 나는 사람들이 하고 싶은 것을 스스로 판단하고 그것을 하도록 도와줄 때 편안함을 느낀다. 그러나 나는 어떤 일을 하도록 사람들을 몰아붙이는 방법을 많이 알고 있다. 과제에 대한 놀라운 아이디어도 많고, 한 시간에서 다섯 시간짜리 워크숍 시간에 사람들에게 무엇을 시킬지에 대한 아이디어는 더 많이 있다.

1973년도에 출간한 나의 『교사 없는 글쓰기』의 단초가 된 것은 글쓰기의 고충에 대해 쓴 반성적 일기였다.

블로그. 어떤 글은 분명 아주 신중하게 쓴 것이지만, 또 어떤 글은 즉흥적으로 말하듯이 쓴 것처럼 보인다. 다음 인용문은 어느 블로그에서 가져온 글이다.*

....

* 이 인용문은 인터넷 글쓰기에서 흔히 보이듯 문장 첫 글자가 모두 소문자이며 '어쨌든'을 뜻하는 'by the way'를 줄여서 'btw'로 표기하고 있다.

그래서 어젯밤에 수퍼맨 리턴즈 영화를 보았다, 어쨌든 … 정말로 마치 영화가 내 꿈에서 내 움직임과 속도를 정확히 따와서 묘사한 것 같았다. 유연함, 말도 안 되는 속도, 중력 거스르기. 태양 광선으로부터 힘을 얻어서, 그게 어떻게 내 가슴으로 들어왔는지. 치솟는 구름층, 모여드는 폭풍우, 성층권과 수평선 너머에 치는 번개. 모든 게… (Boxer, 2008: 18)

이 언어는 회화체의 대화에서 쓰이는 것 같지 않지만, 그렇다고 계획된 것 같지도 않다. 후반부에서 필자는 어떤 느낌 또는 의미-충동meaning-pulse을 우연히 발견하고 계획적이지 않은 언어를 펼쳐 놓은 것처럼 보인다. 모든 우분지 구문에 주목해 보자. 사라 복서Sarah Boxer는 이 글에서 보이는 즉흥적인 대화의 특징들을 다음과 같이 제시한다.

대부분의 블로그에서 보이는 주된 어조, 즉 반응적이고, 한 대 치듯 말하며, 대화체를 사용하고, 아는 체하며, 자유롭고 사교적인 어조는 댓글linkiness에 그 근거를 두고 있다. … 블로거들은 자신의 글을 읽는 사람이 자기 친구 중 한 명이거나, 자신이 들먹이는 남 얘기나 농담이나 유명인에 관심이 있을 거라고 가정한다. 그들은 미디어 열풍에 휩쓸려 생각하는 도중이나 불평하는 도중에 종종 글을 올린다. 그들은 자신이 독자를 압도하고 있는지에 대해서는 신경을 쓰지 않는다. (Boxer, 2008: 17)

이러한 언어적 특징들이 유행에 민감한 인터넷 공간에서만 나타난다고 생각하겠지만, 그녀는 이어서 플라톤의 『국가Republic』가 어떻게 똑같은 방식으로 시작하는지 보여 준다!

서술형 시험. "프랑스 혁명의 원인에 대해 논하시오. 제한시간은 1시간입니다." 서술형 시험에서 빨리 쓰기 위해 학생들이 어떻게 하는지 주목해 볼 필요가 있다. 답을 쓸 시간이 20분이나 1시간밖에 없을 때 우리는 먼저 잠깐 계획을 세우고, 주의 깊게 처음의 한두 문장으로 개요를 작성한 후, 아주 빠르게 마지막 교정을 할 수도 있다. (교사들은 그렇게 가르쳐 왔다.) 그러나 시간의 압박으로 인하여 곧바로 그것은 말을 불쑥 내뱉거나 쏟아 내는 것, 즉 '말하듯이 쓰기'가 된다. 최종 산물은 격식을 갖추지 않은 말하기와 아주 흡사한 경우가 많다.

나는 제한시간이 있는 서술형 시험을 하나의 장르로 보고서 호기심을 가지게 되었다. 시험 환경이 종종 부주의한 언어와 얕은 생각을 유발할 수 있기 때문에, 많은 교사들은 학생들의 시험 답안이 대개의 경우 에세이보다 더 **명료**하다는 점을 깨닫지 못한다. 미나 쇼네시Mina Shaughnessy는 잘 알려진 바와 같이 뉴욕 시립 대학에서 준비가 제대로 되어 있지 않은 무시험 입학 학생들의 배치시험을 연구하면서 지나가는 말로, "이 수준에 있는 학생들이 외부 과제보다 시험 답안을 더 잘 쓴다는 사실이 심심찮게 발견된다."(Shaughnessy, 1977: 5)라고 한 바 있다.

옥스퍼드 대학생일 때 나는 한 주 내내 다른 일이 전혀 없었음에도 불구하고 담당 교수에게 글을 제출하지 못한 채 몇 달을 보냈다. 그러나 마지막 시험이 닥치자 고민할 시간이 없었기 때문에, 나는 글을 썼다.

쓰기 위한 말하기 워크숍. 로버트 울프Robert Wolf는 전국을 돌며 워크숍을 진행하는데, 모든 문화의 참가자들에게 그들이 자주 하는 것을 하도록 장려한다. 그건 바로 자신들에게 중요해 보이는 것에 대해 방해받지 않고 **말하는** 것이다. 그러나 그의 워크숍은 그것으로 끝이 아니다. 나중에 그는 참가자들을 자리에 앉힌 후 방해받지 않고 자신의 이야기를 **쓰도록** 시킨다.

> 그들은 자신이 말한 것과 가능한 한 가깝게 글로 쓰라는 요청을 받는다. 이것은 글쓰기의 모든 신비로움을 제거해 버린다. 이것은 줄거리를 부각시키고, 사람들이 지적인 글쓰기를 하기 위해 특별한 훈련을 할 필요가 없다는 것을 알게 한다. …
> 나는 망설이는 사람을 워크숍에 참여시키기 위해 이야기를 말로 할 수 있는 사람은 누구나 글도 쓸 수 있다고 말한다. 일단 글쓰기가 입으로 말하는 것

을 모방하는 것이라는 점을 깨닫게 하면 그들이 쓰도록 하는 문제는 대개 해결된다. 워크숍에 참가한 사람 중에 글을 써 내지 못한 사람은 거의 없었다. (Wolf, 1999: 3; Wolf, 2001)

눈에 보이지 않는 비계획적으로 말하듯이 쓰기. 나는 감추어진 주의care, 즉 계획되지 않은 것처럼 보이지만 실제로는 공을 들인 언어에 대해 앞에서 언급한 바 있다. 이는 특히 극작가나 소설가가 '즉흥적인' 대화를 만들어 내기 위해 애쓸 때 나타나는 것 같다. 이제 반대 유형의 감추기에 대해 살펴보자. 감추어진 **부주의**가 분명히 훨씬 더 보편적이다. 우리가 접하는 잘 다듬어진 뛰어난 언어는 대부분 수정하기 단계를 거친 후에야 그렇게 된다. 그러한 언어는 부주의하면서 계획적이지 않은 자유작문 또는 말하듯이 쓰기, 즉 탐색적인 글쓰기와 초고의 산물이다. 우리 눈에는 그 난장판이 보이지 않는다. 그리고 그렇게 다듬어진 글 가운데 일부는 불쑥 내뱉은 말이라는 사실도 잊지 말도록 하자.

다음 예문은 울프의 워크숍에서 제리 켈리Jerry Kelly가 쓴 이야기에서 가져온 것이다. 켈리는 부동산업에 종사하고, 스스로가 작가라고 생각하지 않는다.

변화하는 이웃[으로부터]
18번 국도를 타고 오는 이 사람들은 어디서 온 걸까요? 어디로 가고 있는 걸까요? 전에도 이 작은 도시를 지난 적이 있을까요? 다시 여기로 올까요? 가 본 적 없는 크고 작은 도시를 지나쳤던 지난 여행을 생각해 보세요. 어떤 인상을 받았죠? 이유는? 기억을 더듬어 보세요. 마음속에 있는 비디오 테이프를 되감아 집중해 보세요. 어떤 도시는 흐릿하고 이름도 생각이 나지 않는데, 왜 어떤 도시는 그토록 또렷하게 마음에 남아 있을까요? 우리가 사는 클러몬트 카운티는 끝없이 이어진 18번 국도를 지나는 이 사람들에게 과연 어느 쪽일까요? (Wolf, 1999: 166)

가끔은 사람들 앞에서 자신이 어떻게 말했는지 떠올리며 천천히 의식적으로 썼

을 수도 있겠지만, 확실히 대부분은 단순히 계획적이지 않은 말하기의 유용성을 믿는 법을 배운 듯하다.

문어체로 말하는 화자. 피그 라틴어pig-Latin*를 기억하는가? 다 큰 아이들이 피그 라틴어를 하는 것을 처음 들었을 때, 나는 도저히 이해할 수 없었다. 그러나 이내 나는 내가 하는 말을 점검하거나 살필 생각도 하지 않고 실시간으로 유창하게 피그 라틴어를 말할 수 있었다. 이것은 사람들이 어떻게 모어도 아니고 일상어도 아닌 언어를 자동적으로 배울 수 있는지에 대한 완벽한 예시이다. '정확한 편집 문어체 영어'는 결코 누구의 모어도 아니지만, 배울 수 있고 충분히 내면화할 수 있다. 피그 라틴어는 다른 단어나 문법을 사용할 필요가 없기 때문에 더 쉽다. 그저 소리만 약간 바꾸면 된다. 인간이 배울 수 있는 모든 언어를 생각해본다면, 어떤 사람들이 정확한 편집 문어체 영어를 머뭇거림 없이, 문법 규칙이나 관습에 주의를 기울이지도 않고 실시간으로 완벽하게 말하는 법까지 배운다는 것은 놀라운 일이 아니다. 대개 이런 사람들은 글을 많이 쓰거나 대중 연설을 많이 하는 사람들, 또는 그러한 일이 요구되는 가정이나 학교에서 자라나며 그렇게 말하는 법을 자연스럽게 체득한 사람들이다.

윌리엄 버클리William Buckley는 열 살도 되기 전에 '쓰듯이 말하는' 법을 배운 듯하고, 제대로 배웠다. 그것이 그가 생산적인 작가가 되는 데 도움이 되었다. 그는 "260종의 신문을 위해 일주일에 세 차례씩 칼럼을 20분 만에 뚝딱 끝냈다."고 자랑한 적이 있다. 모튼 콘드레이크Morton Kondrake가 『뉴스위크News Week』지에서 이에 대해 그에게 일침을 놓았을 때, 버클리는 응수하는 글을 쓰면서 1948년 예일 대학의 '매일의 주제'라는 강의에서 자신이 받았던 훈련에 대

....

* 어린이 말장난의 일종으로, 단어 앞의 자음을 뒤로 돌리고 거기에 ay를 덧붙이는 놀이. 예컨대 소년을 뜻하는 'boy'를 'oybay'로 표현하는 것 등이 있다.

해 언급했다. "그 강의의 과제는 매주 두 번의 강의에 참여하는 것 외에도 매일 500개에서 600개의 단어로 된 설명문을 작성하는 것이었다."

몇 년에 한 번씩 나는 이전에 발표한 저작물을 모아 출판한다. 당연히 이 때문에 나는 선집을 만들기 위해 그 당시 내가 썼던 모든 것을 다시 읽어야 한다. 읽어 보니 아주 빨리 쓴 칼럼과 매우 천천히 쓴 칼럼을 구별할 수 없다는 사실을 알게 되었다. 아마 아주 느리게 쓴 글이 하나도 없기 때문일 것이다. 쓰는 데 두 시간이 걸린 칼럼 하나는 전화 통화 때문에 방해를 받았거나 사실을 점검해야 했던 것이었다. 나는 빠르게 쓰지만 엄청나게 빠른 것은 아니라고 주장하고 싶다. …

앤서니 트롤럽Anthony Trollope은 매일 아침 5시에 일어나 차를 마시고 화장실에 다녀온 후 전날 했던 작업을 살핀다. 그러고 나서 그는 6시부터 쓰기 시작한다. 그는 세 시간 반 동안 15분마다 250개 단어를 쓰기로 작업량을 설정했다. 실제로 그는 15분 뒤에 단어 250개를 쓰지 못하면, 작업량을 채우기 위해 그다음 15분 동안에 '더 속도를 내야 한다'고 어딘가에 적어 놓았다. 자신이 정한 매일의 할당량인 3,500개 단어를 채우는 것에 엄격했기 때문이다. (Buckley, 1999)

따라서 버클리와 트롤럽, 그리고 숙련된 다른 많은 필자들은 **말하듯이 쓰기**를 잘하지만, 그것은 또한 감추어져 있기도 하다. 정확한 문법으로 말하는 사람이라면, 그들이 쓴 글은 정말 **유창할** 것이다. 그들은 문법 규칙에 따라 단어를 까다롭게 고를 필요가 없기 때문에 '막힘 없이 흐르는' 글을 쓸 것이다. (그토록 많은 교사들이 학생들로 하여금 문법 규칙을 제대로 학습하여 제2의 천성으로 만든다는 환상적인 목표를 이루려고 하는 것은 이런 이유에서이다. 그 교사들 가운데 실제로 이러한 목표를 그들 스스로 성취한 이는 거의 없다.)

나는 글쓰기 결과물을 보고서 글쓰기 과정을 설명할 수 없다고 일반화하였고, 어떤 형태의 글이라도 말하듯이 쓰인 것일 수 있다고 지적하였다. 그러나 다소 길고 복잡한 통사 구조가 있는 글을 볼 때, 그것은 구성된 것이지 말해진 것은 아니라고 해도 무방할 것이다. 한 예로 시카고 학파이자 아리스토텔레스 철학 비평가인 R. S. 크레인R. S. Crane이 건축학적으로 아주 반듯하게 쓴 다음 글을 보자.

> 시인은 집합적인 시poetry가 아니라 개별적인 시poem를 쓴다. 그리고 개별적인 시들은 완성된 전체로서 필연적으로 이런저런 시적 갈래의 사례인데, 이 갈래는 시에 필수적인 특정 언어적 도구에 의해서 구별되는 것이 아니라 표상을 통하여 성취되는 특정한 형식에 대한 구상, 곧 자신의 시에 최종적으로 구현되는 구상의 특성에 의해서 주로 구별된다. 표상은 극적으로 사용된 말이나 다른 방식으로 사용된 말에서 나타나며 독자 안에 존재하는 특정한 감정 또는 복합적인 감정의 그 자체로 완전하고 생산적인 어떤 독특한 상태의 느낌, 도덕적 선택, 행위 등에 대한 것이다. (Crane, 1951: 96)

> 매튜 베일리Matthew Bailey는 진정한 중세 구비 서사시와 구비 서사시처럼 보이는 변이형을 구별할 수 있다고 주장한다. 그가 동일한 구절의 여러 변형을 비교하여 보여 준 바에 의하면, 후대의 필자는 병렬 구문을 주로 사용하는 구어에는 나타나지 않는 종속접속사와 종속 구문을 사용한다는 특징이 있다(Bailey, 2003: 265).

'탁월한' 산문을 말하듯이 쓰기. 트롤럽과 버클리는 자신들의 글에서 정확성 이상의 질적인 우수함을 이루어 냈다. 그들이 쓴 글은 아주 잘 다듬어지고 우아하며 체계적이었다. 그럼에도 불구하고 그들이 쓴 글은 유창하게 무의식적으로 계획 없이 '말'을 한 산물이었다. 그들의 표현은 신중하게 다듬어진 것처럼 **보인다.** 이러한 재능은 즉흥 연주를 멋지게 해내는 음악가들에게서 주로 볼 수 있다. 그들은 풍부하고, 새롭고, 복잡하고, 우아하게 구성된 음악을 상황에 따라 만들어 낸다.

버지니아 울프가 쓴 적어도 다섯 권에 이르는 방대한 일기를 살펴보면, 그녀가 주의를 기울이거나 계획을 세우지 않고도 매우 명료하고 영향력 있으며 때로는 경제적인 산문을 쓸 수 있었다는 점을 분명하게 알 수 있다. 그녀가 위대한 소설을 쓸 때에도 모든 표현을 점검하거나 계획하는 일 없이 작업에 '본격적으로' 착수하여 뛰어난 글을 썼다는 느낌이 든다. 물론 그녀는 신중하게 수정하는 사람이었기 때문에, '신중하게' 출판된 그녀의 작품들을 보고 알게 되는 것은 **이중**으로 감추어진 부주의함이다. 즉 부주의하게 쓴 어떤 것이 그녀 마음에 들었고, 그걸 더 좋게 수정함으로써 그 가운데 일부를 감추었다.

사람들은 계획도 세우지 않고 어떻게 글을 유창하게 잘 쓰는 걸까? 그들의 생각과 의사 결정이 신속하기 때문일까? 흔히 우승한 테니스 선수나 미식축구 쿼터백 선수가 가지고 있다는 그런 특성이 있는 것일까? 인간은 매우 빨리 생각하는 법을 배울 수 있지만, 뛰어난 스포츠 선수들에 대한 연구 결과를 보면 무언가 다른 점이 있는 것 같다. 이 선수들은 ("나는 매우 빨리 가고 있었지만 매우 느리게 느껴졌다."라는 말을 할 때를 제외하면) 속도보다는 편안함이나 심지어 고요함 같은 것에 대해 말한다. 그들은 서두름이나 긴장에 대해 말하는 것이 아니라 모든 시간 감각을 무디게 할 정도로 강하게 몰입하는 집중력에 대해 말한다.

미하이 칙센트미하이와 그의 동료들은 모호하지만 널리 쓰이는 '몰입flow'이라는 단어에 학술적 실체를 부여하는 폭넓고 가치 있는 연구를 수행하였다. 그들이 스포츠에서 음악, 그리고 매우 지적인 정신적 과제에 이르기까지 모든 영역의 활동을 조사해 발견한 사실에 따르면, 사람들은 특별한 방식으로 과제에 몰두하게 되면 평소에 하던 것보다 더 수월하게(물 흐르듯이) 그 일을 잘할 수 있고 그 과정에서 시간, 의식적 계획, 의사 결정에 대한 생각은 전부 잊어버린다는 것이다.

연구자들은 계속해서 과제에서 이런 변형적 집중과 몰입 상태를 만드는 것으로 보이는 조건들을 실증적으로 기술한다. 우선 첫째로, 과제는 적당히 어려워야 한다. 너무 어려우면 사람들이 중단하게 되고 너무 쉬우면 충분한 노력을 기울이거나 분투하지 않는다. 그러나 과제가 적절한 수준의 노력을 필요로 한다면, "의식의 초점을 좁히게 되고, 자의식이 사라짐에 따라 불필요한 인식과 사고가 걸러진다."(Csikszentmihalyi, 1975: 72. '권태와 불안 사이'라는 책 제목에 주목하기 바란다) 비평가들이 버지니아 울프의 훌륭한 소설과 여타의 훌륭한 작품을 인용하면서 일종의 '백열white heat'에 대해 말할 때, 나는 그 작품들이 고도의 집중력을 발휘하는 일종의 '몰입' 상황에서 집필되었을 것이라는 생각을 떨칠 수가 없다.

글쓰기 분야에서 고대인들은 자기 자신의 정상적인 능력을 넘어서는 과정을 가리키는 하나의 간단한 단어로 '영감'을 사용했는데, 그것은 신이 불어넣은 회오리바람처럼 초능력이 작가에게 '불어넣어진다'는 의미였다. 그러나 만일 신을 믿지 않는다면, 우리는 칙센트미하이 같은 사람의 책을 읽어야 한다(그리고 'Csikszentmihalyi'를 발음하는 법을 배워야 할 것이다). 이 놀라운 과정이 작가들에게 어떻게 보이는지를 잘 말해 준 두 명의 학자가 이 분야에 있다. 그들은 다음과 같이 말한다.

> 사람들은 가끔 텍스트나 글쓰기와 하나가 되는 것 같은 경험, 말하자면 단어들이 저절로 떠오르는 경험을 한다. 이러한 이상적인 몰입 상황에서는 필자가 그 과정의 무의식적인 국면에 의식적으로 개입하려는 시도를 할 때 도움이 되기보다는 방해가 된다. (Colomb & Griffin, 2004: 293)

중요한 것은 이 두 학자가 '급진적인' 신세대가 아니라는 점이다. 사실 그들은 내가 오래된 오해라고 생각하는 보수적인 통설을 드러내고 있다. 그들은 이러한 몰입이나 즉흥성의 경험이 **의식적 훈련**에 몰두해 본 사람들만 가능하다고 주장한다.

> 이 연구에서 명백하게 보여 주는 바와 같이 글쓰기를 비롯한 모든 분야에서 몰입의 순간은 흔치 않고 일시적이며 과거의 경험과 현재적 준비의 산물이다. 다시 말하면, 어렵고 무의식적인 성취를 가능하게 하는 것은 사람들이 해 왔고 현재 하고 있는 의식적인 작업인데, 이는 모든 사려 깊은 스포츠 지도자, 무용이나 음악 교사, 작가들이 아는 바이다. (Colomb & Griffin, 2004: 293)

이 주장은 숙달되기 위해 연습이 필요한 활동에서는 유효하다. 적절한 훈련을 하지 않으면 바이올린이나 오보에로 단 하나의 음도 제대로 연주할 수 없다. 훌륭한 테니스 선수, 투수, 축구 선수는 숙련된 몰입의 조건에 도달하기까지 많은 양의 훈련이 필요하다. 그러나 나는 언어 산출에 관한 한 이 연구가 두 학자가 주장하는 바를 '명백하게 뒷받침하는지' 의심스럽다. 보수적인 주장을 하면서 이들은 '텍스트와 하나가 되는 것 같은' 상황, 즉 단어들이 저절로 떠오르는 상황에서 말하기나 글쓰기에 깊이 빠져든, 훈련받지 않은 많은 사람들의 공통된 경험에 대해서는 눈을 감는다. 노래하기의 경우도 마찬가지이다. 특별한 훈련을 받지 않은 사람들도 종종 의식적인 계획과 통제를 포기한 채 깊은 집중의 상태로 말하거나 글을 쓰거나 노래하면서 칙센트미하이가 설명하는 방식으로 뛰어난 작품을 생산한다. (물론 콜럼Colomb과 그리핀Griffin은 대부분의 사람들이 노래와 말하기를 '훈련'의 일종으로 한다는 사실을 지적함으로써 나의 반론을 회피할 수 있을 것이다. 하지만 그러한 인정은 숙제를 다한 착한 소년 소녀들만이 글쓰기를 잘할 희망이 있다는, 뻔한 교사다운 편견을 약화시킨다.)

'몰입(흐름)'은 너무 느슨하게 사용되기 때문에 다루기 힘들고 문제적인 용어이다. 많은 교사들은 학생들이 '흐름이 있는' 글쓰기를 예찬하는 걸 좋아하지 않는다. 칙센트미하이와 그의 동료들은 '몰입'을 말이나 결과가 아니라 하나의 정신적 과정으로 본다. 그들이 설명하는 종류의 몰입 상태는 단어를 표현할 때뿐만 아니라 나의 경험에서와 같이 수정이나 교정을 할 때에도 나타날 수 있다.

받아쓰기: 마음속 말하기인가, 마음속 글쓰기인가? 마크 트웨인은 생애 마지막까지 매일 아침 침대에 누워 시가를 문 채 자신의 전기를 비서에게 받아쓰게 하였다.

당신도 당신 자신의 전기를 받아쓰게 해 보면 그동안 얼마나 많은 즐거움을 놓치고 산 건지 알게 될 겁니다. 그리고 그런 방법이 있다는 걸 진즉 떠올리기만 했어도 평생 할 수 있었을 거라는 생각에 고통스러워지겠죠. 받아쓴 글이 얼마나 진짜 말 같은지, 얼마나 실감 나게 소리 나는지, 얼마나 완벽하게 순서에 맞게 구성되는지, 얼마나 이슬이 맺힌 듯 산들바람이 부는 듯 나무가 우거진 듯 신선한지, 풀먹임도 다림질도 노동도 야단법석도 그 어떤 꾸밈의 흔적도 없는 글이 얼마나 사랑스럽고 숭배할 만한지! 당신도 놀라고 매혹될 겁니다. 클레멘스 부인은 까다로운 비평가지만 아직까지 내가 받아쓰게 한 문장 중 부인이 고치자고 한 문장은 없었습니다. 여기저기 작은 실수들, 정확하지 않은 것들, 끝맺기 전에 사라져 버린 생각들이 있기는 하지만, 그걸 결함이라고 할 건 아닙니다. 오히려 장점에 가깝고, 지워 버린다면 글의 자연스러운 흐름도 같이 지워질 겁니다. 정확한 명칭은 없지만 실제 이야기를 인위적인 이야기와 구분해 주고 실제 이야기를 더 훌륭하게 만드는 무언가를 말입니다. 펜으로 아무리 잘 모방해도 글에는 없는 미묘한 무언가를 좋은 말하기가 만드는데, 바로 그 미묘한 무언가를 지우는 거죠. (Clemens, 1967: 370-371)

편지에서 발췌한 이 글을 마크 트웨인이 말로 했다는 증거는 없지만 언어를 살펴보면 분명 받아쓰게 한 것 같다. 그리고 누가 이러한 장면을 부인할 수 있겠는가? 트웨인은 침대에 기댄 채 곁에 앉아 있는 충실한 여성에게 말을 받아쓰게 한다. 그녀의 옷은 이 위인에 대한 경의의 표시로 '풀먹임과 다림질'이 되어 있다. 말하기의 분위기는 쿨런 냄새와 뒤섞인다. (미국에서는 전통적으로 남성이 말하고 여성이 받아쓰는 경향이 있으나 헨리 제임스는 남성에게 받아쓰게 하였다.)

그래서 어떤 기업인이 "릴리언, 편지를 받아쓰세요."라고 말한다면, 그는 신중하고 정확한 글쓰기를 말로 진행하게 될 것이다. 그러나 그는 "나의 부주의하고 비공식적인 말을 받아 적어서 읽기 좋고 정확한 글로 만들어 주세요."와 같이 무언가를 암시적으로 더 말하고 있을 가능성이 있다. 여성이 남성보다 적절한 문법에 대해 더 잘 안다는 것이 상식처럼 받아들여져 왔고, 편지를 쓰는 책임은 아내에게 있는 것이 일반적이었다. 비서의 일에는 글을 정확하게 쓰는 법에 대해 상사보다 더 잘 알고 있는 것까지 포함된다는 말은 아주 일반적이다. 지금부터 25년 전, 글쓰기 수업에서 학생들은 나에게 이렇게 말하곤 했다. "저는 글 쓰는 법을 배울 필요가 없어요. 비서를 두어서 그녀가 글을 쓰게 할 거예요." 오늘날에는 이러한 변명이 통하지 않는다. 비서를 두던 많은 사람이 이제는 개인 컴퓨터를 가지고 있고 자신의 편지를 최종 원고 상태로 내놓아야 한다.

글쓰기를 잘하지 못하는데도 급여를 많이 받는 상사가 글쓰기를 잘하면서도 급여를 적게 받는 비서에게 의존하는 상황을 잠시 생각해 보자. 이것은 보기 좋은 광경은 아니다. 상사는 비서에게 조용히 이렇게 말할지도 모른다. "내가 가진 고도의 경영 능력을 명료한 글, 문법, 철자법, 구두법 같은 사소한 데에 쏟는 것은 낭비가 아닌가? 이런 건 자네 같은 부하 직원이 해야 할 일이네." 이처럼 정확한 언어를 아는 일을 지위가 낮은 부하 직원에게 맡기는 일이 여러 문화권에서 얼마나 많이 일어나는지 주목하기 바란다. 고대 세계에서 글쓰기는 노예의 일인 경우가 아주 많았다.

그러나 나는 이것을 일종의 비유로 내면화함으로써 이 이미지가 보이는 추함을 해소할 수 있다. 놀랍게도 글을 쓰려고 할 때 나는 과분한 급여를 받는 태평한 상사인 척한다. 나는 무엇이 옳은지에 대해 아무 걱정도 하지 않으면서 그저 입을 열어 말을 지껄이는데, 이는 '그녀'가 나중에 모두 바로잡아 줄 것이기 때문이다. 이러한 생각 덕분에 나는 걱정을 하지 않는다. 그러나 물론 그다음에 나는 돌아서서 그런 '그녀'가 되어야 한다. 내일, 다음 주, 다음 달의 어느 시점에 나는 회의적이고, 융통성 없고, 현실적이고, 비판적이고, 캐묻기 좋아하고, 잘 다듬어진 누군가의 정신세계로 들어가기 위해 노력해야 한다. 그의 일은 효과적이고 적절하며 정확하게 글을 써서 상사가 어리석어 보이거나 교육받지 않은 것처럼 보이지 않도록 하는 것이다. 그래서 이 시점에서 나의 이미지는 깨지고 마는데, 왜냐하면 글을 수정할 때 나는 상사의 생각에 문제를 제기하길 꺼리는 '단순한' 비서가 될 수는 없기 때문이다. 나는 이렇게 말하지 않을 수 없다. "이 노인은 제대로 사고할 수 없다. 그는 온갖 종류의 일에 대해 완전히 잘못 생각하고 논리도 엉성하다. 나는 이 점을 고려하여 그가 말하고 싶어 한 어리석은 것들 중 일부는 제거해야 할 것이다." 요약하자면 수정을 하는 사람으로서 우리는 글을 수정할 때 구술자가 말한 것을 기꺼이 뒤집어야 한다.

다른 구술자들―헨리 제임스. 나는 헨리 제임스가 자신의 생애 후반기에 산출한 다채로운 산문을 **구술했다**는 사실을 알고 깜짝 놀랐다. 1896년경에 『메이지가 알고 있었던 일What Maisie Knew』을 집필할 때, 그는 손목이 너무 경직되어 자신의 말을 받아 적을 속기사를 고용하였다. 한 달 동안 받아 적게 한 후, 그는 그 속기사에게 자신의 구술을 최신식 타자기로 직접 타이핑하게 하였다. 이는 속기를 한 후 나중에 옮겨 적는 방식을 대신한 것이었다. 그때부터 제임스는 자신의 출판물 대부분을 속기사에게 구술하였다.

여러분도 알게 되겠지만, 우리가 알고 있는 '좋은 글'이 얼마나 많이 구술되었는가를 알고 나는 놀랐다. 그러나 계획적이지 않은 언어인 '마음속 말하기'를 구술이 항상 포함하는 것은 아니다. 어떤 구술은 느리면서 주의 깊은 '마음속 글쓰기'이다. 그러나 나는 심혈을 기울여서 말하고 받아쓰게 하는 구술자라도 입에서 나온 말에서 어떤 이득을 취해서 정교한 언어에 그 특징을 불어넣을 거라고 생각한다.

예컨대 트웨인은 계획적이지 않은 언어를 마음속 말하기 기어에 따라 구술하였고, 제임스는 자신의 마음속 글쓰기 기어에 따라 신중하게 구술하였다고 추정할 수 있다. 그래서 트웨인의 편지는 상당히 '화자적'이고 제임스의 산문은 상당히 '필자적'이다. 트웨인은 자신의 말이 멈추지 않고 행복하게 굴러가듯 달리도록 했고, 제임스는 주의 깊게 말하면서 지속적으로 상당한 마음속 연습과 점검을 통하여 자신을 제어했다고 생각해 볼 수 있다. 그러나 최근 내가 지닌 말하기에 대한 관심이라는 렌즈로 제임스의 후기 산문을 다시 살펴보니, 그의 글에서 말하기 기어의 효과를 발견할 수 있었다. 제임스의 최근 전기 작가도 이러한 나의 인식을 뒷받침하고 있다.

자신의 생애 마지막 20년간 그가 했던 일, 즉 속기사를 격려하며 그가 모든 것을 구술로 저술한 일은, 그의 출판된 글, 사적 편지 및 일기와 그의 대화에 대한 우리의 설명 사이에 높은 연속성이 있음을 의미한다. … [아서 벤슨Arthur Benson의 회고에 따르면] "그의 모든 사고 과정, 즉 조건을 달거나 멈추었다 재개하거나 중간에 끼워 넣는 것 등이 … 모두 드러나 있었다. … 마치 작은 생각의 궁전이 지어지고 있는 현장에 있는 것 같았는데, 즉석에서 지었으나 완벽하게 설계된 것 같았다." (Hollinghurst, 2008: 29)

제임스가 생애 후기에 쓴 매끄럽지 않은 통사 구조로 이루어진 글이 좋은 독자의 목소리를 만나 어떻게 생명을 얻게 되는지 주목해 보기 바란다. 우리는 억양이 만들어 내는 복잡한 음악을 들어야 한다. 그가 손으로 쓴 초기 산문은 훨씬 단순하였다.

권위 있는 제임스 전기 작가 레온 에델Leon Edel은 다음과 같이 말한다.

글을 쓰는 헨리 제임스와 구술하는 헨리 제임스는 서로 다른 인물이었다. 그의 문장은 점차 정교해져서, 어떤 이는 바로크풍이라고 말하기도 하는데, 단서 조항과 괄호로 가득 차게 되었다. 그는 편지를 쓸 때 그 마지막이 어떻게 될지 알 수 없는 문장으로 시작하는 경우가 종종 있었는데, 그것은 마치 구불구불한 강과 같아서 돌고 돌아 고리를 만드는 것 같았다. … 에둘러 말하는 표현이나 단서 조항이 항상 있었다. 그러나 그 후로 구어적인 목소리가 제임스의 산문에서 들렸는데, 이는 리듬과 언어적 음악의 궁극적 완성에서만이 아니라 일상적 대화체의 사용에서, 화려하게 늘어놓은 상상에서, 정교하고 수사적인 은유에 대한 깊은 탐닉에서, 또 풍부한 직유에서도 들렸다. (Edel, 1969: 176-177; Honeycutt, 2004: 309에서 재인용·)

리처드 파인만. 이 저명한 물리학자는 매우 훌륭한 저술가였으나 어떤 의미에서 그는 글을 거의 쓸 수 없었다. 프리먼 다이슨Freeman Dyson은 파인만이 노벨상을 받게 된 논문을 어떻게 썼는지에 대해 놀라운 이야기를 들려준다. 파인만이 친구들을 찾아갔는데, 그들은 파인만이 그동안 글로 쓴 적이 **없는** 획기적인 생각을 말로 풀어내는 것을 들을 수 있었다. 그 친구들은 결국 그를 방에 가두고는 그럴듯한 초고를 내놓을 때까지 내보내지 않았다. 이 이야기 뒤에 다이슨은 파인만의 책 대부분이 **일종의 받아쓰기**를 통해 출판되었다고 설명한다.

> 그의 저서는 대부분 그가 집필한 것이 아니라 그가 하는 말을 녹음한 다른 사람들이 옮겨 적고 편집한 것이다. 그의 전문 서적들은 교실 강의를 기록한 것이었으며, 대중 서적들은 그가 한 이야기를 기록한 것이었다. 그는 자신의 과학적 발견을 논문에서보다는 강의에서 공표하는 것을 더 선호하였다. (Dyson, 2005: 4)

물리학 분야의 고전인 두 권짜리 개론서 『파인만의 물리학 강의The Feynman Lectures on Physics』의 제목에 주목하기 바란다. 아마 처음에 파인만은 교실에서의 대화와 강의를 글이라고 생각하지 않았겠지만, 이런 식으로 수많은 책을 출간한 후 그는 자신이 글쓰기를 위해 말하기를 이용하고 있다는 사실을 확실히 알게 되었다. 그리고 그는 결코 스스로에게 "이건 입으로 하는 **글쓰기**니까 천천히 **주의 깊게 이야기**해야겠다."라고 말하지 않았다. 천천히 주의를 기울이는 것은 그가 글쓰기를 **못하게** 만든 요인이었기 때문이다. 그를 필자로 만들어 준 것은 입을 열고 유창하게 말을 하는 능력이었다. 이러한 능력은 전문적인 과학적 사안에 대해서도 발휘되었다.

버트런드 러셀 Bertrand Russell. 그가 『외부 세계에 대한 우리의 지식Our Knowledge of the External World』을 말로 저술했다는 것은 잘 알려진 사실이다. 그 과정에 대해서 그는 이렇게 말하고 있다.

나는 보스턴에서 로웰 강의Lowell Lectures를 맡고서 '외부 세계에 대한 우리의 지식'을 강의 주제로 정했다. 1913년 내내 나는 이 주제에 대해 생각했다. 학기 중에는 케임브리지의 내 방에서, 방학 중에는 템스강 상류에 있는 조용한 여관에서, 때로는 숨 쉬는 것도 잊은 채 최면에 걸린 것처럼 숨을 헐떡일 정도로 몰입하였다. 그러나 모든 게 허사였다. 나는 내가 생각할 수 있는 모든 이론에 대하여 결사적으로 반대하였다. 마침내 절망에 빠진 나는 크리스마스를 보내러 로마로 떠났다. 휴가를 보내면 쇠진한 기력이 회복될 수 있을 거라는 기대를 했다. 나는 1913년의 마지막 날 케임브리지로 돌아왔다. 비록 곤경은 여전히 완전하게 풀리지 않았지만 남은 시간이 짧았기 때문에 정리를 할 수밖에 없었다. 결국 속기사에게 내가 할 수 있는 최대한으로 구술하기로 하였다. 다음 날 아침 속기사가 문 앞에 나타났을 때 나는 갑자기 내가 말해야 할 것이 무엇인지 알게 되었다. 그래서 한순간의 머뭇거림도 없이 책 전체를 구술하기에 이르렀다.

나는 과장된 인상을 전달하고 싶지는 않다. 이 책은 매우 불완전하고 심각한 오류가 여러 개 포함되어 있을 것이라는 생각을 지금도 하고 있다. 그러나 그당시에는 이것이 내가 할 수 있는 최선이었고, (주어진 시간 안에서) 더 느긋한 방법으로는 분명히 결과가 더 좋지 않았을 것이다. 다른 사람들에게 옳을지는 모르겠지만, 나에게는 이것이 옳은 방법이다. 플로베르Flaubert와 페이터Pater는 글쓰기를 할 때 천천히 꼼꼼하게 주의를 기울이라고 충고했지만, 나에게 있어 그들은 기억 저편에 있는 사람들이다.

포드 매덕스 포드Ford Madox Ford에 대하여 애드먼드 화이트Edmund White는 다음과 같이 쓰고 있다.

제임스처럼 그는 종종 자신의 소설 전부 또는 일부를 말로 썼다. … 포드가 굳센 믿음을 가지고 파운드Pound를 설득한 말은 작가는 "어떤 상황, 어떤 감정의 압박 속에서도 자신이 실제로 말할 수 없는 것은 어떤 것도, 어떤 것도 쓰지 말아야" 한다는 것이었다. 사실 포드의 산문은 동시대 다른 어떤 작가의 산문보다 더 말하는 것처럼 들린다. … 그는 "자신이 아주 좋아하는 다른 누군가의 귓가에 나지막한 목소리로 교양 있게 말할 것을 제안하는 매우 조용한 일상어"를 스스로 발전시키고자 하였다. 이것은 제임스의 가르침이라고 볼 수도 있으며, 우리 시대에는 『거장The Master』과 『브루클린Brooklyn』의 작가 콜럼 토빈Colm Tóibín이 이러한 최면술 같은 글쓰기 방식을 따르는 것 같다. (White, 2011: 29)

도스토옙스키Dostoevsky에 대하여 데이비드 렘닉David Remnick은 다음과 같이 말하고 있다.

[도스토옙스키는] 『죄와 벌』, 『노름꾼』을 동시에 저술하였다. 그는 자신이 『노름꾼』을 제때 끝내지 않으면 이후 9년 동안 자신이 출판할 책에 대한 권리를 모두 잃을 것임을 알고 있었다. 그가 미래에 자신의 아내가 될 사람을 속기사로 고용하여 그녀에게 소설을 받아쓰게 한 때가 바로 이때이다. (Remnick, 2005: 103)

톨스토이Tolstoy는 분명히 자신의 소설 『부활』을 말로 썼을 것이다.

이사야 벌린Isaiah Berlin은 방대하고 훌륭한 편지로 유명하지만, 그를 시기했던 역사학자 친구인 A. L. 로스A. L. Rowse는 그를 '딕터폰 교수dictaphone don'라고 불렀다. 그 이유는 그가 편지를 말로 썼기 때문이다.

에머슨Emerson을 연구한 저명한 학자 리처드슨Richardson은 다음과 같이 말한다. "그의 작품은 모두 강의에서 시작되었다. 그의 글쓰기는 처음에는 말하기였다."(Banville, 2009: 34에서 재인용)

챈들러Chandler가 쓴 바에 따르면, 재계에는 받아쓰기가 광범위하게 사용된다(이는 흥미롭게도 애덤 스미스Adam Smith로부터 시작되었다). 챈들러는 받아쓰기를 사용하는 문학 작가는 상대적으로 거의 없다고 말하면서도 예외적인 유명 작가의 명단을 언급하고 있다. 그 작가들은 밀턴, 괴테Goethe, 월터 스콧Walter Scott, 에드거 월리스Edgar Wallace, 폴 갈리코Paul Gallico, 제임스 서버James Thurber, 외젠 이오네스코

Eugene Ionesco, 그리고 유명한 영국 로맨스 작가 바버라 카틀랜드Barbara Cartland 등이다. (Chandler, 1992c. Honeycutt, 2004에서 재인용)

나는 영문학 박사학위를 어렵게 받았고 글쓰기 연구 분야에서 많은 경력을 쌓았다. 그렇기에 받아쓰기에 의해서 진지한 글쓰기가 얼마나 많이 이루어졌는지에 대하여 지금까지 내가 모르고 있었다는 사실이 놀랍기만 하다. 아마 나의 불성실한 연구 탓이겠지만, 또한 중요한 글쓰기가 얼마나 많이 **말하기**에서 시작되었는지에 대해 집단적으로 기억을 상실한 문식성 문화에서 우리 대부분이 살아왔기 때문이기도 할 것이다.

음성 인식 소프트웨어를 통한 받아쓰기. IBM에서 최초로 '딕터폰'을 출시했을 때, 그들은 "말하기는 글을 쓰는 더 좋은 방법입니다."라는 슬로건으로 광고를 하였다. (안타깝게도 내 기억에 의한 것이고 정확한 출처는 찾지 못했다.) 이제 우리에게는 음성 인식 소프트웨어가 있기 때문에 녹음 재생기와 속기사 없이도 말을 곧바로 텍스트로 변환할 수 있다. (아마 이 분야에서 최고의 프로그램이라고 할 수 있는 '드래곤 내추럴리 스피킹Dragon Naturally Speaking' 제작사의 슬로건은 못 봐줄 지경이다. "단어만 말하면, 드래곤 내추럴리 스피킹이 생산성을 향상시켜 줄 것입니다." 플로베르가 '주둥이 검토'라고 말한 걸 거치지 않은 것이 분명하다.)

음성 인식 소프트웨어의 작동은 과거보다 훨씬 더 좋아졌다. 원래는 단어를 또박또박 다소 분절적으로 말해야 했다. 그러나 내가 최근에 사용해 보니 사용자가 프로그램을 '훈련시킴'에 따라 사용자의 억양과 말하기 습관을 더욱더 잘 해독하였다. 그래서 사용자가 편안하게 빨리 말해도 되고, 사용자의 음성을 알게 될수록 결과는 놀라울 만큼 정확해진다. 약간의 단어를 틀리긴 하는데, 이는 프로그램이 사용자의 말을 잘못 들었기 때문이다. 예컨대 사용자가 '포 도어 쉐보레(four door Chevrolet)'라고 하면 '포드 오어 쉐보레(Ford or Chevrolet)'라고 인식할 수도 있다. 그러나 틀린 단어도 철자를 바로잡아 표기하고 더 긴 전문 용어도 결코 놓치는 법이 없다. 물론 사용자가 '정확한 문어체 영어'를 말하지 않는한 '정확한 문어체 영어'를 제공하지는 않는다. 이로 인해 많은 관리자들은 여전히 자신에게 비서가 필요하다고 생각한다.

(직접 적든 녹음테이프를 사용하든) 옮겨 적는 사람을 활용한 일반적인 받아쓰기는 관찰 결과나 연구 결과를 신속하게 '써 두어야' 하는 사람들이 오랫동안 사용해 온 방법이다. 의사, 치과의사, 사회복지사, 다양한 분야의 조사관 등이 여기에 해당한다. 전사한 문서들은 매우 중요한 기록이 되는 경우가 많다. 어떤 경우에는 법률적 지위를 갖기도 한다. 그 문서들은 공식적 언어를 사용할 필요가 없으며 심지어 불완전한 문장을 사용해도 무방하다. 표현이 모호하거나 부정확하지만 않으면 된다. 많은 업무 현장에서는 빠르게 말하듯이 써도 괜찮고 내용을주의 깊게 구성하거나 정확한 글쓰기의 관습을 지켜야 한다는 걱정을 할 필요도없다. 우리는 아주 작은 디지털 녹음기에 대고 말을 한 뒤 컴퓨터에 파일로 저장하고 그것을 음성 인식 소프트웨어를 통하여 텍스트로 옮길 수 있다.

글쓰기용 음성 인식 소프트웨어에 대한 신뢰도와 접근성이 점점 높아짐에따라 그것을 사용하는 경우는 더욱 많아지고 있다. 이 기술을 좀 더 중요하거나부담이 큰 글, 가령 공문, 보고서, 에세이, 심지어 책 같은 것을 쓰는 데 활용하는사람들은 마이크에 대고 정확한 문어체로 말하려고 노력하기도 한다. 그러나 이기술은 내가 오랫동안 사용해 왔고 이 책에서도 강력하게 추천하는 두세 단계의글쓰기 과정을 자연스럽게 요구한다. 바로 '정확하게' 하려고 하지 말고 말하듯이 써 보라는 것이다. 계획을 세우거나 구성을 하는 것에 대한 걱정 없이 말이다.그렇게 해서 대략적이지만 가치 있는 자료가 충분히 모이면 생각·구성·문체 등을 수정하고, 마지막에 표면적인 것들을 다듬으면 된다. (업무 현장에서의 받아쓰기에 대해서는 허니컷(Honeycutt, 2004)과 테보(Tebeaux, 1983)를 참조하기 바란다.)

성공적인 소설가 리처드 파워스Richard Powers가 2007년『뉴욕 타임스 북 리뷰New York Times Book Review』에 쓴 칼럼은 다음과 같이 시작한다. "압박을 받았던 짧은 순간 외에 나는 수년 동안 자판을 만져 보지도 않았다." 파워스는 계속해서 이렇게 말한다.

> 이 단어들, 즉 내가 출판한 소설에 들어 있는 최근 50만 개의 단어들을 산출하는 과정에서 극심한 고통에 시달린 손가락은 전혀 없었다. 대략 세어 보아도 나는 직접 타이핑하지 않은 1만 통의 이메일을 보냈다. … 나는 이 단어들을 침대 이불 속에서 무릎을 세우고 머리를 기댄 채 양장본 도서보다 약간 더 무거운 1.4kg짜리 노트북으로 정신없이 썼다. … [모든 것을 다 타이핑하는 것보다는] 인지적 몰입이라는 장벽에 부딪히는 것이 더 문제다. … 나는 전체 단락을 생각하고 그 단락들이 사라지기 전에 율동적인 원호rhythmic arc를 포착하면서 어구의 수준에서 벗어날 수 있다.

파워스는 "빈방에서 나 혼자 말하는 어색함을 극복하고, 말하기의 흐름을 신뢰하며, 나 스스로 처음부터 다시 생각해 듣는 법을 배우는 데 여러 주가 필요했다."라고 인정하고 있다.

파워스는 많은 소설을 쓴 작가로, 『행복의 유전자Generosity』, 『에코 메이커The Echo Maker』, 『우리가 노래하는 시간Time of Our Singing』 등을 썼다. 많은 상을 수상했는데, 그중에서도 전미도서비평가협회상은 네 번 수상하였다. 퓰리처상 최종 후보였으며 최근에는 미국예술·문학아카데미의 회원으로 선출되었다.

칼럼에서 그는 받아쓰기를 사용하는 다른 사람에 대해 이야기한다. 그는 워즈워스가 자신의 시 「틴턴 수도원Tintern Abbey」에 대하여 해설한 것을 인용한다. 나는 그 해설에서 '이것'이 일종의 받아쓰기를 가리키고 있다는 사실을 알지 못한 채 여러 번 읽었다. "나는 틴턴을 떠날 때 그것을 시작하였다. … 그리고 결론을 내렸다. … 4, 5일을 횡설수설한 끝에 … 브리스톨에 도착할 때까지 그것을 한 줄도 바꾸지 못하였고 어떤 부분도 적지 못하였다." 파워스는 또한 월리스 스티븐스Wallace Stevence에 대해서도 쓰고 있다. 그는 "걸어서 직장에 가는 동안 작문을 하곤 했으며, 나중에 비서에게 그 결과를 받아쓰게 했고, 그런 후에야 하트퍼드Hartford 보험사의 부사장으로서 공식 서한을 처리하였다."

에이미 버틀러 그린필드Amy Butler Greenfield는 루푸스lupus를 앓고 있는 작가인데, 글쓰기를 계속하기 위하여 음성 인식 소프트웨어를 사용하기로 한다. 그녀는 이 소프트웨어를 사용하여 뛰어나면서도 평판이 좋은 저서『퍼펙트 레드: 제국, 스파이 행위, 그리고 욕망의 색깔에 대한 탐구A Perfect Red: Empire, Espionage, and the Quest for the Color of Desire』를 저술하였다. 그녀는 문자 그대로 '화면 또는 종이에 말하듯이 쓰기'를 하였고 그 결과 재구성이 필요한 아주 비형식적인 언어와 문장과 견해로 이루어진 하나의 텍스트를 산출했다. 수정과 교정 과정에서 그녀는 목소리보다는 손가락을 활용하였다. 그녀는 이 단계에서 전략적으로 자신의 신체적 자원을 보존하기 위해 노력해야 했다. 그녀는 많은 날들을 하루 한 시간 정도만 타이핑할 수 있었다. 그러나 그녀가 나에게 말한 대로 "받아쓰기는 굵은 붓이고, 타이핑은 미세한 변화를 꾀하는 데 더 적합하다."(2006년 10월 15일 전화 인터뷰)

그녀는 가끔 '예비 초고'라고 부를 만한 것을 말하였다. 그녀는 새롭고 더 집중적인 원고를 시작해도 좋다고 스스로 확신할 때까지 자신의 생각을 구술하였는데, 말을 받아 쓰기도 하고 손이나 타자로 적기도 했다. 그녀는 또한 자기 자신에 대한 메타논평을 하는 데 받아쓰기를 사용하였다. 메타논평은 "나는 이걸 생각하고 있지만, 그러다가 저걸 궁금해 하는 중이다. 그리고 X가 얼마나 이치에 맞는 것인지 모르겠다."와 같이 말하는 것이다. 그녀는 자신의 일과 삶에서 발생하는 주제들을 마구 뒤섞으면서 자신이 일지라고 부르는 것에 매일 이야기를 한다고 나에게 말했다.

그녀는 이렇게 기술의 지원을 받는 글쓰기 과정을 통해『퍼펙트 레드』뿐만 아니라 소설도 집필하였다. 비록 독자를 위한 최종 원고를 산출하는 데 받아쓰기를 사용할 수는 없었지만, 프로그램을 사용해서 청자를 위한 최종 원고, 즉 그녀 자신이 청중에게 말하는 데 사용할 최종 원고는 산출할 수 있다는 것을 발견하였다(2006년 10월 15일 전화 인터뷰).

그린필드는 때때로 예비 원고를 구술한 후 그것을 버리는데, 이는 말하기가 가지는 또 다른 장점을 글쓰기에 가져오는 것이다. 글쓰기에서 우리의 목표는 대개 결과물, 즉 텍스트이지만, 말하기에서 우리의 목표는 단어들이 아니라 그 단어들을 말하는 과정에서 배우는 것일 때가 종종 있다.

*　*　*

나의 열정을 고려해 볼 때, 그리고 나의 작업이 때때로 어떻게 단순하게 묘사되는지를 고려해 볼 때, 내가 바라는 바가 이미 명확해진 것을 인정하면서 다시 한번 솔직히 털어놓고 싶다. 나는 말하듯이 쓰기(또는 마음속 말하기의 사용)가 좋은 글을 쓰는 데 충분하다고 주장하려는 것은 아니다. 다윈은 자신의 글에 '부주의하게 쓴 문장들'을 다소 남겨 두었는데, 그 문장들은 그가 살펴보고 그대로 놔두어도 괜찮겠다고 의식적으로 결정을 내린 것들이다. 만일 좋은 글을 원한다면, 글을 수정하고 교정하는 데 사실상 의식적인 주의를 기울여야 한다. 10장에서 초점을 맞추는 것이 바로 이러한 주의를 기울일 필요성이다.

이사벨 여왕의 궁정에 있었던 또 한 명의 성공적인 수사학자

　　이 이야기는 내가 7장의 '문식성 이야기'에서 기술하였던, '광명의' 르네상스 이전에 있었던 다문화적 로마니아 왕국의 슬픈 종말을 구체적으로 이해하는 데 도움이 된다. 나는 그 이야기에서 문법학자 네브리하에 대해 언급하였다. 그는 통용되던 일상어의 문법을 정립하고, 나중에 밝혀진 것처럼 유럽 공용어 문법서를 쓴 최초의 인물이었다. 이 언어는 바로 여왕 이사벨의 모어인 카스티야어였다. 1492년, 그는 이사벨 여왕에게 여왕이 쓰는 말인 카스티야어를 왕국의 모든 사람이 쓰도록 하지 않으면 여왕의 명성이 곧 시들 것이라고 말했다. 다양한 언어와 방언이 여왕의 거대한 영토에서 사용되고 있었기 때문이다. 사실 스페인은 1492년에 무어인과 유대인을 모두 추방하고 영토를 확장하고 있었다. 그는 여왕에게 "언어는 항상 제국의 동반자였으며 영원히 제국의 친구로 남아 있을 것입니다."라는 글을 써 보냈다(Illich, 1980: 33).

　　또 네브리하는 여왕이 신하들에게 쓰도록 한 카스티야어를 **규제해야** 한다고 주장하였다.

> 이 언어는 규제받지 않은 채 느슨하게 존재해 왔기 때문에 단 몇 세기 만에 인식할 수 없을 정도로 변했습니다. … 신하들은 제 문법서의 도움을 받아서 인위적인 카스티야어를 배워야 합니다. 어렵지는 않습니다. 왜냐하면 제가 정립한 문법은 그들이 아는 언어를 바탕으로 해서 만들어졌기 때문입니다. 그런 다음에는 라틴어가 쉬워질 것입니다. (Illich, 1980: 34, 37)

　　네브리하는 그리스어와 라틴어 문법학자였기 때문에 언어에서 '나쁜 문법'을 구별해 낼 수 있다는 확신을 가지고 있었다. 왜냐하면 그는 그리스어와 라틴어가 통일되고 변하지 않는 언어로 정착했다는 잘못된 생각을 가지고 있었기 때문이다. (네브리하의 『카스티야어 문법Gramatica Castellana』은 8월 18일 살라망카에서 인쇄되었는데, 당시는 콜럼버스가 출항한 지 15일밖에 지나지 않은 때였다. 이 책은 온라인으로 읽을 수 있다. 참고문헌의 네브리하 부분을 참조하기 바란다.)

네브리하는 이사벨이 세련된 취향을 가졌고 학식이 있는 여성임을 알고 있었다. 일리치는 다음과 같이 말한다.

> 그는 이사벨이 키케로Cicero, 세네카Seneca, 리비우스Livius의 저술을 읽는 것을 즐긴다는 사실을 알고 있었다. 또한 그녀가 물질적인 것과 정신적인 것을 그녀 스스로 '안목good taste'이라고 칭한 것으로 통합하는 감각을 소유하였다는 사실도 알고 있었다. 실제로 역사학자들은 그녀가 이 표현을 사용한 최초의 인물이라고 주장한다. (Illich, 1980: 34)

따라서 처음에 이사벨이 네브리하의 제안을 거절했던 이유는, 그녀는 수준 높은 문식성을 갖추었기 때문이었다.

> 여왕은 이 인문주의자가 성서의 언어인 히브리어, 그리스어, 라틴어에 보존되어 온 것을 카스티야어에 제공했다는 점을 칭찬하였다. 그러나 … 그녀는 그러한 작업이 어떤 실제적인 용도가 있는지 확인할 수 없었다. … 언어학에 대한 여왕의 관점에서 보면 여왕의 많은 왕국에 있는 모든 신하는 일생에 걸쳐 자신이 말하는 언어를 **스스로의 힘으로** 완벽하게 습득할 수 있도록 되어 있는 존재였다. (Illich & Sanders, 1989: 69)

우리는 네브리하가 새로운 과학기술인 인쇄술의 필요에 대한 관심에 의해 부분적으로 동기를 부여받았으리라는 가정을 해 볼 수 있다. 구텐베르크는 50년 전에 그의 첫 인쇄를 해냈다. 아마 네브리하는 언어의 표준화 없이는 인쇄술이 확산될 수 없으리라는 생각을 했을 것이다. 니컬러스 오슬러Nicholas Ostler도 지적한 바와 같이,

당시에 이루어진 인쇄술의 발전은 글쓰기에 사용되는 유일한 합법적 언어인 라틴어의 헤게모니를 강화해야 마땅했다. 그러나 밝혀진 사실은 놀랍게도 인쇄술이 심하게 라틴어의 기반을 약화시켰다는 것이다. 인쇄술은 새로운 중산층 독자 집단을 겨냥하여 다양한 토착어로 쓰인 수많은 로맨스 소설의 매개체가 되었다. 사실 네브리하를 방해한 것은 바로 인쇄술의 성공이었다.

> 뚜렷이 다른 수많은 토착어로 말하는 사람들이 독서라는 전염병의 희생자가 되었기 때문에 네브리하는 혼란스러웠다. 그 사람들은 가능한 모든 관료적 통제에서 벗어나 유포되는 책에 시간을 보내면서 여가를 낭비하였다. "폐하, [왕국의 백성들이] 거짓이 가득한 소설과 공상 이야기에 시간을 낭비하고 있사옵니다."(Illich, 1980: 35)

간단히 말해 네브리하는 인쇄술을 위험하다고 보았다. 그때까지 책을 손으로 복제할 수밖에 없었을 때에는 책이 비교적 드물고 비싸서 금지시키는 것이 쉽게 가능했다. 그러나 여러 토착어로 많은 부수의 책이 인쇄됨으로써 그것을 근절할 수가 없게 되었다.

> 1,500년 이전에[구텐베르크 이후 단지 60년이 지난 시점에] 거의 300개의 유럽 도시에 있는 1,700개 이상의 출판사가 한 권 이상의 책을 출판한 것으로 추정된다. 15세기 동안 거의 4만 종의 책이 출판되었는데, 부수로는 1,500만 부에서 2,000만 부 사이에 이른다. 이 중에 3분의 1은 유럽의 다양한 토착어로 출판되었다. 인쇄된 서적의 이러한 비율은 네브리하가 가진 관심의 원천이었다. … 인쇄술과 결합된 토착어는 민족국가를 위협하게 될 것이었다. (Illich, 1980: 36)

그의 상황은 우리가 인터넷에서 직면하고 있는 것과 매우 유사하다. 우리는 인터넷에서 벌어지는 일을 통제할 수 없다.

그러나 콜럼버스와 마찬가지로 또 한 명의 훌륭한 수사학자였던 네브리하는 여왕을 설득하는 데 성공하였다. 그 결과 학교에서 네브리하의 문법을 사용하여 아이들에게 '정확한' 카스티야어를 처음으로 가르치기 시작하였다. 그래서 모든 언어가 그리스어나 라틴어와 같아야 한다고 생각한 한 문법학자의 통찰과 여왕의 강력한 권력 덕분에 오늘날 우리는 일리치와 샌더스Sanders가 태양 아래 새로운 것이라고 주장한 어떤 것을 당연하게 받아들인다. 그것은 바로 어린이와 성인이 전문가, 즉 문법학자와 학교 교사의 도움을 받지 않는 한 자신의 토착어를 올바로 말한다는 것은 있을 수 없는 일이라는 것이다.

> 우리가 지금 현대 유럽이라고 부르는 사회의 바깥에서는 봉급을 받는 교사나 아나운서의 통제를 받는 일상어를 모든 주민에게 부과하려는 어떤 시도도 이루어진 적이 없다. 최근까지 일상어가 설계의 산물인 곳은 없었다. 일상어를 상품처럼 비용을 지불하고 배달받는 곳도 없었다. 그리고 민족국가의 기원을 다루는 모든 역사학자가 국어의 시행에 관심을 기울이는 데 비해, 경제학자는 이 가르쳐진 모어가 특별히 현대적인 일용품, 즉 앞으로 나타날 모든 '기본 욕구' 모델의 가장 초기 형태라는 사실을 일반적으로 간과한다. (Illich, 1980: 47)
>
> 이후로 사람들은 다른 사람들과 공동으로 언어를 개발하기보다는 위로부터 받아들이는 언어에 의존해야 할 것이다. 토착어를 공식적으로 가르치는 모어로 전환한 일은 아마 상품 중심 사회의 출현 과정에서 가장 중요한 사건, 그러므로 가장 연구되지 않은 사건일 것이다. … 이전에 교회의 바깥에는 구원이 없었다. 이제 교육의 장 바깥에는 읽기도 쓰기도 없고, 어쩌면 말하기도 존재하지 않는다. … 현대 국가의 시민과 국가에서 제공한 시민의 언어 모두 처음 존재하게 되는데, 둘은 모두 역사상 어느 곳에서도 선례가 없었다. (Illich, 1980: 36)

네브리하가 시행한 예외적인 사건의 결과로서, 미국 문화권에 있는 사람들은 자신들이 모어를 완벽하게 사용할 수 있다고는 거의 생각하지 않는다. '교양 있는 화자들'조차도 자기 자신의 언어라고 생각하는 것에서 '실수'를 하지 않을까 걱정한다. (이 주제에 대한 좀 더 자세한 설명은 17장을 참조하기 바란다.)

09

말하듯이 쓰기에 대한 반대 의견 고찰

놀랄 일도 아니지만, 많은 글쓰기 교사와 전문가는 글쓰기를 위해 말하기 기어를 이용한다는 생각에 동의하지 않는다. 즉 일상적인 말하기에서처럼 계획적이지도 주의를 기울이지도 않고서 즉흥적인 방식으로 단어를 써 내려가는 것에 동의하지 않는 것이다. 일찍이 윌리엄 카를로스 윌리엄스와 하야카와가 (7장에서 인용한 바 있듯이) 빠르고 쉬운 글쓰기를 촉구하였으나 그다지 많이 알려지거나 주목받지 못했다. 영향력 있는 글쓰기 교사이자 학자인 재닛 에미그Janet Emig는 다음과 같이 선언한다.

> 개념적·교육적인 측면에서 볼 때, 말하기와 글쓰기 간의 유사점을 지나치게 만들어 내는 것, 둘 사이에 엄연히 존재하는 차이를 흐리게 하는 것은 우려할 만하다. (Emig, 1977: 124)

이 장에서는 몇 가지 반대 의견을 살펴보고 그에 대한 나의 대답을 제시하고자 한다.

첫 번째 반대 의견: 말하듯이 쓰기는 부정확한 언어를 산출한다

이 말은 명백히 참이다. 심지어 대부분의 주류 혹은 특권층 백인 화자의 입에서 아주 쉽게 나오는 일상적인 말도 정확한 글쓰기에는 적합하지 않다. ('표준'이 의미하는 바에 대해 더 자세히 알려면 3부의 '도입'을 참조하기 바란다.) 다른 많은 문화처럼 미국 문화도 **이중 언어 사용**diglossia이라는 상황에 처해 있다. 즉 두 가지 언어 중 하나는 말하기에, 다른 하나는 글쓰기에 사용되는 것이다. 이중 언어 사용은 주류 화자에게는 아주 가벼운 문제처럼 보이고, 많은 사람들은 그런 것이 없는 척한다. 그러나 계층과 인종에 따라 많은 사람들은 정확한 글쓰기와는 거리가 먼 구어 형태의 영어를 사용하고 있다.

이러한 상황에 비추어 볼 때 글쓰기 교육에 대한 전통적인 접근법이 **말하기와 글쓰기를 분리하는 것**임을 알게 되더라도 놀랍지는 않다. 나는 이를 '두 기어 접근법two-gear approach'이라고 부른다. 이는 말하기를 위한 마음속 기어와 글쓰기를 위한 마음속 기어를 분리하여 사용하는 것이다. 많은 사람들이 이러한 접근법을 당연한 것으로 받아들이고 있다. 교사들은 예로부터 학생들에게 말과 글을 혼동하지 말라고 가르쳐 왔던 것이다.

누구도 전통적인 두 기어 접근법이 많은 사람들에게 영향을 미쳤다는 사실을 부정할 수는 없다. 세상에 존재하는 좋은 글 중 상당수가 두 기어 접근법에 의해 작성된 것이다. 그리고 이러한 전통적인 접근법은 분명한 호소력을 가지고 있다. 분리된 글쓰기 기어를 발전시킬 때, 우리는 늘 유혹적이었던 이상인 '**토박이 필자**', 즉 글을 자연스럽게 쓰는 필자가 되는 것에 조금씩 가까워진다.

> 말하듯이 쓰고 나서 그것이 글이 되도록 수정해야 한다니 얼마나 번거로운가. 왜 문식적 글쓰기에 사용되는 언어를 일찍부터 제대로 배워서 특별히 신경 쓰는 일 없이 그러한 언어를 사용하지 않는가? 오로지 글쓰기 기어만으로 순항하라. 여전히 초고를 수정해야 하겠지만, 언어가 아니라 내용만 수정

하면 될 것이다. 왜냐하면 그 초고는 이미 말하기가 아닌 글쓰기의 언어와 문체 또는 사용역이나 방식mode 안에 있을 것이기 때문이다. 어떤 종류의 문법, 구문, 어휘가 말하기에 적합하고 어떤 것이 글쓰기에 적합한지 숙고할 필요가 없다. 이것은 삶을 더 편안하게 할 것이고, 여러분은 글쓰기의 자동성을 익힐 것이다.

당연히 두 기어 접근법은 이미 전통적인 것이 되어서 유아 시절부터 잠복해 있다. 글쓰기의 언어로 글쓰기를 시작해야 한다는 것은 명백해 보인다.

나의 대답

두 기어 접근법이 효과적이라고 생각하는 사람들에게 그것을 버리라고 하지는 않는다. 다만 교사들이나 그 밖의 사람들이 **오로지** 두 기어 접근법만 글쓰기의 올바른 방법이라고 생각하는 것이 걱정스러울 뿐이다. 나는 모두가 손쉽게 이용할 수 있는 또 다른 방법을 원한다. 바로 자유작문이나 말하듯이 자유롭게 쓰는 것에서 출발하여 후반기의 교정 단계에 이르렀을 때 '편집된 문어체 영어 Edited Written English: EWE'를 얻는 방법이다. 이 방법의 장점은 다음과 같다.

- 사람들은 글쓰기 과제를 미루거나 두려워하는 경우가 많은데, 정확하게 써야 한다는 우려 없이 말하듯이 쓰기를 통해 글 쓰는 법을 배우면 글쓰기 과제를 **시작하는** 데 도움이 된다. 글을 많이, 즐겁게 쓰지 않으면 진정으로 잘 쓰는 법을 배울 수 없다. 또 글쓰기를 오래된 신발처럼 자연스럽게 신을 수 있는 편안한 것으로 느끼지 않으면 글쓰기를 효과적으로 할 수 없다. 엄격한 언어로 시작하는 전통적인 방법이 어떤 사람들에게는 효과적일 수도 있지만, 많은 사람들에게는 걸림돌이 된다. 그런 전통적인 방법을 사용할 경우에 사람들은 글쓰기를 낯설고 불편한 과제로, 심지어 불가능한 과제로 여기게 된다.

- 나는 교사들에게 글쓰기에 대해 말할 때 "저는 여러분이 말하고자 하는 것에 대해 완벽하게 주의를 집중하며 글을 써 본 경우가 거의 없다는 데 돈을 걸겠습니다."와 같은 도발적인 말로 교사들을 당황시키는 것을 좋아한다. 대부분의 사람들은 자신이 글을 제대로 쓰고 있는지 또는 정확하게 쓰고 있는지에 주의를 기울이느라, 정작 표현하고자 하는 의미나 생각을 유지하는 데 지속적으로 주의를 기울이지 못한다. 이는 명백한 사실이지만 사람들은 이를 잘 깨닫지 못한다. 미숙하고 불안정한 필자뿐만 아니라 대부분의 필자들은 "단어가 잘못됐군.", "명확하지가 않아.", "비문이잖아!", "사전 좀 찾아봐." 등과 같은 내면의 목소리가 항상 중간에 끼어들어 큰 소리로 말한다.
- 월터 옹Walter Ong은 우리가 나중에 배우게 되는 어떤 언어보다도 모어가 무의식과 깊이 연계되어 있다는 분명한 사실을 지적한다. 무의식은 기억, 생각, 이미지만의 풍부한 원천이 아니다. 글쓰기 또한 무의식에 스며드는 문법과 어휘에 의해 풍성해질 때 에너지와 생명력과 목소리를 얻는다.
- 학생들과 여타 사람들이 전통적인 방식에 따라 매 순간 정확성을 기하기 위해 애쓸 때, 언어는 딱딱하고 어색하며 불명확해진다. 이러한 시도로 인해 그들은 때때로 잘 알지 못하는 언어를 사용하려고 할 때와 같이 독특한 실수를 범한다. 이 때문에 많은 사람들은 언어를 안전하게 사용하려 하고, 비교적 간단한 문장을 고수하려고 한다. 교사들은 이 같은 단순화된 언어나 단조로운 언어로 작성된 학생들의 글을 보고는 때때로 말하기를 비난한다. 실제로 구문을 빈약하게 만든 것은 말하기에 대한 두려움인데 말이다. 사람들이 온전히 말하듯이 쓸 때, 언어는 훨씬 더 유연하면서 입체적으로 되고 때로는 유창해진다.
- 사람들은 정확한 글쓰기를 하는 토박이 필자가 되기를 원하고, 글을 쓸 때 문법이나 구두법 또는 올바른 언어에 대해 생각할 필요가 없게 되기를 바라지만, 전통적인 접근법으로 이러한 소망을 이룰 가능성은 거의

없다. 어떤 새로운 언어든 간에 매일같이 엄청나게 많이 사용하지 않는 한, 그 언어의 토박이 사용자가 될 수 없다. 윌리엄 버클리처럼 다작을 하는데도 종종 글을 쓰는 도중에 멈추고 정확성의 문제를 심사숙고해야 하는 필자들이 많다. 실제로 사람들은 올바른 것을 자동적으로 선별하는 데 도움이 되도록 직관을 민감하게 하면 할수록, 올바른 것이 명확하지 않아 까다로운 문제 상황을 인식하는 경우가 많다. ('It depends on who/whom they mean.'에서 who와 whom 중 어느 것을 써야 하는지와 같은 상황 말이다.) 영어 교사들과 출판사의 교정 편집자들은 다른 사람들보다 더 많이 스스로를 멈춰 세우는 경향이 있다. 표준화된 영어로 귀결되어야 하는 상황에서는 규칙에 대한 생각을 하지 않을 방법이 없다. 그렇지만 적어도 그러한 생각을 끝까지, 최소한 말하고자 하는 바를 온전히 글로 표현한 다음으로 미루는 것은 가능하다. 전통적인 방법은 학생들로 하여금 글을 쓸 때 말하기를 무시하게 함으로써 '언어의 간섭을 감소시킨다'고 알려져 있다. 그러나 집에서 사용하는 모어로 말하듯이 쓰면 글을 쓰는 동안 언어의 간섭을 완전히 제거할 수 있다.

- 사실, 배워서 무의식적인 것으로 만들어야 할 '정확한 편집 문어체 영어'의 단일 형태는 존재하지 않는다. 편집된 문어체 영어는 학습해야 할 단일한 규칙들을 가진 단일한 한 덩어리의 방언이 아니다. 교사들과 출판인들은 무엇이 '정확한가'에 대한 너무나 다양한 의견으로 악명이 높다. 구어의 '표준'은 무엇을 포함할 것인가의 문제보다는 어떤 '위반'을 배제할 것인가의 문제인 경우가 많다. 어떤 교사들과 출판인들은 비격식성, 즉 일인칭이나 이야기체 혹은 감정에 대한 진술, 심지어는 축약 표현까지도 일절 금지한다. 반면 다른 교사들과 출판인들은 글의 이러한 특징들을 피해야 한다고 말하는 것은 고루하다고 여긴다. 말하기와 글쓰기 사이의 경계선은 끊임없이 이동한다. 점점 더 많은 진지한 필자들이 수사적 효과를 위해 의식적으로 격식적인 언어와 일상 회화체의 언어 사이를 넘나들

고 있으며, 때로는 그 둘이 바싹 붙어 있기도 한다. 엄숙한『뉴욕 타임스』에 실린 데이비드 브룩스David Brooks의 경제 정책 관련 칼럼에서 이러한 예문을 찾아볼 수 있다. "그 정책이 사라진 이유는 이번 불경기가 다른 때에 비해 더 심했고 우리가 쓸 다른 물자가 바닥났기 때문이다(The doctrine has vanished because this recession is deeper than others and we've run out of other stuff to do)."

- 따라서 우리는 무심코 사용하게 되는, 단일하고 무미건조하며 한 가지 틀에 모든 것을 끼워 맞추는 '정확한 글쓰기 기어'에 스스로를 가두지 말고 정확성과 격식성 정도에 대한 판단을 많은 부분 마지막까지 미루는 것이 바람직하다. 우리는 생각을 온전히 표현하고, 독자·상황·장르에 대해 의식적으로 성찰하며, 쓰고 있는 대상에 대한 훌륭한 초고를 되돌아본 후에야, 마침내 유연하고 의식적인 선택을 하기에 적합한 위치에 도달하게 된다. 그런 다음에야 우리는 '꽤 격식을 갖추고' 편집된 '정확한 문어체' 영어의 한 극단에서 일상어의 특성이 반영된 '관용적인' 언어의 또 다른 극단까지의 스펙트럼에서 자신이 쓴 글의 위치를 어느 지점으로 정할지, 그리고 두 언어를 어느 정도로 혼합해 사용할지를 선택하게 된다.

- 마지막 단계인 교정과 수정 단계는 문법, 어휘, 기타 관습의 측면에서 말하기와 엄격한 글쓰기 사이의 미묘한 차이를 감지하고 비교하기 위한 최적의 상황을 제공한다. 이러한 비교언어학적 활동은 언어 변이형에 대한, 그리고 말하기와 글쓰기의 관계에 대한 메타의식을 더욱 섬세하게 만드는 자연스러운 방법이다.

게다가 '엄격한' 영어의 문법은, 사용하는 단어를 의식조차 하지 않으면서 습득하는 문법과 비교하거나 관련시켜 보면 훨씬 더 쉽게 학습하고 기억할 수 있다. 학생들은 교사로부터 약간의 도움을 받거나 독서 활동을 함으로써 양 체계의 문법과 통사 구조에 대한 명시적인 지식을 발전시킬 수 있을 것이다. 그리고 자신이 이미 완벽하게 습득한 구어체 영어의 풍부하고 복잡한 규칙에 비하면 정확하고 편집된 글쓰기 규칙이 단순하고 기초적이라는 것도 알 수 있을 것이다.

심화된 반대 의견: 말하기와 글쓰기는 단지 언어만이 다른 것이 아니라 사고와 정신 작용의 방식이 다른 것이다

이러한 반대 의견을 좀 더 자세히 진술하면 다음과 같다.

> 일상어로 말하는 사람이 집에서 사용하는 모어로 초고를 작성할 경우, '단순히 교정만 해서는' 초고의 언어를 편집된 문어체 영어로 바꿀 수 없다. 학교나 직장에서 요구되는 대부분의 진지한 글과 일상어 말하기 간의 차이는 통사 구조나 어휘의 사소한 문제가 아니다. 프란츠 파농Frantz Fanon이 관찰을 통해 도달한 "모든 방언, 모든 언어는 생각의 한 방식이다."라는 결론은 널리 알려져 있다. 자유작문을 하거나 말하듯이 쓰는 필자가 자신의 글을 수필가의 산문이나 학술적인 글로 만들고 싶다면, 그 필자는 일상어로 쓴 초고에 구축되어 있는 생각, 논증, 추론, 조직 등의 방법을 아예 바꿔야 할 것이다.

> 이러한 반대 의견을 뒷받침하는 또 다른 근거가 있다. 비고츠키는 다음과 같이 말한다.
>
> > 우리가 연구한 바에 따르면, 글쓰기의 발달 과정은 말하기의 발달 과정을 반복하지 않는다. 문자화된 말은 구조와 작용 방식이라는 두 측면에서 구두로 하는 말과는 다른 별도의 언어 기능이다. … 그것은 그 발달이 최소 수준으로 이루어질 경우에도 높은 수준의 추상화를 요구한다. (Vygotsky, 1962: 98)

재닛 에미그는 이 장의 시작 부분에서 인용한 글에서 다음과 같이 진술한다.

> 글을 기록된 말이라고 규정하는 것은 부정확하다. … 반면에 현대에 다양한 영역에 걸쳐 생성된 수많은 자료들을 살펴보면, 말과 글은 서로 다른 유기적 원천에서 발생하며, 서로 구분될 수 있을 정도로 매우 다른 언어 기능을 대표한다. (Emig, 1977: 124)

1부의 '도입'에서 나는 일상적 말하기와 구분되는 주의 깊은 글쓰기의 특징들을 열거한 바 있다. 그 특징에는 구조적으로 더 복잡하고 정교하다는 것, 더 완전한 아이디어 단위를 가졌다는 점에서 더 명확하다는 것, 더 탈맥락적이거나 자율적이어서 공유된 상황이나 배경 지식에 덜 의존한다는 것, 개성의 관여가 덜하다는 것, 더 많은 숙고 과정을 거쳐 구성되고 계획된다는 것, 고도로 농축된 새로운 정보에 의해 특징지어진다는 것 등이 있다(Biber, 1988: 47). 1977년에 올슨은 교사들이 별도의 글쓰기 언어를 가르쳐야 한다고 주장했는데, 그의 글은 매우 영향력이 컸다.

나의 대답

반대 의견의 전제는 타당하다. 일상어로 말하듯이 글을 쓰면 에세이, 보고서, 공식적인 문서, 진지한 설명문에서 잘못된 사고와 수사적 표현을 하게 될 것이다. (첫 번째 반대 의견의 전제 역시 타당했다.) 그러나 이 전제가 참이라 하더라도 말하기와 글쓰기의 분리를 유지하기 위해 노력해야 한다는 전통적인 결론을 강요할 수는 없다. 초고를 일상어 및 그에 따른 사고와 수사적 표현을 사용하여 작성하더라도 최종 원고에서 훌륭한 수필가의 수사적 표현이나 학술적인 사고를 드러내며 마무리할 수 있다.

자유작문의 역사를 살펴보자. 자유작문은 '잘못된 언어'를 산출할 뿐만 아니라 잘못된 사고와 수사를 유발한다. 즉 자유작문은 지나치게 개인적이고, 부주의하고, 경험에 기반하고, 산만하고, 반복적이다. 또한 장르, 독자, 수사적 상황 등의 요구에 주의를 기울이지 않는다. 그러나 오랜 세월 동안 많은 사람들은 전혀 다른 유형의 사고나 수사에 적합한 글로 나아가는 여정의 출발 단계에서 자유작문이 유용한 방법이라는 사실을 알아냈다. 사람들은 자유작문이 가진 많은 이점 때문에 초기 단계의 오류는 참아 낼 만하다는 것을 깨달았다. 자유작문 초창기에 사람들은, 자유작문의 이용자가 부주의하게 독자와 장르를 무시한 채 글을 쓰는 **버릇**을 갖게 되면, 즉 자유작문의 느긋한 산만함과 전문적 글쓰기에 요구되는 사고 유형을 혼동하기 시작하면, 글쓰기를 망칠 것이라고 말했다. 그러나 이미 살펴본 바와 같이, 자유작문의 이점을 활용하는 법을 배운다는 것은 글쓰기의 전체 과정이 아니라 수정과 교정 전의 내용 생성 단계에서 이를 활용하는 법을 배운다는 것이다.

사실 자유작문의 사소하지 않은 이점 중 하나는 대부분의 학생들이 마지못해서 어설프게 하는 표면적인 수정이 아닌 실질적인 수정을 하도록 할 가능성이 매우 높다는 점이다. 학생들이 일상적 말하기의 언어로 초고를 작성하게 되면, 그들이 쓰고 있는 글이 비평적인 글이든 학술적인 글이든 간에 그 글에 필요한 추론, 장르, 독자, 사용역 등의 문제에 분명하고 의식적인 주의를 기울이지 않을 수 없다. 나는 학생들에게 수정하기 과제를 내줄 때 다음과 같은 진술로 학생들을 깜짝 놀라게 하는 것을 좋아한다.

> 여러분이 해야 할 일은 여러분의 동료와 내가 제공한 의견을 활용해서, 여러분이 작성한 초고나 중간본을 여러분이 쓸 수 있는 최고의 글로 만드는 것입니다. 생각과 구성의 핵심 내용에 공을 들이도록 하세요. 이 글에는 어떤 종류의 추론과 분석 또는 논증이 필요할까요? 그런데 지금은 문법, 철자법, 정확성 등의 문제는 잊어버리세요. 그것들에 집중하는 것은 추후에 할 것입니다.

이렇게 말하는 것은 내가 '최종 마지막 원고final final draft'라고 부르는 것을 언제나 요구하기 때문이다. '최종 마지막 원고'에서의 과제는 오로지 문법과 교정뿐이다.

그래서 나는 우리가 이미 이 싸움에서 승리했다고 생각한다. 누구도 더 이상 자유작문에 대해 싸움을 걸지 않는다. '자유'를 무의미하고 해로운 단어라고 규정하는 학자와 이론가조차 말이다. (이에 대해서는 부록 1 '작문과 수사학 공동체에서 자유작문의 위상 변화: 위험한 글쓰기에서 대수롭지 않은 글쓰기로'를 참조하기 바란다.) 이 분야의 권위자들은 사실상 수사와 사고의 관점에서도 잘못된 글을 쓰는 것이 허용된다고 선언했다. 그리고 수많은 교사들과 학생들이 잘된 글을 향해 나아가는 과정에서 잘못된 글을 쓰는 것의 유용성을 알게 되었다. 글쓰기에 관한 글로 가장 유명하고 자주 언급되는 것 중 하나가 일류 작가 앤 라못Anne Lamott이 쓴 「형편없는 초고Shitty First Drafts」이다. 이 글은 글쓰기에 관한 그녀의 책 『버드 바이 버드Bird by Bird』(1994)의 한 장이다. 또한 나탈리 골드버그Natalie Godberg의 성공작, 『뼛속까지 내려가서 써라Writing Down the Bones』(1986)에서도 필자들에게 "지워 버리지 말라. … 철자법, 구두법, 문법을 걱정하지 말라. … 너무 심하게 통제하지 말라. … 생각하지 말라. 논리적으로 되지 말라."(Goldberg, 1986: 8)라고 말하고 있다. 브루스 밸린저Bruce Ballenger는 이러한 접근법의 또 다른 옹호자로서, 특히 학생 필자들을 위해 유용한 아이디어를 많이 제공하고 있다.

말하듯이 쓰기, 자유작문 혹은 거친 초고에 대해 반박이 불가능해 보이는 반대 의견이 당연히 있다.

나는 말하기와 글쓰기를 분리한 채 시작 단계부터 모든 것을 바르게 쓰는 전통적 방법을 사용해 좋은 글을 쓴다.

전통적인 두 기어 접근법이 정말 좋은 글쓰기로 나아가게 한다고 말하는 사람이 있다면, 그 사람은 그 방법이 만족스럽고 더 많은 힘이 된다고 생각할 것이다. 글쓰기는 설명하기 어려운 것이고, 사람들은 어떤 방법이든 제대로 작동하는 것에 충실할 수밖에 없다. 그러나 누군가 이 방법으로 성공을 거두었다고 해서,

다른 모든 사람이 똑같이 이 방법으로 글을 써야 하는 것은 아니다. 사실 학생들에게 글을 쓸 때 끊임없이 경계하라고 말하는 교사들 중 상당수가 정작 자신은 글쓰기를 잘하지 못하고, 글을 전혀 쓰지 못하는 경우가 많다.

> 퀸틸리아누스Quintillianus는 아마 자유작문을 반대한 최초의 인물일 것이다. 그러나 사실을 말하자면 그는 초고를 거칠게 작성하는 것에 반대했다. 그의 『웅변술 교육Institutes of Oratory』을 보자.
>
> > 또 다른 결점은 가능한 한 빨리 펜으로 주제에 대해 쓰려고 하는 사람들이 보이는 것으로서, 이들은 상상의 열정과 충동에 휘말려 즉흥적으로 자신의 생각을 글로 옮기고, 거친 원고라고 불리는 것을 산출한다. 그런 다음 그들은 그것을 다시 검토해 자신들이 성급하게 쏟아 낸 것을 정리한다. 그러나 문장의 단어와 리듬을 수정하더라도, 서둘러 함께 써 내려간 부분들에는 본래부터 굳건한 연결이 결여되어 있다. (Bizzel & Herzberg, 2000: 405에서 재인용)
>
> 제임스 지는 자유작문에 대한 최근의 비판자로 불리는데, 그의 비판은 함축적이다. 그는 한 언어나 방언에 수반되는 사고와 수사와 세계관의 방식을 모두 묶어서 '담화Discourse'*라고 부르는데, 담화는 우리의 뼛속에 살고 있는 것이라고 강조한다. 그는 잘못된 담화로 작성된 글이 단지 의식적인 수정 과정을 거친다고 해서 올바른 담화로 바뀔 수 없다고 말한다. 추정컨대 우리가 담화를 목표로 삼아 글을 창출하기를 원한다면, 우리의 유일한 소망은 담화 속에서 살면서 가능한 한 많이 담화를 사용하는 방법을 배우는 일일 것이다.

....

* 제임스 지는 언어와 이에 작용하는 요소들의 묶음인 담화를 대문자로 시작하는 'Discourse'로 표현하면서, 이보다 좁은 외연을 지닌 소문자로 시작하는 담화 'discourse'와 구별한다. 필자인 엘보가 여기서 제임스 지와 관련하여 언급하고 있는 '담화'는 모두 대문자로 시작하는 'Discourse'임을 밝혀 둔다.

또 다른 반대 의견: 말하듯이 쓰기는 문어에 혼란과 변화를 초래한다

문어에 비해 구어가 빨리 변한다는 것은 언어학계의 상식이다. 그리고 사람들이 자신의 입과 귀를 더 많이 사용하여 글을 쓴다면 이는 분명히 문어에 변화를 유발할 것이다. 다양한 방언이 공존하는 문식성multidialectal literacy을 일부 사람들은 '무정부 상태'라고 두려워하는데, 사실 이 책 마지막 장의 주장은 미국의 문화가 그러한 방향으로 발전해야 하고, 이 과정과 싸울 것이 아니라 오히려 그것을 촉진해야 한다는 것이다.

나의 대답: 순수함과 영속성의 추구에 대하여

나는 말하기의 영향을 많이 받을수록 문어가 더 많이 변하게 된다는 주장에 동의한다. 그러나 내가 문제 삼는 것은 그 주장의 전제이다. 언어가 변하는 것, 특히 문어가 변하는 것이 그렇게 나쁜 것인가? 언어의 순수함과 영속성에 대한 추구는 끊임없이, 강력하게 있어 왔고, 기억에 남을 만큼 표현되어 왔다. 새뮤얼 존슨Samuel Johnson은 자신이 수행한 유명한 사전 편찬과 관련하여 "이 일을 시작하며 품은 원대한 목적 중 하나는 영어를 바로잡는 것"이라고 진술했다. 이와 의견을 같이했던 조너선 스위프트Jonathan Swift는 "영어를 규명하고 그것을 바로잡아 영속케 하는" 방법이 있기를 희망했다.

그러나 존슨은 작업을 진행하면서 언어란 '고정된' 것일 수 없고 언어의 끊임없는 변화는 멈출 수 없다는 사실을 알게 되었다고 시인했다. 이 사전 편찬자는 사전이 '언어를 방부 처리할' 수 없으리라는 것을 깨달았다. 모든 계층의 사람들이 언어를 공유한다는 것은 언어가 관습과 같이 타락할 수밖에 없음을 뜻하는데, 예를 들면 언어가 상거래에 사용될 때 그러하다. 그리고 언어의 타락은 언어 사용자 모두에게로 퍼져 나갈 수밖에 없다. 사전 편찬자는 노화를 치료하거나 새로운 질병을 예방할 수 없다. 그가 바랄 수 있는 것이라고는 치료할 수 없는 것을 완화하는 것이 전부이다. 이러한 이해를 바탕으로 존슨은 "우리의 언어를 지키기 위해 투쟁하자."라고 말한다. (Kermode, 2006: 29)

언어의 변화와 타락에 대해 불평하는 여러 연령대에 걸친 사람들을 살펴보니, "그 정도를 가지고 나쁘다는 거야? 내가 가르치는 학생들이 쓴 글에 대해 한번 들어보라고!"라고 하면서 학생들의 나쁜 글에 대해 이야기를 나누는 교사들이 생각난다. 언어가 변하는 것을 막을 수 있다고 믿는 사람은 없다. 불평을 통해 위안을 얻을 뿐이다. 매쿼터는 구어가 유발하는 피해에 대해 불평하는 것을 좋아하지만, 말하기가 그의 글쓰기와 책 제목에 가져다주는 재미와 에너지에 저항하지는 못한다. 그의 책 제목은 '우리 자신의 것을 하기: 언어와 음악의 타락, 그리고 왜 우리는 돌보기를, 좋아해야, 하는가'이다.

이제 와서 "나는 언어의 순수함을 원한다."라고 말할 사람은 거의 없을 것이다. 그러나 "나는 분리 부정사*나 문장 말미의 전치사를 말할 때만큼은 순수주의자가 된다."와 같은 말을 거리낌 없이 하는 사람은 많다. 실제로 순수함의 이상은 미국 문화뿐만 아니라 많은 다른 문화에도 깊이 침투해 있다. 여기서 조지 레이코프George Lakoff와 마크 존슨이 말한 '삶의 수단으로서의 비유'라는 개념을 불러오는 것이 좋겠다. 이는 언어뿐만 아니라 사고에도 스며들어 있는 무의식적인 비유를 말한다. 예를 들어 섞이지 않은 것을 섞인 것보다 낫다고 추정할 필요가 있는가? 하지만 '섞인 것'이라는 말은 질이 나쁘거나 타락했거나 훼손된 것이라는 의미를 내포하고 있다. (강철은 혼합물이기 때문에 철보다 강하다. 양성 생식은 두 부모의 유전자를 섞는다는 점에서 단성 생식을 넘어선 큰 진보였다.) 뿌리 깊은 비유가 또 있다. 사람들은 교사든 아니든 그들이 나쁘다고 생각하는 문법에 '조악한', '너저분한', '난삽한' 등 '더럽다'는 비유를 사용하는 반면, '정확한' 문법에는 '깨끗하

....
* 영어의 to 부정사에서 to와 동사 원형 사이에 부사가 들어가 있는 것. 엄격한 영문법에서는 이를 올바르지 않은 것으로 보기도 한다.

다'는 비유를 사용할 때가 많다. 나는 "이 초고를 깨끗이 정리하고 싶다."고 말할 때가 있는데, 이로 볼 때 나 또한 이 비유에 빠져 있는 것이다. (나는 '깔끔한 산문'을 좋아한다고 말하지만, 이는 실제로 문법에 대해 말하는 것은 아니다.)

리처드 보이드Richard Boyd는 교사들과 언어 전문가들이 가지고 있는 '순수함'이라는 이상에 대해 인상적인 글들을 썼다. 그의 글 중 한 편의 제목은 그들의 언어를 일부 인용하고 있다. 그 글은 바로 「'문법적 기형'과 '경멸스러운 이단': 19세기 후반의 사용 안내서에 나타난 희생적 폭력'Grammatical Monstrosities' and 'Contemptible Miscreants': Sacrificial Violence in the Late Nineteenth-Century Usage Handbook」이다.

19세기 영국과 독일의 많은 문헌학자들은 영어에서 '북부 지방' 또는 '색슨족'의 순수함이라고 일컬어지는 것을 보존하고자 했는데, 그들이 굳건하게 지켰던 전통이 하나 있다. 그들은 앵글로색슨 계통에 어울린다고 생각되는 '강한 힘'과 에너지를 소중히 여겼고, 이러한 특성이 프랑스어 및 라틴어 계통 언어의 영향에 의해 '여성스럽고' 유약하게 변하지 않도록 분투했다. 나는 영어에 포함된 앵글로색슨 요소의 직선적인 에너지를 누구보다도 사랑하지만, 다른 한편으로 영어가 가진 좀 더 에두르는 미묘한 특성도 마찬가지로 사랑한다. 이러한 점은 역시 영어 그 자체에 깊이 내재한 혼종성에서 온 것이다. ('깨끗하지' 않은 산문 속의 풍부하면서도 좀 더 라틴어적인 복잡성에 대한 평가를 알려면 리처드 래넘Richard Lanham의 『문체Style』(1974)를 참조하기 바란다.)

현대의 순수주의자들이 컴퓨터 때문에 생긴 모든 신조어에 불만을 토로한다면, 나는 그 신조어들이 사실 영어의 앵글로색슨적 특성을 활성화한 것이라고 대답할 것이다. 어떤 독자들은 바이트의 한계 때문에 파일 이름을 모두 여덟 자 이내로 해야 했던 때를 기억할 것이다. 이로 인해 단어는 짧아졌고, '워드스타WordStar'에서처럼 활기 넘치는 단어 축약 방식이 생겨났다. 기술의 발전으로 파일 이름을 더 길게 쓸 수 있게 되었지만, 단어를 짧고 효과적이면서 혼종적인 방식으로, 즉 '테키(tech-y)'*하게 쓰려는 문화적 욕망은 강력하게 남아 있다. 사람들은 여전히 마이크로소프트 MicroSoft, 워드퍼펙트WordPerfect, 터보택스TurboTax, 유튜브YouTube, 페이스북Face-

....

* 피터 엘보는 이 표현을 통해 과학기술이 유발한 단어의 압축을 보여 주려고 한다.

book, 파워포인트PowerPoint, 페덱스FedEx, 옥스팜OxFam, 트위터Twitter 등의 이름을 사용하는 것이 멋지다고 생각하는 것 같다. 앵글로색슨족의 시에는 '바다'를 '고랫길whaleroad'로 표현하는 것과 같은 단어 사용이 가득한데, 앞에서 살펴본 단어들이 앵글로색슨족의 시와 완벽하게 조응하는 강약격 단어 축약trochee wordjam을 어떻게 만들어 내는지 주목할 필요가 있다.

변화와 혼종은 문제가 아니다

우리가 변화와 혼종에 대해 덜 걱정했다면, 정확한 글쓰기뿐만 아니라 좋은 글쓰기를 하는 문제에 대해 더 많은 에너지와 지혜를 동원할 수 있었을 것이다. 나는 '좋은 글'을 정의할 수 없고, 그것이 가능한지도 의문이다. 그러나 만약 변화가 '타락'을 의미한다면, 셰익스피어도 영어를 타락시킨 인물일 것이다.

단지 변화가 불가피하다는 것이 아니다. 사실 언어에 순수함 같은 것은 없다. 사람들이 변화로부터 지켜 내고 싶어 하는 대상도 모두 변화의 산물이다. 언어는 변화하고, 변화한 것들은 뒤섞이고 다시 변화한다. 부주의함은 아마 변화의 주된 원인일 것이다. 수많은 서로 다른 언어들이 단일한 인도-유럽어에서 출발했다. 그러면 인도-유럽어는 순수했을까? 아니면 아담과 이브의 언어가 유일하게 순수한 언어였을까? 언어는 화자가 어떤 사람과 어울려 지내는가, 화자가 어느 지역에서 살고 있는가, 그 시기가 언제인가, 화자가 누구에 의해 정복당하였는가 등에 따라 다르게 진화하고 뒤섞인다. 영어는 아마도 다른 언어들에 비해 좀 더 많은 변화를 겪었을 것이다. 초기에 앵글로색슨족의 영어와 노르만 프랑스어가 뒤섞였다는 것은 잘 알려진 사실이다. 물론 셀틱어와 바이킹어, 심지어 아랍어의 영향도 받았다. 그 후의 시대에 영어는 세계의 나머지 언어로부터 더욱 '이질적인' 차용을 했다. 이는 엄청난 규모의 어휘를 낳았다. 영어에서 일상적으로 사용하는 단어는 20만 개 정도인데, 독일어의 경우는 18만 4,000개, 프랑스어의 경우는 10만 개 정도이다.

바이킹이 다양한 시기에 방문했기 때문에 우리는 그들의 말 하나로부터 세 가지의 단어를 갖게 되었다. 그것은 바로 'channel', 'kennel', 'canal'이다. 프랑스가 1066년에 승리를 거두었기 때문에 영어에는 'pig'와 'pork', 'cow'와 'beef'가 모두 존재하게 되었다. 모든 언어는 이러한 변화와 혼종의 과정을 통해 형성된다. "어휘적 순수함을 가지고 있는 언어는 아직까지 발견된 적이 없다. 언어의 역사에서 언제나 존재한 것은 화자가 각각 다른 시기에 다른 공동체와 접촉함으로써 발생한 혼합물이다."(Crystal, 2004: 57)

어휘에서 문법으로 화제를 바꿔 보자. 이른바 표준 영어 문법이란 것은 중세 후기의 런던에서 유래했는데, 이는 어느 누구의 구어와도 조응하지 않는 인위적인 혼종 혼합물로 밝혀졌다. (이에 대해서는 6장의 '문식성 이야기'에 나오는 호프의 말을, 더 자세한 내용을 알려면 17장을 참조하기 바란다.) 순수주의자가 '깨끗하다'거나 '순수하다'거나 '정확하다'고 느끼는 문법조차 사실은 혼종적이고 불확정적인 것이다. 18세기에 영어를 '개선하기' 위한 다양한 시도에서 비롯된 마구잡이식 행태를 살펴보자. 언어 전문가들은 정화를 위해 노력한 것에 대해 이야기했지만, 실제로는 라틴어를 통해 영어를 더욱 **혼종적으로** 만들려고 한 경우가 많았다. "'dout'라고 쓰지 말고 'b'를 넣어서 'doubt'를 만들면 라틴어 'dubitas'에 더 가까워진다. 'amiral'이라고 쓰지 말고 'd'를 추가해서 'admiral'을 만들면 라틴어 'admirabilis'에 더 가까워진다." ('amiral'이 이미 우두머리나 지도자를 뜻하는 아랍어 'amir-al'을 수용하여 만든 단어였다는 것은 아무 문제가 되지 않았다. 다른 사례들을 보려면 17장을 참조하기 바란다.)

잘 알려져 있지 않지만 문법적 비순수성의 예로 흥미로운 것이 있다. 'I fall, you fall, he falls'와 같이 3인칭 현재형 단수 형태에서 동사에 붙는 's'를 살펴보자. 이 3인칭 's'는 라틴어나 독일어에서처럼 모든 동사 형태에 어미를 넣는 앵글로색슨족 영어 동사 체계의 흔적이 마지막으로 남아 있는 것이라고 일반적으로 설명한다.

흑인 화자들은 흔히 's'를 빠뜨리는 것에 대해 비난을 받지만, 때로는 본래 나아가고 있는 방향으로 영어 문법을 데려가고 있다는 찬사를 받기도 한다. ("He fall"이라고 하면 틀림없이 많은 사람들의 귀에는 '흑인'이 한 말처럼 들린다.)

밝혀진 것은 이 즐거운 '역사적' 이야기가 (좋은 문법을 위해서는 너무나 중요한) 3인칭 단수의 's'가 실제로는 이교도의 오류라는 사실을 숨기는 데 기여하고 있다는 것이다. 그 '정확한' 어미는 "She falleth"처럼 셰익스피어 작품에서 확인할 수 있는 'th' 형태이다. 's'는 고대 스칸디나비아어의 형태인데 훌륭하고 강건한 앵글로색슨족의 'th'를 무너뜨렸다. 이러한 현상이 일어나기 시작했을 때, 중세 영국의 순수주의자들은 틀림없이 "도대체 왜 요즈음 아이들은 저속한 스칸디나비아어를 말해서 우리의 순수한 영어를 타락시킬까?"라고 투덜거리며 다녔을 것이다. (아니면 혹시 순수주의자들은 바이킹들이 영국에 큰 피해를 입혔기 때문에 그것을 '테러리스트 스칸디나비아어'라고 했을까?) 이에 필적할 만큼 개탄스러운 것으로 중세의 순수주의자들이 통탄한 것은 하류 계층에서 사용되던 'ask'이다. 이에 해당하는 원래의 동사는 앵글로색슨 영어의 'acsian'이었다. 물론 우리는 이와 같은 경우를 오늘날 흑인 영어의 'axe'("I'll axe him is he coming.")에서 볼 수 있다. (두 가지 '타락'에 대해서는 크리스털(Crystal, 2004: 77)을 참조하기 바란다.)

어떤 사람들은 글쓰기가 말하기보다 순수하다고 생각한다. 사람들은 글쓰기가 규칙을 가지고 있다는 점에서 고정되고 불변하는 것이라고 생각한다. 반면 말하기는 그때그때의 유행에 따른다고 믿는다. 이러한 관념은 초기의 문헌학자들과 언어학자들로 하여금 문자로 쓴 텍스트를 언어의 진실한 모습으로 여기게 했다. 그러나 글쓰기를 말하기보다 훨씬 더 혼종적이고 임의적인 것이라고 말할 수도 있다. 인간은 수천 년 전부터 말하기를 해 왔는데, 이에 비하면 글쓰기는 언어를 가지고 하는 새롭고 독특한 것이다. 대부분의 언어는 전혀 문자로 기록된 적이 없다. 시각적인 언어를 고안하는 과정 그 자체부터가 순수함을 훼손하는 것이었다. 우리가 알고 있는 모든 문어는 구어의 시각적 표상을 위한 기본 체계에서부터 순수하지 않기 때문이다. 알파벳 글자는 소리를 나타내기 때문에 우리는 순수하게 '표음적인' 문자 체계를 가지고 있다고 자랑하고 싶어 한다. 중국인들은 한자가 말소리와는 **무관하고** 서로 다른 구어들에서 사용될 수 있기 때문에 순수하게 표의적인 문자 체계를 가지고 있다고 자랑하고 싶어 한다. 그러나 사실상 이 두 가지 주장은 참이 아니다. "모든 문자 체계는 음성적 기호와 의미적 기호가 혼합된 것이다. [한 언어의 문자 체계와 다른 언어의 문자 체계 간의] 차이는 … **비율**일 뿐이다."(Robinson, 1995: 14. 이에 대한 자세한 내용은 1장의 '문식성 이야기'를 참조하기 바란다.)

학문적 문식성에 대해 살펴보자. 각각의 학문 분야에는 서로 다른 글쓰기 관습이 있다. 그 관습은 각주나 인용 같은 미시적 수준에서부터, 증거로 간주되는 것, 논증을 구성하는 방식, 사고의 전체적 흐름을 조직하는 방식 같은 거시적 수준에까지 차이를 보인다. 분명히 그러한 차이 가운데 일부는 학문적 활동의 차이에서 유래한 것이겠지만, 많은 경우는 우연적이고 자의적이다.

이러한 혼종은 심지어 동일 분야의 분과들 내에서도 찾아볼 수 있다. 문학 분야에서 전기傳記 작가들은 헤밍웨이를 '어니스트Ernest'라고 부르지만, 대부분의 문학 비평가들은 그를 '헤밍웨이'라고 부를 수밖에 없다. 학생이 문학 과제물에서 '어니스트'라고 쓰면, 어떤 유형의 문학 과제라 하더라도 그 학생은 순진하고 서툴러서 가망이 없는 사람으로 인식될 때가 많다. (수많은 교사들은 학생들에게 "전기문을 쓸 때가 아니라면 '어니스트'라고 쓰지 마세요."라고 말하기까지 한다.) 또 다른 예도 있다. 정신분석학적 문학 비평문이나 독자의 반응을 중시하는 문학 비평문을 쓸 때에는 비평가의 주관적이고 독특한 느낌에 주의를 집중하는 것이 좋은 반면, 다른 유형의 문학 비평문을 쓸 때에는 그렇게 하는 것이 대체로 부적절하다. 비평가의 느낌이 분석을 결정하는 경우가 많더라도 그러하다.

사실 이 책 전체는 혼종성과 비순수성을 찬양하고 있다. 신체적 글쓰기가 정신적 말하기를 수행하는 과정보다 더 혼종적일 수 있는 것은 다음과 같기 때문이다.

- '실제의 말하기'는 보통 입으로 소리를 내는 것인 반면, 신체적 글쓰기는 침묵으로 말하고 텍스트를 산출하기 위해 손을 사용한다.
- '실제의 말하기'는 보통 공개적인 상황이나 대화적인 상황에서 실시간으로 존재하는 청자를 대상으로 이루어지는 반면, 말하듯이 쓰기는 개인적으로 이루어지며 누구에게도 전달되지 않는다.
- '실제의 말하기'는 보통 글을 작성하는 것이 목적이 아니지만, 말하듯이 쓰기는 글을 작성하는 것이 목적이다.
- '실제의 글쓰기'는 보통 숙고와 점검의 과정이 수반되는 반면, 말하듯이 쓰기는 숙고 없이 엉겁결에 이루어질 때가 많다.

다음은 문화인류학자 레나토 로잘도Renato Rosaldo가 혼종에 대해 짧게 고찰한 내용이다.

> 한편으로 [서로 다른] 두 종과 그 조합으로 생겨난 혼종적인 유사 종을 구별하는 생물학적 관례로 보면, 혼종은 순수한 두 영역 사이의 중간 지대를 뜻할 수 있다. … 다른 한편으로 혼종은 순수한 영역을 전혀 포함하지 않는 것으로, 모든 인간 문화에서 현재 진행 중인 상태라고 이해할 수 있다. 왜냐하면 한 문화는 다른 문화와 무엇인가를 빌려주고 빌리는 상호 교류의 과정을 끊임없이 거치기 때문이다. 혼종과 순수의 대립이 있는 것이 아니라, 언제나 혼종이 전해 내려온다. (Rosaldo, 1995: 서문)

더욱 심층적인 것: 말하듯이 쓰기에 대한 마지막 반대 의견

반대 의견이 단지 지금까지 내가 설명한 것들에만 국한된다면, 나는 글쓰기를 위한 말하기에 대한 저항이 지속되지 않을 것이라고 생각한다. 나는 이러한 저항이 미국의 문식성 문화와 다른 여러 사회의 문식성 문화에 깃든 다른 어떤 것의 일부라는 생각을 떨칠 수 없다. 바로 말하기는 모두를 위한 것이지만 문식성은 배타적인 집단을 위한 것이라는 관념이다. 문식성은 '수준 낮고' '저속한 vulgar' 것에 반대하는 뿌리 깊은 편견을 대표한다. 'vulgar'는 본래 '민중의of the people'라는 의미였다. 규제받지 않는 인간의 목소리인 말하기는 모든 사람이 소유하고 있는 것으로, '지적이고' '교양 있는' 사람들은 이를 '흔한' 것으로 여기는 경우가 많다. 모든 사람은 자신의 모어를 완벽하게 습득하고, 어린 시절부터 유창하게 말할 수 있다. 거의 모든 사람들, 심지어 숙련되고 재능 있는 필자들도 정확한 글쓰기가 편안하지 않다. 미국에서는 보편적인 문식성이라는 목표에 대해 많은 논의가 이루어지고 있지만, 나는 문식성이 여전히 사람들을 배제하는 방식으로, 다시 말해 특권·힘·계층을 강화하는 방식으로 기능하고 있다고 본다. (이에 대해서는 4부에서 더 자세히 다룰 것이다.)

모든 사람이 언어에 대해 불평하면서도 그 누구도 아무것도 하지 않는데, 가끔 예외는 있다[*]

기원전 5세기경부터 한국은 한국말을 표기하기 위해 중국 문자를 사용하기 시작했다. 당시 한국은 표기 수단이 없었던 반면 중국은 유서 깊고 발달된 문자 체계를 가지고 있었다. 많은 세월이 흐른 뒤인 서기 1446년에 세종대왕은 이런 상황에서 존재할 수밖에 없는 문식성의 어려움이라는 문제에 시달렸다.

그는 가장 뛰어난 언어 전문가들을 소집하여 한국말을 표기하기에 더 좋은 문자를 새로 만들게 하였다. 새 문자는 혼동과 모호함 없이 쉽게 배울 수 있고 쉽게 읽을 수 있는 것이어야 했다. 새 문자 체계를 반포하면서 그는 한국어가 중국어와 얼마나 많이 다른가를, 그리고 중국 문자로 인해 얼마나 많은 한국인들이 문식성을 갖지 못했는가를 강조했다. 당시 특권층의 관료들만 유창하게 읽고 쓸 줄 알았던 것이다.

세종대왕과 그의 학자들은 새 문자 체계를 선보였다. 1446년에 처음 반포되었을 때 그것은 '저속한 문자'라는 뜻인 '언문'이라고 불렸다. 그 명칭은 1912년에 '위대한 문자'라는 뜻인 '한글'로 바뀌었다.

한글 창제자들은 중국 문자의 블록 형태와 몽골 문자 또는 티베트 불교 문자의 자모문자적인 원리에서 영감을 얻었다. 그러나 한글의 낱글자 모양, 낱글자의 몇 가지 독특한 특징은 세종대왕이 직접 창안한 것이었다. 예컨대 사각형의 블록 안에 낱글자들을 음절 단위로 모은다거나, 서로 관련 있는 글자 모양을 서로 관련 있는 모음이나 자음을 나타내는 데 사용한다거나, 입술이나

....

[*] 이 '문식성 이야기'는 세종대왕의 한글 창제를 다루고 있는데, 엘보 스스로 밝히고 있는 바처럼 참고 자료가 제한적이기 때문에 오늘날 우리의 상식이나 국어학계의 연구 결과와 배치되는 내용도 있다.

혀가 자음을 발음할 때 취하는 형상을 본떠 해당 자음의 글자를 만든 것 등이
그러하다. (Diamond, 1997: 230)

다시 말해서 한글은 영어의 로마자와 마찬가지로 개별적인 소리, 즉 음소를 나
타내는 '낱글자'를 사용한다. 그러나 한글의 낱글자들은 사각형의 블록 안에 모이게
되고, 각 블록은 **음절**, 즉 실제로 의미가 있는 더 큰 소리 단위를 나타낸다.* 이러한
블록 체계는 음절 간의 경계를 확인하기 쉽게 한다. (영어의 자모 표기는 음절 간의 경
계가 모호한 경우가 많다는 사실에 주목해 보자. 그러나 영어는 독일어만큼 나쁘지는 않다.
독일어는 한 단어 안에 아주 많은 음절을 결합시키는 일이 잦기 때문이다. 예컨대 '최고속도
제한'에 해당하는 단어는 'Höchsgeschwindigkeitsbegrenzung'이다.) 재러드 다이아몬
드Jared Diamond가 언급했듯이 블록 안의 개별 '낱글자' 중 일부는 입 안 어디에서 이
특정한 소리를 어떻게 내는지 보여 주기까지 한다.

1446년의 공식적인 언어 반포문에서는 "똑똑한 사람이라면 반나절에 깨칠 수
있으며, 우매한 사람이라도 열흘이면 배울 수 있다."라고 써 있다. 제이슨 엡스타인
Jason Epstein은 세종대왕 자신이 새로운 문자를 예찬하며, "똑똑한 사람은 반나절에
깨칠 수 있으며, 바람 소리, 갓난아이의 울음소리, 개 짖는 소리까지 모두 적을 수 있
다."라고 말했다고 전한다(Epstein, 2010). 드프랜시스DeFrancis는 한글이 자모문자
와 음절문자가 지닌 최상의 장점들을 겸비하고 있다면서, 한글을 '가장 과학적인' 최
고의 문자 형태라고 부른다(DeFrancis, 1984: 17, 290). 한국인들은 당연히 이 놀라운
문자 형태를 자랑스럽게 여겨 15세기에 한글이 반포된 바로 그 날짜인 10월 9일을
국경일로 지정하였다.

이어지는 역사는 요약하여 진술할 수 있다. 처음에 한글은 명백한 이유로 보수
적인 유학자들의 반대에 부딪혔다. 그러나 한글은 뿌리를 내렸고 곧 널리 사용되었

....

* 사실 이 부분에서 음절에 대한 엘보의 정의는 언어학적 상식에 비추어 보면 문제가 있다. 음절이 반드시
의미를 지니는 것은 아니기 때문이다. 어쩌면 여기서 엘보는 자음 단독으로는 소리를 낼 수도 인식할 수
도 없다는 점에서, 즉 음절이 말소리 산출과 인식의 실질적인 기본 단위라는 점에서 '의미가 있다'라고
진술하는 것인지도 모른다.

는데, 특히 여성과 대중 소설 작가들이 많이 사용했다. 16세기에 어느 왕이 한글 사용을 금지시킨 것은 아마도 이런 이유 때문인 듯하다. 그러나 16세기 말, 한글은 다시 허용되어 많은 소설에 사용되었다. 1800년대에는 조정에서 공식적으로 발행하는 문서에 정식으로 채택되었다. 그러나 일본이 강점했던 제2차 세계대전 시기에는 한글 사용이 다시 금지되었다.

20세기 후반에 서구식 외형을 좇아 음절 단위 모아쓰기 방식을 폐지하고 한글의 낱글자들을 영어나 대부분의 서구식 표기 체계처럼 좌에서 우로 풀어쓰자고 하는 운동이 있었다. 그러나 한국인들은 음절 단위 모아쓰기 방식을 폐지하지 않았다. 다만 중국어처럼 세로로 쓰는 대신에 서구의 방식을 받아들여, 음절 단위의 블록을 좌에서 우로 썼다.

한글 사용이 확립되었음에도 불구하고 중국 문자인 한자는 아직도 한국의 신문에서 발견된다. 또한 고등학교에서는 아직도 2,000자 정도의 한자를 배운다. 반면 북한은 공문서에서의 한자 사용을 1949년에 폐지하였다.

이상에서 살펴본 바와 같이 한국은 강력한 정치적 권력을 지닌 한 인물이 특권 없는 사람들이 널리 읽고 쓸 수 있도록 문자 체계를 완전히 변화시킨 놀라운 사례를 보여 준다. 그리고 그 뒤에 이어진 저항에도 불구하고 한국은 이 문자를 유지하여 왔다. 이 문자는 소리 나는 대로 글을 쓸 수 있는 성질을 지니고 있다. 한글은 글쓰기에서 진보적 변화를 만들어 내는 것이 실제로는 그렇게까지 어렵지 않다는 것을 보여 주는 아주 좋은 예이다.

이 주제에 대해서 나는 1차 자료를 읽지 못했다. 따라서 이 짧은 설명을 작성하면서 나는 위키피디아의 '한글' 항목을 참고했는데(검색일 2010년 11월 11일), 평소보다 더 많이 위키피디아를 참고했다. 그 내용은 길고 매우 자세하기는 하지만 작성자가 한글의 열성적인 지지자이므로, 우리는 몇 가지 점을 의심할 필요가 있다. 그 설명은 인섭 테일러Insup Taylor의 「한국의 문자 체계: 음소문자? 음절문자? 표어문자?The Korean Writing System: An Alphabet? A Syllabary? A Logography?」(1980)라는 학술 문헌에 주로 의존하고 있는 것으로 보인다.

10

주의 기울이기의 필요성

쉽게 말하듯이 쓰는 것만으로는 결코 충분치 않다

여러분은 이 책이 한쪽으로 치우쳤다고 말할 수도 있다. 오직 이 한 장만이 주의를 기울이는 문제를 다루는 반면, 나머지 장들은 사실상 주의를 기울이지 않는 것, 즉 비계획적인 말하기로 할 수 있는 것과 관련되기 때문이다. 그러나 주의를 기울이는 것이 필요하다는 말은 진부한 뉴스 같은 것이어서 내 도움을 필요로 하지 않기 때문에 이 책이 한쪽으로 치우치게 된 것이다.

그러나 이와 다른 종류의 비판이 떠오르기도 한다. 누군가는 나의 주장에 대해 다음과 같이 조롱할지도 모른다.

> 당신은 급진적인 체하지만, 당신의 모든 주장은 신망 있는 오랜 전통을 재탕하는 허식에 불과하다. 아리스토텔레스와 윌리엄 해즐릿William Hazlitt은 이에 대해 말한 바 있다. 즉 전통적으로 훌륭한 글은 저절로 터득한 말처럼 보여야 한다는 것이다. 그런데 이 두 사람은 지혜롭고 정직하기 때문에, 노력하지 않은 것처럼 보이는 것을 산출하기 위해서는 주의와 노력이 필요하다고 주장한다. 그들은 이런 종류의 훌륭한 글쓰기가 거저 얻어진다는 말을 믿기만

하면 된다는 식으로 순진하게 굴지는 않는다.

유서 깊은 주의 기울이기 전통

나는 그 훌륭한 목표 자체에 대해서는 반대하지 않는다. 사실 나는 이에 대해 좀 더 자세히 설명하고자 한다. 그러나 그런 뒤에는 이러한 전통과 관련된 몇몇 사고방식에 반대되는 주장을 하고자 한다. 그래서 여기에 다음과 같이 아리스토텔레스의 말을 인용한다.

> 우리는 기교를 숨기는 한편 인위적이지 않고 자연스럽게 말한다는 인상을 주어야 한다. 자연스러움은 설득력이 있지만, 인위적인 것은 그렇지 않다. 청자들은 편견이 있으며, 마치 우리가 그들의 술에 무언가를 섞고 있기라도 한 것처럼 자신들에게 반하는 의도를 가졌다고 생각한다. (Aristotle, 1954: Ⅲ, 1404b)

리처드 그래프Richard Graff는 고전 시대의 이러한 전통을 다음과 같이 요약하고 있다.

고대를 통틀어 자연스러움 또는 명백한 자연스러움은 이상적인 웅변이 갖추어야 할 요소로 여겨졌다. 이는 "기교는 기교를 숨겨야 한다."라는 유명한 원칙에서도 확인할 수 있다. 웅변가는 이러한 자연스러움에 대한 요구를 최소한 두 가지 방식으로 실천에 옮겼다. 하나는 진짜 즉흥적인 말을 잘하는 기술을 완성하는 것이고, 다른 하나는 먼저 글을 작성한 후 이를 말로 전달하면서 전체적인 말하기가 자연스러운 것처럼 보이게 만드는 능력을 숙달하는 것이다.

18세기에 해즐릿은 그의 가장 유명한 에세이 첫 문장에서, "일상적인 대화에서 말할 때처럼 글을 쓸 것"을 요구한다.

> 친숙한 문체로 글을 쓰는 것은 쉽지 않다. 많은 사람들이 친숙한 문체를 저속
> 한 문체인 것으로 오인하고, 꾸밈없이 쓰는 것을 아무렇게나 쓰는 것이라고
> 생각한다. 그러나 친숙한 문체는 더 이상 정확할 수 없는 것이며, 말하자면 표
> 현의 순수성과 같은 것이다. 그 문체는 모든 무의미한 화려함뿐만 아니라 위
> 선적인 문장 및 느슨하고 관련 없고 엉성한 암시도 철저히 거부하는 것이다.
> 그 문체는 떠오른 첫 단어 대신 일반적으로 사용할 수 있는 가장 좋은 단어를
> 취하는 것이다. 또한 그것은 단어들을 우리가 좋아하는 조합으로 뚝딱 만들
> 어 내는 것이 아니라 참된 언어 표현을 따르고 이용하는 것이다. 진정으로 친
> 숙한 문체나 진정한 영어 문체로 글을 쓴다는 것은, 철저한 어휘 구사와 어휘
> 선택을 할 수 있는 누군가, 혹은 모든 현학적이고 웅변적인 꾸밈을 물리치고
> 쉽고 힘차고 명쾌하게 토론할 수 있는 누군가가 일상적인 대화에서 말하듯
> 이 글을 쓰는 것이다. (Hazlitt, 1999)

나는 자연스럽게 **보이는** 언어를 산출하는 일은 종종 엄청난 주의를 기울여
야 한다는 데 동의한다. 소설가와 극작가는 이를 증명한다. 앨런 베넷Alan Bennett
은 희곡을 쓸 때 주의를 기울이지 않고 구사하는 자연스러운 말들을 아주 뛰어
나게 만들어 낸다. 그의 작품 「토킹 헤즈Talking Heads」는 거장의 면모를 보여 주
는 감동적인 독백 희곡이다. 나는 옥스퍼드에서 공부할 무렵 베넷을 어느 정도
알게 된 후로 가끔 차를 같이 마셨다. 그래서 몇 년 전에 나는 말하듯이 쓰기와
자유작문에 관한 나의 논문을 그에게 보내 주었다. 그는 내게 감사의 의미로 엽
서를 보냈는데 다음과 같은 내용이 담겨 있었다. "나는 더 빠르고 쉬운 글쓰기에
대한 당신의 흥미로운 글을 기쁜 마음으로 읽었습니다. 그런 반면에 나는 한두
문장을 쓰느라 하루 종일 걸릴 것을 두려워하기도 합니다."

라디오를 듣거나 TV를 볼 때, 가끔 나는 내가 듣고 있는 글 전부에 대해 생

각하기를 좋아한다. 방송작가들은 다이앤 소여Diane Sawyer*가 말하는 데 필요한 글을 생산하는데, 그 글은 완전히 계획적이지 않고 '자연스럽게' 들려야 한다. 그것은 쉬운 일이 아니며 단숨에 만들어지는 것도 아니다. 작가가 무언가를 '빠뜨렸거나' 문장이 너무 복잡해서 더듬거릴 때, 우리는 그것이 자연스러운 말이 아니라는 사실을 알아차린다. (스탠퍼드 대학교에서 안드레아 런스퍼드Andrea Lunsford는 라디오 글쓰기 강좌를 가르친다.) 『글래머Glamour』**나 십 대들을 위한 잡지에 글을 쓰는 필자들을 살펴보자. 그들은 대개 높은 수준의 교육을 받은 사람이어서 자의식 없이 내뱉는 듯한 '십 대의 은어'를 생산하기 위해 자의식이 있는 숙련된 기술을 발휘한다. 시간표를 알아보기 위해 버스 회사에 전화를 걸면 다음과 같이 시작하는 활기찬 젊은 여성의 녹음된 목소리를 듣게 된다. "네, 알겠습니다. 최선을 다해 도와드릴게요." 어떤 사람은 그러한 말을 글로 써야 했다. 훌륭한 비평가인 루이스 메넌드는 다음과 같이 쓰고 있다.

> 수다스럽고, 저속하고, 노골적이고, 관습적으로 '말하기처럼' 여겨지는 글쓰기의 모든 자질은 대개 고된 실험, 수정, 눈금 측정, 산책 한 바퀴, 불필요한 전화 통화, 그리고 재측정의 결과이다. (Menand, 2004: 104)

그래서 나는 주의를 기울여야 한다는 주장에 반대하지 않는다. 주의를 기울일 필요가 있다는 주장은 이 장의 주제이고 전체 책의 전제이다. 그리고 나는 교사나 작가가 왜 그리도 끈질기게 주의를 기울이라고 조언하는지 이해한다. 학술 논문과 학생 과제물은 말할 것도 없고, 이메일 보관함, 인터넷, 조간신문에 주의를 기울이지 않은 글쓰기가 얼마나 많이 등장하는지 생각해 보라.

....

* 미국 ABC 방송사의 유명한 뉴스 앵커.
** 국제적인 패션 잡지.

끊임없이 경계하라는 원칙

끊임없는 경계는 자유가 치러야 할 대가일 수도 있으나, 그보다는 좋은 글쓰기가 치러야 할 대가라고 주장하고 싶다. 끊임없는 경계는 어떤 이들에게는 글을 잘 쓰도록 도와주고 힘을 실어 줄지도 모른다. 그러나 나는 모든 원칙을 독점하는, 끊임없이 경계하라는 원칙에 반대한다. 경계를 늦추지 **않는** 것이 글을 잘 쓰는 **유일한** 길이라는 생각은 너무 많은 사람들의 머릿속에 살아 있다. 그러한 독점은 상당한 해를 끼친다.

이언 매큐언 같은 사람은 끊임없이 경계할 수 있다. 그는 다음과 같이 말한다.

> 나는 손에 펜을 들지 않은 채 마음속으로 문장을 구성해 놓고, 종종 끝부분에 이르렀을 때 시작점을 잃어버리면서, 내가 쓸 것이 안전하고 완전할 때에만 글을 쓴다. 나는 그것을 의심스럽게 노려본다. 이 문장은 정말 내가 의미한 것을 말하고 있는가? 내가 보지 못했던 실수나 모호성을 담고 있지는 않은가? 나를 바보로 만들고 있지는 않은가? (Zalewski, 2009: 55에서 재인용)

그는 『속죄Atonement』(2001)를 이런 방식으로 썼고, 그 밖의 많은 훌륭하고 성공적인 소설들도 이런 방식으로 썼다.

그러나 끊임없는 경계는 이언 매큐언처럼 엄청난 기술과 고도로 발달한 의식적 감각, 엄청난 체력, 그리고 **더욱 중요한** 것은 실제로 올바른 생각과 언어를 찾아낼 수 있다고 스스로 온전히 믿는 재능을 갖추었을 때라야 비로소 작동할 수 있다는 생각이 든다. 그렇지 않다면 쓸 수 있는 내용을 쓰기도 전에 포기하는, 수많은 재능 있는 사람들의 대열에 합류하게 될 것이다. 몇몇 교사들과 작가들은 "물론입니다. 아무도 위대한 재능과 체력, 자신에 대한 믿음 없이 펜을 들어서는 안 됩니다."라고 대답할 것이다. 그러나 그 금언은 나를 비롯하여 그런 덕목 없이도 잘 쓸 수 있었던 많은 사람들을 배제해 버린다.

우리 대부분이 생산적으로 글을 쓰기 원한다면 경계를 완화할 필요가 있다. 때로는 단어들을 적는 데 어떠한 주의도 필요치 않다. 그러지 않으면 우리 모두가 실제로 이용할 수 있는 풍부한 자원이 제한되게 된다. 우리 대부분은 표현이나 아이디어가 괜찮은지 여부를 따지기 전에 일단 적는다면 글을 더 잘 쓰게 된다. 나는 학생들에게 끊임없는 경계가 자동차 운전에서는 이해된다고 말하는데, 술 취한 운전자가 사람들을 죽게 할 수도 있기 때문이다. 그러나 문장을 써 내려갈 때는 그 문장 때문에 곤경에 빠질 수 있다고 생각하는 것이 그리 도움되지 않는다. 보지도 않은 초고 때문에 누군가 여러분에게 해를 입힐 수는 없다. 글을 수정하기 전까지 그러한 종류의 경계는 보류해야 한다.

이번 장의 핵심은, 경계와 계획적이지 않은 일상어 사이에서 굳이 선택을 할 필요가 없다는 것이다. 부주의함만으로는 엉성한 글을 쓰게 될 뿐이다. 우리는 표현과 아이디어를 찾으려고 할 때조차 늘 경계를 늦추지 않지만, 경계만으로는 성공적인 글쓰기로 나아갈 수 없다. 경계만 하는 것은 많은 사람들을 그들이 싫어하는 곳으로 끌고 가거나 심지어 글쓰기를 중단하게 만든다.

여기 끊임없는 주의를 기울여 산출된 글 몇 편이 있다고 하자. 글의 필자는 말하고자 하는 바를 정확한 문법에 맞추어 명료하게 진술하였다. 사실, 이 필자는 글쓰기 문법의 권위자이며, '문어적이고 밀도 높은 절 구조'를 사용한다면 글이 더 '발달된다'고 주장한다. 그러나 이 필자가 만일 '발달되지 않은' 말하기 능력을 활용하여 훨씬 더 명료하게 표현했다면, 그 경우에도 우리가 이러한 '문어적이고도 밀도 높은 절 구조'를 사용한 글을 읽고 싶어 할까?

발달된 글쓰기일수록 각 절에 더 많은 정보를 넣으며, 정보의 밀도는 미숙한 필자가 전체 절에서 제시한 정보를 가지고 수식 요소나 종속절을 구성함으로써 높아진다는 입장을 취하는, 통사적 복잡성에 대한 이런 견해는 매우 영향력을 얻게 되었고 다른 연구자들로 하여금 통사적 복잡성을 탐구하도록 자극하였다. 하스웰은 최근, 학부생의 글쓰기에 대한 기존 연구에서 다루었던 80가지 변수들을 요인 분석법을 이용하여 재분석하는 대규모 연구를 수행하였다. 이를 통해 성숙과 발달을

> 나타내는 자질들을 군집화하였고, 길이와 밀도가 명사에 대한 후위 수식, 전치사구
> 나 전치사절, 기타 구조적 특징 등과 관련이 있음을 밝혔다(Haswell, 2000). 문어의
> 발달은 좀 더 구어적인 절 연쇄 구조에서 좀 더 문어적인 고밀도 절 구조로 이동하
> 는 것으로 나타난다고 보는 것은 성장 중인 필자들의 문어를 분석하는 연구자들에
> 게는 유용했다. (Schleppergrell, 2007: 554)

그러나 냉정한 경계는 수정과 교정 단계에서 꼭 필요하다. 그리고 수정과 교정은 늘 내용 생성보다 시간이 오래 걸리므로 그러한 경계는 많이 필요하다. 나는 계획 없이 말하듯이 쓰기를 수행할 때보다 수정할 때 훨씬 더 많은 시간을 할애한다. 그런데도 말하듯이 쓰기가 필요한 이유는, 일단 내용을 써야 하기 때문만이 아니라 그것이 내가 이 책에서 보여 주려는 모든 언어적이고 수사적인 가치로 향하는 신비로운 출입구이기 때문이다.

나의 전반적인 목표는 말하기에 관한 한 무엇이 가장 좋은지를 찾아내 이로부터 글쓰기에 가장 좋은 것을 얻어 내려는 것이다. 글쓰기의 **가장 좋은** 점 중 하나는 글쓰기가 주의를 기울이도록 하는 방법이라는 것이다. 글쓰기는 공정한 검토와 느리고 주의 깊으며 의식적인 의사 결정을 위한 시간을 제공한다. 자연스럽게 즉흥적으로 말하거나 글을 쓰기 위해 말하기 기어를 사용할 때, 우리는 대부분 주의 기울이기라는 언어적인 장점을 포기한다. 그러나 글쓰기 과정의 초기 단계에서 주의 기울이기를 포기한다고 해서, 이를 완전히 포기해야 하는 것은 아니다. 주의와 부주의는 양자택일의 문제가 아니다. 좋은 글을 쓰려면 두 과정이 **모두** 필요하다. 사실 둘 다 사용한다면 강력한 변증법적 이익을 얻을 것이다. 다시 말해서, 내일이나 다음 달에 주의 기울이기에 전념할 거라는 사실을 미리 알고 있다면, 주의 깊게 계획 세우는 일을 포기한 뒤 창의적이고 보람차게 내용을 생산하기가 더 쉬워질 것이다. 그리고 계획하지 않은 글이 우리가 선택할 풍성한 단어들과 다양한 생각들, 심지어 거칠고 잘못된 생각까지도 우리에게 제공한 상태라면, 엄격하고 **부정적인** 차원에서 주의를 기울이기가 더 쉬워질 것이다.

왜 주의를 기울여야 하는가

따라서 내가 동의하는 관점은 매우 전통적인 것이다. 좋은 것을 얻으려면, 냉정한 검토를 위한 경계와 주의 깊은 의사 결정이 불가피하다. 다시 말해, 손쉬운 자유작문, 이메일 쓰기, 블로그 글쓰기가 말끔하고 강력하며 매력적이고 수사적으로 효과적인 몇 편의 글을 만들어 낼 수 있다 하더라도, 심지어 다윈 같은 사람도 때때로 주의를 기울이기보다 불쑥 내뱉음으로써 더 좋은 문장을 만들어 낼 수 있었다 하더라도, 의식적으로 주의를 기울이지 않고서는 좋은 글을 지속적으로 쓸 수 없다. 글쓰기 초기 단계에서는 주의 기울이기를 포기하라는 2부에서의 나의 제안을 받아들인다면, 주의 기울이기는 더욱 필요하다.

사실, 주의는 부주의보다 더 중요하다. 다시 말해서, 상당히 많은 사람들이 오로지 빈틈 없이 주의를 잘 기울이기만 하고도 뛰어난 글을 쓰는 반면, 그러지 않고도 글을 잘 쓰는 사람은 거의 없다. 아마도 8장에서 버클리와 트롤럽과 울프는 주의를 기울이지 않고도 글을 잘 쓰는 것처럼 보였을 것이다. 그들은 주의 깊고 능숙한 글쓰기를 하는 타고난 필자로서 경험이 풍부하고 숙련되어 있어서 일반인들이 말할 때처럼 유창하게 글을 산출할 수 있었다. 아마 이러한 필자들은 훈련이 매우 잘되어 있어서 번개처럼 빨리 결정을 내릴 수 있었거나, 어떤 의식적인 주의를 기울일 필요도 없이 '결정이 이루어지는' '몰입' 상태에 무아지경으로 빠져드는 방법을 알았을 것이다. 그럼에도 불구하고 그들이 자신의 글이 훌륭하다는 것을 확신하고 싶었다면, 자신이 아주 빠르게 잘 써 놓은 글을 주의를 기울여 검토하는 일을 피할 수 없었을 것이다. 그리고 그러한 검토가 어떤 변화도 도출해 내지 않았다 하더라도, 그것은 전문가의 기민한 결정에 근거하여 변화를 주지 않기로 한, 냉정하고 주의 깊은 결정이었을 것이다. 6장에서 나는 마이클 다이슨을 비롯한 많은 이들이 확실히 주의를 기울이지 않은 말하기인 구두 인터뷰로부터 좋은 글을 산출했음을 지적한 바 있다. 그러나 다이슨은 좋은 구절을 선택하고 조직하며, 그 나머지를 삭제하거나 편집하기 위해 주의 깊게 숙고해야 했다.

주목해야 할 점은 주의 깊은 검토가 언어를 산출하는 과정이라기보다는 공정한 관찰과 비판적 정신활동을 통해 바깥에서 언어를 검토하는 과정이라는 것이다. 다수의 사람들에게 끊임없이 경계하라는 원칙의 문제는 결국 그 원칙이 바깥에서 언어를 산출하기를 요구한다는 것이다.

혼돈에서 응집성을 만들기 위한 주의 기울이기의 두 절차

사람들이 처음 자유작문이나 말하듯이 쓰기를 시도하면, 종종 그 결과에 경악하기도 한다. 너무나 많은 비형식적이고 부정확한 표현들에 압도당하기 때문이다. 이 아이디어·기억·이미지 등은 모두 마음에 떠오른 순서에 따라 존재하는데, 일부는 잘못되었고 일부는 부적절하다. 아이디어·주장·기억·플롯 등은 한데 얽혀 있어서 서로 떼어 낼 수 없거나 구성할 수 없는 것처럼 보인다.

이러한 상황 때문에 나는 응집성을 형성하기 위해 주의를 이용하는 두 가지 방법을 제안할 것이다. 첫째는 콜라주 방식을 활용하는 것으로, 가장 빠르고 쉬운 방법이다. 이 방법은 전적으로 명확하고 논리적으로 조직된 에세이는 이끌어 내지 못하더라도 응집성 있고 만족스러운 글을 이끌어 낸다. 이 방법은 사고나 논증을 제시하는 데 효과적인 '콜라주 에세이collage essay'를 만들어 낸다. 콜라주는 이야기, 회고록, 시, 여행기, 인터뷰에서도 이상적으로 쓰일 수 있다. (6장에서 언급한 다이슨의 인터뷰는 콜라주에 가까운 것이다. 이 장의 뒷부분에 실은 『뉴요커』의 콜라주 부고기사도 참조하기 바란다.) 둘째는 내가 뼈대 세우기 과정이라고 부르는 것으로, 더욱 의식적인 구상 과정이며 주의 깊게 좀 더 전통적으로 구성된 에세이를 쓰는 강력한 방법이다.

*　　*　　*

혼돈에서 응집성을 얻기 위한 '콜라주' 활용

화가를 비롯한 예술가들이 사용하는 원래의 '콜라주'는 캔버스에 색칠하거나 그리지 않고 색종이, 카드보드, 금속, 심지어 극장표와 같이 실제의 물체를 붙여서 만든 작품을 말한다. ('kolla'는 그리스어로 '붙이다'라는 의미이다.) **글로 된 콜라주**를 위해 필자는 하나의 연속적이고 연결된 글이 아니라 분리되고 연결되지 않은 글들을 한데 모은다. 분리된 글들 사이에 가끔 여백, 별표, 장식적인 딩뱃 dingbat 기호 등이 존재한다. (여기서 딩뱃 기호는 이 절 제목 바로 위에 있는 것과 같은 장식적인 텍스트 분리 부호를 말한다.) 그것은 좋은 글로 여겨지지 않을 수도 있지만, 완성된 콜라주는 종종 눈에 띄게 만족스러우며 수사적으로 효과적이기도 하다. 픽션을 다루는 한 심포지엄에서 도널드 바셀미Donald Barthelme*는 다음과 같이 말한 바 있다. "콜라주의 원리는 오늘날 미술의 중심 원리 중 하나이며, 내 생각에는 문학의 중심 원리 중 하나이기도 한 것 같다."(Menand, 2009: 74)

글로 된 콜라주는 비록 여러 명칭으로 불리고 있기는 하지만, 주변에서 많이 발견할 수 있다. 신문이나 잡지의 기사들은 사실상 콜라주이다. 기사는 재빠른 초점 변화를 많이 담고 있지만 문단 바꾸기를 하지 않으면 그리 눈에 띄지 않는다. 그래도 독자들은 이러한 급격한 변화를 당연한 것으로 받아들인다. 신문과 잡지의 특집 기사는 특히 콜라주 형식을 취한다. 우리 모두는 「남부 맨해튼의 초상A Portrait of Lower Manhattan」과 같은 기사, 즉 간단한 연결 문장도 없이 길거리 장면에서 옷가게, 분위기, 역사로 넘어가는, 또는 전반적인 개관에서 상세한 묘사로 넘어가는 기사를 읽어 보았을 것이다. TV 다큐멘터리에서는 거의 언제나 콜라주를 사용한다. 계속 하나의 영상에서 다음 영상으로 연결 없이 점프하고 우리는 이를 당연히 받아들인다. 콜라주 형식은 살아 있으며 잘 작동한다. 인터뷰

....

* 미국의 대표적인 포스트모던 소설가(1931~89). 대표작으로는 그림 형제의 동화를 패러디한 『백설공주』가 있다.

와 인터뷰 기반 에세이는 종종 내적 연관성이 있으면서도 다소 임의적인 콜라주 체계에 가깝다.

콜라주는 완성된 글을 생산하는 빠르고 간단한 방법일 수 있다. 다시 말해, 여러분은 자유로우면서도 주의를 기울이지 않은 글을 많이 쓴 후에 가장 좋아하는 부분을 골라 최소한의 수정과 교정을 하고 그것들을 직관적으로 흥미롭거나 유익해 보이는 순서대로 모을 수도 있다. 마크 트웨인이 "글쓰기는 쉽다. 잘못된 표현을 지우기만 하면 된다."라고 말했을 때, 그는 이 말을 농담으로 생각했겠지만 사실 그가 한 말은 콜라주를 묘사한 것이다.

글로 된 콜라주를 만드는 일은 꽤 빠르고 힘들지 않게 진행된다. 콜라주의 또 하나의 장점은, 비계획적이고 비조직적이며 자칫 실망스러울 수도 있는, 말하듯이 쓰기를 통해 좋은 재료를 찾을 수 있게 도와준다는 점이다. 콜라주는 산만한 잡동사니들을 치워 버리고 장점들을 보도록 돕는다.

사실, 콜라주 방식은 글쓰기에서 가장 어려운 작업을 **피하도록** 해 준다.

- 약한 부분 수정하기: 콜라주에서는 그것들을 버리기만 하면 된다. (약하지만 불가피한 몇몇 부분은 '속임수를 써서' 개선할 수 있다.)
- 요점을 드러내어 명료하게 진술하기: 콜라주는 여러분이 자신의 요점이나 실제로 말하고자 하는 바를 알지 못하더라도 효과를 잘 발휘할 수 있다.
- 부분들 간 전환 잘하기: 콜라주는 전환이 없어도 된다. (전환이 보이지는 않지만 실질적으로는 **존재한다.** 놀람, 반대, 병치, 음흉한 암시 등에 의해 기능하는 틈이 그것이다.)

다음은 콜라주를 만드는 구체적인 단계이다.

1. 완성본을 위해 작성한 거친 글(말하듯이 쓴 글)을 모두 읽어 보고 가장 좋

아하는 글 조각을 고른다. 어떤 것은 한두 문장 정도로 짧고, 어떤 것은 한 쪽 정도로 길 것이다. 종이에 쓴 것이라면 그것들을 가위로 자른다. 컴퓨터라면 해당 조각들을 새로운 파일에 담고 별표나 딩벳 기호로 구별한다. (원본 파일은 바꾸지 말고 꼭 유지하도록 하라. 다시 되돌아가야 할지도 모른다.)

2. 모두 한꺼번에 볼 수 있도록 앞에 펼쳐 놓는다. 컴퓨터로 작업했다면 물리적으로 재배열할 수 있도록 프린트하여 조각들로 잘라 놓는다. 그러고 나서 천천히 존중하는 마음으로, 숙고하면서 읽는다.

3. 마음에 드는 순서나 설득력이 있는 순서, 혹은 흥미로운 순서대로 배열한다.

4. 이때 몇몇 조각들이 더 필요하다는 사실을 알게 될 수도 있다. 빠진 생각이나 이미지나 이야기를 추가하고 싶어질지도 모른다. 좋다. 어쩌면 이제 중심 아이디어가 더 잘 보여서 그 점을 명확하게 말할 수도 있을 것이다. 또는 감동하여 그것에 대한 성찰을 적을 수도 있다. 또는 이미 내다 버린 안 좋은 조각을 떠올리고는 그것이 필요하다는 사실을 알게 될 수도 있다. 또는 시작하는 말이나 맺음말을 쓰는 좋은 방법을 알아낼 수도 있다. 그러나 좋은 콜라주는 '서론'이나 '결론' 없이도 가능하다는 것을 기억하기 바란다. 여러분은 자신의 글로 '뛰어드는' 한 방법으로, 그리고 마지막에 '문을 닫는' 한 방법으로 기능할 한 조각이 필요할 뿐이다.

5. 이제 완전히 수정하라. 그러나 최소한으로, 그리고 순수하게 '부정적으로' 접근하라. 효과가 없는 단어, 구절, 문장, 단락을 단지 빼기만 해도 얼마나 많은 것을 이룰 수 있는지 알기 바란다. 생략은 힘을 더하고, 첨가는 힘을 약화시킨다. 물론 명료함이나 힘을 더하기 위해 표현을 달리 할 수도 있다. 그러나 (실제로 다시 작업하고자 하는 특별한 부분이 있지 않은 한) 본격적인 재작성 없이도 얼마나 많은 것을 이룰 수 있는지 알기 바란다. 이 과정에서는 자신이 쓴 표현들을 큰 소리로 읽는 것이 가장 좋다.

6. 글 사이를 잘 연결하거나 전환하려고 노력하는 대신, 별표나 딩벳 기호

를 넣을 여백을 둔다.

7. 완결된 글을 원한다면, 콜라주를 주의를 기울여 교정하고 최상의 모습으로 보이도록 타자를 치고 양식에 맞게 편집하라.

콜라주와 에세이는 연속선상에 놓여 있다. 그러므로 휑하고 빈약하며 암시적인 콜라주에서 출발하여 명료한 에세이의 **방향으로** 나아가며 수정하는 것도 선택할 수 있는 하나의 방법이다.

콜라주는 특히 타인과 함께 글을 쓰는 것을 두려워하는 사람들에게 협동적 글쓰기의 이상적인 형태를 제공한다. 콜라주는 개별적 과제와 협동적 과제의 흥미로운 혼합을 이끌어 낸다. 각 개인은 전적으로 자신이 맡은 부분을 책임진다. 누구도 자신의 아이디어나 문체를 다른 사람에게 맞추기 위해 포기해야 할 필요가 없다. 단어나 구절에 대한 어떠한 불만스러운 주장도 전혀 할 필요가 없다. (이런 주장들은 종종 사람들로 하여금 협동적 글쓰기를 포기하게 만든다. 그러나 혼자서 쓰는 필자의 경우 원한다면 다른 사람들로부터 글에 대한 피드백을 얻을 수 있다.) 모든 사람들은 어떤 글을 사용하고 어떤 순서로 넣을지를 결정하는 과정에서 협동한다. 협동적 콜라주는 사람들의 서로 다른 비전, 관점, 생각, 심지어 문체와 글쓰기 방식 등이 날카로운 대조나 갈등을 보일 때 더욱 강력해지고 흥미로워진다. 콜라주는 독백이 아니라 대화이다. (이에 대해서는 나의 「협동적 글쓰기를 위한 콜라주 사용하기Using the Collage for Collaborative Writing」(1999)를 참조하기 바란다.)

체계적이지 않은 탐색적 글쓰기로부터 응집성 있고 잘 구성된 에세이를 만들기 위한 **뼈대 세우기** 과정의 활용

여기에서 나는 '뼈대'의 비유를 사용하여, 바닥에 어지러이 놓여 있는 뼈들을 찾는 일에서 시작해 점차적으로 강한 응집성을 지니면서 실제로 살아 있는

'뼈대'를 만들어 가는 과정을 제안하려고 한다. 그 과정은 점진적으로 혼돈에서 질서를 이끌어 내고 매우 생산적인 개요 작성법을 사용한다.

1. **부분을 찾는다.** 해당 주제에 관한 거친 글을 모두 천천히 읽는다. 순서는 상관없다. 어느 정도 적당하거나 중요하다고 느껴지는 부분들을 찾는다. 그 부분은 길 수도 짧을 수도 있으며, 때로는 단 하나의 문장일 수도 있다. 많은 경우 그 부분은 크든 작든 생각, 아이디어, 요점을 포함하고 있기 때문에 중요하다. 그러나 어떤 것은 아이디어나 이유가 아닌 **이야기나 사례**를 포함하고 있기 때문에 중요할 것이다.

2. **뼈를 만든다.** 각각의 중요한 부분에 대해 짧고 요약적인 **초기 문장**germ sentence을 만든다. 가능한 한 간결하고 압축적으로 만든다. 해당 단락이 하나 이상의 아이디어나 요점을 포함한다면(아마 단락이 길 것이다), 그것들을 모두 요약한다. 각 부분을 고를 때마다 초기 문장을 만들 수도 있고, 모든 부분을 고른 후 한꺼번에 초기 문장을 만들 수도 있다.

이 요약 문장을 쓸 때는 명료하지 않거나 거친 글에 암시만 되어 있는 요점이나 아이디어를 표현해 낼 필요가 있을지도 모른다. 중요한 단락이 하나의 생각이 아니라 예시나 사례라도 역시 요약한다. 이때 그것이 무엇에 '대한' 것인지 **말하려고** 노력하라. 예를 들어 단지 '콜라 광고'라고만 하지 말고, '콜라가 건강을 향상시킬 것임을 암시하는 광고'라고 하라.

중요한 점은 다음과 같다. 만약 거칠고 빠르게 쓴 글의 한 부분이 여러분이 쓰고 있는 주제의 어떤 면에서 중요하다고 **느껴진다면**, 그것에 힘을 쏟아 초기 문장으로 만들라. 그러면 뼈를 만들게 되는 것이다.

그 뼈를 단 하나의 표현이나 구절이 아닌 **동사가 들어 있는 문장**으로 요약하라. 그냥 '블루칼라 봉급'이라고 쓰지 말고, "일부 블루칼라 노동자들은 일부 화이트칼라 노동자보다 더 많이 벌었다."라고 쓰라. 이렇게 하는 이유는 나중에 자신의 사고가 지닌 **논리**를 알 수 있도록 돕는 재료를 만들기 위해서이다. 그저 '콜라 광고'나 '블루칼라 봉급'이라고만 쓴다면 논리를 알 수 없다. 초기 문장은 질문일 수도 있다. "어떻게 일부 블루칼라 노동자들은 일부 화이트칼라 노동자보다 더 많이 벌게 되었는가?" 함축적이면서 어려운 문제, 즉 여러분이 이해하지 못하는 것으로부터 초기 문장을 만들어 내는 것은 특히 소중하다. 단 하나의 표현이나 짧은 구절은 암시적이어서 **함축적인 개념이나 생각을 가리키기만** 할 뿐이다. 짧은 문장은 **무언가를 말해 주며**, 하나의 아이디어에서 다음 아이디어로 옮겨가는 것을 돕는 개념적인 에너지나 의미론적 에너지를 가지고 있다. 동사는 강제로 생각하게 만든다.

무엇보다도 초기 문장은 나중에 순서나 구성을 생각해 내려고 할 때 도움이 된다. 그리고 짧은 것이 좋다. 그러므로 격식을 갖추지 않은 언어가 좋고, 심지어 격식을 갖춘 언어보다 더 좋다. 나는 이 아이디어들을 가능한 한 **뚜렷하게** 만들기 위해서 그것들을 **불쑥 내뱉는** 말로 바꾸고자 한다. 요점이 동사가 있는 **짧은 핵심 문장**으로 나아가기 위해서는 정신적 에너지가 필요한데, 그 에너지는 아이디어들을 더욱 강하고 명료하게 만든다. 비록 어떤 '요점'은 사례나 예시에 불과하지만, "그는 단조로운 톤으로 말하였지만 그의 표현에는 힘이 있었다."와 같이 문장으로 쓰는 것은 여전히 도움이 된다. 만약에 (자유작문이나 말하듯이 쓰기에서 종종 일어나듯이) 똑같은 아이디어나 사례가 다시 떠오르게 되면, 더 좋고 더 뚜렷한 초기 문장이 마음에 떠오를 때를 제외하고는 다른 문장을 쓸 필요가 없다.

이러한 과정은 짧은 문장으로 구성된 긴 목록을 만들 것이다. 그 짧은 문장들은 임의의 순서대로 놓일 것이다. 좋다. 순서나 구성은 아직 걱정하지 않아도 된다. 심지어 아직 요점을 알 필요도, 여러 아이디어 중에서 어떤 것을 유지할지 탈락시킬지 결정할 필요도 없다. (색인카드에 아이디어들을 적는다면, 서로 다른 순서로 정렬하는 일은 쉬워질 것이다. 그러나 나는 대개 아이디어들을 그냥 종이에 적는데, 한꺼번에 훑어보기에 더 용이하기 때문이다.)

3. **중심 아이디어를 생각한다.** 이제 찾은 순서대로 정리된 긴 핵심 문장 목록, 즉 **뼈** 목록을 훑어보라. 우선 중요하거나 핵심적이라고 생각되는 것들을 표시하

거나 밑줄만 긋는다. 아직 중심 아이디어를 모른다면 이 방법이 도움이 될 것이다. 그리고 자신이 중심 아이디어를 안다고 여겼을지라도, 중요하다고 느끼는 부분들을 표시해 보는 것만으로도 마음을 바꿀지도 모른다.

표시한 것들을 훑어보면서 중심 아이디어를 생각해 보라. 아마도 이 시점에서는 명료해질 것이다. 그러나 여전히 중심 아이디어를 생각해 내지 못할 수도 있다. 나에겐 이런 경우가 많다. 전에 생각했던 아이디어를 통해 탐색적 글쓰기와 사고를 했지만, 이제는 이 아이디어들이 여러분이 기존에 생각해 보지 않았던 아이디어들로 여러분을 이끌고 있는 것이다. 그러나 아직 그게 뭔지는 모르겠다. 아마 느껴지지만 부재하는 중심 아이디어가 여러분을 부드럽게 잡아당기고 간지럼을 태우고 몰아붙이며 여러분의 탐색적 글쓰기 어딘가에 존재하고 있었을 것이다. 이 모든 흥미로운 재료를 결합할 수 있는 아이디어지만, 아직은 여기에 없다. 좋은 신호다. 새로운 사고를 향해 가고 있다는 뜻이다.

그러나 이제 여러분은 중심 아이디어를 생각해 내야 한다. 아마도 여러분은 이제 이 함축적인 중심 아이디어를 투박하고 짧은 초기 문장으로 적어 낼 수 있을 것이다. 그러나 아직도 여전히 어려울 수 있다. 여러분은 중심 아이디어를 느낄 수 있을 것이다. 그것이 속해 있는 공간의 모양을 감지할 수 있을 것이다. 그러나 아직 그것에 대해 말할 수가 없다. 이런 경우 느낌에서 나온 더 많은 것들을 자유롭게 씀으로써 중심 아이디어에 이르는 길을 낼 수 있다. 아니면 다른 사람과 대화를 나눌 수도 있다. 결국 중심 아이디어를 가질 때라야 다음 단계로 넘어갈 수 있다.

그런데 만약 탐색적 글쓰기 전에 개요를 작성했다면, 지금 생각해 내려고 하는 이 흥미로운 새 아이디어를 결코 떠올리지 못했을 것이라는 점에 주목하기 바란다. 우리는 개요를 작성하는 것으로 글쓰기 프로젝트를 시작하라는 조언을 받기도 하지만, 나에게는 효과가 거의 없었다. 나는 탐색적 글쓰기를 많이 해 놓은 이후에라야 유용한 개요를 만들 수 있다. 그리고 그런 다음에도 단 하나의 표현이나 구절에서가 아닌 초기 문장들로부터 개요를 만들어야만 그 개요가 나에게 유용하게 된다.

4. 순서를 잡아 **뼈대를** 세운다. 이제 요점을 담은 문장(물론 쓰면서 나중에 주요점을 바꿀 수 있으며 그 역시 좋은 신호이다)을 마련하였으므로, 뼈들, 즉 아이디어·추론·사례·이야기 등에 적합한 순서를 정할 수 있게 되었다.

자신의 중심 아이디어와 가장 중요해 보이는 초기 문장들을 그냥 바라보는 것에서 시작하라. 요점을 **문장의** 형태로 써 놓았기 때문에, 그러한 문장이 말이 되거나 좋은 이야기가 되도록 연결할 방법을 생각해 내기가 훨씬 쉬울 것이다. 더 많은 아이디어, 즉 더 많은 초기 문장이 이 과정에서 떠오를 수도 있다.

이것을 개요라고 부를 수도 있지만, 나는 이것을 **이야기 개요**라고 부르는 것이 더 유용하다고 본다. 이것은 일종의 **생각 이야기**, 즉 응집되고 합리적으로 여겨지는 이야기를 담은 문장들로 구성되어 있다. 이것은 단순히 **주제**나 **영역**을 가리키는 단어나 구절이 아닌, **사고** 개요이다. '이야기 개요'라는 발상은 내 아이디어에 '올바른' 순서가 존재하지 않음을 일깨운다. 나는 완벽한 기하학 작품을 쓰려고 하는 것이 아니다. 나는 좋은 이야기가 그렇듯 각 요점이 자연스럽게 이전의 요점을 **뒤따르며**, 전체 순서가 목적을 띠고 형체를 갖춘 좋은 문장 순서를 만들려고 하는 것이다.

대부분의 훌륭한 에세이들은 획일적 논리의 조각들이라기보다는 생각 이야기에 더 가깝다. 이야기를 잘하는 방법은 많다. 좋은 이야기는 사건의 처음이나 중간이나 끝에서 출발할 수 있다. 생각 이야기와 좋은 에세이도 마찬가지이다. 도입부에서 시작할 수도 있지만, 중간 혹은 어떤 임의의 흥미로운 이야기에서 출발해도 된다. 심지어 결말부에서 출발하여 어떻게 그곳에 이르게 되었는지를 이야기할 수도 있다.

훌륭한 생각 이야기를 위해 문장들을 정리하면서 어떤 틈을 발견할 수도 있다. 즉 모든 것을 응집성 있게 서로 연결하려고 할 때 빠진 아이디어나 요점을 발견할 수 있는 것이다. 그렇다면 이제 그 빠진 문장을 써야 한다. 추가적인 사례와 예시의 필요성을 인식하지 못하다가 실제로 응집성 있는 원고를 쓰기 시작하고 나서야 그 필요성을 깨닫는 것은 흔한 일이다.

5. 응집성 있는 원고를 만든다. 문장 대신 단어나 구절로 틀에 박힌 개요를 만들었을 때, 나는 그것을 가지고 원고를 쓰느라 늘 힘든 시간을 보내곤 했다. 왜 인지 모르겠지만 '요점들'이 글 속으로 '들어가려' 하지 않았다. 나는 실제의 문장으로 구성된 이야기 개요가 훨씬 더 낫다는 것을 발견하였다. 몇몇 초기 문장들은 절의 소제목이나 부제로 기능할 수도 있다.

수정이나 피드백을 위한 뼈대 세우기 과정의 활용. 나는 뼈대 세우기 과정을 원고를 쓰기 위한 초기 과정으로 묘사해 왔다. 그러나 이 과정은 이미 작업이 꽤 진척되었거나 심지어 완성된 원고—하지만 효과가 없는 원고—를 수정하는 글쓰기의 후반기 과정에도 유용하다. 어쩌면 여러분이 독자에게 그 원고를 이미 제공해 독자가 실망했거나, 독자들이 서로 충돌하거나 거의 신뢰하지 못할 온갖 종류의 제언을 했을지도 모르겠다. 만약 뼈대 세우기 과정을 이러한 방식으로 활용한다면, 그것은 원고 혹은 이미 완성된 작품을 수정하는 방법이 될 수 있다.

* * *

콜라주 형식과 뼈대 세우기 과정은 주의 기울이기를 이용하는 효과적인 방법으로, 말이 아닌 의식적이고 인지적이며 비판적인 검토를 활용한다. 이 방법들은 뒤로 물러나서 우리가 말하려고 하는 것 혹은 말해야 하는 것을 발견하게 하고, 그것이 어떠한 순서로 진행되어야 하는지를 생각해 내게 하며, 효과가 없거나 어울리지 않는 것을 바꾸거나 삭제하게 한다. 이 방법은 우리를 자신이 만든 언어와 사고 안에 갇히지 않도록, 바깥에서 비판적 거리를 유지하면서 언어에 이르도록 돕는다.

주의와 계획을 글쓰기 '과정'에 적용하기

나는 이 장이 전체 책의 개념적 중간 지점이라고 생각한다. 경계하고 냉정을 유지하며 날카로운 눈으로 주의를 기울이는 일 없이 좋은 글쓰기를 지속할 수 있는 사람은 없다. 그럼에도 불구하고 내가 전달하고자 하는 바는 특히 글쓰기 프로젝트의 초기 단계에서 주의를 거두는 방법을 모른 채 글을 잘 쓸 수는 없다는 것이다. 나중에 경계하고 주의를 기울일 대상이 될 풍부하고 충분한 재료를 찾기 원한다면, 우리 대부분은 종이 위에서 계획되지 않고, 느슨하며, 잘못된 것 같은 표현이나 아이디어를 반길 필요가 있다. 그러나 그렇다고 주의를 포기할 수도 없다.

실질적인 문제는 다음과 같다. 우리는 어떻게 계획하면서 계획하지 않을 수 있는가? 어떻게 주의 깊으면서 주의를 기울이지 않을 수 있는가? 양쪽의 장점을 어떻게 이용할 수 있는가? 이것은 머리를 쓰다듬으면서 동시에 배를 문지르는 정도의 어려움이다. 이러한 행위들은 서로를 완전히 배제하지 않는다. 그러나 주의와 부주의처럼 서로를 완전히 배제하는 행위일 경우, **시간**이 문제를 해결해 준다. 우리는 글쓰기 과정의 서로 다른 순간이나 단계에서 주의를 기울이지 않거나 기울일 수 있다.

주의를 기울이지 않는 것을 싫어하는 사람 중 다수가 사실은 글쓰기 과정에 대해서는 그다지 주의를 기울이지 않는다. 그들 중 일부는 심지어 '과정'에 대한 관심을 하찮게 여긴다. (이는 마치 훈육과 관련된 주제를 연구하는 교수가 '교수법'에 대한 관심을 하찮게 여기는 것과도 같다.) 그들은 그저 항상 하던 대로 글을 쓴다. 물론 '주의 깊게' 쓴다고는 할 것이다. 하지만 그들은 글을 쓸 때 진정한 비판적 의식의 입장에서 두루 생각해 보지 않는다. 이번 장의 마지막 부분인 이 절에서는 글쓰기 **과정**에 의식적으로 더 많은 주의를 기울여야 한다고 주장할 것이다. 그 과정이야말로 사려 깊은 숙고가 특별히 잘 어울리는 영역이다.

의식적이고 개념적인 사고를 통해 나는 주의를 기울이지 않는 것과 주의를 기울이는 것 사이에 유익한 상호작용이 일어날 수 있는 글쓰기 과정을 알게 되었다. 이것은 이 책 전반에 걸쳐 함축하고 있는 과정이기도 하다.

1. **생성하기**. 이 단계는 지면과 초고에서 탐색하면서, 마음과 입에 가장 쉽고 편안하게 떠오르는 언어로 무엇이든 말하듯이 쓰거나 자유작문을 하는 단계이다. 어떻게 해서든 가능한 한 많은 자료를 만들어 내는 것이 목적이다.

2. **내용 수정하기**. 이 단계는 주제를 파고들어 열심히 생각하는 과정으로 종종 천천히 진행되고 어려운 과정이다. 이 단계에서는 천천히 숙고하는 일이 많을 법하다. 나는 맨 처음보다는 이 시점에서 이야기 개요가 도움이 된다고 생각한다. 내용 수정하기 단계에서는 내용 조직 문제는 물론이고 장르의 문제까지 다룬다. 장르와 관련하여 우리는 장르를 잘 알고 있다고 여기는 사람들의 기대에 대해 생각해 볼 필요가 있다. 예를 들어 한 편의 에세이는 논증에 가까운가, 분석에 가까운가? 과학적 혹은 사회학적 과정에 대한 글은 실험 보고서인가, 아니면 연구 절차에 대한 분석적이거나 논증적인 에세이인가? 회고록이나 개인적 글쓰기는 특정 전통에 맞추려 하는가, 아니면 고유의 방식을 취하려 하는가? 나아가 사실이나 개연성을 추구하는가, 아니면 순수한 주관적 견해를 추구하는가?

서사의 화자로서 여러분은 얼마나 명시적으로 드러나기를 원하는가? 내가 이 책에서 내용 수정하기를 거의 다루지 않은 것은 내용 수정하기에서 말하기가 기여하는 바가 특별히 없기 때문이었다. 그러나 이야기 개요에 관한 한 완전히 예외이다. 이야기 개요는 정태적인 단어나 구절에서보다는 구어체 문장에서 만들어진다. 관습적 개요가 공간 차원을 내포하는 반면, **이야기 개요**라는 개념은 독자가 시간 차원에서 작동한다는 점을 인정한다. (이에 대해 더 자세히 알려면 15장을 참조하기 바란다.)

3. **후반기 수정**. 이 단계는 명료성과 문체를 위한 것이다. 나는 3부(그중에서 11장부터 14장까지)에서 이 단계에 초점을 맞출 것이다.

4. **표면적인 특성에 대한 최종 교정**. 표면적인 특성은 보통 관습의 문제이다.

그러므로 해당 글이 '정확한' 편집 문어체 영어로 귀결되어야 한다면, 필요한 만큼 수정을 해야 한다. 언어 사용역이나 어조 면에서는 얼마나 격식을 갖추어야 하는가, 또는 갖추지 않아도 되는가? 그러나 편집된 문어체 영어가 요구되는 상황이 아니라 하더라도, 이 최종 교정 단계는 오타나 일관되지 않은 철자법처럼 간과하기 쉬운 것들을 잡아내기 위해 여전히 필요하다. (그러나 다음 3부의 '도입'에 등장하는 요점에 주의를 기울이기 바란다. 즉 '정확한 글쓰기'는 규정집에 나와 있는 모든 것을 알 것을 요구하지 않는다. 단지 주류 독자의 머릿속에 '실수 경보'를 울리게 하는, 몇몇 금지 사항만 알면 된다.)

위의 과정은 출판할 에세이와 이 책을 집필하는 데 사용하려고 배운 것이다. 물론 일기나 일지 쓰기, 이메일 쓰기, 탐색적 글쓰기 등 다른 종류의 글쓰기를 하고자 한다면 첫 단계만 사용할 수도 있다. 그리고 편지나 급한 업무 연락, 약간 더 중요한 이메일 등 격식을 갖추지 않아도 크게 문제가 되지 않는 글을 쓰고자 한다면 3단계나 4단계는 생략할 수도 있다.

내가 순차적인 네 단계를 열거한 것이 너무 단순하게 들리거나 엄격하게 들리지 않기를 바란다. 글쓰기가 잘 진행된다면 아마 이러한 순서를 따를 필요는 없을 것이다. 즉 편안하게 자유작문을 하거나 쉽게 말하듯이 쓰는 도중에 멈추어서 수정이나 교정을 하거나, 철자를 고치거나, 문장이나 단락을 통째로 다시 써서 더 명료하고 논리적으로 고치거나, 시간을 들여 애매하거나 잘못된 사고를 바로잡더라도, 그게 특별히 정신을 흩뜨리지 않는다면 괜찮다. 그게 여러분에게 맞는 방법이다.

그러나 만약 글쓰기가 만족스럽지 않다면, 너무 많은 걱정과 불안, 심지어 고통에 빠져 있다면, 여러분에게 필요한 것은 진정한 엄격함일 수도 있다. 표현이나 생각을 생성할 때 여러분은 철자를 고치거나, 구절을 개선하거나, 생각을 명료하게 하는 일을 강제로 **멈춰야** 할지도 모른다. 나는 글쓰기가 완벽하게 진행되지 않을 경우, 아이디어를 생성하거나 초고를 쓸 때 명백히 추하거나 멍청해 보이는 문장을 다시 쓰려는 나 자신을 머리에 총이라도 들이댈 기세로 제지해야만 할 때가 종종 있다. 그렇게 하지 않으면 나는 모든 동력을 잃고 서서히 멈춰버리고 만다. 대부분의 작가들을 침체시키는 것, 실망시키고 좌절시키고 때로는 완전히 늪에 빠뜨리고 마는 것은, 지금 당장은 잊어도 되는 문제 때문에 끊임없이 산만해지고 글쓰기에서 이탈하게 되는 과정이다. 그러니 계속 전진하라.

이언 매큐언의 경우를 제외하고, 가장 해로운 것은 다음 문장으로 넘어가기 전에 모든 문장을 완벽히 쓰려고 하는 것이다. 다음의 사실을 직시하라. 이 문장이 어떻게 보이는지는 나중에서야 알 수 있다. 그 문장을 나중에 삭제해야 할지도 모르는데 왜 그것을 지금 개선하려고 고군분투하는가. 설상가상으로 나중에 그것을 정말 삭제해야 한다는 사실을 발견하고도 그 문장에 너무 많은 노력을 기울여서 자식처럼 사랑하게 된 나머지 그러한 희생을 감내하기 어려워질 수도 있다.

글을 쓰면서 아이디어, 기억, 이야기의 전환점 등이 떠올랐지만 갑자기 그것이 그리 적절하지 않다는 의심이 들어 다른 아이디어를 채택하게 되는 일이 종종 발생한다. 우리는 어떤 것이 적절한지 파악하기 어렵다. 확신이 없다면, 그 문제에 대해 숙고하려고 멈추지는 말라고 말하고 싶다. 그보다는 둘 다 그대로 놔두는 편이 좋다. 쓰고 있는 것을 계속 써 나가라. 그러다 보면 심지어 제3의 버전이 나올 수도 있다. 이러한 생성 단계에서 여러분은 첫째, 둘째, 셋째 아이디어 중 어느 것이 더 나은지 알기에 좋은 위치에 있지 않다. 모든 주의 깊은 사고와 구성 문제를 바로잡는 수정 단계까지 기다리라. 그리고 모든 문체·표현·어조 문제는 후반기 수정 단계까지 기다리라. 그리고 문법과 철자 문제는 교정 단계까지 기다리라. 나는 이러한 선형적 단계 안에 잘 머무르기 위해 의식적으로 노력하며 다른 사람에게도 똑같이 하라고 조언한다. 나는 때때로 컴퓨터의 자동 철자 교정 기능을 꺼 놓고 마지막 단계에서만 사용한다.

그러나 이러한 선형적 엄격성은 오직 하나의 방향으로만 요구된다는 점에 유의해야 한다. 다시 말해, 주된 문제는 글을 생성할 때 수정과 교정 단계로, 즉 전진 방향으로 건너뛸 때 나타난다는 것이다. 수정 단계에서 생성 단계로 되돌아가는 것처럼 후진 방향으로 건너뛰는 일은 어느 지점에서나 유용하다. 즉 글쓰기의 후반기 단계에서, 심지어 완성되었다고 여겨질 때조차도 생각·구성·문체 문제를 스스로 인식하는 것은 유용하다. 이런 순간에서는 말하듯이 쓰기를 수행하거나 느리고 정교하게 생각을 가다듬음으로써 글을 새로이 생성하거나 구성하는 혼란 속으로 기꺼이 되돌아가야 한다. 한 쪽 정도의 탐색적 글쓰기를 하다 보면 자신이 '지운' 단락의 논리가 간단명료해지는 것을 가끔 볼 수 있다. 모든 필자들이 더 이상 남은 시간이 없다는 사실을 알았을 때 안도의 한숨을 내쉬게 되는 이유는 바로 이 때문이다. 마감 없이는 어떤 것도 끝내기 어렵다.

한번은 한 유명 저널에서 내가 투고한 논문을 거절했는데, 그 이유는 '아주 단순하게 선형적이며' 지나치게 한 번에 한 단계를 밟아 가는 글쓰기 과정을 선호하는 것 같다는 것이었다. 더 '회귀적인' 글쓰기 과정을 이용하는 능숙하고 전문적인 필자에 대한 모든 연구를 나는 들어 본 적도 없었던가?

나는 이러한 전반적인 글쓰기 과정이 지나치게 '요리책'처럼 보일 수도 있다는 점을 인정한다. 특히 뼈대 세우기 과정은, 마감 압박이 있거나 도저히 생각이 안 난다고 느껴져서 마음이 닫혀 있을 때 뭐라도 쓰게 만드는 방법으로 내 책 『교사 없는 글쓰기』에서 제안하였던 것을 약간 바꾼 것이다. 나는 그것을 "필사적인 글쓰기"(Elbow, 1973: 60 이하)라고 불렀다. 어떤 사람들은 과정에 대한 이런 종류의 신중한 주의 기울이기를 필요로 하지 않는다. 때로는 나도 그러하다. 그러나 학자들과 심리학자들은, 어느 정도 괜찮은 글쓰기는 말할 것도 없고 평범한 글쓰기에서도 얼마나 많은 다양한 정신적 과정이 지속될 필요가 있는지에 대해 종종 언급해 왔다. 그러므로 글쓰기에서는 한 번에 모든 에너지를 폭발시키는 것이 어려운 것처럼 진행하라는 것은 허구이지만 유용할 수도 있다.

게다가 학자들은 글쓰기 과정에서의 '선형적 단계'에 대한 모든 언급을 비웃고 '능숙한 전문가들' 사이에서 회귀성의 깃발을 흔들어 대면서 나의 견해를 잘못된 경험주의라고 호도한다. '능숙한 전문가들'은 글쓰기 과정에서 언제나 가장 훌륭한 모델인가? 많은 사람들이 불필요한 고통과 글쓰기 지연을 경험하고 있고, 상당수는 꽤 슬프고 투박한 기사나 에세이를 쓴다(나는 잡지 『세븐틴』의 필자들에 대한 연구를 기억한다). 우리 모두가 이언 매큐언처럼 글을 쓰기 위해 노력해야 할까? 만약 내가 '능숙한 필자들의 글쓰기'에 대해 연구했다면, 좋은 글을 성공적으로 쓰는 데 좀 더 핵심적일 것으로 생각되는 요소를 탐구했을 것이다. 피와 땀을 흘려 노력한 결과물을 모두 던져 버릴 수 있는 용기 말이다.

예전에 줄리어드 현악 사중주단의 제1바이올린 주자 로버트 만Robert Mann은 뛰어난 연주자였지만, 그가 어떻게든 구사해 보였던, 보기에도 비효율적인 신체적 기술을 모방하는 것은 어떤 학생에게는 고역이었을 것이다. 손드라 펄Sondra Perl은 회귀성이 어떻게 글쓰기 초보자들에게 큰 문제가 되는지를 보여 주는 기초 연구를 수행하였다. 글쓰기 초보자들은 매번 한두 문장을 쓴 다음 멈추어서 자신이 이제껏 쓴 것을 다시 읽고는 그것이 틀리지 않았는지 걱정하는 경향이 있다는 것이다.

『뉴요커』(1982년 7월 5일 자)의 콜라주 사례

로버트 빙엄Robert Bingham(1925∼82)

그는 키가 크고 재치 있는 유머를 구사하는 사람이었는데, 그의 즉흥적인 대답은 사람들의 기억에 오래 남아서 널리 분석 대상이 되었다. 몹시 빛나면서도 흔들림 없는 그의 눈은 집중력을 잃은 적이 별로 없다. 그는 보스턴 라틴 학교, 필립스 엑서터 아카데미, 하버드 대학을 마치고 제2차 세계대전에서 풍찬노숙하며 프랑스에서 보병으로 만 1년을 복무하였다. 그곳에 도착하였을 때 그는 자신의 라이플총을 배에 두고 내렸다.

그의 평생지기인 한 유명한 소설가가 한번은 그에게 왜 기자 일을 그만두고 편집자가 되었는지를 물었다.

"나는 이류 작가가 되기보다는 일류 편집자가 되기로 결심했네." 그가 대답하였다.

그 소설가가 분개하며 말하기를, "이류 작가가 되는 게 어때서?"

물론 아무 문제도 없다. 그러나 로버트 빙엄처럼 되려는 사람은 거의 없다.

우리에게는 다행스럽게도, 그는 거의 20년 동안 『뉴요커』의 일부로서, 주로 사실적 글의 편집자로 일했다. 그는 인쇄에 들어가기 전 마지막으로 수백만 개의 단어를 일일이 점검하며 '먼지를 털어 주는' 일을 했다. 그는 많은 작가들과 긴밀히 함께 일했는데, 그들의 증언에 따르면 그는 어떠한 음향기도 따라갈 수 없을 정도로 반향을 잘하는 공명판과도 같았다. 그는 문장에 반응을 보이는 일에 능숙하여, 그가 했던 대부분의 일은 원고를 보기 전에 촉매 작용과 같은 미묘한 형태로 이루어졌다.

절망의 구렁텅이에 빠져 있는 작가와 통화할 때면 그는 이렇게 말하곤 했다. "이봐요, 그렇게 나쁘진 않아요. 어떤 것도 그렇게까지 나쁠 수는 없어요. 나한테 한번 말해 보지 그래요?"

"하지만 당신은 들어줄 시간이 없잖아요."

"시간은 만들면 되죠. 이 교정쇄만 끝내고 다시 전화할게요."

"그럴래요?"

"꼭 그럴게요."

•

"1970년 겨울과 봄에 나는 전화로 6만 단어를 그에게 읽어 주었습니다."

•

"당신이 그의 면전에 있다면, 그가 자신의 입 모양만으로 교정할 수 있다는 걸 알 수 있습니다. 양 입가를 살짝 아래로 내리는 것만으로 그는 당신이 고집을 피웠을 법한 부분을 삭제할 수 있을 겁니다. 그 모습을 보면 그의 경멸을 불러일으킨 요인을 없애기 위해 서두르게 될 겁니다. 몇 년 후 그는 콧수염을 길렀습니다. 콧수염 때문에 그 교정 방식은 다소 효과가 떨어지기는 했지만 그래도 효과가 있었습니다."

•

"나는 고약한 말장난이 포함된 이야기를 보여 주었습니다. 그는 말장난 부분을 없애야 하며 그 문장은 끔찍하다고 말했습니다. 내가 '사람에게는 다소 상스러운 말일지라도 말장난을 할 권리가 이따금 있는 거예요.'라고 하자, 그는 '그 문장은 이 작품의 다른 문장들과 격이 맞지 않아서 어울리지 않는 것 같아요.'라고 말했습니다. 나는 '그럴지도 모르지만 나는 그걸 그냥 거기 두고 싶어요.'라고 주장했고, 그는 '좋아요. 당신 작품이니까요.'라고 했습니다. 다음 날, 그는 '이 말씀은 꼭 드려야겠는데, 그 부분에 대한 제 생각은 바뀌지 않았어요. 그 문장은 당혹스러워요.'라고 했고, 나는 이렇게 말했습니다. '잘 들어요, 경찰관 나리. 그 얘긴 이미 했어요. 그건 재미있어요. 난 그걸 넣길 원해요. 내가 누군가를 곤란하게 만든다면 그건 나 자신일 거예요.' 그러자 그는 '알았어요. 이게 내 일이니까요.'라고 했습니다. 다음 날 나는 그에게 '그 농담 말이죠. 없애죠. 없애는 게 맞는 것 같아요.'라고 말했습니다. 그는 '좋아요.'라고 하며 눈빛에 어떠한 승리의 기색도 보이지 않았습니다."

•

"편집자로서 그는 백지 같은 마음 상태를 유지하고자 하였습니다. 그는 자신의 존재가 작가와 독자 사이에 있음을 유념하고 양쪽을 대변하는 동안 스스로 보이지 않는 상태로 있기를 바랐습니다. 그는 일부러 연구 답사도 따라가지 않았습니다. 그의 작가들은 흥미로운 장소로 답사를 다녔습니다. 그는 갈 수도 있었지만 결코 그러지 않았습니다. 독자의 시각에서 그 작가가 쓴 이야기를 읽을 수 없을까 봐 그랬던 겁니다."

•

"그는 같은 메모를 자주 적어서 주었는데 그 메모에는 '○○ 씨, 내 참을성은 무궁무진하지 않습니다.'라고 적혀 있었습니다. 그러나 그의 참을성은 무궁무진했습니다. 작품이 인쇄되기 직전, 내가 더듬거리며 글을 정정하는 동안 그는 저녁 내내 머물러 있었습니다. 그는 확실한 결함들을 지적해 주었습니다. 글쓰기라는 천은 보이지 않는 수선을 필요로 합니다. 그리고 나는 그에게도 만족스럽고 전체 이야기 측면에서도 만족스러운 방식으로 그와 함께해 나가려고 했습니다. 그는 글쓰기가 다섯 달, 심지어 5년이 걸릴 수도 있다는 사실을 알고 존중했기 때문에 기다려 주었고, 또다시 이런저런 이유로 5분을 더 기다립니다."

•

"에드먼드 윌슨Edmund Wilson이 한번은 이런 말을 했습니다. 간섭을 통해 작가를 효과적으로 만들어 주는 사람은 '작가를 괴물로 보지도 않고, 단지 목적을 성취하기 위해 필요한 마술적 존재로 보지도 않는다.'는 것입니다. '그런 사람은 작가를 그저 고통과 용기와 자긍심을 지닌 또 다른 사람으로 보면서, 고통에는 공감해 주고, 용기와 자긍심에는 존중해 준다.'는 것이죠. 어떤 작가가 천부적인 재능이 있다는 말을 들을 때, 그러한 간섭은 아마 그 재능의 가장 중요한 부분일 겁니다."

3부

소리 내어 읽기를 통한 글 수정하기

글쓰기 후반기 단계에서 말하기의 역할

vernacular eloquence

도입: 표준 영어란 무엇인가

2부 '말하듯이 쓰기'에서는 글쓰기의 초기 단계에 해당하는 탐색하기와 초고 쓰기를 주로 다루었다. 이제 3부에서는 글쓰기의 후반기 단계인 수정하기에 초점을 맞추고자 한다. 2부의 주제는 말하기를 글쓰기처럼 다루는 것, 즉 말하기 기어를 사용해 종이 위에 쓸 표현들을 얻는 것이었다. 이제부터의 주제는 **글쓰기를 말하기처럼 다루는 것**이다. 이는 잘 쓴 초고를 가져와 소리 내어 읽어 봄으로써 초고의 표현이 입에 잘 붙는지를 확인하는 것이다. 결국 내가 제안하는 것은 순환적 절차이다. 초기 단계에서는 입에서 나온 언어가 종이로 들어가고, 후반기 단계에서는 종이에서 나온 언어가 입으로 되돌아간다.

2부에서 나는 잘못된 말처럼 들릴 수도 있는 아이디어를 정당화하고자 했다. 그것은 바로 비계획적이고 비문식적인 언어로 말하듯이 글을 쓸 수 있다는 것이다. 이는 말하기와는 다른 '정확한' 글쓰기가 목적일 때에도 마찬가지이다. 이제 3부에서는 좀 더 쉽게 받아들여질 만한 주장을 하고자 한다. 글쓰기의 후반기 단계에서 소리 내어 읽음으로써 글을 수정하는 것은 훌륭한 저자와 교사 들이 오래전부터 지지해 온 유서 깊은 방법이다. 그러나 나는 이처럼 유익하면서도 전통적인 방식, 즉 글을 수정할 때 말하기를 활용하는 방식에 대해 고찰하면서 몇 가지 흥미로운 문제들을 발견했다.

나는 여기서 '후반기'라는 단어를 강조하고 싶다. 이처럼 소리 내어 읽으며 수정하는 과정은 우리가 정말 말하고자 하는 것이 무엇이고 어떻게 구성해야 하는지를 모두 바로잡은 다음에야 제 기능을 한다. 나는 이 책에서 신중하고 실질적인 수정이라는 중요한 과정을 꽤 많이 무시하고 있다. 다만 10장에서만 주의 깊게 다루었을 뿐이다. 이제 **후반기** 단계의 수정에 대해 논의해 보자. 어떤 사람들은 '수정' 대신 '문체 교정stylistic editing'이라는 용어를 사용하기도 한다. 즉 소리 내어 읽으면서 글을 수정하는 일은 명료하고 효과적인 언어를 획득하는 일과 관련이 있다는 것이다. 그러나 나는 이러한 과정이 사고의 명료화로도 이어질 수 있다고 주장한다.

주의 깊은 필자들에게는 반가운 일이다. 여러분 가운데 누군가는 2부에서 제안한 자유작문이나 비계획적인 말하듯이 쓰기만으로는 글을 쓰지 **못한다**고 생각할 것이다. 체계화되지 못하고 때로는 혼돈스럽기까지 한 글을 생산하거나 그런 상태로 글을 내버려 두는 것은 견딜 수 없는 일일 것이다. 여기 3부에서 소개하려고 하는 기법은 그런 여러분의 마음에 들 것이라는 점을 확실히 말해 두고 싶다. 그것은 이전에 진행되었던 것과는 다르고, 일말의 혼란을 참을 필요조차 없는 방법이다. 따라서 매우 천천히 주의 깊게 초고를 작성한 경우라 하더라도, 그 초고 역시 다음 두 장에서 다룰 주의 깊게 소리 내어 읽기를 통해 확실히 개선될 수 있다.

마지막 개념 정의 한 가지: '표준 영어'란 무엇인가

실제로 '표준 영어'에는 '표준 문어체 영어'와 '표준 구어체 영어'의 두 가지가 있는데, 두 가지 모두 정확한 의미 파악이 쉽지 않고 논란의 여지가 있으며 미심쩍은 데가 있기 때문에 이에 대한 탐구가 필요하다.

'표준'이라는 단어를 단순히 중립적인 말로 생각하는 것이 좋을 수도 있다. 이는 우리가 '1미터'라고 부르는 것에 대한 '진정한 표준'으로서 프랑스 파리에 안전하게 보관되어 있는 백금 막대와 유사하다. 이는 임의로 정한 것일 뿐이다. 그렇지 않은가? 그 막대의 길이에 대한 더 **우월하거나 태생적으로 정확한** 견해는 없다. 그러나 단지 관습적인 것으로 보이기만 하면 무엇이든 태생적으로 정확하다는 느낌을 지워 버리기가 어렵다. 실제로 파리에 보관되어 있는 이른바 중립적인 '진정한 미터'는 자연적으로 파리를 지나는 자오선이 적도에서 북극까지 뻗어 있는 길이의 **정확히 1,000만 분의 1**이라고 한다. 도량형에서 다른 길이 단위는 당연히 불합리하거나 저속한 것으로 치부될 것이다. 미국과 영국에서는 프랑스의 극단적 합리성을 선택하지 않고 좀 더 임의적인 길이 단위를 쓰는데, 그것은 바로 '피트feet'이다. 그러나 이것도 '정확성'과 연관이 있다. 바로 12인치는 샤를마뉴의 발 길이라는 것이다. 이는 아마도 신화에 불과할 테지만, 신화가 아니라 하더라도 샤를마뉴의 발을 금고 안에 안전하게 보관하는 것이 도움되지는 않을 것이다! 그럼에도 불구하고 우리는 5장의 '문식성 이야기'에서 언어 표준화에 대해 잘 문서화한 법률을 통해 샤를마뉴가 유럽 전역에 걸쳐 엄청난 결과를 초래한 사건을 살펴본 적이 있다.

대부분의 언어학자들은 영어의 모든 변이형이 똑같이 풍부하고 복잡하다는 점에 동의한다. 그 변이형이 아동의 언어 창조를 관할하는 두뇌라는 탈곡장에서 나온 것인 한, 그 변이형이 불완전한 피진이 아닌 한 말이다. 따라서 나는 '표준'이라는 단어를 아예 피해 버리는 많은 세련된 학자들의 관습을 따르고 싶은 유혹을 느낀다. '표준'이라는 말은 표준이 아닌 다른 영어 형태는 열등하거나 나쁘거나 미흡한 것이라고, 즉 비표준이거나 '저속한 것'이라고 넌지시 암시함으로써 미국 문화에 해를 끼친다. 그러므로 나는 '표준화된 영어'라는 용어를 자주 사용할 것이다.

그러나 나는 '표준'이라는 단어로부터 도망치지는 않을 것이다. 해로운 것은 단어가 아니라 문화적 신념이기 때문이다. 사실 나는 이 단어를 반드시 사용해야 할 때가 가끔 있다고 생각한다. 왜냐하면 이 단어가 우월함에 대한 그릇되고 해로운 가정을 하도록 만들기 때문이다. 이 책에서 핵심이 되는 몇 가지 주장을 하기 위해서는 미국 문화에서 사람들이 말과 글을 어떻게 사용하고 그것에 대해 어떻게 생각하는지를 살펴보아야 한다. '표준 문어체 영어'와 '표준 구어체 영어'라는 용어가 발휘하는 엄청난 힘에 대해 설명하기 위해서는 한 걸음 떨어져서 열린 시각, 인류학적 시각, 비판적 시각으로 바라볼 필요가 있다. 이 용어는 사회적으로 구성된 것이기는 하지만, 이 점이 그 용어를 현실성이나 영향력이 떨어지도록 만드는 것은 아니다. 고귀한 우월성이 가지는 함의는 '여왕의 영어'에 대해 이야기하는 영국에서 더 분명하게 드러나지만, 미국에서도 '표준 영어'라는 용어는 엄청난 관습적 영향력을 행사해 많은 사람들로 하여금 그것을 원하고 그것을 습득하기 위해 노력하게 만들며, 표준 영어를 구사하지 않는 사람들을 낮춰 보게 만든다. (중세 말에 오늘날의 표준 영어가 어떻게 형성되었는지에 대한 놀라운 역사를 공부하는 것은 도움이 될 것이다. 이에 대해서는 6장의 '문식성 이야기'를 참조하기 바란다.)

표준 혹은 표준화된 '문어체' 영어. 이것은 미국 문화 속에 생생하고 확실하게 존재한다. 하지만 이 용어는 무엇을 의미하는가? 매우 다양한 형태의 영어가 다양한 맥락에서 출판물에 사용되지만 이 모두를 '표준'이라 하지는 않는다. 심지어 주류의 책과 잡지에 사용된 것이라 하더라도 모두 '표준'이라고 하지는 않는다. 주류 글의 일부분만이 표준이라 불린다. 일부분일 뿐이지만 놀랄 만큼 중요하고 강력하며, 이를 사람들은 '정확한 편집 문어체 영어'라고 부르게 되었다. 사람들이 표준 문어체 영어를 옹호할 때 가끔 '엄격한' 또는 '정확한' 또는 '문식적' 글이라고 부르곤 한다. E. D. 허시E. D. Hirsch와 같은 언어학자들은 '문어체 방언grapholect'이라는 용어를 사용한다. 표준 문어체 영어에 대해 좀 더 자세히 알아보기 위해 언어학자 월트 울프럼Walt Wolfram, 캐럴린 애드거Carolyn Adger, 도너 크리스천Donna Christian의 설명을 살펴보자.

> [이것은] 인정받는 작가들의 문어written language를 바탕으로 하는 경향이 있다. 또한 이것은 일반적으로 영문법 교과서에 체계적으로 설명되어 있다. 이 것은 영어 교육을 책임지고 있는 사람들에 의해 학교와 같은 공식 기관에서 매우 강력히 영속되고 있다. (Wolfram, Adger & Christian, 1999: 10)

이 세 언어학자는 사실 이것을 문어체 영어라고 부르지 않고, '격식 있는 표준 영어Formal Standard English' 또는 '규범적인 표준 영어Prescriptive Standard English'라고 부른다. 그러나 그들이 "문법책에 나와 있는 대로 격식 있는 표준 영어를 사용하여 지속적으로 말하는 사람은 사실상 존재하지 않는다."(Wolfram, Adger & Christian, 1999: 10)라고 말하는 것으로 볼 때, 그들은 그것을 본질적으로 문어라고 인정하고 있는 셈이다. 따라서 그것은 종이 위에서만, 그리고 '인정받는 작가들'의 글에서만 볼 수 있는 언어이며, 그 규칙들은 문법책에 있다. 그러기에 다시 한번 말하지만, 표준화된 문어체 영어 혹은 규범적인 표준 영어는 그 누구의 모어도 아니다.

표준 혹은 표준화된 '구어체' 영어. 미국에 비해 영국에서 표준 구어체 영어의 개념이 좀 더 명확한 것처럼 보일 수도 있다. 그런 인상이 생긴 것은 영국에는 서로 다른 지역 방언이 매우 많고, 그러한 방언을 말하는 사람들도 매우 많기 때문일 것이다. 어쨌든 영국에는 화자들의 언어 중 절대적 다수를 비표준으로 규정하는 언어 문화가 있다. 'BBC 영어'를 말하는 사람은 전체 영국 화자의 4분의 1도 안 될 것이다. '표준 발음Received Pronunciation: RP'은 이튼·해로*나 여왕과 관련 있는 사람들이 최고의 위신을 드러내는 형식이라 할 수 있는데, 'RP 영어'로 말하는 사람은 조사 당시 전체 인구의 3퍼센트에 불과했다(Crystal, 1995: 365). 그러나 오늘날 영국에서 비표준 구어체 영어를 사용할 때 낙인찍히는 경우는 과거보다 훨씬 적다. 특히 다양한 비표준 형태의 영어를 사용하는 사람들이 정치와 경제 분야에서 두각을 나타내고 리더가 되는 일이 잦아지면서 이러한 현상은 두드러지게 되었다. 그러나 사람들이 정상적인 영어로 받아들이면서 부끄러워하지 않는 이 모든 영어 변이형에 '표준'이라는 용어를 부여하려는 움직임은 아직까지 감지되지 않고 있다. 그러나 '좋은 영어'가 사람들을 부끄럽게 만들곤 하는 엄청난 힘 때문에, 오늘날 그것에 대한 풍자와 조롱이 존재한다는 것은 의심할 바 없는 사실이다. 최고의 영어를 말하도록 교육받았으나 어린 나이에 현저하게 다르거나 '잘못된' 억양을 배운 아이가 어른이 되어서도 그 발음을 유지하는 경우를 나는 알고 있다.

여러분은 내가 표준 구어체 영어에 대해 한 마디 정의도 없이 긴 단락을 썼다는 것을 알아차렸는지 모르겠다. 그러나 이를 정의하는 것은 어렵기로 악명 높다. 『옥스포드 영어 안내서The Oxford Companion to the English language』의 '표준

....

* 영국의 명문 사립 학교들.

영어Standard English' 항목을 보면, "널리 사용되지만 정의하기 쉽지 않다. 그럼에도 이 용어가 사용되는 것을 보면, 대부분의 교육받은 사람들은 그것이 무엇을 가리키는지 정확히 알고 있는 것처럼 보인다."라는 말로 시작한다. 미국에서 표준 구어체 영어를 정의하기는 더 어렵다. 미국에서 사용되는 영어 변이형은 영국에서와는 달리 서로 차이가 심하지 않다. 그리고 사회에서 중요한 사람이 특정한 방식으로 말하면 그것이 어느 정도 표준일 것이라는 암묵적 가정이 아마도 더 많이 존재하는 듯하다. 실제로 미국에서 표준 구어체 영어는 소극적인 방식으로만 정의될 수 있다.

> 만약 미시건, 뉴잉글랜드, 아칸소 출신의 토박이 화자들이 '이중 부정'(예컨대 "They didn't do nothing"), 특이한 동사 일치 유형(예컨대 "They's okay"), 특이한 불규칙 동사 형태(예컨대 "She done it")와 같이 사회적으로 낙인찍힌 문법 구조를 사용하지 않는다면, 이는 그들이 표준 영어 사용자로 간주될 수 있는 좋은 기회이다. … 이런 식으로 형식에 얽매이지 않는 표준 영어는 소극적으로 정의된다. 다시 말해서 한 사람의 말이 비표준으로 규정될 수 있는 구조를 지니지 않는다면, 그것은 표준으로 여겨지게 된다. (Wolfram, Adger & Christian, 1999: 12)

그들은 미국의 상황이 영국과 어떻게 다른지 다음과 같이 설명한다.

> 북미에서의 기본적 대립은 부정적 가치를 지닌 방언들과 그렇지 않은 방언들 간에 존재하는 것이지, 위신 있는 방언들과 그렇지 않은 방언들 간에 존재하는 것이 아니다. … 북미인들이 미국 영어의 다양한 방언에 대해 논평한다면, "저 사람의 영어는 정말 정확하군."과 같이 표준성에 대해 말하기보다는 "저 사람의 영어는 정확하지 않군."과 같이 비표준성에 대해 말할 가능성이 훨씬 높다. (Wolfram, Adger & Christian, 1999: 12)

마치 주류 화자들이 돌아다니면서 "나는 표준 구어체 영어에 대해 잘 모르지만, 그것이 들리지 않을 때면 그게 무엇인지 알아요."라고 말하는 듯하다. 그러나 그들의 귀가 아주 예민한 것은 아니다. '나쁜 영어 경보음'이 울릴 때, 문법이나 발음이 문제인 경우는 비교적 적다.

교육받은 미국인들은 '표준 영어'가 정확한 문법을 뜻하는 것이라고 생각하지만, 사실 그들은 표준 영어에서 벗어난 것을 인지하지 못하는 경우가 대부분이다(비록 그들은 다른 인종의 화자가 말할 때 더 열심히 듣는 경향이 있기는 하지만 말이다). 이러한 점을 보여 주는 저니바 스미서먼Geneva Smitherman이 제시한 일화를 살펴보자. 스미서먼은 흑인의 말을 대하는 고용주의 태도에 대해 연구하기 위해 연구비를 지원받고자 했는데, 한 연구기관의 책임자에 의해 제안이 기각당했다.

책임자는 미국에서 성공하려면 순수 영국의 영어King's English로 말해야 한다는 사실을 모든 사람이 알고 있다고 주장했다. 이렇게 나의 연구 제안서가 거절당하고 나는 막 떠나려고 했다. 그때 연구기관의 책임자가 자신의 조교를 돌아보며 "어이, 잠깐만 기다려 봐. 너와 내는 할 일이 있어(You and me have some work to do)."라고 했다. 이제 내 일은 그렇다 치더라도 나는 이 사람의 '나쁜 문법'을 고쳐 주어야만 했다. 나는 말했다. "여보세요. 방금 쓰신 방언을 한번 보세요. '너와 나는 할 일이 있어(You and I have some work to do)'라고 하셨어야죠." 그는 금세 얼굴이 빨개졌고 나는 그 자리를 떠났다. 당연히 그런 나의 조롱은 보조금을 한 푼이라도 받을 가능성을 날려 버리기에 충분했다! (Smitherman, 1986: 199)*

스미서먼의 제안을 기각했던 책임자는 자신이 미국에서 성공한 사람이기 때문

* 원문에서는 문단의 중간 이후부터 다음과 같이 의도적으로 비문법적인 표기와 표현을 사용하고 있다. Now, me bein me, I had to correct my man's "bad grammar," I said, "Hey, watch yo' dialect—it's you and I have some work to do." He turned fifty shades o' red, and I split. Naturally, that siggin of mine had shonufff blowed the possibility of me gitten any grant money!

에 자신의 영어는 표준이고 정확하다고 생각했다. 버숀 영Vershawn Young은 이 이야기를 인용한 적이 있는데(Young, 2009: 68), 영이 인용한 또 다른 이야기를 살펴보자. 한 여성이 1학년 글쓰기 교사로 지원했다가 탈락했다. 그녀는 눈에 띄지 않는 나쁜 문법을 한 번도 사용한 적이 없지만, 경보음을 울리게 한 문법을 딱 한 번 사용했다. "He don't"라고 한 것이다(Young, 2009: 70). 심사위원들의 귀는 그녀가 흑인이라는 이유로 더 예민했지만, 설령 백인 지원자였어도 그 용법은 치명적이었을 것이다. 지원자가 하층 계급 출신임을 암시하기 때문이다.

이처럼 표준 영어는 넓은 범위 또는 복수의 다양한 영어를 포괄하는 것으로 판명되었다. 지난 50년 동안 글쓰기 역시 소극적인 방식으로만 정의되는 무언가를 추구하는 방향으로 움직였다. 즉 절대 안 되는 형태를 피하기만 한다면 받아들여질 수 있는 형태에 대한 선택지는 매우 많다는 것이다. 이러한 발전은 글쓰기에 대해 내가 이 책과 이전 책들에서 제안해 온 관점을 뒷받침한다. '정확하다'고 일컬어질 만한 글을 완성하고 싶다면, 우리가 가장 편안하게 느끼는 언어나 모어를 사용하여 말하듯이 글을 쓰고 나서, 비교적 소폭의 조정만 하면 된다. 다시 말해, 정확성을 성취하고자 할 때 반드시 정확성 속에 갇혀 글을 써야만 하는 것은 아니라는 것이다. 머릿속에 모든 언어나 방언을 '업로드'할 필요는 없다. 일상어가 지닌 사고방식을 사용하고 주류 독자들의 '나쁜 영어 경보음'을 울리는 용법을 제거한다면, 우리의 최종적인 '정확한' 글쓰기는 좀 더 명확하면서도 생생해질 것이다. (나는 캐나다, 호주, 남아프리카공화국 등 '식민지였던' 국가들의 상황이 미국과 유사할 것이라고 추측한다. 사람들은 '표준'이라는 단어를 영국보다 더 넓은 영역에서 쓰이는 영어 변이형을 가리키는 데 기꺼이 사용하고 있다. 데이비드 크리스털은 자신의 저서 『케임브리지 영어 백과사전The Cambridge Encyclopedia of the English Language』(1995)에서 '표준 영어'를 짧고도 명확하게 다루고 있다(Crystal, 1995: 110 이하). 그의 또 다른 저서 『영어 이야기 The Stories of English』(2004)는 '표준성'을 풍부하게 다루고 있다는 점에서 특별히 훌륭하다. '표준 영어'와 그 흥미로운 역사에 대한 자세한 내용은 17장의 앞부분을 참조하기 바란다.)

11

소리 내어 읽기를 통한 글 수정하기

입과 귀가 아는 것

새뮤얼 버틀러Samuel Butler는 오래전부터 소리 내어 읽기를 찬양했던 수많은 작가 중 한 명이다.

> 묵독할 때는 괜찮다고 여겼던 구절을 소리 내어 읽는 순간, 나는 즉시 약점을 느낀다. … 몰리에르Molière가 [자신의 하녀에게] 글을 읽어 준 것이 사실이라면, 그것은 소리 내어 읽는 행위만으로도 자신의 작품을 새로운 시각에서 볼수 있을 뿐만 아니라, 모든 행에 주의를 기울임으로써 작품을 더욱 엄격하게 판단할 수 있기 때문이었을 것이다. (Butler, 2009: 138)

조지프 윌리엄스와 리처드 래넘은 소리 내어 읽기의 효용을 주장한 최근의 문체 이론가들이다.

글 수정하기를 위한 소리 내어 읽기의 중요성에 대한 다른 논의로는 미나 쇼네시의 저서(Shaughnessy, 1977), 조지프 윌리엄스의 글(Williams, 1981), 플라워와 헤이스 등의 글(Flower & Hayes et al., 1986), 뮤리얼 해리스의 글(Muriel Harris, 1986) 등이 있다. 에릭 해블록도 자신의 글에서 소리 내어 읽기의 중요성을 강조했다(Havelock, 1986: 141). 또한 샐리 깁슨Sally Gibson의 글도 참조하기 바란다(Gibson, 2008).

수정하기를 향상시키는 기법으로 소리 내어 읽기를 추천하고 있는 작문 교과서 몇 권을 소개하면 다음과 같다. 케네스 브러피Kenneth Bruffee의 『글쓰기에 대한 짧은 강의: 작문, 협동 학습과 구성적 읽기A Short Course in Writing: Composition, Collaborative Learning and Constructive Reading』(2007, 제4판), 린다 플라워Linda Flower의 『대학과 공동체 글쓰기를 위한 문제-해결 전략Problem-Solving Strategies for Writing in College and Community』(1998), 다이애너 해커Diana Hacker의 『작가의 참고서A Writer's Reference』(2007, 제6판), 리처드 래넘Richard Lanham의 『산문 수정하기: 롱맨 지침서The Longman Guide to Revising Prose』(2006), 도널드 머리Donald Murray의 『수정하기 기술The Craft of Revision』(2004, 제5판), 주디스 나델Judith Nadell · 존 랭건John Langan · 엘리자 A. 코모드로모스Eliza A. Comodromos의 『롱맨 작가: 수사학, 독자, 핸드북The Longman Writer: Rhetoric, Reader, Handbook』(2006, 제6판), 조이 M. 리드Joy M. Reid의 『작문의 과정The Process of Composition』(2000, 제3판), 린 퀴트먼 트로이카Lynn Quitman Troyka와 더글러스 헤세Douglas Hesse의 『작가를 위한 사이먼과 슈스터의 핸드북Simon and Schuster's Handbook for Writer』(2005, 제7판), 조지프 윌리엄스Joseph Williams의 『문체: 명료함과 우아함을 위한 열 가지 가르침Style: Ten Lessons in Clarity and Grace』(2005, 제8판). 이상의 목록 인용에 대해 데비 로Debbie Rowe에게 감사를 표한다.

옥스퍼드 대학과 케임브리지 대학의 오랜 전통을 생각해 보자. 그곳에서는 사실상 모든 학부생이 자신의 글을 담당 교수 앞에서 소리 내어 읽어야 한다. 적어도 내가 젊었을 때에는 담당 교수가 학생의 글을 눈으로 보는 일은 절대 없었다. 그들 대학 대부분이 요즈음에는 그룹 지도를 통해 비용을 절감하고 있지만, 내가 알기로 그 와중에도 학생들은 여전히 자신의 글을 소리 내어 읽는다. 옥스퍼드 대학과 케임브리지 대학은 (졸업생이 1935년까지 전국 선거에서 사실상 두 장의 투표지를 받았을 정도로) 오랜 세월 동안 영향력과 명망을 가지고 있었다. 그렇기 때문에 최근까지 유명한 정치인, 학자, 사회 지도층 인사의 상당수가 3년 동안 매주 글을 써서 소리 내어 읽고 온전히 평가자의 듣기에 의해서만 평가를 받는 의식을 경험한 셈이다. 나는 영국의 학술적·정치적 글이 독일이나 미국의 것보다 더 이해하기 쉽고 구어적이며 전문어도 적다고 계속 생각해 왔는데, 이런 이유가 있었던 것이다. 영어 학술 서적을 집필한 대부분의 학자들도 최소한 최근까지는 우리가 흔히 '정상적인' 학술적 복잡성이라고 여기는 것을 피하려는 경향을 보였다.

오래전부터 전해 내려오는 유서 깊은 글쓰기 학습 방법 중에는 존경받는 작가의 문체를 모방하는 것이 있다. 이 방법은 모범이 되는 작가의 글을 소리 내어 읽는 것으로 시작할 때가 많다. 소리 내어 읽기는 문체를 뼛속에 넣어서 따로 계획하지 않아도 그것을 재생산할 수 있게 한다.

현장의 청자에게 읽어 줄 때, 소리 내어 읽기는 수정에서 최적의 효과를 발휘한다. 청자의 존재는 우리로 하여금 마치 **그들의** 귀로 듣는 것처럼 듣기에 몰입하게 한다. 그러나 혼자서 소리 내어 읽는 것도 후반기 수정 단계에서 강력한 효과를 발휘한다. 심지어는 '머릿속에서 소리 내어 읽기', 즉 소리를 내지 않고 입술만 움직이는 것도 효과가 좋다. 고백하건대 나는 가끔 이 방법에 만족한다. 하지만 이 방법은 손쉽기는 해도 불완전하다. 나는 스스로 글을 소리 내어 읽을 때 항상 더 나은 결과를 얻는다.

이 장과 다음 장에서는 소리 내어 읽는 방법을 가르치기 위한 구체적이고 실용적인 워크숍 활동 몇 가지를 설명하려고 한다. 소리 내어 읽기는 어느 정도 훈련을 받아야만 효과가 크지, 마구잡이로 한다고 해서 효과가 있는 것이 아니기 때문이다. 그러나 이 장과 다음 장에 생기를 불어넣는 것은 '소리 내어 읽기는 어떻게 해서 글을 향상시키는가?'라고 하는, 좀 더 큰 시각에서 던지는 다소 이론적인 질문이다. 이에 대한 만족스러운 대답은 복잡하고 흥미로울 것이다. 그러나 일단은 내가 1학년 학생들에게 사용하는 단순한 주장을 가지고 시작해 보자.

> 여러분의 언어가 소리 내어 말할 때 편안하다면, 독자는 여러분의 글을 좀 더 명확하고 매력적인 것이라고 생각할 겁니다. 그럴 때 독자는 글을 이해하는 데 그리 큰 힘을 들이지 않아도 됩니다. 마치 종이에서 솟아 나온 의미가 그들에게 들리는 것처럼 보일 겁니다.

나는 학생들이 자신의 글을 소리 내어 읽는 경험을 반복하면 매력적이면서 낭독하기에 편안한 문장을 쓰게 될 가능성이 커진다고 생각한다. 이는 결국 묵독하는 독자를 위해 더 좋은 문장을 만드는 것으로 이어진다. 달리 말하면, 문자로 표기된 말의 소리는 묵독하는 독자에게는 아주 중요한 혜택인 것이다. 그런데도 자신이 쓴 말이 들리는 학생은 너무나도 적다. 학생들이 자신의 글을 소리 내어 읽고 그리하여 그 글이 들리는 상황에 자주 놓이면, 글을 쓸 때에도 더 많이 듣는 습관이 생기며, 이에 따라 그들의 글을 읽는 독자들에게는 좀 더 많은 의미가 들리게 된다.

그러므로 나는 글쓰기 수업에서 소리 내어 읽는 상황을 가능한 한 많이 만들고 이를 글쓰기 과정의 모든 단계에서 이용한다. 보통은 피드백을 제공하지 않기 때문에 소리 내어 읽기가 실질적으로 수업에서 차지하는 시간은 매우 적다.

- 반 전체에게 사적 글쓰기가 아닌 공개되는 자유작문이나 잉크셰딩을 시킬 때, 나는 학생들에게 짝이나 모둠별로 글을 소리 내어 읽게 한다.
- 학생들이 글을 쓰고 있을 때, 나는 짝이나 모둠별로 초고를 서로에게 읽어 주게 한다. 이때 학생들은 피드백 없이 다른 학생의 초고를 단순히 듣기만 하면서 사고 구술thinking aloud을 한다. 만약 글의 주제가 서로 같다면 학생들은 두세 편의 초고를 들은 후 주제에 대해 토론할 수 있다.
- 나는 학생들에게 중간 원고를 짝이나 모둠 구성원에게 읽어 주고 피드백

을 받게 한다. 피드백을 받으려면 학생들은 자신의 원고를 두 번 읽어야 한다. (이 활동의 운영 방법에 대해서는 나의 『힘 있는 글쓰기』를 참조하기 바란다.)

- 학생들에게 초고 복사본을 서로 교환하여 집에서 피드백을 써 오도록 시킬 때에도 나는 항상 학생들이 먼저 수업 시간에 상대방에게 자신의 초고를 소리 내어 읽음으로써 피드백의 토대를 마련하도록 한다.

- 학생들이 최종 원고를 완성하면, 나는 종종 짝이나 모둠별로 글 전체를 다시 읽도록 시킨다. 이는 피드백을 위해서가 아니라 단지 완성을 축하하기 위해서이다. (이 마지막 단계에서도 학생들은 자신의 글이 안고 있는 문제점을 듣고서야 알게 될 때가 많다. 그러나 여러 차례 수정 작업을 거친 뒤이므로 나는 이렇게 말하는 것을 좋아한다. "영원히 수정할 수는 없어요. 일단은 완성된 것으로 합시다.")

- 때때로 나는 모든 학생에게 자축하는 의미에서 자신이 쓴 최종 원고 중 한두 문단을 반 전체를 대상으로 읽도록 시킨다.

또한 나는 학생들과 10분에서 15분 동안의 협의 시간을 갖는데, 이는 1학년을 대상으로 한 글쓰기 수업에서 중요한 요소가 되었다. 협의 시간에 학생들은 글을 소리 내어 읽어야 한다. 글을 얼마만큼 완성했는지는 상관이 없다. 이런 식으로 나는 매주 절반 정도의 반 학생들을 만난다. 학생들이 발음이 꼬여 실수를 하거나 더듬거릴 때면 나는 "천천히 읽어요. 공들여 읽어요. 어떤 느낌이 드는지에 집중해요."라고 말한다. 그런 뒤에야 나는 "이걸 다른 표현으로 말해 봐요. 입으로 말하기에 좋다고 할 수 있는지, 귀로 듣기에 적절하다고 할 수 있는지 생각해 봐요."라고 말한다. 글쓰기 센터의 커다란 장점 중 하나는 교사가 학생들에게 글을 소리 내어 읽도록 요구하는 것이 흔한 일이라는 점이다.

물론 많은 학생들은 학교에서 소리 내어 글을 읽었던 고통스러운 기억을 가지고 있다. 그때 소리 내어 읽기는 읽기 평가 방법으로 사용되었고, 잘못 읽을 때마다 비난을 받았다. 따라서 이제 학생들이 소리 내어 읽는 것은 전적으로 지지

받을 필요가 있다. 그러나 학생들이 나 한 사람 또는 전체 반 학생들에게 글을 읽어 줄 때나 내가 모둠을 방문할 때, 즉 내가 학생들 곁에 있을 때, 나는 학생들을 강하게 밀어붙이는 한편 도와줄 방법을 찾기 위해 분투한다. 나는 가끔 그들을 멈추게 하고 이렇게 말한다. "제발, 제발, 급하게 읽지 말고, 웅얼거리지 마요. 우리 앞에서 그렇게 **부끄러워하지** 마요. 여러분 자신의 표현을 **들을** 수 있으면 좋겠어요. 여러분 자신의 글을 과소평가하지 마요." 반 전체를 대상으로 나는 가끔 독특하면서도 효과적인 소규모 연습을 시킨다. 나는 그 방법을 존 슐츠John Schultz에게서 배웠는데, 그는 이것을 '이야기 워크숍'이라고 불렀다. 예를 들어 모든 음절마다 또는 모든 단어마다 목소리를 높였다가 낮춰 보라. 음절들을 번갈아 가며 매우 강하게 읽었다가 다시 매우 약하게 읽어 보라. 이러한 연습은 인위적이며, 우스꽝스러운 소리를 낳기도 한다. 그러나 이는 쑥스러움을 극복하는 과정이기도 하다. 그 목표는 자신의 목소리로부터 도망치지 않고 오히려 즐기려고 노력하는 것이다. 학생들이 얻어야 할 교훈은 근본적인 것이다. 즉 기꺼이 자신을 웃음거리로 만들지 않는 한 글을 잘 쓸 수 없다는 것이다. 특히 자신의 글이 독자들로 하여금 사물을 보는 기존의 방법에 안주하도록 해 이들을 진정시키는 일 이상을 하기를 바란다면 말이다. 이 독특한 연습은 학생들의 읽기를 매우 신속하게 향상시킨다.

결국 소리 내어 읽기를 잘하도록 하는 가장 쉬운 방법은 '청자가 텍스트를 보지 않고도 완벽하게 글을 이해할 수 있도록 읽으라.'는 공식을 고수하는 것이다. 이 공식은 '수행 전략'이나 '진실성'이나 '좋은 표현' 등과 같은 마음을 산만하게 만드는 문제에서 벗어나게 한다. 이 공식은 모두 **감각적 의미**라고 하는 있는 그대로의 실체를 위한 것이다. 소리 내어 읽기를 잘하기 위한 핵심적인 현상학적 사건은 **스스로 의미를 느끼는** 것이다. 이는 바로 청자가 눈의 도움 없이 의미를 **듣는** 데 필요한 것을 목소리가 하도록 만드는 일이다.

소리 내어 읽기를 통한 수정 과정

　나의 전반적 주장은 다음과 같이 내가 좋아하는 방식으로 말할 때 가장 분명해진다. 만약 사람들이 자신이 쓴 문장을 주의 깊게 소리 내어 읽으면서, 입으로 말하고 귀로 듣기에 적절하다고 느껴질 때까지 수정과 조정을 계속한다면, 그 결과 문장은 명확하고 견고해질 것이다. 의심이 많은 사람이 문제를 제기할 수도 있으니 다음과 같이 더욱 주의 깊은 말로 바꾸어야겠다. 그 결과 문장은 필자가 문장이 갖추어야 할 요건에 대한 자신의 이해에만 기댔을 때보다 훨씬 더 명확하고 견고해질 것이다. 다시 말하자면, 규칙이나 원리에 대한 필자 자신의 지식에만 기댔을 때보다 더 명확하고 견고해질 것이다.

　물론 '명확하고 견고한 것'이 '정확한 것'과 똑같지는 않다. "Aint *nobody* don't use double negatives(아무도 이중 부정을 사용하지 않는다)."는 매우 명확한 문장이고 진실하기까지 하다. 많은 학생들은 "she know."에서 아무런 문제점도 듣지 못한다. 물론 철자법과 문법 같은 표면적인 측면에 대한 최종 교정은 여전히 필요하다. 아마 언어 사용역도 마찬가지일 것이다. 이를 위해서는 입과 귀가 가지지 못한 지식에 의존해야 한다. 그러나 입과 귀를 활용하여 글을 수정하는 목표는 '정확한 문법'이 아니라 명확함과 견고함이다. 이러한 과정의 초점은 엄격성이 아니라 의미에 맞춰져 있다. (이러한 자질에 대한 더욱 자세한 내용은 다음 장의 끝부분을 참조하기 바란다.)

　나는 학생들이 혀와 귀를 활용하는 법을 배우도록 하기 위해 미니 워크숍을 활용할 필요가 있다고 생각한다. 많은 사람들은 글쓰기를 할 때 입과 귀를 믿지 말라는 경고를 받아 왔고, 규칙과 원리를 우선시하기 위해 애서 왔다. 그러면서도 그들은 자신이 사용하고자 하는 규칙과 원리를 제대로 이해하지 못하는 일이 많다. 사실 그 규칙들은 한 톨의 소금 같은 것으로 보아야 한다. 글쓰기 기술을 가장 '자연스럽게 습득한' 것으로 보이는 학생들의 수정 과정을 관찰한 결과 그들은 본능적으로 늘 자신이 쓴 모든 것을 입과 귀를 가지고 검토한다는 사실을 발견할 수 있었다.

　미니 워크숍에서는 수정이 필요한 예문과 긴 단락으로 연습하는데, 나는 출판된 글에서 가져온 예문으로 시작하기를 좋아한다. 이를 통해 학생들은 자신들이 전문가의 글도 대폭 개선할 수 있다는 사실을 알게 된다. 사례를 하나 살펴보자.

　　이중 언어 교육의 새로움은 연구의 목적이 결과에 대한 설명보다는 이중 언어 교육이 도입될 때 일어나는 일에 대한 설명일 가능성이 더 크다는 것을 의미한다.

　시작 단계에서 나는 학생들이 이 예문을 수정 없이 소리 내어 짝에게 서로 읽어 주도록 시킨다. 이는 실제로 소리 내어 읽어 보고 의미의 물리적 느낌을 포착하게 하려는 취지이다. 소리를 들은 학생들 대부분은 이 문장이 난해하고 초점이 불분명하며 의미는 안갯속처럼 파악하기 어렵다는 것을 매우 신속하게 알아낸다. 물론 낭독을 훌륭하게 하면 나쁜 문장도 좋게 들릴 수 있다. 나는 잘 읽은 학생에게 보상하기를 좋아한다. 우리는 모두 자신의 몸으로 문어written language를 표현하는 연습을 할 필요가 있다. 그러나 문장에 생기를 불어넣을 만큼 정말 잘 읽는다 하더라도, 대부분의 학생들은 여전히 앞의 예문에서 '연구의 목적이' 이후에서 으깬 감자 같은 느낌을 받을 것이다. 그럴 때면 나는 **오로지** 입과 귀만을 도구로 사용해 짝과 함께 문장을 새로운 형태로 고쳐 보게 한다. 다음은 이러한 과정을 거쳐서 나온 좋은 수정 사례이다.

　　이중 언어 교육은 새롭다. 따라서 이에 대한 연구는 이중 언어 교육이 도입될 때 일어날 일을 보여 줄 가능성이 크다. 장기간의 효과에 대한 연구는 이루어지기가 더 어려울 것이다.

　이런 식의 수정을 하려면 연습이 필요하다. 나는 이러한 미니 워크숍을 몇

주에 걸쳐서 여러 차례 실시한다. 때로는 내가 쓴 글에서 가져온 예문으로 연습시키기도 한다. 나는 안타까운 글을 쓰게 되는 것이 누구나 자연스럽게 겪는 일이라는 점을 학생들이 이해하기를 원한다. 다음 예문은 내가 말하듯이 쓰면서 내 생각을 가능한 한 많이 적으려고 한 것이다. 그러다 보니 말이 쉼 없이 계속 이어지게 되었다.

> 나는 학생들이 자신의 표현 일부를 소리 내어 읽어야만 하는 수업을 설계할 때, 초고 읽기, 수정본 읽기, 짧은 탐색적 글 읽기를 포함시키는데, 그걸 적어도 한 주에 한 번 짝이나 모둠별로 또는 나와 10분에서 15분 정도 협의하는 시간에 읽게 한다. 이런 수업을 통해 나는 그들이 독자에게 의미가 들릴 만한 표현, 즉 독자에게 조용히 의미를 전달하는 일을 더 잘 수행할 수 있는 표현을 사용하여 글을 쓰는 모습을 더 자주 보게 된다고 생각한다.

일단 이 예문을 소리 내어 읽어 보면, 같은 말이 반복되고 에너지가 낭비되고 있음을 금방 감지할 수 있다. 꼬리를 무는 표현들이 계속 이어지는 바람에 문장이 길어졌기 때문이다. 이 사례는 우분지 구문이 말하기에 사용될 때 어째서 정돈되지 않은 모습으로 나타나기 마련인지를 잘 보여 준다. 우분지 구문이 글쓰기에 적합한 유형이긴 하지만 무조건 좋은 것만은 아니다. 다음은 누군가가 입과 귀를 활용하여 앞의 예문을 수정한 것이다.

> 나는 학생들이 자신이 쓴 글의 일부를 매주 소리 내어 읽어야 하도록 1학년 글쓰기 수업을 계획한다. 학생들은 초고, 수정본, 탐색적인 연습 글 등을 읽어야 한다. 이는 짝이나 모둠별로, 또는 10분에서 15분 정도의 짧은 협의 시간에 나에게 읽어 주는 형태로 이루어진다.

나는 또한 내가 수정한 글을 예문으로 사용하기도 한다. 혼란스럽게 꼬인 언어는 부주의한 말하듯이 쓰기에서만큼이나 주의를 기울인 수정에서 많이 나온다는 사실을 학생들이 깨닫게 되기를 바라기 때문이다. 수정을 하다 보면 입과의 연결을 모두 상실한 문장을 만들 때가 자주 있다. 자신이 의도한 의미를 지니도록 하기 위해 씨름하면서 한 단어 한 단어 모아서 문장을 만들었는데도 그런 결과가 나오는 것이다.

대부분의 사람들은 아주 나쁘지 않은 글에서도 약점을 찾아내는 훈련을 어느 정도 할 필요가 있다. 생기 없이 축 늘어지기만 한 부분을 찾아내는 방법, 그리고 자신의 입과 귀가 제공할 수 있는 최선의 것을 획득하는 방법을 훈련할 필요가 있는 것이다. 자신이 직접 쓰지 않은 몇몇 문장을 다듬으면서 전폭적인 주의를 기울인다면, 입과 귀는 의미가 약하게 드러나는 부분을 좀 더 잘 찾아낼 수 있다. 또 모둠을 이루어 문장을 다듬을 수 있는 상황이라면, 다른 사람의 귀를 통해서 다듬는 방법을 배울 수 있다.

나는 학생들에게 더 긴 예문을 제공하기도 한다. 다음 예문은 출판된 글의 일부로, 이 예문을 쓴 사람은 말하고 듣는 신체기관의 사용법을 잊어버린 것처럼 보인다. 이 예문은 내가 평소에 강의실에서 학생들에게 제시하는 예문보다도 길고 나쁘다. 여기에 이 예문을 제시하는 이유는 다음 장에서 알게 될 것이다.

> 나의 연구는 유권자의 이슈 선호, 당파성, 경제적 평가, 대통령 후보의 개인적 자질에 대한 평가, 그리고 인구통계적 특징 등의 견지에서, 그해 하원의원 선거와 대통령 선거 모두를 동시에 설명하는 모형을 통해 현직 프리미엄이 선거에서 갖는 가치가 1980~88년에 비해 1992~2000년에 평균적으로 16퍼센트 하락했음을 보여 준다. 대통령 선거 공식과 대통령 후보 변수가 부재할 수밖에 없는, 중간선거에 대한 추론 모형을 통해, 1978~86년에 비해 1990~98년에는 현직 프리미엄이 비교적 하락하였음이 밝혀졌다. (이 예문은 한 교수가 일반 독자를 대상으로, 예컨대 대학 동창회보 같은 지면에 쓴 것이다.)

이 예문을 다듬는 것은 고된 작업이다. 다음은 내가 다듬어 본 것이다.

전국 선거에서 현직인 후보자가 그렇지 않은 후보자들에 비해 일반적으로 성적이 더 좋았다. 그러나 이러한 이점은 줄어들 수 있다. 이에 관한 나의 연구는 현직 프리미엄이 어떻게 해서 약 20년에 걸쳐(1980~88년부터 1992~2000년까지) 16퍼센트 감소했는지를 보여 준다. 비슷한 감소 현상이 1978~86년부터 1990~98년까지의 20년 동안에 이루어진 중간선거(대통령 선거 미포함)에서도 나타났다. 이 연구를 위해 나는 의회의원 선거만 이루어진 시기(중간선거)와 대통령 및 의회의원 선거가 동시에 이루어진 시기(동시 선거)를 살펴보았다. 나는 또한 당파성, 경제적 평가, 유권자들이 선호한 이슈, 대통령 후보의 개인적 자질에 대한 평가 등의 요인도 살펴보았다.

이런 식의 연습을 수없이 진행한 다음에야 나는 학생들의 초고에 있는 헝클어진 문장과 단락을 지적하며 이렇게 말할 수 있었다. "이걸 읽으려니 엄청나게 힘들군요. 뭔가 꽉 막힌 것 같아요. 우리가 했던 워크숍 기억나죠? 입과 귀에 맞도록 고치세요. 말로 할 수 있도록 만드세요."

물론 '견고함과 명확함'이 모든 사람에게 똑같지는 않다. 문체는 주관적인 것이고, 특히 모둠 전체에서 입과 귀는 사람마다 다르다. 사실, 학생들이 어느 문장 형태가 더 나은지를 두고 논쟁하는 것을 듣는 일은 흥미롭다. 학생들이 규칙, 지침, 문법 등에 근거하여 논쟁할 때, 그 결과는 정말 예측불허이며 끔찍하기까지 하다. 그들 대부분이 올바르다고 말하는 문장은 종종 아주 개탄스럽다. 그러나 학생들이 입과 귀에 근거하여 논쟁할 때에는 그 결과가 고무적임을 알 수 있다. 심지어 내가 선호하는 형태와 다른 것을 선택할 때조차 그러하다. 그들이 선택한 문장은 내가 좋아하는 음악이 아닐지라도 대부분 견고하고 명확하다. 무엇보다 가슴 뛰는 일은 학생들의 대화가 매우 **건설적이어서** 그들이 문필가로 성장하는 데 도움이 된다는 것이다.

이 장의 내용에 호의적인 독자일지라도 이처럼 매우 단순한 기법에는 또 다른 문제점이 발생할 수 있다고 생각할 것이다. 하지만 반대 의견과 내가 가져야 할 자질을 살펴보는 일은 일단 다음 장의 끝부분으로 미루고자 한다.

초고를 생성하는 과정에서 '소리 내어 읽기를 통한 글 수정하기'를 활용하는 사람들이 있다는 사실은 알아 둘 필요가 있다. 천천히 신경을 쓰면서 한 단어 한 단어 써 나가는 습관을 가진 많은 필자들은 입과 귀가 요구하는 것에 기대어 모든 단어들을 검토한다. 그런 필자들에 대해 우리는 이런 식으로 말할 것 같다. "그 필자는 문장을 천천히, 주의 깊게 쓰지만 언제나 말하기에 참 좋고, 자연스럽게 들리고, 편안하고, 뜻이 분명한 문장을 쓴다." 그런 필자들은 표현 과정에서 신속하고 즉흥적인 말하기를 사용하지 않고 느리고 계획적인 말하기를 사용한다.

입과 귀를 활용하여 긴 단락과 글 전체를 수정하기

입과 귀는 개별 문장뿐만 아니라 긴 단락의 문제를 해결하는 데에도 사용될 수 있다. 예컨대 개별적인 두 문장을 각각 견고하고 명확하게 고칠 수도 있지만, 두 문장을 이어서 소리 내어 읽으면서 결합 부분에 있는 잘못된 것을 발견할 수도 있다. 어쩌면 의미나 강조에서 약간의 모순이 있을 수도 있고, 연결이 필요할 수도 있으며, 문장 순서를 바꿔야 할 수도 있다. 아니면 각각의 리듬은 괜찮지만 두 리듬이 서로 어울리지 않을 수도 있다. 두 문장이 나란히 배치되면 끔찍한 결과가 빚어짐에도 불구하고, 우리는 개별 문장에 워낙 공을 많이 들여 그런 일이 일어날 가능성을 생각하지 못한다.

많은 글쓰기 교사들은 '흐름'이라는 용어를 좋아하지 않는다. 이 용어는 너무 모호하다. 게다가 학생들에게 특정 단락을 가리키며 왜 좋으냐고 물어보면 "흐름이 좋아서요."라는 말만 하고 말 때가 많다. 하지만 이 용어는 유용한데, 들을 수는 있지만 분석하기는 어려운 연결이라는 미묘한 문제를 이 용어가 가리키기 때문이다. 예컨대 앞에서 나는 계획되지 않은 말하기가 '구정보-신정보'의 순서를 따르는 경향이 있다는 사실에 주목한 바 있다. 화자는 첫 번째 문장에 주어진 정보로 두 번째 문장을 시작하곤 한다. 이러한 방식은 두 번째에 오는 새로운 정보를 이해하는 데 좋은 토대를 마련해 준다(4장의 '7. 구어는 문어보다 더 응집성이 있다'를 참조하기 바란다). 소리 내어 읽기를 통해 글을 수정하는 데 더 능숙해지면, 우리의 귀는 말하기에서 거저 드러나는 이런 유용한 구조에서 벗어난 일탈을 알아차리게 된다. 다음은 구정보-신정보의 순서를 깨뜨린 사례이다.

> 글쓰기가 단지 도식의 창조에 불과하더라도 문제될 것이 없다. 여러분은 도식 안 어디에서나 시작할 수 있다(You can start from anywhere in a diagram).

학생들이 소리 내어 읽는 훈련을 어느 정도 완료하면 그들의 귀는 미세한 차이를 포착해 낼 수 있고, 그들의 혀는 다음과 같이 대안을 찾을 수도 있을 것이다.

> 글쓰기가 단지 도식의 창조에 불과하더라도 문제될 것이 없다. 도식 안에서 여러분은 어디에서나 시작할 수 있다(In a diagram, you can start from anywhere).

그러나 소리 내어 읽기를 활용하면 이와 같은 의식적 분석을 수행할 필요가 없다.

누군가 이렇게 불평할지도 모른다.

피터, 당신은 대부분의 미숙한 필자들이 놓치기 마련인 미묘한 문제를 포착할 수 있는, 매우 숙련된 귀를 가진 사람을 전제로 하고 있습니다. 당신은 음악을 사랑하니 귀가 예민하겠지요.

그렇다. 나는 음악을 사랑하고 내 귀를 활용하여 글을 수정해 왔다. 또 여기서 내가 고른 사례들의 경우 문제는 사소하고 해법은 대수롭지 않아 보일 수도 있다. 이 과정이 미숙한 필자들의 사소한 문제를 해결하는 데에는 쓸모가 없고, 눈에 띄게 조악하고 불명확한 문제에서만 도움이 된다 해도, 나쁘지 않다. 그렇지만 미숙한 필자들이라도 입과 귀로 꾸준히 바르게 연습한다면 자신의 귀를 좀 더 신뢰할 수 있게 되는 이유를 나는 다음 장의 끝부분에서 충분히 제시할 것이다.

또한 소리 내어 읽기는 전체적인 구성이라는 큰 구조에서의 문제를 발견하도록 도와준다. 글을 수정해 의미를 올바르게 전달하고자 할 때 우리는 멈추고 시작하기를 수없이 반복한다. 미시적인 구성의 뒤틀림과 순서를 따라가다 보면 거시적 구성에 대한 시야를 잃게 된다. 나무만 보느라 숲을 볼 수 없게 되는 것이다. 추론과 논리는 듣기 문제라기보다는 분석 문제에 해당하고 신체보다는 정신에 해당하는 것으로 보이지만, 그럼에도 불구하고 우리는 **듣기를 통해** 논리상의 착오를 발견할 수 있는 경우가 많다. 다시 말하면, 기차가 선로에서 벗어날 때 그 선로가 구성의 선로이든 논리의 선로이든 간에 우리는 소리를 듣고 탈선을 알 수 있는 것이다.

소리 내어 읽기는 또한 타이어에서 공기가 점점 빠져나가는 것과 같은 에너지, 초점, 현장감 등의 전반적인 결여를 발견하도록 도와준다. 입과 귀를 통해 우리는 "좋아, 여기서 모든 게 꽤 분명해. 하지만 너무 길어. 핵심에 더 신속하게 도달할 수 있도록 말을 내뱉도록 해. 네 얘기는 나를 지치게 해."와 같은 말을 할 수 있게 된다.

* * *

이 장의 마지막 절에서 나는 소리 내어 읽기가 해결할 수 있는 문제 사례들을 더 많이 제시할 것이다. 또한 우리가 입과 귀를 통해 배우게 되는 것을 문체에 대한 전문가들의 조언과 비교할 것이다. 하지만 우선 다음과 같은 흥미로운 문제를 살펴보자.

소리 내어 읽기와 보통의 말하기는 어떤 관련이 있는가

소리 내어 읽기와 보통의 말하기를 혼동하는 사람은 없을 것이다. 그러므로 글을 수정하기 위해 소리 내어 읽을 때 일상의 말을 하는 경우는 거의 없다. 소리 내어 읽는 과정은 우리가 쓴 문장을 **말하기에 적합하도록** 만들지만 그렇다고 그 문장이 우리가 **말할 때 사용하는** 문장이 되는 것은 아니다. 일상의 말은 일반적으로 격식이 없고 때로는 두서가 없거나 연결이 안 된다. 반면 소리 내어 읽기를 통해 글을 수정하는 습관은 글을 정돈된 형태로 다듬는 데 도움을 준다. 심지어 속어나 격식을 갖추지 않은 표현이 사용되었어도 정돈된 형태의 글이 될 수 있다. 그러므로 일상에서 말한 것을 문자로 옮긴 뒤 소리 내어 읽어 본다면, 모든 언어가 입에서 비롯된 것이기는 하지만 입에 잘 붙는다는 느낌이 거의 들지 않을 것이다. 다음 예문은 실제로 이루어진 말의 한 사례인데, 한 똑똑한 언어학자가 구어의 반복 기능에 관한 세미나에서 즉흥적으로 한 말에서 가져온 것이다.

> 예. 제 생각에 그 기능은 열려 있고, 일반적인 기능을 말하자면, 제 생각에 일반적으로 그 기능은 지시하고, 그래서, 지시하는 기능인데, 청자에게 무엇인가로 돌아오게 지시하는 거고, "이걸 다시 보세요. 이건 여전히 중요합니다. 이건 여전히 잠재적인 의미 또는 일종의 잠재력이 있어서 우리가 활용할 수 있는 거니까 어떤 방식으로든 이용합시다."라고 말하는 거죠. (Johnstone, 1996: 67)

이 전사본은 닉슨 테이프*만큼이나 가치가 있다. 이 예문은 혀에서 나온 것이지만, 혀가 받아들이기에는 적합하지 않다. 우리가 더 유창한 말하기 사례를 살펴본다고 하더라도 그것 역시 수정 과정에서 입과 귀가 채택할 가능성은 거의 없다. (3장에서 언급했듯이, 할리데이와 라보프는 가장 연결성이 떨어지는 말하기가 학자들에게서 나오는 경향이 있음에 주목하는데, 인용한 언어학자의 말하기는 바로 그러한 사례에 해당한다. 그리고 어떤 의미에서 보면 이것은 실제로 '즉흥적'이지 않다. 그 언어학자가 중간에 통사에 대한 생각을 계속 바꿨기 때문이다. 그러나 더 즉흥적인 말하기 상황에서도 대부분의 사람들은 중간에 이런 식의 통사적 변화를 줄 때가 있다.)

자신의 모어에 대한 화자의 지식과 관련하여 흥미로운 난제가 여기에 있다. 한편, 혀가 전달하는 깊이 내면화된 지식과 운동감각적이고 신체적인 지식은 일상적인 말하기에 열중하고 있을 때에 다소 '난삽한' 통사 구조를 낳는다. 다른 한편, 혀에게 마음에 드는 것을 고르라고 하면 이 동일한 혀는 자신이 생산한 것을 거부한다. 이와 같은 역설에 대한 탐구는 분명히 구어와 모어에 대한 우리의 관념을 풍부하고 복합적으로 만들 것이다.

어쨌든 글을 수정하기 위해 입과 귀를 사용할 때, 우리는 입과 귀가 격식 form, 심지어 격식성formality을 좋아하는 것처럼 보인다는 사실을 발견한다. 그런 과정은 종종 일상적 말보다는 다소 격상된 언어를 제공하며, 때로는 다소 인위적인 언어를 제공하기도 한다. 소리 내어 읽기를 통한 글 수정하기가 우리에게 제공하는 것은 **구어** 그 자체가 아니라 **말하도록 유도하는** 언어라고 할 수도 있다.

내가 모든 말하기가 격식이 없는 것이라고 암시하는 것처럼 보이지 않기를 바란다. 미국 문화에서도 최소한 **어떤** 말하기는 어떤 글쓰기보다 더 격식이 있다. (이 점에 대한 언어학자들의 통계적 증거에 대해서는 1부의 '도입'을 참조하기 바란다.) 인간

....
* 56쪽 주 참조.

은 자신의 입과 귀에 우아하게 다가오는 언어의 소리와 느낌을 좋아하는 것처럼 보인다. 윌리스 체이프는 북미의 다양한 토착어를 연구하여 서로 다른 문화에서 이루어지는 의식용 말하기 및 의례용 말하기의 전통에 관한 글을 남겼다(Chafe, 1981). 다음 예문은 격식을 갖춘 인디언의 연설인데, 1804년에 델라웨어족이 모히칸족에게 한 것으로 오래된 선교사 잡지에 실려 있다.

> 그대를 지켜볼 때 나는 그대의 머리가 숙여지고 그대의 눈물이 흘러내리며 그대의 마음이 아픈 것을 봅니다. 나는 그대가 델라웨어 부족의 할아버지를 분명히 볼 수 있도록 나의 손을 뻗어 그대의 눈물을 닦아 줍니다. 그리고 그대가 들을 수 있도록 그대의 막힌 귀를 뚫어 줍니다. 또 그대가 바르게 이해할 수 있도록 혀와 심장을 바르게 돌려 놓습니다. 그리고 그대가 편히 쉴 수 있도록 그대의 침대를 정돈합니다. 나는 그대 앞의 오솔길을 깨끗이 쓸어 놓습니다. (이때 여섯 가닥의 줄에 꿰인 조가비 구슬이 모히칸 부족에 전달되었다. 이에 대해서는 잡지 『파놉리스트Panoplist』를 참조하기 바란다. 이 예문에 대해 라이언 마일스Lion Miles에게 감사드린다.)

비록 19세기의 번역자가 언어를 윤색했을지라도, 화자가 잘 만든 언어에 도달하려고 애쓰고 있었으며 청자들이 그러한 언어를 기대하고 있었음은 거의 확실한 사실이다.

요컨대, 글쓰기가 격식성을 독점하고 있는 것은 아니다. 특정한 종류의 말하기에서도 격식성을 발견할 수 있다. 소리 내어 읽기는 우리를 그러한 격식성으로 인도하는 길이다.

소리 내어 읽기를 통한 글 수정하기는 신체와 정신의 차이와 어떤 관련이 있는가

이 책에서 쉽게 알 수 있는 내용은 신체감각이나 운동감각이 훌륭한 글쓰기에 필요한 언어적 지식을 많이 포함한다는 사실이다. 그리고 글쓰기 과정에서 내리는 모든 결정이 의식적인 숙고의 결과라는 주장이 잘못되었다는 사실이다. 나는 자유작문이 별다른 계획 없이 아이디어와 표현을 찾을 수 있도록 해 주는 것을 좋아한다. 이렇게 찾은 것들에는 매우 좋은 것도 있다. 그리고 나는 입과 귀의 안내를 통해 문장을 수정하는 것도 좋아한다. 나는 좋은 문장을 만들어 내기 위해 문법이나 문체에 대한 의식적인 지식만 사용하지 않는다. 우리가 사용하는 진단 과정에는 신체(소리 내어 읽기)가 포함되며, 글 수정에 대해 판단하기 위해 우리가 사용하는 기준도 운동감각적인 것이거나 신체에 토대를 둔 것이다.

신체의 지능에 관한 연구가 여기저기에서 지겨울 정도로 많이 이루어지고 있다. 나는 군인들이 사격을 할 때 시간을 들여 주의 깊게 조준을 한 경우보다 단지 총을 들고 '감에 의존하여' 쏜 경우가 명중률이 더 높다는 연구 결과를 읽은 적이 있다. 다음은 최근의 사례이다.

성인 피실험자들은 나선형 경사로를 타고 굴러 떨어지는 공이 최종적으로 나올 지점이 어디인지를 예측하도록 요구받는다. 그녀의 설명에 따르면, "그들에게 공의 궤적을 그리라거나 혹은 궤적을 예측하여 말로 표현해 보라고 하면 결과가 매우 좋지 않다. 그러나 팔을 뻗어 공을 찾으라고 하면 그들의 손은 자동적으로 올바른 지점을 향해 간다. 운동 시스템 덕분에 그들은 정확하게 예측할 수 있지만, 그러한 지식은 언어적으로 접근할 수 있는 것이 아니다."(Talbot, 2006: 97)

이와 같이 구어는 언어지만 신체에 뿌리를 두고 있다. 구어는 의식적인 사고가 발견할 수 없는 것들에 접근할 수 있다. 우리의 정신이 우리에게 말해 줄 수 없는 문법 규칙을 우리의 입이 준수하는 것을 보면 이는 아주 분명한 사실이다. 내가 읽은 내용에 의하면 런던의 아이들을 가르쳤던 일군의 교사들은 아이들이 '상류층 사람처럼 말해 보라'는 요구를 받았을 때 '정확한 문법'을 찾아낸다는 사실을 발견했다. 또한 이 책 3장에서 아이들이 매우 이른 시기에 상태 동사와 비상태 동사의 차이를 내면화하여 "나는 나가는 중이야."라는 말은 하지만 "나는 너를 좋아하는 중

이야."라는 말은 하지 않는 것에 대해 설명한 바 있는데, 거기에 소개한 사례도 참조하기 바란다.

내가 여기저기에서 신체와 정신의 차이를 암시할 때, 나는 과장과 비유의 중간에 있는 것을 사용하는 것처럼 보일 것이다. 나는 정신mind이 의식적인 사고conscious thinking보다 폭넓은 개념이라는 것을 안다. 의식적인 사고 없이 행동한다거나 선택한다고 할 때, 그것이 정신을 사용하지 않는다는 뜻은 아니다. 이 점에 대해서는 촘스키 학파의 언어학자로부터 유용한 수정본을 얻을 수 있다. "신체는 단지 정신이 연장된 것일 뿐이다."(Roeper, 2007: 20; Johnson, 1980)

그러나 다시 한번 나의 '거칠고 단순한' 용법을 적극 옹호해 보고자 한다. 신체가 정신이 연장된 것이라고 말하는 것도 역시 과장이나 비유에 해당한다. 대부분의 사람들은 신체와 정신의 차이를 범박한 일상의 상식 수준에서 경험한다. 신체와 정신의 차이는 언어적 측면에서는 평범하며 범주적 측면에서는 심층적이다.

이 계속되는 논쟁은 사실에 관한 것이 아니다. 렌즈 혹은 내가 '렌즈 주장'이라고 부르는 것에 관한 논쟁인 것이다. (이와 관련해 케네스 버크는 '명목적 화면terministic screen'에 대해 말한 바 있다.) 우리는 어떤 것을 말할 때 서로 다른 렌즈를 사용할 수 있다. 이 경우 신체와 정신 간의 분명한 차이를 보여 주는 렌즈를 사용하거나 그러한 차이를 부인하는 렌즈를 사용한다. 각각의 렌즈는 다른 렌즈를 통해서는 잘 보이지 않는 부분을 부각하는 경향이 있기 때문에 서로 다른 렌즈가 모두 필요하다.

그러므로 나는 "입과 귀는 언어가 약하거나 강한 때를 판단한다."라고 내가 말할 수 있도록 만드는 렌즈를 계속 사용할 것이다. 학교와 '정확한 언어 전문가들'이 의식적인 사고에 일종의 독점적 혜택을 부여하고, 신체가 언어를 다루는 것을 불신하는 문화에서는 이 렌즈가 필요하다. (렌즈 주장에 대한 자세한 내용은 나의 「사적 글쓰기에 대한 옹호」(1999)를 참조하기 바란다.)

이것은 결국 이러한 수정 과정에서 주의 깊은 의식적인 숙고를 할 필요가 전혀 없고, 입과 귀 또는 신체기관에 전적으로 의존하면 된다고 말하는 것처럼 보일지도 모른다. 그러나 그렇게 단순하지가 않다. 이런 종류의 수정하기에서 의식적인 숙고는 중요한 역할을 수행한다. 내가 썼던 다음의 문장을 보자.

사람들은 지어낸 철자법 사용 과정으로의 권유가 아이들이 철자를 바르게 쓰는 법을 배우리라는 희망을 완전히 파괴할까 봐 두려워한다.

나의 입과 귀는 문제를 알려 왔다. 많은 다른 이들, 특히 내가 설명한 연습이나 훈련을 어느 정도 한 사람들도 문제를 알아차릴 것이다. 표현이 질척하고 에너지가 결여되어 있다. (문제를 이론적으로 분석하자면, 명사화가 지나치게 많이 사용되었으며 억양 단위가 잘 형성되지 않았다고 설명할 수 있을 것이다.)

그러나 입과 귀가 스스로 모든 문제를 발견할 수 있다고 하더라도 의식적인 사고의 도움 없이는 문제를 바로잡지 못할 때가 많다. 내가 말하고자 한 바를 마침내 정확하게 말하는 표현을 적었을 때, 그리고 고생해서 그 표현을 찾아냈을 때, 나는 종종 덫에 걸린 느낌이나 무력한 느낌을 받는다. 그 표현이 내 혀를 만족시키지 못할 수도 있다. 그러나 내가 찾아내려고 했던 의미를 잃지 않으면서도 더 나은 대안을 어떻게 찾아낼 수 있단 말인가?

나 자신을 움켜잡고 흔들어 대면서 해결책을 요구하는 것만으로도 충분할 때가 가끔 있다. "젠장, 그저 숲속을 산책하든가 맥주를 한잔하면서 친구에게 이 생각을 말하기만 해." 이 방법이 효과가 있을 때도 있으나 많은 경우에는 효과가 없다. 내가 해결책을 모색하는 과정은 어려운 퍼즐을 맞추는 과정과 비슷하다. "이 단어들을 재배열하고 다른 단어들을 찾으면서 내가 말하고 싶은 바를 여전히 말할 수 있는 방법은 무엇일까?" 나는 완전히 임의적인 방식으로 단어 다듬는 일을 시작해야 한다. "마지막 구절로 문장을 시작하면 어떨까? 다른 단어 중에서 무엇을 사용할 수 있을까?" 이것은 시행착오의 과정일 때가 많다. 정교한 지적 작용으로 간주되지는 않지만, 몸이 떠맡도록 하는 것과는 거리가 먼 매우 의식적인 숙고 과정임이 분명하다.

이 사례에서 단어를 다듬는 것은 효과가 없었다. 나는 그것을 말하는 다른 방식을 의식적으로 생각해야 했다. 그리하여 다음과 같이 개선했다.

사람들은 아이들에게 지어낸 철자법을 사용하도록 권한다면 아이들이 철자를 바르게 쓰는 법을 결코 배우지 못하게 될까 봐 두려워한다.

그러므로 여기서 내가 주장하는 것은 입과 귀가 핵심적이기는 하지만 의식적인 숙고 없이는 일을 온전히 해낼 수 없다는 것이다.

소리 내어 읽기가 해결할 수 있는 몇 가지 구체적인 문제

이 절에서는 몇 가지 일반적인 문제를 다루고자 한다. 그리고 마지막 절에서는 문체와 관련해 선구적 전문가로부터 얻을 수 있는 조언을 입과 귀로부터 흔히 얻는 조언과 비교해 볼 것이다. 따라서 독자들 중 나의 주장과 사고 훈련법만 따라가기를 바라고 특정 사례를 건너뛰려는 분이 있다면 곧바로 다음 장으로 넘어가도 된다. 다음 장에서는 소리 내어 읽으면서 글을 수정하는 과정이 왜 그리고 어떻게 실제로 효과를 발휘하는지에 대해 살펴본다.

다음과 같은 몇 가지 흔한 문체상의 문제들은 주의 깊게 소리 내어 읽는 것으로 개선할 수 있다.

- 관료주의적 글. 다음은 한 대학교에서 모든 학생들에게 목표로 제시한 '학습 성과'이다. "학생들은 체계적 불공정을 강화하지 않는 방식으로 공동체에 가입, 참여, 탈퇴한다." 나는 그 학교의 학부 수업에서 학생들에게 혀와 귀를 활용하여 이 문장을 수정하도록 했다. 그 결과 데이나 아비그 Dana Arvig는 다음과 같이 훌륭한 수정안을 만들었다. "학생들은 공동체에 참여하되 체계적 불공정을 강화하지 않는다."

- 비대하거나 장황한 말. 다음은 연습용으로 좋은 문장이다. "이 연구의 전반적 목적은 8개월에 걸친 7학년 수준의 실험에서 변형 문법에 대한 학

생들의 형식적 지식에 절대로 의존하지 않는 문장 결합 연습이 학생들의 자유작문에 나타난 통사적 성숙도의 평균 성장률을 증가시키는지를 조사하는 것이었다."(이 문장을 쓴 학자는 문장 결합 연습을 지지하고 있으나, 나에게는 이 문장이 문장 분할의 필요성을 주장하는 것처럼 느껴진다. 나의 글 「문장 결합에 대한 문제 제기The Challenge for Sentence Combining」(1985)를 보기 바란다.) 혀는 자연스레 문장을 분할해서 의미를 '뱉어 낼' 방법을 모색할 것이다.

- 반복이나 '지겨운 표현'. 글쓰기를 할 때, 특히 미시적으로 작업을 하느라 전체에 대한 조망을 잃은 상태에서 글을 수정할 때, 동일한 단어나 문구를 너무 자주 사용하게 되는 것은 흔히 일어나는 일이다. 글쓰기 안내서들은 흔히 필자들에게 '표현을 다양화하고 반복을 피할 것'을 충고한다. 필자들이 빈번하게 유의어 사전을 찾아보는 이유가 여기에 있다. 짜증 나도록 지겨운 반복을 포착하는 데에는 귀가 제격이다. 과거에 내가 작성했던 짧은 단락 하나를 살펴보자. "소리 내어 읽기를 통해 우리는 표현을 들을 수 있다. 그것은 우리 자신의 표현에 대한 우리 자신의 경험을 심화한다." 즉각적으로 나의 입과 귀는 '표현'이라는 말이 반복되고 있는 문제를 포착해 냈다.

그러나 귀는 반복이 문제되지 않거나 오히려 효과적인 경우도 포착할 수 있다. 반복은 자연스럽게 느껴질 수 있고 글에 활력을 불어넣을 수도 있다. 나는 내가 쓴 문장에서 '자신'이라는 말이 반복되는 것을 들었지만 그것을 힘의 원천으로 여겼다.

톨스토이는 자신의 글에 구어의 특성을 많이 활용했음이 밝혀지고 있다. 특히 그는 구어에 있는 반복의 힘을 느꼈다. 가장 널리 보급된 톨스토이 작품 번역서들은 19세기에 나온 것인데, 여기서는 반복이 제거되었다. 그러나 리처드 피비어Richard Pevear와 라리사 볼로혼스키Larissa Volokhonsky에 의해 이루어진 최근의 번역은 톨스토이가 들려주고 싶었던 의미를 비교적 잘 전달하고 있다. 올랜도 파이지스Orlando Figes는 이 번역본을 칭찬하면서 이전의 번역자들이 "좋은 글을 만든다는 구실로"(-Figes, 2007: 6) 이처럼 강력한 특성에서 어떻게 벗어났는지를 지적하고 있다.

> 안드레이 왕자의 입관 전 장면에서 ··· 톨스토이는 동사 '울다плакать'의 과거 시제를 적어도 일곱 번이나 사용했다. 피비어와 볼로혼스키는 번역자 가운데 유일하게 망설임 없이 'wept'를 계속 사용했다. 가넷Garnett은 'cried'를 네 번, 'wept'를 세 번 사용했다. 루이스 에일머 모드Louise Aylmer Maude는 두 단어를 각각 세 번씩 썼고, 한 번은 아예 생략해 버렸다. 에드먼즈Edmonds는 'wept'를 네 번, 'cried'를 세 번 사용했다. 앤서니 브릭스Anthony Briggs는 'wept'를 다섯 번 사용했고, 한 번은 단어를 생략했으며, 한 번은 'gave way to tears(눈물을 흘렸다)'로 반복을 피했다. (Figes, 2007: 6)

강력한 글쓰기는 반복을 두려워하지 않는다. 또 진실로 훌륭한 필자는 추상적인 지침에 의해 결정하지 않고, 스스로가 원하는 효과가 무엇이며 입과 귀에 잘 맞는 것이 무엇인지에 따라 결정한다. 다음 문장이 'known as'를 처음에는 'called'로, 그다음에는 'denoted'로 바꿈으로써 반복을 어떻게 세심하게 피하고 있는지를 살펴보자.

> Short sections were known as comma, longer ones called colon, and the longest sections denoted as periods. 짧은 부분은 '쉼표'로 알려져 있고, 이보다 긴 것은 '콜론'으로 불렸으며, 가장 긴 부분은 '마침표'로 표시되었다.

이것은 '고상한 변형'이라 불린다. 그러나 'known as'를 세 번 반복한다고 해서 무슨 문제가 있겠는가? 의미 파악은 더 쉬워지고 언어는 더 많은 활력을 얻게 될 것이다. 물론 입과 귀는 문화마다 다르다. 일본인 독자들의 경우 미국 주류 문화에 속한 대부분의 사람들보다 더 많이 반복적인 말을 듣는 것을 즐긴다고 한다.

부상하는 대원칙은 바로 규칙이나 유행을 따르지 말고 입과 귀에 가장 적합한 것이 무엇인지를 보라는 것이다.

- 끊김으로 인해 자연스러운 통사의 흐름이 방해받고 이해가 느려지는 경우. 끊김의 문제는 데이터를 보고할 때 가장 빈번하게 발생한다.

> 미국 국가수준 학업성취도평가NAEP는 읽기 숙달도에 대한 표준화 검사 결과 가장 유창하게 읽은 학생들(4점 척도에서 4점에 해당)이 덜 유창하게 읽은 학생들(4점 척도에서 1점에 해당)보다 훨씬 높은 점수를 받았다고 보고했다.

우리가 입과 귀의 도움을 받는다면, 적어도 내가 앞에서 언급한 바 있는 훈련을 거친 입과 귀의 도움을 받는다면, 다음과 같이 더 괜찮은 결과를 얻을 것이다.

> 미국 국가수준 학업성취도평가NAEP는 읽기 숙달도에 대한 표준화 검사 결과 가장 유창하게 읽은 학생들이 덜 유창한 학생들보다 훨씬 높은 점수를 받았다고 보고했다. 4점 척도에서 덜 유창한 학생들은 4점을 받은 반면 덜 유창하게 읽은 학생들은 1점을 받는 데 그쳤다.

다음에 나타나는 끊김은 꽤 유혹적인데, 논리에 의해 추동된 것으로 보이는 데다 필자가 몇 개의 단어를 절약하려고 한 의도가 보이기 때문이다.

> We want our students to have a critical understanding of, and the ability to produce, the kinds of writing that will be required of them. 우리는 학생들이 자신에게 요구되는 글쓰기 유형에 대한 비판적 이해와 생산 능력을 지니기를 원한다.

그러나 입과 귀는 이 문장의 문제를 포착해 내어 더 활기차고 이해하기 쉬운 대안을 제공한다. 더 길지도 않다.

> We want our students to have a critical understanding of the kinds of writing that will be required of them, and the ability

to produce it. 우리는 학생들이 자신에게 요구되는 글쓰기 유형에 대한 비판적 이해와 그것을 생산하는 능력을 지니기를 원한다.

문장의 조각이 비록 작다 하더라도, 우리의 입은 조각 하나를 완전히 처리하고 나서 다른 조각으로 넘어가야 한다. 다음 예는 지나치게 사소하고 번잡한 것일 수도 있겠지만 원칙을 보다 분명하게 보여 주는 것이기도 하다. 나는 다음과 같이 썼다.

다시 그토록 중요한 단어 'give'가 있다.

나는 입과 귀를 통해 원치 않는 미세한 끊김이 에너지를 약화시키고 있음을 감지했다. 만약 끊김을 뒤로 미룬다면 문장이 더 견고해질 것으로 보였다.

다시 그토록 중요한 단어가 있으니, 바로 'give'다.

끊김이 꼭 나쁜 것만은 아니다. 문제는 끊김이 어떤 경우에 방해가 되고 어떤 경우에 무해하거나 심지어 우아함이나 고상함 혹은 흥미로운 리듬을 더해 주는가 하는 것이다. 혀와 귀는 그 차이를 알고 있다. 물론 취향은 다르기 마련이어서, 우리는 독자가 우리의 언어를 어떻게 읽기를 바라는지 각자 스스로 결정한다. 다만 그 결정은 이론이 아니라 읽기를 바탕으로 이루어진 것이어야 한다. 오늘날의 많은 저자와 교정 편집자들은 18세기에 데이비드 흄이 다음과 같이 사용했던 것보다 더 적은 끊김을 원한다.

작지만 어떤 선의가, 우리 가슴에 스며들어 있다는 것은, 만약, 확실히, 큰 모순 없이, 반박되지 않을 수 있고 허락된다면, 우리의 현재 목적을 이루는 데 충분하다. 그것은 인류에 대한 우호의 불씨이며, 비둘기의 입자가, 늑대와 뱀을 구성하는 요소와 함께, 우리 자신의 틀 안에서 주물러지는 것이다. 이 관대한 감정들이 매우 약하다고 가정해 보고, 이것들이 우리 몸의 손이나 손가락 하나를 움직이도록 하기에도 충분치 않다고 해 보자. 그렇더라도 이것들은 여전히 우리 마음의 결정과, 다른 모든 것들이 동등해지는 곳의 방향을 가리켜야 하며, 치명적이고 위험한 것보다는, 인류에게 유용하고 유익한 것을 선호하는 마음을 낳아야 한다. (Denby, 2004: 96에서 재인용)

그러나 우리는(적어도 나는) 이처럼 고상한 통사적 끊김에서, 그리고 그러한 끊김이 억양에 의한 표현이 지닌 음악과 조응하는 것에서 큰 즐거움을 얻는다. 흄은 아마도 소리 내어 읽으면서 글을 수정했을 것이다. 그의 시대에는 그러한 관행이 높게 평가되었기 때문이다. 헨리 제임스의 글은 내가 즐기기에는 지나치게 많이 구문이 끊기지만, 그럼에도 나는 다른 글쓰기, 특히 학술적인 글쓰기에서 보는 마구잡이식 글쓰기보다는 억양을 이용한 그의 글쓰기를 더 높게 평가한다.

데이터나 정보에서 끊김이 자주 일어나면 학술적, 과학기술적, 법적 글을 이해하는 데 큰 방해가 된다. 삽입하는 말은 전문적인 정보로 이루어지는 경우가 많은데, 이러한 정보는 구절이나 주요 통사 단위의 끝에 있는 자연스러운 휴지 부분에서 제시하는 것이 더 효과적이다. 이런 방식을 취하면 대부분의 독자들은 세부 정보를 꽤 많이 무시할 수 있고, 필요한 독자들은 자연스러운 휴지가 나타나는 부분에 정보가 제시되므로 더 효과적으로 이용할 수 있다.

그러나 이 학자들의 글, 특히 구디의 글(Goody, 1968)과 구디와 와트의 글(Goody & Watt, 1963)을 자세히 읽어 보면, 문식성의 일관적이고 보편적인 —개인적 또는 사회적—과정이나 산물이라는 우리가 방금 본 그림에 대해 의문을 품을 만한 여지가 어느 정도 있음을 알게 된다. 구디는 어떠한 전통적인 사회에서도 비밀주의, 종교적 이념, 사회적 이동의 한계, 글쓰기 자료와 문자에 접근할 수 있는 권한의 미비 등의 요인들이 제한된 문식성을 초래할 수 있음을 지적했다.

마지막 문장이 특별히 거슬리는 것은 끊김 현상으로 인해 우리가 필요로 하고 있는 동사가 너무 늦게 나타나기 때문이다. 우리는 다음과 같이 있어야 할 자리로 동사를 가져오고, 혀가 자연스러운 휴지를 발견할 때까지 끊김을 아껴 둘 수 있다.

그러나 우리가 이 학자들의 글, 특히 구디의 글(Goody, 1968)과 구디와 와트의 글(Goody & Watt, 1963)을 자세히 읽어 보면, 우리가 방금 본 그림에 대해 약간 의문을 품게 될 것이다. 문식성의 과정이나 산물이 지니는 보편성은 전체 사회에 해당하는가, 아니면 각 개인들에게만 해당하는가? 구디는 전통적인 사회에서는 많은 요인들이 문식성의 제한에 기여한다고 지적한다. 그러한 요인에는 비밀주의, 종교적 이념, 사회적 이동의 제한, 글쓰기 자료와 문자에 접근할 수 있는 권한의 미비 등이 있다.

문체에 대해 입과 귀로 배우는 것을 유명한 전문가의 조언과 비교하기

문체에 대한 지침서 중 가장 높이 평가되는 것은 아마도 조지프 윌리엄스의 『문체: 명료함과 우아함을 위한 열 가지 가르침Style: Ten Lessons in Clarity and Grace』(2003)일 것이다. 판을 거듭해 찍었고, 훌륭한 조언과 흥미로운 사례로 가득하다. 그러나 입과 귀는 그가 말한 내용을 **대부분** 제공할 수 있고, 그의 조언을 따르기 위해 필요한 문법적 지식 없이도 그가 말한 내용을 얻을 수 있다는 것이 나의 주장이다. 다음은 명사화를 회피하는 것에 대한 윌리엄스의 조언이다.

명사화된 것이 주어이고 그에 딸린 동사가 없으면, 명사화된 것을 동사로 바꾸고 새로운 주어를 찾으라. (Williams, 2003: 16)

그는 좋은 예를 제공하고 있지만, 그의 원리를 내가 쉽게 이해하고 사용할 수 있겠다는 생각은 들지 않는다. 글쓰기에 대한 조언이 필요한 사람들 중에서, 글을 쓰거나 수정할 때 그의 문법적 알고리즘을 이용해 더 나은 글을 쓸 사람은 많지 않을 것이다. 그러나 명사화가 심각한 문제가 될 때, 즉 명사화가 추상적인 명사 내부에 존재하는 세밀한 의미를 덮어 버리고 활력을 무디게 할 때, 훈련을 통해 감지력이 높아진 입과 귀가 그러한 명사화를 제거하는 것은 흔히 있는 일이다. (예컨대 4장에서 내가 명사화를 어떻게 다루었는지를 보기 바란다.)

우리는 리처드 래넘이 문체에 관해 집필한 다양한 양서로부터도 좋은 조언을 얻을 수 있다. 그중에서도 가장 실용적인 것은 『산문 수정하기』(1987)이다. 그러나 입과 귀를 활용하여 글을 수정하는 것이 그의 관념적인 조언을 따르는 것보다는 훨씬 간단하고 즐겁다. 그가 반복하는 조언은 다음과 같이 요약된다.

1. 전치사를 점검하라.
2. be 동사를 점검하라.
3. 행위의 주체와 객체를 분석하라.
4. 행위 동사를 가급적 단순한 형태로 표현하라.
5. 미적거리지 말고 바로 시작하라.
6. 빈 종이에 문장을 적고 그 모양을 살펴보라.
7. 강조와 느낌에 유의하여 문장을 소리 내어 읽어 보라.

월리엄스와 래넘에게서 얻는 조언은 대부분 훌륭하다. 또한 그들은 틀림없이 문법과 문체에 관해 나보다 훨씬 더 많이 알고 있다. 그러나 입과 귀를 활용한 검토 방식을 내가 선호하는 이유는 사용하기에 더 쉬울 뿐만 아니라, 더 신뢰할 만한 경우가 많기 때문이다. 월리엄스와 래넘은 이론적인 문법 원칙에 의존하지만, 원칙들은 무차별적으로 적용된다. 다음 몇 가지 경우는 원칙이 붕괴되었다고, 아니면 원칙을 신뢰할 필요가 없다고 내가 생각하는 것들이다.

- 윌리엄스는 명사화에 대한 자신의 조언에 따를 경우 '감세에 대한 우리의 논의'를 '우리는 감세에 대해 논의했다'로 고쳐야 한다고 말한다. 그러나 분명히 '감세에 대한 우리의 논의'는 완벽하게 견고하고 명확한 표현이며, 대부분의 맥락에서 적절할 것이다. 명사화가 효과적인 경우는 매우 많다.

- 윌리엄스는 다음과 같은 문장을 잘못되었다고 본다.

  > 전 세계의 과학자들은, 그들이 의도적으로 냉담하고 건조하며 객관적인 문체를 사용해 글을 쓰기 때문에, 과학적 방법에 무지한 일반인과 소통하는 데 어려움을 겪는다. Scientists the world over, because they deliberately write in a style that is aloof, impersonal, and objective, have difficulty communicating with lay people ignorant of scientific method. (Williams, 2003: 92)

  그는 이 문장을 다음과 같이 고쳐야 한다고 말한다.

  > 전 세계의 과학자들은 의도적으로 냉담하고 건조하며 객관적인 문체를 사용해 글을 쓰기 때문에, 그들은 과학적 방법에 무지한 일반인과 소통하는 데 어려움을 겪는다. Because scientists the world over deliberately write in a style that is aloof, impersonal, and objective, they have difficulty communicating with lay people ignorant of scientific method. (Williams, 2003: 92)

  그가 제안한 대안은 깔끔하다. 그러나 나의 입과 귀는 오히려 그가 '잘못되었다'고 말하는 형태를 선호한다. 그것이 의미 전달 면에서 더 좋은 음악을 연주하기 때문이다.

- 형용사를 그것에 딸린 구로부터 분리하면 안 된다는 일반적 문법 원칙을

윌리엄스는 제시한다. 이 원칙에 따라 그는 'as accurate … as any'나 'more serious … than what' 등의 빈 곳에 단어를 넣는 우를 범하면 안 된다고 말한다. 따라서 그는 다음과 같이 개선하라고 조언한다.

— "The accountant has given as accurate a projection as any that could be provided(그 회계사는 제공될 수 있는 어떤 예측 만큼이나 정확한 예측을 했다)."를 "The accountant has given a projection as accurate as any that could have been provided."로 수정하라.

— "We are facing a more serious decision than what you described earlier(우리는 당신이 앞에서 묘사했던 것보다 더 심각한 결정에 직면해 있다)."를 "We are facing a decision more serious than what you described earlier."로 수정하라. (Williams, 2003: 94)

그가 개선한 문장은 수용할 만하고 간결하다. 하지만 최소한 내 입과 귀에 비추어 볼 때 그가 개선한 문장이 더 좋다고 할 수 없다면, 굳이 번거롭게 그의 원칙을 기억해 의식적으로 적용하며 원래의 문장을 수정할 이유가 있을까?

그가 나의 생각을 인정할지는 모르겠지만, 나는 그가 '개선한 문장'에 더 거대하지만 숨겨진 일반 원칙이 있다고 본다. 좋은 문체를 위해 '말하기의 혼적'을 제거해야 한다는 것이다. 나는 그가 '잘못되었다'고 말하는 몇몇 형태에서 어떤 오류나 문제도 찾을 수 없다. 오히려 그것을 소리 내어 읽어 보면 더 자연스럽게 들린다. 그는 글쓰기에 말하기의 기운이 있는 것을 불편하게 여기는 듯하다.

이 점에 대해 독자 한 분이 반대 의견을 제시했다. "당신은 트집을 잡고 있습니다. 왜 논쟁하나요? 이 모든 것은 취향이나 방식의 문제입니다. 아니면 윌리엄스가 규정한 바와 같이 '우아함'의 문제입니다." 그러나 나는 논쟁해야겠다. 만약 이 모든 것이 오류가 아니라 취향의 문제라면, **규칙**으로 정해진 것들이 왜 그토록 많겠는가? 다음 내용이 취향을 발전시키거나 향상하려는 취지로 쓰였겠는가?

1. 진단하라. 독자가 당신의 글을 어떻게 판단할지 예측하려면 다음과 같이 하라.
   a. 짧은(4, 5개의 단어로 된) 도입 구절은 무시하고, 각 문장의 처음에 나오는 7, 8개의 단어에 밑줄을 친다. [윌리엄스가 어떻게 괄호의 사용을 미루어야 했는가에 주목하기 바란다.]
   b. 다음 두 가지를 찾아본다.
      • 밑줄 친 단어 중에 추상명사가 있는가.
      • 동사가 나오기 전에 적어도 6, 7개의 단어가 배열되어 있는가.
2. 분석하라. 그런 문장을 찾았다면 다음과 같이 하라.
   a. 당신이 상정하고 있는 주체, 특히 인물이 누구인지 결정한다.
   b. 그 인물이 수행하는 행위가 무엇인지 찾는다.
3. 수정하라.
   a. 행위가 명사화되어 있다면 동사로 전환한다.
   b. 인물이 동사의 주체가 되게 한다.
   c. '왜냐하면(because)', '만약(if)', '언제(when)', '비록(although)', '왜(why)', '어떻게(how)', '…인지 아닌지(whether)', '…라는 것(that)' 등의 접속사를 활용하여 문장을 다시 쓴다. (Williams, 2003: 41)

이러한 조언이 '글쓰기는 복잡한 규칙을 따르는 것이 전부'라는 통념을 강화할 수밖에 없는 이유는 무엇인가? 이에 대해서는 피에르 부르디외Pierre Bourdieu의 논증을 가져오는 것이 좋을 듯하다. 그에 따르면, 난해함은 요리부터 예술작품 감상에 이르는 광범위한 문화적 활동에서 '고급'과 '저급'을 구별하도록 하는 중요한 특징이다(Bourdieu, 1984).

우리가 사람들의 취향과 품위를 발전시키고자 한다면, 사람들로 하여금 자신의 입과 귀를 사용하는 연습을 하도록 하는 것이 좋다. 그럼으로써 사람들은 더욱 섬세하고 숙련될 수 있으며 결국 더욱 우아해질 수 있다. 이는 **자신만의 문체**와 취향을 발전시키고 향상시킬 수 있는 방법이다. 다른 사람의 목소리나 문체 관념을 흉내 내기 위한 기계적인 원칙, 절차, 체계를 따르는 대신에 말이다.

윌리엄스와 래넘도 귀의 도움을 받아야 한다는 점을 때때로 인정한다. 그러나 그들의 판단은 대부분 문법 원칙의 분석에 기초해 이루어진다. 윌리엄스는 자신의 책 제목에서 **우아함**을 부각했다. 그러나 내 생각에 그는 단지 **깔끔함**을 선호하는 듯하다. 문장이 음악적이지 않고 딱딱한 경우에도 그런 것 같다. 그보다는 나는 래넘의 조언을 좋아한다. 래넘의 목소리와 문체는 훨씬 더 생동감 있고 인간적이다. 평생 동안 영국 르네상스 시기의 산문, 시, 수사학에 대한 연구를 수행해 왔기 때문인지, 그는 입과 귀를 많이 사용한다. 언어에 대한 그의 사고는 훨씬 유연하고 폭이 넓으며, 문체에 대한 포괄적 원칙이 지닌 한계를 잘 감지한다. 그의 초기작 중 가장 흥미로운 책은 『문체: 반교과서Style: An Anti-Textbook』(1974)로서, 제목은 그의 접근법에 대해 많은 것을 말해 준다.

＊　＊　＊

다음 장에서는 소리 내어 읽기가 **어떻게** 그리고 **왜** 글을 향상시킬 수 있는가라는 흥미로운 질문을 던질 것이다.

음절문자, 그리고 1820년 아칸소에서 시쿼야가 발명한 것

명백한 표기 체계의 발명이 단 세 번만 있었다는 것을 알고 놀란 사람은 나밖에 없을까? 세계에는 다양한 유형의 표기 체계가 있고, 그것들은 서로 무척 달라 보인다. 그러나 러셀 버나드의 주장에 따르면, 이러한 다양성은 많은 부분 그가 '자극 확산stimulus diffusion'이라 부르는 과정을 거쳐 나타난 것이다. 인더스 계곡은 몇몇 학자들이 표기 체계의 발명이 네 번째로 이루어진 지역이라고 생각했던 곳이다. 그러나 버나드의 말에 의하면 인더스 계곡의 사람들은 새로워 보이는 것, 사실상 새로운 것을 만들기는 했으나, 그건 빌려 온 모델을 기반으로 발명한 것이었다.

> 표기 체계와 문식성에 대한 아이디어는 언어 접촉에 의해 유발되지만, 문자 체계의 개발은 순전히 지역 내에서 이루어진다. 고대 인더스 문명의 하라파Harappa 사람들은 고대 셈어를 채택하는 대신 셈어를 말하는 사람들과의 무역을 통해 표기 체계에 대한 아이디어를 얻었을 것이다. 그 후 그들은 자신만의 [매우 다른] 문자 체계를 개발했다. (Bernard, 1999: 26)

미국 쪽으로 넘어오면 기막히게 좋은 예를 찾아볼 수 있다. 1820년 무렵 아칸소에 시쿼야Sequoyah라는 이름의 아메리카 원주민인 체로키 인디언이 살았다. 그는 읽고 쓸 수 없었으나 주변에서 본 것들에서 표기에 대한 아이디어를 얻어 자신만의 표기 체계를 고안했다. 체로키어의 표기를 위한 독창적인 음절문자를 만든 것이다. 그는 크레타섬의 미노아 사람이 이미 3,500년 전에 음절문자를 발명했었다는 사실을 전혀 알지 못했다. (자모식 표기 체계나 표어식 표기 체계와는 다른 음절식 표기 체계에 대한 설명은 1장 뒷부분의 '문식성 이야기'를 참조하기 바란다.)

다음은 재러드 다이아몬드의 『총, 균, 쇠Guns, Germs, and Steel』(1997)에서 발췌한 것이다.

시쿼야는 관찰을 통해 백인들이 종이 위에 표시를 한다는 것, 그리고 긴 말을 기록하고 재현하는 데 그러한 표시를 사용함으로써 엄청난 이로움을 얻는다는 것을 알게 되었다. 그러나 1820년 이전 대부분의 체로키 인디언들이 그러했듯이 시쿼야 역시 글을 몰랐고 영어를 말하거나 읽지 못했기 때문에, 표시의 구체적인 사용법은 그에게 수수께끼로 남아 있었다. 시쿼야는 대장장이여서 고객의 외상값을 기억하는 데 도움이 될 만한 수량 체계부터 만들었다. [그러니 그는 지속적인 회계 기록이 표기 체계 발명의 씨앗이 되었던 중세 시대의 과정을 되밟은 셈이다.]

그는 … 그림을 그리는 것부터 시작했다. 그러나 그것은 너무 복잡한 데다가 예술성까지 요구되었으므로 포기했다. 그다음에 그는 각각의 단어에 대응하는 별도의 기호를 고안했다. 그러나 수많은 기호를 만들었지만 여전히 기호가 부족한 상황에 놓이자 이 또한 만족스럽지 못했다.

마침내 시쿼야는 단어가 적당한 수효의 서로 다른 소리 조각들로 이루어지며 이 조각들이 많은 단어에 반복적으로 나타난다는 사실을 깨달았다. 이 소리 조각들이 바로 우리가 음절이라고 부르는 것이다. 그는 음절을 나타내는 기호를 처음에 200개를 만들었지만 점점 85개까지 줄여 나갔다. 이 기호는 대부분 하나의 자음과 하나의 모음이 결합된 것이었다.

시쿼야는 한 교사가 자신에게 준 영어 철자 학습서에 있는 글자를 베끼는 연습을 했는데, 이는 시쿼야가 만든 기호들의 한 원천이 되었다. 그가 만든 체로키어 음절 기호 중에서 대략 24개 정도는 그 글자를 직접 가져온 것이다. 물론 그 의미나 소리는 완전히 바뀌었는데, 이는 시쿼야가 영어의 의미나 소리를 몰랐기 때문이다. …

시쿼야의 음절문자는 전문적인 언어학자들에 의해 널리 인정되고 있다. 체로키어의 말소리에 잘 들어맞고 배우기도 쉽기 때문이다. [크리Cree족 화자들은 겨우 몇 달 만에 상당한 문식성을 갖출 수 있었다!] 짧은 기간 내에 체로키 인디언들은 거의 100퍼센트의 문식성을 갖추었다. 그들은 인쇄기를 구입했고, 시쿼야가 창안한 기호를 활자로 주조하였으며, 책과 신문을 인쇄하기 시작했다. (Diamond, 1997: 228-230)

플로리안 쿨마스는 표기 체계에 대한 자신의 저서에서 다양한 음절문자를 다루고 있다. 일본인들은 '히라가나'와 '가타카나'라고 하는 두 가지 음절문자를 가지고 있다. (그들은 중국 문자인 '간지'를 이용한 제3의 표기 체계를 가지고 있었다.) 음절문자는 113개의 적은 음절을 가진 구어체 일본어에 잘 들어맞는다. 반면 중국어의 경우는 성조를 고려하지 않더라도 400개의 음절이 있으며, 동일한 음절의 상이한 성조까지 감안한다면 음절이 1,277개로 늘어난다(DeFrancis, 1984: 42).

쿨마스는 사용되는 모든 음절을 완벽하고 정확하게 표현하는 것이 목적이라면 대부분의 음절문자는 결함이 있거나 불완전하다고 할 수 있다고 말한다. 그러나 그러한 한계나 결함이 '경제성'과 '해석의 용이성' 간의 실용적인 균형과는 무관하다는 사실에 쿨마스는 주목한다. 법정의 속기사들과 텔레비전 자막 입력자들이 빠르게 지나가는 말을 기록할 수 있는 것은 자판을 한 번만 눌러도 여러 음절을 입력할 수 있는 기계 덕분이다. (어떤 경우에는 한 번에 전체 단어를 입력할 수도 있다. 시쿼야에 대해 더 자세한 내용을 보려면 질 레포리의 저서 『A는 미국인을 위한 것이다A Is for American』(2002)를 참조하기 바란다.)

12

소리 내어 읽기를 통한
효과적인 수정 방법

이제부터 소리 내어 읽고 입과 귀의 안내를 받아 글을 수정할 때 어떤 일이 벌어지는지 말하고자 한다. 이 장은 사람들의 실제 활동을 돕는 실용적 조력자는 아니다. 오히려 나는 자동차 보닛을 열어 무엇이 차를 움직이게 하는지 살펴보려고 한다. 본질적으로 나는 단순한 과정이 왜 그렇게 작동하는지에 대한 많은 복합적인 이유를 찾을 것이다. 분석은 매혹적이며, 또 말하기가 글쓰기를 돕는 방식을 이해하는 데 아주 중요하다고 생각한다. 그러나 이러한 열망이 독자들이 제기할 수도 있는 진지한 반대나 내가 갖춰야 할 자질을 모호하게 만들지 않도록 주의할 것이다. 나는 이 장의 끝부분에서 다시 이 문제로 돌아갈 것이다.

자신이 쓴 글을 소리 내어 읽는 일이 왜 유용한가

묵독할 때는 괜찮다고 여겼던 구절을 소리 내어 읽는 순간, 나는 즉시 약점을 느낀다.

새뮤얼 버틀러의 이 말은 소리 내어 읽기의 가장 뚜렷한 장점을 짚어 낸다. 소리 내어 읽는 것은 우리의 지각을 다양한 경로로 이루어지게 함으로써 우리 자신의 언어에 대한 경험을 강화한다. 우리는 자신의 표현을 눈이나 마음으로만 이해하지 않는다. 우리는 자신의 표현을 입이나 귀로도 느끼며, 우리 몸을 통해 진정으로 자기수용적으로 경험한다. 플로베르는 소리 내어 읽으면서 자신의 산문을 검토할 방음실을 만든 뒤, 자신의 글을 "**주둥이**로 검토하면서(à l'épreuve du gueuloir)" 글을 썼다고 말한 바 있다. (입의 비속어인 '주둥이'는 그가 사용한 표현이다.)

나는 소리 내어 읽기의 네 가지 장점을 다음과 같이 제시한다.

• 사람들이 효과적인 글을 쓰지 못하는 까닭은 자신의 말을 충분히 '소유' 하거나 '점유'하지 못하고 있기 때문이다. 이것은 학생들에게 흔히 나타나는 현상인데, 그들은 단지 (나 같은) 누군가가 자신에게 글을 쓰게 했다는 이유만으로 글을 쓴다. 학생들이 "이 형편없는 보고서를 쓰기로 한 건 내 생각이 아니었어."라고 느낀다면, "이건 실제로 내 보고서가 아니야. 나는 단지 내가 말하기로 되어 있는 것을 쓴 것뿐이야."라고 느낄 수밖에 없다. 그렇게 나온 결과물은 종종 죽은 것이다.

직장에서도 사람들은 쓰기로 되어 있는 것을 쓴다. 이러한 상황에 있는 사람들은 자신들이 쓴 것을 소리 내어 읽고 주의를 기울이는 것에 대해 아무래도 상관없다고 **느끼며** 노력을 기울이지 않는다. 물론 소리 내어 읽는 일은 사람들이 글쓰기에 **실제로** 관심을 갖지 않는 한 도움이 되지 않을 것이다. 그러나 단지 학점이나 좋은 업무 평가만을 위해서라도 자신의 글쓰기가 나아지기를 바란다면, 그들은 확신을 가지고 읽을 수 있는 말을 찾을 필요를 깨닫게 될 것이다. 좋은 글쓰기에는 자기투자라는 신비로운 행동이 동반되는데, 소리 내어 읽기가 바로 그것이다. 소리 내어 읽기는 좋은 글이 아닌 경우를 우리가 알아차릴 수 있게 한다.

- 소리 내어 읽기를 통해 우리 자신의 말을 경험할 때, 우리는 **남들이 어떻**게 그 말을 경험할지를 알 수 있다. 우리는 왜 지나가면서 거울을 그렇게나 자주 들여다보는가? 단지 허영 때문만은 아니다. 사실 그것은 허영이라고 볼 수 없다. 우리는 자주 다른 사람이 우리를 어떻게 보는지를 확인하고 싶어 한다. 소리 내어 읽기는 그러한 관찰을 제공한다. 쓴 말을 소리내어 읽는 것은 마치 마술을 부려 다른 사람을 방에 데려온 것과 같다. 우리는 그러한 다양한 지각 통로를 통해 자신의 말을 읽고 경험하면서 청중에 대한 인식을 확장한다.

- 글을 소리 내어 읽으면, 자신이 쓴 말의 **소리를 듣는** 외부의 **물리적 경험**과, 그 **의미를 느끼는** 내부의 **정신적·인지적 경험** 사이의 부조화나 마찰을 알아차릴 수 있는 기회가 늘어난다. 수정을 위해 소리 내어 읽는 활동을 한 후, 우리는 표현과 의미가 서로 잘 들어맞지 않는 경우가 있음을 알아차리기 시작한다. 즉 우리의 발이 너무 큰 신발 안에서 헤엄치고 있다고, 소리가 의미를 교란시키거나 다소 약화시키고 있다고 느끼는 것이다. 나는 많은 사람들이 이렇게 말을 소리 내어 읽으면서 이런 종류의 교란이나 잡음을 듣게 된다고 생각한다. 꼭 다음과 같은 끔찍한 구절이 아니더라도 말이다.

> 내 연구는 그해 하원의원 선거와 대통령 선거 모두를 동시에 설명하는 모형을 통해 …를 보여 준다.

우리는 운동감각적 경험을 통해 이러한 구절이 독자들에게 필요 이상의 어려움을 안겨 주리라는 점을 안다. 우리는 의식적으로 혀와 귀에서 서로 다른 표현을 만들어 냄으로써, 물리적 소리와 정신적 의미가 더 잘 결합되는 방식을 찾는다. 다음은 앞의 표현을 개선한 것이다.

> 내 연구에서는 그해 하원의원 선거와 대통령 선거를 모두 설명하는

모형을 사용했다.

소리와 의미가 잘 들어맞을 때, 우리는 **의미의 육체화**에 더 가까워진다. 그리하여 독자들이 의미를 더 잘 **경험**할 수 있는 기회를 제공하게 된다. ('의미 느끼기'라는 이해하기 힘든 작업에 대해 더 자세히 알려면 '감각적 의미'에 대한 젠들린의 저서(Gendlin, 2007) 및 펄의 저서(Perl, 2004)와 나의 글 「감각적 의미와 잘못된 표현」(2004)을 참조하기 바란다.)

> 또 다른 작은 예를 들어 보자. 나는 문장을 조직하는 방법으로 '전자…후자'를 사용할 때 소리와 의미 사이에 일종의 잡음이 있음을 가끔 발견한다.
>
> 이 주장은 위험하게도 지역의 식량 제도를 지속 가능한 식량 제도와 동일시하는 것에 가깝다. 특히 전자가 단지 후자의 한 구성 요소일 때 그러하다.
>
> 이 문장은 복잡하지 않고 오히려 단정하며 우아하다. 그러나 문장의 의미는 나에게 뒤떨어진 것처럼 보인다. 이런 표현에서 나는 되돌아가서 무엇이 전자이고 무엇이 후자인지 확인하느라 늘 정신적 에너지를 소모한다. '전자… 후자'는 구어에서는 실제로 결코 나타나지 않는다는 사실에 주목하자. 나는 말투란 논리적 차원, 공간적 차원, 시각적 차원에서 비롯되는 것이지, 의미를 소리와 시간 속에 잘 끼워 넣는 것은 말투가 아니라고 생각한다. (이에 대해서는 15장을 참조하기 바란다.)

- 소리 내어 읽기는 철자, 문법, 부주의하게 생략되거나 반복된 단어들, 문법과 용법의 규약 등 글의 외형적인 면을 위해서도 도움이 된다. 철자는 순수하게 시각적이지만 우리는 입과 귀를 통해 눈이 놓친 것을 잡아낸다. 조지프 윌리엄스는 그의 글 「오류의 현상학The Phenomenology of Error」(1981)에서 오류를 바로잡는 간단한 방법으로 소리 내어 읽기를 소개하고 있다.

데비 로는 학생들이 자신의 글을 컴퓨터가 소리 내어 읽을 때 글을 더 잘 수정할 수 있는지에 대한 흥미로운 연구를 진행한 바 있다. 참고로 컴퓨터는 이 일을 점점 더 잘 해내고 있다. 이러한 과정이 유용하다는 것은 명백하다. 컴퓨터는 연습을 안 해 본 사람이나 그럴 만한 용기가 없는 사람보다 더욱 명료하고 응집성 있게 읽을 수 있다. 그리고 컴퓨터는 필자가 소리 내어 읽으며 사소한 무의식적 정정을 할 때 종종 놓치는 작은 실수를 필자가 **듣도록** 한다. 그런데 로조차도 우리가 **몸**으로 언어와 의미를 받아들이는 결정적 과정을 건너뛸 때 중대한 손실이 발생함을 인정하지 않을 수 없었다.

어쨌든, 소리 내어 읽는 능력은 수학을 비롯한 다양한 교과의 성취와 상관이 있음이 증명되어 왔다(Wood, 2006). 린디 크로퍼드Lindy Crawford와 제럴드 틴덜Gerald Tindal과 스티브 스티버Steve Stieber는 다음과 같이 말한다.

> 미국 국가수준 학업성취도평가NAEP는 읽기 숙달도에 대한 표준화 검사 결과 가장 유창하게 읽은 학생들(4점 척도에서 4점에 해당)이 덜 유창하게 읽은 학생들(4점 척도에서 1점에 해당)보다 훨씬 높은 점수를 받았다고 보고했다.
> … 이전의 연구들에서는 [소리 내어] 읽기의 성취도가 수학 성취도의 강력한 예측 요인임을 입증하였으며 … 적응에 대한 초기 연구에서는 수학의 선다형 시험 문항을 소리 내어 읽는 것이 학생들이 읽기 문제를 해결하는 데 도움이 됨을 보여 준 바 있다. (Crawford, Tindal & Stieber, 2001: 307)

억양 단위의 역할

소리 내어 읽기의 목적은 잘못되었거나 뒤얽혀 있거나 활기 없는 곳을 찾아내는 것이다. 그러나 문제를 찾는 일은 첫 단계에 불과하다. 우리는 문제를 고쳐야 한다. 이제 소리 내어 읽기에서 수정하기로 넘어갈 차례이다. 그런데 개선을 꾀하려 할 때마다 우리는 소리 내어 읽음으로써 이를 **검토한다**는 점을 기억하기 바란다.

입과 귀의 지시에 따른 수정의 힘을 이해하기 위해서는, 억양 단위의 역할에 주목할 필요가 있다. 글을 개선하기 위해 소리 내어 읽을 때 억양을 사용하는 세 가지 방법은 다음과 같다.

1. 5장에서 나는 말하기가 산출하는 억양 단위를 보면 억양 단위 내의 문법적 연결은 잘 이루어지지만, 억양 단위들 **간의** 문법적 연결은 잘 이루어지지 않는 경우가 종종 있다고 말한 바 있다. 1장과 5장에서 인용되었던 앨버틴의 말을 살펴보자.

   > and we decided- 그리고 우리는 결정했어요
   >
   > I wanted to know 나는 알고 싶었어요
   >
   > the great question that was on my mind- 내 마음속에 있는 큰 의문을요-
   >
   > I'll never forget- 나는 절대 잊지 못할 거예요
   >
   > that's folk curiosity. 그건 인간에 대한 호기심이에요.

   소리 내어 읽으면 우리는 억양 단위들 간의 문법적 연결이 좋지 않은 것을 듣게 된다. 그리고 이를 고치고자 할 때 더 이상 청자에게 억지로 계속 말하지 않고 서로 다른 버전을 시도해 볼 수 있다. 억양 단위들 간에 문법적 연결이 잘 이루어져야만 우리의 입과 귀가 만족할 것이다.

2. 앨버틴의 말에서 억양 단위는 어구로서는 **상당히** 완전하고 응집성이 있다. 그러나 1장에서 나는 불완전하고 응집성이 없는 억양 단위를 보인 저녁 식사 자리의 대화 예시도 제시한 바 있다.

   > 화자 2 다시:
   >
   > ... (0.3) Some élephants and these 몇몇 코끼리들하고 이들
   >
   > ... (0.1) they 그들

... (0.7) there 거기에

these gáls were in a Vólkswagen, 이 아가씨들은 폴크스바겐 안에 있었는데,

... (0.4) and uh, 근데 어,

전문적인 말하기 교육을 받지 않은 화자는 이런 식의 언어를 산출한다. 체이프에 따르면, 이 말이 억양 단위로 묶여 있긴 하지만, 이런 식으로 단위가 분절적으로 생산되는 것은 화자가 머릿속으로 적절한 단어를 찾아 헤매고 있기 때문에, 즉 짧은 시간 안에 생각해 낼 수 있는 것의 한계를 극복하고자 애쓰고 있기 때문이다. 물론 이 말도 소리 내어 읽으면서 대안을 찾아 수정하는 시간을 갖게 된다면, 이러한 비응집성을 피하게 된다.

이 두 사례는 말하기와 관련된 것으로, 글쓰기를 고려한다면 문제점이 다소 극단적으로 나타난다. 이 사례들에서 억양 단위와 연결은 글을 쓸 때 일반적으로 나타나는 억양 단위와 연결보다 더 불만스러울 수 있다. 그러나 이런 **종류**의 문제점에도 불구하고, 우리가 말하듯이 글을 쓰면서 빠르게 방해 없이 자유작문을 한다면, 소리 내어 읽기는 좋은 해결 방법이 될 것이다.

3. 그러나 의식적으로 종이에 단어를 적을 때, 특히 고통스럽게 수정하면서 적을 때 우리는 억양의 관점에서 종종 비슷한 문제를 만나게 된다. 우리는 100퍼센트 올바르고 정확한 문법으로 글을 끝맺는 데 성공할 수도 있지만, 의미의 정확성을 꾀하기 위해 한 번에 한 단어만 선택하거나, 마음을 바꿔 다른 단어를 사용하거나, 한 단어 대신 한 구절을 사용하거나, 다시 이 모든 것을 조정하고, 문법적 오류를 제거하기 위해 더 자세한 조정을 하다가, 명료하고 일관된 억양이 있는 구절을 갖추지 못한 뒤엉킨 언어로 글을 끝맺기도 한다.

소리 내어 읽기를 통한 수정은 여기에서도 좋은 해결 방법이 된다. 시간을 들여 모든 문장이 입에서 자연스럽게 느껴지고 귀에서 가볍게 들리도록 한다면, 그 과정은 우리의 문어를 더욱 편안한 억양 단위로 이끌 것이다. 이는 표현이 언어의 자연스러운 문법적 패턴에 편안하게 들어맞게 됨을 의미한다. "음운론에서의 어조 단위[억양 단위]는 문법에서의 정보 단위가 된다."(Halliday & Greaves, 2008: 58) 그리고 언어가 문법에 잘 맞으면 의미는 표현에 잘 맞게 된다. 이는 과정을 더욱 용이하게 이끌고 귀를 더욱 즐겁게 한다. 할리데이와 그리브스는 주목할 만한 저서 『영문법에서의 억양』(2008)에서, 억양 단위와 영문법 사이의 긴밀한 연결이 지닌 매우 복잡한 내용을 상세하게 밝힌 바 있다.

이와 관련해 문제가 되는 문장은 다음과 같다.

> 그 기사가 난 직후, 웨일Weill 씨가 세운 것으로 그 공을 인정받던 재정 체계가 무너졌으며, 그 과정에서 상당한 이차적 피해가 가해졌다.

여기서 대부분의 억양 단위는 자연스럽고 편안하며 의미에 잘 들어맞지만 가운데 부분은 그렇지 않다.

> 웨일 씨가 세운 것으로 그 공을 인정받던 재정 체계가 무너졌다.

이러한 종류의 문법은 마음의 눈이 의미에만 가 있고 귀가 억양의 리듬을 듣지 않을 때 나타난다. 물론 이것은 충분히 자연스러운 것이고, 우리 눈은 의미를 계속 주시할 필요가 있다. 그러나 입과 귀를 통해(마술적인 운동감각적 과정이 아니라 그저 하나하나 다듬으며 표현을 바꾸는 일을 통해) 수정하면 다음과 같다.

> 그 기사가 난 직후 우리는 재정 체계가 무너지는 것을 목격하였다. 그것은 웨일 씨가 세운 것으로 공을 인정받던 것이었다. 그 몰락으로 상당한 이차적 피

해가 가해졌다.

나는 의미를 더 잘 살리고 억양 단위 면에서도 좋은 글을 찾아냈으나 이것을 머리로 생각해 낸 것은 아니다. 나는 나의 혀와 귀를 즐겁게 하고자 했을 뿐이다. 나의 주요 주장은 다음과 같다.

- 쓰인 단어는 말하는 사람의 입과 읽는 독자의 귀(외부의 귀나 내부의 귀)에 억양을 잘 살린 구절이 **되도록** 배열되거나 만들어져야 한다.
- 억양 단위는 언어의 문법과 밀접한 관련이 있고, 억양 면에서 잘 만들어 졌다는 것은 문법적으로 잘 만들어졌음을 의미한다. 이는 표현을 더욱 쉽고 즐겁게 만들어 준다.
- 속독과 묵독을 하는 독자들도 읽으면서 무의식적으로 단편적이지만 음 성적으로 반응하는 경우가 있다는 몇몇 증거가 있다(Chafe, 1994: 288; Chafe, 1988; Fodor, 2002). 그러나 설령 어떤 독자들이 아무것도 듣지 못 하더라도, 좋은 문법적 유형화로부터는 이득을 얻는다.

입에 잘 맞고 언어의 자연스러운 문법 유형에 잘 맞는 편안한 억양 표현이라고 내가 가정하고 있는 것과, **실제** 억양 단위 간의 차이를 잠시 생각해 보자. 사실, 우리 는 소리를 내지 않고 글을 쓰면 억양 단위를 볼 수 없다. 억양 단위는 구어의 소리와 관련된 것이다. 그러므로 만약 내 주장의 핵심인 좋은 억양 패턴에 맞는 문어에 대 해 말하고자 한다면, 나는 억양에 대한 가정을 하고 있는 것이다. 독자들은 자신이 원하는 억양으로 글을 읽을 자유가 있다. 간단히 말해 억양을 잘 살린 표현이 무엇 인지에 대해 토론하기는 쉽지만, 그것이 얼마나 좋은가를 판단하는 가장 좋은 근거 는 추상적 원칙이 아니라 입과 귀일 것이다.

적절한 혹은 부적절한 억양 단위의 구체적인 사례로, 스티븐 부스Stephen

Booth라는 작가의 책『귀중한 난센스Precious Nonsense』(1998)의 다음 두 단락을 들 수 있다.

> (1) 읽기에 전념하고 뒤에 나오는 책에 관심이 있는 독자라면 누구나 도입부를 건너뛰는 것이 좋을 것이다. 내가 이 도입부를 통해 바라는 바는 여기에서 소개하는 글들에 모두 나와 있다. 내가 도입부를 쓰고 있는 이유는 단지 학술적 비평문을 읽는 사람(일반적으로 학술적 비평문을 쓰는 사람)이 그러한 비판적 연구들을 단지 '사실 확인'만을 위해 읽는 것이 아님을 경험상 알고 있기 때문이다. (Booth, 1998: 1)
>
> (2) "지상에서 사라지지 않아야 한다(shall not perish from the earth)."*라는 말과 성서의 관련성을 다룰 때의 어려움은 그의 연구가 최근 잠정적으로 그러했던 것처럼 그 근거의 특수성이 발표자를 압도할 수 있고 성서에 대해 잘 알고 있는 청중을 상정하도록 발표자를 이끌 수 있다는 것이다. (Booth, 1998: 32)

물론 둘째 단락이 글로서는 덜 성공적이다. 이해하기에는 더 좋을지 모르지만 문법적으로나 의미상으로 덜 만족스럽다. 이러한 문제에 대한 전통적인 진단은 문법에 초점을 두는 것이다. 해당 단락에는 모든 것이 지나치게 긴 하나의 문장 안에 들어가 있고, 주어가 거대한 덩어리의 절이고, 목적어는 '…다는 것(that)'이 이끄는 더 거대한 덩어리의 엉성한 절이며, 주요 동사인 초라한 '이다(is)'는 이 두 동사적 덩어리를 감각적 의미에서 하나로 만들기 위해 분투한다. 전통적인 분석에서는 필자들에게 전통적인 충고를 한다. "문장을 너무 길게 쓰지 마라.", "주어와 목적어에 긴 복문을 쓰지 마라.", "'…인 것이다(to be)' 대신 능동사를 사용하라." 등이 그것이다. 그러나 글쓰기는 그러한 문법 지향적 규칙

....

* 　미국 링컨 대통령의 1863년 게티즈버그 연설의 주요 내용 중 하나.

들을 모두 어길 때라도 강력해질 수 있다.

내가 주장하는 바는, 두 단락 모두에서 억양 단위를 살펴본다면 더욱 유용한 문제 진단이 가능하다는 것이다. 나는 부스의 첫 단락에서 사용된 단어들이 영어를 모어로 하는 독자 대부분에게 상당히 편안한 억양 단위로 들리거나 읽힌다고 본다. 그 억양 단위들에 밑줄을 치면 다음과 같다.

> <u>Any reader committed to reading</u> and <u>paying attention to the book</u> <u>that follows</u> can <u>profitably skip this introduction</u>. <u>Everything I want</u> <u>the introduction to do</u> is done <u>in the essays it introduces</u>. <u>I am writ-</u> <u>ing an introduction</u> only because <u>experience has taught me</u> that <u>people who read academic criticism</u> — usually <u>authors of academic</u> <u>criticism</u> — <u>do not so much read critical studies as "check them out."</u> <u>읽기에 전념하고 뒤에 나오는 책에 관심이 있는 독자라면 누구나</u> <u>도입부를 건너</u> <u>뛰는 것이 좋을 것이다</u>. 내가 이 도입부를 통해 바라는 바는 여기에서 소개하는 글들에 모두 나와 있다. 내가 도입부를 쓰고 있는 이유는 단지 <u>학술적 비평문을 읽는</u> <u>사람</u>(일반적으로 <u>학술적 비평문을 쓰는 사람</u>)이 그러한 비판적 연구들을 '<u>사실 확</u> <u>인</u>'만을 위해 읽는 것이 아님을 <u>경험상 알고 있기</u> 때문이다.

단어들을 보기 편하게 묶고 짧은 휴지들이 있기 때문에 독자들은 이 단락을 편안하게 이해할 수 있다. 이를 둘째 단락과 비교해 보자.

> The difficulty in dealing with the relation of *shall not perish from* *the earth* and the Bible is that the specificity of the evidence can overwhelm its presenter and lead him to posit an audience as finely tuned to biblical echoes as his research has recently and temporarily made him. "지상에서 사라지지 않아야 한다."라는 말과 성서의 관련성을 다룰

때의 어려움은 그의 연구가 최근 잠정적으로 그러했던 것처럼 그 근거의 특수성이 발표자를 압도할 수 있고 성서에 대해 잘 알고 있는 청중을 상정하도록 발표자를 이끌 수 있다는 것이다.

위 글에서 언어가 자연스럽게 묶이거나 편안한 억양 표현을 이끌어 낸다고 보기 어렵다. 첫 억양 단위가 짧은지('The difficulty'), 긴지('The difficulty in dealing with'), 아니면 매우 길어서 'perish from the earth'까지 이어지는지가 불확실하다. 이렇게 불확실한 이유는 단어들이 실제로 아주 잘 들어맞지 않기 때문이다. 문법적 유형화는 약하거나 모호하다. 따라서 단어들을 함께 붙들어 주는 강력한 문법적 접착제가 없고 또 자연스럽게 편안한 휴지를 취할 수도 없다. (또는 단어의 소리와 감각적 의미 사이에 많은 잡음이 들린다고 말할 수도 있다.)

부스가 이 문장을 주의 깊게 소리 내어 읽어 보았더라면, 분명히 그의 입과 귀와 몸은 이러한 문제를 느꼈을 것이다. 그리고 그가 무엇이 더 만족스러운지 찾아내기 위해 이러한 운동감각을 사용했다면, 더욱 강하고 명료한 억양 표현을 만들어 낼 수 있었을 것이다. 다음은 내가 입과 귀로 고쳐 쓰기를 해 본 것이다. 이것은 진정으로 원하는 글을 만들기 위해 전체 맥락을 더욱 크게 재구성한 것이다.

어떤 사람이 "지상에서 사라지지 않아야 한다."라는 말과 성서의 관련성을 드러내고자 할 때에는 어려움이 따른다. 언어적 근거의 특수성이 그를 압도할 수 있기 때문이다. 그리고 그 과정은 현재의 그가 그러했던 것처럼, 아니면 최소한 그의 연구가 최근 잠정적으로 그러했던 것처럼 성서에 대해 잘 알고 있는 청중을 상정하게 만들지도 모른다.

부스의 문제적인 단락은 우리가 수정하기에서 얻을 수 있는 바가 무엇인지 알려 주는 좋은 사례이다. 그 단락은 발화되었다기보다는 매우 명료하게 **구성된**

것이다. 이것이 단어가 응집된 어조 단위가 되지 않는 이유이다. 그는 자신이 말하고자 한 모든 것을 위해 단어를 찾았고, 그 단어들을 정확히 자신이 말하고자 하는 것이 되도록 하였으며, 그래서 완전히 올바른 문장이 되도록 문법에 맞게 **구성했다**. 그러나 독자에게는 좋은 문장이 아니었다.

　수정하기는 아마도 후반부 원고에 존재하는 약하거나 만족스럽지 못한 억양 단위의 가장 큰 원인일 것이다. 우리는 초고에서 잘못되거나 불명료한 것을 바로잡고자 할 때 단어를 괴롭히고 잘라 내고 새로 덧붙인다. 이는 보통 느리고 정교한 과정, 즉 **인지적·개념적** 과정이며 종종 입과 귀에 거슬리기도 한다. 수정하기는 내가 10장에서 예찬한 **주의 기울이기**라는 정신활동과 관련되지만, 주의 깊은 글쓰기는 종종 명확한 억양 단위가 없는 표현으로 나아가거나, 아니면 너무 길고 어색하며 희미하게 연결된 표현으로 나아간다. (그리고 비계획적인 말하듯이 쓰는 과정에서도 문제 있는 억양 표현이 나타나기도 한다.)

　그렇게 혀와 귀를 만족시키지 못해서 옳다고 느껴질 때까지 다듬어야 하는 글 구절이 있을 때, 독자들은 억양 단위 내 **그리고** 억양 단위들 간에 존재하는 응집성을 찾으려고 할 것이다. 잘 형성된 억양 단위들조차 억양 단위들 **간에** 연결이 약하다면 잘 전개되지 않을 것이다. 그리고 우리는 리듬뿐만 아니라 의미에서도 구절들 간의 덜컹거리는 부분이나 틈새를 느낄 것이다. 그러나 우리는 구절들 간의 연결이 입과 귀를 만족시킬 때까지 일련의 문제되는 그 구절들을 다시 쓸 수 있다.

> 　바흐친은 억양의 중추적 힘을 강조한다. 그는 어떤 그림으로 글을 시작한 바 있는데, 그 그림은 두 화자가 러시아의 어느 방에 앉아 있고 그중 한 명이 (5월에!) 눈송이가 날리기 시작하는 창밖을 바라보는 것이었다. "글쎄…"라고 한 화자가 말한다. 바흐친은 그 무의미한 음절이 전달하는 풍부하고 복잡하면서 공유 가능한 의미를 생각한다.

[발화된] 단어는 추측 가능하면서도 분명히 설명되지 않는 특질을 지닌다. … 억양은 삶과, 발화의 언어적 양상 사이의 경계에 놓여 있고, … [억양은] 에너지를 삶의 상황에서 언어적 담화로 퍼 올리며, … [억양은] 언어적으로 안정된 모든 것에다 살아 있는 역사적 순간과 특이함을 부여한다. (Bakhtin, 1976: 106)

또한,

억양은 언어적 담화와 언어 외적 상황 사이에 확고한 연결을 만들어 준다. 진정한, 살아 있는 억양은 언어적 담화를 언어의 경계 밖으로 옮기기도 한다. (Bakhtin, 1976: 6)

(바흐친은 억양이 광의의 문화적 의미를 어떻게 전달하는지에 특히 관심을 가지고 있다. 그러나 나는 여기서 억양이 글자 그대로의 단순한 의미를 어떻게 전달하는지에 대해서만 알아볼 것이다.)

바흐친은 억양이 어떻게 의미를 전달하는지에 대해서만 탐구한 것은 아니다. 그는 목소리의 억양과 관련된 다른 중요한 것, 즉 그가 '합창 같은 지지choral support'라고 부르는 것의 필요성을 강조했다. 즉 억양의 호흡은 일반적으로 타인에게 비난받거나 스스로 어리석다고 여기거나 여타의 다른 의미로 안전하지 못하다고 여길 때는 나타나지 않는다. 아주 많은 위원회 회의와 교수 회의가 근엄하면서 단조로운 발언들로 채워지고 학생들이 수업 때 자주 더듬거리며 말하는 이유는 바로 이 때문이다. 이러한 상황은 안전하지 못한 것으로 경험되는 경우가 아주 많다. 그러나 바흐친은 중요한 예외를 언급하지 못했다. 사람들은 열정적인 기분에 사로잡힐 때, 비록 위기나 위험을 감수해야 할지라도, 다시 말해 '합창 같은 지지'는 **전혀 없을지라도**, 강하게 음악적 억양으로 말하기도 한다. (3장에서 나는 그것의 한 예로서 패니루 해머가 민주당 전당대회에서 했던 말을 제시한 바 있다.)

억양 단위와 소리

소리는 언어에 커다란 이득을 준다. 발화된 단어는 문자로 쓰인 단어보다 의미 전달에서 더 많은 기호학적 통로를 지닌다(5장의 서두에 억양 구성 요소의 일부를 제시한 목록 참조). 그러한 통로를 제공하는 것은 소리이다. 그런 이유로 언어학자들은 종종 글쓰기를 '빈곤한 시스템'이라고 부른다. 글을 잘 쓰기를 원한다면 우리는 더 적은 것으로 더 많은 것을 해야 한다. 하프시코드는 피아노가 할 수 있는 방식으로 음량과 음색을 변화시키지 못하지만 하프시코드 연주자들은 리듬과 타이밍의 미묘한 신호를 사용하여 피아노와 유사하게 음량과 음색을 전달한다. 또 다른 음악적 비유로서, 모차르트는 브람스보다 더 적은 화성 재료를 사용하였지만 최소한 비슷한 정도의 화성적 풍요로움을 창조해 냈다.

이해하기 어려운 텍스트를 묵독할 때 우리는 보통 그 쪽에서 의미를 가져와 자신의 머릿속에 넣어야 한다고 느낀다. 그런데 누군가가 동일한 텍스트를 품위 있게 읽어 준다면, 우리는 일반적으로 그 **소리들이** 의미를 우리 머릿속에 넣어 준다고 느낀다. 녹음한 책의 매력 중 하나는 이해하기가 쉽다는 점이다. 이는 사람들이 집에서 강연자가 쓴 것을 읽으면서 시간을 절약하지 않고, 직접 강연을 들으러 가는 이유이기도 하다.

나는 다소 어려운 글을 '소리 내어 읽는 것'을 보여 줌으로써 나의 주장을 입증하고자 한다. 인위적인 기호를 이용해 나는 이전 장에서 인용한 바 있는, 선거 결과에 대한 복잡한 구절을 **들려줄** 것이다. 행갈이를 통해 억양 단위를 표시하고, 각 줄의 끝에 '샤프(#)'의 개수로 휴지의 길이를 표시할 것이며, 큰 소리나 강세는 고딕체로 표시하고, 낮은 소리는 이탤릭체와 작은 글씨체(앞에 '여백'을 둠)로 표시하겠다.

> My own research #
> shows #
> that in a model #
> simultaneously accounting for both House and presidential on-year
> voting #

in terms of voters' issue preferences, #

partisanship, #

economic evaluations, #

assessments of the presidential candidates' personal qualities, #

and demographic characteristics, ###

the electoral value of being an incumbent #

rather than an open-seat candidate #

fell to 16 percent, #

on average, #

from 1980-88 to 1992-2000. ####

An analogous model of midterm voting, ##

necessarily absent the presidential voting equation #

and the presidential candidate variables, ##

reveals a comparable decline in the power of incumbency

from 1978-86 to 1990-98.

나의 연구는 #

유권자의 이슈 선호, #

당파성, #

경제적 평가, #

대통령 후보의 개인적 자질에 대한 평가, #

그리고 인구통계적 특징 등의 견지에서, ###

그해 **하원의원** 선거와 **대통령** 선거 모두를 동시에 설명하는 #

모형을 통해 #

현직 프리미엄이 #

선거에서 갖는 가치가 #

1980-88년에 비해 1992~2000년에 #

> *평균적으로*
>
> 16퍼센트 하락했음을 #
>
> 보여 준다. ####
>
> *대통령 선거 공식과 #*
>
> *대통령 후보 변수가 부재할 수밖에 없는,* ##
>
> 중간선거에 대한 추론 모형을 통해, ##
>
> 1978~86년에 비해 1990~98년에는
>
> 현직 프리미엄이 비교적 하락하였음이 밝혀졌다.

이것들은 귀에 소리를 불러일으키기 위한 시각적 술수에 불과하다. 물론 글쓰기는 시각적 술수를 무시하지 않아 왔다. 수백 년 동안 우리는 휴지를 듣게 하기 위해 각각 약간 다른 소리를 가지고 있는 쉼표, 마침표, 콜론, 세미콜론을 사용해 왔다. 밑줄, 이탤릭체, 볼드체는 강조와 더 큰 목소리를 들려준다. 괄호는 삽입이나 차단의 더 작은 목소리를 들려준다. (덧붙이자면 나는 구두법을 다음 두 장에서 더욱 자세히 다룰 것이다.) 시인들은 시각과 청각의 미묘한 대조를 창출하기 위해 행갈이를 사용한다.

소리만을 위해서가 아니라 의미를 풍요롭게 하기 위해 흔히 쓰이는 또 다른 시각적 기호가 있다. 학교에 다니는 아이들은 이중 밑줄과 삼중 밑줄, 원, 빛나는 별, 물결선, 작은 글씨 혹은 큰 글씨 등을 널리 사용한다. 웹 환경에서는 〈:)〉와 같은 이모티콘을 쓴다. (최근 대학원생인 조 버렝겔Joe Berenguel은 빈정댐을 표시하기 위해 그가 '콧수염 남자'라고 칭하는 새로운 이모티콘〈:})〉을 만들어 내기도 했다.) 페르난도 포야토스Fernando Poyatos는 '빠른 속도, 강조, 속삭임, 웃음, 울음' 등을 표시하기 위해 구두점의 여섯 가지 새로운 형태를 진지하게 제안하였지만(Poyatos, 1981: 107), 많은 사람들이 사용하지는 않는 것 같다. 사람들은 컴퓨터로 글자체를 다양하게 하거나 기호의 효과를 내는 다른 종류의 서식 설정들을 사용한다. 예를 들어 코믹 산스Comic Sans체로는 격식에 얽매이지 않은 언어를, 타임스 뉴 로만

Times New Roman체로는 엄격한 격식성을 강조한다. 글자체는 손으로 직접 쓴 것과 같아서 때로는 필자의 기분이나 심지어 필자의 성격까지 나타내는 기호가 된다.

그러나 '엄격한 문식성'은 구어의 소리를 전달하기 위해 '유치한' 시각적 특성들을 지나치게 많이 이용하지 않기를 요구한다. 나는 말하듯이 글을 쓸 때 이 탤릭체를 많이 쓴다. 나는 수정할 때 이를 아주 조금만 제거하지만, 편집자는 항상 더 많이 제거한다. 사실, 20세기 어느 때부터 쉼표의 관습이 바뀌기 시작해 결국 편집자들은 쉼표를 제거하기 시작했고, 19세기 동안 꽤 많이 사용되던 쉼표들은 가지치기되듯 잘려 나갔다.

'쉼표를 적게 쓰는' 이 방식은 '조잡하고 구식인' 것이 아니라 '현대적이고, 군더더기 없고, 깔끔한' 것으로 종종 인정받지만, 체이프가 보여 주었듯이 이는 텍스트로부터 의미를 이끌어 내기 위해 독자들이 해야 할 일을 늘린다. 왜냐하면 필자가 오래된 수사적 전통을 따라서 쉼표를 많이 사용할 때는 말의 운율을 살리게 되고 그럼으로써,

> [문자] 언어의 투명성을 증가시키기 때문이다. 필자는 일반적 처리 단위(억양구)의 경계를 표시함으로써 독자들이 **스스로 그러한 경계를 만들** 필요가 없게 해 주고, 그리하여 주의를 기울이도록 하기 위해 다른 언어를 덧붙이는 일 없이 언어 배후의 생각이 드러나게 해 준다. [반면에, 현대적 문체를 따르고 쉼표를 적게 쓰는 필자는] 독자들로 하여금 그들 스스로 처리 단위를 만들어 내도록 한다. (Chafe, 1988: 420. 강조는 인용자)

요컨대 우리의 문식성 문화는 글쓰기가 어느 정도 '깔끔'하거나 '순수'해야 한다고 생각하는 것처럼 보이며, 또 우리의 귀로 문어를 듣기 위해 노력하는 것을 못마땅해하는 경향이 있다. '깔끔'과 '순수'는 '들을 수 있고 일시적인 것을 명료하게 만들고, 텍스트를 가능한 한 완전히 시각적이고 공간적인 것으로 만들려

하는' 경향이 있다. (한편, 필경사들이 작업량을 줄이고 단어들 사이에 여백을 두어서 텍스트를 들리게 할 때까지는 수천 년이 걸렸다. 이에 대한 자세한 내용은 4장 뒷부분의 '문식성 이야기'를 참조하기 바란다.)

체이프는 우리의 쉼표 다이어트를 독서 문화의 변화와 관련지었다. 쉼표가 풍부한 문체는 월터 옹이 묘사하였듯이 소리 내어 읽는 습관이 널리 퍼져 있는 것과 관련이 있다.

> 1836년부터 1920년 사이에 미국에서 1억 2,000만 부 정도 발행되었던 유명한 『맥거피스 리더스McGuffey's Readers』는 보정적 독자remedial readers*를 대상으로 만들어졌는데, 우리가 오늘날 이상적으로 생각하는 이해를 위한 읽기가 아닌 구두 웅변조의 읽기를 향상시키기 위한 것이었다. … 책에서는 구두 발음법과 호흡 훈련법을 끊임없이 제공했다. (Ong, 1982: 115-116)

여기에서 나의 주장을 확장시키자면, 소리는 의미를 전달하고 우리는 어떤 소리를 소리 없는 글쓰기 속으로 가져올 수 있다는 것이다. 대부분의 독자들이 별도의 노력 없이 **몇몇** 소리 없는 단어들을 내적인 귀로 들을 수 있다는 점은 부인할 수 없다. 왜 그럴까? 첫째 이유는 익숙함 때문이다. 소리 없는 단어라도 충분히 익숙하다면, 독자들이 그것을 듣기 위해 노력할 필요가 없다.

> 신문이요, 신문! 신문 보세요.
> 착한 녀석이 꿀찌를 한다.
> 사랑합니다, 고객님. 전화를 끊지 말고 기다리시면 곧 상담원을 연결해 드리겠습니다.

....
* 별도의 교육이 필요한 읽기 부진 독자.

과거에 들었기 때문에 몇몇 소리 없는 단어들은 소리를 촉발한다. 단어들이 스스로 말하기 어렵다 해도, 그것들은 소리의 기억을 불러일으킬 수 있다. "우리가 우리에게 죄 지은 자를 용서한 것같이 우리의 죄를 용서해 주옵소서."를 읽을 때처럼.

그러나 글쓰기에서 소리를 활용하고자 한다면 우리가 쓴 것을 독자가 듣도록 할 필요가 있다. 즉 독자의 내적인 귀로 낯선 일련의 단어들을 듣도록 할 필요가 있다. 우리는 대부분 이 현상을 이미 알기 때문에 가능하다는 것을 안다. 이전에 읽은 적이 없는 구절을 읽을 때 우리는 '페이지 위의 소리를 듣는다'고 말할 수도 있다. 로버트 프로스트는 다음과 같은 일종의 목소리 선언을 했다.

[문장을] 구할 수 있는 모든 것은, 상상의 귀로 들을 수 있도록 단어들 안에 얽혀 있고 페이지에 단단히 고정되어 있는, 말하는 목소리의 어조이다.

프로스트는 그의 시가 옆방의 대화를 듣는 것과 같은 효과를 지니기를 바란다고 말한 적이 있다. 거기서는 의미는 들리지 않고 음악이 들린다는 것이다. 독자, 작가, 비평가 들은 논란의 여지가 있는 개념인 작가의 '목소리 찾기'를 피할 수 없어 보인다.

음악가들은 종종 음이 '손가락 아래에 놓여 있어서' 연주하기 더 쉽다고 말한다. 연주자들은 이러한 종류의 음이 포함되어 있는 낯선 악보를 한 번만 보고 연주해도 손가락이 쉽고 자연스럽게 필요한 패턴이나 시퀀스 속으로 빠져든다고 한다. 이와 마찬가지로, 낯선 단어와 구절은 '억양의 손가락 아래에 놓여' 있을 수 있다. 우리에게 낯선 글이라도 입과 귀에 편안하고 익숙해서 언어 문법의 핵심이 되는 응집적인 억양 단위를 형성한다면, 우리는 그것을 듣게 될 것이다. 우리가 하스의 시 「입이 살짝 열린Mouth Slightly Open」에서 엿본 우아함이 이런 것이다. 그는 드물고 독특한 단어 배열을 선택했음에도 불구하고 편안하고 익숙한 억양을 갖춘 통사적 패턴을 다음과 같이 만들어 냈다. "dipped in sunset(일몰에 잠겨)", "twitchy shiver(들뜬 떨림)", "less wind than river(강보다 바람이 없는)", "the emptiness that hums a little in you now(지금 당신 안에서 작게 흥얼거리는 공허)". (Hass, 2007: 118)

이 낯선 단어들은, 우리의 언어 안에 있고 영어를 모어로 하는 독자들의 뼛속에 있는 억양 패턴과 문법 패턴에 들어맞는다. 그래서 입과 귀로 고치고 편안한 억양 단위를 만들어 낸다면 독자가 우리의 글을 **듣도록** 돕게 된다. 몇 쪽 앞으로 가서 부스의 글 두 단락을 보면 첫째 단락은 이해하기가 더 쉬울 뿐만 아니라 그 말들이 들릴 가능성이 더 높다.

물론 서로 다른 사람들은 서로 다른 억양 습관을 지니고 있다. 그레이스 페일리Grace Paley의 미묘한 뉴욕 유대계 억양 단위는 남부의 말만 들어 온 독자들의 귀에는 잘 들리지 않을 것이다. 영국식 표현인 '인 호스피탈in hospital'은 미국인 귀에 이상하게 들릴 수 있는데, 단지 단어 때문이 아니라 억양이 함께하기 때문이다. 흑인 영어 사용자는 다소 다른 억양 패턴을 따르는 경향이 있다. 그러나 이러한 차이에도 불구하고 미국, 캐나다, 영국, 호주, 남아프리카공화국 등 확실히 구별되는 여러 나라의 영어 사용자들 사이에는 억양 습관 면에서 상당한 공통점이 있다. 그래서 부스의 첫 번째 단락에서 밑줄 친 대부분의 구절들은 지난 세기 영어 사용자들의 상당수가 지닌 억양 습관에 들어맞는다.

존 트림버가 너그러운 시선으로 관찰한 바에 따르면, 나는 입과 귀가 할 수 있는 것에 대한 탐구를 통해 기계적 잣대나 문법·수사적 규칙에 근거하지 않고 억양 단위와 몸, 궁극적으로는 호흡에 근거한 문체 이론을 향해 손짓하고 있는 것이다. 트림버에 따르면, 윌리엄 카를로스 윌리엄스가 '가변 음보variable foot'에 흥미를 보인 것은 그가 미국인의 말하기에서 배운 것과 관련되어 있다. 찰스 올슨Charles Olson의 '투사시projective verse' 역시 호흡에 근간을 두고 있다고 볼 수 있다.

억양 단위와 음악

소리가 있는 곳에 음악이 있기 마련이다. 소리가 (쓰레기통이 거리를 굴러갈 때처럼) 임의적이거나 (시곗바늘 소리처럼) 그저 규칙적이기만 하면 음악이라고 할수 없다. 그러나 소리가 다소 풍요롭고 복잡하면서 설명 가능한 방식으로 구성되어 있거나 유형화되어 있다면 음악이라고 부르거나 적어도 일종의 음악이라고 할수 있을 것이다. (어떤 이가 뉴욕 아파트 밖의 교통 소음 때문에 짜증 난다고 존 케이지 John Cage에게 불평하자, 케이지는 "그들이 내 음악을 연주하고 있군요."라고 대답하였다.) 영어 화자가 자연스럽게 사용하는 억양을 갖춘 소리 유형은, 할리데이와 그리브스가 『영문법에서의 억양』에서 폭넓게 펼쳐 놓은 바대로, 풍부하고 복잡하며 논리적으로 정연하다. 그들은 영어를 모어로 하는 사람이 어떻게 음의 고저, 리듬, 유형화의 정교한 감각을 정확하게 발달시키는지를 보여 주었다. 그 책에 딸린 CD에는 (언제나 문법과 관련되는) 억양의 미묘한 차이를 보여 주는 몇몇 예들이 실려 있는데, 그 차이는 너무 미묘한 나머지 알아듣기 어려울 정도이다. 그러나 영어를 모어로 하는 사람은 일상적인 비계획적 말하기의 일환으로 이 같은 미묘한차이를 만들어 내고 청자들은 그 미묘한 '알아듣기 어려운' 차이를 인식한다는 점은 의심할 나위 없이 분명하다. (그 차이들이 때때로 CD에서 알아듣기 어려운 이유는 종종 확장된 말하기의 정상적 맥락에서 벗어나 제시되어 있기 때문이다. 실제 말하기에서우리는 모두 그러한 것들을 말하고 듣는다.)

요컨대, 미묘하고 복잡한 음악은 모든 사람의 일상 언어에 필수적인 것이다. 그러므로 나는 모어를 말하는 모든 사람은 강한 음악적 감각을 지니고 있다고 가정한다. 나는 이런 이유로 음악이 인간에게 아주 중요하고, 우리에게 그러한영향력을 지니게 된 것이라고 생각한다.

그런데 우리는 음악을 글쓰기에 가져올 수 있다. 실제로 그렇게 하는 데 성공하면 음악은 독자들이 읽으면서 언어를 잘 형성되고 연결된 억양 단위로 모이게 한다. 지금까지 나는 잘 형성된 억양 단위가 문법과 연결되어 의미를 전달하기 때문에 이해에 도움을 준다는 사실만 강조해 왔다. 이제 나는 잘 형성된 억양 단위가 그 이상의 장점으로서 미적 즐거움을 준다는 점을 덧붙이려고 한다. 어떤 작가의 언어를 읽는 일이 왜 즐거움이 되는지에 대해서는 다양한 이유가 있겠지만, 분명히 음악도 그중의 하나이다.

억양의 음악은 늘 향유되어 왔지만, 최근에 들어와서야 설명되기 시작했다. 그러나 진지한 연설가나 작가 들은 적어도 2,000년 동안 구어와 문어에 아주 명백한 음악적 성질이 있다는 점에 강렬한 의식적 관심을 쏟아 왔다. 물론 나는 수사학의 '문채figure'나 '장식flower'이나 ('전환turn'을 뜻하는) '비유trope'를 말하고 있는 것이다. 어딘가 어려워 보이는 그리스어 명칭(예컨대 아나포라, 아파고레시스, 키아스무스)으로 인해, 그것들은 모호하고 주변적으로 보일 수 있다(몇몇은 실제로 그렇다). 그러나 연설가와 작가 들은 수사학의 음악이 힘을 가지고 있는 것에 매혹되었다. "조국이 여러분에게 무엇을 해 줄 수 있는지 묻지 말라…."(케네디) "우리는 해변에서 싸울 것이고, 우리는 착륙장에서 싸울 것이며, 우리는 들판과 거리에서 싸울 것이다…."(처칠) "우리는 두려움 그 자체 외에는 두려워할 것이 없다."(루스벨트) (고전적이고 흥미로운 수사적 비유의 대단하고 유용한 사례 모음을 보려면 『판스워스의 고전 영어 수사학Farnsworth's Classical English Rhetoric』(2009)을 참조하기 바란다.)

사실, 구어와 문어에서 음악은 너무 강력한 나머지 위험할 수도 있다. 음악은 우리에게 과도한 힘을 발휘할 수 있고, 마법처럼 보일 수도 있다. 플라톤은 수사학을 인정하지 않았으며, 수사학의 음악적 효과를 마약으로 간주했다. 그는 연설가가 수사학을 피하길 원했고 음악이 아니라 오직 논리에 의거한 변증술만 사용하길 원했다. 플라톤은 수사학이 음악을 제공함으로써 좋지 않은 논증이 좋은 논증을 이길 수 있음을, 유능한 변호사가 판사나 배심원을 설득하여 죄가 없는 사람을 유죄로 만들거나 반대로 죄가 있는 사람을 무죄로 만들 수 있음을 정확하게 언급했다. 그는 수사학의 음악이 어떻게 아테네인들을 속여서 끔찍한 전쟁으로 이끄는지 너무나 잘 알고 있었다. 우리를 속여서 끔찍한 전쟁으로 몰아가는 것도 수사학과 공포의 결합이다. 18세기에 영향력 있던 영국 왕립학회는 '평이

한 산문'을 장려하며, 우리가 언어의 음악에 지나치게 빠져 있으면 과학을 할 수 없다고 했다.

내가 소리 내어 읽기를 예찬하고는 있지만, 바로 이 언어의 음악이 그것을 방해할 수 있다는 사실도 알고 있다. 때때로 나는 소리에 지나치게 몰두하여 의미에 집중하지 못할 때가 있다. 어쩌면 나는 동화책을 지나치게 많이 소리 내어 읽었는지도 모른다. 아니면 두려운 청중에게 읽어 주느라 지나치게 긴장했는지도 모른다. 이와 관련된 문제로, 일부 고질적인 연설가가 단어의 음악을 노래하고 있는 자신의 목소리에 어떻게 속아 넘어가는지에 주목하기 바란다. 목사들은 이러한 유혹에 빠지기 아주 쉬워 보인다. 우리는 목사들이 자신의 단어와 목소리의 음악에 헛된 주의를 너무 많이 기울이는 것을 들을 수 있는데, 그것은 의미를 얼어붙게 하고 우리가 온전히 주의를 기울일 수 없게 한다.

나는 음악 공연 자체에서도 가끔 이와 동일한 유혹이 있다는 것을 안다. 특히 뛰어난 테크닉을 지닌 연주자들은 자신이 만들어 내는 소리의 아름다움에 지나치게 심취해서, 이러한 과잉 의식이 우리와 그들이 연주하는 음악 사이에 끼어든다. 나는 이러한 역설적 사례로 피아니스트 글렌 굴드Glenn Gould의 연주를 경험한 바 있다. 그는 자신이 연주하는 모든 음 안에 음악적 의미를 불어넣는 음악의 천재인 것 같다. 때로는 보통의 의미 이상을 담아 그저 하나의 건반만 치기도 한다. 그러나 때때로 나는 그가 자신의 테크닉과 해석에 심취한 나머지 그가 나와 바흐 사이에 끼어든다고 느낀다.

그렇다면 언어의 음악에 대한 이러한 고찰은 두 장에 걸친 주제, 즉 자신이 쓴 글을 소리 내어 읽는 것과 입과 귀의 안내를 받아 이를 수정하는 것에 어떻게 적용할 수 있을까? 자신의 언어를 잘 형성된 억양 단위로 만들어 나갈 때 우리는 음악을 창조하고 있는 것이다. 그러나 음악만으로는 충분하지 않다. 음악은 의미와 잘 결합될 필요가 있다. 즉 소리와 의미의 결합 혹은 의미의 청각적 육체화가 필요하다. 그래서 수정을 위해 소리 내어 읽을 때 소리만이 아니라 의미에도 주의를 기울이는 것이 아주 중요하다. 우리는 입과 귀를 단순히 음악의 원천만이 아니라 의미의 전달자로도 여길 필요가 있다. 간단한 예를 하나 들자면, 핑커의 『언어 본능The Language Instinct』(2000)에 등장하는 다음 문장에서 우리는 활기찬 음악을 들을 수 있다. "시간은 화살처럼 날아가고, 과일은 바나나처럼 날아간다(Time flies like an arrow; fruit flies like a banana)." 그러나 여기서 음악은 의미를 방해한다.

시대에 따른 억양 단위

다음과 같은 뻔한 반론이 제기될 수도 있다.

> 당신은 지금 입과 귀로부터 알게 된 것에 기반하여 좋은 글을 이해하려 하는데, 이것은 무모하다. 훌륭한 영어 산문의 소리는 시대에 따라 급격히 변해 왔다.

그렇다. 소리는 변해 왔다. 다음 인용문은 영어 산문 문체의 역사에서 주요한 변화들에 대한 독특한 견해로서, 마치 달에서 보는 것처럼 말하고 있다.

> 영어 글쓰기에서는 두 번의 엄청난 지각 변동이 있었다. 그중 하나는 18세기 초반에 애디슨Addison과 스틸Steele이 『스펙테이터The Spectator』를 발행하기 시작하고, 쉬엄쉬엄 나아가던 엘리자베스-스튜어트 시대의 산문이 부드러워지고 라틴어와 비슷해지면서 두 세기 동안 영어 글쓰기를 지배해 온 반어적 문체ironic style를 우아하게 파괴했을 때였다. 기번은 영어 글쓰기를 교활하고 화려하게 만들었으며, 존슨은 거기에 힘줄과 근육을 덧붙였다. 디킨

스는 공을 들인 희극에서 그것을 조롱했다. 그러나 형식적인 호칭과 긴 서두, 균형 추구와 성취의 문체는 여전히 일종의 기준으로서, 사설에서 종종 활용되는 음성이었다.

두 번째 큰 변화는 제1차 세계대전 직후 미국과 아일랜드가 압박을 가할 때 일어났는데, 플로베르와 초기의 조이스나 헤밍웨이가 프랑스어로 작품 활동을 한 덕택에 공기역학적 산문aerodynamic prose이라는 새로운 형태가 등장했을 때였다. 이 새로운 문체는 워프Waugh만큼 투명하거나 오웰Orwell만큼 직설적이거나 화이트와 벤츨리Benchley만큼 재미있지만, 애디슨이 오래된 불균형을 없애 버렸듯이 오래된 과장을 확실히 없애 버렸다. … 이 새로운 문체는 독자가 내용을 채우도록 하기 위해 절제된 표현을 중요하게 여겼다. 20년 전에 매력적이고 매우 연극적으로 보였던 것이 지금에 와서는 숨소리와 잡음처럼 들릴 수 있다. (Gopnik, 2008: 58)

(이것은 애덤 고프닉Adam Gopnik이 『뉴요커』에 쓴 「세계의 어둠The Black of the World」이다. 우리는 이 잡지에서 영화와 연극에 대한 독특하고 냉동 건조된 듯한 아주 짧은 요약문을 볼 수 있다. 고프닉은 마치 엉뚱한 곳에서 망원경으로 들여다보듯 하는 문체를 사용하고 있다.)

고프닉의 짤막한 일반화가 타당하든 아니든 간에, 영어 글쓰기의 역사는 사람들이 듣기 원하는 글이 변화해 온 역사라고 할 수 있다. 그러나 다양한 시대의 서로 다른 문체로 쓰인 널리 칭찬받는 글들을 살펴보면, 우리는 '응집되고 발화 가능한 억양 단위'라는 공통점을 발견할 수 있다. 뒤에 나오는 글상자에서 짧게나마 그 대표적 구절의 예시를 제시할 것이다.

그래서 억양 단위가 훌륭한 글에 어떻게 담겨 있는지를 분석할 때, 나는 하나의 문체나 음악을 선호하고 있는 것이 전혀 아니다. 그러나 나는 잘 작곡된 음악은 모두 적절한 억양 단위에 의해 작동된다고 생각한다. 어떤 문체에서든 강력한 산문은 응집성이 있고 발음될 수 있으며 억양을 살린 구절에 의존하며, 응집성 있게 연결되는 경향이 있다. 혹시 이 거대한 주장은 적용하기에 지나치게 광범위한 것일까? 그럴지도 모른다. 하지만 여러분이 강력한 산문을 쓰고 싶고, 그 산문이 최소한 널리 받아들여지는 하나의 문체에 들어맞게 하고 싶다면, 이것이 분명히 도움이 될 것이다.

- 존 릴리John Lyly로부터 — 에우푸에스Euphues가 스스로 말한 구절

  > 아, 에우푸에스, 그대는 어떤 불행을 몰고 왔는가! 그대는 얼마나 갑작스러운 비참함에 둘러싸여 있는가! 그대는 나이 들거나 병든 독수리가 아닌, 굶주린 독수리가 되는 게 낫다. 왜냐하면 비록 그대의 배는 굶주릴지라도 그대의 심장은 먹는 일로 그대를 고통에 빠뜨리지 않을 것이기 때문이다. 왜 그대는 믿음도 없고 열정도 없는 사람을 위해 자신을 고통에 빠뜨려야 하는가? 오, 여자들의 가식적인 사랑이란! 오, 변덕스러운 관계란! 나는 필라우투스Philautus를 잃었다. 나는 루킬라Lucilla를 잃었다. 나는 다시는 찾을 수 없는 믿음직한 친구를 잃었다. 아, 어리석은 에우푸에스! 왜 그대는 지혜를 양성하는 곳 아테네를 떠나 문란함을 조장하는 곳 나폴리에서 살게 되었는가! 그대는 이탈리아의 대신들과 함께 설탕을 먹느니 그리스의 철학자들과 소금을 먹는 편이 더 낫지 않았겠는가?

  다른 문체의 좋은 글에서 보았던 어조나 연결 유형과는 상당히 다르기는 하나, 여기서도 억양 단위의 교향곡을 분명히 볼 수 있다.

- 고프닉이 '우아하게 파괴된' 산문에 대해 말한 중세 시대로부터, 우리는 흄의 고귀한 산문이라는 훌륭한 사례를 이미 보았다(11장 뒷부분 참조). 연극에서 리처드 2세 역을 맡았던 에드먼드 킨Edmund Kean에 대한 1825년의 비평 기사는 지나치게 복잡한 저널리즘 사례이다.

  > 하급 배우의 입술에서 나왔더라면 참을 수 없었을 반성하고 설교하는 대목들이, 다양하면서도 정곡을 찌르는 킨 씨의 전달력 덕분에, 우유부단하고 변덕스러운 군주가 강력하고 진실되게 표현되면서 공연의 가장 흥미로운 부분이 되었다.

비록 문체와 어조라는 더 큰 음악이 많은 독자들의 취향에 맞지 않을지라도, 그 핵심 구성 요소는 응집되고 잘 형성된 억양 단위이다. 길든 짧든 잘 형성된 억양 단위는 입과 귀에 잘 작동한다. 바로 그 때문에 잘 형성된 억양 단위는 마음에도 잘 작동한다.

- 우리는 이제 영국 왕립학회가 18세기에 평이한 산문을 칭송하면서 말하기 시작했던 과정을 이어 가고 있다. 이 각광받는 과학자 문화의 회원들은 글쓰기가 음악과 함께한다는 점을 미심쩍어했다. 유명한 '소책자'인 「스트렁크와 화이트 Strunk and White」는 지난 100년 사이 가장 자주 언급되고 많이 팔린 책인데, 이 책은 절제된 산문 취향을 예찬하면서 이를 구체적으로 보여 준다. 다음은 화이트 E. B. White가 쓴 고전적인 평이한 산문 사례이다.

> 1957년 여름, 나는 코넬 대학에서 학생 시절에 사용했던 교과서에 대한 글을 『뉴요커』에 기고했다. 용례와 문체를 다룬 그 책의 필자는 윌리엄 스트렁크 2세William Strunk, Jr.였는데, 그는 내 친구이자 선생님이었다. … 스트렁크 교수는 긍정적인 사람이었다. 그의 책에는 직접적인 명령으로 표현된 문법 규칙들이 실려 있었다. 본문에서 나는 그의 명령을 완화하거나, 그의 선언을 수정하거나, 그가 경멸했던 특정 대상을 삭제하려고 하지 않았다. 오히려 나는 그의 불만의 특징을 살리면서 논의의 범위를 넓히고자 했다. (Strunk & White, 1959: v)

이 글은 더 직설적이지만 조용한 산문이다. 그러나 이 글은 여전히 의미가 나타나도록 돕는, 응집되고 발음될 수 있으며 억양을 살린 표현에 의존하고 있으며, 억양을 살린 일종의 음악을 제공하고 있다. 화이트는 평이하고 우아하지 않은 것을 잠깐 동안 고집함으로써 결국 작은 우아함이 나타나도록 하는 트릭을 좋아하였는데, 여기서 이러한 특성을 느낄 수 있다.

문학 공부를 위해 소리 내어 읽기

나는 이 같은 소리 내어 읽기를 문학 수업에 적용할 것을 권한다. 단어가 어떻게 의미를 전달하는지에 대한 우리의 깊고 오랜 경험은 지적 이해뿐만이 아니라 내적인 육체적 경험도 포함한다. 나는 셰익스피어나 존 돈John Donne이 쓴 소네트 또는 에밀리 디킨슨이 쓴 서정시와 같은 풍요로운 문학 텍스트를 가르칠 때 이 원칙을 이용한다. 나는 다음과 같은 전통적인 숙제를 내주곤 했다.

> 이 시의 표현들을 여러분이 진정으로 이해할 때까지 매우 주의 깊게 읽고 연구하십시오. 그러고 나면 이 표현들을 수업 시간에 토의할 수 있을 겁니다.

나는 대부분의 학생들이 숙제로 서로 다른 과제를 받을 때 시를 훨씬 더 잘 이해한다는 사실을 알게 되었다.

> 여러분이 받은 시를 보지 못한 사람을 이해시킬 수 있을 때까지 시를 반복하여 소리 내어 읽는 연습을 하십시오. 수업 시간에 모든 학생들은 모둠 혹은 전체를 대상으로 이를 수행해야 합니다. 여러분의 목적은 이 표현들을 볼 수 없는 청자들에게 의미를 전달할 수 있는 방식으로 해당 표현을 말하는 겁니다.

학생들은 이런 방식으로 시에 더 가까워지고, 수업은 전보다 더 나아진다. 게다가 이러한 접근법은 학생들이 평상시의 '문학' 토론에서 할 수 없는 것, 즉 글자 그대로의 의미를 다시 진술하는 것을 가능하게 한다. 몇몇 낭송을 들은 후에 우리는 어떤 것이 더 나은지 차례로 토론한다. 이러한 토론은 외연적 의미나 함축적 의미를 명료하게 할 뿐만 아니라, 어조, 반어법, 화자의 음성, 신뢰할 만한 화자 등 문학 분석에서 핵심을 이루는 대부분의 문학적·이론적 쟁점을 다루게 한다. 심지어 해당 텍스트가 왜 특정한 방식으로 읽혀야 하는지, 그리고 다른 읽기 방식은 그 텍스트나 그것의 기반이 되는 문화와 왜 '전혀 맞지 않는지'를 탐구함으로써, 성차별이나 개인주의처럼 뿌리 깊은 문화적 전제에 대해서도 토론할 수 있다.

모든 문학 교사는 학생들이 의미를 **경험**하길 바라며, 또한 단어들의 함축과 음악을 통해 단어들의 감각적 효과도 경험하길 바란다. 소리 내어 읽는 이러한 접근법은 간단하면서도, 전통적인 접근법으로 얻을 수 있는 것보다 훨씬 더 많은 것을 가져다준다. (**전통**? 학생들에게 문학 작품을 소리 내어 읽으라고 하는 것보다 더 전통적인 것이 있을까?)

나는 사람들을 더 훌륭한 독자로 만드는 방식인, 자주 소리 내어 읽기를 좋아한다. 이를 통해 사람들은 더 많이 알게 될 뿐만 아니라, 읽기의 **즐거움**을 더 많이 얻는다. 많은 사람들이 많이 읽지 못하는 다양한 이유 중 한 가지는 종종 무시된다. 그건 바로 소리 없는 페이지에 도사리고 있는 소리의 드라마와 억양의 음악을 듣는 사람이 거의 없기 때문이라는 것이다.

내 주장에 대한 여섯 가지 반론 ― 그리고 내가 붙이는 몇 가지 단서

이 책의 독자들은 다양한 반론을 제시할 수 있으며, 그중 몇 가지는 타당할 것이다. 나는 소리 내어 읽으면서 수정하는 것이 때로는 실패할 수 있음을 인정한다.

(1) 이 방법은 제2언어로서의 영어ESL를 쓰는 학생들, 혹은 영어가 모어가 아닌 사람들에게는 잘 맞지 않을 것이다. 의심의 여지가 없다. 오늘날 우리 교실의 상당수를 차지하는, 사춘기 이후 영어권으로 온 사람들은 영어를 모어로 하는 사람과 같은 억양 습관을 개발하는 데 시간이 걸리기 때문에 자신의 입과 귀를 많이 신뢰하기 어려울 것이다. 하지만 나는 이에 대한 연구가 진행되기를 바라며 이러한

학생들에게도 유용한 과정이 있을 것이라고 예상한다. 나는 대학의 글쓰기 센터에 근무하는 한 강사로부터 이 방법이 모든 학생들의 글쓰기를 향상시켰다는 이메일을 받았는데, 그 내용은 다음과 같다.

> 특히 한 학생은 영어를 배운 지 4년밖에 안 되었는데, 어색하게 들리는 문장 대부분을 제거할 수 있었습니다. 그 학생은 수정할 때 에세이를 소리 내어 읽고 약간이라도 벗어나게 들리는 것은 모두 다른 단어로 바꾸었다고 합니다. 그렇게 함으로써 그 학생의 글은 학기 후반에 괄목할 정도로 향상되었습니다. (David Fontaine-Boyd, 2009년 5월 20일 이메일)

(2) 오늘날 사람들의 입에서 끔찍한 문법이 흘러나오는 것을 보라! 그러나 입과 귀로 수정하는 목적은 '정확한 문법'에 있지 않고 명료함과 힘을 얻는 데 있다. 애팔래치아 방언과 흑인 방언은 많은 이에게 강하고 날카롭게 들릴 것이다. "The prime minister would of declared war if he'd of had more support(총리가 더 많은 지지를 받았더라면 전쟁을 선포했을 것이다)." 역시 마찬가지이다. 안드레아 레비Andrea Levy의 뛰어난 소설 『작은 섬Small Island』에 등장하는 서술자의 자메이카 영어 사례를 보자.

> Yet there was Mrs Blight kneeling before Gilbert and I, her pretty blue eyes dissolving … while glaring on we too Jamaicans, waiting anxious to see if we would lift our thumb or drop it. 그러나 블라이트 부인이 길버트와 내 앞에서 무릎을 꿇었다. 그녀의 예쁜 푸른 눈이 우리의 마음을 누그러뜨렸다. … 그러면서 우리는 또한 우리가 받아들일지 거부할지를 애타게 알고자 기다리는 자메이카인들을 바라보고 있었다. (Levy, 2010: 523)

소리 내어 읽기는 또한 어떤 상황에서는 '잘못된 언어 사용역'이나 격식성의 수준을 만들어 낼 수도 있다. 비속어는 견고하고 명확할 수 있다. 많은 문장 단편이나 분리 부정사는 대부분의 사람들에게 괜찮게 들릴 것이다. 견고하고 명확한 것은 얼마든지 이 시험을 통과할 것이다.

결국 입과 귀로 수정하고 난 다음에는, 문법 등의 표면적 형상을 위해 교정하는 단계가 필요하다. 오늘날 대부분의 교사와 고용주, 많은 표준적인 독자들에게 다가가고 싶다면, '오류' 버튼을 누르도록 유발하는 문법적 사용을 피하는 법을 알아야 한다(16장 후반부에 등장하는 '코드 엮어 쓰기'라 불리는 접근법을 시도하고 싶더라도 말이다). 그러나 보수적인 독자들을 위해 언어를 정확하게 만드는 작업은 입과 귀로 수정을 한 후에 훨씬 쉬워진다. 이 방법은 다수의 '문법 실수'를 치료할 수 있다. 특히 많은 실수들이 부주의함이나 의미와의 투쟁 혹은 '정확한' 언어를 사용하고자 하는 투쟁에서 비롯되기 때문에 더욱 그렇다.

(3) 내가 가르치는 학생들은 소리 내어 읽기를 할 수 없어요. 그 학생들은 말을 더듬거나 웅얼거려서 이 과정이 글쓰기에 도움을 줄 수 없어요. 물론 그럴 수도 있다. 그러나 많은 사람들이 확신이 없다 보니 자신이 쓴 표현을 소리 내어 읽는 일을 두려워한다는 바로 그 사실이, 소리 내어 읽으며 수정하는 것의 주요 장점으로 사람들을 이끈다. 즉, 사람들이 만일 그 장점을 간절히 원해서(또는 교사가 충분히 밀어붙여서) 입으로 단어를 전달하는 방법을 알게 된다면, 그들은 마음과 의지를 담아 자신의 표현을 전달하는 일에 더욱 용감해진다. 그들은 마음속으로 더듬지 않게 될 것이다. 글자 그대로, 이 과정은 사람들로 하여금 그들의 표현이 있는 곳에 그들의 몸을 두게 한다.

1973년에 내가 글쓰기에 관한 첫 책을 쓸 수 있었던 것은 듣지 못하는 것에 지쳐 있었기 때문이다. 내가 아는 좋은 교사 중 제니퍼 오저Jenifer Auger는 글쓰기 교실에서 간단하지만 효과적인 방법을 사용한다. 그녀는 학생들이 따분하고 목소리 없는 글을 쓸 때, 학생들이 자신의 글을 읽기 전에 다음의 문장을 말하게 한다. "제 말을 들으세요, 할 말이 있습니다."(2011년 6월 1일 개인적 편지) 그녀는 종종 학생들이 마음을 쓰는 사람에게 보내는 편지 형식으로 글을 쓰게 한다. 다음 장에서 나는 학생들이 문자로 쓴 단어에 다가가는 일에 더 용감해지도록 도와주는 소리 내어 읽는 구두법 훈련을 소개할 것이다.

이러한 연결을 통해, 글을 쓸 때 진정으로 용기가 필요했던 사람들에 대해 생각해 보게 된다.

> 순교의 위험이 초기 프로테스탄트의 글쓰기 전반에 늘 도사리고 있었고, 또 그 글쓰기에 집중되어 있었다. 자신의 신학으로 인해, 혹은 심지어 성경을 번역하는 일로도 죽을 수 있었던 필자들은 "결국 자신들이 말한 대로 되었다." (Madsen, 2005: 71) [번역으로 인해 윌리엄 틴들William Tyndale은 처형당했고 토머스 크랜머Thomas Cranmer는 화형을 당했다.]

(4) 소리 내어 읽기는 약하거나 불명료한 글을 숨길 수 있다. 그럴 수도 있다. 잘 읽히는 나쁜 문장이 청자에게 잘 통할 수 있다. 출판된 글 중에 기가 막힌 사례가 있다. "Divine predetermination of what shall be imposed constraints on both thought and behavior."* 필자가 괜찮은 문장으로 들었을 것이라는 데 의심의 여지가 없는데, 그는 '무엇이 되어야 하는지(what shall be)' 뒤에 적절한 휴지를 두었다. 그러나 필자는 독자가 '가해져야 하는 것(what shall be imposed)'을 하나의 단위로 읽게 되는 부비트랩을 간과했다. 더 기가 막힌 사례도 있다. "The fat people eat accumulates."** 나는 억양을 무척 사랑하기 때문에 실제로 이 문장을 좋아한다. 특히 'eat(먹다)'에 매우 작은 억양 상승과 그다음에 매우 작은 휴지를 두는 것만으로 자극적인 의미를 만들어 낸다는 점에서 그러하다. 그

....

* 'divine'은 '신성한'이라는 뜻의 형용사로도, '간파하다'라는 뜻의 동사로도 사용된다. 그러므로 어디에서 끊어 읽느냐에 따라 "무엇이 되어야 하는지에 대한 신성한 예정이 사고와 행위 양쪽에 제약을 가했다."로도 해석될 수 있고 "사고와 행위 양쪽에 제약이 가해져야 하는 것에 대한 사전 결정을 간파하라."로도 해석될 수 있다.

** 이 문장은 어디에서 끊어 읽느냐에 따라 "사람들이 먹는 지방은 축적된다."의 뜻이 되거나 "뚱뚱한 사람들은 축적된 것을 먹는다."의 뜻이 된다.

러나 물론 글쓰기에서는 재앙이다.

글쓰기에서 큰 문제가 되는 대명사는 말하기에서 종종 사라지기도 한다. 구약성서의 사례를 보자.

> 나를 보는 모든 자는 경멸하면서 비웃나이다. 그들은 입술을 삐죽이고 머리를 흔들며 말하되, 그는 주님을 믿었으니 그가 그를 구원하실걸, 그가 그를 기뻐하시니 그가 그를 건지실걸 하나이다. (「시편」 22장 7-8절)

나는 이 구절이 억양이 의미를 전달하는 방식을 강조해서 좋다. 「시편」의 필자가 사람들이 소리 내어 읽을 것을 가정했다고 한다면 모든 모호한 '그'는 명료해진다. 또는 무대에서 말해진다면 이 구절은 전혀 문제가 될 것이 없다. 배우는 "그가 그를 구원하실걸, 그가 그를 건지실걸"이라고 말할 것이고, 청중은 이 밑줄 친 '그'를 주님으로 이해할 것이다. (이 구절은 또 고대의 필자들이 우리가 텍스트를 당연히 소리로 듣게 되리라고 여겼음을 보여 준다.)

결국 소리 내어 읽기를 통해 모든 것을 바로잡을 수는 없다. 나는 학생들로 하여금 그들이 쓴 표현을 몸으로 열정적으로 읽게 하는 데 노력을 기울임으로써, 묵독했을 때 발견할 수 있는 문제를 보지 못하게 만들지도 모른다. 그러나 나는 부끄럽지 않다. 소리 내어 읽기는 그로 인해 살아남는 한 가지 문장을 놓치는 대신 열 가지 문장을 개선한다. 게다가 수정하기 위해 소리 내어 읽을 때 우리는 목적을 혼동하지 않는다. 우리는 나쁜 글을 상쇄하려는 게 아니라, 개선하려고 한다. 우리는 바꿀 수 없는 글을 이해 가능하도록 노력하는 게 아니라(마치 어려운 셰익스피어의 글을 소리 내어 읽을 때처럼), 글이 더 잘 이해되도록 **바꾸려는** 것이다. 우리는 의미와 표현 사이에 있는 장애나 마찰을 느끼려고, 즉 언어의 옷이 표현의 숨은 의도라는 몸에 잘 맞지 않는 지점을 느끼려고 자신의 입과 귀를 사용하는 것이다.

(5) 소리 내어 읽기를 통해 수정하는 것은 우아하거나 매끄럽거나 과장되거나

얄팍한 언어의 약점에 놀아나는 것이다. 그럴 수도 있다. 그것은 주의 깊고 면밀한 생각을 무시하고, 영리하거나 쉽거나 우아한 소리에 현혹되도록 필자를 유인할 수 있다. 많은 이류 전문가의 글쓰기가 이러한 덫에 빠진다. 나는 이것을 '비행기 잡지 글'이라고 일컫는데, 이것은 꽤 좋게 들릴 수도 있다. 그래서 광고주, 정치 연설 작가, 홍보 전문가에게는 내 주장이 필요 없다. 그들은 이미 소리 내어 읽으면서 수정하고 있다. '좋게 들리는' 것은 우리를 안심시켜 모호한 의미 속에 머물게 한다.

어떤 학생들은 대부분의 교사처럼 '기억하기 쉬운 글'을 만드는 요령을 알고 있다. 그들은 이 요령으로 충분히 좋은 글을 쓸 수 있다고 생각한다. 그들의 글은 수년간 어색하고 투박한 글에 시달려 온 교사들의 거리낌 없는 칭찬을 듣는다. 그러나 이 문제에 대해 진지하게 생각해 보자. 좋게 들리는 글을 만드는 '단순한' 능력에는 어떠한 문제도 없다. 사실, 그것은 소중한 것이다. 문제는 이것으로 **충분하**다고 생각하는 것에 있다. 교사이자 독자로서 우리는 좋게 들리는 구문**뿐만** 아니라 어렵지만 명료한 사고도 요구할 수 있다. 광고 문구를 쓰는 사람은 기억하기 쉬운 구문을 만들기 때문에 많은 보수를 받는다. 그들이 자신의 기술을 **사용하는** 방식에 대해 비난할 수는 있으나, 그 기술 자체에 대해서는 비난할 수 없다.

사실, 나는 이 문제에 대해 좀 더 반격하고 싶다. 그렇다. 사람들은 종종 단어의 음악에 현혹된다. 그러나 나는 이 장의 요점을 반복함으로써 이에 대답하고자 한다. 제대로 공들여 소리 내어 읽는 것은 공허하고 조잡한 사고를 종종 더 잘 보이게 한다. 소리와 억양은 육체화된 의미이다. 그리고 긴 구절이나 전체 글을 소리 내어 읽는 것은 더 넓은 의미 속에서 문제점을 들을 수 있도록, 즉 텍스트의 논리와 구성을 들을 수 있도록 도와준다.

(6) 어떤 사람들은 언어 감각이 둔해서 **명료한 문장과 어색하고 볼품없는 문장을 구별하지 못한다.** 사실, 어떤 사람들은 다른 사람들보다 더 좋은 귀를 가지고 있다. 그렇다고 해서 이 강력한 도구를 사용하지 말라는 주장을 할 수는 없다. 우

리의 귀를 더 신뢰해야 하는 이유는 다음과 같다.

- 사람의 귀는 새로운 연습 문제로 훈련을 약간만 해도 더 좋아질 수 있다. 거만한 파울러*조차도 '운율rhythm' 항목에서 사람들이 다음과 같은 것을 배울 수 있다고 주장한다.

> 산문 작가가 운율에 대해 가질 수 있는 최선의 지침은, 자신의 실험이나 다른 사람의 규칙이나 특정 억양과 강세가 아닌, 올바른 소리와 잘못된 소리를 구별하는 직관이다. 이 직관은 자연적으로 타고나지 못한 사람이 기를 수는 있지만, 이는 소리 내어 읽는 연습을 통해서만 가능하다. 비록 민감한 귀와 거리가 멀지라도, 연습을 통해 머지 않아 잘 읽히는 것과, 재미없게, 끊기게, 급하게, 일방적이게, 치우치게, 불안정하게, 그 밖의 나쁜 방식으로 읽히는 것을 구분할 수 있게 된다. (Fowler, 1926: 운율 항목 중에서)

- 사람들은 평생에 걸쳐 언어를 **들어** 왔다. 사람들은 의미를 이해하기 어려운 때가 언제인지를 알며, 이는 사람들이 직감적으로 요청할 수 있는 기준으로서의 청각적 **명료함**을 발전시킨다. 그리고 사람들은 말이 제대로 들리지 않을 때가 언제인지를 알며, 이는 사람들이 요청할 수 있는 기준으로서의 청각적 **힘**을 발전시킨다. 그리하여 견고하고 명확하지 않은 문장을 고치고자 할 때, 우아한 문장을 **마술적으로 생성하는** 능력을 가질 필요는 없다. 사람들은 (심지어 시행착오에 의해 임의적으로라도) 대안적 형태를 그저 실험해 보고, 그것을 명료함과 힘의 기준에 맞추어 시험해 보기만 하면 된다.
- 그러나 더 분명하게는, 나는 수많은 '그들'('타인들')이 둔한 귀를 가졌다

....

* 영국의 사전 편찬자인 헨리 왓슨 파울러Henry Watson Fowler(1858~33)를 가리킨다.

는 손쉬운 비난을 수용하기 어렵다. 일반적으로 이러한 비난의 근거가 무엇인지 살펴보자.

— 그러나 그들은 아주 **나쁘게 말한다!** 그렇다. 그러나 즉흥적으로 말할 때 입에서 나오는 표현들은 천천히 신중하게 판단하기 위해 입을 사용할 때 그 입이 무엇을 **좋아할지** 판단하는 잣대가 되지 못한다. 언어학 박사의 입에서 나온 터무니없고 뒤섞인 불완전한 말을 기억하기 바란다. 즉흥적으로 말할 때 입에서 나오는 것은 대부분 단편적인 말이다.

— 그러나 그들은 아주 **끔찍한 글을 쓴다!** 그렇다. 많은 사람들이 그러하고, 학식이 높은 사람들도 그러하다. 그러나 대부분의 나쁜 글은 사람들이 자신의 입과 귀를 막아 버리라는 조언을 받았기 때문에 나온 것이다. 입과 귀를 막은 그들은 대신 정말 이해하지 못하는 규칙을 따르고자 노력한다. 아니면 경직된 문장, 반복적이고 딱딱한 문장으로 안전을 꾀하고자 굉장히 노력한다.

— 그러나 그들은 아주 **끔찍한 음악을 좋아한다!** 사람들이 '끔찍하다'고 말하는 대부분의 음악은 실제로는 견고하고 명확하다. 견고함과 명확함이 우아함이나 정교함을 의미하지는 않는다. 나는 그랜드 오페라는 물론 희미해서 생기 없어 보이는 드뷔시와 라벨의 작품도 좋아하지 않는다. 그러나 탁월한 취향을 지닌 사람들은 둘 다 좋아한다. 음악에 대한 취향이 다르다고 소리에 둔한 사람인 것은 아니다.

이러한 요소들(나쁜 말, 나쁜 글, 싫어하는 음악) 중 어떤 것도 사람들이 자신의 입과 귀를 내가 제안한 신중하고 집중적인 방식으로 효과적으로 사용하지 못한다는 증거가 되지는 않는다.

귀에 둔감한 언어를 만들어 내는 장본인은 아마도 학교 교육일 것이다. 전문가 집단의 회원이 되면 사람들은 가끔 비회원을 배제하는 기능을 가진 언어를 사용하고 싶은 유혹을 느낀다. 소리를 **좋아하고** 무엇이 불명확하고 견고하지 않은지를 느끼는 것처럼 보이는 몇몇 학자들이 특별히 생각난다. 『현대언어학회의 출판물들The Publications of the Modern Language Association』에 실린 어떤 에세이의 문장(실제로 유용한 무언가를 말해 주는 문장이다!)을 살펴보자.

> 상식에 대한 담화는 전용을 위해 이용 가능하게 되고, 또 원래 권능을 부여하는 픽션에서는 사실상 이해될 수 없었던 역사적으로 소외된 주체들(예를 들면 여성과 인종, 종교적·성적·계급적 소수자들)에 의한 평등주의적 상상의 변형된 재현을 위해 이용 가능하게 된다. (Slaughter, 2006: 154)

나는 이 '음악'을 좋아하는 것이 가능하다고 생각한다. 유행을 따르는 이론가들의 '음악'을 되풀이하고, **특별하게** 들리는 방식 때문에 말이다. 대학원에서는 이러한 소리를 사랑하는 법을 배울 수도 있다. 뛰어난 사회학자인 하워드 베커Howard Becker는 사회과학 글쓰기에 관해 훌륭한 책을 쓴 바 있다. 그는 어떤 논문에서 가져온 문장을 결국 견고하고 명확하게 만들어 냈던 한 대학원 세미나에 대해 언급한다. 그 세미나에서 한 대학원생이 불쑥 말했다. "에이, 선생님. 이렇게 하면 아무나 쓸 수 있는 글처럼 보여요." 그러자 베커가 대답했다. "자네 말이 옳아." (Becker, 1986: 7)

학생들이 무딘 귀를 가졌다는 점이 염려되어 이러한 종류의 글 수정을 시도하고 싶지 않은 교사라면, 이것이 양자택일의 선택이 아니라는 점을 기억해야 한다. 소리 내어 읽기 위해 다른 방법을 포기할 필요는 없다. 교사가 하나 이상의 방법을 시도한다면 결국 학생들의 귀와 입을 더욱 신뢰하게 될 것이다.

어떤 사람들은 다른 사람들에 비해 더 좋은 귀를 가지고 있다는 사실을 나는 부인하지 않는다. 내 비올라 선생님은 내가 두 소절을 연주하는 방법들 사이에 존재하는 미묘한 차이를 들었지만 나는 들을 수 없었다. 그러나 얼마 후 선생님의 도움으로 나는 그 차이를 들을 수 있게 되었다. 캐서린 매드슨은 예배 언어에 대한 매우 흥미로운 책에서 내가 들을 수 없었던 차이를 들었다. 결국 나중에 나도 들을 수는 있게 되었다.

성공회 성찬식의 도입 기도는 다음과 같이 변화하였다.
기존의 방식은,

> Almighty God, unto whom all hearts are open, all desires known, and from whom no secrets are hid — 전능하신 하느님, 모든 마음이 열리게 하시고, 모든 소망을 아시며, 어떤 비밀도 숨길 수 없게 하시는 분

이었는데, 문법적으로나 정서적으로 겸손과 수용적 태도를 지향하도록 다음이 추가되었다.

> Cleanse the thoughts of our hearts by the inspiration of thy Holy Spirit, that we may perfectly love thee, and worthily magnify thy holy Name. 성령의 힘으로 우리 마음에 깃든 생각을 없애 주시어 우리로 하여금 그대를 완전히 사랑하게 하옵시고, 그 거룩한 이름이 빛나도록 널리 퍼뜨리게 하옵소서

그리고 수정본에서는 다음과 같이 약간만 바뀌었을 뿐이다.

> Almighty God, to you all hearts are open, all desires known, and from you no secrets are hid: Cleanse the thoughts of our hearts by the inspiration of your Holy Spirit, that we may perfectly love you, and worthily magnify your holy Name. 전능하신 하느님, 당신께 모든 마음이 열리게 하시고, 모든 소망을 아시며, 어떤 비밀도 숨길 수 없게 하시니, 성령의 힘으로 우리 마음에 깃든 생각을 없애 주시어 우리로 하여금 당신을 완전히 사랑하게 하옵시고, 그 거룩한 이름이 빛나도록 널리 퍼뜨리게 하옵소서

이러한 변화는 작고 단순하다. 눈으로 재빨리 읽는다면 알아채지 못할 수도 있다. 그러나 목소리와 귀에는 이 변화가 정말로 부적절한 것이다. 기존 버전의 종속절에 있는, 양파 껍질 벗기듯 마음을 벗겨 내던 긴장감은 평범한 일련의 서술로 사라져 버렸다. 하느님은 우리의 호소에 대한 응답이 아니라 자신의 일이라서 우리 마음에 깃든 생각을 자동적으로 없애 주실 것이다(Madsen, 2005: 14).

지금까지 두 장에 걸친 나의 가설은, 우리가 말 없는 글로 하여금 말 없는 독자들에게 스스로를 소리 내어 읽어 주도록 하는 방법을 배울 수 있다는 것이다.

그들이 문법 가르치기를 중단할 때

기원전 5세기에 그리스의 문식성이 꽃을 피운 이래로, 학식과 권위가 있는 모든 사람은 언어를 배우거나 알기 원한다면 눈을 사용해 그 언어의 **문자** 형태를 공부해야 한다고 생각했다. 이는 언어 학습자가 문법에 대한 의식적인 이해를 전통적으로 배워 왔음을 의미한다. '문법 학교'는 이러한 방식으로 언어를 가르치기 위해 만들어졌다. 사람들은 19세기 말이 되어서야 이렇듯 널리 퍼져 있는 강력한 가정에서 벗어나게 되었다.

스위스인이 된 프랑수아 구앵François Gouin은 모르는 언어를 배우려고 애썼는데, 그의 세 살짜리 조카가 새로운 언어를 더욱 **빠르고** 쉽게 배운다는 사실을 알게되었다. 1880년에 그는 『외국어 학습과 공부의 기술The Art of Learning and Studying Foreign Language』이라는 책을 쓰면서, '연쇄 교수법Series Method'이라 불리게 된 것을 제안했다. 이 방법은 눈보다 귀를 더 많이 사용하기를 요구하는 것이었다. 교사는 '손잡이를 잡는다', '손잡이를 돌린다', '문을 연다', '들어간다'와 같은 일련의 간단한 행동과 말을 한다. 그러면 학습자는 그 행동을 할 때마다 그 말을 반복한다.

그의 작업은 (20세기에 와서는 흥미를 끌었지만) 당시에는 대부분 무시되었다. 그러나 19세기 말, 즉 구앵보다 한 세대 후에 찰스 벌리츠Charles Berlitz는 '직접 교수법direct method'이라는 것을 개발했다. 대부분의 사람들이 아는 바와 같이, 이것은 말하기와 듣기를 위한 것이지, 문법을 배우거나 글쓰기 방법과 철자법을 공부하기 위한 것이 아니었다. 벌리츠의 방법은 한동안 인기가 있었지만 아주 빨리 시들었다. 언어 학습에서 전통적인 눈과 문법eye-and-grammar 접근법은 저항할 수 없을 만큼 엄청난 힘을 가지고 있었다. 그러나 제2차 세계대전 초기에 미군이 벌리츠의 접근법을 활용하면서 이것을 '청각 구두 교수법audiolingual method' 혹은 '군대 교수법army method'이라 부르게 되었다. 이렇듯 폭넓은 사용과 제도적 뒷받침 덕택에 언어 학습에서 비문법적 접근법이 결국 인기를 얻고 지속될 수 있었다.

그리하여 언어를 배우려면 눈과 의식적 사고를 활용해야 한다는 문식성의 옥죄는 가정에서 벗어나기 위해, 그리고 어떻게 아이들이 귀와 입을 통해 모어와 새로운 언어를 배우는지에 대한 문식적 무지에서 벗어나기 위해 길고 느린 투쟁이 있었다. 이러한 접근법은 이제 많은 학교와 대학에서, 그리고 사설 언어학교, 핌슬러Pimsleur 나 로제타 스톤Rosetta Stone과 같은 오디오 프로그램에서 널리 사용되고 있다.

13

구두법

두 전통과 더불어 살아가기

　사람들은 구두법을 수수께끼 같으면서도 이해하기 어려운 규칙처럼 여긴다. 그러나 많은 사람들은 일종의 '목소리/휴지(voice/pause)' 기법에 만족한다. "단어를 말하고 휴지를 듣는다. 휴지가 짧으면 쉼표를 사용하고, 휴지가 길면 마침표를 사용한다."는 식으로 말이다.

　전문가들은 이러한 접근을 비난한다. 전통적인 사고방식을 고집하지 않고 널리 존경받는 문법 전문가인 마사 콜른Martha Kolln은 이렇게 경고한 바 있다. "긴 문장에 휴지가 발생할 때마다 쉼표를 넣고 싶은 유혹에 빠지기도 하지만, 그러한 기법은 실수를 유발한다. 모든 휴지가 쉼표 휴지인 것은 아니다."(Kolln, 1991: 159) 로미 클라크Romy Clark와 로즈 이바닉Roz Ivanic은 이를 다음과 같이 자세히 설명하고 있다.

　　구두법을 설명하는 가장 일반적인 방법은 그것이 '휴지'를 표시한다고 보는 것이다. 그러나 문어체 영어의 구두법은 언어의 어조 단위tone unit와 정확히 일치하지는 않는다. … [그들은 이러한 효과에 대한 다양한 연구들, 예를 들면 볼

린저나 서스Sears같은 이들의 글을 인용한다. 그리고 정확한 구두법을 원한다면 다음과 같은 것이 필요하다고 주장한다.] 우리는 접속사가 종속절의 시작을 나타내는지 여부, 동사의 종류가 정동사로 간주되는지 여부, 관계대명사와 여타의 대명사 간의 차이, 어떤 절이 다른 절에 삽입되는 방식 등에 대한 지식이 필요하다. [우리는] 학습자가 지나치게 기술적인 세부 사항으로 인해 혼란을 겪지 않기를 바란다. 그러나 사실대로 말하자면, 구두법 관습을 온전히 작동시키기 위해서는 최소한 이러한 통사적 고려 사항에 대한 직관적 지식을 모두가 갖추어야 한다. (Clark & Ivanic, 1997: 209-210)

이 두 사람은 문식성이 오염되지 않도록 보수적으로 지키려는 사람들이 아니라, 문식성을 확장하고자 하는 인도적이면서도 정치적으로 진보적인 학자들이다. 하지만 종속절과 정동사에 관한 이 단락을 읽을 때 나는 영문학 박사학위를 가지고 있음에도 불구하고 스스로가 오염되었음을 느끼기 시작하였다. 가끔 실패를 경험하는 성적 나쁜 학생들의 반응을 상상해 보자. 우리가 구두점을 올바로 찍기 위하여 문법의 세부 요소를 알아야 한다면, 어림짐작으로 글을 쓰는 믿을 수 없는 필자도 있다는 사실에 놀라지 말아야 한다. 미나 쇼네시는 무시험 입학 제도를 통해 뉴욕 시립 대학교에 들어가기를 바라는 성적 나쁜 학생들이 어떠한 구두법을 사용하는지 많이 관찰했다. 그녀는 자신이 깨달은 바를 다음과 같이 회상한다.

마침표에 대한 심리적 저항이 종종 보인다. 아마도 그 이유는 시작하기 어렵거나 끝내기를 원치 않았던 단위에 강제로 끝맺음을 하기 때문일 것이다. 경험이 부족한 필자에게는 늘 만만찮은 과제겠지만, 필자라면 또 다른 시작을 위해 자신을 동원할 줄 알아야 한다. 그러나 쉼표는 마지막이 아니라 표현들을 합치게 만드는 것이다. (Shaughnessy, 1977: 18)

어떤 학생은 … 사고 다발thought cluster을 나타내는 문장과 사고 다발 또는 단락의 끝을 표시하는 마침표를 분리하기 위하여 … 문장 부호에 쉼표 사용 등 관습적으로 허용되는 체계와는 다른 구조적 힘을 부여할 수 있다. … 그러나 어떤 학생은 구두점을 사용하는 기준이 어떤 건 까다롭고 어떤 건 관대하다는 사실에 매료되어서, '왜냐하면'으로 시작하는 문장에서 쉼표를 후하게 뿌려 놓았다. "사용하기 쉽거든요."라는 게 그의 설명이었다.

한번은 한 교사가 '그리고' 앞에 쉼표를 넣으라고 말하자 학생은 '호텐스, 그리고 나'라고 썼다.

어떤 교사가 숨을 쉬는 지점에 쉼표를 넣으라고 말했다. 물론 아무런 지침도 없었다. … 그래서 숨이 짧은 학생들은 쉼표를 남발했고 숨이 긴 학생들은 쉼표를 전혀 사용하지 않았다. …

이러한 오류를 통해 밝혀진 사실은, 직감을 신뢰하지 말라고 배운 학생들이 직감이나 상식이 더욱 분명한 안내자가 될 수 있는 경우에도 지침을 글자 그대로 따르는 경향이 있다는 것이다. (Shaughnessy, 1977; Maher, 1997: 303-304에서 재인용)

우리는 쇼네시의 사례가 학생들이 시간 제약을 받고 종종 불안을 느끼는 시험 상황에서 생긴 것이라는 점을 상기해야 한다. 학생들의 구두법은 평소보다 더 충동적이었을 것이다.

글쓰기를 이제 겨우 시작한 아주 어린 아동은 각 쪽의 끝에 마침표를 하나만 찍는다. 이상하게 들리겠지만 아동은 자신이 아는 유일한 모델을 따라 하고 있는 것이다. 아동은 각 쪽마다 그림과 문장 하나만 있는 아동 도서만 보았다. 물론 그런 책에는 각 쪽의 하단에 마침표가 하나만 있다.

사람들은 구두점의 수수께끼를 알아내려고 가끔 놀랄 만큼 시간과 힘을 쏟으면서 빠져들기도 한다. 나는 그런 일이 내게 결코 일어나지 않으리라 생각하고, (내 아내가 그러하듯이) 그런 것을 극복하기를 바란다. 그러나 구두법은 실전에 적용되기 때문에 매혹적이다. 구두점은 고요하고 영원한 **시각적 상징**으로부터, 들을 수 있고 시간에 맞춰 입을 움직이는 몸의 **실행**으로 우리를 이끌어 주는 유일한 시각적 신호이기 때문에, 우리가 언어와 맺는 관계의 깊은 곳 어딘가에 호소한다. 구두점은 마음과 몸이 만나는 곳이고, 눈과 입이 만나는 곳이며, 공간과 시간이 만나는 곳이다.

다음 장에서 나는 소리 내어 읽기와 주의 깊게 듣기를 통해 구두점을 찍는, 특별하고 구체적인 기법을 제시할 것이다. 이 기법은 노력과 훈련을 다소 필요로 하지만 꽤 간단하고 질서 정연하며 거의 합리적이다. 그러나 그 기반을 마련하기 위해 나는 우리의 현 상황이 왜 짜증 나는지, 그리고 구두법을 위해 왜 소리 내어 읽기의 사용법을 알아야 하는지를 보여 주는 역사를 살펴보고자 한다. 구두법과 관련된 현재의 어려움을 이해하고 많은 어려움을 어떻게 피할 수 있는지를 알기 위해서는, 어떤 연유로 모순되는 두 전통 사이에 우리가 끼이게 되었는지를 알 필요가 있다. (굳이 그 배경을 알고 싶지 않은 독자라면 여기서부터 다음 장까지 건너뛰어도 좋다.)

구두법의 두 전통에 대한 서언: 문법의 두 전통

학생들과 교사들에게 구두법과 관련된 갈등을 설명할 때에는, 우리를 혼란스럽게 하는 서로 다른 언어적 갈등에 대한 짧은 서언으로 시작하는 것이 도움이 된다. 다시 말해, 우리는 문법에 대한 모순된 두 전통 사이에 끼여 있다. 더 오래된 단어 **종결**word-ending 전통과 더 새로운 단어 **순서**word-order 전통이 이에 해당한다.

- 더 오래된 단어 **종결** 전통. 이 전통에서는 동일한 단어를 두 가지 다른 형태로 나타낸다. 예를 들어 '누가(who)'와 '누구를(whom)', 또는 '나는(I)'

과 '나를(me)'이 이에 해당한다. 이 전통은 고대 영어에서 온 것이다. 고대 영어는 (라틴어나 독일어에서 볼 수 있듯이) 사용되는 순간의 문법 기능에 따라 동일한 단어가 상당히 다른 형태 또는 상당히 다른 종결 형태를 가지는 언어였다. 그래서 "Who is coming to the party(누가 파티에 오니)?"에서 볼 수 있듯이 동사의 주어일 때에는 '누가(who)'라고 하고, "Whom did you invite to the party(넌 누구를 파티에 초대했니)?"에서 볼 수 있듯이 동사나 전치사의 목적어일 때에는 '누구를(whom)'이라고 한다.

• 더 새로운 단어 순서 전통. 수 세기에 걸친 말하기를 통해, "People will talk sloppily, don't you know(사람들은 건성으로 말할 텐데, 너는 모르니)"에서와 같이 더 오래된 단어 종결 전통은 약화되었다. 그러면서 영어는 문법 기능을 표시하기 위해 단어 순서에 의존하게 되었다. 예를 들어 "The dog bites the man(개가 사람을 문다)."는 이제 개가 무는 행위를 하였음을 의미한다. 앵글로색슨어, 독일어, 라틴어에서는 단어 종결 형태에 따라 동일한 문장이 "개가 사람을 물고 있다." 또는 "사람이 개를 물고 있다."를 의미할 수 있었다.

시간이 흐름에 따라 종결 형태는 차츰 사라지게 되었다. 이제 단어 순서 전통은 살아 있는 영어의 영혼을 거의 지배하고 있다. 이는 몇 가지 성가신 충돌이 있기 때문이다.

"Who is coming to the party(누가 파티에 오니)?"라고 말하는 것은 두 전통에 모두 합치되므로 괜찮다. '누가(who)'는 동사의 주어이며 동시에 동사 앞에 온다. 그리고 "You invited whom(넌 누구를 초대했니)?"라고 말하는 것도 '누구를(whom)'이 목적어이고 동사 뒤에 오기 때문에 괜찮다. 그러나 어떤 상황에서는 전통들이 충돌하기도 한다. 영어는 이제 단어 순서 전통의 지배를 받기 때문에 "Who did you invite to the party(넌 파티에 누구 초대했니)?"라고 말하기도 한다. 그러나 이것은 틀린 표현이라고 본다. 오래된 단어 종결 전통은 '누가

(who)'와 '누구를(whom)'을 모두 가지고 있고 이 문장에서 '누구를(whom)'은 '초대하다'의 목적어로서 필수적이기 때문에, "whom did you invite(넌 <u>누구를</u> 초대했니)?"라고 말해야 한다.

이렇게 어순word order에 따라 말을 하는 것이 현대 영어의 살아 있는 정신 또는 '특별한 재능'으로 여겨지는 경향이 있지만, 단어 종결 전통은 동일한 단어의 두 가지 다른 형태가 존재하는 상황에서는 여전히 지배권을 요구한다. 다행인 것은 영어에서 두 가지 형태를 가지는 단어나 두 가지 종결 형태를 가지는 단어가 많지 않다는 것이다. 그러나 문제는 이 많지 않은 단어들이 '나는/나를(I/me)', '그는/그를(he/him)', '그녀는/그녀를(she/her)', '누가/누구를(who/whom)'에서와 같이 너무나 자주 나타난다는 것이다. '그대는/그대를(thou/thee)'은 '최근'에서야 사라졌다. 두 문법적 전통 사이의 이러한 충돌은 '누가(who)'도 아니고 '누구를(whom)'도 아닌 진퇴양난의 상황을 만든다. 즉 "Whom did you invite(넌 누구를 초대했니)?"라고 말하면 약간 고루하게 들리고, '일반인'뿐만 아니라 현대 영어의 살아 있는 정신을 염려하는 교양 있는 사람들에게조차 가끔 비웃음을 살 수 있는 것이다. 그러나 영어의 살아 있는 정신에 따라 "Who did you invite(넌 누구 초대했니)?"라고 말하는 것은 사실 문법책에 여전히 존재하는 규칙을 어기는 것이고 무식한 사람 또는 건성으로 말하는 사람으로 간주될 위험이 있다. 슬프도다(Woe is me). (슬픔은 나(Woe is I)라고 해야 하나? 사실 'Woe is I'는 언어에 대한 유용하면서도 흥미로운 책의 제목이다. 오코너(O'Connor, 2004)를 참조하기 바란다.)

아직 최악의 사례는 말하지 않았다. 단어 종결 전통은 단어 순서 전통보다 더 어렵기만 한 것이 아니다. 단어 종결 전통은 성가신 추가적 복잡성을 가지고 있다. 단어 종결 전통에서는 "I kissed Mary(나는 메리에게 키스했다)."의 예처럼 문장의 주어가 늘 주어 형태를 취하는 것에 만족하지 않는다. 그리고 "Marry kissed me(메리가 나에게 키스했다)."의 예처럼 목적어가 늘 목적어 형태를 취하는 것에도 만족하지 않는다. "It's I(나예요)."나 "If it were she in charge, everything would run better(책임자가 그녀라면, 모든 것이 더 나아질 것이다)."의 예처럼 **때때로** 우리는 특정 문장의 **목적어** 자리에, 혹은 최소한 목적어처럼 느껴지는 자리에 **주어** 형태를 사용하기도 한다. 어떤 규칙을 따를지를 결정하려면 '키스하다(kiss)'나 '물다(bite)'처럼 '능동형 행동 동사'와, '이다(be, is)'나 '…인 것 같다(seems)'처럼 '존재형 동사 혹은 연결 동사'를 구별해야 한다. 행동 동사는 '일반적인 것'이고 목적어 형태를 취한다. 그러나 존재형 동사는 이와 다르게 동사 뒤에 주어 형태를 취한다.

말할 필요도 없이 이러한 복잡성은 성가시다. 대부분의 동사는 능동형이고 일반적이지만, '이다(is)'와 같은 존재형 동사는 너무나 자주 나타나 우리 혀가 저항하는 형태를 요구한다. 사람들은 "It's me(나예요)."를 "It's I."로 고쳐서 말하라는 지적을 너무나 자주 받는데, 참다 못한 사람들이 연좌 농성에 참여하기 시작한 것처럼 보인다.

> 만약 당신이 "It's me."라고 말한다면서 내 손목을 찰싹 때리려 하거나 자연스럽지 않은 상황에서 'I'라는 단어를 사용하라고 내 혀에 요구한다면, 나는 당신이 원하지 않는다 할지라도 'I'만, 'I, I, I'만 말할 것이다. 나는 "The committee elected Mary and I(그 위원회는 메리와 나를 선출했다)."나 "They threw a part for Oscar and I(그들은 오스카와 나를 위해 일부를 내던졌다)."와 같은 문장을 말할 것이다. 그것이 당신을 신경질 나게 만들더라도 신경 쓰지 않을 것이다.

구두법의 두 전통 사이에서

두 문법 전통에 대한 이야기는 우리가 더 오래된 **수사적** 혹은 **발성적** 구두법 전통과 더 새로운 **문법적** 혹은 **통사적** 구두법 전통 사이에 어떻게 끼이게 되는지를 잘 설명해 준다.

- 더 오래된 수사적 혹은 발성적 전통. 이 전통에서 구두법은 사람들로 하여

금 소리 내어 읽게 하거나 문장이 어떻게 소리 나는지 듣게 하기 위해 고
안되었다. 이것은 목소리와 혀의 구두법으로, 구두법이 전혀 없던 글쓰
기 초창기에 나타났다. 실제로 초기 글쓰기 시절에는 단어들 사이에 여
백조차 없었는데, 상상하기어렵겠지만바로이와같은방식으로쓰던것이었
다.* 그러나 사람들은 대부분의 글을 소리 내어 읽었고 혼자 있는 순간에
도 그러했기 때문에, 사람들이 어디에 휴지를 두어 읽을지 결정하는 것
을 도와줄 필요가 있었다.

- 더 새로운 문법적 혹은 통사적 전통. 이 전통에서 구두법은 문장의 토대를
  이루는 문법 혹은 통사 구조를 반영하기 위해 고안되었다. 로버트 스콜스
  Robert Scholes와 브렌다 윌리스Brenda Willis는 다음과 같이 설명하고 있다.

> (쉼표, 콜론, 마침표 등) 더 오래된 주요 구두점의 발성적 기능은 소(小) 알도
> 마누치오Aldo Manuzio the Younger가 구두법의 주요 목적이 **통사 구조를 명료
> 화**하는 데 있다고 주장한 16세기 중반까지 지배적이었던 것으로 보인다. 현
> 대 영어에서 이러한 구두점 사용 규칙은 1740년에 새뮤얼 존슨의 『영문법
> English Grammar』에서 최초로 성문화된 이래 별로 바뀌지 않은 채 유지되어
> 왔다. (Scholes & Willis, 1990: 13)

간단히 말해서, 구두법의 문법적 전통은 "영문법을 철자법으로 나타내는 수
단"(Scholes & Willis, 1990: 19)인 것이다.

존 실리 하트John Seely Hart는 『작문과 수사학 설명서A Manual of Composition and

---

* 필자가 단어들 사이에 여백이 없었던 당시의 글쓰기 방식을 보여 주기 위해 해당 부분을 모두 붙여 쓰기
하였다.

Rhetoric』(1892)에서 다음과 같이 썼다.

> 발성법을 위해 이루어진, 수사학과 문법에 대한 연구들에서 종종 언급되듯이, 학생들은 말을 멈출 때마다 얼마 동안 휴지를 가지도록 지시받는다. 발성이라는 목적에 필요한 휴지가 종종 문법적 지점과 일치하며, 그래서 서로를 돕는 것은 사실이다. 그러나 문법적 지점의 가장 중요한 목적은 문법적 구분을 표시하는 것임을 잊어서는 안 된다. 훌륭한 발성법은 문법적 연속성과 상관없이 쉬지 않는 곳에서도 종종 휴지를 요구하고, 문법적 지점을 삽입하는 것이 말이 안 되는 곳에서도 종종 휴지를 요구한다. (Nordquist, 2010에서 재인용)

이러한 두 구두법 전통 사이의 가장 큰 실질적 차이는 그 두 전통이 필자들에게 얼마나 많은 **선택지**를 부여하는지를 통해 알 수 있다. 더 오래된 수사적 전통은 필자를 문장의 문법에 묶어 놓지 않기 때문에 많은 선택지를 가져다준다. 통사 구조의 차이와 수사적 목적 때문에 필자는 서로 다른 두 가지 읽기 방식을 원할 수도 있고, 동일한 문장 혹은 동일한 문법 구조를 지닌 문장들 사이에서 일련의 휴지를 원할 수도 있다. 예를 들면 수사적 전통은 다음과 같은 선택지를 제공한다.

The party will re-draw the congressional district if the incumbent is re-elected. 그 정당은 재임자가 재선출된다면 하원의원 선거구를 변경할 것이다.
The party will re-draw the congressional district, if the incumbent is re-elected. 그 정당은 재임자가 재선출된다면, 하원의원 선거구를 변경할 것이다.
The party will re-draw the congressional district. If the incumbent is re-elected. 그 정당은 하원의원 선거구를 변경할 것이다. 재임자가 재선출된다면 말이다.

맥락이나 필자에 따라 동일한 문장이 서로 다른 수사적 기능을 한다. '당연히' 어떤 상황에서 필자는 단순하고 뻔한 이야기를 하는 데 쉼표를 안 쓸 수도 있다. 그러나 또 다른 상황에서 필자는 재선출에 대한 의구심을 강조하는 이야기를 원할 수도 있다. 이것은 필자가 어떻게 하면 독자로 하여금 언어뿐만 아니라 의미도 알아듣게 할 것인지의 문제이다.

반면에, 더 새로운 문법적 전통에서는 마지막 문장을 **잘못된** 것이라고 판정한다. 이 전통은 훨씬 더 적은 선택지를 제공하거나 때때로 선택지를 전혀 제공하지 않는다. 왜냐하면 문장의 문법은 상황이나 필자와는 상관없이 내재되어 있고 변치 않는 것이기 때문이다.

대부분의 영어 전문가들은 더 새로운 문법적 전통이 지금의 구두법 세계를 지배하고 있지만, 이는 그리 단순한 것이 아니라고 말한다. 이 전통이 규칙을 만들어 내지만, 그러한 규칙들은 수사학적 전통이 존재할 상당한 여지를 남겨 주었다. 그래서 수사학적 전통은 여전히 살아 있고 활기차지만, 물밑에 존재하기 때문에 잘 드러나지 않는다. 사실 우리는 지금 단어 종결 전통과 단어 순서 전통이라는, 불편하게 존재하는 두 전통 사이에서 살고 있다. 대체로 이들은 일치하지만 때때로 충돌하기도 한다.

두 전통의 조화

우리가 알아야 할 것은 기대 이상으로 많은 조화가 존재한다는 사실이다. 예컨대 마침표와 관련하여 더 새로운 문법적 전통의 이른바 엄격한 요구와, 더 오래된 수사적 전통의 유연성 사이에는 놀랄 만한 일치가 존재한다. 다음과 같은 있을 법한 문장에 구두점을 찍기 위해 어떠한 선택이 가능한지 생각해 보자.

먼저 9·11이 있었고 그다음 이라크에서 전쟁이 있었으며 그다음 주식시장의 하락이 있었다.

서로 다른 필자들과 상황들의 수사적 필요라는 면에서 생각한다면, 다음의 네 가지 구두법이 가능할 것이다.

> 먼저 9·11이 있었고, 그다음 이라크에서 전쟁이 있었고, 그다음 주식시장의 하락이 있었다.
>
> 먼저 9·11이 있었다. 그다음 이라크에서 전쟁이 있었다. 그다음 주식시장의 하락이 있었다.
>
> 먼저 9·11이 있었고, 그다음 이라크에서 전쟁이 있었다. 그다음 주식시장의 하락이 있었다.
>
> 먼저 9·11이 있었다. 그다음 이라크에서 전쟁이 있었고, 그다음 주식시장의 하락이 있었다.

물론 허용 가능한 문장들이다! 이 문장들은 '엄격한' 문법 규정집에서도 모두 좋다고 판명된 것들이다. 얼마나 좋은가. 문법적 전통은 꽤 관대하면서 목소리에 많은 유연성을 실어 주는 것처럼 보인다.

그러나 이것은 사실 관대함이 아니다. 정확히 말하면 문법적 전통은 사실상 구석에 몰려 있으며 문장과 관련되는 경우 수사적 목소리에 많은 기회를 주어야 한다. 왜냐하면 문법적 전통에는 문장이 실제로 무엇인가에 대한 일관되고 변하지 않는 문법적 정의가 부족하기 때문이다. 문장은 영문법의 분명하고 안정된 구성요소가 아니다! "**문장** 구성은 철자법 관습으로서의 표기 체계와 함께 발전하였으며, 문법의 단위는 아니다." 이것은 영문법의 최고 권위자인 메리 슐레프그렐Mary Schleppegrell이 찰스 베이저먼Charles Bazerman이 엮은 권위 있는 저서 『글쓰기 연구 핸드북Handbook of Research on Writing』(2007)에서 할리데이와 매티슨(Halliday & Mathiessen, 1985)의 논의를 요약한 것이다. 존 도킨스John Dawkins는 자신이 문장 구두법과 관련해 가장 완전한 연구라고 생각하는 내용을 다음과 같이 소개한다.

> 조앤 퍼실리 레빈슨Joan Persily Levinson의 증거에 따르면, 문어 문장written sentence은 문법적 독립체가 아닐 뿐만 아니라(Levinson, 1985: 8, 121-126), 구두법이 문법적 특징을 지니지도 않는다(Levinson, 1985: 141, 154). 하나의 독립체로서의 문장은 구두법, 즉 '텍스트에 대한 작용'에 의해 **만들어지는데**(Levinson, 1985: 120), 구체적으로 말하면 대문자와 마침표에 의해 만들어진다. …
> 사실 문어 문장이라는 개념은 셰익스피어의 시대에는 존재하지 않았다. … (주어와 서술어, 완전한 사고 등) 우리 모두가 익숙한 이 개념은 17세기와 18세기에 생긴 **정확한 영어** 표준에 대한 증가하는 욕구에서 발전한 것이다. …
> (Dawkins, 2009: 2. 강조는 인용자)

여기서 핵심어는 '**정확한 영어**'이다. 이것은 문법의 추상적 개념, 즉 영어가 어떻게 구성되어야 하는가에 대한 이론에 기반을 두고 있다. 그러나 이것은 영어가 실제로 작동되는 방식에 맞지 않았고, 현재에도 맞지 않는다. 18세기 문법학자들은 '참된' 문법, '우월한' 문법의 모델인 라틴어에 상응하는 지위를 영어에 부여하고자 했다. 권위 있는 『캠브리지 언어 사전Cambridge Encyclopedia of Language』에서 데이비드 크리스털은 문장을 문법적으로나 논리적으로 정의하려는 그 이후의 모든 시도에 허점이 있음을 지적한 바 있다.

> 여러 어려움에도 불구하고, 우리는 '문장'이라는 개념을 계속 사용하고 있으며, 현대의 통사론 전문가들은 이것을 이해하려고 노력한다. 그러나 '문장'에 대한 만족스러운 정의를 찾는 일은 … 현재까지 기록상 200가지가 넘는 정의들을 살펴볼 때 성공할 가능성은 없다. (Crystal, 1995: 94)

언어학자들이 연구하는 것은 문장이 아니라 **절**이다. 왜냐하면 절은 영문법을 구성하는 기본 단위이기 때문이다. 그리고 어찌 된 일인지 문장보다 훨씬 더 믿을 수 있는 문법 단위인 절은, 자연스러운 말하기에서 드러나는 억양의 일부인 **목소리**에 의해 표시되는 경향이 있다.

이렇게 우리는 혼란스러운 상황에 놓여 있다. 규칙에 따라 우리는 마침표를 모든 문장의 끝에 찍고, 어디서 문장을 종결해야 할지 판단하기 위해 문법을 사용한다. 하지만 문법은 문장의 일관된 모습을 제공하지 못한다. 이러한 이유 때문에 규칙은 종종 한발 물러나게 되고, 우리는 **억양**이나 **목소리**를 이용해 마침표와 쉼표가 어디로 가야 할지 판단한다. 앞의 9·11 관련 문장에서 구두점을 찍을 때 매력적인 선택을 할 수 있게 되는 것은 모두 이런 이유 때문이다.

'문어 문장'에 대한 공식적인 정의가 얼마나 비일관적인지를 보여 주는 사례가 있다. 다음 예문은 영국『가디언』의 사설을 인용한 것인데, 둘째, 셋째, 넷째 문장은 공인된 규칙에 따르면 명백히 문장이 **아니다**. 하지만 **실제로** 사용되고 있는 영문법에 따르면 분명히 문장이다. 이때의 문법은 임시변통의 '문장에 대한 문법'이 아니라 수사학 기반의 억양과 절에 의해 더 잘 나타나게 되는 문법이다.

> [I]t is difficult to maintain that there is no need to change the orga-nizations that govern security in Europe. First, because there are still disputed borders in Europe and they have to be dealt with. Second, because … And third, because … 유럽에서 안전을 책임지는 기구를 바꿀 필요가 없다고 주장하기는 어렵다. 첫째, 유럽에는 국경 분쟁 지대가 여전히 존재해 그 문제가 해결되어야 하기 때문이다. 둘째, … 하기 때문이다. 셋째, … 하기 때문이다.

"주장이 논리적이지 않기 때문이다."와 같이 'because'로 시작하는 '단순한 절'로 문장을 만들지 말아야 한다. 그러나 문법이라는 경찰은 한발 물러나는 경향이 있으며 이와 같은 문장을 허용하기도 한다.

이러한 문장의 불안정한 지위로 인해 목소리가 문장의 구두법을 결정짓는 지배권을 **완전히** 갖고 있다고 말할 수 있으면 좋겠지만, 그렇지는 않다. 목소리는 규칙을 위반하도록 우리를 이끌어 '교통 위반' 딱지를 끊게 할 수도 있다. 그러나 그렇다고 구두법 규칙이 전적으로 문법에 의거한다고 말할 수도 없다. 문장을 구성하는 규칙은 인위적인 구조(라틴어에 일부 근간을 두고 있는)에 근거를 두고 있는데, 그건 영문법에 딱 들어맞지 않기 때문이다.

두 전통이 갈등을 빚는 곳

미국 문화 및 미국 학교에서는 문법적 전통이 지배적인 만큼 악영향이 나타나기도 한다. 수사적 필요성 때문에 문법 규칙을 어기는 경우도 있지만, 문법 규칙을 준수함으로써 수사적 필요를 약화시키는 경우도 많다.

아래 예문을 살펴보자.

> Pollsters were surprised by her victory, they had forecast low results.
> 여론조사원들은 그녀의 승리에 깜짝 놀랐다, 저조한 결과를 예측했었는데.

이 쉼표는 (많은 교사들처럼) 문법적 전통의 힘을 알고 느끼는 대부분의 사람들에게는 실수로 여겨진다. 그러나 훌륭한 필자들은 이러한 구두법이 필요한 수사적 상황이 있음을 잘 알고 있다. 아마도 앞 문장에 있는 일련의 생각에는 이러한 '쉼표 조각'이 올바르게 여겨지도록 만드는 힘이 있었을 것이다. 필자는 두 개의 절이 연결을 유지해 더 큰 단일한 의미 단위를 창출하고, 그리하여 독자들이 쉼표 휴지를 듣게 되기를 원했을 것이다. 상황이 다를 경우, 이 필자는 마침표를 주장해 두 절을 완전히 독립된 의미 단위로 만들 수도 있고, 그리하여 독자들은 종결 휴지를 듣게 될 수도 있다.

두 구두법 전통의 충돌을 보여 주는 또 다른 사례로, 화자가 자연스럽게 멈추거나 필자가 때때로 휴지를 원하지만 쉼표를 쓸 수 없는 많은 문장들이 있다. 특히 화자는 주어절이 매우 길고 동사가 그 뒤에 올 때 쉼표 휴지를 매우 자주 쓴다. 예를 들면 대부분의 화자는 다음 문장의 주어절 뒤에 휴지를 분명히 둔다.

> The man who was finally appointed long after the deadline had passed[,] was dishonest. 최종 기한이 한참 지난 후 마침내 임명된 그 남자는 [,] 정직하지 못한 사람이었다.

사실 독자들은 대부분 이 쉼표를 환영할 것이다. 쉼표가 없다면 묵독 중에 당연히 더듬거리게 된다. 그러나 쉼표는 오류를 유발하기도 한다. 주어가 더 짧더라도 사람들은 종종 쉼표를 넣으려는 유혹에 빠지곤 한다.

> The man who was finally appointed[,] was dishonest. 마침내 임명된 그 남자는[,] 정직하지 못한 사람이었다.

사실 허용 가능한 모든 쉼표는 말하기 휴지와 일치하지만, 모든 말하기 휴지에 쉼표가 허락되는 것은 아니다. 이러한 모순에도 불구하고 문법적 전통은 가끔 우아하게 물러나 다음과 같이 말한다. "이런! 물론 너의 목소리가 판단한 것이겠지. 너의 수사적 원칙이 주어와 동사 사이의 쉼표를 금하는 나의 문법보다 우위에 있다고 말이야." 예를 들면, 규정집에서는 이런 금지 때문에 다음과 같은 문장이 독자들의 혼란을 유발할 수 있음을 인정하고 있다.

> Those who can do; those who can't teach. 할 수 있는 자; 가르칠 수 없는 자.

규정집은 "계속 너의 목소리에 귀를 기울이라."고 말한다.

Those who can, do; those who can't, teach. 할 수 있다면, 해라; 할 수 없다면, 가르쳐라.

(그러나 여기서 유의할 점은, 학생들이 뒷주머니에 꽂고 다니는, 현재 유행하는 아주 작은 크기의 안내서에는 이러한 중요한 예외들이 빠지기 쉽다는 것이다.)

이렇게 우리는 구두법의 수사적 전통과 문법적 전통이 때때로 충돌하는 세계에 살고 있다. 목소리에 의존하는 필자들은 무사히 넘어가는 경우도 있긴 하지만, 현재 주권을 가진 문법적 전통의 규칙을 위반한다는 비난을 듣는 경우도 가끔 있다.

맬컴 파크스Malcolm Parkes는 구두법 역사에 관한 신뢰할 만한 자신의 저서에서 현대 핀란드어 구두법이 전적으로 문법적이라고 밝힌 바 있다. 예컨대, "She said to him, that she would run for congress(그녀가 그에게 말하기를, 그녀는 국회의원에 출마할 것이라고 한다)."와 같이 모든 절에 쉼표가 쓰인다(Parkes, 1993: 92). 일관성을 원한다면 핀란드로 이주해야 한다. 핀란드인은 12세기에 철자를 급진적으로 개혁하기도 하였다. 다른 언어들에 비해 현대의 문어체 핀란드어는 구어체 핀란드어를 정확히 재현하려는 목표에 눈에 띄게 가까이 다가가 있다. 그런데 어떤 형태의 구어체 핀란드어가 이런 영광을 누리는 것일까? 게다가 일관성에 대한 갈망 속에서 핀란드인은 갈등을 겪어 왔다. 철자법 개혁은 말과 글 사이를 가깝게 만들었지만, 구두법의 전반적인 문법 체계는 말과 글 사이를 갈라놓았던 것이다.

역사가 우리에게 남긴 큰 착각

대부분의 문법책과 교사, 그리고 '교양 있는' 사람은 영어의 구두법에 대해 다음과 같이 말할 것이다.

> 우리에게는 일관된 구두법 규칙이 있어서 능숙한 필자들은 이를 따르고 능숙하지 못한 필자들은 이를 어긴다. 이 규칙은 수사적 전통이 아니라 문법적 전통을 반영하기 때문에 일관적이다.

그러나 이러한 지배적 모습은 착각에 불과하고, 그러한 착각은 해롭다.

무엇보다도 현실의 필자들이 따르는 일관된 구두법 관습이라는 것은 존재하지 않는다. 일관성에 대한 널리 퍼진 착각은 도서, 신문, 잡지, 전문 학술지를 펴내는 출판사의 관습에서 비롯된 것이다. 출판사는 **동일한** 규칙과 관습을 강화하는 것을 자신의 책무로 여기는 전문 편집자들에게 구두법에 대한 책임을 떠넘겨 왔다. 확실히 출판사들 사이에는 미묘한 차이가 있지만, 그러한 차이는 구두법의 핵심과 관련된 것이기보다는 인용 체계와 관련된 것이다. 그 결과, 우리는 훌륭한 필자가 실제로 구두법을 어떻게 사용하는지 거의 **보지 못한다.**

이러한 놀라운 생각은 도킨스의 중요한 통찰이기도 하다. 영향력이 큰 그의 글 「수사적 도구로서의 구두법 가르치기Teaching Punctuation as a Rhetorical Tool」 (1995)와 「구두법: 약간의 유익한 역사Punctuation: Some Informing History」(1999)는 구두법에 대한 나의 이해에 핵심적인 영향을 끼쳤다. 그러나 그 역시 지적한 바와 같이, 때로는 능숙한 필자가 구두법을 어떻게 사용하는지 실제로 볼 수도 있다. 이는 출판 종사자들 사이의 또 다른 관습 때문이다. 소설, 개인적 글, 창의적 논픽션, 시와 같은 **문학적인** 글을 다룰 때, 편집자들은 일관적이지 않은 구두법과 '잘못된 구두법'을 모두 허용한다. 다시 말해, '창의적인' 작가는 '자유'를 허락받아서 자신들이 원하는 대로 구두점을 찍는다는 가정이 현재의 문식성 문화에는 존재한다.

이는 창의적인 글쓰기에 대한 특별한 경의처럼 보일 수도 있겠지만, 혹시 창의적인 글쓰기를 '진지한 글쓰기'로 간주하지 않는 것은 아닌지 의문이다. 게다가 어떤 편집자는 창의적 글까지 '교정하기'를 멈추지 않는다. 로버트 프로스트는 그의 유명한 시「숲에 들르며Stopping by Woods」에서 다음과 같이 구두법을 사용하였다.

His house is in the village though. 하지만 그의 집은 마을에 있다네.

그러나 초판에서 담당 편집자는 문법 규칙(혹은 문법 규칙에 대한 하나의 해석)을 강력히 고집해 다음과 같이 '교정'했다.

His house is in the village, though. 하지만, 그의 집은 마을에 있다네.

프로스트의 수사적 의도는 결국 그다음 판에서 존중받게 되었다. 이 이야기에 대해서는 윌리엄 프리처드(William Pritchard, 2009)의 논의를 참조하기 바란다.

이렇게 문학적인 글에서 '창의적인' 구두법을 볼 때, 우리는 능숙하고 유능한 작가가 **자신이 원하는** 수사적 효과 및 억양을 통한 의미의 미묘함을 만들어내기 위해 **선택한** 구두법을 보고 있는 것이다. 도킨스는 문학 작가들이 문법 기반 표준을 어긴 구두법 사례를 괄목할 만큼 많이 모았다. 표준을 어기는 일이 얼마나 수사적으로 효과가 있는지를 보여 주기 위해 체이프가 인용하고 있는 제임스 에이지James Agee의 뛰어난 구절을 보자.

내가 잠든 동안 그는 밤새 죽어 있었고 이제 아침이 되어 나는 깨어났지만 그는 여전히 죽어 있고 내가 다시 잠들고 다시 깨어나고 다시 자러 갈 동안 그는 오후에도 밤에도 내일도 내내 죽어 있을 것이고 그는 다시는 집으로 돌아오지 않을 것이지만 나는 그가 옮겨지기 전에 다시 한번 그를 볼 것이다.
(Chafe, 1988a: 418에서 재인용)

그는 또한 수사적 효과를 위해 쉼표를 전혀 쓰지 않기를 고집한 헤밍웨이가 쓴 구절을 인용하기도 하였다.

이른 저녁에 그는 도끼를 가지고 동굴 밖으로 나가 새로 온 눈을 헤치고 공터 가장자리까지 가서 작은 전나무 한 그루를 베었다. (Hemingway, 1940: 258; Chafe, 1988a: 400에서 재인용)

유럽에서 발행되는 작은 규모의 학술지 중에는 편집자가 없는 경우도 많다. 이러한 학술지에서 우리는 필자에 의해 선택된 구두법이 비창의적 글쓰기에 사용된 것을 볼 수 있다. 그러나 이러한 학술 필자들은 독자에게 수사적 효과를 미치려고 하는 대신 잘못 이해한 규칙을 단지 따르려고만 하는 경우가 종종 있다. (또한 핀란드의 경우에서 볼 수 있듯이 나라에 따라 규칙과 관습에 차이가 있다.) 미국에서는 작은 규모의 학술지들이 갈수록 재정이 악화되어 교정이 덜 이루어지는 경우를 볼 수 있다. 몇몇 출판사들은 심지어 조판 비용을 아끼기 위해 학자들에게 곧바로 인쇄가 가능한 원고를 보내 달라고 요구하기까지 한다.

린 트러스Lynn Truss는 스스로를 올바른 문법에 기반한 구두법의 챔피언이라고 소개한다. 성공작인 『먹고, 쏘고, 튄다Eats, Shoots and Leaves』(2004)에서 그녀는 실수에 대한 분노를 말함으로써 큰 부자가 되었다. 그런데 책을 더 자세히 살펴보면, 지키기 위해 싸운다고 말하는 바로 그 규칙을 그녀는 계속 어기고 있다. 다음은 루이스 메넌드가 밝힌 길고 짓궂은 사례 목록의 일부이다.

트러스가 쓴 서문은 잘못된 아포스트로피를 포함하고 있고 … 두 개의 세미콜론이 잘못 사용되었다. … 이 책의 나머지 부분에 사용된 세미콜론의 절반 정도는 불필요하거나 비문법적이며, 쉼표는 기분 내키는 대로 사용되었다. '물론(of course)'과 같은 구절에 때로는 쉼표를 넣지만, 때로는 넣지 않는다. 의심스럽고, 산만하고, 부적절한 쉼표가 한정구 … 앞에, 상관 접속사 … 전에, 전치사구 … 안에 나타난다. 구두점이 가장 예상되는 지점에서는 전혀 나타나지 않기도 한다. (Menand, 2004: 102)

메넌드는 이를 **문법**에 기반한 **규칙** 위반으로 간주한다. 그러나 그는 이러한 위반 중 대부분이 아마 아주 훌륭한 필자들이 규칙에 저항하고 목소리가 요구하는 바를 수행한 사례일 것이라고 인식한다. 메넌드는 다음과 같이 말한다. "[문법에 기반한] 규칙들이 실제로 그것[좋은 글]과 관련이 아주 많지는 않다는 것을 그녀 자신의 실천을 통해 드러냈다는 점에서, 트러스는 (그녀가 설파한 것에도 불구하고) 옳다."(Menand, 2004: 102) 그래서 우리는 트러스를 **수사학**에 기반한 구두법의 숨겨진 챔피언으로 간주할 수도 있다.

일명 '트러스 신드롬'이라고 부르고 싶은 것에 그녀만 빠져든 것은 아니다. 한편으로, 사람들은 '실수'가 도처에서 우리를 침해하고 문식성을 위협하는 것에 대해 공공연히 비난하며, 그 실수를 무지나 부주의함(또는 하층 계급) 탓으로 돌린다. 그러나 다른 한편으로, 그렇게 할 충분한 권위를 가지고 있다면, 규칙을 자유로이 어기지만 아무도 지적하지 않는다. 규칙을 위반하면 더 좋은 글을 쓸 것이고, 반면에 규칙을 따르려고 애쓰다 보면 더 나쁜 글을 쓰게 될 것이다.

트러스 같은 사람과 문법학자와 보수적인 독자는 규칙 위반에서 어리석은 부주의만 보는 경향이 있지만, 체이프나 도킨스 같은 사람은 여기서 구두법의 문법 규칙보다 더 중요한 타당한 수사적 이유를 주장한다.

> 문제는 "부주의한가 주의 깊은가가 아니라, 필자가 자신의 내적 목소리, 즉 청각적 상상력에 이끌리는가 또는 정해진 규칙에 이끌리는가"인 것이다. (Chafe, 1988a: 402)

체이프는 문법 규칙이 구두법을 지배한다는 만연한 가정에 직설적으로 이의를 제기하며, 놀랍게도 우리가 인쇄물로 보는 현대 영어의 구두법은 (우리에게 일반적으로 설명되는 것과는 다르게) 독자들이 어떤 방식으로 읽어 줬으면 좋겠다고 하는 필자의 운율적 의도를 우선적으로 전달한다고 주장한다. 그는 이 주장이 말도 안 되는 것처럼 들리며 권위자들이 말하는 바와 완전히 반대된다는 점을 안다. 따라서 그는 "구두법 실천은 주로 문법적 고려에 의해 지배된다."라는, 랜돌프 퀴크Randolph Quirk · 시드니 그린바움Sidney Greenbaum · 제프리 리치Geoffrey Leech · 얀 스바트빅Jan Svartvik의 『종합 영문법A Comprehensive Grammar of the English Language』(1985)에서 인용한 말로 논의를 시작한다. 이 문법주의자들은 구두법 관습을 위반하는 것에 대해 계속해서 다음과 같이 말한다. "불일치는 … 대부분의 인쇄물에서 허용되지 않는다."(Quirk, et al., 1985: 1611; Chafe, 1988a: 402에서 재인용)

그러나 체이프는 곧바로 이 문법주의자들이 "구두법 실천은 주로 문법적 고려에 의해 지배된다."는 자신들의 주장에 모순되는 증거를 내놓는다고 주장한다. 네 명의 학자는 영어 출판물의 대표적인 표본 다수를 살펴보고서 문장 부호의 45퍼센트가 마침표라는 사실을 발견했다. 체이프는 마침표가 말의 억양에서 대부분 음높낮이가 하강한다(즉, 운율적 전통에 적합하다)는 사실에 주목한다. 문법주의자들은 또한 문장 부호의 47퍼센트가 쉼표라는 사실도 발견했다. 그러나 이 문법주의자들은 "쉼표의 사용은 상당히 융통성 있게 이루어질 수 있고 … 쉼표는 사실상 상당히 개인 취향의 문제이다."(Quirk, et al., 1985: 1611; Chafe, 1988a: 402에서 재인용)라는 점에 수긍한다.

체이프는 다음으로 산술 합산을 통해 출판물 구두점의 92퍼센트가 (문법적 전통이 마침표의 수사적 요구를 따르는 곳에서) 명백히 음높낮이가 하강하거나, 수사적 요구 또는 운율적 요구를 반영하는 '개인 취향'이 드러나는 지점을 나타낸다고 주장한다.

가장 주요한 근거로서 체이프는 자신이 인용한 "쉼표는 사실상 상당히 개인 취향의 문제이다(The comma in fact provides considerable opportunity for personal taste)."라는 문법주의자들의 문장에 주의를 환기시킨다. 문법주의자들은 자신들의 규칙을 고의로 어기고 관습적으로 반드시 사용하는 쉼표를 'in fact' 전후에 생략하였는데(편집자라면 분명히 넣었을 것이다), 그 이유는 독자의 귀에 휴지가 들리는 것을 최소화하고 싶었기 때문이다. 체이프는 문법이 어떻게 구두법을 때로는 지배하고 때로는 지배하지 않는지, 그리고 명망 있는 필자들이 어떻게 트러스 신드롬을 활용해 자신들의 목소리를 규칙보다 더 우선시하는지를 보여 주는 증거를 계속 제시한다.

여기, 구두법을 회피한 에이지와 헤밍웨이의 사례와 정확히 대비되는 예시가 있다. 전기 작가이자 높은 평판과 성취를 보여 주고 있는 교수인 조너선 베이트Jonathan Bate는 최근에 나온 셰익스피어 전기『시대의 영혼: 윌리엄 셰익스피어 정신의 전기Soul of the Age: A Biography of the Mind of William Shakespeare』(2009)에서 다음과 같이 썼다.

> 윌리엄 세실, 벌리 경의 사무실. 첫 국무성 장관, 여왕 폐하의 눈과 귀. 책상에 높이 쌓인 국무성 서류들; 지역에 발송할 편지에 대한 서명을 요청하는, 보고서를 가지고 온 관료들의 행렬. (Bate, 2009; Greenblatt, 2009에서 재인용)

도킨스는 E. B. 화이트와 같은 작가들의 또 다른 사례를 들기도 한다.

니컬슨 베이커Nicholson Baker는 "구두법이 무엇이고 무엇을 하는지에 대한 독자의 의식을 끌어올리기 위해 무척 노력했던, 매의 눈을 가진 고문서 학자"라고 자신이 칭하는, 권위 있는 구두법 사학자인 맬컴 파크스의 흥미로운 또 다른 사례를 제시한다. 파크스는 다음과 같이 쓰고 있다.

> 그러므로 휴지를 두는 것은 읽기 과정의 일부이지 베끼기가 아니다. Pausing therefore was part of the process of reading not copying. (Baker, 1996: 78)

파크스는 마지막 두 단어 앞에 쉼표를 찍으려고 하는 편집자의 머리에 총을 겨누지 않으면 안 되었을 것이다. 그는 독자에게 가능한 한 휴지가 적은 문장을 들려주길 원했다. 베이커는 구두법과 관련해 편집자와 협상을 벌인 자기 자신 혹은 다른 필자의 이야기를 들려준다. 그리고 그는 체이프의 다음과 같은 주장에 동의한다.

> 이 시대 대부분의 글은 문어의 운율을 존중하는 방식으로 구두법을 사용한다. … 마침내 … 가장 만족스러운 지침은 내면의 목소리 자체에 귀를 기울이는 것에서 나온다. 귀를 잘 기울이도록 교육하는 것만이 문어의 질을 향상시킬 수 있다. (Chafe, 1988a: 425)

왜 모든 필자들은 똑같은 방식으로 구두점을 찍어야 할까? 왜 심지어 글마다 변함이 없어야 할까? 필자는 독자에게 특정 유형의 수사적 경험을 제공하기 위해 자신의 **문체**를 만들고 변화시킨다. 필자의 목소리, 언어 사용역, 페르소나도 마찬가지다. 구두법은 문체의 일부가 아닌가?

니컬슨 베이커는 줄표에 덧붙인 쉼표처럼, 과거에 널리 사용되었지만 지금은 사라진 구두법 관행을 좋아한다. 베이커는 이를 '대시타드dashtard'라고 부른다. 그는 에릭 파트리지Eric Partridge가 이러한 구두법 관행을 조심스럽게 받아들이자 기쁨을 느낀다.

에릭 파트리지의 『말이 통하는 구두법 지침서You Have a Point There』(1953)에는 희미하게 빛나는 희망이 있다―그렇다, 복잡한 문장 부호들은 "조심스럽고 신중하게" 사용되어야 한다고 그는 충고하였다. 그러나 그는 그것이 "경우에 따라서는, 사실상, 피할 수 없는" 것임을 인정하는 용기를 지니기도 하였다. There was a glimmer of hope in Eric Partridges's *You Have a Point There*(1953)―he advised that, yes, compound points should be used with "caution and moderation," but he had the courage to admit that "occasionally [they] are, in fact, unavoidable." (Baker, 1996: 87) [베이커의 줄표 사용에 주목하기 바란다.]

나는 파트리지가 '피할 수 없는'이라는 단어를 사용한 것이 좋다. 이 단어는 전문가들이 우리에게 올바른 구두법은 피할 수 없다고 말할 때 주로 사용된다. 구두법에 관한 책에서 때때로 규칙을 깨뜨리는 것은 피할 수 없는 일이라고 주장하는 언어학자 파트리지를 보는 일은 얼마나 큰 선물인지 모른다.

* * *

결국 내 이야기의 요점은 이러하다. 우리는 문법책, 전문가, 교사가 모두 **문법이 구두법을 지배하는 지침**이라고 생각하는 문식성 문화 속에서 살고 있다. 문법책, 전문가, 교사는 한결같이 구두점을 찍을 때 우리의 목소리를 사용하는 것이 어리석고 한심한 방식이라고 말한다. 그러나 역사와 출판된 글을 주의 깊게 살펴보면, 문법 규칙이 놀랍게도 목소리의 요구에 들어맞으며, 규칙은 목소리의 요구, 즉 의미의 요구를 위해 때때로 뒤로 물러난다는 사실을 알게 된다. 그리고 훌륭한 필자들이 목소리의 요구와 모순되는 규칙을 의식적으로 깨뜨려야 한다고 종종 주장한 사실도 알게 된다.

물론 문법과 목소리 사이에 때때로 해소할 수 없는 갈등이 **발생**하기도 하지만, 이러한 갈등은 교사와 문법책과 대중에게 문법과 규칙에 대한 특별한 지식 없이는 구두점을 제대로 찍을 수 없으며 심지어 글을 잘 쓸 수도 없다는 것을 믿도록 최면을 걸어 온 데서 기인했다고 본다.

다음 장에서 나는 문법을 배우거나 규정집을 찾아보는 일 없이 입과 귀를 사용하여 구두점을 찍는 훈련 방법에 대해 설명할 것이다. 나는 이 방법이 성공하는 경우와 실패하는 경우를 보여 줄 것이다. 훈련만 된다면 이 방법은 '충분히 좋은' 혹은 '적합한' 구두법을 만들어 낼 것이다. 다시 말해, 그 결과가 **대부분 '정확**

할' 것이다. 구두법이 '틀린' 경우라 하더라도 그 오류는 대체로 무해하거나 심지어 독자를 돕기까지 할 것이다. 필자를 멍청하거나 상당히 무식한 사람으로 보이게 하는 두드러진 실수가 아니라면 말이다. 그 정도로 해로운 실수는 제대로 숙달하지 못한 복잡한 규칙을 따르려 할 때 발생한다.

'That'과 'Which'에 관한 규칙

'that'과 'which'에 관한 까다로운 규칙은 모세가 받은 십계명 중 하나는 아니었던 것으로 밝혀지고 있다. 이 규칙은 1906년 영국의 헨리 파울러Henry Fowler와 프랜시스 파울러Francis Fowler 형제가 쓴 『왕의 영어The King's English』에서 처음 나왔다. 프랜시스가 죽은 후, 헨리는 권위 있는 저서 『현대 영어 용법 사전Dictionary of Modern English Usage』(1926)을 만들었다. 최초의 판본은 여전히 많은 부수가 팔리고 있으며 지속적으로 도움과 즐거움을 주고 있다. 헨리 파울러의 책 내용은 1965년에 어니스트 가워스Ernest Gowers에 의해 일부 수정되었으며, 2004년에 로버트 버치필드Robert Burchfield에 의해 대폭 수정되었다.

1926년의 『현대 영어 용법 사전』에서 헨리 파울러는 어떤 동기가 그들 형제를 추동해 20년 전에 그들이 상상했던 것 이상의 소란을 야기하게 되었는지를 설명한다.

> 'that', 'who', 'which' 사이의 관계는 뒤죽박죽인 채로 우리의 선조에게서 우리에게 전해 내려왔다. 이는 언어라는 것이 요구받은 바로 그 일을 하기 위해 각 부분을 만들어 낼 수 있는 뛰어난 건축가에 의해 중복 없이 깔끔하게 구성되어 온 것이 아님을 분명히 보여 준다. (Fowler, 1926: 'that 관계대명사' 항목)

이어서 그는 아주 빽빽하게 일곱 쪽에 걸쳐 자기 형제가 널리 알리고자 했던 '원칙', 즉 글을 쓰는 사람들이 선조들이 남긴 언어적 혼란을 해결하기를 원한다면 따라야 하는 원칙에 대해 설명하면서 그 예를 보여 준다. 그러나 그사이 20년이라는 세월이 흐르면서, 별로 놀라운 일은 아니지만, 그 원칙은 '규칙'으로 여겨지게 되었다. (이에 대해 다음 14장에서 설명하겠지만, 그 장에서 나는 설령 우리가 규칙을 따르길 원한다 해도 꼭 규칙을 이해할 필요는 없다고 주장할 것이다.)

까다롭고 복잡한 대부분의 규칙들이 그러하듯이, 이 규칙은 특히 대서양 건너편 미국에서 깊이 뿌리내렸다. 규칙은 많은 사람들을 괴롭히고 있으며 규정집과 문법책은 늘 이 내용에 지면을 할애한다. 그러나 이 이야기에는 커다란 역설이 존재한다. 일찍이 1926년에 일곱 쪽에 걸친 논의에서 파울러는 이것을 의미 있는 규칙으로 보기 어렵다고 말하며 조용히 물러난다. 다시 말해, 그는 아쉬움을 담은 다음과 같은 주석을 삽입하였다.

> 몇몇 사람들은 지금 이 원칙을 따른다. 그러나 대부분의 필자나 최고의 필자가 이를 실천하고 있다고 주장하는 사람은 게으른 사람일 것이다. (Fowler, 1926: 635)

그가 시사하고 있는 것은 그 '원칙'이 1906년 『왕의 영어』 이래로 20년간 여러 책에 실렸지만 효과가 없었다는 사실이다.

여기서 흥미로운 것은 그의 차분한 의견 철회와 관련한 대서양의 한 역할이다. 그의 의견 철회는 영국에서는 들을 수 있었지만 대서양 이쪽 연안에서는 들을 수 없었다. 미국의 문법책과 용법책은 (최근 들어 일부 사소한 수정이 있기는 했으나) 보편적으로 그 규칙을 강요한다. 그러나 영국의 전문가들은 영국 국민은 이를 따르지 않아도 된다고 곧바로 선언하였다. 영국의 설명서인 『하트의 새로운 규칙: 필자와 편집자를 위한 문체 핸드북New Hart's Rules: The Handbook of Style for Writers and Editors』 (2005)에 따르면, 영국 독자들은 'that'과 'which' 사이에서 자유로운 선택을 할 수 있다(Ritter, 2005: 68). (2005년의 『하트의 새로운 규칙: 필자와 편집자를 위한 문체 핸드북』은 2002년에 발간한 R. M. 리터R. M. Ritter의 『옥스퍼드 문체 지침서Oxford Guide to Style』를 개작한 것이다.) 달리 말해, 최고의 전문가들은 똑같이 선조로부터 물려받은 오래된 혼란에 호의를 가지고 있는 것이다.

그러나 'that'과 'which' 사이의 차이에 대해 걱정할 필요가 없다고 말한 직후에 이 핸드북은 (다소 경멸적으로?) 다음과 같이 말하고 있다. "미국 영어에서 'which'는 비한정절에만 사용된다."(Hart, 2005: 68)

여전히 부당한 구별은 피할 수 없다. 놀랍게도 좌파 성향의 영국 신문 『가디언』의 '문체 지침'은 여전히 그 구별을 고수하고 있다. 거기서는 묘하게도 "'that'은 정의를 내리고, 'which'는 정보를 제공한다."라는 단순한 설명을 제공하고 있다. (인상적이고 흥미로운 이 자료의 출처인 웹 주소에 대해서는 참고문헌의 'Guardian' 항목을 찾아보기 바란다.) 그러나 이 설명을 사용해 보라. 많은 실제의 문장에 그것을 시도하면 손에서 흩어져 버린다. 거대한 분량의 『케임브리지 영문법Cambridge Grammar of the English Language』(2003)에서 로드니 허들스턴Rodney Huddleston과 제프리 풀럼Geoffrey Pullum은 'that'을 한정절에 사용하는 것은 "잘못되었고 역사적으로 맞지 않는" 원칙이라고 주장한다.

조지프 윌리엄스는 'that/which'의 규칙을 조심스럽게 설명하긴 하지만, 그런 다음 그 규칙을 따르지 않아도 되는 경우를 역시 조심스럽게 언급한다. 그는 다음과 같이 결론을 내린다.

> 바준Barzun과 같은 탁월한 이가 어떤 쪽에서는 규칙을 주장하고 다음 쪽에서는 그 규칙을 무의식적으로 어긴다면, 그리고 그의 편집자에 의해서도, 교정자에 의해서도, 심지어 바준 그 자신에 의해서도 '잘못된' 것이 발견되지 않는다면 그 규칙은 힘을 가질 수 없다. (Williams, 2003: 18)

그러나 다음으로 윌리엄스는 규칙이라고 **주장된** 것, 즉 사람들로 하여금 다른 이들을 깔보게 만드는 류의 규칙이 가진 문화적 힘에 대해 고백한다.

> 고백하건대, 나는 한정절에서의 'which'가 실수라고 생각하기 때문이 아니라, 'that'이 더 부드럽기 때문에 그리고 문법 정책이 언어에 대한 글을 쓰는 사람들로 하여금 기죽게 만드는(그리고 종종 예고되지 않은) 정밀조사를 받게 하기 때문에 파울러의 조언을 따른다. (Williams, 2003: 19)

『뉴요커』의 편집자이자 E. B. 화이트의 아내인 캐서린 화이트Katherine White는

'that'과 'which'에 대한 또 다른 혼란을 보여 준다. 그녀는 대서양을 횡단하는 교류의 방향을 혼동했다. 영국인들은 파울러의 원칙을 따라야 하겠지만 미국에서 우리는 아마도 우리의 혁명 때문에 좀 마음대로 해도 될 것이라고, 그녀는 생각했다. 리처드 윌버Richard Wilbur가 젊은 시절 『뉴요커』에 시를 실을 때였다.

> 캐서린 화이트가 그에게 "당신은 'which'와 'that'의 차이를 이해하지 못하는 것 같군요."라고 말했다. 윌버는 "전혀 이해하지 못합니다."라고 인정하였다. 화이트는 "'which'는 딱딱한 말처럼 들리고 'that'은 부드러운 말처럼 들려요. 파울러는 받아들이지 않겠지만요."라고 말했다. 그러면서 덧붙이길, "하지만 파울러는 영국인이지 않습니까? 우리는 미국 잡지이므로 내버려 둘 작정입니다."라고 했다. (Lambert, 2008: 38)

*　*　*

조지프 윌리엄스는 아주 많은 필자들을 위협하고 무지한 독자와 교사로 하여금 존재하지도 않는 잘못을 찾게 만드는, 또 다른 골칫거리 목록을 계속 제공한다. 다음의 사례들은 그가 '민간전승folklore'이라고 부르는 것이다. 그는 "주의 깊은 독자와 필자가 대부분 무시하는 규칙이라면 그것은 민간전승에 해당된다."라고 말한다.

- 문장을 'and'나 'but'으로 시작하지 말라.
- 셀 수 있는 명사에는 'fewer'를, 셀 수 없는 명사에는 'less'를 쓰라.
- 'since'와 'while'은 시간을 표현할 때에만 사용하고, 'because'나 'although'를 의미할 때에는 사용하지 말라. (Williams, 2003: 17-20)

'민간전승'과 반대로 윌리엄스가 '선택option'이라고 부르는 목록도 있다. 이에 대해 그는 다음과 같이 말한다. "가장 철저한 공적 정밀조사를 받게 되는 대부분의 공식적인 자리에서 당신은 이러한 규칙들을 준수하는 편을 택할지도 모른다. 그러나 보통의 경우 대부분의 주의 깊은 필자들은 이러한 규칙들을 어기는데, 이는 곧 그것들이 규칙이 아니라는 뜻이다."(Williams, 2003: 22)

- "분리 부정사를 사용하지 말라."
- "전치사의 **목적어**일 때에는 'whom'을 사용하라. … 순수주의자들은 윌리엄 진서William Zinsser가 다음과 같이 'who'를 사용한 것을 비난할 수도 있다. … 그는 'For whom am I writing(나는 누구를 위해 글을 쓰고 있는가)?' 대신에 'Who am I writing for?'라고 썼다.
- "문장을 전치사로 끝맺지 말라." [윌리엄스는 파울러의 저서 2판 편집자인 어니스트 가워스 경이 이 원칙을 일관되게 준수하지 않았다는 점을 지적한다.]
- "'none'과 'any'는 단수로 취급하라." (Williams, 2003: 20-22)

* * *

나는 'that'과 'which'에 대한 이러한 크고 작은 이야기를 소중하게 여긴다. 실용적 관점에서 보면, 이는 내가 다음 장의 서두에서 말할 **말하기**의 문법적 세련됨을 보여 준다. 언어적 관점에서 보면, 이는 문어의 많은 '규칙'과 '원칙'이 확정적이지 않고 만들어지거나 임의로 부과된 것임을 보여 준다. 그리고 문화적 관점에서 보면, 이는 소스타인 베블런Thorstein Veblen과 피에르 부르디외가 주장한 다음 내용과 일맥상통한다. 즉, 배우기 어렵고 달성하는 데 훈련이 필요하며 많은 혼동을 야기하는 것은 누가 명망을 얻고 누가 업신여김을 당하는지를 보여 주는 데 이상적이라는 것이다.

이는 또한 단어 **문법**에서 두 의미 간의 차이를 보여 주는 것이기도 하다. 언어학자가 보기에, 문법은 모어 사용자가 따르지 않을 수 없는 규칙으로 구성된다. 사실, 우리의 입은 규칙을 따르지만 우리의 의식은 그 규칙을 이해하지 못하기 때문에, 규칙은 우리의 몸에 있는 셈이다. 그러나 고지식한 교사나 우리와 다른 부류가 이해하는 문법은 우리가 자연스럽게 따르지 **않는** 규칙으로 구성된다. 우리는 규칙을 이해하기 위해 개념적으로 생각해야 하고, 그럼에도 불구하고 종종 규칙을 따르지 않는다.

14

입과 귀를 활용한
적절한 구두법 사용하기

나의 주장

구두법 전문가들은 목소리를 따르려고 하지 말고 문법에 기반한 규칙을 배우는 데 전념해야 한다는 생각에 동의하는 듯하다. (Clark & Ivanic, 1997의 마지막 장의 서두 참조) 내가 여기서 주장하는 바는 구두법 오류의 대부분이 목소리에 주의를 너무 많이 기울여서 발생하는 것이 아니라 오히려 너무 적게 기울여서 발생한다는 것이다. 여기서 '주의'는 훈련을 통해서 얻게 되는 것으로, 이 장에서 이에 대해 설명할 것이다. 소리 내어 읽기를 통한 글 수정하기에 대해 다룬 11장과 12장에서 주장했다시피, 주의 깊게 발화된 언어는 의미와 의도를 들여다볼 수 있는 창문을 제공한다. 이는 문법에서 얻을 수 있는 창문보다 더 좋은 창문이다. 이러한 이유에서 나는 소리 내어 읽기가 수사적·억양적 필요를 충족시키는 한 방법이기 때문에 적어도 **충분히 좋은** 구두법을 산출한다는 것을 보여 주고자 한다. 여기서 충분히 좋다는 것은 문법에 기반한 규칙에도 충분히 잘 들어맞는다는 뜻이다. 이 구두법은 부주의한 구두법이나 느낌에만 의존하는 구두법보다 훨씬 낮고, 충분히 이해하거나 기억하지도 못하는 규칙을 따를 때의 구두법보다도 낮다. 사실, 이 구두법은 인쇄물에서 보는 구두법보다 나은 경우도 있다.

나의 주장을 좀 더 자세히 진술하면 다음과 같다.

- 만약 여러분이 구두법에 대한 문법 규칙을 알거나 이해하거나 기억하는 사람이 **아니라면**, 주의 깊게 발화하기는 **약간의** 오류를 낳을 것이다. 그러나 교사나 여타의 독자가 여러분을 멍청하거나 무식하다고 생각할 만큼 눈에 띄는 오류는 거의 없을 것이다.
- 만약 여러분이 규칙을 **확실히** 안다면, 주의 깊게 발화하기는 (흔히 그렇듯이) 규칙이 애매모호할 때나 (가끔 그렇듯이) 규칙을 깨트릴 필요가 있을 때 여러분을 도와 구두법을 향상시킬 것이다.

만약 여러분이 오류를 **모두** 없애고 싶다면 구두법 규칙과 그 규칙의 바탕이 되는 문법적 원리를 이해해야 한다. 나의 궁극적인 주장은 무엇보다도 아주 실용적이다. 대부분의 사람들은 규칙을 잘 알지 **못해** 얼마나 자주 경고를 받든 상관하지 않고 목소리를 활용한 구두법을 사용하려고 한다. 그러나 사람들이 목소리를 사용하는 방식은 단순하고 부정확하다. 그러므로 우리가 가진 최상의 바람은 주의 깊은 훈련을 통해 목소리를 사용하는 법을 배우는 것이다.

나는 나의 주장이 옳다는 것을 뒷받침할 실증적 자료를 제시할 수는 없다. 내가 하려고 하는 것은 타당한 이유를 제시하는 일이다. 따라서 사실상 이 장은 연구의 필요성을 제기하고 있는 셈이다.

나는 재닛 빈의 프레젠테이션에서 바로 이러한 실용적 사고방식을 배웠다. 그녀의 주장에 따르면, 학생들은 위험하다는 경고를 아무리 받더라도 컴퓨터의 문법 검사기를 사용하려고 한다. 우리는 학생들이 문법 검사기를 사용하고 있으며 그것도 매우 좋지 않은 방식으로 사용하고 있다는 사실에 눈을 감든지, 그들에게 문법 검사기를 제대로 사용하는 방법을 가르쳐 주든지(이는 그리 어려운 일이 아니다) 둘 중 하나를 선택해야 한다.

나는 또한 암암리에 위니코트D. W. Winnicott의 '충분히 좋은(good enough)'이라는 개념에 의거하고 있다. 명석하고 유능한 영국의 정신분석가인 그는 광범위한 연구를 수행하였고, 일부 확장된 연구에서 어머니들이 영·유아의 요구를 완벽하게 충족시켜 주려는 데서 자주 느끼는 부담감을 비판적으로 살펴보았다. 그는 완벽해지는 대신 '충분히 좋게' 행동하는 어머니가 모든 요구의 충족을 점진적으로 중단할 때 영아들이 실제로 얼마나 더 잘 행동하는지를 보여 주었다.

'That'과 'Which'에 관한 규칙을 통해 나의 주장 보여 주기

'that'이냐 'which'냐 하는 골치 아픈 문제를 언급함으로써 내 주장의 요지를 부각하고자 한다. 물론 'that/which'의 오류가 있다고 해서 목숨이 위협받는 것은 아니다. 그러나 이 문제는 구두법이 작동하는 방법에 대해 많은 것을 보여 준다. 다음의 두 가지 가능성을 살펴보자.

> The concert that is taking place on Saturday night is sold out. 토요일 밤에 개최되는 그 콘서트는 표가 매진되었다.
>
> The concert, which is taking place on Saturday night, is sold out. 그 콘서트는, 토요일 밤에 개최되는데, 표가 매진되었다.

어떤 문장이 틀렸는가?

사실 어떤 문장도 틀리지 않았다. 두 문장 모두 정확하다. 좀 더 엄밀하게 말하자면 각 문장의 정확성은 맥락, 즉 필자가 의도한 의미에 달려 있다. 대부분의 맥락에서 두 문장 중 하나는 틀리기 마련이다. 해당 맥락에서 올바른 것을 선택하고 싶다면, 여러분은 대부분의 사람들이 어려워하는 규칙을 이해해야 한다(If you want to choose the right one of a given context, you have to understand the rule that most people find difficult). 내가 이 문장의 뒷부분을 "여러분은 특정 규칙을 이해해야 하는데, 이것은 대부분의 사람들이 어려워한다(You have to understand the rule, which most people find difficult)."라고 쓸 수도 있었다는 점에 주목하기 바란다.

그러나 사실 우리는 규칙을 이해할 필요가 없다. 주의 깊게 소리 내어 읽는다면 더 간단하고 믿을 만한 규칙을 얻게 된다. "목소리가 멈추면 'which'를 쉼표와 함께 사용하고, 그렇지 않을 때에는 쉼표 없이 'that'을 사용하라."는 것이다. 중요한 것은, 이 문제에 대한 문법 규칙의 기초가 되는 것이 한정절과 비한정절 간의 구별인데, 이 구별은 실제로 화자나 필자가 **의도한 의미**가 무엇인가에 달려 있다는 것이다. 즉, 표가 매진된 콘서트에 대한 문장에서는 언어 사용자가 '토요일 밤'을 어떻게 **느꼈는가**에 달려 있다. 필자는 '토요일 밤'을 메시지의 필수적인 부분이라고 보았을까, 아니면 생략할 수도 있는 부차적인 것으로 보았을까? 만약 규칙이 얼마나 복잡한지 알고 싶다면 다음의 글상자를 읽어 보기 바란다.

> 필수적인 규칙은 간단하고 깔끔한 꾸러미처럼 진술될 수 있다. "'that'은 한정절과 함께 사용되고, 'which'는 비한정절과 함께 사용된다."는 것이다. 그러나 나는 이 꾸러미를 여는 일을 늘 어려워했다. 다음은 가장 많이 사용되는 학생 지침서에서 다이애너 해커가 한 설명이다.
>
> 명사나 대명사를 기술하는 단어 그룹(형용사절, 형용사구, 동격 어구 등)은 한정적이거나 비한정적이다. 한정적 요소는 그것이 수식하는 단어의 의미를 규정하거나 제한하므로 문장의 의미에 필수적이다. 한정적 요소는 필수적인 정보를 담고 있으므로 쉼표와 함께 사용될 수 없다. [그리고 나서 그녀는 예문을 제시한다.] 문장에서 한정적 요소를 제거하면 의미는 의도했던 것보다 더 일반적으로

되면서 상당히 바뀐다. …

비한정적 요소는 의미가 이미 명확하게 규정되거나 제한된 명사나 대명사를 기술한다. 비한정적 요소는 필수적이지 않거나 부가적인 정보를 담고 있으므로 쉼표와 함께 사용된다. [그녀는 또 다른 예문을 제시한다.] 문장에서 비한정적 요소를 제거하더라도 의미가 극적으로 바뀌지는 않는다. 물론 틀림없이 의미의 일부는 사라지지만, 묘사되는 사람이나 생각의 본질적 특성은 전과 동일하게 남아 있다. (Hacker, 1992: 148)

나는 이 인용문에서 명확한 구별이 존재한다고 생각한다. (우리가 이것을 이해할 수 있다면 그렇다는 것이다. 이 비싼 책을 사야 했던 것을 모든 학생이 기뻐하는 것은 아니다.) 그러나 해커는 예의 바르게도 이론이 실제로 가끔 들어맞지 않는 경우가 있다는 것을 인정한다. 그리하여 그녀는 다음과 같이 덧붙인다.

어떤 어구가 한정적인지 비한정적인지는 맥락과 필자의 의도를 살펴보지 않으면 말하기 어려운 경우가 많다. "그 디저트는, 신선한 라즈베리로 만들어져서, 맛이 좋다(The dessert, made with fresh raspberries, was delicious)."라고 써야 하는가, 아니면 "신선한 라즈베리로 만들어진 그 디저트는 맛이 좋다(The dessert made with fresh raspberries was delicious)."라고 써야 하는가? 상황에 따라 다르다. '신선한 라즈베리로 만들어졌다(made with fresh raspberries)'라는 구절이 몇 개의 디저트 중에서 당신이 언급하고 있는 디저트가 어느 것인지를 독자에게 말하는 경우라면 쉼표를 뺄 수 있다. 이 구절이 식사 때 제공되는 어느 디저트에 대하여 단순히 정보를 덧붙이는 경우라면 쉼표를 사용할 수 있다. (Hacker, 1992: 149)

나는 포기하고 싶다. 나는 어느 것이 종속절인지, 어느 것이 정동사인지, 어느 것이 관계대명사인지를 항상 알지는 못한다. (영국에서 'that/which'의 구별이 어떻게 처음 시작되었고, 영국에서 폐지된 것이 어떻게 미국의 책에 남아 있는지에 대한 특이한 역사를 확인하려면 13장의 '문식성 이야기'를 참조하기 바란다.)

이런 규칙에 대한 해커의 설명은 사실 미국의 많은 여타의 지침서들에 비하면 약간 느슨하다. 그녀는 사실상 규칙의 **절반**을 포기하고 있는 셈이다. 그녀는 "'that'

은 한정절에만 사용하라. 많은 필자들이 'which'를 비한정절에만 사용하는 것을 선호하지만, 용법은 다양하다."라고 설명한다. 만약 그녀가 조금 더 용기를 가지고 있었더라면 내가 가끔 학생들에게 말하곤 하는 더욱 간단하고 단순한 규칙, 즉 "항상 'that'을 사용하고, 절대로 'which'를 사용하지 마라. 'that'이 여러분을 곤란하게 만드는 일은 거의 없을 것이다."라는 규칙을 제시했을지도 모른다.

내가 가장 좋아하는 용법 지침서는 나를 가르치려 들지 않는다. 그 책은 나를 가르치고 싶어 하는 일반적인 지침서보다 더 빠르고 쉽게 답을 찾을 수 있게 해 준다. 놀랄 일도 아니지만, 그 책은 바로 루스 개빈Ruth Gavin과 윌리엄 세이빈William Sabin의 『속기사와 타이프라이터를 위한 참고서Reference Manual for Stenographers and Typists』이다. 저자들은 규칙을 설명할 필요가 있을 때면 대부분의 지침서보다 알기 쉽게 설명한다. 다루기 어려운 용어인 '한정'과 '비한정'을 사용하지 않고, '필수적' 절과 '비필수적' 절을 아주 간단하게 설명하는 것이 그 책의 특징이다(Gavin & Sabin, 1970: 9-10).

로드니 허들스턴과 제프리 풀럼은 1,800쪽에 이르는 『케임브리지 영문법』 (2003)을 10년에 걸쳐 집필했다. 문법 공부에 대한 그들의 핵심 주장이자 거의 유일한 주장은 "글쓰기 책과 매뉴얼을 이해하기 바란다면" 문법 학습이 필요하다는 것이다! 이 예는 구두법의 핵심적인 사실을 잘 보여 준다. 문법책에 나와 있는 구두법 규칙은 많은 경우 중요한 것을, 즉 필자가 마음속으로 의도한 의미를 제대로 다루지 못하는 **불완전한** 것들이다. 의도한 의미는 사람들이 그 의미를 주의 깊게 소리 내어 말할 때 분명하고 믿을 만하게 드러난다. 글을 쓰면서 구두점을 찍을 때 우리는 다른 누구보다도 우리 자신이 의도한 의미를 잘 안다. 우리는 구두법 시험을 볼 때가 아니면 다른 사람의 글에 구두점을 찍어야 할 일이 거의 없다! 게다가 구두법 시험을 볼 때조차 소리 내어 읽기는 필자의 의도를 파악하는 최선의 방법이 된다.

서두가 너무 길었다. 이제 'that'과 'which'에 대해 말한 내용의 핵심을 요약해 보자. 문법 규칙은 까다롭고 힘들며 이해하기 어렵다. 반면 소리 내어 읽기를 통해 얻는 규칙은 간단하고 유용하다. 그것은 구두법을 사용하기 위해 억양의 신비한 힘을 활용할 때 우리가 얻을 수 있는 것 중에서도 두드러진 것이다.

목소리와 귀를 훈련시키기

그러나 내가 제안하는 '소리 내어 읽기' 방법은 훈련이 필요하다. 목소리를 아무 생각 없이 사용하고, 말할 때의 휴지에 기초하여 심사숙고하지 않은 판단에 만족한다면, 우리는 말할 때 너무나 자주 멈추기 때문에 쉼표를 지나치게 많이 사용할 것이 거의 확실하다. 가끔은 마침표를 너무 적게 사용하는 일도 있을 것이다. 왜냐하면 종결 휴지closure pause를 느끼지 못하는 경우도 있기 때문이다. 비격식적인 말하기 상황에서는 단일하고 더 큰 억양 결합이 나타나지만 문법 규칙에 따르면 마침표가 요구되는 지점에서 이런 일이 일어난다. 이때의 억양 결합은 문법 용어로 '부적절하게 이어진 문장run-on sentence' 또는 '쉼표 오류comma splice'라고 부른다.

대부분의 사람들은 목소리와 귀를 모두 훈련시킬 필요가 있다. 목소리 훈련에 필요한 것은 사려 깊게 소리 내어 읽는 것이지, 일상적 말하기처럼 격식 없이 말하는 것이 아니다. 많은 학생들은 교사가 소리 내어 읽으라고 했을 때 유쾌하지 않았던 경험을 가지고 있다. 또 많은 성인들은 자신이 쓴 표현을 소리 내어 또렷하게 읽는 것을 쑥스러워한다. 나는 계속 반복해서 말해야만 한다. "공들여 말하라. 소심한 읽기 방식, 머뭇거리는 읽기 방식, 개운치 않은 읽기 방식에 안주하지 마라. 확신을 가지도록 노력하라." 나는 "감정을 담아 읽으라."라는 말은 하지 않는다. 그 표현은 "거짓되게 꾸며서 읽으라."라는 뜻으로 종종 받아들여질 수도 있기 때문이다. 훈련 과정에서는 동일한 문장을 서로 다른 방식으로 소리 내어 읽으면서 각 방식을 테스트할 필요도 있다. 우리는 열과 성을 다하여 여러 방식으로 소리 내어 읽으면서 그 미묘한 차이를 주의 깊게 경청해야 한다.

도킨스(Dawkins, 1995)에서 가져온 간단한 예문을 가지고 시작해 보자.

처음에는 비였고 그다음에는 눈이었다. First it was rain then it was snow.

나는 학생들에게 이 문장을 최대한 다양한 방식으로 소리 내어 읽어 보라고 시킨다. 마치 이 문장이 짧은 노래여서 최대한 많은 방식으로 노래하기를 바라고 있는 듯이, 또는 우리가 다양한 방식으로 해석해 무대에서 상연할 수도 있는 셰익스피어 연극의 축소판인 듯이 말이다. 결국 우리가 추구하는 것은 올바를 것 같은, 또는 최소한 받아들일 수 있을 것 같은 한 가지 이상의 방식을 찾는 것이다. 그러나 나는 학생들에게 시험 삼아 어색하거나 이상한 방식으로도 읽어 보라고 권한다. 한계가 어디인지 알 수 있게 하기 위해서이다. (소리 내어 읽는 방식을 어디까지 확장할 수 있는지 알아보는 것은 재미있는 일이기도 하다. 햄릿이 소녀로 그려진다면 우리는 연극에 대해 무엇을 배울 수 있을까?)

극단적인 가능성을 경험하기 위해 우리는 휴지를 어디에도 두지 않고 공들여 읽는 소리를 들어 본다. 또 의식적으로 "처음에. 비였다. 그다음에. 눈이었다."와 같이 공들여 읽는 소리도 들어 볼 필요가 있다. 어떤 학생이 이와 같이 극단적인 방식으로 소리 내어 읽으면, 누군가는 그렇게 말하고 싶은 수사적 상황을 만들어 낼 수도 있다. 그러나 대부분의 학생들은 이 두 극단적인 읽기 방식이 해당 문장을 말하고 듣는 데 그다지 적절하지 않다고 판단한다.

그러나 대부분의 사람들이 받아들이는 읽기 방식은 여러 가지이고, 그것들은 모두 옳다. (구두법의 선택에 대해서는 뒤에 자세히 설명할 것이다.) 받아들일 만한 여러 가지 읽기 방식이 있다는 것은 좋은 소식이다. 이는 구두법 선택의 폭이 넓다는 것을 뜻한다. 그러나 기억해야 할 것은 이것이 온전히 소리에 관한 문제만은 아니라는 것이다. 소리 내어 읽으면서 추구하는 것은 소리와 의미의 결합이고, 구두법을 통해 전달하고자 하는 것 역시 그렇다. 우리는 의미와 가장 잘 **조화**되는 읽기 방식, 즉 의미 그 **자체**이거나 의미를 **재현하는** 읽기 방식을 바란다.

따라서 휴지, 강세, 억양에서의 변화를 시도할 때 우리는 미묘하게 다른 의미나 강조의 음영들을 들으려고 한다. 우리는 흔히 그 음영들 중 하나를 선택한다. 그리고 자신이 정말로 선호하거나 의도하는 **특정한 의미**에 해당되는 소리를 찾는다. 그리하여 무작위로 또는 장난삼아 이런저런 변화를 시도하다가 전혀 생각하지 않았던 **새로운** 의미의 음영을 가끔 밝혀내기도 한다. 심지어 이 새로운 음영이 내내 찾았던 바로 그것이라는 결론을 내릴 수도 있다. 자신이 **의도했으되** 온전히 말하지 못한 그것이라는 것이다. (사람들이 "내가 무슨 말 하는지 알겠니?"라든지 "내가 무슨 말 하는지 **알잖아!**"라고 말하는 일이 잦은 것은 바로 이러한 내적 상황 때문이다. 이처럼 의도는 했으나 말로 표현하지 못한 의미는 '감각적 의미'이다. 나는 「감각적 의미와 잘못된 표현」(2004)이란 글에서 때때로 언어로 표현되지 않을 수도 있는 감각적이면서 신체적인 의미의 복잡성과 정확성에 대해 탐구한 바 있다.)

이렇게 놀이 삼아 다양한 방식과 심지어 정상적이지도 않은 방식을 시도해 보는 연습을 하면 학생들은 소심하게 읽고, 웅얼거리면서 읽고, 단조롭게 읽는 것에 만족하지 못하게 된다. '수용 가능한' 것에 대한 적절한 판단을 하려면 소리에서 강한 믿음을 듣거나 확신을 가지기 위해 멋지게 읽는 소리라도 들어야 한다. (사실 이러한 구두법 연습은 11장과 12장에서 설명한, 글 수정하기를 위한 소리 내어 읽기라는 좀 더 일반적인 과정을 진행하기 전에 연습하면 좋다. 이러한 구두법 연습은 학생들에게 용기를 불러일으키고, 그들을 공들인 읽기로 인도한다.)

*　　*　　*

귀 훈련은 목소리 훈련만큼이나 중요하다. 우리는 소리에 **귀를 기울여** 종결의 소리와 지연이나 휴지의 소리, 즉 '마침표 억양'과 '쉼표 억양' 간의 미묘하면서도 실제적인 차이를 듣는 법을 배워야 한다. 체이프와 제인 대니얼위츠 Jane Danielewicz가 말하기와 구두법에 관한 언어학적 연구(Chafe & Danielewicz, 1985: 215)에서 사용한 용어인 쉼표 억양과 마침표 억양은 일반적으로 글쓰기에서 쉼표와 마침표로 나타내는 휴지에 해당한다.

많은 학생들은 **짧은** 휴지가 '쉼표'에 대응하고 긴 휴지는 '마침표'에 대응한다고 생각한다. 사람들이 격식이 없고 훈련되지 않은 목소리로 구두점을 찍을 때 저지르는 실수는 대부분 이러한 오해 때문에 생긴다. 휴지 지속 시간은 본질적인 것이 아니다. 일부 사람들에게는 반복 학습이 필요하겠지만, 훈련을 거치면 점차 휴지 지속 시간을 무시하게 된다. 대신 종결이나 소멸의 소리(마침표 억양의 소리)와 미종결이나 불완전한 소멸 혹은 미단절의 소리(쉼표 억양의 소리) 간의 미묘한 차이를 종종 듣게 된다.

그 차이는 매우 미묘할 수 있다. 가르칠 때 나는 휴지 지속 시간을 달리하는 동안 내내 과장되게 아주 짧은 노래를 부르거나 억양이 있는 신음 소리를 내는 일이 많은데, 이는 소멸과 불완전한 소멸 간의 차이를 보여 주기 위한 것이다. 학생들은 소멸하지 **않는** 소리가 길게 늘어질 수 있고, 소멸의 소리는 들리기도 전에 슬쩍 지나가 버릴 수 있음을 들을 필요가 있다. (그리고 물론 '완전히 소멸된 것은 아니지만 완전히 유지되고 있는 것도 아닌' 매우 예외적인 경우도 있다. 이것이 세미콜론을 고안한 이유이다.)

내가 일부 학생들이 쉼표의 소리와 마침표의 소리를 구별하는 법을 배우는 속도가 느리다고 말한다면, 이는 '교양 있는' 사람들의 일반적인 비탄을 심화할 수도 있다. 예컨대 그들은 "요즘 젊은이들은 둔한 귀를 가졌어."라고 말하거나 심지어는 "당신의 교수법은 음악의 정교함을 요구하는데 어떤 사람들은 절대로 그러한 정교함을 갖지 못할 것이오."라고 말할 것이다. 그러나 이는 틀린 말이다. 내가 학생들에게 사용하라고 하는 지식은 새로운 것이 아니라 그들이 이미 가지고 있는 것이다. 그들은 말할 때 의미의 미세한 차이를 전달하기 위해 삶의 대부분의 시간 동안 바로 이 섬세한 음성적 신호를 사용해 왔다. 그리고 이 미묘한 신호를 토대로 하여 의미의 차이를 **표현**해 왔는데, 쉼표 휴지가 길고 마침표 휴지가 짧을 때에도 마찬가지였다. 학생들이 미묘한 억양을 자연스럽게 사용할 때 이를 포착하여 짧은 소멸의 소리와 긴 유지의 소리를 알려 주면 도움이 될 것이다.

그러나 이러한 지식은 모든 아동이 어린 시절부터 배우는 수많은 복잡한 문법 규칙과 마찬가지로 암묵적인 경향이 있다. 그것은 말하기 과정에서는 나타나지만 의식적 고찰을 통해서는 발견되지 않는다. 학생들은 그 지식을 사용해 왔지만 의식적으로 그것에 신경 쓰지는 않으며, 수업 시간에 글쓰기에서의 구두법에 그것을 의식적으로 적용하지 않는 것도 확실하다. 나는 모어를 배운 인간이라면 모두 음악적인 민감성, 특히 리듬에서의 민감성을 태생적으로 지니고 있다고 생각하는 편이다. 그러나 격식 없는 **말하기**에서의 마침표와 쉼표가 항상 **글쓰기**에서의 정확한 구두법과 일치한다고 주장하는 것이 아니다. 단지 격식 없는 구어가 종결과 비종결의 미묘한 차이에 의존한다고 주장하는 것일 뿐이다. 격식 없는 말하기에서 사람들은 문법적으로는 정확하지 않은 곳에 종결과 비종결을 둔다.

동일한 문장을 서로 다른 방식으로 소리 내어 읽는 훈련을 하고도 입과 귀를 만족시키는 읽기 방식을 발견하지 못할 때는, 필자들에게 유용할 수 있는 원리와 만나게 된다. 그것은 바로 구두법에 대해 전혀 갈피를 잡지 못하는 것은 문장 자체가 나쁘기 때문일 수 있다는 것이다. 이런 문장은 구두법이 명확한 방식으로 고쳐 써야 한다. 어니스트 가워스가 1948년에 영국 정부 출판국을 위해 쓴 고전적인 소책자인 『분명한 표현: 영어 사용 지침Plain Words: A Guide to the Use of English』에는 구두법에 대한 내용이 있다. 그는 놀랄 만큼 엄격한 목표를 설정했다. 즉 마침표를 제외한 **어떠한** 구두점도 필요하지 않도록 모든 문장을 아주 명확하게 쓰라는 것이다. 이에 대해 도미문의 아버지 키케로가 가워스와 동일한 생각을 지녔을 것이라고 누가 생각했겠는가? 이에 대해 베이커는 다음과 같이 언급하고 있다.

키케로는 구두법을 혐오했다. 운율적으로 훌륭한 문장은 그 경계를 청각적으로 드러내므로 '필경사의 개입에 의해 이루어지는 가필'이 전혀 필요 없다고 주장했다. (Baker, 1996: 77)

일상의 말하기 대 소리 내어 읽기

이 기법의 효력은 두 가지 발음 방법, 즉 격식 없이 이루어지는 일상의 말하기와 주의 깊게 소리 내어 읽기 간의 차이로부터 나온다. 일상의 말하기에서 우리는 휴지를 자주 둔다. 이러한 휴지 중 일부는 타당한 논리를 가지고 있다. 긴 주어와 뒤따르는 동사 사이의 휴지를 두는 것과 같이, 구두법 규칙을 어기는 휴지일지라도 말하기에서는 자연스러울 수 있다. 또 다른 휴지들은 우리가 '실시간으로' 그리고 자주 말을 멈추기 때문에 생겨나는데, 멈추는 동안 우리는 생각과 표현을 찾고 급히 구문을 만들어 낸다. ("화자는 하나의 단일한 억양 단위 내에서는 장기 기억에서 호출된 하나의 개념보다 더 많은 것을 언어화하지 못한다."(Chafe & Danielewicz, 1985: 218)) 화자는 인지력이 고갈되었거나 관련된 생각이 떠오르거나 문득 의심이 들거나 단서를 달아야 할 때 휴지를 둔다. 체이프가 언급하고 있듯이 우리는 끝마칠 수 있으리라는 생각만으로 무작정 문장을 시작하는 경우가 많다(Chafe, 1980: 30). 이 모든 이유 때문에 사람들은 격식 없이 말하는 목소리가 안내하는 구두법에 의거할 때면 쉼표를 너무 많이 사용하는 경향이 있다.

이 장과 앞선 세 장에서 설명한 훈련법에서 알게 된 바와 같이, 주의 깊게 소리 내어 읽는 것은 일반적인 구어 사용과는 꽤 다르다. 글쓰기 작업을 위해 공들여 소리 내어 읽는 경우에는 대안적인 읽기 방식을 이것저것 시도해 볼 시간이 있다. 또 말하기 전에 표현에 대한 계획을 세우거나 머릿속에서 시연을 해 볼 수도 있다. 반면 자연스러운 대화를 나눌 때에는 이런 것들을 해 볼 시간이 없다. 청자에게 소리 내어 읽어 줄 때에도 마찬가지이다. 따라서 자신의 글을 수정할 목적으로 주의 깊게 소리 내어 읽을 때에는, 말을 할 때 무심코 휴지를 두게 되는 지점마다 쉼표 휴지를 두지는 않는다. 이런 연습의 목표는 말하기를 흉내 내는 것이 아니라 일련의 단어에 대한 최선의 음악적 읽기, 즉 의미를 노래하는 가장 좋은 읽기를 창출하는 것이다. 이 과정에서는 계획하고 시연하며 다양한 방식을 시도해 볼 시간이 있으므로 자연스레 좀 더 긴 억양 단위를 생성하게 되는데, 일반적으로 이 억양 단위는 자연스러운 통사 구조와 우리가 의도한 의미의 의미론적 형상을 반영한다. 결과적으로 우리는 일련의 단어에 대한 '이상적인 읽기 방식'을 찾기 위해 노력하고 있는 것이다.

그러므로 체이프와 대니얼위츠가 학생의 글쓰기에 나타난 구두법 오류를 목소리의 사용과 결부하여 비난했을 때, 그들이 비난한 것은 격식 없는 일상의 말하기를 사용한 것이다.

> 우리는 미숙한 필자들이 구두법을 사용할 때 구어에서 발견되는 패턴을 재생산하는 경우가 많다는 것을 알았다. … 말하기의 운율적 습관을 글쓰기의 구두법에 들여오는 것은 비표준적인 결과를, 때로는 부적절한 결과를 초래하는 경우가 많다. (Chafe & Danielewicz, 1985: 224)

숙련되지 않은 필자들이 쉼표와 마침표를 너무 많이 또는 너무 적게 사용하는 이유는 쓰는 일을 멈추고 문장을 공들여 소리 내어 읽지 않기 때문이다. 그들은 다양한 읽기를 시도하지 않고, 종결의 휴지인지 아니면 비종결의 휴지인지를 듣지도 않는다. 또 **정말로** 휴지가 필요한 지점이 어디인지를 결정하기 위한 **의식적이고 사려 깊은** 듣기도 하지 않는다. 만일 여러분이 이런 훈련 과정을 사용하고 있다면, 격식 없는 일상의 말하기에서 아주 멀리 벗어나 있는 것이다.

스콜스와 윌리스도 학생들의 구두법 오류를 조사한 뒤 목소리의 사용을 비난한다. 그들은 학생들이 구두법의 '통사적' 기능을 이해하지 못하고 있다는 사실을 보여 준다. 그들의 결론은 "250년간의 가르침과 연습이 있었음에도 불구하고 다르게 교육받은 대다수의 필자들은 철자법 차원의[또는 문법에 기반한] 구두법 기능에 대해 상대적으로 무지하다."(Scholes & Willis, 1990: 18)라는 것이다.

그러나 그들이 실시한 독특한 테스트 방법을 한번 살펴보자. 읽기 테스트에서 그들은 학생들에게 구두법에 따라 의미가 달라지는 문장을 해석하도록 시켰다. 이 테스트에서 학생들은 주어진 문장을 읽고서 해석 A와 해석 B 중에서 하나를 선택하도록 요구받았다.

> The player was on drugs the whole season and that it was known by the coach was unforgivable. 그 선수는 시즌 내내 약물을 사용하고 있었고 코치가 알게 된 그것은 용서받을 수 없었다.
> A. 그 코치의 앎은 용서받을 수 없는 것이었다.
> B. 그 선수의 약물 사용은 용서받을 수 없는 것이었다.

그리고 나서 학생들은 구두법만 다르게 적용된 동일한 문장을 읽고 다시 한번 A와 B 중에서 하나를 선택하도록 요구받았다.

> The player was on drugs the whole season and that, it was known by the coach, was unforgivable. 그 선수는 시즌 내내 약물을 사용하고 있었고 그것은, 코치가 알고 있었는데, 용서받을 수 없었다.
> A. 그 코치의 앎은 용서받을 수 없는 것이었다.
> B. 그 선수의 약물 사용은 용서받을 수 없는 것이었다.

이들 문장은 분명히 작위적이다. 이런 문장을 쓰고 싶은 사람은 거의 없을 것이다. 그리고 학생들은 자연스럽게도 일반적인 말하기에서 얻은 직감에 기초하여 결정하는 경향이 있었다. 만약 두 문장이 나란히 제시되었다면, 학생들은 훈련받지 않았더라도 둘을 비교하기가 훨씬 쉬웠겠지만, 두 문장은 심지어 나란히 제시되지도 않았다. 만약 학생들이 내가 여기서 설명하고 있는 훈련 방법을 사용했더라면, 즉 학생들이 주의 깊은 듣기를 하면서 두 문장을 공들여 소리 내어 읽고 비교했더라면, 의미를 느낄 기회를, 나아가 두 문장 사이에 어떤 의미의 변화가 있는지 느낄 기회를 가질 수 있었을 것이다. 그리고 (어떤 슬픈 이유로 인해) 학생들이 이런 문장을 쓰려고 하는 중이었다면, 자연스레 그들은 휴지가 들어 있는 문장을 만들었을 것이다. 학생들은 스콜스와 윌리스가 '철자법 차원의 구두법'이라고 한 것의 규칙을 이해할 필요가 없었을 것이고, 그들의 입과 귀는 의미를 느끼면서 휴지와 구두점을 어디에 둘지 느꼈을 것이다. 요컨대 주의 깊게 소리 내어 읽기는 격식 없는 말하기와는 아주 다른 것이다. (앞에서 살펴본 문장은 정확히 가워스가 언급했던 것과 같은 종류의 문장이다. 구두법에서의 어려움은 '이 문장을 다시 쓰라'라는 메시지를 전달한다.)

목소리를 위한 매력적인 목초지로서의 구두법

좋은 훈련 사례에서 드러나는 것은 앞 장의 서두에서 이야기한 역사로부터 우리가 알게 된 내용, 즉 구두법은 종종 정확하고 채택 가능한 다양한 선택지를 갖춘 매력적인 목초지를 우리에게 제공한다는 사실이다. 다시 말해, 사람들이 구두법을 규칙의 영역, 무엇보다 **오류**의 영역으로 느끼는 경향이 있음에도 불구하고, 우리는 통상적인 믿음보다 더 많은 선택지를 가지고 있다. 체이프가 주장했듯이, 목소리의 수사적 요구를 따르는 오랜 전통과 문법 규칙 간에 사람들이 생각하는 만큼 많은 충돌이 존재하는 것은 아니다. (베트남 전쟁 기간에 나는 선의로 양심적 병역 거부자 자격을 신청한 일이 있었다. 나를 담당했던 징병위원회는 나의 신청을 기각했다. 면담과 이의신청도 소용없었다. 그들은 내가 예전의 폭력적인 피조물로, 즉 실제로 규정집에는 틀렸다고 하지 않는데 구두법이나 문법이 **틀렸다**고 말하는 교사들을 **쏘아** 버리고 싶어 하는 사람으로 돌아가리라는 예감이 들었는지도 모르겠다.)

존 도킨스는 구두법의 수사적 측면을 강조한다. 수사학적 관점에서 보면 우리는 말을 하고 글을 쓸 때 규칙을 따르기보다 선택을 한다. 우리가 전달하기를 원하는 의미는 무엇이고, 그것을 어떻게 말할 것이며, 우리가 바라는 수사적 효과를 어떻게 얻을 것인가에 대한 선택을 하는 것이다. 도킨스는 "마침표, 물음표, 느낌표, 세미콜론, 콜론, 줄표, 쉼표, 그리고 구두점이 없는 경우"와 같이 가장 강한 분리에서 가장 강한 연결에 이르는 '기능적 구두점의 위계'를 펼쳐 놓는다. 그는 "First it was rain then it was snow(처음에는 비였고 그다음에는 눈이었다.)"의 절들 사이에 **모든 종류**의 구두점이 사용 가능하다는 것을 보여 준다. 물론 물음표도 포함된다. 구두점이 없는 경우에만 우리는 규칙과 목소리의 충돌을 경험하는데, 이는 대부분의 교사들이 그것을 어떤 상황에서나 오류라고 가르치기 때문이다. 그러나 도킨스는 훌륭한 논픽션 필자들이 특정한 수사적 효과를 위해 이러한 종류의 문장에서 구두점을 사용하지 않은 예를 보여 준다. 어떤 상황에서는 "First it was rain then it was — snow!"라고 표현할 수도 있는 것이다. 여기서 줄표 대신 말줄임표를 사용하는 것도 허용된다. (여기에 줄표 대신 쉼표나 마침표를 사용하는 것은 허용되지 않는다. 하지만 혀도 그런 것들을 분명 선택하려고 하지 않을 것이다.)

나는 또한 탐구해 보기 전까지는 인식조차 하지 못할 선택지가 있는 예문으로 훈련시키기를 좋아한다. 다음 예문을 보자.

> During the recession the stock price began fluctuating more and more wildly. 경기 침체기에 주가는 더욱더 급격하게 등락을 거듭하기 시작했다.

창의적이고 귀가 예민한 학생들은 이상해 보이기는 하지만 말하기뿐만 아니라 좋은 글에서 실제로 흔히 보이는 억양 패턴을 제시한다.

> ... the stock price began fluctuating more — and more wildly.

우리는 이러한 형태가 단지 리듬만 변화시키는 것은 아니라는 사실을 논의하게 된다. 이러한 형태는 의미의 미묘하고 흥미로운 변화도 반영한다. 필자는 항상 자신의 문장이 어떻게 소리 나는지를 알기 때문에 여러분은 내가 제안하는 연습이 작위적이라고 말할 수도 있다. 그러나 이는 사실이 아니다. 우리 모두는 때때로 미처 고려하지 못한 읽기 방식을 통해 나아진 문장을 쓸 수도 있다. 그러므로 우리는 언제나 부득이하게 진부한 예문인 "A woman without her man is nothing(자신의 남자가 없는 여자는 아무것도 아니다)."을 만나게 된다. 가끔 나는 이 예문을 가지고 시간을 끌면서 아무도 찾아내지 못한 읽기 방식을 찾아내도록 압박하곤 한다. 잘 알려진 형태는 "A woman. Without her, man is nothing(여자. 그녀가 없다면, 남자는 아무것도 아니다)."인데, 최종적으로 이런 유명한 버전을 떠올리는 학생들의 성별이 어떻게 되는지 나는 늘 궁금하다. 어쨌든 이러한 모든 작업은 듣는 것, 그리고 의미를 신체적으로 재현하는 것과 관련이 있다.

반론. 그렇지만 당신은 학생들을 현혹시키고 있다. 학생들을 선택지라는 작위적인 목초지로 가는 환락의 길로 안내하고 있다. 당신은 모든 선택이 허용되는 훈련용 문장을 가지고 속임수를 쓴 것이다.

맞다. 우리는 대부분의 사람들이 생각하는 것보다 더 많은 구두법에서의 선택지를 가지고 있지만 이 매력적인 목초지에는 지뢰가 묻혀 있다. 작위적으로 안전한 훈련용 문장들은 입과 귀를 준비시키기 위한 것일 뿐이다. 우리는 혀의 욕망과 문법 규칙 간에 충돌이 존재하는 문장을 연습하는 데까지 나아갈 필요가 있다.

방어적인 구두법

결국 주의 깊게 소리 내어 읽어도 안전을 확보할 수 없는 이 지뢰를 어떻게 다루어야 하는가? 다섯 가지 대답이 가능하다. 쉬운 것부터 어려운 것까지 차례대로 살펴보자.

1. **걱정하지 말라.** 단지 주의 깊게 소리 내어 읽고 듣도록 하라. 이렇게만 해도 많은 오류를 방지할 수 있고, 오류가 약간 있더라도 그다지 해롭지 않을 것이다. 그 오류들은 교사나 여타의 독자 들이 여러분을 무식하거나 멍청한 사람으로 생각하게 하지는 않을 것이다. 반면 부주의로 인해 생겨난 오류나 느낌이 인도한 오류 또는 제대로 이해하지 못한 규칙으로 인해 발생한 오류는 **실제로** 여러분을 무식하거나 멍청한 사람으로 생각하게 만든다. 대부분의 오류를 파악할 만큼 규칙을 충분히 잘 아는 독자는 사실 거의 없다.

2. **약간의 간단한 지침을 따르라.** 이러한 지침은 까다로운 사람들에게서 '지나치게 단순하다'는 경멸을 받을 수도 있지만 많은 도움이 된다.

- **쉼표에 대해:** 의심스러우면 쉼표를 삭제하라. 주의 깊게 소리 내어 읽기를

수행하면 격식 없는 말하기의 휴지에서 생겨난 불필요한 쉼표를 대부분 피할 수 있지만, 일부는 알게 모르게 남을 수 있다. 이 '삭제' 지침은 오늘날에 특히 적합한데, 지난 50년을 거쳐 오면서 출판사의 교정 담당자들은 가능한 한 쉼표를 적게 쓰는 것을 선호하게 되었기 때문이다.

- **마침표, 쉼표, 물음표에 집중하라.** 이것들은 규칙 위반의 가능성을 최소화한다. 그러면서 이것들은 모두 훌륭한 글쓰기를 위해서, 나아가 미묘한 의미 차이와 강조점을 드러내기 위해서도 필요하다. 물론 독자의 관심을 불러일으킬 수 있는 우아한 구두법을 가지는 것은 멋진 일이다. 그리고 학생들은 잘 사용한 세미콜론 덕분에 어떤 교사로부터 좋은 점수를 받을 수도 있다. 그러나 구두법의 가장 현실적인 목표는 철자법의 현실적인 목표와 동일하다. 너무 눈에 띄지 말라는 것이다.

- **'which'를 절대 쓰지 말라.** 대부분의 that/which에서 문제가 되는 것은 허용되지 않는 'which'이다. 일반적으로 쓰는 글 대부분에서는 좀 더 평범한 'that'이 좋다는 것이 밝혀지고 있다. 'that'이 규칙에서 벗어나 잘못 사용되는 경우는 거의 없고, 그러한 경우라 할지라도 독자들이 오류를 알고자 하거나 오류를 지적할 정도로 충분히 주의를 기울이는 일은 거의 없다. 흥미롭게도 이와는 반대로 많은 학자들은 'which'를 남용하고자 하는 유혹에 빠진다. 마이클 불리Michael Bulley는 출판된 글에 있는 'that'과 'which'에 대해 폭넓은 연구를 수행하여 "오늘날 학계의 일부에서는 공손하게 들리는 'which'를 평범한 'that'보다 선호하고 있다."(Bulley, 2006: 47)라는 사실을 발견했다. 그런 학자들은 아마도 'which'를 사용해야 좀 더 박식해 보이고 좋은 인상을 줄 수 있다고 느낄 것이다.

- **그리고 줄표가 있다.** 자신의 입과 귀가 말해 준 결과가 당혹스러울 때에는 두루 적용되도록 만든 에밀리 디킨슨의 구두법, 즉 줄표(—)를 사용해 보라. 주의 깊게 소리 내어 읽을 때 휴지가 발생하는 지점에서 줄표를 사

용하는 것은, 규칙을 엄격히 적용하는 관점에서 보더라도 절대 틀린 것이 아니다. 까다로운 사람들은 말하기의 휴지 때 쉼표나 마침표는 허용하지 않더라도 줄표를 사용하는 것에 대해서는 수용하는 경우가 종종 있다. 줄표를 좋아하지 않는 사람들은 보통 줄표가 **잘못되었다**고 말하는 것이 아니라 그저 게으르고 안 좋은 취향일 뿐이라고 말한다. 줄표는 특히 갑작스럽게 무엇인가를 중간에 삽입하는 경우에 좋은데, 이러한 중간 삽입은 말하기에서는 너무나 자주 일어나는 현상이어서—이런 식으로—좋은 필자들이 자주 사용한다. (이 책을 훑어본 많은 사람들은 줄표가 난잡하게 사용되었다고 여길 터이고, 여러분도 나의 글이 그렇다는 것을 알아차렸을 것이다.* 하지만 그렇다면 에밀리 디킨슨도 나와 같은 혐의에서 벗어날 수 없다.)

3. **얼마 안 되는 진짜 규칙을 배우라.** 일단 여러분이 공들여 소리 내어 읽고 주의 깊게 들을 수 있다면, 이는 구두법의 핵심이라 할 수 있는 강력한 원리가 포함된 작업 능력을 발전시켰음을 뜻한다. 그러므로 **문법적** 관점에서 전해 내려오는 한두 가지 규칙을 배우는 것이 그리 힘들지는 않을 것이다.

- 주어와 동사 사이에는 절대 **쉼표를 넣지 말라.** 이 규칙은 문법에 대한 약간의 이해를 요구하고 일부 예외를 허용하지만, 많은 학생들이 유용하게 쓸 수 있는 규칙이다. 일단 더 이상 구두법으로 인해 당황하지 않게 될 것이다.
- **세미콜론은 유용하고 쉽게 사용될 수 있다.** 이는 연속적인 항목들이 분리될 필요가 있으면서 항목 내부에 휴지가 있는 경우에 그러하다. 흔히 볼 수 있는 예는 "January 11, 2002; September 4, 2003; November 1, 2005; and April 20, 2006(2002년 1월 11일, 2003년 9월 4일, 2005년 11

월 1일, 2006년 4월 20일)"처럼 연월일을 나열할 때이다. 세미콜론은 어구를 나열할 때에도 유용한데, 예를 들면 다음과 같다. "They called off the picnic for three reasons: because it was raining; because the food was stale; and because they didn't even want to go(그들이 소풍을 연기한 이유는 세 가지인데, 비가 왔기 때문이고, 음식이 상했기 때문이며, 가고 싶지도 않았기 때문이다)."

이와 같은 몇 가지 규칙을 배움으로써 학생들은 구두법을 신중한 수사적 선택의 범주로 다룰 수 있을 것이다. 그러면서도 소리 내어 읽기가 초래할지도 모르는 극소수의 실수를 대부분 피할 수 있게 될 것이다.

4. 길게 쓰인 이 장의 마지막 절을 열심히 살펴보라. 거기에 소리 내어 읽기의 성공 사례와 실패 사례를 모아 놓았다. 그 부분을 신중히 살펴본다면 어떤 문제가 발생하고 그것을 어떻게 피할 수 있을지에 대한 감각을 익힐 수 있을 것이다. 모든 복잡한 규칙을 따르도록 배웠으면서도 대부분의 사람들은 실제로 감각을 사용한다.

5. 모든 규칙과 그 준수 방법을 배우라. 언어적·문법적 복잡성을 좋아하지 않는 사람에게는 이 길을 추천할 수 없다. 규칙을 배우는 것은 규칙에 대한 예외의 규칙을 배우는 것을 뜻하기도 하기 때문이다. 문법 그 자체는 매우 흥미로운 것이지만, 구두법 규칙은 지적 보상을 거의 해 주지 않는다.

방어적 사고방식의 위험성

구두법에 대해 방어적으로 생각하지 않기는 어렵다. 구두법은 일련의 규칙이라고 가르치는 경우가 많기 때문이다. 그리고 우리는 잘못을 했을 때에만 이런

저런 말을 듣지, 올바르게 했을 때에는 아무 말도 듣지 못한다. 그러나 필자가 지나치게 방어적으로 글을 쓰고 오류와 규칙을 너무 많이 걱정하다 보면 종종 글쓰기가 유쾌하지 않게 되고 글쓰기에 필요한 에너지가 약해질 수 있다. 이러한 부작용 없이 대부분의 오류를 피할 수 있는 방법은 주의 깊게 소리 내어 읽는 것이다. 게다가 이 방법은 문체를 실제로 향상시킨다.

여기서 훨씬 더 나은 목표를 세운다면 그것은 도킨스가 예찬한 것일 터이다. 즉 오류를 피하기 위한 방어적 시도만이 아닌 적극적인 수사적 행위로서의 구두법을 다루는 방법을 배우는 것이다. 우리 자신을 연극 연출가나 영화감독이라고 생각해 보자. 독자들이 어떻게 우리의 문장을 연기하고 어떻게 우리의 취지를 경험하기 바라는지에 대해 선택할 수 있다면, 글을 더 잘 쓸 수 있다. 이렇게 구두법에 접근하다 보면 필자 입장에서 중요한 질문이 부각된다. "특별히 더 주의 깊게 들어 본 결과, 내가 정말로 의도하는 것은 무엇인가? 그리고 나는 나의 취지를 독자가 어떻게 경험하기를 바라는가?" 게다가 독자들이 우리의 취지를 듣고 느낄 수 있다면, 종이에 써진 말들을 이해하기 위해 엄청난 노력을 기울이지 않아도 된다.

구두법에 대한 이러한 접근법이 "학생들을 백지 상태로 취급하지 말아야 하며, 교육은 학생들에게 학습과 이해를 위한 새로운 규칙을 제공하는 과정이어야 한다."라는 듀이의 진보주의적 교육 전통을 따른 것이라는 점은 주목할 만하다. 학생이 이미 알고 있고 할 수 있는 것을 토대로 쌓아 올려야 한다. 구두법의 경우, 학습자는 말을 할 때 혀에서 저절로 나오는 억양을 사용할 수 있다. 이 억양을 통해 모어의 복잡한 통사적 규칙에 대한 학습자의 암묵적 통달이 이루어진다.

물론 우리가 자신의 혀가 따르는 대부분의 규칙을 의식적으로 알게 되는 것은 아니다. 듀이의 주장에 따르면, 우리는 경험을 통해 무엇인가를 배우지만, 경험 그 자체로부터 배우는 것이 아니라 경험을 성찰함으로써 배운다. 소리 내어 읽고 주의 깊게 들으며 같은 문장의 다양한 읽기 방식을 비교하는 훈련 과정은 억양과 휴지가 의미의 미묘한 차이 및 강조점과 어떻게 연관되는지 의식적으로 성찰하는 데 도움을 줄 것이다. 구두점을 잘 찍는 법을 배우는 데 새로운 정보는 불필요하다. 규칙을 배울 필요는 없다. 그러나 지금 무엇을 할 수 있는지에 대해서는 의식적으로 되돌아볼 필요가 있다. 결국 필요한 것은 훈련, 시간, 신중한 성찰이다.

> 물론 이러한 접근법을 맨 처음으로 사용한 사람은 내가 아니다. 프랜시스 크리스텐슨은 월리스 앤더슨Wallace Anderson이 '음높낮이와 휴지를 활용한 방법pitch-pause method'이라 지칭한 것이 한정적 용법의 수식어와 비한정적 용법의 수식어를 다루는 가장 효과적인 방법이라고 하면서, 자신도 그 방법을 좋아한다고 말한다. 그러나 그는 그 방법이 "말하기를 활용한 방법이기 때문에, 일반적으로 교사가 학생들에게 문장을 소리 내어 읽도록 시킬 수 있는 상황에서만 적용된다."(Christensen, 1967: 97)라고 한다.

충분히 좋은 구두법: 소리 내어 읽기의 성공 사례와 실패 사례 모음으로 결론을 대신하며

이제 긴 사례 모음으로 이번 장을 마무리하고자 한다. 나의 주장에만 관심이 있고 구두법의 논란거리나 애매한 문제에 관심이 없는 독자들은 바로 15장으로 넘어가도 좋다.

문장 단편

정확히 수정되고 편집된 영어의 관습적 문법 규칙에 의하면 문장 단편은 규칙에 어긋난다. 주의 깊게 소리 내어 읽는 과정을 통해 대부분의 문장 단편은 걸러지지만 항상 그러는 것은 아니다. 가끔 다음과 같은 문장 단편은 걸러지지 않는다.

The test results were announced yesterday. After students had waited three weeks. 시험 결과가 어제 발표되었다. 학생들이 3주나 기다린 뒤에. He wants voters to see what he actually is. That is, a strong independent member of the senate. 그는 유권자들이 자신의 진면모를 알아주기를 바랐다. 즉 강력하고 독립적인 상원의원.

그나마 다행스러운 점은 이러한 오류가 치명적이지는 않다는 것이다. 우리는 이러한 오류를 많은 출판물에서 볼 수 있는데, 그 이유는 이것들이 수사적 기능을 갖고 있기 때문이다. 좀 더 살펴보면, 입과 귀는 다음과 같이 '제대로 작성되지 않은 문장 단편'을 거의 언제나 **거부한다.**

If the incumbent is re-elected. The party will redraw the congressional district. 재임자가 재선출된다면. 당은 하원의원 선거구를 변경할 것이다. Before we can make a decision. We must wait three weeks. 우리가 결정을 내릴 수 있기 전. 우리는 3주를 기다려야 한다.

입과 귀의 도움을 받지 않고 구두법에 주의를 기울이지 않거나 그것을 혼동하는 학생들은 가끔 이와 같이 치명적인 문장 단편을 만들어 낼 때가 있다. 그러나 주의 깊게 소리 내어 읽는 것을 통해 처음의 두 예문처럼 사용이 가능하거나 '받아들일 만한' 문장 단편만을 채택할 수도 있다. 이러한 문장 단편으로 다음과 같은 것이 있다.

First it was rain, then it was snow. Which finally put a halt to our plans. 처음에는 비가 왔고, 그다음에는 눈이 왔다. 그것이 결국 우리 계획을 멈추게 했다. The party will re-draw the congressional district. If the incumbent is

re-elected. 당은 하원의원 선거구를 변경할 것이다. 재임자가 재선출된다면.
They called off the picnic for three reasons. Because it was raining. Because the food was stale. And because they didn't even want to go. 그들이 소풍을 연기한 이유는 세 가지이다. 비가 왔기 때문이다. 음식이 상했기 때문이다. 그리고 가고 싶지도 않았기 때문이다.

문법 전통의 엄격한 규칙을 따르자면 이 문장들은 모두 잘못된 것이다. 상당수의 교사들도 이 문장들이 잘못되었다고 말할 것이다. 그러나 훌륭한 필자가 출판을 목적으로 글을 쓸 때에는 이와 같은 문장 단편들을 흔히 사용한다. (13장에서 나는 영국의 『가디언』에 바로 이런 구두법이 사용된 것을 언급한 바 있다.)

헨리 제임스는 자신의 작품 『여인의 초상The Portrait of a Lady』 마지막 문단을 많은 입과 귀가 거부할 만한 다음과 같은 문장 단편으로 시작한다. "On which he looked up at her(이에 그가 그녀를 올려다보았다)." 이것은 1881년도 판의 문장이고, 나중에 그가 뉴욕에서 전집을 출판하기 위해 작품을 수정했을 때에는 문장 단편이 다음과 같이 훨씬 더 길어졌다. "On which he looked up at her — but only to guess, from her face, with a revulsion, that she simply meant he was young(이에 그는 그녀를 올려다보았지만—그녀의 얼굴이, 그가 어리다고 말하는 것 같아서, 역겹게, 생각될 뿐이었다)."

부적절하게 이어진 문장 또는 쉼표 오류

주의 깊게 소리 내어 읽고 실제로 다양한 읽기를 들어 보면, 문장이 부적절하게 이어지는 경우는 대부분 피할 수 있을 것이다. 그렇지만 이 역시 모두 그런 것은 아니다. 다행스러운 점은 주의 깊은 읽기를 통하면 글이 마침표를 요구하는 곳에서는 늘 어떤 식으로든 휴지를 갖게 되고, 또한 적어도 다음의 예처럼 미숙한 학생들이 구두법을 전혀 사용하지 않아서 문장이 부적절하게 이어질 때와 같은 위험은 없다는 것이다.

He had waited hours for everyone to assemble for a long committee meeting he got annoyed and drove off. 그는 장시간의 위원회 회의에 모든 사람이 참석하기를 몇 시간 동안이나 기다렸고 화가 나서 떠나 버렸다.

불행한 점은 입과 귀에 바탕을 두고 주의 깊게 숙고한 결정이더라도 많은 교사들이 마침표를 사용하는 것이 옳다고 주장하는 곳에서 쉼표를 사용하게 될 수도 있다는 것이다.

Pollsters were surprised by her victory, they had forecast low result. 여론조사원들은 그녀의 승리에 깜짝 놀랐다, 저조한 결과를 예측했었는데.

도킨스는 다수의 훌륭한 필자들이 절과 절 사이의 연결을 강화하기 위해 규칙을 무시하고 이런 종류의 '쉼표 오류'를 고수하고 있음을 보여 준다. 그러나 규칙을 알고 있는 많은 교사와 독자 들은 부적절하게 이어진 문장을 용인하지 않는다. 몇 가지 이유에서, 부적절하게 이어진 문장은 '나쁜 구두법'이라는 깃발을 펄럭이고 있는 것처럼 보인다! 교사들은 학생들이 훌륭한 수사적 이유를 가지고 규칙을 위반했을 가능성을 받아들이기 어려워한다. 교사들의 눈은 이미 학생들의 글에서 오류를 발견하는 데 맞춰져 있기 때문이다. 조지프 윌리엄스는 자신의 글 「오류의 현상학」(1981)에 오류를 몰래 심어 놓음으로써 교사들이 오류를 알아차리지 **못하도록** 하는 속임수를 쓰기도 했다. (17장에서는 놀라운 쉼표 오류가 들어 있는 파울러의 맛깔스러운 글을 보게 될 것이다. 1920년대 영국에서 쓰인 구어체 영어에 대해 너무 많은 것을 가정해서는 안 되겠지만, 그 오류는 주의 깊게 소리 내어 읽기를 수행했더라면 피할 수 있었을지도 모른다.) 결국, 소리 내어 읽기는 부적절하게 이어진 문장은 대부분 막을 수 있지만, 쉼표가 있는 경우에는 다소 취약한 편이다. 이것은 소리 내어 읽기의 가장 큰 약점일 수도 있다. 쉼표 남용을 막기 위한 '의심스러우면 삭제하라.'와 같은 좋은 슬로건을 나는 생각해 내지 못했다. 나는 학생들에게 위험을 알려 주기는 하지만 "아무쪼록 조심하라!"라는 말을 너무 많이 강조하고 싶지는 않다. 학생들을 방어적인 구두법 사용자로 만들고 싶지 않기 때문이다. 방어적인 구두법 사용자는 가장 훌륭한 도구인 혀와 귀를 믿지 못하는 상태에서 글쓰기를 시작하게 될 것이다.

> 여기에는 흥미로우면서도 더 큰 이론적 쟁점이 있다. 누군가가 주의 깊게 숙고하는 방식으로 소리 내어 읽기를 하고서도 두 개의 문장을 '올바르게' 만들어 내지 못하고 허용되지 않는 쉼표를 통해 부적절하게 이어진 문장을 만들어 냈다면, 이는 그 사람의 혀가 둔하다는 것을 뜻하는 것이 아니라, 오히려 그 사람의 혀가 두 개의 절이 실제로 하나의 문장처럼 문법적으로 기능하고 있다는 것을 주장했음을 뜻한다. 진정한 문제는 혀에 있지 않다. 문제는 우리가 살펴본 바와 같이 정확한 글쓰기 문법이 불확실하고 특이한 기반 위에 있다는 사실이다. 특히 '문장'이라는 개념에 관한 한 그러하다. 사실, 실제의 영문법은 정확한 문장에 대한 규칙보다는 주의를 기울이는 혀를 통해 더 잘 알 수 있다고 나는 늘 주장해 왔다.

너무 많은 쉼표 — 특히 주어와 동사 사이

소리 내어 읽기를 했을 때 가장 자주 발생하는 '오류'가 바로 이것이다. 일반적인 말하기에서는 주어와 동사 사이에 휴지가 있는 경우가 많은데, 때로는 다음 예문처럼 주어의 길이가 아주 짧은 경우에도 그러하다.

He [pause] is the culprit. 그는 [휴지] 범인이다.

격식 없는 말을 듣기만 하는 것이 아니라 주의 깊게 소리 내어 읽기를 한다면, 이런 허용되지 않는 다수의 쉼표를 피할 수 있을 것이다. 그렇지만 여전히 어떤 경우에는 결국 쉼표를 찍게 될 수도 있다. 예를 들어, 주의 깊게 공들여 읽는 경우라 하더라도 매우 극적인 상황을 고려하여 "그는, 범인이다."처럼 쉼표를 원할 수도 있다. 그렇지만 좀 더 흔히 있을 만한 위험은 다음과 같은 예에서 나타난다.

The man who was appointed way after the deadline had passed, was dishonest. 마감 시한이 지나버린 뒤에 임명된 그 사람은, 부정직했다.

많은 독자들은 이 쉼표를 용인할 것이고 심지어 우아하다고 생각하는 이들도 있을 것이다. 그러나 규칙을 알고 그것에 신경 쓰는 사람들은 이 구두법이 분명코 잘못되었다고 말할 것이다. 규칙은 이것을 용납하지 않는다. 우리는 혼란스러울 수밖에 없다. 어떻게 해야 할까? 한 가지 방법은 규칙을 배우는 것이다. 그러나 나는 이것이 대부분의 사람들에게 실질적인 대안이 될 수 없다고 생각한다. 특히 더 많은 사람들이 글을 쓰도록 하는 것이 나의 목표라는 점을 고려하면 더욱 그렇다. 그래서 대부분의 사람들을 위해 두 가지를 제안하고자 한다. 첫 번째 방법은 주의 깊게 소리 내어 읽기를 통해 구두점을 찍는 것이다. 우리는 주어와 동사 사이에, 때로는 동사와 목적어 사이에 소위 '불필요한' 쉼표를 찍게 될 일이 가끔 생길 것이다. 대부분의 경우에 독자들은 쉼표의 존재를 인식하지 못한 채 그것으로부터 도움을 받는다. 이러한 구두법에 반대하는 유일한 독자는 규칙을 알고 있거나 읽기의 용이함보다 규칙을 더 중시하는 사람일 것이다. 다음 예문은 규칙에 어긋나는 쉼표가 사용되었지만 이에 대해 불평하는 사람은 아마 거의 없을 것이다.

An effective administrator thinks first, and never lets herself be hurried. 유능한 행정가는 우선 생각을 하고, 스스로를 재촉한다.

(쉼표 다음의 절은 독립적인 절이 아니다.) 이제 볼 예문은 이 책에 나온 문장이다. 나는 주의 깊은 수정을 거쳤음에도, 긴 주어와 그에 딸린 동사 사이에 쉼표를 남겼다.

4세 또는 그 이전까지, 뇌에 손상을 입었거나 숲속에 버려져 늑대에 의해 양육되지 않은 모든 어린이는, 반드시 복잡한 구조를 지닌 토박이 언어를 한두 가지, 심지어는 세 가지까지도 말할 수 있게 된다. By age four or earlier, every human child who isn't brain damaged or left in the woods to be raised by wolves, has mastered the essential complex structures of a native language — or two even three.

출판사의 교정 담당자는 규칙을 위반한 쉼표를 삭제했다. 나는 '충분히 좋은 구두법'을 사용했다고 생각했지만 교정 담당자의 도움을 받아들였다. 내 이력에 규칙 위반이 한 건 없어진 셈이다.

두 번째 방법은 쉼표와 관련하여 경험에서 도출한 일반적 규칙을 늘 염두에 두는 것이다. 그것은 바로 '의심스러우면 삭제하라'는 것이다.

나는 규칙이 얼마나 복잡하고 사람들을 좌절시키는지 설명하고 싶지만 다음의 글상자로 대신하고자 한다. 아마 독자들은 나의 말이 글상자와 큰 차이가 없다고 생각하지 않을까 싶다.

여기에 마사 콜른의 책에서 인용한 내용을 제시한다.

다음과 같은 것들은 절대로 분리하면 안 된다.
- 주어와 동사
- 직접 목적어와 목적격 보어
- 간접 목적어와 직접 목적어
- 동사와 주격 보어
… 확장된 주어가 … 길더라도, 심지어 중간에 숨을 쉬어야 할 만큼 길더라도, 그 자리가 쉼표에 의해 분리되어서는 결코 안 된다. (Kolln, 1991: 15)
[분리하면 안 된다고 주장하면서도 그녀가 '그 자리'라고 부른 것에 주목하기 바란다.]

그녀는 자신의 책에 '수사적 문법: 문법적 선택, 수사적 효과Rhetorical Grammar: Grammatical Choices, Rhetorical Effects'라는 제목을 붙였지만, 구두법과 관련된 내용에 이르면 분명히 수사학적 전통보다는 규칙에 더 많이 이끌리는 모습을 보인다. 그녀의 책을 좀 더 살펴보자.

> 동사와 직접 목적어를 분리하면 안 된다는 규칙에는 한 가지 예외가 있다. [예외는 "그는 말했다, '사랑해'라고.(He said, 'I love you.')"에서처럼 인용이 있을 때이다.] (Kolln, 1991: 15)

> 병렬문을 이루는 두 절 사이에는 등위 접속사와 함께 쉼표를 사용하라. 문장 내에서 복합 구조를 이루는 두 부분 사이에는 'and'와 함께 쉼표를 사용하지 말라. (Kolln, 1991: 186)

전에 살펴본 바와 같이, 많은 규정집들은 '주어와 동사 사이에는 절대 쉼표를 찍으면 안 된다'는 규칙이 "Those who can do; those who can't teach."와 같은 문장처럼 너무 큰 혼란을 일으킨다면 그 규칙을 따르지 말라고 권한다. 그러므로 필자는 '절대' 무엇인가를 하지 말라고 하는 규칙을 지키지 않아도 될 만큼 **'충분한 혼란'**을 문장이 유발할 때가 **언제인지**를 판단해야 하는 곤란한 상황에 놓이게 된다. 사실상 규칙 제공자는 우리에게 입과 귀를 사용하라고 요구한다. 또한 규칙의 적용을 위해서는 심리학적 지식도 필요하다. 우리는 독자들이 얼마나 규칙에 신경을 쓰는지, 그리고 그들이 우리의 규칙 위반을 현명하다고 생각할지 아니면 멍청하다고 생각할지 판단해야 하기 때문이다.

나는 규칙 때문에 아주 많은 필자들이 너무나 적게 쉼표를 쓰게 되었다고 주장한 바 있다. 예컨대 여기 『뉴요커』에서 가져온 문장이 있다. 이 문장은 'civilization'으로 끝나는 긴 주어 다음에 쉼표가 빠져 있어 독자들이 읽기에 불편하다.

Throughout the eighteen-thirties, the give-and-take between Carlyle's deeply pessimistic sense of the primal violence that lay beneath the surface of civilization and Mill's insistence that the cure for the primal illness was more civilization was one of the creative engines of English

thought. 1830년대 내내, 문명화의 근저에 근원적 폭력이 자리하고 있음을 통찰한
칼라일의 아주 비관적인 감각과 근원적 병폐의 치료를 위해 더 많은 문명화가 필요
하다는 밀의 주장 사이에 이루어진 의견 교환은 영국 사상의 창조적 원동력이 되었
다. (Gopnik, 2008b: 87)

이 예문에서 알 수 있는 것은 고프닉처럼 훌륭한 필자(혹은 『뉴요커』의 섬세한 교
정 담당자)가 완고하게 규칙을 고집했다는 사실이다. 물론 진짜 문제는 구두법이 아
니라 문장이다. 필자가 소리 내어 읽는 방법으로 글을 수정했더라면 훨씬 좋은 문
장을 선보였을 것이다.

체이프는 주어와 동사 사이의 쉼표가 독자들에게 도움이 될 때에는 규칙을 완화
하자고 했지만, 지금 실현 가능한 것이 무엇인가에 대해서는 현실적인 입장이었다.

이러한 경우에는 금지 사항을 해제하여 오늘날의 필자들이 자유롭게 19세기
필자들의 실천을 따라가도록 권하고 싶은 유혹이 강하게 든다. 그러나 그 규칙
은 오늘날 너무나 견고해서 폐지하기가 어렵다. 글쓰기 교사들이 실천할 수 있
는 최선의 방안은 그것을 임의적인 규칙으로 가르치는 한편, 그와 동시에 학생
들이 규칙이라는 것의 불일치를 인지할 수 있게 하는 것이 아닌가 한다. (Chafe,
1988: 421)

그는 "내면의 목소리가 '말하는' 것을 따를 정도로 충분히 민감한 필자들에 대한
관용 내지 심지어 경의를" 보여 주라고 교사들에게 조언한다(Chafe, 1988: 423).

'But'과 'However'와 기타 유사한 단어들

이 간단한 단어들을 문장의 시작 부분, 중간 부분, 끝부분에서 어떻게 사용
해야 하는지 판단하는 일은 좀 성가시고 모호한 면이 있다.

규정집들은 도입 구절 뒤에는 쉼표를 찍지 않아도 된다고 하며 다른 때보
다 더 관대해진다. 해커는 "접속 부사나 연결 표현이 문장의 나머지 부분과 자
연스럽게 결합되어 있고 읽는 과정에서 휴지를 거의 또는 아예 요구하지 않는
다면, 그 앞에 쉼표를 찍을 필요는 없다."(Hacker, 1992: 151)라고 말한다. 그녀는

'also(또한)', 'at least(최소한)', 'certainly(분명히)' 등의 예들을 나열한다. 그러나 그녀는 "얼마나 자연스럽게 결합되어야 하는가?"라는 물음에는 답을 하고 있지 않다. 그녀는 자신이 규칙을 제공하고 있다고 주장하지만, 실제로는 입과 귀에게 판단을 요청하고 있는 것이다. 하지만 그녀는 'however(그러나)'를 목록에 넣지 않았다. 따라서 우리에게는 'however'를 알몸인 채로 두지 말라는 관습적 규칙이 남아 있게 된다. 물론 나는 출판 경험이 있는 전문적 필자이기 때문에 출판사의 교정 담당자가 'however' 다음에 쉼표를 찍더라도 그 쉼표를 거부할 수 있다. 예를 들자면 "Most people believed him. However he never told the truth(대부분의 사람들은 그를 믿었다. 그러나 그는 절대로 진실을 말하지 않았다)."와 같은 식이다. 여러분은 내가 휴지를 원하지 않는 곳에서는 이런 식으로 일관되게 쉼표를 쓰지 않는다는 사실을 알 수 있을 것이다.

그러나 신참 필자들은 자신의 첫 번째 글이 채택되는 과정에서 어려움을 견디며 깨지고 망가지는 것 같은 느낌을 받을지도 모른다. 그들은 이러한 '도움'을 감히 거부할 생각을 하지 못하며, 아예 거부하는 것이 허용되지 않는 경우도 있다. 또 교사들은 학생들에게 이러한 용법이 잘못된 것이라고 말한다. 학생들은 대체로 교사에게 규칙이 일관적이지 않다고 말할 수 있는 위치에 있지 않다. 'however' 다음에 쉼표를 찍어야 한다는 것을 기억하기는 그다지 어렵지 않다. 그러나 오류에 대한 벌이 특별히 무겁지 않다면, "나는 독자들이 나의 뜻을 어떻게 듣기를 원하는가?"를 묻는 수사학적 전통을 따르지 않을 이유가 있을까? 규칙을 아는 독자들도 보통은 그것을 중범죄로 여기지 않는다.

'however' 같은 단어가 문장의 처음에 오지 않을 때 우리는 비슷한 당혹감을 느끼게 된다. 예컨대 다음 문장에서 'Freud' 바로 다음에 쉼표를 쓰지 않아도 될까?

Freud however, wrote brilliantly in German and talked in everyday language about the 'es', 'ich', and 'über-ich' rather than using the more technical sounding Latin of 'id', 'ego', 'superego'. 그러나 프로이트는 독일어로 훌륭하게 글을 썼고 좀 더 전문적으로 들리는 라틴어 'id', 'ego', 'superego'를 사용하는 대신 일상 언어로 'es', 'ich', 'über-ich'를 말했다.

주의 깊게 소리 내어 읽기를 바탕으로 나는 쉼표를 뺐고, 따라서 엄밀히 말하면 오류라는 것을 범했다. 그러나 그러한 선택은 치명적이지 않을뿐더러 독자에게 내가 의도한 대로 의미를 들려줄 것이다.

이런 종류의 단어가 문장 끝에 오는 경우는 어떨까? 프로스트가 쓴 시의 한 행 "His house is in the village though(하지만 그의 집은 마을에 있다네)"를 떠올려 보자. 교정 담당자가 쉼표를 넣자 그의 수사적 의도는 우습게 되어 버렸다. 그리고 다음 문장에서는 필자가 독자에게 파괴적 억양을 들려주려고 하는 것이 아니라면 'declined' 다음에 쉼표를 찍을 이유가 없다.

The president suggested an amendment. The senators declined however. 대통령은 수정안을 제시했다. 하지만 상원은 이를 거절했다.

결론: 때로는 혀가 오류를 선택할 수 있다.

삽입된 구절과 함께 쓰이는 'and' 또는 'but'

다음에 보게 될 (동사가 없는) 우아한 (비)문장은 보드카에 관한 내용으로, 『요리의 즐거움The Joy of Cooking』에서 가져온 것이다.

Another spirit, this, as blithe and potent as whisky and gin and, next to gin, perhaps the most versatile of 'mixers'. 또 다른 증류주인, 이것은, 위스키와 진처럼 유쾌하면서도 강력하고, 진 다음으로, '혼합물'로서의 다재다능함은 아마도 최고. (Rombauer & Becker, 1972: 39) 'this' 앞뒤에 있는 쉼표는 규칙의 적용과 목소리의 요구 간에 조화를 이룬 매력적인 예이다. 이러한 구두법은 문장이 들려주고자 하는 내용을 아름답게 담아낸다. 그러나 'and'와 'gin' 사이의 쉼표(potent as whisky and gin and, next to gin)에 이르면 나는 세심한 규칙으로 인해 균형을 잃는다. 이 쉼표는 입과 귀의 수사적 요구를 저버리고 있는 것이다. 우리는 'and next to gin'을 하나의 단일한 억양 구절, 달리 말해 억양적 의미의 단일한 단위로 들어야 한다.

세심함에 대해 논의하기 위해 워즈워스의 시 「루시Lucy」를 살펴보자.

> But she is in her grave, and, oh, 그러나 그녀는 무덤 속에, 그리고, 아아,
> The difference to me! 낯섦이 나를 찾아왔구나!

시인으로서 좋은 귀를 지닌 그는 평범한 사람들의 언어를 찬양했다. 그는 정말 독자들이 첫 행의 뒷부분에서 휴지를 세 번 듣기를 원했을까? 그랬을지도 모른다. 그렇지만 보통은 이런 쉼표를 피할 수 있어야 한다.

또 다른 예를 살펴보자. 구두법 규칙을 세심하게 따르다 보면 다음과 같은 문장을 쓰게 될 것이다.

> Her interpretation was best, but, surprisingly, it was disqualified. 그녀의 해석은 최고였지만, 그러나, 놀랍게도, 실격이었다.

('but' 대신 'and'를 썼어도 구두법은 마찬가지였을 것이다.) 그러나 주의 깊게 소리 내어 읽어 보면 쉼표는 세 개가 아니라 다음과 같이 두 개만 써야 할 것으로 보인다.

> Her interpretation was best, but surprisingly, it was disqualified. 그녀의 해석은 최고였지만, 그러나 놀랍게도, 실격이었다.

어떤 사람은 마지막 절을 억양에 기반한 하나의 의미 단위로 독자에게 들려주려고 마지막의 쉼표를 삭제할지도 모른다.

엄격한 규정을 따르느라 억양의 형상을 파괴하는 쉼표에 맞서 나는 나만의 작은 전쟁을 치르고 있다. 그러나 몇몇 교사들은 빨간색 펜을 꺼내 들고 오류라고 선언할 것이다. 하지만 이런 특수한 규칙에 신경 쓰는 독자는 많지 않다. 그러므로 다시 한번 말하지만, 우리는 '충분히 좋은' 영역 안에 있다. 주의 깊게 소리 내어 읽더라도 오류가 생길 수는 있지만, 그런 오류는 (의미의 형상 때문에) 필자의 수사적 선호에 부합하면서도 독자의 읽기를 수월하게 해 준다. 그러므로 이런 오류는 규칙을 알고 그것에 신경을 많이 쓰는 소수의 독자들에게만 불편할 뿐, 필자에게 그다지 큰 문제가 되지 않는다. 안타깝게도 그 소수의 독자들 중에는 교사가 특히 많다.

나열 속의 쉼표

"The President, the Senate[,] and the House of Representatives(대통령, 상원[,] 그리고 하원)."처럼 연속으로 나열되는 항목 중 마지막 항목 앞에 쉼표를 찍어야 하는지 아닌지에 대해서는 지속적인 논쟁이 있다. 이 논쟁과 관련하여 아마도 가장 널리 받아들여지는 대답은 소리 내어 읽기를 통해 확인할 수 있다는 것이다. 보통 마지막 항목 앞에서도 휴지가 생긴다면 목소리를 따르는 것이 현명하다고 볼 수 있다. 소리 내어 읽기는 연속으로 나열되는 단어들 중 마지막 두 단어가 하나의 항목으로 기능할 때에도 유용하다. 예컨대 "For supper we'll have ham, eggs, spinach, and bread and butter(저녁으로 우리는 햄, 달걀, 시금치, 버터를 곁들인 빵을 먹을 것이다)."의 경우, 문장의 끝이 가까워지면 휴지를 두어서는 안 된다는 것을 우리의 입과 귀는 잘 안다. 그런데 가끔 필자는 독자들로 하여금 빵과 버터를 분리된 항목으로 이해하도록 만들고 싶을 때도 있을 것이다. 그럴 경우, 입과 귀는 큰 어려움 없이 필자를 쉼표로 인도할 것이고, 독자들은 필자의 의도대로 이해하게 될 것이다. 이제 다시 한번 더 큰 주제를 말하면 다음과 같다. 즉 규칙은 지나치게 엄격하고, 목소리는 의도된 의미나 수사적 요구를 알게 해 주는 최고의 수단이라는 것이다.

하지만 다음의 예문은 어떨까?

The podium was draped in red, white, and blue. 단상은 빨간색, 흰색, 파란색 천으로 장식되었다.

마지막 쉼표는 어딘가 어색해 보인다. 나는 '연속되는 것들 중 마지막 항목 앞에 항상 쉼표를 찍어야 한다'는 엄격한 규칙을 옹호하는 것이 아니라, 목소리가 바라는 것을 옹호하는 것이다. 목소리는 아마도 쉼표를 찍지 않기를 바랄 것이다.

일상적인 상황에서 앞의 구절을 말할 때는 'white' 다음은 물론이고 'red' 다음에도 휴지가 발생하지 않는다는 점에 주의하기 바란다. 하지만 격식 없는 말하기 대신 주의 깊게 공들여 읽어 보면 자연스레 'white' 다음에 휴지가 생긴다. 여기에는 필자가 독자에게 휴지를 들려주고 싶어 하는 수사적 상황이 있을지도 모른다.

콜른은 나열 속의 쉼표 문제를 해결하는 데 목소리가 중요한 역할을 수행한다는 사실을 인정한다.

이 쉼표는 나열이 있을 때 발생하는 휴지와 미묘한 음높낮이의 변화를 나타낸다. 세 항목이 나열된 구조와 두 부분이 합성된 구조를 서로 비교해 보면 나열 구조에서 쉼표를 들을 수 있다. … 연속으로 열거되는 항목 중 마지막 두 항목 사이에 쉼표를 찍지 않을 때, 마지막 두 항목은 그 항목 사이에 실제로 존재하는 연결성보다 더 밀접한 연결성이 있음을 함축하는 것이며, 이때 쉼표에 의해 나타날 수 있는 미세한 음높낮이 변화는 무시된다. (Kolln, 1991: 168-169)

그럼에도 규칙은 매우 미묘해서 주의 깊은 목소리라 하더라도 가끔 규칙을 위반할 수 있다. 형용사를 나열할 때 대개 쉼표를 찍지만 어떤 경우에는 그러지 않는다. 다음 두 문장을 비교해 보자. 첫 번째 문장과 달리 두 번째 문장은 형용사 사이에 쉼표가 없지만 두 문장 모두 규칙에 맞게 구두점을 찍은 것이다.

> Some postcards feature appealing, dramatic scenes. 어떤 엽서들은 매혹적이고, 극적인 장면을 담고 있다.
>
> Other postcards feature famous historical scenes. 다른 엽서들은 유명한 역사적 장면을 담고 있다. (Troyka, 1998: 127)

어떤 차이가 있는지 설명할 수 있는 사람에게 상이 주어진다면 나는 상을 받지 못할 것이다. 그러나 나는 답을 책에서 찾았는데, 첫 번째 문장은 '등위 형용사coordinate adjectives'와, 두 번째 문장은 '누적 형용사cumulative adjectives'와 관련되어 있다는 것이다. 나는 이것을 확실히 알지는 못한다. 그리고 나는 입과 귀가 적어도 규칙을 다소 아는 사람들만큼은 잘해 낼 것이라 생각한다. 전문가들은 어떤 형용사가 '등위'인지 또는 '누적'인지를 판단하는 일이 종종 어렵다는 점을 인정한다. 반면 소리 내어 읽기는 틀릴 때도 있지만 그로 인해 발생하는 문제는 너무나 사소해서, 사람들이 실수를 알아차리는 경우가 거의 없고 이의를 제기하는 일도 그다지 일어나지 않는다.

마이클 킨Michael Keene과 캐서린 애덤스Katherine Adams의 지침서는 쉼표를 찍지 않는 누적 형용사를 나열할 때 그 순서를 어떻게 해야 하는지 매력적으로 설명하고 있다. (1) 관사, 대명사, 수량 형용사, 소유격, (2) 평가를 나타내는 단어, (3) 크기를 나타내는 단어, (4) 길이와 모양을 나타내는 단어, (5) 나이에 대한 단어, (6) 색깔에 대한 단어, (7) 국적에 대한 단어, (8) 종교에 대한 단어, (9) 물질적 구성에 대한 단어, (10) 형용사처럼 사용된 명사, 마지막으로 (11) 한정적으로 사용되고 있는 명사.

(Keene & Adams, 2002: 336)

이는 모어 사용자가 어릴 때 그다지 힘들이지 않고 익히는 섬세한 규칙을 설명하기 위해 언어학자들이 사용하는 분석 유형에 해당한다. 다시 말해, 대부분의 사람들은 말할 때 본능적으로 "아름다운 금발의 프랑스 여배우(The beautiful blond French actress)"와 같은 순서로 형용사를 나열한다. 그리고 목소리는 우리가 다른 순서로 나열해야 할 때가 언제인지를 알고 있다. 즉 서로 다른 두 나라의 여배우에 대해 이야기하는 중이라면 우리는 본능적으로 "프랑스 국적의 아름다운 금발 여배우(The French beautiful blond actress)"라고 말할 것이다.

삽입 어구

프랜시스 크리스텐슨은 다양한 구두법을 위한 목소리의 지혜에 주목한다. 삽입 어구에 대해 그는 "사람들은 문장을 읽을 때 삽입 어구를 표현하기 위해 '목소리를 떨어뜨리고' 삽입 어구를 읽고 나서 문장을 다시 시작할 때 정상적인 어조의 목소리로 되돌아온다."(Christensen, 1967: 104)라고 쓰고 있다. 또한 "인용과 인용된 제목은 통상적으로 말하기에서는 정확하게 표현되지만 글쓰기에서는 그러지 못할 때가 있다."(Christensen, 1967: 101)라고 한다. 예를 들어, 말을 할 때 우리의 목소리는 다음의 첫 번째 문장에는 쉼표가 필요하지 않지만 두 번째 문장에는 필요하다는 것을 본능적으로 안다.

He was called the dictator of the New World. 그는 신세계의 독재자로 불렸다.

He was called, "The Dictator of the New World." 그는 "신세계의 독재자"로 불렸다.

글쓰기는 이러한 구분에서 목소리의 지혜를 배울 필요가 있다.

한정절과 비한정절

이번에 다룰 것은 이 장의 시작 부분에서 다루었던 'that/which'의 문제이다. (이 문장을 "이번에 다룰 것은 'that/which'의 문제인데, 이 장의 시작 부분에서 다룬 바 있다."라고 써야 할까?)* 하지만 살펴보아야 할 다른 사항이 있다. 한정절과 비한정절의 영역은 함정으로 가득 차 있다. (개빈과 세이빈의 의견에 따라 용어를 '필수적 절'과 '비필수적 절'로 바꾸는 것이 유용할 것이다.) 크리스텐슨은 출판된 글에서 뽑은 다음과 같은 오류 예문 두 가지를 제시하며, 두 예문이 의미를 크게 왜곡하고 있다는 점에 우려를 표시한다.

> Robert Frost was the winner of four Pulitzer Prizes more than any other poet. 로버트 프로스트는 다른 시인들보다 더 많은 네 번의 퓰리처상을 받았다. (Christensen, 1967: 99-100)

> Pilots, whose minds are dull, do not live long. 비행사들은, 마음이 무딘데, 오래 살지 못한다. (Gowers, 1948에서 재인용)

놀라운 것은 이 실수가 훌륭한 필자와 교정 담당자를 통과했다는 사실이다. 그러나 공들여 소리 내어 읽으면서 목소리가 전달하는 의미를 주의 깊게 경청한 사람이라면 대부분 이러한 실수를 지나치지 않을 것이다. 입과 귀를 사용하면 프로스트가 다른 시인들보다 퓰리처상을 네 번 더 받았다는 것이나 모든 비행사들이 무딘 마음을 가졌다는 것이 의도된 의미가 아니라는 점을 밝힐 수 있을 것이다. 필자와 교정 담당자 둘 다 부주의했던 것일까? 그들은 자신이 따르려고 한

....

* 엘보는 한정절과 비한정절과 관련된 논의에서 도입 문장 자체를 'that'이 들어간 문장과 'which'가 들어간 문장을 예로 활용하는 재치를 보이고 있다. 두 문장의 원문은 다음과 같다. "This is that/which question that I visited at the start of the chapter. (Or should it be this way: This is that/which question, which I visited at the start of the chapter?)"

규칙을 이해하지 못했던 것일까? 원인은 알 수 없다. 그러나 우리는 그들이 지나치게 시각적, 텍스트적, 개념적인 것에만 관심을 가지느라, 청각적이고 물리적인 모든 것에는 소홀했다고 확실히 말할 수 있다.

그러나 크리스텐슨은 소리 내어 읽는 것만으로는 문제가 해결되지 않는 또 다른 경우를 제시한다. 그는 출판된 글에서 가져온 다음 두 구절의 차이점에 관심을 보인다.

> Wordsworth's brother John 워즈워스의 형제 존
>
> his sister, Dorothy 그의 누이, 도로시

두 구절은 모두 바르게 쓰였다. 첫 번째 구절에서는 그의 형제가 한 명보다 많다는 것을 함축하기 위해 쉼표를 **뺐으며**, 두 번째 구절에서는 그의 누이가 단 한 명뿐임을 함축하기 위해 쉼표가 **필요하다**(Christensen, 1967: 98).

이러한 점 때문에 나는 바른 자세로 앉아 내가 쓴 'my wife Cami(나의 아내 카미)'라는 구절을 주의 깊게 들어보았다. 나는 휴지를 두지도 않았고 쉼표도 찍지 않았다. 이로 인해 이 구절은 나에게 두 명 이상의 아내가 있음을 뜻하게 되었다. 확실히 일상적인 대화에서는 "I'd like you to meet my wife Cami(내 아내 카미를 만나 봐)."처럼 쉼표를 쓰지 않는 경향이 있다. 내가 주의 깊게 소리 내어 읽어 보았더라면 오류를 피해 휴지를 두었을까? 아마도 그러지 않았을 것이다. 이 사례는 많은 사람들이 공들여 주의 깊게 말하거나 들을 때조차 구두법 오류를 범하는 경우에 해당한다. 그러나 다시 한번 말하지만, 오류를 감지하는 사람 중에서 이것이 그릇되었다고 이의를 제기하는 사람은 거의 없다.

어떤 사람은 이 사례를 가지고 나의 전체적인 주장을 약화시키려고 할 수도 있다. 그들은 다음과 같이 말할지도 모른다.

생각해 보세요. 당신은 입과 귀를 신뢰할 수 없습니다. 몸은 통사 구조를 이해하지 못하고, 함축된 의미의 차이를 듣지도 못합니다. 글쓰기를 위해서는 의식적인 생각을 활용해야 합니다.

그러나 여기에서도 나는 끈질기게 목소리의 통사적 지혜를 옹호할 것이다. 나의 실수는 입과 귀의 실패에 기인한 것이 아니라 내 마음의 실패에 기인한 것이다. 즉 논리와 규칙이 쉼표가 필요하다고 한 자리인 'Cami' 앞에 휴지를 두지 않았을 때, 내 아내가 몇 명인지를 내 입이 제대로 표명하지 않은 것이 아니다. 내 마음이 그것을 표명하지 않은 것이다. 내 마음은 나에게 몇 명의 아내가 있는지에 대해 무심하여 이를 인식하지 못했다. 만약 내 마음이 내 아내가 몇 명인지를 실제로 의식적으로 인식하고 있었더라면, 내 입과 귀는 당연히 적절한 곳에 휴지를 두고 쉼표를 찍었을 것이다.

사실, 나는 이런 규칙을 이용하여 부정적 판정을 너무 빨리 혹은 너무 엄격하게 내리지 말라고 크리스텐슨처럼 까다로운 사람에게 문제를 제기하고 싶다. 왜냐하면 사실 나는 **전처** 린다와 대비해 현재의 아내 카미에 대해 말했을 수도 있기 때문이다. 마찬가지로 어떤 사람이 쉼표 없이 "our president Barack Obama(우리 대통령 버락 오바마)"라고 쓰고 이것에 대해 공격받을 수도 있다. 실제로 그 필자는 과거의 다른 대통령들과 비교하여 오바마에 대한 그의 인식을 표현한 것일 수도 있는데 말이다.

만약 별로 중요하지 않은 베블런식 규칙*에 대해 연습 시간을 가질 정도로 꽤 신경 쓰는 교사가 있다면, 흥미로운 결과를 목격하게 되지 않을까 생각한다. 우선 "He awarded the contract to his brother John(그는 자신의 형제 존과 계약했다)."와 같은 단일 문장으로 시작하되, 형제가 두 명 이상인지에 대한 까다로운 문제는 제기하지 말자. 아무도 그것을 알아차리지 못할 것이다. 그러나 언제나처럼 대안이 될 수 있는 타당한 읽기를 계속 요구해 보라. 주의 깊은 읽기를 통해 휴지가 있는 경우와 없는 경우를 비교해 보면 대부분의 사람들은 틀림없이 두 가지 경우

....

* 소비자들이 남들에게 과시하기 위해 사치성 소비를 하는 현상을 가리키는 경제학 용어 '베블런 효과Veblen effect'에서 따온 표현.

모두 괜찮다는 데 동의할 것이다. 그때 사람들에게 둘 중 어떤 읽기가 더 나은지, 또는 어떤 읽기를 더 선호하는지를 반드시 판단하게 해 보라. 이는 누군가에게 두 가지 방식 간의 미묘하게 다른 의미를 느낄 좋은 기회를 제공할 것이다. 사람들이 그 차이에 대해 토의해 본다면, 휴지 없는 읽기가 다른 형제가 존재할 여지를 열어 놓는다는 사실을 알아차릴 좋은 기회가 될 것이다. 'John'에 강세를 두어 읽는다면 형제가 둘 이상이라는 점을 명확히 의미하게 된다. 어쨌든 우리가 주의 깊게 공들여 읽는다면, 그리고 운이 조금 따른다면, 우리의 목소리는 이렇게 알기 어려운 규칙마저 따를 수 있도록 도울 것이다.

소멸하고 회생하는 언어

『위기에 빠진 세계 언어들의 지도Atlas of the World's Languages in Danger』의 수석 편집자인 크리스토퍼 모즐리Christopher Moseley는 다음과 같이 말한 바 있다.

> 각각의 언어는 사고가 독특하게 체계화된 세계로서, 특유의 연상, 비유, 사고방식, 어휘, 음운 체계, 문법 등의 요소를 가지고 있다. 이 요소들은 모두 경이롭게 만들어진 체계 내에서 함께 작동하지만, 그 체계라는 것은 아주 약해서 쉽게 영원히 사라질 수 있다. (Davies, 1990에서 재인용)

다음은 언어학자 케네스 레그Kenneth Rehg의 말이다.

> 미래의 언어학자는 금세기를 주요 멸종이 일어난 시대, 즉 수많은 언어 사용자들이 더 폭넓은 의사소통 언어를 위해 자신의 언어를 포기한 시대로 기억할 것이다. … 우리는 이 위기에 의식적으로 대응함으로써 찬사를 받을 것인가, 아니면 명백한 의무를 아무 생각 없이 무시함으로써 조롱을 받을 것인가? (Matsushima, 2010에서 재인용)

밝혀진 바에 따르면 전 세계 인구의 94퍼센트가 6,900개의 전승된 언어 중에서 6퍼센트의 언어만 사용한다고 한다. "세계 인구의 55퍼센트가 중국어, 영어, 스페인어, 러시아어, 힌디어, 아랍어를 제1언어나 제2언어로 사용하고 있다."(Bernard, 1999: 26) 세계화와 근대화가 소수민족 언어와 기록되지 않은 언어를 밀어내고 그 자리를 좀 더 지배적인 언어로 대체함에 따라 남아 있는 언어 중 상당수는 소멸의 위기를 맞이하고 있다. 미국 국립과학재단은 금세기 말까지 언어의 절반이 사라질 것으로 전망했다. 다른 전망들은 더 암울하다.

예를 하나만 들어 보자. 1974년은 맹크스Manx(영국의 맨Man섬에서 사용되었던 게일어)의 마지막 토박이 화자가 사망한 해이다. 그러나 그는 사망 전에 자신의 언어를 많이 기록해 두었다. 많은 언어가 소멸됨에도 불구하고 내가 기억하려고 노력하는 두 종류의 기쁜 소식이 있다. 이렇게 나는 절망의 덫을 피하려고 한다.

1. 언어가 소멸되거나 빠른 속도로 줄어드는 것이 그다지 나쁘지 않을 때도 있다. 니컬러스 오슬러는 자신의 저서 『마지막 국제어The Last Lingua Franca』(2010)에서 페르시아어의 놀라운 사례를 언급한다. 페르시아어는 한때 인도의 법정에서 사용하는 공식 언어였다. 그러나 영국인들은 손쉽게 그것을 폐지하고 현지 언어를 사용하도록 명령했다. 영국인들은 사람들이 법이 자신을 어떻게 취급하는지 이해하지 못하면 진정한 정의란 있을 수 없다고 판단한 것이다. 페르시아어는 카자흐스탄, 투르크메니스탄, 우즈베키스탄, 타지키스탄, 키르기스스탄 등의 지역에서 혁명이 일어난 뒤 소련에 의해 역시 폐지되었다. 혁명 정부는 사람들이 사용하는 언어에 따라 이 소비에트들의 경계선을 그었다. 이 지역의 문맹률은 90퍼센트 이상이었으나 1959년경에는 10퍼센트 이하로 떨어졌다.

1928년 터키의 아타튀르크Atatürk 대통령은 페르시아-아랍 문자를 폐지하고 로마자를 사용하도록 명령했다. 오스만 제국의 페르시아-아랍 문자는 자음문자abjad로서 모음이 존재하지 않았다. 문어체 아랍어나 페르시아어로는 모음을 명확하게 표시할 수 없어서 터키 말을 효과적으로 표기할 수 없었던 것이다.

2. 어떤 언어는 회생하기도 한다. 리지 데이비스Lizzy Davies는 다음과 같이 말했다.

> 국가 차원의 적절한 지원과 국민의 자발적 의지를 통해 언어는 독자적으로 융성할 수 있다. 파푸아뉴기니가 좋은 예인데, 이 나라는 지구상에서 가장 다양한 언어를 보유하고 있지만, 위험에 처해 있는 언어는 상대적으로 거의 없다. 토박이 화자가 단 한 명뿐인 리보니아어는 라트비아의 쿠르제메반도에서 가르치고 있고, 시인들이 시를 짓거나 부모가 자녀들과 대화할 때 사용되고 있다. (Davies, 1990: 7)

회생 과정을 거친 또 다른 언어들 중에서 주목할 만한 언어는 히브리어, 켈트어, 카탈루냐어, 브르타뉴어, 하와이어, 에콰도르의 안도아어 등이다. 이들 중 히브리어, 하와이어, 켈트어에 대해 좀 더 자세히 살펴보자.

히브리어

히브리어는 가장 오래된 언어 중 하나로서 히브리어 성서 혹은 구약성서의 시대에 사용되었다. 문자 발명에 대한 '문식성 이야기'에서, 히브리어를 **기록하는** 데 사용된 셈어 문자의 발명(그 과정은 대략 기원전 1700년경부터 시작되었다)을 살펴본 바 있다. 그러나 기원전 250년경 아람어가 유대인의 구어가 됨에 따라 구어체 히브리어는 쇠퇴하기 시작했다. 그 후 종교 의식 때를 제외하면 사람들이 히브리어를 말하는 일은 거의 없었지만, 히브리어는 유대교의 문어로서 계속 살아남았고 다음과 같이 지속적으로 번창했다.

> 역사적으로 볼 때, 유대인들은 ⋯ 종교 학습에서 명맥을 이어 오던 히브리어를 자신들이 말할 때 사용하는 국어를 **기록하는** 데 적합하도록 만들었다. 주로 독일어에 기원을 둔 이디시Yiddish어, 아랍어권에서 사는 유대인들이 폭넓게 사용하는 유대계 아랍어, 유대인들이 스페인에서 추방되던 1492년 이전의 스페인어에 토대를 둔 유대계 스페인어, 러시아와 아제르바이잔에서 대략 2만 명의 유대인이 사용하는 것으로 추정되는 주데오탯JudeoTat 등이 이에 해당한다(Harris. 1994). 이러한 사례는 사회적으로 고립된 한 민족이 주류 집단과 지속적으로 경제적 교류를 하면서 문식성을 장려하고 뒷받침하는 문어체 언어 자료를 산출한 경우이다. 그 자료들은 히브리 문자로 작성되었기 때문에 지배 문화의 구성원들은 절대로 접근할 수 없었다. (Bernard, 1999: 23)

19세기 말, 엘리에제르 벤-예후다Eliezer Ben-Yehudah라는 사람이 히브리어를 구어로 부활시키는 일을 시작했고, 히브리어는 이제 국어가 되었다. 벤 예후다는 평생을 히브리어 부활에 헌신했다. 이 과정에서 그는 수천 개의 현대 용어를 도입함으로써 히브리어를 사용할 수 있게 했다. 히브리어는 팔레스타인 지역에 정착한 유대인들에 의해 점점 더 많이 사용되었고, 1948년에는 이스라엘의 공용어가 되었다.

소설가 S. 이자르S. Yizhar가 아이였던 1920년대에는 팔레스타인 지역에 살던 유대인의 20퍼센트만이 히브리어를 완벽하게 사용했다. 그의 첫 소설이 출간된 1938년에는 70퍼센트가 주로 히브리어를 사용한다고 말했다. 300만 명 정도의 사람들이 히브리어를 모어나 제2언어로 사용했다. 이스라엘은 새로운 이민자들이 히브리어를 배울 수 있도록 대규모 교육 체계를 마련했다.

몇몇 히브리어 단어들은 영어의 일부가 되기도 했다. 예를 들면, 'hallelujah(할렐루야)', 'sabbath(안식일)', 'cherub(천사)', 'seraph(치품천사)', 'Satan(악마)', 'shibboleth(집단 특유의 관습)', 'behemoth(거대한 짐승)' 등이 있다.

켈트어

로마인들이 영국을 점령했을 때 켈트족은 서쪽의 아일랜드와 웨일스, 북쪽의 스코틀랜드, 남쪽의 콘월로 밀려났다. 이 콘월어 사용자들 중 일부는 바다를 건너 프랑스의 노르망디에 정착했다. 또 일부는 맨섬으로 옮겨 갔고(맹크스), 아주 최근에는 북아메리카의 케이프브레턴섬과 남아메리카의 파타고니아까지 옮겨 갔다. 결과적으로 켈트어 화자는 서유럽의 변방으로 밀려난 것이다.

풍요로운 켈트 구비문학 전통은 유럽에서 가장 오래된 것에 속하는데, 이는 서기 6세기까지 거슬러 올라간다. 그러나 19세기에 켈트어의 다양한 구어 형태는 소멸의 길에 들어선 것으로 보였다. 영국에서 이는 대체로 영국의 법에 기인하거나 산업혁명으로 인한 사람들의 유입과 이탈에 기인한 것이었다. 그러나 다수의 켈트어 사용자들이 아일랜드의 서부, 웨일스, 스코틀랜드, 콘월, 프랑스 브르타뉴 등에 아직 남아 있다. 그리고 마지막 맹크스 화자의 사망에도 불구하고 이들 지역에서는 게일어 부활을 위한 시도가 계속 이루어져 왔고 갈수록 성공적인 모습을 보이고 있다. 축제, 청소년과 성인을 위한 강좌, 단일 언어를 사용하는 유치원과 일부 정규 학교들, 게일어를 사용하는 라디오와 TV 프로그램과 신문 등을 통해 이를 확인할 수 있다.

웨일스의 사례를 보자. 1900년까지 전체 인구의 절반 정도는 여전히 웨일스어를 사용했다. 일부 서쪽 지역의 경우 아직도 80퍼센트 정도는 웨일스어를 사용한다. 지금까지 중단된 적이 없는 아이스테드바드 웨일스 축제Eisteddfod Welsh festival에서는 누가 가장 능숙하게 진정한 '영감을 받아' 즉석에서 시를 지을 수 있는지를 시합하는 고대의 전통이 지속되고 있다. 1967년에는 웨일스 언어법Welsh Language Act이 통과되어 웨일스어가 공식적인 국어로 지정되었다. (아일랜드의 게일어는 훨씬 이른 시기인 1922년에 건국과 함께 국어가 되었다.) 1988년에는 웨일스어의 부활을 확실히 다지기 위해 웨일스어 위원회Welsh Language Board가 설립되었다. 비슷한 일이 영국의 네 지역에서 일어났고 노르망디에서도 어느 정도 유사한 일이 일어났다. 이들 지역의 서쪽은 모두 켈트어를 모어로 사용하는 토박이 화자들이 발견되는 곳이다.

그렇다면 문자 언어로서의 켈트어는 어떠한가? 아주 오래전 오검 문자Ogham alphabet*로 작성된 글들이 있고, 소수의 비문들이 남아 있다. 그러나 15세기에 성 패트릭St. Patrick이 아일랜드에 기독교를 전하자 아일랜드 작가들은 문학 작품을 로마 문자로 쓰기 시작했다. 이때는 유럽에서 문식성이 허물어지고 있던 시기였다. 아일랜드의 게일어는 유럽에서 문어 형태로 발전한 첫 번째 일상 언어였다. 중세 시대에 켈트인들은 로마 문자를 변형한 언셜Uncial 문자를 글쓰기에 이용했다. 이 문자는 아주 최근까지도 출판용 아일랜드어로 사용되었고, 지금도 아일랜드와 스코틀랜드 전역의 도로 표지판과 공공 안내문에 사용되고 있다. 그것은 '시적으로 보이는' 아일랜드어 같은 것으로서 현수막이나 여타의 축하 자리에서 볼 수 있다. 그러나 20세기 들어 아일랜드와 스코틀랜드는 전통적인 로마 문자를 이용하는 '표준' 철자법을 개발했다.

바이킹의 공격 때문에 6세기의 아일랜드 문학 작품은 거의 남아 있지 않다. 그러나 글로 된 켈트 문학의 본체는 10세기부터 크게 증가하기 시작해 현재까지 지속되고 있다.

하와이어

하와이어는 일찍이 서기 300년경에 별을 길잡이 삼아 뗏목으로 바다를 건너온 놀라운 탐험가들이 폴리네시아에서 하와이섬으로 가져온 언어이다.

글로 쓰인 하와이어의 기록은 이 언어의 철자 체계를 개발한 1820년대의 미국

....
* 고대 브리튼 및 아일랜드 문자. 주로 비문에서 발견된다.

기독교 선교사들과 함께 시작된다. 하와이어는 물이 흘러가는 듯한 소리를 지닌 언어이다. 선교사들은 철자 체계에서 영어의 다섯 모음을 모두 사용했지만 자음은 단 일곱 개만 사용했다. 여기에다 생략된 글자를 아포스트로피로 나타내는 '오키나oki-na'를 추가하여 성문 폐쇄음을 나타냈는데, 단어 'Hawai'i'에 사용된 부호가 그것이다. 선교사들은 '개종한 이교도'가 성경을 읽을 수 있기를 원했다. 하와이 왕족은 기독교로 개종하면서 문식성을 갖추게 되었고, 많은 하와이인들이 이를 따랐다.

하와이인들은 이제 자신의 언어를 읽고 쓸 수 있다. 성경이 1839년에 하와이어로 번역되었고, 이에 하와이는 세계에서 가장 지적인 왕국에 속하게 되었다. 하와이어 사전, 문학 잡지, 노랫말 등이 나왔고, 하와이어로 일기가 쓰였으며, 국가 업무의 대부분이 하와이어로 수행되었다(물론 통치자의 지위에 있었던 군주나 선교사 들은 추가적으로 영어를 사용할 때가 많았다). 마크 트웨인은 하와이 방문을 회고하는 글에서 입법 기관에서 이중 언어를 사용하는 것을 들었던 일에 대해 기록하고 있다.

그러나 1893년에 미국 정부와 사업가들은 여왕을 억류하고 하와이 왕국을 전복하여 영토를 합병했다. 1898년에 학교와 정부에서 하와이어 사용이 금지되었다. 하와이인 혈통의 아동을 위해 남겨 둔 카메하메하Kamehameha 학교에서조차 하와이어 교육이 금지되었다. 그러나 많은 사람들은 계속 하와이어를 사용했고, 14개의 신문은 하와이어로만 인쇄되었다.

그러나 결국 **구어체** 하와이어에 대한 억제 정책이 성공을 거두어서, 구어체든 문어체든 하와이어는 1960년대 중반경에 거의 소멸되기에 이르렀다. 하와이어의 진짜 토박이 화자를 찾기가 어려울 정도였다. 그러나 얼마 지나지 않아 하와이의 활동가들이 하와이어 부활을 시도하기 시작했다. 그들은 어린이들을 위해 하와이어 집중 교육을 하는 학교를 설립했다. 어린이들은 유치원에서부터 시작해서 1년마다 한 학년씩 올라가며 하와이어 교육을 받았다. 나는 하와이 대학에서 학생들을 가르치던 시절에 그 첫 고등학교 졸업생이 하와이어로 연설하는 모습을 TV로 본 적이 있다. 오늘날에는 아이들이 부모와 하와이어로 대화를 나누는 것을 흔히 볼 수 있다. 하와이어 기록물 보관소도 문을 열었다. 아직 번역되지 않은 자료가 곧 빛을 볼 것이다. 이 모든 것은 하와이 문화의 중흥과 궤를 같이한다. (이 내용의 대부분은 하와이어 문식성에 대해 가르치고 연구했던 수지 제이콥스Suzie Jacobs의 이메일을 바탕으로 쓴 것이다.)

15

말하기는 어떻게 글의 구성을 향상시키는가

에너지로서의 형식

말하기의 시간적 속성을 극복하는 방법으로서의 글쓰기

말하기는 시간 속에 존재하고, 시간은 감옥과 같다. 우리는 일생 동안 현재라는 단 하나의 순간에 언제나 갇혀 있다. 우리는 미래를 '예견할' 수 없고, 과거에 대한 우리의 기억은 신뢰할 수 없기로 악명 높다. 이와 반대로, 공간은 우리에게 많은 자유와 전망을 제공한다. 우리는 전후, 좌우, 상하로 종종 꽤 먼 거리까지 볼 수 있다. 시간의 영역에서 지금 이 순간 이외에 우리가 확실히 알 수 있는 유일한 것은 우리가 태어났고 죽을 것이라는 사실이다.

우리가 듣는 단어는 시간이라는 감옥에 갇혀 있기 때문에, 입을 떠나는 순간 사라져 버린다. 그 단어들을 검토하고, 수정하고, 분석하고, 저장하기는 어렵다. 그러나 글쓰기의 강점은 공간적인 속성이다. 그것은 다음과 같은 방식으로 시간의 한계를 극복한다.

- 적어 놓은 단어들로부터 멀리 떨어져서 잠시 동안 잊고 있더라도, 그 단

어들은 여전히 종이 위에 있다. 우리는 단어들을 다시 살펴보고, 숙고하고, 고칠 수 있다.

- 글쓰기는 말이 시공간을 **가로질러** 목소리가 닿을 수 없는 장소까지 전달되게 한다. 물론 말을 녹음하고 전송할 수 있는 기술이 있기는 하지만, 우리가 한 말을 수정하거나 자유자재로 다루기를 원한다면 녹음된 말은 결코 글쓰기만큼 편리하지 않다.

- 눈은 감을 수 있지만 귀를 닫을 수는 없다. 버스, 기차, 비행기를 탔을 때 누군가가 옆자리에 앉은 사람에게 또는 휴대전화에다 대고 큰 소리로 계속 이야기하는 상황을 생각해 보라.

- 글쓰기는 말의 느림을 극복한다. 인지하는 속도는 들을 때보다 읽을 때가 훨씬 더 **빠르다.**

- 독자는 순서의 구속을 받는 각각의 말에 귀를 기울일 필요 없이 텍스트를 띄엄띄엄 읽거나 정지했다가 다시 읽을 수 있다. 테이프에 녹음된 책이 매력적일 수도 있으나, 그건 우리가 시간이 충분하고 융통성을 원하지 않을 때에만 그러하다.

- 말을 할 때에는 거의 언제나 말을 듣는 청자가 존재한다. 그리고 우리는 했던 말을 후회하는 일이 종종 있다. 글쓰기에서는 원할 때까지 그리고 원하는 방식으로 글을 완성할 때까지 **아무에게도** 말을 전달하지 않아도 된다. 그렇지만 까다롭거나 적대적인 독자를 고려해 수정 원고를 만들 때는 조언을 해줄 수 있는 우호적 독자에게 초고를 보여 주고 피드백을 받을 수 있다.

- 말하기에서는 논리적 흐름을 유지하기가 어렵다. 즉 비응집성과 모순을 가진 내용이 설득력 있는 말하기의 유혹적인 유창함 속에서 슬쩍 지나가 버리는 것이다. 글쓰기는 시간을 초월한 논리의 차원을 볼 수 있도록 해주는데, 특히 시각적인 개요도 또는 차트를 이용하거나, 기호논리학의 특수 언어를 사용할 때 그러하다.

- 우리가 한 말은 우리와 함께 소멸하지만, (셰익스피어가 거듭 언급했듯이) 글 쓰기는 시각적인 단어들을 통해 우리에게 영원한 삶에 대한 희망을 준다.

이러한 방식으로 공간적이면서 시각적인 글쓰기는 시간을 극복한다.

그러나 글쓰기는 시간의 제약을 받는다

우리가 한 쪽의 글을 한눈에 볼 수 있고, 에세이와 시와 책의 모든 단어들이 공간적으로 한눈에 보이게 배치되어 있다 하더라도, 독자의 글쓰기 경험은 결코 한 번에 되지 않는다. 독자들은 한 번에 비교적 적은 수의 단어만 받아들일 수 있다. 읽기는 불가피하게 시간적 속성이 있다. 텍스트를 읽을 때 우리는 그림 위에 있는 개미와 유사하다. 그림 여기저기를 기어 다니지만, 그림에서 하나의 작은 부분 너머를 결코 볼 수 없다.

영리한 독자는 다음과 같은 다양한 방법을 사용하여 읽기의 시간적 속성을 극복하려고 한다.

- '자세히 읽지 않기'. "나는 결코 읽지 않아요. 개요를 빠르게 살펴보고, 표와 그래프를 죽 훑어보고, 참고문헌을 확인하고, 논의 내용을 대충 뒤적여요. 내가 필요로 하는 건 그게 다예요."라고 자랑하는 과학자와 엔지니어를 만난 적이 있다. 사실 이런 '독자들'은 글을 한 번에 **보려고** 하는 것이다. 그들은 그림에 대한 조감도를 얻으려고 한다. 그들은 확실히 시간을 절약하지만, 그들의 최선은 개미보다는 개구리가 되는 것이다. 그들은 전략적으로 여기저기로 벗어나고 훑어보고 건너뛴다. 많은 교수와 전문가는 유용한 내용을 찾기 위해 단지 텍스트를 훑어보는 정도로만 '읽는' 경우가 많다.

- 속독. 몇몇 사람들은 정신이 아찔해지는 법 없이 아찔할 정도의 속도로 글을 읽는다. 그 사람들은 눈을 페이지 아래로 빨리 움직이고 아주 짧은 순간에 많은 것을, 어쩌면 전부를 이해한다. 이것은 인간의 정신이, 적어도 그 정신의 일부가 인쇄물의 공간적 속성을 놀라울 정도로 활용할 수 있다는 사실을 보여 준다. 그 사람들은 읽는 속도를 '눈으로 보는 속도'로까지 높일 수 있다. 그리고 우리는 모두 훈련을 통해 읽는 속도를 높일 수 있다. 비록 나는 대학원에서 에벌린 우드Evelyn Wood한테서 배운 간단한 비법을 곧 잃어버렸지만 말이다. (그녀는 눈을 페이지 아래쪽으로 더 빨리 끌어내리기 위해 손가락을 사용하라고 가르쳤지만, 나는 예전의 읽기 방식으로 되돌아갔기 때문에 손가락을 사용하면 읽는 속도가 더 늦어지는 것 같았다.)
- 메모와 개요. 우리는 글을 쓰기 위해 메모나 개요를 작성하거나 글을 읽으면서 메모를 한다. 이것은 나중에 잠깐 보거나 한 번만 보고도 빨리 인지할 수 있게 긴 시간적인 경험을 가시적인 표현으로 바꾸려는 것이다.

그러나 독자들이 시간의 제약을 받는다는 사실은 여전하다. 독자들이 글을 한 번에 받아들일 수 있는 방법은 없다. 목차를 훑어보거나 개요를 읽거나 그래프를 이해하는 것조차도 시간이 걸린다.

우리는 시각이 청각보다 더 빠르고 풍부하며 정교한 매체라고 생각하는 경향이 있다. 이는 특히 시각이 진화적 발달에서 훨씬 더 나중에 형성되었기 때문이다. 시각은 뇌에서 바깥쪽에 있고 좀 더 최근에 형성된 층, 즉 소뇌와 관련이 있다. 이에 비해 청각은 뇌에서 상대적으로 더 오래되고, 중심부에 있으며, 비교적 원시적인 부분과 관련이 있다. 그러나 속도 면에서 보면, 비교적 새로운 시각은 거북이 속도이고 오래된 청각은 토끼 속도이다. 제프 골드버그Jeff Goldberg는 주목할 만한 연구를 다음과 같이 보고하고 있다.

"인간이 들을 수 있는 가장 높은 주파수 영역에서 소리를 처리하기 위해서는 유모세포hair cell가 전류를 초당 2만 번씩 흐르게 하다 멈추었다 할 수 있어야 한다. 박쥐와 고래의 유모세포는 처리 속도가 훨씬 더 놀라운데, 초당 20만 회나 되는 높은 주파수의 소리를 구별할 수 있다."라고 허드스페스Hudspeth는 말하고 있다.

눈에 있는 광수용체photoreceptor는 훨씬 느리다고 그는 지적한다. "시각적 체계는 너무나 느려서 우리가 초당 24프레임의 속도로 영화를 보더라도 전혀 단절되지 않고 연속되어 있는 것처럼 보인다. 초당 24프레임과 초당 2만 회를 대조해 보라. 청각적 체계가 1,000배쯤 더 빠른 셈이다." (Goldberg, 2005)

로이 해리스는 글쓰기가 시간적 속성을 지닌다는 생각에 반대하며, 글쓰기는 전적으로 그리고 본질적으로 공간적이라고 주장한다. 그는 글쓰기를 말의 표현이 아니라 기호적 정보의 표현으로 정의해야 한다고 주장한다. 그는 글쓰기의 주요 모델이나 사례로서, 말로 표현할 수 없는 정보를 명확하고 효율적으로 전달하는 방법인 그래프, 표, 전기회로도, 뜨개질 도안 등을 든다. 글쓰기의 초기 형태는 재무 기록이었으며 말이나 구문을 나타내지 않았다. 글쓰기가 말을 나타내는 데 자주 사용되게 된 것은 글쓰기의 본질에서는 우연적인 일이라고 그는 주장한다. (나는 2장에서 그의 흥미로운 견해를 언급한 적이 있다. 즉 수학이 발전하기 시작한 것은 수를 나타내는 데 구어를 더 이상 사용하지 않고, 공간 속에서 다룰 수 있고 어떠한 구어와도 관련이 없는 아라비아 숫자를 사용하게 되면서부터였다는 것이다.) 해리스의 주장은 다소 편협한 글쓰기 모델에 의존하고 있으며, 처리하려면 시간이 좀 걸리는 도표나 수학 공식에까지 의존하고 있다.

이와 대조적으로, 스탠리 피시Stanley Fish는 텍스트에 대해 "모든 것은 시간적 차원에 의존한다."(Fish, 1980: 159)라고 주장한다. "읽기는 시간 속에서 진행된다."(Fish, 1980: 3) "글이 한눈에 인지될 수 있다는 생각은 실증주의적이고 전체론적이며 공간적인 측면을 말하는 것이다."(Fish, 1980: 158) 그는 해석의 많은 문제점을 밝혀내고 있는데, 이러한 문제점은 해석이 "독자가 (하나의 행, 하나의 문장, 하나의 문단, 한 편의 시 등) 의미 단위의 마지막에서 이해한 것"(Fish, 1980: 158)이라는 잘못된 생각에서 기인한 것이다. 해석은 끊임없이 진행되는 이해의 과정이다.

이 장에서 나는 두 가지 주장을 하려고 한다.

1. 글쓰기가 아주 시각적이면서도 공간적인 것으로 보이기 때문에, 대부분의 사람들은 글쓰기에서 **구성**의 본질을 오해한다. 사람들은 무의식적으로 글의 구성을 마치 **공간에 물건을 배열**하는 것과 같은 공간적인 문제로 간주한다. 구성이 **시간 흐름에 따른 사건 순서 정하기**와 관련되어 있음을 깨닫지 않고는, 글의 구성에 대해 제대로 된 이해를 할 수 없다. 구성이 시간의 흐름에서 어떻게 작동하는지에 대해 더 잘 이해하기 위해서는, 시간에 더 명확하게 뿌리를 두고 있는 매체인 구어(연설과 연극), 음악, 영화 등을 살펴볼 필요가 있다.
2. 이 책에서 제안한 두 가지 방법을 이용해 말하기를 글쓰기에 더 많이 가져올수록, 글쓰기의 시간적 차원을 **경험**할 가능성은 더 커진다. 이는 시간의 제약을 받는 독자들을 위해 텍스트를 좀 더 효과적으로 구성할 수 있도록 자연스럽게 부추긴다. 다시 말해, 말하듯이 쓰고 소리 내어 읽으면서 수정할 때, 우리는 글쓰기가 시간과 무관한 논리를 만들어 내는 문제가 아니라, 시간의 영역에서 **사건들이 일어나도록** 하는 일련의 단어를 만들어 내는 문제임을 경험할 가능성이 더 커진다.

글의 구성

'구성organization'이라는 개념 자체는 공간적인 성격이 강하다. 우리는 구성에 대해 이야기할 때 '구조'와 '형태'와 '형식'과 같은 단어를 사용하는 경향이 있으며, 이 단어들은 기본적으로 시각적이다. 누군가에게 연극·영화·교향곡의 구성을 파악해 보라고 하면, 그녀는 펜과 종이를 꺼내어 시각적·공간적 도표를 그릴 것이다. 공간적 도표가 그림과 사진 같은 공간적 대상에 효과적이기도 하지만, 이것은 구성 자체가 공간 안에 요소들을 배열하는 문제임을 무언으로 암시하는 것이다. 공간적 도표는 공간적 균형을 매우 중시한다.

그러나 연설, 연극, 영화, 음악작품 등은 시간의 영역에서 작용한다. 그것들이 어떻게 구성되는지 표현하고 싶다면, 시간 **흐름에 따른 사건**과 이러한 사건이 어떻게 순서대로 배열되는지를 이야기할 수 있는 방법을 찾아야 한다. 시간 흐름에 따른 구성을 살펴보는 데에는 음악이 특별히 유용하다. 물론 음악은 일상 언어처럼 공간적으로 종이 위에 기록될 수 있기 때문에 글쓰기의 좋은 비유가 된다. 그러나 한 편의 음악작품이 잘 구성된 것처럼 보이는 이유를 생각해 보면, 음악에서의 구성이 실제로는 기록된 형태가 아니라, 시간의 영역에서 들을 수 있는 소리의 배열이라는 점을 알게 된다. 음악에서의 구성은 종이 위의 음표가 아니라 청자에게 '적절히 응집된' 것처럼 보이는 소리인 것이다. 소리의 순서는 응**집성**이 있고, 우리는 이를 시간 속에서 결합된 상태로 경험한다.

그래서 음악, 연설, 영화, 연극, 그리고 **글쓰기** 등 시간적인 매체의 구성에 대해 더 잘 이해하기를 원한다면, 시각적 편견을 낳게 하는 '형태'와 '구조'와 '형식'과 같은 단어를 사용하지 말아야 한다. 오히려 '응집성'과 같은 단어를 사용하는 것이 도움이 되는데, 이는 공간에 얽매이지 않는 구성에 적합한 단어이다. '구성'이라는 개념은 대상이 공간 속에서 어떻게 구성되어 있는지와 사건들이 시간 속에서 어떻게 결합되어 있는지라는 아주 다른 두 가지 생각이 섞여 있기 때문에 혼동을 준다.

그러면 사건은 시간 속에서 어떻게 결합되어 있기에 우리가 그것을 응집성 있는 것으로 경험하는가? 나는 이 장에서 몇 가지 구체적인 대답을 제시하고, 각 사례에서 말하듯이 쓰기와 소리 내어 읽기가 어떻게 글쓰기에서 응집성을 향상시키는 경향이 있는지를 보여 주고자 한다.

먼저 응집성에 대해 간단히 살펴보자. '생일 축하 노래' 멜로디가 종이에 적혀 있거나 그려져 있는 것을 떠올려 보라. (미국의 저작권법은 그 곡의 사용을 제한하고 있다.) 이 곡에는 잘 연결된 네 개의 시각적 형태가 있다. 대체로 처음 세 소절은 각각 상승하다가 하강하는데, 각 소절은 앞의 소절보다 더 높은 음까지 올라간다.

> 생일 축하합니다(상승하다가 하강한다)
> 생일 축하합니다(똑같은 음에서 시작해서, 상승하다가 비슷하게 하강한다. 그러나 한 음 더 높이 올라간다)
> 사랑하는 아비게일(다시 같은 음에서 시작해서, 훨씬 더 높은 음까지 상승했다가 더 낮은 음으로 하강한다)

그러나 네 번째 멜로디는 그 반대이다.

> 생일 축하합니다(다른 소절보다 더 높은 음에서 시작해서, 대체로 하강한다)

틀림없이 이렇게 형태가 잘 잡힌 시각적 구성은 우리가 '생일 축하 노래'를 응집성 있는 것으로 경험하게 하는 데 한몫한다. 그러나 (혼자 흥얼거리기를 멈추고) 그 멜로디를 실제로 **들어 보면**, 시간의 영역 안에서 작동하는 좀 더 강력한 것을 경험하게 된다. 앞의 세 소절 끝부분에서 각각의 멜로디는 우리를 불만족스럽고 무언가를 더 원하는 상태로 남겨 둔다. 각 소절이 끝난 후에는 미래에 의해 끌어 당겨지는 것 같은 느낌이 든다. 그러나 네 번째 멜로디의 끝부분에서 우리는 휴식, 만족, 종료, 집에 온 듯한 기분 등 시간적으로 정반대의 경험을 하며 시간의 흐름에 따른 끌어당김이 해소된 것을 느낀다.

이 짧은 노래의 응집성은 멜로디와 하모니가 어떻게 갈망과 안도감, 불일치와 일치, 가려움과 긁기 등의 패턴을 만드는지에 달려 있다. 이러한 패턴이나 배열은 네 소절을 결합시켜 분리되지 않도록 하고, 네 소절을 하나의 응집성 있는 독립체로 계속 느끼도록 한다. 케네스 버크는 이것을 다음과 같은 유명한 이론적 어구로 표현한다. "형식은 청자의 마음에 욕구를 창출할 뿐만 아니라 그러한 욕구에 대한 적절한 만족도 창출한다. … 이것은 정보의 심리학과 구별되는 형식의 심리학이다."(Burke, 1968: 31-33) 우리가 응집성을 갖추었다고 칭찬하는 음악 작품 중에서 '생일 축하 노래'의 멜로디만큼 아주 단순하고 시각적으로 잘 정돈된 작품도 드물다. 흥미롭고 기분 좋아지는 음악들은 음을 모두 적어 놓은 악보를 보면 실제로 꽤 **복잡하다.** 작곡가는 복잡함을 피하거나 제거하려고 하지 않는다. 그들은 응집성 있는 에너지 패턴을 만들거나, 복잡하고 과한 것처럼 보일 수도 있는 음들을 활용하여 역동성을 창출한다. 복잡한 일련의 소리를 결합해 **시간적인 구성물**을 단일한 완전체로 경험하게 하는 것이 바로 **역동성이다.**

좋은 연설도 마찬가지이다. 어떤 연설은 ('우선은 A, 그다음에는 B' 또는 '세 가지 요점' 등과 같이) 전반적인 관점에서 보면 잘 정돈되고 균형 잡힌 것으로 보일 수도 있다. 그러나 이러한 단순함은 대체로 좋은 연설에 흔히 나타나는 복잡한 구성에 대해, 즉 연속적으로 앞날을 내다보다가 과거를 되돌아보고, 자세히 말하다가 빨리 진행하는 구성에 대해 착각하게 만든다. 훌륭한 연설가는 **시간을 결합할 수 있는** 방법을 찾아서 복잡한 자신의 말을 우리에게 이해시키고 응집성을 느끼도록 한다.

나의 주장은 다음과 같다. 우리가 글의 구성을 개선하고 싶어 한다면, 가득 채워진 에너지인 역동성을 통해 시간을 결합하는 데 주의를 좀 더 기울여야 한다. **에너지로서의 구성이** 나의 주제이다. 어떻게 문자 언어와 시간을 결합할 수 있는가? 훌륭한 필자는 의식적이든 그렇지 않든 독자가 공간적 경험보다는 시간적 경험을 한다는 사실을 명심하곤 한다. 그렇다면 글의 한 부분에서 다음 부분으로 독자를 이끌며 독자가 텍스트를 응집성 있는 전체로 경험하도록 하기 위해 필자는 문자 언어를 결합할 에너지를 어디에서 찾을 것인가? 독서는 시간의 흐름에 따른 일련의 사건이기 때문에, 나는 그 대답이 음악에 적용되는 것과 동일하다고 주장한다. 성공적인 필자는 기대, 좌절, 절반의 만족, 일시적 만족을 거쳐 온전한 만족에까지 나아갈 여행으로 우리를 인도한다. 그 과정에는 갈망과 안도감, 가려움과 긁기가 계획적으로 잘 배열되어 있다. 버크의 말을 다시 인용한다. "욕구의 창출 및 충족과 관련되어 있는 형식은 창출된 욕구를 충족시키는 한 '옳

은' 것이다."(Burke, 1968: 138)

확실히, 우리는 텍스트가 일정 수준의 구성을 갖추도록 하기 위해 시각적 도구를 사용할 수 있다. 문단의 길이나 서체에 변화를 줄 수도 있고, 불릿 기호나 부제나 도표를 사용할 수도 있다. 시각 디자이너들은 텍스트에 활기를 불어넣기 위해 눈에 확 띄거나 복잡한 페이지 레이아웃을 만든다. 기술과 비즈니스 분야의 필자들은 시각적인 관심을 불러일으키는 페이지 분할의 중요성을 강조한다. 하지만 사실 대부분의 디자이너들은 허용되기만 한다면, 그들이 '지겹다'고 말하곤 하는, 글로 꽉 찬 페이지 전체를 삭제해 버릴 것이다. 이것은 그들이 얼마나 강하게 문어의 구성을 전적으로 공간적인 것으로 처리하고 싶어 하는지를 드러낸다. 여백이 없는 10쪽이나 100쪽을 훑어보는 것이 아니라 전부 읽어야 할 때, 우리가 시각 디자인으로부터 받을 수 있는 도움은 상대적으로 거의 없다. (메리 혹스Mary Hocks는 디지털 텍스트 또는 온라인 텍스트의 시각적 수사법에 대한 흥미로운 통찰을 제공하고 있다. 그러나 이 장에서 나는 지면으로 읽든 컴퓨터 화면에서 읽든 상관없이 전통적인 선형적linear 텍스트에 관심을 가진다.)

구성에 대한 전통적인 조언: 개요와 이정표

글의 구성에 대한 전통적인 조언은 개요와 이정표를 사용하라는 것이다. 두 기법은 유용하지만 그 유용성은 제한적이다. 왜냐하면 두 기법은 공간적인 편향을 지니고 있는 반면 글쓰기는 시간의 흐름에 따른 제약을 받기 때문이다.

'이정표'와 '개요'라는 두 단어는 구성에 대한 공간적인 관점을 함축하고 있는 시각적 비유이다. 우리는 공간 속에서 걷거나 운전할 때, 자신을 안내해 주는 **푯말의 신호**signs on posts를 사용한다. 우리는 전체적인 전망, 사실상 '조감도'를 필요로 할 때, 엄청난 양의 세부 내용에서 벗어나기 위해 복잡한 그림이나 사진의 **바깥쪽**을 빙 두른 선을 긋는다. 개요가 필자에게 전혀 도움이 되지 않는 것은 아니다. 그것은 필자의 사고를 명확하게 하도록 돕는데, 요점을 파악해 구상 중인 모든 부수적인 사항을 응집성 있게 배열할 수 있도록 한다. 그러나 개요가 독자에게 주는 도움은 간접적이고 가끔은 효과적이지 않다.

글을 쓰기 위해 개요를 사용할 때, 공간적인 편향이 문제를 일으키는 경우가 많다. 개요는 우리에게 A 부분에서는 모든 것을 A와 관련되게, B 부분에서는 모든 것을 B와 관련되게 쓰도록 하며, C 부분에서도 마찬가지이다. 개요 작성자인 우리는 훌륭한 '조감도'를 가지게 되지만, 독자들이 개미 눈에서 벗어날 수 없다는 점을 잊어버린다. 독자들은 A 부분을 읽는 동안 B나 C 부분을 들여다볼 수 없고, B 부분을 읽는 동안에는 A나 C 부분을 들여다볼 수 없다. 물론 B 부분을 읽는 동안 A의 일부를 떠올릴 수도 있지만, 기억은 서서히 사라진다. 독자-개미는 전체적인 전망을 갖지 못한다. 다시 말해, 우리가 독자로서 좌절감을 느낄 때는 다음에 올 내용에 대한 힌트가 필요한 경우이거나, 필자는 이미 말했지만 우리가 잊어버린 내용을 떠올려야 하는 경우이다. 개요는 종종 쓴 말을 또 쓰거나 이전의 내용과 이후의 내용을 재귀적으로 반복하는 이 '혼란스러움'을 피하게 한다. 그러나 독자들에게는 복잡하게 뒤얽혀 있는 쓸모없는 중복이 필요한 경우가 많다. (말하기는 글쓰기에 비해 쓸모없는 반복이 너무 **많은데**, 그러한 사실은 필자들이 말하기를 거의 사용하지 않도록 이끌었다.)

훌륭한 연설은 종종 '혼란스러움'이라는 유용한 요소들을 포함하는데, 주제와 관련된 내용이 여기저기 흩어져 있기도 하고 어떤 구절이나 모티프가 자주 반복되기도 한다. 음악에서도 동일한 현상이 보인다. 예를 들어 '소나타 형식'이라고 불리는 일반적 구조에서는 A 주제가 나온 뒤에 B 주제가 나온다. 그리고 전개부에서는 A와 B가 함께 변화되면서 펼쳐지고, 마지막 재현부에서는 A와 B가 다시 제시된다. 이는 아주 여러 번 반복된다. 전통적인 개요 만들기는 구성에 대한 일반적인 전제를 한눈에 모두 보도록 유도한다. 즉 개요는 시간의 흐름에 따라 일련의 언어들을 내적 형식으로 결합하는 **역동성** 또는 에너지가 어디에서 기인하는가 하는 어려운 문제는 무시한다. 내용은 A, B, C, D로 보기 좋게 **체계**

화되겠지만, 긴 분량의 A 부분을 끝까지 읽고 싶게 하고, B와 C 부분을 이어서 계속 읽고 싶도록 만드는 것은 무엇인가? 대화에서 자신의 생각을 성공적으로 설명하는 사람들은 분리된 개요 체계를 사용하지 않고, 그 대신 광범위한 일반화와 아주 구체적인 하위 수준의 요점이나 사례 사이를 옮겨 다니는 경우가 많다.

이정표 세우기는 구성에 대한 전통적인 조언의 또 다른 요소이다. 이것의 예로는 "이 글에서 나는 다음과 같은 주장을 입증할 것이다." 또는 "다음 절에서 나는 …할 것이다." 또는 "이 글에서 나는 …을 보여 주고자 하였다." 등이 있다. 이정표는 공간과 관련된 어원임에도 불구하고 **분명히** 시간과 관련해서도 도움이 **된다**. 이정표는 시간의 감옥에 개미처럼 갇혀 있는 독자들을 도와준다. 다시 말해, 우리가 어떤 절의 서두나 나아가 글 전체의 서두에서 좋은 이정표를 세운다면, 주장이 그다지 명확하지 않고 세부 내용이 잘 배열되지 않았다 하더라도 수렁에 빠지거나 길을 잃는 일은 훨씬 줄어든다. 이정표는 내용이 그다지 명확하게 제시되지 않은 경우에조차 어느 정도의 응집성을 **경험하도록** 한다. 이정표가 글의 마무리 부분에 있는 경우에도 마찬가지이다. "아, 이제 필자가 무엇을 말하려는 건지 알겠어." 특히 이정표는 되도록 시간을 많이 들이지 않고 대충 훑어보는 사람에게 유익하다. 긴 글이 짧은 개요로 시작하는 경우도 흔히 있다.

그런데 이정표를 어떻게 세워야 하는가? 서두에서는 앞으로 다룰 내용을 알려 주고, 결말에서는 앞의 내용을 되돌아본다. 글을 시간의 영역에서만 읽을 수 있다는 점을 고려하면, 이는 필자에게 딜레마이다. 이정표가 "이 글에서 나는 …할 것이다."와 같이 처음에 나온다면, 혼동을 예방하는 데 최선일 것이다. 그러나 서두에 이정표를 세우면 글이 서툴러 보이고 경험이 부족해 보이며 딱딱해 보일 수 있다. 사실, 도입부의 이정표는 가려움이 느껴지기도 전에 긁는 것이어서, 시간과 결합된 가려움이 튀어나오지 않게 잘 예방할 수 있을 것이다. 교과서는 특히 이정표가 있어서 보기 좋게 구성되어 있는 것 같지만, 에너지를 산출하지 못하는 방식이어서 읽는 이를 졸리게 한다. 가려움을 전혀 느끼지 못하는데 긁기만 하는 셈이다. 한 편의 글이 완벽하게 만들어져 있고, 이정표가 세워져 있으며, (비열한 술수도 없이!) 완전히 명확하다 할지라도, 독자들을 계속 읽도록 유혹하는 것은 무엇인가? 무엇이 개미로 하여금 그 그림 위에서 계속 돌아다니고 **싶게** 만드는가? (물론, "이 글에서 나는 2 더하기 2가 5임을 증명할 것이다."와 같은 어떤 서두의 요약은 분명히 가려움을 제공하여 독자로 하여금 계속 읽게 만들 것이다.) 그렇다고 만일 우리가 절의 끝에 이정표를 세운다면, 독자들이 글을 읽을 때 겪는 혼동을 예방하는 데에는 그다지 기여하지 못할 것이다.

이정표 세우기는 '즉각적인' 미리 보기와 요약을 제공함으로써, 우리가 나무 위에 올라가 시간의 흐름에 따라 순차적으로 형성된 단어의 덤불을 살펴볼 수 있도록 도울 것이 분명하다. 그럼에도 불구하고 내가 특히 관심을 가지는 것은 좀 더 **역동적인 구성 기법** 또는 에너지에 **기반한 구성 기법**이다. 이 구성 기법은 시간을 회피하거나 적당히 넘기려고 하는 것이 아니라 시간을 실제로 **활용하거나 결합**하려는 것이다.

이야기를 통해 시간 결합하기: 이야기 개요

글쓰기의 세계를 들여다보면, 필자가 텍스트를 통해 단어를 결합하고 독자의 관심을 끄는 가장 일반적이고 강력한 방법이 무엇인지 쉽게 알 수 있다. 그것은 이야기이다. 서사는 일련의 기대와 만족, 즉 가려움과 긁기를 만들어 내는 보편적인 언어 패턴이다. "옛날에 부모가 죽고 돌봐 줄 사람도 없이 남겨진 어린 소녀가 있었다…." "그는 자신의 눈이 방 구석에 있는 거의 한 번도 관심 갖지 않던 부류의 여인에게 향하는 것을 알았다." 우리가 『오이디푸스』나 『햄릿』의 스토리를 이미 알고 있다 하더라도, 이야기의 맥락은 그 자체로 역동성을 발휘해 우리로 하여금 읽기를 계속하도록 이끈다. 동화와 전형적인 민담은 이야기가 익숙함에도 불구하고 그 에너지를 특히 잘 활용한다.

그러나 서사가 없는 에세이나 보고서 또는 여타의 논픽션을 쓸 때에는 어떠한가? 설명하거나 설득하거나 분석하는 글을 쓸 때 어떻게 시간을 결합할 수 있는가? 사실 그러한 글쓰기에서도 이야기의 장점을 포기할 필요가 없으며, 개요 만들기와 이정표 세우기의 장점 역시 포기할 필요가 없다. 전통적인 개요 만들기와는 다른 종류의 개요 만들기가 있기 때문이다. 그것은 나의 글쓰기에서 필수적인 **이야기 개요 만들기** 또는 **문장 개요 만들기**이다. 나는 10장에서 혼돈에서 벗어나 응집성을 확보하기 위해 이야기 개요를 어떻게 만들 것인가라는 '뼈대 세우기 과정'의 일환으로 이 기법을 서술한 바 있다. 여기에서는 시간을 연결하는 기대와 안도감의 역동성을 이야기 개요가 어떻게 창출하는가에 초점을 맞추고자 한다.

이야기 개요의 핵심은 **동사가 포함된 문장**이다. 문장을 통해 우리는 주장이나 요구를 할 수 있고, 문제를 제기하거나 해법을 모색할 수 있다. 문장은 에너지나 음악의 작은 일부분이며, 음악에서와 같이 우리를 계속 듣도록 이끄는 리듬과 멜로디를 가지고 있다. 더 정확히 말하면 필자가 성공적으로 쓴 글의 문장은 에너지, 리듬, 멜로디를 지닌다.

전체 글의 인지적 씨앗을 전하는 간단하고 전형적인 어떤 문장, 예를 들면 "대부분의 사람들이 …라고 생각하지만 실제로는 …이다." 또는 "…였지만 지금은 …이다." 또는 "이론이 대부분의 데이터를 설명하는 것처럼 보일지라도, 그것은 …임이 밝혀지고 있다."와 같은 문장이 있다. (폰소와 딘(Ponsot & Deen, 1982)은 이런 강력한 통찰력을 지녔다.) 글을 쓰는 사람은 이런 종류의 구문을 사용하여 기대 또는 가려움의 씨앗을 뿌린다. 이러한 문장이 어떻게 사고에 대한 이야기가 되는지 주목하기 바란다.

이와 반대로 전통적인 개요는 단순한 단어와 문구로 구성되기에 단지 한 부분만 가리키거나 **명명할** 수 있을 뿐이다. 그래서 그것은 대체로 정적인 구조로 이끄는 공간적이고 시각적인 덫이 된다. 동사가 없는 단어와 문구는 일련의 사고를 추동하거나 독자를 이끄는 에너지가 결여되어 있다. 그런 단어와 문구는 한 지점에서 다음 지점으로 독자를 이끄는 개념적인 에너지나 의미론적인 에너지를 분명하게 표현하지 못한다.

그러면 논리는 어떠한가? 단어와 문구로 이루어진 전통적인 개요는 한꺼번에 모두 파악할 수 있는 논리를 갈망한다. 이에 비해 문장 개요는 '사고에 대한 이야기,' 즉 일련의 사고를 갈망한다. 이것은 설득력이 있거나 타당하면서 논리적으로 모순되지 않는 순서로 한 지점이 다음 지점으로 **이어지는** 것을 말한다. 다수의 훌륭한 분석적인 글이나 설명적인 글, 심지어 학술적인 글까지도 실제로는 사고에 대한 이야기이다. 그 개별적인 단계는 논리적이거나 적어도 논리에서 벗어나지 않는 경우가 많지만, 더 긴 일련의 사고는 진정한 연역 논리나 귀납 논리의 순서를 거의 따르지 않는다. 생산적이고 흥미로운 글은 "X에 대한 세 가지 근거는 다음과 같다."와 같은 정적인 전략보다는 서사적 특징에 의해 규정되는 경우가 훨씬 더 많다. (단지 논증이 잘되었거나 설득력이 있거나 자기모순적이지 않은 글에 대해 '논리적'이라는 단어를 사용한다면, 우리는 논리나 명확한 사고를 지지하지 않는 것이나 다름없다.)

여기에 말하기와의 중요한 관련성이 있다. 문장 개요는 누군가에게 자신의 생각을 **말하고** 싶을 때 사용하는 종류의 구문을 요구하기 때문에 '말하기 개요'로 여겨질 수 있다. 물론 그것은 뛰어난 아이디어이다. 말할 때 우리는 단어와 문구만 사용하는 것은 아니다. 우리는 문장을 말함으로써 청자가 우리의 사고 과정을 따라오도록 이끈다. 이와 반대로 단어와 문구만으로 구성된 전통적인 개요는 대체로 '말로 표현할 수 없는' 개요이다. 좋은 이야기 개요를 작성하고 검토하는 과정은 소리 내어 읽으면서 글을 수정하는 것, 즉 올바르게 들릴 때까지 계속 다듬는 것과 동일한 과정이다. 문장 개요에 대한 검토는 소리 내어 읽어 보는 것이다. 이는 시간의 흐름에 따른 소리로 이루어진다. 소리 내어 읽음으로써 아이디어나 주장을 통해 독자를 이끄는 응집성 있고 설득력 있는 일련의 사고를 자신이 가지고 있는지 그렇지 않은지를 들을 수 있다. 우리는 그 기차의 차량들이 제대로 연결되어 있는지, 올바른 순서로 되어 있는지, 어디로 향하고 있는지 여부를 느낄 수 있고 들을 수 있다.

이야기 개요나 문장 개요가 전통적인 개요와 어떻게 다른지 예를 들어 보자.

이 장에서 바로 앞의 절을 쓸 때, 나는 사고를 전개하느라 힘겨운 노력을 하면서 문장 개요 만들기를 유용하게 사용하였다. 나는 이미 글을 많이 썼고, 사실 예전에 출판했던 글에서 많은 내용을 가져왔지만, 이 책을 위해서 그 글들을 재구성할 필요가 있었다. 이야기 개요는 나에게 많은 도움이 되었다. 나는 개요에서 텍스트까지 앞뒤로 옮겨 다녔다. 어떤 때에는 텍스트를 통해 개요의 결점을 발견했고, 어떤 때에는 개요를 통해 텍스트의 결점을 발견했다. 바로 앞의 절에 대한 전통적인 개요는 다음과 같다.

전통적인 조언: 개요와 이정표

논픽션

전통적인 조언

개요의 장점

단점

이정표의 장점

단점

　다음은 내가 점진적으로 생각해 낸 **이야기 개요**이다. 이것이 이야기하기에 얼마나 더 적합하고 역동적인지 주목하기 바란다.

전통적인 조언: 개요와 이정표

글을 쓸 때 우리는 어떻게 시간을 결합하거나 응집성을 갖출 수 있는가?

전통적인 조언은 개요를 사용하는 것이다.

그것은 필자가 사고하는 데 도움을 준다.

그러나 그것은 공간적인 단정함 때문에 시간에 갇혀 있는 독자들에게는 효과적이지 못할 경우가 많다.

이정표 세우기 또한 전통적인 조언이다.

이것 또한 시각적 비유이긴 하지만, 시간에 갇혀 있는 독자들에게 **정말** 도움이 된다. 그리고 비록 글이 혼란스러울지라도 독자들이 응집성을 느끼도록 돕는다.

그러나 어디에 이정표를 세울 것인가? 첫 부분에 오는 것은 혼동을 예방하는데 제일 좋다. 그러나 그럴 경우, 그 이정표는 종종 가려움을 제공하지 못하고 없애 버린다.

마지막 부분에 올 경우, 그 이정표는 혼동을 제대로 예방하지 못할 것이다.

이정표는 시간의 제약을 극복하려고 한다. 나는 시간을 활용하는, 역동적인 에너지에 기반한 구성을 원한다.

나는 단지 사고의 작은 매듭을 풀려고 하는 짧은 절만을 위해 이야기 개요를 사용한 것은 아니다. 나는 전체 글 차원에서도 의식적으로 이야기 개요를 만드는 경우가 많다. 이 책을 쓸 때 나는 대부분의 장을 위해 이야기 개요를 만들었고, 개요와 텍스트 사이를 오가며 문답식으로 검토하였다. 이 장을 쓰기 위해 특정 단계에서 작성한 이야기 개요의 전반부는 다음과 같다.

글쓰기가 말하기의 시간적인 문제를 극복할 수 있나?
- 말하기의 시간적인 문제들은 다음과 같다. 그리고 글쓰기는 그 문제들을 다음과 같이 극복한다. 그것은 존재의 감옥인 시간과 관련해서도 도움이 된다.

그러나 글쓰기는 사실 시간의 제약을 받는다
- 우리는 단지 한 번에 단어 몇 개만 읽을 수 있다 등등
- 독자는 속도를 높임으로써 시간의 제약을 극복하려고 한다(훑어보기 등). 그러나 여전히 읽기는 시간적이다.
- 각주 예외, 해리스: 언어로서의 글쓰기가 아닌 정보로서의 글쓰기

글의 구성
- 구성 개념은 시간적인 성격이 강하다. 공간 속에서 만족스러운 글감 배치 對

시간 속에서 사건들의 응집성
- 글의 구성을 이해하기 위해서는 연설, 음악, 연극, 영화 등 시간과 관련이 있는 형식을 살펴보라.
- 무엇이 사건들을 응집성 있게 만드는가?
- 알기 쉽고 일반적인 대답: 생일 축하 노래
- 실제로 그 노래에는 기대/만족, 긁기/가려움이 순환된다. 버크.
- 이 모두는 역동적인 것 대 정적인 것, 에너지로서의 형식에 대한 것이다.

전통적인 조언: 개요와 이정표
- 개요는 독자보다는 (사고와 관련해) 필자에게 도움이 되는 경우가 많다.
- 그러나 개요는 전체를 바라보는 조감도를 의미하고, (A, B, C 등) 명확하게 구분된 배열로 이끈다. 이런 배열은 읽기의 시간적 속성 때문에 독자에게 효과적이지 못할 경우가 많다.
- 이정표는 시간적 순서에 정말로 도움을 준다. 그것은 응집성이 결여된 텍스트라 할지라도 응집성이 느껴지도록 한다.
- 그러나 이정표는 시간의 흐름에 따른 응집성 있는 구성과는 아무런 관련이 없다. 그것은 우리에게 글의 절들을 어떻게 배치해야 하는지 알려 주지 않는다. 이정표는 어느 위치에나 세울 수 있고, 절들이 어떻게 배치되든지 간에 유용하다.
- 이정표 세우기의 딜레마: 혼동을 방지하기 위해 처음에 둔다면? 그러나 그럴 경우에는 어색하며 가려움을 못 느끼게 된다.

이야기를 통해 시간 결합하기
- 이야기는 시간 속에서 단어들을 결합시키는 가장 전통적이고 강력한 방법이다. 그러나 논픽션은 어떨까?
- 이야기 또는 개요 만들기를 포기할 필요는 없다. 시간과 관련해 더 효과적인 다른 종류의 개요: 이야기 개요 또는 문장 개요
- 전통적인 개요는 공간적이고, 단어나 문구는 요점일 뿐이다. 이야기 개요는 문장과 동사를 사용하며, 에너지를 지니고 '사고에 대한 이야기'를 끌어낸다.
- '사고의 기차'(동적임)는 '사고의 사진'(시간과 무관함—정적임)보다 응집성

개요 만들기와 시간에 대한 요점이 하나 더 있다. 우리가 가장 자주 듣는 조언은 다음과 같은 것이다. "생각이 명확해질 때까지 본격적인 글쓰기를 시작하지 마세요." "생각을 명료하게 하기 위해 개요를 작성하세요." 나는 이런 방식으로 시작하는 것이 유용하지 않다고 생각한다. 그리고 글을 쓰기 전에 개요를 작성한 학생들의 글이 꽤 부족하다는 사실을 알게 되었다. 학생들은 1.5개의 좋은 아이디어를 가지고 있었으나, 그것을 가지고 세 가지 요점 A, B, C로 구성된 개요를 짜려고 했다. 개요를 준비하기 전에 그 학생들은 좋은 아이디어를 충분히 확보하기 위해 아주 많은 탐색적인 글쓰기 또는 말하기를 할 필요가 있다. 그런 다음에야 이야기 개요는 제 기능을 발휘할 것이다.

혼란스러움을 통해 시간 결합하기

글을 추동할 만한 실제의 이야기가 없을 경우, '사고에 대한 이야기'를 창작하는 가장 확실한 방법은 가려움으로부터 시작하는 것이다. 이것은 주장이나 정책이 아니라 질문이나 문제나 혼란스러움이다. 필자들은 이렇게 하기 위해 때때로 "나는 이 주제에 대해 더 이상 혼란스럽지 않지만, 독자들을 '낚기' 위해 다음과 같은 질문을 던지면서 시작하려고 한다."와 같은 다소 인위적인 방법을 사용한다. 이 문장은 효과적일 수 있으나 술책처럼 들릴 위험이 있다. 즉 독자들은 에너지를 생성하는 실질적인 혼란스러움이 없다는 사실을 느낄 수 있다.

내가 예찬하고 싶은 것은 특히 글쓰기 초기 단계에서 **진정한 혼란스러움**을 글쓰기 과정에 끌어들이는 과정인 역동적인 가려움이다. 혼란스러움을 글쓰기 과정에 끌어들이는 필자는 거의 없다. 왜냐하면 글쓰기는 불확실한 것이 아니라 이미 밝혀진 것을 적는 것이라는 가정이 널리 퍼져 있기 때문이다. "혼란스러움과 혼동은 일상 대화에서는 허용되지만, 글쓰기에서는 오직 확실한 것만을 다룬다." 그래서 대부분의 사람들은 글쓰기 활동을 하면서 혼란스러움을 느낄 때마다 글쓰기를 중단한다. 사람들은 불확실성을 극복하고 나서야 다시 글쓰기를 시작한다. "글쓰기는 기록인데, 왜 혼란스러운 것을 기록하는가?"

노벨상을 받은 생물학자인 피터 메더워Peter Medawar는 자신의 저서 『과학적 사고에서의 귀납과 직관Induction and Intuition in Scientific Thought』에서 과학적 글쓰기의 관습이 의문과 혼란스러움의 요소를 억제하는 경향이 있다고 말한다. 과학자들은 글을 발표할 때 실험과 증명에 사용했던 개념적 구성 방식을 사용한다. 그 목표는 주장이 확고한 것처럼 보이게 하는 것이다. 예를 들면 '이상이 내가 증명하려는 내용이다(quod erat demonstrandum)'를 의미하는 'Q.E.D.'가 있다. 이 형식은 실제의 사고와 실험을 추동했던 에너지가 주도하는 불확실성을 대부분 걸러내는 경향이 있다. 독자들에게서 에너지를 끌어낼 수 있었던 역동성이 사라지게 되는 것이다. 저널리즘에서 '낚다hook'라는 용어는 상투적인 표현이 되었고, 많은 저널리스트가 쓴 '낚다'라는 말은 진부해 전혀 혼란스러움을 유발하지 않는다. 글을 위한 가장 좋은 낚기는 진정한 불확실성이다.

초고 쓰기 초반에 행해지는 '말하듯이 쓰기'는 애초에 글을 쓰도록 추동한 혼란스러움을 자연스럽게 명확히 하는 것을 도와준다. 물론 글쓰기를 시작할 때 혼란스러움을 느끼지 **않는** 경우도 있다. 이때 글을 쓰도록 만드는 것은 아마도 "X는 좋은 아이디어이다." 또는 "Y는 부적절한 정책이다."와 같이 강렬한 감정이나 안정적인 확신일 것이다. 그러나 이러한 상황에서도 치밀한 계획을 세우려는 노력 없이 편안하게 말하듯이 쓴다면, 요점이나 세부 사항 또는 이야기 같은 것을 말하면서 샛길로 빠질 가능성이 매우 높다. 이는 초기의 확신을 실제로 약화시키는 일이다. 서로 다른 날에 탐색적이고 비계획적인 글쓰기를 하는 것은 혼란스러움을 생성하기에 특히 좋다. 우리는 월요일에 썼던 내용에 대해 화요일에 반박하고 있는 자신의 모습을 발견하곤 한다. 이는 더 면밀히 탐색하게 하고, 사람들이 표준 개요를 작성하면서 다루기 까다로운 세부 사항이나 이야기나 생각을 억제할 때면 흔히 만들게 되는 단순한 사고에 안주하지 않게 한다. 다섯 문단 에세이는 혼란스러움을 방지하는 장치로 기능하는 경향이 있다. 말하듯이 쓰기는 '탐색'이 실제로 탐색하기를 의미한다는 사실을 계속 느낄 수 있게 한다.

필자가 혼란스러움을 분명하게 표현할때, 우리는 사실상 둘 또는 그 이상의 생각을 가진 누군가를 본다. 말하듯이 쓰기는 우리의 다양한 의견을 공정하게 대하도록 해서, 한 번에 하나씩 말하거나 토론을 벌이게 한다. 이것은 서사뿐만 아니라 드라마도 활용하는 것이다. 필자가 오직 하나의 생각만 가지고 있어서 많은 글들이 피상적인 글이 되는 것은 슬픈 일이다. 이는 글쓰기를 시작하기 전에 여러 생각 중 하나를 결정하라는 압력에 굴복했기 때문이다. 학생들은 자주 "저는 이러한 다른 아이디어가 있지만, 그것을 어떻게 써야 할지 모르겠어요." 또는 "그것은 저의 주장을 약화시키는 것처럼 보였어요."라고 말한다. 혼란스러움이 결국 전반적인 주장 안에서 한꺼번에 모두 진술될 수 있는 하나의 정확한 결론으로 우리를 이끈다 하더라도, 그 결론을 도출하기까지의 갈등 상황을 공정하게 다룰 수 있는 몇 가지 방법을 찾는다면, 독자에게 그 주장을 경험하게 하고 우리의 텍스트에 끌리게 할 수 있는 더 좋은 기회를 가질 수 있다.

이것이 이 책을 쓰게 된 나의 상황이다. 나는 글을 쓰고, 초고를 완성하고, 오랫동안 그 초고를 수정하고, 그러면서 가족과 친구들을 지겹게 만들어 왔는데, 그 결과 엄청난 확신에 어느 정도 도달하게 되었다. 그러나 나는 시종일관 무수한 혼란스러움과 생각 변화의 흔적을 간직해 왔다. 그리고 내가 결코 충분한 학식이나 권위를 가질 수 없는 아주 야심찬 논쟁을 함으로써, 다른 사람들과 함께 나아가고 문화를 바꾸기까지 할 수 있을지에 대해서는 당연히 아주 혼란스러운 상태이다.

그러나 혼란스러움 자체만으로는 충분하지 않다. 말하듯이 쓰기를 통해 산출된 문자 그대로의 기록을 보면, 서로 다르거나 때로는 모순된 생각과 감정으로 구성된, 혼란스러운 지그재그식 기록인 경우가 많을 테고, 심지어 응집성이 결여된 경우도 많을 것이다. 우리는 혼란으로부터 집중적으로 다룰 이야기와 경제적인 사고의 흐름을 만들어 내야 한다.

점점 더 많은 교사들이 '학습을 위한 글쓰기'에 해당하는 짧은 글을 학생들에게 쓰게 하는 방법을 배우고 있다. 그러한 글쓰기의 목표는 독자를 대상으로 응집성을 갖추거나 안정된 글을 창작하는 것이 아니라, 수업에서 떠오르는 새로운 아이디어를 탐색하고 처리하는 것이다. 이러한 가치 있는 활동의 과정에서 학생들은 혼란스러움을 관통하며 글 쓰는 법을 배우게 된다.

우리 자신이 혼란스러움을 느끼면서 말하도록 허용할 때, 미하이 칙센트미하이가 '몰입 상태'라고 일컫는, 놀랍도록 집중적이고 에너지가 넘치는 정신 상태에 도달할 가능성이 높아진다.

목소리를 통해 시간 결합하기

글쓰기에서 목소리라는 주제는 이 분야에서 이론적으로 까다로운 문제가 되었다. 그러나 이 글의 목적상 여기에서는 단순하고 논쟁의 여지가 없는 것에만 집중하고자 한다. 모든 글은 소리 내어 읽을 수 있지만, 독자들이 묵독을 할 때에도 '목소리를 듣게' 만드는 글은 단지 몇몇에 불과하다. 독자들이 텍스트에서 목소리를 들을 때, 그 목소리를 좋아하든 그렇지 않든 간에 그것은 시간의 흐름에 따른 응집성이라는 감각을 형성한다. 텍스트 안에 있는 목소리에 대한 인식은 단어의 리듬, 움직임, 직접성에 대한 경험을 증가시킨다. 그것은 에너지에 대한 인식을 증가시키면서, 독자들이 단어에 민감하게 반응하도록 이끄는 경향이 있다.

그리고 억양과 소리 내어 읽기에 대한 장에서 설명한 바와 같이, 들을 수 있는 언어는 좀 더 쉽게 이해된다. 입으로 말해진 단어의 소리는 의미를 전달한다. 독자들이 목소리를 듣는지 아니면 그들이 들은 목소리의 특성을 듣는지에 대해서는 의견이 다르더라도, 소리가 의미를 전달한다는 사실을 부정할 수는 없다. (롤랑 바르트Roland Barthes가 '목소리의 결'이라 일컬은 것의 흡인력에 대해서는 그의 글(Barthes, 1977)을 참조하기 바란다.)

게다가 어떤 텍스트는 독자로 하여금 단어에서 사람이나 화자를 느끼도록 이끈다. 비록 글이 구조적으로나 개념적으로 제대로 통일되어 있지 않거나 중간에 관점이 달라지는 경우라 하더라도, 대화하고 있거나 심지어 서로 갈등하는 아이디어를 탐색하고 있는 누군가를 독자들이 느낄 수 있다면, 그 텍스트는 독자들에게 성공을 거둘 수 있다. 심지어 독자들이 자신이 들은 목소리를 좋아하지 않는다 하더라도, 그 목소리는 여전히 텍스트에 응집성을 부여한다. 소크라테스식 대화는 통일되지 않은 방식 속에서 헤매는 것이었다고 말할 수도 있지만, 그것은 목소리와 페르소나에 의해 통합을 이룬다.

물론 강력하고 믿을 수 있으며 극적인 목소리라 할지라도 응집성이 결여된 사고에 대한 독자의 불평을 막을 수는 없을지도 모른다. 목소리는 사고를 무효화하지 않고, 에토스는 로고스를 무효화하지 않는다. 그러나 아리스토텔레스가 고찰한 바와 같이, 에토스는 설득의 세 가지 원천 중에서 가장 강력하고, 로고스보다 더 강력한 영향력을 지닌다. 잘 조절된 설득력 있는 목소리는 독자들로 하여금 결말이 서두와 어울리지 않는다고 불평하게 만들기보다는, 새로운 관점으로의 이동을 환영하도록 만들 수 있다. 바흐친의 연구가 널리 알려진 이래로 이론가들은 '대화적dialogic'이라는 표현을 칭찬의 의미로 사용해 왔다. 바로 이 용어는 목소리의 소리를 의미한다.

텍스트에 목소리를 부여하는 신뢰할 수 있는 방법은 이 책에서 유용하다고 주장하는 두 가지 기법을 이용하는 것이다. '말하듯이 쓰기'는 움직임, 에너지, 목소리의 소리를 생성한다. 그 결과 충동적이고, 사려 깊지 못하고, 때때로 목적이 엇갈리는 목소리가 나타날 수도 있다. 그러나 두 번째 기법인 '소리 내어 읽으면서 글 수정하기'는 말하듯이 쓰기에서 산출한 목소리(그리고 고통스러운 글 수정하기에서 산출한 공허하고 혼탁한 목소리)에 신중하게 귀를 기울이도록 한다. 그리고 이것은 최종 원고를 정교하게 다듬어 응집성 있는 목소리를 갖추도록 한다. 우리는 말로 내뱉기에 적절하지 않은 활기 없거나 뒤얽혀 있는 구절을 알아챈다. 우리는 목소리의 변화를 듣고서, 이러한 갑작스러운 아이러니나 불확실성이나 분노를 원하는지 아닌지를 결정하게 된다.

기록된 것이 아닌 쓰고 있는 단어를 통해 시간 결합하기

과거의 사고를 기록하는 언어와 현재의 사고를 써 내려가는 언어 사이에는 미묘하지만 강력한 차이가 있다. 물론 좋은 글은 과거의 사고에 대한 기록이어야 한다. (이는 글쓰기에서 사려 깊게 주의를 기울일 필요성이 있다는 10장의 주장에서 도출되는 결론이다.) 현재의 사고는 혼란스러운 경우가 많아서 (일부 자유작문, 일기 쓰기, 이메일에서처럼) 아마 두서없기도 하고 불필요한 부분도 있을 것이다. 그런데 자유작문과 여타의 비계획적인 말하듯이 쓰기를 편견 없이 고찰해 온 우리는 흥미롭고 가치 있는 것, 즉 독자들에게 필자의 의식과 **접촉**한다는 고조된 느낌을 주는 독특한 에너지와 목소리를 알게 되었다. 이러한 효과는 진행 중인 사고를 써 내려감으로써 생겨난다. 이는 혼란스러움을 포함하는 경우가 많다. 이러한 글쓰기는 시간의 흐름에 따른 **움직임의 느낌**을 주는 경향이 있다.

두 가지의 이점을 동시에 취하는 것, 즉 주의 깊게 숙고한 과거의 사고를 제대로 된 순서에 따라 기록하면서도 삶, 존재, 그리고 현재 진행 중인 사고의 에너지 등을 써 내려가는 것이 가능한가? 그렇다. 아주 다양하고 미묘한 방식으로 그것이 가능한데, 그 한 예로 다음의 문장을 살펴보자.

문장은 작은 에너지나 음악이다. 그것은 글임에도 불구하고 리듬과 멜로디를 지닌다. 더 정확히 말하면 문장은 필자가 성공적이었을 경우 에너지, 리듬, 멜로디를 지닌다.

이 문장은 자유작문, 즉 말하듯이 쓰기를 통해 내가 생각하고 있던 내용을 적은 것이다. 나는 글을 수정하면서 문제가 될 수 있는 부분을 알아챘다. 바로 첫 진술 다음에 오는 진술이 첫 진술은 부정확하다고 말하고 있는 것이다. "처음부터 정확하게 말할 수 있는데, 왜 부정확하게 말하고 나서 정확하게 말하느라 시간을 낭비하는가?" 그러나 나의 입과 귀는 내게 두 문장을 그대로 두라고 했다.

그렇게 하는 과정에서 나는 여기서 펼치고 있는 이론을 의식적으로 사용하지는 않았다. 그러나 지금 생각해 보면, 현재의 생각에서 다른 종류의 생각으로 진행되는 사고의 과정이 잘 다루어지면 독자가 불만 없이 따라올 수 있다는 사실을 내 입과 귀가 선호했던 것이다. 왜냐하면 이것이 독자에게 필자와 사고 과정을 **共有**했다는 느낌을 주기 때문이다. 이러한 방식이 글쓰기에서는 아주 일반적인 패턴이고 효과적인 경우가 많다는 점이 밝혀졌다.

> 1880년대 말에 헨리 제임스는 소설가로서 경력의 진전, 더 정확히는 진전의 부족을 점차적으로 걱정하게 되었다. (Lodge, 2004: 94)

> 럼주는 사탕수수, 더 정확히는 당밀에서 증류된다. (Rombauer & Becker, 1972: 39)

왜 앞의 필자들은 거짓된 말이나 처음에 떠오른 생각('진전'과 '사탕수수')을 삭제하지 않았을까? 그렇게 했더라면 더 단순하고 명확한 문장이 되었을 텐데 말이다. 그러나 그들은 직관적으로 진행 중인 사고의 에너지를 유지하고 그러한 에너지의 일부를 독자의 마음속에 전달하려고 한 것이다.

우리는 이러한 패턴을 목소리의 측면에서도 말할 수 있다. 뒷부분이 앞부분에 대해 응답하거나 메타논평을 할 때, 글쓰기는 목소리의 변화를 들으면서 대화를 재현해 낸다. (삽입 어구의 목소리와 억양에 대해서는 팔라카스(Palacas, 1989)를, 메타담화의 목소리에 대해서는 크리스모어(Crismore, 1990)를 참조하기 바란다.)

진행 중인 사고가 명료성을 약화시키는 것처럼 보일 수도 있다. 이미 폐기한 아이디어를 둘러 보는 여행으로 나를 혼란스럽게 하지 말라. 단지 결론만을 내게 말하라. 그러나 앞의 예문은 그런 '여행'이 수사학적으로 효과적일 수 있음을 보여 준다. 사실 진행 중인 사고는 독해를 실제로 **도울** 수 있다. "나는 X를 주장한다. 음, 실제로는 X가 아니라 복합적인 X이다."라는, 앞에서 제시한 사례의 유형에 주목하기 바란다. 독자가 복합적인 아이디어를 이해하도록 하는 가장 좋은 방법 중 하나는 아주 단순한 내용으로 시작하는 것이다. 단순한 주장은 쉽게 진술되고 쉽게 파악된다. 복합적인 내용과 단서 조항은 나중에 추가될 수 있다. 이러한 전략은 문장뿐만 아니라 문단이나 전체 글에서도 효과적이다.

> **대략적으로 말하면, 나의 주장은 X이다. 즉** …[한 문장이나 한 문단으로 진술한다]이다. **그러나 그렇게 간단하지는 않다**[그리고 그다음에 새로운 문단이나 새로운 절이 나온다].

교사나 교수는 쉽게 공격당할 정도로 아주 단순한 문장에 대해 지적하기를 좋아한다. 단순한 문장은 거의 처음부터 거짓일 가능성이 높고, 참인 문장은 대체로 복합 구조로 되어 있기 때문이다. 교사들은 종종 공격할 만한 문장을 찾는 것이 자신의 임무라고 느낀다. 그러나 필자들이 공격을 피하려고 너무 많이 걱정하다 보면, 수사학의 기본을 잊게 된다. 독자들이 처음에 반대하거나 의견을 달리한다면 이는 실제로 그다지 나쁜 게 아니다. 왜냐하면 반대하면서 일련의 사고를 이해하는 과정에 스스로를 참여시키고 에너지를 쏟기 때문이다.

좋은 연설가는 잘못된 것처럼 들리는 말 또는 심지어 **잘못된** 말을 사용하여 의도적으로 청중을 놀라게 하는 경우가 종종 있다. 대중 연설가는 필수적인 수사적 문제, 즉 청중들이 지속적으로 관심을 갖고 참여하도록 하는 문제에 대해 필자들보다 의식적인 주의를 더 많이 기울인다. 연설가는 청중을 지켜보며 기분이 침체되어 있는지 또는 하품을 하고 있는지를 살펴본다. 연설가는 듣는 사람이 이미 동의하거나 논쟁의 여지가 없는 문장들로만 연설을 구성하면 대체로 지겹고 효과적이지 않다는 사실을 잘 안다. (두 가지 예외가 있는데, 첫 번째는 궐기 대회에서 오염 유발 기업은 심각한 문제가 있다 또는 의료 개혁은 말도 안 된다는 확고한 관점을 공유하고 있는 청중을 대상으로 발언하는 경우이다. 그들은 환호만 추구한다. 두 번째는 일시적일지라도 교사가 반대하면 학생들에게 나쁜 영향을 주는 경우이다.)

공격받을 가능성이 있는 문장을 피하라는 압력 때문에 많은 교수들과 학생들은 단서 조항과 복합성을 모두 갖춘 문장을 쓰려고 한다. 이것이 학술적인 글을 읽을 때 어렵고 힘든 이유 중 하나이다. 공간적 · 시각적 편견은 한 번에 모든 것을 하려고 하는 잘못된 목표를 강화한다. 그러나 우리가 모든 조건을 갖추어 완전히 참이거나 타당한 문장을 쓸 때, 그 문장은 대체로 지나치게 복잡해진다. 또 에너지와 흡인력도 없기 때문에 너무 지루한 글이 되고 만다.

문장이 공격받을 위험성은 특히 철학 분야에서 높다. 한 철학자는 강철을 입힌 글을 쓰는 동료의 능력에 대해 다음과 같이 이중적인 칭찬을 한다.

주장은 참고문헌의 범위와 문장의 구조, 두 가지 측면에서 견고하게 무장되어 있고, 거의 언제나 예상되는 몇 가지 반론을 포착해 그것을 꿰고 있다. 버나드 윌리엄스Bernard Williams는 독자보다 항상 한 걸음 앞에 있다. 모든 문장은 절대로 철회할 필요가 없는 방식으로 구성되어 있는 것처럼 보인다. 문장은 충분히 방어되며 논박되지 않는다. 윌리엄스는 아주 잘 보호되어 있어서 때로는 그의 입장이 구체적으로 어떠한지 파악하기가 어렵다. 확실히 번득이는 유머를 갖추었고 언어적 자원이 전혀 부족하지 않음에도 불구하고, 문장이 좀처럼 우아함을 찾을 수 없고 명료함보다는 견고함을 더 중시하는 것처럼 보인다. (McGinn, 2002: 70)

말하듯이 쓸 때에는 이미 모든 조건을 갖춘 문장을 한 번에 다 써야 하는 문제가 거의 발생하지 않는다. 말하기는 이러한 사전 계획 시간을 주지 않는다. 그리고 수정하기의 후반기 단계에서 글을 소리 내어 읽으면서 고칠 때 우리는 언제 문장이 엉키고 활기가 없어지는지를 들어서 알 수 있다. 문장이 엉키거나 활기가 없어지는 이유는 이전의 수정 과정에서 그 문장에 너무 많은 것을 담으려 했기 때문이다. 우리는 자신이 쓴 문장이 시간의 흐름 속에서 독자들을 끌어당기는 에너지를 가지고 있는지 여부를 들어서 알 수 있다.

입과 귀는 한 관점에서 다른 관점으로의 변화를 극적으로 가져오는, 주의 깊고 수정된 언어를 선호한다. 그 언어가 광범위하게 진행 중인 사고 과정을 써 내려갈지라도 말이다.

> X는 다음과 같은 타당한 이유들에 근거하여 명백히 진실인 것처럼 보인다. [그리고 그것들을 자세히 설명한다.] 그러나 좀 더 자세히 다시 살펴보면, 실제로는 이러한 이유들에 근거하여 Y가 더 나은 결론이라는 것을 알 수 있다. …

어떤 필자들은 훨씬 더 복잡한 구조를 위해 시간을 활용한다.

> A이다. 아니다. B이다. 그렇지만 C의 설득력을 고려해 보라. 그럼에도 불구하고 D이다.

필자들이 시간의 흐름에 따라 변화하는 이러한 대화 형식을 사용할 경우에는 진행 중인 생각의 모습을 독자들이 더 강하게 느끼도록 할 수 있다. (물론 이런 종류의 형식도 딱딱해질 수 있다. 필자가 거의 '허수아비'나 다름없는 관점을 진지하게 받아들이지도 않으면서 관점을 가진 척 글을 시작한다면 말이다.)

4장에서 나는 계획적이지 않은 말하기에서 자주 얻을 수 있는 '우분지' 구문의 장점에 대해 설명하였다. 우분지 구문은 말하고 싶은 충동을 일으키는 핵심 구나 절을 말함으로써 시작하고, 그런 다음 떠오르는 구, 절, 생각을 더해 간다. 이런 종류의 구문이 소리 내어 읽으면서 수정하기를 통해 잘 다듬어지기만 한다면 효과적일 수 있는 또 하나의 이유가 여기에 있다. 즉, 그런 구문은 독자에게 진행 중인 생각의 에너지와 역동성을 전달해 준다는 것이다. 프랜시스 크리스텐슨이 말한 바와 같이 말이다. "[우분지 문장은] 계획되고, 숙고되고, 다듬어지고, 포장되고, 차갑게 전달되는 식으로 생각을 나타내지는 않는다. 그것은 마음의 생각을 정적이기보다는 동적으로 나타낸다."(Christensen, 1967: 6)

마지막 성찰: 자신의 새장 안에서 노래하기

내가 이 장에서 말한 것 중 어떤 것도 서두에서 언급했던 더 중요한 사실을 약화시키기 위한 것은 아니다. 글쓰기는 확실히 필자와 독자에게 아주 다루기 힘든 시간이라는 매체에 대한 안도감을 준다. 이 책의 목적은 말하기의 도움을 얻는 것뿐만 아니라, 글쓰기의 최대 장점을 유지하는 것이다. 문어는 구어보다 시간이라는 접착제에 훨씬 덜 연루되어 있다. 구조, 이정표 사용하기, 개요 만들기 등의 전통적인 기법들로 텍스트를 구성한다면, 독자들에게 읽기라는 시간의 감옥에 대한 유예 시간을 줄 수 있다. 글쓰기는 말하는 순간에 항상 잃어버리는 말들을 시간이 지나더라도 보존할 수 있게 해 준다. 그러나 우리가 시간의 제약을 피하려고 노력하기보다 그것을 잘 활용한다면, 즉 독자들로 하여금 시간이라는 다루기 힘든 매체 안에서 응집성과 만족감을 경험하게 한다면, 독자들에게 더 심도 있는 응집성과 만족감에 대한 경험을 제공할 수 있을 것이다. 우리는 더욱 커다란 실존적 무력감의 영역에 구성과 응집성을 가져올 수 있을 것이다.

좋은 필자들은 시간을 결합하고 길고 복잡한 텍스트에 응집성을 부여하기 위해 에너지의 원천이 되는 역동적인 형식을 늘 사용해 왔다. 좋은 필자들은 월터 옹이 강조하고 있는, 말하기를 통해 역동성을 단어에 부여하는 방법을 알았던 것이다.

> 활자 문화에 깊이 파묻힌 사람들은 말이란 … 사건이며, 그래서 필연적으로 힘이 부여된다는 것을 잊어버린다. 왜냐하면 그들은 오히려 말을 어떤 평면에 '내던진' 사물과 같이 생각하는 경향이 있기 때문이다. 그러한 '사물'은 … 활동이 아니며, 엄격히 말하면 죽어 있는 것이다. … 구술 문화 속에 사는 사람들은 공통적으로 예외 없이 말에는 마법적인 힘이 있다고 생각하는데, 이러한 사실은 그들의 말에 대한 인식, 즉 말이란 반드시 발화되고, 소리 나며, 그리하여 힘을 이끌어 낸다는 인식과 최소한 무의식적으로나마 분명히 결부되어 있다. (Ong, 1982: 32-33)

(이에 대해서는 버크의 다음과 같은 말을 참조하기 바란다. "우리 자신의 방법에 대한 명목상의 단어는 '연극적 행동Dramatism'인데, 이는 원래 언어와 사고를 행동 양식으로 취급한다."(Burke, 1969: xxii))

천사들은 동시적으로 서로 의사소통할 수 있다고 알려져 있다. 그들은 풍부하고 복잡한 의미를 하나의 의식에서 또 다른 의식으로 한꺼번에 모두 재빨리 전달한다. 얼마나 멋진 모습인가. 컴퓨터는 거의 천사만큼 뛰어나다. 컴퓨터는 1과 0을 선형적으로 배열하지만, 빨리 움직인다! 우리 불쌍한 인간들은 말하기와 글쓰기 모두에서 의사소통의 느리고 협소한 통로 안에 갇혀 있다.

그러나 언어에서의 시간과 선형성이라는 감옥, 즉 "한 번에 1바이트 이상 입에 담지 말아야 한다."라고 말하는 이 내재된 까다로움에 대해 다시 생각해 보기 바란다. 사실 그것은 구문과 언어의 영광이다. 그리고 음악도 그렇다! "음악에서 선형성을 없애자."라는 말을 상상해 보라. 선형성이 없으면 리듬도 없다. 리듬은 각각의 박자에 대해 "적절한 순서를 기다려야 해. 너무 빠르지도 느리지도 않게 말이야."라고 말한다. 선형성이 없다면, 구어든 문어든 언어의 에너지나 역동성을 경험할 수 없다. "우리는 새장 속의 새들처럼 노래할 것이다."라는, 코델리아와 함께하는 리어왕의 행복을 생각해 보라.

여러 개의 문자 언어가 공용어로 경쟁하고 있는 세 국가

그리스

그리스에는 일찍이 고전기 이전 시대부터 적어도 세 가지 방언, 즉 아이올리아* 방언, 도리스** 방언, 아티카*** 방언이 있었다. 세 방언을 모두 사용한 화자들은 서로 소통할 수 있었지만, 각 언어는 고유의 방식으로 기록되었다. 실제로 어떤 종류의 글에서는 특정 방언만 사용하는 전통이 있었다. 그래서 아티카의 극작가 아이스킬로스, 소포클레스, 에우리피데스는 주로 아티카 방언으로 작품을 썼지만, 노래나 합창 낭송choral recitation은 도리스 방언을 사용했다(Janson, 2002: 80). (그리스와 아래의 노르웨이에 대한 설명은 잰슨의 저서(Janson, 2002)에 토대를 둔 것이다.)

고전기 이전 시대와 고전 시대에 그리스는 단일 국가라기보다는 서로 다른 도시 국가로 구성되어 있었지만, 도시 국가에 사는 사람들은 모두 자신을 그리스인으로 인식하였고, 다른 사람들을 야만인으로 여겼다. "그래서 동일한 언어와 단일 국가는 사람들이 공동체 의식을 느끼기 위한 필요조건은 아니다."(Janson, 2002: 79)

우리는 역사를 통해 광범위하게 퍼진 고전 시대 문어체 그리스어를 떠올리는 데 익숙하다. 문학, 역사, 그리고 다른 분야에서 남겨진 뛰어난 고전 텍스트를 생각해 보라. 그러나 구어체 그리스어의 전 세계적 전파라면? 그렇지만 이것은 알렉산드로스 대왕이 하고자 했던 것이며, 적어도 유명한 그의 세계에서는 실제로 그러했다. 알렉산드로스 대왕은 마케도니아 출신이어서 마케도니아어를 사용했으나, 알려진 대로 아리스토텔레스의 가르침을 받았다. 그는 자신이 정복한 엄청나게 넓은 영토 전역에서 아티카 그리스어를 공용어로 지정했다. 모든 군인과 행정가는 그리스어로 말하는

....

*   고대 그리스에서 소아시아의 서부와 북서부 해안 지역과 레스보스섬 등을 포함한 지역.

**   기원전 12세기 무렵에 남하한 도리스인이 정착한 스파르타, 코린트 등의 지역.

***   고대 그리스에서 아테네를 포함한 주변 지역.

법을 배워야 했다(Janson, 2002: 81). "그리하여 문어체 그리스어와 구어체 그리스어는 알렉산드로스 대왕 시대부터 15세기 중반까지 1,700년 이상 지속적으로 사용되었다."(Janson, 2002: 83)

그리스가 19세기에 독립 국가가 되었을 때, 문어체 그리스어는 다시 공용어로 부상하였다. 그러나 구어체 그리스어는 여러 세기에 걸쳐 변해서 그리스인들은 오래된 문자 형태를 사용할 수 없다고 판단했다. 많은 국가에서는 말하기와 글쓰기를 분리하기도 했지만, 그리스는 그 길을 가지 않았다.

> 19세기에 서로 경합하는 두 문자 언어가 등장하였다. 하나는 '민중의 언어'를 의미하는 '디모티키δημοτική'로 현대의 구어체 그리스어와 상당히 유사하다. 다른 하나는 '정화된 언어'를 의미하는 '카사레부사Καθαρεύουσα'로 고전 그리스어에서 기원된 단어와 형식을 더 많이 포함하고 있다. (Janson, 2002: 84)

그리스인들은 두 문자 언어를 두고 때로는 심하게 대립하였다. 1967년 군사정부가 수립되었을 때, '정화된 언어' 형태는 모든 행정 업무와 학교에서 의무적으로 사용해야 하는 공용어로 공표되었다. 그러나 1976년에 군사정권이 붕괴되자 디모티키가 공용어로 공표되었다.

그래서 그리스인들은 두 문자 언어를 가지고 있지만, 국가는 해당 시기에 단지 하나의 문자 언어만 후원하였다. 우리는 여기서 반복적으로 발생하는 패턴을 볼 수 있는데, 그것은 언어가 정치 투쟁에서 핵심으로 기능한다는 점이다. 놀랄 것도 없이 보수적인 집단은 과거 문화유산과의 더 많은 연계를 통해 전통적인 문자 언어를 보존하려고 애쓰는 경향이 있다. 급진적이거나 좌파 성향의 집단은 민중의 말에 더 가까운 형식을 장려하기 위해 애쓰는 경우가 많으며, 이는 종종 관용이나 심지어 변화를 향한 욕구와 함께 나타난다.

노르웨이

스칸디나비아의 언어들은 모두 공통 조상에서 유래한 것이지만, 방언의 차이는 일찍부터 있었다. 13세기와 14세기에 덴마크, 노르웨이, 스웨덴은 서로 다른 세 종류의 문자 언어를 발전시켰다. 그러나 노르웨이가 스웨덴과 덴마크에 의해 지배당하면서 노르웨이의 문자 언어는 사라지고 말았다. 16세기가 시작되면서 덴마크어가 노르웨이의 문자 언어가 되었다.

20세기에 독립한 이후, 영향력 있는 노르웨이인들은 "덴마크 문자 언어가 점차 도시의 구어체 노르웨이어와 더 유사해질"(Janson, 2002: 221) 때까지 그들의 문자 언어에 구어체 노르웨이 단어를 의식적으로 도입하기 시작했다. 그러나

> 경쟁적이고, 더 혁명적인 운동도 있었다. 운동의 목표는 노르웨이의 지역 방언과 일부 중세 노르웨이 문자 언어에 기초하여 완전히 새로운 노르웨이 문자 언어를 만드는 것이었다. … 결국 노르웨이에서는 덴마크어의 영향력이 사라진 후 반세기도 지나지 않아 두 개의 문자 언어가 등장했다. … 19세기에 덴마크-노르웨이어라고 불렸던 언어는 현재 공식적으로 '책 언어'라는 의미인 '보크몰 bokmål'이라고 불린다. 오센Aasen에 의해 '시골 언어'라는 의미인 란스몰landsmål 이라고 별명이 붙은 언어는 현재 '새로운 노르웨이어'라는 뜻인 '뉘노르스크 nynorsk'라고 불린다. (Janson, 2002: 222)

노르웨이는 서로 다른 두 문자 언어가 있고, 그중 하나가 구어에 가깝다는 점에서 그리스와 유사하다. 그러나 노르웨이에서는 두 종류의 문자 언어가 모두 공식적으로 용인되어 널리 사용된다.

베트남

베트남 불교도들은 베트남이 중국의 식민지였던 기원전 111년부터 서기 939년까지 1,000여 년 동안 중국의 한자를 사용했다. 그들은 자료를 작성하기 위해 한문을 사용했지만, 해당 단어를 베트남 발음으로 읽었다. 그러나 14세기에 베트남어를 적기 위해 한자 기반의 표기 체계인 '쯔놈Chu Nom'이 개발되었다.

17세기에 프랑스 예수회 수사인 알렉산드르 드 로드Alexandre de Rhodes가 베트

남에서 한자 대신 로마자를 사용하는 표기법인 '꾸옥응으Quoc Ngu'를 개발했다. 프랑스가 1861년부터 1945년까지 베트남을 지배했을 때, 프랑스인들은 자연스럽게 서구 문자 기반의 '꾸옥응으'를 사용했다. 그러나 프랑스와 싸우는 반식민주의자들은 전통적인 '쯔놈' 표기법으로 그들의 저항 문학 작품을 창작했다. 그럼에도 불구하고 호찌민Ho Chi Minh과 몇몇 저항 운동가들은 대중의 문식성을 위해 로마자 기반의 '꾸옥응으'를 선호했다. "1945년 프랑스에 맞선 독립 선언 직후, 호찌민은 식민 통치에 반대하는 투쟁에 인민들이 참여하도록 하기 위해 대중 문식성 캠페인을 시작했다(Bernard, 1999: 26). (이상의 설명은 버나드의 저서(Bernard, 1999)에 토대를 둔 것이다.)

16

요약

말하듯이 쓰기와 소리 내어 읽기의 장점

나는 열정적인 사람이다. 나는 일상어 말하기가 지닌 엄청난 힘을 이용한 다면 절망이나 걱정 없이 누구나 글을 더 잘 쓸 수 있다고 생각한다. 글쓰기 초기 단계에서는 말하듯이 쓰고, 후반기 단계에서는 소리 내어 읽기를 통해 글을 수정하는 방식으로 말이다. 그러나 이 장에서는 특수한 세 그룹의 사람들, 즉 문식성 초심자, 주류 영어 사용자인 꽤 유능한 필자, 그리고 비공인 영어나 비표준 영어나 낙인찍힌 변형 영어를 사용하는 사람들에게 주는 이점에 초점을 맞출 것이다.

1. 문식성 초심자의 경우

사람들은 종종 아주 어린 아동에 대해 '아직 글쓰기를 배우지 않았다'고 말한다. 그러나 사실 어린아이들은 문을 열 수 있는 작은 열쇠만 있으면 글을 쓸 수 있다. 그들에게 필요한 것은 자모에 대한 대강의 지식, 글자와 소리의 관계에 대한 지식, 철자에 대해 걱정하지 말라는 격려이다. 이를 통해 어린아이들은 **자신의 말을 쓸 수 있다.** 즉 말하듯이 쓸 수 있는 것이다. (나는 여기서 어린아이들에 초점을 맞추고 있지만, 읽고 쓰는 것을 배우지 못한 어른들에게도 적용된다.) 다음 쪽에 나오는 것은 한 아이가 보여 준 글쓰기의 예이다. 성인 철자법으로 그 아이의 글을 옮기면 다음과 같다.

> 어느 날, 만약에 날이란 게 있었다면, 모래와 먼지와 바위와 돌과 또 다른 것들이 있었어요. 그리고 천둥소리가 있었어요! 그리고 행성이 떠오르기 시작했어요. 그리고 그들은 그것을 지구라고 불렀어요. 그리고 그거 알아요? 큰 구멍에서는 30일 동안 비가 내렸고 또 내렸고 또 내렸어요. 그리고 우리가 자라나기 시작했어요. 그리고 최초의 동물은 공룡이었어요. 지구가 태양 주위를 돌 때 태양은 지구 주위를 돌아요. 태양은 사실 큰 공이 아니에요. 태양은 사실 거대한 별이에요. 그것은 정말 멀고 그래서 원처럼 보여요. 신문기자가 태양에 대해 얘기하는 걸 전혀 듣지 마세요. 태양은 영원히 지속될 테니까 무서워하지 마세요. 여기까지예요. (Calkins, 1986: 49)
>
> (또 다른 예로는 케이티 레이Katie Ray의 『아이들이 책을 만들 때When Kids Make Books』(2004) 17쪽을 참조하기 바란다.)

아이들에게는 그림 그리는 일이 종종 단어의 발생 기원이 된다. 크리스가 다음과 같이 말하는 것을 들어 보라.

> 다섯 살인 크리스는 책의 공란을 펼치고 연필을 쥐었다. 나는 기쁜 마음으로 "무엇을 쓰려고 하니?"라고 물었다. 아이는 나의 어리석은 질문에 놀라기라도 한 듯 나를 바라보았다. 아이가 말했다. "제가 어떻게 알겠어요? 아직 그것을 그리지도 않았는데." (Calkins, 1986: 47, 50)

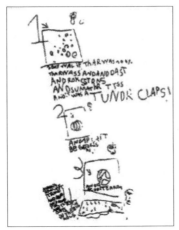

1학년 교사나 학부모 도우미는 이런 아이들의 텍스트를 표준적인 성인 철자법으로 바꿔 타자로 친 후 하드커버로 철하여 작은 책자를 만들곤 한다. 몇 달에 걸쳐 아이들이 많은 책을 쓰면 교사들은 그럴듯해 보이는 문집을 만든다. 그리하여 전국의 많은 교실에서는 유치원생과 1학년 학생들이 이야기를 쓸 뿐만 아니라 책을 '출판'하기도 한다. 아이들은 자신이 쓴 책과 급우들이 쓴 책을 읽으면서 독서법을 배운다. 1학년 학생들이 자신들의 책을 열정적으로 보여 주는 교실을 방송 리포터가 방문하는 이야기를 자주 접할 수 있다. 리포터는 짐짓 놀라는 태도로 "정말로 네가 책을 썼니?" 하고 허리를 굽혀 묻는다. 아이는 올려다보며 "안 써 보셨어요?"라고 한다. 이것은 이 나라의 수많은 유치원과 1학년 교실(그리고 성인 문식성 센터)에서 글쓰기를 독려하는 흔한 모습이 되었다.

　　어떤 이는 이를 두고 '비문식적 글쓰기'라고 일컫는다. 그러나 이는 모순된 말이 아닐까? 나는 우리 문화가 '문식성'을 정의해 온 방식에 대해 의문을 품는다. (이것은 내가 4부에서 할 일이다.) 이런 아이들이 나이 든 사람만큼 글자를 잘 쓰거나 단어를 정확히 쓰지 못하더라도, 다수의 나이 든 사람들보다 쉽고 자신 있게, 그리고 감히 말하자면 더 힘 있게 쓴다는 점을 우리는 인정해야 한다.

　　쓰기와 읽기에 대한 이러한 접근은 이제 많이 찾아볼 수 있다. 몇몇 연구에 따르면 교실에서 아이들이 쓴 이야기는 그 아이들이 읽을 수 있는 이야기보다 더 높은 수준의 인지 발달과 언어적 정교함을 보여 준다. 이러한 접근법과 여타의 사례에 대해 더 많이 알고 싶으면 칼킨스(Calkins, 1983; 1986), 레이(Ray, 1999; 2004), 레이와 클리블랜드(Ray & Cleaveland, 2004), 하스트·우드워드·버크(Harste, Woodward & Burke, 1984) 등의 연구를 참조할 수 있다. 이는 바이올린 등의 악기를 가르치는 데 성공을 거둔 스즈키Suzuki 접근법, 즉 악보에서 음표 읽는 법을 배우기 전에 귀로 듣는 법을 배우도록 하는 것과 흥미로운 유사점이 있다.

　　아이들이 이와 같은 방식으로 글을 쓸 때, 우리는 그들이 '말하듯이 쓴다'고 할 수 있을까? 어떤 의미에서 아이들은 명백히 그러하다. 말은 그들이 이 시점에서 유일하게 온전히 사용할 수 있는 언어이다. 그러나 다른 한편으로 그들은 아직 물리적으로 빠르고 유창하게 쓸 수 없으며, 일상적인 말하기에서처럼 주의를 기울이거나 계획을 세우는 일 없이 단어를 쓰기보다는 계획을 세우고 각각의 단어를 검토하는 데 시간을 들이려 할지도 모른다. 지면 위에서 찾아낸 단어들 뒤에 어떤 과정이 있는지 우리는 알 수 없다. 아마 그러한 차이는 두 연구자의 빛나는 연구 성과물에서는 고려할 가치가 없는 것일지도 모른다.

> 여덟 살에서 열한 살까지 아직 글쓰기의 기초를 닦고 있는 아이들에게서 우리가 발견할 수 있었던 것은 그들이 말로 한 이야기와 글로 쓴 이야기 간의 차이가 거의 나타나지 않는다는 사실이다. … 저학년 때 구어와 문어를 산출하는 과정은 일반적으로 두 양식 모두 공통적이다. (Hildyard & Hidi, 1985: 303)

어떤 경우에도 어린아이들이 글쓰기를 위해 자신의 유일한 언어를 사용하는 것에서 도움을 받는다는 점은 분명하다.

캘리포니아에서는 말하듯이 쓰기가 그리 권장받지 못한다. 왜냐하면 이것이 '총체적 언어whole language' 방법이라고 널리 비난받았기 때문이다. '총체적 언어' 활동은 소리 내어 읽기보다 눈으로 읽는 것을 강조하기 때문에 두려움을 초래한다. 그러나 아이들이 읽기 전에 쓰기에 초대받을 때, 쓰기는 모두 글자와 단어를 소리 내는 것에 불과한 듣기와 발음을 위한 것이 된다.

이러한 활동은 중국인 아이, 그리고 자모나 음절 표기 체계를 사용하지 않는 다른 사람들에게서는 볼 수 없다. 구어의 단어 소리와 표기 체계 사이에 아무런 관련이 없다면 글쓰기를 위해 구어를 사용할 수 없는 것이다.

문식성으로 들어가는 출입구로서의 글쓰기

'문식성이 부족한' 아이가 말하듯이 쓰기를 통해 글쓰기를 배울 때, '쓰기는 읽기 전에 자연스럽게 나타난다!'라는 심오한 단순성의 원칙이 모습을 드러낸다. 아주 어린 아이는 읽을 수 있기 전에 글을 쓸 수 있고, 읽을 수 있는 것보다 더 많이 쓸 수 있으며, 읽을 수 있는 것보다 더 쉽게 쓸 수 있다. 왜냐하면 어린아이들은 자신이 말할 수 있는 어떤 단어나 문장도 쓸 수 있기 때문이다. 이때 어린아이들에게 필요한 것은 쉽게 나오는 글자라면 뭐든지 사용하도록 하는 것, 즉 고안해 낸 철자나 아이들의 철자나 '철자 비슷한 것'을 사용하도록 하는 것이다. 반면에, 읽기를 위해 어린아이들이 사용 가능한 어휘는 매우 제한적이다. 그들은 이미 배웠거나 아니면 소리 낼 수 있는 몇몇 어휘만 읽을 수 있다. 알파벳을 모르는 어린아이들도 다른 사람이 글 쓰는 것을 본 적이 있다면 글을 쓸 수 있다. 어린아이들은 단지 끄적거리고 끄적거리기를 반복하지만 의미를 가지고 있다. 종종 어린아이들은 자신이 끄적거린 것을 여러분에게 다시 '읽어 줄' 수도 있다.

읽기 전에 쓰기를 노골적으로 유도하는 이러한 새로운 문식성 활동은 교육에서 실제로는 문식성 자체에서 볼 때 금세기 들어 가장 획기적인 변화라고 본다. 그런데 (적어도 자모문자나 음절문자를 사용하는 문화에서는) 쓰기가 읽기보다 쉬워서 자연스럽게 쓰기를 먼저 하게 된다는 근본적이고 외면할 수 없으며 언제나 옳은 사실을 발견하기까지 왜 이리 오래 걸렸을까? 도널드 그레이브스Donald Graves와 루시 칼킨스Lucy Calkins와 같은 이들은 이런 사실을 알아냈다는 점에서 아주 커다란 칭찬을 받을 자격이 있다(Calkins, 1983; Graves, 1983; Harste, Woodward & Burke, 1984). 그런데 왜 이것은 수 세기 동안 분명치 않았을까? 역사를 살펴보면 문식적 가정에서 태어난 많은 어린아이들은 확실히 읽거나 철자를 정확히 쓸 수 있기 전에 의미 있는 내용을 끄적거렸다. 많은 어른들은 어린아이가 의미 있는 단어와 문장을 만들기 위해 가끔 글자를 사용한다는 것을 알아차렸음에 틀림없다. 그러나 어른들은 그것을 글쓰기로 간주할 수 없었다. 미국의 문식성 문화(또는 모든 문식성 문화?)에서는 이 단순한 사실을 성찰하기 어렵게 만드는 것이 있다. 그러나 앞에서 말한 연구자들(그리고 사상가들!)이 이렇게 어디에나 있고 분명 오래되었을 어린아이들의 활동을 살펴보는 데 새로운 렌즈를 사용할 수 있게 함으로써, 우리는 글쓰기가 읽기보다 문식성으로 들어가는 훨씬 더 넓은 출입구라는 점을 확인할 수 있게 되었다. (이에 대해서는 나의 글 「먼저 쓰라Write First」(2004)와 「읽기와 쓰기 간의 전쟁」(1993)을 참조하기 바란다.)

자신이 쓴 글이나 급우들이 쓴 글을 읽는 아이는 종종 외부에서 가져왔고 전혀 만난 적이 없는 사람이 쓴 출판된 교과서(특히 기초 읽기 교과서)를 읽는 아이보다 읽기에 더 많이 몰입해 더 빨리 읽기 실력이 향상된다. 이러한 과정에서 학습은 더욱 빨라지고 아이들은 다음의 예처럼 읽기에 대한 더욱 건강한 생각을 지니게 된다.

이봐, 책이라고 불리는 이것은 평범한 사람들이 쓰는 것인데, 바로 우리가 쓰는 거야. 우리와 같은 사람들이 무엇을 말하는지 알기 위해 책을 읽어 보자.

이러한 교실에서 아이들은 학교에서 아주 흔히 보이는 사고방식에 안주하지 않는다. 즉 책이란 산수 문제집처럼 단지 시험을 보기 위한 것으로 공동의 얼굴 없는 '그들'로부터 나온 비개인적 산물이라는 사고방식에 안주하지 않는다. 간단히 말해서, 자신의 모어로 말하듯이 씀으로써 아이들은 온전한 문식성이 자연스럽고 편안하다는 사실을 빨리 느낄 수 있게 된다.

"그런데 잠깐만. 아이들로 하여금 철자를 잘못 쓰도록 만든다면, 그들은 결코 철자를 바로 쓰는 법을 배울 수 없게 될 것이다." 이것은 이해할 수 있는 두려움이기는 하지만 타당하지는 않다. 문식성에 대한 이와 같은 접근법은 올바른 철자법을 무시하거나 그것을 중요하게 여기지 않는 것이 아니다. 어린아이는 자신이 쓴 글을 타자로 친 것을 읽을 때나 다른 이의 책을 읽을 때, 정성스럽게 타자 친 '성인 철자법'이 자신의 '아이 철자법'과 다르다는 점을 어떻게든 알게 된다. 읽기 전에 쓰는 접근법은 교사들로 하여금 '철자법은 중요하지 않다'고 말하게 하려는 것은 아니다. (몇몇 반항적인 사람들은 이렇게 말하기도 하나, 그들은 내가 말하려는 움직임이 시작하기도 전에 자기 자신의 길을 간 사람들이다.) 더 정확히 말하면, 이 접근법은 교사들로 하여금 "철자법은 초고를 쓰는 **동안**에는 중요치 않다. 그러나 최종 원고에서는 아주 중요하다. 최종 원고는 좋아 보여야 한다."라는 말을 하도록 유도한다. 대부분의 아이는 모든 최종 원고는 '올바르게 보여야' 한다는 말에 주의를 기울인다. (사실 몇몇 아이들은 그 방식이 너무 강력하게 느껴져 올바른 철자법을 알게 되기 전까지는 한 단어도 쓰지 못할 수도 있다.)

어떤 사람은 우리가 아는 나쁜 철자법에 대한 이러한 새로운 실천을 비난하고 싶어 하지만, 영어 철자법에는 늘 문제가 있었다. 올바른 철자법은 사실 눈에 크게 의존한다. 아마 철자를 올바로 쓸 수 있는 능력은 나이와 상관없이 읽기 능력이 저하됨에 따라 함께 저하될 것이다. 그러나 '철자법을 잘 모르는 사람들'은 대부분 셰익스피어나 루이스와 클라크(이 책의 1장 59쪽 참조)나 존 스미스(이 책의 6장 242쪽 참조)보다 더 잘 쓴다.

철자법에 대한 군터 크레스(Gunther Kress, 2000)의 흥미롭고 명쾌한 학술 저서를 참조하기 바란다. 그에 따르면 16세기 후반에서 17세기 초반에 이르기까지 영어 철자법은 체계화가 되지 않았다. 철자법 체계는 튜더 왕조가 영국에서 중앙집권화를 이룩하던 시기에 '현학적인 문법학자들'에 의해 이루어졌다. 크레스는 또한 아이들의 아주 잘못된 철자법이 문식성을 갖춘 이들에 비해 얼마나 더 구어에 가깝고 구어의 정확한 듣기를 반영하고 있는지를 보여 준다. 우리는 문어가 더 실제적이라고 생각하기 때문에 구어의 실제 소리를 조정하려는 경향이 있다. 크레스는 또한 잘못된 철자에 대한 대중들의 염려가 역사 속에서 어떻게 부침을 겪는지도 보여 준다. 국가의 쇠락을 느낄 때 사람들은 오류를 염려해 더 엄격한 기준을 요구한다. 자신감 있고 윤택한 시기에는 철자에 대해 덜 걱정한다. (사전들 사이에 철자에 대해 불일치를 보이는 다수의 사례를 모아 놓은 것을 보려면 프랭크 서머스(Frank Summers, 1984)의 저서를 참조하기 바란다.)

몬테소리Montessori 학교에서는 일반적으로 읽기 전에 쓰도록 권장하는데, 이때 철자에 대한 걱정을 잠시 동안 하지 않는다. 이 학교에서는 사포에 새긴 알파벳 글자를 탐색하는 등 감각적인 준비 작업을 많이 한다. 발도르프Waldorf 학교에서는 아이들에게 읽기를 시킬 때 노래와 이야기, 몸동작, 음악 연주를 유창하게 할 수 있도록 공을 들인다. 아이가 언어와 (어느 면에서는 언어가 자리하는 곳인) 몸을 통합하도록 해야 한다는 이 주장에 대해 나는 존경을 표한다. (인간의 발달 과정에서 아이는 문법을 배우기 전에 몸으로 동작과 억양을 먼저 배운다.) 그러나 이러한 혁신적인 발도

르프 학교에서조차 문식성으로 들어갈 때 글쓰기를 통한 가청audible 언어가 아닌 읽기를 통한 가시적visible 언어를 익혀야 한다고 생각하는 우리의 문화적 관습에서 몇몇 교사가 벗어나지 못했다고 이야기되는 것은 안타까운 일이다. 글쓰기는 머리만이 아니라 몸과 전인全人으로 문식성을 익히는 강력한 방법이다.

　방대한 읽기는 옳은 철자법을 익히는 가장 좋은 길이다. 그리고 읽기는 이 '읽기 위한 쓰기write-to-read' 접근법의 가장 큰 수혜자이기도 하다. 읽기는 저학년 교실에서 소리 내어 읽기를 통해 크게 향상되기도 한다. 이때 반 학생들은 '작가의 의자' 주위에 모여 작가가 자신이 쓴 이야기나 짧은 책을 읽는 것을 듣는데, 때로는 정확히 철자법에 맞게 쓴 글을 눈으로 따라가며 읽기도 한다. 이러한 활동은 아이들이 읽기를 친근한 사회적 과정으로 여기도록 만든다. 아주 많은 사람들이 독서를 따분하게 여기는 이유 중 하나는, 글을 조용하고 빠르게 눈으로 훑을 때 인간 목소리의 어떤 음악이나 드라마도 **들리지** 않기 때문이다. 특히 학교 현장에서 아이들은 너무나 자주 읽기는 단지 시험을 위한 사다리에 불과하며 중요한 것은 가능한 한 빨리 **정보를 추출해** 내는 일이라고 생각한다. 읽기를 즐겁게 느껴지도록 하는 활동은 너무나도 적다. 읽기 전에 쓰는 것을 통해 아이들은 자신이 조만간 프랭크 스미스Frank Smith가 '문식성 클럽'이라고 멋지게 부른 모임의 일원이 될 것이라고 느낀다. 철자법을 더욱 잘 학습하게 하는 유일하고 확실한 방법은 더 많이 읽는 활동을 촉진하는 것이다. 철자법 시험과 읽기 시험으로 이 일을 해낼 수는 없다.

　읽을 수 있는 것보다 더 많이 쓸 수 있고 그래서 읽기 **전**에 쓸 수 있다는 점, 즉 글쓰기를 문식성으로 들어가는 출입구로서 사용할 수 있다는 것을 아이들이 알 수 있게 촉진할 때, 이것은 단지 실용적인 교육이나 '좋은 기법'인 것만은 아니다. 이러한 접근법은 읽기와 쓰기 사이의 뿌리 깊은 위계를 뒤집는다. '읽기와 쓰기'라는 전통적인 표현은 읽기가 늘 먼저 오기 때문에 읽기가 말(horse)이고 쓰기가 수레(cart)인 것처럼 보이게 한다. 이러한 관계에 의문을 품는다면, 우리는 학교 제도와 문식성에 내재된 몇 가지 깊은 문화적 가정을 알아차리게 될 것이다.

- 읽기는 다른 누군가가 해당 단어를 선택함을 의미하며, 쓰기는 학습자가 해당 단어를 선택함을 의미한다. 읽기에서는 "**그들이** 말해야 하는 것은 무엇인가?"를 묻지만, 쓰기에서는 "**네가** 말해야 하는 것은 무엇인가?"를 묻는다.
- 읽기는 '차분히 앉아서 집중하는 것'을 의미하지만, 쓰기는 '그곳에 가서 무언가를 하는 것'을 의미한다. 사람들은 글을 읽다가 종종 잠들곤 하지만 글을 쓸 때에는 결코 잠들지 않는다.
- 읽기는 소비를 의미하고 쓰기는 생산을 의미한다. 읽기가 먼저 온다면, 우리는 학습자의 머릿속에 무엇을 넣기 전까지는 아무것도 없다는 '은행 저금식' 교육 모형을 상정하고 있는 셈이다.
- 읽기는 행위주체성agency과 권위를 학생으로부터 떼어 내 교사, 기관, 문화 속에 갖다 놓음으로써 수동성을 촉진한다. 읽기가 늘 먼저 온다면, 이는 학교가 학생들에게 다음과 같은 메시지를 보내는 것과 같다. "듣기 전까지 말하지 말고, 타인의 생각을 정확히 재생산할 수 있음을 네가 입증하기 전까지는 자신의 생각을 글로 쓰지 말라." 교사가 학생들에게 말하듯이 글을 쓰도록 해서 쓰기를 자연스럽게 읽기에 앞서도록 만들 때, 학생들은 학교와 학습에서의 수동적 태도에서 벗어나게 된다.
- 읽기에서는 눈이 언어의 중심 기관이지만, 어린아이들의 글쓰기에서는 혀와 귀가 언어를 위해 중심적 역할을 한다.
- 읽기가 늘 먼저 온다면, 이는 '문식성'이 편집된 문어체 영어의 규칙과 관례를 숙달하는 것과 관련된 모든 것이라고 믿게 만든다. **문식성**은 실제로 **글자**를 의미하며, 그 생성의 핵심은 생각을 글자나 시각적 언어로 표현하

는 능력에 있다. 문식성에서 힘을 실어 주는 핵심은 수동성이 아니라 행위주체성 및 활동과 관련된 것이다.

읽기가 쓰기보다 우월하다는 이 강력하고 뿌리 깊은 위계를 없애려고 할 경우, 우리는 특히 일반적인 초심자 수준의 독자를 위해 교과서를 만드는 거대한 기업의 강력한 반대에 직면할 가능성이 있고, 교과서 기업과 불편한 관계를 맺고 있는 시험 출제 기업의 반대에도 직면할 가능성이 있다. 또한 읽기의 우선권을 내세우는 수많은 문식성 비평가와 영문학과의 반대도 직면하게 될 것이다.

광범위한 읽기는 쓰기와 철자법에 상당히 도움이 된다. 아마도 가장 큰 도움이 되겠지만 실제로 **필수적인** 것은 아니다. 읽지 않는 사람들도 말하기와 듣기에서 풍부하고 복잡한 언어 능력을 발휘할 수 있으며, 이러한 능력은 좋은 글쓰기의 기반이 된다. 아마도 이는 매우 '문학적인' 글쓰기는 아닐 것이다. 하지만 오늘날 매우 '문학적'이지 않더라도 좋은 글쓰기는 많이 있으며 앞으로 더 많아질 것이다. 간단히 말해, 읽기는 어린아이들처럼 어른들에게도 문식성으로 나아가는 유일한 관문은 아니며, 가장 좋은 관문도 아니다. 글쓰기 역시 효과적이며, 때로는 더 효과적이기도 하다.

몇몇 이론가들 사이에서 유행했던 공식, 즉 (능동적으로 의미를 창출한다는 의미에서) '읽기는 실제로 쓰기이다'와 (문화와 역사에 의해 머리에 새겨진 것을 수동적으로 찾는다는 의미에서) '쓰기는 실제로 읽기이다'라는 공식의 유용성을 나는 인정한다. 이 공식은 상식의 렌즈가 모호하게 만든 지점을 드러낸다는 점에서 유용한 진실을 담고 있지만, 궁극적으로 쓰기는 읽기보다 더 많은 심리적이고 신체적인 개입을 촉진한다. 그리고 쓰기에 대한 읽기의 문화적 지배를 지속시키는 모든 것은, 문식성으로 나아가는 유일한 관문은 권위적 목소리를 듣고 그 목소리를 정확히 이해했는지 여부를 시험하는 것이라는 우리의 쓸모없는 가정을 지속시킨다.

아직 문식성을 갖추지 못한 **어른들**도 많이 존재한다. 내가 설명하고 있는 접근법은 그들을 위한 아주 유망한 방법이다. 어른은 어린아이보다 더 많은 경험을 했고 더 많은 의견을 형성해 왔다는 점에서 쓸 수 있는 내용이 아이보다 더 많다. 어른은 자신의 경험과 생각을 써 나감으로써 문식성으로 나아가는 여정을 자연스럽게 시작할 수 있다. 그런 다음 약간의 도움을 통해 단어를 관습적인 철자법에 맞추고 자신 및 타인의 글을 읽음으로써 읽기를 배울 수 있다. 신체에 의해 발화된 단어나 청취된 단어와 종이 위에서 침묵하는 단어 사이의 관계를 일단 느끼기만 한다면 읽기의 세계는 더욱 활짝 열리게 될 것이다.

2. 주류 영어 사용자인 꽤 유능한 필자의 경우

누구나 세상의 모든 나쁜 글쓰기에 대해 불평하기를 좋아한다. (이에 대해서는 에드윈 로런스 고드킨Edwin Lawrence. Godkin이 쓴 '미국 소년들의 문식성 부족The Illiteracy of American Boys'(Godkin, 1897)에 대한 글을 예로 들 수 있다. 이는 그가 저명한 교육 잡지에 썼던 글의 제목이기도 하다. 그는 『네이션The Nation』의 편집자였으며, 대학 입학생들의 학업 준비 부족에 주목한 하버드 보고서의 필자들 중 한 명이었다.) 그런데 우리의 관심을 나쁜 글쓰기에서 돌려 보자. 그리고 세계적으로 탁월한 글쓰기에서도 돌려 보자. 그 대신에 **다소 유능한 필자** 모두에 대해 생각해 보자. 그러한 사람들은 꽤 많다. 그들이 세상의 모든 문식적 글을 쓰는 것은 아니지만 말이다. H&R 블록H&R Block*과 블랙워터Blackwater**의 **몇몇** 관리자들은 좋은 보고서를 쓴다. 해비타트 Habitat for Humanity*** 및 비영리 단체에서 일하는 **몇몇** 사람들은 탐구적 연구와

....

* 미국 최대 세무 법인.
** 1997년에 미 해군 특수부대 네이비 실Navy SEALs의 퇴역장교 에릭 프린스Erik Prince와 앨 클라크Al Clark가 설립한 미국의 민간 군사 기업.
*** 1976년 미국 조지아주에서 창립된, 열악한 주거 환경에서 살아가는 사람들에게 집을 지어 주는 비영리

보조금 제안서를 잘 쓴다. 은행, 주 정부, 지방 정부, 심지어 학교와 대학에도 그런 이들이 있다. 많은 기술자들이 보고서와 제안서를 잘 쓴다. 또 글을 꽤 잘 쓰는 모든 수준의 모든 학생들에 대해서도 생각해 보자.

꽤 유능한 세상의 필자 모두에 우리의 마음을 두는 것은 유익하다. 이 분야의 연구자들은 글쓰기가 사실상 모든 직업에서 얼마나 **많은** 일을 했는지 기록하는 일에 오랫동안 열중해 왔다. 글쓰기 프로그램 지도자가 교과과정을 가로지르는 글쓰기를 시킬 때 영문학과보다 공대와 경영대로부터 더 많은 협조를 얻을 수 있다는 점을 나는 여러 대학을 방문해 알게 되었다. 나는 다음과 같이 말함으로써 1학년 글쓰기 수업을 듣는 학생들을 놀라게 하길 좋아한다. "여러분이 글쓰기를 싫어한다면 엔지니어보다 영어 선생이 되는 것이 더 낫습니다. 엔지니어는 평균적으로 일주일의 4분의 1에서 3분의 1 사이의 시간을 글쓰기로 보냅니다."

이제 다음과 같은 단순한 질문을 해 보자. "유능한 필자들이 글을 쓰면서 정말 편안하게 느끼는 경우는 얼마나 될까?" 나는 만나는 모든 사람에게 글쓰기에 대해 말해 온 오랜 경력에서 확실한 진실을 발견했다. 노련하고 유능한 필자들 중 많은 이(대다수?)가 글을 쓸 때 정말 편안하다고 느끼지 않으며, 물 만난 물고기처럼 느끼지 않는다. 그 필자들은 글쓰기가 자신에게 속한 것이라고 느끼지 않거나 자신과 잘 어울린다고 느끼지 않는다. 물론 그들 중 일부는 글 쓰는 일을 **사랑**하고 기회 있을 때마다 글을 쓰며, 소수는 글을 매우 많이 써서 '문어체 영어의 토박이 화자'가 되기도 한다. 그리고 목수나 회계사나 배관공이 자신의 일을 사랑하지 않더라도 일을 하는 동안 다소 편안함을 느낄 수 있는 것처럼, 몇몇 유능한 필자들은 글을 쓸 때 **일종의 편안함**을 느끼기도 한다.

하지만 내 생각에 **대부분**의 유능한 필자들은 할 수 있는 한 글쓰기를 미루며, 마지못해 불안한 마음을 가지고 글쓰기를 시작한다. 내가 이야기하고 있는 필자들은 때때로 무능함을 느낄 때조차도 자신이 유능하다는 것을 아는 사람들이다.

....

국제기구.

즉 그들은 자신이 만족할 만한 글이나 성공적인 글을 만들어 내기 위해 많은 시간을 투자해 왔다는 것을 알며, 자신이 또다시 그런 글을 쓸 수 있다는 것도 안다. 그러나 그들은 글쓰기가 실제로 '자신의 것'이라고 느끼지 않는다. 이는 마치 다른 어떤 사람 혹은 다른 어떤 집단이 글쓰기를 '소유하고' 그들은 단지 글쓰기를 방문하거나 '이용하는' 것에 불과한 것과 같다. 공룡과 화산에 대해 '문식성 없이' 쓴 초등학교 1학년 학생의 글은 다른 **유능한** 성인 필자의 글보다 훨씬 더 편안해 보였다. 말하듯이 초고를 쓰고 소리 내어 읽으면서 글을 수정하는 연습으로 효과를 볼 수 있는 사람들은 미숙하고 경험 없는 필자들만이 아니다. 심지어 유능한 필자들도 이러한 접근법의 효과를 필요로 한다.

데버라 브랜트Deborah Brandt는 『미국인의 삶에서의 문식성Literacy in American Lives』(2001)이라는 뛰어난 연구서에서 많은 사람들을 인터뷰해 다음과 같은 사실을 알게 되었다.

> 많은 사람들은 자기 자신이 '독서광' 또는 '꽤 읽는 독자' 또는 '늘 읽는 사람'이라고 불릴 때 자부심을 느낀다. 그러나 문단에 자리 잡고 시집을 출판한 시인을 포함하여 내가 인터뷰한 사람들은 글쓰기를 향한 열광적인 에너지를 가지고 있음에도 불구하고 스스로를 작가로 여기기를 조심스러워하는 경향이 있었다. (Brandt, 2001: 159-160)

> 여러 세대를 거쳐 온 학교 중심의 글쓰기는 고통, 자기 경시, 당혹스러움 등과 폭넓게 관련되어 있었다. (Brandt, 2001: 164) [직장에서 성인 필자들이 겪는 불안과 불편에 대해서는 알드리치(Aldrich, 1982)를 참조하기 바란다.]

글쓰기의 어떤 점이 필자들이 숙련되어 있고 계속해서 글을 써 왔음에도 글쓰기에서 편안함을 느끼지 못하게 만드는 걸까? 내 생각에는 필자들이 글쓰기가 자신의 것이 아닌 언어나 언어 기어를 사용하는 것을 의미한다고 느끼는 것 같다. 많은 필자들이 자기 자신이 유능하다는 것을 알면서도 '글을 써야' 하는 것에 편안함을 느끼지 못하고, 자신이 가장 편안하게 느끼는 것과는 다른 언어인 '올바른 문어체 영어'로 글을 써야 하는 것에 편안함을 느끼지 못하는 모습을 거듭해서 본다. 그리고 대부분의 사람들에게 글쓰기 과정은 잘못된 언어나 모호한 사고를 판단하는 일과 완전히 뒤얽혀 있다. 이러한 문제는 부분적으로 많은 사람들이 자신이 쓴 모든 글에 대해 선생님이 실수와 문제점을 찾아서 고쳐 준, 깊이 내재된 기억을 가지고 있는 데서 기인한다. 사실, 글쓰기는 영구적인 기록을 남기기 때문에 처음에는 본질적이고 불가피하게 판단을 유도하는 매체처럼 보인다. 우리가 부주의하게 쓴 글이나 심지어 매우 주의 깊게 쓴 글조차도 종종 결점이 누구나 볼 수 있는 곳에 오래도록 자리한다.

그러나 이러한 가정은 잘못된 생각에 그 원인이 있다. 아주 많은 사람들이 자신의 것이라고 느끼는 기어와 언어를 가지고 말하듯이 쓰거나 자유작문을 할 수 있고 이런 방식으로 쓴 것이 독자의 비판적 판단을 거치지 않을 것이라는 사실을 깨닫는다면, 사람들이 글쓰기와 맺는 관계는 상당히 향상될 것이다. 나는 이러한 일이 거듭 일어나는 것을 보아 왔다. 물론 사람들은 판단에 대비하기 위하여 수정하거나 교정할 때 여전히 수고를 감수해야만 한다. 그러나 글쓰기 과정의 많은 부분이 편안한 언어를 사용하면서 평가를 받지 않기 때문에, 사람들은 글쓰기에 대해 훨씬 더 편안하게 느낄 수 있다.

나는 이러한 상황을 필자로서 스스로 깨달았다. 내 모어는 다른 많은 사람이 사용하는 것에 비해 편집된 문어체 영어에 더 가깝다. 그러나 내 혀에 자연스럽게 다가오는 표현과 구성은 종종 글쓰기에는 잘못된 것이다. 나는 경험이 많고 유능한 필자이지만, 무엇이 문자 언어나 독자나 장르에 올바른가 하는 질문을 무시하고서 말하듯이 쓰거나 자유작문을 한 후에야 온전히 주의를 기울여 내 생각을 알아낼 수 있다. 나는 안전하지 않은 언어로 글 쓰는 법을 배웠을 뿐만 아니라, 누군가 눈살을 찌푸릴지라도 내 입에 오는 것은 뭐든지 맞이하는 언어로 글 쓰는 법도 배웠다.

3. 비공인 언어, 비표준 언어, 낙인찍힌 언어 사용자들의 경우

구어체 영어의 많은 변이형들 중에서 편집된 문어체 영어와 일치하는 것은 없다. 어떤 것들은 편집된 문어체 영어에 상대적으로 더 가깝고 어떤 것들은 더 멀다. 영국 남부 지방의 '아주 좋은' 가정에서 자란 아이들이 사용하는 영어 형태는 내가 사용하는 것과 비교했을 때 편집된 문어체 영어에 더 가깝다.

다음 예문은 제임스 켈먼의 소설 『얼마나 늦은 것인지, 얼마나』(1998)에서 가져온 것인데, 글래스고 사람이 사용하는 구어체 스코틀랜드 영어 형태를 잘 보여 준다.

> Mind you but getting blootered, it would be one way of making it home. Weans and drunks man know what I'm saying, the auld god fellow, the central authority, that's who he looks after. Sometimes that was what the bevy was like but a magic carpet. Othertimes it wasnay. 얻어맞는 것에 신경 쓰지 않으면 편해질 거야. 애송이들이랑 주정뱅이들은 내가 말하는 것, 즉 오래된 신과 같은 친구, 중앙 정부를 알아야 해. 그건 그가 돌보는 대상이야. 어떤 때 술은 마법 양탄자 같지만 다른 때에는 아니거든. (Kelman, 1998: 45)
>
> ("Weans" = wee ones; "man" = must; "bevy" = drink)

그리고 다음은 자메이카 출신의 유명한 시인 루이스 베넷Louise Bennett의 작품 『무례 아줌마 말씀하시길Aunty Roachy Seh』에서 발췌한 것이다.

> Meck me get it straight, Mas Charlie, 똑바로 말하게 해 줘요, 찰리 씨,
> For me no quite understan— 나는 정말로 이해할 수가 없어요
> Yuh gwine kill all English dialec 당신은 모든 영어 방언을 죽이려 하나요

Or jus Jamaica one? 아니면 자메이카식 방언만?

...

Ef yuh cyann sing 'Linstead Market' [cyann = can't] 당신이 '린스테드 시장'과

And 'Water come a me yeye' '눈물이 내 눈에 고이네'를 못 부르게 되면

You wi haffi tap sing 'Auld lang syne' [tap = stop] '올드 랭 사인'과

and "Comin through the rye'. '호밀밭을 걸어요'도 그만 불러야 할 거예요.

Dah language weh yuh proud a, 당신이 자랑스러워하는 그 말은

Weh yuh honor and respec— 당신이 우러르고 떠받드는 그 말은

Po Mas Charlie, yuh no know seh [you don't know to see] 찰리 씨, 당신은 모르겠지만

Dat it spring from dialec! 사실은 방언에서 나왔는걸요!

...

Yuh wi haffi get the Oxford Book 당신은 옥스퍼드 영시 선집에서

A English Verse, an tear 찢어 내야만 할 거예요

Out Chaucer, Burns, Lady Rizelle 초서, 번스, 레이디 리젤

An plenty a Shakespeare! 그리고 수많은 셰익스피어의 작품들을! (Bennett, 1993)

구어체 영어 중에는 다른 것보다 더 심하게 낙인찍힌 형태가 있다. 스코틀랜드 방언은 과거에 잉글랜드에서 낙인찍혔던 것에 비하면 지금은 아무것도 아니다(켈먼의 소설이 권위 있는 부커상 수상작으로 선정되었다). 로버트 번스의 시는 오랜 세월 동안 잉글랜드의 '문식성이 있는' 사람들에 의해 거의 쓰레기 취급을 받았고, 심지어는 스코틀랜드에서조차 많은 사람들에 의해 그런 취급을 당했다. 미국에서는 시골의 경우 남쪽 지방의 말이, 도시의 경우 노동자 계층의 말이 낙인찍

히는 경우가 많다. 남부 지방이나 미주리주에서 자란 많은 사람들은 실제로 뼛속 깊이 여전히 존재하는 풍성하고 강력한 형태의 말을 어떻게 해서든 '떨쳐 내려고' 한다. 소위 '문식성을 지닌' 사람들은 브롱크스, 브루클린, 퀸스 지역의 말에 대해 놀리길 즐기는데, 문법과 어휘뿐만 아니라 특히 발음까지도 놀림감으로 삼는다.

흑인 영어, 즉 아프리카계 미국인 언어는 특히 낙인찍히는 경향이 있다. 때로는 '흑인'의 피부보다 더 심한 차별을 받는다고도 할 수 있다. 어떤 사람이 '흑인 말투를 사용한다'면 그를 무식한 사람이라고 추정하는 것은 주류 백인들에게 그렇게 드문 일이 아니다. 이와 같은 낙인은 워낙 심하게 퍼져 있어서 상당수의 아프리카계 미국인들마저도 이를 내면화하고 있을 정도이다. 예컨대 제시 잭슨 Jesse Jackson이 흑인 영어를 '쓰레기 같은 말'이라고 부른 일은 유명한 일화이다. 다음 예문은 빌 코스비 Bill Cosby가 한 유명한 말인데, 흑인 영어를 사용하는 젊은 화자를 '그것(it)'이라고 칭하고 있다.

> 그것(it)은 구석에 서 있습니다. 그것은 영어를 할 줄 몰라요. 그것은 영어로 말하는 걸 원치 않습니다. 저는 이 사람들이 말하는 걸 흉내도 못 내겠어요. "Why you ain't, where you is go…" 저는 이 사람들이 누군지 모르겠어요. (Dyson, 2003: xii)

이 언어를 일컫기 위해 많은 명칭이 사용되었다. '흑인 영어 Black English'도 있지만, 언어학자들이 종종 사용하는 '아프리카계 미국인 일상 영어 African American vernacular English'라는 용어도 있다. '아프리카계 미국인 영어 African American English'라는 용어는 언어에 관한 두 권의 명저(Green, 2002; Redd & Webb, 2005)에서 사용된 바 있다. 나는 '아프리카계 미국인 언어 AAL'라는 용어를 사용하고 있는데, 이는 매사추세츠 대학교 애머스트 캠퍼스 언어학과가 야심차게 설립하여 활발하게 운영하고 있는 연구소 이름에 사용된 용어이기도 하다. 나는 또 이 언어를 영어의 불쌍한 의붓자식에 불과한 것이라고 보는 관점을 반박한 저니바 스미서먼을 비롯한 여러 사람이 남긴 업적을 높이 평가해야 한다고 생각한다. 가장 논란이 많은 용어는 '에보닉스'이다. 이 용어는 본래 로버트 윌리엄스Robert Williams가 카리브해 지역의 언어를 비롯해 광범위한 언어를 일컫기 위해 만든 것이다. 그는 에보닉스에 대해 다음과 같이 설명한다.

> 이는 서아프리카인, 카리브해인, 그리고 아프리카 출신 미국 노예 후손들의 의사소통 능력을 연속적인 동심원으로 나타내는 언어 및 준언어적 자질을 뜻한다. 여기에는 특히 식민지 환경에 적응하도록 강요받은 흑인들이 사용하는 다양한 관용구, 혼성 방언patois, 은어, 개인 언어ideolect, 사회적 방언 등이 포함된다. (Smitherman, 1998: 29에서 재인용)

명칭 문제에 대해서는 리사 그린Lisa Green의 저서 『아프리카계 미국인 영어African American English』(2002)의 서문을 참조하기 바란다. 흑인 문화와 힙합 언어에 대한 탐구에 대해서는 앨림(Alim, 2006)과 앨림·보·스미서먼(Alim, Baugh & Smitherman, 2006)의 책을 참조하기 바란다.

같은 종류의 낙인찍힌 언어로는 스페인어의 영향을 받은 다양한 영어 변이형, 즉 라틴계 미국인 영어나 멕시코계 미국인 영어 또는 푸에르토리코인의 영어가 있다. 또 카리브해 지역의 크리올이나 '혼성' 영어 방언, 그리고 '피진'이라고도 불리는 하와이의 크리올도 있다. 스페인 출신의 스페인어 사용자들은 영어로 말할 때 '스페인어식 실수'를 범하기는 하지만 그렇다고 해서 북아메리카의 히스패닉 화자들이 느끼는 비애를 공유하기는 어려울 것이다. 이들 히스패닉 화자들은 자신들의 '오류'가 주류 화자들의 귀에는 멍청한 소리로 들린다는 생각에서 대체로 벗어나지 못한다. 교사들은 때때로 흔한 '백인의 오류'나 '영어를 제2의 언어로 사용하는 사람의 오류'보다 '흑인의 오류'나 '라틴계의 오류'를 범했다는 이유로 학생들에게 아주 심한 불이익을 주곤 한다. '아시아계의 오류'는 종종 교사들에게 시적이고 통찰력 있는 것으로 받아들여진다. '하층 계급'의 언어에 대한 낙인은 여러 가지 방식으로 나타나는데, 여기에 기이한 관행이 존재한다. 작가들이 하층 계급 화자의 말을 표현할 때 'wuz', 'enuff', 'offen'*과 같이 표기하는 경우가 많다는 것이다. 주류 화자들은 해당 단어를 발음할 때 이와 똑같이 발음하지만 표기를 이렇게 하는 경우는 거의 없다. 이때의 **철자 바꾸기**는 멸시의 발로이다(Behrens, 2011).

흑인 영어, 즉 아프리카계 미국인 영어나 여타 낙인찍힌 일상어로 글쓰기

1960년대와 1970년대에 글쓰기 교육에서의 과정 중심 운동이 성장한 이후 (이에 대한 자세한 내용은 작문 분야를 다룬 부록 1 참조), 수많은 교사들은 학생들에게 글쓰기를 할 때 일상의 말을 사용하도록 권해 왔다. 이는 "말로 글을 쓰세요." 라고 말하는 것이 아니라, "탐색을 위한 초고 쓰기 때 자유작문을 시도해 보세요. 정확한 언어를 위해 분투하지 말고, 문법 문제에 대해 생각하는 걸 그만두세요." 와 같이 말하는 것이다. 이런 조언을 따르는 학생들은 자신의 일상 구어를 자연스럽게 사용한다.

그러나 이러한 접근법은 흑인 영어 및 심하게 낙인찍힌 여타 언어의 사용자들에게는 그다지 널리 적용되어 오지 않았다. 이들 언어는 아주 많은 인종적 '특징을 가진' 것이어서 많은 교사들은 탐색을 위한 초고에서조차 학생들에게 그 언어로 글을 쓰도록 하는 것은 그릇되거나 두려운 일이라고 생각한다(이런 생각을 가진 교사들 중 일부는 흑인 영어의 사용자이다). 그리하여 낙인찍힌 언어를 사용하는 학생들을 위한 접근법으로 '말하기와 글쓰기를 분리하라'라는 전통적인 두 기어 방법을 쓰곤 한다. 이는 글쓰기에 올바른 언어를 편안하고 유창하게 사용하기 위해 노력하라는 것이다. 낙인찍힌 언어의 사용자들이 자유작문을 하도록 권유받는다 하더라도, 그것은 흑인 영어를 사용하라는 의미가 아닐 때가 많다. 대부분은 이런 식일 것이다. "글쓰기에 **올바른** 언어를 사용하려고 할 때 자신을 더

....

* 각각 'was', 'enough', 'often'을 가리킴.

편안하게 하고 덜 두렵게 만드는 자유작문을 사용하라. 자유작문은 백인 영어로 열심히 글 쓸 때 좀 더 빨리 쓰게 하고 오류 걱정을 하지 않게 한다.”

'정확한' 영어 사용으로 시작하게 하는 이러한 전통적 '두 기어' 접근법은 확실히 효과가 있다. 이 접근법을 통해 흑인 작가들과 낙인찍힌 여타 언어의 사용자들이 주류 영어로 좋은 글을 쓴 경우가 아마 많을 것이다. 그리고 이는 일부 혁신적이고 세련된 언어학자들과 교수들이 선호하는 접근법이기도 하다. 마샤 파Marcia Farr는 비표준적인 영어 변이형에 대한 낙인찍기와 맞서 싸운 것으로 유명한데, 다음은 1999년에 쓴 나의 글 「모어 초대하기Inviting the Mother Tongue」를 읽고 2000년에 그가 보내온 이메일이다.

> 저는 그들에게 그들의 '모어 방언'으로 글을 쓰도록 한 것이 좀 걱정됩니다. … (창의적 글쓰기가 아닌 한) 모어를 교실에서 사용하는 것은 형태와 기능을 혼동하게 만듭니다. 보다 중요한 것은 모든 방언이 타당성을 지닌다는 점을 그들이 충분히 깨닫는 것이라고 생각합니다. 말하자면 "그들의 일상어를 가만히 내버려 두고," 표준 영어로 글을 쓰도록 가르치라는 것이지요.

낙인찍힌 영어 사용자를 위한 말하듯이 쓰기의 장점

우리는 두 기어 접근법이 어떤 학생들에게 효과가 있을 수 있다는 것을 알고 있다. 하지만 내가 주장하는 바는 그 접근법이 대부분의 낙인찍힌 언어 사용자들에게는 **불리하게** 작용했다는 것이다. 나는 이 절에서 말하듯이 쓰기가 가진 장점 몇 가지를 말하고자 한다. 이미 많은 주류 학생들은 일상의 토박이말(이는 물론 글쓰기에 '맞지 않는 언어'를 의미한다)로 아주 편안하게 글쓰기 과제를 시작하라는 말을 들은 바 있다. 그래서 이제는 **모든** 구어체 영어를 사용하는 사람들은 동일한 것을 하도록 분명히 요구받는다. 이제부터의 논의는 내가 최근에 쓴 글 「왜 아프리카계 미국인 영어를 사용하는 사람들에게는 우리 대부분이 다른 학생들에게 제공하는 선택권을 허락하지 않는가Why Deny to Speakers of African American Language a Choice Most of Us Offer Other Students?」(2010)를 토대로 한 것이다.

우선 나는 말하듯이 쓰기를 반대하는 의견에 대한 대답으로서 9장에서 아주 자세히 말했던 장점 몇 가지를 간략히 요약하고자 한다.

- 사람들은 입과 마음에 가장 쉽게 다가오는 언어로 글을 쓸 때 더 쉽게 쓸 수 있고 더 많은 표현과 아이디어를 찾을 수 있다.
- 학생들은 자신에게 편안하지 않은 언어로 글을 쓰려고 할 때 종종 딱딱하고 어색하며 불명확한 글을 만들어 내고, 심지어 이상한 오류까지 범하게 된다.
- 정확한 글쓰기를 하는 토박이 필자가 되어 글을 쓰면서 규정에 대해 생각할 필요가 없게 되는 꿈, 사람들의 이런 소망을 전통적인 접근법은 좀처럼 만들어 낼 수 없다.
- 사실 배워서 자동적으로 획득할 수 있는 '정확한 편집 문어체 영어'는 단일한 형태로 존재하지 않는다. 필자는 어떠한 글을 쓰더라도 독자와 상황에 따라 정확성과 형식의 수준에 대한 의식적·수사적 선택을 할 기회가 필요하다. 이 경우에는 '백인스러움'의 수준에 대한 선택도 포함된다.

심하게 낙인찍힌 언어를 쓰는 어떤 학생들은 학교에서 글쓰기를 할 때 그 언어를 사용하라고 하면 이를 거절할 수도 있는데 충분히 이해되는 일이다. 어떤 학생은 그 언어가 집에서 사용하는 친밀하고 소중한 모어이기 때문에 학술적인 일에 그 언어를 사용하고 싶지 않을 수도 있다. 특히 학교 과제가 개인적이지 않고 추상적이거나 '고지식한' 것으로 여겨질 때에는 더욱 그러할 것이다. 어떤 학생은 학급 안에 같은 상황에 처한 친구가 거의 없어서 자신의 일상어를 사용했을 때 급우들이 자신을 얕잡아 볼 것을 우려할 수도 있다. 어떤 학생은 편집된 문어체 영어로 유창하게 말하고자 하고 이 목표를 이루기 위해 편안함과 유창함을 기꺼이 포기하고자 하기 때문에 일상어를 사용하지 않을 수도 있다. 낙인찍힌 언어를 사용하는 다수의 사람들은 공인된 주류 언어로의 코드 전환을 워낙 편안하고 유창하게 하기 때문에 모든 글쓰기에서 낙인찍힌 언어를 사용하지 않기로 했을 수도 있다. 그리고 마지막으로, 몇몇 학생은 스스로 자신의 고유 언어를 못마땅하게 여기면서 그것이 잘못되었거나 나쁘거나 결함이 있거나 망가진 언어라고 생각할 수도 있다. 이런 학생에게는 '좋은 영어'를 배우라고 독려하는 가족이 있을 것이다. 그들에게 고유의 언어를 가르쳐 준, 바로 그 언어를 사용하는 어머니가 그것을 '나쁘고 망가진 영어'라고 일컬을 수도 있다. 나는 이러한 이유들이 고유 언어를 사용하지 않는 것에 대한 합당한 이유라고 생각하지 않지만, 학생들이 거부감을 강하게 느낀다면 아주 신중을 기해야 한다고 생각한다.

말하듯이 쓰기에서 낙인찍힌 영어를 사용하는 것에는 다음과 같은 또 다른 여섯 가지 장점이 있다.

1. 낙인찍힌 언어의 사용자가 '엄격한 영어'로 글을 쓰려고 하면, 익숙하지 않은 규칙을 따르려고 하다가 누구의 입에서도 절대 나오지 않을 이상하고 부적절한 표현이나 불가능한 구성을 사용하게 되는 경우가 많다. 과잉 정정의 예로는 'loveded'가 있는데, 이렇게 쓴 사람은 '아, 나는 어미를 빠뜨려서 항상 혼나잖아'라고 생각했을 것이 틀림없다(Baugh, 1984). 교사들은 이런 우발적인 비언어 nonlanguage를 '인지적 결손', 즉 우둔함으로 여길 때가 많다. 학생들이 입에 쉽게 다가오는 일상어 문법에 맞게만 쓴다면 표현은 최소한 명확하고 견고할 것이다. 그리고 일상어의 형태가 'loved'의 경우에서처럼 정확한 문어체 영어에 **적합한** 경우도 매우 많을 것이다. 교사들과 학생들(그리고 언어학자들?)은 흑인 영어와 백인 영어의 **차이**에 지나치게 집착한 탓에 일상어 문법이 백인 영어에 대체로 들어맞고, 심지어 편집된 문어체 영어에 **들어맞을** 때가 많다는 것을 알고 있으면서도 이를 잊어버린다. 이와 관련해 크리스털은 다음과 같이 말하고 있다.

영어의 문법 규칙('ain't'의 금지라든가 이중 부정의 금지 등등) 중에서 대략 1

퍼센트 정도만이 표준과 비표준 간의 구분에[구분을 위해?] 실제로 관련이 있다. 그리고 ('분리 부정사' 등에 대한 우려와 같은) 일부 금지 규칙이 과연 옳은지 여부에 대해서는 활발한 논쟁이 있을 수 있다. 이와 마찬가지로, 전체 어휘 목록과 비교한다면 적은 수의 방언 단어나 속어 단어만이 비표준의 지위를 갖는다. … 영어의 표준성은 언어의 구성 자원 중에서 주로 철자나 문법 등 극히 적은 부분에만 실제로 관련된다는 특징을 가지고 있다. (Crystal, 2004; 224-225. 대괄호를 사용하여 '구분에'와 '구분을 위해' 간의 작은 '논쟁'을 시도한 것은 크리스털 스스로 임의적인 언어 논쟁을 보여 주려고 한 것이다.)

2. 심하게 낙인찍힌 언어의 사용자들은 말보다는 글이 더 안전한 언어 양식이고 자신들에게 이익이 된다는 사실을 발견할 수도 있다. 그들은 주류 청자에게 **말할** 때, 발음과 억양의 아주 미묘한 흔적까지 지울 수 있는 특별한 기술이 있지 않은 한, 낙인찍힐 위험을 감수해야 한다. 하지만 글을 쓸 때에는 편견에 대한 두려움 없이 자신의 편안한 일상어로 안전하고 편안하게 쓸 수 있으며, 편집된 문어체 영어로 바꾸는 마지막 단계까지 기다릴 수 있다. 그러한 변환은 대부분의 사람들이 생각하는 것보다 더 쉽다. 3부의 '도입'에서 인용했던 언어학자 울프럼 · 애드거 · 크리스천의 말을 떠올려 보자.

> 만약 미시건, 뉴잉글랜드, 아칸소 출신의 토박이 화자들이 '이중 부정'(예컨대 "They didn't do nothing"), 특이한 동사 일치 유형(예컨대 "They's okay"), 특이한 불규칙 동사 형태(예컨대 "She done it")와 같이 사회적으로 낙인찍힌 문법 구조를 사용하지 않는다면, 이는 그들이 표준 영어 사용자로 간주될 수 있는 좋은 기회이다. … 이런 식으로 형식에 얽매이지 않는 표준 영어는 소극적으로 정의된다. 다시 말해서 한 사람의 말이 비표준으로 규정될 수 있는 구조를 지니지 않는다면, 그것은 표준으로 여겨지게 된다. (Wolfram, Adger & Christian, 1999: 12)

주류 독자로부터 "그건 **틀렸어**."라는 말을 듣지 않기 위해서는, 사회적으로

(또 종종 인종적으로) 낙인찍히는 한정된 수의 특징을 고치기만 하면 된다.

코드 전환 대 코드 엮어 쓰기. 이 두 가지 관행과 관련해 흥미롭고 복잡한 논의가 있다. (이 맥락에서) 코드 전환은 주류 청중이 주류 언어를 기대하거나 요구할 때, 온전히 주류 언어로만 말하거나 글 쓰는 것을 의미하고, 따라서 흑인 언어나 문법을 전혀 사용하지 않는 것이다. 이와 반대로 코드 엮어 쓰기는 "방언들을 혼합하거나 융합하거나 엮어 씀으로써"(Young, 2009: 72) 흑인 언어와 문법이 어느 정도 유지되는 것을 의미한다. 버슌 영과 수레시 캐너개러자Suresh Canagarajah는 코드 엮어 쓰기를 위해 강력한 논거를 제시하고 있다. 그들의 두 가지 요점은 설득력이 있다. 첫째, 두 필자의 주장에 따르면, 만약 아프리카계 미국인 영어 사용자들이 글을 쓸 때, 심지어 다른 교수에게 제출할 최종 원고를 쓸 때, 그들에게 흑인 언어를 사용하지 말라고 한다면, 이는 인종 차별과 '이중 의식double consciousness'(Du Bois, 1994)을 강화하는 것으로서, 사실상 그들에게 "당신은 두 종류의 의식을 작동하는 법을 배워야 하며, 암묵적으로 그중 하나를 더 우월한 것으로 받아들여야 한다."라는 메시지를 보내는 것이다. 둘째, 두 필자는 다소 눈에 띄게 흑인 언어를 사용함으로써 글을 실제로 향상시킬 수 있음을 다양한 사례를 통해 보여 준다. 영은 저니바스미서먼이 발표한 전문적인 글에서 가져온 예를 제시한다.

It's been a long time coming, as the old song goes, but the change done come 옛 노래에도 있듯이, 오래 걸리긴 했어도 변화는 찾아왔다
In writing that is rich and powerful—and funky and bold when it bees necessary—they dissect black writing and black speech. 풍성하고 강력한—필요하다면 파격적이고 대담한—글에서 그들은 흑인 글쓰기와 흑인 말하기를 구분한다. (Young, 2009: 58)

나는 캐너개러자와 영의 글을 읽으면서, 그들의 주장에 담겨 있는 다음과 같은 전제를 알게 되었다. 만약 아프리카계 미국인 영어의 사용자가 편집된 문어체 영어의 관습에 대체로 부합하는 글을 쓸 수 있는 충분한 기술과 통제력을 보여 줄 수만 있다면, 왜 굳이 자신이 흑인 언어를 사용하고 자신이 흑인이라는 사실을 숨겨야 하는가? 무엇하러 백인인 척하는가? 그들의 코드 엮어 쓰기는 백인의 일상어와 표

준적인 정확한 글쓰기의 코드 엮어 쓰기인 크루그먼, 윌리엄 새파이어William Safire, 모린 다우드Maureen Dowd의 글에서 보았던 기법과 유사하다. 캐너개러자와 영은 또 담화들 간의 의견 교환은 양방향에서 생산적으로 이루어진다는 중요한 사실을 언급한다. '표준' 담화는 항상 '비표준' 담화를 사용하는 필자들에 의해 변화되고 활기를 띠어 왔다.

그러나 내가 보기에 영은 글 쓰는 사람이 언어에 대한 통제를 하지 못하면, 코드 엮어 쓰기가 성공하지 못한다는 점을 은밀히 인정하고 있다. 그는 "아프리카계 미국인 영어의 의미론과 수사학이 표준 영어의 특성들과 양립하거나 결합할 수 있는 방법을 가르칠 것"(Young, 2009: 71)을 교사들에게 호소한다. 그리고 그와 캐너개러자는 현재 미국 문화에서 인종적 특징이 드러나는 코드 엮어 쓰기는 필자가 권위를 가지고 있을 때에만 효과적일 수 있음을 인정한다. 코드 엮어 쓰기가 주류 도서나 잡지를 펴내는 출판사의 저작물에 나타난다면, 그것은 상당한 권위를 부여받는다. 심지어 스미서먼은 문단에 속한 대부분의 사람들에게 잘 알려지기도 전에 학술지『대학 영어College English』에 실린 몇 편의 글에서 이러한 종류의 코드 엮어 쓰기를 사용했다. 학생이 쓴 글은 대체로 문제점을 찾는 교사의 눈을 통해 읽히기 때문에, 학생의 코드 엮어 쓰기는 문어 사용에 능숙하고 정교하며 이를 자유자재로 구사할 수 있다는 확신을 교사에게 주지 못하면 아마 성공하지 못할 것이다. 다시 말해, 영은 이 기법이 대부분의 학생들에게 실용적으로 작동하기 위해서는 그전에 문화가 바뀌어야 한다는 점을 분명히 하였다. 그는 흑인 영어를 사용하는 사람들이 그것 때문에 불이익을 받지 않아야 하며, "아프리카계 미국인 영어가 여전히 인종 차별의 대상이 된다는 사실은 고쳐야 할 문제이다."(Young, 2009: 65)라고 하였다. "우리는 시대에 역행하는 코드 전환 활동을 포기해야 하며, 이를 위해서는 운동 movement이 필요하다."(Young, 2009: 67)

캐너개러자와 영은 그다지 관심을 갖지 않았으나 관심을 둘 만한 두 가지 쟁점이 있다. 첫째, 학생들이 언어의 정교함이나 언어 통제의 필요성을 전혀 느끼지 못하는 상태에서, 완전히 계획되지 않은 일상어로 글을 쓸 수 있는 여지를 많이 만드는 것이 중요하다는 사실이다. 둘째, '보이지 않는' 코드 엮어 쓰기 또는 '눈에 띄지 않는' 코드 엮어 쓰기라고 지칭될 수도 있는 가능성의 존재이다. 앞에서 언급한 울프럼 · 애드거 · 크리스천의 저서에서 내가 알게 된 것은, 사람들이 오류 알림 장치를 작동시키는 특정 용법을 피한다면 자신이 편안하게 여기는 일상 구어를 꽤 많이 사용할 수 있다는 것이다. 아프리카계 미국인 영어의 사용자들이 보이는 용법은 대체로 주류 독자들에게 '흑인 영어'로 들리지 않고, (크루그먼의 글처럼) 단지 약간 비공식적으로 들릴 뿐이다.

이런 '보이지 않는' 코드 엮어 쓰기의 가치가 스미서먼과 그녀의 연구팀이 수행한 몇몇 주목할 만한 연구에 의해 입증되었는지 나는 의문이 든다. 그들은 미국 국가수준 학업성취도평가 시험에서 나온 수천 장의 답안지를 살펴본 뒤 '흑인 영어의 표현력 있는 담화 문체'가 흑인 영어의 구문이나 문법을 수반하지 않는다면 높은 점수와 상관관계가 있음을 보여 주었는데, 이는 20년 전의 일이다(Smitherman, 1994). 만약 스미서먼의 글에 제시되어 있는 문체적 특질의 목록을 본다면, 많은 항목들이 아프리카계 미국인 영어에만 국한되지 않는다는 사실을 알 수 있을 것이다. 인종적 특징이 드러나면서 낮은 점수에 영향을 준 것은 '흑인 영어의 문법'이었다. 따라서 영과 캐너개러자가 '노골적인' 코드 엮어 쓰기라고 불릴 수도 있는 것에 가치와 중요성을 둔 일은 정당하지만, 지금 우리가 살고 있는 문화에서는 필자가 오류 알림 장치를 작동시키는 일상어의 몇 가지 특성을 '바로잡는' 것만으로도 전통적인 독자, 특히 교사와 고용주를 대상으로 훨씬 편하게 글을 쓸 수 있다.

코드 엮어 쓰기의 장점에 대한 가치 있고 방대한 최근의 논문 모음을 보려면, 영과 마르티네스(Young & Martinez, 2011)를 참조하기 바란다. 그러나 그 사례들에서 저명한 아프리카계 미국인 학자인 일레인 리처드슨Elaine Richardson은 '코드 엮어 쓰기'라는 용어를 사용하지 않으며, '코드 전환'과 '코드 혼합code mixing'이라는 용어를 선호한다(Richardson, 2011: 241).

3. 흑인 영어 사용자들이 자신의 일상어로 말하듯이 쓴다면, 쓴 것을 편집된 문어체 영어로 바꾸는 편집 및 수정 과정의 최종 단계에서 사용자들은 문법, 어휘, 기타 관습 면에서 나타나는 흑인 영어와 편집된 문어체 영어 간의 차이점을 반복적으로 인식하고 의식적으로 비교하는 이상적인 기회를 갖게 될 것이다.

- 정확한 편집 문어체 영어의 문법은, 알아차리지 못하는 순간 입 밖으로 나오는 말의 문법을 자신이 사용하는 단어와 비교하고 연관시켰을 때,

훨씬 더 쉽게 학습되고 기억된다.

- 학생들은 너무나 자주 폄하되는, 집에서 사용하는 모어가 풍성하고, 규칙의 통제를 받으며, 완벽한 언어라는 점을 쉽게 알 수 있다. 확실히 그 언어는 표준 구어체 영어 또는 표준 문어체 영어에 결여되어 있는 시제와 상의 세부 요소들을 지니고 있다. (표준 영어에 결여되어 있는 이러한 언어학적 정교함은 아프리카계 미국인 영어에 대한 대부분의 연구, 예를 들면 보(Baugh, 1984), 그린(Green, 2002), 팔라카스(Palacas, 1989; 2001; 2004), 레드(Redd, 2005) 등의 연구에서 설명되어 있다.)

- 비교언어학에서의 이러한 실행은 언어 변이형, 그리고 말하기와 글쓰기의 본질에 대한 정교한 메타의식을 더욱 발전시키는 자연스러운 방법이다. (네로의 저서(Nero, 2006)에 따르면, 아프리카계 미국인 영어 사용자를 다룬 존 릭퍼드John Rickford, 자메이카의 크리올 사용자를 다룬 프랫 존슨Pratt Johnson, 인도 영어 사용자를 다룬 아남 고바르단Anam Govardhan 등의 연구자들은 대조수사학contrastive rhetoric과 문법에서 이러한 종류의 작업을 권장하고 있다. 또 캐럴 세베리노(Severino, 2007)도 참조하기 바란다.)

4. 사람들이 낙인찍힌 일상어로 글을 쓰는 일은 자신의 언어에 대해 자부심을 느끼게 할 것이고, 그 언어를 쓰는 다수의 사람들이 문화적으로 폄하되는 언어에 대해 가질 수도 있는 소외감 또는 모순적인 감정을 극복하게 할 것이다. '백인 영어'나 '정확한 문어체 영어'로 교정할 수밖에 없는 글임에도 불구하고, 구상하기와 초고 쓰기 단계에서 모어를 사용하는 것은 자부심을 증진시키는 데 도움이 된다. 그리고 아직 편집된 문어체 영어로 수정되지 않은 훌륭한 초고를 보면서, 그들은 모어로 썼기 때문에 훌륭하다는 것을 깨닫지 않을 수 없다. 그들은 훌륭하고 진지한 글쓰기가 군이 '정확한' 백인 영어여야 할 **필요**가 없다는 사실을 알게 될 것이다.

나는 1학년 글쓰기를 가르치면서 학생들의 전공 논문 서너 편을 주의 깊게 수정하고 교정하는 과제에 많은 역점을 두고 있다. 나는 모든 학생이 자신의 글 중 적어도 한 편은 편집된 문어체 영어가 아닌 일상 구어로 수정하고 교정하게 한다. (주류 백인 화자들도 집에서 사용하는 모어를 가지고 있으며, 그것이 올바른 글쓰기와 어떻게 차이 나는지를 인식하는 것은 그들에게 유용하다는 사실을 기억하기 바란다.) 나는 낙인찍힌 언어의 사용자뿐만 아니라 모든 학생이 수정하기와 교정하기가 본래부터 '정확한 편집 문어체 영어'와 연관된 것은 아니라는 사실을 이해하기를 원한다. 또 나는 학생들이 좋은 생각, 명료성, 생동감, 재치, 응집성을 갖추기 위해 수정하고 교정하는 법을 배우기를 원하고, 편집된 문어체 영어가 그러한 덕목들을 독점하고 있는 것은 아니라는 사실을 깨닫기를 원한다. 사실 학생들은 편집된 문어체 영어가 글에 명료성, 생동감, 재치를 부여하는 데 방해가 된다는 것을 때때로 알아챈다. 학생들이 이러한 권유를 받아들이면, 모어 또는 편안한 일상어로 자신의 글을 주의 깊게 수정하고 교정하게 된다.

최근 몇 년간 꽤 많은 중요한 글들이 아프리카계 미국인 언어와 여타 낙인찍힌 변형 영어로 출판되었다(부록 2 참조). 그러나 교사들은 낙인찍힌 변형 영어로 출판된 글들이 그러한 언어를 사용하는 자기 반 학생의 글쓰기 생활과는 관련성이 없다고 여기는 경향이 있다. 나의 글쓰기 교실에서는 학기마다 서너 종의 잡지를 출판한다. 이러한 잡지들은 다양한 영어 변이형과 사용역을 위한 이상적인 공간이며, 종종 언어 차이와 이데올로기에 대한 유용한 토론을 이끈다. 그리고 다른 변형 영어로 쓴 학생의 글이 출판될 기회는 점점 더 **넓어지고** 있다. 학교 신문, 학교 문학잡지, 심지어 일부 지역의 일요신문들은 비주류 변형 영어로 쓴 훌륭한 글들을 잘 수정하고 교정하여 출판하기에 좋은 공간이다. 물론 인터넷은 웹사이트, 블로그의 예에서처럼 무제한적인 기회를 제공하고 친구나 가족과 즉각적으로 소통하게 한다. 만약 학생들에게 초고 쓰기의 전 과정을 소위 표준 영어로 하라고 요구한다면, 즉 그들에게 모어로 글을 쓸 수 있는 선택권이 주어지지 않는다면, 그들은 단지 하나의 글쓰기 기어만을 강요당하는 것이다.

대학 작문과 소통 학회Conference on College Composition and Communication: CCCC 회장을 역임한 바 있는 빅터 빌라누에바Victor Villanueva는 다음과 같이 말한다.

지금 나는 쉰 살이고, 아마 삶이 3분의 1밖에 남지 않았을지도 모른다. 나는 내 귀에 처음 다가온 언어를 한 번도 유창하게 구사하지 못하고 죽지 않을까 싶다. 영어는 내가 아는 유일한 언어이다, 정말로. 그러나 [뉴욕식] 스페인어는 내 귀의 언어이자 내 영혼의 언어이다. 이 언어를 상실한 것이 슬프다. 이는 불가피한 것이 아니었다. 어떤 이는 아무것도 포기하지 않고 둘 이상의 언어를 능숙하게 구사한다. 어떤 이는 새로운 언어를 배운다. 아주 많은 사람들이 미국의 구성원이 되기 위해 너무나 많은 것을 포기해야 했다. (Kells, 202: 35에서 재인용)

5. 이러한 이유로 낙인찍힌 언어의 사용자들에게 교실 환경에서 자신의 일상 구어를 사용하라고 하면 더 잘하는 것 같다. 아서 팔라카스는 애크런 대학의 언어학자이자 글쓰기 교수이며, 대학교 1학년생을 대상으로 흑인 영어로 읽고 쓰는 글쓰기 수업을 오랫동안 해 왔다. 학생들은 여기서 흑인 영어의 구문과 어휘를 표준 영어와 비교하면서 공부한다. 이 수업이 비판을 받게 되었을 때, 그는 조사를 통해 십여 년에 걸쳐 자신에게서 1학년 글쓰기 수업을 받은 흑인 학생들이 다른 1학년 글쓰기 수업을 받은 흑인 학생들보다 대학에 잔류하는 비율이 훨씬 더 높았고, 대학 전체에서 백인 학생들이 잔류하는 평균적인 비율보다 아마 더 높은 것 같다는 사실을 발견하였다(Palacas, 2004).

퍼트리샤 어바인Patricia Irvine과 난 엘새서Nan Elsasser의 주목할 만한 연구도 살펴보자. 그들은 버진아일랜드 대학에서 기초 과정과 우등 과정의 글쓰기 수업을 지도하고 있었는데, 그 대학의 학생 대부분은 카리브해 지역의 크리올을 일상 영어로 사용하고 있었다. 그 대학에서는 모든 학생에게 표준 영어를 강요하였고, 만약 학생이 표준화된 문어체 영어에 대한 전통적인 문법 시험에 합격하지 못하면 1학년 글쓰기 과목의 학점을 주지 않았다. 그러나 어바인과 엘새서는 학생들로 하여금 낙인찍힌 영어를 읽고 쓰고 공부하도록 했고, 그것을 표준 영어와 비교 분석하도록 했다. 보충 과정과 우등 과정의 학생들은 '통제' 과정의 학생들보다 더 나은 글을 쓸 뿐만 아니라, **표준 영어에 대한 문법 시험에서도 더 높은 합격률을 보였다!** 어바인과 엘새서는 다음과 같이 말하고 있다.

> 많은 교육자들은 사회언어학적 현 상황에 내재된 문제들을 알고 있음에도 불구하고, 그것에 대해 문제 제기하기를 주저한다. 왜냐하면 크리올의 문식성을 위해 사용되는 모든 시간은 영어 교육에 쓸 수 있는 시간을 감소시키고, 그 결과로 학생들이 영어를 이해하는 데 방해가 된다는 뿌리 깊은 믿음 때문이다. 그러나 버진아일랜드 대학에서 보충 과정과 우등 과정의 신입생과 함께한 우리의 경험은 이러한 가정을 확증하지 않는다. 사실, 크리올의 학습과 사용을 통해 사회언어학적 규범에 맞서고 도전하는 일은 일반적으로 학습에 대한 입장과 태도를 변화시켰으며, 특히 글쓰기에 대한 입장과 태도를 변화시켰다. 보충 과정과 우등 과정의 학생들은 모두 크리올 중심의 수업에서 더 많은 글을 썼고, 더 주의 깊고 설득력 있는 글을 썼다. 그리고 표준 영어로 치르는 졸업 시험에서 표준 영어 중심 수업의 학생들보다 훨씬 더 높은 점수를 얻었다. (Irvine & Elsasser, 1988: 310)

6. 나의 더 큰 목표 중 하나는 주류 언어의 공인되지 않은 어떤 변이형이 언어로서 살아남아 번성하게 하는 것이다. 글을 쓰는 데 이용되지 않는 한 살아남을 수 있는 언어는 거의 없다.

그런데 주의 깊은 사고나 학문적인 사고에서는 어떠한가

9장에서는 일상적인 말과 설명문의 차이는 단지 다른 언어나 방언이 아니라 다른 방식으로 정신을 사용하는 것이라는 중요한 반론을 제기하였다. 자신의 일상어로 말하듯이 쓰는 필자가 문학적인 글이나 학술적인 글을 쓰려면 사고하고, 논증하고, 추론하고, 구성하는 방식을 바꾸어 일상어 기반의 초고를 구성해야만

한다. 이 반론을 조금 더 설명하고자 한다. 왜냐하면 낙인찍힌 모어를 사용하는 학생들에 대해 많은 사람들이 이를 절실히 공감하고 있기 때문이다. 아네사 볼 Arnetha Ball은 한 연구에서 아프리카계 미국인 영어를 사용하는 고등학생들은 학술적인 글에 적합하지 않은 사고방식들을 사용한다는 사실을 발견했다.

그러나 이러한 반론은 초고를 쓸 때 자유작문을 권유받는 주류 백인 학생들에게도 적용된다. 학생들은 어떤 형태의 일상 영어를 사용하든 간에 강력한 수정 과정을 필요로 한다. 낙인찍힌 방언을 사용하는 학생들이 수정을 요구받을 때 그들이 하는 일은 주류 학생들의 경우와 똑같다. 느낌을 진술한 후 그것을 개념화해 쓰든지 명확한 근거와 사례를 들어 주장하는 것이다. 이야기를 그렇게 재구성하면 좀 더 개념적으로 진술된 주장을 더 명확한 근거로 뒷받침하게 된다. 이는 확실히 문법이나 철자를 고치는 것과는 전혀 다른 일이다.

이러한 수정 작업은 주류 학생들과 일상어를 사용하는 학생들 모두에게 힘든 일이다. 그러나 수정은 그 글쓰기가 학교를 위한 것이든, 사업을 위한 것이든, 더 넓은 세상을 위한 것이든 간에 글쓰기에서 가장 중요한 일이다. 그리고 일상어를 사용하는 학생들이 이러한 일을 할 때, 그들은 저니바 스미서먼이 언급한 바와 같이, 아프리카계 미국인 영어의 두 차원, 즉 일상 흑인 영어의 **담화 방식**과 일상 흑인 영어의 **문법** 사이에 존재하는 흥미로운 차이를 보여 준다. 이러한 차이를 이용하여, 그녀는 내가 주장하는 접근법을 명시적으로 추천하면서 다음과 같이 말한다.

> 내가 종종 받는 질문은 교사가 이러한 글쓰기 교육법을 '얼마나 더' 지속할 수 있느냐 하는 것이다. 나의 대답은 교사가 할 수 있는 한 계속하라는 것이다. 일단 학생들로 하여금 다시 쓰고, 수정하고, 또 다시 쓰고 수정하고, 또 다시 쓰고 수정하게 하라. 그리고 일단 학생들이 쓸 수 있는 최상의 글을 써 냈다면, 그다음에서야 교사는 학생들로 하여금 일상 흑인 영어의 문법에, 그리고 구두점·철자법·기법 등의 문제에 주의를 기울이도록 해야 한다. (Smith-

ernman, 1998: 29)

여기에서 중요한 점은 어떤 방언이나 언어의 사용으로 인해 사고방식이나 구성이나 수사적 표현이 고정되는 것이 아니라는 것이다. 언어, 사고, 문화, 정체성 간에는 중요한 연결고리가 존재할 수도 있다. 그러나 연결고리가 단단한 사슬인 것은 아니다. 여기에서 핵심적인 전제는 인지적 과제나 수사적 과제를 위해 어떤 영어 변이형이라도 사용할 수 있다는 것이다. 주류 영어, 즉 편집된 문어체 영어는 어떤 종류의 사고와 담화를 '소유'하고 있는가? 사람들은 자신의 문화적 정체성을 포기하고 특정한 수사적·지성적·인지적 과제를 받아들여야 하는가? 분명한 사실은 낙인찍힌 구어체 영어(또는 모든 구어체 언어)의 사용자로 하여금 학술적 과제를 수행하게 하고, 라틴계 미국인, 아프리카계 미국인, 카리브해인인 그들이 자신의 모어로 학술적인 글을 쓰게 하는 것이 옳은 일이라는 것이다. 여기에서 일반적 원칙은 당사자가 원한다면 자신의 작가적 정체성, 실제로는 자신의 인종적 정체성을 유지할 수 있다는 것이다. 그들은 여전히 다양한 장르에서 글을 쓰고 있고, 보수적 독자들이 어떤 '오류'도 찾아낼 수 없는 언어를 생산하고 있다. '악센트'가 있는 글쓰기가 '잘못된 글쓰기'일 수는 없는 법이다.

리사 델핏Lisa Delpit은 학교에서 흑인 영어를 사용하는 것에 전적으로 반대한 사람으로 가끔 인용되곤 하지만, 그녀의 유명한 반대 의견들에는 미묘한 차이가 많다. 사실 그녀의 글을 보면 내가 옹호하고 있는 글쓰기 접근법을 특별히 지지하고 있음을 알 수 있다.

계획적이지 않은 구어나 공개적 읽기와는 달리, 글쓰기는 그 자체로 교정을 필요로 한다. 회화적 말하기는 즉흥적이어서 당면한 상황에 즉각적으로 반응할 수밖에 없는 반면, 글쓰기는 대중적 검토에 들어가기 전에 쓰고 다시 쓰기를 몇 번이나 할 수도 있는 간접적인 과정이다. 결과적으로 글쓰기는 규칙 적용에 더 복종적이다. 즉 글을 쓰는 사람은 먼저 자신의 생각을 풀어놓기 위해서 자유롭게 쓰고, 그다음에는 메시지를 다듬기 위해 교정하면서 특정한 철자법이나 통사적 규칙이나 구두점 규칙 등을 적용한다. (Delpit, 1998: 25)

토머스 패럴Thomas Farrell은 이러한 생각에 대해 반대 의견을 신랄하게 표명하였다. 그는 아프리카계 미국인 학생이 작문에서 낮은 점수를 받는 것은 그들의 언어에서 '빈약한' 형태의 'to be' 동사가 사용되었기 때문이라고 주장했는데, 이는 사실상 아프리카계 미국인 영어로는 분석하거나 추상적 사고를 할 수 없다고 주장한 셈이다. 스미서먼은 자신이 쓴 거의 모든 글에서 이러한 견해를 반박하기 위해 애썼다.

관련된 사례를 살펴보자. 추상적 분석과 논리적 담화는 백인, 남성, 서양 문화와 깊이 관련되어 있다. 하지만 다수의 여성들이 주장해 온 바는 여성들이 이러한 담화를 사용할 때 여성으로서의 정체성을 포기할 필요는 없다는 것이다. 이러한 관점을 강하게 드러내는 진술로는 누스바움(Nussbaum, 1994)을 참조하기 바란다.

소리 내어 읽으면서 수정하기: 낙인찍힌 영어 사용자들의 장점

낙인찍힌 언어를 사용하는 많은 사람들은 잘못된 글쓰기에 대해 지적받은 경험이 너무나 많기 때문에 문자 언어에 대한 자신의 육체적 나침반을 상실해 버렸다. 그들은 글을 쓸 때 입과 귀를 닫아 버리게 되었다. 자신의 몸으로 문자 언어를 어떻게 느껴야 하는지에 대한 명확한 감각을 완전히 잃어버린 것이다. 문자 언어에 대해 그들이 맺는 유일한 관계는 순전히 인지적인 일과 관련되어 있거나, 심지어는 그들을 속이도록 고안된 퍼즐과 관련되어 있는 것 같다. 그들은 이론적이고 추상적인 결정을 내려야만 할 때 이렇게 말해야 한다. "이와 같이 자연스럽게 소리 나는 단어는 교사가 잘못되었다고 말하는 또 다른 단어가 될까? 교사가 옳다고 하는 표현은 무엇이었을까?" 언젠가 아서 팔라카스는 글 한 편을 아프리카계 미국인 학생들과 함께 살펴본 일이 있었다. 한 학생이 어떤 부분에서 이런 말을 하였다고 한다. "아, 이제 알겠어요. 만일 어떤 단어의 소리가 저에게 옳게 들리면 그건 잘못된 거예요. 저에게 틀리게 들리면 그건 옳은 거고요!"

소리 내어 말하기를 통한 수정은 그러한 나침반을 회복할 수 있게 한다. 이런 수정은 낙인찍힌 언어의 사용자들이 글쓰기를 할 때 **중요한** 역할을 입과 귀에 맡기도록 한다. 아, 물론 입과 귀는 가끔 비표준 문법(즉 '잘못된 문법')을 만들어 낼 것이다. 하지만 학생들은 이러한 신체기관들이 좋은 글쓰기에 매우 필요한 최선의 자원이라는 점을 실제로 배우게 될 것이다. 학생들은 이러한 강력하고 명확한 언어를 소유하고, 그것을 자신의 육체에 요청할 수 있다. 그리고 이러한 좋은 언어가 '편집된 문어체 영어'라는 검열을 통과하는 데 필요한 최소한의 교정을 뒤로 미룰 수 있다.

마오쩌둥이 중국의 문자를 이용하기 쉽게 만들려고 하다

대부분의 한자가 소리에 대한 시각적 단서를 가지고 있다는 사실에도 불구하고 (다양한 표기 체계에 대해서는 1장의 '문식성 이야기' 참조), 중국의 시각 문자는 중국의 구어 단어와 연관되지는 않는다. 문자를 읽든 쓰든 간에, 구어를 듣고 그 문자를 알아낼 수는 없다. 모든 아이가 모어를 배우듯 중국의 아이들도 구어 중국어를 '공짜로' 배운다. 그러나 읽고 쓰기 위해 중국의 아이들은 모든 시각 문자를 전혀 다른 방법으로, 매우 의식적인 암기 과정을 통하여 배워야 한다.

그러나 마오쩌둥은 이를 바꾸어 문자를 많은 중국인이 훨씬 더 이용하기 쉽게 만들고 싶어 했다. 그는 전통적인 문자를 영어나 다양한 언어에 사용되는 로마자, 즉 라틴 문자로 교체하고 싶어 했다. 그가 '말하듯이 쓰기'에 대해 언급하지는 않았을 테지만, 그의 목표는 구어 중국어를 소리를 나타내는 기호를 사용해 표기하는 방식을 만드는 것이었다. 그는 1936년에 에드거 스노Edgar Snow에게 이렇게 말한 바 있다.

> 우리는 라틴 문자의 사용이 문맹을 극복하는 데 좋은 도구라고 믿습니다. 한자는 배우기가 아주 어려워서 기초 한자에 대한 최선의 체계나 단순화된 가르침에 의해서도 인민들에게 정말 효율적이고 풍부한 [문자] 어휘를 제공할 수 없습니다. 조만간 인민 대중이 모두 참여할 수 있는 새로운 사회문화를 만들고자 한다면 한자를 완전히 버리지 않으면 안 될 것이라고 우리는 믿고 있습니다.
> (Robinson, 1995: 196에서 재인용)

이것은 개인 인터뷰였지만 마오쩌둥은 반半공개적인 연설에서도 같은 의견을 밝힌 바 있다. 그러나 그의 언급은 1981년까지 발표가 금지되었고 비밀이었다. 다음의 구절을 보자.

그러한 [로마] 문자는 그 수가 20개 남짓밖에 안 되고 한 방향으로만 쓰기 때문에 매우 단순하고 명확하다. 분명한 것은 우리의 한자가 이러한 관점에서 그 문자와는 비교도 안 된다는 것이다. 만일 비교도 안 된다면 비교가 안 되는 것이며, 한자가 그렇게 좋은 것이라고 생각해서는 안 된다. (DeFrancis, 1984: 252)

마오쩌둥은 계속해서 문어체 중국어가 세계에서 최고의 체계라는 생각은 터무니없는 것이라고 말한다. 그의 주장에 따르면 과거의 왕조들은 서양에서 좋은 것들을 취해 왔으며 글쓰기를 위해서는 그렇게 하는 것이 좋은 생각이었다.

그러나 일이 잘 진행되지는 않았다. 마오쩌둥은 1950년에 이 계획을 폐기하였다. 드프랜시스는 이것을 '엄청난 퇴보'라고 부른다(DeFrancis, 1984: 257). 마오쩌둥의 동기에 대해서는 어떤 기록도 찾을 수 없는데, 서양에 아첨한다고 그를 비난한 홍위병의 압력을 받았던 것으로 추정된다. 홍위병은 중국어 표기를 위해 로마자를 사용하려는 것을 맹렬히 비난하였다(DeFrancis, 1984: 270). 결국 마오쩌둥은 전통적인 한자를 단순화함으로써 한자를 쓰는 데 필요한 획수를 줄였다. 로빈슨은 그 결과에 대해 다음과 같이 안타까워했다.

오늘날 중국어는 아마 두 세계의 가장 좋지 않은 점을 가지고 있을 것이다. [단순화한] 문자에서 오는 혼돈이 그 하나이고, 로마자로 표시하는 문자의 불확실한 지위가 다른 하나이다. (Robinson, 1995: 196)

새로운 간체자 체계로 인해 지난 50년 동안에 태어나 자란 중국인은 번체자로 쓰인 고전 문헌을 읽을 수 없게 되었다. (이에 대해서는 『뉴요커』 2004년 2월 16일과 23일 자에 실린 기사를 참조하기 바란다.)

마오쩌둥이 생각을 바꾸어 간체자를 도입한 이후인 1958년, 중화인민공화국은 중대한 결정을 내렸다. 한자 표기를 위해 로마자를 사용하도록 마침내 지시를 내린 것이다. 이는 병음拼音이라 불린다. 그러나 이것은 매우 제한적으로 그리고 특별히 제한된 목적으로만 사용하도록 하였다. 첫째, 정부는 한자의 병음 표기는 '북방 중국어Mandarin'나 중국 '보통화普通話'라 불리는, 베이징을 포함한 중국 북부에서만 통용되는 구어체 중국어와 일치해야 한다고 공표하였다. 이 때문에 대다수의 중국어 사용자, 즉 모두 '중국어'로 불리지만 서로 통용되지 않는 여섯 개 이상의 언어 사용자들에게 병음은 외국어로 여겨지게 되었다. 또한 병음은 입문기 아이들이 문자를 배우는 첫 단계에 활용될 수 있었는데, 특히 중국 전역에서 방언을 사용하는 아이들이 북방 중국어를 **발음**하는 방법을 배우도록 돕는 데 사용될 수 있었다. 따라서 병음은 중국 전역에서 표준어 또는 보편어로 사용될 수 있었지만, 구어체 중국어를 표준화하지는 못했다.

공식적으로 중국어의 북방 방언이 병음으로 표기될 수 있는 유일한 발음의 지위를 **최초로** 부여받았을 때, 그것은 실질적으로 베이징에 있는 한 사람의 말에 기반을 둔 것이었다.

> 1920년대에 음성학자이면서 다방면에서 주목받는 언어학자로서 언어 표준화와 관련된 학자 집단의 회원이었던 자오Y. R. Chao는 규범을 고치는 데 도움을 주기 위하여 자신의 언어를 축음기로 녹음하였다. 스스로 반쯤 농담처럼 말하였듯이, 그는 한동안 중국 국어의 유일한 사용자였다. (DeFrancis, 1984: 53)

이론적으로 로마자 표기의 사용은 **모든** 중국인이 개별적이고 서로 다른 제각각의 구어체 방언이나 구어를 표기할 수 있도록 해 줄 수 있었다. 어쨌든 모든 형태의 구어체 중국어는 로마자 병음으로 표기가 가능했다. 일부 저명한 권위자들은 이러한 시행 방침을 강력하게 지지하였다. 그러나 병음이 북방 중국어만을 반영해야 한다는 지침을 고수한 정부는 표기를 표준화하기 위한 대대적인 운동을 전개하였다. (이러한 정부 정책이 800년에 샤를마뉴가 공표한 내용과 어떤 특징을 공유하는지 주목하기 바란다. 샤를마뉴는 라틴어를 보편어로 만들었지만 구어체 라틴어는 전혀 표준화되지 않았다.)

병음은 컴퓨터로 중국어를 쓰는 것을 가능하게 만들었다. 그러나 중국어를 입력하는 데에는 또 다른 단계가 필요하다. 병음으로 단어 입력을 시작해 보자. 이는 베이징에서 사용하는 북방 중국어 방언의 구어 단어(거의 늘 한 음절이다)를 소리로 입력하는 것이다. 그러나 이게 끝이 아니다. 거의 모든 중국어 구어는 네 개 이상의 '성

調聲調’가 있다. 병음으로 표기된 하나의 단어는 성조에 따라 네 개 이상의 전혀 다른 의미를 가질 수 있다. 따라서 ‘대략적인 단어’를 입력하면 병음 단어가 의미할 수도 있는 네 가지 이상의 전통적인 비자모 **문자**nonalphabetical character가 팝업창에 뜬다. 그러면 자신이 염두에 둔(문자 그대로 입안에 있는) 단어 및 성조에 맞는 문자를 클릭하면 된다.

1958년 이후에 병음이 모든 학교에 도입되어 사용되고 중국인들이 컴퓨터에서 병음을 쓰는 데 익숙해진 후, 마오쩌둥이 하고자 했다가 물러선 단계, 즉 낡은 문자를 버리고 로마자 표기 체계를 전적으로 사용하는 단계로 중국이 나아갈 수도 있었을 것이라고 나는 생각한다. 대중이 글을 읽고 쓸 수 있다는 것은 엄청난 장점이다. 그러나 한자는 매우 아름답고 흥미로우며 함의가 풍부하다. 그리고 그것은 다른 어떤 것보다 더 오래 지속적으로 사용해 온 표기 체계이다. 서양의 알파벳이 더 먼저 시작되었지만, 기능적인 표기 체계를 개발한 것은 중국어가 처음이다. 글을 읽고 쓸 줄 아는 중국인은 대부분 자신들의 표기 체계에 자부심을 느낀다. 이와는 대조적으로, 글을 읽고 쓸 줄 아는 서양인들은 대부분 자신이 무심히 다루는 실제의 문자에서 어떤 아름다움을 느끼거나 정서적으로 감동을 받는 경우가 없다. 비록 **표기** 체계로서 자신의 언어나 알파벳에 자부심을 느끼기는 하지만 말이다. 사실 많은 영어 사용자들은 영어 철자가 혼란스럽기 때문에 알파벳 글자와 관련하여 다소 짜증을 내거나 심지어 부끄러움을 느끼는 경우도 있다.

나는 드프랜시스가 자신의 저서에서 중국어에 대해 설명하고 있는 부분에 크게 의존하고 있다. 특히 그는 한자 포기 여부에 대한 중국 내 급진주의 학파와 보수주의 학파 그리고 정치적 목소리 간의 이념적이고 문예적인 투쟁에 대한 흥미로운 이야기를 많이 들려준다.

여기서는 중국어에 대하여 독자들이 반가워할 만한 몇 가지 정보를 소개하고자 한다.

- 중국어는 ‘만일(if)’, ‘그렇다면(then)’, ‘그러나(however)’와 같은 접속사를

생략하는 병렬형 언어이다. 어떤 사람들은 중국어를 원시적이라고 부르는데, 중국어에 시제와 접속사가 많지 않기 때문이기도 하다. 중국어는 피진처럼 들린다. "너 내일 뉴욕 가다(You go New York tomorrow)." 또는 "너 어제 뉴욕 가다(You go New York yesterday)." 그러나 말할 것도 없이 중국어는 매우 복잡하게 발달한 언어이다.

- 문어체 중국어에서는 모든 문자가 고유의 의미와 소리를 가지고 있다. 동음이의어의 위험, 즉 같은 기호가 다른 의미나 소리를 가질 위험은 없다. 그 결과 문어체 중국어는 매우 간결해질 수 있다. 이는 수많은 동음이의어가 존재하는 **구어체** 중국어와는 완전히 반대된다. 거의 모든 구어체 단어는 단음절인데, 만들어 낼 수 있는 개별 단음절의 수에는 한계가 있을 수밖에 없다. 각 단어에 네 개의 상이한 '성조'를 부여한 후에도 여전히 수많은 동음이의어가 존재한다.

- 언어는 정치적·문화적 갈등의 원천이 되는 경우가 흔히 있다. 드프랜시스에 따르면, 중국어는 언어 차이가 크기는 하지만 반드시 정치 분열로 귀결되는 경우는 아닌 사례라고 한다. 중국인들은 프랑스어나 영어의 방언들보다 더 가깝지 않은, 매우 다르고 서로 이해되지 않는 언어들('방언')을 사용해 왔고 앞으로도 사용하겠지만, 언어에 대한 대규모의 정치적인 분쟁이나 긴장은 없었다. 의심할 나위 없이 이러한 상황은 오랜 세월 지배해 온 황제와 오늘날 지속되고 있는 강력한 정부의 권력에서 비롯된 것이다. 드프랜시스의 주장에 따르면 언어 분쟁은 대개 (프랑스와 스페인 간의) 정치적 차이, (캐나다에 존재하는 프랑스 가톨릭과 영국 개신교 간의) 종교적 차이, (벨기에에서 프랑스어를 쓰는 왈롱 지방과 네덜란드어를 쓰는 플란데런 지방 간의) 경제적 차이에서 비롯된다(DeFrancis, 1984: 56-57).

4부

일상어 문식성

염소 선생(위대한 필자 축제의 특별 초청 강연자)

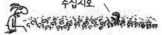

염소 선생님, 책을 써 본 적 없다는 것과 글 쓸 욕망이 전혀 없다는 것 좀 설명해 주시겠습니까?

그건 일반적인 지루한 느낌이에요. 정열적이거나 영적인 게 아니지요. 특정 상황에서 아무것도 일어나지 않는 건 그저 평범하고 오래된 일이에요. 괜찮아요.

놀라워라!

염소 선생님, 선생님이 이름을 떨치지 못하거나 비판적 찬사를 받지 못하고··· 당신 이야기를 하지 않고··· 영화나 연극으로 만들 만한 작품이 전혀 없는 것에 대해 선생님의 느낌을 우리와 공유할 의향이 있으신지 궁금합니다. 선생님의 영혼이 그토록 인정받지 못한 건 도대체 무엇 때문인가요? 부디 말씀해 주십시오.

그건 일상적이고, 지극히 평범하며, 별 특징이 없는 느낌이에요. 통상적이고, 얕으며, 비어 있는, 기억할 만하지 않은 상황이에요. 아주 특별하지 않은 상황이지만 아주 괜찮아요··· 아주 괜찮아요.

놀라워라!

놀라워라! 놀라워라!

놀라워라! 놀라워라! 놀라워라!
놀라워라! 놀라워라! 놀라워라!

그저 놀라워라!
놀라워라! 놀라워라! 놀라워라!
놀라워라! 놀라워라!
센세이션!

* 마이클 루닉의 「염소 선생 그리고 다른 이야기들」 중에서

도입: 단테가 말한 민중 언어

단테가 걸작 『신곡』을 그의 생애 말년인 1308년에 출판했을 때, 이전의 『민중 언어』란 저서에서 자신이 찬양했던 일상 구어를 드디어 사용하였다. 그가 사용한 것은 자신의 모어인 피렌체 지방의 방언이었다. 그는 이 방언을 아이와 보모의 언어라고 불렀다. 단테는 당시 진지한 글쓰기에 적합해 보이는 유일한 언어였던 라틴어보다 이 방언이 더 고결하다고 주장했다. 그리하여 그가 마침내 고도로 종교적이고 철학적인 서사시이자 현재 많은 사람들이 역대 최고의 걸작이라 부르는 작품에 저급한 일상 구어를 사용하자 학식 있고 영향력 있는 많은 사람들은 그의 결정을 비웃었다.

> 그는 민중의 언어, 즉 거리의 말로 그런 작품을 썼다고 해서 비판을 받았다. … 조반니 델 비르질리오Giovanni del Virgilio는 단테가 돼지에게 진주를 던져 주었다고 비난했다. … 후대의 좀 더 유명한 고전주의자인 프란체스코 페트라르카Francesco Petrarca 역시 안타까움을 표시했다. … 단테의 글이 선술집과 광장의 '바보들'(무식한 사람들)이 내뱉는 끔찍한 발음으로 인해 산산조각이 났고 타락해 버렸다는 것이다. (Cornish, 2000: 176)

나는 단테의 취지에 주의를 환기하고 싶다. 그 당시 지방의 구어는 글쓰기에서 경멸의 대상이었지만 그런 언어도 고도의 진지함과 품격을 갖춘 글에 사용될 수 있으며, 그런 언어도 결국 모든 사람이 글쓰기에 적합하다고 여기는 언어가 될 수 있음을 그는 보여 주고자 했던 것이다. 단테에 주의를 환기하고 싶은 이유는 물론 단테의 시에 사용된 이 '저속한' 일상어가 근대 이탈리아어가 되었기 때문이다. 이 언어는 공식적인 교양 언어로 공인되어 현대 이탈리아에서 두루 쓰인다. 그래서 이탈리아인들은 오늘날 영미권 사람들이 단테와 마찬가지로 14세기 작가인 초서의 작품을 읽을 때보다 훨씬 쉽게 『신곡』을 읽을 수 있다.

그러나 이러한 수용 과정에는 수백 년의 시간이 필요했다. 그리고 단테의 방언이 마침내 글쓰기에 적합하다고 인정될 무렵, 이탈리아에서는 그 밖의 일상 구어 대부분이 글쓰기에 적합하지 않다는 주장이 공공연하게 표명되기 시작했다! 현재 이탈리아 전역에서 서로 다른 지역 방언을 구사하는 아이들은 말하고 쓰는 학교 공부에서 공식적인 이탈리아어를 사용하도록 강요받는다. 사실 유럽에서 프랑스어, 스페인어, 포르투갈어, 영어와 같은 모든 신흥 국어의 문식성 문화는 자신의 '비문식적' 뿌리를 망각한 채 뻔뻔스럽게 돌아서서 현재 일상 구어를 배제하려 하고 있고, 이것을 지적이지 않은 언어, 글쓰기에 적합하지 않은 언어라고 일컫고 있다.

17장에서는 엄격한 문식성에 대한 미국의 기존 문화가 어떤 문제점을 지녔고 어떻게 말하기를 적대시하는가를 살펴볼 것이다. 또 마지막 장인 18장에서는 우리가 놀랄 만큼 빠른 속도로 일상어 문식성이라는 새로운 문화를 향해 나아가고 있음을 주장할 것이다. 이 문화에서는 글쓰기를 할 때 말하기를, 정확히 말하면 다수의 구어들을 적극 환영한다. 이 새로운 문화에서는 구어체 영어의 서로 다른 형태들 모두를 진지한 글쓰기에 적합한 것으로 받아들일 것이다.

17

말하기를 배제하는
엄격한 문식성 문화

문식성이란 무엇인가

나는 지금 미끄러워서 의미가 잘 잡히지 않는 **말하기**와 **글쓰기**에 대한 책을 쓰고 있다. 그리고 이제는 **문식성**에 대해 논의하려고 한다. 문식성은 무엇을 뜻하는가?

문식성이란 말은 처음에는 단어를 문자로 표기하는 단순한 능력을 가리켰다. 철자와 문법은 큰 문제가 되지 않았다. (예컨대 중세에는 시기와 장소에 따라 사람들이 자신의 이름만 쓸 줄 알아도 글을 아는 사람이라고 불리기도 했다.) 이러한 의미의 문식성을 우리는 루이스와 클라크 그리고 존 스미스가 쓴 글에서 본 바 있다(이 책의 59쪽과 242쪽 참조). 나는 이러한 능력을 '단순한' 문식성이나 **일상어 문식성** vernacular literacy 또는 **민중어 문식성** vulgar literacy이라고 부른다. 나는 이런 종류의 문식성을 긍정적으로 보고자 한다. 사람들이 누군가의 글을 보고 "문식성이 없군."이라고 한다면 나는 이렇게 말할 것이다. "아닙니다. 문식성이 없는 건 불가능합니다. 글을 쓸 수 있다면 무조건 문식성이 있는 것이지요."

물론 미국 문화권에서는 언제나 '비문식적 글쓰기illiterate writing'에 대해 이야기한다. 이는 문식성에 대한 새롭고 더 높은 기준이 형성되었음을 시사한다. 문식성이라는 용어는 이제 단순히 문어를 사용하는 능력만이 아니라 **정확한 표준 문어를 사용할 줄 아는 능력**을 의미한다. ('표준'에 대한 개념 정의에 대해서는 3부의 '도입'을 참조하기 바란다.) '문식적 글쓰기'에서는 어휘와 언어 사용역이 제한된다. 즉 문식적 글쓰기에서는 지나치게 품위가 없거나 세속적인 **표현**을 피해야 한다. 이러한 문식성 개념은 미국 문화에 널리 퍼져 있다. 나는 이를 '엄격한 문식성proper literacy'이라고 부른다.

문식성의 기준은 계속 높아지고 있다. 최근 수십 년 동안 문식성을 더 풍요롭고 더 복잡하며 더 흥미로운 것으로 다루는 중요한 학술 운동이 나타났다. 이 학술 운동은 종종 신문식성 연구라고 불리고 있는데, 이를 선도해 온 사람들은 영국의 학자들이다(New London Group, 1996). 지금 모든 대학에는 '문식성 연구'라는 이름의 학과와 프로그램이 존재한다. 최근 이 모든 연구들의 중심점은 "모든 '담화 공동체'에는 고유의 문식성이 존재한다."라는 것으로 귀결된다. 여기서 고유의 문식성이라는 것은 어떤 담화 공동체의 구성원으로 받아들여지기 위해 충족해야 할 고유의 복합적인 말하기·글쓰기 관행을 뜻한다. 담화 공동체는 물리학자, 의사, 비행기 조종사 등 전문가 집단일 수도 있지만 오토바이 동호인, 해커, 야생 조류 관찰자 등 공식성이 덜한 집단일 수도 있다. 만약 여러분의 글이 조류 관찰 잡지나 뉴스레터 등에서 좋은 평가를 받기를 원하거나 최소한 채택되기를 바란다면, 여러분은 그 집단의 글쓰기 관습을 알고 따라야 할 것이다.

이러한 사고 방향은 필연적으로 **다중 문식성**multiple literacies 또는 **다문식성**multiliteracies이라는 개념으로 이어진다. 예컨대 어떤 사람이 전통적 의미에서 지나치게 '문식성'이 있다면 래퍼들 사이에서는 '문식성이 없는' 사람일 가능성이 크다. '문식성'이라는 단어가 언어학적 관점에서 어떤 변화 과정을 거쳐 왔는지에 주목하기 바란다. '문식성'은 '문자letter'에서 온 것이 명백하므로, 그 기본적 의미에서 문식성이란 말은 글이나 텍스트에 적용된다. 그러나 언젠가부터 이 용어는 은유적으로 사용되기 시작했는데, 말하기에 '문식성이 없다'든가 '시각적 문식성' 또는 '수학적 문식성'이라고 일컬을 때가 그런 경우이다. 말하기에서는 문자를 사용하지 않음에도 불구하고, 미국 문화에서는 올바른 표현이나 문법이 들리는지 여부로 다른 사람이 한 말을 판단할 때가 많다. 그 누구도 이제는 이 표현들을 은유적이라고 느끼지 않는다.

런던 그룹London Group의 대표적 학자인 브라이언 스트리트조차도 '문식성'이라는 말을 그림이나 여타의 비언어적 현상에 사용하는 것은 적절하지 않다고 주장한다. 나에게는 이 용어를 확대 사용하는 것이 불편한 또 다른 이유가 있다. 나는 본질적으로 글쓰기나 문자와 관련되어 있는 단어를 사용하여 다른 기능이나 능력에 대해 말하는 사람을 싫어한다. 이들은 예컨대 "그녀는 화장에 대해 아주 까막눈이야(She's so illiterate about make-up)."와 같은 식으로 말한다. 이미 세상에는 모든 지능과 기능이 문자와 글쓰기의 정확성을 뜻한다는 불길한 암시가 만연해 있다. 정녕 이러한 암시를 강화하고 싶은가?

그런데 여기서 우리는 은유가 어떻게 '사라지는지'를 볼 수 있다. 어떤 표현을 은유로 여기려면 그것을 잘못된 표현이라고 느껴야 한다. 워커 퍼시Walker Percy의 「실수로서의 은유Metaphor as Mistake」(1958)를 보면 도움이 될 것이다.

새로운 문식성 연구를 수행하는 학자들은 물론 그들 고유의 문식성을 물론 가지고 있다. 이는 그들이 그 누구보다도 먼저 인정하는 사실이기도 하다. 그리고 그들은 사회 정의를 연구의 중심 주제로 잡는 경향이 있다. 사실상 그들은 다음과 같이 말하고 있다.

문식성이 없는 사람이 정확한 영어를 읽고 쓰는 법을 배우면 우리 문화에서 문식성이 있는 구성원으로 받아들여질 것이라고 사람들을 속이지 말라. 결코 그것으로 충분하지 않다. 문식성이 있는 대부분의 담화 공동체에서 구성원으로 받아들여지려면 다른 섬세한 형태의 문식성을 소유해야 한다. 게다가 계급이나 인종처럼 문식성과 무관해 보이는 외적 조건들도 있다. 글쓰기를 잘하더라도 이 조건 때문에 담화 공동체에서 받아들여지지 않는 경우가 종종 있다. 사회 지도층 부인들이 주도하는 '문식성 캠페인'을 통해 모든 사람이 중산층이 되어 '좋은 행동'을 할 수 있게 된다는 것은 기만이므로 중단되어야 한다. 글쓰기는 중립적인 기술이 아니다. 언제나 글쓰기는 권력의 차별이 존재하는 상황에서 존재하며, 권력은 자주 글쓰기를 이긴다.

이 문식성 연구자들은 글쓰기가 다수의 서로 다른 영역에서 어떻게 서로 차별적으로 기능하는지에 대해 중요하고 유용한 실질적 연구를 수행했다. (이러한 연구 경향을 개관하고자 한다면 쿠시맨Cushman 등이 편집한 유용한 선집『문식성: 중요한 원전Literacy: A Critical Sourcebook』(Cushman et al., 2001)을 참조하기 바란다.) 그래서 결국 다중 문식성을 이야기할 때 등장하는 논리가 있다. 다중 문식성은 섬세하면서 감춰져 있고, 문식성은 매우 복잡하다는 것이다.

그러나 나는 이 책의 마지막인 4부에서 우리의 주의를 되돌려 더욱 단순한 두 가지 개념에 초점을 맞추고자 한다. 하나는 **일상어 문식성**(어쨌든 글을 생산하는 '단순한' 문식성)이고, 다른 하나는 '정확한' 글을 생산하는 **엄격한 문식성**이다. 나는 단순한 일상어 문식성에 관심이 많은데, 그 이유는 그것이 너무 저평가되어 있기 때문이다. 또한 엄격한 문식성에도 관심이 있는데, 그 이유는 그것이 지나치게 고평가되어 있기 때문이다. 내가 논의 범위를 이렇게 좁히려고 하는 까닭은 새로운 문식성을 연구하는 학자들이 연구 범위를 넓힌 이유와 크게 다르지 않다. 그들과 나는 모두 '엄격한 문식성', 즉 정확한 철자법과 문법이 우리 문화를 지배하고 사람들의 마음에 먹구름을 드리우는 것에 대해 우려하고 있는 것이다.

엄격한 문식성은 심층 권력과 연결되어 있고, 심지어는 마법과도 연결되어 있다. **문법**grammar과 **마법**glamour은 사실상 같은 말이다. (중세에는 심각한 죄를 지어 교수형에 처해질 상황에서도 주기도문을 라틴어로 외우면 형을 면할 수 있었다.) 새로운 문식성을 연구하는 학자들과 나는 모두 "문식성이 우리 문화에서 어떻게 **실제로**

기능하는지 탐구해 보자."라고 말하고 있는 것이다.

그 학자들은 다양한 문식적 공동체의 구성원으로 받아들여지는 데 실제로 필요한 언어적 자질과 능력이 무엇인지를 살펴보고 있다. 이러한 언어적 자질과 능력은 독특하고, 흥미로우며, 때때로 임의적인 경우도 있다. 예컨대 글쓰기에서 '좋은 논거'나 '좋은 구성'이나 '좋은 근거'로 간주되는 생각은 직업이나 학문 분야에 따라 달라진다. 그러나 나는 문식성이 우리 문화에서 실제로 어떤 기능을 수행하고 있는지도 살펴볼 것이다. 엄격한 문식성, 즉 언어의 표면적 정확성이 어떻게 대부분의 사람들 마음속에 깊게 뿌리내리고 있고, 심지어 엄격한 문식성을 경멸하거나 그것을 절대 가지지 못할 것이라고 느끼는 사람들의 마음속에까지 깊이 뿌리내리고 있는지를 살펴볼 것이다.

독자들이 실제로 글을 읽는 방식을 살펴보면, 언어의 겉면이 내용보다 더 중요할 때가 많다는 사실을 알 수 있다. 사람들이 제일 먼저 보는 것은 겉면이다. 더 정확히 말하면 **만약 겉 표현에서 뭔가 그릇되거나 다른 점을 보면(즉 겉 표현이 '유표적'이면), 사람들은 그 겉 표현을 제일 먼저 본다. 그렇지 않은 경우에는 겉 표현을 잘 보지 않는다.** 말하기에서도 마찬가지이다. 우리는 말투나 방언을 제일 먼저 알아차리지만, 그것은 말투나 방언이 자신의 것과 '다를' 때에만 그렇다. 피부색, 머리 스타일, 옷차림 등을 대할 때와 마찬가지인 것이다. 사람들은 내용보다 겉 표현에 더 많은 정신적 에너지를 쏟을 때가 많다. 자신이 찬성하지 않는 **생각**보다 자신이 찬성하지 않는 **언어**(문법, 철자법, 방언, 말투 등)에 덜 관대하다. 예컨대 "나는 그녀가 남장을 한 공산주의자인 건 참을 수 있어. 하지만 그녀의 **말투**는 정말, 웩!"과 같은 식이다. 겉 표현은 피부색처럼 정체성, 즉 "나는 누구인가?", "그들은 누구인가?", "'우리 중 한 사람' 또는 '우리 가족'은 누구인가?" 등의 물음과 연결되어 있는 경우가 많다.

장기간의 '문식성 캠페인': 말하기 그 자체와의 대립

대부분의 지식인들이 말하기와 엄격한 문식성에 대해 하는 이야기가 있는데, 특정 집단의 구어가 정확한 글쓰기의 표준으로 채택된 것은 그 집단이 권력과 특권을 확보했기 때문이라는 것이다. 권력과 특권은 인종이나 계급에서 비롯되는 경우가 많으므로 언어에 대한 태도는 인종이나 계급에 대한 선입견을 수반하는 경우가 많다. 예컨대 대부분의 백인은 자신보다 짙은 피부색을 가진 사람이라고 해서 그를 무식한 사람으로 여기면 안 된다는 점을 인정하지만, 많은 백인이 흑인 영어 또는 인종이나 계급의 낙인이 찍혀 있는 다른 일상어를 말하는 사람을 무식하다고 생각하는 것을 불편해하지 않는다.

이 중요한 사실은 부정할 수가 없다. 그래서 나는 교사들이 낙인찍힌 언어 사용자로 하여금 그 사람의 일상 구어로 글을 쓰게 할 필요가 있다고 글이나 강연에서 말해 왔다. 그러나 여기에서는 다른 이야기를 하고 싶다. 엄격한 문식성은 특권 없는 집단이나 낙인찍힌 집단의 말과 전쟁 중일 뿐만 아니라, 특권이 있거나 주류에 속하는 화자의 구어까지 포함하여 구어 그 자체와 전쟁 중이라는 것이다. 나는 "엄격한 글은 그 누구의 모어로 쓰인 것도 아니다."라는 진언을 반복하지 않을 수 없다. 나는 오랜 시간이 지나고 나서야 무언가가 줄곧 내 얼굴을 노려보고 있었다는 것을 깨달았다. 그것은 바로 특권적인 나의 '표준' 구어체 영어조차 글쓰기에 적합하지 않다는 뜻이다.

이 두 이야기와 앞에서 내가 14세기 표준 영어의 전개 과정에 대해 말했던 두 이야기 사이의 유사성을 여기서 밝히는 것은 가치 있는 일이다.

- 흔히들 14세기 표준 영어가 런던에 살지 않는 모든 사람의 말과 전쟁 중이었다고 생각한다. 그러나 역사언어학자들에 따르면 당시 표준 영어는 런던 주민까지 포함하여 모든 사람의 말과 전쟁 중이었다. (6장의 '문식성 이야기'를 참조하기 바란다.)

- 사람들은 오늘날의 문식성이 낙인찍힌 사람들의 말과 전쟁 중일 것이라고 생각한다. 그러나 나의 주장은 오늘날의 문식성이 모든 사람의 말과 전쟁 중이라는 것이다.

이 절의 나머지 부분에서는 엄격한 문자 문식성이 특권 있는 화자의 말까지 포함한 말 그 자체와 전쟁 중이라는, 어쩌면 놀라울 수도 있는 주장을 입증하고자 한다. 이를 위해 학교 글쓰기, 학술적 글쓰기, '일반적인 문식적 글쓰기' 등 세 가지 종류의 글쓰기를 살펴볼 것이다.

학교 글쓰기. 학생들이 작성한 것으로 보이는 글에 대해 '학술적 글'이라는 용어를 사용할 때가 많다. 그러나 교수진은 학술 동료의 논문이나 책을 통해 이미 받아들인 언어적·수사적 특성이 학생들의 글에 나타나는 것을 관습적으로 허용하지 않아 왔다. 어떤 교수는 논지가 첫 번째 단락에 명시되어 있는 글을 요구하거나, 아니면 다섯 단락으로 구성된 글을 요구하기도 한다. 반면 학술적인 글을 발표할 때 자기 자신이나 동료들에게는 이런 요구를 절대로 하지 않는다. 이것의 배경에 있는 암묵적인 가정을 나는 '피카소 원칙'이라고 부른다. 말하자면 황소를 실물에 가깝게 그릴 수 있기 전까지는 황소를 우스꽝스럽게 그리는 것이 허용되지 않는다는 것이다. 울프럼·애드거·크리스천은 학교 글쓰기가 말하기에 적대적이 되도록 제한을 가한다. 그들은 '학생이 반드시 배워야 하는 문어 문체'의 특징을 설명하면서 구체적으로 학생이 해야 할 것들과 하지 말아야 할 것들을 제시한다. 예컨대 '수많은 골칫거리(a lot of trouble)'와 같은 구절은 피하고, 대신 '상당수의 난점(a good deal of difficulty)'과 같이 써야 한다는 것이다. 또 '나는 축구가 매우 인기 있다고 생각한다(I find soccer to be very popular)'와 같이 1인칭을 쓰는 것을 피하고, 대신 '축구는 매우 인기 있는 듯하다(Soccer seems to be very popular)'나 '축구는 매우 인기 있는 것처럼 보인다(It seems that soccer is very popular)'라고 써야 한다는 것이다(Wolfram, Adger &

Christian, 1999: 129-130). 물론 꽤 많은 교사들이 '나(I)'라는 말을 금지하고 있는 게 여전히 일반적이다. 자연과학 및 사회과학의 글쓰기에 영향력이 있는 미국심리학회APA 지침서에서 자신의 고유한 실험 절차를 언급하는 경우에서처럼 적절하다면 '나'라는 말을 쓰도록 특별히 권장하고 있는데도 말이다.

그들의 충고가 구어체 영어 중 낙인찍힌 방언을 대상으로 이루어진 것이 아니라, 특권 있는 화자들의 주류 구어체 영어를 향해 이루어졌다는 점에 주목할 필요가 있다. 이는 학생의 글쓰기에 대해 교사가 한 논평 대부분이 언어의 정정이라는 널리 알려진 사실을 설명해 준다.

재니스 해스웰Janis Haswell과 리처드 해스웰Richard Haswell은 800쪽에 달하는 교사의 평가적 논평을 검토하여 그것들 중 3분의 2가 '정확성'을 위반한 경우, 즉 "관습적으로 정확한 텍스트이거나 문체 면에서 받아들일 만한 텍스트"가 아닌 경우에 대한 지적임을 알았다(Haswell & Haswell, 1995: 4). 또한 로버트 코너스Robert Connors와 런스퍼드는 300편의 보고서에 적힌 논평을 검토하였는데, 대부분의 논평은 오류에 대한 정정과 교정뿐만 아니라 "알고리즘으로부터의 일탈 및 종종 있는 엄격한 '수사적' 규칙들로부터의 일탈"에 대한 정정과 교정에 초점을 두고 있었다(Connors & Lunsford, 1988: 217). 나는 이러한 모든 흠결이 말하기 상황에서라면 정상으로 간주되었을 것이라고 말하는 것은 아니다. 많은 경우 그것들은 말하기 상황에서도 이상하거나 잘못된 것으로 간주되었을 것이다. 그러나 편안하지 않고 직감적으로 알지 못하는 언어로 무엇인가를 쓰려고 할 때, 학생들은 온갖 종류의 문법적 혼란과 기이함을 만들어 낸다.

최근에 나는 익숙한 딜레마에 놓인 글쓰기 교사와 대화를 나눈 바 있다. 그녀는 글을 매우 잘 쓴 학생에게 좋은 점수를 주고 싶었다. 그러나 그녀는 그럴 수 없다는 느낌이 들었는데, 왜냐하면 그 학생이 너무나 많은 오류를 범했기 때문이다.

우리가 학생을 교무실로 불러 "그런데 여기서 네가 **말하고자** 하는 바가 뭐니?"라고 묻고 학생이 자신의 요점을 명확하게 말하는 경우를 다시 한번 생각해 보자. 어찌되었든 간에 그 학생은 대답할 때 사용한 종류의 언어와 말하기를 글쓰기에 사용할 수 없었다. 그 학생은 자신의 생각을 표현하기 위해서는 **문어**를 써야 한다고 생각했고 이로 인해 그 학생의 언어와 생각은 이해하기 힘들게 얽혀 버렸다.

'당신(you)'이란 말은 어떠한가? 2인칭 문장은 말과 학교 글쓰기 언어 간의 차이를 드러내는 흥미로운 표지이다. 모든 교사는 독자를 염두에 두는 것이 중요하다는 점을 강조한다. 그러나 대부분의 교사는 정반대로 학교 글쓰기나 대학 글쓰기에서 '당신'이란 말을 배제하는 관습을 강화한다. 학생들이 교사를 상대로 글을 쓴다고 느끼는 것은 당연하다. 교사는 일반적으로 학생들에게 **유일하고** 정상적인 실제의 독자로서, 그들의 성적을 결정하는 주요 인물이다. 그러나 학생들은 "당신은 지난주 강의에서 …를 주장했습니다."라고 쓰면 안 된다고 배운다. 교사는 실제의 독자가 아니기에 '교육 받은' 또는 '일반적인' 가상의 독자를 향해 글을 써야 한다는 좀 더 섬세한 생각을 학생들이 가지게 되더라도, 그러한 독자를 상대로 "미국에서는 링컨에 대한 존경심이 널리 퍼져 있기 때문에 당신은 아마 다음과 같이 생각할지도 모른다."에서와 같이 '당신'이라는 말을 쓰고 싶은 것은 자연스러운 현상이다. 이렇게 학생들은 곤경에 처해 있다. 즉 그들은 **통사적으로는** 그 누구도 **독자로 설정하지 않으면서도** 독자를 **상대로** 글을 쓰는 기만적이고 부자연스러운 기술을 배워야 하는 것이다.

학생 필자의 독자 상황과 관련해서 더 고약한 것이 있다. 학교 글쓰기는 교사에게 글을 제출해야 하고, 종종 점수를 받기 때문에 대부분 사적이지도 안전하지도 않다. 더군다나 학교 글쓰기에서는 글이 오직 교사들에게만 전달되고, 교사들은 글을 판단하기만 하는 경우가 많아서, 학생들은 실존하는 사람과 소통하고 있다는 느낌을 거의 받을 수 없다. 제임스 브리튼과 동료들은 많은 학생들의 글을 검토한 결과 학생들이 독자가 없는 것처럼 글을 쓰는 경향이 있음을 알게 되었다.

학술적 글쓰기. 학자들이 논문이나 저서를 집필할 때의 언어는 어떠한가? 학자들은 학생들보다는 더 자유롭게 글을 쓴다. 예컨대 2인칭 호칭어를 그리 폭넓게 배제하지는 않는다. '당신'이라는 말은 교과서에서 흔히 발견되고, 학술 논문에서도 드물지 않게 쓰인다. 학생들에게 써 주는 논평에는 아주 흔하다. 그러나 학자들은 일반적으로 구어체 언어를 피하려고 한다. 나는 5장에서 출판사의 교정 담당자가 학술지에 실릴 나의 원고를 어떻게 수정했는지 예를 들면서 이러한 관습에 대해 설명한 바 있다. 예를 두 개 더 들어 보자.

- '내가 대학원을 그만두었을 때(when I dropped out of graduate school)' 는 '내가 대학원 학업을 중단했을 때(when I interrupted my graduate education)'로 수정되었다.
- '…에 대한 강한 의식을 가진 이(who has a strong sense of)'는 '…하는 깊은 신념을 보유한 이(who retains a deep conviction that)'로 수정되었다.

첫 번째 예에서 출판사의 교정 담당자는 '나'라는 말을 금지하지는 않았지만 학술적 글쓰기에서 통용되는 거리 두기의 관습을 강화하려 했다. 두 번째 예는 학술적 글쓰기에서는 입에서 편안하게 나오지 않는 언어를 사용해야 한다는 관습을 보여 준다. 자신의 모어를 사용하는 특권 있는 사람의 입에서 나온 것이라 하더라도 입에서 편안하게 나오는 말은 배제된다.

요컨대 교사가 학생들에게 중요한 글에서 사용하도록 요구하는 문체와 학자들이 출판물에서 사용하는 문체는 구어체 언어에 적대적인 방언이나 사용역으로 이루어져 있다. 대부분의 교사는 학생들에게 이러한 종류의 문체를 터득하도록 가르치는 것이 자신의 의무라고 생각한다. 그것이 다소 제한적이라고 할지라도 말이다.

"이봐, 피터! 시대는 변했어. 교사와 학술지는 이제 더 이상 그렇게 격식을 따지지 않아."

나의 주장 확장: '일반적인 문식적 글쓰기'

그렇다. 많은 교사들은 언어에 대해 더 이상 그렇게까지 보수적이지 않고, 많은 학술적 글쓰기에서는 새로운 시도가 이루어진다. 그러한 시도들 중에서 일부는 매우 실험적이기까지 하다. 사실 나의 더 큰 주장은 '정확한' 것으로 간주되는 글쓰기에 말하기가 더욱더 빠른 속도로 침투하고 있고, 대학도 여기에서 예외가 아니라는 것이다. 미국의 문식성 문화는 다른 어떤 문식성 문화보다도 빠르게 변화하고 있는데, 다음 장에서는 이러한 변화에 대해 기술하려고 한다. 이 책의 목적은 그러한 변화를 앞당기는 한편, 구어가 글쓰기에 사용 가능한 자원이라는 것을 사람들이 깨닫도록 하는 데 있다.

그러나 엄격한 문식성의 지배력을 지나치게 낮게 평가하는 것은 잘못이다. 작문과 수사학 분야에서 대부분의 학회 발표와 학술지 논문은 진보적 견해를 지니고 있어서 이 분야의 독자들은 언어에 대한 진보적인 이야기를 아주 많이 듣는다. 따라서 이들은 중등학교나 대학교의 영문학과 및 다른 학과에서 수많은 교사들이 교묘하게 사용하고 있는 협소하고 제한적인 언어 표준을 잊어버릴 수도 있다.

사실 나는 이 지점에서 후퇴하는 대신 내 주장을 확장할 것이다. 진지한 글을 쓸 때 구어체 언어를 피해야 한다고 여기는 사람은 학생이나 학자**뿐만이** 아니다. 나는 미국의 문식성 문화가 진지한 글이나 교양 있는 글로 규정되는 것을 쓰려면 구어를 피해야 한다고 여기도록 **대부분의 사람들**을 유도하고 있다고 주장한다. 특권적인 주류 형태의 구어를 사용하는 사람들조차도, 그리고 성공적으로 학업을 마친 사람들조차도 이러한 제한을 느낄 때가 많다.

그러나 이는 불합리하다. 격식에 얽매이지 않는 구어를 사용한 글이 도처에서 출판되고 있는 현실을 보라. 『뉴욕 타임스』나 『뉴요커』처럼 명망 높은 매체조차도 그렇다. 널리 유통되고 있는 유명한 출판물에서도 구어적 표현이 문어에 스며들어 있다. 존 매쿼터는 출판된 글의 구어체화에 대해 설명하고 한탄하는 데 책 한 권을 할애하였다. 그는 "우리는 생생한 기억 속에 여전히 존재하는 미국에서 사는 것이 아니라 영어와 아주 다른 관계를 맺는 미국에서 산다."(McWhorter, 2003: 167)라고 쓰고 있다.

그렇다, 그렇다. 나는 이 사실을 받아들인다. 진지한 글쓰기가 대학 밖에서도 말하기와 전쟁 중에 있다는 나 자신의 주장을 반박할 만한 사례들을 몸소 부지런히 수집해 왔다. 『뉴요커』는 편집 과정에서 문체, 정확성, 취향 등에 신경을 많이 쓰는 것으로 유명하다. 하지만 그 매체에서 가져온 이 문장을 보라. "단지 물체가 어디까지 가라앉는지만을 보여 주는 것(Which only shows how far things have sunk)." 불완전한 문장을 대담하게 사용한 것이다. 더욱 놀라운 것은 이 문장으로 새 단락을 시작하고 있다는 것이다. 이것은 불쑥 내뱉은 말처럼 들리게 하려고 **시도하는** 것이다. 또 하나의 사례로 우리는 주류의 진지한 글쓰기에서 말하기의 머뭇거림을 흉내 내려는 시도, 즉 "이 비평 학파는, 음… 모든 것을 반대하는 듯하다(This school of criticism seems to disapprove of, well … everything)." 와 같은 것을 가끔 본다. 그리고 "세계를 만들어 내려는 노력을 계속하자, 그러나 그 일을 바보같이 하지는 말자는 게 일반적인 생각이다(Let's continue to try to shape the world, but let's not be so stupid about it, is the general idea)."(Menand, 2006: 84)와 같은 구어 문법의 또 다른 침투 사례도 있다. 이 문장을 쓴 루이스 메넌드는 섬세한 문학비평가 겸 역사학자이자 『뉴요커』의 전속 필자이다. 그의 이 문장은 흥미로운 방식으로 효율성을 확보하고 있는데, 이러한 효율성은 계획되지 않은 구문의 통사 구조에서는 흔히 볼 수 있는 것이다. 일단 한 개(또는 두 개!)의 문장으로 말을 시작하다가, 중간에 갑자기 말하고 싶은 내용이 떠오르고, 그 내용을 담은 새로운 문장의 **문법적인 주어**로 지금까지 말한 모든 것을 사용하고 싶을 때 이런 통사 구조가 나타난다.

여기에 윌리엄 새파이어Willian Safire가 1999년 초에 명망 높은 『뉴욕 타임스』에 기고한 칼럼 「언어에 대하여On Language」의 일부를 제시하고자 한다. 사실 언어 정책에 대한 새파이어의 해법은 매우 보수적일 때가 많다. 그럼에도 이 예문에서 그는 의도적으로 수다스러워짐으로써 언어를 가지고 유희하는 모습을 보인다.

> 칼럼을 쓰면서 내 마음에서 이 단어를 없애 버릴 수 있기는 하지만, 잠시만 **수다를 떨겠다**(prattle)[여기서 갑자기 그는 무미건조하고 학술적인 어원 정보를 다음과 같이 삽입한다]('prattle'은 '입술을 불룩하게 내밀다'라는 뜻의 저지 독일어 'pratten'에서 왔으며 '재잘거리다', '쓸데없는 말을 하다', '빈둥거리며 말하다' 등의 뜻이 있다).

그는 개인적인 말하기, 특히 수다스러운 여담에 갑작스레 빠지기를 좋아하는데, 이로 보아 그는 성격이 다른 표현들 간의 충돌을 즐기는 것이 분명하다. 그 다음 단락은 다음과 같이 시작한다.

> 다문화주의와 간학문주의interdisciplinarianism(새로 등장한 용어이다)의 시대에, 이 용어*를 비과학적으로 사용하는 것은 경멸의 대상이 되어 왔다.

그는 동일한 칼럼에서 다른 부분을 이디시어** 풍의 통사 구조를 가진 문장 하나로 이루어진 단락으로 시작한다.

> 훌륭한 언어적 자문에 대해 지불하면 그만큼 돌려받게 된다. You pay for good linguistic lawyering, you get it.

....
*   새파이어의 칼럼 원문에서 '이 용어'는 '구획화compartmentalization'를 가리킨다.
** 중세 독일어에서 파생되어 중앙-동유럽권의 유대인들이 주로 사용하다가 전 세계로 퍼져 나간 유대인의 언어.

그리고 더 짧은 단락으로 그 부분을 끝낸다.

나는 그것을 'tchotchki'*라고 적는다. 나에게 변호사가 필요한 걸까?

경제학자들이 '돈'이라는 용어로 의미하는 것에 대해 폴 크루그먼이 정의한 말을 들어 보자. "통화—죽은 대통령의 모습이 인쇄되어 있는 초록색 종잇조각—는 돈이고, 당신이 수표를 쓸 수 있게 해 주는 은행 예금도 돈이다."(Krugman, 2007: 28) 나는 크루그먼의 문장을 좋아한다. 격식 없는 말하기라는 자원 중 일부를 흥미로운 방식으로 활용했기 때문에 나는 이것이 훌륭하다고 생각한다. 그는 구어의 통사 구조 자체가 끼어드는 것을, 그리고 그러한 통사 구조에 직설적이고 구체적이면서 일상적인 언어가 어우러지는 것을 즐긴다. 나의 더 큰 계획은 더 많은 사람들이 이 필자들처럼 통사 구조를 사용하도록 돕는 것이다. 즉 메넌드처럼 통사적 유연성을 활용하고, 새파이어처럼 수다의 즐거움을 추구하며, 크루그먼처럼 속어에 가까운 말을 통해 신랄하면서도 구체성이 강한 정의를 할 수 있도록 돕고자 한다. 나는 모든 필자들이 자신의 구어 자원을 활용해도 된다고 느끼기를 나는 바란다.

예로 든 세 명의 필자들은 모두 더욱 일반적인 수사 원리를 활용하고 있다. 그 원리는 말하기가 지닌 특성으로서 단순한 비격식성과 혼동되기도 하는데, 바로 독자와의 거리 두기를 거부하는 원리이다. 버크는 '독자와의 유대'와 '사회적 거리'를 분명하게 구분했는데, 그는 이것을 각각 '동일시identification'와 '분리division'라고 부른다. 메넌드, 새파이어, 크루그먼은 모두 '높은 위치에서 말하는 전문가'의 언어를 거부하고 있다. (나는 이러한 통찰을 존 트림버의 도움으로 얻었다.)

....
* '작은 장난감'을 뜻하는 단어로 원래 'tchotchke'이다.

그러나 대부분의 사람들이 스스로가 이러한 방식으로 글을 쓸 수 있다고 느끼기까지는 아직 갈 길이 멀다고 생각하기 때문에 이 책을 쓰고 있다. 나는 재정 전문가, 의사, 변호사, 기술자, 사회복지사, 시의회 의원 등이 내부 공문이나 보고서나 제안서나 고객 안내문을 쓰고 있을 때, 그들 중에서 크루그먼의 것과 같은 문장, 혹은 모린 다우드나 토머스 프리드먼Thomas Friedman*의 경쾌한 문장, 혹은 윌리엄 새파이어가 가끔 보수주의적 언어관을 주장할 때 사용하는 정말 뻔뻔하게도 수다스러운 문장을 써야 한다고 느끼는 사람은 많지 않다고 생각한다. 시민들 중에서 리포터나 에세이나 제안서를 쓰는 과정에서 핵심이 되는 이론적 개념을 정의할 때, "죽은 대통령의 모습이 인쇄되어 있는 초록색 종잇조각"과 같은 표현을 사용해야 한다고 느끼는 사람은 거의 없을 것이다.

따라서 이상하게 들리겠지만, 나는 크루그먼, 메넌드, 다우드, 프리드먼, 새파이어 등과 같은 저명한 필자들이 명망 있는 잡지와 신문에 쓴 이러한 문장들은 엄격한 글쓰기로 간주되는 것의 모습을 정확하게 보여 주지(또는 아직 보여 주지) 않고 있다고 주장한다. 적어도 스스로를 여전히 필자로 규정하지 않은 대부분의 사람들에게는 그렇다. 어쨌든 그동안 구어체 언어를 사용하는 것에 대해 끊임없이 경고를 받아 왔는데, 이제 와서 크루그먼이나 메넌드처럼 구어체 언어를 즐겨 사용할 수 있다고 생각하기도 어렵지 않겠는가? "세계를 만들어 내려는 노력을 계속하자, 그러나 그 일을 바보같이 하지는 말자는 게 일반적인 생각이다." 많은 사람들이 이런 문장을 『뉴요커』가 아니라 보고서나 내부 공문에서 발견한다면 흠이라고 생각할 가능성이 크겠지만, 일상에서는 이와 같은 문장을 좋아할 수도 있다. 그러나 자신의 글에 이러한 문장이 나오면 "'실제 필자'는 이런 문장을 쓸 자유를 가질 수 있지만 나는 그렇지 않아."라고 생각할 가능성이 크다.

지방의회 위원회의 보고서나 H&R 블록**의 공식 서류가 반드시 재미있거

....

* 　모린 다우드와 토머스 프리드먼 모두 『뉴욕 타임스』의 유명한 칼럼니스트이다.

** 　606쪽 주 참조.

나 직설적이어야 하는 것은 아니다. 그러나 이러한 평범한 텍스트를 작성할 때에도 편하게 일상 구어의 장점을 활용할 수는 있다. 예컨대 나는 정의를 내릴 때 다음과 같이 쓴 적이 있다.

> 이것은 아주 복잡하다. 사람들은 대개 손으로 쓰는 언어가 입으로 말하는 언어와 같지 않다고 생각한다. 그렇지만 언어학자들은 엄밀히 말해서 둘 사이에 실질적인 차이가 없다고 본다. 즉 어떤 언어든 상황에 따라 말로 표현하기도 하고 글로 표현하기도 한다는 것이다. 수백만의 문자열로 이루어져 있는 구어 및 문어의 대규모 '말뭉치'를 수집해 보면 서로 중복되는 부분이 많다는 것을 알 수 있다. 모든 문자열을 뒤섞으면, 무엇이 구어이고 무엇이 문어인지 확인할 수 없다. 즉 인간의 모든 의사소통 맥락과 목적에 따라 산출된 구어와 문어를 살펴보면 이 둘 간의 경계선이 거의 완전히 사라져 버리는 것이다.
> (1부의 '도입')

크루그먼, 메넌드, 새파이어 등의 글을 통해 보여 주고자 하는 바는 그리 격식에 얽매이지 않는 구어체 언어가 어떻게 해서 명망 높은 지적 공간에서 받아들여지기 시작했는가 하는 것이다.

학교는 주의 깊은 글쓰기 혹은 중요한 글쓰기로 들어가는 문이자 구어가 배제된 표준을 가르치고 강화하는 공간이다. 따라서 대부분의 글쓰기 교사들은 정확하게 편집된 엄격한 영어를 학생들에게 요구해야만 자신이 '글쓰기를 가르쳤다'고 생각한다. 대부분의 생물학자들도 (우리가 예상하는 바처럼) 그들의 생물학 강의에서 그렇게 해야만 '좋은 글쓰기를 요구했다'고 생각한다. 대부분의 사람들은 중등학교나 대학교의 글쓰기에 필요한 다소 형식적이면서 제한된 방언의 사용법을 배워야만 '글 쓰는 법을 배웠다'고 생각한다. 만약 그들이 업무 수행 과정에서 고약한 문법적 오류를 범하거나 심각할 정도로 난삽한 글 또는 불명확한 글을 쓴다면, "그런데 학교에서 뭘 배운 거야?"라는 소리를 듣게 될 것이다.

그리고 대규모로 진행되는 고부담 평가에 대해 생각해 보자. '교육 받은 사람'이 되기 위해 학교를 다닌 16년 동안 학생들은 점점 더 지역 단위와 국가 단위의 평가에 시달리게 된다. 특히 영어는 다른 어떤 과목보다 심하다. 이들 평가가 기계가 아닌 사람에 의해 이루어진다고 하더라도, 또 평가 기관이 정확성은 중요한 것이 아니라고 공지하더라도, 이 모든 평가는 교사와 학생들로 하여금 정확성에 많은 신경을 쓰게 만든다. 다음은 주 단위에서 이루어진 학생 글쓰기 평가의 채점자에게 제시된 '좋은 글쓰기의 기준'이다.

> 만족스럽고 적절한 완성도를 갖춘 문장을 만들어 내는 능력이 있으며 표준적 담화에 적합하면서도 효과적인 문어를 유발할 만한 수준의 어휘를 사용한다. 여기에는 독자가 필자의 취지를 이해하도록 하는 데 쓰이는 기호 체계와 신호 장치가 포함된다.

이 예문은 **일종의 숙련된 글쓰기의 좋은 사례이다.** 즉 이 예문은 교묘하게 '정확한'이나 '규칙' 등의 단어를 결코 사용하지 않으면서도 이 단어들을 채점자들의 생각 전면과 중심에 유지시킨다. 16년간 치러지는 이러한 평가는 교사의 교수 내용에 막대한 영향을 미치며, 대부분의 사람들로 하여금 크루그먼, 새파이어, 다우드처럼 말하기의 자원을 사용하는 것을 더욱 어렵게 만든다. 교사들은 나에게 자주 말한다. "자유작문을 더 이상 못 하겠어요. 정기적으로 치러지는 고부담 글쓰기 평가로부터 받는 압박이 너무 심해요."

11장에서 나는 조지프 윌리엄스의 『문체: 명료함과 우아함을 위한 열 가지 가르침』에 나온 조언을 일부 살펴보았다. 윌리엄스의 책은 12판까지 나올 정도로 영향력이 있으며 기업과 대학에서 널리 사용되고 있는 문체 지침서이다. 그는 "이 문제에 대한 우리의 후속 연구의 필요성은 없다(There is no need for our further study of this problem)."라는 문장을 수정되어야 하는 문제 있는 문장으로 제시한다(Williams, 2003: 42). 이 문장에 문제가 있다는 데 동의한다. 하지만 그의 해법을 보자. "우리는 이 문제에 대해 후속 연구를 수행할 필요가 없다(We need not study this problem further)."(Williams, 2003: 42) 수정된 문장은 소심한 느낌을 주고 운율적 형상이 결여되어 있기는 하지만 깔끔하고 좋은 문장이다. 그런데 여기서 눈여겨보아야 할 점은 이 문장이 얼마나 철저히 구어에서 멀어져 있는가이다. 그는 "우리는 이 문제를 더 이상 연구할 필요가 없다(We don't have to study this problem any more)."라는 명백한 해법은 상상조차 할 수 없었던 것으로 보인다. 이 해법은 완벽할 정도로 정확하고 규칙을 위반하지도 않는다. 이 문장은 평이하고 직설적이다. 표현이 '저급한' 것도 아니다. 누구든지 위원회 보고서, 사내 공문, 학술적인 글 등에서 자유롭게 쓸 만한 문장이다.

그러나 윌리엄스는 이 문장을 쓰는 것이 해법이라고 생각할 수 없었던 것 같다. 그것은 아마도 이 문장이 구어의 흔적을 지니고 있기 때문일 것이다. 구어의 흔적을 의식적으로나 무의식적으로 피하려 하는 사람이 아니라면 누가 그의 제안대로 "우리는 이 문제에 대해 후속 연구를 수행할 필요가 없다."라고 말하겠는가? 내가 주장하는 바는 이런 종류의 조언이 사람들로 하여금 자연스레 타고난 자신의 글쓰기 언어를 사용할 수 없다고 여기도록 이끈다는 것이다.

여기 또 다른 반대가 있다.

> 그만두세요. 인터넷이 이 모든 것을 바꿔 놓았어요. 구어체 언어로 매일 글을 쓰는 모든 블로거를 보세요.

그리고 다시 한번 나는 '그렇다'라고 대답한다. 세상이 변하고 있고, 이는 나를 행복하게 한다. 최소한 말하듯이 글을 쓰는 게 명확하고 견고해지면 그러하다. 다음 장에서 나는 인터넷의 놀라운 힘을 살펴볼 것이다. 이미 많은 블로거들은 말하기 자원을 사용하면 안 된다는 생각을 더 이상 하지 않기 **때문에** 글쓰기를 편안하게 받아들이게 **되었다.** 그러나 내가 우려하는 것은 블로거 대부분이 인터넷상에 있을 때에만 손가락으로 자유롭게 '말할 수 있는' 자유를 느끼고, 대부분의 사람들처럼 '평소' 종이에 쓸 수밖에 없는 에세이, 기사, 보고서, 사내 공문, 제안서 등을 쓸 때에는 그러한 자유를 느끼지 못한다는 점이다. 비록 블로그의 많은 글들이 정치, 경제, 건강 등을 다룰 때 매우 진지하긴 하지만, 대부분의 블로거들은 인터넷 바깥에서 '진지한 글'('문식적인 글')을 쓸 때 틀림없이 블로그에서처럼 언어를 구사해도 된다고 생각하지는 않을 것이다. 그 블로거들이 주류의 구어체 영어를 사용하며 자란 특권층에 속하고 성공적으로 대학까지 다녔다 할지라도 말이다.

사실 걱정을 가장 많이 하는 이들은 숙련되어 있고 교육을 잘 받은 사람들이다. 다음 예문은 언어에 가장 자신감이 많을 것이라고 기대하는 사람이 쓴 표현이다. 그 사람은 오랫동안 교육을 받았고, 책도 집필하였으며, 자신의 학군 내에서 '영어 코디네이터'로 활동하고 있는 교사이다.

> 수년간 나는 나 자신의 언어를 단속하는 경찰 노릇을 했다. 나는 말하는 것을 멈추고 생각했다. "목적격인가? 아니면 주격? 여기에 '나는'을 써야 하나, '나를'을 써야 하나? 음, '눕히다(lay)'가 떠오르는군. 이걸 무엇으로 대체할까? '기대다(recline)'로?
>
> 그리고 나는 이에 대해 고심했다. 어쨌든 나는 거의 20년간 영어 교사로 일했다. … 문제는 내가 멈출 때마다 생각의 흐름이 끊어진다는 것이다. 나는 더 이상 내용에 신경 쓰지 않고, 설득하거나 즐거움을 주거나 설명하려고 하지 않는다. 대신 나는 머릿속에서 워리너Warriner*나 들레이니 여사Mrs. Delaney**를 불러와 어떻게 표현해야 하는지를 알아내려고 애쓴다." (Linda Christensen, 1995: 142)

....

* 『워리너의 영문법과 작문Warriner's English Grammar and Composition』의 필자 존 워리너John E. Warriner를 가리키는 듯하다.
** 이 인용문을 쓴 크리스텐슨의 학창 시절 영어 교사.

정확한 문식적 글쓰기는 사람들이 구어에서 지키는 규칙과는 아주 다른 규칙을 따를 것을 언어에 요구하며 이로 인해 고학력의 주류 화자들도 종종 혼란스러워한다. 주류 화자들은 올바른 문법과 올바른 언어를 사용하는 데 지나치게 자주 신경을 쓰기 때문에 글을 쓰다 말고 철자법을 점검하거나 (예컨대) 'whom'이 여기에 정말로 필요한지에 대해 고민하곤 한다. 이것은 단지 문법과 철자법이 아닌, 글쓰기가 '더 나은' 언어를 요구한다는 가정의 문제이다.

도킨스는 일부 규칙들이 얼마나 하찮고 기만적인지를 고찰한다. 예컨대 인용의 끝에 구두점을 찍을 때에는 반드시 따옴표 안에 찍어야 하지만, 세미콜론이나 콜론의 경우는 따옴표 바깥에 찍어야 한다는 식이다. 그가 쓴 글을 읽어 보자.

> 이 문제에 대해 고찰할 때면 100년 전에 소스타인 베블런이 『유한계급론The Theory of the Leisure Class』에서 분석했던 계급주의의 냄새가 나기 시작한다. 물체, 행동, 기술 등과 같은 것이 덜 유용할수록 한 사람이 상위 계급의 구성원임을 표시하는 데는 더 많이 이바지하고, 미국의 도시나 농촌의 소외된 문화 속에서 자란 사람이 배우는 것, 특히 학교에서 배우는 것은 더 어려워진다. (Dawkins, 1999: 60)

또 다른 반대 의견을 보자.

> 피터, 물론 대부분의 사람들은 글쓰기를 할 때 편안하지 않습니다. 그러나 그것은 적절성이 결여된 말에 대한 두려움 때문이 아닙니다. 그것은 진지한 글쓰기가 단지 더 많은 정확성을 요구하기 때문입니다. 글쓰기는 편안하게 말할 때보다 더 주의 깊은 사고, 더 효과적인 구성, 더 분명한 문장을 요구합니다.

옳은 말이다. 그러나 이것이 글을 쓸 때의 유일한 어려움이라면 사람들은 이렇게 생각할 것이다. "글쓰기는 어렵고 손이 많이 가는 일이야. 심지어는 고통스러운 투쟁이기도 하지. 하지만 여전히 나는 글쓰기를 편안하게 느껴. 왜냐하면 내가 투쟁할 때 사용하는 언어는 바로 나 자신의 언어거든."

나는 마침내 이렇게 느낄 수 있게 되어 기쁘다. 그리고 참으로 안심이 된다. 왜냐하면 초고나 중간 원고를 작성하고 수정할 때 나 자신의 구어를 사용하는 방법을 배웠기 때문이다. 그리고 아직 학술지에서 나 자신의 구어를 사용하는 방법이 받아들여지도록 시도한 적이 없기에 이 책을 쓰는 동안에 그 방법을 많이 사용했다. 여러분 중 일부는 나처럼 생각할 테지만, 대다수의 사람들이 그렇게 생각하지 않을 것임은 분명하다. 낮은 지위에 있는 변형 영어, 특히 낙인찍힌 변형 영어를 사용하는 사람이 입에 자연스럽고도 쉽게 착 달라붙는 언어로, 즉 그들이 편안하게 사용할 수 있는 풍부하고 다채로운 구어로 글을 쓸 수 없다는 사실을 우리는 잘 알고 있다. 그러나 이러한 점은 많은 주류 화자들도 마찬가지라는 것이 나의 주장이다. 모든 부류의 사람들이 글쓰기에서 말하기 자원을 더 많이 도입할 수 있다면 좋은 글을 많이 생산할 수 있겠지만, 우리는 그러한 좋은 글을 많이 얻지 못하고 있다.

적절성에 대한 불안

어째서 '적절성propriety'이 그처럼 많은 사람들에 대한 강력한 억제력을 갖게 되었는가? 누가 알겠는가? 아마도 이는 좋은 지위를 가지고 있는 집단의 구성원으로서 **받아들여지고 싶고**, 얕잡아 보이거나 거부당하고 싶지 않은 인간의 깊은 욕망과 관련이 있는 것인지도 모른다. 사람들은 자신이 관심을 가지거나 존경하는 인물에게 받아들여지고 싶은 욕망을 느끼는데, 중학생 정도만 되어도 확실히 그러하다. 정확한 언어에 대한 요구는 한 문화가 '적절성'을 깊고 넓게 주입시키는 가장 효과적인 방법이다.

"왜 당신의 영어 오류를 부끄러워하십니까?" 이것은 '아마 신문 광고 역사상 가장 오랜 기간인 50년 가까이 지속해 온 광고'의 표제이다. 이 광고가 『가디언』과 같은 다양한 영어 신문을 통해 홍보하고 있는 것은 통신 강좌이다. 말할 것도 없이 적절성은 계급과 깊숙이 얽혀 있다. 10장에서 이언 매큐언을 인용한 바 있는데, 그는 문장을 쓰기 전에 머릿속에서 모든 문장에 대해 매우 찬찬히 숙고하는 시간을 가지며, 마지막에 문장을 쓸 때에는 "의심스럽게 노려보"면서 문장이 "나를 바보로 만들고" 있지는 않은지를 묻는다고 했다(Zalewski, 2009: 55). 그는 계속해서 이러한 염려를 계급적 불안과 연관시켰다. 그는 어떻게 자신의 어머니가 "노동 계급의 말투를 스스로 부끄러워했고, … 상류층 여성 앞에서 어설프게 천천히 말했으며, 영어를 '마치 우편물 폭탄같이 자신의 면전에서 폭발할지도 모르는 것'처럼 취급했는지"에 대해 말했다(Zalewski, 2009: 52).

린 블룸Lynn Bloom은 글쓰기 교사라는 직업에 배어 있는 중산층의 기풍이 어떻게 교사들에게 적절성을 강조하도록 영향을 미쳤는지에 대해 연구했다. 그녀가 글쓰기 교육 분야에 스며든 것으로 본 중산층의 가치 열 가지 중에서 특별히 지적한 것은 '고결함', '점잖음 내지 적절성', '절제력 내지 자제력', '청결함', '지연된 만족'이다. 반대 의견이 있을지 모르겠지만 그럼에도 불구하고 영어 교사들은 우리 문화의 언어 지킴이 역할을 하는 경향이 있다.

나는 '황량한 서부Wild West'라 불리는 인터넷에서조차 사람들이 중산층의 적절성을 주입하는 일을 멈추지 않는 것을 흥미롭게 생각한다. 나는 지금 '모든 것을 대문자로 쓰면 안 됩니다(YOU MUSTN'T WRITE IN ALL CAPS)'라고 말하는 인터넷 관습에 대해 생각하고 있다. 만약 누군가가 대문자로 글을 쓴다면 '소리 지르는(SHOUTING)' 죄를 범하는 것이다. 나는 인터넷을 잘 아는 사람들이 소리 지르는 사람, 즉 대문자로 글을 쓰는 사람을 헐뜯는 소리를 들은 적이 있다. 그들은 스스로를 중산층 문화의 지킴이라고 생각하지는 않았다. 그러나 그들이 마을로 들어올 털보 카우보이를 통제하려고 하는 신판 '황량한 서부'의 잔소리꾼 교사가 아니면 무엇이겠는가? '소리 지르기'의 비유는 모든 것을 말해 준다. 엄격한 문식성의 규칙 대부분은 큰 소음을 만드는 것에 반대한다. 마치 "소리 좀 죽

여라! 시끄럽게 좀 하지 마라!"라고 하는 것 같다. 글쓰기에 소음이 있는 것이 무슨 잘못이란 말인가?

나는 미국의 버스나 기차 혹은 지하철을 탈 때마다 '목소리를 높이지 마시오'라는 중산층의 '문식적' 압박을 듣는다고 여긴다. 내가 보기에 엄격한 문식성을 갖춘 중산층 화자는 억양의 높낮이 범위가 좀 더 한정되어 있는 반면, 일반적으로 구어 형태의 영어를 사용하는 노동 계급이나 하층 계급 혹은 소수 민족 화자는 좀 더 떠들썩한 억양으로 말할 가능성이 큰 것 같다. 여기서 '떠들썩하다 vociferous'라는 말은 글자 그대로 목소리로 가득 차 있다는 뜻이다. 말할 때 자신의 감정을 드러내기 위해 억양이라는 음악적 자원을 이용하는 것이 인간의 근본적인 특성이라고 생각한다. 아무런 제약도 받지 않은 아이는 억양을 많이 사용한다. 많이! 그러나 스스로 교양 있다고 생각하는 화자는 자신이 말할 때조차도 높낮이, 세기, 강조 등을 더 적게 보여 주어야 한다고 여기는 듯하다. 이는 앵글로색슨의 문화인 듯하다. 왜냐하면 말하기에서 억양에 의한 표현이 두드러지게 나타나더라도 문식성 문화가 이를 금지하지 않는 이탈리아, 프랑스 등 여타 유럽 국가에서는 그렇지 않은 듯하기 때문이다.

따라서 글쓰기에는 적절성 중시 문화로 인한 진퇴양난의 상황이 알게 모르게 존재한다. 엄격하거나 정확한 글쓰기라 하더라도 정말 좋은 글쓰기는 에너지, 떠들썩함, 즉흥성 등의 분출을 필요로 한다. 이러한 분출은 글쓰기를 생동감 넘치고 강력한 것으로 만들어 준다. 그러나 다른 한편으로 이러한 분출은 정확성과 적절성이라는 표준에 부합해야 한다. (이제 『뉴요커』와 같은 명망 있는 매체에서 더 많은 자유를 발견할 수 있다고 하더라도 말이다.) 이것은 정말 좋은 글을 쓰는 일이 아주 어려운 이유이다. 여러분은 문식성으로 향하는 최초의 관문을 통과하기 위해 애써 글쓰기에서 빼앗아야 했던 그 무엇을 다시 자신의 글쓰기에 되돌려 주어야 한다. 슬프게도 그 관문을 통과한 사람들, 즉 정확한 글쓰기를 잘하는 방법을 배워서 아마도 많은 글을 쓸 사람들 중 대부분은 자신이 어렸을 때 사용했던 억양의 에너지와 열정을 문식적 글쓰기에 되돌려 주는 요령을 아직 배우지 못했다.

글쓰기뿐만 아니라 말하기에서도 나타나는 불안

언어에 대한 불안의 가장 큰 원천 중 하나는 콜럼버스 시대에 이사벨 여왕이 다스리던 스페인 궁정에서 생겨났다. 8장의 '문식성 이야기'를 보면, 처음에는 이상해 보였지만 현재는 당연시되는 문화적 행동을 실행하기 위해 문법학자 네브리하가 여왕을 어떻게 설득했는지를 알 수 있을 것이다. 즉 사람들이 자신의 토착어를 말할 자격을 얻으려면 학교에 가서 전문가로부터 올바른 말하기에 대해 배워야 한다는 것이다.

적절성에 대한 불안이 글쓰기에서만 나타난다면 그리 심각하지 않을 것이다. 슬프게도 많은 사람들은 말하기에서도, 즉 뼛속 깊이 새겨져 있는 풍부하고 다채로운 구어를 사용할 때에도 적절성이 결여된 말이나 오류를 범하면 안 된다고 생각한다. 심지어 가족이나 친구와 격식 없이 대화할 때 불안을 느끼기도 한다. 바로 며칠 전 아주 비격식적인 상황에서 문식성 있는 친구 한 명이 이렇게 말했다. "난 정말 행복하고 너무 기뻤어! 아, 내가 불필요한 말을 한 것 같군." 그 친구는 빨간색 펜으로 행간에 적혀 있던 '불필요함!'이라는 논평이 머릿속에 각인되어 있었던 것이다.

영어 교사라면 누구든지 낯선 사람과 대화를 시작할 때 상대방으로부터 이런 말을 듣는다. "아, 영어 선생님이세요? 저, 말조심해야겠네요." 그러나 만약 여러분이 실제로 자신의 말을 조심스레 지켜보다가 용법에 관한 미심쩍은 것을 발견하고서 그것에 대한 규칙을 지침서에서 찾아본다면, 그 해답은 대개 글쓰기를 위한 규칙일 것이다. 어쨌든 적절성과 관련한 우리 문화의 관습에 따르면, 좋은 말하기는 좋은 글쓰기 같아야 한다. (물론 이런 관습은 14세기까지 거슬러 올라간다. 이에 대해서는 '표준 영어'의 탄생을 설명한 6장의 '문식성 이야기'에서 이미 언급한 바 있다.) 그러나 말하는 목소리가 다른 대부분의 사람들에게 좋게 들려서 '표준 구어체 영어'를 구사하는 것처럼 보이는 사람이라 하더라도 실제로 규정집에 나와 있는 규칙들을 따르는 경우는 거의 없다. 결과적으로 우리의 말은 선택의 어려움에 빠질 때가 많다. 예컨대 격식을 갖추지 않고 말하는 상황이나 좀 더 격식을 갖추어야 할 상황에서 우리는 다음 중 어떤 것을 선택해야 할까?

> The audience to whom Darwin felt he was speaking 다윈이 생각하기에 자신이 말하고 있었던 사람인 청중
>
> 또는
>
> The audience Darwin felt he was speaking to 다윈이 생각하기에 자신이 말하고 있었던 청중

첫 번째 것은 지나치게 격식적이고 인위적이어서 말하기가 아닌 것처럼 느껴진다. 그리고 많은 지침서들은 심지어 문장을 전치사로 끝내라고 할 것이다. 진지한 필자로서 소리 내어 읽는 방법을 많이 사용했던 처칠은 문장에 대해 지나치게 엄격한 관점을 비판하며 "이것은 내가 참을 수 없는 허튼소리의 일종이다(This is the kind of nonsense up with which I will not put)."*라는 유명한 응수를 했다. 그러나 문식성 있는 시민이 살고 있는 현실 세계에서 그런 말을 한다면, 교정의 대상이 되거나 거들먹거리지 말라는 잔소리를 들을 것이다. 구어체 영어는 늘 적절성과 문어체 영어의 압박을 받고 있다.

나는 전화를 받을 때마다 선택의 어려움을 느낀다. 상대방이 "피터 엘보 씨 계십니까?"라고 물으면, 나는 배운 대로 "제가 그 사람입니다(This is he)."라고 말하곤 한다. 그러나 최근 몇 년 동안은 그렇게 말하는 것이 불편해졌다. 남을 의식해서 정

---

* 지나치게 엄격한 영문법에서 보자면, 관계대명사가 전치사의 목적어로 쓰일 때 전치사는 문장 끝에 오면 안 되고 관계대명사 앞에 와야 한다. 인용문에서 처칠은 이러한 관점에 따라 'put up with(참다)'에서 떼어 낸 전치사를 관계대명사 앞으로 옮겨 매우 어색한 문장을 보여 줌으로써 규칙에 대한 기계적 태도를 비판하고 있다.

확하게 말하려 한 듯한 느낌이 너무 강했기 때문이다. 마치 모어로 말하는 것이 아닌 것처럼 느껴졌다. 하지만 아직은 어떻게 말하는 게 좋을지 결정하기가 힘들다. "제가 접니다(I'm me)."는 너무 이상하게 들린다. "말하고 있습니다(Speaking)."나 "여기 있습니다(Here)."는 영화에서나 나올 법한 말인 것 같다. 그래서 요즘은 "접니다(That's me)."와 같은 식으로 말하곤 한다. 그러나 여전히 '모어'라는 개념은 복잡하고 적절성 중시 문화의 영향력이 매우 강해서 가끔 무심결에 "제가 그 사람입니다."라고 말할 때가 있고, 이 표현이 어떤 면에서는 자연스럽게 느껴지기도 한다. 아무리 심사숙고하더라도 자신의 모어를 어떻게 말해야 할지 여전히 충분하게 알지 못한다면 우리는 어떻게 될까?

여기에 또 다른 어려움이 있다. 나는 이 책의 두 번째 문장을 처음에 이렇게 썼다. "... our present culture of 'proper literacy' tells everyone that they are not supposed to do their serious writing in the mother tongue they know best and possess in their bones('엄격한 문식성'이라는 우리의 현재 문화에 따르면 진지한 글쓰기는 우리가 가장 잘 알고 뼛속에 새겨진 모어로 하지 않게 되어 있다)." 이 문장은 (당연히?) 문법적으로 잘못되었다. 나는 단수형인 'everyone'을 가리킬 때 복수형 'their'를 사용했다. 그러나 '오류'를 피할 수 있는 표현을 쓰자니, 'his'는 성차별적이고, 'all persons'는 품격이 떨어지고, 'his or her'는 어색했다. 대명사들 간의 이러한 '일치 규칙 위반'은 말하기에서 흔히 일어나는 일이며, 이제는 일부 규정집에서도 이를 받아들이고 있다. 내 생각에 문법과 용법 문제에 대한 최고의 지침서는 브라이언 가너Bryan Garner의 『현대 미국어 용법 사전Dictionary of Modern American Usage』(1988)인데, 그는 "이러한 진보가 순수주의자들에게는 방해가 되겠지만 흐름을 거스를 수는 없다. 그리고 문법주의자의 말은 그 어떤 것도 바꾸지 못할 것이다."(Garner, 1988: 529, '대명사, D' 항목)라고 말한다.

그러나 뜻밖에도 위신이 **높은** 사람은 '**지나치게 정확**'하다는 이유로 여러분을 업신여길 것이다. 만약 **정말로** 적절성을 걱정하고 언어에 민감하다면, **정확성**

이 여러분을 아주 고상한 취향을 가진 사람들과 마찰을 빚게 만들 수 있다는 점을 알 것이다. 흥미롭고 짧은 다음 인용문을 살펴보자. 이 인용문은 파울러의 기념비적인 용법 사전에 있는 꽤 긴 분리 부정사 항목에서 가져온 것이다.

1. 자신들이 분리 부정사를 사용했는지 여부를 알지도 못하고 신경 쓰지도 않는 사람들이 절대 다수를 차지한다. 그들은 대부분의 소수자 집단이 부러워하는 행복한 사람들이다. 그들은 말할 때나 글을 쓸 때 'to really understand'가 'really to understand'보다 더 쉽게 나오며, 그렇게 말해서는 안 되는 이유를 전혀 알지 못한다. (그들에게 약간의 비난이 가해지기는 하지만, 비난의 요점은 그렇게 말해서는 안 되는 이유에 있지 않다.) 그리고 그들이 그렇게 말할 때 불편하게 느끼는 사람은 우리들이지 그들이 아니다.

2. 두 번째 집단은 분리 부정사를 알지는 못하지만 그에 대해 신경은 좀 쓰는 부류이다. 그들은 부정사를 분리한 것이 입 안에 나이프를 넣은 듯 곧바로 들통나지만, 이 글이 주로 다루는 개탄스러운 무례함이 무엇 때문에 발생하는지에 대해서는 모호한 관념만 가지고 있는 사람들이다. 그들의 본 모습을 보면, 분리 부정사에 대한 그들의 혐오는 좋은 것에 대한 본능적 취향에서 나온 것이 아니라 잘못 해석한 타인의 의견을 온순하게 받아들인 것에서 나온 것임을 알 수 있다. 그들은 가상적인 모든 분리 부정사를 피하기 위해 기괴하게 왜곡된 문장을 만들 것이다. (Fowler, 1957: 558)

파울러에 따르면 핵심은 '좋은 것에 대한 본능적 취향'이다. 그러나 그것을 어디에서 얻을 수 있는가? 의심의 여지없이 '좋은 가정 교육'을 통해서이다. 물론 이는 좋은 가정과 계층에서 태어나는 것을 뜻한다. 실제로 그런가? 오히려 자기 자신은 위신을 갖고 있지 않지만 자신의 자녀가 그러한 위신을 가지기를 원하는 사람들이 적절성을 위해 종종 최선의 '가정 교육'을 할 때가 있다. 그리고 사실, 아주 훌륭한 취향을 가진 사람들 중에는 계층 상승한 부모에게서 '좋은 가정 교육'을 받지 못한 경우도 많다. 그들은 열심히 일하고 의식적으로 자신의 취향을 계발함으로써, 달리 말해 좋은 것을 가려낼 줄 아는 귀를 가지게 됨으로써 '자수성가'한 사람들이다. 파울러는 계층에 대한 고전적인 게임을 하고 있다. 즉 그는 올바르게 보이려고 애쓰는 '중산층'을 경멸하면서도, 적절성을 가지려고 노력하는 중산층 독자들에게 정확하게 전해질 책을 쓰고 있는 것이다.

나는 세계에서 가장 큰 언어 관련 단체인 현대언어학회Modern Language Association: MLA가 적절성에 대한 불안 덕에 유지된다는 생각을 떨쳐버릴 수가 없다. 그 단체가 발간하는 대부분의 도서는 이익을 거의 또는 전혀 남기지 못하지만 그 단체의 『MLA 문체 설명서MLA Style Manual』와 『MLA 집필 안내서MLA Handbook』는 대량으로 팔린다. 게다가 그들은 개정판도 자주 낸다. ("오, 이런. 나는 4년 동안 정확하게 쓴 것에만 만족하면 안 되겠구나!")

언어의 적절성과 관련하여 영국과 미국을 비교하면 재미있다. 계층 간의 방언 차이는 미국보다 영국이 더 심하고, 언어에 대해 낙인을 찍는 것도 영국이 더 심하다. 반면에 미국은 여전히 식민지적인 뿌리를 보여 준다. 식민지에서 사람들은 본토 및 그 표준에 대한 충실함을 입증하기 위해 애쓰는 경우가 많다. 미국의 서점은 정확한 언어에 대한 책들로 넘쳐나지만, 『가장자리에서의 글쓰기Writing on the Edge』라는 흥미로운 잡지의 편집자인 존 보John Boe가 영국에서 가장 큰 서점일 것으로 추정되는 블랙웰스 서점에 가서 문법책을 달라고 했을 때, 점원은 "제2언어로서의 영어 말씀이신가요?"라고 물었다. "아뇨, 영국인을 위한 영문법요."라고 하자 점원은 당황스러워하다가, 결국에는 어쩌면 하나를 찾을 수도 있을지 모른다고 했다. 이렇게 언어의 적절성이 미국보다는 영국에서 더 중요해 보이는 경우가 많더라도, 영국인들은 가끔 미국인들보다 비격식적일 때가 있다. (이와 관련해 파울러와 'that/which'를 다룬 13장의 '문식성 이야기'를 참조하기 바란다.)

저항, 그리고 그릇됨의 매혹

적절성에 대한 불안이 존재한다는 가장 강력한 근거 중 일부는 소극적인 것으로 도처에 널려 있다. 나는 문어의 적절성에 대한 **저항**이 만연해 있다는 점을 말하려고 한다. 'Toys R Us(토이저러스)', 'Kwik Kleeners(퀵클리너스)', 'E-Z Car Wash(이지카워시)', '7-Eleven(세븐일레븐)', 'Sheer Kuts(시어쿠츠)'* 등을 생각해 보라. 사람들은 네온까지 사용해 가며 노골적으로 잘못을 드러내는 것에는 반감을 갖지 않는 것 같다. '문식성 있고' 교양 있는 사람들은 오류가 언제나 무지와 부주의에서 나온다고 생각하는 경향이 있다. 『먹고, 쏘고, 튄다』(2004)는 잘못된 구두법에 대한 분노를 재미있게 서술하여 수십만 부가 팔린 책이다. 하지만 나는 이렇게 휘황찬란한 상점 간판은 잘못된 언어에 대한 사람들의 즐거움을 알 수 있게 해 주는 것이라 생각한다. 흔히 사람들은 잘못된 언어에서 느끼는 깊은 **즐거움**을 인정하는 경우가 거의 없다. 그 즐거움은 미셀 드 세르토Michel de Certeau가 『일상생활의 실천The Practice of Everyday Life』(1984)에서 언급한 것으로, 만연해 있는 권위에 대한 일종의 미시적 저항이다. 커밋 캠벌Kermit Campbell은 힙합을 '억압된 창의성의 정신적 활동'이라고 말한다. 이와 관련해 힙합에 대한 올리보의 글(Olivo, 2001)도 참조하기 바란다. 그리고 존재하지 않지만 존재하려 애쓰는 단어들의 거대한 저장소인 '언워드닷컴(unword.com)'**도 참조하기 바란다. 그들의 슬로건은 "영어를 바꾸라, 한 번에 한 단어씩."이다.

나의 경우를 말하자면, '나쁘다(bad)'와 '그릇되다(wrong)'가 어쨌든 나에게는 긍정적인 단어가 되었음을 인정해야겠다. 그렇다 보니 이 책에서 '쓰레기 같은 글'에 대해 긍정적으로 언급했을 때, 나는 초고를 읽은 몇몇 사람의 마음이 불

....

* 이것들은 모두 영어의 철자법을 따르지 않은 상호명이다.
** 머릿속에 떠올린 대상을 표현하려고 하지만 그에 대한 영어 단어가 없을 때 사용할 수 있는 새 단어를 모아 놓은 웹사이트이다. 따라서 이 사이트에 수록된 단어들은 실제 영어 사전에는 존재하지 않는다.

편했다는 것을 알게 되었다. 글쓰기에 관한 최고의 책 중 하나인 『혼자서 그리고 타인과 함께 글쓰기』의 필자인 내 친구 팻 슈나이더는 다음과 같은 메모를 써서 주었다.

> 나는 언제나 아주 많은 필자들이, 특히 프로젝트를 수행하는 나의 학생들이 '쓰레기 같은 글을 썼다'고 느낄 때 그들을 원상태로 돌리려고 애씁니다. 쓰레기 같은 글을 쓰는 것에 대해 당신이 좋게 말씀하시는 소리를 들으니 마음이 불편합니다.

그렇다면 나는 왜 '그릇되다', '나쁘다', '쓰레기' 같은 단어를 좋아할까? 나는 '올바름'과 같이 우아한 단어도 좋아하는데 말이다. 어린 시절 꽤 순진했던 나는 여름 동안 대학 교수의 자녀들과 놀면서 그 아이들의 손짓 하나하나에 배어 있는 문화에 충격을 받았다(예컨대 그 아이들은 집에서 꼭두각시 인형으로 셰익스피어 작품을 공연하곤 했다 한다). 명문 사립대에서 영어를 전공하고 있을 때 나는 좋은 취향을 계발하려고 노력했다. 그리하여 나는 문화적인 면에서 '올바른 것'과 '더 좋은 것'을 예민하게 감지해 내는 안목을 기를 수 있게 되었다. 또 나는 앞서 좀 전에 인용한 파울러의 글을 매우 좋아한다는 것을 고백해야겠다. 그의 오만함에 해로운 면이 있기는 하지만, 적절성에 대해 **너무 많이** 걱정하는 사람들을 날카롭게 비판하는 그의 **총체적인** 자신감은 놀라운 점이 있다.

그러나 진실은 내가 '그릇됨'을 별다른 이유 없이 그 자체로 사랑하는 사람으로 자랐다는 것이다. 비틀스 이전의 경직된 시대에 옥스퍼드 대학에서 공부하던 나는, 어느 날 앤드루 마벌Andrew Marvell의 시 한 단락을 소리 내어 읽은 뒤 지도 교수로부터 '식민지 주민처럼' 말한다는 평가를 받았다. "그래서 자네가 시를 이해하지 못하는 거야. 자네 말이 어떻게 **들리는지** 자네는 모르는군." 그 뒤로 나는 확실히 언어적인 국수주의나 쇼비니즘에 대한 즉각적인 거부감을 갖게 되었다. (냉소적인 독자라면 이 책이 교양 있는 지식인으로서 무난하게 **적응하려고** 한 최초의 시도가 실패한 것에 대한 나의 상처 입은 반응이라고 말할 수도 있을 것이다.)

그러나 왜 '쓰레기 같은 글'을 장려하는가? 그 이유는 우리 문화에서 적절성이 주는 압박이 너무나 많은 해로움을 끼친다고 느끼고 있기 때문이다. 내가 사람들에게 "자유작문을 하거나 초고를 쓸 때 정확성이나 다른 사람의 판단 같은 것에 신경 쓰지 마세요."라고 말할 때, 이 말만으로는 충분하지 않다는 것을 안다. 대부분의 사람들은 부적절한 것과 나쁜 것에 대한 판단을 실제로 이미 들이마셨거나 삼켜 버렸다. 그 판단은 바로 우리 마음속에서 만들어진 것이다. 판단은 끊임없이 무의식의 차원에서 말과 생각을 걸러 낸다. 체를 통과하는 유일한 방법은 실제로 쓰레기 같은 것 혹은 나쁜 것을 불러들이는 것이다. 나는 글쓰기를 가르칠 때 말하듯이 글을 쓰면 (내면화된 판단 때문에) 마음에 들지 않는 글이 나올 것이라고 사람들에게 말해 준다. 그러나 마음에 들지 않는 바로 그 언어의 일부는 거의 언제나 좋은 것이 된다. 어쩌면 좋은 것을 발견하는 데 어려움을 겪을 수도 있다. 그러나 이런 종류의 글을 다른 사람들과 기꺼이 공유하고, 다른 사람들도 그들이 쓴 매우 거친 글을 공유한다면, 사람들은 때때로 몇몇 '쓰레기 같은 구절'을 물고 늘어지다가 그것이 좋다는 것을 알게 될 것이다. 이러한 주장을 가장 광범위하게 말해 보면, 나는 많은 사람들이 쓰레기 같은 글도 써 보지 않으면 정말 좋은 글을 쓰지 못한다고 생각한다.

게다가 좋은 글쓰기는 종종 말 속에 단순한 힘을 포함한다. 아이의 강한 목소리는 자주 어른들을 당황스럽게 하거나 불편하게 한다. 이것을 직시하자. 아이는 어른의 귀를 먹먹하게 만들 수 있다. 부모 노릇을 하면서 "쉿!"이라는 말을 하는 데 시간을 쓰지 않기는 힘들다. 대부분의 사람들은 좌절시키는 것, 금지하는 것, 나쁜 것과 관련된 말의 힘을 많이 가지고 있다. 때로는 쓰레기 같은 말이 없다면 힘을 얻을 수 없다. 결국 나의 목표는 그릇됨이 아니라 정말 좋은 글쓰기, 흠이 전혀 없는 글쓰기가 아닌 좋은 글쓰기이다. 만약 작성한 글이 실제로 훌륭하다면 그것은 아마도 흠을 가지고 있을 것이다. 거의 확실한 사실은 훌륭한 글은 많은 흠을 가진 초고에서 성장한다는 것이다. 단지 흠을 피했다는 것만으로 학교에서 좋은 점수를 받는 모든 글을 생각해 보자. 'A 학점을 받은 글' 중에 실제로 읽을 만한 글은 과연 얼마나 될까?

만약 우리가 쓰레기 같은 말을 도입한다면, 어쩌면 **나쁜 글쓰기**에 대한 관념을 실제로 없앨 수 있을지도 모른다. 다음의 경우를 생각해 보자. 누군가의 글을 읽고 "훌륭하군."이라고 말할 때 우리의 판단이 끔찍하게 잘못된 것일 수도 있겠지만, 그 판단이 해로움을 끼치는 경우는 거의 없다. 사실 우리는 좋은 판단을 할 때가 많다. 열정적인 필자들을 발견할 때마다 그들은 대부분 어렸을 때 열렬히 자신을 칭찬해 준 누군가의 덕택이라고 말한다. 그런데 그렇게 칭찬한 사람들은 어쩌면 많은 교양인들에게는 '매우 잘못된 취향'을 가진 사람으로 보일 수도 있다. 교양인들은 '잘못된 **자부심**을 갖게 하는 모든 말'을 비판하길 좋아한다.

하지만 한 편의 글을 **나쁘다**고 말한다고 해서 무슨 이득이 있을까? 오히려 해로울 때가 많다. 독자가 잘못을 범하거나 미숙한 취향을 가지고 있을 가능성이 크더라도 필자는 독자의 말을 진지하게 취급할 때가 많기 마련이다. 게다가 무엇이 나쁜 글쓰기인가? 나쁜 글쓰기를 정의하는 것은 좋은 글쓰기를 정의하는 것과 마찬가지로 불가능하다. 칭찬은 잊기 쉬운 반면 비판은 잊기 어렵다는 것을 대부분의 사람은 안다. 따라서 "훌륭하군요."라고 말하고 싶을 때는 그렇게 말하는 것이 바람직한 반면, 정말로 나쁘다는 확신이 들더라도 "나쁘군요."라고 말하는 것을 꺼리는 것은 글쓰기 세계에서 전혀 비논리적인 것이 아니다.

맺음말

이 흥미로운 문식성 쟁점들을 모두 탐구하고 난 지금 나는 중심 주제를 강조하고 싶다. 우리는 진지한 글쓰기에 구어가 받아들여지지 않는 엄격한 문식성 문화 속에서 살고 있다. 심지어는 구어조차 구어를 받아들이지 않는다. **받아들일 수 있는 말하기**나 **좋은 말하기**에 대한 규칙이 **글쓰기**에서 생겨나는 경향이 있는데,

그 규칙은 모든 사람의 실제 말하기와 전혀 부합하지 않으며, 심지어는 특권 있는 주류 집단의 말하기와도 부합하지 않는다. 이러한 현상은 최소한 14세기 런던까지 거슬러 올라가는데, 실제로는 분명히 그보다 더 이른 시기까지 거슬러 올라갈 것이다. 언어의 적절성을 추구하는 데서 느끼는 압박감은 사람들이 자신의 가장 좋은 언어적 강점을 글쓰기에 활용하는 것은 물론 말하기에 활용하는 것도 어렵게 만든다.

그러나 세상은 빠른 속도로 변하고 있다. 내가 다음 장에서 하게 될 주장은 바로 이것이다.

허용되지 않는 알파벳

다음은 이 이야기를 들으면서 생각해 볼 두 가지의 퍼즐이다.

1.

Avivac	ahorita regreso
camvak	volver
tumach	demasiado
mach	mucho
limisi	dejamever
aidono	yo no se
guariyyusei	que dice uste
brouken	roto
aijef	tengo
gimi	deme
noder	no ay
lrero	poquito
jit	el

2.

pedes	foozi
figido	lepara
pulli	honir
pulcins	honchli
callus	hano

galina	hanin
pridias	uuanti
mufflas	handschoh
implenuus est	fol ist
manneiras	parta
marrtel	hammar
puticla	flasca
fidelli	chalpir
fomeras	uuaganso
radi meo parba	skir minan part (Kalmar, 2001: 62)

1980년 7월의 어느 무더운 밤, 일리노이주 코브든에 있는 수카사Su Casa 식료품점에서 몇 명의 멕시코 출신 이주 노동자들과 몇 명의 유럽계 백인들 간의 중요한 모임이 개최되었다. 이는 토마스 마리오 칼마르Tomás Mario Kalmar가 자신의 책『허용되지 않는 알파벳과 성인의 이중 문식성: 라틴계 이민자의 언어 국경 넘기Illegal Alphabets and Adult Biliteracy: Latino Migrants Crossing the Linguistic Border』(2001)에서 언급한 모임으로 일련의 행사를 시작하려는 참이었다. 양 집단의 구성원인 멕시코인들과 유럽계 백인들은 이미 함께 농구를 하기는 했지만 모두 서로에 대해 아주 쑥스러워했다. 그들이 함께 빙 둘러 서 있는 동안 어색하고 무거운 침묵이 흘렀다. 멕시코인들 중 일부가 노래를 시작하자 마침내 방 안에서는 에너지와 편안함이 다소 느껴졌다. 칼마르는 이렇게 말하고 있다. "이 코리도corrido*는 언제나 '서정적으로lírica-mente' 암송으로 부른다. 달리 말해 마음으로, '구전'으로, 구두로, 글로 쓴 텍스트 없이 부르는 것이다."(Kalmar, 2001: 5) 칼마르와 두 명의 친구는 기타와 밴조를 가져와서 미국 노래를 몇 곡 부르기 시작했다. 사람들은 양측에 가담해서 각각의 다른 노래를 몇 곡 배웠다.

....

* 멕시코의 발라드나 포크송을 가리키는 말.

이 모임은 계속 열렸고, 마지막 날 저녁에 라울Raúl과 알프레도Alfredo는 "You Picked a Fine Time to Leave Me(나를 떠날 좋은 시간을 골랐군요)"*라는 가사를 적고 싶어 했다. 그들은 이 노래의 가사를 외우고 있었지만, 문자 텍스트도 원했던 것이다. 그때 예쁘고 어린 한 유럽계 백인 소녀를 바라보던 판치토Panchito라는 소년이 또 다른 문자 텍스트를 원했다.

> 그는 우리가 노래하고 있는 곳으로 다가왔다. 최대한 부드러운 목소리로 그가 물었다. "¿Como se dice en inglés ¿donde vives??('어디에서 살아요?'가 영어로 뭔가요?)" … "Where do you live?" [판치토는] 마음으로, 즉 '서정적으로' 그 말이 익숙해질 때까지 [대답을] 따라했다. 그러고는 알프레도에게서 볼펜과 수첩을 빌려 "JUELLULIB"라고 썼다. (Kalmar, 2001: 9)

이 사소한 구절을 기억하는 것은 노래 전체의 가사를 기억하는 것보다 더 쉬울지도 모른다. 그러나 아주 짧은 구절이라 하더라도 이는 새로운 언어이기 때문에 완전히 다른 문화권의 낯선 소녀에게 말하려 한다면 잊어버리기가 십상이다. 이것이 바로 칼마르가 많은 이민자들이 한다고 했던 '언어 게임'의 첫 번째 행동이다. 그들은 "실제 들리는 대로 영어를 적을" 수 있기를 바란다(Kalmar, 2001: 23). 판치토가 쓴 'juellulib'라는 글자는 "Where d'you live?"의 소리를 나타내는 가장 진실된 시각적 방법이었던 것이다.

그 이민자 집단은 동일한 방법을 사용하여 영어 단어 목록을 점차 작성해 갔는데, '실제 들리는 대로' 알파벳을 사용하긴 했지만 스페인어의 관습에 따라 소리를 표기했다. 사실 각자가 영어 단어를 적는 형태는 서로 달랐기 때문에 어떤 형태가 가장 정확하게 소리를 나타내는가에 대해 많은 토론이 있었다. 예컨대 그들은 논의 중에 나온 "The law doesn't protect us(법이 우리를 보호하지 못해)!"라는 문장의 'the law'를 적는 다양한 방안, 즉 'dolor', 'dolod', 'doloc', 'doló', 'toloon' 중 어느 것

....

* 미국의 컨트리송 가수 케니 로저스Kenny Rogers가 부른 〈루실Lucille〉의 가사.

이 좋은지를 두고 토론하기도 했다. 결국 그들은 작은 사전을 만들기에 이르렀다.

이번 '문식성 이야기'의 도입부에 제시된 첫 번째 퍼즐은 그들이 만든 작은 사전의 예이다.

그렇다면 두 번째 퍼즐은 무엇인가? 그것은 고대 역사 문서로서, 칼마르가 교사들과 워크숍을 할 때 자주 사용하는 자료이다. 이 문서는 중세 초기의 '카셀 용어 사전Kassell Glossary'으로 알려져 있는데, 대략 샤를마뉴 대제 시기의 것이다. (샤를마뉴에 대해서는 5장의 '문식성 이야기'를 참조하기 바란다.) "이 문서는 9세기 유럽에서 작성되었지만 정확히 언제, 누가, 어디에서, 왜, 어떻게 이 문서를 작성했는지는 전혀 알려진 바가 없다."(Kalmar, 2001: 60) 그러나 이는 후기 통속 라틴어Late Vulgar Latin* 혹은 초기 '로망어Romance'**의 단어를 '이방인'(즉 게르만족)의 언어인 '옛 바바리아어Old Bavarian'로 명확하게 번역한 것이다. 칼마르는 1,300년 후 일리노이의 코브든에서 똑같은 일이 일어나자 그 문서를 떠올린 것이다. 그는 자음을 취급하는 방식을 보면 로망어 화자가 아닌 '이방인'이 그 문서를 작성했음을 알 수 있다고 말한다.

> 그러므로 카셀 용어 사전은 코브든 용어 사전과 마찬가지로 '직접 만든' 혼종 알파벳으로 표기되었다. 만약 오늘날 그것을 해독할 수 있다면, 이는 9세기부터 현재까지 로마자를 포괄적인 국제 음성 기호의 일종으로 사용해 온 '민간' 전통 덕분이다. (Kalmar, 2001: 64)

짧으면서도 아주 흥미로운 칼마르 책의 극히 일부만 소개한 것에 대해 사과하며, 일독을 권하는 바이다. 인간적인 흥미를 불러일으키는 이야기라는 측면에서, 그리고 언어학적·교육학적 이론 정립의 측면에서 풍성한 내용을 담고 있는 책이다. 그 책은 나에게 두 가지 서로 다른 반응을 불러일으켰다.

한편으로 그 책은 내가 '단순한 문식성'이라고 부르는 것에 대한 강력한 이야기

....

*   로마 제국 당시 서로마에서 사용되던 구어 형태의 라틴어.

**   프랑스어, 이탈리아어, 스페인어 등 라틴어가 분화하여 이루어진 언어를 통틀어 이르는 말.

를 담고 있다. 사람들은 구어 단어의 문자화된 형태를 찾는 것이 어렵지 않다고 주장하는데, 이 주장은 언제나 참이었다. 결과적으로 이민자들은 다음과 같이 주장하고 있는 셈이다.

> 우리는 모르는 언어라 하더라도 '단순한 문식성'을 발휘할 수 있다. 우리는 전문가들이 말하는 철자법 규정에 대해 신경 쓰지 않는다. 그러한 공식적 철자법은 우리에게 방해만 된다. 우리는 우리의 문식성을 책임질 수 있다.

다른 한편으로 그 책의 이야기는 나를 몹시 슬프게 한다. 그 이야기가 문식적 사회에 대해 말해 주는 내용이 안타깝다. 그 이야기는 문식성 있는 문화에서 살고 있는 모든 사람에게 **문자화된** 단어의 힘이 마법처럼 깊이 스며든다는 사실을 보여 준다. 인간이 말을 할 수 있게 된 이래로 아이들은 단지 듣기와 말하기만으로 모어를 놀라운 속도로 배워 왔다. 그리고 언어가 서로 다르게 분화된 뒤 다언어 환경에 놓인 사람들, 심지어 이상적인 언어 학습 시기를 놓친 성인들까지도 듣기와 말하기를 통해 제2언어와 제3언어를 배워 왔다.

코브든의 이주 노동자들이 추구했던 목표는 영어를 실제로 들리는 대로 배우는 것이었다(Kalmar, 2001: 23). 그러나 그들은 눈으로 볼 수 있는 **문자화된** 단어를 가져야 한다고 생각했다. 그들은 영어 철자법이 방해가 된다는 것을 알았지만 한편으로 자신들에게 '철자법spelling'이 필요하다고 확신했다. ('spell'은 마법을 뜻한다.) 이처럼 스페인어 철자법으로 옮겨 적는 것이 실제로는 유럽계 백인이 말하는 그대로 영어 단어를 말하겠다는 목표를 이루는 데에 **방해가 된다는** 사실을 그들은 깨달았을까? 그들이 눈에 사용한 에너지의 절반만이라도 귀에 사용했더라면, 실제 소리 나는 대로 영어를 배우겠다는 목표를 더 잘 이루었을 것이 틀림없다.

어쩌면 그들은 나에게 "우리는 귀만으로는 배우지 못해요. 그리고 우리는 읽는 법을 알 필요가 있어요. 최소한 표지판이라도 말이죠."라고 응답할지도 모른다. (그들이 이런 목표를 가지고 있었다고 칼마르가 말했는지는 기억나지 않는다.) 그러나 당연하게도 그들이 선택한 방법은 표지판을 읽는 것이나 유럽계 백인에게 메모를 써 주는 것을 더 어렵게 만들었다. 그리고 서로에게 메모를 써 줄 때에는 스페인어가 더 나았다.

그러나 그들은 세 번째 목표도 가지고 있었다. 칼마르의 책에는 언급되지 않았지만, 그 목표는 그들이 선택한 방법을 정당화한다. 그것은 바로 언어를 기억하는 것이었다. 소년이 자신과 피부색이 다르고 자신의 문화를 낮잡아 보는 문화 속에 사는 예쁜 15세의 소녀와 대면하고 있을 때, "어디에서 살아?"를 말하는 법을 기억해 내는 것도 이러한 목표에 해당한다. 그러나 플라톤이 지적했듯이, 사람의 약한 기억력은 문식성의 부산물이다.

이 이야기에 대한 이런 관점은 내게 슬픔을 유발하지만, 그렇다고 비난의 감정이 들게 하는 것은 아니다. 나는 다음과 같이 말하려는 것은 아니다.

> 왜 그들은 그 모든 것을 잘못된 방식으로 하고 있다는 사실을 깨닫지 못했을까? 그들은 언어를 배우는 유일한 방법이 문법을 공부하는 것이라고 생각하는 학자들과 교사들만큼이나 잘못 생각한 것이다!

아니다. 일단 문식성 문화 속에 발을 들여놓은 사람이라면 자신의 몸에 깊이 스며들어 있는 이러한 느낌과 전제를 없애기란 사실상 불가능하다. 귀와 눈 사이의 단절을 막을 방법은 없다. 실제로 데이비드 올슨은 명성이 높은 연구 결과를 인용하면서 문식성이 있는 문화에서는 아이들이 단어를 처음 이해할 때 그 단어를 음성 언어 형태가 아니라 문자 언어 형태와 연결시킨다고 보고한 바 있다(Olson, 1994: 77). 우리에게는 이러한 사실이 놀랍지 않다.

나는 문식성의 영향력이 이처럼 깊고 넓다는 사실을 칭찬해야 할 것 같다. 어쨌거나 나의 목표는 글쓰기와 관련된 것이기 때문이다. 그렇지만 슬프기도 하다. 왜냐하면 이 책에서 내가 주장하는 바는, 현재 우리가 가진 문식성 자체가 사람들의 가장 기본적인 언어 형태인 말하기에 대해 귀를 막게 만드는 바람에, 문식적 사회에서 글쓰기 자체가 고통스러워졌다는 것이기 때문이다.

나는 최근에 한 중산층 청년의 이야기를 읽은 적이 있다. 그는 삶의 다양한 국면에서 많은 어려움을 겪은 가난한 노인을 도우려고 했다. 그 노인은 마지막에 자신이 글을 읽을 줄 모른다는 사실을 크게 부끄러워하면서 시인했다. 이 사실을 두고 두 사람이 대화를 나누던 중 노인이 갑자기 격분하며 말했다. "나는 단어를 하나도 몰라!" 나는 그의 말에 명치가 발에 차인 듯한 느낌을 받았다. 사실 다른 모든 사람들처럼 그 역시 차고 넘치게 많은 단어를 알고 있었기 때문이다. 실제로 그가 자신을 도와주는 청년에 비해 언어적으로 더 유창하다는 사실이 그 이야기를 읽는 과정에서 명확해졌다. 그러나 그는 단어의 **실체**라는 것을 이해하거나 장악할 능력이 없어서 자신이 단어를 모른다고 **생각했다**. 말하기에 사용되는 단어는 포함되지 않은 것이다.

18

새로운 일상어 문식성 문화의 지평

앞 장에서 나는 글쓰기를 필요한 만큼 이용하지 못하게 만드는 현재의 엄격한 문식성 문화에서 기인한 문제점과 불안을 기술했다. 이 문화는 구어를 글쓰기에 사용하는 것을 반대하며 실제로 말하기 자체를 경시하는 경향이 있는데, 말하기가 권위 있는 글쓰기에 비해 '저속하다'는 것이다. 이러한 문화에서는 정확성이, 글쓰기에 적용되는 거의 유일한 기준이 되는 경우가 많다. 이 기준을 충족하는 것은 특권층을 포함하여 사실상 모든 사람이 사용하는 쉽고 자연스러운 구어와는 구별되는 문어체 방언이다.

물론 우리의 '현재' 문화는 전적으로 현재의 것만이 아니다. 세상은 변화하고 있다. '정확한 문어'는 최근 들어 위세가 눌리고 있는데, 이는 사람들이 실수하고 교정 담당자가 그것을 다 잡아내지 못해서만은 아니다. 사실 정확성에 대한 우리의 '기준'은 변화해 왔고 더 유연해졌다. 상당히 많은 교사와 교정 담당자는 자신들이 한 세대 전에는 받아들이지 않았을 문법 구조를 받아들인다. 『뉴요커』와 『뉴욕 타임스』는 앞 장에서 언급한 수다스러운 비격식적 산문류를 허용한다.

무슨 일이 일어나고 있는 걸까? 모든 것이 무너져 내리고 있다. 엄격한 기준을 적용하는 사람에게는 그렇게 보일 것이다. 자신의 준거 틀이 세상의 이전 질서일 때 변화는 늘 그렇게 보이는 법이다. 그러나 나는 좀 더 미래 지향적인 준거 틀을 제안하고자 한다. 이를 통하여 우리는 문식성 문화가 과거와는 아주 다른 문화, 즉 글쓰기를 하는 데 구어를 매우 적극적으로 받아들이는 문식성 문화로 이동한 지 상당한 시간이 지났음을 알게 될 것이다. 나는 단지 주류의 구어만을 말하는 것이 아니다. 모든 형태의 구어가 오래지 않아 진지한 공적 글쓰기에도 받아들여질 것이다. 이는 우리가 진지한 글쓰기에 유효한 언어로 더 이상 단일 언어만 가질 필요가 없다는 것을 의미한다.

이러한 발전은 정말 믿기 어렵다. 어쨌든 권위 있는 언어학자들과 심지어 진보적인 언어학자들까지도 단일 표준이 반드시 있어야 한다는 데 의견을 같이한다. 울프럼·애드거·크리스천은 '방언의 다양성과 언어 표준화의 불가피함'에 대해 말하고 있다.

> 우리가 원하든 원하지 않든 간에 몇몇 형태의 언어 표준화는 불가피한 것 같다. 이러한 결론은 미국이나 영어권 국가들뿐만 아니라 전 세계의 언어 상황을 폭넓게 조사해서 얻은 결론이다. (Wolfram, Adger & Christian, 1999: 115-116)

이들은 최근의 진보적 언어학자들이다. 또 다른 언어학자 잰슨은 표준이 없다면 학교 교육은 불가능하다고 말한다. "학교에서 기초적인 읽기·쓰기 교육을 하려면, 철자법도 있어야 하고 여타 어문 규범도 확립되어 있어야 한다."(Janson, 2002: 228) 올바른 표준이 존재하지 않는다면 교사들이 어떻게 언어를 교정할 수 있겠는가? 만일 학생들이 서로 다른 여덟 가지의 영어 방언으로 말한다면, 교사는 자신이 잘 모르는 방언으로 쓴 대부분의 최종 원고를 인정할 수밖에 없을 것이다. 이는 매쿼터가 두려워한 '황량한 서부'보다도 더하다. 좋은 글쓰기의 죽음,

영어의 퇴조! 확실히 인간의 본성 자체는 언어의 혼돈을 거부하고 질서와 표준화를 추구하는데, 특히 글쓰기의 경우에 그러하다.

정말 그러한가? 비록 하나의 가설에 불과하지만 여기서 제시하고 있는 시각을 한번 **생각해 보기** 바란다. 사실 앞에서 인용한 언어학자들은 표준화가 불가피하다고 말하는 대신에 표준화가 **보편적**이라고 말했어야 했다. 이러한 관점에 대해 논의하기 위해서는 역사를 돌아볼 필요가 있다. 우리는 과거에 다양한 영어라는 바벨탑을 가지고 있었지만, 그것이 글쓰기나 언어나 문명을 망가뜨리지는 않았다. 이번에도 그럴 것이다. 구어 방언과 차이가 있는 문어에 대한 단일 표준이 언어의 세계나 언어의 본질에 내포되어 있는 것은 아니다. 그것은 **때때로** 생겨나, 주기적으로 강요되어 온 것이다. 구어와 문어 각각을 대상으로 분화와 표준화 사이의 긴장 관계가 어떠했는지 역사적 사례를 통해서 살펴보기로 하자.

구어: 분화와 표준화

표준화를 위한 시도

분화와 표준화 사이, 그리고 일상어와 글쓰기 사이에 있었던 하나의 중요한 밀고 당기기 사례와 관련해서는 샤를마뉴, 앨퀸, 라틴어에 대하여 말한 5장의 '문식성 이야기'를 요약하고자 한다. 라틴어는 5세기 로마 제국 말기까지는 거의 분화하지 않았다. 그러나 라틴어는 당시 유럽 전역에 구어로서 존재했기 때문에 이후 다수의 '라틴어들'로 분화하기 시작했다. 그러나 샤를마뉴가 800년에 거대한 왕국을 정복해 세웠을 때 그는 영국에서 앨퀸을 불러들였다. 앨퀸은 책 속에 존재하는 '좋은 라틴어'를 가져왔다. 앨퀸이 가져온 라틴어에는 토박이말로서 실제 사용되는 언어에 있는 모든 '문제점들'이 없었다. 샤를마뉴는 그것을 자신의 전 제국에서 쓰도록 명령했다.

어떤 면에서 보면 샤를마뉴와 앨퀸이 라틴어를 표준화하려 했던 시도는 매우 성공적이었다. 그들은 라틴어를 놀랍도록 잠재력 있는 국제적인 **문자** 언어로 정착시킴으로써 라틴어가 1,000년 넘게 진지한 글쓰기를 위한 유일한 언어로 살아남게 했다! 뉴턴도 라틴어로 썼다. 그러나 다른 관점에서 보면, 샤를마뉴와 앨퀸은 언어의 분화를 중단시키는 데에는 완전히 실패했다. 사람들은 앨퀸이 책에서 배워 구사한 라틴어와 비슷하게 말하려고 자신들의 구어 라틴어를 바꾸지는 **않았다.** 샤를마뉴가 표준화하고자 했던 다수의 라틴어들은 전 유럽에서 대부분의 사람들이 사용하는 구어로 더 다양하게 분화해 갔다.

사람들의 말하는 방식을 제한하는 것은 쉽지 않은 일이다. 샤를마뉴와 앨퀸에 의해 촉발된 이 이상한 성공과 실패의 혼합물은 구어 일상어와 진지한 글쓰기 사이의 심연이 나타나게 된 유럽사의 출발점이 되었다.

샤를마뉴가 800년에 구어 일상어를 표준화하려 한 시도는 실패했지만 성공적인 면이 없지는 않았다. 전 지구상에서 일어난 민족 감정의 성장, 확산, 그리고 민족국가의 건설로 인하여 언어의 표준화가 계속되었던 것이다. 일부 성공 사례는 번창하는 지역어(그리고 때때로 그 화자)를 실제로 제거해 버렸다. 프랑스 '형성기'에는 수많은 언어들이 정리되었는데 그중에는 프로방스어, 카탈루냐어, 오크어와 같이 풍부한 문학 유산을 가지고 있는 언어들도 다수 있었다. 물론 현재 영어의 전 세계적 지배 현상은 과거에 국지적인 민족주의가 했던 것에 비해 훨씬 더 많은 언어를 말살하고 있는지도 모른다. 그러나 이는 접전에 가깝다.

네브리하는 스페인 이사벨 여왕의 도움을 받아 통용되던 무질서한 카스티야어를 표준화하는 데 큰 성공을 거두었고, 스페인 전역에서 사용되는 훨씬 더 무질서하다고 생각되는 다양한 다른 방언들을 억제하는 데도 성공을 거두었다(8장의 '문식성 이야기' 참조).

웹스터Webster는 '미국 영어'를 원했지만, 그가 예찬한 미국 영어란 사람들이 영국에서 말하는 것보다 더 단순하고 순수한 영어, 1066년 이전에 존재했던 오염되지 않은 영어로서 초서가 쓴 영어에 가까운 것이었다(Lepore, 2002). 그가 제안한 것은 방종이 아니라 새로운 표준이었다. 그는 미국 영어의 철자법 '실수'

를 매우 경멸했다.

> 언어민족주의의 영향으로 웹스터는 미국 영어가 역사적으로 영국 영어보다 앞서 있다고 주장한다. 웹스터는 1789년에 발간한 『영어에 대한 학위 논문들Dissertations on the English Language』에서, "뉴잉글랜드 지방 사람들이 쓰는 관용 표현과 초서, 셰익스피어 등 진정한 영어 문체로 글을 쓴 사람들의 관용 표현 간에는 놀랄 정도의 유사성이 존재한다."(Webster, 1789: 108)라고 말한다. (Trimbur, 2006: 582)

미국에서 '영어 전용' 운동은 민족주의와 불안감의 강력한 혼합, 즉 '이방인'에 대한 두려움에서 유래한 것으로 보인다. 영어 사용자가 언어의 순수성을 주장하는 것은 인상적이다. 왜냐하면 영어는 어떤 언어보다도 순수하지 않은 혼종의 언어이기 때문이다. 영어는 접촉한 모든 언어로부터, 심지어 우연히 접촉한 모든 언어로부터도 영향을 받았다. 영어의 힘은 얼마나 많은 언어의 영향을 받아 얼마나 많은 단어가 만들어졌느냐에서 나온다.

'영어 전용'의 지지자들은 미국이 이미 다른 언어를 근절하는 데 어려움을 겪었다는 사실을 잊어버리는 경향이 있다.

> 미국에서 독일어의 역사는 미국의 언어 통일 정책의 전개 과정을 이해하는 데 중요한 부분이다. 미국 독립전쟁 당시에는 식민지에 있는 모든 사람이 영어 사용자였던 것은 아니다. 일부 학자들에 따르면 영어 사용자는 40퍼센트 이하였으며, 어떤 학자들은 독일어 사용자가 50퍼센트가 넘는 주가 있었다는 사실을 지적한다. 많은 독일계 미국인은 결국 독일어가 미국의 공용어가 될 것이라고 믿었다. 미국인은 독일어를 배워야 한다고 주장했던 이들도 있었다. 건국의 아버지 중 한 명인 벤자민 러시Benjamin Rush의 의견에 따라 국립 독일어 대학을 설립해야 한다는 데 공개적인 지지를 표명한 사람들도 있

었다. 뉴프랑스New France*나 뉴잉글랜드New England 모델을 따라 뉴저머니 New Germany를 세우기를 바라는 사람들도 많았다. 아무튼 1900년까지 미국에는 수백만 명의 독일어 사용자가 있었다. 독일계 미국인들은 독일어로 된 수많은 단행본과 소책자를 출판하기도 했다. 독일계 미국인이라는 민족 집단은 교육 수준이 높았으며 부유했고 영향력이 있었다. (Shell, 2000: 258-259)

이것은 『다중 언어 미국Multilingual America』(Sollors, 1998)이라는 중요한 논문 모음집에서 가져온 내용이다. 이런 독일계 미국인의 존재로 인해 제1차 세계대전 기간에 미국에서는 '우리 나라에서 독일인이 활개를 치지 못하게 하자'는 광란적인 반독일 정서가 촉발되었다. '베를린(Berlin)'이라고 명명되었던 많은 마을과 도시가 '벌린(Berlin)'으로 재명명됐던 것은 바로 이때였다.

『다중 언어 미국 문학 선집: 영역본을 첨부한 원작 독본The Multilingual Anthology of American Literature: A Reader of Original Texts with English Translations』(Shell & Sollors, 2000)도 참조하기 바란다. 또한 『유산: 미국의 히스패닉 문학 선집Herencia: The Anthology of Hispanic Literature of the United States』(Kanellos, 2002)도 참조하기 바란다. 미국에서 글쓰기 종사자가 영어 전용 과정에 어떻게 연루되었는지에 대한 알려지지 않은 이야기에 대해서는 트림버의 글 「언어의 기억과 미국 영어 정책Linguistic Memory and the Politics of US English」(2006)을 참조하기 바란다.

구어의 분화 및 표준화 유형

구어 표준화에서의 성공과 실패가 혼합된 이러한 결과를 우리는 일반화할 수 있는가? 할 수 있다. 만약 한 걸음 뒤로 물러나 인간 구어의 역사를 현미경과

....

* 1763년까지 북미에 있었던 프랑스 식민지.

망원경을 이용하여 살펴본다면, 분화와 표준화 사이에 지속적인 줄다리기가 있었음을 알게 될 것이다. 언어가 지속되는 근본 과정을 생각해 보자. 영유아는 자신의 주변에 있는 언어를 배운다. 그러나 영유아는 항상 틀리기 마련이다. 영유아는 발음, 통사 구조, 단어 선택, 의미 부여에서 오류를 범한다. 그러나 영유아의 실수는 지속적으로 가족이나 집단에 의해 옳은 내용, 즉 표준 쪽으로 수정되어 간다. 그러면서 분화는 극복된다.

그러나 표준을 애호하는 사람들이 탄식하면서도 인정하듯이, 분화(다시 말하자면 오류)를 근절하는 일은 결코 종결될 수 없다. 9장에서 나는 존슨의 체념적인 태도를 다음과 같이 인용했다.

> 이 사전 편찬자는 사전이 "언어를 방부 처리할" 수 없으리라는 것을 깨달았다. 모든 계층의 사람들이 언어를 공유한다는 것은 언어가 관습과 같이 타락할 수밖에 없음을 뜻하는데, 예를 들면 언어가 상거래에 사용될 때 그러하다. 그리고 언어의 타락은 언어 사용자 모두에게로 퍼져 나갈 수밖에 없다. … 이러한 이해를 바탕으로 존슨은 "우리의 언어를 지키기 위해 투쟁하자."라고 말한다. (Kermode, 2006: 29)

성가신 아이들은 틀리기만 하는 것이 아니다. 가끔 그 아이들은 고의적으로 틀린 말을 한다. 아이와 가족 간의 줄다리기는 아이가 성장한 후에도 계속되는 일반적인 과정이다. 집단은 개인을 억누르는 경향이 있는 보수 또는 보수주의를 향한 힘인 데 반해, 개인은 분화를 향한 힘이다. 물론 소집단과 대집단 간에도 동일한 변증법적인 긴장이 존재한다.

표준화가 항상 승리할 것이라는 결론을 내리는 사람도 있을 것이다. 결국 언어들은 결합하고 유지된다는 것이다. 그러나 아니다. 언젠가 개인이나 소집단이 이긴다. '그릇되게' 말하는 개인이나 소집단은 **보통** 줄 뒤로 밀려나 교정되거나 무시되거나 이해받지 못한다. 그러나 만일 그들의 '그릇됨'이 그 맥락에서 충분히 효과적이거나 흡인력이 있다면, 또는 그 개인이나 소집단이 특별한 힘이나 위신이 있다면, 그 그릇됨은 대중의 인기를 얻을 수 있게 된다. 그러면 대집단은 마지못해 그것을 받아들이고 소집단이나 심지어 개인에게 맞추기 위하여 표준을 바꾼다. 이러한 변증법적 줄다리기는 내가 1973년에 쓴 『교사 없는 글쓰기』의 핵심적인 전제였다(이 책 7장의 세 번째 절 참조).

'쿨(cool)'이라는 단어를 '좋다(good)'라는 의미로 쓰거나, '악당(villain)'을 나쁜 의미로 쓰기 위해서는(원래 'villain'은 남자를 가리키는 중립적인 단어였다) 최초로 그렇게 한 사람이 있어야만 한다. 특이한 사용법이 들어와 뿌리 내릴 수도 있다. '좋다'라는 의미로서의 '쿨(cool)'이 비유에서 비롯되었다는 것은 의심할 나위가 없다. 왜냐하면 모든 새로운 비유는 '그릇된' 의미로 단어를 사용하는 것이기 때문이다. 마찬가지로 자신의 마음이나 양심을 괴롭히는 '가책(scruple)' 때문에 괴로웠다고 말한 최초의 사람은 어떤 로마인이었을 것이다. 그러나 그는 'scruple'이 '아주 작은 돌멩이(pebble)'만을 뜻한다는 사실을 알고 있었다. 그는 아주 작은 돌멩이에 대해 말한 것이 아니라, 아주 작은 돌멩이가 샌들이나 신발에 들어가면 불편하듯 무언가가 자신의 마음을 괴롭히고 있음을 말했던 것이다.

이것은 사소한 예에 불과하지만, 언어는 분화나 오류가 승리하는 경우가 아니면 결코 변하지 않는다. 만약 인간 언어 사용자가 새로운 싹을 늘 제거해 버린다면, 우리는 아담과 이브가 에덴 또는 아프리카 리프트 밸리*에서 사용했던 언어를 그대로 사용하고 있을 것이다. 인도유럽어가 이전의 '참 언어true language'의 지역적 파생어에 불과하다는 점을 생각하면 재미있다. 분화와 그릇됨만이 서로 다른 언어들의 존재를 설명해 준다. 전 세계에 존재하는 모든 서로 다른 방언과 언어는 표준화의 실패를 나타낸다.

그릇됨이라는 뿌리를 비옥하게 하는 것은 시간과 공간이다.

....
* 동아프리카의 한 지역으로, 선사 고고학적 유물이 많이 발굴되었다.

- 시간. 50년 또는 100년쯤 지나면 일반적으로 같은 마을 안에서도 서로 조금씩 다른 언어를 사용한다. 변화는 많고 흥미롭지만, 대개 젊은이들은 변화를 향한 힘이 되고 노인들은 보수를 향한 힘이 된다. 흥미로운 것은 마을이나 지역이 작으면 작을수록 언어의 변화는 더 크다는 점이다 (Janson, 2002: 234).
- 공간 역시 분화를 유발한다. 사람들이 살던 마을을 떠나 인접 계곡이나 이웃 나라 또는 다른 대륙으로 이동할 때 그들이 사용하던 언어가 분화하는 경우가 많다.

시간과 공간은 그 안에서 서로 다른 방언을 생성하고 결국에는 서로 다른 언어를 만들어 낸다. 어떤 경우에는 시간이 공간을 이긴다. 모국어가 '식민지' 형태의 언어보다 더 빨리 바뀔 수도 있다. 1950년대 옥스퍼드에서 공부하던 당시 나는 '내 생각에는(I guess)'이라는 표현을 사용하곤 했는데 사람들이 '식민지 영어'를 쓴다며 놀렸다. 나는 초서의 작품에서 같은 표현을 발견하고는 아주 만족스러운 기분을 느꼈다.

이러한 과정에서 우리가 알 수 있는 것은, 질서 있는 것은 무질서하게 되는 경향이 있다는 열역학 제2법칙의 또 다른 적용일 뿐이다. 물리학자들은 우리가 에너지를 가하지 않으면 질서를 창출하지도 심지어 유지하지도 못한다고 말한다. 양말을 정리해 윗서랍에 넣는 일도 힘이 든다. 그래서 언어의 영역에서 누군가가 표준화를 시도하거나 유지하기 위해 힘을 쓰지 않는 한 분화가 **일어나기 마련**이다.

샤를마뉴, 터키에 로마자를 도입한 아타튀르크, 완전히 새로운 표기 체계를 도입한 한국의 세종대왕과 같이 때로는 힘 있는 개인이 힘을 행사하는 경우도 있다(9장 후반부의 '문식성 이야기' 참조). 책임자들은 대상이 표준화되어 있을 때 더 안전하다고 생각하는 경향이 있다. 그들은 권위를 통해 표준화를 도입할 수 있다. 그 힘은 때때로 집단에서 나온다. 비록 개인이 집단을 주도할 수 있기는 하지만 말이다. 영어를 전 세계로 퍼뜨리는 힘은 좀 더 미묘한데, 이는 경제적·사회적·문화적인 것과 관련된다. 한 부족이나 나라가 다른 부족이나 나라를 정복하면 그 언어를 말살하는 일이 흔한데, 그 주민이나 국민을 말살하지 않는 경우에도 그러하다. (크리스털은 영국을 정복한 프랑스가 영어를 말살하지 않은 이유에 대해 흥미로운 이야기를 들려준다(Crystal, 2004)).

단일 언어를 사용하는 주류 미국 문화에서 사람들은 대부분 통합과 단일 표준이 필요하다고 생각한다. "표준이 없으면 우리는 서로를 이해할 수 없다. 모든 것이 멈춰 설 것이다!" 그러나 미국에서 사용되는 서로 다른 형태의 영어를 보면 차이가 있다고 해서 오해가 일어나는 경우는 별로 없다. 사람들이 서로의 영어를 이해하지 못하는 경우는 **심리적인** 방해를 받을 때인 경우가 아주 많다. 즉 지배적인 형태의 영어를 사용하는 사람들은 가끔 다른 형태의 영어를 들을 때 **생경하고 좋지 않은** 영어라고 생각해 인정하지 않는 태도를 보인다. 그리고 낙인찍힌 언어를 **사용하는** 사람들은 주류에 속한 사람들에게 굳이 이해받지 않아도 된다고 여기는 경우가 있다. 낙인이 효력을 상실하면, 사람들은 대개 방언의 변화를 쉽게 받아들이며 싸우지 않고 서로를 이해하게 된다. 실제로 오해는 대부분 서로 다른 영어 방언을 쓰며 자란 화자들에게서 생겨나는 것이 아니라 전적으로 다른 언어를 사용하기 시작한 화자들에게서 생겨난다. 제2언어로 영어를 사용하는 사람들은 악센트가 아주 강하고 문법이 서툰 경우가 있다. (교양 있는 사람들은 다음과 같이 말하는 것을 좋아한다. "철자가 정확하지 않으면 독자들이 이해하지 못할 것이다." 그러나 철자가 심하게 틀린 글을 이해하는 것이 실제로는 아주 쉽다는 사실을 입증하는 최근의 연구들이 꽤 많다.)

단지 서로 다른 방언이 아닌 완전히 다른 언어를 말하는 문화에서도 지나친 낙인만 찍지 않는다면 사람들은 서로의 언어를 많이 배우고자 하는 경향이 있다. 메리 루이스 프랫Mary Louise Pratt은 이중 언어 사용과 다중 언어 사용은 인간의 의사소통에서 예외라기보다는 규칙이라고 주장한다(Pratt, 1987). 조지 슈타이너는 '바벨탑 신화', 즉 신이 분화된 언어들을 줌으로써 인간에게 **벌을 내렸다**는 이야기가 거의 모든 문화에 있음을 지적하면서도, 언어의 차이는 인간이 받은 가장 큰 축복의 하나라고 주장한다(Steiner, 1975).

문어: 분화와 표준화

글쓰기의 경우에도 다양성과 표준 사이의 긴장감이 동일하게 존재한다. 그러나 글은 다소 '공식적'인 것처럼 보이기 때문에(정부나 학교가 종종 이를 뒷받침한다), 표준화를 추동하는 힘이 더 강력한 경우가 많다.

> [서기 1000년이 되기 전에 잉글랜드에서는] 문어에 대한 공통 표준을 만들려는 시도가 없었다. 반대로, 모든 필자는 자신의 방언을 사용했으며, 그래서 켄트, 웨스트색슨, 노섬브리아 등지에는 그 지역의 방언으로 쓰인 텍스트들이 존재했다. ⋯ 잉글랜드의 필자들은 아마 엄격하게 표준화된 문어체 라틴어를 알고 있었겠지만 그 비슷한 것도 사용하려고 시도하지 않았다.
>
> 이는 마케도니아가 지배하기 전의 그리스 상황과 매우 유사하며 단테 이전의 이탈리아 상황과도 어느 정도 유사하다. 정치적 통일이 되지 않은 곳에서 문어의 공통 표준이라는 생각은 당면한 문제가 아닌 것이다. (Janson, 2002: 145)

그러나 900년경에 앨프레드Alfred 대왕은 자신의 직할 영지 너머까지 세력을 확장하여 웨스트색슨 방언을 잉글랜드 대부분의 지역에서 글쓰기의 표준으로 만들었다. 이러한 조치 후 잉글랜드의 모든 필경사들은 웨스트색슨 형태의 영어로 썼고, 실제로 대왕의 필경사들은 다양한 형태로 존재하는 문어 텍스트를 이 '올바른' 언어로 고쳐 썼다. 이는 통일성에 대한 의식을 가져다준, '표준 실행'의 초기 방법이었다. 이러한 고쳐 쓰기 때문에 이후 학자들은 잉글랜드에는 실제로 존재했던 것보다 더 높은 언어적인 동질성이 존재했다고 생각하게 되었다(Crystal, 2004: 55).

그러나 1066년에 프랑스의 지배를 받게 되면서부터 잉글랜드는 이러한 문어체 영어의 표준형을 상실하고 말았다. 노르만인이 사용한 노르만 프랑스어가 법조계나 행정부의 통용어가 되었다. 어느 영역에서든 대민 업무를 담당하는 사람들은 그 언어를 배워야 했다. 그러나 대부분의 잉글랜드 사람들은 궁중이나 관변 사회에서 살지 않았으며 당시의 일상 영어를 계속 사용했다. 그리고 그들 중 일부는, 공식적인 글쓰기와 문학적인 글쓰기가 모두 프랑스어로 진행되었음에도 불구하고, 일상 영어로 글을 썼다.

> 약 1200년경부터 사람들은 영어로 다시 글을 썼다. 그런데 텍스트는 노르만의 잉글랜드 정복 이전에 생산된 것과 확연히 달라졌다. 표준어는 더 이상 존재하지 않았다. 10세기와 11세기에 지배적이었던 웨스트색슨어에 기반을 둔 상당히 획일적인 철자법과 문법은 완전히 사라졌다. 그 대신에 작가들은 대체로 자기 자신의 구어체 방언에 맞춰서 글을 쓰고 철자법을 지키는 것처럼 보였다. 약 200년의 기간 동안 다시 많은 문어체 방언들이 존재하게 되었는데, 이러한 상황은 초기의 문어체 영어 때와 매우 흡사했다. (Janson, 2002: 155)

중세 영문학 작품을 읽어 보면 이러한 다양성이 분명하게 드러난다. 런던 근교 출신의 초서, 스코틀랜드 출신의 헨리슨Henryson, 『가웨인 경과 녹색의 기사Gawain and the Green Knight』를 쓴 북부 지방 출신의 시인, 『농부 피어스Piers Plowman』를 쓴 남중부 지방 출신으로 보이는 시인의 작품을 읽는다면 영어의 아주 다양한 형태를 볼 수 있을 것이다. 언어학자들은 중세 영어 텍스트에서 작가가 말하는 고향이 잉글랜드나 스코틀랜드의 어느 지역인지를 볼(실제로는 들을) 수 있다. 그러나 19세기의 많은 학술 편집자들은 다수의 중세 영어 텍스트를 소위 '표준'에 맞추어 버렸다. 이는 다시 한번 그토록 오랜 시간 동안 문어체 영어에 얼마나 많은 다양성이 존재했었는지를 사람들이 망각하도록 만들었다 (Wright, 2004: 3).

그러나 문어체 영어의 표준화를 가장 강력하고 전반적이며 의식적으로 실시한 때는 18세기에 이르러서였다. 이때는 사전이 처음으로 만들어진 시기였다. 그리고 이와 더불어 영국사에서 처음으로 **규범주의**prescriptivism라는 강력한 이념이 나타났다. 역사언어학자 호프의 저술에 따르면 규범주의는 다음과 같다.

> 그 자체로 언어적 과정은 아니다. ⋯ [그것은] '언어 외적'이다. 즉 그 자체로 언어 내에서는 쓸모가 없는 문화적·이념적 현상이다. ⋯ 규범주의는 ⋯ 언어 자료를 설명하는 데에는 실패했지만 하나의 사회적 이념으로서는 매우 성공적이었다. (Hope, 2000: 51, 54. 강조는 인용자)

그런데 이는 영구적인 인간의 경향이지 않은가?

그렇지 않다. 불안에 시달리는 인간은 다른 방식으로 말하는 사람을 조롱하거나 심지어 경멸하려는 유혹을 항상 받아 온 것이 사실이다. 그리스인들은 그리스인이 아닌 사람들을 '야만인(barbarian)'이라고 불렀는데, 이는 그들의 말이 '바르-바르-바르-바르(bar-bar-bar-bar)'처럼 들렸기 때문이다. 미국 문화에서 많은 사람들은 뉴욕시의 브루클린이나 브롱크스 지역의 말을 지치지도 않고 비웃어 댄다. 그럼에도 불구하고 규범주의는 **도덕적** 차원을 고수하며 '잘못된' 언어를 인정하지 않기 때문에 그러한 비웃음과는 다르다. 18세기 전의 잉글랜드에는 '나쁜 언어'에 대한 그런 폭넓고 깊이 뿌리박힌 도덕주의가 결코 존재하지 않았다.

잘못된 언어에 대하여 불결, 타락, 부도덕이라는 은유가 성행하기 시작한 시기가 바로 이때이다. 새뮤얼 존슨이 사전을 집필하기 한참 전, 벤 존슨Ben Johnson은 이렇게 말했다. "풍속이나 유행이 타락하는 곳이라면 어디든 언어도 타락하기 마련이다. 언어는 대중의 방종을 모방한다."(Kermode, 2006: 28에서 재인용)

(이와 관련해서는 학자들이 '문법적 흉물 덩어리'와 '경멸스러운 악한'에 대하여 언급한 19세기의 지침서들에 대한 리처드 보이드의 연구(Boyd, 1995)를 참조하기 바란다.)

18세기까지는 철자법에 일관성이 전혀 없었고 문어 문법에서도 일관성을 거의 찾아볼 수 없었다. 앨프레드 대왕의 획일적 앵글로색슨어조차도 표준은 아니었다. 그러나 18세기에 언어를 신경 썼던 사람들은 영어가 단지 평범한 언어가 아니라 고귀하고 훌륭한 언어가 되기를 바랐다. 그리고 이것은 영어가 책 속의 라틴어와 같아져야 한다는 것을 의미했다. (이러한 시도에 대해 이미 9장에서 언급한 바 있다. 즉 부정사는 라틴어에서도 나뉘지 않으니까 나누지 말고, 'dout'에 'b'를 더하고 'amiral'에 'd'를 더하여 라틴어처럼 소리 나게 하자는 것 등이 그런 예이다.) 그러나 18세기 이전의 영어와 영문학은 표준화의 혜택 없이도 융성했다. (18세기에 들어 영어와 영문학이 덜 융성한 것은 어쩌면 당연한 일인지도 모른다!)

18세기에 스코틀랜드 수사학자들은 엄격한 영어 사용 지침을 제시하였고, 이는 잉글랜드와 미국 전역에서 철저히 지켜졌다. (18세기 스코틀랜드에서는 영어 작문에 초점을 맞춘 수사학 연구가 전성기를 맞이했다. 저명한 학자로는 휴 블레어Hugh Blair, 조지 캠벌George Campbell, 알렉산더 베인Alexander Bain 등이 있었다. 그때까지 수사학은 중세 3학과trivium의 하나로서 대개는 고대 그리스어와 라틴어 및 중세의 설교에 초점을 맞추었다.) 토머스 밀러Thomas Miller의 말에 따르면, 이 영향력 있는 수사학자들이 사용한 토박이말인 **스코틀랜드어**는 문식성 있는 잉글랜드인에 의해 조롱과 경멸을 받았는데, 이는 일부 사람들이 흑인 영어를 조롱하고 경멸한 것만큼이나 심한 것이었다.

밀러는 이러한 학식 있는 스코틀랜드 학자들의 언어·문화에서의 방어적 태도 또는 불안감이 그들에게 수사학과 언어의 적극적이고 **엄격한** 표준을 확립할 동인을 제공했을 수도 있다는 의견을 제시한다(Miller, 1997: 3-4장). 우리는 스코틀랜드에서 이루어진 이 중요한 언어 작업이 샤를마뉴의 요청으로 '좋은 라틴어'를 영국에서 중앙 유럽으로 들여온 앨퀸의 작업과 매우 유사하다는 점에 주목하지 않을 수 없다. 가장 필사적으로 시행하려는 표준이 변방에서 오는 경우가 종종 있다. 앨퀸의 시대(서기 800년경)에 잉글랜드는 유럽 세계에서 황량한 변방이었다. 그리고 18세기에 스코틀랜드는 문명화된 영국 세계의 황량한 변방이었다.

그러나 흥미롭게도 18세기 규범주의 운동이 위신 있는 **말하기**의 악센트는 규범화하지 않은 듯하다. 19세기 후반이 되어서야 잉글랜드 상류층의 구어체 영어를 위한 단일 표준이 생긴 것이다. 글래드스턴Gladstone과 필Peele 수상 같은 유명인들조차도 강한 지역 사투리로 대중 연설을 했다. 물론 그 사투리에는 약간의 '비표준' 문법도 포함된다. 토마스 하디Thomas Hardy와 럭비 학교* 교장이었던 토머스 아널드Thomas Arnold도 서로 다른 사투리를 사용했다. 그러나 1870년에 제정된 교육법에 따라 상류층이 다니던 학교들은 일반 대중 또는 적어도 등록금을 낼 수 있는 사람들에게 개방되었는데, 이는 상류층의 '엄격한' **구어체** 영어가 보급되는 계기가 되었다. 잉글랜드의 어느 지역에서 왔든 간에 존경받는 사회적 지위를 원하는 사람이라면 모두 상류층의 구어를 배우지 않으면 안 되었다. 이러한 형태의 구어는 '사립 학교 영어', 그리고 좀 더 보편적으로는 '표준 발음Received Pronunciation: RP'이라고 불렸다. 공식적인 BBC 방송위원회가 통제하는 발음 표준을 가진 'BBC 영어'는 표준 발음을 약간 부드럽게 조정한 것이다. 지금 우리는 BBC에서 다양한 지역 사투리를 들을 수 있다. 그러나 문법은 엄격하게 표준화되어 있다(Crystal, 1995: 237 이하).

표기 표준화의 가장 대규모 사례는 중국에서 찾아볼 수 있다. 다양한 초기 제국의 규모와 힘 때문에 한자의 표준화된 형태는 기원전 1200년경 상商 왕조 때부터(서기 200년경 후한 때 좀 더 완벽하게 표준화된다) 현재까지 사용되고 있다. 오늘날 한자는 세계에서 가장 큰 나라 전역에서, 그리고 일본, 한국, 동남아 여러 나라에서 수 세기 동안 사용되어 왔다. 한자는 가장 오래된 표기 형태일 뿐만 아니라, 가장 오랫동안 가장 지속적으로 가장 많은 사람들에 의해 사용되어 왔다.

....

* 영국 잉글랜드 중부의 럭비시에 있는 유명한 사립 학교로 럭비가 탄생한 곳이다.

한자는 아주 다양한 구어를 말하는 사람들이 사용해 온 표준화된 표기의 한 예이다. (물론 이 수많은 사람들 중 문식성이 있는 경우는 상대적으로 적었다.)

중국에서 표기의 표준화는 시각적 문자 형태뿐만 아니라 사용되는 언어나 방언까지도 포함한다.

> 20세기 초까지 중국어의 모든 방언은 단일한 문자 방언으로 표기되었는데, 이 단일한 문자 방언은 고대 중국의 후기에 해당하는 기원전 약 1100년부터 서기 100년경까지로 거슬러 올라간다. 이는 문자를 아는 중국인들이 자신들이 말하지 않는 형태의 문자 방언을 사용했다는 것을 의미한다. 이러한 방식이 유지된 것은 부분적으로는 약 2,000년 동안 표기의 표준을 만들고 유지해 온 중국 관료 조직의 힘 덕택이었다. (Schmandt-Besserat & Erard, 2007: 16)

1950년대에 중화인민공화국은 표기를 위해 병음 또는 로마자를 사용할 수 있다는 결정을 내림으로써 이 엄청난 표준화를 끝낼 수 있는 주목할 만한 조치를 취했다. 이 조치는 여덟 가지 이상의 서로 다른 구어체 중국어 방언을 사용하던 사람들에게 자신들의 방언이나 언어로 글쓰기를 할 수 있도록 허용할 수도 있었다. 수많은 지도자들이 이 정책에 찬성하는 주장을 폈는데, 이는 아마 마오쩌둥이 의도한 일일 것이다. 그러나 마오쩌둥은 결국 마음을 바꾸어 중국어 표기를 병음 체계로 완전히 바꾸고자 한 자신의 제안과는 반대 방향으로 나아갔다. 정부는 또 하나의 대규모 표준화를 하기로 결정했는데, 중국 전역에서 이루어지는 모든 병음 표기는 베이징과 북방 중국어를 따라야 한다는 것이다. 중국어 병음을 사용하고자 하는 사람과 글을 쓰기 위해 컴퓨터를 사용하고자 하는 사람은 누구나 보통화普通話라는 이 하나의 방언으로 단어를 적어야 한다. (중국어에 대한 더 자세한 설명은 16장의 '문식성 이야기'를 참조하기 바란다. 드프랜시스는 이 이야기를 아주 잘, 그리고 자세히 설명해 준다.)

그래서 뭐?

이 이야기들에서 우리가 내릴 수 있는 결론은 무엇인가? 명백한 사실은 인간이 언어를 사용하기 때문에 분화와 수렴 간의 줄다리기가 반복해서 발생한다는 것이다. 이 분화와 수렴은 우리가 가족, 집단, 공동체, 지역, 국가 등에서 볼 수 있는 종류의 것이다. (바흐친은 언어가 다양성에서 통일성으로 이동했다가 통일성이 다시 다양성으로 나아가는 것에 이끌렸다. "모든 말하기는 '단일어unitary language'로 수렴되는 구심력으로 작용함과 동시에, 사회적·역사적 이종어heteroglossia로 분산되는 원심력으로도 작용한다."(Bakhtin, 1976: 272)) 분화는 구어와 문어 모두에서 나타나는 일반적인 것이다. (이는 인간의 부주의함과 열역학 제2법칙으로 인해 발생한다.) 그러나 표준화는 말하기보다는 글쓰기에서 좀 더 빈번하게 이루어진다. 물론 그것이 늘 성공하는 것은 아니다.

따라서 앞에서 인용한 언어학자들이 표준화가 구어에 필수적이라고 말한 건 잘못된 것이지만, 만일 그들이 그 판단을 글쓰기에 적용했다면 더 정당하다고 느꼈을지도 모른다. 글쓰기에서는 표준화가 일어날 가능성이 더 높아 보이기 때문이다. 지금까지 내가 말한 이야기들은 전부 글쓰기에서 발생할지도 모르는 단일 표준의 시행을 묘사하는 것이었다. 중국 초기 황제들의 권력은 방대한 영토 전역에 단 하나의 문자 체계를 이끌었고, 샤를마뉴가 800년에 앨퀸을 데려옴으로써 전 유럽에 라틴어 글쓰기를 위한 단일 표준이 만들어졌으며, 900년경 앨프레드 대왕이 잉글랜드를 지배함으로써 잉글랜드에는 글쓰기를 위한 단일 표준이 만들어졌고, 18세기의 강력한 규범주의로 인하여 영어 글쓰기를 위한 훨씬 더 제한적인 단일 표준이 도입되기에 이르렀다.

그렇다면 언어의 다양한 구어 형태를 기꺼이 수용하며 분화하는 문어체 영어에 대한 전망은 단념해야 할까? 그렇지 않다. (놀랍게도!) 오히려 그 이야기들이 사실 어느 정도는 나의 전망을 **뒷받침하는** 근거가 될 수도 있다고 나는 주장한다.

- 이 이야기들에 따르면 표준화는 불가피한 것이 아니다. 표준화는 인간이 언어를 사용하는 방식에 내포된 것이 아니다. 오랫동안 이루어진 분화의 기간 중에는 부과된 표준을 따르는 시기도 때로 있었다. 언어 분화와 다중성, 즉 글쓰기를 위한 단일 표준의 결여 또한 정상적이다. 따라서 우리는 이제 영어 글쓰기 형태에서 다양성이 늘어나는 것이 점점 더 정상적인 시기를 살고 있다고 볼 수 있다.

- 이 이야기들은 인간 언어의 필연적인 분화 경향을 억압하려면 (대개는 정치적으로 때로는 군사적으로) 강력한 권력이 동원되어야 한다는 점을 보여 준다. 우리의 현재 문화에서는 통일 정책을 강제로 시행하거나 무너져 가는 정확한 글쓰기를 위한 단일 표준을 유지하는 데 도움을 줄 수 있는 어떤 정치적·군사적 힘도 대기하고 있지 않다. 교사들과 교정 담당자들은 문어체 영어에서 다양성의 물결을 저지하기 위하여 꽤 오랫동안 최선을 다해 왔으나 성공을 거두지는 못했다.

- 이 이야기들이 보여 주는 바는 우리가 알고 있는 표현력이 풍부한 언어와 최고의 문학은 모두 문어체 영어가 다양하던 시대에 융성했다는 것이다. 중세 시대의 영문학과 특히 초서의 작품을 생각해 보기 바란다. 그리고 문법과 철자법이 다양하던 시대에 저술 활동을 한 셰익스피어도 생각해 보기 바란다.

세계 영어

결국 우리는 무엇을 기대할 수 있는가? 곧 이 장의 핵심 주장으로 들어가고자 한다. 그 주장은 바로 글쓰기를 위한 어떤 단일 표준도 없는 일상어 문식성의 새로운 **분화** 문화를 향하여 우리가 나아가고 있다는 것이다.

하지만 일단 대규모 **수렴**의 과정을 공정하게 다루어 보고자 한다. 구어체 및 문어체 영어는 점점 더 많은 세계로 퍼져 가고 있고, 상당수 언어의 소멸을 재촉하고 있으며, 그보다 더 많은 언어의 기반을 약화시키고 있다. 예상하는 바와 같이 이러한 일은 힘이 작용하지 않고는 일어나지 않는다. 이 경우 힘은 미묘한 것처럼 보일 수도 있지만("매력적이지 않나요? 사람들은 그저 영어를 원하는 것 같아요!"), 그것이 노골적인 경제적·정치적 힘에 의해 추동되고 있다는 점은 말할 나위도 없다. 점점 더 국가와 개인은 자신들이 살아남기 위해서는 영어를 해야 한다고 생각하고 있다. 이것은 놀랍고도 비극적인 전망이다. 어떤 아시아 국가에서는 영어 단어를 더 낫게 발음하는 데 도움이 될 거라는 믿음에서 부모가 의사에게 아이의 혀에 있는 작은 인대를 제거하도록 했다는 보도가 있다. 상당히 많은 미개 발국에서는 아이들에게 저학년 때 영어 몰입 교육을 시키는 것을 지지하는 전문가들과, 모국어로 학교 교육을 충분히 받아야 영어 학습을 포함한 교과 학습을 더 잘하게 될 것이라고 주장하는(당연히 나도 그렇게 믿고 있다) 전문가들 사이에 큰 논쟁이 일어나고 있다.

> 와그너가 모로코에서 수행한 연구(Wagner, 1993)는 다중 문식성을 성취하는 것이 쉽다는 것을 증명한다. … 프랑스어와 아랍어는 어휘, 통사, 문자가 전혀 다르기 때문에 이러한 결과는 특히 주목할 만하다. 이는 상호의존성 이론에 대한 근거를 제공한다(Cummins, 1979). 상호의존성 이론이란 어떤 언어로 읽는 법을 배우면 다른 언어로 옮겨갈 수 있는 능력을 형성하게 되고, 그 결과 아이들이 이중 또는 다중 문식성을 쉽게 가질 수 있다는 것이다. … 경제적 세계화와 문화적 이질화 시대에 (언어 균질화가 아닌) 다중 문식성이 급속하게 확산될 것으로 보인다. (Bernard, 1999: 27)

그리고 영어가 인간 언어의 대대적인 균질화 경향에 큰 역할을 하고 있음에도 불구하고, 사실 이것이 **영어의 표준화** 사례는 아니다. 이러한 전 세계적 영어화Englification의 결과는 분명 비표준화, 즉 하나의 영어가 아닌 **복수의 영어들**이다. 서기 첫 몇 세기 동안에 라틴어가 어떻게 라틴어들로 진화하여 마침내 '로망어'를 만들어 냈는지 생각해 보기 바란다. 전 세계 영어 사용자들의 압도적 다수는 아프리카인과 아시아인이며 영어는 그들의 제1언어가 아니다. 언어학자 리젤 히버트Liesel Hibbert는 남아프리카공화국 흑인 영어가 이 지역의 새로운 표준이 되고 있는데, 이는 영국 영어와 다르다고 주장한다(Hibbert, 2002: 35). 그녀는 미국에서 아프리카계 미국인 언어의 문화적·정치적 지위가 낮다는 점에 대해서도 주의를 환기시키고 있다. 전 세계적으로 영미 지역이 '고향'이 아니고 영어가 제1언어가 아닌 영어 교사를 선호하는 움직임이 확산되고 있다. 중심지 출신이 아닌 해당 지역의 교사를 찾는 이유는 그들의 말이 그 지역에서 사용되는 것과 더 가깝기 때문이다. 세계 영어World English에 대한 전문가인 데이비드 그래돌David Graddol은 다음과 같이 쓰고 있다. "21세기에는 많은 사람들이 영어를 제2언어로 학습할 것이며 그들은 교사, 사전, 문법서를 필요로 할 것이다. 그런데 그 사람들은 언어 용법의 권위 있는 규범을 위하여 영어 토박이 화자를 계속 바라볼 것인가?"(Graddol, 1999: 68) 그의 대답은 '아니요'이다.

따라서 미래에(특히 제한받지 않는 인터넷상의 자유가 있는 미래에) 고도로 표준화된 **구어체** 영어가 전 세계에 확산될 것으로 보이지는 않는다. 그리고 과거에서도 시사점을 얻을 수 있다.

> 국제어Lingua Franca의 원조는 대략 중세 중기의 카탈루냐어에 기반을 두고 서지중해 해안가 사람들 사이에서 사용되던 변화가 심한 로망어 양식이었다. '링구아 프랑카'라는 명칭은 카탈루냐인이 종종 '프랑크Frank인'으로 불렸기 때문에 생겨난 것으로, 처음에는 아마 경멸의 의미였겠지만 결국 그런 의미는 사라져 버렸다. 원래의 상황에서 '링구아 프랑카'의 장점은 다양성과 유연성에 있다고 보는 것이 정확하다. 여기서 가장 쓸모없는 일은 '표준을 제정하고 유지하는 일'과 같은 것이었을 것이다. 그 국제어는 규제받지 않는 구어 환경에서 진화하여 실제 상황에 요구되는 다양한 비교육 부문의 기능을 충

족하였다. 그래서 모종의 표준화된 '링구아 프랑카'가 존재해야 한다는 생각이 떠오르기 어려웠다. (Wright, 2004: 8)

$$*\quad*\quad*$$

그러나 전 세계에 존재하는 **문어체** 영어의 경우에는 표준화가 진행되는 것을 보고자 하는 유혹이 더 많다. 출판사, 큰 기관, 국가는 표준을 수시로 시행할 수 있기 때문에 다양한 전 세계 문어체 영어들 간의 차이는 구어체 영어들 간의 차이보다 더 적다. 표준화 추세가 확실히 강하게 나타나는 분야는 학술 연구물 출판이다.

전 세계적으로 유통되고 있는 영어 그 자체가 언어를 죽음으로 이끄는 '킬러' 언어인지는 잘 모르겠습니다. 로버트 필립슨Robert Phillipson이 분명히 밝힌 바와 같이 영어가 '언어제국주의'와 관련되어 있다는 점은 의심할 나위가 없지만, 내 생각에 영어의 유통과 활용은 복잡하게 얽혀 있고, 그 결과 영미 본국의 통제를 받지 않는 '비표준' 영어들(국가 내의 변이형과 여타 혼종 형태의 영어들)이 일반적으로 생겨나는 것 같습니다. 어쩌면 현재의 순간을 특징짓는 것은 본국의 통제를 받지 않는 이런 종류의 영어인 것 같습니다. 내 생각에 더 중요한 문제는 사람들이 자신의 목표를 위하여 영어를 얼마나 창의적으로 사용하느냐 하는 것입니다.

이 인용문은 남아프리카공화국과 미국 이외 여러 지역에서 오랫동안 일해온 존 트림버의 2010년 11월의 이메일에서 가져온 것이다. 다양한 영어들 간에는 사소한 차이가 많은데 아주 사소하지만은 않아서 어려움을 야기한다. 마이크로소프트 워드는 수많은 다양한 형태의 문어체 영어에 대해 철자법을 점검한다. 언어학적으로 가까운 사촌 사이인 미국과 영국조차 (인용부호를 안쪽 또는 바깥쪽에 찍는 것과 같이) 철자법과 구두법에서 상당히 혼란스러운 차이가 존재한다. 신문 표제어만 보더라도 "Brazil have suffered a defeat at the hands of Camaroon(브라질은 카메룬에 패했다)."에서처럼 문법에서 작지만 주목할 만한 차이가 나타난다.*

그러나 더 큰 차이도 있다. 이러한 차이는 대부분 영어의 아주 다양한 구어 형태의 압력을 받아 생겨났다. 발레리 유세프Valerie Youssef는 영국인이나 미국인만이 '표준 영어'를 소유한 것은 아니라고 주장하는 전 세계의 수많은 학자 중 한 사람이다. 그는 다른 표준도 존재한다고 말한다. "영국 구어체 영어BSE와 미국 구어체 영어ASE 사이에는 카리브해의 표준 변이형과 본토의 규범 사이에 나타나는 차이와 비슷한 수준의 변형이 존재한다."(Youssef, 2004: 46) 다양한 지역의 사람들이 자신이 사용하는 영어 형태, 심지어 문어 변이형까지도 '표준'이라고 말한다는 이야기를 흔히 들을 수 있다. ('세계 영어'가 어떻게 단순하고 유일한 이야기가 아닌지에 대해 더 자세히 알고자 한다면, 데이비드 크리스털의 『세계어로서의 영어 English as a Global Language』, 데이비드 그래돌의 『영어 다음English Next』, 그리고 수레시 캐너개러자의 여러 저서를 참조하기 바란다.) 여기에 숨어 있는 좀 잔혹한 질문이 있는데, 그것은 "누가 영어를 소유하고 있는가?" 하는 것이다. 그러나 이 질문은 숨어 있을 수 없다. 그것은 수많은 책과 논문 그리고 『계간 테솔TESOL Quarterly』** 1995년 봄호 특별판에서 다룬 주제이다.

> 이 주제를 다룬 출판물은 아주 많다. 세 권만 예를 든다면, 카츠루의 저서(B. Kachru, 1992), 수레시 캐너개러자의 저서(Canagarajah, 2002), 야무나 카츠루와 세실 넬슨의 저서(Yamuna Kachru & Cecil L. Nelson, 2006)를 들 수 있다. 카츠루와 넬슨은 영과 캐너개러자가 '코드 엮어 쓰기'라고 부르는 코드 혼합에 대해 특별히 주의를 환기한다. 인도의 한 영자 신문인 『인디언 익스프레스Indian Express』(뉴

....

*   3인칭 단수에 'has' 대신 'have'를 쓴 것과 'Cameroon' 대신 'Camaroon'을 쓴 것을 말하는 듯하다.
**   'TESOL'은 'Teaching English to Speakers of Other Languages(다른 언어 사용자에게 영어 가르치기)'의 약자이다.

델리, 2002년 창간)에는 다음과 같은 표제가 실렸다. "James Lingdoh ko gussa kyon atta hai(제임스 링도가 화가 난 이유는 무엇인가)?"(Kachru & Nelson, 2006: 257에서 재인용) 여기에 다음과 같은 코드 혼합으로 가득한 이메일의 짧은 끝부분이 실려 있다. "Love to all. I had better sleep and rest my legs as I am the only young buddhi here or my legs will jawab denge.(모든 이에게 사랑이 깃들기를. 나는 여기에서 유일한 젊은 승려이기 때문에 자면서 다리를 쉬는 게 좋겠습니다. 그렇지 않으면 내 다리가 힘들다고 말할 것 같네요.)"(Kachru & Nelson, 2006: 256에서 재인용).『잉글리시 투데이English Today』는 다양한 영어들에 대하여 흥미롭고 이해하기 쉬운 기사들을 전문적으로 싣는 유용한 간행물이다.

그래서 전 세계의 영어에 대한 이야기는 역설적이다. 거시적인 관점에서 보면, 그것은 거대한 수렴에 대한 이야기이다. 그러나 가까이에서 보면, 그 중심으로의 완전한 수렴이나 표준은 성공할 수 없음을 알 수 있다. 그리고 나의 생각이 맞다면 미국은 단일 국가 안에서 복수의 문어체 영어를 사용하는 방향으로 나아갈 수도 있다.

사실 한 저명한 언어학자는 훨씬 더 놀라운 예측을 내놓고 있다. 니컬러스 오슬러는 영어가 쇠퇴하여 더 이상 세계의 주요 국제어가 되지 않을 것이라고 주장한다. 즉 "영어는 페르시아어, 산스크리트어, 라틴어가 그랬던 것처럼 수백년 동안 사용되다가 결국에는 사멸할 것이다."(McCrum, 2010: 6) 오슬러의 책 제목은 '마지막 국제어: 영어, 바벨탑의 귀환까지The Last Lingua Franca: English Until the Return of Babel'이다. 그는『말의 제국Empires of the Word』(2005)이라는 저서로 찬사를 받은 명성 있는 언어학자이다. 물론 그의 주장은 논쟁의 여지가 있지만, 그는 언어사 및 정치사의 사실을 들어 자신의 주장을 뒷받침하고 있다. 그는 페르시아어, 팔리Pali어,* 라틴어 같은 여러 지배적인 국제어가 쇠퇴했다는 점을 지

....

* 고대 인도의 통속어로서 불교 경전에 쓰인 언어.

적한다. 라틴어는 모든 진지한 글쓰기를 위한 언어로 여겨졌고 온갖 언어에 대해 잘 아는 대부분의 사람들은 라틴어를 읽었기 때문에, 라틴어는 15세기에 인쇄술의 발전과 함께 큰 성공을 거두었어야 했다. 그러나 사실 인쇄는 라틴어의 쇠퇴를 가져왔는데, 새로운 지식인 중산층의 증가로 인하여 일상어로 된 소설, 연애시, 시사비평글 시장이 점점 성장했기 때문이다.

오슬러는 시간이 흐르면 영어도 같은 운명이 될 것이라고 본다. 그는 장기간에 걸쳐 이룩한 과학기술의 발전이 완벽하지는 않지만 충분히 만족스러운 기계번역을 가능하게 할 것이고, 그 결과 사람들은 영어를 사용함으로써 얻는 지금의 상업적·문화적 이익을 얻기 위해 국제어를 사용할 필요가 없어질 것이라고 주장한다. 그는 모어가 활성화되는 문화가 나타날 것이라고 본다. 그는 자신의 책을 다음과 같은 말로 끝내고 있다. "결국 모든 사람은 어떤 언어든 간에 자신이 선택한 언어로 말하고 쓸 것이고, 세계는 그것을 이해할 것이다." 그는 한 인터뷰에서 다음과 같이 말했다.

현재 영어 사용자 집단은 지배적인 위치에 있지만, 그 위치에서 갈 길은 단 하나뿐이다. … 계속하여 컴퓨터의 힘은 커지고 가격은 인하되고 있다. [지금 당장] 언어들 간의 호환이 불가능하다는 사소한 문제는 … 오랫동안 … 사람들을 방해하지는 못할 것이다. [영어는 국제어로서만 지배력을 행사한다.] [영어는] 필요성이 있는 한 존재할 테지만, 영어가 모어로 선택되지는 않을 것이기에, 사람들은 일반적으로 자신의 아이들에게 영어로 말하지는 않을 것이다. … 한 언어가 오랫동안 존속하기 위해서는 [이런 것이 요구된다]. (McCrum, 2010: 6)

분화: 글쓰기를 위한 단일 표준이 존재하지 않는 새로운 일상어 문식성 문화에 대한 전망

만일 시야를 좁혀서 미국 내 문어체 영어만 바라본다면(영국·캐나다·호주·남아프리카공화국의 영어 역시 마찬가지겠지만), 확실히 영어는 **분화** 과정에 들어가 있다. 나는 사람들이 정확한 글쓰기를 위한 단일 표준 없이 각자 자신의 구어 방언으로 글을 썼던 다양한 역사적 시기에 대해 이미 앞에서 기술했다. 우리는 지금 이런 상황, 즉 새로운 **일상어 문식성** 문화로 이동하고 있다는 것이 나의 주장이다.

아무도 미래를 예측할 수 없기에 이는 분명 하나의 전망이다. 하지만 만일 이것이 절망적이고 이상주의적이어서 불가능한 것처럼 들린다면, 언어학적으로 나보다 훨씬 전문가인 오슬러가 제시한 예상과 비교할 때 이것이 얼마나 완화된 것인지 알기 바란다. 전 세계 사람들이 전혀 국제어를 사용할 필요성 없이 모어로 쓰고 말하게 될 것이라는 오슬러의 관점에서 보면, 모든 다양한 형태의 영어가 진지한 글쓰기에 적합한 것으로 허가받게 될 것이며 독자로서 우리는 서로 상대방의 영어가 '아주 충분하다'는 점을 받아들이면서 이해할 수 있게 될 것이라는 나의 견해는 온건하다.

내가 보기에 이러한 새로운 일상어 문화의 길로 점진적으로 나아가는 데에는 세 단계가 존재한다. 1단계에서는 주류 백인의 구어가 일반적인 문식적 글쓰기에는 받아들여질 수 있다고 여겨지는 반면, 학교 글쓰기와 학술적 글쓰기에는 받아들여질 수 없다고 여겨질 것이다. 2단계에서는 주류 구어가 학교 글쓰기와 학술적 담화에 받아들여질 수 있다고 여겨질 것이다. 마지막 단계인 3단계에서 드디어 낙인찍힌 비주류 영어가 모든 진지한 글쓰기에 받아들여질 수 있다고 여겨질 것이다. 그때는 좋은 글쓰기, 정확한 글쓰기, 타당한 글쓰기에 대한 **단일 표준**은 존재하지 않을 것이다. 이 모든 과정이 느리게 진행되고 있는 것은 분명하지만, 유럽의 일상어들이 진지한 글쓰기 언어로 허가받기까지 걸렸던 수 세기의 시간과 비교해 보면 상대적으로 신속하게 이루어지고 있는 셈이다.

1단계: 주류의 일상어가 진지한 글쓰기에 받아들여지는 단계

미국 영어는 분화의 1단계에 이미 진입해 있다. 이 단계에서는 주류 구어가 일반적으로 문식적이고 진지한 글쓰기에 받아들여지기 시작한다. 가장 활발하게 출판된 글쓰기를 살펴본다면, 여러분은 미국 영어가 이미 그러한 단계에 도달해 있다고 말하고 싶을지도 모른다. 하지만 유감스럽게도 문식적이면서도 비전문적인 필자 중에서도 소수만이 여러 훌륭한 전문적 필자들이 이미 하고 있는 것을 이해하고 있다. 이들은 크루그먼, 메넌드, 다우드 등의 글에서 발견할 수 있는 비형식적 구어를 위원회 보고서, 지원금, 신청서, 업무상의 문서를 작성하는 데 사용할 수 있다는 사실을 이제야 깨닫고 있다. 그러나 대부분의 사람이 일반적으로 문식적이면서도 진지한 모든 종류의 종이 서류에 일상 구어를 사용할 수 있다는 점을 깨닫게 될 날이 멀지 않았다. 이미 상당히 많은 사람들은 "이것이 너무 격식이 없거나 구어체여서 받아들여질 수 없는가?"가 아니라 "이 비형식적인 말하기풍의 언어가 이 장르의 특정 독자들에게 맞을까?"라는 문제를 고민한다.

미지의 독자를 대상으로 업무상의 문서를 작성하는 사람들은 아마 이전 장에서 인용한 새파이어의 말, "나는 그것을 'tchotchki'라고 적는다. 나에게 변호사가 필요한 걸까?"와 같은 수다스러운 말을 선택하지는 않을 테지만, 크루그먼이 "통화는 죽은 대통령의 모습이 인쇄되어 있는 초록색 종잇조각"이라고 정의한 것처럼 구어를 사용할 수는 있다. 하버드 대학의 전 총장 래리 소머스Larry Sommers는 한번은 재정 보고서를 "바보들이 있다. 주위를 둘러보라…"와 같은 선언으로 시작한 적이 있다(MacFarquhar, 2010: 48).

그리고 물론 사람들은 최근 편집장에게 쓰는 편지, 잡지 기사, 또는 동료들에게 제출할 위원회 보고서를 쓸 때 새파이어식의 수다스러움을 활용하는 것이 가끔은 수사학적으로 적절하다는 사실을 깨닫는다. 더 중요한 것은 신문과 잡지가 그것을 없애지 않고 그러한 언어를 인쇄한다는 점이다. 따라서 1단계에서는 훌륭하고 진지한 글쓰기를 위한 단일 표준이 매우 느슨한 것처럼 보일 것이다.

그러나 실제적인 의미에서 단일 표준이 여전히 존재한다는 점을 인정하는 것은 중요하다. 『뉴욕 타임스』와 『뉴요커』 및 여타 주류 사이트에서 필자들을 '감염시키기' 시작한 말은 주로 **주류적인 말**, 즉 표준화된 백인 영어이다. 편견, 인종차별주의, 계급차별주의는 천천히 소멸한다.

2단계: 교사와 학자가 주류 백인의 일상어를 받아들이기 시작하는 단계

이 단계도 이미 시작은 하였으나 끝마치기까지의 속도는 더 느릴지도 모른다. 먼저 학교 글쓰기, 즉 학생들이 해야만 하는 글쓰기를 살펴보자.

일반적으로 저학년을 담당하는 많은 교사들은 학생들이 쓰는 구어를 글쓰기에 사용하도록 가르쳐 왔다. 그리고 지난 수십 년 또는 그 이상의 시간 동안, 유치원 2학년을 가르치는 교사들은 아이들이 읽을 수 있기 전에 글을 쓰게 하는 활동을 많이 했다. 이는 분명히 학생들에게 말하듯이 쓰기를 하도록 하는 것이다. 게다가 많은 고등학교와 대학교의 글쓰기 교사들, 특히 자신이 작문 분야를 담당한다고 생각하는 교사들은 상당한 시간 동안 언어와 글쓰기에 대해 진보적인 입장을 취해 왔다. 때로는 이념적인 이유로 그러한 입장을 취하지만, 보통은 실용적이고 구체적인 목표를 위해 그러한 입장을 취한다. 학생들이 쓰고 싶게 격려해서 많이 쓰게 하기 위해, 학생들이 필자로서의 경험을 하도록 돕기 위해, 단순히 교사들에게 제출할 글쓰기만을 하는 학생이 되지 않게 하기 위해, 생생하고 흥미롭고 개인의 감정이 들어간 글쓰기를 끌어내기 위해, 그래서 읽기에 골치 아프지 않은 글을 쓰게 하기 위해 말이다. 만일 여러분이 이러한 목표를 정말 바란다면, 엄격한 일부 규칙들과 싸워야 하며 구어를 받아들이거나 적극적으로 끌어내야 한다. 이들에 더하여, 최종 원고에 대한 보수적인 기준을 가지고 있으면서도 탐색적인 초고 쓰기에 구어를 도입하는 많은 교사들이 있다. 결국 미국의 교사 대부분은 적어도 글쓰기 교사라면 어떤 방식으로든 글쓰기에 구어를 도입할 것이라고 나는 생각한다.

상당히 많은 고등학교와 대학교의 글쓰기 교사들 사이에는 또 다른 중요한 동향이나 분위기가 있는데, 그것은 '창의적 논픽션'에 대한 특별한 관심이다. 이 생생하지만 막연하게 정의된 장르는 모든 종류의 출판 현장에서 기하급수적으로 증가해 왔다. 교사들은 논픽션을 가르치길 원하지만 픽션의 기법을 일부 도입함으로써 좀 더 생동감 있고 흥미롭게 만들고 싶어 한다. 많은 교사들은 이 장르 자체를 좋아하는데, 여기에는 다른 요인도 있다. 창의적 논픽션을 과제로 내 주는 교사는 학생들에게 전국의 많은 신문에 일주일 내내 실리는 논평 기사와 같은 종류의 글쓰기를 과제로 내 주는 셈이다. 신문에 실린 많은 사례들은 숙련된 학생들이 쓸 수 있는 것보다 나을 바가 없기 때문에, 교사는 학생들이 자신의 글이 게재되는 것을 상상하도록 도울 수 있다. 그리고 창의적 논픽션의 가장 눈에 띄는 특징은 아마 매우 개인적인 글쓰기에 문을 열어 두고 있다는 점일 것이다. 창의적 논픽션이라면, 학생들에게 '나'라는 말을 사용하거나 사적인 글을 쓰도록 허용하는 것에 대하여 용서를 구할 필요가 없다. 이는 글쓰기를 잘하는 학생들을 발굴해 내고 그들이 글쓰기를 즐기면서 필자로서 성장할 수 있게 하는 방법이다.

학생의 글쓰기에서 교사와 학자의 글쓰기, 즉 '학술적 글쓰기'로 시선을 돌려 보자. (여기서 엄청나게 많은 양의 소설과 회고록 그리고 학자들이 쓰고 있는 논평은 제외하겠다. 학자들이 출간한 회고록은 엄청나게 많다.) 일상어를 학술적 글쓰기에 도입하는 2단계는 시간이 더 오래 걸릴 것이다. 학자와 연구자 들은 글쓰기의 언어적 표준에 대해 보수적인 경향을 보여 왔다. 글쓰기에 **축약형**을 금지하는 것만큼 사소하면서도 완벽하게 구어를 금지하는 조치가 어디 있겠는가. 모두가 'can't'라고 말하지만 학술적 글쓰기에서는 대개 'cannot'으로 써야 한다. 이러한 작은 제약은 우리가 변화 과정의 어디쯤에 있는지를 상징적으로 보여 준다. 이러한 제약은 점차 느슨해지고 있지만 영향력은 여전하다. 체이프와 대니얼위츠는 1987년의 계량적 연구를 통해, 여러 종류의 글에서 축약형을 사용한 횟수를 비교한 결과, 출판된 학술 논문에서 사용 횟수가 거의 영에 가깝다는 것을 발견했다(Chafe & Danielewicz, 1987: 93-94).

어떤 학술서 교정 담당자들은 내가 이전 장에서 설명했듯이 '…에 대한 의식을 가지고 있지 않은(having no sense of)'을 '…에 대한 의식이 결여된(lacking a sense of)'으로 고치는 방식으로 말의 오점을 제거하려는 시도를 포기하기에 이르렀다. 매우 점진적으로 다른 사람들도 이렇게 할 것이다. 머지않아 결국 학자들은 편한 일상어를 활용하여 학술적이고 학구적인 글까지도 더 명료하고, 더 확고하며, 더 생동감 있게 만드는 법을 배우게 될 것이다. 우리는 이미 이러한 글쓰기 경향이 정년을 보장받은 나이 든 교수와 자기 분야에서 확고한 명성을 얻은 존경받는 교수 여럿에게서 나타나는 것을 볼 수 있다. 정년 보장을 받기 위해 아직 애쓰고 있는 학자들의 경우에는 더 늦어질 것이다. 특히 대학들이 정년을 보장받기 어렵게 할수록 말이다.

해체주의와 포스트모더니즘의 언어로 이루어진 학술 출판의 광풍이 학술 언어에 적지 않은 영향을 끼친 것은 그리 오래전의 일이 아니다. 이러한 글쓰기는 일상어하고는 최대한 멀리 떨어진 것이었지만, 완전히 새로운 언어로 쓴 글이 폭발적으로 증가하게 된 현상은 학술적 글쓰기에 단 하나의 옳은 방언과 언어 사용역이 있다는 관념을 허물어뜨리는 데에는 도움이 되었다.

그러나 이 모든 진전에도 불구하고 우리는 여전히 주류 일상어 또는 백인의 일상어의 느리면서도 점증적인 수용에 대하여 말하고 있다.

3단계: 비주류 영어와 낙인찍힌 변형 영어가 모든 진지한 글쓰기에서 받아들여지는 단계

이 변화가 가장 중요할 것이다. 많은 사람들은 낙인찍힌 변형 영어가 업무상의 글쓰기, 학술적 글쓰기, 주류 출판사의 논픽션과 같은 진지한 글쓰기에서 받아들여지는 문식성 문화를 상상하지 못한다. 그러나 내가 생각하기에 모든 종류의 진지한 텍스트를 흑인 영어나 다양한 형태의 라틴계 영어, 카리브해 영어, 서아프리카 영어, 인도 영어로 쓰는 데 너무 많은 시간이 걸리지는 않을 것이다. 그 뿐만이 아니다. 대부분의 주류 사회 독자는 약간의 향수 어린 애석함이 있을지라도 이러한 종류의 문어를 당연하게 받아들일 것이다.

현재의 미국 문화에서 이러한 변화를 떠올릴 때, 다수의 사람들은 부주의함과 무시되는 표준 외에는 보지 못한다. 하늘이 무너지고 있다. 이는 매쿼터가 탄식하고 있는 내용이다(McWhorter, 2003). 린 트러스는 자신의 저서 『먹고, 쏘고, 튄다』(2004)에서 또 다른 재앙을 퍼뜨리고 있다.

이러한 변화가 임박한 것처럼 가장하고 싶지는 않다. 상당히 많은 시간이 필요할 것이다. 그러나 우리가 향하고 있는 곳이 바로 거기라는 점이 20, 30년 내에 명확해질 것이다. 그러한 변화가 곧 다가오리라는 징후가 있음을 지적하고자 한다.

흑인 영어, 라틴계 또는 멕시코계 영어, 스페인식 영어, 카리브해 영어, 하와이 영어, 호주 원주민풍의 영어 등과 같은 낙인찍힌 변형 영어로 쓴 출판 저작물 중 높이 평가되고 있는 작품들이 점점 더 많아지고 있다. 많은 주류 독자들이 『컬러 퍼플』, 『푸시』, 『블루스 행잉 Blu's Hanging』 같은 책을 읽는다. 그리고 출판사들이 잘 알고 있듯, 주류 독자만이 유일한 독자와 구매자는 아니다. 일찍이 1974년부터 저니바 스미서먼은 학술지 『잉글리시 저널 English Journal』에 흑인 영어로 칼럼을 썼다(Smitherman, 2000). 『부패한 영어 Rotten English』는 주로 낙인찍힌 변형 영어로 발표된 문학 작품 선집이다(Ahmad, 2007). 이 책의 부록 2에는 권위를 인정받지 못하는 비표준 변형 영어로 쓰인 출판물 사례가 일부 제시되어 있다.

주류 필자들이 진지한 글을 쓸 때 자신들의 주류 일상어를 예전보다 더 많이 사용함에 따라, 지금 흑인 영어를 사용하는 사람들은 글쓰기에서 훨씬 더 많은 언어적 재량권을 얻게 되었다. 주류 구어체 영어의 흥미로운 점은 '정확한 글쓰기'보다 복합적이고 가변적이라는 것이기 때문이다. 주류 구어체 영어의 다양성에 대해 언급한 언어학자의 말을 다시 한번 인용해 보자.

> 만약 미시건, 뉴잉글랜드, 아칸소 출신의 토박이 화자들이 '이중 부정'(예컨대 "They didn't do nothing"), 특이한 동사 일치 유형(예컨대 "They's okay"), 특이한 불규칙 동사 형태(예컨대 "She done it")와 같이 사회적으

로 낙인찍힌 문법 구조를 사용하지 않는다면, 이는 그들이 표준 영어 사용자로 간주될 수 있는 좋은 기회이다. … 한 사람의 말이 비표준으로 규정될 수 있는 구조를 지니지 않는다면, 그것은 표준으로 여겨지게 된다. (Wolfram, Adger & Christian, 1999: 12)

이러한 소극성 원리는 영향력이 매우 강하다. 만일 해서는 안 되는 일들을 피할 수 있다면, 많은 여지 또는 자유가 생길 것이다. 저니바 스미서먼과 그녀의 동료들이 미국 국가수준 학업성취도평가의 작문 결과에 대해 수행한 연구를 떠올려 보자(16장에서 이에 대해 언급한 바 있다). 그들은 흑인 영어의 **문체와 리듬**을 가진 글쓰기가 흑인 영어의 **문법** 구조를 사용하지 않는 한 실제로 더 높은 점수를 받는다는 사실을 발견했다.

따라서 현재 언어의 길을 따라 계속 내려가다 보면, 진지한 글쓰기에 **주류**의 구어를 사용하는 데 대한 두려움이 미국 문화에서 점점 약화되고 있기 때문에, 글을 쓸 때 비주류의 구어에 문을 열어 줄 여지는 더 커질 것이다. 하지만 상당한 기간 동안에는 낙인찍힌 영어를 사용하는 사람들이 다수의 주류 화자들에게 글이 읽히게 하기 위해 인종적으로 민감한 문법적 특징을 피하는 방법을 알아야만 할 것이다. 다시 말해서 주류 영어 사용자들은 진지하고 주의 깊은 글쓰기에서 구어 일상어를 피하지 않아도 되고 낙인찍힌 영어 사용자들은 자신들의 구어 일상어에 대해 다소간의 재량권을 가지는 상황으로 빠르게 나아가고 있지만, 여전히 낙인찍힌 영어 사용자들은 통사 구조와 어휘에서 금기시되는 특징을 배제하기 위해 주의를 기울여야 할 것이다.

일상어를 사용하는 좋은 필자들이 주류 독자들의 호응을 많이 얻을수록 낙인찍힌 일상어는 더 많이 받아들여질 것이다. 이러한 예는 낙인찍힌 언어가 등장인물의 말에 국한하여 사용되는 작품들에서 무수히 살펴볼 수 있다. 이제 점차 서술자 또는 '작가들'이 이러한 언어를 사용한다. 처음에는 소설과 시에서, 그다음에는 이보다는 느리게 '문학적 논픽션'에서 나타나고 있다. 더 진지한 논픽션 글에 나타나려면 시간이 조금 더 필요할 것이다. 앨리스 워커는 견인차 역할을 한 작가이고 주노 디아스Junot Diaz 같은 작가는 현재 진행되는 경향을 보여 준다. 아주 쉽지도 끌리지도 않는 작품을 읽는 주류 독자들의 수는 (현재는 적지만) 지속적으로 증가할 것이다. 가장 좋은 예로는 자메이카 출신 시인 루이스 베넷을 들 수 있다. 그녀의 시에서 볼 수 있듯이 그녀는 일상어를 금기시하는 관행을 조롱하는데(이 책의 16장 3절 참조), 주류 영미 독자들이 이해하기 어려운 변형 영어로 글을 쓴다. 그녀는 단테처럼 자신의 언어에 헌신하고 지역 독자들에게도 헌신하지만, 일부 주류 독자들에 대해서는 전혀 신경을 쓰지 않는다. 그녀의 작품은 아주 뛰어나기 때문에 읽기 위해 추가적인 노력을 기울일 만한 가치가 있다. 이러한 완화 과정이 계속된다면 지금까지 글쓰기를 많이 하지 않았거나 자신을 필자라고 생각하지 않았던 비주류 영어 사용자들이 글을 많이 쓰게 될 것이라고 나는 예상한다. 그들이 쓰게 될 작품 중 몇몇은 아주 훌륭해서 많은 독자를 확보하게 될 것이다. 주류 출판사에서 출판될 경우에 특히 그러할 것이다.

새로운 황량한 서부

낙인찍힌 변형 영어로 사람들이 읽고 싶은 글을 쓰는 모습을 점점 많이 발견하게 될 곳은 인터넷이다. 배지를 단 어떤 보안관도 없는 새로운 황량한 서부 같은 곳이 바로 웹, 이메일, 채팅방 등이다. 여기에는 정확한 문어체 영어를 사용하도록 강제하는, 제도적으로 인가받은 어떤 사람도 존재하지 않는다. 웹상에서 '구어'와 '문어' 간의 경계선은 찾아보기 어렵다. 물론 관행과 양식이 서서히 생겨나고는 있지만 특정 사이트를 제외하면 표준을 강제하기 위한 어떤 여과 장치도 존재하지 않는다. 어떤 발행인, 편집자, 교정자, 교사도 존재하지 않는다. 모두가 어떤 언어라도 쓸 수가 있고 어떤 형태의 영어를 써도 상관이 없다. 출판계의 주요 인물인 제이슨 엡스타인은 다음과 같이 말하고 있다.

디지털화로 인하여 누구나 자신을 발행인이라고 주장할 수 있고 누구나 자신을 작가라고 부를 수 있는 세상이 되었다. 이런 세상에서 전통적인 여과 장치는 공중으로 사라져 버리고 읽을 수 없는 것을 읽지 못하는 인간의 능력만이 궁극적인 여과 장치로 남아 존 키츠John Keats*의 나이팅게일과 앤트 메리 Aunt Mary**의 하이쿠가 공존하는 가상의 시장에서 진정 가치 있는 것을 가려낼 것이다. (Epstein, 2010: 4)

순전히 과학기술 수준에서만 볼 때, 인터넷 자체는 분화와 표준화 사이의 밀고 당기기를 해 온 장소이다. 초기 컴퓨터에서는 로마자와 키릴 문자로만 글쓰기를 할 수 있었기 때문에 전 세계의 수많은 표기 체계는 배제되었다. 그러다 1980년대에 유니코드가 도입됨으로써 55종의 표기 체계가 가능하게 되었다. 그러나 100여 종의 표기 체계는 아직도 배제되고 있다. 지금 새로운 버전의 유니코드가 개발되고 있어서 조만간 모든 필자들은 자신의 표기 체계로 글을 쓸 수 있게 될 것이다. 과학기술계 사람들은 내가 증명하고자 하는 가정, 즉 모든 사람은 자신의 언어로 글을 쓸 수 있어야 한다는 가정에 따라 행동하고 있다.

그 누구도 정확한 글쓰기를 위한 표준을 강요하지 않는다면, 그리고 어떤 제도적인 힘도 없고 교사의 권위도 없다면, 우리는 **명백하게 수사적으로 열린 공간**을 확보하게 될 것이다. 그곳은 필자와 독자의 대면에서 나오는 힘, 즉 수사에 기**반을 둔 힘이 있는 공간이다. 물론 어느 정도 웹에서 **선호되는 영역과 사이트와 블로그는 있다. 적절한 곳을 찾는다면 여러분이 쓴 글을 다른 사람이 발견하거나 읽을 가능성은 더 커질 것이다. 위신, 명성, 우정 같은 것이 여전히 제 역할을 하겠지만, 이것들은 수사에 반대되는 것이 아니라 수사적 공간의 일부가 될 것이

---

* 19세기 초에 활동한 영국의 대표적인 낭만주의 시인. 「나이팅게일에 부치는 노래」 등의 시를 썼다.
** 1969년에 결성된 노르웨이의 헤비 프로그레시브 록 밴드.

다. 사람들은 자신이 좋아하는 친구나 존경하는 사람의 글을 읽고 싶어 한다. 그러나 이런 제한된 요소들은 모든 사람의 그 어떤 것에도 활짝 열려 있는 웹상의 나머지 부분에 대해서는 제동 효과가 없다. 자신이 원하는 것을 쓰고 내놓을 기회를 가짐으로써 사람들은 글쓰기에 더욱 용감해진다. 사람들은 엄청나게 많은 글을 써서 웹에 올리고 있다. 이러한 기회를 통하여 사람들은 더 나은 필자가 되는 길을 따라가고 있다.

웹을 활용하여 문식성을 개방하는 여타의 문화적 실천들도 있다. 랩 음악과 힙합 언어를 좋아하는 청중이 많아지자 점점 더 많은 사람들이 글을 쓸 때 이를 활용하고 있다. 블랙 플래닛Black Planet은 주로 아프리카계 미국인을 대상으로 하는 소셜 미디어 사이트로 아프리카계 미국인의 언어가 많은 곳이다. (이에 대해서는 세이미 앨림의 저서(Samy Alim, 2006)와 앨림·보·스미서먼의 저서(Alim, Baugh, & Smitherman, 2006)를 참조하기 바란다.) 청중 앞에서 벌이는 시 경연 대회인 포에트리 슬램 poetry slam*은 굉장한 인기를 끌고 있는데, 그 경연 대회는 텍스트와 말 사이, 그리고 '고급 문화'로서의 시와 '대중문화'로서의 시 사이에 존재하는 흥미로운 교차점을 보여 준다.

비록 필자들이 이렇게 수사적으로 열린 공간에서 원한다면 무엇이든 쓸 수 있게 되었다 하더라도, 똑같은 이유로 **독자들** 역시 자신이 원한다면 무엇이든 **무시할 수 있게** 되었다. 정확한 언어를 위한 단일 표준이 존재하지 않는다는 말이 독자들이 아무거나 읽을 것이라는 의미는 아니다. 다시 말해 **표준**이 존재하지 않는다고 해서 **어떤 표준도 존재하지 않는** 것은 아니다. 즉 판단도, 기준도, 품질에 대한 관심도 없다는 의미는 아닌 것이다. 사람들은 매 순간 판단을 하며 읽을지 말지를 결정하고, 판단을 할 때에는 의식적이든 무의식적이든 표준이나 기준을 사용한다. 웹에서 우리는 내뱉어진 수많은 정보를 보는데, 보기에 따라서는 '쓰

....

* 1980년대에 시작된, 자신이 쓴 자유시를 역동적으로 읽는 낭독 대회. 즉흥으로 문장을 짓거나 랩처럼 운율을 살리기도 한다는 점에서 힙합 문화와 유사성이 깊다.

레기 정보'라고도 할 수 있다. 그러나 좋은 글도 많이 볼 수 있고 무엇을 읽을지에 대한 독자들의 평가도 많이 볼 수 있다.

내가 1973년에 『교사 없는 글쓰기』에서 '교사 없는 수업'을 위한 지침을 제시했을 때 설정한 것은 이렇듯 명백하게 수사에 기반을 둔 힘을 위한 개방적 공간이었다. 나는 좋은 글쓰기와 나쁜 글쓰기에 대한 제도적이고 일방적인 기준을 학생들에게 부여하는 교사의 힘에 대해 고민했다. 많은 교사와 교육 기관에서 사용하는 기준들은 심각한 결함이 있는 것처럼 보였다. 나는 제도적으로 공인된 기준이 없고 필자가 독자를 직접 대면하는 공간을 원했다. 그리고 독자가 노골적 경험주의를 가진 필자에게 응답하기 위한 특별한 방법도 제시했다. 그것은 "얼마나 좋거나 나쁜가? 무엇이 틀리거나 바른가? 그것을 어떻게 고칠 것인가?"와 같은 교사의 응답을 흉내 내는 대신, 써 있는 표현이 자신의 마음속에서 **불러일으** 킨 것을 주의 깊게 설명하는 것이다. 필자의 일은 쓰는 것이며, 독자의 일은 내가 '독자 마음의 영상'이라고 부르는 것을 제공하는 것이다.

마침내 우리가 이 세 번째 단계에 도달하고 주류의 정확한 언어라는 그 표준이 사라지게 되면, '정확하다'와 '잘못되다'라는 개념은 글쓰기를 위한 하나의 표준으로서 어떤 의미도 가지지 못하게 될 것이다. 그리고 사람들은 언어를 '정확한', '부정확한', '잘못된'과 같은 수식어로 일컫는 일을 중단하게 될 것이다. 그러나 사람들이 글을 '좋다' 또는 '나쁘다'라고 말하는 일은 계속될 것이다. 독자는 명료하거나, 세심하게 계획되었거나, 읽을 가치가 있거나, 적어도 필요한 일을 충분히 잘 해내는 글을 찾을 것이고, 그러한 덕목이 결여된 글에는 짜증을 낼 것이다. 사용하는 영어 형태가 무엇이든 간에 글쓰기는 그러한 덕목을 갖출 수 있다. 그래서 여전히 많은 **표준들**'이 존재하게 될 것이다. 오직 받아들일 수 있는 언어에 대한 **단일 표준**만 없을 뿐이다.

교사들이 종종 다른 문제보다 부정확한 언어에 더 많은 논평을 하는 이유 중 하나는 이러한 논평이 반박의 여지가 없기 때문이다. 어떤 교사가 학생에게 어떤 근거는 설득력이 없다고 하거나 한 단락을 삭제 또는 이동해야 한다고 말할 때,

명석한 동료 교사들 다수가 동의하지 않을 수도 있다는 점을 모를 리 없다. 주장이 강한 학생은 그 논평에 반박할지도 모른다. 그러나 교사가 문법과 철자의 오류를 지적할 때에는 그러한 위험에 노출되지 않는다.

> 나는 뻔뻔하게도 '좋은 글쓰기'를 정의하는 일을 회피하고 있다. 그것은 이 책에서는 불필요한 일이다. 그렇다고 다음과 같은 현재의 '수사학적' 관점 뒤에 숨는 것은 아니다.
>
> 플라톤적인 표준은 존재하지 않고, 모든 것은 수사학적이며, 이 경우에 '좋다'는 말은 그저 이 장르와 이들 독자들에게 좋음을 의미할 뿐이다.
>
> 맞는 말이다. 그러나 나는 수사학적 미적분과 달리 '좋은 글쓰기'가 어떤 것인가에 대하여 말할 필요가 여전히 있다는 수사학적이지 않은(플라톤적인?) 신념을 가지고 있음을 고백한다. 왜냐하면 어떤 독자는 어떤 글이 매력이 없고 불명료하며 비논리적이어서 수사학적으로나 장르적으로 필요한 일을 잘 해내지 못함에도 불구하고 뛰어난 점이 있다고 생각한다는 불편한 진실이 존재하기 때문이다.

교양 있고 문식성 있는 다수의 사람들이 내가 기술한 내용을 숙고한다면, 그들은 좋은 언어, 좋은 글쓰기, 명료성의 종말에 두려움을 느낄 것이다. 그렇지 않으면 "그래서 새로운 게 뭐야? 세상은 늘 지옥을 향해 가고 있었어."와 같은 냉소적인 반응을 보일 것이다. 그러나 영어와 영문학은 정확한 문어를 위한 단일 표준이 존재하지 않았던 중세와 르네상스의 다양한 시기에 어려움을 겪지 않았다. 셰익스피어는 매우 불안정한 언어로 아주 잘 해냈다. 우리는 새로운 일상어 문식성 문화에서 좋은 글쓰기를 많이 보게 될 것이다.

새로운 일상어 문식성 문화는 어떤 모습일까

자신이 사용하는 언어에 대해 걱정할 필요가 없다면 사람들에게 무슨 일이 일어날까? 라주안LaJuane의 경우를 살펴보자. 글쓰기는 정확한 문법을 의미한다는 느낌에 아직 사로잡혀 있던 어린 고등학생 시절에 그는 이렇게 썼다.

> I Realy Injoy the sport. I like Hiting and running. We had a great team and great year. I would like to encourage all to play the sporth. 나는 스포츠를 정말 좋아한다. 나는 치고 달리기를 좋아한다. 우리는 대단한 팀이고 대단히 오래되었다. 나는 모든 이에게 스포츠를 하자고 권하고 싶다.

이것은 안전책을 강구하는 방어적인 글쓰기의 일종으로 학생들이 종종 수행하는 것이다. 라주안이 틀린 문법과 여타 오류에 대해 반복적으로 지적받았으리라는 점은 의심할 나위가 없다.

그러나 그의 새로운 선생님은 이 글에 대해 어떤 지적도 하지 않았다. 그 선생님은 라주안에게 옳고 그른 것은 잊어버리고 어떤 언어든 입과 마음에 쉽게 다가오는 것을 사용하도록 권했다. 그는 그저 몇 가지 질문만 했다. 라주안이 다시 쓴 결과물은 다음과 같다.

> 헬멧이 내 머리를 칠 때 내 몸은 지킬 박사와 하이드 씨처럼 변한다. 나는 야만인이 된다. 그리고 이 일이 일어날 때 나를 막을 수 있는 사람은 아무도 없다. 나의 피는 달리기 시작하고 나의 심장은 뛰고 있다. 커다란 발전기 같다. 그리고 공이 움직일 때 그때가 내가 움직일 시간이고 그 쿼터백을 잡을 시간이다. 그리고 누구든 내 길을 막으면 곤란해질 것이다. When the halmut toches my Head my body turns Like doctor Jeckel and Mr. Hide. I become a safage. And there's no one who can stop me when this happens.

My blood starts racing my hart pumping. Like a great machine of power.
And when the football moves that's the time for me to move and get that
quarterback. And anyone who get's in my way is asking for problems.
(Christensen, 2003: 20)

그 선생님은 라주안으로 하여금 '글을 쓰거나' 정확한 언어를 사용하려고 노력하는 일 대신에 말하기 또는 말하듯이 쓰기 같은 과정을 이용할 수 있다는 사실을 깨닫도록 했다.

학생들을 가르칠 때 린다 크리스텐슨은 엄격한 문식성이라는 문제를 무시하지 않았다. 그러나 그녀는 한 번에 한 문제씩 천천히 체계적으로 다루면서 가장 쉽다고 생각한 것, 예를 들면 대문자 쓰기 규칙에서부터 시작했다. 그리고 그녀가 가르치는 학생들이 ("She say ..." 같은) 흑인 영어나 아프리카계 미국인 영어에서 비롯된 '오류'를 범하면, 그들이 일관된 문법을 따르고 있다는 사실, 그리고 그들이 따르는 문법과 표준화된 문어체 영어에 필요한 문법 사이의 간단한 차이를 보여 주려고 했다.

다음에 제시하는 시는 팻 슈나이더가 설립한 단체인 '애머스트 문예인'의 워크숍의 논스톱 자유작문 시간에 작성된 것이다. 지은이는 당시 열 살이었던 로버트 헤이스팅스Robert Hastings이다.

WEED 담배
It is life. 그것은 생명
It grows from the ground. 그것은 땅에서 자라나
It is ground up like meat. 고기처럼 부서진다.
It gives him a sharp and good feeling, 그에게는 상쾌하고 좋은 느낌
이지만

that gives me a sharp and painful anger. 나에게는 쓰리고 고통스러운 분노를 준다.

He rolls it like a red carpet 그는 그것을 붉은 양탄자처럼 굴리고

and licks it like a lollipop. 막대 사탕처럼 핥아 먹는다.

My anger gets deeper 나의 분노는 깊어만 간다,

as the smell gets worse. 그 냄새 점점 더 심해질수록.

As he smokes me 그가 연기를 뿜을수록

I get hotter and hotter 나는 점점 더 뜨거워진다 (Schneider, 2003: 32)

이 시는 슈나이더가 펴낸 『혼자서 그리고 타인과 함께 글쓰기』(2003)에서 그녀가 쓴 장 '침묵을 강요당한 사람에게 권한을 부여하는 글쓰기Writing to Empower the Silenced'에 실린 작품이다. (슈나이더와 그녀가 설립한 단체에 대한 좀 더 자세한 내용은 7장을 참조하기 바란다.) 작가들을 학교로 파견해 학생들이 창의적인 글을 쓸 수 있도록 도와주는 단체인 '교사·작가 협력단Teachers and Writers Collaborative'에서 펴낸 출판물에서는 학생들의 좋은 글을 더 많이 찾아볼 수 있다.

다음 인용문은 생애 대부분을 하녀로 살았던 에스텔 존스Estelle Jones가 원숙한 성인이 된 후에 쓴 긴 산문 회고록에서 가져온 구절이다. 20세기의 첫 10년간을 사우스캐롤라이나에서 소작인의 딸로 살았던 그녀는 학교에 가는 것이 다소 불규칙했고 그마저도 3학년 때까지만 다녔다. 그녀의 56쪽짜리 원고는 긴 하나의 단락으로 행간 여백 없이 줄 쳐진 종이에 빽빽한 손글씨로 쓴 것이었다. 읽기가 좀 혼란스러운데 특히 대화 부분은 더 심하다. 그래서 약간 교정한 글을 인용문 다음의 글상자에 제시한다.

… 내가 늘 되고 싶은 것은 그것은 간호사였어. 그러나 너는 2년 이상의 학교 교육을 받아야 했어. 이제 나는 나이가 들었는데 나는 아직도 간호사가 되고 싶어. 지금 소년인 이 아이로 되돌아가. 그는 대략 여덟이야. 어느 날 아침

마님이 에스텔이라고 해 나는 예라고 해. 그녀가 너 내 친구 집에서 잠깐 일하도록 하렴이라고 해 나는 어머나라고 해. 그녀는 넌 그게 좋지 않을 거라고 생각하느냐라고 말해. 나는 말씀하시면 예입니다라고 해. 음 하며 그녀는 그 부인이 돈의 반을 지불할 거고 내가 반을 지불할 거야라고 해 나는 알겠어요라고 해 마님은 내 아이들이 이제 도와줄 만한 나이여서 내가 하녀를 항상 필요로 하지는 않으니 이제 내가 그녀를 불러 네가 일을 시작할 때 정리를 하라고 할게라고 해. 이것은 내가 하고 싶지 않은 일의 일부였지만 나는 마님의 말에 동의했어. 왜냐하면 나는 일을 하거나 하지 않지만 두 사람과 돈을 나누는 것을 나는 하지 않을 거니까 그런 일은 너무 어려워. 마님은 전화를 하러 가면서 돌아보며 에스텔 너 그 부인을 위해 아침에 일할 거지 그렇지라고 해. 나는 아니요라고 해 그럼 언제라고 그녀가 말해. 나는 오후에요라고 해 마님은 안 돼 나는 네가 그녀를 위해 아침에 일했으면 좋겠어 너는 아침 9시 30분에 그녀에게 가서 1시 30분까지 일하고 그런 다음 나에게는 오후에 오는 거야. 그러나 나는 안 돼요 나는 부인을 위해 오후에 일하고 당신은 아침이에요라고 해. 마님은 네가 나에게 그럴 수는 없어라고 해 나는 뭐가 그래요라고 해 그녀는 내가 네게 먼저 그렇게 하라고 했으니까 나는 네가 언제 일할지 말할 수 있어라고 해. 나는 네가 오후에 일하길 원해 나는 오후에 부인에게 가요라고 해 마님은 내 저녁은 어떻게 하지 나는 부인의 저녁은 어떻게 하죠라고 해. 이제 마님은 내가 부인에게 왜 오후에 가고 싶은지 알고 싶어 해. 나는 그래서 제가 일을 끝낼 때 저는 다른 모든 여자애들처럼 버스를 타고 패터슨에 갈 수 있어요라고 해. 다음 날 아침 9시 30분에 돌아와요. 마님은 앉아서 나는 지금 여지가 없어라고 해. 당신도 알다시피 마님은 알고 있고 모든 계획을 가지고 있어. 만일 내가 부인을 위해 아침에 일한다면 마님 집에서 나는 아침 식사를 준비하고 설거지를 하고 집 청소를 하고 내가 떠나기 전에 모든 걸 해야 할 거야. 그리고 나서 다른 부인에게 가서 아홉 시에서 두 시경까지 일한 다음 오후에 돌아와 집 청소를 하고 다시 요리 설거지 다림질 단체 만찬 준비를 해야 하는데 휴식도 없어. 다시 나는 일에서 거의 벗어났지만 해야 할 일은 끝나지 않았어 설거지 다림질 집 청소 요리 애 돌보기 등 이 모든 일에서 말이야. 나는 집을 떠나 일하지만 옷은 그대로야. 나는 혼자 가욋돈을 벌 수 있다면 어떤 일을 하든 신경 안 쓰지만 누군가 나에게 강요하는 것은 하고 싶지 않아. 그래서 나는 그 부인을 위해 일을 하지 않았어.* (미출간 원고)

존스의 원고는 수정이나 교정을 거치지 않은 초고이다. 독자에 대한 어떠한 배려도 없이 이런 글을 보낼 필자는 추측건대 일상어 문식성 문화에서도 거의 없을 것이다. 그리고 이와 같이 학교 교육을 거의 받지 않은 필자는 틀림없이 교정 과정에서 도움을 요청할 것이고, 아마 수정까지도 바랄 것이다. 아래 글은 최소한의 교정만 한 것이다. 바뀐 부분은 철자법, 구두점, 체재 정도이고 그녀의 언어를 유지하고자 했다. (그녀는 결코 그 글을 수정하지 않았고 나는 수정할 엄두를 내지 못했다.)

… 내가 늘 되고 싶은 것은 그것은 간호사였어. 그러나 너는 2년 이상의 학교 교육을 받아야 했어. 이제 나는 나이가 들었는데 나는 아직도 간호사가 되고 싶어. 지금 소년인 이 아이로 되돌아가. 그는 대략 여덟이야. 어느 날 아침 마님이 "에스텔."이라고 해. 나는 "예."라고 해. 그녀는 "너 내 친구 집에서 잠깐 일하도록 하렴."이라고 해. 나는 "어머나."라고 해. 그녀는 "넌 그게 좋지 않을 거라고 생각하니?"라고 말해. 나는 "말씀하시면 예입니다."라고 해. "음." 하며 그녀는 "그 부인이 돈의 반을 지불할 거고 내가 반을 지불할 거야."라고 해. 나는 "알겠어요."라고 해. 마님은 "내 아이들이 이제 도와줄 만한 나이여서 내가 하녀를 항상 필요로 하지는 않으니 이제 내가 그녀를 불러 네가 일을 시작할 때 정리를 하라고 할게."라고 해. 이것은 내가 하고 싶지 않은 일의 일부였지만, 나는 마님의

---

* 원문을 보면 문장 시작을 소문자로 한다거나, 문장과 문장 사이에 구두점을 찍지 않는다거나, 'I(나)'를 간혹 'i'로 쓴다거나, 'decide(결정하다)'를 'deside'로, 'went along with(동의했다)'를 'went alone with'로, 'two(둘)'를 'too'로, 'know(알다)'를 'no'로, 'plan(계획)'을 'plane'으로, 'didn't(하지 않았다)'를 'diden'으로, 'forcing(강제하는)'을 'fosting'으로 쓰는 등 문법과 철자법 오류가 상당수 존재한다.

말에 동의했어. 왜냐하면 나는 일을 하거나 하지 않지만 두 사람과 돈을 나누는 것을 나는 하지 않을 거니까. 그런 일은 너무 어려워. 마님은 전화를 하러 가면서 돌아보며 "에스텔, 너 그 부인을 위해 아침에 일할 거지, 그렇지?"라고 해. 나는 "아니요."라고 해. "그러면 언제?"라고 그녀가 말해. 나는 "오후에요."라고 해. 마님은 "안 돼, 나는 네가 그녀를 위해 아침에 일했으면 좋겠어. 너는 아침 9시 30분에 그녀에게 가서 1시 30분까지 일하고 그런 다음 나에게는 오후에 오는 거야." 그러나 나는 "안 돼요, 나는 그 부인을 위해 오후에 일하고 당신은 아침이에요."라고 해. 마님은 "네가 나에게 그럴 수는 없어."라고 해. 나는 "뭐가 그래요?"라고 해. 그녀는 "내가 네게 먼저 그렇게 하라고 했으니까 나는 네가 언제 일할지 말할 수 있어. 나는 네가 오후에 일하길 원해."라고 해. 나는 "오후에 부인에게 가요."라고 해.

마님은, "내 저녁은 어떻게 하지?" 나는 "그 부인의 저녁은 어떻게 하죠?"라고 해. 이제 마님은 내가 부인에게 왜 오후에 가고 싶은지 알고 싶어 해. 나는 그래서 "제가 일을 끝낼 때 저는 다른 모든 여자애들처럼 버스를 타고 패터슨에 갈 수 있어요. 다음 날 아침 9시 30분에 돌아와요."라고 해.

마님은 앉아서 "나는 지금 여지가 없어"라고 해. 당신도 알다시피 마님은 알고 있고 모든 계획을 가지고 있어. 만일 내가 그 부인을 위해 아침에 일한다면, 그때는 마님 집에서 나는 아침식사를 준비하고 설거지를 하고 집 청소를 하는 등 내가 아침에 떠나기 전에 모든 걸 해야 할 거야. 그리고 나서 다른 부인에게 가서 9시에서 2시경까지 일한 다음, 오후에 돌아와 집 청소를 하고 다시 요리, 설거지, 다림질, 단체 만찬 준비를 해야 하는데, 휴식도 없어.

다시 나는 일에서 거의 벗어났지만 해야 할 일은 끝나지 않았어. 설거지, 다림질, 집 청소, 요리, 애 돌보기 등 이 모든 일에서 말이야. 나는 집을 떠나 일하지만 옷은 그대로야. 나는 혼자 가욋돈을 벌 수 있다면 어떤 일을 하든 신경 안 쓰지만 누군가 나에게 강요하는 것은 하고 싶지 않아. 그래서 나는 그 부인을 위해 일을 하지 않았어.

정확하고 진지한 글쓰기를 위한 단일 표준이 존재하는 현재의 엄격한 우리의 문식성 문화에서 잠재력 있는 필자들은 다음과 같은 메시지를 받곤 한다.

우선 당신이 정확하게 쓸 수 있는지를 보여 달라. 당신이 훌륭한 글을 쓸 수 있을지 없을지는 그다음에 볼 것이다.

일상어 문식성 문화에서 이 메시지는 다음과 같이 바뀔 것이다.

원하는 것이 무엇이든 간에 쓰고 싶은 대로 쓰라. 당신의 구어를 포함하여 어떤 언어라도 사용하라. 당신은 자신의 말을 적는 것이 어렵지 않다는 것을 알게 될 것이다. 당신은 자기 자신만을 위해 쓸 수 있다. 그러나 복사, 이메일, 웹 글쓰기를 통해 독자에게 말을 전하는 것도 어렵지 않다. 그럼에도 불구하고 만일 당신의 글이 많은 독자들에게 읽히기를 원한다면, 현재 아는 것보다 더 나은 글쓰기 방법을 배워야 할 수도 있다. 당신은 자신의 글을 수정할 수도 있고 어쩌면 독자의 반응을 얻을 수도 있다. 그러나 웹상에서 사람들이 어떤 글을 읽고 싶어 할지는 알 수 없다. 당신이 나나 다른 '능숙한 필자'가 아주 만족스럽지 않다고 하는 글을 발표할 경우, 어떤 사람은 그것을 읽고 좋아할 수 있으며 심지어 반응을 보낼 수도 있다. 아마 아주 많은 사람들이 그럴 것이다. 그러나 그들이 읽고 반응을 보이든 그렇지 않든 간에 중요한 것은 당신이 그것을 쓴다는 사실 그리고 다른 이들을 위하여 그것을 표현한다는 사실이다. 그리고 이렇게 한다면, 당신은 필자가 되는 법을 배우고 그 일을 더 잘하게 될 것이다.

그리고 교사는? 정확한 문어체 영어를 위한 단일 표준이 더 이상 존재하지 않고 모든 형태의 구어체 영어로 글을 쓰는 것이 정당화되는 세계에서 무엇을 할 것인가? 우리는 커다란 곤경에 빠질 것이다. 우리는 **올바른 것**을 쓰는 것과 **좋은 것** 또는 **효과적인 것**이라고 판단하는 것을 쓰는 것 간의 차이를 구별하는 법을 배워야 할 것이다.

이 일을 하는 방법을 배울 때에는 단계가 있다. 먼저 정확성의 문제는 모두 무시하고서 생각, 구성, 이미지, 비유, 수사 등 글 내용에 반응하는 법을 배워야 할 것이다. 글의 표면이 정확하고 편집된 '표준' 문어체 영어라고 불리는 방언의 관습을 따르고 있는지에 대해 더 이상 주의를 기울일 필요가 없다. 어떤 교사들은 이 일을 하는 법을 배웠지만, 아직 많은 교사들은 어려움을 겪고 있다.

우리의 문화에서 교사들은 흔히 '오류 교정하기'에 대한 **의무감**을 느낀다. 심지어 그것이 가장 만족감이 덜하고 흥미가 떨어지는 일일지라도 말이다. 그래서 낙인찍힌 언어의 사용자는 너무나 많은 '오류 교정'을 받고 그에 비해 사고 내용에 대해서는 거의 도움을 받지 못하는 경향이 있다. 이는 주류 학생들에게도 가끔 문제가 된다. 왜냐하면 너무나 많은 빨간색 글씨 때문에 오류 여부에 지나치게 집중하게 되고, 지나치게 단순하고 딱딱한 언어로 글을 씀으로써 벌충하려고 하기 때문이다.

> 아프리카계 미국인 영어 사용자가 쓴 글의 내용에 대해 어떤 능숙한 교사가 다음과 같이 슬픈 논평을 한 적이 있다. "이제야 근본적인 사고와 이해 문제를 다룰 수 있다. 왜냐하면 이전의 글은 너무 형편없어서 그것을 알아볼 수 없었기 때문이다." (나는 이 논평을 작문 리스트서브list-serv*에서 가져왔지만, 충분히 일반적으로 보일 법한 반응이다. 때로는 유색인 교사도 이런 반응을 보인다.) 그럼에도 불구하고 철자법 오류나 '나쁜 문법'에 의해 심하게 산만해지는 사람은 대개는 대중일 것이다.

문체. 누구의 일상 구어라도 괜찮다고 말한다면, 대부분의 교사들에게는 글의 **문체**에 대해 유용한 피드백을 제공하는 일이 더 까다로워질 것이다. 그러나 적어도 더 이상 정확성과 질적 우수성이라는 두 주인을 다 섬기지는 않을 것이다. 우리는 질적 우수성에 모든 주의를 기울일 수 있다. 까다로운 부분은 학생들이 코드 엮어 쓰기나 혼종을 실험해 볼지 말지 그리고 어떻게 그것을 요령 있

....

* 특정 그룹 전원에게 이메일로 메시지를 자동 전송하는 시스템.

게 사용할지 판단하도록 도와주는 일이다. (이 주제에 대해서는 16장의 수레시 캐너 개러자에 대한 글상자(이 책의 619-621쪽)를 참조하기 바란다. 그는 세계 영어에 대한 안목과 국제적 감각으로 혼종과 코드 엮어 쓰기의 광범위하고 효과적인 일반적 사용법을 탐구하고 있다. 코드 엮어 쓰기에 대해 더 많이 알려면 영과 마르티네스의 저서(Young & Martinez, 2011)를 참조하기 바란다.)

잠시 뒤로 물러나서 대부분의 교사들이 모든 종류의 에세이를 평가할 때 사용하는 실질적인 주요 기준을 살펴보자.

아이디어가 훌륭하거나 흥미로운가? 사고가 건전하고 추론이 설득력 있으면서도 어느 정도 타당한가? 이 상황과 장르가 요구하는 일을 수행하고 있는가? 구성이 효과적인가? 문장이 명확하고 견고한가?

여기에서 요점은 이 모든 목표가 어떤 형태의 영어로나 성취될 수 있다는 점이다! 교사들은 학생들의 주의를 실질적인 기준에 집중하도록 하는 법과 그 기준을 가르치는 법, 그리고 학생들이 그 기준을 얼마나 잘 충족시키는지에 대한 의견을 그들에게 들려주는 법을 배울 것이다.

표면적 특징. 당연히 여기에도 관심을 기울여야 한다. 글의 표면은 독자가 처음으로 보는 것이며, 독자가 그 글에 찬성하지 않을 때에는 특히 그러하다. 따라서 우리가 일상어 문식성을 확보한 후일지라도 필자는 여전히 철자법, 문법, 구두법에 맞게 교정할 필요가 있다. (이는 바로 앞에서 내가 에스텔 존스의 글에 대해 수행했던 과정이다.)

철자법. 미국 문화에서는 철자법에 엄청난 정신적인 투자를 하는데, 그로 인하여 많은 사람들이 철자법에 대해 합리적으로 생각하지 못하고 있다(Kress, 2000). 많은 사람들은 '정확한' 표준 철자법에서 벗어나면 당황스러워하고 심지어 화를 내기까지 한다. 만일 내가 여러 철자법이 받아들여지는 문식성을 제안하고자 한다면 사람들은 두 손을 들 것이고 완전한 무정부 상태를 떠올릴 것이

다. 그들은 (더 이상 의미 있는 개념이라고 할 수 없는) '잘못된 철자법'과 독자들을 쓸
데없이 산만하게 하거나 성가시게 하는 임의적이고, 부주의하며, 가변적인 철자법
간의 차이를 구별하는 데 어려움을 겪는다. 잘 읽히는 글이 써지려면 철자법은 구
두법처럼 독자들이 글을 마음속으로 읽을 수 있도록 도와주어야 한다. 그리고 대
부분의 사람들은 교정해야 할 오자를 계속 많이 만들어 낼 것이다. 부주의한 손으
로 혼란스럽게 써 놓고 고치려고도 하지 않는 부주의한 이메일을 생각해 보라.

　　대부분의 비주류 변형 영어에는 공식적인 철자법이 존재하지 않는다. 그러
나 관례들이 생겨나고 있는데, 이는 특히 아프리카계 미국인 언어나 하와이 크
리올 영어와 같은 대안적인 형태의 영어를 사용한 출판물이 늘어나는 것과 궤를
같이하고 있다. 나는 교정자와 비주류 변형 영어로 글을 쓰는 필자 사이에서 철
자법 판단이 어떻게 이루어지는지 모른다. 아마 서로 다른 필자나 출판사는 서로
다소 다른 철자법을 사용할 것이다. 그러나 한 텍스트 내에서 일관된 철자법을
사용한다면 독자들이 불필요한 방해를 받지는 않을 것이다. 아카데미 프랑세즈*
는 수많은 단어에 대한 대체 가능한 철자를 인정하기 시작했다.

　　나는 하와이 대학에서 학생들을 가르치던 1996년에 처음 낙인찍힌 언어로 쓴
글을 알게 되어 그것에 대해 생각하기 시작했다. 나는 하와이 크리올 영어HCE를 사
용한 문학의 눈부신 전성기에 대해 알게 되었다. 그리고 초기에 HCE 시인들 사이
에 의견 차이가 있었다는 흥미로운 사실을 알게 되었다. 조 해들리Joe Hadley는 초
기의 훌륭한 시인이었는데 소위 '피진'과 주류 영어 간의 차이가 강조된 철자법을
사용했다. 그래서 그가 쓴 글은 당연히 주류 영어 독자들에게 어렵게 느껴졌다. 그
는 그것을 원했는지도 모른다. 다음은 그가 쓴 가장 유명한 시의 첫 부분이다.

Chalukyu Insai
yuno smaw kid taim

....

* 　1635년 설립된, 프랑스어 표준화와 학술 진흥을 담당하는 프랑스의 기관.

sooo mach mo pridi no

wai yofala laik skreip damounten ladet

waistaim

초서의 작품처럼 소리 내어 읽으면 이해하기가 훨씬 더 쉽다. (나는 워크숍 참석차 그곳에 갔던 1975년에 그의 시를 들었을 때 모든 단어를 알지는 못했다.) 이 시는 다음과 같이 옮길 수 있다.

Look You Inside 당신의 내면을 보세요

You know — small kid time 당신도 알죠 — 작은 아이일 때

So much more pretty now 그래서 훨씬 더 예쁜 지금

Why you fellows like to scrape the mountain like that? 당신들이 그런 식으로 산에 상처 내기를 좋아하는 이유가 뭔가요?

Waste of time 시간 낭비예요

그 후의 '피진' 시인들은 대부분 주류 독자들을 위해 좀 더 쉬운 철자법을 선택했다. 다음은 줄리엣 코노Juliet Kono의 시 「아빠의 꾸지람A Scolding from My Father」의 시작 부분이다.

What kind Japanee you? 당신은 어떤 일본인?

Nothing more worse in the world 세상에 이보다 나쁜 건 없네

than one Japanee 한 일본인이

who like be something 자신이 아닌 자가

he not 되고 싶어 하는 것

No matter how much you like — 아무리 그러고 싶어 한들

no can! 아무도 그럴 수 없네!

문어체 하와이 크리올 영어에서 나타나는 이러한 변화(이는 단지 철자법 이상의 것을 포함한다)는 피진이 주류 영어 쪽으로 다소 이동한 현실을 반영한 것일 수도 있다. 나는 뱀부리지 출판사Bamboo Ridge Press가 좀 더 이해하기 쉬운 철자법을 사

용하여 출판했을 것이라고 생각한다. 그 출판사는 이러한 변형 영어 글쓰기의 인상적인 문예 부흥을 선도했다. ['크리올 약화 과정decreolization' 이야기 및 크리올 사용자들이 때때로 주류 언어의 파괴적인 유혹에 어떻게 반발했는지에 대한 이야기를 알려면 샬린 사토(Charlene Sato, 1994)의 글을 참조하기 바란다.] 여기서 흥미로운 것은 아이티 크리올Haitian Creole, 즉 프랑스 크리올은 표준 철자법을 가지고 있다는 사실이다. 이는 '합리적' 표준에 대한 집착이 있는 프랑스 문화의 영향 때문일 것이라고 해석하지 않을 수 없다.

문법. 서로 다른 변형 영어들에 반대하지 않는 독자라 할지라도 불필요하게 임의적이면서 부주의한 문법 때문에 여전히 짜증이 날 수 있다. 그러나 이는 까다로운 문제이다. 응집성 없는 문법과 언어 사용역은 의식적이면서 효과적일 수 있기 때문이다. 교사들은 학생이 혼종이나 코드 엮어 쓰기를 의도적으로 이용하고 있는지 아니면 무의식적인데도 우연한 효과로 이익을 보고 있는지 여부에 대해 생각해 보아야 한다.

구두법. 다가오고 있는 일상어 문식성 문화에서 교양 있는 독자들은 우리의 현 문법 전통의 규칙을 위반하는 구두법이 틀렸다고 더 이상 주장하지 않을 것이다. 교양 있는 독자들은 구두법이 텍스트를 듣는 법 또는 내적으로 읽는 법에 대한 필자의 지시를 나타내는 데서 시작한다고 가정할 것이다. 따라서 만일 그러한 지시가 비일관적이라면, 독자들은 당연히 반대할 것이다. 요컨대, 이 멋진 개방적 신세계에서 모든 필자가 그러지는 않겠지만, **만약** 독자를 얻는 데 관심이 있는 필자라면, 그 필자는 부주의하거나 나쁜 구두법 선택에 대항하여 방어를 할 필요가 있을 것이다.

미래를 상상하다

독자는 늘 다양한 **문체**를 좋아하거나 싫어할 자유를 가지고 있다. ("나는 의식의 흐름 기법으로 쓴 소설이 싫어요.") 그러나 독자들이 "나는 그 문체가 싫어요."라고 할 때 보통은 그 문체를 **불법적**이라고 생각하는 것은 아니다. 이는 문체가 문어체 영어의 변이형들과 어떻게 관련될지를 보여 준다. 문어체 영어의 변이형들은 대부분 다양한 구어체 영어에서 파생된 것이다. 일부 독자가 "나는 그런 형태의 영어를 **싫어해요**."라고 말할 수도 있겠지만, 그렇다고 그들이 그런 영어를 불법적이라거나 부당하다고 느끼지는 않을 것이다. 편견이 점차 사라지는 것이 강한 선호가 없어짐을 뜻하지는 않는다. 몇몇 일상어는 많은 주류 독자들에게 어려울 테지만 편견만 없다면 대체로 대부분의 영어 사용자들이 아주 쉽게 읽을 수 있는 언어이다. 지금 얼마나 많은 독자들이 이해하기 쉽지 않은 랩을 읊는 걸 좋아하는지 생각해 보라.

독자에 대해서는 이쯤 해 두자. 필자의 경우는 어떤 모습일까? 다음은 이 멋진 신세계에서 잠을 깬 어떤 작가의 짧은 미니 드라마이다.

> 얼마나 멋진가. 무언가를 쓰고 싶을 때, 나는 그저 입을 열고서 입에서 나오는 어떤 언어든 적기만 하면 된다. 나는 손가락으로 말한다. 내가 가진 구어가 어떤 종류의 것인가는 문제가 되지 않는다. 텍사스 언덕의 시골 영어이든지 히스패닉/라틴계의 영어이든지 말이다. 내가 어떤 단어 철자를 선택하든 문제가 되지 않는다. 내가 쓰고 있는 것은 공식적으로 글쓰기에 적절한 것으로 간주될 것이다. 만세! 글쓰기는 누워서 떡 먹기다!

이 작가의 흥분이 수많은 글쓰기로 이어지면서 몇 달이 지나간다. 그러나 나중의 반응은 점차 다음과 같이 나타난다.

어허. 이거 큰일 났네. 글쓰기는 누워서 떡 먹기가 **맞아**. 그러나 내가 쓴 것을 누군가 **읽기**를 내가 원한다면 어떻게 되나? 이 신세계에서 독자들은 내 구어가 완전히 수용 가능하고 이해 가능하다는 걸 안다. 그러나 그들은 대개 몇 분만 지나도 읽기를 그만둘 것이다. 그리고 만일 내가 그들을 설득하여 왜 그러는지 솔직히 말해달라고 하면, "이건 명확하지 않아요.", "이건 구성이 안 되어 있어요.", "이건 효과적이지 않아요.", "이건 아주 흥미롭지는 않아요.", "이것은 주의 깊게 생각한 게 아니에요."와 같은 말을 할 것이다.

오 이런. 나는 내 입에서 나오는 어떤 언어든 사용할 수 있다. 그런데 거기다 그것을 흥미롭게, 명확하게, 사려 깊게 만들기까지 해야 한다고? 문맥에 맞게? 어렵다. 나는 글쓰기가 쉬울 것이라고 생각했다.

그럼에도 불구하고 과거보다는 낫다. 그때는 글을 정확하게 쓰면서 좋게 써야 했다. 글을 정확하게 쓰려는 노력은 좋게 쓰려는 노력을 약화시킬 때가 많았다. 이제 나는 정확성에 대해서는 잊어버리고 쉽고 자연스럽게 나오는 것이라면 어떤 언어든 사용한다. 나는 좀 더 중요하고 흥미로운 목표, 즉 좋은 글을 쓰는 일에 집중할 수 있다. 나의 모든 노력을 내 글이 좀 더 지적이고, 견고하고, 명확하고, 흥미롭게 하는 데, 그리고 독자들을 기쁘게 하는 데 기울일 수 있다.

그러나 필자와 독자의 개인적 경험에서 벗어나 다른 곳으로 초점을 돌려 보자. 전체로서의 **문화**는 어떠한가? 내가 이 책을 쓰는 이유는 문식성의 민주화, 특히 글쓰기의 민주화에 대한 전망을 가지고 있기 때문이다. 이러한 전망에서 출발하여 『교사 없는 글쓰기』를 집필했지만, 이 전망은 여전히 나에게 명확하지 않았다. 그러나 이제 내가 보기에 우리는 더 많은 사람들이 글쓰기 권한을 부여받았다고 느끼는 문식성 문화를 향해 이미 이동하고 있다. 많은 사람들은 문식성과 밀접한 관계가 있는 권력망에서 한동안 배제되는 경험을 했다. 이것이 변화하고 있다. 더 많은 사람들이 글쓰기를 할수록 우리는 더 풍성하고 다채로운 글쓰기로부터 이득을 보게 될 것이다. 셰익스피어를 비롯한 엘리자베스 1세 시대 사람들은 16세기의 다채로운 영어 글쓰기를 풍성하게 만들었다. 똑같은 일이 다시 일어날 수 있다.

장기적 전망

문어 표준화의 영향력이 아주 강했던 짧은 역사적 과도기를 우리가 실제로 통과해 왔을 가능성에 대해 생각해 보기 바란다. 18세기에는 절정에 이른 표준화와 규범주의의 광풍이 있었고, 이와 더불어 정확한 글쓰기에 구어를 사용하는 것에 대한 유별난 저항이 있었다. 사실 언어에서 '정확성'이라는 개념은 18세기에 만들어진 것이었다. 그전에는 '나쁜' 문어에 대한 불평, 즉 응집되지 않다거나, 이해하기 어렵다든가, 상황에 대한 언어 사용역이 너무 높거나 낮다는 등의 불평이 다양한 방식으로 제기되었지만, 사람들은 '정확한 것'과 '부정확한 것'에 대한 표준을 거의 거론하지 않았다.

단테의 이탈리아어 및 여타의 일상 구어가 글쓰기에 수용되기까지 얼마나 오랜 시간이 걸렸는지를 생각해 본다면, 18세기는 그저 어제에 불과할 따름이다. 그리고 이제 새로운 변화의 시기에 진입하고 있다. 유달리 엄격한 표준은 사라져 가고 있으며, 이는 단테의 시대보다 훨씬 더 빠르게 진행되고 있다. 인터넷을 통해 문식성은 다양한 형태의 구어를 활발히 받아들이고 있다. 세계화는 많은 국가주의적 통제를 다소 느슨하게 만들고 있다. 영어가 아주 많은 언어의 기반을 약화시키고 있는 것은 비극적인 일이지만, 그 과정에서 영어는 점점 더 다양한 영어들을 갖게 되었다. 그리고 전 세계의 사람들은 자신들이 필요로 하는 변형 영어를 더 잘 제어하고 있다. 그리고 그러한 영어는 구어에 의해 갈수록 더 많은 영향을 받고 있다.

역사적으로 대부분의 시기에 학교는 변화나 '퇴보'에 맞서 현상을 유지하는 일을 해 왔다. 다중 언어 및 다중 방언 사회에서 교사들은 전통적으로 이러한 전투의 최전선에 배치되어 왔다. 그러나 지금 통과하고 있는 이 놀라운 과정, 즉 언어 분화되고 단일 표준은 소멸되는 과정을 교사들이 멈출 가능성은 없다는 것이 분명하다. 반대로 교사들은 이제 이 과정을 따라 움직여야 한다는 것이 내 의견이다.

나는 교사들에게 부주의한 글쓰기나 나쁜 글쓰기를 그 자체로 받아들이라고 요구하는 것은 아니다. (한 가지 예외: 많은 사람들은 초고 쓰기에서 누군가가 그들이 부주의해지도록 도와주지 않으면 사실상 말하듯이 쓰기나 자유작문을 수행하지 못한다. 그들이 수정하지 못하게 막아 줘야 한다.) 목표는 훌륭한 글을 쓰는 것이고 이는 많은 주의를 필요로 한다. 그러나 이제 교사들은 더 많은 변형 영어를 받아들임으로써 더 훌륭한 글쓰기를 위한 여지를 더 많이 만들어 낼 수 있다. 교사들은 학생들이 글을 잘 쓸 수 있도록 학생들이 잘 아는 다양한 구어에 문을 열어 둠으로써 더 많은 권한을 부여할 수도 있다. 그러나 당분간 현재 미국의 엄격한 문식성 문화에서, 교사가 학생들에게 글 쓸 준비를 시키려고 하는 대부분의 수업과 과제에서 학생들을 더 성장하게 하려면, 주류 독자들이 '오류'라고 선언할 문법 형태를 삭제하는 데 필요한 모든 것을 하도록 학생들을 가르쳐야 한다.

현재 미국 문화에서 사람들은 한동안 구어체 방언으로 쓴 글을 나쁜 글과 계속 혼동할 것이다. 비록 교사들은 직접적으로 문화적 가치를 만들어 낼 수는 없어도, 서로 다른 일상 구어로 쓴 좋은 글, 즉 사람들이 읽고 싶어 하는 글을 더 많이 권장함으로써 간접적으로 만들어 낼 수는 있다. 단테를 생각해 보기 바란다.

나는 모든 사람이 다음과 같이 말할 수 있게 되는 세상에서 우리가 아주 멀리 떨어져 있다고 생각하지 않는다.

나는 쓰고 싶은 것이 있다. 나는 글쓰기가 쉽다고 생각하지만, 내 생각과 단어를 명확하고 견고하게 하는 것은 매우 어려운 일임을 안다. 좋은 글이 될 때까지 공들여 다듬고 편집자의 교정까지 거치다 보면 분명 좌절하게 될 것이다. 그러나 나는 내가 사용하고 있는 매체, 즉 내가 사랑하는 것을 빚어내는 데 쓸 찰흙이 나 자신의 언어임을 알고 있기 때문에 그 일을 고대하고 있다.

부록 1

작문과 수사학 공동체에서
자유작문의 위상 변화

위험한 글쓰기에서 대수롭지 않은 글쓰기로

1950년대와 1960년대에 켄 매크로리가 「길에서의 표현들Words in the Way」 (1951)에서 자유작문을 도입하였을 때, 그것은 당시에 위험해 보였기 때문에 주목받지 못했다. 그런데 지금은 그것이 특별해 보이지 않는다는 이유로 외면받고 있다. 이 점진적 변화에 관한 이야기는 특히 작문과 수사학 분야에 종사하는 사람들에게는 흥미로울 것이다.

자유작문에 대한 초기의 저항

나의 첫 번째 책이 출판된 1973년에는 여전히 자유작문에 대한 저항이 남아 있었다. 켄 매크로리가 자유작문을 도입한 지 20년이 지났는데도 말이다. 자유작문을 하면 학생들이 주의를 덜 기울이기 때문에 많은 교사들은 사고와 언어 모두에서 부주의함이 나타날까 봐 불안감을 느낀다. 게다가 자유작문은 자기 자신의 경험과 느낌으로 사물을 바라보는 개인적 글쓰기로 이어지는 경우가 많은데,

심지어 학술적인 주제로 글을 쓸 때에도 그러하다. 그래서 자유작문은 결과적으로 방종이라 불리기 쉬운 글쓰기로 이어진다.

1장에서 나는 사람들이 얼마나 자주 문자 언어에 **마법**을 부여하는지에 대하여 설명하였다. 여기에서는 일부 사람들이 자유작문을 인정하지 않는 또 다른 이유를 살펴보고자 한다. 많은 사람들은 자유작문이 잘못된 글쓰기로 이끌며, 잘못 쓴 단어 하나도 감염력이 있다고 무의식적으로 느끼는 것 같다. 엉뚱한 이야기로 들린다면 다음과 같은 연습 문제를 보고 답을 적어 보기 바란다. 자신에게 중요한 주제나 알아내고자 하는 주제에 대해 가능한 한 많은 거짓말 또는 잘못된 진술을 재빨리 적어 보라. 먼저 '터무니없는 거짓말'을 시도해 보라. (예컨대 "모두가 속임수를 쓴다면 그건 훌륭한 일이다." "오바마는 멍청하다.") 그런 다음 끌릴 만한 거짓말이나 매력적이지만 잘못된 생각을 시도해 보라. (예컨대 "세금을 거짓 신고하는 것은 아무런 해가 없다." "오바마는 희망을 설교하지만, 이는 명확하게 사고할 능력이 없는 자신의 순진함만 드러낼 뿐이다.") 사람들은 자신이 거짓임을 알고 있는 것을 글로 쓸 때 약간 불편함을 느낀다. 사람들은 "이것은 해롭다."라고 말하는 내면의 경련을 느낄 때가 많다. (사람들은 종종 자신이 동의하지 않거나 싫어하는 문법을 의도적으로 적을 때 동일한 불안감을 느낀다.)

그러나 여러분이 다음에 복잡한 주제에 대해 어떤 생각을 발전시키려고 할 때 이런 종류의 시도를 해 볼 것을 제안한다. 이는 좀 더 명확하게 생각하는 것을 도와주는 생산적인 연습으로서 새로운 통찰력을 갖게 해 줄 것이다. (이에 대해서는 나의 『힘 있는 글쓰기』(1981) 72쪽 이하에 있는 '오류와 거짓말Errors and Lies'을 참조하기 바란다.) 예전에는 이런 불안감에 대해, 주술적이지 않은 타당한 이유가 있었다. 가죽이나 양피지 같은 데 쓰거나, 잉크로 쓰거나, 타이프로 친 내용을 바꾸기는 어려웠다. '분명히 적어 놓다(down in black and white)'라는 말은 '영원하다'를 의미한다. 그러나 컴퓨터가 이를 바꾸어 놓았다. 초기 워크숍에서 나는 일부 공학자들과 과학자들이 많은 다른 분야의 교수들보다 자유작문에 더 개방적인 경향이 있다는 사실을 알았다. 이는 나를 놀라게 했다. 나는 그들이 부주의한 글쓰기에 '시간을 낭비하는' 것에 거부 반응을 보이는 사람, 특히 인문학자들보다 더 '완고할' 거라고 생각했다. 그런데 당시는 컴퓨터가 막 글쓰기에 사용되기 시작하던 시기여서 공학자들과 과학자들은 다른 대부분의 교수들보다 먼저 컴퓨터를 사용하고 있었다. 그들은 입력된 단어들이 화면상의 단순한 화소나 약간의 일시적인 전자 저항이라고 여긴 최초의 사람들이었다. 그들은 입력된 단어들이 덧없는 것이라는 더 큰 진실을 들여다본 선구적인 안목의 소유자였다. 초기에 자유작문을 납득시키기가 가장 어려운 대상은 인문학자들이었다. 문학 전공 교수들은 때때로 가장 저항적이었고, 지금도 여전히 때때로 그러하다. 나는 문학 전공 교수들이 다른 대부분의 교수들보다 마법적인 글쓰기에 대한 느낌을 더 많이 갖고 있을 가능성이 크다고 생각한다. 그러나 이제 매우 많은 사람들이, 심지어 영문학과의 가장 고위직까지도 입력된 단어들은 단지 화소의 티끌일 뿐이라는 사실을 이해한다. 실제적인 의미에서, 입력된 단어들은 말보다 더 쉽게 사라진다. (이에 대해서는 나의 글 「말하기와 글쓰기의 변화하는 관계」(1985)를 참조하기 바란다.)

이론에 기반을 둔, 자유작문에 대한 새로운 저항

자유작문에 대한 초기의 저항이 1980년대에 사라진 후, 1990년대에 새로운 저항이 활발하게 일어났다. 이번에는 부주의함이나 나쁜 마법에 대한 두려움이 아니었다. 그것은 강력한 흐름의 포스트모더니즘과 반정초주의에서 발전해 온 학계의 이론적 반대였다. 이러한 준거 틀로 인하여 사람들은 진정한 자유 같은 것은 존재하지 않는다는 당연한 사실을 알게 되었다. 그래서 데이비드 바르톨로메는 이렇게 말한다.

자유작문은 … 제도적 압력으로부터 자유로운 제도적 공간, 문화의 영향으로부터 자유로운 문화적 과정, 역사 바깥의 역사적 순간, 학술적 글쓰기로부터 자유로운 학술적 배경에 대한 갈망의 표현이다. … 나는 이러한 주장을 충분히 생각하면서, 순수하고 개방적인 공간, 최전선의 교실에 대하여 생각한다. … 개방적인 교실과 자유작문은 … 제도적 압력으로부터 자유로운 제도적 공간, 문화의 영향으로부터 자유로운 문화적 과정, 역사 바깥의 역사적 순간, 학술적 글쓰기로부터 자유로운 학술적 배경에 대한 갈망의 표현이다. (Bartholomae, 1995: 64)

그는 "자유로운 배경, 즉 에덴동산이나 유토피아 같은 곳에서 이루어지는 교육에 대한 이야기"(Bartholomae, 1995: 64)를 하면서 '자유로운'이라는 단어의 종을 울린다. 그는 "글쓰기의 실질적 시공간 밖으로 나간다는" 생각을 "강을 따라 내려가면서 개척지를 향해 가다가 끝내 어디에도 이르지 못하는 것"이라며 비웃는다(Bartholomae, 1995: 65). 그는 자유작문이 소위 자유를 향한 미국인의 꿈과 비슷하다고 본다. 이는 명백한 사명manifest destiny,* 자유의 땅, 인디언 학살과 자연스럽게 연결된다. 간단하게 말하면, "학술적 글쓰기가 아닌 학문으로 행해지는 글쓰기는 존재하지 않는다."(Bartholomae, 1995: 64) 그가 학생들에게 가르치고자 하는 것은 "그들이 만들어 내지 않았고, 적어도 완벽하게 통제할 수는 없는 텍스트 내부에서 자신의 위치를 보게 하는"(Bartholomae, 1995: 65) 것이다. 자유작문이 의미하는 것은 문화적 순진함이다.

검토되지 않은 합의: 왜 자유작문이나 잘못된 글쓰기와 싸우는 사람이 더 이상 없을까

아직까지도 이러한 반대 의견을 책에서 볼 수 있다. 그러나 이러한 반대 의견

....

* 미국이 북미 전체를 지배할 운명을 갖고 있다는 주장.

에서 활기찬 신념은 이미 사라진 것 같다. 자유작문에 대해 크게 반대하거나 심지어 그것과 싸우려는 사람이 없다. (그러나 자유작문의 중대한 정치적 측면에 대한 최근의 글을 보려면 빈과 엘보(Bean & Elbow, 2010)를 참조하기 바란다.) 『글쓰기 교사를 위한 베드퍼드의 참고문헌 목록The Bedford Bibliography for Teachers of Writing』(2000)에서 퍼트리샤 비젤Patricia Bizzell과 브루스 허즈버그Bruce Herzberg는 자유작문을 "모든 글쓰기 교사가 지녀야 할 레퍼토리의 일부"(Bizzell & Herzberg, 2000: 8)라고 칭한다. 왜인지 더 이상 아무도, 무언가를 쓰는 초기 단계에서, 심지어 주의 깊고 적절하며 정확한 것으로 끝을 맺어야 할 때에도, 빠르고 부주의하게 글을 쓰고 잘못된 단어와 생각을 많이 산출하도록 학생들에게 권장하는 일로 어려움을 겪지 않는 것 같다. 아주 많은 교사들이 "평소 집에서 쓰는 일상어로 말하듯이 아무렇게나 쓰라."라고 노골적으로 말하는 것은 아니지만, 사람들이 자유작문과 싸우기를 그만둘 때 남게 되는 것은 그 말이다.

왜일까? 어떻게 해서 이 모든 그릇됨과 일상 구어로 글쓰기를 하는 것에 대해 아무도 더 이상 논쟁하지 않게 되었는가? 나의 멋진 주장 덕분에 이 일이 일어났다고 생각하고 싶다. 그러나 더 그럴듯한 설명을 위해서는 작문연구의 역사를 대략 훑어볼 필요가 있다.

1960년대 초에 급성장한 수많은 교사와 연구자는 이전에 존재하지 않았던 한 분야로 모여들기 시작하였다. 어떤 의미에서 그들은 대학 1학년 글쓰기 교과 과정이 점점 더 많아지던 시기에 글쓰기 교사로서 단지 우의와 상부상조를 추구할 뿐이었다. 그러다가 곧 글쓰기가 어떻게 이루어지고 교사가 글쓰기를 어떻게 가르쳐야 하는지에 대한 이론을 마련해야 한다는 공감대가 형성되었다. 1970년대와 1980년대에 이르러 규정되지 않은 이 새로운 분야에 종사하는 많은 사람들은 소위 '과정 중심 운동'으로 뭉치게 되었다. 이들은 영어 외에도 다양한 분야를 전공했지만, 글을 쓸 때 경험하거나 경험해야 하는 **과정**을 파악하려는 데 관심을 같이하고 있었다.

물론 글쓰기를 다루던 권위 있는 분야인 **수사학**이 이미 고대부터 있었고 이는 고전기 이전의 그리스까지 거슬러 올라간다. 그러나 과정 중심 운동은 아주 새로운 것이었다. 일례로, 나를 포함해 구성원들 대부분이 수사학을 전혀 배운 적이 없었다. 그들 중 다수는 사회과학도 출신이어서 손에 펜을 들고(가끔 비디오 카메라로 녹화를 하면서) 사람을 대상으로 경험적인 접근을 하거나 때로는 계량적 연구를 수행했다. 수사학의 오랜 역사에서 화자와 필자를 위한 충고는 수없이 많지만 그러한 충고는 대부분 결과물, 즉 언어를 청중에게 잘 전달되게 하거나 잘못 전달되게 하는 요소가 무엇인지, 또는 말이나 글의 부분들을 어떻게 배열할지에 대한 것이었다. 기록된 것을 이해하는 과정이나 수사학에서 말하는 '창의력', 즉 이전에 가지고 있지 않았던 생각을 찾아가는 신비로운 과정에 대한 주의는 그렇게 많이 기울여지지 않았다. (지금 찾을 수는 없지만) 내가 분명히 읽은 바 있는 어떤 유명한 18세기 수사학자의 말이 있는데, 창의력의 과정이 지나치게 감추어져 있고 신비롭기 때문에 그것을 연구할 수 없다는 구절이었다.

그러나 과정 중심 운동의 초기에 사람들의 흥미를 끈 것은 바로 이러한 신비로운 질문이었다. "말과 생각은 어디에서 오는가? 어떻게 하면 그것들이 더 풍부해질 수 있는가? 우리가 글을 쓰고자 할 때 무슨 일이 일어나는가?" 그뿐만 아니라 작문 분야는 수사학과 달리 글쓰기 교육에 확고히 뿌리내리고 있었다. 사실 이 분야 전체의 성장은 1950년대 제대 군인 원호법GI Bill*에 의해 대학으로 돌아온 제대 군인들의 대대적인 유입에 힘입은 바 크다. 이 학생들이 대학을 다닐 수 있도록 하기 위하여 1학년 글쓰기 교과과정이 점차 더 많이 필요해졌고, 그래서 글쓰기 교수법을 알고 싶어 하는 새로운 세대의 교사들이 생겨나게 된 것이다. 교육과의 이러한 내적인 연계로 인하여 작문은 거의 모든 다른 학문 분야와 분리되었다.

그러나 1980년대 말경에 다양한 방식으로 글쓰기를 생각하려는 글쓰기 교

---

* 제대 군인들에게 주택, 직업 훈련, 교육 및 의료 등의 기회를 제공하는, 제2차 세계대전 종전을 대비하여 1944년 개시한 제반 법률과 프로그램을 아우른다.

사들의 모임뿐만 아니라, 작문이 (이상적으로는 물리학과 같이) '진정한 학문'이 되기를 갈망하는 사람들도 늘어났다. '연구'와 '학문'이 표어가 되었고 많은 학자와 연구자가 '과정'이라는 이 꼬리표를 '비교육적인 옛 시절'의 것이라고 거부하기 시작하였고, 심지어는 그것을 오염된 용어로 취급하였다. 주요 학술지들은 유용한 교수법 사례를 단순히 기술하기만 한 논문을 더 이상 싣지 않았다. 이제 학문과 이론이 있어야 하는 것이다. 그러나 여전히 과정이라는 꼬리표를 옹호하는 사람들이 존재했고, 자유작문, 목소리, 개인적 글쓰기 및 그 밖의 문제들에 대한 논의가 이루어졌다.

그럼에도 불구하고, 중요한 것은 모두가 비록 자각하지 못하더라도 과정 중심 운동으로부터 깊은 영향을 받았다는 것이다. 이 새로운 논쟁적 분야에서 활동하는 사람들은 거의 다 놀랄 만큼 일치된 견해를 보여 왔다. 모든 사람이 **초고 쓰기와 수정하기** 과정은 글 쓰는 법을 위한 모든 현명하고 생산적인 본보기의 핵심이 된다는 점에 동의했고 여전히 동의하고 있다. 즉 1970년대 이후로 **대부분의 필자들**은, 심지어 가장 뛰어난 필자들까지도, 초고를 쓴 후에야 수정했으며 종종 독자들의 반응을 보고 나서야 초고를 수정하는 경향도 있었다. 그래서 교사는 학생들에게 이러한 과정을 이용하는 법을 가르쳐야 한다는 공감대가 널리 퍼져 있었다. 특히 교사는 학생들이 완벽한 초고를 쓰려고 하는 유혹의 덫, 즉 모든 문장이나 단락을 마무리하고 나서 다음 문장이나 단락으로 나아가려고 하는 것을 피하도록 설득해야 한다는 공감대가 있었다.

교사들이 **재능을 타고난** 사람들만 글을 잘 쓸 수 있다는 만연한 문화적 신화와 싸워야 하는 것은 당연한 귀결일 것이다. 이러한 신화는 종종 "타고난 재능의 진정한 징표는 얼마나 많이 고통받고, 술 마시며, 자살하는가이다."라는 낭만적·비극적 분위기를 조성한다. 사실, 그 신화는 고통받는 일 자체가 재능의 징표가 아니라 재능의 **원천**임을 때때로 시사한다. 글쓰기 교사들과 이론가들은 이러한 신화가 교육에 얼마나 많은 해악을 끼쳤는지 깨닫게 되었다. 그것은 많은 미숙한 학생들을 포기하게 만들고("사실 나는 결코 글을 잘 쓸 수 있는 사람이 아니야."),

우수한 교사들로 하여금 자신들이 할 수 있는 일이라고는 오직 글쓰기 과제를 내고 누가 재능이 있는지를 살피는 것뿐이며, 그 나머지에 대해서는 거의 포기하도록 만든다.

물론 글쓰기에 관심이 있는 사람들은 대부분의 필자들이 초고 또는 아직 제대로 되지 않은 원고를 먼저 쓴다는 사실을 언제나 알고 있었다. '과정 이전의 옛 시절'에 일부 교사들은 헤밍웨이와 피츠제럴드가 쓴 난삽한 초고 사례들을 찾아서 학생들에게 보여 주었다. 그런데 웬일인지 작문학 분야에서 이런 새로운 합의가 이루어지자 대부분의 교사들은 초고 쓰기와 수정하기가 재능 있는 학생들에게도 중요하다는 생각을 더 강화하게 되었다. 이 새로운 합의가 외부로 퍼지기 전까지는 많은 글쓰기 교사들이 학생들에게 채점용 최종 원고를 만들기 위해 글을 수정하기 前에 글의 초고를 제출하여 교사와 급우의 피드백을 받도록 요구하지 않았다. 그런데 1970년대 후반과 1980년대에 많은 교사들은 과정으로서의 글쓰기에 중점을 두는 매우 생산적인 교수법을 배웠다. 피드백을 위해 초고를 제출하도록 학생들에게 요구하는 일은 교사들의 목표가 학생들의 최종 원고에서 강점이나 약점이 무엇인지를 말해 주는 데에만 있는 것이 아니라, 학생들이 자신의 글쓰기를 개선하는 법을 실질적으로 배우도록 하는 데 있다는 것을 보여 주는 분명한 표지였다.

1980년대와 1990년대까지 작문과 수사학 분야는 완전히 분리되어 심각한 논쟁을 벌였다. 사람들은 꼬리표로서의 '과정'에 대해, 교사가 '과정 이후'에 있는 사람인지에 대해, 자유작문, 목소리, 개인적 글쓰기에 대해서만 논쟁을 벌이지는 않았다. '유행이 지난' 또는 시대에 뒤떨어진 생각과 관행에 대한 비판은 지식·자아·사회의 본질에 대한 논쟁으로 규정되는 경향을 보였다. 실제로 이 논쟁은 점점 더 영향력이 커지는 이 분야가 어떻게 스스로를 정의해야 하는가, 즉 무엇이 우리의 패러다임인가를 둘러싼 싸움이었다. 이러한 싸움의 와중에 우리 모두가 글쓰기 과정에 대해 "모든 사람은 초고를 쓰고 수정해야 하며 그 과정에서 독자의 반응을 얻기 위해 노력해야 한다."라는 논의만큼은 얼마나 잘 합의하고 있는지 제대로 알아차린 사람은 그때도 없었고 지금도 없다.

특히 나의 관심을 끈 것은 이러한 합의의 결과로 나타난 암묵적인 귀결, 즉 **틀리게 쓰는 것**의 수용이다. 대부분의 교사와 학자는 자유작문 옹호자가 말하듯 "틀리게 쓰는 것도 무방하다."라는 말을 하는 데까지는 나아가지 않을 것이다. 그들은 아마 좀 더 방어적으로 이렇게 말할 것이다.

> 글을 쓸 때 매 순간 최선을 다하려고 하지만 초고를 쓸 때 우리는 사실상 형식뿐만 아니라 내용에서도 항상 문제에 직면합니다. 모든 초기 단계에서, 우리는 해당 글에서 옳거나 틀린 내용이 무엇인지 알 수 있는 충분한 관점을 가지고 있지 못합니다. 이는 신중히 작성된 개요를 가지고 시작할 때에도 마찬가지입니다. 그뿐만 아니라 글쓰기에는 사회적 차원이 존재해서 우리는 일부 독자로부터 반응과 의견을 들은 후에야 자신의 표현이 독자에게 얼마나 잘 통할지에 대한 타당한 판단을 할 수 있습니다.

그들은 "틀려도 좋다."라고 말하지 않지만, "틀리는 것은 불가피하다."라고 암시적으로 말하고 있는 셈이다.

여기에서 내가 주장하는 바는 이것이다. 글쓰기 교사들과 학자들이 전문가로서 초고 쓰기와 수정하기의 필요성을 인정했을 때, 그리고 그에 따라 틀리게 쓰는 것의 불가피성도 인정했을 때, 그들은 (진정한 자유 같은 것이 존재하지 않는다 하더라도) 자유작문에 대해 염려하기를 멈춘 것이다. 그들은 자유작문의 기회를 활용하기보다는 소홀히 여기는 경향이 있었고, 그중 다수는 자유작문을 경멸했지만, 더 이상 싸울 필요는 없다고 생각하였다. 그리고 전문가들이 모두 "자유작문을 해도 좋다."라고 암묵적으로 인정했을 때, 아마 깨닫지는 못했겠지만 "말하듯이 써도 좋다."라고도 인정한 것이다.

내가 이 책에서 말하듯이 쓰기를 주장하며 희망했던 것은, 나와 견해를 같이하는 사람들이 자신도 모르는 사이에 이미 전투에서 승리를 거두었다는 사실을 멈춰 서서 깨닫는 것이다. 그들이 지난 수십 년간 초고 쓰기와 수정하기의 중요성을 강조해 왔기 때문에 암묵적으로 자유작문을 수용하게 되었고, 그렇게 하는 과정에서 그들은 말하듯이 쓰는 데 일상어를 사용하는 것을 암묵적으로 수용하게 되었다고 나는 말하고 싶다.

자전적 단편: 나는 어떻게 틀리게 쓰는 법을 배웠는가

1957년에 나는 윌리엄스 칼리지Williams College에서 장학금을 받아 영국 옥스퍼드 대학에서 2년간 공부할 수 있게 되었고 여느 옥스퍼드 대학 학부생과 같은 상황이 되었다. 나는 매주 글쓰기 과제물을 한 편씩 써야 했고 담당 교수의 방에 가서 그것을 소리 내어 읽어야 했다. 담당 교수는 조너선 워즈워스Jonathan Wordsworth로 시인 워즈워스의 후손이었다. 그때는 그가 교수로 부임한 첫해였고, 점차 알게 된 사실이지만 그는 그런 신망받는 역할에 어울리는 엄격함을 보여 주려고 노력하였다. (다른 대학으로 영전하여 간 네빌 콕힐Neville Coghill 교수에 대해서는 생략하고자 한다. 그는 상냥하고 친절한 교수였다.)

한번은 개별 지도 시간에 내가 조너선 교수 앞에서 글쓰기 과제물을 소리 내어 읽는데 그동안 그는 자신의 총을 닦았다. 또 한번은 마벌의 유명한 시 「이슬방울On a Drop of Dew」을 모음을 입을 크게 벌려 발음하는 미국 악센트로 ("On a Drohp of Doo") 소리 내어 읽었다. 조너선 교수는 딱 부러지는 옥스퍼드 악센트로 끼어들며 말하였다. "Uhn a Djrup of Djyew! 엘보 군, 그래서 자네가 시(po-try)를 이해하지 못하는 거야. 자네 말이 어떻게 **들리는지** 자네는 모르는군." 가을 학기 중반쯤에 나는 교수 연구실을 찾아가 문을 두드리고 이렇게 말할 수밖에 없었다. "교수님께 제출할 과제물을 쓰지 못했습니다. 할 수 있는 한 최선을 다했지만 쓸 수가 없었습니다." 나는 정말 열심히 노력했다. 나는 그 주 내내 첫 문장, 첫 단락, 첫 페이지를 썼다가 버리는 데 시간을 다 소비했다.

나는 한 주 내내 성실하게 노력했지만 글쓰기 과제물을 쓸 수 없었다. 나는 너무나 답답하고, 불행하고, 무기력하고, 화가 나서, 제어되지 않고 터져 나오는 감정을 말하듯이 써 내려가기 시작했다. 나는 이 새로운 나라에서 무섭고 외로웠으며 좌절감과 '표현할 수 없는' 분노를 누구에게도 털어놓을 수 없었다. 불행감에 사로잡혀 있던 나는 입과 손에서 튀어 나온 단어들을 그저 지면 위에 내려놓을 뿐이었다. 그것은 순수한 분출이었다. 되돌아보면 당시 나는 말하듯이 썼고, 자유작문을 한 것이었지만 1957년에는 그런 개념을 가지고 있지 않았다.

나는 이런 식으로 글쓰기 과제물을 쓰면서 첫해를 간신히 보냈고 결국 2년째에는 담당 교수가 바뀌었다. 이로 인해 나는 좀 더 생산적인 글쓰기를 할 수 있게 되었다. 그러나 사실 글쓰기 과제물이 있든 없든 그것은 공식적인 것이 아니었다. 글쓰기 과제물은 채점되지 않았고 학위를 받는 데 성패가 달린 일도 아니었다. 학점과 학위는 전적으로 두 번째 해의 마지막(영국 학부생이라면 3년째)에 5일 동안 집중적으로 치르는 아홉 가지의 세 시간짜리 시험에 달려 있었다. 그러한 부담 있는 시험 환경에도 불구하고, 아니 아마 그것 때문에 나는 글을 썼다! 고민할 시간이 없었다. 흥미롭게도 시험은 자유작문과 연관성이 높다. 시간이 많지 않고 계속해서 말을 쏟아 내야 한다. 적절한 표현이 아니더라도 그냥 계속 써야 한다. 만약 집에서 글을 썼다면 문장을 지우고 종이를 구겨 던져 버렸겠지만, 내게는 그럴 시간이 없었다. 이는 더 실용적인 유형의 말 내뱉기였다. 나는 잘하지는 못했지만 살아남을 수 있었다. 조너선 교수가 "베타 마이너스 마이너스. 우리가 예상했던 성적이네."라는 내용의 우편엽서로 결과를 알려 주었다. (그는 "축하하네. 자네는 논스톱 글쓰기를 더 많이 해야 할 걸세."라는 말을 잊어버린 듯했다.)

그런데 하버드 대학에서 영문학 박사학위를 시작하기 위해 미국에 돌아오자(사실 이것은 학교 교육에 지친 사람에게는 어리석은 이동이었다), 이내 나는 헉헉대는 것조차도 할 수 없었다. 나는 늘 성실한 학생이었고, 글쓰기에서 어려움을 느끼면 느낄수록 더 부지런히 했는데, 모두 쓸모없는 일이었다. 한 학기 반이 지나자 나는 쫓겨나기 전에 스스로 그만두어야만 했다. (나는 이 이야기와 그 함의를 「옥스퍼드와 하버드에서의 비문식성Illiteracy at Oxford and Harvard」(2008)에서 아주 상세하게 탐구한 바 있다.)

나는 완전한 실패자로 느껴졌고 다시는 교육 기관에 들어가지 않으리라고 생각했다. 그런데 M.I.T.(와 그 '동창회')의 하계 강좌가 열리는 동안 인문학 강사로 일하게 되었다. 나는 비록 글을 쓰지 못해, 학생이 될 수는 없었지만, 그런 장애도 가르치는 데 방해가 되지 않는다는 사실을 알게 되었다. 나는 점차 두려움을 극복하고 가르치는 일을 즐기게 되었으며, 결국 내가 적절한 자기 자리를 찾기만 한다면 교육 기관도 아주 나쁜 것만은 아니라는 판단을 하게 되었다. M.I.T.에서 3년을 보낸 후에 나는 프랑코니아 칼리지Franconia College라고 불리는 실험학교의 창립 교수진 다섯 명 중 한 사람이 될 기회를 얻었다.

내가 켄 매크로리의 글들을 읽은 것은 바로 이때, 1960년부터 1965년까지 강의를 하던 5년 동안이었다. 그의 글을 읽고 매우 감탄한 나는 프랑코니아 학생들을 위해 쓴 글쓰기 소책자를 그에게 보내 주었다. 그는 호의적인 반응을 보내왔다. 아마 그때 자연스럽게 자유작문에 대한 그의 표현을 읽은 것 같다. 정확히 기억나지는 않는다. 프랑코니아 학생들을 위한 소책자에서 아이디어를 산출하기 위한 나의 유일한 조언은 개요를 만들라는 것이었다! 나는 학생들에게 자유작문을 하라고 시킨 적이 없다. 물론 개인적으로 지면에 논스톱으로 말을 쏟아 내는 일은 이미 수없이 했지만, 그것이 '자유작문'이라거나 학교에서 유용하다는 생각은 하지 않았다. 자유작문이라는 단어가 언제 내 어휘에 포함되었는지는 확실하지 않다.

프랑코니아 학생들의 고등학교 성적은 형편없었지만 그들이 얼마나 **훌륭한**지 알았을 때, 그리고 우리가 설계하고 여러 학문 분야와 제휴하여 함께 가르친 2년의 핵심 교과과정에 신이 나 있었을 때, 나는 대학 교육에서 변화를 추구하고 싶다는 생각을 하게 되었다. 이때는 1960년대였기 때문에 야심 찬 생각을 하는 것이 어렵지 않았다. 하지만 사람들이 "그는 자신이 그 제도를 다룰 수 없기 때문에 싫어하는 것이다."라고 말할까 봐 두려웠다. 충분히 그럴 수 있다고 생각한다. 나는 실패자로서의 낙인을 지우지 않으면 안 된다고 생각해서 나를 떨어뜨린 말(horse) 위로 다시 기어 올라갔다. 나는 박사학위를 다시 시작했는데 이번에는 다행스럽게도 브랜다이스 대학Brandeis University에서였다.

시작할 때 나는 너무나 두려워서 단순히 계획을 세우는 것을 뛰어넘었다. 나는 계획에 집착했다. 나는 모든 글쓰기 과제의 마감일 만 일주일 전 어떤 형태로든 초고를 작성할 것을 고집하였다. 그것은 요구되는 쪽수를 채워야 하는 것이었다. 이것이 모든 것을 바꾸어 놓았다. 처음 계획을 지키려고 했을 때 나의 글쓰기는 보통의 관습에 빠졌다. 나는 문장과 단락을 썼다가 줄을 그어 지우고, 한 쪽을 쓰고 나서 찢어 버리곤 했다. 나는 내가 쓴 것에 대해 부끄러움을 느꼈다. 나는 좋은 취향을 갖고 있었고 교육도 잘 받은 사람이었다. 그러나 내가 한 맹세를 지키기 위하여 내일까지 20쪽을 쓰려면 그렇게 많은 양을 지우길 멈추어야 하고 쓰레기에 가까운 것을 써야 한다는 사실을 금방 깨닫게 되었다. 윌리엄 스태퍼드가 글쓰기 과정의 어려움을 어떻게 극복했는지 언급하면서 한 유명한 말과 같이, 나는 '자신의 기준을 낮추는' 법을 배웠다.

일단 20쪽의 글이 내 수중에 있으면, 그 글이 얼마나 형편없고 엉터리이며 핵심에서 벗어나 있든 간에, 글을 고치는 데 일주일씩이나 걸릴지라도, 나는 그럴듯한 글, 때로는 괜찮은 글을 만들어 낼 수 있었다. 나는 이런 식으로 그럭저럭 잘해 나갔다. 그러나 나는 내내 두려움을 느꼈다. 그래서 대학원 공부와는 일정한 거리를 두면서 대학원 공부를 내 정체성의 일부가 아닌 무신경한 실용적인 업무, 마치 돈을 받고 냄새나는 쓰레기를 줍는 일인 듯 대했다. 나는 단지 학위를 원했을 뿐이며, 개인적으로 공부에 투자하고 싶지 않았다.

결국 내가 여기서 배운 것은 다음과 같은 것이다. 만일 글을 바르게 쓰려고 하면 실패하고, 자신이 틀리게 쓰는 것을 허용하거나 필요한 경우 억지로 틀리게 써 보면 바르게 쓸 수 있다. 머릿속에 있는 혼란스러운 생각을 종이 위에 응집성 있게 바꾸어 놓을 수는 없다. 그러나 머릿속의 혼란스러운 생각을 일단 종이 위에 적어 놓으면, 응집성 있는 내용으로 바꿀 수가 있다. 그리고 지금 생각해 보건대 다음과 같은 통찰이 이 책을 배태한 싹이 되었다. 표현을 계획할 시간 없이 쉬지 않고 글을 쓸 때, 나는 글쓰기 기어를 포기하고 내 마음속 말하기 기어를 사용하고 있는 것이다.

잘못된 것을 수용하는 세 단계

나는 세 단계를 거쳐 잘못된 글쓰기를 수용했다.

1. 결과적으로 내가 대학원의 교육자에게 제출할 글을 쓰는 법을 배운 때는 브랜다이스 대학교 대학원 1학년 때쯤이었다. 그때 나는 내 글이 얼마나 형편없는지 알면서도 (다음 날 아침까지 20쪽이 필요했기 때문에) 찢지 못한 채 가지고 있었다. 그러나 매 순간 나는 대부분의 필자들이 하는 일, 즉 모든 생각과 문장을 가능한 한 좋게 만들고, 각 부분들을 가능한 한 잘 구성하도록 노력하는 일을 여전히 하고 있었다. 그러면서 나는 '최선'이라는 단어의 진정한 의미를 배웠다. 나는 정확히 이렇게 생각을 정립한 것은 아니었지만, 스스로에게 이렇게 말하고 있었다. "이것은 형편없는 글쓰기이겠지만 사실상 지금 내가 할 수 있는 **최선**의 글쓰기이다." (그런데 나는 그 당시 실제로 많은 시간 동안, 자유작문을 하고 있었던 것은 아니다. 보통 한 단어나 구절을 겨우 만들어 냈고, 그다음에는 고통스럽게, 거의 근육통을 느끼면서 다른 단어나 구절을 겨우 채워 넣었다.)

2. 그로부터 1년 이상 지난 후 나는 이 과정을 더 신뢰하기 시작하였고 점차 여유를 갖게 되었다. 나는 20쪽을 쓰기 위해 애쓰면서 올바름 또는 미덕을 위해 그렇게 긴장하고 애쓸 필요가 없다는 것을 깨달았다. 비록 내가 마음에 떠오르는 거의 모든 생각을 쓴다 하더라도, 또 어떤 것들은 만족스럽지 않거나 심지어 잘못되었다는 것을 내가 매우 잘 안다 하더라도, 여전히 만족할 만하거나 훨씬 더 좋은 글로 끝날 가능성이 있다는 점을 신뢰하기 시작하였다. 나는 마음에 떠오르는 어떤 단어에도 만족할 수 있고 그것들을 마음에 떠오르는 순서 그대로 써 내

려갈 수 있다는 것을 알게 되었다. 이런 식으로 나는 더 빨리 쓸 수 있었고 형편없는 초고 쓰기에 대한 불안감을 줄일 수 있었다. 이로 인하여 삶이 아주 편안해졌다. 그리고 **여전히** 아주 부주의한 글을 채택 가능한 글이나 심지어 좋은 글로 수정할 수 있다고 생각한다. 나는 『교사 없는 글쓰기』를 집필할 때(아마 박사학위를 받은 지 5년 후일 것이다)까지는 이 단계에 실제로 도달하지 못했다. 나는 인쇄된 실제의 책을 보고서, 그리고 이 개념을 활용하는 사람들에 대해 듣고서야 내가 역설했던 것을 더 잘 실천할 수 있게 되었다.

3. 마지막으로, 나는 나도 모르게 더 편안하고 풍성한 글쓰기를 위하여 잘못된 것을 끌어들여 활용했다는 사실을 깨달았다. **놀이와 창의성**까지도 끌어들였던 것이다. 결국 나는 잘못된 것 자체에 유용한 점이 있다고 생각하게 되었다. 잘못된 것이 놀이 정신과 결합하면 새로운 통찰력으로 나아갈 수 있다. 우리가 잘못된 어떤 것을 본다면, 이는 당연히 우리가 볼 수 없는 어떤 것으로 향하는 창문, 즉 우리 사고의 몇몇 맹점으로 향하는 렌즈가 있음을 의미한다. 옳음에 대한 우리의 인식이 무언가 소중한 것을 보지 못하게 방해하고 있을지도 모른다. 우리는 잘못된 내용에 두 번째 눈길, 즉 비난의 강도가 덜한 눈길을 보냄으로써 새로운 사고와 새로운 인식, 즉 세계에 대한 다른 렌즈로 가는 문을 열 수 있다. (이는 내가 평생 동안 추구해 온 사고방식인 믿음 게임*을 또 다른 방식으로 설명한 것이다. 이 주제에 대해서는 나의 글들을 참조하기 바란다. 한편, 모든 비유에서 인지적 힘은 그릇됨에 있는데, 이에 대해서는 워커 퍼시(Percy, 1958)를 참조하기 바란다.)

....

* 　　87쪽 주 참조.

부록 2

비주류 변형 영어로 쓴 출판물 사례

다수의 서로 다른 변형 영어로 쓰인, 폭넓은 영역에 걸친 저작물 선집에 대해서는 도라 아매드Dohra Ahmad의 『부패한 영어: 문학 선집Rotten English: A Literary Anthology』(New York: W. W. Norton, 2007)을 참조하기 바란다.

아프리카계 미국인 언어 또는 흑인 영어

Childress, Alice. *Like One of the Family*. Boston: Beacon, 1986. *Wedding Band: A Love/Hate Story in Black and White*. 1966.

Hurston, Zora Neale. *Their Eyes Were Watching God*. Philadelphia: J. B. Lippincott Company, 1937.

Sanchez, Sonia. *Shake Loose My Skin: New and Selected Poems*. Boston: Beacon, 1999.

Sapphire. *Push: A Novel*. New York: Knopf, 1996.

Smitherman, Geneva. See her columns in *English Journal* (collected as chapter 20 in her *Talkin That Talk*). See also parts of her *Talkin and Testifyin*. Detroit: Wayne State University Press [1986].

Walker, Alice. *The Color Purple*. New York: Harcourt Brace, 1982.

카리브해 지역의 크리올 영어

Bennett, Louise. *Selected Poems*. Kingston, Jamaica: Sangster's, 1982.

Clarke, Austin. *The Polished Hoe*. New York: Amistead, 2003. New York: Warner, 2000.

Hodge, Merle. *Crick-Crack Monkey*. London: Heinemann, 1981.

Hopkinson, Nalo. *The Midnight Robber*. New York: Warner, 2000.

Lovelace, Earl. *The Wine of Astonishment*. New York: Vintage, 1984.

The Penguin Book of Caribbean Verse in English (see section on oral and oral-influenced poetry). Harmondsworth, England: Penguin, 1986.

Sistren, with Honor Ford Smith, ed. *Lionheart Gal: Life Stories of Jamaican Women*. London: Women's Press, 1986.

하와이의 크리올 영어('피진')

Lum, Darrell H. Y. *Pass On, No Pass Back*. Honolulu: Bamboo Ridge Press, 1990.

Yamanaka, Lois-Ann. *Blu's Hanging*. New York: Farrar, 1997. *Saturday Night at the Pahala Theater*. Honolulu: Bamboo Ridge Press, 1993.

히스패닉 영어/라틴계 영어/영어

Anzaldúa, Gloria. *Borderlands/La Frontera: The New Mestiza*. San Francisco: Spinters-Aunt Lute, 1987.

Cisneros, Sandra. *Woman Hollering Creek and Other Stories*. New York:

Random House, 1991.

Diaz, Junot. *Drown*. New York: Riverhead, 1996. *The Brief Wondrous Life of Oscar Wao*. New York: Riverhead, 2007.

Rivera, Tomás. *. . . y no se lo trag'o la tierra/And the Earth Did Not Devour Him*. Houston: Arte P'ublico, 1992.

Trevino, Jes'us Salvador. *The Fabulous Sinkhole and Other Stories*. Houston: Arte P'ublico, 1995.

스코틀랜드 영어

Kelman, James. *How Late It Was, How Late*. New York: Vintage, 1998.

서로 다른 변형 영어로 쓰인 작품 선집

Ahmad, Dohra. *Rotten English: A Literary Anthology*. New York: W. W. Norton, 2007.

피터 엘보의 저작물

책

Writing Without Teachers. New York: Oxford
  University Press, 1973.

Oppositions in Chaucer. Middletown, CT:
  Wesleyan University Press, 1975.

(With Gerald Grant, David Riesman, and
  five others). *On Competence: A Critical
  Analysis of Competence-Based Reforms in
  Higher Education*. San Francisco: Jossey-
  Bass, 1979.

*Writing With Power: Techniques for Mastering
  the Writing Process*. New York: Oxford
  University Press, 1981.

*Embracing Contraries: Explorations in Learning
  and Teaching*. New York: Oxford
  University Press, 1986.

(With Pat Belanoff). *A Community of Writers:
  A Workshop Course in Writing*. New York:
  McGraw-Hill, 1989.

(With Pat Belanoff). *Sharing and Responding*.
  New York: McGraw-Hill, 1989.

What Is English? New York: Modern Language
  Association, 1990.

(With Pat Belanoff). *Being a Writer: A
  Community of Writers Revisited*. New
  York: McGraw-Hill, 2003.

*Everyone Can Write: Essays toward a Hopeful
  Theory of Writing and Teaching Writing*.
  New York: Oxford University Press, 2000.

*Writing about Media: Teaching Writing,
  Teaching Media*. Sausalito, CA: Media
  Education Foundation, 2008.

편집한 책 또는 선집

(With Pat Belanoff and Sheryl Fontaine).
  *Nothing Begins with N: New Explorations
  of Freewriting*. Carbondale: Southern
  Illinois University Press, 1990.

*Pre/Text: An Interdisciplinary Journal of
  Rhetoric* 11.1-2 (1990). Invited editor for
  a special issue devoted to personal and
  expressive writing that does the work of
  academic discourse.

Landmark Essays on Voice and Writing.
  Hermagoras Press (now published
  Mahwah, NJ: Lawrence Erlbaum), 1994.

(With Mary Deane Sorcinelli). *Writing to Learn:
  Strategies for Assigning and Responding
  to Writing in the Disciplines*. (A volume
  in the series, *New Directions for Teaching
  and Learning*.) San Francisco: Jossey-Bass,
  1997.

Writing on the Edge. Spring 2000. Invited editor
  for a special issue devoted to stories of
  writing and teaching.

에세이, 논문, 서평

"Two Boethian Speeches in *Troilus and
  Criseyde* and Chaucerian Irony." In *Literary
  Criticism and Historical Understanding*.
  Ed. Philip Damon. New York: Columbia
  University Press, 1967.

"A Method for Teaching Writing." *College
  English* 30.2 (November 1968). Followed
  by "Reply to Donald Hassler." 30.8 (May
  1969).

"What Is a Conscientious Objector?" *Christian*

Century, August 1968.

"The Definition of Teaching." *College English* 30.3 (December 1968).

"More Accurate Evaluation of Student Performance." *Journal of Higher Education* 40 (March 1969). (Also in *Embracing Contraries.*)

"Exploring My Teaching." *College English* 32.7 (April 1971). (A version was published in *Change Magazine*, January/February 1971, as "Teaching: My Students Tell Me." The essay is also in *Embracing Contraries.*)

"Real Learning and Nondisciplinary Courses." *Journal of General Education* 23.2 (1971). (Also in *Embracing Contraries.*)

"Shall We Teach or Give Credit? A Model for Higher Education." *Soundings* 54.3 (Fall 1971).

"Teacher Power." (Invited essay-review of *Pygmalion in the Classroom.*) *Elementary English*, June 1971.

"Concerning the Necessity of Teachers." (Invited response.) *Inter-Change: Journal of the Ontario Institute for Studies in Education* 2.4 (Winter 1971).

"Oppositions in *The Knight's Tale.*" *Chaucer Review* 7.2 (1973).

"The Pedagogy of the Bamboozled." *Soundings* 56.2 (Summer 1973). (Also in *Embracing Contraries.*)

"The Doubting Game and the Believing Game." In *Goal-Making for English Teaching.* Ed. Henry Maloney. Urbana, IL: National Council of Teachers of English, 1973 (reprinted from appendix, *Writing Without Teachers*).

"Trying to Teach While Thinking about the End: Teaching in a Competence-Based Curriculum." In *On Competence: A Critical Analysis of Competence-Based Reforms in Higher Education*, Gerald Grant, David Riesman, et al. San Francisco: Jossey-Bass, 1979. (Also in *Embracing Contraries.*)

"Why Teach Writing?" and "What Is Good Writing?" *The Why's of Teaching Composition.* (no city): Washington Council of Teachers of English, 1978.

"Quick Revising." *Washington English Journal* 2.1 (Fall 1979).

"One to One Faculty Development." In *Learning about Teaching*: Volume 4 in the series *New Directions for Teaching and Learning.* Ed. Jack Noonan. San Francisco: Jossey-Bass, 1980.

"Taking the Crisis Out of the Writing Crisis." *Seattle Post-Intelligencer* 1, November 1981.

"Learning and Authentic Moments." *New Perspectives on Teaching and Learning*: Volume 7 in the series *New Directions for Teaching and Learning.* Ed. Warren Bryan Martin. San Francisco: Jossey-Bass, 1981.

"About Resistance to Freewriting and Feedback Groups." *Washington English Journal*, Winter 1982.

"Comments on Kavanaugh." (Invited response.) Little Three Symposium on "Metaphors and Representations." Wesleyan University. *Berkshire Review* 17 (1982).

"The Doubting Game and the Believing Game." *Pre/Text: An Inter-Disciplinary Journal of Rhetoric* 3.4 (Winter 1982).

"Teaching Writing by Not Paying Attention to Writing." In *Forum: Essays on Theory and Practice in the Teaching of Writing.* Ed. Patricia Stock. Portsmouth, NH: Boynton/Cook, 1983.

"Embracing Contraries in the Teaching Process." *College English* 45 (1983). (Also in *Embracing Contraries.*) Followed by "Reply to Ronald Scheer and to Abraham Bernstein." *College English* 46.5 (September 1984).

"Spilt Milk." (Poem) *Soundings* 20, SUNY Stony Brook (Spring 1983).

"Teaching Thinking by Teaching Writing."

Change Magazine, 15 (September 1983). (Reprinted in *Rethinking Reason: New Perspectives in Critical Thinking*. Albany: SUNY Press, 1994. Reprinted also as "Teaching Two Kinds of Thinking by Teaching Writing" in *Embracing Contraries*.)

"In the Beginning Was the Word." Review of *Before the First Word*, a videocassette published by the Encyclopaedia Britannica Educational Foundation. *Change Magazine*, June 1984.

"The Challenge for Sentence Combining." In *Sentence Combining: A Rhetorical Perspective*. Ed. Don Daiker, Andrew Kerek, and Max Morenberg. Carbondale: Southern Illinois University Press, 1985.

"The Shifting Relationships between Speech and Writing." *College Composition and Communication* 36.2 (October 1985). (Braddock award for the best essay of the year in that journal.)

(With Pat Belanoff). "State University of New York: Portfolio-Based Evaluation Program." In *New Methods in College Writing Programs: Theory into Practice*. Ed. Paul Connolly and Teresa Vilardi. New York: Modern Language Association, 1986.

(With Pat Belanoff). "Using Portfolios to Increase Collaboration and Community in a Writing Program." *WPA: Journal of Writing Program Administration* 9.3 (Spring 1986).

(With Pat Belanoff). "Portfolios as a Substitute for Proficiency Examinations." *College Composition and Communication* 37.3 (October 1986).

"Methodological Doubting and Believing: Contraries in Inquiry." In *Embracing Contraries: Explorations in Learning and Teaching*. New York: Oxford University Press, 1986.

(With Jennifer Clarke). "Desert Island Discourse:

The Benefits of Ignoring Audience." In *The Journal Book*. Ed. Toby Fulwiler. Portsmouth, NH: Boynton/Cook, 1987.

"Closing My Eyes as I Speak: An Argument for Ignoring Audience." *College English* 49.1 (January 1987).

Review of *Reclaiming the Classroom: Teacher Research as an Agency for Change*. Ed. Dixie Goswami and Peter Stillman. *ADE Bulletin* 87 (Fall 1987).

"Getting More Discussion into MLA Convention Sessions." *Modern Language Association Newsletter* 19.4 (Winter 1987).

"A Remarkable Consensus." *Massachusetts English Teacher*, March 1988.

"To the Troops in the Trenches"; "Skeleton-Making Feedback and the Teaching of Thinking"; "A Note about Collaboration"; and "A Moment from the Meeting." *Teachers and Writers* 19.4 (March-April 1988).

"My Vision for Writing and English Faculty." *Colleague* 5. Seattle WA: Rational Island Publishers, 1988.

"The Pleasures of Voices in the Literary Essay: Explorations in the Prose of Gretel Ehrlich and Richard Selzer." In *Literary Nonfiction: Theory, Criticism, Pedagogy*. Ed. Chris Anderson. Carbondale: Southern Illinois University Press, 1989.

"Foreword." Alice Brand. *The Psychology of Writing: The Affective Experience*. Westport, CT: Greenwood Press, 1989.

"Response" to David Bleich's review of my *Embracing Contraries. ADE Bulletin* 93 (Fall 1989).

"Toward a Phenomenology of Freewriting." *Journal of Basic Writing* 8.2 (Fall 1989). (Also in *Nothing Begins with N: New Investigations of Freewriting*.)

"Foreword: About Personal Expressive Academic Writing." *Pre/Text* 11.1-2 (1990).

"Reflections on Academic Discourse: How It

Relates to Freshmen and Colleagues." *College English* 53.2 (February 1991).

"Some Thoughts on *Expressive Discourse*: A Review Essay." Review of *Expressive Discourse* by Jeanette Harris. *Journal of Advanced Composition* 11.1 (Winter 1991).

"Foreword." *Portfolios: Process and Product.* Ed. Pat Belanoff and Marcia Dickson. Portsmouth, NH: Heinemann-Boynton/ Cook, 1991.

"Polanyian Perspectives on the Teaching of Literature and Composition." *Tradition & Discovery: The Polanyi Society Periodical* 17.1-2 (1990-91).

"Writing Assessment: Do It Less, Do It Better." *Adult Assessment Forum* 2.4 (Winter 1991).

"Making Better Use of Student Evaluations of Teachers." *ADE Bulletin* 101 (Spring 1992). (Reprinted in *Profession* 92, Modern Language Association.)

"Freewriting and the Problem of the Wheat and the Tares." In *Writing and Publishing for Academic Authors.* Ed. Joseph Moxley. University Press of America, 1992. 2nd ed., Lanham, MD: Rowman and Littlefield, 1997.

"Using Low-Stakes Writing in Judgment-Free Zones." *Writing Teacher*, May 1992.

"The Uses of Binary Thinking." *Journal of Advanced Composition* 13.1 (Winter 1993). (Reprinted in *Everyone Can Write: Essays toward a Hopeful Theory of Writing and Teaching Writing.* New York: Oxford University Press, 2000. Also, an edited version in *Taking Stock: The Writing Process Movement in the 90s.* Ed. Lad Tobin and Tom Newkirk. Portsmouth, NH: Heinemann, 1994.)

"The War between Reading and Wtiting—and How to End It." *Rhetoric Review* 12.1 (Fall 1993). James A. Berlin award for the best essay of the year in that journal. Reprinted in *Critical Theory and the Teaching of*
Literature: Politics, Curriculum Pedagogy. Ed. James Slevin and Art Young. Urbana, IL: National Council of Teachers of English, 1996. Reprinted in *Everyone Can Write: Essays toward a Hopeful Theory of Writing and Teaching Writing.* New York: Oxford University Press, 2000.

"Silence: A Collage." In *Presence of Mind: Writing and the Domain Beyond the Cognitive.* Ed. Alice Brand and Richard Graves. Portsmouth, NH: Heinemann, 1993.

"Response to Glynda Hull, Mike Rose, Kay Losey Fraser, and Marisa Castellano, 'Remediation as a Social Construct.'" *College Composition and Communication* 44.4 (December 1993).

"Ranking, Evaluating, and Liking: Sorting Out Three Forms of Judgment." *College English* 55.2 (February 1993). Also a reply to four responses 56.1 (January 1994).

"Voice in Literature." *Encyclopedia of English Studies and Language Arts.* Ed. Alan Purves. Urbana, IL: National Council of Teachers of English, 1994.

"Freewriting." *Encyclopedia of English Studies and Language Arts.* Ed. Alan Purves. Urbana, IL: National Council of Teachers of English, 1994.

"Will the Virtues of Portfolios Blind Us to Their Potential Dangers?" In *New Directions in Portfolio Assessment: Reflective Practice, Critical Theory, and Large-Scale Scoring.* Ed. Laurel Black, Don Daiker, Jeffrey Sommers, and Gail Stygall. Portsmouth, NH: Heinemann, 1994.

"To Group or Not to Group: System Leads to Narrow Definition of Intelligence." *Amherst Bulletin* 25.50. (7 January 1994).

"Advanced Classes Destructive of Motivation and Curiosity." *Amherst Bulletin*, 18 November 1994.

"Group Work: Sharing and Responding." *Notes*

in the Margin, Fall 1994. (Published by the Stanford University Writing Program.)

"Introduction: Voice and Writing." *Voice and Writing*. Davis, CA: Hermagoras Press (now Lawrence Erlbaum), 1994. (A shorter version is published as "What Do We Mean When We Talk about Voice in Writing?" in *Voices on Voice: Perspectives, Definitions, Inquiry*. Ed. Kathleen Blake Yancey. Urbana, IL: National Council of Teachers of English, 1994.)

"How Portfolios Show Us Problems with Holistic Scoring, but Suggest an Alternative." *Assessment Update*. 6.4 (July-August 1994). (Reprinted in *Portfolio Assessment: Uses, Cases, Scoring, and Impact*. Ed. Trudy Banta. San Francisco, CA: Jossey-Bass, 2004.)

(With Kathleen Blake Yancey). "On Holistic Scoring and the Nature of Reading: An Inquiry Composed on Email." *Assessing Writing* 1.1 (1994). (Reprinted in *Adult Assessment Forum*.)

(With Kathleen Blake Yancey). "An Annotated and Collective Bibliography of Voice: Soundings from the Voices Within." In *Voices on Voice: Perspectives, Definitions, Inquiry*. Ed. Kathleen Blake Yancey. Urbana, IL: National Council of Teachers of English, 1994.

"Group Work: Sharing and Responding." *Notes in the Margin*, Fall 1994. (Published by the Stanford University Writing Program.)

"Peter Elbow on Learning" (Brief descriptions of books about learning that I consider important). In *The Reader's Companion: A Book Lover's Guide to the Most Important Books in Every Field of Knowledge as Chosen by the Experts*. Ed. Fred Bratman and Scott Lewis. New York: Hyperion Press, 1994.

"Being a Writer vs. Being an Academic: A Conflict in Goals." Also "Response to David Bartholomae." *College Composition and Communication* 46.1 (February 1995).

"Voice as 21 Lightning Rod for Dangerous Thinking." Eric Document: ED391171 (Paper presented at the Annual Meeting of the Conference on College Composition and Communication, Washington, DC, 1995).

"Breathing Life into the Text." In *When Writing Teachers Teach Literature: Bringing Writing to Reading*. Ed. Art Young and Toby Fulwiler. Portsmouth, NH: Heinemann-Boynton/Cook, 1995.

"Principles that Underlie My Teaching" and selected responses to student papers. In *Twelve Readers Reading*. Ed. Richard Straub and Ronald Lunsford. Kreskill, NJ: Hampton Press, 1995.

"Peter Elbow on Writing." Videotape and DVD. Northampton, MA: Media Education Foundation, 1995.

"Writing Assessment in the Twenty-first Century: A Utopian View." In *Composition in the 21st Century: Crisis and Change*. Ed. Lynn Bloom, Don Daiker, and Ed White. Carbondale, IL: Southern Illinois University Press, 1996.

"Writing Assessment: Do It Better, Do It Less." In *The Politics and Practices of Assessment in Writing*. Ed. William Lutz, Edward White, and Sandra Kamusikiri. New York: Modern Language Association, 1996 .

"Speech and Writing." Essay for *Encyclopedia of Rhetoric*. Ed. Theresa Enos. New York: Garland, 1996.

(With Pat Belanoff). "Reflections on an Explosion: Portfolios in the '90s and Beyond." *Situating Portfolios: Four Perspectives*. Ed. Kathleen Blake Yancey and Irwin Weiser. Logan: Utah State University Press, 1997.

"Introductory Essay: High Stakes and Low

Stakes in Assigning and Responding to Writing." In *Writing to Learn: Strategies for Assigning and Responding to Writing in the Disciplines*. Ed. Mary Deane Sorcinelli and Peter Elbow. (A volume in the series, *New Directions for Teaching and Learning*.) San Francisco CA: Jossey-Bass, 1997.

"Grading Student Writing: Make It Simpler, Fairer, Clearer." In *Writing to Learn: Strategies for Assigning and Responding to Writing in the Disciplines*. Ed. Mary Deane Sorcinelli and Peter Elbow. (A volume in the series, *New Directions for Teaching and Learning*.) San Francisco: Jossey-Bass, 1997.

"Taking Time Out from Grading and Evaluating While Working in a Conventional System." *Assessing Writing* 4.1 (Spring 1997).

"Changing Grading While Working with Grades." In *Theory and Practice of Grading Writing: Problems and Possibilities*. Ed. Chris Weaver and Fran Zak. Albany: State University of New York Press, 1998.

"Illiteracy at Oxford and Harvard: Reflections on the Inability to Write." In *Reflective Stories: Becoming Teachers of College English and English Education*. Ed. H. Thomas McCrackin and Richard L. Larson, with Judith Entes. Urbana, IL: National Council of Teachers of English, 1998.

New Introduction for the 25th anniversary edition of *Writing Without Teachers*. New York: Oxford University Press, 1998.

New Introduction for the 17th anniversary edition of *Writing With Power*. New York: Oxford University Press, 1998.

"Collage: Your Cheatin' Art." *Writing on the Edge* 9.1 (Fall/Winter 1998). (Reprinted in *Everyone Can Write: Essays toward a Hopeful Theory of Writing and Teaching Writing*. New York: Oxford University

Press, 2000.)

"In Defense of Private Writing." *Written Communication* 16.2. (April 1999).

"Inviting the Mother Tongue: Beyond 'Mistakes,' 'Bad English,' and 'Wrong Language.'" *Journal of Advanced Composition* 19.2 (Spring 1999).

"Using the Collage for Collaborative Writing." *Composition Studies* 27.1 (Spring 1999).

"Individualism and the Teaching of Writing: Response to Vai Ramanathan and Dwight Atkinson." *Journal of Second Language Writing* 8.3 (1999).

Introduction. *Writing on the Edge*. Spring 2000. Invited editor for a special issue devoted to stories of writing and teaching.

Foreword. *The Original Text-Wrestling Book*. Ed. Marcia Curis et al. Dubuque, IA: Kendall/Hunt, 2001.

"Making Postmodernism and Critical Thinking Dance with Each Other." Short essay/response in *Reinventing the University: Literacies and Legitimacy in the Postmodern Academy*. Christopher L. Schroeder. Logan: Utah State UP, 2001.

(With Charles Keil and John Trimbur). "Making Choices about Voices." *Composition Studies*, 30.1 (Spring 2002).

"The Role of Publication in the Democratization of Writing." In *Publishing with Students: A Comprehensive Guide*. Ed. Chris Weber. Portsmouth, NH: Heinemann, 2002.

"The Cultures of Literature and Composition: What Could Each Learn from the Other." *College English* 64.5 (May 2002). A response and my reply are printed in the March 2003 issue of *College English*. (Reprinted in *Teaching Composition/Teaching Literature: Crossing Great Divides*. Ed. Michelle Tokarczyk and Irene Papoulis. New York: Peter Lang, 2002.)

"Vernacular Englishes in the Writing Classroom: Probing the Culture of Literacy. In *ALT DIS:*

Alternative Discourses and the Academy.
Ed. Christopher Schroeder, Patricia
Bizzell, and Helen Fox. Portsmouth, NH:
Heinemann, 2002.

"A More Spacious Model of Writing and
Literacy." In *Beyond Postprocess and
Postmodernism: Essays on the Spaciousness
of Rhetoric*. Ed. Theresa Enos and Keith
D. Miller. Mahwah, NJ: Lawrence Erlbaum,
2003.

"Should We Invite Students to Write in L1?"
Idiom. Publication of New York State
TESOL Association, Spring 2003.

"Directed Self-Placement in Relation to
Assessment: Shifting the Crunch from
Entrance to Exit." In *Directed Self-
Placement: Principles and Practices*. Ed.
Daniel J. Royer and Roger Gilles. Kresskill,
NJ: Hampton Press, 2003.

Foreword. *A Way to Move: Rhetorics of Emotion
and Composition Studies*. Ed. Dale Jacobs
and Laura R. Micciche. Portsmouth, NH:
Heinemann, 2003. Also in the same
volume: "Pretext—a Response."

(Co-authored with Janet Bean, Maryann
Cucchiara, Robert Eddy, Rhonda Grego,
Ellie Kutz, Rich Haswell, Patricia Irvine,
Eileen Kennedy, Al Lehner, Paul Kei
Matsuda). "Should We Invite Students to
Write in Home Languages? Complicating
the Yes/No Debate." *Composition Studies*
31.1 (Spring 2003).

"Three Mysteries at the Heart of Writing."
In *Composition Studies in the New
Millennium: Rereading the Past, Rewriting
the Future*. Ed. Lynn Z. Bloom, Donald A.
Daiker, and Edward M. White. Carbondale:
Southern Illinois University Press, 2003.

Foreword. *Writing Alone and with Others*. Pat
Schneider. New York: Oxford University
Press, 2003.

Foreword. "Felt Sense and the Wrong Word."
Felt Sense: Writing with the Body. Sondra

Perl. Portsmouth, NH: Heinemann, 2004.

"Write First: Putting Writing before Reading Is
an Effective Approach to Teaching and
Learning." *Educational Leadership* 62.2
(October 2004). (This is a condensed
version of "The War between Reading and
Writing," 2003.)

"The Persistence of Voices." Foreword for *Voice
as Process*. Lizbeth Bryant. Portsmouth,
NH: Heinemann, 2005.

"Ken Macrorie's Commitment and the Need for
What's Wild." *Writing on the Edge* 15.1
(Fall 2004).

"Bringing the Rhetoric of Assent and the
Believing Game Together—and into the
Classroom." *College English* 67.4 (March
2005).

"Alternative Languages: Losers Weepers, Savers
Reapers." Invited, concluding essay for a
special issue of the *Journal of Teaching
Writing* 21.1&2 (Spring 2005). Devoted to
language varieties.

(With Mary Deane Sorcinelli). "How to Enhance
Learning by Using High Stakes and Low
Stakes Writing." In *McKeachie's Teaching
Tips: Strategies, Research, and Theory for
College and University Teachers*. 12th ed.
Boston: Houghton Mifflin, 2005. (Also the
13th and 14th editions.)

"A Friendly Challenge to Push the Outcomes
Statement Further." In *The Outcomes
Book: Debate and Consensus after the
WPA Outcomes Statement*. Ed. Susanmarie
Harrington, Keith Rhodes, Ruth Overman
Fischer, and Rita Malenczyk. Logan: Utah
State University Press, 2005.

"Foreword: When the Margins Are at the
Center." In *Dialects, Englishes, Creoles,
and Education*. Ed. Shondel J. Nero.
Mahwah, NJ: Lawrence Erlbaum, 2006.

"The Music of Form: Rethinking Organization
in Writing." *College Composition and
Communication* 57.4 (June 2006).

"The Believing Game and How to Make Conflicting Opinions More Fruitful." In *Nurturing the Peacemakers in Our Students: A Guide to Teaching Peace, Empathy, and Understanding*. Ed. Chris Weber. Portsmouth, NH: Heinemann, 2006.

"Do We Need a Single Standard of Value for Institutional Assessment? An Essay Response to Asao Inoue's 'Community-Based Assessment Pedagogy.'" *Assessing Writing* (2006).

(With Mary Deane Sorcinelli). "The Faculty Writing Place: A Room of Our Own." *Change Magazine*, November/December 2006.

"Voice in Writing Again: Embracing Contraries." *College English* 70.2 (November 2007).

"Coming to See Myself as a Vernacular Intellectual: Remarks at the 2007 CCCC General Session on Receiving the Exemplar Award." *College Composition and Communication* 59.3 (February 2008).

The Believing Game or Methodological Believing. *Journal for the Assembly for Expanded Perspectives on Learning* 14 (Winter 2009).

"Reflections: Three Chances to Think Both/And." In *Renewing Rhetoric's Relation to Composition: Essays in Honor of Theresa Jarnagin Enos*. Ed. Shane Borrowman, Stuart C. Brown, and Thomas P. Miller. New York: Routledge, 2009.

(With Jane Danielewicz). "A Unilateral Grading Contract to Improve Learning and Teaching." *College Composition and Communication* 61.2 (December 2009).

(With Janet Bean). "Freewriting and Free Speech: A Pragmatic Perspective." *Journal of Teaching Writing* (Spring 2010). (Selected for *Best Writing from Independent Composition and Rhetoric Journals: 2010*. Ed. Steve Parks. West Lafayette, IN: Parlor Press).

"Why Deny to Speakers of African American Language a Choice Most of Us Offer Other Students?" In *The Elephant in the Classroom: Race and Writing*. Ed. Jane Smith. Cresskill, NJ: Hampton Press, 2010.

"What Is Real College Writing? Let the Disagreement Never End." *WPA: Writing Program Administration* 34.2 (Spring 2011).

"Good Enough Evaluation: When is it Feasible and When Is Evaluation Not Worth Having?" *Writing Assessment in the 21st Century: Essays in Honor of Edward M. White*. Eds. Norbert Elliot and Les Perelman. Hampton Press, 2011.

인터뷰

"When Teachers Are Writers: Interview With Peter Elbow." *Writing Teacher*, January 1992.

"Going in Two Directions at Once: An Interview With Peter Elbow." John Boe and Eric Schroeder. *Writing on the Edge* 4.1 (Fall 1992).

"An Interview With Peter Elbow." Jeff Siegel. *Editor and Writer*, July/August 1997.

"An Interview with Peter Elbow." Kelly Peinado. *Teaching English in the Two Year College*, October 1997.

"Peter Elbow: A Quarter Century of Teaching Writing." *Williams Alumni Review*, Spring 1999, 39.

"What's the Word." Interviewed for a twenty-minute segment of the Modern Language Association radio program, Fall 1999.

On Line Interview for *Critique Magazine*: http://www.etext.org/Zines/Critique/writing/elbow.html.

(Same interview published at WOW-SCHOOLS site: http://wow-schools.net/interview-elbow.htm.)

"Freewriting, Voice, and the Virtue of Making a
    Mess: A Conversation with Peter Elbow."
    Issues in Writing 17.1-2. (2007-08).

비공식 출판물

"Thoughts about Writing Essays." Pamphlet
    handbook, Franconia College Press, 1965.
(With Bill Aldridge and Margaret Gribskov).
    One-to-One Faculty Development.
    Unpublished MS distributed by Evergreen
    State College, 1978.
"A Competence-Based Management Program
    at Seattle Central Community College: A
    Case Study." In *On Competence: A Critical
    Analysis of Competence-Based Reforms in
    Higher Education.* TWO-volume report
    put out by the Fund for the Improvement
    of Higher Education. Ed. Gerald Grant et
al. 1979.
"Midstream Reflections." In *Moving between
    Practice and Research in Writing:
    Proceedings of the NIE-FIPSE Grantee
    Workshop.* Ed. Ann Humes. Los Alamitos,
    CA: SWRL Educational Research and
    Development, 1981.
"Critical Thinking Is Not Enough." *Critical
    Thinking/Critical Writing.* Informal
    publication of the 11th Annual Reninger
    Lecture, University of Northern Iowa,
    1983.
"The Foundations of Intellectual Combat and
    Collaboration" and "Reply to Stanley
    Fish." *Proceedings of the Conference:
    Collaborative Learning and the
    Reinterpretation of Knowledge.* New York
    (John Jay College), 1986.

참고문헌

Adolf, Robert. *The Rise of Modern Prose Style.* New York: Cambridge University Press, 1968.

Agnihotri, R. K. "Continuing Debates over the Native Speaker: English in India." *English Today* 96 24.4 (December 2008): 51-57.

Ahmad, Dohra. *Rotten English: A Literary Anthology.* New York: W. W. Norton, 2007.

Aisenberg, Nadya and Mona Harrington. *Women of Academe.* Amherst: University of Massachusetts Press, 1988.

Akinnaso, F. Niyi. "Literacy and Individual Consciousness." In *Literate Systems and Individual Lives: Perspectives on Literacy and Schooling.* Ed. Edward M. Jennings and Alan Purves. Albany: State University of New York Press, 1991. 73-94.

Aldrich, Pearl. "Adult Writers: Some Reasons for Ineffective Writing on the Job." *College Composition and Communication* 33.3 (October 1982): 284-287.

Alim, H. Samy. *Roc the Mic Right: The Language of Hip Hop Culture.* New York: Routledge/Taylor and Francis, 2006.

Alim, H. Samy, John Baugh, and Geneva Smitherman. *Talkin Black Talk: Language, Education, and Social Change.* New York: Teachers College Press, 2006.

Anderson, Wallace L. "Recognizing Restrictive Adjective Clauses." *College English* 18.5 (February 1957): 269-271.

Anzaldúa, Gloria. *Borderlands/La Frontera: The New Mestiza.* San Francisco: Spinsters-Aunt Lute, 1987.

Aristotle. *Rhetoric.* Trans. Rhys Roberts. New York: Modern Library, 1954.

Ashbery, John. "The Virgin King." *New Yorker* 29 September 2008: 75.

Auerbach, Erich. *Mimesis: The Representation of Reality in Western Literature.* Trans. W. Traske. New York: Doubleday Anchor, 1957 (1953).

Auster, Paul. "New York Babel." *Collected Prose.* London: Faber and Faber, 2003. 325-331.

Bailey, Matthew. "Oral Composition in the Medieval Spanish Epic." *PMLA* 118.2 (March 2003): 254-269.

Baker, Nicholson. "History of Punctuation." *Size of Thoughts.* New York: Random House, 1996.

Bakhtin, Mikhail. "Discourse in Life and Discourse in Art (Concerning Sociological Poetics)." Appendix to *Freudianism: A Marxist Critique.* [V. N. Volosinov.] Tr. I. R. Titunik. Ed. Neal H. Bruss. New York: Academic Press, 1976. 93-116. (Holquist's attribution of this work to Bakhtin rather than Volosinov is generally accepted.)

Bakker, Egbert and Ahuvia Kahane. *Written Voices, Spoken Signs: Tradition, Performance, and the Epic Text.* Cambridge, MA: Harvard University Press, 1997.

Ballenger, Bruce. *The Curious Writer.* New York: Longman, 2007.

Banville, John. "Emerson: 'A Few Inches from Calamity.'" *New York Review of Books* 3 December 2009: 33-35.

Barthes, Roland. "The Grain of the Voice." *Image, Music, Text*. Trans. Stephen Heath. New York: Hill and Wang, 1977.

Bartholomae, David. "Writing with Teachers: A Conversation with Peter Elbow." *College Composition and Communication* 46.1 (February 1995): 62-71.

Barton, D., David Bloome, D. Sheridan, and Brian Street. *Ordinary People Writing: The Lancaster and Sussex Writing Research Projects*. Number 51 in the Working Paper Series, published by the Centre for Language in Social Life, Department of Linguistics and Modern English Language, Lancaster University, Lancaster, England, 1993.

Barton, D. and R. Ivanic. *Writing in the Community*. Newbury Park, CA: Sage, 1991.

Bataille, Georges. *Le Bleu du Ciel*. Paris: J. Pauvert, 1967. *Blue of Noon*, London: Penguin, 2001.

Baugh, John. *Black Street Speech: Its History, Structure, and Survival*. Austin: University of Texas Press, 1984.

Bazerman, Charles, ed. *Handbook of Research on Writing: History, Society, School, Individual, Text*. Mahwah, NJ: Erlbaum, 2007.

Bean, Janet. "The Color Line: Grammar Checker and Black Vernacular English." Presentation, National Council of Teachers of English Annual Conference, Baltimore, November 2001.

Bean, Janet and Peter Elbow. "Freewriting and Free Speech: A Pragmatic Perspective." *Journal of Teaching Writing* (Spring 2010): 1-24.

Becker, Howard. *Writing for Social Scientists: How to Start and Finish Your Thesis, Book, or Article*. Chicago: University of Chicago Press, 1986.

Behrens, Susan J. "Dialects and *The Grapes of Wrath*." *Field Notes* 7.1 (Spring 2011): 27-29.

Belanoff, Pat. "Freewriting: An Aid to Rereading Theorists. In *Nothing Begins with N: New Investigations of Freewriting*. Ed. Pat Belanoff, Sheryl Fontaine, and Peter Elbow. Carbondale: Southern Illinois University Press, 1990. 16-31.

Belanoff, Pat, Peter Elbow, and Sheryl Fontaine. *Nothing Begins with N: New Explorations of Freewriting*. Carbondale: Southern Illinois University Press, 1990.

Bell, Anne Olivier, ed. *The Diary of Virginia Woolf*. Vol. I: 1915-1919. New York: Harcourt Brace, 1977.

Benfey, Christopher. "The Age of Teddy." *New York Review of Books* 1 April 2010: 24-26.

Bennett, Alan. *Writing Home*. London: Faber and Faber, 1994.

Bennett, Louise. *Aunty Roachy Seh*. Kingston, Jamaica: Sangster's, 1993.

Bernard, H. Russell. "Languages and Scripts in Contact: Historical Perspectives." In *Literacy: An International Handbook*. Ed. Daniel A. Wagner, Richard L. Venezky, and Brian Street. Boulder, CO: Westview Press, 1999. 22-28.

Betz, Hans Dieter. *The Greek Magical Papyri in Translation, Including the Demotic Spells*. Vol. 1, 2nd ed. Chicago: University of Chicago Press, 1993 (1986).

Biber, Douglas. *Variation across Speech and Writing*. New York: Cambridge University Press, 1988.

Biber, Douglas and Camilla Vásquez. "Writing and Speaking." In *Handbook of Research on Writing: History, Society, School, Individual, Text*. Ed. Charles Bazerman. Mahwah, NJ: Erlbaum, 2007. 535-548.

"Robert Bingham (1925-82)." *New Yorker* July 5, 1982: 100.

Bishop, Wendy. "Afterward—Colors of a Different Horse: On Learning to Like

Teaching Creative Writing." In *Colors of a Different Horse: Rethinking Creative Writing Theory and Pedagogy*. Ed. Wendy Bishop and Hans Ostrom. Urbana, IL: National Council of Teachers of English, 1994. 280-295.

Bizzell, Patricia and Bruce Herzberg. *The Bedford Bibliography for Teachers of Writing*. Boston: Bedford/St. Martins, 2000.

Blau, Sheridan. "Invisible Writing: Investigating Cognitive Processes in Composition." *College Composition and Communication* 34.3 (October 1983): 297-312.

———. "Thinking and the Liberation of Attention: The Uses of Free and Invisible Writing." In *Nothing Begins with N: New Explorations of Freewriting*. Ed. Pat Belanoff, Peter Elbow, and Sheryl Fontaine. Carbondale: Southern Illinois University Press, 1990. 283-302.

Boe, John. "From the Editor: Why Can't the Americans Write English?" *Writing on the Edge* 11.2 (Spring 2000): 49.

Boice, Robert and Patricia E. Meyers. "Two Parallel Traditions: Automatic Writing and Freewriting." *Written Communication* 3.4 (October 1986): 471-490.

Bolinger, Dwight. *Aspects of Language*. 2nd ed. New York: Harcourt Brace Jovanovich, 1975.

———. *Intonation and Its Parts: Melody in Spoken English*. Stanford, CA: Stanford University Press, 1986.

———. *Intonation and Its Uses: Melody in Grammar and Discourse*. Stanford, CA: Stanford University Press, 1989.

Booth, Stephen. *Precious Nonsense: The Gettysburg Address, Ben Jonson's Epitaphs on His Children, and Twelfth Night*. Berkeley: University of California Press, 1998.

Bonnefoy, Y. *Du Haïku. Préface à Haïku*. Présentation et traduction de R. Munier.

Paris: Fayard, 1978.

Born, Richard. "Political Cartography: The Emergence of the New Incumbent Safety in the U.S. House." *Vassar Alumni Quarterly* 100.2 (Spring 2004): 10-13.

Bourdieu, Pierre. *Distinction: A Social Critique of the judgement of Taste*. Trans. Richard Nice. Cambridge, MA: Harvard University Press, 1984.

Boxer, Sarah. "Blogs." *New York Review of Books* 14 February 2008: 16-20.

Boyd, Richard. "Grammatical Monstrosities' and 'Contemptible Miscreants': Sacrificial Violence in the Late Nineteenth-Century Usage Handbook." In *The Place of Grammar in Writing Instruction: Past, Present, and Future*. Ed. Susan Hunter and Ray Wallace. Portsmouth, NH: Heinemann/Boynton Cook, 1995. 54-70.

———. "Mechanical Correctness and Ritual in the Late Nineteenth-Century Composition Classroom. *Rhetoric Review* 11.2 (Spring 1993): 436-455.

Brande, Dorothea. *Becoming a Writer*. New York: Harcourt Brace, 1934.

Brandt, Deborah. *Literacy in American Lives*. Cambridge: Cambridge University Press, 2001.

Britannica 2001. "Literacy: Uses of Writing." DVD. Britannica.co.uk.

Britton, James, et al. *The Development of Writing Abilities* (11-18). Urbana, IL: National Council of Teachers of English, 1975.

Brooks, David. "Confidence Surplus." *New York Times* 11 January 2009. Editorial page.

Brown, T. J. "Punctuation." *New Encyclopedia Britannica*. 15th ed. Vol. 29. 1985. 1006-1008.

Bryson, Bill. *The Mother Tongue: English and How It Got that Way*. New York: Harper Collins, 1991.

Buckley, William F. Jr. "With All Deliberate Speed: What's so Bad about Writing Fast?"

New York Times 16 March 1999. Editorial page.

Bulley, Michael. "Was That Necessary?" *English Today* 22. 2 (April 2006): 47-49.

Burke, Kenneth. *Counter-Statement*. Berkeley: University of California Press, 1968.

_____. *A Grammar of Motives*. Berkeley: University of California Press, 1969.

Butler, Samuel. "VII. On the Making of Music, Books, and the Arts." In *Note-Books of Samuel Butler*. Ed. Henry Festing Jones. BiblioLife, 2009. [no location given]

Calkins, Lucy McCormick. *The Art of Teaching Writing*. Portsmouth, NH: Heinemann Educational Books, 1986

_____. *Lessons from a Child on the Teaching and Learning of Writing*. Portsmouth, NH: Heinemann Educational Books, 1983.

Campbell, Kermit E. *Gettin' Our Groove On: Rhetoric, Language, and Literacy for the Hip Hop Generation*. Detroit, MI: Wayne State University Press, 2005.

Canagarajah, A. Suresh. *The Geopolitics of Academic Writing and Knowledge Production*. Pittsburgh: University of Pittsburgh Press, 2002.

_____. "The Place of World Englishes in Composition: Pluralization Continued." *College Composition and Communication* 57.4 (June 2006): 586-619.

Chafe, Wallace L. "Cognitive Constraints on Information Flow." *Coherence and Grounding in Discourse*. Ed. Russell Tomlin. Amsterdam: John Benjamins, 1987. 21-51.

_____. "Differences between Colloquial and Ritual Seneca or How Oral Literature Is Literary." In *Reports from the Survey of California and Other Indian Languages*, No. 1. Ed. Alice Schlichter, Wallace L. Chafe, and Leanne Hinton. Berkeley: University of California, 1981.

_____. *Discourse, Consciousness, and Time: The Flow and Displacement of Conscious Experience in Speaking and Writing*. Chicago: University of Chicago Press, 1994.

_____. "The Flow of Thought and the Flow of Language." *Syntax and Semantics*. Vol. 12: *Discourse and Syntax*. Ed. Talmy Givon. New York: Academic Press, 1979. 159-181.

_____. "Grammatical Subjects in Speaking and Writing." *Text* 11 (1991): 45-72.

_____. "Integration and Involvement in Speaking, Writing, and Oral Literature." In *Spoken and Written Language: Exploring Orality and Literacy*. Ed. Deborah Tannen. Norwood, NJ: Ablex, 1982. 35-53.

_____. "Linguistic Differences Produced by Differences between Speaking and Writing." In *Literacy, Language, and Learning: The Nature and Consequences of Reading and Writing*. Ed. D. R. Olson, Nancy Torrance, and Angela Hildyard. New York: Cambridge University Press. 1985. 105-123.

_____. *The Pear Stories: Cognitive, Cultural, and Linguistic Aspects of Narrative Production*. Ed. Wallace L. Chafe. Norwood, NJ: Ablex, 1980.

_____. "Punctuation and the Prosody of Written Language." *Written Communication* 5 (1988a): 395-426.

_____. "Reading Aloud." In *Spoken English, Applied Linguistics and TESOL: Challenges for Theory and Practice*. Ed. Rebecca Hughes. London: Palgrave, 2006. 53-71.

_____. "What Good Is Punctuation?" *Quarterly of the National Writing Project and the Center for the Study of Writing* 10.1 (1988b): 1-8.

Chafe, Wallace and Jane Danielewicz. "How 'Normal' Speaking Leads to 'Erroneous' Punctuating." In *The Acquisition of Written Language: Response and Revision*. Ed. S. Freedman. Norwood, NJ: Ablex, 1985. 213-

225.

———. "Properties of Spoken and Written Language." In *Comprehending Oral and Written Language*. Ed. Rosalind Horowitz and Jay Samuels. San Diego: Academic Press, 1987. 84-113.

Christensen, Francis. *Notes toward a New Rhetoric: Six Essays for Teachers*. New York: Harper and Row, 1967.

Christensen, Linda. "The Politics of Correction: How We Can Nurture Students in Their Writing and Help Them Learn the Language of Power." *Rethinking Schools* (Fall 2003): 20-23.

———. "Whose Standard? Teaching Standard English in Our Schools." In *Rethinking Schools: An Agenda for Change*. Ed. David Levine, Robert Lowe, Robert Peterson, and Rita Tenorio. New York: New Press, 1995. 128-135.

Clark, Romy and Roz Ivanic. *The Politics of Writing*. New York: Routledge, 1997.

Clemens, Samuel L. *Selected Mark Twain-Howells Letters: 1872-1910*. Ed. Frederick Anderson et al. Cambridge, MA: Belknap Press, 1967.

Colomb, Gregory G. and June Anne Griffin. "Coherence On and Off the Page: What Writers Can Know about Writing Coherently." *New Literary History* 35.2 (2004): 273-301.

Cook, Claire Kehrwald. *Line by Line: How to Improve Your Own Writing*. New York: MLA, 1985.

Connors, Robert J. and Andrea A. Lunsford. "Frequency of Formal Errors in Current College Writing, or Ma and Pa Kettle Do Research." *College Composition and Communication* 39.4 (December 1988): 395-409.

Cornish, Alison. "A Lady Asks: The Gender of Vulgarization in Late Medieval Italy." *PMLA* 115.2 (March 2000): 1666-1680.

Coulmas, Florian. *Writing Systems: An Introduction to Their Linguistic Analysis*. New York: Cambridge University Press, 2003.

"Cover Story." *NCIS* episode, season 4, #20, NBC.

Crain, Caleb. "Twilight of the Books." *New Yorker* (December 24 and 31, 2007): 134-139.

Crane, R. S. "The Critical Monism of Cleanth Brooks." *Critics and Criticism: Ancient and Modern*. Chicago: University of Chicago Press, 1951. 83-107.

Crawford, Lindy, Gerald Tindal, and Steve Stieber. "Using Oral Reading Rate to Predict Student Performance on Statewide Achievement Tests." *Educational Assessment* 7.4 (2001): 303-323.

Creme P. and Lea M. *Writing at University: A Guide for Students*. Buckingham, UK: Open University Press, 1997.

Crismore, Avon. *Talking with Readers: Metadiscourse as Rhetorical Act*. American University Studies Series XIV. New York: Peter Lang, 1990.

Crystal, David. *The Cambridge Encyclopedia of the English Language*. New York: Cambridge University Press, 1995.

———. *The Cambridge Encyclopedia of Language*. New York: Cambridge University Press, 1987.

———. *English as a Global Language*. New York: Cambridge University Press, 1997.

———. *The Stories of English*. New York: Overlook Press, 2004.

Csikszentmihalyi, Mihaly. *Between Boredom and Anxiety*. San Francisco: Jossey-Bass, 1975.

———. *Creativity: Flow and the Psychology of Discovery and Invention*. New York: Harper Perennial, 1996.

———. *Flow: The Psychology of Optimal Experience*. New York: Harper and Row, 1990.

Cushman, Ellen, Eugene R. Kintgen, Barry M. Kroll, and Mike Rose, eds. *Literacy: A Critical Sourcebook*. New York: Bedford/ St. Martins, 2001.

Darwin, Charles. *Autobiography of Charles Darwin*. Ed, Nora Barlow. New York: W. W. Norton, 1969

Davies, Lizzy. "Words of Warning: 2,500 Languages under Threat Worldwide as Migrants Head for City." *Guardian* 27 February 1990: 7.

Dawkins, John. "The Modern Sentence and Its Punctuation." Unpublished MS, 2009. 1-20.

_____. "Punctuation: Some Informing History." *Composition Forum* (Fall 1999): 52-61.

_____. "Teaching Punctuation as a Rhetorical Tool." *College Composition and Communication* 46.4 (December 1995): 533-548.

De Certeau, Michel. *The Practice of Everyday Life*. Trans. Steven Rendall. Berkeley: University of California Press, 1984.

DeGraff, Michel. "Do Creole Languages Constitute an Exceptional Typological Class?" *Revue française de linguistique dppliquée* 10.1 (2005): 11-24.

DeFrancis, John. *The Chinese Language: Fact and Fantasy*. Honolulu: University of Hawaii Press, 1984.

Delpit, Lisa. "What Should Teachers Do? Ebonics and Culturally Responsive Instruction." In *The Real Ebonics Debate: Power, Language, and the Education of African-American Children*. Ed. Theresa Perry and Lisa Delpit. Boston: Beacon, 1998. 17-26.

Denby, David. "Northern Lights: How Modern Life Emerged from Eighteenth-Century Edinburgh." *New Yorker* 11 October 2004: 90-98.

DeRomilly, Jacqueline. *Magic and Rhetoric in Ancient Greece*. Cambridge: Harvard University Press, 1975.

Diamond, Jared. *Guns, Germs, and Steel*. New York: W. W. Norton, 1997.

Du Bois, W E. B. *The Souls of Black Folk*. New York: Gramercy Books, 1994.

Dyson, Freeman J. "Wise Man." Review of *Perfectly Reasonable Deviations from the Beaten Track: The Letters of Richard P. Feynman*. *New York Review of Books* 20 October 2005: 4-6.

Dyson, Michael Eric. "Textual Acts and Semiotic Gestures: Race, Writing, and Technotopia." *Open Mike: Reflections on Philosophy, Race, Sex, Culture and Religion*. New York: Basic Books, 2003. 23-41.

Edel, Leon. *The Life of Henry James: The Master (1901-1916)*. New York: Avon, 1969.

Ehri, Linnea C. "Effects of Printed Language Acquisition on Speech." In *Literary, Language and Learning: The Nature and Consequences of Reading and Writing*. Ed. David R. Olson, Nancy Torrance, and Angela Hildyard. New York: Cambridge University Press, 1985. 368-388.

Elbow, Peter. "About Resistance to Freewriting and Feedback Groups." *Washington English Journal* (Winter 1982): 24-25.

_____. The Believing Game.*

_____. "The Believing Game and How to

....

* 원주: 관심 있는 사람들을 위해 나는 여기서 다음과 같이 내가 이 주제에 대해 쓴 다양한 글을 나열한다. 「의심 게임과 믿음 게임 ―지적 기획에 대한 분석The Doubting Game and the Believing Game ― An Analysis of the Intellectual Enterprise」(1973), 「방법론적인 의심과 믿음: 연구에서의 대립물Methodological Doubting and Believing: Contraries in Inquiry」(1986), 「이분법적 사고의 용법The Uses of Binary Thinking」(1993), 「동의의 수사학과 믿음 게임 합치기 ―그리고 교실로 가져오기Bringing the Rhetoric of Assent

Make Conflicting Opinions More Fruitful." In *Nurturing the Peacemakers in Our Students: A Guide to Teaching Peace, Empathy, and Understanding*. Ed. Chris Weber. Portsmouth, NH: Heinemann, 2006. 16-25.

_____. "The Believing Game or Methodological Believing." *Journal for the Assembly for Expanded Perspectives on Learning* 14 (Winter 2009): 1-11.

_____. "Bringing the Rhetoric of Assent and the Believing Game Together—and into the Classroom." *College English* 67.4 (March 2005): 388-399.

_____. "The Challenge for Sentence Combining." In *Sentence Combining: A Rhetorical Perspective*. Ed. Don Daiker, Andrew Kerek, and Max Morenberg. Carbondale: Southern Illinois University Press, 1985. 232-245.

_____. "Closing My Eyes as I Speak: An Argument for Ignoring Audience." *College English* 49.1 (January 1987): 50-69.

_____. "Collage: Your Cheatin' Art." *Writing on the Edge* 9.1 (Fall/Winter 1998): 26-40. (Reprinted in *Everyone Can Write: Essays Toward a Hopeful Theory of Writing and Teaching Writing*. New York: Oxford University Press, 2000.)

_____. "The Doubting Game and the Believing Game—An Analysis of the Intellectual Enterprise." Appendix Essay in *Writing Without Teachers*. New York: Oxford University Press, 1973. 147-191.

_____. *Embracing Contraries: Explorations in Learning and Teaching*. New York: Oxford University Press, 1986.

_____. "Felt Sense and the Wrong Word." Foreword to Perl, Sondra. *Felt Sense: Writing with the Body*. Portsmouth, NH: Heinemann, 2004. v-ix.

_____. "Freewriting." *Encyclopedia of English Studies and Language Arts*. Ed. Alan Purves. Urbana, IL: National Council of Teachers of English, 1994. 509-510.

_____. "Freewriting and the Problem of the Wheat and the Tares." In *Writing and Publishing for Academic Authors*. Ed. Joseph Moxley. New York: University Press of America, 1992. 33-47. 2nd ed. Lanham, MD: Rowman and Littlefield, 1997.

_____. "Illiteracy at Oxford and Harvard: Reflections on the Inability to Write." In *Reflective Stories: Becoming Teachers of College English and English Education*. Ed. H. Thomas McCrackin and Richard L. Larson, with Judith Entes. Urbana, IL: National Council of Teachers of English, 1998. 91-114.

_____. "In Defense of Private Writing." *Written Communication* 16.2 (April 1999): 139-179.

_____. "Methodological Doubting and Believing: Contraries in Inquiry." In *Embracing Contraries: Explorations in Learning and Teaching*. New York: Oxford University Press, 1986. 254-300.

_____. "A More Spacious Model of Writing and Literacy." In *Beyond Postprocess and Postmodernism: Essays on the Spaciousness of Rhetoric*. Ed. Theresa Enos and Keith D. Miller. Mahwah, NJ: Erlbaum, 2003. 217-233.

....

and the Believing Game Together — and into the Classroom」(2005), 「믿음 게임 그리고 상반된 의견을 더 유익하게 만드는 법The Believing Game and How to Make Conflicting Opinions More Fruitful」(2006), 「믿음 게임 또는 방법론적 믿음The Believing Game or Methodological Believing」(2009). 각각의 글들은 별도로 나열된 것이다.

_____. "The Music of Form: Rethinking Organization in Writing." *College Composition and Communication* 57.4 (June 2006): 620-666.

_____. "The Shifting Relationships between Speech and Writing." *College Composition and Communication* 36 (1985): 283-303.

_____. "Silence: A Collage." In *Presence of Mind: Writing and the Domain beyond the Cognitive.* Ed. Alice Brand and Richard Graves. Portsmouth, NH: Heinemann/Boynton-Cook, 1993. 9-20.

_____. "Three Mysteries at the Heart of Writing." In *Composition Studies in the New Millennium: Rereading the Past, Rewriting the Future.* Ed. Lynn Z. Bloom, Donald A. Daiker, and Edward M. White. Carbondale: Southern Illinois University Press, 2003. 10-27.

_____. "Toward a Phenomenology of Freewriting." *Journal of Basic Writing* 8.2 (Fall 1989): 44-71. (Also in *Nothing Begins with N: New Investigations of Freewriting,* Ed. Pat Belanoff, Peter Elbow, and Sheryl Fontaine.)

_____. "The Uses of Binary Thinking." *Journal of Advanced Composition* 13.1 (Winter 1993): 51-78. (Reprinted in *Everyone Can Write: Essays Toward a Hopeful Theory of Writing and Teaching Writing.* New York: Oxford University Press, 2000. Also, an edited version, in *Taking Stock: The Writing Process Movement in the 90s.* Ed. Lad Tobin and Tom Newkirk. Portsmouth, NH: Heinemann Boynton/Cook, 1994.

_____. "Using the Collage for Collaborative Writing." *Composition Studies* 27.1 (Spring 1999): 7-14.

_____. "Voice in Writing Again: Embracing Contraries." *College English* 70.2 (November 2007): 158-188.

_____. "The War between Reading and Writing—and How to End It." *Rhetoric Review* 12.1 (Fall 1993): 5-24. (Reprinted in *Everyone Can Write: Essays Toward a Hopeful Theory of Writing and Teaching Writing.* New York: Oxford University Press, 2000.) A shorter version was published as "Write First: Putting Writing before Reading Is an Effective Approach to Teaching and Learning." *Educational Leadership* 62.2 (October 2004): 8-14.

_____. "Why Deny to Speakers of African American Language a Choice Most of Us Offer Other Students?" In *The Elephant in the Classroom: Race and Writing.* Ed. Jane Smith. Cresskill, NJ: Hampton Press, 2010.

_____. "Write First: Putting Writing Before Reading Is an Effective Approach to Teaching and Learning." *Educational Leadership* 62.2 (October 2004): 8-14.

_____. *Writing about Media: Teaching Writing, Teaching Media.* Northampton, MA: Media Education Foundation, 2008.

_____. *Writing Without Teachers.* New York: Oxford University Press, 1973.

_____. *Writing With Power: Techniques for Mastering the Writing Process.* New York: Oxford University Press, 1981.

_____. (With Janet Bean). "Freewriting and Free Speech: A Pragmatic Perspective." *Journal of Teaching Writing* (Spring 2010): 1-23.

_____. (With Pat Belanoff). *Being a Writer: A Community of Writers Revisited.* New York: McGraw Hill, 2003.

_____. (With Pat Belanoff). *A Community of Writers: A Workshop Course in Writing.* New York: McGraw Hill, 1989.

_____. (With Pat Belanoff). *Sharing and Responding.* New York: McGraw Hill, 1989.

_____. (With Pat Belanoff and Sheryl Fontaine). *Nothing Begins with N: New Explorations of Freewriting.* Carbondale: Southern Illinois University Press, 1990.

_____. (With Mary Deane Sorcinelli). "The Faculty Writing Place: A Room of Our Own." *Change Magazine* (November/December 2006): 17-22.

Eliot, T. S. *The Uses of Poetry and the Uses of Criticism*. Cambridge, MA: Harvard University Press, 1933.

Elsasser, Nan and Patricia Irvine. "English and Creole: The Dialectics of Choice in a College Writing Program." *Harvard Educational Review* 55 (1985): 399-415. Reprinted in *Freire for the Classroom*. Ed. Ira Shor. Portsmouth, NH: Boynton/Cook, 1987. 129-149.

Emig, Janet. "Writing as a Mode of Learning." *College Composition and Communication* 28.2 (May 1977): 122-128.

Epstein, Jason. "Publishing: The Revolutionary Future." *New York Review of Books* 11 March 2010: 4-6.

_____. Reply to a Response. *New York Review of Books* 25 March 2010. Letters section at end of the issue.

Fanon, Franz. *The Wretched of the Earth*. New York: Grove Weidenfeld, 1961 (1963 translation by Constance Farrington).

Farnsworth, Ward. *Farnsworth's Classical English Rhetoric*. Boston: David R. Godine, 2009.

Farrell, Thomas. "IQ and Standard English." *College Composition and Communication* 34.4 (1983): 470-484.

Figes, Orlando. "Tolstoy's Real Hero." Review of *War and Peace* newly translated by Richard Pevear and Larissa Volokhonsky. *New York Review of Books* 22 November 2007: 4-7.

Firmage, Richard A. *The Alphabet Abecedarium: Some Notes on Letters*. Boston: Godine, 1993.

Fish, Stanley. *Is There a Text in This Class? The Authority of Interpretive Communities*. Cambridge, MA: Harvard University Press,

1980.

Flower, Linda, John R. Hayes, Linda Carey, Karen Schriver, and James Stratman. "Detection, Diagnosis, and the Strategies of Revision." *College Composition and Communication* 37.1 (February 1986): 16-55.

Fodor, Janet Dean. "Prosodic Disambiguation in Silent Reading." In *Proceedings of the North East Linguistic Society*. Ed. M. Hirotani. (2002): 113-132.

Fontaine, Sheryl I. "Recording and Transforming: The Mystery of the Ten-Minute Freewrite." In *Nothing Begins with N: New Explorations of Freewriting*. Ed. Pat Belanoff, Peter Elbow, and Sheryl Fontaine. Carbondale: Southern Illinois University Press, 1990. 3-15.

Fowler, H. W. *A Dictionary of Modern English Usage*. Broadbridge, UK: Clarendon Press, 1957 (1926).

Fox, Helen. *Listening to the World*. Urbana, IL: National Council of Teachers of English, 1994.

Garner, Bryan A. *A Dictionary of Modern American Usage*. New York: Oxford University Press, 1988.

Gates, Henry Louis Jr. *The Signifying Monkey: A Theory of African-American Literary Criticism*. New York: Oxford University Press, 1988.

Gavin, Ruth E. and William A. Sabin. *Reference Manual for Stenographers and Typists*. 4th ed. New York: Gregg/McGraw, 1970 (1951).

Gee, James Paul. "Literacy, Discourse, and Linguistics: Introduction" and "What Is Literacy." In *Literacy: A Critical Sourcebook*. Ed. Ellen Cushman, Eugene R. Kintgen, Barry M. Kroll, and Mike Rose. Boston: Bedford/St. Martins, 2001. 525-544.

_____. *Social Linguistics and Literacies:*

Ideology in Discourses. London: Palmer Press, 1990.

Geertz, Clifford. "Very Bad News." Review of books by Jared Diamond and Richard Posner. *New York Review of Books* 24 March 2005: 4-6.

Gendlin, Eugene T. *Focusing*. New York: Bantam Books, 2007.

_____. "The Wider Role of Bodily Sense in Thought and Language." In *Giving the Body Its Due*. Ed. M. Sheets-Johnstone. Albany: State University of New York Press, 1992. 192-207.

Gibson, Sally. "Reading Aloud: A Useful Tool for Learning?" *ELT Journal* 62.1 (2008): 29-36.

Gillespie, M. K. "The Forgotten R: Why Adult Educators Should Care about Writing Instruction." In *Toward Defining and Improving Quality in Adult Basic Education: Issues and Challenges*. Ed. A. Belzer. Rutgers Invitational Symposium on Education Series. Mahwah, NJ: Erlbaum, 2007.

Gilyard, Keith. *True to the Language Game: African American Discourse, Cultural Politics, and Pedagogy*. New York: Routledge, 2011.

Godkin, E. L. "The Illiteracy of American Boys." *Educational Review* 8 (1897): 1-9.

Goldberg, Jeff. "The Quivering Bundles That Let Us Hear: The Goal: Extreme Sensitivity and Speed." *Seeing, Hearing, and Smelling in the World: A Report from the Howard Hughes Institute*. 2005. http://www.hhmi.org/senses/c120.html (accessed 9/9/05).

Goldberg, Natalie. *Writing Down the Bones*. Boston: Shambhala, 1986.

Goody, Jack and Ian Watt. "The Consequences of Literacy." *Literacy in Traditional Societies*. Cambridge: Cambridge University Press, 1968. 27-68.

Gopnik, Adam. "The Back of the World: The Troubling Genius of G. K. Chesterton."

New Yorker 14 July 2008a: 52-59.

_____. "Right Again: The Passions of John Stuart Mill." *New Yorker* 6 October 2008b: 85-91.

Govardhan, A. K. *A Discourse Analysis of ESL Student Writing*. Unpublished doctoral dissertation. Northern Illinois University, 1994.

Gowers, Ernest. *Plain Words: A Guide to the Use of English*. London: His Majesty's Stationery Office, 1948.

Graddol, David. "The Decline of the Native Speaker." *English in a Changing World*. Ed. David Graddol and Ulrike Meinhof. *AILA Review* 13 (1999): 57-68.

_____. *English Next*. London: British Council. 2006. Available free from the website of the British Council.

Graff, Richard. "Early Views on the Integration of Speaking and Writing in Rhetorical Instruction." Conference paper, Western States Rhetoric and Literacy Conference, University of Utah, Salt Lake City, 2006.

Graves, Donald. *Writing: Teachers and Children at Work*. Portsmouth, NH: Heinemann, 1983.

Green, Lisa. *African American English: A Linguistic Introduction*. Cambridge: Cambridge University Press, 2002.

Greenblatt, Stephen. "Shakespeare in No Man's Land." Review of biography of Shakespeare by Jonathan Bate. *New York Review of Books* 17 December 2009. Accessed from *New York Review of Books* website.

Greene, Thomas M. *Poetry, Signs, and Magic*. Newark: University of Delaware Press, 2005.

Greenfield, Amy Butler. *A Perfect Red: Empire, Espionage, and the Quest for the Color of Desire*. New York: HarperCollins, 2005.

Grice, Paul. "Logic and Conversation." In *Syntax and Semantics 3: Speech Acts*. Ed. P. Cole and J. Morgan. New York: Academic Press, 1975. Reprinted in *Studies in the Way of Words*. Ed. H. P. Grice. Cambridge, MA: Harvard University Press, 1989. 22-40.

Guardian and Observer Style Guide. http://www.guardian.co.uk/styleguide/. See "that or which"? (accessed November 2008).

The Guardian Weekly 21 August 2009: 31.

Hacker, Diana. *A Writer's Reference*. 2nd ed. New York: Bedford, 1992.

Hadley, Joe. *Chalukyu Insai: An Introduction to Hawaii's Pidgin English*. Honolulu: Sandwich Island Publishing, 1972.

Halliday, M. A. K. *Complementarities in Language*. Beijing: Commercial Press, 2008.

———. "Linguistic Perspectives on Literacy: A Systemic-Functional Approach." In *Literacy in Social Processes*. Ed. F. Christie and E. Jenkins. Sidney: Literacy Technologies, 1990.

———. "Spoken and Written Modes of Meaning." In *Comprehending Oral and Written Language*. Ed. Rosalind Horowitz and S. Jay Samuels. San Diego: Academic Press, 1987. 55-82.

Halliday, M. A. K. and William S. Greaves. *Intonation in the Grammar of English*. London: Equinox, 2008.

Halliday, M. A. K. and Christian M. I. M. Matthiessen. *An Introduction to Functional Grammar*. London: Edward Arnold, 1985.

Hamer, Fannie Lou. http://www.answers.com/topic/fannie-lou-hamer (accessed 15 October 2010).

Harris, Muriel. *Teaching One-to-One: The Writing Conference*. Urbana, IL: National Council of Teachers of English, 1986.

Harris, Roy. *The Origin of Writing*. London: Duckworth, 1986.

———. *Signs of Writing*. London: Routledge, 1995.

Harris, William V. *Ancient Literacy*. Cambridge, MA: Harvard University Press, 1989.

Harste, J., V. Woodward, and C. Burke. *Language Stories and Literacy Lessons*. Portsmouth, NH: Heinemann, 1984.

Hass, Robert. *Time and Materials: Poems, 1997-2005*. New York: Ecco/HarperCollins, 2007.

Haswell, Janis E. "Granting Authority to Multivocal Student Writing." Paper presented at the Annual Meeting of the Conference on College Composition and Communication, Milwaukee, 27-30 March 1996.

Haswell, Janis and Richard H. Haswell. "Gendership and the Miswriting of Students." *College Composition and Communication* 46.2 (1995): 223-254.

Haswell, Richard H. "Bound Forms in Freewriting: The Issue of Organization." In *Nothing Begins with N: New Explorations of Freewriting*. Ed. Pat Belanoff, Peter Elbow, and Sheryl Fontaine. Carbondale: Southern Illinois University Press, 1990. 32-69.

Havelock, Eric A. "Orality, Literacy, and Star Wars." *PRE-TEXT* 7.3-4 (Fall/Winter 1986): 123-132. Also published in *Written Communication* 3.9 (October 1986): 411-420.

———. *Preface to Plato*. Cambridge, MA: Harvard University Press, 1963.

Hayakawa, S. I. "Learning to Think and to Write: Semantics in Freshman English." *College Composition and Communication* 13 (February 1962): 5-8.

Hazlitt, William. "On Familiar Style." *Selected Writings: Vol. II, Table Talk: Essays on Men and Manners*. New York: Oxford University Press, 1999.

Hemingway, Ernest. *For Whom the Bell Tolls*. New York: Charles Scribner's, 1940.

Hibbert, Liesel. "English in South Africa:

Parallels with African American Vernacular Enlish." *English Today* 18.1 (January 2002): 31-36.

Hildyard, Angela and Suzanne Hidi. "Oral-Written Differences in the Production and Recall of Narratives." In *Literacy, Language and Learning: The Nature and Consequences of Reading and Writing.* Ed. David R. Olson, Nancy Torrance, and Angela Hildyard. New York: Cambridge University Press, 1985. 307-332.

Hilgers, Thomas. "Training Composition Students in the Use of Freewriting and Problem-Solving Heuristics for Rhetorical Invention." *Research in the Teaching of English* 29 (1980): 293-307.

Hirsch, E. D. Jr. *The Philosophy of Composition.* Chicago: University of Chicago Press, 1977.

Hocks, Mary E. "Understanding Visual Rhetoric in Digital Writing Environments." *College Composition and Communication* 54.4 (June 2003): 629-656.

Hollinghurst, Allan. "Passion and Henry james." *New York Review of Books* 14 February 2008: 27-29.

Honeycutt, Lee. "Literacy and the Writing Voice: The Intersection of Culture and Technology in Dictation." *Journal of Business and Technical Communication* 18.3 (July 2004): 294-327.

Hope, Jonathan. "Rats, Bats, Sparrows, and Dogs: Biology, Linguistics and the Nature of Standard English." In *The Development of Standard English 1300-1800: Theories, Descriptions, Conflicts.* Ed. Laura Wright. Cambridge: Cambridge University Press, 2000. 49-56.

Horowitz, Rosalind and S. Jay Samuels, eds. *Comprehending Oral and Written Language.* San Diego: Academic Press, 1987.

Horowitz, Rosalind and S. Jay Samuels.

"Comprehending Oral and Written Language: Critical Contrasts for Literacy and Schooling." In *Comprehending Oral and Written Language.* Ed. Rosalind Horowitz and S. Jay Samuels. San Diego: Academic Press, 1987. 1-52

Huddleston, Rodney and Geoffrey Pullum. *Cambridge Grammar of the English Language.* Cambridge: Cambridge University Press, 2003.

_____. "Of Grammatophobia." *Chronicle of Higher Education* 3 January 2003. 20.

Hunt, Russ. "Speech Genres, Writing Genres, School Genres, and Computer Genres." In *Learning and Teaching Genre.* Eds. Aviva Freedman & Peter Medway. Portsmouth, NH: Boynton/Cook, 1994. 243-262.

Hurston, Zora Neale. *Their Eyes Were Watching God.* Philadelphia: J. B. Lippincott, 1937.

Illich, Ivan. "Vernacular Values." *Co-Evolution Quarterly* (Summer 1980): 1-49. http://www.preservenet.com/theory/Illich/Vernacular.html#COLUMBUS. These essays were the basis of most of Illich's book *Shadow Work.* London: Marion Boyars, 1981.

Illich, Ivan and Barry Sanders. *The Alphabetization of the Popular Mind.* New York: Random House, 1989.

Irvine, Patricia and Nan Elsasser. "The Ecology of Literacy: Negotiating Writing Standards in a Caribbean Setting." In *The Social Construction of Written Communication.* Ed. B. Rafoth and D. Rubin. Norwood, NJ: Ablex, 1988.

Jacoby, Russell. *Picture Imperfect: Utopian Thought for an Anti-Utopian Age.* New York: Columbia University Press, 2005.

James, Henry. *The Golden Bowl.* New York: Grove Press, 1959 (1904).

_____. "The Question of the Opportunities." In *American Essays of Henry James.* Ed. Leon Edel. Princeton, NJ: Princeton University

Press, 1956. 197-203.

Janson, Tore. *Speak: A Short History of Languages*. New York: Oxford University Press, 2002.

Johnson, Mark. *The Body in the Mind: The Bodily Basis of Meaning, Imagination, and Reason*. Chicago: University of Chicago Press, 1987.

Johnstone, Barbara. *The Linguistic Individual: Self-Expression in Language and Linguistics*. New York: Oxford University Press, 1996.

Joos, Martin. *The Five Clocks: A Linguistic Excursion into the Five Styles of English Usage*. New York: Harcourt, 1961.

Kachru, Braj. *The Other Tongue: English Across Cultures*. Urbana: Illinois University Press. 1992.

Kachru, Yamuna and Cecil L. Nelson. *Asian Englishes Today: World Englishes in Asian Contexts*. Hong Kong: Hong Kong University Press, 2006.

Kalmar, Tomás Mario. *Illegal Alphabets and Adult Biliteracy: Latino Migrants Crossing the Linguistic Border*. Mahwah, NJ: Erlbaum, 2001.

Kanellos, Nicolas, ed. *Herencia: The Anthology of Hispanic Literature of the United States*. New York: Oxford University Press, 2002.

Katz, Steven B. "Letter as Essence: The Rhetorical (Im)Pulse of the Hebrew Alefbet." *Journal of Communication and Rhetoric* 26 (2003): 125-160.

Keene, Michael L. and Katherine H. Adams. *Easy Access: The Reference Handbook for Writers*. 3rd ed. New York: McGraw-Hill, 2002 (1996).

Kells, Michelle Hall. "Linguistic Contact Zones in the College Writing Classroom: An Examination of Ethnolinguistic Identity and Language Attitudes." *Written Communication* 19.1 (2002): 5-43.

Kelman, James. *How Late It Was, How Late*. New York: Vintage, 1998.

Kermode, Frank. "The Lives of Dr. Johnson." *New York Review of Books* 22 June 2006: 28-31.

Klima, E. and U. Bellugi. *The Signs of Language*. Cambridge, MA: Harvard University Press, 1979.

Kolln, Martha. *Rhetorical Grammar: Grammatical Choices, Rhetorical Effects*. New York: Macmillan, 1991.

Kono, Juliet. "A Scolding from My Father." *Tsunami Years*. Honolulu, HI: Bamboo Ridge Press, 1995.

Kress, Gunther. *Before Writing: Rethinking the Paths to Literacy*. New York: Routledge, 1997.

_____. *Early Spelling: Between Convention and Creativity*. New York: Routledge, 2000.

Krugman, Paul. "Who Was Milton Friedman?" *New York Review of Books* 15 February 2007: 27-30.

Labov, William. *Language in the Inner City: Studies in the Black English Vernacular*. Philadelphia: University of Philadelphia Press, 1972.

Lakoff, Robin Tolmach. "Some of My Favorite Writers Are Literate: The Mingling of Oral and Literate Strategies in Written Communication." In *Spoken and Written Language: Exploring Orality and Literacy*. Ed. Deborah Tannen. Norwood, NJ: Ablex, 1982. 239-260.

Lakoff, George and Mark Johnson. *Metaphors We Live By*. Chicago: University of Chicago Press, 1980.

Lambert, Craig. "Poetic Patriarch." *Harvard Alumni Magazine* (November-December 2008): 36-93.

Lamott, Anne. *Bird by Bird: Some Instructions on Writing and Life*. New York: Anchor, 1994.

Lanham, Richard. *Revising Prose*. New York: Macmillan, 1987.

_____. Style: An Anti-Textbook. New Haven: Yale University Press. 1974.

Leaf, Jonathan. "Notes on the Novel." *New Partisan: A Journal of Culture, Arts and Politics* (28 June 2004). http://www.newpartisan.com/home/notes-on-the-novel.html (accessed 25 October 2007).

Lepore, Jill. *A Is for American: Letters and Other Characters in the Newly United States.* New York: Vintage, 2002.

_____. "The Creed: What Poor Richard Cost Benjamin Franklin." *New Yorker* 28 January 2008: 78-83.

Levinson, Joan Persily. *Punctuation and the Orthographic Sentence.* Dissertation. City University of New York, 1985.

Levy, Andrea. *Small Island.* New York: Picador, 2010.

Lewis and Clark. http://lewisandclarkjournals.unl.edu/index.html (accessed 22 February 2010).

Lincoln, Abraham. Speech delivered 6 March 1860. *Collected Works of Abraham Lincoln.* Ed. Roy Basler. New Brunswick: Rutgers University Press, 1953.

Lodge, David. *Author, Author.* New York: Viking, 2004.

MacFarquhar, Larissa. "The Deflationist: How Paul Krugman Found Politics." *New Yorker* 1 March 2010: 38-49.

Macrorie, Ken. "The Freewriting Relationship." In *Nothing Begins with N: New Explorations of Freewriting.* Ed. Pat Belanoff, Peter Elbow, and Sheryl Fontaine. Carbondale: Southern Illinois University Press, 1990. 173-188.

_____. *Telling Writing.* 4th ed. Portsmouth, NH: Heinemann, 1985.

_____. "Words in the Way." *English Journal* 40 (1951): 3-8.

_____. *Writing to Be Read.* 3rd ed. Portsmouth, NH: Heinemann, 1986.

Madsen, Catherine. *The Bones Reassemble: Reconstituting Liturgical Speech.* Aurora, CO: Davies Group, 2005.

Maher, Jane. *Mina P. Shaughnessy: Her Life and Work.* Urbana, IL: National Council of Teachers of English, 1997.

Mallon, Thomas. *A Book of One's Own: People and Their Diaries.* New York: Ticknor and Fields, 1984.

_____. "Transfigured." *New Yorker* 5 April 2010: 68-73.

Mantel, Hilary. "Voices in the Dark." Review of *Women Writing Africa: The Southern Region. New York Review of Books* 10 February 2005: 28-29.

Matsushima, Tracy. "Students Document Disappearing Languages." *Malamalama: The Magazine of the University of Hawai'i.* http://www.hawaii.edu/malamalama/Z010/10/documenting-disappearing-languages/ (accessed 11 October 2010).

McConnell-Ginet, Sally. "Intonation in a Man's World." *Sign* (Spring 1978): 542-559.

McCrum, Robert. "English Is Destined to Die Out, Eventually." *Guardian. Learning English* Supplement (12 November 2010): 6.

McGinn, Colin. "Looking for a Black Swan." Review of several books about Karl Popper and Ludwig Wittgenstein. *New York Review of Books* 21 November 2002: 46-50.

McWhorter, John. *Doing Our Own Thing: The Degradation of Language and Music and Why We Should, Like, Care.* New York: Gotham, 2003.

_____. "Pidgins and Creoles as Models of Language Change: The State of the Art." *Annual Review of Applied Linguistics: Language Contact and Change* 23 (2003): 202-209.

Menand, Louis. "Bad Comma: Lynne Truss's Strange Grammar." *New Yorker* 28 June 2004: 102-104.

_____. "Breaking Away." Review of *America at the Crossroads* by Francis Fukuyama. *New Yorker* 27 March 2006: 82-84.

_____. "Saved from Drowning." *New Yorker* 23 February 2009: 68-76.

Menocal, Maria Rosa. *The Ornament of the World: How Muslims, Jews and Christians Created a Culture of Tolerance in Medieval Spain*. Boston: Little, Brown, 2002.

_____. *Shards of Love: Exile and the Origins of the Lyric*. Durham, NC: Duke University Press, 1994.

Micciche, Laura. "Making a Case for Rhetorical Grammar." *College Composition and Communication* 55.4 (2004): 716-737.

Michaels, Sarah and James Collins. "Oral Discourse Styles: Classroom Interaction and the Acquisition of Literacy." In *Coherence in Spoken and Written Discourse*, Vol. 12. Ed. Deborah Tannen. Norwood, NJ: Ablex, 1984. 219-243.

Miller, Thomas. *The Formation of College English: Rhetoric and Belles Lettres in the British Cultural Provinces*. Pittsburgh: University of Pittsburgh Press, 1997.

Milroy, Jim. "Historical Description and the Ideology of the Standard Language." In *The Development of Standard English 1300-1800: Theories, Descriptions, Conflicts*. Ed. Laura Wright. New York: Cambridge University Press, 2000. 11-28.

Momaday, N. Scott. "Personal Reflections." In *The American Indian and the Problem of History*. Ed. Calvin Martin. New York: Oxford University Press, 1984. 156-161.

Mullan, John. *Anonymity*. London: Faber, 2008.

National Geographic. "Beyond the Brain." March 2005 22-31.

Nebrija. http://www.antoniodenebrija.org/indice.html.

Nero, Shondel J., ed. *Dialects, Englishes, Creoles, and Education*. Mahwah, NJ: Erlbaum, 2006. x-xv.

New London Group. "A Pedagogy of Multiliteracies: Designing Social Futures." *Harvard Educational Review* 66.1 (Spring 1996): 60-93.

Nordquist, Richard. *A Brief History of Punctuation: Where Do the Marks of Punctuation Come From and Who Made Up the Rules?* About.com Guide. http://grammar.about.com/od/punctuationandmechanics/a/PunctuationHistory.htm (accessed 20 October 2010).

Nussbaum, Martha. "Feminists and Philosophy." Review of *A Mind of One's Own: Feminist Essays on Reason and Objectivity*. *New York Review of Books* 20 October 1994: 59-63.

Ochs, Elinor. "Planned and Unplanned Discourse." In *Syntax and Semantics*. Vol. 12: *Discourse and Syntax*. Ed. Talmy Givon. New York: Academic Press, 1979. 51-80.

O'Connor. Patricia T. *Woe Is I: The Grammarphobe's Guide to Better English in Plain English*. New York: Penguin Group, 2004.

Oesterreicher, Wulf. "Types of Orality in Text." In *Written Voices, Spoken Signs: Tradition, Performance, and the Epic Text*. Ed. Egbert Bakker and Ahuvia Kahane. Harvard University Press, 1997. 190-214.

O'Hare, Frank. *Sentence Combining: Improving Student Writing without Formal Grammar Instruction*. Urbana, IL: National Council of Teachers of English, 1971.

Olivo, Warren. "Phat Lines: Spelling Conventions in Rap Music." *Written Language and Literacy* 4.1 (2001): 67-85.

Ong, Walter. *Orality and Literacy: The Technologizing of the Word*. New York: Methuen, 1982.

Olson, David. "From Utterance to Text: The Bias of Language in Speech and Writing."

Harvard Educational Review 47.3 (1977): 257-281.

_____. "Orality and Literacy: A Symposium in Honor of David Olson." *Research in the Teaching of English* 41.2 (November 2006): 136-179.

_____. *The World on Paper: The Conceptual and Cognitive Implications of Writing and Reading.* New York: Cambridge University Press, 1994.

Olson, David R., Nancy Torrance, and Angela Hildyard, eds. *Literacy, Language, and Learning: The Nature and Consequences of Reading and Writing.* New York: Cambridge University Press, 1985.

Ostler, Nicholas. *The Last Lingua Franca: English Until the Return of Babel.* New York: Walker, 2010.

Palacas, Arthur. "Liberating American Ebonics from Euro-English." *College English* 63.3 (January 2001): 326-352.

_____. "Parentheticals and Personal Voice." *Written Communication* 6.4 (1989): 506-527.

_____. "Saying Yes to Linguistic—Cultural Minorities in Affirmative Action and Open Enrollment Colleges and Universities: Educating the University." Presentation at the annual Conference on Composition and Communication, San Antonio, March 2004.

The Panoplist, 1.8 (January 1806): 368.

Paranto, Michelle Lynne. "Writing and Transformation in College Composition" (1 January 2005). Electronic Doctoral Dissertations for UMass Amherst. Paper AAI3179914. http://scholarworks.umass.edu/dissertations/AAI3179914.

Parkes, Malcolm B. *Pause and Effect: An Introduction to the History of Punctuation in the West.* Berkeley: University of California Press, 1993.

Percy, Walker. "Metaphor as Mistake." *Sewanee Review* 64 (Winter 1958): 79-99. Reprinted in *The Message in the Bottle.* New York: Farrar, Straus and Giroux, 1975.

Perl, Sondra. *Felt Sense: Writing with the Body.* Portsmouth, NH: Heinemann, 2004.

Perry, Theresa and Lisa Delpit. *The Real Ebonics Debate: Power, Language, and the Education of African-American Children.* Boston, MA: Beacon, 1998.

Phillipson, Robert. *Linguistic Imperialism.* New York: Oxford University Press, 1992.

Pinker, Steven. *The Language Instinct: How the Mind Creates Language.* New York: HarperCollins, 2000.

Pinker, Steven. *The Stuff of Thought: Language as a Window into Human Nature.* New York: Viking, 2007.

Plane, Sylvie. "The Materiality and Temporality of Writing: The Role of the Medium in Literary Writing." *Genre: Forms of Discourse and Culture* (2009).

Ponsot, Marie and Rosemary Deen. *Beat Not the Poor Desk: Writing: What to Teach, How to Teach It and Why.* Montclair, NJ: Boynton/Cook Press, 1982.

Poyatos, Fernando. "Punctuation as Nonverbal Communication: Toward an Interdisciplinary Approach to Writing." *Semiotica* 34. 1/2 (1981): 91-112.

Powers, Richard. "How to Speak a Book." *New York Times Book Review* 7 January 2007. https://www.nytimes.com/2007/01/07/books/review/Powers2.t.html (accessed 4 November 2010).

Pratt, Mary Louise. "Linguistic Utopias." In *The Linguistics of Writing.* Ed. Nigel Fabb et al. Manchester: Manchester University Press, 1987. 48-66.

Pritchard, William. *On Poets and Poetry.* Columbus: Swallow Press and Ohio University Press, 2009.

Ray, Katie Wood. "When Kids Make Books." *Educational Leadership* 62.2 (October

2004): 14-18.

_____. *Wondrous Words: Writers and Writing in the Elementary Classroom*. Urbana, IL: National Council of Teachers of English, 1999.

Ray, Katie Wood, With L. Cleaveland. *About the Authors: Writing Workshop with Our Youngest Writers*. Portsmouth, NH: Heinemann, 2004.

Redd, Teresa M. and Karen Schuster Webb. *A Teacher's Introduction to African American English: What a Writing Teacher Should Know*. Urbana, IL: National Council of Teachers of English, 2005.

Remnick, David. "The Translation Wars." *New Yorker* 7 November 2005: 98-109.

Reviewer, "Richard II with Mr. Kean." *Guardian Weekly* (archive) 3 August 2010: 22.

Richardson, Elaine. "African American Language in Online German Hip-Hop." In *Code-Meshing as World English: Pedagogy, Policy, Performance*. Ed. Vershawn Ashanti Young and Aja Y. Martinez. Urbana, IL: National Council of Teachers of English, 2011. 231-256.

Richardson, Robert D. *First We Read, Then We Write: Emerson on the Creative Process*. Ames: University of Iowa Press, 2009.

Rico, Gabriel. *Creating Re-creations: Inspiration from the Source*. 2nd ed. Spring, TX: Absey, 2002.

_____. *Writing the Natural Way*. 2nd ed. New York: Penguin, 2000.

Ritter, R. M. *New Hart's Rules: The Handbook of Style for Writers and Editors*. Oxford/New York: Oxford University Press, 2005. (Adapted from the *Oxford Guide to Style*. 2002.)

Roberts, Sam. "Big Birthday for a Powerful Little Book." *New York Times* 22 April 2009: C3.

Robinson, Andrew. *The Story of Writing: Alphabets, Hieroglyphs, and Pictograms*. London: Thames and Hudson, 1995.

Roeper, Tom. *The Prism of Grammar: How Child Language Illuminates Humanism*. Cambridge MA: MIT Press, 2007.

Rombauer, Irma S. and Marion Rombauer Becker. *The Joy of Cooking*. Indianapolis, IN: Bobbs Merrill, 1972.

Rosaldo, Renato. *Hybrid Cultures: Strategies for Entering and Leaving Modernity*. Co-author with Canclini Nestor Garcia, Silvia Lopez, Silvia L. Lopez. Trans. Christopher L. Chiappari. Minneapolis: University of Minnesota Press, 1995.

Rosen, Charles. "From the Troubadours to Frank Sinatra." Review of *The Oxford History of Western Music. New York Review of Books* 9 March 2006: 41-45.

Rosenberg, Lauren. *Rewriting Ideologies of Literacy: A Study of Writing by Newly Literate Adults*. Electronic Doctoral Dissertations for UMass Amherst. Paper AAI3242113. http://scholarworks.umass.edu/dissertations/AAI3242113.

Russell, Bertrand. "How I Write." http://www.threads.name/russell/write.html (accessed 15 October 2006).

Saarbrücken Corpus. http://www.uni-saarland.de/fak4/norrick/scose.html (accessed 9 May 2004).

Saenger, Paul. "The History of Reading." In *Literacy: An International Handbook*. Ed. Daniel A. Wagner, Richard L. Venezky, and Brian Street. Boulder, CO: Westview Press, 1999. 11-15.

_____. *Space between Words: The Origins of Silent Reading*. Stanford, CA: Stanford University Press, 1997.

Safire, William. "On Language: Need Not to Know." *New York Times Magazine* February 1999: 18-19. Section 621.

Sakoda, Kent and Jeff Siegel. *Pidgin Grammar: An Introduction to the Creole Language of Hawai'i*. Honolulu: Bess Press, 2003.

Sapphire. *Push: A Novel*. New York: Knopf,

1996.

Sato, Charlene. "Language Change in a Creole Continuum: Decreolization?" In *Progression and Regression in Language: Sociocultural, Neuropsychological and Linguistic Perspectives*. Ed. Kenneth Hyltenstam and Ake Viberg. New York: Cambridge University Press, 1994. 122-143.

Scardamalia, Marlene and Carl Bereiter. "Development of Dialectical Processes in Composition." In *Literacy, Language, and Learning: The Nature and Consequences of Reading and Writing*. Ed. David R. Olson, Nancy Torrance, and Angela Hildyard. New York: Cambridge University Press, 1985. 307-331.

Schleppegrell, Mary J. "Grammar, the Sentence, and Traditions of Linguistic Analysis." In *Handbook of Research on Writing: History, Society, School, Individual, Text*. Ed. Charles Bazerman. Mahwah, NJ: Erlbaum, 2007. 549-564.

Schmandt-Besserat, Denise and Michael Erard. "Origins and Forms of Writing." In *Handbook of Research on Writing: History, Society, School, Individual, Text*. Ed. Charles Bazerman. Mahwah, NJ: Erlbaum, 2007. 7-22.

Schneider, Pat. *Writing Alone and with Others*. New York: Oxford University Press, 2003.

Schultz, John. *Writing from Start to Finish*. Montclair, NJ: Boynton/Cook, 1982.

Scholes, Robert J. and Brenda J. Willis. "Prosodic and Syntactic Functions of Punctuation: A Contribution to the Study of Orality and Literacy." *Interchange* 21.3 (Fall 1990): 13-20.

Scollon, Ron. "Language, Literacy, and Learning: An Annotated Bibliography." In *Literacy, Language and Learning: The Nature and Consequences of Reading and Writing*. Ed. David R. Olson, Nancy Torrance, and Angela Hildyard. New York: Cambridge

University Press, 1985. 412-426.

Scribner, Sylvia. "Modes of Thinking and Ways of Speaking: Culture and Logic Reconsidered." In *New Directions in Discourse Processing*. Ed. Roy O. Freele. Norwood, NJ: Ablex, 1979.

Selfe, Cynthia. "The Movement of Air, the Breath of Meaning: Aurality and Multimodal Composing." *College Composition and Communication* 60.4 (June 2009): 616-663.

Severino, Carol. "English Contact Languages and Rhetorics: Implications for US. English Composition. Review Essay." *College Composition and Communication* 59.1 (September 2007): 128-138.

Shaughnessy, Mina. "Basic Writing." Talk at Modern Literature Conference, Michigan State University, 1977. Reprinted in Maher, Jane. *Mina P. Shaughnessy: Her Life and Work*. Urbana, IL: National Council of Teachers of English, 1997. 299-310.

_____. *Errors and Expectations: A Guide for the Teacher of Basic Writing*. New York: Oxford University Press, 1977.

Shell, Marc. "Hyphens: Between Deitsch and American." In *The Multilingual Anthology of American Literature: A Reader of Original Texts with English Translations*. Ed. Marc Shell and Werner Sollors. New York: New York University Press, 2000. 258-271.

Shell, Marc and Werner Sollors, eds. *The Multilingual Anthology of American Literature: A Reader of Original Texts with English Translations*. New York: New York University Press, 2000.

Sheridan, Susan Rich. "A Theory of Marks and Mind: The Effect of Notational Systems on Hominid Brain Evolution and Child Development with an Emphasis on Exchanges between Mothers and Children." 2006. http://www.

marksandmind.org/scribbs.html (accessed 10 October 2009).

Slaughter, Joseph R. "Enabling Fictions and Novel Subjects: The Bildungsroman and International Human Rights Law." *PMLA* 121.5 (October 2006): 1405-1423.

Smith, Frank. *Joining the Literacy Club: Further Essays into Education*. Portsmouth, NH: Heinemann, 1987.

Smitherman, Geneva. "'The Blacker the Berry, the Sweeter the Juice': African American Student Writers." In *The Need for Story: Cultural Diversity in the Classroom and Community*. Ed. Anne Haas Dyson and Celia Genishi. Urbana, IL: National Council of Teachers of English, 1994. 80-101.

_____. "Black English/Ebonics: What It Be Like?" In *The Real Ebonics Debate: Power, Language, and the Education of African-American Children*. Ed. Theresa Perry and Lisa Delpit. Boston, MA: Beacon, 1998. 29-37.

_____. "Columns." *talkin that talk: Language, Culture and Education in African America*. New York: Routledge, 2000. 339-374.

_____. *Talkin and Testifyin: The Language of Black America*. Detroit: Wayne State University Press, 1986.

Sollors, Werner, ed. *Multilingual America: Transnationalism, Ethnicity, and the Languages of American Literature*. New York: New York University Press, 1998.

Spenard, Corinna. "The Sun Room." *Flying Horse* 1.1 (1996): 91.

Stafford, William. *Writing the Australian Crawl: Views on the Writer's Vocation*. Ann Arbor: University of Michigan Press, 1978.

Steiner, George. *After Babel: Aspects of Language and Translation*. New York: Oxford University Press, 1975.

Street, Brian. "The Limits of the Local— 'Autonomous' or 'Disembedding'?" Paper distributed at University of Massachusetts Symposium on Speech and Writing, June 2003.

_____. "New Literacies, New Times: How Do We Describe and Teach the Forms of Literacy Knowledge, Skills and Values People Need for New Times?" In *55th Yearbook of the National Reading Conference*. Ed. J. Hoffman and D. Schallert. Oak Creek, WI: NRC, 2006. 21-42.

Strunk, William Jr. and E. B. White. *The Elements of Style*. New York: Macmillan, 1959.

Summers, J. Frank. *Wholly, Holey, Holy: An Adult American Spelling Book*. Houston, TX: Word Lab, 1984.

Sutherland, John. "Legacy of Lady Chatterley's Emancipation." *Guardian Weekly* 19 November 2010: 33.

Talbot, Margaret. "The Baby Lab." *New Yorker* 4 September 2006: 90-101.

Tannen, Deborah. "Oral and Literate Strategies in Spoken and Written Narratives." *Language* 58 (1982): 1-21.

_____. "Relative Focus on Involvement in Oral and Written Discourse." In *Literacy, Language, and Learning: The Nature and Consequences of Reading and Writing*. Ed. David R. Olson, Nancy Torrance, and Angela Hildyard. New York: Cambridge University Press, 1985. 125-147.

_____. "Spoken/Written Language and the Oral/Literate Continuum." *Proceedings of the Sixth Annual Meeting of the Berkeley Linguistic Society*. Ed. E. B. Caron et al. Berkeley: Linguistic Society, 1980. 207-818.

_____. "Spoken and Written Narrative in English and Greek." In *Coherence in Spoken and Written Discourse*. Ed. Deborah Tannen. Norwood, NJ: Ablex, 1984. 21-41.

Taylor, Insup. "The Korean Writing System: An Alphabet? A Syllabary? A Logography?"

Processing of Visual Language 2: 73. New York: Plenum Press, 1980.

Taylor, Irene and Alan Taylor. *The Assassin's Cloak: An Anthology of the World's Greatest Diarists*. Edinburgh: Canongate, 2002.

Tebeaux, E. "Keeping a Technical Writing Relevant (Or, How to Become a Dictator)" *College English* 45 (1983): 174-183.

Thomas, Rosalind. *Literacy and Oralin in Ancient Greece*. London: Cambridge University Press, 1992.

Tompkins, Jane. "Me and My Shadow." *New Literary History* 19.1 (Autumn 1987): 169-178.

Tore, Jansen. *Speak: A Short History of Languages*. Oxford, UK: Oxford University Press, 2002.

Trimbur, John. *The Call to Write*. New York: Longman, 1999.

———. "Linguistic Memory and the Politics of US English." *College English* 68.6 (July 2006): 575-588.

Troyka, Lynn Quitman. *Quick Access: Reference for Writers*. 2nd ed. Upper Saddle River, NJ: Prentice Hall, 1998.

Truss, Lynne. *Eats, Shoots and Leaves*. New York: Gotham Books, 2004.

Ueland, Brenda. *If You Want to Write: A Book about Art, Independence and Spirit*. St. Paul, MN: Graywolf Press, 1987 (1938).

Updike, John. "The Blessed Man of Boston, My Grandmother's Thimble, and Fanning Island." *Pigeon Feathers and Other Stories*. New York: Crest Books, Knopf, 1962. 156-167.

———. "Brother Grasshopper." *New Yorker* 14 December 1987. http://www.newyorker.com/archi ve/1987/12/14/1987_12_14_040_TNY_ CARDS_000346684 (accessed 4 November 2006). Reprinted in *The Afterlife and Other Stories*. New York: Knopf, 1995.

Vygotsky, Lev. *Thought and Language*. Trans. Eugenia Hanfman and Gertude Vakar. Cambridge, MA: MIT Press, 1962.

Wagner, Julia Ellen. *The Letter that Gives Life: Magic, Writing, and the Teaching of Writing*. Electronic Doctoral Dissertations for UMass Amherst. Paper AAI3056285. 2002. http://scholarworks.umass.edu/ dissertations/AAI3056285.

Walker, Alice. *The Color Purple*. New York: Harcourt Brace, 1982.

Weil, Simone. "Reflections on the Right Use of School Studies with a View to the Love of God." *Waiting for God*. New York: Harper, 2009 (1951).

Welty, Eudora. *One Writer's Beginnings*. Cambridge, MA: Harvard University Press, 1984.

White, Edmund. "The Panorama of Ford Madox Ford." *New York Review of Books* 24 March 2011: 29-32.

Williams, Joseph. "The Phenomenology of Error." *College Composition and Communication* 32 (1981): 152-168.

———. *Style: Ten Lessons in Clarity and Grace*. 7th ed. New York: Longman, 2003.

Williams, William Carlos. "How to Write." In *New Directions in Prose and Poetry*. Ed. James Laughlin. New York: New Directions, 1936. 45, 47. Also in William Carlos Williams. "How to Write." In *New Directions Fiftieth Anniversary Issue*. Ed. James Laughlin. New York: New Directions, 1986. 36-39.

Winnicott, D. W. *The Child, the Family, and the Outside World*. Cambridge, MA: Da Capo Press, 1992.

Wolf, Robert. *An American Mosaic*. New York: Oxford University Press, 1999.

———. *Jump Start: How to Write from Everyday Life*. New York: Oxford University Press. 2001

Wolfram, Walt, Carolyn Adger, and Donna

Christian. *Dialects in Schools and Communities*. Mahwah, NJ: Erlbaum, 1999.

Wolfram, Walt and Natalie Schilling-Estes. *American English: Dialects and Variation*. Malden, MA: Blackwell, 1998.

Wood, David E. "Modeling the Relationship between Oral Reading Fluency and Performance on a Statewide Reading Test." *Educational Assessment* 11.2 (2006): 85-104.

Wood, James. "Say What?" *New Yorker* 7 April 2008: 79-81.

Wright, Laura, ed. *The Development of Standard English 1300-1800: Theories, Descriptions, Conflicts*. New York: Cambridge University Press, 2000.

Wright, Roger. "Latin and English as World Languages." *English Today: The International Review of the English Language* 20.4 (October 2004): 3-13.

The Write Place: Writing and Grammar Resources. "Example of Freewriting."

http://www.alamo.edu/sac/english/lirvin/wguides/arguebrainst.htm (accessed 11 November 2010).

Young, Vershawn Ashanti. "'Nah, We Straight': An Argument against Code Switching." *JAC* 29. 1-2 (2009): 49-76.

Young, Vershawn Ashanti and Aja Y. Martinez. *Code-Meshing as World English: Pedagogy, Policy, Performance*. Urbana, IL: National Council of Teachers of English, 2011.

Youssef, Valerie. "'Is English We Speaking': Trinbagonian in the Twenty-first Century." *English Today* 20.4 (October 2004): 42-49.

Yun, Wei and Fei Jia. "Usng English in China: From Chinese Pidgin English through Chinglish to Chinese English and China English." *English Today* 19.4 (October 2003): 42-47,

Zalewski, Daniel. "The Background Hum: Ian McEwan's Art of Unease." *New Yorker* 23 February 2009: 47-61.

찾아보기